Histórica

José María Pérez, *Peridis*

La maldición de la reina Leonor

ESPASA

El papel utilizado para la impresión de este libro es cien por cien libre de cloro y está calificado como **papel ecológico**.

Avinguda Diagonal, 662, 6.ª planta. 08034 Barcelona (España)
www.espasa.com
www.planetadelibros.com

Adaptación de la cubierta: Booket / Área Editorial Grupo Planeta
Diseño de la cubierta: más!gráfica
Fotografía de la cubierta: más!gráfica
Capitulares de interior: © José María Pérez, *Peridis*
Dibujos de las páginas 4 y 5: © José María Pérez, *Peridis* y © Elisa Pérez Ruiz
Primera edición en Colección Booket: octubre de 2017
Segunda impresión: enero de 2018

Depósito legal: B. 18.779-2017
ISBN: 978-84-670-5062-2
Impresión y encuadernación: Liberdúplex, S. L.
Printed in Spain - Impreso en España

Biografía

José María Pérez González, más conocido como Peridis, es arquitecto y dibujante, nacido en Cabezón de Liébana (Cantabria) el 28 de septiembre de 1941. Ha publicado diversos libros sobre humor y sátira política, como *El cabo caricaturas* (Editorial Valnera). En TVE presentó y dirigió «Las claves del románico», con 33 capítulos emitidos entre 2002 y 2007. Colabora habitualmente con sus viñetas en el diario *El País* y es presidente de la Fundación Santa María la Real. En 2012 publicó en Espasa *La luz y el misterio de las catedrales*. En 2014 recibió el premio de Novela Histórica Alfonso X el Sabio por *Esperando al rey*. En 2016 publicó, también en Espasa, *La maldición de la reina Leonor*.

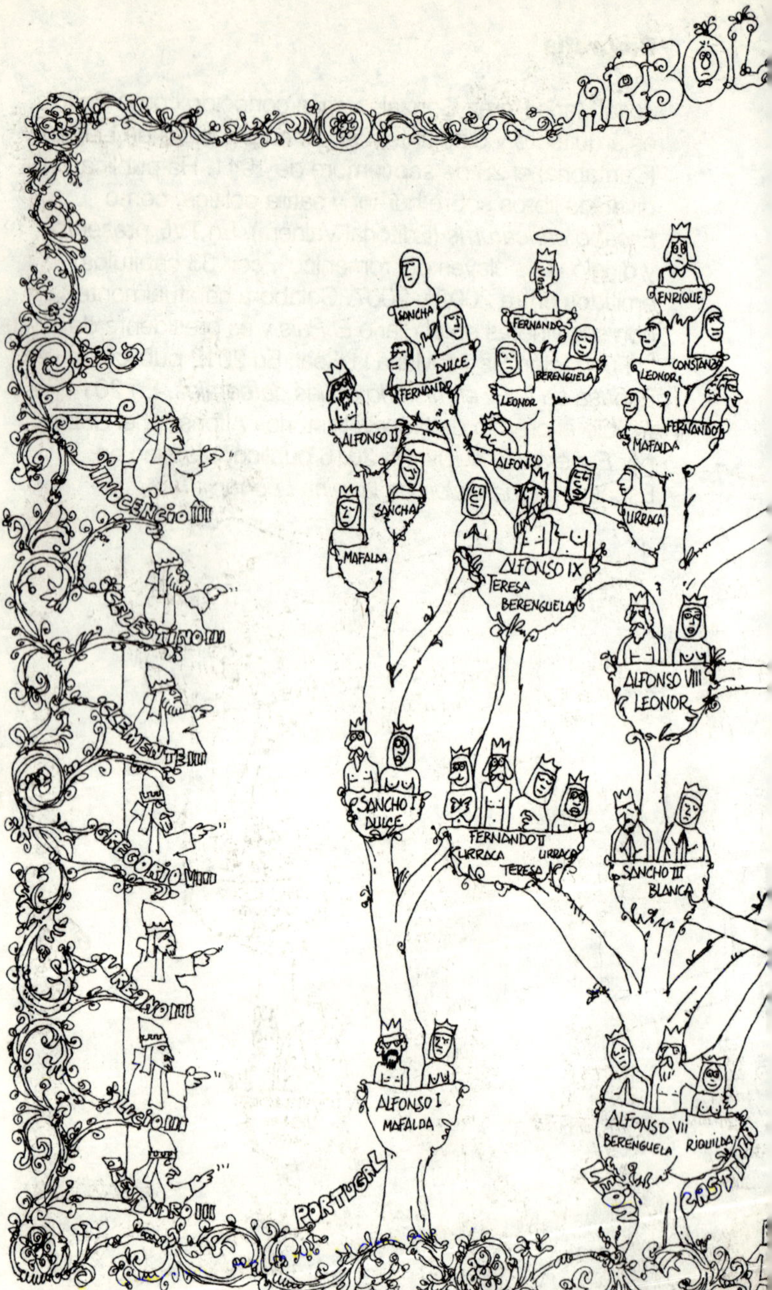
ARBOL
INOCENCIO III
CELESTINO III
GREGORIO VIII
URBANO III
LUCIO III
SANCHA
DULCE
FERNANDO
ALFONSO II
SANCHA
MAFALDA
FERNANDO
BERENGUELA
LEONOR
ALFONSO
URRACA
ALFONSO IX
TERESA
BERENGUELA
ENRIQUE
LEONOR
CONSTANZA
FERNANDO
MAFALDA
ALFONSO VIII
LEONOR
SANCHO I
DULCE
FERNANDO II
URRACA
URRACA
TERESA
SANCHO III
BLANCA
ALFONSO I
MAFALDA
ALFONSO VII
BERENGUELA
RIQUILDA
PORTUGAL
LEÓN
CASTILLA

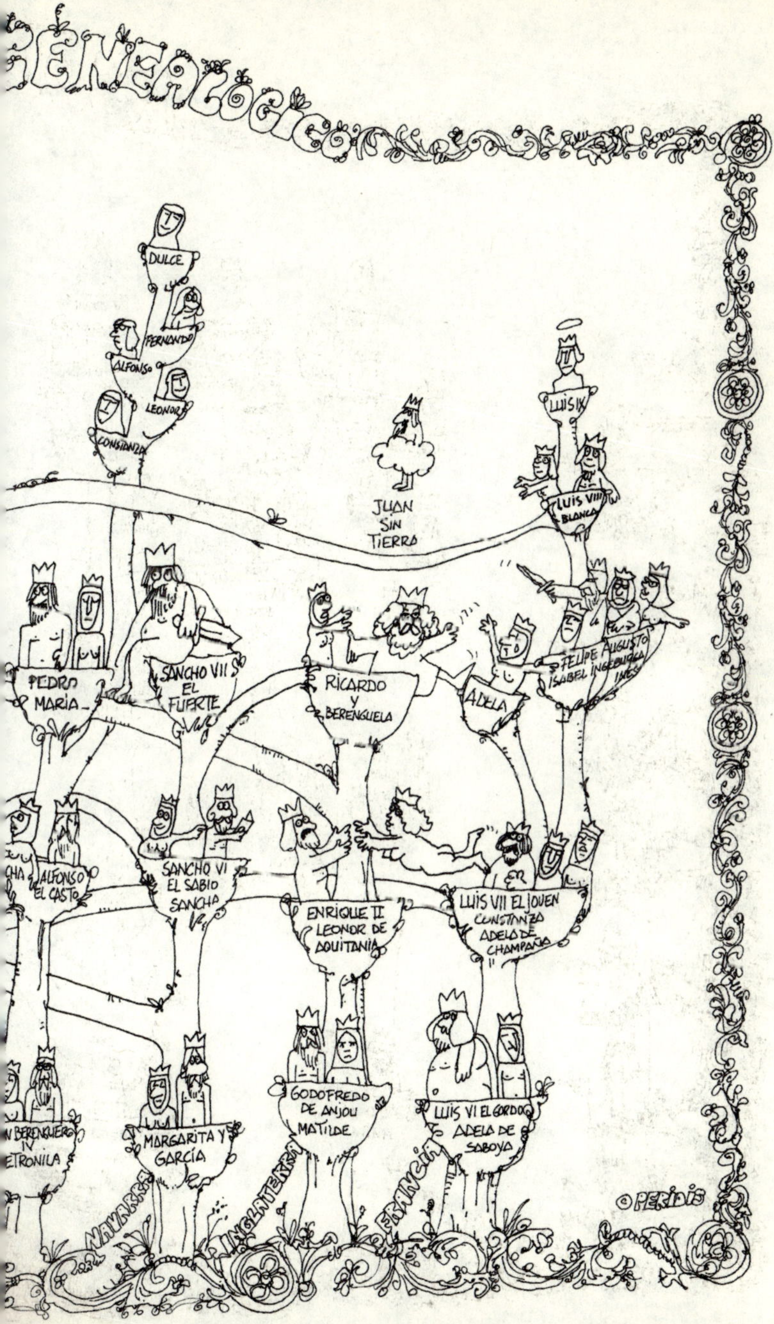

GENEALÓGICO
DULCE
FERNANDO
ALFONSO
LEONOR
CONSTANZA
LUIS IX
JUAN SIN TIERRA
LUIS VIII BLANCA
PEDRO MARIA
SANCHO VII EL FUERTE
RICARDO Y BERENGUELA
ADELA
FELIPE AUGUSTO ISABEL INGEBURGA INÉS
ALFONSO EL CASTO
SANCHO VI EL SABIO SANCHA
ENRIQUE II LEONOR DE AQUITANIA
LUIS VII EL JOVEN CONSTANZA ADELA DE CHAMPAÑA
GODOFREDO DE ANJOU MATILDE
LUIS VI EL GORDO ADELA DE SABOYA
MARGARITA Y GARCÍA
BERENGUER IV PETRONILA
NAVARRA
INGLATERRA
FRANCIA
© PERIDIS

A Leticia Ruiz.
Mi corazón y mi musa,
mí reina, esposa y compañera.

«Que los yerros por amor dignos son de perdonar».

Tirso de Molina. *Cómo han de ser los amigos*

Prólogo

Castillo de Windsor (Inglaterra). Finales de la primavera de 1170

Maldito Enrique y maldita Rosamunda —dijo entre dientes la reina de Inglaterra, cuando un formidable trueno seguido de un fuerte aguacero se abatió con toda su furia sobre el castillo de Windsor—. Ya tiene el rey la disculpa que necesita para justificar su ausencia en la fiesta de despedida de nuestra hija.

Ajena al conflicto de sus padres, con tan solo diez años, estaba radiante de alegría, porque Enrique de Inglaterra y Leonor de Aquitania, aceptando la petición de los embajadores del reino de Castilla, habían concedido su mano al joven rey don Alfonso. Pero sobre todo estaba muy excitada porque era la primera vez que se embarcaría para hacer un largo viaje hasta Burdeos, y posteriormente tendría que atravesar altísimas montañas para llegar hasta las tierras de Hispania que, según le habían contado, eran fronterizas con las de los infieles.

Aunque sabía que el joven Alfonso era cristiano, le habían informado de que Toledo, la capital de su reino, estaba también llena de judíos y mahometanos, por lo que en su imaginación juvenil había construido un mundo de reminiscencias orientales.

Tal y como había previsto la reina, que iría hasta Burdeos con la niña, Leonor viajaría rodeada de un importante séquito de dueñas, amigas y sirvientas que la acompañarían todo el tiempo que fuera necesario. Como, además de convertirse en reina de inmediato, no pensaba que el viaje no tendría vuelta, su felicidad era completa.

Su madre, por el contrario, confesaba su enojo a Tomás Becket, arzobispo de Canterbury, primado de Inglaterra y el más célebre de todos los invitados.

—¡Ya no aguanto más, monseñor! Esto es inadmisible y además inhumano. Para mí es una afrenta y un deshonor, y para la niña un desprecio. Me dan ganas de estrangular a mi marido.

—Alejad de vuestra boca esas funestas palabras y borrad de vuestra cabeza semejantes intenciones, que yo perdono por salir de una mente ofuscada. —Acostumbrado al genio de la reina, pocas veces la había visto Becket de un humor tan borrascoso.

—Vos mismo habéis sido testigo de que durante estos años he acogido a los bastardos del rey con nosotros, como si de mis hijos se tratara, porque eran fruto de aventuras y desahogos esporádicos del rey con prostitutas o inocentes muchachas como consecuencia de la azarosa vida que lleva. Pero ahora mismo, toda la corte sabe que no es la tormenta lo que retiene al rey. Estoy segura de que se halla, escondido en cualquier lugar del reino, en los brazos de Rosamunda. Mi esposo podría disimular que le importa mucho más esa maldita mujer que los asuntos del reino o los acontecimientos de su familia. Estoy segura de que no llegará a tiempo de despedirse de la niña, a la que es muy probable que no vuelva a ver en la vida.

—Comprendo el fundado enojo de vuestra majestad, pero sosegad el ánimo y sujetad la brida de vuestros celos —le recomendó Tomás Becket—. Podréis culpar a esta primera tormenta veraniega del retraso del rey y los invitados darán por buenas vuestras razones.

—Si no llega antes de que acabe la fiesta, que se olvide de mí para siempre. Juro que Leonor de Aquitania será su peor enemiga mientras vivan juntos el maldito Enrique y la maldita Rosamunda...

Sin que se hubieran apercibido de su presencia, la futura reina de Castilla, asustada por los truenos, se había acercado discretamente hasta ellos buscando protección, y, sin pretenderlo, escuchó la maldición de la reina.

—¿Llegará a tiempo mi padre a mi fiesta de despedida? —preguntó, haciendo acopio de toda la serenidad de la que fue capaz. Le habían enseñado que una reina tiene que mantener la templanza en toda ocasión.

—Supongo que se habrá puesto en alguna parte a resguardo de la tormenta, hija mía —replicó su madre, recuperando la compostura—. Esperemos que acuda a este castillo en cuanto escampe. Ten un poco de paciencia, que ya estará a punto de llegar.

—No quisiera partir para Castilla sin despedirme de él.

—Pero tú, ahora, vete a consolar a tu hermano Ricardo, que está muy triste a causa de tu marcha, que yo tengo importantes asuntos que tratar con monseñor.

Ricardo no solo era el preferido de la niña, sino también el de su madre. Su porte distinguido, su elevada estatura, su rojiza y abundante cabellera leonada y su amor por la trova le recordaban en todo a su padre Guillermo de Aquitania y era el único de sus hijos que había heredado el carácter y las aficiones de su abuelo Guillermo el Trovador.

La pequeña Leonor, obediente, fue en busca de su hermano que aunque estaba divirtiéndose con otros jóvenes, se levantó de inmediato para ir al encuentro de la niña.

—Tu recuerdo será mi mejor compañía dondequiera que vaya, y no estés triste a causa de mi partida, hermano mío —dijo la pequeña con una seriedad deliciosa—. Debes escribirme a menudo y contarme tus sueños y aventuras en canciones y poemas, que ellos me distraerán del aburrimiento de la corte de Castilla cuando mi marido se ausente para combatir a los infieles.

—¡No sabes la suerte que tienes! —replicó Ricardo no sin amargura—. Tú serás reina en unas pocas semanas y te sentarás de inmediato en el trono de Castilla, pero yo nunca podré hacerlo en el de nuestro padre. Aunque le faltan valor y carácter, nuestro hermano Enrique se interpone en mi camino con más derecho y menos destreza. Solo le interesan las fiestas y los torneos. Y a tu amiga, Adela la triste, que viene directamente hacia nosotros, solo le intereso yo y por eso me persigue, no me la puedo quitar de encima. Pero como no estoy dispuesto a soportarla durante el resto de la noche, entretenla durante un buen rato —le pidió Ricardo al oído de su hermana antes de escabullirse entre la multitud de invitados.

Adela de Francia, que tenía la misma edad que Leonor, llevaba un año viviendo en la corte inglesa porque Luis de Francia, el primer esposo de Leonor de Aquitania, después de dotarla con el Vexin, entre Bretaña y Normandía, se la había entregado al rey Enrique a cambio de que este la casara con Ricardo. Adela era prima hermana del joven rey Alfonso de Castilla ya que Constanza, su madre, que murió cuando la trajo al mundo, era hermana de Sancho el Deseado, de Fernando de León y de Estefanía la Desdichada. Quizás por ello tenía el aspecto frágil y desvalido de esta última.

—¡Vaya! Creía haber visto a Ricardo a tu lado —exclamó la niña con evidente desconsuelo.

—Seguro que no te ha visto, pero no te preocupes, que ya tendrás tiempo de encontrarte con él dentro de un rato. ¿No te echarás a llorar porque él no esté ahora contigo? Anda, quédate un rato conmigo y alegra esa cara, que no quiero tener tu recuerdo envuelto entre lágrimas.

—¡Qué suerte tienes casándote con mi primo Alfonso! Un rey de verdad con solo quince años y serás reina en cuanto llegues a Castilla. En cambio yo, que nunca seré reina, todavía no sé cuándo lo hará Ricardo conmigo.

—Tampoco tenéis ninguna prisa, porque tú ya estás viviendo con nosotros como si fueras de la familia, pero yo no me voy a un reino tan lejano si no es para casarme de inmediato.

—Seguro que te olvidas de mí en cuanto estés en tu reino.

—Todo lo contrario. En cuanto pase un poco de tiempo escribiré a mis padres para invitarte a que vengas a mi corte a pasar una buena temporada conmigo en la tierra de tus abuelos. Así conocerás a los hermanos de tu madre que reinan en Navarra y en León y aprovecharemos para hacer juntas el Camino de Santiago.

—Iré con mucho gusto para estar contigo. Pero el Camino de Santiago ni lo pienses. Murió mi madre al poco de hacer su recorrido.

Llegada a este punto de la conversación, Adela, bien fuera por añoranza de una madre a la que no llegó a conocer, porque se iba para siempre su mejor amiga en la corte inglesa, o porque sabía que nunca sería reina de Inglaterra, fue presa de una tristeza incontenible y se abrazó a Leonor prorrumpiendo en sollozos.

—¿Por qué lloras ahora, hermana mía?

—Aquí parece que estorbo. En Londres hace mucho frío y cuando no hay niebla siempre está lloviendo. Mi prometido me rehúye. A tu madre no le gusto. Me quedaré sola cuando te vayas. Solo me hace caso tu padre, que de vez en cuando me da mimos y me hace regalos, pero casi nunca está en la corte y, además, me da un poco de miedo...

—Anda, deja ya de llorar si no quieres que yo lo haga también. Parece que amaina la tormenta y enseguida llegará mi padre para despedirse. ¿Te parecería bonito que nos encontrará llorando a lágrima viva como dos tontas? ¿Qué pensaría de nosotras?

La pequeña esperó hasta el último momento que su padre fuera a despedirla. Pero no apareció. Acudieron sin embargo sus hermanos Enrique, Ricardo, Godofredo, Juana, el pequeño Juan y también Adela de Francia, que no paró de llorar. Solo faltó a la cita su hermana Matilde, que había partido antes que ella para casarse con Enrique de Baviera y de Sajonia. Todos ellos estuvieron agitando pañuelos en el embarcadero hasta que el navío se perdió de vista.

Cuando el barco se alejó de las costas de Inglaterra, la pequeña Leonor, envuelta en lágrimas de rabia y de tristeza y muy contrariada por no haber podido despedirse de su padre, musitaba:

—¡Maldito Enrique y maldita Rosamunda! ¡Maldito Enrique y maldita Rosamunda!

No sabía hasta qué punto aquella maldición, que había escuchado de labios de su madre, se iba a cumplir muy pronto y la influencia que este hecho tendría en su vida.

Capítulo 1

Burgos. Toledo. 1181-1184

Reinaba la penumbra en un salón del palacio real de la capital del Arlanzón, y solo se escuchaba la respiración entrecortada y el jadeo de la joven Leonor, que yacía en un lecho fastuoso con las ropas desordenadas. Sin tiempo de prepararse como la ocasión lo requería, había alumbrado de improviso un niño prematuro.

Tanto había deseado traer al mundo un hijo varón que, cuando se lo mostraron, una vez que lo lavaron y vistieron conforme a su rango, sintió una gran indiferencia hacia aquella criatura que ni fuerzas tenía para llorar.

«Pobrecillo, ¡qué pequeño y qué feo es! Si parece un gato. Nada que ver con su padre. Y de mi familia solo se asemeja a mi hermano Juan, el benjamín. En cambio Berenguela, cuando nació, ya estaba criada y era el doble», pensó desolada la joven al contemplar a la criatura con detenimiento antes de devolvérsela a la nodriza.

Estaba furiosa consigo misma por no haber alumbrado un infante fornido y saludable, que era lo que se esperaba de ella. Los cortesanos que la acompañaban en el parto no pudieron ocultar su decepción. Afortunadamente, el rey se encontraba ausente cuando aconteció el alumbramiento, lo que daría un tiempo a la criatura para medrar un poco, si lograba sobrevivir. Nadie sabía dónde estaba Alfonso, pero todos lo sospechaban. Aunque habían pasado más de quince años desde que la viera por primera vez, el rey seguía hechizado por la hermosa Raquel, la judía de Toledo, a la que visitaba siempre que podía.

Para Leonor, aquella situación habría sido más fácil de sobrellevar con resignación si hubiese traído al mundo un hijo sano y fuerte. Era explicable su decepción porque con ese parto esperaba dar el heredero varón al rey don Alfonso para que en su día ocupara el trono de Castilla y, a ser posible, también el de León, si los hijos de su tío Fernando se malograban.

Aquella misma tarde llegó al palacio el anciano obispo Raimundo cuando en la ciudad de Burgos se hacía un silencio insólito y ominoso

Aquel no era un silencio tranquilo cargado de monotonía cotidiana, porque se trataba de una quietud expectante, como la que precede a los combates a vida o muerte entre el caballero blanco y el caballero negro.

El venerable prelado palentino, tío del rey, que con el paso del tiempo se había arrugado perdiendo el aspecto de manzana reineta que tuvo a lo largo de toda su vida, había sido gran valedor de don Alfonso durante los turbulentos años de su minoría de edad y ejercía el cargo de capellán y confesor de la reina, que se servía de su prudencia, sabiduría y astucia para desenvolverse con soltura en los complejos entresijos de la corte castellana. Como conocía la lengua francesa desde su época de estudiante con Abelardo en la Escuela Catedralicia de París, se ganó la confianza de doña Leonor cuando, siendo una niña, la acompañó desde Francia para casarse con el jovencísimo rey de Castilla.

Cuando, al pie de la cama de la reina, Raimundo bautizó al infantito *in articulo mortis*, pues para eso le habían llamado, no pudo evitar estremecerse al ver a aquel pequeñuelo, tan débil como un gatito, y oír el nombre que habían elegido para él.

—No se parecerá al padre, pero es el vivo retrato de su abuelo Sancho —murmuró y entonces la reina supo que su hijo se malograría sin remedio, pues su suegro había muerto en la flor de la vida.

Al ver los rostros de decepción de los cortesanos, la joven reina se tragó las lágrimas para disimular su contrariedad.

Para evitar que sus acompañantes se apercibieran de la humillación que suponía para ella aquel fracaso, ordenó despejar la estancia pretextando su necesidad de ser oída en confesión por el prelado de su confianza.

—¿Es este el guerrero que nos envía Dios para combatir a los infieles, monseñor? —preguntó la reina, sin poder contener las lágrimas, tan pronto como se encontraron a solas.

—A primera vista, no parece que el infantito sea el heredero que necesitamos, pero no desmayéis porque sois muy joven todavía. —Raimundo, recuperado de la impresión, intentó cumplir su misión de animar a aquella pobre madre—. Miradlo desde otro punto de vista. ¡Alegraos porque sois tan fecunda como vuestra madre! Y ella tuvo hasta diez hijos de dos matrimonios. La mitad de ellos varones. —Al ver que Leonor negaba con la cabeza, el obispo continuó—: Aunque el Señor os envía esta prueba, tened paciencia y recordad lo que dijo el santo Job a su mujer en la adversidad: «Si se acepta de Dios el bien, ¿no se ha de aceptar el mal?».

—¿No será esta desgracia un castigo divino por los pecados de nuestra familia?

—Los designios del Señor son inescrutables. ¿Cómo podemos los mortales conocerlos de antemano? —respondió el obispo—. Es posible que sea como decís, pero no podemos afirmarlo con certeza absoluta.

La reina, deshecha en lágrimas, demacrada y dolorida por el parto y carcomida por los celos, tenía un aspecto lamentable y parecía mucho mayor de lo que era.

—¿Dónde está mi marido? —clamaba con las pocas fuerzas que le quedaban—. ¿Qué es lo que le retiene lejos de su familia en estos momentos?

El obispo Raimundo, por prudencia, calló lo que sabía.

—¡Decidme la verdad, monseñor! —continuó Leonor—. Conocéis perfectamente adónde se dirigen los pasos de mi esposo cuando se ausenta e imagináis qué es lo que le ocurre cuando me rehúye. No en vano es vuestro sobrino y habéis sido su canciller durante mucho tiempo. Aunque si os lo impide el secreto de confesión, vuestro silencio es la confirmación de mis sospechas.

—El rey no se esperaba tanta celeridad por vuestra parte en este trance. Estará tratando asuntos del reino... —contestó Raimundo para salir del aprieto. El astuto prelado se daba cuenta de que, bajo el pretexto de pedir confesión, la reina buscaba algo más que un desahogo y le estaba sometiendo a un comprometedor interrogatorio—. Alejad de vuestro corazón el resentimiento y no permitáis que teja una tela venenosa en vuestra cabeza la araña de los celos. Los que tuvo vuestra madre por culpa de Rosamunda llevaron la división y la guerra a vuestra familia. Si sois sumisa y paciente y recibís al rey en vuestro lecho con humildad y mansedumbre cada vez que os solicite, veréis qué pronto obtendréis la recompensa que merece vuestro sacrificio. Cuidad del niño, para que salga adelante. —La reina hizo un gesto de desolación tan profunda, que el obispo pensó que lo mejor sería distraerla cambiando de estrategia—. Mientras tanto, debéis disipar la tristeza y el temor que os invaden dedicando vuestras energías a darle un nuevo impulso a las obras de vuestro monasterio. No han de faltaros los dineros con las rentas de las villas y castillos de vuestra dote. Ya solo necesitáis un arquitecto experimentado que traiga a Burgos la elegancia, la levedad y la luz que tienen los templos y monasterios de Inglaterra y de Normandía. —La reina le escuchaba atentamente y con una chispa de ilusión. Todos en la corte sabían que el cenobio que se estaba levantando a las afueras de la ciudad era la niña de sus ojos, el mayor de sus orgullos—. Podéis estar segura de que muy pronto llegará la bula de su santidad autorizando los estatutos de la congregación cisterciense que pensáis fundar. Creo que haríais muy bien en adelantar las obras todo lo posible, para mejor acomodar a las hermanas que hay y a las que esperan que se las reciba.

—Pediré a mi hermano Ricardo que me busque, entre los mejores que haya en sus tierras, un arquitecto con suficiente experiencia como para emprender unas obras dignas de una hija de los reyes de Inglaterra que, a semejanza del de Fontevraud en Francia, albergue el panteón de mi dinastía. En cuanto a mi esposo —continuó algo más tranquila—, haré lo que me aconsejáis, y puesto que no soy capaz de retenerle a mi lado contra su voluntad, trataré de lograrlo de cualquier modo si consigo cortar los lazos que le atan a esa maldita mujer. Podría conseguirlo si vos quisierais ayudarme empezando por averiguar dónde se dan cita para sus encuentros...

El arzobispo se dio cuenta de que no iba a ser en absoluto sencillo distraer a la reina de su obsesión por la amante judía del rey. Como era imposible que Alfonso renunciara a Raquel.

***

Tres meses después de esta conversación, todo era desolación y lágrimas en el reino de Castilla. Al infantito Sancho, primer hijo varón de los reyes, le acababan de enterrar en el monasterio de Las Huelgas, porque, como era de temer, no sobrevivió mucho tiempo a la flaqueza con que había llegado a este mundo. A pesar de ello, Leonor se sobrepuso y, haciendo caso de los consejos del prelado, recibió resignadamente a su marido cuando se acercó a ella. Gracias a ello, a los nueve meses trajo al mundo una niña a la que pusieron el nombre de Sancha. A pesar de haber nacido sana y robusta, murió antes de cumplir los dos años y también fue enterrada en el monasterio de Las Huelgas.

Aquel fue un tiempo marcado por las desgracias familiares porque poco antes había fallecido su hermano mayor, Enrique «el joven», dejando a Ricardo como aspirante a la Corona de Inglaterra, aunque el rey Enrique II prefería al pequeño Juan.

Un trovador le trajo a doña Leonor la triste noticia repitiendo la canción fúnebre que compuso Bertran de Born para el malogrado heredero.

Señor, hubieses sido el rey de los corteses
y emperador de los nobles, si hubieseis vivido más,
pues habíais el nombre de «rey joven»
y erais guía y padre de juventud.

Habían pasado catorce años desde que Leonor emprendiera el azaroso viaje a Castilla para casarse con Alfonso y todavía no tenían un heredero varón. Por ello, su marido había hecho jurar a Berenguela, la primogénita, como heredera legítima en las Cortes de Castilla, para evitar que el reino fuera a parar a las manos de su tío Fernando de León.

Durante los momentos de soledad en el alcázar toledano, recordaba nítidamente las terribles palabras «¡Maldito Enrique y maldita Rosamunda!» que pronunciara su madre ante el arzobispo Tomás Becket, durante la fiesta de su despedida en el castillo de Windsor, pocos meses antes de que unos nobles leales al rey de Inglaterra asesinaran al arzobispo en el atrio de la catedral de Canterbury.

«No te quedes pasmada, Leonor. Solo tú puedes deshacer el embrujo que pesa sobre tu marido, ahora que todavía estás a tiempo —se dijo—. De lo contrario, todos los esfuerzos que has hecho con Alfonso por levantar una nueva dinastía habrán sido en vano».

Leonor habría estado dispuesta a soportar la humillación de la infidelidad del rey y el mordisco de los celos si los hijos sobrevivieran. Pero como estaba segura de que Dios seguiría castigando los pecados del rey con la muerte de sus vástagos mientras durara aquella adúltera relación que envenenaba la simiente del monarca, pensó seriamente en deshacerse de la judía. No sabía cómo lograrlo sin violentar su conciencia y enfurecer a su marido hasta que un día, encontrándose en Toledo, recibió la visita de un canónigo palentino que le entregó un paquete y unas cartas consignadas para ella por el obispo Raimundo, al que hacía tiempo que no veía y del que solo se sabía que estaba tan enfermo que apenas salía de sus aposentos. Iban acompañados por una misteriosa nota cabalística que decía:

Vuestra salvación y la del reino, dejadlas en manos de Dios.
Entregad este sobre a aquella que os abra la puerta.
Nadie conocerá la misión que os encargo.
Ella misma escogerá su destino.
No tengáis ningún temor
O remordimiento.

Le sorprendió que las frases se dispusieran de mayor a menor, y al fijarse en este detalle se dio cuenta de que las mayúsculas iniciales formaban la palabra VENENO, que le advertían del peligro que conllevaba manipular el documento.

Después leyó repetidas veces otro mensaje que rezaba del siguiente modo: «Como ya no podré hacer nada para ayudaros desde el otro mundo, quiero prestaros mi último servicio, por vuestro bien, el del rey y vuestro reino. Si queréis resolver el problema que os atormenta, seguid puntualmente las instrucciones que os doy y acudid vos misma, discreta y humildemente vestida, a la casa de Toledo cuya llave y dirección os facilito. Llamad tres veces seguidas. La mujer que os abrirá os obedecerá ciegamente».

Aprovechando la ausencia del rey, que estaba de cacería durante unos días en los Montes de Toledo, la reina, vestida como una monja e impelida por una fuerza interior irresistible, se presentó a primeras horas de la noche en la casa de Raquel, acompañada por una dueña. Era uno de los lugares donde la amante de su marido solía citarse con el rey, cuando este encontraba una ocasión propicia para ello.

Gran coraje le dio a doña Leonor cuando vio a aquella espléndida mujer en el quicio de la puerta. Los años no pasaban por ella. Alta, morena, con la melena hasta la cintura y unos resplandecientes ojos verdes, era de una belleza desafiante... Pálida y trigueña, con el cuerpo mermado por los embarazos y el rostro sin luz por los disgustos, en la cabeza de la reina resonaban las terribles palabras que escuchara a su madre en el castillo de Windsor y que ella misma repetía como una letanía en el barco que la traía a Castilla: «¡Maldito Enrique y maldita Rosamunda!».

Aunque era más joven, Leonor parecía mucho más vieja que la judía. Nada más verla, sintió ganas de abalanzarse sobre ella y pisotearla, pero las desgracias sobrevenidas a su madre doña Leonor de Aquitania, presa desde hacía años por no haber sabido sujetar la furia de sus celos, le ayudaron a contenerse.

Raquel, que, al escuchar los tres golpes espaciados, había abierto confiadamente la puerta pensando que era su amante, se llevó una gran sorpresa al ver al otro lado de la cancela a una mujer a la que le costó reconocer, tantos años habían pasado desde la última vez que se vieron y tanto había cambiado.

—Sin duda sois vos Raquel, la judía —exclamó doña Leonor.

—¿Qué os trae a esta sencilla mansión, señora mía? —preguntó la mujer, haciendo una profunda reverencia.

—Veo que sabéis quién soy, a pesar de la oscuridad y de mi indumentaria.

—Vuestro porte y vuestra estatura os delatan, majestad. Además, tenéis un acento inconfundible, pero no os quedéis en la puerta. ¡Pasad adentro y acomodaos como gustéis!

Una vez que se hubieron sentado, se instaló entre ellas un tenso silencio. Raquel, roja de vergüenza, estaba anonadada ante aquella inesperada visita y no osaba levantar la mirada.

—He venido a veros para entregaros este documento que me han dado para vos —declaró Leonor, dueña otra vez de sí misma—. Debéis leerlo despacio y en voz alta para que ambas comprendamos lo que significa.

A Raquel le temblaban las manos cuando desenrolló el pergamino y después de un rápido vistazo empezó a recitarlo lentamente mientras las lágrimas le corrían por las mejillas y desteñían las letras de lo escrito. La reina se dio cuenta de que los hermosos ojos de la mujer apenas podían distinguir la escritura porque acercó el documento para verlo mejor.

No corráis tras la muerte con los extravíos de vuestra vida,
ni os atraigáis la ruina con las obras de vuestras manos.
Que no fue Dios quien hizo la muerte
ni se goza con exterminio de los vivientes,
pues todo lo creó para que perdurase
y saludables son las criaturas del mundo
y no hay en ellas veneno exterminador
ni reina el imperio del Averno sobre la tierra
porque la justicia es inmortal,
mas la injusticia atrae la muerte.

Debajo estaban escritas en letras rojas y con caracteres hebraicos tres misteriosas palabras.

Mené, Tequel, Parsin.

—Observo que no sois ajena a lo que está escrito ahí —dijo la reina, sorprendida de que Raquel leyera de corrido a pesar de tener los ojos encharcados por el miedo.

—Conozco perfectamente esos textos, majestad. El primero está al comienzo del Libro de la Sabiduría, y el segundo en el Libro de Daniel, el profeta, pero lo mismo pueden valer para vos que para el rey —admitió Raquel mientras sentía picor de ojos, estornudaba y aguantaba como podía las ganas de llorar.

—Señora, también vengo a recordaros el servicio que os hice en Aguilar cuando hace doce años os otorgué con mi perdón vuestra libertad. —Aquel episodio correspondía a su primer encuentro, cuando una joven e inexperta Leonor pensó que, favoreciendo a aquella mujer, lograría alejarla de su esposo.

—Os estoy muy agradecida por la gran merced que me hicisteis sin que yo os lo demandara. Fue un gesto de generosidad por vuestra parte que he recordado todos los días. Pero yo no tengo libertad. Majestad, sabéis desde hace tiempo que yo solo soy una humilde esclava del rey. ¿Con qué derecho podría negarme a sus demandas? De sobra sabéis que los judíos somos del rey y le debemos amor, respeto y obediencia —dijo sin dejar de restregarse los ojos y verter abundantes lágrimas sobre el pergamino.

—Yo también soy la esclava del rey y tampoco tengo libertad porque me retienen junto a él las cadenas del compromiso, del deber... y del afecto. Por ello le debo fidelidad, respeto y obediencia, pero también debo darle hijos fuertes y sanos, y cuanto antes un heredero, pero desde que yace con vos se malogran uno tras otro nuestros vástagos, porque la semilla del rey se envenena en vuestro nido. Por eso tenéis que jurarme ante la Biblia que nunca más recibiréis al rey, aunque os lo pida de rodillas —respondió doña Leonor, sorprendida por el llanto de aquella mujer y sin saber si estaba fingiendo o eran lágrimas de arrepentimiento.

—No puedo jurar lo que no está en mi mano cumplir, majestad —se resistió Raquel con voz entrecortada—. Porque aunque el rey me abandonara, siempre estaré esperando, porque él prometió no olvidarme mientras viva y yo tampoco le olvidaré mientras quede un aliento de vida en mi corazón... porque le amo. Entiendo vuestras poderosas razones y yo no haré nada para retenerle. Además, estoy segura de que si le pedís al rey que no venga nunca más a mí, por los motivos que habéis expuesto... os obedecerá y le perderé para siempre... Para siempre, y mi vista se nublará del todo.

A pesar de que aquel había sido un día bochornoso en Toledo, Leonor se había quedado fría e impávida; sentía una ardiente humillación por haberse rebajado a suplicar a una mujer judía que rompiera con el rey porque ella misma no osaba decírselo a su esposo por miedo a enojarle gravemente. En cambio, se notaba que Raquel estaba muy sofocada, era presa de gran agitación y se la veía muy nerviosa mirando en todas las direcciones como si escondiera algo o esperara que su amante pudiera aparecer en cualquier momento. Aparte de ello, estornudaba de continuo y sudaba copiosamente.

La reina se sentía muy incómoda en aquella situación, y como ya había cumplido su misión, sintió prisa por abandonar aquel lugar. Cuando se marchó, pudo observar que Raquel lloraba desconsoladamente mientras estrujaba entre sus manos el pergamino del obispo Raimundo.

Nada más llegar al alcázar, se retiró inmediatamente a sus aposentos. Estaba aturdida y muy nerviosa, pero sobre todo sumida en la confusión más absoluta. La triste figura de Raquel despidiéndola a la puerta vertiendo copiosas lágrimas y arrugando el escrito no se le iba de la cabeza.

En el pergamino había leído en vertical la palabra «veneno» y por tanto sabía perfectamente lo que estaba haciendo. «¿Se estará muriendo?». También decía la nota: «No alberguéis ningún temor ni remordimiento». Pero tenía mucho miedo por lo que acababa de hacer. «El rey pensará que la han envenenado por orden mía. Me odiará siempre. Quizás hubiera sido preferible aguantar hasta que a Alfonso se le pasara el capricho. Esta relación adúltera arrastra la maldición de Dios, porque nuestros herederos mueren uno tras otro. Solo sobrevive Berenguela, porque nació antes de que el rey volviera a buscar cobijo en las entrañas de esa mujer».

La duda, la culpa y la incertidumbre la consumían. «¿Cómo he podido llegar a esa situación y aguantar esta infidelidad de mi marido durante todos estos años?». Solo la llegada del rey la podía sacar del infierno en que se encontraba.

Al poco de salir la reina de la casa, Raquel la judía comenzó a respirar con dificultad y a sentir gran comezón en el pecho. Después empezó a vomitar. Entre arcada y arcada recordaba con nitidez las advertencias que le había hecho en esa misma casa su hermana Susana, cuando empezó su relación carnal con Alfonso. «No olvides que los reyes son muy caprichosos. Hoy te quiero con locura y mañana si te he visto, no me acuerdo. Y no te hagas ilusiones, que nunca se casará contigo, y ándate con cuidado porque en caso de que alumbres un bastardo judío, los nobles y los obispos cercanos al rey os harán desaparecer».

CAPÍTULO 2

Toledo. Córdoba. Toledo. 1184

El rey don Alfonso, en la plenitud de la edad, con el reino pacificado, se sentía fuerte y seguro porque acababa de recibir la noticia de la muerte del califa Abú Yacub en el sitio de la ciudad de Santarém, a causa de las graves heridas que había sufrido durante la batalla que le enfrentó a Fernando de León y a Sancho de Portugal. Mientras se encaminaba bien avanzada la noche por las callejuelas de la ciudad, para encontrarse a hurtadillas con su amante, cavilaba sobre el mejor modo de aprovechar el vacío de poder y las incertidumbres de la sucesión del califa para conquistar nuevos territorios a los almohades antes de que sus herederos volvieran al ataque.

Cuando llegó donde se citaba con Raquel la judía, abrió la puerta, atravesó corriendo el patio y subió con tanta alegría como urgencia por la empinada escalera que daba acceso a las dependencias del piso superior.

En el hogar, unas llamas mortecinas y perezosas alumbraban tenuemente la sencilla alcoba, mientras se escuchaba la respiración entrecortada y el jadeo de una mujer que se ahogaba en un modesto lecho en completo desorden.

Alfonso no se podía creer que aquella mujer, que era incapaz de articular palabra alguna, respiraba con suma dificultad y que apenas podía abrir los ojos, fuera la hermosa Raquel de sus amores, el puerto de su descanso y la delicia de sus noches. De repente le alcanzó la intuición de que la estaba perdiendo para siempre. Mientras aquel oasis donde hasta entonces había encontrado refugio y deleite se desvanecía como un espejismo ante sus ojos, se encontró perdido en medio de las arenas de un desierto inconmensurable.

En aquel instante eterno sintió que el peso de sus obligaciones le aplastaba, pero salió de su ensimismamiento cuando, perdida toda esperanza, vio que Raquel movía el brazo y señalaba con la mano la chimenea. En ella descubrió un pergamino convertido parcialmente en ceniza que se deshizo entre sus dedos. Con la vista y la mente nubladas por el dolor y la confusión, solo acertó a descifrar algunos fragmentos que le dejaron perplejo.

> *... La justicia es inmortal, mas la injusticia atrae la muerte... no fue Dios quien hizo... el veneno exterminador... No corráis tras la muerte...*
>
> *Mené, Tequel, Parsin.*

De pronto se disipó la niebla de su cabeza e interpretó aquellas enigmáticas palabras como un aviso del cielo.

—Esto no hay quien lo entienda. Es para volverse loco. Es la letra de mi tío el obispo Raimundo. Él no puede haber sido. Estaba muy enfermo sin moverse de Palencia durante mucho tiempo y hace semanas que murió de puro viejo.

Se acercó a toda prisa al lecho y advirtió que Raquel apenas respiraba, puso el oído sobre su pecho y comprobó que el corazón de su amada todavía latía. Sin dudarlo un instante salió a toda prisa en busca de su médico personal. Este, que fue despertado de improviso, hizo acopio de diversos remedios y salió corriendo con el rey para socorrer a la moribunda.

—Ya nada se puede hacer por ella —dijo Ben Amusco después de tomarle el pulso, abrir y cerrar la boca de la difunta y proceder a tapar su cuerpo con una sábana.

Al cabo de unos instantes de silencio, el rey, sin dejar de llorar y suspirar, se acercó a la chimenea para comprobar si seguía allí el mensaje escrito en los fragmentos del pergamino y pidió al médico que lo leyera.

—Era un pergamino ponzoñoso —aseguró el galeno después de examinarlo detenidamente—. ¿Cómo podríamos saber quién se lo ha dado a la señora?

—La letra es inconfundible. Así escribía mi tío, el obispo Raimundo. Sabéis bien que murió hace varias semanas. Vos le atendisteis en las últimas horas y tampoco pudisteis torcer su destino.

Ben Amusco llevaba muchos años en la corte, donde se había ganado la confianza del monarca por su vasto conocimiento de la medicina. Ya pasaba de los cuarenta años y su sensatez y discreción le había convertido en uno de los hombres más cercanos al rey. Además del remedio justo, Ben Amusco siempre tenía la palabra exacta para mover a la reflexión y a la templanza. Como médico y hombre de confianza del rey, había asistido a Raimundo en su agonía.

—Era demasiado viejo y demasiado sabio, alguien diría que Dios le ha utilizado como instrumento para castigaros en el cuerpo de esta mujer. Entiendo vuestro dolor porque sabía cuánto la amabais. E imagino vuestra preocupación, majestad —replicó Ben Amusco—. Porque estas fatídicas palabras, que solo el profeta Daniel pudo descifrar, fueron escritas en la pared por una mano invisible durante la cena del rey Baltasar: «*Mené* significa "Dios lleva la cuenta de los días de vuestro reinado y este se está terminando". *Tequel:* "Vuestra alma no pesa lo suficiente". *Parsin*: "El reino será dividido y se dará a los infieles si continuáis por el mismo camino"». —Al ver que Alfonso se quedaba paralizado de temor, Ben Amusco esbozó una sonrisa e hizo un gesto tranquilizador—. ¡Majestad! —continuó—, como no sois el rey Baltasar, no permitáis que os aflija tanto esta desgracia como para dejaros morir, descuidar los asuntos del reino o para que vuestra melancolía ponga sobre aviso a la reina. Despedíos rápidamente de vuestra pobre dama y marchad al alcázar cuanto antes. Dejad el resto de mi mano, que yo me encargaré de todo lo demás. Pronto dejaréis de estar afligido porque vendrán los hijos a vuestro matrimonio y una niebla cada vez más espesa ocultará el recuerdo de vuestra amada.

Como el rey no se decidía a marchar de la casa y hacía ademán de levantar la sábana que cubría el cuerpo de Raquel, Ben Amusco le tomó con suavidad pero con firmeza del brazo en un gesto de consuelo.

—Dejad de mortificaros porque ya nada más podéis hacer por ella. Confiad en mí y tened la seguridad de que resolveré del mejor modo posible este asunto. Tenemos que actuar con la máxima discreción para que nadie se entere de lo que ha sucedido.

—Tenéis toda mi confianza, ¿qué otra cosa puedo hacer? —concedió finalmente el rey—. Amigo mío, haced lo que consideréis más oportuno y puesto que no podéis librarme del dolor y del temor que me afligen, libradme al menos de la ignominia y de la deshonra. Sabré recompensaros como merecéis por el impagable servicio que me prestáis en esta hora funesta.

Incapaz de sobrellevar su pena en la corte, Alfonso partió ese mismo día hacia Cuenca sin dar explicaciones y sin apenas despedirse en busca de un imposible alivio y de tiempo para saber cómo encarar el asunto. Leonor se quedó en la peor de las soledades y el más insoportable de los remordimientos. Tarde o temprano se descubriría el cadáver y estaba angustiada por la imprevisible reacción de su marido si se desenmascaraba su participación en el envenenamiento de la judía.

Muerto el obispo Raimundo, no sabía a quién acudir para descargar su conciencia. Su confusión aumentaba a medida que pasaban los días, y al ser presa de los nervios apenas podía conciliar el sueño, porque cuando conseguía dormirse sufría las más espantosas pesadillas.

«Dios mío: ¡el cadáver! ¿Qué habrá sido de su cuerpo si ha muerto? Tengo que saber cuanto antes en qué paró todo aquello, porque no puedo vivir en esta incertidumbre que me ahoga».

Tan ofuscada estaba que decidió, provista de un puñal, apoyada en un bastón, vestida de negro como una vieja y acompañada de la dueña de su confianza, regresar a la casita de la judería, para comprobar personalmente en qué había parado todo aquello.

Al alba salió del alcázar y como viera que las calles estaban desiertas, se dirigió a su destino con unas prisas que contradecían su aspecto de anciana. Para su sorpresa le había desaparecido la angustia que la torturaba. Caminaba tan decidida que solo cuando se encontraban con algún viandante madrugador la dueña conseguía retener a doña Leonor para que volviera a sus lentos y vacilantes andares.

Al llegar a la casa dudó antes de decidirse a abrir la puerta de la calle, y como estaba muerta de miedo, llevó consigo a la dueña hasta el patio.

—¿No sería mejor que os acompañara por si hay alguien en la casa? —dijo la criada en voz baja al verla tan agitada y nerviosa.

—¡Tú no te muevas de aquí, pero si ves que grito acude a socorrerme! —susurró Leonor mientras empujaba la puerta del edificio.

La dueña, obediente, se quedó en el patio, y desde allí escuchó que la reina daba voces.

—¿Quién vive? ¿Hay alguien en la casa? —gritó Leonor, pero no oyó respuesta alguna. Dispuesta a seguir adelante, pasara lo que pasara, agarró el bastón con energía y, orientada por el resplandor de la chimenea, inició la ascensión de la empinada escalera de madera que crujía con cada peldaño que pisaba. Su corazón pugnaba por salirse del pecho.

«¡Ay, Señor, que me parece que me estoy metiendo en la boca del lobo!».

Como nadie le había contestado, agarró el bastón con todas sus fuerzas:

—¡No te escondas de mí, Raquel, que soy tu señora la reina! No tengas miedo ni opongas resistencia, que no te va a pasar nada —dijo con voz temblorosa, dudando si seguir adelante o salir corriendo escaleras abajo. Después de unos instantes de vacilación, inspiró profundamente y como no notó olor a putrefacción, prosiguió su ascensión sujetándose con fuerza al pasamanos de la escalera.

Desde el último escalón pudo ver la sala con claridad. Con la espalda pegada a la pared dejó resbalar poco a poco su cuerpo hasta la ventana, abrió los postigos y consiguió que el resplandor de la mañana penetrara hasta el fondo de la alcoba.

—¡Escóndete donde quieras, que terminaré por encontrarte! A mí no me engañas. ¿A quién estabas esperando levantada a estas horas, desgraciada? —gritó mientras observaba detenidamente hasta donde le alcanzaba la vista.

Como nadie le respondía, guardó absoluto silencio. Los gorriones alborotaban en el patio y en el tejado se arrullaban las palomas. Hizo acopio de fuerzas y, sin soltar el bastón a pesar de miedo que sentía, inició el registro de la casa. «No metas en esto a la dueña, esto es cosa mía y de Alfonso —iba pensando—. No toques nada y fíjate bien en todo lo que veas porque tienes que averiguar en qué paró lo del otro día».

En la chimenea languidecían unas brasas entre la ceniza, y al avanzar hacia la alcoba creyó divisar una sombra de mujer. Agarró el puñal con la mano izquierda y golpeó la puerta con el bastón.

—¡Salid de inmediato o lamentaréis vuestro engaño! —exclamó.

Al no obtener contestación alguna, se armó de valor y empujó la puerta con el pie. La alcoba estaba vacía y la cama arreglada.

Doña Leonor guardó el puñal y se apoyó en el bastón, echó una última mirada a la estancia, dio media vuelta y bajó muy lentamente la escalera, aliviada porque no quedaba ni rastro del cadáver. Ella estaba convencida de que Alfonso sabía y callaba. Una muralla de silencios y desconfianza se levantaría entre ambos y sería mucho más peligrosa que los celos que tanto le habían atormentado.

Cuando acabó de bajar la escalera y salió al patio, los gorriones guardaron silencio y se apartaron a su paso mientras la dueña le esperaba con impaciencia para acompañarla de regreso.

«Estoy perdida —se dijo con amargura cuando llegó al alcázar—. Antes necesitaba deshacerme de la judía a toda costa y ahora me siguen a todas partes sus tristes ojos. Tengo que hacer lo que sea para evitar que me persigan toda mi vida». No sabía cómo escapar al desasosiego que la devoraba hasta que del fondo de su mente salió una idea salvadora. «Espero que venga pronto el arquitecto que le he pedido a mi hermano, para continuar con las obras de mi monasterio y tener algo de provecho para distraer mis pensamientos, porque, como tarde mucho o no llegue, me voy a volver loca. Ojalá Dios me perdone, aunque yo no conseguiré perdonarme nunca».

* * *

Ben Amusco conocía Córdoba como la palma de la mano, pero Raquel entraba por primera vez en la famosa capital del califato. No tardaron mucho rato en llegar a la casa del filósofo cordobés, el venerado maestro del médico. Una alta tapia coronada por jazmines envolvía la heredad, que a primera vista no tenía nada que la distinguiera de las que la rodeaban. La casa se recortaba sobre los rotundos volúmenes de la imponente mezquita que se elevaba como telón de fondo sobre los tejados de los edificios circundantes.

Después de llamar repetidas veces a la puerta de la casa donde suponía que todavía vivía Averroes, les abrió un hombre de edad provecta que, tras hacerles una profunda reverencia, les invitó a pasar al patio.

Raquel estaba admirada de la cordialidad y la sencillez de aquel hombre, modesta y pulcramente vestido, que enseguida les invitó a saciar la sed con una jarra de agua fresca que brotaba de la fuente situada en el muro frontal del patio. Después de acariciarse la luenga barba cana, al anciano se le iluminó el rostro con una sonrisa y se le encendieron unos ojos vivarachos.

—Os reconozco, amigo mío. Sois Josef Alfakhar Ben Amusco, uno de mis mejores discípulos, y llegáis en muy buena compañía. —Tras estas palabras, que pronunció con una mirada de admiración hacia Raquel, el anfitrión se dirigió a su discípulo y, señalando a la mujer, dijo—: Se ve que salisteis con mucha premura, porque para el largo viaje que habéis emprendido traéis pocas pertenencias. Ignoro si deseáis proseguir o preferís hacer un momentáneo alto en el camino. Haré que os ofrezcan un aposento donde podáis sentiros como en vuestra propia casa. O aposentos separados si habéis menester de ello. Sobre todo a la señora, que no puede disimular su cansancio y que seguro que necesita un baño caliente y ropas con arreglo a su condición.

Cuando estuvieron a solas, Ben Amusco le puso al corriente de la delicada situación de Raquel, sin omitir que estaba encinta.

—Habéis hecho lo correcto, salvar a la mujer y confiar en vuestro amigo. Llevo muchos años esperándoos. Os he echado de menos desde que salisteis de mi escuela para servir al rey de Castilla.

—Con tantos alumnos como atendéis, con el mucho tiempo que dedicáis al estudio, a curar a los enfermos o a impartir justicia, además del que empleabais en servir al califa, ¿cómo es posible que os acordéis de un alumno distraído y perezoso?

—Os recuerdo porque teníais un don que ningún hombre posee. Nadie ha habido tan capaz como vos de arrancar a los moribundos de las garras de la muerte. El califa ha muerto hace poco en mis brazos pidiéndome que le socorriera, y a pesar de los remedios que le procuré, fui incapaz de salvarle la vida porque las heridas en el vientre conducen a la muerte sin remisión.

—Yo conseguí devolver la vida a la señora insuflándole mi ánima con todas mis fuerzas, pero en esto creo que me ayudó la suerte. ¡Creedme si os digo que apenas la conocía! Pero cuando la vi moribunda, tan hermosa... y tan desvalida... y supe que el rey nada podía hacer por ella... Vos lo habéis dicho, me di cuenta de que yo era el único... el único ser en el mundo que acaso... acaso podía salvarla.

—Decíais que erais perezoso, pero yo os recuerdo siempre investigando con antídotos. Si algo mata, algo cura, solíais decir.

—Queda tanto por descubrir y hay tanto que investigar... —respondió Ben Amusco con un gesto de cansancio.

—Alguien estará preso de la inquietud por vuestra desaparición y la de la mujer. Eso os preocupa, ¿no es cierto? Pero no alberguéis ningún temor. Nadie sabrá por mi boca lo sucedido, aunque tenemos que ser cuidadosos porque el servicio tiene corta la mente y larga la curiosidad y la lengua. No os preocupéis por ella, que la tomaré a mi servicio y me ocuparé de su hijo cuando nazca. Si sabe leer y escribir el hebraico, puede serme de gran utilidad y yo le enseñaré el arábigo. Las mujeres deben compartir con los hombres todos los deberes. En este mundo nuestro se desconocen las habilidades de las mujeres, porque solo se las utiliza para la procreación, estando por tanto destinadas al servicio de los maridos y relegadas al cuidado, educación y crianza de los hijos. Pero eso las inutiliza para otras posibles actividades.

Ben Amusco observó que había muchos libros y documentos esparcidos por las mesas, o amontonados en el suelo.

—Ella podría ayudaros a ordenar los libros y documentos de esta biblioteca —sugirió.

—Falta me haría, porque la última campaña del califa me sacó del orden que me había impuesto y al que no termino de volver. En cuanto a vos, si el rey prescindiera de vuestros servicios, regresad con nosotros a Córdoba. Sabéis bien que, mientras yo viva, tendréis a vuestra disposición mi casa, mi fuente, mi patio, mi huerta y mi biblioteca.

Estas promesas de Averroes tranquilizaron a Ben Amusco, que, tan pronto como recobró fuerzas, se despidió de Raquel y de su maestro y regresó a Toledo.

* * *

Lo primero que hizo don Alfonso, cuando por fin regresó a Toledo, fue llamar a su médico. Como no podía sujetar los nervios, se entretuvo en pasear por los jardines del alcázar distrayéndose con el canto de los pájaros, el sonido de las fuentes y el trabajo de los jardineros moriscos.

—Mi buen y leal amigo Ben Amusco. ¡Si terrible ha sido para mí la misión que os he encomendado, enorme habrá sido para vos la carga que he echado sobre vuestras espal das! Lo imponían la salud del reino y la salvación de mi alma —exclamó el rey, apretándole efusivamente las manos y mirándole directamente a los ojos—. ¡Como Saulo, he caído del caballo! El Señor me ha mandado el aviso definitivo. ¡Estoy herido, amigo mío, pero no muerto! Mis herederos mueren antes o después de nacer. Ella murió fulminada por aquellas terribles palabras escritas desde ultratumba por mi difunto tío Raimundo. Fueron el último de una serie de avisos que han enviado los cielos para desviar a este pobre pecador del camino de la perdición y fuisteis vos quien me disteis en aquellos momentos tan dolorosos el consejo que me he repetido mil veces: «No permitáis que os aflija tanto esta desgracia como para que descuidéis los asuntos del reino o para que vuestra melancolía ponga sobre aviso a la reina».

Aunque veía que Alfonso estaba muy nervioso y hablaba atropelladamente, Ben Amusco estaba tranquilo y respiró con alivio, porque se dio cuenta de que el rey no quería saber de su boca nada acerca del paradero del cuerpo de Raquel, pues él mismo cambió de conversación dando por zanjado el asunto.

—Por ese gran servicio que me habéis prestado y haciendo uso del buen juicio que poseéis, quiero que me digáis con toda sinceridad si debo hacer partícipe a la reina de mis últimos sinsabores.

El médico se vio metido en un gran aprieto, pero no lo dudó ni un instante.

—No lleve su majestad más preocupaciones a las muchas que afligen a la reina. Desde que el santo obispo Tomás fuera muerto a manos de algunos nobles del rey don Enrique, todo es llanto y crujir de dientes en el reino de Inglaterra, con doña Leonor de Aquitania encarcelada, el heredero difunto y Ricardo en rebeldía y, lo que es peor, confabulado con el rey de Francia contra su padre. Y este anda con una excomunión tras otra rondando sobre su corona.

—La verdad es que a mi suegro le están alborotando el reino sus descendientes.

—Estos dolores son lacerantes para vuestra esposa y, en cambio, lejanos para vos, mientras que los infantes e infantas muertos antes o después de nacer son el pan amargo de cada día para los dos, que padecéis lo indecible por estas sucesivas desgracias. Pero para la reina son insufribles, porque se añade su angustia de no poder ofreceros cuanto antes un heredero varón. Estad seguro de que llegará en cuanto enderece su majestad la conducta para deleite y regocijo de la reina. A partir de ahora, debéis acudir con frecuencia al tálamo, lleno de pasión y alegría y no como buey que, amarrado al yugo, ara la tierra por obligación. Que esto reconfortará a nuestra reina tanto o más que ese gran monasterio, que a semejanza del de Fontevraud tiene proyectado en Burgos para orgullo de la familia y reposo eterno de sus majestades y descendientes.

—Hablas como un obispo, mi querido galeno. No sabía que los judíos erais tan versados en asuntos de monasterios —respondió el rey don Alfonso, esbozando una ligera sonrisa.

—Ningún sacrificio debería ser para vos hacer ese tipo de pruebas y repruebas. Que la reina es muy joven y hermosa todavía, por ello os aconsejaría alejaros por una temporada de esta ciudad que tantos recuerdos ingratos os trae. Y para conseguir el perdón del apóstol, os vendría bien un poco de penitencia recorriendo juntos el Camino de Santiago. Eso os distraerá a ambos, os permitirá hablar a menudo, guardando, os aconsejo, una prudente discreción para no empeorar las cosas, y dará lugar a acercamientos y aventuras insospechados y totalmente fuera de la rutina y del protocolo. El otoño acompañará vuestro recorrido pintando de rojo los viñedos que saldrán a recibiros a vuestro paso.

—Me acabáis de dar una gran idea, porque puedo empezar desde Tarazona para celebrar el decimocuarto aniversario de nuestro matrimonio.

—Así podréis alegrar el corazón y el cuerpo de vuestra esposa, aparte de distraer su imaginación —prosiguió—, y ella os dará más pronto que tarde los frutos que vuestro reino espera y necesita. Sabéis de sobra que de un vergel que el marido no cuida, un osado aprovecha los frutos.

El rey cada vez estaba más tranquilo y a gusto con aquel confidente tan discreto y sereno.

—Espero que no os importune ni consideréis una intromisión en vuestra vida, pero me gustaría saber qué religión profesáis —le preguntó intrigado—. Y no es solo por curiosidad. De nombre y de familia sois judío, pero de vuestro comportamiento me nacen muchas dudas. Decidme pues, ¿estáis bautizado y sois cristiano o estáis circuncidado y sois judío?

—Mi religión es la medicina y ha tenido muchos profetas. Los más grandes que conozco son Galeno, Avicena y Averroes. Ellos son mis maestros, sobre todo este último. Él me ha dado todo en la vida; me ha enseñado todo lo que soy y me ha recibido en su casa como al más aventajado de sus discípulos. No os extrañará entonces que le adore en cuerpo y alma.

—No sé cómo podéis ser seguidor de tres religiones bien diferentes —insistió el rey.

—Mi abuelo era de Amusco, pero le llevaron de niño a Toledo. Cuando partí hacia Córdoba para estudiar medicina, me dio un buen consejo: «Hijo mío, donde fueres haz lo que vieres». En cada sitio en que estoy, practico los ritos de la religión de sus moradores.

—¿No es una mezcla confusa eso que hacéis rebuscando en los cestos de las tres religiones?

—Mi filosofía es bien sencilla y la he aplicado a lo largo de mi vida. Procuro sanar a los enfermos del alma y del cuerpo, sean cuales sean sus recursos y sus creencias. A veces los males anidan en el corazón y solo las distracciones y el tiempo pueden remediarlos. ¿Y qué mejor distracción puede haber para un rey que atender a su mujer y cuidar de su reino y del bienestar de sus súbditos?

Tan adentro le llegaron al rey las palabras de su médico y consejero que juró por su honor y por su alma poniendo a Dios por testigo que, en vida de la reina, no yacería con otra mujer que no fuera ella. Y allí mismo, Ben Amusco le tomó juramento sobre la cruz de su espada. Y mientras el rey juraba, él razonaba sobre las debilidades de los monarcas: «Quiera Dios que no se cruce en su camino otra mujer como Raquel... porque los ojos de la mujer por amar son tan tentadores como los reinos por conquistar y su carne es tan poderosa como flaca es la voluntad de los reyes y los califas en estos asuntos y si no que se lo pregunten al rey don Fernando de León, que va a dejar la salud y la hacienda en manos de su amante doña Urraca López de Haro».

Capítulo 3

Santander. 1184

A doña Leonor se le esponjó el corazón cuando supo por un mensajero que su hermano Ricardo había encontrado en Durham al arquitecto que necesitaba para el monasterio burgalés y le indicó las fechas aproximadas en que llegaría a Santander.

Para recibir al maestro había llegado Fructuoso hasta la costa desde la montaña palentina. Era el escultor de confianza de la reina, el mismo que había realizado algunos años antes las Claustrillas del palacio real de Las Huelgas de Burgos, el claustro del monasterio de Santa María en Aguilar y también el de San Andrés de Arroyo, a donde se dirigirían en la primera parte de su recorrido. Este cenobio estaba enclavado en el valle de la Ojeda, en el lado del mediodía de la cordillera Cantábrica. Su abadesa fundadora era doña Mencía, viuda del conde Álvaro Pérez de Lara, que, de acuerdo con doña Leonor, pensaba aplicar en el monasterio palentino las innovaciones arquitectónicas provenientes de Normandía para después incorporarlas al de Las Huelgas.

Durante varias semanas, galernas de duración y fiereza nunca vistas habían azotado las costas del Cantábrico impidiendo la entrada y salida de barcos en la bahía de Santander. La inquietud de Fructuoso era razonable porque se habían perdido algunas embarcaciones, y de la llegada del arquitecto dependía su trabajo en los monasterios cistercienses de Arroyo y de Las Huelgas.

Aunque muchos daban al barco por perdido, después de unos días de bonanza, apareció la vela cuadrada de la coca entre la península y la isla de Mouro. Hasta que no entró en la bahía, los cansados pasajeros no pudieron divisar aquella población de pescadores y comerciantes de la mar. Estaba encaramada sobre un cerro llamado Somorrostro, en cuya proa se destacaban la colegiata de San Emeterio y el castillo. Este había sido levantado sobre los restos de unas imponentes murallas romanas de sillería, y desde él se dominaban la villa y la ría donde atracaban los barcos.

La nave hizo su entrada acompañada de un enjambre de barquichuelas. Cuando tocó fondo en la ría, los pescadores en sus barcas de remos se acercaron a transportar viajeros y mercancías a tierra firme.

Fructuoso se fijó enseguida en la figura, esbelta y elegante como una ojiva, de un joven caballero de elevada estatura que suponía era el arquitecto de la reina. Era bien parecido, y aunque no llevaba collares y adornos superfluos, iba vestido de tal guisa que en cualquier momento podía ser objeto de un homenaje.

«Parece demasiado joven para ser el arquitecto de la reina, pero no puede ser otro por el aplomo con que se nos manifiesta. Esperemos que el interior concuerde con la fachada, porque en caso contrario nos esperan días de mucho padecimiento, sobre todo si nos sale antojadizo», se dijo Fructuoso con un punto de preocupación.

Aprovechando que el barco apenas se mecía, el pasajero se colocó en la proa del buque armado de un cuadernillo. En rápidos trazos dibujó el accidentado perfil de la villa, con las imponentes murallas del castillo azotadas por las olas, y las naves y la espadaña de la iglesia asomando por encima de las almenas.

Cuando Fructuoso vio que el resto de los pasajeros ya había llegado a la playa y que el arquitecto llevaba un laúd consigo, se adelantó y entró en el agua hasta más allá de las rodillas. Después le presentó sus respetos y le dio la bienvenida en nombre de la reina. El viajero le contestó lacónicamente:

—Llamadme Ricardo, que así me llaman desde siempre.

El escultor se quedó maravillado, pues el extranjero se hacía entender perfectamente.

Mientras los criados se ocupaban de bajar su abundante equipaje a la barca, cuatro servidores de la colegiata tomaron en sus brazos al arquitecto y le llevaron en volandas hasta tierra seca. No tuvieron que andar mucho porque estaba a pocas zancadas de la puerta del Mar. Allí le esperaba el abad con una mula para aliviarle de la subida de las cuestas de la villa. Seguidamente pasaron a la ciudad y al mercado acompañados en su trayecto de los hidalgos y gente principal.

Había mucha gente siguiendo el paso de la comitiva, por la llegada del navío y porque el abad de la colegiata había hecho saber a todos los habitantes de la villa que en él llegaría el arquitecto de la reina. Enseguida se vio escoltado por un buen número de mozas que le contemplaban con curiosidad y evidentes muestras de admiración. Todas ellas iban con la cabeza afeitada, excepto por unos graciosos mechones rizados por encima de las orejas, iban vestidas y engalanadas a la usanza del país, con camisas fruncidas de lino blanco, como las pastoras o las moriscas, y llevaban tantos cascabeles en brazos, piernas y cinturas, como sonajas en las panderetas que hacían sonar a su paso cantando y bailando de alegría, en honor de aquel joven gallardo y apuesto, que lucía abundante melena rubia con tirabuzones y marchaba airoso sobre la mula henchido de satisfacción porque era el protagonista del agasajo y además sobresalía de todos sus acompañantes por su porte y estatura.

También se sumaron al festejo las casadas y las viudas. Bastantes de ellas habían dejado atrás la mocedad, pero todas portaban tocados de dos palmos en forma de cuerno inclinado hacia delante para realzar su estatura. Los llevaban sujetos por una larga y estrecha pieza de tela enrollada que les cubría la cabeza, el cuello y los hombros y descendía hasta el pecho. Ajustaban esta con una saya y un cinturón de tela para resaltarlo. Sobre la saya lucían largos mandiles de color, rojo para las casadas, que eran más jóvenes, y negro para las viudas, que eran de mayor edad. Al igual que las mozas, portaban calzados atados con cintas y polainas y algunas de ellas borceguíes puntiagudos.

Enseguida se fijó el viajero en una mujer muy bulliciosa que se las ingeniaba para situarse a su lado. Era lozana y esbelta, mucho más joven que vieja, y estaba de muy buen ver. Aunque llevaba sonajas y cascabeles en brazos y piernas como las mozas, también portaba tocado y saya como las señoras. Y como su mandil unas veces parecía negro y otras rojo, Ricardo no acertaba a saber si era viuda, soltera o casada.

La festiva comitiva de mujeres le acompañó con gran regocijo hasta su alojamiento, bailando, cantando y esparciendo alegría. Pero Ricardo estaba contrariado porque la lozana había desaparecido de su vista un rato antes. Cuál sería la sorpresa, cuando, después de agradecer el recibimiento y despedirse de los hidalgos y notables de la villa, entró en el patio de la casa del abad y vio que ella le esperaba sonriente.

—Perdonad mi curiosidad, señor abad —dijo el arquitecto en voz baja—, la dama que nos ha recibido me tiene confuso porque, a causa de su curioso atuendo, no acierto a discernir a qué estado pertenece. Monja no parece, soltera no es porque lleva tocado. Por fuerza tiene que ser viuda o casada.

—Ni lo uno ni lo otro y las dos cosas, señor arquitecto. Mi sobrina era casada porque yo mismo la casé con Tristán en esta iglesia que veis. Pero no es viuda del todo porque su marido se perdió por esos mares de Dios. Desde hace cinco años no hemos vuelto a tener noticias suyas ni del barco, lo que nos impide conocer a ciencia cierta si sigue vivo o está muerto. A pesar de ello, no hemos perdido la esperanza de que se presente en cualquier momento. Mientras no se aclare este pormenor, no podrá volver a casarse y deberá permanecer en el limbo, a pesar de que tiene muy buenos pretendientes entre los hidalgos de la villa.

—He observado durante el recorrido que rebosa... alegría y vitalidad como las mozas, y como ellas no ha parado de tocar la pandereta ni de agitar las sonajas. Eso indica que se ha debido de acomodar a su incierto estado.

—No del todo, aunque es más paciente que el santo Job. Cuando su marido desapareció solo acertaba a decir: «El Señor me lo dio, el Señor me lo quitó, bendito sea su santo nombre». Pero, sin embargo, nunca se la ve cariacontecida porque de nada se lamenta y todo lo disfruta. Cuando arriba un barco, se llena de alegría por si llega su marido y sale a celebrarlo con todas las mujeres. Si Tristán no llega, lo celebra igualmente, por los que sobreviven a los caprichos de la mar.

—Es una situación incómoda y confusa para ella y sus pretendientes.

—Pero no para vos, porque, mientras nos honréis con vuestra presencia, ella estará a vuestro servicio para todo lo que hayáis menester, que no hay en estos pagos ninguna otra tan dispuesta para atenderos con la diligencia y discreción que el arquitecto de nuestra dueña y señora merece.

Ricardo se dio cuenta de que la lozana, que se había retirado el tocado de la cabeza, todavía llevaba los borceguíes con cascabeles cuando le acompañó a la habitación, después de darle la bienvenida y desearle buen tiempo durante los días que quisiera permanecer entre ellos.

—Con mucho gusto me quedaría descansando unas cuantas jornadas en esta hermosa y acogedora tierra, pero debo proseguir de inmediato mi viaje, porque la reina me espera desde hace tiempo.

—La tierra es hermosa, pero el tiempo es de humor tornadizo —repuso ella.

A Ricardo le complació la amplia y confortable cámara que le habían reservado, sobre todo porque tenía letrina, robustas vigas de madera en el techo y tablazón de castaño encerado en el suelo, cubierto en parte por una enorme piel de oso que llegaba hasta la chimenea. La mujer la acababa de prender para espantar la humedad. La habitación estaba en penumbra hasta que la lozana abrió de par en par un balcón colgado sobre la muralla. En un momento entró la luz a raudales y guardaron silencio los cascabeles. El trajín de las olas que chocaban contra los muros, el olor a mar y la bahía entera se colaron de pronto en la habitación. En el cielo hacían acrobacias las gaviotas chillando a porfía.

Ricardo se quedó mirando a contraluz las formas de la mujer, mientras ella extraviaba la mirada en el horizonte. En el momento en que ella se dio la vuelta, pensó: «Como el viaje ha sido fatigoso, el abad es hospitalario y la lozana es prometedora; tengo que encontrar una disculpa para quedarme unos días».

Como se imaginaba que la sobrina del abad miraba al mar, añorando al marido extraviado, tomó en su mano el laúd y cantó con voz dulce y bien afinada:

Aquel que es veraz enamorado
quiso que viniera aquí, a vuestro poder,
a cantaros para daros placer.

—Agradezco vuestra canción porque es dulce y bienintencionada, señor mío —dijo la lozana—, pero no albergo ninguna esperanza. Miro por donde se fue y por donde nunca volverá. No perdáis más tiempo cantando, que después de que descanséis un rato tenemos que daros un baño y vestiros para la cena.

—Estoy presto para lo uno y para lo otro, pero excusadme la curiosidad, ¿a qué se debe que llevéis puestos en casa los cascabeles y las sonajas?

—Mi tío me ata los borceguíes con unos lazos que él solo sabe anudar y él solo sabe desatar. Pero solo lo hace para alertar a los invitados y espantar a los demonios.

—Debe de ser incómodo para vos andar así todo el día de un lado para otro.

—A todo se acostumbra una.

—Si me permitís esa confianza, me gustaría examinar esos lazos.

—¿Cómo podría desconfiar de una persona tan respetable?

La resalada se sentó en el lecho, se remangó la saya hasta por encima de las rodillas y mostró los borceguíes al huésped haciendo sonar los cascabeles.

Ricardo, que nunca había escuchado una música tan estimulante, tuvo que hacer grandes esfuerzos para sujetar la mirada. En el piso de abajo estaba el abad y los suelos de la casa eran de madera. Acostumbrado a levantar enormes andamios para sujetar una delicada bóveda de piedra, no había peligro que le acobardara.

—No veo los lazos por ninguna parte.

—Es que los anuda por la parte de atrás, para que yo no acierte a desatarlos. Me da vergüenza darme la vuelta porque pierdo de vista vuestros ojos. Pero si tanto os interesan los lazos...

Cuando la resalada se dio la vuelta y se tumbó sobre la cama y abrió un poco las piernas para dejar visibles las ataduras, Ricardo no daba crédito a lo que contemplaba.

—¡Válgame Dios! Lo que estoy viendo no son lazos, sino el entrelazo arabesco de una alfombra morisca —exclamó mientras hurgaba en los entrelazos de los borceguíes teniéndola a su merced.

Había estado tanto tiempo en el mar que, aunque le parecía una villanía aprovecharse de la ingenuidad de la sobrina del abad, se le despertó el furor de los marineros cuando tienen un puerto a la vista.

Si no me acoge mi señora allí donde duerme
para que contemple su hermoso cuerpo gentil,
¿por qué me ha entreabierto la puerta?
¡Ay de mí! ¡Cómo muero de deseo!

Mientras pensaba esta trova, un penetrante e inconfundible olor a cordero asado que llegaba desde la cocina le distrajo de lo que se traía entre manos y sintió la ansiedad de los náufragos cuando les ponen el plato de comida delante de las narices.

—Veo que os habéis quedado callado, señor arquitecto. ¿Tanto os cuesta desenredar lo que enreda mi tío? —musitó la mujer.

—Ahora sí, pero os prometo que antes de marchar de Santander encontraré el modo de libraros de semejante servidumbre.

—Pues vos no podréis libraros ahora del baño que os espera antes de bajar a la cena —exclamó la lozana, dándose la vuelta y escapando de la cama como una gata.

—Os ruego que no os vayáis sin decirme vuestro nombre —dijo Ricardo, admirado por la sutileza y habilidad con que la mujer había escapado de aquella situación tan embarazosa.

—En la calle unos me dicen la Medioviuda, otros me llaman la Resalada, pero vos podéis llamarme Adelaida.

Se quedó esperando a que le bañara y vistiera Adelaida, mientras se le hacía la boca agua con el olor del asado que inundaba la habitación, pero cuando llamaron a la puerta se encontró al ama con un estropajo y a unas criadas que traían cántaros de agua templada para bañarle en una tinaja.

Capítulo 4

Santander. 1184

El abad de San Emeterio, que era gran comedor y bebedor, estaba acompañado por una docena de hidalgos y notables del lugar, que fueron presentados a Ricardo uno a uno antes de que se sirviera la cena.

Hasta el refectorio le llegaban a Ricardo los efluvios de la cocina, mientras el abad se lamentaba de que el fuero de Santander no terminara de llegar, a pesar de que Castro Urdiales se beneficiaba del que le concedió el rey hacía un cuarto de siglo. Sin embargo, se ampliaba la colegiata y se recrecían las murallas.

—Vos mismo habéis sido testigo de que hay andamios por todas partes y se levantan casas por doquier. ¡Me imagino cómo será Santander cuando tengamos el fuero y cuántas rentas le proporcionará a sus majestades esta decisión!

Ricardo, temeroso de que el resto de los comensales tomara la palabra para insistir sobre el mismo asunto, se levantó de improviso:

—A juzgar por lo que he visto, por el recibimiento que me habéis dispensado y las atenciones que he recibido y espero recibir, estad seguros de que informaré a sus majestades del asombro que me ha causado todo lo que he visto y entrevisto en esta ciudad y en esta casa. Ya solo me queda comprobar que la cena y los dulces no desmerezcan de todo ello, porque en el barco se pasan hartas estrechuras y se desembarca con mucha necesidad.

—La cena será inolvidable y los postres serán los más dulces y suaves que hayáis disfrutado jamás.

Ricardo, ignorante de las costumbres culinarias de los cántabros, pensaba que solo cenarían cordero, pero se sorprendió de que se sirvieran tostadas de pan candeal, queso de cabra para untar, regado por un buen vino que le traían al abad desde la meseta y que le supo a gloria, porque en Inglaterra el vino no era bueno y el pan era de centeno. Después sirvieron embutidos de todas clases, y almejas en salsa verde, que devoró mojando pan, y, a continuación, un centollo partido por la mitad. Por fin trajeron el cordero lechal, recién asado, con guarnición y vino a discreción. Comió paletilla y cuarto trasero, y cuando pensaba que era hora de los postres, llegó el pescado fresco y adobado. Merluza y salmonetes.

Había comido a hinchapellejo cuando aparecieron los dulces del postre. Le obligaron a probar los empiñonados, rosquillas y pestiños y las orejuelas con miel y unas natillas coronadas con espuma de clara de huevo que eran la especialidad de la sobrina del abad, que se había ocupado en la cocina de que todo estuviera en su punto. Las nueces caramelizadas y la fruta ni las probó.

Finalizado el festín, alegó que hacía mucho viento y tenía frío, para declinar el ofrecimiento del abad de dar un paseo en su compañía por las cercanías de la colegiata para bajar la cena. «Si ha sido capaz de preparar semejante recibimiento, y de ofrecerme una cena digna de sus majestades, este hombre me puede tener a la intemperie hasta que le jure que tendrán el maldito fuero en cuanto llegue a la ciudad de Burgos».

Cuando se dirigía a su habitación guiado por Adelaida, pensando en quitarle los borceguíes, estaba un poco mareado y tenía ardores y pesadez en el vientre. «Será mejor que deje lo de los entrelazos para otro día», se dijo.

A la mujer no le pasó inadvertido que Ricardo caminaba silencioso y vacilante. «¡Ay, Señor! A ver si se nos va a poner malo este hombre, que las ansias no son buenas ni para comer ni para nada, porque es mejor hacerlo todo con reposo, que el mundo no se acaba de un día para otro».

—Me ha pedido mi tío que permanezca sobre aviso. Cualquier cosa que hayáis menester, pedidla sin ningún cuidado —dijo Adelaida mientras el arquitecto asentía con la cabeza.

A pesar de que la cama era muy cómoda, y de que intentó distraerse pensando en el modo de desatar los nudos de los borceguíes al día siguiente, aquella cena pantagruélica no le dejaba dormir y la pesadez del vientre se convirtió en una tempestad. El centollo le pellizcaba las tripas, el cordero se removía en el estómago haciéndose sitio, los salmonetes nadaban desesperados buscando una salida, las orejuelas y las natillas no conseguían penetrar en el estómago, que estaba hinchado de gases y amenazaba con reventar. Para colmo de males el vino, que se había avinagrado, lo removía todo y le daba vueltas en la cabeza.

Mientras crecía aquella agitación tormentosa en su vientre, fuera rugía el viento y la lluvia golpeaba los balcones con furia. Las olas se revolvían azotando incansables la muralla que sostenía la casa y se agarraban a las juntas de los sillares intentando trepar cada vez más alto por los muros. Se meneaba el edificio, volaban las tejas y las maderas crujían de pavor.

Cuando los gases le hincharon la barriga y le oprimieron los pulmones, empezó a faltarle el aire. Ya temía por su vida cuando escuchó el tintineo de los cascabeles de la sobrina rondando cerca de la puerta.

—¡Adelaida, Adelaida! ¡Venid a socorrerme por el amor de Dios, que me siento morir! —clamó en voz baja para no despertar al abad.

La mujer, protegida por una ligera camisa de lino y armada solamente con una llamita de vela que temblaba sobre su mano, entró con presura en la estancia. Un sudor frío le empapaba el rostro y corría por el pecho del huésped mientras se retorcía de dolor. Sin dudarlo un instante salió corriendo en busca de ayuda y regresó de inmediato para estar junto a él y tranquilizarlo.

Enseguida llegaron dos sirvientas, una traía un cuenco con manzanilla y una vejiga con una cánula y la otra unas artesas de barro y muchos paños para la limpieza. Una vez que las mujeres despejaron la estancia, Adelaida le ayudó a incorporarse.

—No podemos permitir que sigáis padeciendo tanto sufrimiento —le consoló—. ¡Señor mío! ¡Sorbed poco a poco este remedio que os traemos. Os sentiréis aliviado en cuanto expulséis la comida que vuestro estómago rechaza. Después tendréis que tumbaros boca abajo para yo pueda desatar con agua tibia el nudo de vuestras tripas que, a buen seguro, no estará tan enredado como los de mis borceguíes. No sintáis temor ni vergüenza, porque acostumbro hacer estos menesteres a mi tío con mucha suavidad y respeto. Que también pierde a veces el tino con la comida y con el vino.

Los remedios que le administró Adelaida, por arriba y por abajo, aliviaron de tal forma el empacho del huésped que pudo dormir algunos ratos. Cuando el arquitecto despertó, la Resalada todavía estaba allí. Pero se había quedado dormida y él se quejaba de frío.

—¡Ay, Señor, que se apagó la lumbre y vos andáis tiritando! Seguro que además de las toses tenéis calentura. ¡Qué disgusto se va a llevar mi tío cuando vuelva de decir misa y se entere de vuestros padecimientos! ¡Cómo se le pudo ocurrir ofreceros semejante cena y albergaros en esta cámara que es la más fría y húmeda de la casa cuando hay galerna! Que el viento lo llena todo de humo y la lluvia moja la leña de la chimenea. Mientras sigáis enfermo y dure el temporal, os hallaríais mejor descansando en mi alcoba, que siempre está caliente porque se encuentra encima de la lumbre de la cocina y está al otro lado del mar. Yo me acomodaré en cualquier rincón. En cuanto vuelva mi tío de decir misa, le pido la venia para cambiaros a mi cuarto.

Ricardo miró de otro modo a su cuidadora y la contempló con ternura. Estaba avergonzado porque ella había tenido que sufrir las consecuencias de su voracidad durante la cena y muy agradecido por la discreción, delicadeza y suavidad con que le había administrado los remedios durante la noche.

—No creo que aquel que os hace andar por la casa como un gato consienta que me prestéis vuestro aposento así como así —respondió Ricardo, sorprendido de que ella se hubiera atrevido a hacerle una proposición tan generosa.

La contestación del abad fue tajante cuando regresó de decir misa:

—En ningún modo permitiré que ocurra en mi casa tal cosa. La alcoba de Adelaida no es digna de una persona como vos y menos ahora que tendréis que permanecer con nosotros, mal que os pese, hasta que remita la enfermedad y se aleje el temporal. En vez de mudaros vos a una pequeña alcoba por muy caliente que sea, ¿no será mejor que se traslade mi sobrina a esta cámara, que es la mejor de la casa? Así podrá ayudaros en lo que hayáis menester y echar leña al fuego cuando las llamas de la chimenea desfallezcan. Solo hará falta colgar una cortina en un rincón, para hacer un camarín donde ella pueda descansar sin molestaros y atenderos cuando lo necesitéis.

—Aceptaré de buen grado lo que dispongáis, aunque siento mucho las molestias que os causo, sobre todo a vuestra sobrina, y a ambos os pido excusas por ello. Sabéis que la reina me espera y yo tenía previsto ponerme en camino ayer.

—Pero hoy las circunstancias son otras. Ayer hacia bueno y estabais sano, y hoy hay galerna y estáis enfermo. Sería una locura que os marcharais con este tiempo y en vuestro estado. ¿Qué pensaría de nosotros su majestad, si por causa de nuestra negligencia se agravara vuestra enfermedad? ¿En qué pararía la concesión de nuestro fuero si os aconteciera una desgracia por el camino? Seguid tranquilo en vuestra cámara que mi sobrina se desvivirá para complaceros y pronto se os pasarán vuestros males. Aunque tengo dicho que entre santa y santo pared de cal y canto, vuestra enfermedad, su pudor y una modesta cortinilla serán suficientes para proteger su honra y la vuestra. Y si os incomodan los ruidos de las sonajas y cascabeles que lleva para avisaros de sus movimientos, de inmediato libero sus piernas de la servidumbre de los borceguíes.

—Vuestra sobrina es recatada y discreta. Os aseguro que su vecindad no rebaja mi dignidad ni me incomoda. En cuanto a la retirada de los borceguíes de sus piernas, no quisiera que por causa de mi dolencia se mudaran las costumbres de esta casa, pero supongo que ella se sentirá más cómoda andando a su discreción sin la compañía de los cascabeles. Y con los de las muñecas haced lo que a ella le plazca.

Ventilose la estancia. Atizaron la chimenea con buenos troncos de roble. Mudaron la ropa y el colchón de la cama y colocaron una almohada de plumas bajo su cabeza. Retiraron la piel del oso y no se olvidaron de colgar la cortinilla para disponer el camarín de la sobrina.

Después de asear al enfermo, que se había negado en redondo a que viniera un médico a sangrarle, recibió la visita de Fructuoso para interesarse por salud y decirle que lo tenía todo dispuesto para partir cuando lo considerara oportuno, pero que con aquella tormenta los caminos estaban impracticables y el viaje era peligroso. «Como no sujete la reina a este arquitecto y no se guarden de sus mañas las damas y las dueñas de la corte, pueden verse enredadas en sus zalemas y melindres distrayéndolas de sus menesteres», pensó el honrado artesano al comprobar que Adelaida y Ricardo compartían la misma habitación.

Finalmente, despejaron todos la estancia y dejaron al enfermo, de cuya salud dependía la prosperidad de la ciudad, al cuidado de Adelaida. Esta se desvivía por asistirle y satisfacer sus necesidades, pero no todas, porque desde que le encomendaron su curación y pasó a su entero servicio, se mostraba mucho más seria y precavida que el día anterior.

Durante el segundo día de la estancia de Ricardo en Santander, ni se apaciguaba la tempestad ni remitía su catarro, porque se pasó la mayor parte del día tosiendo, ayunando y dormitando. Mientras el abad se sentía culpable de lo ocurrido, Adelaida, que no se separaba de su lado, bendecía la tempestad, la indigestión y las toses que le retendrían unos días a su lado. Por primera vez en su vida tenía la posibilidad de conocer de cerca a un hombre de mundo y de corte, que era de elevada posición, y, a buen seguro, tenía muchas cosas que contar.

Aunque se había quedado encandilada cuando le vio llegar a la plaza montado sobre una mula con su melena rubia flotando al viento, tan alto, tan hermoso y aplomado, con tanta naturalidad como un príncipe, durante un recibimiento semejante al que le dieron a Jesús en Jerusalén el Domingo de Ramos, se engañaba a sí misma diciéndose que solo le atraía la curiosidad, lo exótico de su persona, su despejada y amplia frente que coronaba un rostro sereno y despreocupado y, sobre todo, su generosa sonrisa y su pícara mirada.

El tercer día, la tempestad se dio un pequeño respiro, remitieron un poco las fiebres de Ricardo y Adelaida se ocupó de entretenerle relatándole menudencias de su vida en aquel rincón de la costa del que nunca había salido. Le contó que de niña le gustaba pasear por el borde de la playa, ver a las olas convertirse en espuma cuando le pasaban por debajo y sentir las cosquillas que le hacían cuando se retiraban robándole la arena bajo sus pies. Que estaba muy agradecida a su tío, porque, cuando murieron sus padres, la recogió en la colegiata para educarla y ponerla a su servicio y por eso no vio con buenos ojos que se entretuviera con Tristán, que solo era un modesto pescador que la llevaba en su barca para contarle historias de marineros y naufragios y soñaba con viajar por el mundo. Que su tío solo dio su consentimiento a la boda cuando Tristán empezó a hacer fortuna comerciando con lanas y sedas. Y que la recibió como a una hija, cuando pasaba el tiempo y su marido no daba señales de vida.

Ricardo, a su vez, le hablaba de cimbras y grúas, de arquivoltas y capiteles, de gárgolas y pináculos, de arbotantes y cimborrios, de bóvedas y cúpulas, de ménsulas y arcos fajones y de vidrieras y rosetones. Le contó que una vez se cayó del andamio cuando subía al triforio y no se mató porque tuvo la suerte de caer en un montón de arena. Ella le escuchaba arrobada pronunciar aquellas palabras raras que no entendía.

—Triforio. Me gusta mucho esa palabra. Tiene que ser algo tremendo y que dé mucho miedo. Me gustaría saber lo que es un triforio.

—Es un balcón corrido que cuelga sobre la nave central y por el que se puede recorrer el interior de la catedral para verla desde lo alto de punta a punta.

—Supongo que, cuando llueve, la gente de tu ciudad sale a pasear por el triforio.

—En absoluto, porque es muy estrecho y solo suben los sacristanes y alguna vez los canónigos, pero nunca los fieles.

—Entonces, el triforio no sirve para nada. En cambio en Compostela, según cuentan los que han estado allí, hay una especie de triforio muy espacioso que da sobre la nave y que sirve hasta de dormitorio a los peregrinos cuando no encuentran donde albergarse en la ciudad. ¿Y qué es un pináculo y para qué sirve?

—Es una piedra alargada que remata un edificio.

—No me gustaría estar debajo cuando se caiga, que hace años salió volando una campana de la colegiata y no me mató de milagro.

El cuarto día, Ricardo ya comía de todo pero con moderación, aunque la tormenta no daba tregua. Adelaida, que no tenía nada mejor que hacer, con el beneplácito del abad, se desvivía por atenderle y no se separaba de él ni de día ni de noche, durante la cual se recogía en su camarín para no molestar al invitado. Las horas de la jornada se les pasaban volando en una forzada intimidad de sabrosa ociosidad, sin que les causara la menor fatiga conversar, porfiar, razonar o reír. Ni tampoco insistir o suspirar, que era lo que hacían, él porque había recuperado el deseo y ella por lo novedoso de la situación que estaba viviendo. La ociosidad animaba a Ricardo a poner toda la carne en el asador, y el dulce hacer nada invitaba al cuerpo y al alma de Adelaida a dejarse llevar por sus sentimientos a riesgo de consentir en lo que él le pidiera sin preguntarse por sus consecuencias. A pesar de ello, se resistía durante el día, y por la noche corría la cortina para, después de apagar la vela, poder desnudarse en su camarín antes de tumbarse en su jergón. Pero las emociones del día la mantenían en vilo y el vendaval no cesaba.

—Adelaida, que con esos aires no hay quien duerma y además tengo mucho frío —susurró Ricardo.

La mujer, que ya había amoldado el perfil de su cuerpo al jergón, callaba esperando a ver en qué paraba el aviso para averiguar si se trataba de un capricho o una petición de auxilio. Pero viendo Ricardo que no había respuesta para su lamento, aclaró las dudas de su cuidadora con una trova:

Si ella no me acoge allí donde duerme
para que contemple su hermoso cuerpo gentil,
¿por qué me ha traído a su lado?
¡A mí, que muero de deseo!

—Por vuestro bien y el mío, no busquéis en mi cuerpo remedio para ese tipo de achaques. Además, me temo que os quejáis de vicio, señor trovador, porque primero moríais de empacho, hace un momento os moríais de frío y ahora me decís cantando que estáis muriendo de deseo. Para mí que no estaréis tan mal, cuando recitáis con tanto tino y sentimiento —respondió Adelaida detrás de la cortina—. Que sepáis, señor mío, que he venido para cuidaros de vuestros males, no a finar por vuestra causa, que si mi tío me sorprende en vuestros brazos, me despeña por este balcón y a vos os muele a bastonazos. Pero si en verdad tenéis frío como decís, olvidaos de vuestra satisfacción y conformaos solo con el calor de mi cuerpo, porque mi decencia no me permite mostraros el mío. Que la caridad está reñida con la lujuria.

¿Me quiere, entonces, matar mi señora porque la amo?
Que haga mi señora conmigo lo que quiera,
que yo no me quejo aunque me duele.
¡Ay de mí! ¡Cómo muero de deseo...!
Yo que nunca os olvidaré...
mientras me quede aliento en el cuerpo.

Ricardo dijo por fin que la amaba. Eso era lo que necesitaba escuchar Adelaida de su boca, aunque supiera que no era cierto del todo. Entonces se colocó los cascabeles en sus muñecas y salió del camarín cubriendo su cuerpo con una camisa; después echó unos buenos troncos en la chimenea para atizar el fuego.

—Ahora me llamáis porque me necesitáis, Ricardo, pero dentro de unos días me olvidaréis. Me abandonaréis en la orilla de la playa como la espuma que deja la ola, pero siempre recordaré que me acariciabais y me hacíais cosquillas en los muslos antes de que os fuerais de mi vida retirándome la arena bajo los pies. A pesar de ello, pienso que sois una ola de agua dulce y que vale la pena bañarse en ella antes de que se vaya para siempre.

Dicho esto, pidió a Ricardo que le hiciera un hueco en su cama para darle calor. Tan pronto como se metió en su cama le hizo con su brazo un lazo alrededor del cuello a la vez que pasaba su pierna alrededor de su cintura. Se entrelazó de tal manera con el cuerpo de Ricardo que le era imposible zafarse de ella. Le tuvo inmovilizado durante un rato para darle calor.

—¿Si no tenéis fuerzas para soltaros de mi nudo, de dónde las sacaréis para colocar el pináculo y rematar el edificio, señor arquitecto de catedrales? —le dijo al oído antes de aflojar un poco el abrazo.

Mientras las llamas de la chimenea ardían alegremente y ella le hacía mil zalemas y arabescos, él la cubría de besos y le cantaba al oído las trovas más apasionadas.

Durante toda la noche se agitaron los cascabeles, temblaron los cabeceros, suspiró la cama y crujieron las maderas de los suelos. Ajenos a estas menudencias, ellos se afanaron en hacer tantos lazos, nudos y entrelazos con los miembros de su cuerpo en aquella noche tan dulce y agitada que ni siquiera el abad habría sido capaz de separarlos de haberlos sorprendido en la cama a la mañana. Y fueron los suspiros de los vientos de la borrasca los encubridores.

«¡Ay, Señor, cuánto necesitaba yo estos abrazos, estos suspiros y estos desahogos para aliviar mis penas y sinsabores! Ya pensaba que nunca podría volver a disfrutar de las delicias que esponjan el cuerpo y alegran el alma. Gracias sean dadas a Dios, que le salvó de las tormentas y le trajo hasta la bahía de mis brazos y gracias al señor arquitecto, que se fijó en esta pobre viuda para consolarla y para recordarle que todavía está en la flor de la vida», fue la silenciosa oración que recitó Adelaida cuando se despertó.

—Por fin he recuperado el amor y la dicha de gozar del placer. ¿No es esto la felicidad, príncipe mío? —le dijo ella suspirando y desperezándose, fresca y radiante como una rosa.

A la luz del día Ricardo se dio cuenta de que la alegría de Adelaida reforzaba su belleza y la dulzura de sentirse satisfecha dibujaba en su cara la sonrisa del amor.

—Si es tu felicidad, también es la mía. Solo lamento que tu resistencia al principio nos haya hecho perder unos días preciosos para el ejercicio del amor.

—Si me hubiese dejado llevar por la urgencia de tus deseos cuando acariciabas las ataduras de mis borceguíes, me habrías considerado como una mujer entregada a la concupiscencia y me habrías humillado y degradado de tal manera que me habría sido imposible perdonarte y mucho menos amarte. Y ahora me amarías mucho menos de lo que me amas. Después recelaba de que fueran mis desvelos por tu salud los que suscitaran tu interés por complacerme. Además, necesitaba oírte cantar para mí sola que morías de amor y persuadirme de ello con una tenaz insistencia. Solo de este modo he podido olvidarme de las grandes diferencias que hay entre nosotros para poder abandonarme sin miedo a todos tus deseos y a los míos.

—Entre nosotros la única diferencia que existe es que somos un hombre y una mujer, pero nos unen el amor y el deseo.

—Ese es el único puente que hay en el gran abismo que nos separa, porque tú estás arriba y yo estoy abajo. Eres libre y yo ni siquiera soy viuda. Tú te vas con la reina de Castilla y yo me quedo con el abad de San Emeterio y sin mi príncipe. Sé que no me amas del mismo modo que yo te amo, pero no tengo derecho a reprochártelo porque en ningún momento me he sentido engañada ni humillada.

Ni la tempestad quería irse de Santander ni los amantes deseaban que se marchara. El abad sabía que Ricardo estaba en buenas manos y paraba poco en la casa porque pasaba sus días en la colegiata diciendo misas para que el arquitecto recuperara plenamente la salud, y echando cuentas de las rentas y los tributos que podrían recabarse con el fuero de Santander para su propio peculio y para la construcción del monasterio de Las Huelgas.

En cuanto se fue la tormenta y brilló el sol en el cielo, Ricardo dio por pasada su dolencia. Como el camino hacia Adelaida estaba expedito y los accesos a la meseta impracticables, decidió permanecer unos días más en Santander para dedicarlos a su solaz y esparcimiento. Después de misa gustaba de salir, acompañado por dos pescadores al servicio de la abadía, a pasearse por el agua a fuerza de remos hasta la embocadura de la gran mar. A mediodía se sentaba a comer con el abad para degustar con prudencia los manjares de la abadía y resarcirse del empacho que casi le mata. Y por la tarde paseaba descalzo por la playa para caminar sobre la espuma de las olas que se deshacían a su paso. Por la noche esperaba a que Adelaida viniera a su lecho agitando los cascabeles de las muñecas para incitarle a anudar y desanudar los lazos del amor.

Llevaba una semana de relajo cuando, estando cerca de la colegiata, después del paseo matinal en barca por la bahía, quedó sorprendido al ver el gran alboroto que había en la calle. De nuevo habían salido las mozas con la cabeza afeitada y tirabuzones y mujeres casadas y viudas con el tocado puntiagudo. Todas ellas cantaban y bailaban tocando la pandereta con alegría, y agitaban las sonajas y cascabeles que llevaban en los borceguíes y en las muñecas.

«Parece una fiesta de despedida. ¿Se habrán cansado de mí?».

Antes de llegar a la colegiata, salieron a su encuentro el abad y Fructuoso con las cabalgaduras.

—¡Milagro, milagro del apóstol Santiago! Ha regresado Tristán, perniquebrado y más viejo. Le trajeron desde Laredo unos peregrinos que hacían el Camino de Santiago. Mi sobrina está tan impresionada que ni canta ni baila ni para de llorar. Cuando le anunciaron que llegaba el ausente y le dije: «El Señor te lo quitó, el Señor te lo devolvió. Bendito sea su santo nombre», me respondió: «Después de tanto tiempo, ¿tanta prisa tenía el Señor? No necesitaba apresurarse». Después me pidió encarecidamente que le disculparais por no salir a despediros y me dio para vos los cascabeles de sus muñecas como recuerdo.

—Tiene razón vuestra sobrina. Nos vamos de inmediato, que aquí estamos de sobra y está impaciente la reina. Sabéis mejor que nadie que una vez regresado el esposo, sale del limbo la viuda, que en este festejo sobran arquitectos y escultores, porque solo hacen falta panderetas, sonajas y cascabeles y mujeres que las agiten. Los remedios de vuestra sobrina, con harto sacrificio de su parte, me sanaron sin humillarme y vuestra hospitalidad no admite parangón. Amor con amor se paga y favor con favor se corresponde. Entregadnos la carta para su majestad y tendréis el fuero en poco tiempo. A cambio os pido que pongáis nuestro corazón a los pies de vuestra sobrina y sobre todo ayudadla en este trance, que aunque es grande su compasión, no le será fácil vivir con un resucitado.

—En una colegiata como esta nunca faltan trabajos. Ella se quedará conmigo, que buena falta me hace, y si Tristán se da buena maña, le tendremos de campanero, porque para tocar las campanas solo hace falta agitarlas como los cascabeles. Id con Dios, que ni mi sobrina ni yo olvidaremos lo mucho que nos honró y satisfizo vuestra estancia en esta colegiata.

Ricardo iba tan silencioso como Fructuoso hacia las montañas. El camino iba cuesta arriba y era tortuoso y sombrío; cuando hacían un alto para comer o descansar, agitaba los cascabeles para espantar los demonios que le perseguían desde que salieron, acompañando una triste canción:

Tristán, nada tendréis que temer,
porque me voy, desgraciado de mí,
no sé a dónde.
Renuncio a cantar aquí
y escapo del amor y la alegría.

Pasado el barullo de la llegada de Tristán, Adelaida la Resalada se quedó mirando con tristeza las montañas que se dibujaban nítidas contra el cielo. Lágrimas saladas le corrían por las mejillas. La resaca de los buenos días pasados con Ricardo se llevaba la arena bajo sus pies y tuvo que apoyarse en el muro de la colegiata para no caer. Para reponerse se dijo a sí misma: «¡Qué tonta eres, Adelaida! De sobra sabías que se marcharía enseguida. La felicidad solo dura un instante. El Señor me lo dio, el Señor me lo quitó... si me lo devolviera algún día, bendito sería su santo nombre».

Capítulo 5

San Andrés de Arroyo. Burgos. 1184

Al cabo de cinco jornadas marchando a buen paso, porque la mayor parte del trayecto transcurría por un empinado camino entre bosques, prados y barrancos, Ricardo y Fructuoso llegaron al monasterio de San Andrés de Arroyo, donde los esperaba ansiosa la abadesa doña Mencía, que no cabía en sí de gozo por disponer para el resto de las obras de los servicios de un arquitecto extranjero tan joven y distinguido.

El maestro, en cambio, al ver lo alejado que estaba Arroyo de cualquier población de importancia, lo angosto del valle en que se encontraba y las pequeñas dimensiones que iba a tener el monasterio, dio a entender que no pensaba quedarse durante mucho tiempo, porque nada más llegar preguntó a qué distancia se encontraban de Burgos, donde le estaba esperando la reina.

—Burgos está a dos jornadas a caballo, lo que os permitirá atender esta obra debidamente. En cuanto al tamaño, de sobra sabéis vos que para los grandes arquitectos no hay obra pequeña, porque también las ostras son pequeñas y en su interior albergan perlas de gran valor.

Dijo esto doña Mencía, que estaba orgullosa del primoroso claustro que había hecho el maestro Fructuoso. El sol del atardecer pintaba de otoño las hojas de los capiteles. Ricardo quedó admirado al verlo en perspectiva y declaró que no podía imaginarse que en aquel rincón perdido de Hispania se hubiera podido labrar tanta belleza. Se detuvo especialmente en el capitel de esquina con la robusta columna sobre la que flotaba ingrávido un emparrado de piedra que giraba a la vista y se tomó tiempo para examinar uno por uno los capiteles, elogiando el primor de labra y la imaginación del artista que los había hecho todos semejantes pero diferentes.

—¿No creéis que, cuando esté acabado, este sencillo monasterio será del agrado de nuestro padre San Bernardo cuando lo vea desde los cielos? —preguntó doña Mencía mirando con arrobo al maestro Ricardo.

—Qué duda cabe de que este claustro es primoroso, pero también serán dignas de asombro la iglesia y la sala capitular que yo construya.

Cuando llegaron al espacio reservado para el capítulo, el arquitecto, para demostrar a doña Mencía que lo que acababa de decir no era una bravuconada, sacó su cuaderno de bocetos y en pocos minutos trazó una bóveda airosa y elegante que solamente se apoyaba en los pilares de las esquinas y en unas columnillas de los muros.

—¿Dónde irán las columnas de apoyo para que no se caiga? —consultó la abadesa con un sentido muy práctico.

El arquitecto dijo que no hacía falta con un expresivo y escueto gesto de la mano.

—¿Y dónde ubicaremos el dormitorio? Porque todos los que conozco son grandes salas que se sitúan en la planta superior, encima de la sala capitular y de la sala de las hermanas. Y con la altura del capítulo que habéis proyectado no queda espacio suficiente. Porque no querréis meternos en el desván bajo las maderas de la cubierta, ¿verdad, maestro? —insistió la madre abadesa. El arquitecto dio a entender que la sala capitular que él iba a proyectar era muy importante, que el dormitorio podría ir en otra parte, y que en unos pocos días dejaría trazados los muros del convento para que fueran haciendo los cimientos. Que buscaran pronto a un maestro que le sirviera de ayudante y conociera bien el oficio de cantero.

—Le conocéis de sobra. ¿No sabíais que vuestro acompañante es el escultor de este claustro y del de Aguilar? —dijo la dama, señalando a Fructuoso—. Es el mejor que podemos encontrar en todos estos reinos, que se lo quiso llevar consigo el maestro Mateo para levantar el Pórtico de la Gloria.

Ricardo se avergonzó de haber tenido a Fructuoso por un criado que habían puesto a su servicio y prometió entregarle planos para las cimbras y bocetos de detalles para resolver los encuentros entre los arcos y los muros. Después explicó que, con el claustro acabado y muchos muros levantados, se podría completar en muy poco tiempo el monasterio de doña Mencía, y que la experiencia de la obra serviría para encontrar soluciones para muchos problemas de Las Huelgas. Se temía que la piedra de Burgos no fuera tan buena para la labra como la de Arroyo, extraída de una cantera vecina, suerte que no tenían las catedrales que él conocía.

Después de una semana trazando el capítulo con medidas precisas, se despidió de Fructuoso y de doña Mencía asegurando que volvería cuando los arcos de la bóveda arrancaran de los capiteles embebidos en el muro.

—No nos falte, maestro. Y no piense solo en la reina, que necesitamos de su experiencia y de su sabiduría —dijo la abadesa con una sonrisa cuando se despedían. Mientras Ricardo acababa de recoger sus cosas, doña Mencía se volvió discretamente hacia Fructuoso—: Le ha agradado vuestro trabajo y le habéis agradado vos. Me ha placido mucho este arquitecto, porque, a pesar de su juventud, tiene muchos conocimientos y sabe lo que se trae entre manos.

«Vaya si sabe lo que se trae entre manos, si no que le pregunten a la sobrina del abad de San Emeterio», pensó Fructuoso, que sabía quién había curado a Ricardo de sus enfermedades.

—Él ha empezado desde arriba y vos lo hicisteis desde abajo —continuó doña Mencía—. Él dibuja las trazas, pero solo vos podéis devolver la palabra a los santos y a los profetas y sois capaz de hacer sonreír a las piedras. Sabéis que a su lado podéis aprender a trazar las construcciones más modernas, y eso os conviene. Él todavía es muy joven, además arquitecto y por lo tanto arrogante, pero vos, a pesar de ser un gran artista, sois muy humilde y muy callado y andáis siempre ligero de equipaje —dijo, apretando con fuerza la mano de su escultor, mientras el maestro Ricardo partía hacia Burgos, con las alforjas llenas de ilusiones acompañado de los criados que llevaban en una carreta las herramientas, los enseres y los baúles del arquitecto.

Tras dos jornadas de viaje llegaron a Burgos, donde, a pesar de la tardanza, la reina doña Leonor se resistía a admitir que el mar se hubiese tragado al arquitecto que iba a levantar el monasterio de sus sueños. Cuando las hermanas abandonaron la huerta al finalizar, entre risas y cantares, su hora de recreo, ella permaneció en un ameno rincón tratando de disfrutar de la soledad. En los frutales cantaban dos ruiseñores y las chicharras protestaban por el calor. Después de acomodarse a la sombra de un manzano, se puso de nuevo a la tarea de bordar una estola para el templo del nuevo monasterio. Para escapar de la persecución de los ojos de Raquel, procuró centrarse en la labor que se traía entre manos. Tras unos minutos de silencio, sintió el ruido de la puerta de la huerta. Al girarse para averiguar lo que pasaba, se sobresaltó viendo que desde el fondo del cercado se dirigía hacia ella un desconocido que iba contando en voz alta los pasos que daba mientras se acercaba dando largas zancadas.

«No puede ser. Tiene la voz de mi hermano Ricardo, anda como Ricardo. Es alto, rubio y hermoso como Ricardo y viene directamente hacia mí».

—Caballero, muchos pasos habéis dado hacia delante —dijo la reina sin levantar la voz ni abandonar el bordado cuando el intruso llegó a su altura—, pero ahora os toca darlos hacia atrás, para que volváis por donde habéis venido y salgáis por donde habéis entrado sin permiso de la reina... A no ser que estéis buscando un tesoro.

Ricardo sonrió maliciosamente pensando que nuevamente la suerte le acompañaba, y tal como había ocurrido en Santander y nada más llegar a Burgos, se encontraba con una mujer de su gusto. Miró fijamente los ojos de doña Leonor, a quien, como iba vestida sencillamente, tomó por una de las damas de compañía.

Se detuvo la conversación porque tocaron a vísperas y las campanas no les dejaban entenderse. Cuando se hizo el silencio se la quedó mirando, descarado.

—El tesoro sois vos, señora mía, pero... aunque quisiera obedeceros, no puedo porque estoy a las órdenes de la reina y a ella solo obedezco.

A continuación hizo una reverencia y apuntó en una pizarra los pasos que había recorrido.

—Si venís de parte de mi señora, esta humilde bordadora no tiene nada que objetar. Incluso se puede cambiar de sitio para facilitaros vuestro paseo.

—No os mováis de vuestro sitio porque una y otra vez volveré sobre vos, ya que estáis debajo de la clave de la bóveda.

—No os había visto en la corte y por vuestro acento e indumentaria deduzco que habéis venido de lejos.

—Del otro lado del mar.

—Del otro lado del mar también vino mi señora. Excusad mi curiosidad. ¿Qué servicio prestáis a la reina?

—Tengo el encargo de trazar el monasterio que ella acaba de fundar y hacerlo con la economía exigible y la prontitud necesaria, porque me esperan en mi tierra para terminar mis trabajos.

—Quien os espera es la reina llena de impaciencia. Mucho habéis tardado en llegar hasta Burgos.

—Nos castigaron las tormentas y estuvimos a punto de perecer, pero me rescató una sirena con sus cascabeles y me retuvo muy a mi pesar entre los nudos de sus entrelazos —respondió Ricardo con una pícara sonrisa.

—Gracias a Dios que no os perdisteis en el mar, por eso esperamos que tampoco os perdáis en la tierra. Sería una gran desgracia para todos nosotros.

—Espero no dar ningún paso en falso.

—Eso depende de vos y de vuestra maestría en el oficio, que en el vuestro no es atributo de la juventud, sino fruto de la experiencia. Y parece que la tenéis y mucha. Y no solo en el oficio de arquitecto.

—La que pueda o no pueda tener la heredé de mi padre y de mi abuelo, que construyeron en Durham una imponente catedral bajo cuyas bóvedas he pasado toda mi vida y que conozco como la palma de mi mano.

—Mostrádmela y, si tenéis la bondad, decidme vuestro nombre para anunciar a la reina vuestra llegada.

El maestro extendió los antebrazos y enseñó unas palmas enormes que se prolongaban en unos dedos como gárgolas voladoras. Doña Leonor se dio cuenta de que, al igual que los frailes, no tenía callos en las manos.

—Decidle a su majestad que puede llamarme Ricardo. Que me he detenido en Fontevraud y en Arroyo para conocer ambos monasterios, y que he venido a Burgos para hacer las trazas del suyo y darle el gusto de comenzarlas cuando quiera. Aunque para mí sería un privilegio también poder terminarlas. Que me han dicho que la reina es muy joven y tiempo tendrá para ello, si Dios le da la energía y la fortaleza de su madre.

—Para eso hace falta constancia y determinación y ser valiente en todo momento, sobre todo cuando se trata de edificar algo nunca visto y de mucho riesgo. También se necesita prudencia para no levantar castillos en el aire.

—¡Excusadme, señora mía! Siento mucho interrumpir esta jugosa plática, pero ahora toca hacer cálculos y mediciones, que habrá más tiempo para conversar, conquistar castillos y encontrar tesoros, por eso, con vuestra venia, voy a seguir dando pasos para hacerme una idea del tamaño y la consistencia del terreno que he comenzado a pisar. —Dicho lo cual desplegó una generosa sonrisa, hizo una ligera reverencia y se alejó de doña Leonor trazando un ángulo recto.

Al cabo de unos instantes la reina suspendió la costura, aguzó el oído y escuchó sorprendida al maestro Ricardo silbar como un jilguero y cantar con voz bien templada y afinada:

Ruiseñor, vete de mi parte
a ver a mi señora en su morada
para decirle cuánto la amo.
Y antes de volver,
averigua si me recuerda...

«¡Vaya con el arquitecto! Tiene jugosa conversación, modales cortesanos, voz cálida y melodiosa y parece enamoradizo. Espero que los festejos no le roben tiempo de sus trabajos, porque si se entretiene con las damas como se ha entretenido conmigo, no alcanzo a ver cómo ni cuándo podremos acabar este monasterio», pensó, sonriendo complacida al comprobar que volvía de nuevo hacia ella.

Leonor, que ya no le tenía a contraluz, se fijó en Ricardo con más detenimiento y se dio cuenta de que era muy alto y bien proporcionado, que se movía con una agilidad y delicadeza más próximas a las de los novicios de los conventos que a las de los nobles y caballeros entrenados para la guerra. Cuando le tuvo más cerca, comprobó que tenía un rostro jovial y una mirada llena de picardía.

—¿Habéis olvidado algo para andar tan apresurado?

—Estáis en lo cierto. He olvidado pediros vuestro nombre y por ello solicito vuestro perdón.

—Pues a juzgar por lo que dicen vuestras canciones, no parece que tengáis mala memoria, sino todo lo contrario.

—Tenéis toda la razón, porque me he estado acordando de vos todo este rato, pero como veo que os fatiga mi compañía vuelvo por donde he venido, y espero salir por donde he entrado —dijo Ricardo con una cálida frialdad.

—Espero que eso no os haga olvidaros de que estáis al servicio de la reina, porque tengo entendido que ella ha llamado a un arquitecto para levantar un gran monasterio y no a un trovador para entretener a los pajaritos de su huerta —respondió Leonor con una distante cercanía.

—Sería para mí un gran placer poder volver a veros.

—Estad seguro de ello, porque la corte de la reina es poco numerosa y vos, aparte de muy galante, sois inconfundible.

Ricardo, que estaba seguro de que la dama se había rendido a sus encantos, desplegó en toda su amplitud su fresca sonrisa, miró con ojos de seductor a los de doña Leonor, besó cortésmente su mano, hizo una reverencia como un caballero y se alejó caminando de espaldas sin dejar de contemplarla ni perder la sonrisa. Poco a poco se fue desviando del camino recto que conducía a la puerta de salida y fue a chocar contra un muro que circundaba la huerta.

Leonor estalló en una fresca carcajada y entonces cayó en la cuenta de algo que no había ocurrido nunca en su vida. Un hombre que la veía por primera vez la había tratado como una sencilla mujer haciéndole olvidar por unos instantes sus preocupaciones de reina y de madre y, además de despertar en ella una corriente de simpatía, había apresurado los latidos de su corazón. Su llegada de improviso le había ayudado a descubrir algo que nunca había osado confesarse: que el débito conyugal era un acto protocolario. Que ella era una huerta rodeada por un muro que la retenía para que pudiera dar los frutos que se esperaban de ella.

Un escalofrío le corrió por todo el cuerpo. Dejó por un momento el bordado que se traía entre manos y puesta en pie recorrió con la vista todo el perímetro de la huerta y al fondo divisó a la dueña Dorotea, agachada detrás de unas matas de grosellas, y escondiéndose de la pequeña Berenguela. «¡Qué tonterías se te pasan por la cabeza, Leonor! ¿Cómo se te ocurre pensar en el amor teniendo una hija por criar y un heredero por engendrar? Y lo haces precisamente en esta huerta, que además es sagrada porque sobre ella se levantará tu monasterio, que será el panteón de toda tu familia».

Este razonamiento lleno de sensatez no le hizo olvidar el sobresalto que le produjo la llamarada que había salido desde el fondo de sus entrañas y había envenenado sus pensamientos. Su primera reacción fue sofocarla de inmediato, pero a continuación se sublevó contra sí misma: «Soy una reina, soy una esposa, soy una madre, pero por encima de todo soy una mujer, y como tal necesito amar y ser amada. Lo mismo que Raquel la judía».

En aquel momento llegó a sus oídos otra canción de Ricardo que hizo desaparecer la tapia por unos instantes.

Cuando el pajarillo de buena raza
vio aparecer su hermosura,
empezó a gorjear un dulce canto,
como suele hacer hacia el atardecer.

Luego se calla, deja de cantar
y maquina cómo decirle, sin inquietud,
lo que ella se digne escuchar.

¿Hasta dónde le llegaba aquella canción? ¿Qué poder tenían aquel hombre y aquella voz sobre ella que le abría la puerta de un mundo sin tapias? Un mundo desconocido que la llenaba de alegría y de temor, de amor y de odio, de calma y ansiedad y removía los cimientos del muro que la protegía? Pero ¿de quién la protegía?

Encontró la respuesta mirando hacia su interior y sus ancestros. «De la sangre de mi bisabuelo Guillermo el Trovador, de mis padres Leonor de Aquitania y Enrique Plantagenet. La tapia me protege de mí misma y de la maldición de mi familia». Ella no ignoraba que si esa pared protectora se desmoronaba, todo el edificio dinástico se vendría abajo.

* * *

Al día siguiente, la dueña Dorotea, por encargo de la reina, fue a buscar al maestro para conducirle al locutorio del convento provisional de la comunidad de religiosas de San Bernardo, construido alrededor de las Claustrillas.

El maestro observó que en aquel locutorio encalado brillaba la austeridad cisterciense y, aparte de una imagen de la Virgen con el Niño que presidía la sala, solo había una sencilla mesa de madera de castaño y dos sitiales idénticos situados enfrente de la reja que cerraba el espacio de la clausura.

Cuando se descorrió la cortina del locutorio, el maestro se puso en pie e hizo una profunda reverencia a doña Misol, primera abadesa del monasterio recién fundado, que estaba sentada en su trono, y a las doce hermanas fundadoras que la acompañaban. Al poco se escuchó una campana, las hermanas se pusieron en pie y apareció junto a ellas la reina doña Leonor. Iba vestida con una túnica blanca con la cabeza cubierta con un velo y tocada de una sencilla corona.

—¡Aleluya, hermanas, aleluya! —exclamó la reina—. Pueden estar contentas sus reverencias, porque la presencia del maestro Ricardo entre nosotras es el fruto de las oraciones y sacrificios de esta comunidad. Gracias a vuestros rezos y penitencias, el Señor lo libró de las tormentas y le condujo sano y salvo hasta este nuestro convento. Él nos contará en pocas palabras cómo será el templo donde cantaréis las alabanzas al Señor, la casa que será vuestra morada terrenal, y la capilla donde esperarán el día del Juicio nuestros restos y los de nuestros familiares.

El maestro Ricardo, al ver que la mismísima reina doña Leonor era la dama que encontró el día anterior en la huerta, objeto de sus canciones amorosas, de sus insensatos requiebros y de sus frases con segundas intenciones, se turbó de tal manera que no lograba articular palabra.

—Estad confiadas, hermanas —continuó la reina al ver la turbación del arquitecto—, porque sabemos que el maestro Ricardo ha venido a Burgos para quedarse hasta el final de las obras, porque si mucho gusto le dará comenzarlas, mucho más placentero será para él terminarlas. —Y dirigiéndose al maestro, añadió sonriente—: Estamos seguras de que trabajaréis con constancia y determinación para levantar un convento nunca visto. Y como ya sabéis cuántos pasos hay desde la puerta a la esquina y desde la esquina a la pared, procurad presentarnos antes de un mes la traza del futuro monasterio tal y como dispone nuestro santo padre Bernardo. ¿Supongo que sabéis cuáles son sus recomendaciones? —preguntó la reina para sacarle del apuro.

Ricardo tragó saliva y recuperó la capacidad de hablar.

—Tal como proclamó el santo Bernardo en sus *Instituta*, para evitar el lujo y la ostentación de los benedictinos, todo el monasterio y su iglesia será pobre y mostrará su pobreza. El conjunto tendrá su propio claustro y todas las dependencias necesarias. Estas serán independientes del que, de modo provisional, ocupa actualmente la comunidad. En los ventanales colocaremos vidrieras incoloras. Las paredes y las bóvedas, que serán de crucería, se harán de piedra blanca desnuda, bien labrada y ajustada sin revocos ni pinturas. Los capiteles serán vegetales de gran sencillez y sin adornos. No contendrán figuras grotescas ni escenas que distraigan a las hermanas en la oración. Levantaremos el refectorio en la perpendicular del claustro, y la sala capitular tendrá capacidad de acoger a todas las hermanas de este monasterio y de todos los conventos cistercienses de Castilla. Y la altura y la claridad de la basílica invitarán a la elevación del espíritu.

—Hemos comprobado con satisfacción que el maestro conoce perfectamente la *Apologia ad Guillelmum* de nuestro padre San Bernardo contra la ostentación y la riqueza ornamental y sabemos que la aplicará estrictamente. Esperemos que dentro del plazo previsto nos muestre en esta mesa el trazado del nuevo edificio con las medidas de sus dependencias —dijo la madre abadesa cuando finalizó su lección el arquitecto.

—Tengan por seguro sus reverencias que se cumplirá en todo la voluntad de su majestad y que estudiaremos con humildad las recomendaciones de la madre abadesa.

—Podéis retiraros, maestro Ricardo, porque vuestra explicación nos ha persuadido de que, a pesar de vuestra juventud, os cuidaréis mucho de levantar castillos en el aire que se desplomen sobre nosotros.

Ricardo, que había entendido perfectamente el doble significado de las palabras de la reina, hizo una profunda reverencia a esta y las hermanas que le contemplaban con curiosidad detrás de la reja de clausura y se retiró del locutorio caminando de espaldas sin atreverse a mirar a Leonor.

Ella, al verle corrido y avergonzado, sonrió satisfecha sabiendo que no tendría nada que temer, y, en adelante, con el pretexto de estar al corriente del proyecto y de las obras, podría estar a menudo a solas con él y tener buenos momentos de esparcimiento gozando de su jugosa conversación.

Cuando Ricardo desapareció de su vista, recordó lo que le dijo en la huerta: «El tesoro sois vos, señora mía, pero... aunque quisiera obedeceros, no puedo hacerlo, porque solo atiendo los deseos de doña Leonor».

«¿Cuáles son mis deseos?». Como no se atrevía a responderse a sí misma, se quedó en suspenso, como flotando en el aire, empujada por una brisa cálida y suave que la llevaba por encima de las tapias de la huerta como las hojas sueltas del otoño, que van y vienen bailando y parece que no terminan de caer... caer... caer. Caer adormecida, abandonarse en los brazos de Ricardo y gozar de sus complacencias. Eso era lo que de verdad deseaba... eso y olvidarse de los ojos de Raquel.

¿La amaba de verdad Ricardo, o tan solo cantaba una trova?

Ruiseñor, vete de mi parte
a ver a mi señora en su morada
para decirle cuánto la amo.

¿Cómo podría saberlo?

Se quedó con la pregunta dando vueltas en su cabeza como las campanas de su monasterio, que repicaban en su conciencia. «Tolón, tolón. No nos dejes caer en la tentación», le decían. «Tolón, tolón. No nos dejes caer en la tentación». «Tolón, tolón. No nos dejes caer en la tentación».

Doña Leonor, siguiendo la costumbre, se puso en pie y sin dudarlo un instante se encaminó hacia el templo para cantar con las hermanas el miserere.

Capítulo 6

Tarazona. Tudela. Otoño de 1184

Berenguela acababa de cumplir cinco años, aunque por su madurez y estatura parecía tener siete u ocho y ya habían pasado catorce desde que se casaron Leonor y Alfonso. El rey, para romper el hielo que había entre ambos, propuso celebrar el aniversario en Tarazona, la ciudad donde tuvieron lugar sus esponsales. Allí visitarían a sus tíos doña Sancha y don Alfonso, que eran los reyes de Aragón.

A Leonor le sorprendió que su marido le hiciera esta propuesta, porque la llegada del maestro Ricardo había acallado sus ansiedades y tranquilizado su espíritu. Cuando estaban a solas, con los planos del monasterio desplegados sobre una mesa, y ella propiciaba que esa ocasión se repitiera, hacía como que no entendía lo que le proponía el arquitecto, para que este se explayase a su gusto y de este modo conseguía alargar todo lo posible los ratos que pasaba en tan agradable compañía.

Como no tenía razones para negarse a la voluntad de su marido, aceptó el periplo que le proponía. Y después de un viaje por tierra de Burgos y Soria, llegaron hasta Aragón, donde los reyes los recibieron con gran boato en compañía de sus hijos Pedro, Constanza, Alfonso y la pequeña Leonor.

Don Alfonso el Casto era un calvo canoso de aspecto tristón y melancólico, que, a pesar de que era algo más joven, parecía bastante mayor que su mujer, cuya esbeltez y cabellos rubios remarcaban la risueña vivacidad de su belleza un poco lánguida. Sin embargo, su jovialidad le daba un aspecto envidiable, a lo que contribuían su porte erguido, su considerable estatura y, sobre todo, la serena belleza de una pálida tez iluminada por ojos claros y transparentes, que eran más propios de las mujeres nacidas en los brumosos reinos allende el Sacro Imperio Romano Germánico que de las recias Sanchas y Urracas que poblaban las cortes de los reinos de Hispania.

Viendo lo sanos y hermosos que estaban los hijos de sus anfitriones, doña Leonor sintió una punzada en el corazón, recordando que, salvo Berenguela, los suyos se malograban uno tras otro. Cuando se fijó en Pedro, el heredero, que ya tenía diez años y era alto y robusto, no pudo por menos que acordarse de su pobre hijo Sancho, que murió al poco de nacer. Constanza y Alfonso, que iban muy seguidos, eran de la edad de Berenguela aunque esta los superaba en fortaleza y estatura, y la pequeña Leonor alborotaba todo lo que podía.

«Mi pobre Sancha, si viviera, sería más o menos como la pequeña».

Doña Sancha conocía las recientes desgracias familiares de doña Leonor y, como viera la mirada de tristeza y envidia con que esta contemplaba a sus hijos, adivinó lo que pensaba y sentía en aquellos momentos.

—A ninguno le pusimos Sancho o Sancha —le dijo—, porque con ese nombre hay infantes de todos los reinos. A la pequeña le pusimos tu nombre, porque Leonor es muy original y suena muy bien. Es león y honor todo junto. Muy propio para una mujer de carácter como tu madre y como tú. Ahora a esperar a que haga honor a su nombre y al tuyo.

—No sabes la ilusión que me ha hecho este detalle tuyo.

—Y tú deja de preocuparte y de compadecerte —la regañó cariñosamente—. No te desazones más por todo lo que has pasado, con eso no arreglas nada, sabes de sobra que los hijos llegan a su tiempo como las primaveras después de los inviernos y como las hojas a los árboles después de las mudas otoñales. Fíjate en los frutales: aunque algunos años no broten las flores por las heladas, al año siguiente llega la esperada cosecha de las dulces ciruelas. Solo hay que saber esperar y persistir sabiendo que no podemos desaprovechar ninguna ocasión para ello y que los baños, los viajes y las celebraciones son adecuados para estos menesteres. —Doña Sancha hizo una pausa para ver si sus palabras alegraban la cara de doña Leonor—. Yo a mi esposo no le rechazo nunca —añadió—, cuando está por aquí o cuando vuelve de sus correrías. Sin pedírselo me ha jurado fidelidad eterna. Yo creo que, más que por amor, lo juró porque es muy celoso. Fíjate que me ha dicho que cuando él muera no quiere que sea de ningún otro hombre y debo recluirme en un convento de inmediato. Se ve que no quiere que haga como mi madre, que se casó tres veces. Pero ella enviudó del emperador con solo quince años, aunque como yo ya tengo treinta, espero todavía tener muchos hijos con mi Alfonso. Tantos como tendrás tú con el tuyo. Lo verás y te acordarás de que lo dije.

—Dios te oiga, porque parece que yo no voy por ese camino. Debe de ser por la maldición que pesa sobre mi familia.

—Anda y no digas semejantes tonterías. Que no hay mayor maldición que creer en las maldiciones, así que no perdamos más tiempo en cháchara inútiles. Voy a ordenar que preparen los baños para vosotros, que os vendrán bien para reponeros del viaje y de las tristezas.

Mientras ellas hablaban de hijos, Alfonso el de Castilla y Alfonso el de Aragón discutían sobre el vasallaje del de Aragón y sobre el modo más equitativo de repartirse el reino de Navarra y los territorios que conquistaran a los musulmanes.

—Podéis dejar la conversación para la cena porque, aunque falta un buen rato, los baños ya están preparados y no conviene que se enfríe el agua ni que se aburra Leonor. Así pues, querido sobrino, *¡carpe diem!*, y no dejes para más tarde lo que puedes hacer ahora —exclamó doña Sancha con una maliciosa sonrisa.

Desde que Leonor envenenara a Raquel, los esposos no habían sido capaces de encontrar una ocasión favorable para tener un acercamiento íntimo, porque un muro de desconfianza se interponía entre ellos. Los dos sabían que había ocurrido algo terrible de lo que no se podía hablar. Pero en el silencio de la penumbra, se sintieron como siameses en la placenta llena de agua tibia que los envolvía y que momentáneamente derritió el hielo que los separaba. En aquel instante, sus resbaladizos cuerpos solo tuvieron que dejarse llevar por el instinto de supervivencia de la dinastía.

—Me sorprende el cambio que experimenta tu tía la polaca, porque cuando está con su marido parece lánguida y fría, pero cuando está con nosotros no para de hablar y rebosa de vitalidad y alegría —comentó Leonor al amparo de aquella precaria intimidad.

—La polaca era Riquilda, su madre. La casó Wenceslao el Desterrado con mi abuelo Alfonso el Emperador, que ya pasaba de los cincuenta, cuando ella tenía trece años. Casi no me acuerdo de ella. Debía de ser una mujer estupenda porque a poco de enviudar casó con el conde Ramón de Provenza, y al morir este, casó de nuevo con Ramón el de Tolosa, que tampoco le sobrevivió.

—¿Los fue envenenando uno tras otro? —se atrevió a bromear Leonor.

—A los Ramones no sé, pero mi abuelo murió de cansancio y de disgusto en el Muradal volviendo de Almería después de perderla. Cuando se celebraron los funerales en Toledo, Sancha y yo ni nos enteramos porque solo teníamos tres años y nos pasábamos el día jugando en los jardines del alcázar.

—Déjate de Ramones, venenos y funerales. ¿No crees que Pedro sería un buen partido para nuestra hija Berenguela? Parece buen muchacho. ¿Habéis comentado algo al respecto?

—No se me había pasado por la cabeza, por lo de la consanguinidad. Sabes que de un tiempo a esta parte los papas están muy pendientes de estos asuntos y han dicho basta. Recuerda que a mi tío Fernando el de León no le sirvieron de nada los donativos que hizo al papa por medio del cardenal Jacinto y no le quedó más remedio que separarse de Urraca la portuguesa. Además no creo que un matrimonio como el que propones fuera visto con buenos ojos por los nobles y obispos castellanos. Todavía se recuerda como una época aciaga la boda de mi bisabuela Urraca cuando enviudó de Raimundo de Borgoña y la casaron contra su voluntad con Alfonso el Batallador; creo que ni siquiera llegaron a consumar. Parece que él era estéril y por eso dejó el reino de Aragón a su hermano Ramiro el Monje, y el de Navarra a las órdenes del Templo y del Santo Sepulcro. Él solo ambicionaba el reino de Castilla y mi bisabuela le odiaba con todas sus fuerzas.

—Pues fue una desgracia para Hispania porque el príncipe que herede las coronas de Castilla y Aragón será uno de los más poderosos de la cristiandad y podría quedar victorioso en la guerra con los almohades.

—Es más urgente recuperar el reino de León y después el de Portugal. Yo no lo veré, pero estoy seguro de que Aragón vendrá después.

—Solo te preocupa el reino de León, pero yo creo que tu primo Pedro sería un buen partido para Berenguela.

—Es al revés. Berenguela es un buen partido para cualquier príncipe y más que para ninguno, para el de Aragón, que haría todo lo que pudiera para quedarse también con el reino de Castilla, pero no olvides que Berenguela ha sido jurada como heredera por las Cortes... y, si no tenemos un hijo varón, ella será la reina de Castilla. Este es el reino más importante de Hispania porque, unido al reino de Toledo, ocupa el centro y por ello es el único que puede crecer en todas direcciones.

No te preocupes, Alfonso. Tendremos más de un hijo varón y algunas hijas casaderas. Te lo juro por lo más sagrado. Pero, cuéntame, ¿has llegado a algún acuerdo con tu tío Alfonso con respecto a los territorios en litigio? —La reina estaba enterada al dedillo de todos los asuntos concernientes al gobierno de los reinos y a las rivalidades entre los monarcas. Era ese su principal punto en común, a veces pensaba amargamente que el único, con su esposo.

—Vamos acercando posiciones. Desea por encima de todo que le levante el juramento de vasallaje y además reclama el derecho de conquista sobre los reinos de Valencia, Denia, Játiva y Murcia.

—¿A eso le llamas acercar posiciones? —replicó Leonor asombrada—. ¿En qué os habéis puesto de acuerdo?

—En permutar castillos. Por algo se empieza. Y en que tarde o temprano nos repartiremos Navarra. Le podría retirar el vasallaje si se olvida de Murcia y nos la deja para nosotros. Pero no hemos hablado de ello porque no quiero darle ninguna pista de mis intenciones.

—Lo de levantarle el vasallaje me parece bien, pero me da pena que les quitéis Navarra a tus tíos. Al fin y al cabo, eran hermanos de tu padre y de tu madre.

—Que no te dé pena, que mi tío se aprovechó de mi minoría de edad para quitarme todo lo que correspondía a mi padre y, además, ese reino nos corta el paso a Aquitania. Y tenemos que venir por mar o atravesar los Pirineos para hacer pasar los hombres y las mercancías.

—Entonces no piensas tantear lo de Berenguela y Pedro —volvió a insistir Leonor.

—Muy mal tendrían que ponerse las cosas para llegar hasta ese punto. Tenemos que reservar a Berenguela para asuntos más importantes.

La estancia en Tarazona se alargaba más de lo previsto porque el de Aragón era tozudo y no quería renunciar a la conquista de Murcia y el de Castilla no cedía en el vasallaje. Pero ocurrió un acontecimiento que trastocó los planes.

Mientras los reyes seguían discutiendo sobre el reparto de los reinos limítrofes, sus hijos jugaban a reyes y princesas. Berenguela, que era hija única y tenía una estatura muy superior a la de Alfonso y Constanza, llevaba la voz cantante y presumía de su elevada alcurnia ante estos, para pavonearse ante Pedro, que ejercía de árbitro.

—Pues yo sé hablar francés y vosotros no.

—¿Eso para qué sirve? —preguntó Constanza.

—Para hablar con mis abuelos, que son los reyes de Inglaterra. Y mi abuela ha sido también reina de Francia.

—¿Dónde está Inglaterra? —inquirió Alfonso mientras Pedro, que no se perdía palabra, callaba.

—Al otro lado del mar. Es una isla muy grande. Mi madre tuvo que venir en un barco grandísimo.

—Nosotros no necesitamos saber inglés porque no sirve para nada y no pensamos ir a Inglaterra en un barco. Yo no me casaría nunca con un príncipe inglés —dijo Constanza.

—Tú no vas a ser reina —apostilló Alfonso.

—Yo seré la reina de Castilla y tú no lo serás —replicó Berenguela, dirigiéndose a Constanza.

—El rey será tu hermano. Las mujeres no son reinas hasta que no se casan con un rey —dijo Alfonso.

—Yo no tengo ningún hermano ni lo pienso tener, así que seré reina os guste o no os guste. Y vosotros seréis mis vasallos.

—Eso no ocurrirá nunca. ¿Verdad, Pedro? —Como este se reía y callaba, intervino de nuevo Constanza—: Tú no serás reina ni nada, porque eres una presumida y los reyes no quieren reinas presumidas.

—¿Por qué tendríamos que ser tus vasallos? —preguntó Alfonso.

—Porque soy más fuerte que vosotros y además he aprendido a pelear y a luchar con espada.

—¿Quieres que traigamos unas espadas de madera?

—Yo prefiero espadas de verdad.

—Eso es mentira. Los niños no luchan con espadas de verdad —respondió Constanza enojada.

—Pues yo sí. Lo que pasa es que sois unos cobardes.

Ante las bravuconadas y el carácter desafiante de Berenguela, Pedro no paraba de reír.

—Y tú, una mentirosa. —Alfonso hizo ademán de darle una bofetada.

Berenguela pensó que la amenaza iba en serio y respondió con un sopapo que tiró al niño al suelo. Constanza no se lo pensó dos veces y acudió en socorro de su hermano menor, pero fue recibida por Berenguela con otra bofetada, y no contenta con ello, la agarró por la cintura y la tiró encima de su hermano y a continuación se abalanzó sobre los dos.

En el revoltijo de cuerpos infantiles que repartían puñetazos y bofetadas, Berenguela, sintiéndose en minoría, sacudía con más fuerza y abofeteaba a Alfonso, mientras Constanza, que no podía sufrir semejante afrenta a su hermano pequeño, agarraba por el pelo a la castellana con todas sus fuerzas.

—Rendíos, aragoneses cobardes —gritó Berenguela en el momento en que consiguió sujetar a sus contrincantes—. Dos contra mí y os tengo presos. Solo os dejaré libres si me juráis vasallaje.

Viendo Pedro el cariz que tomaban los acontecimientos, se levantó de su silla.

—¡Basta ya, se acabó el juego, que os estáis haciendo daño!

—¡Que se rindan y los perdono! —gritó Berenguela.

—Nosotros íbamos en bromas y ella se puso en serio. Así no vale —contestó Alfonso.

—Es una pegona presumida, abusa de que es grandota —añadió Constanza.

Al ver Pedro que la pelea seguía con más saña y que Alfonso sangraba por la nariz, agarró a Berenguela con fuerza para separarla de sus contrincantes.

—Suéltame y tú no te metas, que esto no va contigo —gritó Berenguela, propinándole una patada.

Pedro no se lo pensó dos veces y dio un empujón a Berenguela con tal fuerza que esta dio un traspiés con tan mala fortuna que se golpeó la cabeza contra una mesa y cayó al suelo como un pelele quedando inmóvil en un charco de sangre.

Alfonso y Constanza se levantaron de inmediato y, como Pedro se había quedado petrificado sin atreverse a socorrer a Berenguela, salieron corriendo gritando con todas sus fuerzas:

—¡Pedro ha matado a Berenguela! ¡Pedro ha matado a Berenguela!

La fatídica noticia corrió de boca en boca resonando en todos los ámbitos del castillo. Todo eran carreras de un lado para otro y gritos de los caballeros y la servidumbre. A pesar de la confusión y el desorden con que se propagaba, enseguida llegaron a oídos de los reyes los ecos del suceso.

—¿Dónde está Ben Amusco? ¡Que venga Ben Amusco inmediatamente! —clamaba el padre de la niña mientras don

Alfonso de Aragón mandaba buscar a Pedro y doña Leonor, apoyándose en una dueña, gemía con desesperación.

—¡La maldición, otra vez la maldición! —susurraba, tratando de obligar a unas piernas que parecían haberse vuelto de granito a llevarla al lugar de la desolación en el que no querían entrar de ningún modo.

Pedro estaba lívido en una esquina de la estancia que se había llenado de gente. El grupo de servidores que había llegado al lugar de la tragedia se arremolinaba en torno al cuerpo inmóvil de Berenguela. Arrodillado junto a ella, tomándole el pulso estaba Ben Amusco, que había sido de los primeros en llegar.

—¡Traed paños limpios y agua fría del pozo y despejad la sala inmediatamente! —gritaba el médico justo cuando los reyes aparecieron—. ¡Y buscad cuanto antes nieve en el Moncayo! ¡Necesitamos nieve del Moncayo!

—¡Paso a los reyes, paso a los reyes! —ordenó el mayordomo en la distancia mientras cesaban los gritos y los lloros.

La primera intención de Leonor nada más llegar fue abalanzarse sobre el cuerpo de su hija para tratar de insuflarle la vida que necesitaba, pero Ben Amusco la detuvo con un gesto.

—¡Dejadme a mí a ver qué se puede hacer, que a lo mejor no está todo perdido! —A continuación, insistió—: ¡Ahora lo que se necesita es agua fría del pozo y nieve del Moncayo!

—Mi alférez, don Diego López de Haro, saldrá de inmediato y tendréis la nieve que necesitéis antes de que caiga el sol, pero vos salvad a mi hija, Ben Amusco, por el amor de Dios, ¡salvad a mi hija como sea! —suplicó Alfonso. El médico tomó suavemente en brazos a la niña y la colocó sobre una alfombra apretando sobre su cabeza un paño para cortar la hemorragia.

Berenguela tenía una palidez mortal, pero respiraba tan suavemente como los latidos de su corazón. Mientras la muerte trataba de dormir para siempre a aquella niña inconsciente, Ben Amusco, que sudaba copiosamente, apretaba suave y rítmicamente sus manos sobre el pecho de la criatura animando al corazón a sostener el latido de la vida.

Ya había anochecido cuando trajeron varios cestos de nieve del Moncayo. El silencio, los rezos y los lloros se habían adueñado del castillo. Pedro había desaparecido. Para contener el hematoma, Ben Amusco aplicaba compresas de hielo sobre el vendaje de la cabeza de Berenguela, que yacía inconsciente en el lecho de una alcoba.

Los angustiados padres de la niña pedían un milagro al apóstol y se prometieron peregrinar cuanto antes hasta Compostela si sanaba su hija.

Al igual que su mujer, don Alfonso, temiéndose lo peor, estaba siendo devorado por el sentimiento de culpa: «Por mis pecados perderé a mi hija y se perderá mi reino». Pero en su fuero interno no perdía la esperanza. «Berenguela resistirá porque es muy fuerte y está en manos de Ben Amusco».

En estos lóbregos pensamientos estaba cuando llegó Pedro y se arrojó a los pies de su primo gimiendo:

—¡Yo no quería hacerle daño a Berenguela, solo le di un empujón para acabar la pelea! ¡Perdonadme, señor, y juro por Dios que seré vuestro servidor durante toda mi vida!

Habían pasado tres días y Berenguela permanecía inerte. Salvo Ben Amusco, nadie esperaba que la niña recuperara el conocimiento, y suponían que, de hacerlo, quedaría inválida, pero cuál no sería su sorpresa cuando a media tarde la oyeron rebullir.

—¡Traedme comida, que tengo hambre!

Don Alfonso no podía ocultar su enorme satisfacción. «¡Demonios de muchacha, que se atrevió con los tres a la vez! ¡Lástima que no haya sido chico, en cuyo caso tendríamos un heredero formidable!», pensaba.

Estaban esperando a que la niña se restableciera por completo cuando llegó el alférez regio don Diego López de Haro, que había estado años antes al servicio del rey de Navarra, con la noticia de que Ricardo, duque de Aquitania, heredero de la Corona de Inglaterra, había venido a Tudela para participar en un torneo organizado por el rey Sancho el Sabio. Como las justas estaban prohibidas por la Iglesia y el obispo de Pamplona no permitía su celebración en la capital, el sabio monarca navarro había decidido trasladar los festejos a Tudela. Inmediatamente, el monarca castellano, para alegrar a su esposa, le comunicó la feliz noticia de la proximidad de su hermano Ricardo.

—Don Diego me pide la venia para acudir al torneo. ¿Qué te parece si le acompañamos?

—No he vuelto a ver a mi hermano desde que salí de Inglaterra. ¡Cuánto habrá cambiado desde entonces! ¡Nada me gustaría tanto como encontrarme con él, estando tan cerca de Tarazona! Pero no podemos presentarnos con Berenguela malherida. Que don Diego le anuncie que iremos a verle en cuanto esté recuperada del todo. Supongo que será muy pronto.

—Espero que seamos bien recibidos porque han mejorado mucho las relaciones con mi tío Sancho desde que firmamos el Tratado de Nájera, que puso fin a nuestras disputas territoriales. Tudela está a un día de trayecto.

—¿Qué te parece si desde Tudela empezamos nuestra peregrinación a Compostela, siguiendo la estela de mi abuelo Godofredo?

—Estamos obligados a ello y cuanto antes lo hagamos mejor.

Llegado el momento de partir, los reyes de Aragón los despidieron con todos los honores. Aunque Alfonso el Casto y doña Leonor lo hicieron cortésmente, doña Sancha se fundió en un estrecho abrazo con su sobrino.

—Gracias a Dios que lo de Berenguela no pasó de ser un gran susto, pero nos impidió disfrutar de vuestra compañía y agasajaros como nos habría gustado. A Leonor le habría encantado conocer la Aljafería de Zaragoza. Los baños y jardines del palacio moro son mejores que los del alcázar. ¿Te acuerdas?

—¿Quién se puede olvidar de los felices juegos de la infancia, querida Sancha?

A Leonor no le pasó desapercibido el tono de simpatía del rey...

—Tendríamos que vernos más a menudo, Alfonso. Ágreda no está tan lejos de Tarazona y el castillo de Ariza no está tan lejos de vuestra frontera. No olvides, querido sobrino, que mejor se arreglan los litigios entre familiares recurriendo a las mujeres, que asediando castillos o echando mano de las armas. Cuenta conmigo siempre. Sabes, mi bien, que, por la cuenta que le tiene a mi marido, mientras yo sea la reina no tendrás problemas con Aragón.

—Eso mismo me decía doña Teresa, la mujer de don Nuño, y gracias a ella hicimos las paces con León.

Como quería presenciar el torneo a toda costa, Pedro, que se había convertido en guardián y protector de Berenguela, consiguió que sus padres le dejaran acompañarla hasta Tudela.

Al contrario que muchas villas y ciudades de Castilla que, fruto de la repoblación, habían crecido desde la nada, Tudela era una gran ciudad cuando los cristianos se hicieron con ella. Aquellos días del torneo bullía como una gran colmena. Aparte de los caballeros venidos de todas partes que llenaban los campos y las calles con sus vestimentas y sus estandartes multicolores, en sus mercados, plazas y callejuelas se evidenciaba que, si bien cristianos, musulmanes y judíos vivían en barrios separados, había una convivencia razonable entre todos ellos. Aunque buena parte de las mezquitas se habían convertido en iglesias y las campanas habían sustituido a los muecines, quedaban todavía algunas mezquitas y sinagogas al servicio de musulmanes y judíos.

Cuando Leonor y Alfonso llegaron a las afueras con su séquito, Tudela era una fiesta. A lo lejos se divisaba un incontable número de campamentos multicolores, inundando las huertas y las praderas de la ribera del Ebro. Los pendones y los gallardetes ondeaban por todas partes luciendo las enseñas de las casas nobiliarias o reales a las que pertenecían los participantes en aquel magno acontecimiento organizado por el rey de Navarra.

Cuál no sería la sorpresa de los visitantes, cuando pronto comprobaron que de una de aquellas tiendas salía una interminable procesión de caballeros encabezada por el rey Sancho de Navarra que se acercaba a recibirlos. Iba flanqueado por su hijo Sancho y por Ricardo, duque de Aquitania, ambos de imponente estatura realzada por los tres camellos de gran alzada que montaban. Venían rodeados de gran pompa con una multitud de gentes al son de los clarines, fanfarrias y tambores.

—¡Madre, madre! ¡Que vienen los tres Reyes Magos a recibirnos! —exclamó Berenguela alborozada.

—Este recibimiento debe de ser una de las bromas que gusta de organizar Ricardo. ¡Este hermano mío no cambiará nunca! —murmuró la reina, incapaz de ocultar la satisfacción que le producía ver al príncipe, tan gallardo.

—Vienes en buena hora y sois bienvenidos porque llegáis todos sanos y salvos. Y a buenas horas llegas, querido sobrino, porque no podíamos esperar más y ya se celebró el torneo en honor del duque de Aquitania —voceó el rey Sancho el Sabio de Navarra, sin bajarse del camello dirigiéndose a los visitantes cuando estaban todavía a veinte pasos de distancia.

Rieron con ganas los castellanos y torció el gesto el infante Pedro de Aragón, porque no podría presenciar el torneo, que era lo que le había traído hasta Tudela.

—Vuestra sabiduría corre pareja con vuestra imaginación, querido tío, porque habéis sido capaz de sorprendernos con un recibimiento digno del emperador o del papa —respondió don Alfonso, gritando con todas sus fuerzas.

—¡El rey de Castilla no se merece este recibimiento porque envió al torneo a don Diego López de Haro, señor de Vizcaya, por temor a ser derrotado! —declaró entonces Ricardo—. ¡Y yo fui tan tonto que me dejé ganar pensando que era mi cuñado! Lo acordado con el gran rey de Navarra fue dedicar este festejo a mi hermana doña Leonor, la más diligente y hermosa de todas las soberanas que rigen el orbe cristiano. Si alguien osa contradecirme, tendrá que batirse conmigo.

Rieron y aplaudieron todos la broma de Ricardo, que como estaba de muy buen humor y había conseguido, desde que llegó con más de cien caballeros a Tudela, atraer sobre sí la atención de todo el mundo y no quería perder protagonismo, elevando todavía más la voz y colocándose al lado de la infanta Berenguela de Navarra, a la que había elegido como su dama, cantó con la mano en el corazón.

Señora, ¿qué pensáis hacer de mí,
que os amo tanto,
cuando me veis penar
y sufrir de amor?
¡Ay! Navarra de alta cuna,
alegrad vuestra cara, de modo
que ilumine mi corazón.
Y no me hagáis daño.

Mientras la infanta navarra no sabía qué cara poner viendo postrado a sus pies a aquel hermoso gigante de rizados cabellos dorados y que además era el heredero de la Corona de Inglaterra, el rey de Navarra sopesaba si aquella efusión de Ricardo debía de tomarse en serio, por si era propia de los cortejos de los caballeros a las damas o, como se temía, un astuto recurso del desenfadado duque de Aquitania para hacer olvidar a todo el mundo la derrota sufrida el día anterior cuando resbaló su caballo tras la acometida del señor de Vizcaya.

Ricardo había cantado con tanto sentimiento y en tono tan alto que al terminar su intervención los aplausos y los vítores fueron interminables. A la vista de ello, se puso de pie y saludó a todo el mundo subido encima de la silla del camello, que convenientemente sujeto por dos escuderos ni siquiera hizo ademán de balancearse. Pero no había terminado allí la representación del heredero de Inglaterra, porque haciendo una arriesgada cabriola, dio una voltereta y en un santiamén se colocó a la vera de la destinataria de la trova y, rodilla en tierra, le besó la mano provocando el entusiasmo de todos los presentes, especialmente de los caballeros navarros.

—Este gesto de amor cortés puede ser entendido por mi tío como una petición de matrimonio en toda regla, a pesar de que tu hermano está prometido desde hace tiempo a mi prima Adela de Francia —comentó preocupado Alfonso a su mujer.

—Te equivocas, Alfonso, esta es otra broma más de mi hermano que puede causarle problemas si se entera su señor el rey de Francia y que puede hacer mucho daño a Berenguela, si ella se lo toma en serio. A Ricardo le gusta meterse en líos porque le divierte encontrar el modo de salir de ellos. A eso juega desde que era niño, y algún día le saldrá mal y quizás le cueste la vida.

—Seguro que sus majestades me estaban criticando —exclamó Ricardo, que se había aproximado para abrazar a su hermana—. ¿Te trata bien el rey de Castilla, hermana mía? Porque si no lo hace, tendrá que vérselas con el heredero de la Corona de Inglaterra en un juicio de Dios a vida o muerte.

—Estate seguro de que nuestros padres no podían haberme encontrado otro rey más noble, leal y valiente que este Alfonso que me buscaron cuando era niña.

Después de cumplimentar a su hermana, sabedor del accidente de su sobrina Berenguela, se acercó a ella con disimulo.

—¿Sabéis vos, señora mía —dijo, haciendo como que no la conocía—, dónde puedo encontrar a la princesa más hermosa y valiente del mundo para rendir mi espada ante ella?

—¡No miréis hacia otra parte, que soy yo, tío Ricardo, que soy yo y me tenéis delante de vuestras narices!

El príncipe tomó la mano de su sobrina, hizo una genuflexión y puso la mano en el corazón.

—No tengo perdón de Dios por no haber reconocido a Berenguela la Grande, la más famosa entre las famosas y diferente de todas ellas.

Me desespero de las damas, nunca más me fiaré de ellas;
y así como las solía defender,
de ahora en adelante las desampararé,
pues veo que ninguna me ayuda contra ella,
que me destruye y me confunde,
las temo a todas y no las creo, pues bien sé
que todas son iguales menos vos,
que sois la única diferente que conozco,
por eso solo a vos entrego rendido mi espada.

Dicho lo cual, con gran alborozo de la concurrencia, se sacó de la cintura una pequeña espada metida en una vaina muy apropiada que había comprado para ella y en la que ponía en letras de oro: «BERENGUELA LA GRANDE», y se la entregó a aquella sobrina suya que jamás olvidaría el gesto y la espada de su tío.

Tan pronto como llegaron al castillo de Tudela y saludaron al resto de los miembros de la familia de Sancho el Sabio, se encontraron a solas Ricardo y Leonor porque ella estaba ansiosa por conocer de boca de su hermano los problemas de su familia.

—¿Cómo se encuentra nuestra madre? ¿La mantiene nuestro padre bajo encierro todavía?

—La querrá tener encerrada hasta que se muera, pero no lo verán sus ojos porque, aunque él es mucho más joven, no tiene mucha vida por delante.

—¿Tan mal está?

—No es ni la sombra del rey Enrique que faltó en tu despedida. Está hecho una calamidad y vive consumido de una agitación que le devora. Tal es así que no cesa de ir de un lado para otro. Y arrastra la pierna que le rompió su caballo igual que arrastra su corona por el reino. A su alrededor, todo es suciedad, desorden y descuido. Para ti es una suerte estar tan lejos, porque si lo vieras te morirías de pena, te espantarían su egoísmo y su crueldad y te avergonzarían su dejadez, su arbitrariedad y su mezquindad.

A Leonor le corrían las lágrimas por las mejillas. Aunque hacía catorce años que no le veía, y a pesar del asesinato de Tomás Becket, la imagen que tenía de su padre era la de un rey joven y poderoso que desafiaba al tiempo y derrotaba a todos sus enemigos. Por ello era incapaz de imaginarse a un padre malvado y decrépito, tal y como era descrito por Ricardo.

—Créeme si te digo que, aunque sea nuestro padre, el rey que mantiene encerrada a su mujer, ignora a sus hijos, afrenta a sus nobles e invitados y maltrata a sus súbditos y servidores no merece las lágrimas que derrama tu corazón. —Como viera que su hermana no le respondía, tratando de animarla, añadió—: Pero nuestra madre, a pesar de llevar tantos años privada de la libertad, se mantiene erguida porque es fuerte y animosa y no pierde la esperanza, y aunque no te lo creas, no pasan los años por ella. Tenías que verla. La reconocerías de inmediato porque está bella y lozana como siempre y apenas si tiene arrugas en la cara o en la frente.

—Todas nuestras desdichas empezaron con Rosamunda.

—No culpes a Rosamunda de unas desgracias que empezaron con Adela.

—Insinúas que Adela... tu prometida...

—¿Acaso no lo sabías? ¿No te ha dicho nuestra madre en sus cartas que el rey nuestro padre abusó de ella al poco de que salieras para Castilla y que después la hizo su amante, con gran disgusto de Rosamunda, que tuvo que meterse en un convento?

—Madre me decía que por nada del mundo te casarías con Adela y que pensaba que estabas en tu derecho, pero yo no me podía imaginar algo tan monstruoso como lo que me estás contando.

—Ya ves dónde comenzó el gran enredo con el rey de Francia. Ni yo me puedo casar con su hermana, ni nuestro padre le devuelve la dote. Así es como nuestro padre lo enreda todo y todo lo complica. ¿Te imaginas la frustración de nuestro hermano Enrique cuando le nombró rey sin corona ni territorios? En cuanto a Godofredo, menos mal que le entretienen los torneos y no le preocupa lo demás. De Juan mejor no decir nada.

—Si va a ser parecido a lo que me has contado de nuestro padre, prefiero que no sigas.

Leonor se daba cuenta de que sus hermanos eran como los soldados o zánganos que revolotean alrededor de la colmena de sus padres, para apoderarse de la miel. Por eso, muerto muy joven su hermano Enrique, Ricardo estaba ansioso por reinar y al pequeño Juan no le quedaba casi nada. Era imposible satisfacer las ambiciones de todos ellos. Si el heredero se quedaba con todo el reino, sus hermanos conspirarían para derrocarle. Pero si se dividía, ellos o sus descendientes se matarían entre sí para unificarlo, como ocurría a menudo entre los reyes de Castilla y de León.

En cambio, ella y sus hermanas habían sido enviadas a lejanas tierras para fundar nuevas colmenas y tejer entre todas una extensa tela de araña de familias entrecruzadas. Suponía que sería más fácil casar a las hijas que contentar a los hijos. «¡Quién tuviera ese problema, porque de momento yo solo tengo a Berenguela y he estado a punto de perderla!».

La pequeña infanta, que nunca había visto un gigante, aunque había oído hablar de ellos a los juglares que pululaban por la corte, estaba impresionada por la descomunal estatura y fortaleza de Sancho, el heredero de Navarra, quien, a pesar de tener tan solo catorce años, ya sacaba la cabeza al tío Ricardo, que medía más de seis pies. En cambio a Pedro el de Aragón le asustaba su primo, porque pensaba que siendo sus reinos vecinos tendría que batirse a menudo con él.

El rey Sancho el Sabio, que deseaba presumir de heredero, había invitado a Ricardo al torneo para dar realce a la celebración de la mayoría de edad de su hijo, pero tan pronto como supo que los reyes de Castilla querían acercarse a Tudela, concibió la feliz idea de que Alfonso armase caballero a su primo el joven Sancho una vez finalizadas las justas.

La solemne ceremonia tuvo lugar en la catedral, que, al igual que la alcazaba y el resto de la ciudad, estaba en obras. El templo cristiano era una metáfora de la Reconquista, pero en vez de avanzar de norte a sur como aquella, lo hacía de este a oeste, desde los ábsides hasta el crucero, devorando poco a poco a la mezquita que, una vez consagrada, había servido de iglesia provisional.

Actuaron de padrinos Ricardo y Pedro. Como era preceptivo, don Alfonso, después de que Sancho el Fuerte hubiese pasado toda la noche velando armas, procedió a armarle caballero. Tal como deseaba el rey de Navarra, todos los presentes pudieron comprobar admirados que, cuando se puso de rodillas, su hijo era casi tan alto como su primo castellano, y a su lado Pedro el aragonés parecía un enano, bien es cierto que solo tenía diez años.

Los festejos no tenían fin. Se celebraron procesiones, se corrieron toros por las calles, hubo vino en abundancia, se soltaron cerdos para que los ciegos los acuchillaran y se acuchi llaran entre ellos, pero esta vez no vejaron ni persiguieron a los judíos a causa de la prohibición expresa del rey Sabio, que les había cedido unos terrenos a la vera de la alcazaba para levantar la judería nueva, con la condición de que sufragaran las obras de ampliación y reforma de la fortaleza y contribuyeran también a las obras de la catedral. Los festejos terminaron con el ahorcamiento público de varios malhechores.

Capítulo 7

Camino de Santiago. 1184

Las despedidas fueron tristes, sobre todo para Leonor cuando su hermano Ricardo regresó a Aquitania, porque estaba segura de que se estaban viendo por última vez. Menos mal que en Burgos le esperaba otro Ricardo para consolarla. Todos estaban ilusionados con iniciar la peregrinación hasta Compostela para cumplir la promesa que habían hecho si se salvaba Berenguela. Ella estaba persuadida de que gracias a su fortaleza no murió cuando la empujó Pedro y se golpeó en la cabeza; si bien sus padres atribuyeron al apóstol Santiago el milagro de haberle devuelto la vida, también reconocían lo importante que fue la presencia de Ben Amusco junto a ella mientras estuvo inconsciente. Esta circunstancia confirmó el aprecio y la consideración que tenía el rey hacia su médico, y mitigó en parte la prevención que le tenía Leonor por su condición de judío.

—Decidnos, Ben Amusco, ¿estuvo muerta nuestra hija o solo estuvo dormida? —inquirió el rey.

—Por unos momentos abandonó este mundo, pero se ve que no había llegado su hora.

—Pero vos conseguisteis resucitarla con aquel brebaje que le disteis, según nos han dicho los que estaban allí presentes. Berenguela no respiraba. ¿Le disteis una poción mágica?

—Lo primero que hice nada más llegar fue taponar la herida porque con la sangre se le iba la vida. A continuación, le apreté el pecho repetidas veces a la altura del corazón porque en casos similares se vuelve perezoso y se retrae a causa del susto del golpe. Después le infundí mi aliento tapándole la nariz para que no se estancara el aire en sus pulmones. Y finalmente le di a beber vino claro rebajado, que no es acervo ni astringente, para darle alegría a su sangre.

—No entiendo qué clase de virtudes puede tener la nieve del Moncayo que no tengan otras.

—Era la que teníamos más cerca, y es más limpia y más fresca que el agua del pozo. Y la necesitábamos en abundancia para bajar la hinchazón. Que las congestiones en la cabeza pueden paralizar diversas partes del cuerpo o privar del buen juicio al paciente para siempre. Afortunadamente, como el agua del pozo estaba muy fría le hizo mucho bien a la niña hasta que llegó la nieve salvadora.

—¿Por qué tardó varios días en recuperar el sentido, después de que recuperara el aliento?

—Nadie podía saberlo a ciencia cierta. Pero abrigaba yo esperanzas porque bajaba la hinchazón, no tenía negros los ojos y la infanta es fuerte; los niños se recuperan mucho mejor que los adultos y la naturaleza sabe obrar si se le deja tiempo. Como prometisteis postraros ante su tumba si sanaba, cuando estemos en Compostela, preguntadle al apóstol cómo lo hizo, porque yo lo ignoro por completo —respondió Ben Amusco con ironía.

—Por lo que decís, vos no creéis en los milagros, ¿no es cierto, Ben Amusco? —inquirió la reina, que había estado muy pendiente de aquella conversación.

—Estáis en lo cierto, majestad. No creo en los milagros y tampoco en el poder de las reliquias. Yo solo creo en lo que veo y en lo que compruebo. Milagros habrá muchos a lo largo del camino. Quizás con suerte podamos ver de cerca alguno de esos prodigios.

La infanta estaba muy contenta. Lo que más le gustaba del viaje fue que en todos los lugares por donde pasaba era presentada oficialmente como la heredera al trono de Castilla. Iba muy ufana con sus padres recorriendo triunfalmente las villas de Calahorra y Logroño, que entregaron a doña Leonor los tributos que le correspondían por dote. Lo mismo hizo la villa de Nájera, donde se descansaron durante una jornada completa.

El rey, después de sufragar todas las misas del año por la salvación de Blanca, su madre, explicó como buenamente pudo a Berenguela las escenas reproducidas en el sepulcro de la abuela, con especial detenimiento en la representación del desmayo del abuelo Sancho el Deseado. Mientras tanto, Ben Amusco visitaba el hospital levantado por Juan de Ortega el siglo anterior cerca del puente sobre el Najerilla, construido por el mismo santo.

La curiosidad del médico era insaciable. Aprovechaba el paso por los pueblos para comprobar el estado de las aguas, la limpieza de las casas y la salud de los niños que los seguían. Siempre que podía, se apartaba de la comitiva regia y se sumaba a una de peregrinos para interesarse por su salud, oficio, motivo de la peregrinación y también sobre las costumbres y el modo de vida de sus lugares de procedencia.

Durante la peregrinación los trayectos eran largos y, como los campos en el horizonte, el tiempo se ensanchaba y se hacía propicio para la reflexión y también para la charla informal, fuera de todo protocolo. La curiosidad de Ben Amusco despertó la de los reyes, que gustaban a menudo de su conversación para entretenimiento y deleite de su espíritu.

—Decidnos, Ben Amusco, si no os importuna, ¿a qué obedecen esas preocupaciones por la limpieza o suciedad de las gentes por todos los lugares que pasamos? —preguntó la reina.

—Mi maestro Averroes me enseñó en Córdoba que detrás de cada efecto se halla una causa. Si alguien ingiere un veneno, se muere. La causa está clara. —La reina no pudo evitar un estremecimiento. ¿Acaso sabía algo aquel judío? La herida abierta en Toledo no iba a cerrarse nunca—. Pero en muchos casos no está a la vista, por eso es preciso investigar las causas de las enfermedades para atajarlas, si queremos evitar los daños que provocan. En todos los lugares reina la enfermedad y, sin embargo, estar sano es el estado natural del hombre. Mi experiencia me dice que el aire sucio, el agua estancada o una alimentación insana o deficiente están en el origen de la mayor parte de las enfermedades. Cuando en un lugar hay enfermedades comunes a mucha gente, se deben averiguar las causas comunes. Un viaje como este, recorriendo con peregrinos lugares distintos, con climas diversos y costumbres muy diferentes, ofrece muchas posibilidades de aprender para sanar y de este modo evitar muchas muertes.

Para no cansar en exceso a Berenguela y evitarle los rigores del invierno hicieron una larga parada en Burgos y, de acuerdo con la niña, convinieron ponerse de nuevo en camino en cuanto llegaran las cigüeñas.

Leonor, que estaba deseando ver al maestro Ricardo, se dirigió tan pronto como pudo al monasterio de Las Huelgas, pero solo pudo constatar el avance de las obras y la ausencia del arquitecto, de cuyo paradero sus ayudantes no supieron darle razón alguna. Contrariada por esta anomalía y temerosa de que hubiera sufrido un accidente, les ordenó que salieran en su busca.

Ricardo no tenía otro mundo que no fuera aquel trabajo que le absorbía por completo, pero cuando terminaba de proyectar un complicado detalle o daba con la solución de un problema que parecía irresoluble, como era un hombre apasionado al que le gustaba disfrutar de los placeres de los sentidos, se buscaba su solaz y esparcimiento del mejor modo que podía encontrar. Solía aprovechar las largas ausencias de Leonor para tomarse unos días de asueto, que pasaba disfrutando de las más diversas distracciones y que le ayudaban a olvidarse de la reina, de las obras y de los deberes. Después volvía a enfrascarse en sus tareas con energías renovadas y más ahínco que cuando las dejó.

Al volver de la última escapada, se llenó de satisfacción cuando le dijeron que la reina, al regresar de su viaje, había estado en la obra y le había echado en falta. De inmediato fue a presentarle sus respetos en el salón de trabajo que tenía en Las Huelgas.

Leonor le hizo esperar en la antesala mucho más de lo que solía en otras circunstancias, y cuando por fin le recibió, a pesar de que ella se encontraba a contraluz, Ricardo notó que estaba muy contrariada.

—Regresé llena de ilusión a Burgos para comprobar el avance de las obras de mi monasterio, ¿y sabéis qué me encuentro? Que no hay arquitecto para acompañarme durante la visita. ¿Qué haríais vos en mi lugar?

Ricardo se dio cuenta de que, aparte de molesta, estaba celosa y por ello decidió contestarle como mujer en vez de como su reina y señora.

—Majestad, yo no me puedo poner en vuestro lugar porque solo soy un modesto artesano, pero para vuestra tranquilidad, os aseguro que todo marcha según lo previsto. Sé perfectamente discernir entre la obligación, que es lo primero, y la devoción, que también es necesaria. Pensad que no todos los trabajos se hacen a pie de obra. Los arquitectos solemos andar por los montes y prados buscando los mejores yacimientos y por pueblos y ciudades escogiendo los mejores materiales por el bien de las obras.

—Ninguno de vuestros ayudantes me ha podido dar razón de vuestro paradero. ¿No creéis que durante el tiempo que duran vuestras devociones os convendría ser cauto y que os acompañara alguno de vuestros hombres de confianza en esos menesteres, pues tengo entendido que andar en aventuras y en yacimientos es harto peligroso para quienes los frecuentan? —le espetó la reina, disimulando como pudo su despecho.

—Sepa su majestad que donde hay cautela no hay secreto, porque al final todo se sabe y que la tranquilidad en exceso cansa y un poco de aventura y de peligro de vez en cuando estimula, siempre y cuando la distracción sea inocente y no se haga daño a terceras personas. Que Dios llenó el paraíso de las plantas y animales más diversos para solaz y descanso de Adán y Eva.

—Estáis en lo cierto, pero entre todos los animales estaba la serpiente que fue la causa de todos sus males.

—Porque les cegó la soberbia y querían ser como dioses. Yo me arrodillo humildemente ante Dios y beso la mano de su majestad, y como ni puedo ni debo ponerme a su altura, me entretengo con las serpientes y no tengo miedo de ellas, salvo si son venenosas.

—Todo con moderación, maestro Ricardo, que las mordeduras de serpiente pueden ser causa de algunas indigestiones.

—¡Majestad! —exclamó contrariado el arquitecto—. Cuando se tiene hambre —se defendió—, se come cuando se puede y donde se puede, sobre todo después de los muchos trabajos y zozobras que se padecen durante las travesías interminables.

—Hablando de travesías interminables, os diré, para vuestra alegría, que el rey ya ha concedido a la ciudad de Santander el fuero por el que tanto habéis porfiado. ¿Os imaginaréis lo contento que estarán el abad de San Emeterio y sobre todo su sobrina?

—Tanto el recibimiento que me hicieron, como los cuidados y servicios con que me obsequiaron, se los debo a su majestad. En su nombre les di las gracias por anticipado y en el mío propio les hice las mercedes que se merecían.

—Ya que me habéis hecho la meced de visitarme nada más llegar, ¿podríais hacerme la merced de ponerme al corriente de la marcha de las obras? —La reina recuperó la seriedad—. ¿Habéis echado cuentas de los dineros que se necesitan para pagar a los operarios durante los próximos meses? ¿Qué proyectos tenéis preparados para que no falten labores ni se detengan las obras?

—¿Hablamos de las obras, de los operarios o de los proyectos?

—Me gustaría empezar por las obras, pero primero quiero conocer los proyectos. Que las obras, aunque gustan mucho cuando se hacen, ya no se aprecian tanto cuando se han realizado, en cambio los proyectos llenan de ilusión el futuro, pese a que no lleguen a materializarse.

Comoquiera que, debido al decoro y al distinto rango de ambos, no podían decirse a las claras lo que sentían y padecían a causa de aquel amor imposible que les atormentaba, solían hablar entre ellos y delante de los demás negando y afirmando al mismo tiempo, diciéndose y a la vez desdiciéndose. La mayor parte de las veces empleaban un doble lenguaje plagado de parábolas y similitudes, equívocos e insinuaciones que solo ellos conocían, y aunque dejaban insatisfecho a Ricardo, alimentaban el fuego de su vana esperanza, como el sol que no calienta en invierno, pero al menos ilumina un horizonte lejano. Sin embargo, aquellas charlas formales e informales, llenas de pullas y chanzas, no solo llenaban las horas mustias de la reina, sino que, una vez finalizadas, al igual que ocurre a las monjas cuando reciben una visita en locutorio, servían de alimento a su espíritu porque podía mantener entretenida la espera saboreando el recuerdo de la velada. Porque la vida amorosa de Leonor en ausencia de Ricardo consistía en desenredar la madeja y descifrar por las tardes la maraña de insinuaciones y acertijos que habían entretejido por la mañana. De este modo conseguía la reina mantenerse al abrigo de la mirada acusadora de los ojos de la judía la mayor parte del día y también de la noche, si tenía la fortuna de que Ricardo viniera a visitarla trayéndole placeres prohibidos en aquellos sueños tan placenteros.

* * *

En Carrión Leonor accedió a que Fructuoso, que había sido llamado por el maestro Mateo, peregrinara con ellos hasta Compostela para ver con sus propios ojos lo que se estaba haciendo en el Pórtico de la Gloria.

El escultor había prestado grandes servicios al rey y gozaba de su aprecio y consideración. Por si esto fuera poco, era el marido de la dueña Dorotea y escultor de la famosa portada de la iglesia de Santiago, en cuyo friso bajo el alero, a modo de senadores romanos, había representado a los doce apóstoles en pie. Y sentado majestuosamente en medio de ellos, se hallaba un Cristo triunfante y todopoderoso que bendecía a los peregrinos que le contemplaban extasiados. La obra se había realizado dieciocho años antes para conmemorar la mayoría de edad del rey don Alfonso cuando se armó caballero en Carrión.

Con aquel trabajo singular se ganó la confianza y admiración de Ben Amusco, que, al ver aquel portento escultórico, no podía sospechar que aquella obra, única en su género, hubiese salido de las callosas manos de aquel hombre, tan modesto en apariencia y en el trato.

—Tenía toda la razón del mundo su majestad cuando me anunció que en el camino encontraría numerosos portentos —le dijo entusiasmado al rey—. Ahora comprendo que se refería al milagro que estamos presenciando. ¡A este Cristo solo le falta hablar!

—Este Cristo habló, pero lo hizo una sola vez y solo lo oyó el maestro Mateo desde el balcón de enfrente. Desde entonces anda empeñado en que vaya a Compostela para ayudarle a terminar el pórtico que le ha encargado el rey don Fernando.

Cuando don Alfonso escuchó el nombre de su tío, recordó que pronto tendrían que pasar por León, y, aunque acababan de firmar el Tratado de Fresno-Lavandeira, que ponía fin a sus disputas, para evitar susceptibilidades, le envió una embajada, anunciándole que atravesarían el reino para postrarse a los pies del apóstol.

Durante las noches claras sin luna, ante los anonadados peregrinos, el firmamento desplegaba, como un pavo real, todos sus misterios sembrando de estrellas temblorosas las praderas celestiales. Un caudaloso río de astros fluía sin cesar hacia el poniente tratando de orientar a los caminantes hacia su destino compostelano.

La parada en Sahagún era obligatoria por estar en la frontera entre los reinos de Castilla y de León y porque allí habían de encontrarse con los embajadores castellanos con el beneplácito del rey Fernando para el paso de la comitiva regia.

—En este monasterio envenenaron a mi padre después de que firmara con mi tío Fernando el tratado que fijaba las lindes entre los reinos de León y de Castilla, acordado en mala hora en el testamento de mi abuelo Alfonso, el Emperador. Desde entonces todo han sido desencuentros entre parientes y enfrentamientos entre los reinos. Quiera Dios que se resuelva pronto este dichoso conflicto —exclamó el rey en presencia de Ben Amusco y doña Leonor.

—Tenéis toda la razón, majestad. No comprendo lo que pudo mover a vuestro abuelo a partir un gran reino. Platón, que era otro gran filósofo griego, afirmaba que no existe peor gobierno que el que hace de una sociedad varias, al igual que no hay mayor bien para las comunidades que aquello que las reúne y unifica. Sostenía que, en una sociedad virtuosa, sucede como respecto al conjunto del cuerpo. Por ejemplo, la mano y el pie solo existen en razón del cuerpo y no existe este por causa de sus miembros.

A Leonor le interesaba la conversación, pero lo que de verdad le preocupaba era que no terminaba de alumbrar al heredero que andaban buscando, y que el reino de Castilla podría pasar al de León, si no tenían más hijos o Berenguela moría. En este caso, levantar un monasterio más grandioso que el de Sahagún sería una quimera. Algo parecido a dibujar en arena, cribar el agua o arar en la tierra sin arrojar la simiente.

Capítulo 8

León. Compostela. 1185

Despuntaban ya los trigales en los Campos Góticos, tierra de palomares, sencillos pozos de tierra que se asoman al cielo para dar cobijo a las aves. Las desoladas mesetas que sostienen los castillos eran mudos testigos de la disputa entre reyes por estas tierras limítrofes, que tan a menudo veían arder sus cosechas o morir en sus surcos a los jóvenes soldados castellanos o leoneses.

Los pueblos de casas de barro que se anunciaban por el humo se sucedían rompiendo la monotonía del camino de anchos horizontes. De no haber sido por el discurrir del sol que los empujaba por las mañanas y les cegaba por las tardes, podría parecer que los peregrinos de la real comitiva no se movían del mismo lugar en aquella tierra aplanada y uniforme cuando la castiga el sol y donde resuena el silencio solo roto por el monótono canto de los gorriones.

A su llegada a León, acompañados por don Diego López de Haro, fueron recibidos en la intimidad de la cámara regia por don Fernando y doña Urraca López de Haro. Esta era una joven viuda, famosa por su hermosura, que tenía en el regazo a un niño de pocos meses habido con el rey.

—Antes que nada, queremos agradeceros que nos hayáis recibido y también queremos felicitaros por haber derrotado y muerto en Santarém a Abú Yacub, nuestro mayor enemigo, lo que nos permitirá tener unos años de paz y de sosiego para conquistar nuevos territorios por el sur de nuestros reinos —dijo Alfonso.

—Ahórrate las lisonjas, sobrino, porque la hospitalidad es mi obligación con los peregrinos y más si estos son mis familiares. En cuanto a la muerte del Miramamolín, felicita a la casualidad, porque yo no lo maté, que murió él solo por culpa de las heridas que le causó la caída del caballo. Los reyes no podemos matar a otros reyes, aunque sean infieles. Mal asunto sería para nosotros si nuestras vidas estuvieran a merced de nobles y caballeros o del mejor postor.

—No sería tan buen jinete como vos, que tenéis fama de ser el mejor de toda Hispania, y por ello me satisface comprobar que tenéis un aspecto estupendo, tío. Los años no pasan por vos. —Alfonso estaba decidido a mostrarse cortés con su pariente, sin querer acordarse de las graves ofensas que este le había inferido desde que era niño.

—Gracias a esta mujer, que me da todo lo que necesita un hombre y hace todo lo que le pido y a veces más de lo confesable. Supongo que algo parecido haría contigo Raquel la judía, para tenerte tan embrujado como te tuvo.

El castellano puso cara de sorpresa mientras miraba de reojo a su esposa, que enrojeció de vergüenza, a la vez que le fulminaba con la mirada.

—¿Creías que lo llevabas en secreto? ¡Bandido! Porque lo sabían todas las cortes de Hispania, empezando por la de Castilla. Hasta el papa estaba al corriente, porque en nuestros reinos estas noticias las propagan los obispos. Lo mismo que están haciendo conmigo ahora. Pero te puedes imaginar que a mis años me trae sin cuidado lo que se diga de nosotros. ¿Verdad, amorcito? —dijo, haciendo una lujuriosa caricia a doña Urraca—. El adulterio es una cosa seria, pero lo nuestro solo es fornicación. Yo hago generosas donaciones a la Iglesia y mis obispos hacen la vista gorda. Además, saben que, como me harten con sus monsergas, la convierto en reina de León. Que todavía podemos engendrar muchos herederos.

Como si fuera un adolescente, empezó a hacer carantoñas a doña Urraca, que, aunque no le rechazaba, se sentía avergonzada de aquellas efusiones del rey de León ante la presencia de su hermano Diego y de los reyes de Castilla.

—¡Conteneos, majestad! Que nuestros invitados van a pensar que habéis perdido la cabeza —exclamó pudorosa, mirando a su hermano.

Esta señal no le pasó desapercibida a Alfonso, que aprovechó para dar un giro a la conversación.

—Hablando de herederos, ¿dónde está mi primo Alfonso, que no nos acompaña, porque me gustaría mucho conocerle?

—Si te digo la verdad, ya no me acuerdo de dónde está —contestó el rey y, dirigiéndose después a su amante, preguntó—: Urraca, ¿sabes tú dónde para Alfonso?

—Dónde va a estar. Educándose en Galicia al igual que vuestra majestad cuando tenía su edad.

—Creo que ese va a ser el heredero de mi reino... si yo no cambio de opinión o nombro sucesor a este renacuajo —dijo, señalando al bastardo que tenía en su regazo—. Y también del tuyo si sigues sin engendrar hijos varones. ¿A qué esperas, desdichado? ¿No sabes que firmé un tratado con tu padre? Por cierto que te pareces mucho a él, aunque era más bajito. Parece que le estoy viendo cuando nos despedimos en aquel monasterio. ¡Qué pena que le envenenara Fernán de Castro y más pena que este matara a la desdichada Estefanía!

«¡Ay, tío Fernando, que ahora se vuelven las tornas! Envenenasteis a mi padre y sufrí vuestro constante asedio durante mi minoría de edad, pero tal y como están las cosas con vuestros herederos pugnando por el trono y Urraca en vuestro lecho, aquí puede pasar de todo si yo lo revuelvo en mi provecho. Bien es cierto que para ganaros esta partida necesitaba una reina, un alférez y una torre y ya los tengo porque los hermanos López de Haro son las piezas que necesito», pensó don Alfonso al darse cuenta de que su tío andaba perdido y la enfermedad que le minaba la salud era la gran oportunidad de su vida.

En aquel mismo momento entró otro infante y se acercó a besar a su padre.

—¿No preguntabas por el heredero? Pues aquí tienes otro. Y bien crecido que está. Verás que me sobran los herederos. ¿Tú cómo te llamas, hijo mío?

—Me llamó Fernando como vos, padre mío, y como mi abuelo el conde de Traba.

—Urraca, ¿cómo se llama el bastardo nuestro que tienes en brazos?

—Esta hermosura de niño se llama Sancho, como vuestro difunto hermano.

—¿No se llamaba García?

—El pobre García se nos murió el año pasado. ¿No te acuerdas de la pena que tenías?

—Las penas hay que olvidarlas cuanto antes. Lo malo es olvidar el nombre de los hijos. Tantos Alfonsos, Fernandos y Sanchos terminan haciéndome un lío. ¿Cómo se llaman los tuyos, sobrino?

—Ya os he dicho que se llama Berenguela, como vuestra madre, que era mi abuela.

—Te habrás dado cuenta de que tengo varios herederos varones, y si tú no engendras uno pronto, alguno de los míos se quedará con el reino de Castilla. ¿Verdad, Urraca?

—Será lo que Dios disponga, mi señor —replicó prudente la dama, haciendo una señal al infante Fernando para que se retirara—, que yo no soy quién para entrometerme en altos asuntos de estado.

—Mañana nos espera una dura jornada en el camino —dijo Alfonso—. ¿No te parece, Leonor, que, con la venia de mi tío, debiéramos retirarnos a descansar y evitarle la fatiga de la charla para permitirle disfrutar a solas de su familia?

Leonor, que desde que mencionaron a Raquel estaba muy incómoda y disimulaba su fastidio a duras penas, se apresuró a responder:

—Con un niño tan hermoso y una señora tan cariñosa, no puede quedar tu tío en mejor compañía.

Cuando a la mañana siguiente llegó don Diego López de Haro al Panteón de los Reyes, llevaban un rato Leonor y Alfonso en el recinto funerario. El rey estaba rezando ante la tumba de su tutora, doña Teresa Fernández de Traba, como lo había hecho ante la de su tía Estefanía la Desdichada.

Para distraerse, la reina fijó su atención en las pinturas de las bóvedas y se quedó prendida entre el cielo y la tierra contemplando sobre su cabeza la representación del anuncio del ángel a los pastores de Belén. Toda la belleza y felicidad de esta vida terrenal representada en el cielo.

«Algo de razón tenía Ben Amusco cuando afirmaba que el fin de la vida es la felicidad terrena, pero ¿por qué la deseamos tanto y no la hallamos, y si por fortuna nos topamos con ella, de pronto se nos escapa? ¿Acaso se refugia en la simplicidad de los pastores, que disfrutan de la música, rodeados de flores, ovejas, vacas y cabras, y con eso se bastan...? Yo solo la tuve al principio de mi vida, en la inocencia de mi infancia. ¿Dónde podría encontrarla ahora con tantas desgracias, trabajos y sinsabores como nos depara la vida? A no ser que la dicha vaya cogida de la mano de nuestros hijos cuando sobreviven... de milagro como Berenguela. Quizás se halle en un amor imposible como el que yo siento por Ricardo, que se asemeja al que cantan los juglares y festejan los trovadores».

Mientras sus tristes pensamientos resbalaban por las frías losas del panteón, don Alfonso y don Diego, su alférez, salieron discretamente al claustro para comentar la visita al rey don Fernando.

El reciente recorrido por los Campos Góticos y su estancia en el monasterio de Sahagún habían removido los agravios y despertado las ambiciones del rey de Castilla. El estado de salud y la confusión acerca de sus herederos que tenía su tío Fernando le ofrecía la posibilidad de recuperar el reino de León. Con ello devolvería todos los golpes que recibió durante su minoridad, volvería a unir lo que separó el emperador y alcanzaría la fortaleza necesaria para derrotar a los almohades.

—¡Mi tío tenía tan buen aspecto como ida la cabeza! No ha parado de decir disparates e inconveniencias durante la velada. Doña Leonor estaba furiosa. ¿Os ha dicho vuestra hermana qué le ocurre?

—Tiene muy quebrantada la salud y además, de un tiempo a esta parte, se le olvidan las cosas y no piensa lo que dice —respondió su alférez.

—Yo creo que ocurre precisamente lo contrario, que mi tío dice lo que piensa aunque algunas cosas se le olviden. ¡Mira qué bien recuerda lo que le conviene del Tratado de Sahagún! O que envenenaron a mi padre. En cambio es cierto que se hace un lío con los hijos y con los nombres. Me pregunto qué planes tiene tu hermana porque, dentro de poco tiempo, tampoco la conocerá a ella. Como no se dé prisa en conseguir el matrimonio, tu sobrino Sancho no tendrá ninguna posibilidad de sentarse en el trono.

—Cuando le habla de matrimonio, él se lo toma a risa y la confunde con su primera esposa, Urraca la portuguesa. Dice que no se va a casar dos veces con la misma mujer.

—Yo os recomendaría que actuarais paso a paso. Antes tenéis que conseguir el poder y después el matrimonio. Vuestra hermana podría lograr que el rey os nombrara su alférez y eso afirmaría el poder de vuestra familia y nuestra influencia en este reino.

—Eso sería demasiado descarado y estaría mal visto por la nobleza y los obispos, porque ahora soy vuestro alférez y sospecharían que sigo a vuestro servicio —protestó don Diego.

—Pues que consiga del rey el nombramiento de tu hermano García como alférez y después te asigne un gobierno de importancia. Hacedla reina en cuanto tengáis el poder. Ella se ocupará de que el pequeño Sancho sea declarado heredero legítimo.

—¿Nos daréis vuestro apoyo para semejante aventura?

—Tenéis de antemano todo el que hayáis menester. Nunca habrá más guerras entre León y Castilla, porque somos un solo reino. Juntos derrotaremos a los infieles como hizo mi abuelo hasta que sus fuerzas le abandonaron.

Terminada la conversación en el claustro pasaron de nuevo al Panteón de los Reyes. Encontraron a doña Leonor contemplando absorta la bóveda de los pastores de Belén. Escuchaba con tanta atención el canto de los pájaros, el balido de las ovejas y las risas de los pastores que no se dio cuenta de que llegaban.

—Me habéis bajado del cielo a la tierra. ¡Qué pronto habéis acabado la conversación! Por la cara de satisfacción que traéis me da la impresión de que ya os habéis hecho con el reino de León. No olvidéis que por estas tierras se dice que no se ganó Zamora en una hora.

* * *

Después de salir de León, y tras atravesar las tierras de Astorga y Villafranca del Bierzo, asediados por una lluvia pertinaz que se empeñó en acompañarles, llegaron a Compostela encabezando una procesión de peregrinos que durante buena parte del trayecto gallego fueron siguiendo a la comitiva regia movidos por la curiosidad o en busca de mercedes o limosnas.

Enterados de su llegada, salieron a recibirlos el obispo Suárez de Deza y el infante don Alfonso, que había sido educado por el arzobispo en Compostela y por don Pedro Arias en Monterroso para suceder a don Fernando en el trono de León.

El pórtico, al que faltaban todas las esculturas de bulto, y la mayor parte de la catedral eran un revoltijo de andamios entre los que circulaban frenéticamente o con lentitud, pero tratando de no estorbarse, albañiles, carpinteros, canteros, canónigos y peregrinos.

Berenguela no se soltaba de la mano de su madre por miedo a perderse como Jesús en el Templo de Jerusalén. Pero allí no había doctores con los que debatir porque se trabajaba intensamente en todas partes, gracias a que el arzobispo Suárez de Deza había conseguido del rey don Fernando el dinero suficiente para terminar el templo en menos de tres años.

Berenguela, que ya tenía cinco años y a pesar de su corta edad estaba muy crecida, no le quitaba el ojo al infante leonés don Alfonso, que también era primo de su padre y pronto cumpliría catorce años y alcanzaría la mayoría de edad. No es que el muchacho se fijara mucho en ella, pero la niña le observaba con disimulo porque cuando ella fuera la reina de Castilla tendrían que verse las caras a menudo, para pactar o para guerrear como lo habían hecho sus respectivos padres durante toda la vida. No era ni guapo ni feo, algo bajito y un poco torpe. Le notó un poco asustado cuando fue presentado a sus padres, y como no le entendía mucho cuando hablaba en galaico con el arzobispo y se le trababa la lengua, le pareció un poco tonto.

«¡Qué primos tan distintos tiene mi padre! Pedro el aragonés, al que no perdonaré nunca porque que casi me mata, es un niño. Sancho el navarro es un gigante viejo, que no me hizo ningún caso, y este tonto, cuando ve que le sonrío, mira para otra parte. Pues sí que estamos buenos. ¡No sé dónde voy a encontrar un marido de mi gusto!».

Cuando llegó su turno para abrazar al apóstol, Leonor se detuvo y le pidió perdón en voz baja por haber envenenado a la amante de su marido empujada por el obispo Raimundo.

—Gracias, señor Santiago, por haber resucitado a mi hija Berenguela —fue su silenciosa plegaria—. Te pido que me des paciencia y mansedumbre para convivir con mi marido y fortaleza para no caer en brazos de Ricardo, pero no permitas que se vaya de mi lado. También te pido fecundidad y paciencia suficiente para engendrar muchos hijos e hijas y sobre todo un heredero, y que vengan con salud. Dame fuerzas y recursos para levantar una catedral en Cuenca y acabar el monasterio de Las Huelgas, y que, si le fallan sus primos, vengas a Castilla para ayudar a mi marido a combatir a los infieles.

Don Alfonso pasó rápidamente y oró con sencillez: «Gracias por lo que vos sabéis, y ayudadme en lo que podáis, que estoy preparado para la victoria, pero no permitáis que los moros me venzan nunca».

Berenguela también se abrazó al apóstol.

—Señor Santiago —dijo—, no os deis mucha prisa para que mi madre traiga un heredero que me quite mi sitio. Esperad a que yo sea reina de León o de cualquier otro reino que esté cerca de Castilla.

Ben Amusco se limitó a contemplarle en silencio desde lejos mientras pensaba: «¡Gracia la tuya, señor Santiago, que eres capaz de curar enfermos desde la distancia sin moverte de tu pedestal, con lo que a mí me cuesta sanarlos estando junto a ellos!».

* * *

Aunque don Alfonso no se lo había pedido expresamente al apóstol, meses después de que se postrara ante él, murió su pariente y mayor enemigo Fernán de Castro, quien, opuesto a la regencia de los Lara durante la minoría de edad del rey, había matado a su suegro el conde Osorio, a su rival el conde Manrique de Lara e incluso a su propia esposa Estefanía la Desdichada. Fue hombre de confianza y varias veces mayordomo del rey Fernando de León; también puso al servicio de los musulmanes su capacidad guerrera en numerosas ocasiones y llegó a ser un hombre riquísimo.

Como Pedro de Castro, el hijo de Fernán y Estefanía, y por tanto primo hermano de Alfonso, veía que el reino de León había caído bajo la influencia de los hermanos López de Haro a partir del momento en que la hermana de estos se convirtió en amante del rey Fernando de León, acudió rápidamente a la llamada de don Alfonso dispuesto a convertirse en el hombre fuerte del reino más poderoso de Hispania.

—Si vuestro padre hubiera estado a mi servicio, habríamos logrado grandes victorias frente a los almohades, porque era un guerrero formidable. Pero las cosas se torcieron durante mi minoría de edad y ya nunca pudimos tener unas relaciones cordiales. Sobre todo después de que matara a vuestra madre y que retuviera el señorío de Trujillo contra mi voluntad y contra todo derecho —le recordó Alfonso—. Porque me pertenecían esas tierras conquistadas a los musulmanes.

—Los agravios entre familiares tardan mucho en olvidarse porque se transmiten de generación en generación y casi siempre con mayor deseo de venganza que con anhelo de concordia —replicó don Pedro conciliador—. Para romper ese designio fatal he acudido a vuestra llamada, deseando que, a partir de ahora, las cosas transcurran entre nosotros de modo diferente, haciendo las paces, como es costumbre entre caballeros.

Alfonso cerró los ojos por unos instantes porque aquella voz metálica de su primo, que salía de unos labios gruesos e inmóviles, le sonaba más a traiciones pasadas que a anhelos de concordia presentes. Cuando los abrió, se apercibió de que su interlocutor le estaba observando por el rabillo del ojo desde un rostro inexpresivo como un nabo, asentado sobre un cuello de toro como el del difunto y temible Fernán de Castro y la expresión de su enorme fortaleza. «Alerta, Alfonso, que este Pedro es el vivo retrato de su padre».

—Tus palabras me reconfortan porque hablan de caballeros que hacen las paces. Pero, aparte de caballeros, somos primos hermanos porque ambos descendemos del gran Alfonso el Emperador y su memorable recuerdo nos obliga a entendernos. Las palabras ya están dichas, ahora hemos de pasar a los hechos. ¿Qué propuesta me traéis para que compruebe que pasamos a un tiempo diferente?

—Ya me dirás tú lo que piensas hacer. Para algo me habrás mandado venir hasta Burgos, ¿no?

—Quiero que sepas que, mucho antes de morir tu padre, le prometí al gran maestre de la orden de Santiago que, tan pronto como estuviera en mis manos, le entregaría el señorío de Trujillo para que se encargara de su defensa y evitar de este modo que las incursiones de los almohades sigan llegando con tanta facilidad por esa parte a Talavera y a Toledo.

Pedro de Castro, que no se esperaba que el rey fuera tan directo y explícito con su pretensión sobre el territorio en disputa, preguntó:

—Tiene que haber algún tipo de contrapartida. No puede haber gestos solo de una parte. Sabes que mi difunto padre, después del desgraciado accidente de mi madre, se retiró de la corte de León y solo halló consuelo y distracción en las dehesas de Trujillo y en los bosques de Monfragüe. Para mí tiene un gran valor sentimental. Además, nada es imposible para un rey. El conde Manrique de Lara tenía el señorío de Molina de Aragón, que disfrutan todavía sus herederos, y a Fernando, el hijo de Nuño, le hicisteis conde con solo veinte años. Don Diego López de Haro tiene el señorío de Vizcaya y será dueño de todo lo que sea capaz de conseguirle su hermana Urraca. Para algo es la amante de tío Fernando. Una vez que yo te entregue el señorío de Trujillo, ¿qué nos queda a los Castro? Porque los Lara y los Haro ya van bien servidos tanto en Castilla como en León.

—No dudes por un momento de que tendrás un sitio en mi corte y podrá haber honores y territorios cuando se los arrebatemos a los almohades.

Pedro de Castro guardó un astuto silencio. El rey le prometía territorios que no tenía a sabiendas de que los almohades eran muy fuertes. Nada en concreto. En el reino de León lo tenía más difícil todavía. En Castilla, de momento, había una oportunidad y la posibilidad de obtener valiosa información. Si los honores y los señoríos no llegaban en Castilla, siempre le quedaba la opción de ponerse al servicio del Miramamolín. En un sitio o en otro jugaría con habilidad sus cartas igual que había hecho su padre. Pero de momento dejaría a un lado los agravios, sin olvidarlos... después ya se vería.

—Desde ahora mismo puedes disponer del señorío que nos reclamas. Y desde ahora mismo me pongo a tu servicio para lo que gustes ordenar, tanto para la diplomacia como para la guerra, no olvides que mi padre fue el mejor mayordomo de tío Fernando —dijo.

—Tu rápida y generosa decisión te honra y tu ayuda me tranquiliza porque será decisiva en la batalla que se avecina —respondió don Alfonso mintiendo.

«Mucho botafumeiro balanceáis y mucho incienso me llega, pero si todo lo que me vas a ofrecer se queda en elogios y alabanzas y de gobiernos y de posesiones, nada, mal vamos a acabar tú y yo, que me parece que no te has dado cuenta de que soy una astilla de mi padre», pensó Pedro de Castro, rascándose la cabeza justo en el sitio donde su padre tenía la cicatriz en la que escondía todos los agravios.

Capítulo 9

Santiago de Compostela. Burgos. Témporas de Adviento 1187

Los aterrados peregrinos no podían saber que en aquellos momentos el reino de Jerusalén acababa de caer en manos de Saladino y había desaparecido la cruz de Cristo, pero aquel mismo día, el botafumeiro detuvo su majestuoso vuelo pendular y quedó suspendido, mirando hacia oriente, mientras los ángeles trompeteros hacían sonar sus clarines. Por ello, los innumerables fieles que contemplaban atónitos la inmovilidad del humeante artilugio en lo alto de la nave central supusieron que se trataba de uno de los muchos milagros que realizaba el apóstol.

Sin darles tiempo a reponerse de su asombro, las campanas, al igual que hicieron las de todas las iglesias y monasterios a lo largo del Camino de Santiago, empezaron a tocar a rebato sin que nadie las voltease; los ríos se precipitaron desde los cielos, las tinieblas se apoderaron de la ciudad y un vendaval nunca visto golpeó enfurecido los robustos muros de la fachada de poniente, sacudiendo las torres y removiendo los cimientos. Para compensar la inmovilidad del péndulo, se agitaron las bóvedas del crucero meneando el cimborrio que a punto estuvo de desmoronarse.

El maestro Mateo, que, conminado por el rey Fernando de León a terminar la catedral en el plazo de un año, estaba a pie de obra, al ver que los cielos se le venían encima, supuso que descargaba un temporal y por ello ordenó detener las labores que ejecutaba a marchas forzadas en el pórtico del poniente, y junto con sus operarios se refugió a toda prisa en el interior de la basílica. Lo mismo hicieron muchos compostelanos que buscaron protección en lo sagrado, entrando por la puerta Francígena y por la de Platerías, porque sus casas se balanceaban, volaban las tejas y se retorcían las chimeneas. En el templo reinaba la oscuridad. Los clérigos y sacristanes corrían despavoridos confundidos con los peregrinos.

—¿A qué se debe este desbarajuste? —preguntó Mateo al canónigo fabriquero que, acompañado por el infante don Alfonso de León, había salido a su encuentro.

—Algo terrible debe de estar ocurriendo, maestro... —dijo el eclesiástico, chasqueando los dientes y con una palidez mortecina, mientras con el índice de su temblorosa mano derecha señalaba hacia las bóvedas—, porque el demonio ha apagado el botafumeiro y lo sujeta para lanzarlo sobre nosotros. En mi vida he visto nada semejante. Esto no puede durar mucho, el botafumeiro tiene que caer y balancearse... tiene que venirse abajo de un momento a otro...

Mientras tanto, el obispo Pedro Suárez de Deza había bajado corriendo a la cripta, donde temblaba la tumba del apóstol y la tapa del sepulcro estaba desencajándose.

—¡Sálvanos, señor Santiago, que perecemos! —Reponiéndose del susto se dirigió a los canónigos que le acompañaban y dijo con voz de ultratumba—: ¡Todo está consumado! ¡Cojamos los hachones y subamos a la nave de Pedro para anunciar la llegada del que ha de venir con gran poder y majestad!

Los componentes del cabildo con el arzobispo a la cabeza salieron de la cripta, lívidos y desencajados. Ya en la nave se dirigieron al altar mayor en ordenada procesión golpeando rítmicamente las losas con el báculo. El cimborrio dejó de moverse y guardaron silencio las campanas. Impresionados por la solemnidad de sus pastores, en la iglesia se hizo el silencio y los aterrados peregrinos y compostelanos se olvidaron por un momento de los aullidos del vendaval.

—Escuchad lo que dice el Apocalipsis: «Entonces se abrió el Templo de Dios, el que está en el cielo. Y se produjeron rayos, voces, truenos y terremotos y fuerte granizada. Los pueblos se habían encolerizado, pero ha llegado el momento de juzgar a los muertos y de dar la recompensa a tus servidores y profetas, a los santos y a los que temen tu nombre, pequeños y grandes, y de exterminar a los que destruían la tierra».

El silencio era sobrecogedor. Todos los que habían buscado cobijo en el templo escuchaban las palabras del arzobispo con el corazón en un puño. A todos los rincones de la basílica llegaba su voz de ultratumba.

—¡Es la señal de que el anticristo habita entre nosotros y el anuncio del fin de los tiempos! ¡Ha llegado la hora del Juicio Final! Se prepara la segunda venida de Cristo. ¡Yo os concedo el perdón de todos vuestros pecados! ¡Estad seguros de que el señor Santiago intercederá por vosotros!

El maestro Mateo, que no se atrevía a salir a la intemperie con sus operarios, esperaba una tregua de los cielos.

—No puede ser —le dijo entre dientes a Fructuoso—. El fuego quema, el agua moja, el viento sopla, los objetos caen por su propio peso... Se habrá enganchado la cuerda y por eso no baja, pero no tiene sentido que no haga su recorrido habitual obedeciendo a las leyes inmutables que Dios ha promulgado para las cosas.

Y como no entendía el comportamiento del artilugio, se arrodilló y, ante el asombro de los que le rodeaban, empezó a darse de cabezazos contra el pilar que tenía a su lado. En ese mismo instante recordó que las bóvedas del pórtico estaban faltas de clave y que los arcos estaban sujetos por simples cimbras de madera y el vendaval que azotaba la fachada de poniente podía provocar el colapso de lo que tanto trabajo había costado levantar.

—El diablo está tratando de derribar el pórtico con la misma fuerza que sujeta el botafumeiro... Tenemos que salvar el pórtico. Hay que reforzar los puntales y las cimbras —gritó Mateo despavorido, indicando a Fructuoso y al resto de sus operarios que le siguieran en su alocada carrera hacia la puerta del poniente.

—Afanaros en asuntos terrenales ya no os va a servir de nada, Mateo —dijo el canónigo fabriquero.

—El temporal puede remitir, el botafumeiro terminará por bajar, pero si viene el rey don Fernando nuestro señor a

Compostela y comprueba que no tengo terminado el pórtico, puedo perder la cabeza... y el alma —exclamó Mateo que, sin dudarlo, se dispuso a salir al exterior del templo—. Tenemos que apuntalar los arcos y reforzar las cimbras para que no se venga todo abajo. Que los arcos todavía no están sujetos por las claves —gritó el maestro a sus operarios—. Salgamos todos y evitaremos que el pórtico se derrumbe.

El torrente de agua que descendía como una catarata desde las torres y se colaba entre las dovelas resbalaba por las esculturas del pórtico resaltando los colores de los mantos de los personajes. El viento zarandeaba los andamios con ímpetu. Truenos horrísonos retumbaban en aquel atrio sacudido por todas partes. Aullaba el viento y la lluvia azotaba las esculturas. De entre ellas salía una voz de ultratumba que clamaba:

¡Ay, cómo Yahvé en su ira
oscurece a la hija de Jerusalén!
Ha precipitado del cielo a la tierra
la gloria de Israel:
¡No quiere acordarse del estrado de sus pies
en el día de su ira!

Mateo se dio cuenta de que las trompetas de los cuatro ángeles que guardaban las esquinas del mundo habían enmudecido. Y observó con espanto que los veinticuatro ancianos que se sentaban en sus tronos delante del Altísimo escondieron sus instrumentos, cayeron de bruces y adoraron a Dios diciendo: «Nosotros te damos las gracias, Señor Dios, omnipotente, el que es, el que era, porque has tomado posesión de tu gran poder y has entrado en tu reino».

Los apóstoles, ante el temor de morir ahogados, gritaban mirando al Pantocrátor: «¡Sálvanos, Señor, que perecemos!».

Santiago se removía en su asiento del parteluz de la entrada y se apoyaba con fuerza en su bastón de peregrino tratando de disimular los temblores que le aquejaban porque sabía que toda aquella mole del templo descansaba sobre su cabeza. El profeta Daniel, al que se le había helado la sonrisa por el miedo, escuchaba a Jeremías, que, sabedor de la nueva caída de Jerusalén, clamaba:

Vosotros todos,
los que pasáis por el camino,
mirad y ved si hay dolor
como el dolor que me atormenta
con el que Yahvé me ha herido
el día del fuego de su cólera.

Haciendo caso omiso de las lamentaciones del profeta Jeremías, gritó Mateo:

—¡Seguidme todos los maestros, cada uno con el equipo de su oficio! Tenemos que reforzar las cimbras y arriostrar de nuevo el pórtico. Que los carpinteros vayan con cuñas, tablones y puntales para acopiarlos en los arcos laterales, que esos corren menos peligro. Que los herreros traigan martillos y clavos y los albañiles sogas y cuerdas.

La furiosa mano del vendaval zarandeaba a los operarios que se movían casi a ciegas por la lluvia que no cesaba y que reforzaba la oscuridad de los nubarrones. Los elementos enfurecidos por una cólera diabólica daban tremendos zarpazos al rompecabezas que con tanto esfuerzo y sabiduría habían levantado aquellos artífices bajo la dirección de Mateo. Sabían que se encaminaban a una muerte segura si finalmente el pórtico se derrumbaba sobre sus cabezas, pero no podían abandonar al maestro en el momento que más los necesitaba.

Entonces cayó un rayo en la torre y se oyó un gran trueno y detrás una potente voz que parecía salir de la boca de San Juan:

Maldición,
maldición a los habitantes de la tierra,
tan pronto como suenen
los otros toques de trompeta.

Mateo, al ver que muchos de los obreros se quedaban paralizados y se disponían a volver al interior del templo, se colocó delante de la puerta con los brazos abiertos. El agua que le resbalaba por la frente arrastraba restos de mortero y le cegaba los ojos, pero a pesar de ello arengó a sus operarios:

—No podemos permitir que el trabajo de tantos años se venga abajo sin remisión. Es preferible perecer bajo los escombros que sobrevivir a la deshonra.

Al poco hubo una tregua del cielo y dejó de llover por unos instantes. En el pórtico todos trabajaban frenéticamente dirigidos por Mateo. Aquello parecía la Torre de Babel. Jadeaban y gemían los serruchos y repiqueteaban incesantemente los martillos de los carpinteros fijando clavos en los tablones para levantar con ellos cruces de San Andrés y de este modo reforzar las cimbras que sostenían los arcos y las bóvedas de los tres vanos del pórtico. Los albañiles se afanaban en asegurar los puntos de anclaje enrollando cuerdas por si fallaban los clavos que acababan de introducirse en las uniones de los refuerzos. Inmediatamente vertían espuertas de yeso en los nudos para sujetarlos en los clavos de anclaje que habían colocado en las junturas de las losas del pavimento.

Cuando retornaron las furias de la tormenta, el espacio inferior del pórtico se había convertido en un bosque de madera por el que era difícil transitar. Entonces cayó otro rayo en la otra torre y temblaron las fábricas hasta los cimientos, pero el bosque de puntales sostuvo el pórtico con dignidad. Los obreros se temieron lo peor cuando vieron que Mateo caía fulminado al suelo al recibir un golpe en la cabeza. Entonces el maestro oyó una voz que no sabía de dónde procedía: «Levántate y mide el templo de Dios, el altar y los adoradores que hay en él; pero el atrio del templo déjalo, no lo midas, porque ha sido dado a los gentiles, que hollarán la Ciudad Santa durante cuarenta y dos meses».

Mateo se incorporó con las ropas teñidas de la sangre que le manaba de la nariz, pero a pesar de ello le brillaban los ojos. Ellos notaron que estaba transfigurado y, como si nada hubiera ocurrido, se volvió a sus operarios con una sonrisa que había tomado prestada del profeta Daniel.

—«Ellos tienen el poder de cerrar el cielo para que no llueva durante los días de su predicación. Tienen el poder asimismo sobre las aguas para cambiarlas en sangre y poder de herir la tierra con toda clase de plagas todas las veces que quieran» —dijo con una voz que no era la suya. Al verle de aquella guisa los operarios temblaban de miedo, pero Mateo los tranquilizó—: No temáis por vuestras familias, amigos míos, que esto va ya para largo, porque nos han dado cuarenta y dos meses más para terminar la obra.

* * *

A las pocas semanas de que ocurrieran los sorprendentes sucesos de Compostela, las campanas de Burgos empezaron a tocar a rebato llenando de inquietud a Leonor, que se removía nerviosa en su lecho al no poder conciliar el sueño. Las violentas acometidas de aquel otoño furibundo que habían arrancado de cuajo los álamos del Arlanzón desparramaban las mustias hojas de las ramas desgajadas por el patio de las Claustrillas de Las Huelgas Reales. Un ventarrón desaforado, que aullaba en los ventanales y se colaba por las rendijas de los fraileros y los portones del palacio, le traía los lúgubres recuerdos de su infancia lejana en el castillo de Domfront en Normandía.

Llevaba varias semanas esperando a don Alfonso, que andaba por tierras de Soria y últimamente se mostraba solícito con ella. Ya notaba los movimientos de la nueva criatura que anidaba en sus entrañas. El año anterior había nacido Urraca, que se criaba sin problemas, y Berenguela estaba llena de fuerza y energía. Para ella eran señales evidentes de que se había detenido la ira de Dios, porque estaba fuera de toda duda que la judía había desaparecido de la vida del rey.

«Dios quiera que sea varón, que buena falta nos hace». Y pensando en varones se acordó de los que había en su familia. «Yo tenía muchos hermanos, pero desde la muerte de Tomás Becket, la maldición de los cielos ha caído como esta tormenta sobre ellos. Cada día son peores las noticias que me llegan de ellos. Enrique, el primogénito, que me prometió venir a verme cuando naciera mi primer hijo, murió ya hace cuatro años, en la flor de la vida. Y hace solo seis meses, al pobre Godofredo, que no vivía más que para los torneos, pereció en uno de ellos machacado por los cascos de los caballos... ¡qué desgraciado accidente y qué muerte tan indigna de un caballero!».

Le producía gran inquietud que viniera a menudo a verla Raquel en sueños hecha un mar de lágrimas, retorciendo el mortífero pergamino a la puerta del aposento sin atreverse a entrar ni a salir. Otras veces se quedaba de rodillas al borde de la cama besándole la mano y dándole las gracias por liberarle del cautiverio de Aguilar, pero nunca la veía muerta. Esta circunstancia de no verla difunta la tranquilizaba en el sueño, pero la sumía en una profunda turbación cuando despertaba.

Acababa de dormirse de nuevo cuando escuchó fuertes golpes en la puerta y voces y lamentos en la antesala. Detrás de la doncella, que abrió lentamente la puerta, venía el abad cisterciense de Bujedo y el obispo de Burgos, Marino Maté, que estaba completamente desencajado.

—Ha ocurrido algo terrible, majestad... —exclamó, sin ningún preámbulo, y después ya no pudo articular palabra.

—¿Le ha ocurrido algo al rey? —preguntó la reina espantada—. ¿Ha muerto mi padre...?

El abad negó con la cabeza.

—¿Mi madre...? ¿Mi hermano Ricardo?

—Algo mucho peor, majestad... ¡Jerusalén ha caído en manos de los infieles de Saladino! ¡Han destruido el templo del Santo Sepulcro y se ha perdido la cruz de Nuestro Señor! —El monje esperó a ver el impacto que causaba entre la reina y el resto de la concurrencia tan espantosa noticia, y cuando cesaron todos los murmullos, continuó—: El papa Gregorio convocará de inmediato a toda la cristiandad a una nueva cruzada para recuperar los Santos Lugares. Ya ha mandado emisarios al emperador Federico Barbarroja, a Luis Felipe rey de Francia y a don Enrique rey de Inglaterra para que hagan las paces entre ellos y encabecen sus ejércitos para reconquistar Jerusalén. Se da por seguro que con vuestro padre irá vuestro hermano Ricardo.

—Estoy convencida de que Jerusalén se podrá reconquistar —dijo Leonor—. Pero además recuperaremos la Santa Cruz y será la reliquia más preciosa de nuestro monasterio.

—También os traigo una buena noticia, majestad —añadió el obispo—: El papa ha aprobado los estatutos de la comunidad cisterciense que pensáis fundar en nombre de Dios y de la sede apostólica.

—Me produce una gran alegría esta noticia, pero no mitiga la tristeza y la zozobra en que me ha sumido la pérdida de Jerusalén y de la cruz de Cristo. Retiraos.

A la salida del aposento, el obispo detuvo con un gesto al fraile:

—¿Es posible que se hayan olvidado en Roma del fracaso de la cruzada de Bernardo por culpa del egoísmo y la ambición de los reyes? —preguntó inquieto—. ¿En verdad piensa su santidad que el rey de Inglaterra abrazará a su hijo Ricardo, que lleva veinte años en rebeldía disputándole el reino, para ir juntos a combatir por Jerusalén?

—De eso se trata precisamente, de que dejen de combatir entre ellos y contra el rey de Francia y el emperador de los romanos y lo hagan contra Saladino.

—¿De dónde sacarán los reyes los dineros y los hombres que hacen falta para semejante empresa? —reflexionó el obispo preocupado.

—El papa ha autorizado a los reyes el cobro a mayores del diezmo de Saladino. Vagabundos, ociosos y mendigos hay por todas partes, y los corazones que no conmueva la cruz, los moverá la codicia, la ambición, el comercio o la necesidad.

Al prelado la cruzada le resultaba muy lejana, porque lo que de verdad le preocupaba era la fundación de un monasterio regio en el corazón de sus dominios, por eso dijo:

—¿Se habrá dado cuenta el papa Gregorio de que la bula que aprueba los estatutos de Las Huelgas permite que la abadesa pase por encima de la jurisdicción del obispo? ¡El mundo al revés, solo nos faltaba que gobernasen la Iglesia las mujeres! ¿Dónde consta semejante dislate en las Sagradas Escrituras? Esto puede ser el anuncio de la llegada del anticristo.

—El papa sigue siendo varón y los obispos, que yo sepa, otro tanto. En cuanto al anticristo, también dijo Beato de Liébana que el final de los tiempos era inminente y ya han pasado muchos años, muchas bulas y muchos obispos desde entonces.

—Pero la abadesa será señora de incontables villas e infinitas tierras, y estará exenta del pago de portazgo, pontazgo, montazgo. —El obispo había estudiado la bula llegada de Roma hasta el último detalle.

—No ignora su eminencia que levantar y mantener un monasterio, un panteón y un palacio real a sus expensas requiere mucho fuero y mayores tributos. No se sostiene un ejército en pie de guerra solo con oraciones. Pero no se devane más los sesos su eminencia, que hoy todo está en el aire todavía porque solo hay bula, que habiendo cruzada de por medio, los dineros se alejarán de los conventos y se irán a los cruzados.

En su aposento, Leonor soñaba, mientras tanto, que había ido a Inglaterra a pedir los dineros a su padre.

—A buena parte has ido a parar, hija mía. Tu hermano Ricardo me ha robado el tesoro del reino que yo tenía en el castillo de Châlus y me ha atado a esta mesa para que me flagelen los frailes.

—Soltadle, por el amor de Dios. Nuestro padre es inocente. Él no tiene la culpa de lo de Jerusalén y tampoco mandó matar a Tomás Becket ni a Raquel la judía... Soltadle, hermanos míos, por el amor de Dios. —La reina lo intentaba una y otra vez, pero no le salía la voz. Tanto se esforzaba en gritar que finalmente emitió un chillido desgarrador cuando notó que la arrastraban por los cabellos hasta la orilla del río. Desde allí oía llorar a una niña que se escondía entre los árboles:

—¿Por qué gritáis, madre?

Cuando despertó, angustiada y sudorosa, descubrió que la pequeña Berenguela estaba su lado tratando de consolarla.

—¿Por qué gritáis, madre, qué os pasa...?

—Tenías que estar en tu cama, hija mía.

—No me han despertado vuestros gritos. Llevaba despierta un buen rato, porque no me deja dormir el vendaval...

—¡Anda, hija, suéltate las trenzas y acuéstate conmigo, que estás helada de frío! ¡Qué grande estás, hija mía, no sé adónde vas a ir a parar con solo siete años! Ya casi llegas con los pies hasta el fondo de la cama. —Como Leonor viera que la niña se revolvía en el lecho y no se dormía, le preguntó—: Te veo inquieta, Berenguela, ¿tienes alguna preocupación?

—Yo no voy a ser reina, ¿verdad, madre?

—Qué tonterías dices, hija mía. ¿Por qué me lo preguntas?

—Porque siempre estáis diciendo: cuando venga el heredero, cuando venga el heredero. Estáis segura de que esta vez será un niño.

—Será lo que Dios quiera, pero tú serás reina a pesar de todo. Claro que sí, porque te casaremos con el heredero de un gran reino.

—Pero yo no quiero marcharme de Burgos y alejarme de mi familia.

—Yo tuve que marcharme de Inglaterra cuando era poco mayor que tú, para poder ser reina de Castilla.

—Es que yo quiero ser la reina de Castilla.

—Sabes de sobra que los reinos los heredan los hijos varones. Es la costumbre en todas partes.

—¿Por qué tienen que ser solo los hombres?

—Porque son más fuertes que nosotras.

—Pues yo soy más fuerte que cualquier muchacho de mi edad. No hay ninguno que pueda tumbarme. Solo si me golpean en la cabeza, como Pedro el de Aragón.

—No me lo recuerdes, hija, que casi me muero del susto. Nunca he visto tan afligido a tu padre. Pero ya ves qué vida lleva, siempre de un lado para otro y eso cuando no tiene que ir a la guerra.

—Yo también puedo ir a la guerra. Ya sé montar a caballo.

—Eso está muy bien, pero a las mujeres nos corresponde criar y educar a los hijos. ¿Te imaginas una reina alumbrando en medio de una batalla? ¡Anda, hija mía! Déjate de preguntar esas cosas y duérmete de una vez, que si sigues revolviéndote, solo conseguirás que yo tampoco me duerma y necesito descansar, que este vendaval, las noticias que me han traído y las preguntas que me haces solo conseguirán desvelarme.

—Contadme cuentos, que ya nunca me los contáis para que me duerma.

Leonor le contó una vez más la vida y hazañas del bisabuelo trovador, del abuelo peregrino que murió junto a Gelmírez en el templo de Compostela, mecido por el botafumeiro que se balanceaba sin descanso y que nunca paraba de echar humo.

Berenguela se durmió plácidamente antes de finalizar el cuento, a pesar del vendaval que hacía crujir los ventanales. «Esto no es normal, nunca en mi vida, ni siquiera cuando era niña, allá en Normandía, había visto una tormenta semejante... No sé qué va a ser de nosotras ni de las gentes de este reino si se prolonga muchos días. Se anegarán los campos y habrá una gran mortandad...».

Capítulo 10

León. Palencia. Sotohermoso. 1188

Los compostelanos, en vez de hacer penitencia como aconsejaban los clérigos, se escapaban a hurtadillas a sus casas para trancarlas y evitar que les robaran. Sonaron de nuevo los clarines de los ángeles trompeteros y, para sorpresa de todos, el botafumeiro descendió mansamente y en el momento en que casi tocó el suelo, se quedó completamente inmóvil. Como las campanas guardaron silencio y el maestro Mateo contrató más operarios para reparar los daños del pórtico y acabar de una vez las obras, el arzobispo Suárez de Deza dedujo que el Juicio Final había sufrido un aplazamiento y que las señales de su anuncio no eran otra cosa que la tormenta más grande jamás vivida en Compostela, con lo que la vida y los días podían seguir su curso.

—Debemos acercarnos a la corte de León —dijo el arzobispo al infante don Alfonso—, porque es preciso que el rey don Fernando conozca vuestros progresos, y sepa de mi boca los milagrosos sucesos acaecidos en la basílica del apóstol.

El arzobispo, que era el protector de Alfonso y su mayor valedor, deseaba que fuera designado por el rey don Fernando como heredero del reino de León. Hacia allí viajaron para conocer las intenciones del monarca y comprobar si eran ciertos los rumores acerca de su enfermedad. Después de varios días de impaciente espera en León, fueron llevados a los aposentos reales e introducidos en la cámara regia donde el rey yacía en el lecho, mientras la reina doña Urraca pasaba ostentosamente un pañuelo de seda para recoger las perlas de sudor que resbalaban por su frente.

La escena les hizo recordar al prelado la insólita escritura en la que el rey don Fernando hizo donación a aquella mujer cuando todavía era su amante, de todas las tierras de Villamayor, de Omaña y Burón en la cuenca del río Esla, por el buen servicio que le había hecho con su cuerpo, sus castillos y sus hombres.

El infante don Alfonso tuvo que hacer un gran esfuerzo para disimular su pena al ver la postración de su padre y lo mucho que había envejecido. Pero la tristeza se trocó en furia al comprobar que este ni le reconocía ni le había proclamado como heredero legítimo y que, para mayor escarnio, había delegado buena parte del poder real en los hermanos de la reina, don García y don Diego López de Haro, que montaban guardia a ambos lados de la cama del rey.

—Les casó el obispo de León hace medio año y a los tres meses murió de un ahogo el infante don Fernando, el hijo de la difunta reina Teresa. Ella sabe lo que quiere y no necesita disimular que el rey es prisionero suyo.

—¿Qué podemos hacer, monseñor? No vamos a cruzarnos de brazos mientras ella fuerza al rey a nombrar heredero a Sancho.

—Debemos actuar como si nada ocurriera. Dejadme un poco de tiempo para agitar el ánimo de los nobles y enderezar la voluntad de los obispos y abades para vuestra causa. Tenemos que contar el número de nuestros aliados y conocer la fuerza de vuestros enemigos. Y a vos os conviene desaparecer de la vista de la reina cuanto antes.

El año de 1188 se estrenó con una copiosa nevada que borró los caminos de la faz de la tierra ocultando el rastro de la huida del infante don Alfonso. Al principio nadie en la corte podía dar a la reina Urraca López de Haro razón de su paradero, pero el arzobispo de Compostela hizo correr la voz de que había sido visto salir de León, camino de Portugal.

La reina le acusó de intentar derrocar al rey don Fernando y dispuso que el anciano monarca, a pesar de su lamentable estado, la acompañara para alcanzarle, antes de que llegara a Benavente, con las tropas que comandaban sus hermanos García y Diego López de Haro, que dejaron la capital desguarnecida.

Pocos días más tarde, en el viejo convento de las Dueñas de Zamora, llamaron a la puerta de la celda de la hermana Urraca la portuguesa, la primera esposa del rey don Fernando, que era una humilde freira de la orden de San Juan de Jerusalén.

—Tenéis visita, hermana, os esperan en el locutorio.

«Estoy segura de que ha muerto el rey o le ha ocurrido algo malo a mi hijo», se dijo la hermana mientras caminaba arrastrando los pies durante el trayecto que se le hizo eterno hasta que llegó al locutorio donde le esperaban tres frailes de San Benito.

«Mi hijo es el joven de la sonrisa», pensó conteniendo el impulso de salir corriendo a abrazarle.

La madre, al ver que el infante estaba paralizado, tomó la iniciativa, aceleró el paso y se fundió con él en un abrazo. Una luz cegadora se desprendía de la mujer que le abrazaba y decía: «¡Milagro! ¡Milagro de San Isidoro! ¡Milagro...!», recordando aquellos terribles tiempos en que las fiebres dejaron ciego a su hijo y ella no se separaba de su lecho pensando que se moría. El rey Fernando, al comprobar que ningún médico daba con el remedio, llevó al niño a la basílica de San Isidoro para que el santo le curara. Viendo el sufrimiento de los padres, al viejo canónigo don Martino no se le ocurrió otra cosa que lavar los ojos al niño con agua bendita y al poco recobró la vista milagrosamente. «Nunca debió separarnos el papa Alejandro», se repitió una vez más.

—¿Qué se sabe de tu padre? —preguntó inmediatamente.

—Le dejé enfermo en León cuando escapé de esa... maldita víbora que me persigue —escupió Alfonso—, y he venido disfrazado de fraile buscando protección a vuestro lado. Necesito acogerme a sagrado para salvar la vida y el reino.

La abadesa dispensó de sus deberes a la hermana y también de asistir a la mayor parte de los oficios divinos. Madre e hijo comían juntos en un cuarto reservado para ellos y aprovechaban los largos paseos que se daban por la huerta del monasterio para contarse sus cuitas y sus desvelos, temerosos de inminentes sobresaltos.

Al cabo de dos semanas, llegó a todo correr el hortelano dando voces:

—¡Que vienen, que vienen los leoneses! ¡Y vienen al galope y muy armados! ¡Alerta, que están a las puertas de la cerca!

Las hermanas se encerraron, alarmadas, pero enseguida se dieron cuenta de que los visitantes llegaban en son de paz. Cuando la comitiva de clérigos y caballeros presidida por el obispo Suárez de Deza, el conde Fruela y el conde Gómez llegó a las puertas del convento, todos descendieron de sus cabalgaduras y se arrodillaron con gran solemnidad. El obispo de Compostela se adelantó.

—El rey ha entregado su alma al Altísimo en Benavente —comunicó— y el infante don Alfonso es ahora el rey de León. Caballeros, ¡viva el rey! ¡Viva el rey don Alfonso! ¡Viva la reina doña Urraca de Portugal!

La dama no sabía si reír o llorar cuando, ya en el interior del templo, vio que el arzobispo de Compostela y todos los caballeros y clérigos que le acompañaban juraron fidelidad al nuevo rey y le besaron la mano. Todas las penalidades sufridas, todos los desdenes, el olvido y el sometimiento en el que había vivido los últimos años los dio por bien empleados.

El intento de la reina doña Urraca López de Haro de ejercer la regencia apoyándose en sus hermanos, que eran nobles castellanos, la enfermedad y muerte del rey y la rápida sepultura de este, con primogénito en paradero desconocido, hicieron que durante un tiempo no se supiera quién gobernaba en el reino de León. Esos meses de incertidumbre, desórdenes y violencia que siguieron a la muerte del monarca leonés facilitaron que Alfonso de Castilla, de acuerdo con los hermanos López de Haro, moviera sus tropas hacia la frontera de León aprovechándose de la tregua con los almohades, para recuperar, sin apenas oposición, los castillos en litigio en los Campos Góticos. También el rey Sancho de Portugal, que era tío de Alfonso, se apoderó de los territorios conquistados a los moros, que se disputaban León y Portugal.

Después de ser proclamado rey y sacar a su madre del convento, el joven rey tomó la decisión de trasladar el cuerpo de su padre desde el Panteón de los Reyes de San Isidoro de León hasta Santiago de Compostela, para enterrarle con todos los honores cerca de la tumba del apóstol. De este modo, cumplía la última voluntad de su padre y se granjeaba el apoyo de sus súbditos.

El obispo Pedro Suárez de Deza se adelantó a la expedición real para preparar el solemne entierro. Tan pronto como llegó a la ciudad, invitó al maestro Mateo a quitar los andamios del pórtico.

—No sé si sois consciente de lo que habéis hecho —le dijo—, pero yo os aseguro que, cuando los siglos se sucedan y los peregrinos venidos de lejos contemplen la felicidad suprema tallada piedra a piedra, se preguntarán quién fue el artífice de esta obra tan bien labrada y aparejada y tendrán derecho a saber que se llamaba Mateo. Por eso os corresponde el derecho de labrar una inscripción conmemorativa en la que ponga: «En el año de la Encarnación del Señor de 1188, en el día de las calendas de abril, los dinteles de los pórticos principales de la iglesia del bienaventurado Santiago fueron colocados por el maestro Mateo, que ejecutó las obras desde los fundamentos de estos mismos portales». De este modo, cuando los ángeles vengan a pesar vuestra alma, leerán la inscripción y no necesitarán saber qué otras cosas hicisteis en esta vida terrenal para situaros en un lugar destacado entre los justos.

Tanto el joven rey como su madre estaban maravillados y también felicitaron efusivamente al maestro Mateo. Durante el solemne funeral oficiado por la salvación del alma del rey don Fernando, Urraca la portuguesa apretó la mano de su hijo Alfonso.

—Hijo mío —le susurró al oído—, da gracias a Dios y con tus buenas obras hazte merecedor del regalo que acabas de recibir, porque tu padre no podía entrar en la basílica de mejor modo y con mayores honores y tú no podías empezar tu reinado con nada mejor que finalizando este sagrado edificio con este pórtico sublime.

De vuelta a León, las gentes obligaban al regio cortejo a detenerse en todas las poblaciones. Todavía recordaban la fama de mujer dadivosa y compasiva de la reina.

—Hoy toca alegrarse, que el mañana nos traerá otras preocupaciones —reflexionó la dama, emocionada.

—Tienes toda la razón, madre, pero me ha preocupado el mayordomo del reino. Dice que la generosidad de mi padre y sus muchas dádivas, sobre todo desde que se casó con esa maldita mujer, han dejado nuestras arcas vacías y estamos en la más absoluta miseria.

—Pide consejo al arzobispo de Santiago para que te diga cómo lo hace, porque él siempre las tiene llenas —le recomendó su madre, que, aunque encerrada en el cenobio, nunca había dejado de estar al tanto de los asuntos de la corte.

Aprovechando un alto en el camino en la ciudad de Astorga, el aspirante a la Corona de León se lamentó ante el arzobispo de Compostela de que el patrimonio de la Corona estuviera muy quebrantado.

—Vuestro abuelo el Emperador repartía dádivas a manos llenas mientras los reyezuelos moros pagaban sus tributos. Y vuestro padre aprendió de su ejemplo. Pero han llegado los almohades y no solo no pagan, sino que vienen a llevarse nuestras cosechas y ganados.

—Por eso necesito la contribución de la Iglesia para aliviar...

—No sigáis por ese camino, que no lleva a ninguna parte —replicó contundente el prelado—. Sabéis bien que la finalidad de la Iglesia es la salvación de las almas. La Iglesia no paga tributos. Recordad que dijo el Señor: «Dad a Dios lo que es de Dios y al césar lo que es del césar». Y San Pablo a los corintios: «¿Quién fue soldado a sus propias expensas? ¿Quién planta viña y no come de su fruto? ¿Quién apacienta el rebaño y no toma la leche de las ovejas? Así también ordenó el Señor a los que anuncian el Evangelio que vivan del Evangelio». Por eso debéis confirmar cuanto antes las donaciones que vuestros antepasados han hecho a los servidores de la Iglesia de Dios.

—Los nobles no aportarán recursos porque no pueden conseguir nuevos territorios a costa de los infieles y sostienen sus dominios y mesnadas con dificultad —se lamentó don Alfonso—. La Iglesia tampoco puede porque tiene que salvar las almas. ¿Decidme a quién puede acudir el rey de León para sostener en pie un reino acosado por todas partes? —preguntó.

—Acudid a las ciudades, que son las que más se benefician y menos pechan. Las hay muy prósperas en vuestros reinos al abrigo de fueros muy generosos.

—Ya pechan con hombres para la guerra.

—Haced que pechen con buenos tributos.

—Ya lo hacen los judíos con muchos impuestos, ¿cómo puedo conseguir que paguen impuestos las ciudades?

—Creo que para conseguir ese difícil propósito deberíais reunir a las Cortes. Invitad a ellas a los representantes de las ciudades —le aconsejó don Pedro—. En todas prospera la artesanía y florece el comercio. Prueba de ello es que en su mayoría están construyendo o renovando sus catedrales. Si sus habitantes pecharan para el rey, arreglarían su penuria. Haced que vengan desde los concejos de Oviedo, León, Zamora, Salamanca, Astorga, Ciudad Rodrigo, Toro, Benavente, Ledesma y otras ciudades y villas menores.

—Ahora no tengo poder para obligarlos a pechar, antes al contrario necesito su ayuda para asegurarme en el trono de mi padre.

—Lo primero que debéis hacer es escuchar sus quejas y peticiones —insistió el arzobispo—. A cambio de las que podáis satisfacer buenamente y sin ningún coste, pedidles los dineros que preciséis para vuestras arcas. Ellos sabrán dónde encontrarlos. Además, tenéis a los judíos, que cobran mucho y pagan poco... Apretadles un poco más la garganta y ya veréis cómo se les afloja la bolsa.

Acuciado por la necesidad, el rey se avino a seguir ese camino, pues en las que estaba no le quedaba otro. La curia regia comenzó con un solemne tedeum en la basílica de San Isidoro de León. Era la primera vez en la historia de los reinos cristianos en que los representantes de las ciudades eran invitados a una curia regia y acudían confundidos por los rumores de un inminente ataque del rey de Castilla a la ciudad de León para deponer a su primo con el pretexto de atajar los desórdenes del reino.

No le costó mucho al obispo Suárez de Deza convencer a la mayoría de los nobles de que la presencia de los procuradores de las ciudades no ponía en cuestión sus privilegios, sino que se realizaba por razones de interés general. Sabía que nada une tanto a los pueblos como la identificación de los culpables, sean estos enemigos interiores o exteriores.

En las Cortes se acordó que pecharan las ciudades con hombres y dineros al sostenimiento de la Corona y defensa del reino. Después, el canciller del rey enumeró una por una las donaciones del rey don Fernando, confirmando o revocando la vigencia de estas, en presencia de los interesados.

Finalmente los allí presentes, que representaban a todos los estamentos del reino, juraron fidelidad y lealtad al rey. Este, a su vez, prometió justicia ejemplar y expeditiva, sobre todo para defender a las buenas gentes de León de los ladrones, malhechores y los hijos de concubinas. Inmediatamente después y con gran pompa fue coronado rey de León.

* * *

Mientras reinaba la confusión en el reino de León, en el de Castilla se albergaban grandes esperanzas, porque la reina Leonor estaba a punto de alumbrar una nueva vida.

Asistidas por la pericia de Ben Amusco, que velaba por el natural discurrir del parto y por la limpieza y la higiene durante este, las comadronas ayudaron a la reina a traer al mundo a una niña en Palencia. Dio a luz sin dificultad en el palacio del obispo Alderico, sustituto de Raimundo el Chato, de cuya muerte ya habían trascurrido cuatro años, durante los cuales Leonor no había dejado un solo día de arrepentirse de haberle pedido ayuda para acabar con la judía Raquel.

Hija y madre habían salido con bien del trance, a pesar de lo cual doña Leonor no era feliz del todo porque se le resistía el varón que tanto el rey como ella esperaban con impaciencia. Mientras Berenguela estaba radiante de alegría porque no había nacido el varón que le quitaría el derecho de suceder a su padre, su madre se apercibía de la falta de efusión en las felicitaciones y del gesto de contrariedad de nobles y obispos porque el varón que esperaban ansiosos no terminaba de llegar.

«¿Cuánto tiempo va a durar la maldición que pesa sobre mi familia? Después de dieciocho años de matrimonio solo traigo mujeres a este mundo. Si seguimos así, no sé dónde vamos a encontrar príncipes para tantas infantas, ni cuánto tiempo va a aguantar Alfonso esta situación».

Cuando volvió Alfonso de sus incursiones en los Campos Góticos y fue llevado a la cámara de la reina para conocer a su nueva hija, ella trató de mitigar su decepción.

—Alegra esa cara, esposo mío. Se dijeron muchas misas para que fuera varón esta vez, pero el señor ha querido someternos a una nueva prueba. Aceptémoslo con paciencia porque la niña está sana y es hermosa. Verás que tiene la piel muy blanca y se parece mucho a mi madre. Estoy segura de que si no desmayamos y sigues insistiendo como hasta ahora, en el próximo parto te daré el heredero que esperas y necesita este reino —aseguró la reina.

—Blanca es en verdad, y por eso se llamará Blanca, como mi madre, que murió a consecuencia de mi nacimiento, por ello cada vez que nos nace un hijo sufro por el temor de perderos a ambos.

—No albergues ningún temor. Concibo y alumbro con gran facilidad —recalcó Leonor. No solo era cierto, sino que era lo único a lo que podía agarrarse para mantener el ánimo—. Desde hace ocho años que nació Berenguela, que bien crecida y sana que está, los nacimientos se suceden sin problemas. Urraca va por buen camino y a Blanca no hay más que verla respirar salud y alegría. Mi madre tuvo diez hijos. Estate seguro de que a su tiempo llegarán los varones y siempre encontraremos un reino para nuestras hijas.

* * *

Por aquellas fechas, Alfonso había enviado una embajada a Alemania, para concertar el matrimonio de Berenguela con

Conrado de Hohenstaufen, quinto hijo del emperador Federico Barbarroja. Berenguela era la heredera, pero como tampoco perdía las esperanzas de tener un varón, era hora de ir buscándole un consorte que fuera adecuado para cada una de las dos situaciones posibles: reina o infanta de Castilla.

Estando en Palencia, don Alfonso recibió en audiencia a los embajadores del rey de León encabezados por el obispo Manrique de Lara, que se habían alojado en la casa del deán de la catedral esperando ser recibidos por el rey. Este, que había sido informado puntualmente por sus espías de todo lo tratado en la curia de León, nada más ver a don Manrique de Lara, obispo de León, se acercó hasta donde estaba aquel amigo de la infancia y se fundió con él en un abrazo.

—Vuestro padre don Manrique, mi consejero y regente, me enseñó a jugar al ajedrez y casi siempre me ganaba. ¡Qué rabia me daba cuando lo hacía, pero más me encorajinaba cuando se dejaba ganar! Me ayudó a progresar en ese juego y estaba a punto de vencerle cuando le mataron en Huete. ¿Cómo pudisteis perdonar a Fernán de Castro por semejante felonía?

—El odio y el rencor son un castigo para quien lo padece, en cambio el perdón y el amor sofocan la ira y ensanchan el alma. La vida está llena de traiciones y de perdones. A la guerra sucede la tregua y después sobreviene la paz —contestó discretamente el obispo—. Es lo que venimos a solicitaros. Dignaos entrevistaros con vuestro primo cuanto antes, porque tal como dice Nuestro Señor: «Si tienes algo contra tu hermano cuando estás junto al altar, deja tu sacrificio en el altar y vete cuanto antes a reconciliarte con tu hermano». Será lo mejor para ambos y para los súbditos de vuestros respectivos reinos y la peor noticia para los infieles.

Acordado el encuentro entre los reyes, el joven rey Alfonso, confirmado y reforzado en el poder por las Cortes de León, acudió en lo más florido de la primavera de 1188 al encuentro con su primo Alfonso de Castilla. El ambiente no podía ser más propicio para el acuerdo. Al borde de los caminos que conducían a Sotohermoso, croaban de alegría las ranas en las charcas tapizadas de flores blancas en los encinares de Extremadura.

Treinta y tres años separaban este encuentro del que tuvieron sus respectivos padres cuando Sancho el Deseado, al poco de morir el Emperador, después de ocupar varios castillos, convocó a su hermano Fernando de León para discutir en Sahagún las diferencias entre ambos.

Separados por voluntad del emperador Alfonso en el Concilio de Valladolid en 1155, los reinos de Castilla y de León eran siameses, pero carecían de un accidente geográfico de importancia que marcara sus límites, porque los Campos Góticos eran una llanura infinita y esta circunstancia generaba conflictos de continuo, al igual que la indefinición en el reparto de los territorios ganados a los musulmanes.

El rey de Castilla, acompañado de toda su corte y de su ejército, esperaba a su pariente en una pradera, protegido del sol por un entoldado y la sombra de unas encinas. Cuando le anunciaron la llegada de su primo acompañado de un pequeño cortejo, se levantó de su sitial y sin moverse de su emplazamiento esperó a que su primo descendiera de su cabalgadura.

Alfonso el de León iba vestido con la máxima sencillez. Se apeó del caballo con estudiada torpeza y se encogió de hombros para disimular su fortaleza, y con la cabeza gacha se dirigió hacia su primo titubeando al caminar. Tuvo que reprimir su cólera cuando comprobó que el castellano no se adelantaba a recibirle, pero a pesar de ello siguió caminando vacilante, y al llegar al podio, flexionó ligeramente la pierna derecha, inclinó un poco la cabeza y le cogió la mano haciendo ademán de besarla.

El rey castellano, al ver la sumisión de su primo y los gestos de reconocimiento de su superioridad, le tomó por el antebrazo y cortando en seco su amago de hincar la rodilla, le estrechó entre sus brazos y le invitó a él y a su séquito a una sencilla comida campestre. Acabada esta, pasaron todos a la tienda regia para llevar a cabo la entrevista. El obispo Suárez de Deza y el canciller de Castilla Gutierro Rodrigo los acompañaban en la aquel encuentro, para tomar nota de los acuerdos.

Don Alfonso de Castilla, que llevaba veintiséis años en el trono y había vivido circunstancias muy difíciles, estaba en la plenitud de su reinado. Como era de piernas largas y más alto que su primo, el canciller, con mucha picardía, había acordado con al arzobispo Suárez de Deza que los reyes tuvieran la cabeza a la misma altura, pero astutamente había dispuesto para el encuentro unos sitiales a modo de tronos de largas patas y mucho fondo. Esta situación se reveló muy incómoda para el leonés, porque si imitaba a su primo y se mantenía erguido y apoyado en el respaldo, sus pies no llegaban al suelo. La posición en los tronos expresaba exactamente la que mantenían sus respectivos reinos, porque mientras el castellano había firmado una tregua con los almohades y tratados de paz con el resto de los reinos cristianos, su primo leonés tenía el reino en precario porque la reina Urraca López de Haro, apoyada por sus hermanos, todavía retenía una buena parte del poder en León.

Mientras miraba de soslayo al arzobispo en busca de un asidero, tratando de que sus pies llegaran al suelo sin perder el improvisado trono, se acordó de lo que le había dicho el prelado: «El rey de Castilla está en el cénit y vos en la alborada. Y vos estaréis en lo alto del firmamento cuando su estrella decline. No os importe mostraros humilde y ceremonioso ni os avergüence parecer servicial, porque a vuestra edad se consigue más aparentando ignorancia que presumiendo de sabiduría. Todavía no ha llegado vuestra hora. Tiempo habrá de mostrar vuestra fortaleza cuando él tenga sus debilidades. Dadle honores y retened territorios, que es lo que ahora interesa al reino de León».

Como viera la incomodidad de su primo, don Alfonso de Castilla miró con enojo a su canciller y se dirigió sonriente al arzobispo de Compostela.

—Es una pena desaprovechar una mañana radiante encerrados en esta tienda. Si no tenéis inconveniente, podríamos dar un paseo por estas dehesas a la sombra de las encinas para que mi primo y yo hablemos cordialmente de los asuntos que incumben a nuestros reinos. —Al comprobar que el monseñor no ponía ninguna objeción, invitó al leonés a descender del sitial y codo con codo salieron a la luz del día e iniciaron el paseo y la entrevista—. Sabed que vuestro padre fue un gran rey, valiente, generoso y digno heredero de nuestro abuelo Alfonso el Emperador —empezó cortés el castellano—. Como aliado, el mejor que pude encontrar; y como rival, que no enemigo, el más bravo y el más esforzado de los caballeros.

—Viniendo del más grande de los reyes de Hispania, estas sentidas palabras me reconfortan y me reafirman en lo acertado de mi viaje para encontrarme con vos —repuso el de León, que no se iba a quedar a la zaga en cuestión de cortesía—. Vuestras conquistas y hazañas en tierras de infieles están en boca de juglares y peregrinos, y vuestro honor y fama han llenado gran parte del orbe. Os deseamos largo y venturoso reinado para el bien de vuestros súbditos, para extender la religión verdadera a tierra de infieles y para lograr una paz justa y duradera con los vecinos reinos de vuestros familiares.

Alfonso de Castilla, quedó gratamente sorprendido por las palabras de su primo, que no esperaba en absoluto, porque todos sus informadores le consideraban un poco simple e impulsivo, pero acostumbrado como estaba a la adulación cortesana, sabía que los elogios son siempre bienvenidos por el que los recibe, pero también son interesados por el que los pronuncia.

—Si vuestras obras no desmerecen de vuestras palabras, tendréis en mi persona el hermano y el padre que merecéis —replicó.

Aunque el leonés era inexperto en este tipo de entrevistas, tenía buena memoria y recordaba punto por punto alguno de los consejos que le había dado su madre para ese encuentro con su antagonista: «Disimula tu malestar y muéstrate humilde y ceremonioso cuando os veáis y, al final, pídele que te arme caballero. Este acto de sumisión tuya desarmará las pretensiones de doña Urraca de contar con su apoyo para destronaros, porque como caballero deberás gozar de su protección. No olvides que si no haces de inmediato las paces con él, tendrás durante tu reinado un enemigo formidable, porque ambos sois astillas del mismo palo y en el fondo estáis batallando por el mismo trono, como hicieron vuestros padres. Con ello ganarás tiempo para poner orden en los asuntos del reino. Puedes incluso besar su mano para hacerle creer que eres su vasallo. Después de que hayas asegurado tu reino, harás lo que más te convenga».

El joven se había tomado tan en serio los consejos maternos que casi los recitaba al pie de la letra.

—Para demostraros la sinceridad de mis sentimientos hacia vos os ruego que me hagáis el honor de armarme caballero con toda solemnidad, en presencia de nuestras cortes respectivas. Acudiré con presteza a vuestro reino y ante todos los presentes me recibiréis como el más leal y humilde de vuestros vasallos.

Alfonso de Castilla, que no esperaba de su primo semejante propuesta, sonrió satisfecho.

—Acepto como el mayor de los honores serviros en esos caballerescos menesteres, pero sabed que vos, querido primo, nunca seréis mi humilde vasallo, sino el más leal y fiel de mis aliados.

Estas palabras enardecieron de tal modo a Alfonso de León que fue mucho más lejos de lo que le habían aconsejado su madre y su educador:

—En correspondencia al honor que me hacéis, os ruego encarecidamente que tengáis a bien otorgarme como esposa a una de vuestras hijas y sellaremos con este matrimonio nuestra alianza, dando fin para siempre a las disputas entre nuestros reinos.

El arzobispo Suárez de Deza, que los seguía de cerca tratando de no perderse palabra de lo que hablaban, arqueó las cejas y puso cara de asombro, porque esa propuesta no se había considerado en las conversaciones preparatorias previas, pero no quiso intervenir pensando que don Alfonso de Castilla declinaría la propuesta.

También el castellano se sorprendió de que su primo avanzara esta pretensión, sin que antes la diplomacia hubiera tanteado su disposición a entregarle una hija a cambio de un tratado de paz. Había además un grave impedimento de consanguinidad y por ello el papa podría desaprobar aquella unión por ser contraria a todas las sanciones divinas y canónicas. Pero, a pesar de todo ello, no quería desperdiciar aquella propuesta tan ventajosa que le acababa de hacer su primo ni darle tiempo para que se volviera atrás.

—Debéis tener por seguro que por San Juan estaré esperando impaciente a que lleguéis a Carrión con vuestra corte, para armaros caballero con toda solemnidad y para tratar de esta propuesta que me acabáis de hacer.

Capítulo 11

Carrión. 1188

Doña Leonor recibió con alegría la noticia de la sumisión del rey de León y con recelo el resto de sus proposiciones.

—Lo de armarle caballero es cosa tuya, pero las bodas de nuestras hijas son asuntos que me afectan directamente. Tienes que explicarme mejor lo de su matrimonio con Berenguela, porque no la vamos a casar dos veces seguidas. La primera con el príncipe alemán y la segunda con tu primo el de León.

—Nadie ha dicho que se vaya a casar con Berenguela. Él mismo me propuso que le diera a una de nuestras hijas como prenda de paz y concordia.

—¿Sabe tu primo que está en Alemania la embajada que negocia el compromiso matrimonial entre Berenguela y Conrado y que Urraca solo tiene dos años, o te callaste?

—Imaginé que lo sabría —respondió Alfonso descuidadamente.

—Se sentirá burlado cuando se entere del engaño.

—Él pretendía engañarme cuando se hizo el humilde e intentó besarme la mano. Su colérica mirada desmentía sus gestos de sumisión.

—Engaño por engaño. ¿Piensas entregarle a nuestra hija de dos años en prenda de paz?

—No es solo la paz con el reino de León la que está en peligro. Es la supervivencia de nuestros reinos y la garantía de muchas vidas. Estando en Plasencia he sabido que el nuevo califa prepara un gran ejército que dirigirá contra nosotros para vengar la muerte de su padre. Si el rey de León se pone de su lado, nuestra derrota está asegurada.

—¿Se llevarán pronto a mi pobre Urraca? —preguntó la reina, sin poder reprimir las lágrimas recordando a Adela la triste, la prometida de Ricardo, siempre a punto de llorar.

—¿Por qué lloras de esa manera, Leonor? Nadie va a matar a nuestra hija.

Leonor suspiró y guardó silencio porque se perdería toda la infancia de Urraca y sabía que su familia verdadera sería una extraña para ella. ¡Urraca era todavía tan pequeña! ¿Quién le hablaría en León de su tío Ricardo, de su abuela Leonor o del bisabuelo Guillermo? Ya nunca jugaría con su hermana Blanca y ella misma sería para su propia hija solamente la reina de Castilla.

—Tranquilízate, mujer. El asunto no está cerrado todavía. Veremos lo que dicen las Cortes. La entrega de la niña requerirá un tratado de paz cuyos términos tendremos que discutir y acordar. En todo caso, no se separará de ella el ama de cría y le acompañarán en León personas de nuestra total confianza bajo el mando de don Pedro García de Lerma para educarla a la usanza de aquel reino. Es la costumbre en estos casos. Lo mismo que hicieron contigo cuando viniste a Castilla.

—Yo no tenía dos años, que ya tenía diez y traía conmigo una corte al completo. En cuanto a tu primo, me da la impresión de que es muy vehemente e irreflexivo. Supongo que sus consejeros le han dicho que ofreciéndote sumisión y vasallaje podrá ser algún día dueño del reino de Castilla y por eso piensa en Berenguela. Estoy segura de que lo de la pequeña Urraca ni se le ha pasado por la cabeza.

En la víspera de San Juan, el prior don Humberto exultaba de alegría en Carrión. Su monasterio de San Zoilo había ganado en preeminencia a San Facundo de Sahagún y era la joya más preciada del monasterio de Cluny. No solo se reunían en sus dominios los reyes de Castilla y de León con sus respectivos séquitos, el del rey leonés bastante menguado, sino que se esperaba la llegada de Conrado, el hijo del emperador Federico

Barbarroja. El prior había puesto toda su capacidad de organización para que el acontecimiento llegara a oídos del abad Hugo IV de Cluny. A pesar de que el tiempo había sido adverso y la prolongada sequía anunciaba magras cosechas, las despensas del monasterio rebosaban de víveres, porque había hecho acopio de grandes cantidades de alimentos para que nada faltara a los invitados en tan grandes acontecimientos.

Aunque se encontraba muy nerviosa e inquieta, también estaba muy contenta Berenguela. Su compromiso matrimonial le había llenado de alegría. Iba a ser la protagonista de un gran acontecimiento y se sentía el centro de todas las atenciones.

—Me casaréis antes que a Urraca, ¿verdad, madre? Ella no tiene ninguna prisa, pero yo ya tengo edad para el matrimonio.

—Ni tienes prisa, ni eres mayor. Parece que el que tiene prisa es vuestro padre.

—¿Cuántos años teníais cuando fueron a buscaros para casaros con el rey de Castilla?

—Solo tenía diez años.

—Sí que erais mayor.

—No tanto, pero se ve que era mi destino. Dios lo quiso así y así lo acordaron mis padres.

Berenguela tenía muchas dudas de poder reinar.

—Yo soy la heredera de Castilla y también seré reina, ¿verdad, madre? —le preguntó, llena de zozobra.

A doña Leonor se le hizo un nudo en la garganta recordando su desgarro cuando salió de Inglaterra para casarse con Alfonso.

—Os habéis quedado callada y no me habéis dicho si seré reina.

Leonor estaba en un aprieto, pero sabía que tenía que decirle la verdad.

—Conrado es duque y tú serás una duquesita.

—Yo no quiero ser duquesita, me conformo con ser reina, como mi madre y como mi abuela.

—Tu abuela Leonor era duquesita y se casó con dos reyes, primero con el de Francia y después con el de Inglaterra. Tus hijas se casarán con reyes, de eso estate segura.

—Es que yo prefiero que me caséis a mí con un rey.

—Eso es lo que te mereces y lo que nos gustaría, pero ya han vuelto los embajadores con el tratado firmado por el emperador y estamos a la espera de que un día de estos llegue tu prometido, que ya debe de estar en camino.

El viaje se había retrasado porque Conrado acompañó a su padre el emperador Federico Barbarroja cuando tomó la cruz en la catedral de Maguncia el 27 de marzo y estuvo junto a él reclutando un gran ejército para marchar a la conquista de Jerusalén, pero le dio tiempo a estampar su firma en el tratado que acordaba el matrimonio de Conrado con Berenguela.

—¿Qué os pasa, madre? Otra vez os habéis quedado en silencio —insistió Berenguela, quien, a pesar de sus pocos años, notaba perfectamente la contrariedad de su madre.

—¡Hija mía! Estas conversaciones me ponen un poco triste porque me remueven muchos recuerdos.

—O sea, que no voy a ser reina. Es eso lo que os entristece.

—No seas impaciente, espera a que llegue Conrado. Estará un tiempo entre nosotros antes de que ambos partáis hacia su tierra. Tendrás tiempo de conocerle... y nosotros de comprobar cómo es. Si vemos que no te conviene, algo se nos ocurrirá. De eso no te quepa duda.

Tuvieron que interrumpir la conversación porque sonaron los clarines dando la bienvenida al rey de León, que, por fin, acababa de llegar al monasterio de San Zoilo. La reina tenía mucha curiosidad por ver de nuevo al hijo de Fernando de León, porque sabía que había muchas probabilidades de que fuera un enemigo de cuidado. «¡Cada vez se parece más a mi esposo cuando vine a Castilla! Ahora que ya es un hombre, podrían pasar por hermanos», se dijo nada más verle.

Con toda discreción observaba el más pequeño de sus gestos y no le pasó desapercibido que, aunque debido a su menor estatura aparentaba sumisión y mansedumbre, la fiereza de su mirada y la energía de sus movimientos delataban la tozudez y determinación que también eran los principales rasgos del carácter del rey de Castilla. Los dos primos eran astillas del mismo palo: el emperador Alfonso de León, por ello Leonor temió que si el matrimonio del muchacho con la pequeña Urraca se deshacía, habría conflicto entre los dos reinos.

Berenguela también estaba pendiente de él y miraba alternativamente a la pequeña Urraca y al recién llegado. Sabía que el tal Conrado vendría pronto de lejanas tierras para llevársela para siempre pero delante de ella tenía un rey de verdad. Joven, fuerte y parecido a su padre; no un simple duque, por muy hijo del emperador que fuera. De haber podido elegir, no habría dudado un instante. En estos pensamientos estaba cuando oyó decir a su padre: «... Esta es nuestra hija Berenguela, que, mientras no nazca un hijo varón, es la heredera del reino de Castilla».

Al ver que todas las miradas se posaban en ella, y que la del rey leonés Alfonso exhibía una extraña sonrisa de sorpresa, mitad luminosa y mitad codiciosa, se le arreboló el rostro y a punto estuvo de sufrir un desmayo.

En la cabeza de Alfonso, al igual que la sonrisa, quedaron congeladas las palabras «heredera del reino de Castilla» que acaba de pronunciar su primo y que atrajeron definitivamente su atención hacia aquella niña.

«Está alta para su edad y parece fuerte y robusta. Es blanca como la leche y hermosa y rubia como su madre. Y tiene los ojos azules. Dentro de poco será una gran mujer. Esta sí que sería la esposa que me conviene y no la pequeñaja. ¡Qué tonto he sido! ¡Pero qué tonto! ¿Quién me mandaría precipitarme? ¡Y ahora me tengo que conformar con la criatura, en vez de llevarme a la heredera! Por eso el cabrón de mi primo me concedió su mano sin rechistar».

En la soledad de la iglesia de San Zoilo, durante la noche de San Juan, el leonés velaba armas alimentando agravios presentes y rumiando rencores pasados. Un pensamiento le desazonaba. «¿Berenguela heredera del reino de Castilla? No es esa nuestra interpretación del Tratado de Sahagún que firmaron nuestros padres. Si mi primo muere sin heredero varón, el reino de Castilla será mío por derecho, aunque no lo consiga por matrimonio».

Mientras en su pecho ardían hogueras furibundas, con lentos pasos recorría de arriba abajo la nave principal del templo, perseguido por la sombra de su primo que los hachones multiplicaban, y un ejército de Alfonsos subía por las paredes diciendo hora tras hora: «¡Qué tonto he sido! ¡Pero qué tonto! ¿Quién me mandaría precipitarme? Me las pagará. Mi primo me las pagará. ¡Se acordará toda su vida de este engaño miserable!».

Todavía faltaba lo peor, porque una vez que fue armado caballero por el rey de Castilla, en cumplimiento de lo pactado, tuvo que besar la mano a su primo en señal de vasallaje. Pero lo que más le dolió fue que, mientras los enviados del reino de León arqueaban las cejas y bajaban la cabeza con el rostro ensombrecido, los castellanos sonreían con gran satisfacción y prorrumpían en vítores y aplausos.

No esperó a que llegara Conrado y se fue de Carrión en cuanto pasaron los banquetes de celebración alegando la necesidad inexcusable de retornar cuanto antes a León para poner orden en su reino.

Las fiestas y celebraciones continuaron y nadie lamentó su partida salvo Berenguela, que, sin siquiera conocerle, había aborrecido a Conrado pues por su culpa había perdido al rey de León. Con gran dolor de su corazón y con lágrimas en los ojos, contempló cómo se esfumaba su reinado cuando su oportunidad saltaba al caballo y escapaba al galope tendido, sin mirarla ni dirigirle la palabra. A pesar de ello, siguió con la vista a aquel rey verdadero que, por edad, tenía que haberle correspondido a ella, en vez de a su hermanita Urraca. Esta, indiferente a los designios de los poderosos y totalmente ajena al papel de reina que le reservaban, jugaba tan tranquila en brazos de su nodriza.

Por fin llegó Conrado a Carrión con un mes de retraso cuando ya estaban la familia real y la corte en pleno cansados de esperar, el prior don Humberto asustado porque los víveres empezaban a escasear y Berenguela desolada porque aquel mocetón gordo y desmañado con aspecto de mesonero en nada se parecía al príncipe de sus sueños. El prometido, que tenía dieciséis años, y al que su padre no había querido llevar consigo a la cruzada, llegó con mal pie, asfixiado por el calor de finales de julio y en medio de una pertinaz sequía. Venía empapado de sudor, cocido como un cangrejo y totalmente deshidratado porque los ríos acusaban el estiaje, las fuentes estaban secas, le habían prevenido del agua de los pozos y no encontraba cerveza por ninguna parte.

En cuanto recuperó fuerzas, procedieron a su presentación en la corte, celebraron un solemne banquete y, con el pretexto de que necesitaba descanso, despidieron a los nobles y los obispos y prepararon el regreso a Burgos con gran alivio del prior Humberto.

—El teutón es flojo, muy flojo, Leonor —se despachó una noche Alfonso cuando se hubo retirado con la reina a su cámara—. No hay nada más que ver cómo se espatarra cuando se sienta. Le preguntan cómo está y solo responde *kaputt!* Le invitan a dar un paseo a caballo y alega que está *kaputt*. Nada le gusta, todo le cansa, todo le sofoca y además le incomodan las moscas y le zahieren los mosquitos. Para nuestra desgracia, hemos traído a la familia a un verdadero zangolotino. No haremos vida de él. No tiene madera, ni sangre porque siempre está *kaputt*. Me parece que le han traído obligado. En vez de mandarle a un convento, el emperador le ha enviado a Castilla y, tontos de nosotros, le hemos prometido a nuestra hija. Este matrimonio y este viaje son un castigo de Dios y otro mayor para Conrado y como tal parece que se lo toma.

—Debemos tener paciencia con él porque ha llegado en el peor momento. Los campos están surcados de grietas y los caminos polvorientos. Dale tiempo hasta que se adapte al clima, a las costumbres, a la comida... al idioma.

—A la comida ya se ha adaptado porque devora capones y perniles que da gusto —rezongó Alfonso—, y a falta de cerveza, el vino es lo único que le contenta. Se lo damos rebajado para que no se le suba a la cabeza. Pero el idioma, ni intenta hablarlo ni puede aprenderlo ni él ni sus acompañantes. Lo que sí han averiguado es cómo llegar a las tabernas donde está el mejor vino, a los prostíbulos y a las buhardillas de Carrión donde duerme la servidumbre. Me temo que ha venido dispuesto a llevarse los cuarenta mil maravedíes de la dote de Berenguela que necesita el emperador para contribuir a sufragar la cruzada. Pero no se hizo la miel para la boca del asno. El acuerdo dice que la dote acompañará a Berenguela cuando se vaya a Alemania.

—¿Pregunta alguna vez por ella? —Leonor estaba horrorizada ante el cuadro que le estaba pintando su marido y que correspondía punto por punto a las conclusiones a las que ella había llegado.

—Ni sabe cómo se llama ni cómo se pronuncia.

—¿Qué piensas hacer con él?

—Me entran ganas de mandarle ahora mismo a Toledo para que se achicharre del todo y se vuelva corriendo a Alemania.

—¿Por qué no le mandas a la montaña? Allí soplan vientos frescos por las tardes. Hay agua en los manantiales y buenas pozas en los ríos para que se bañe.

—Es una buena idea, a ver si con un poco de suerte se despeña o se ahoga, que es lo mejor que podía sucederle —exclamó don Alfonso, riendo con ganas y contagiando de sus risas a la reina, que aprovechó el buen humor de su marido.

—No se hable más —propuso—. Yo me vuelvo a Burgos para preparar con tiempo la partida de Urraca para León y tú subes con Conrado a Lebanza, a ver si con el aire fresco se espabila.

—O lo come el oso, como a Favila —remató el rey.

Aquella noche don Alfonso se quedó pensando en Berenguela. Tenía especial pasión por su hija mayor y estaba orgulloso de ella. Su fortaleza no era menor que su valentía y su recato solo tenía parangón con su discreción. Aunque no se atrevía a reconocerlo del todo, era consciente de que el compromiso de casarla con el hijo del emperador era uno de los mayores errores de su reinado. Aquel sujeto no se merecía una mujer como su primogénita y esta sufría por aquella elección tan desafortunada.

No se había dormido todavía, cuando comprobó que la niña, contraviniendo la prohibición de sus padres, se había colado sigilosamente en la estancia por primera vez y se había situado a los pies de la cama permaneciendo en silencio.

—¿Qué haces aquí, a estas horas de la noche, Berenguela?

—¡Nada!

—¿No sabes que no se puede entrar en la habitación de tu padre, ni en la de tu madre sin pedir permiso?

—Sí que lo sé.

—... Y que te tengo que imponer un duro castigo por ello.

—Bueno.

—¿No te importa que te prohíba montar a caballo durante una semana?

—Me da igual, porque el castigo solo dura siete días. Y, además, que se fastidie el caballo, que se queda sin salir al campo.

—Te castigaré dos semanas.

—Hay castigos mucho peores.

—Dime uno ahora mismo. Que te lo impongo de inmediato.

—No hace falta, porque casándome con Conrado, ya me habéis impuesto uno que dura toda la vida.

Esta respuesta de su hija le desarmó, porque hasta ese momento no había entendido la gravedad del motivo que había traído a Berenguela a su habitación.

—Tienes que entender que hay un tratado con el emperador Federico, que es una cosa muy seria y que los tratados hay que cumplirlos.

—Este no hace falta porque Conrado es un animal.

—No hables de esa manera de tu prometido —le advirtió el rey, aunque en su fuero interno aquel arranque de su hija le hizo mucha gracia.

—Ni es mi prometido, ni lo va a ser nunca, porque no me pienso casar con él por nada del mundo.

—Tendrás que obedecer, te guste o no te guste. Cuando son pequeños, los hijos hacen lo que manden los padres. Y las hijas se casan con los maridos que les buscan sus padres. Les guste o no les guste —recalcó—. Mal acaban los matrimonios si al amor solo se deben.

—No me gusta Conrado, no quiero que me lleve con él a Alemania y no pienso dar mi consentimiento, que es lo que exige la Iglesia.

—¿Quién ha dicho eso?

—Mi madre, cuando le dije llorando que no me gustaba Conrado porque me maltrataría o me mataría, como hicieron con la tía Estefanía.

—Yo no consentiré que eso ocurra.

—Alemania está muy lejos, vos no estaréis a mi lado para salvarme y además no conocéis esa lengua.

Como viera que su hija no daba su brazo a torcer y tenía toda la razón del mundo, Alfonso acabó por claudicar.

—Confía en tus padres, ten un poco de paciencia, no tenemos ninguna prisa —dijo cariñosamente—. Conrado terminará por aburrirse y aburrirnos y algo se nos ocurrirá mientras tanto.

Berenguela saltó de alegría, dio las gracias y un beso a su padre, le deseó las buenas noches e hizo ademán de salir de la habitación.

—No te vayas todavía, hija mía, que tengo que decirte una cosa muy importante: a veces no se cumplen los tratados de los reyes por alguna circunstancia, pero los castigos de los padres hay que cumplirlos siempre.

—Mañana se lo digo a mi caballo.

—Dile también que no se le olvide pedir permiso por anticipado antes de entrar en el dormitorio.

Capítulo 12

Burgos. Cuenca. 1189

La víspera de la partida de la pequeña Urraca para León, a Leonor no se le iba de la cabeza la imagen de Adela la triste, su amiga de infancia y prometida de Ricardo, que siempre estaba llorando.

Veía con tal nitidez los peligros que corría la pequeña en manos del rey de León, que estuvo a punto de gritar a las nodrizas que la acompañaban: «¡Por el amor de Dios, salvad a mi hija, salvad mi tesoro!».

La nodriza de Blanca, al ver la congoja reflejada en el rostro de la reina, que tenía en sus brazos a la pequeña Blanca, y que Urraca, celosa de la recién nacida, no se despegaba de su madre, se acercó a consolarla.

Alegraos, majestad —dijo—, porque he soñado que vuestro embarazo llegará a término, tendréis una hora corta en el parto y esta vez alumbraréis al heredero que tanto tiempo lleváis esperando. Señora, para que no os fatiguéis tanto, ¿no sería mejor que dejarais a Blanquita en mis brazos y que Urraca se viniera con nosotros a perseguir a los pajaritos que corren a sus anchas entre los frutales? Así podréis seguir vos con vuestro bordado.

—Vos misma estáis viendo que no quiere separarse de mi lado.

—Tendríamos que obligarla, porque si no aprende a separarse de su madre, ya no querrá estarse conmigo, y lo va a pasar muy mal la criatura.

—Mujer, para el poco tiempo que le queda de estar entre nosotros, dejadme que la retenga un ratito conmigo.

Al apreciar la nodriza que no se disipaba la tristeza del rostro de doña Leonor, optó por cambiar de conversación.

—He visto que también doña Berenguela regresó afligida de Carrión. No consiente que le preguntemos por Conrado. Parece que no le entró por el ojo derecho.

—Ni por el derecho ni por el izquierdo, porque cierra los ojos para no verle. A ver cómo arreglamos el entuerto ahora.

—No sufra su majestad, que Dios proveerá. En esta vida todo tiene arreglo...

—Ni tiene arreglo lo de Berenguela ni lo tiene lo de Urraca.

A Leonor le ahogaban la melancolía y los malos presagios. En aquel momento le dio un vuelco el corazón, al observar que el maestro Ricardo, al que hacía muchos días que no veía, se presentaba en lo que quedaba de la huerta que no había sido ocupado por la construcción del nuevo monasterio. No esperaba ni remotamente verle en aquel lugar porque aquella era una zona de clausura. Ya no daba las grandes zancadas de la primera vez, sino que caminaba vacilante en dirección a la reina.

—Llévate a las niñas, porque sospecho que el maestro Ricardo tiene algo grave que decirme —ordenó a la nodriza mientras salía al encuentro del arquitecto—. Muchos pasos habéis dado hacia delante, maestro, y aunque me alegra mucho veros de nuevo, este es lugar de descanso de la reina, no su gabinete de trabajo. Muy importantes tienen que ser los motivos que os obligan a entrar de improviso en un lugar de clausura. ¿Decidme qué os ha incitado a abandonar Arroyo para acercaros a Burgos y entrar en esta huerta de improviso, con la espalda encorvada y dubitativos andares, porque me ha llenado de preocupación vuestra inesperada llegada?

—Siempre es un placer despachar con mi reina y siempre es una gran tristeza tener que separarme de ella, porque a su lado el tiempo se me hace breve y el trabajo no pesa. Os ruego que a causa del justo enojo que mi llegada os causa, por culpa de mi osadía, no me invitéis a salir, sin despedirme de vos, porque, si vuestra majestad lo permite, he de volver a mi tierra, que es lo que vengo a deciros.

—Vuestro lenguaje me confunde, maestro Ricardo. Cuando cantáis una trova os acercáis a mí, si habláis en prosa os distanciáis, y ahora ¿os escondéis detrás de un romance para decirme que regresáis a vuestra tierra? No entiendo lo que queréis decirme. ¿Es que os vais para no volver? Creí entenderos cuando llegasteis hace cuatro años que esta sería vuestra tierra para siempre, al igual que lo ha sido para mí desde que salí de Inglaterra.

Leonor, que había sido pillada por sorpresa con aquella irrupción inesperada de Ricardo, trataba de contener su irritación, pero no pudo evitar desgranar sus reproches antes de que Ricardo pudiera explicar los motivos de su viaje.

—Al llegar de Inglaterra me dijisteis que sería un privilegio para vos terminar mi monasterio. Muy contrariado debéis de estar cuando me abandonáis en lo mejor de las obras. Todavía queda mucho por acabar, ya que ni siquiera habéis iniciado la capilla de los sepulcros. ¿Es que os aburre el trabajo? Pues eso no parece, porque cuando estáis enfrascado en un problema, no escucháis cuando os hablo. ¿O acaso no estáis satisfecho con lo que se os paga? Eso tiene fácil remedio. No tenéis más que pedir lo que consideréis que en justicia os corresponde. ¿Os hacen falta más ayudantes? Tenéis mi permiso para contratar todos los que preciséis. ¿Necesitáis ausentaros más a menudo sin dejar razón de adónde os conducen vuestras escapadas? Hacedlo sin temor, siempre y cuando no se resienten los trabajos que os esperan. Pero decidme, por amor de Dios, cuál es el motivo de vuestra marcha. ¿O es que tenéis que huir porque os habéis visto envuelto en problemas que vuestra reina no puede conocer o resolver porque ofenden a la dignidad y a la decencia?

Ricardo estaba atado de pies y manos y no podía decirle cuáles eran las razones de su partida hacia Inglaterra. ¿Cómo podría atreverse un artesano, por muy arquitecto que fuera, a decirle a su reina que cada vez que ella se ausentaba por un largo tiempo con el rey y la corte contaba los días hasta su vuelta? ¿Quién era él para confesarle que tenía celos del rey, que verla de continuo en estado le traía en un sinvivir y que le angustiaba saber que en cada parto ponía en riesgo su vida? ¿Qué sentido tenía admitir que necesitaba marcharse de inmediato, porque, de no hacerlo, nunca encontraría el momento adecuado para irse, y que seguir encadenado a ella, amando lo inalcanzable, sería un tormento imposible de soportar a lo largo de toda la vida y que podría perder esta si daba un paso en falso? Él sabía que necesitaba marcharse para siempre... o al menos por un tiempo y encontrar un trabajo, con un mar de por medio, lo más lejos posible de Castilla para olvidarse de ella.

—Majestad, ni necesito más ayudantes ni mejor salario, porque en Arroyo ya está hecho lo principal y doña Mencía dice que, con los planos que le he dejado, el resto lo puede hacer un buen maestro de albañilería. En Las Huelgas hay muchos muros que levantar hasta poder cubrir la iglesia. Dejo hechos los planos de todo lo que falta. Mi compromiso con vuestro hermano Ricardo fue por cuatro años, y ya está cumplido en el tiempo y en las obras. Como habrá comprobado vuestra majestad, ya he realizado todos los encargos que se me encomendaron... Y como todavía es pronto para comenzar la catedral de Cuenca porque no se dispone del dinero necesario, tengo la oportunidad de viajar por Francia e Inglaterra para contemplar con mis propios ojos cuáles son los adelantos e invenciones que están añadiendo los arquitectos a las catedrales...

—Me decís todas esas cosas con los ojos tristes y con tan poco entusiasmo que me suenan a disculpa, porque carecéis del valor de confesarme cuál es el apremio que causa vuestra apresurada partida. Recordad que en esta misma huerta me dijisteis a mi llegada que habíais venido a satisfacer los deseos de la reina. Mi deseo es que no os marchéis nunca. —Si no hubiera estado tan abatida por la partida de Urraca, la reina nunca habría sido tan directa, tan persuasiva—. No os hacéis una idea del enorme aprecio que tengo por vuestro trabajo y lo necesaria que es para mí vuestra compañía... Yo no tengo necesidad de ningún arquitecto de Castilla, yo os quiero a vos y deseo teneros... junto a mí en tanto duren los trabajos de las obras que yo promueva —dijo doña Leonor en tono muy firme y conociendo perfectamente el doble sentido de sus palabras.

Ricardo, que estaba abrumado por las manifestaciones de la reina, apretaba los dientes porque su decisión de partir era firme y guardaba silencio mientras hablaba la reina.

—Este monasterio os pertenece tanto a vos como a mí puesto que es una criatura de ambos, dado que ambos somos su padre y su madre. Mi nombre se escribirá junto al vuestro por los siglos de los siglos después de que hayáis levantado los muros y las bóvedas que cobijarán mi tumba y la de mi dinastía. Y será para mí un inmenso gozo resucitar el día postrero sintiendo cerca de mí las caricias que vuestras manos han dejado en cada una de estas benditas piedras que me habrán acompañado en tan largo viaje... —Ricardo cerró los ojos y apretó los puños como si así pudiera evitar el hechizo que la reina estaba depositando en sus oídos—. No quiero reteneros contra vuestra voluntad, Ricardo, y si esta es abandonarme y dejar de mano vuestras obras, debéis hacerlo cuanto antes, porque si no lo hacéis pronto, me obligaréis a reteneros con mis lágrimas. Pero sabed que si un día decidís regresar, esta reina y este monasterio bendecirán a Dios por haberos traído de nuevo hasta nosotros.

Tardó unas cuantas semanas la reina Leonor en hacerse a la idea de que el maestro Ricardo se había ido para siempre. A pesar de ello, las obras tenían que seguir adelante. Haciendo un enorme esfuerzo, se acercó al taller donde él trabajaba para ver los planos que había dejado en los armarios. Sobre su tablero de dibujo encontró la carpeta donde guardaba sus trovas. Le bastó con leer la primera de todas para entender el motivo de su partida.

Todos los delitos y todas las quejas
de que me podéis acusar
estriban en que osasteis enamorarme
y gustarme más que cosa alguna.
Dado que no puedo vivir junto a vos sin esperanza.
Obro como un loco porque no sé separarme de vos,
pero cuando pienso quién sois, me hacéis languidecer,
porque tengo en cuenta vuestro honor y mi locura.

A la decepción que le produjo la llegada de Conrado y su incómoda presencia, se unió la partida de Urraca para León y la marcha de Ricardo de regreso hacia Inglaterra. Solo le servía de consuelo sentir la semilla que en su vientre florecía y esperar que fructificara en varón.

Pero su alegría se convirtió en desolación cuando, a principios del verano del año, llegaron a la corte de Burgos las noticias de las muertes, casi simultáneas, de su padre, el rey Enrique II de Inglaterra, en el castillo de Chinon, cerca del Loira, y en Sajonia de su hermana Matilde, que era un poco mayor que ella y tan solo contaba treinta y tres años.

Leonor entendió todas estas desgracias como una señal de que Dios no perdonaba a los Plantagenet y había descargado el férreo puño de su ira sobre su familia para castigar los múltiples desafueros de su padre.

«Ay, padre mío, cuánto nos habéis hecho sufrir con vuestra cólera y vuestras injusticias y cuánto he rezado para que enderezarais el curso de vuestra vida. Sabía que nunca volvería a veros cuando no acudisteis a despedirme en el momento de embarcarme hacia Hispania. Rezaré para que Dios misericordioso se apiade de vuestra alma y encargaré muchas misas para que se olvide de vuestros horribles desafueros y pecados».

Solo mitigó un poco el dolor de aquellas funestas noticias conocer que su madre, Leonor de Aquitania, después de tantos años encerrada por el difunto rey, había recobrado por fin la libertad y la dignidad de reina y que Ricardo, su hermano favorito, había sido designado como rey de Inglaterra.

Leonor llevaba casi veinte años fuera de su patria y, aunque no se atrevía a reconocerlo, tenía el pretexto que necesitaba para buscar al maestro Ricardo y convencerlo personalmente de que volviera a Castilla, así que rogó insistentemente a don Alfonso para que la dejara viajar a Inglaterra, acudir a los funerales de su padre, reencontrarse con su madre y estar presente en la coronación de su hermano, que se celebraría en Westminster.

Era tal su insistencia en lograr lo que se proponía que don Alfonso, harto de que sus argumentos no hicieran mella en la voluntad de su esposa y pensando que podía ser un antojo debido a su embarazo, llamó a su médico para consultarle.

—¿No creéis vos, mi querido Ben Amusco, que el nonato corre peligro con este viaje?

—Un viaje hasta Inglaterra está lleno de peligros para quienquiera que lo acometa. Y para la reina es desaconsejable, se mire como se mire, majestad. A estas alturas del embarazo ese viaje no tiene ningún sentido por mucho que se empeñe su majestad la reina. Peligra el feto, peligra la madre y pone en peligro vuestro reino. Algo me dice que el nonato será el heredero que tanto necesitáis. Satisfacerle el resto de los antojos, pero mantened vuestra firmeza.

—Tened por seguro que si no dais vuestra aprobación, este inoportuno viaje no tendrá lugar. Vos vendréis conmigo a prohibírselo para que no sienta que es una imposición mía. Le diremos que vos le asistiréis hasta que alumbre la criatura, que será de seguro el heredero.

Con el ánimo fortalecido por las sensatas palabras de su médico y reforzado por compañía, Alfonso se dirigió a su esposa.

—Recuerda la angustia que te consumía cuando andabas temerosa de que hubiera zozobrado el barco que nos traía al maestro Ricardo —le recordó—. ¿No desearás tener en la zozobra a tu esposo, a nuestras hijas, a la corte y a todo el reino durante todos estos meses porque, si las cosas se complican, tendrías que alumbrar en Inglaterra o en el barco que te trajera de vuelta?

Ante aquel argumento tan convincente, la reina, finalmente, volvió en sí de su contumacia y pasó el resto de su gestación sosegada.

* * *

El día 29 de noviembre de 1189, en la ciudad de Cuenca, iban y venían por los aires todas las campanas de la ciudad, prisioneras de espadañas y torres, llamando a los conquenses a mostrar su regocijo por las calles para celebrar un gran acontecimiento.

Entonces, Leonor supo con toda certeza que la construcción del monasterio era grata a los ojos del Señor, la cólera de Dios había hecho una pausa, y por lo que parecía, había perdonado las infidelidades de su marido, y por mediación del apóstol, con la ayuda de Ben Amusco, le había concedido la gracia de alumbrar el ansiado heredero al que pusieron por nombre Fernando.

La generosidad del rey y la afición que la reina doña Leonor había heredado de su madre en la corte de Aquitania atraía a los trovadores y los juglares de todos los reinos de Hispania, que se dieron cita en Cuenca para festejar al recién nacido heredero de la Corona de Castilla.

Raimon de Besalú, el más célebre por entonces, fue el primero en tomar la palabra:

—¡Estamos de enhorabuena! Dios ha querido darnos el varón que tanto necesitamos para seguir combatiendo a los infieles. ¡Larga vida a la reina doña Leonor! ¡Larga vida al rey don Alfonso! ¡Larga vida al heredero de la Corona de Castilla!

Después, se colocó en medio de la sala y con gran regocijo de todos los asistentes, acompañado de la fídula, cantó dirigiéndose a don Alfonso de Castilla, que estaba tan contento y emocionado que no podía disimular su satisfacción.

Rey, ¡por Cristo!, no nos faltéis,
pues los almohades
son muchos más que nosotros.
No hay conde que ciña la espada al cinto
mejor que vos lo hacéis
cuando empuñáis una lanza.

Una vez que terminaron los aplausos, se acercó a donde estaba doña Leonor y, haciendo grandes aspavientos y simulando que lloraba, cantó:

Señora, ¿qué pensáis hacer de mí,
que os amo tanto,
cuando me veis penar
y sufrir de amor?

Siguiendo la broma, el rey hizo el gesto de cortar la cabeza al trovador y, cuando este salió corriendo, exclamó:

—¡Corred, corred, bribonazo! Solo la alegría por el nacimiento de mi hijo os ha evitado tener que véroslas con el hacha del verdugo, pero como os oiga requebrar de nuevo a la reina en mi presencia... haré que os corten la lengua y se la echaré de comer a mis mastines.

Leonor, que hasta entonces había disfrutado de los cantos y chanzas de los trovadores, se quedó muy sorprendida cuando el último de ellos, venido de Inglaterra, cantó acompañado de una cítara.

Vuestros hermosos ojos, vuestro fresco color
y el dulce semblante placentero que mostráis
me hacen desearos y quereros tanto
que cuanto más os amo, más me desespero
y obro con la misma insensatez que un loco.

Al instante reconoció Leonor que aquellos eran los versos que Ricardo había dejado escritos en su taller. Cuando terminaron los aplausos, se levantó e hizo un aparte con el trovador para preguntarle por al autor de la trova.

—Se la escuché en una taberna a un hombre de melena rubia y me la aprendí de memoria de tanto escucharla, lo mismo al igual que el estribillo de esta otra.

Todos los delitos y todas las quejas
de que me podéis acusar
estriban en que osasteis enamorarme
y gustarme más que cosa alguna.

No todos estaban contentos en la corte: todos los festejos de celebración del nacimiento del heredero que la destronaba habían contrariado sobremanera a Berenguela, que se sentía desplazada y desheredada. «¿Por qué tengo que inclinarme ante este mocoso si yo nací la primera, yo nací la primera... Yo nací la primera y además soy mucho más fuerte que todas las niñas y más fuerte que muchos niños y menos miedosa que todos ellos».

Acostumbrada a los honores que corresponden a un heredero del trono, la niña llevaba muy mal que de la noche a la mañana, el protocolo la situara muy por debajo del recién nacido y prácticamente a la par que sus otras dos hermanas. Su comportamiento cambió de tal manera que tenía muy preocupada a Leonor. Antes de llevar la preocupación a su marido, habló con la niña.

—Berenguela, hija mía, ¿te pasa algo?

—¿Por qué me preguntáis eso, madre?

—Apenas si comes, ya no cuidas tu caballo, andas desaliñada, tienes peleas con los hijos de los caballeros, contestas mal y desobedeces a tu dueña...

—Doña Elvira me tiene manía.

—Es la primera vez que te quejas de ella. Antes estabas muy contenta. Recuerda que nos pediste que le hiciéramos un buen regalo, y para complacerte y premiarla, acabamos de hacerle donación de la heredad de Fuente Peral. ¿Si no estás contenta con ella, nos la tendrá que devolver?

—Eso tampoco.

—Entonces, ¿qué hacemos contigo?

—No lo sé —replicó Berenguela mohína.

—Si no sabes tú, ¿a quién se lo preguntamos? —Como viera doña Leonor que su hija guardaba silencio y fruncía el ceño, insistió—: ¿Sigues enfurruñada por lo de Conrado? ¿No estabas contenta con lo que dijo tu padre?

—¿A mí qué me importa Conrado? Si no he dado el consentimiento, se tendrá que volver a Alemania.

A Leonor no se le escapaba que Berenguela no había podido disimular el desagrado que le había producido el nacimiento de su hermano, aunque hiciera esfuerzos por ocultarlo. Nunca hablaba de él, ni le cogía en brazos y cuando veía que era el centro de atención de toda la familia, desaparecía de la vista de todos hasta que iban a buscarla. Pero lo que más le preocupaba a su madre era que hiciera verdaderos disparates para llamar la atención. «Como siga así esta niña, un día de estos se nos mata», había avisado días antes su institutriz, dejando a la reina atemorizada porque recordó su pelea con los infantes de Aragón en Tarazona, cuando la dieron por muerta.

—¿Es por tu hermano Fernando?

—A lo mejor.

—Si piensas que no vas a ser reina porque haya nacido tu hermano, estás equivocada, porque te aseguro que tú lo serás y para eso te hemos educado. Te lo promete tu madre.

Esta promesa la dejó más tranquila, pero había una salvedad.

—Solo podré ser reina si se muere, y yo no quiero que se muera por eso.

A doña Leonor le dio un vuelco el corazón, pensando que Fernando, el heredero de la Corona, se pudiera morir. Le había pedido un hijo varón al apóstol y se lo había concedido. La familia era grata a los ojos de Dios, que, gracias a la piadosa vida que llevaban, había retirado la maldición a la familia que ella había formado en Castilla.

—Fernando no se morirá y será rey de Castilla y a ti te casaremos con un rey o con un príncipe heredero. Y esta vez escogeremos bien y no se repetirá lo de Conrado. Puedes estar bien segura —concluyó Leonor pensando lo mucho que se parecía su hija a la abuela.

Capítulo 13

Westminster (Inglaterra). Burgos. León 1189

Mientras en Cuenca los reyes celebraban con gran alegría el bautizo del heredero de la Corona de Castilla, doña Leonor de Aquitania, abuela del recién nacido, estaba muy satisfecha de que la paz y la concordia reinaran en aquella pareja. Gracias a ello habían sido premiados por fin con el nacimiento de un hijo varón después de veinte años de matrimonio. «Gracias a Dios que casamos bien a Leonor, ella tiene un buen marido y ellos tienen un gran reino. Eso me dice que ya va siendo hora de casar a Ricardo».

Habían pasado poco más de tres meses desde su solemne coronación como rey de Inglaterra y estaba preparando una gran armada para transportar al ejército que le acompañaría a la cruzada. Con este motivo, madre e hijo se entrevistaron en Westminster.

—Lo peor de la ceremonia fue que, a tu edad, no fuiste coronado con una reina a tu lado. No había más que ver cómo torcían el gesto y ladeaban la cabeza los obispos de Winchester, Londres y Salisbury y buen número de nobles viendo a tu prometida Adela con cara de desconsuelo —empezó la anciana sin más preámbulos.

—A mí qué me importa lo que piensen o dejen de pensar esos eclesiásticos —se mofó Ricardo—, lo que importa de verdad es que me han dado la cruz y con la cruz la indulgencia que borra todos mis pecados, y ahora soy un hombre nuevo. Ya sabes lo que cantan los trovadores: «¿Qué otra cosa pueden desear los reyes que conseguir salvarse de los tormentos del infierno mediante gloriosas hazañas con las armas?» —remató levantándose de su sitial.

—Tienes toda la razón. Ahora eres un hombre nuevo con un mandato divino: rescatar los Santos Lugares de las manos de los infieles para que vuelva a nuestras manos el reino de Jerusalén, que era de nuestra familia. Pero eso no quita que sigas teniendo una obligación más acuciante. Al pueblo le gusta tener una reina... y a los nobles y a los obispos un heredero. Si la línea sucesoria se rompe, otra guerra entre familiares será inevitable. Y estas guerras fratricidas no favorecen a nadie. Solo producen muerte, desórdenes y pobreza. Bien lo sabemos por la experiencia de estos últimos años.

—Ahora no corre prisa, madre —replicó Ricardo, encogiéndose de hombros—. Lo que importa es la cruzada, que el emperador Barbarroja nos lleva mucho tiempo de ventaja. Estoy seguro de que trata de hacerse con Jerusalén antes de que lleguemos los demás.

—Tienes razón, hijo mío. Has tomado la cruz y tienes que cumplir tu obligación de cruzado. Pero también has ceñido la corona y debes cumplir con tus obligaciones de monarca, que, como bien conoces, son tener un heredero y gobernar el reino con firmeza y con justicia. Hasta el presente has hecho siempre lo que has querido y temo que lo seguirás haciendo si sigues el camino de tus instintos, pero a partir de ahora tienes que cambiar porque eres el rey de Inglaterra y has asumido una gran responsabilidad —dijo doña Leonor con toda suavidad y dulzura.

—¿Ahora te entran las prisas? ¿Tiene que ser ahora mismo? —bramó Ricardo, que parecía un león enjaulado.

—Tendrías que haberlo hecho mucho antes. Tienen hijos los pastores. Los mendigos tienen hijos. Tiene hijos tu escudero, y también el palafrenero. Hasta los curas los tienen y los reyes por obligación. No es mucho lo que te pido, Ricardo. Ahora que estás a punto de partir para la cruzada, engendra un hijo legítimo lo antes posible. Antes de que sea demasiado tarde. Ricardo, por el amor de Dios. Un rey pide al lado una reina, pero, para desgracia de todos, tu padre dejó imposible lo de Adela. Y durante todos estos años no ha sabido salir del embrollo y ha estado engañando al rey de Francia con aplazamientos injustificables o intentando casarla con cualquiera de vosotros. Yo nunca habría consentido un matrimonio semejante y menos ahora que ha muerto. ¿Por qué no te casas con Berenguela, la hermosa hija del rey de Navarra? Es fuerte y recatada y te causó gran impresión durante el torneo de Tudela —suplicó su madre, juntando las manos.

Doña Leonor de Aquitania había tenido buen cuidado en escoger una candidata de veinticinco años, de cuerpo robusto y elevada estatura para que no desmereciera del futuro marido, que casi medía seis pies y medio de altura, tenía una magnífica melena de aspecto leonado de cabello rubio tirando a rojizo, tez blanca y ojos claros. Recordaba perfectamente la grata impresión que la mujer había producido a Ricardo.

Por lo que le habían contado, sabía que la muchacha había quedado prendada de su hijo. No era nada excepcional porque eso mismo ocurría en todas partes, pero no sabía que la navarra había prometido al señor Santiago peregrinar a Compostela si le concedía en matrimonio a semejante esposo, y cuando doña Leonor de Aquitania propuso al rey Sancho de Navarra el matrimonio, había ampliado la promesa a unir los dos extremos de la cristiandad, decidida a ir peregrinando desde el sepulcro del apóstol Santiago en Compostela hasta el Santo Sepulcro de Jerusalén.

—Estás pidiendo lo imposible —dijo Ricardo alterado—. Que tenga un heredero legítimo. Pero sabes que no puedo casarme con Adela porque sería un gran deshonor para nosotros, y tampoco puedo casarme con Berenguela porque tendría que romper mi compromiso con Adela, y su hermanastro el rey de Francia nos haría la guerra con pretexto de recuperar la dote y de paso escabullirse de la cruzada. ¿Cómo pudisteis acordar los reyes de Inglaterra y Francia casar entre sí a los hijos de vuestros segundos matrimonios?

—El rey de Francia quería un heredero varón a toda costa. Pensó que podía dárselo Constanza, hija de don Alfonso el emperador de Castilla, que era muy prolífico. Ella murió después del parto de Adela. Al poco tiempo nos ofreció a la huérfana para alguno de vosotros y aceptamos. Quedaban muchos años para confirmar el acuerdo y podía pasar de todo. Y pasó lo peor.

—¿Por qué nos hizo esa afrenta mi padre a ti y a nosotros? —preguntó Ricardo.

—Le pudo el diablo que llevaba dentro. Ese horrible pecado suyo destrozó definitivamente nuestro matrimonio, dificultó los vuestros y enredó la sucesión de tal manera que nos ha tenido en guerra durante el resto de su vida. Era demasiado joven e impetuoso como para haceros un sitio a su lado. Al pobre Enrique le hizo soñar con el reino y el reino se desvaneció como el humo porque no le dio ningún poder, a Godofredo le asignó Bretaña, pero poco le duró el ducado, y a Juan no le dejó nada y por eso le llaman Juan sin Tierra. Aquitania era mía y me empeñé en que, pasara lo que pasara con el resto de tus hermanos, fuera para ti, que la has defendido con uñas y dientes. En Aquitania está Fontevraud y Aquitania es toda mi vida, quiero un heredero para Aquitania y no me lo puedes negar —le suplicó su madre en voz tan baja que obligó a sentarse de nuevo a Ricardo para continuar la conversación a su lado.

—Ahora no me puedo casar con Berenguela. Lo sabes de sobra —contestó, dominando su impaciencia—. Solo cuando se vio derrotado mi padre, se avino a firmar, con el rey de Francia y conmigo, que yo sería proclamado rey de Inglaterra, y que Juan tomaría la cruz y me acompañaría a la cruzada. Y también firmé que Adela quedaría bajo custodia hasta que yo volviera de la cruzada. Entonces me casaría con ella.

—Engañaste al rey de Francia, porque no lo piensas hacer de ninguna manera.

—Aunque me maten, madre, aunque me maten —replicó Ricardo, recalcando sus palabras para que no hubiera ninguna duda—. Buscaré cualquier excusa para aplazarlo sine díe.

Doña Leonor guardó silencio durante unos instantes.

—Francia es un vergel y esa corona se nos escapará, como también la de Inglaterra —reflexionó, hablando con suavidad—. Todo lo que heredé de mis antepasados será como humo en tus manos, Ricardo. Los verdes campos, las arboledas, los bosques frondosos, los ríos que surcan los barcos.

Sofocas sublevaciones, castigas traiciones y deshaces conjuras, pero si no tienes un hijo que herede tu reino. ¿A quién se lo dejarás?

—A Juan de ninguna manera, porque es necio, cobarde y traicionero —contestó Ricardo con firmeza—. Sabe que tú no le quieres y que le aborreces. Y que su padre le compadecía, porque era el benjamín. Es astuto... y ladino, pero la impaciencia le pierde. Mi padre lo sabía y no se fiaba de él. Pero le favorecía para fastidiarme porque he salido a ti y soy de tu familia. Así que declararé heredero a Arturo, el hijo de mi difunto hermano Godofredo.

—Si dispones ese disparate, tendremos otra guerra fratricida asegurada.

—Es posible, pero ese es mi destino. Todo para nada y todo para nadie. Así soy yo: Ricardo sí y no, como dice Bertrán de Born, el trovador.

—Estás arando en el agua, Ricardo, y dejando un reguero de sangre en el surco.

—Me reconozco en lo que dices. Arando en el agua. Ese soy yo. Ricardo sí y no. Me gusta la vida cuando estoy con los amigos y cuando canto y no pienso, Ricardo sí. Cuando pienso, me pesa mucho la vida. Ricardo no. Pero cuando asedio un castillo o acometo una batalla, siento una gran embriaguez y la vida no me pesa, estoy ligero y tengo desapego. Ricardo vuelve a ser sí. Unas veces lo siento y otras no lo siento. Soy mi madre y mi padre y no sé cuándo soy la una y cuando soy el otro. Me quieres buscar una esposa, pero yo necesito un marido y una mujer. O los dos en uno si os parece, porque soy Ricardo sí y no.

—Me das miedo cuando veo en tus ojos la mirada demoníaca de tu padre o el astuto fulgor de sus ojos cuando juraba lo que no pensaba cumplir —exclamó ella, tapándose la cara y echándose hacia atrás en su sitial.

—Soy mentiroso y astuto como mi padre, pero nunca tuve su cariño. Solo me dio la espada y el caballo. Cuando se estaba muriendo, me acerqué a él para abrazarle y hacer las paces en su hora postrera, pero incluso entonces se negó a ello, hizo como que me besaba, pero me dijo entre ahogos. «No permita Dios que yo muera sin haberme vengado de ti». Esa es la sangre que llevo y ese es el ejemplo que tuve. Quería un guerrero, aquí tenéis un guerrero, pero soy también un buen trovador, y soy hermoso y atrevido como ellos. Ricardo sí y no. Ese soy yo —rugió Ricardo, dándose palmadas en el pecho.

—Me gustaría que fueras como Alejandro. Alejandro luchaba y conquistaba, pero también gobernaba, legislaba... organizaba. Pero para eso tendrías que refrenar tus pasiones.

—No me pongas a Alejandro como ejemplo, que también me parezco a él en cosas que te repugnan.

—Porque son contra natura y te impiden tener un heredero legítimo. Pero como conozco lo que necesitan tus reinos, me he tomado la molestia de buscarte la esposa que te conviene y que necesitamos, para que engendres y para que refrenes tus pasiones. Berenguela es una doncella inteligente, noble y hermosa, y no hay falsedad o engaño en ella. Una gran dama, en definitiva. Sabe quién eres y cómo eres. Estará dispuesta a todo. Fuérzala si no queda más remedio, pero haz lo que sea necesario para engendrar un hijo legítimo. Te conviene a ti como esposa y conviene a tu reino porque necesitas la alianza con el rey Sancho de Navarra para contener las ansias de venganza del conde de Tolosa, que ese no va a la cruzada y está esperando a que te embarques para asociarse con nuestros enemigos en Aquitania para robarnos nuestras posesiones. En Francia eres vasallo, aquí eres el señor. Casándote con Berenguela, pondrás un muro a tus perversos instintos, nos darás un heredero y salvarás tu honra, aunque solo sea en apariencia.

—¿Me pides que cuide de mi honra? —dijo Ricardo, hablándole muy de cerca—. ¿Cuidabas de tu marido cuando se fue con Rosamunda?

—Ella tenía lo que yo estaba perdiendo y ya no podía darle a tu padre: juventud, pasión, belleza y novedad. Lo mismo que Adela cuando se hizo mujer. Yo pensaba que tu padre lo hacía para vengarse de mí. Él tenía un reino pequeño, yo tenía unos dominios muy grandes. Él tenía la Corona de Inglaterra y muchos ducados en Francia, y por eso éramos ambos vasallos de su rey. Cuando empezaron las traiciones y se acabó el amor, solo nos quedaba el odio mutuo y la esperanza de conseguir el reino de Francia que queríamos para alguno de vosotros. La familia... el odio y la ambición, eso era lo único que nos unía. ¿Pero para qué quería él ensanchar el reino? ¿A quién se lo quería entregar vuestro padre? Ese ha sido su gran fracaso y será también el mío si no engendras un heredero antes de partir para la cruzada.

—Siempre me he preguntado, si tenías el reino de Francia, ¿por qué lo dejaste y te fuiste con mi padre?

—Porque el francés era como un fraile. Estaba destinado al convento, pero murió su hermano y le hicieron rey. Tenía un gran sentido del deber y se casó por obligación en contra de su voluntad. Pero luego se enamoró de mí... y solo tuvimos dos hijas. Tu padre tenía juventud y vigor y era apuesto y muy osado. Además, era el guerrero valiente que necesitaba a mi lado y me dejé arrastrar por la pasión y la conveniencia.

—Pues por eso yo soy como tú y como él a la vez. A mí también me gusta lo prohibido y yo tampoco tengo reglas que me sujeten.

Doña Leonor se quedó pensativa.

—Aquitania, y Normandía y Bretaña... —murmuró al fin— serán para el rey de Francia, el hijo de mi primer marido... Esto no puede ocurrir mientras viva. Esta boda con Berenguela me la debes. Por nada del mundo permitiré que Arturo sea rey si tú nos faltas. Y en la cruzada se mata y se muere. Cásate con Berenguela, que te ama y está dispuesta a darte un hijo, que es lo que necesita tu reino y quiere tu madre. O vuelves casado y con un hijo o no pongas el pie en Inglaterra.

Ricardo hizo un gesto de impotencia. Entonces Leonor sintió lástima y estuvo a punto de romper a llorar, porque conocía perfectamente el demonio que habitaba en él, pero como no estaba dispuesta a renunciar a sus pretensiones, dejó a un lado sus sentimientos.

—No sabes cómo te comprendo, hijo mío —replicó por fin—. Yo he sido madre muchas veces y para que vosotros nacierais tuve que sufrir, tuve que gritar, tuve que sangrar y he tenido que arriesgar mi vida en muchas ocasiones, tantas como tú has arriesgado la tuya asaltando fortalezas, y aquí me tienes, cerca de los setenta años, después de estar quince en la prisión donde me retuvo tu padre. Creo que tenía mucho miedo la primera vez y también las siguientes, sobre todo cuando nació Juan, que yo ya tenía los huesos muy duros y el maldito se resistía. Todo por tener un heredero. Así que, hijo mío... esta vez tendrás que ser Ricardo sí. Si tienes miedo, te lo aguantas; si te da asco, te fastidias; si te da vergüenza, disimula y si te acobardas, saca pecho. No te pido que disfrutes, solo te pido que engendres un heredero y eso se puede hacer de muchas maneras. Antes podías fallar porque el rey era tu padre. No haberle matado a disgustos. Ahora tú eres el rey y no puedes decepcionarnos —le dijo, cogiéndole de la mano y mirándole fijamente a los ojos—. Esta vez te tienes que casar porque ya no nos vale un bastardo. Si tienes que engendrar un hijo, hazlo al asalto, como cuando atacas una fortaleza. Y no temas, que la cruz que has tomado y vas a defender te dará las fuerzas que necesites para el combate.

* * *

Aquel mismo día, doña Leonor de Aquitania escribió una carta a su hija para desahogarse. En ella le relataba los últimos avatares de su familia haciendo hincapié en su intención de casar a Ricardo con Berenguela, de Navarra, costara lo que costara. Nada más leer la misiva, hizo partícipe de su contenido al rey, que estaba radiante de felicidad porque, al contrario que Ricardo, ya tenía un heredero para sucederle en el reino de Castilla.

—Me imagino la preocupación de mi madre viendo reinar a Ricardo sin una reina a su lado y partiendo para la cruzada con los riesgos que esto conlleva.

—Tiene mérito lo de tu madre intentando convencer a Ricardo de que engendre un heredero, como si eso fuera tan fácil y estuviera al alcance de la mano —replicó Alfonso—. A tu hermano le gustan la guerra, la fiesta y la trova. En eso último no se parece nada a tu padre, al que supongo que no hacían ninguna gracia las aficiones de su hijo. Me pregunto si tu madre ha pensado montar todo este enredo así, de repente, o lo venía preparando desde hace tiempo.

—Antes no podía hacer nada porque mi padre la tenía prisionera. Sabes que mi madre estuvo en la cruzada anterior y conoce por experiencia lo difícil de la empresa y los riesgos de perder la vida en ella. Berenguela tendría que partir a la cruzada con mi hermano, cohabitar con él y engendrar un hijo por el camino.

—Se ve que a tu madre carácter no le falta, pero sabes que es más fácil que Ricardo conquiste el corazón de Jerusalén que una mujer conquiste el corazón de Ricardo —comentó Alfonso no sin ironía.

—Para tener un hijo no hace falta conquistar el corazón de un hombre.

—Ella tendría que ponerlo casi todo de su parte, contando con que Ricardo colabore.

—Eso es cosa de tu prima. —En aquella conversación, en apariencia ajena a ellos, sobrevolaban todos los malentendidos, todos los agravios.

—Pero tiene que saber dónde se mete la pobre, aunque ya va teniendo edad para casarse, que tú a su edad ya llevabas quince años de reina conmigo. Desposadla con tu hermano, pero no le pidáis milagros a la muchacha, y que sea lo que Dios quiera, pero dejemos de darle vueltas al asunto, que esta conversación puede durar hasta mañana y mañana es Navidad.

—No te duermas todavía, Alfonso, que no hemos hablado de nuestra Berenguela. Te habrás dado cuenta de que no ha recibido nada bien el nacimiento de su hermano. Aunque se resistía a confesarlo, a mí me lo ha dicho expresamente

—Es natural. No debe extrañarnos que se haya sentido destronada. Ya se da cuenta de las cosas. Además, tiene mucho amor propio y mucho carácter. Estaba preparándose con mucho empeño para asumir sus obligaciones de reina cuando llegara su hora, pero la visita de Conrado a Castilla ha agrandado su frustración, y como no termina de marcharse...

—No le dejará su padre porque querrá que le enviemos los cuarenta mil maravedíes de la dote.

—Que se vaya despidiendo de ellos —replicó Alfonso enfadado—, porque el nacimiento de Fernando ha convertido en papel mojado el tratado que firmamos con el emperador y esto le ha dejado a Conrado definitivamente *kaputt*. Estará pensando en regresar a Alemania en cuanto le dejen.

—Menudo alivio para nuestra hija. No se merecía cargar con semejante mastuerzo. Ni el mismísimo don Diego López de Haro ha conseguido algo de él. Ni blande la espada ni maneja la lanza. Ni a pie ni a caballo. Si le mandan a un combate, no le arriendo las ganancias por mucho que le protejan. ¡Qué error comete su padre! ¡Pudiendo nombrarlo arzobispo, piensa hacerle archiduque!

—Tenemos que deshacer cuanto antes el acuerdo con el emperador y mandarle a su hijo de vuelta a Alemania.

—No tengas preocupación. La Iglesia ata y desata. Berenguela no ha prestado el consentimiento, no han consumado el matrimonio y además hay cierto grado de consanguinidad. En cuanto Conrado se marche a la cruzada con su padre se deshace el contrato. —Alfonso lo tenía todo perfectamente planeado.

—No esperes tanto. ¡Empújale un poco para que se vaya! —insistió Leonor—. Dile a las claras que se olvide de los maravedíes y del reino de Castilla porque ha nacido Fernando. Por cierto —añadió—, a tu primo el de León tampoco le habrá hecho ninguna gracia ese suceso, porque creo que todavía soñaba con heredar la Corona de Castilla.

* * *

Alfonso de León, en cuanto tuvo ocasión, expulsó de su reino a los nobles castellanos Diego y García López de Haro y a la reina viuda doña Urraca, que retornaron a sus dominios en La Rioja, no sin antes reclamar para ella los castillos que le correspondían por la dote.

El nacimiento del heredero de la Corona de Castilla había trastocado todos sus planes y fue la gota que colmó el vaso de su cólera. Había visto con toda claridad que una futura boda con Urraca no tenía ya ningún sentido, pero como no sabía cómo deshacer el enredo, tan pronto como se hizo de día, se apartó de la mujer que le entretenía y salió en busca de su madre para consultar su parecer.

—Haz lo mismo que hizo tu padre, busca por el lado de Portugal lo que no has encontrado por el lado de Castilla. Devuélveles a Urraca cuanto antes. Motivos tiene la Iglesia para deshacer el acuerdo. Hay consanguinidad y no hay consentimiento. A los castellanos les darás una alegría y tú te quitarás un problema de encima.

—Será una afrenta para mi primo.

—No creo que se aflija mucho por perderte como yerno, ahora que tiene el heredero que tanto ha esperado. No le cogerá por sorpresa que lo hagas, así que obra en consecuencia porque no encontrarás otro momento mejor para devolverle a su hija. Una vez que te has hecho con las riendas del reino de León, no debes temer nada de su parte.

—Me pierde como yerno, pero me gana como enemigo porque tengo que recuperar los castillos que me robó. No se los reclamaría si me hubiera ofrecido a Berenguela.

—Olvídate de la castellana y pon los ojos en tu prima Teresa. No olvides, hijo mío, que Portugal y León unidos pueden ser un reino formidable, que es lo que quería conseguir tu padre.

—Me han dicho que ella quiere ingresar en un convento.

—Tiempo tendrá de profesar, y todavía estás a tiempo de impedírselo. Ten por seguro que hará lo que diga su padre. La vida es un ir y venir. No tienes más que mirarme a mí. Fui reina, después monja y ahora otra vez reina, pero solo hasta que te cases y vuelva a ser monja. —Doña Urraca se dio cuenta de que su hijo tenía ojeras y bostezaba mientras ella le aleccionaba, así que guardó silencio durante un buen rato, pero al ver que se quedaba dormido, le dijo—: El descuido que muestran las vestiduras que traes y la fatiga que manifiesta tu rostro descompuesto te delatan y me dan que pensar. Mucho me temo que la falta de sueño que acarreas, más que de preocupaciones por tu reino, sean fruto de devaneos y aventuras juveniles que a nada conducen y mucho perjudican, ¡hijo mío! —exclamó doña Urraca de Portugal, que se puso de pie para dar solemnidad a su parlamento—. Nunca olvides que un rey debe comportarse en todo momento con decencia y rectitud porque es el espejo en el que se miran sus súbditos. El soberano está siempre en la picota y sus correrías y devaneos están al día siguiente en la boca de las gentes. Los bastardos enredan la sucesión de los reyes y son fuente de disputas dinásticas, sobre todo si son los primogénitos. Se pierde la honra en un día, pero la autoridad desaparece para siempre. Si quieres aplacar el fuego de tu carne, toma a tu prima Teresa en matrimonio cuanto antes. No porque lo diga yo, sino porque debes seguir el consejo de San Pablo: «Es mejor que te cases a que te abrases».

—No me vengas con sermones a estas horas, madre, que el oficio de rey tiene muchos sinsabores y muchas servidumbres. La juventud es tiempo de goces y placeres que no están al alcance de todas las edades. Déjame que recoja las rosas de la vida, que ya he visto lo pronto que llegan las espinas. He comprobado con mis propios ojos que a mi padre le llegó de repente el tiempo de penar y de sufrir, sin apenas enterarse de que había llegado su última hora.

—Acaso no tienes ojos en la cara o es de piedra tu corazón. ¿Es que no ves que el hambre se pasea a sus anchas por veredas y caminos del reino de León reclamando una limosna? ¿O no escuchas el lamento de las madres resecas como la tierra que se agrieta porque no tienen leche y no pueden amamantar con su pecho a los hijos que acaban de nacer? ¿Es que se puede yacer tranquilamente con una meretriz mientras los pobres se amontonan a la intemperie a la puerta de los conventos?

—¿Crees que privarme del solaz propio de mi juventud provocará la lluvia antes y mejor que las rogativas que salen a diario de todas las parroquias de mi reino?

—Hijo mío, ¡a Dios rogando y con el mazo dando! Ya que no tienes corazón, aclara el juicio y coloca en su sitio tu cabeza y la corona. A los reyes se les mide en las adversidades y se les pesa en el amor a su pueblo. Para eso les ha dado Dios esa sagrada responsabilidad. Haz como Jesús junto al mar de Tiberíades y reparte lo que sobra en la mesa de los ricos para que llegue a la boca de los hijos de los menesterosos. No te quedes de brazos cruzados, indiferente ante los sufrimientos del pueblo, que estas cosas no las olvida. Busca un hombre en tu reino para que vaya a Córdoba o a Sevilla al igual que hizo José cuando marchó a Egipto a buscar los víveres que escaseaban en Galilea.

—¿Dónde hallaré en mi reino un varón semejante para hacerle mayordomo mío?

—Pertenece a tu familia y le conoces bien desde que eras niño. Se trata de tu primo Pedro Fernández de Castro, que llaman el Castellano, el hijo de tu tía Estefanía la Desdichada, que murió a manos de Fernán de Castro, que también fue mayordomo de tu padre. Tiene dineros para prestarte y voluntad de ayudarte. Aunque todavía está al servicio del rey de Castilla, acudirá de buena gana a tu lado en cuanto reciba una llamada. Estoy segura de que hará todo lo que esté en su mano para favorecerte con tal de perjudicar al rey de Castilla.

—Te seré sincero, madre. Se hará tu voluntad en lo que sea necesario para atender a mi prima Teresa y a los menesterosos a cambio de que yo pueda satisfacer mis apremios y necesidades del modo que considere más oportuno.

CAPÍTULO 14

Burgos. 1190

Cuando el rey de León devolvió a la pequeña Urraca al reino de Castilla, en Las Huelgas Reales de Burgos se vivió un momento de gran alegría y muchas celebraciones. Desde que se incorporó a la familia fue muy bien recibida por Blanca, que no se separaba de ella. Berenguela, que ya tenía diez años, no le hizo mucho caso porque se afanaba en montar a caballo y se aprovechaba de su fortaleza para adiestrarse en las armas como los hijos de los nobles. Se notaba que había renacido porque habían declarado nulo su compromiso con Conrado, que se había vuelto a su tierra, presumiendo de que marchaba con su padre y su hermano Federico a la cruzada, a sabiendas de que no era cierto. El heredero del reino acaparaba toda la atención de Leonor, más tranquila desde el regreso de Urraca. A partir del nacimiento de Fernando, se quitó una losa que llevaba encima desde que murió el primogénito Sancho y también la punzada que le había dejado en el corazón la deserción del maestro Ricardo. Poco a poco se difuminaba su recuerdo, porque no había dado señales de vida desde que regresó a Inglaterra y ya casi nunca la visitaba en sueños para deleitarla.

Las obras de Las Huelgas marchaban lentamente por culpa de la hambruna y le daba mucha pereza buscar otro arquitecto que continuara los trabajos. Un día que se encontraba descansando tranquilamente en su aposento meciendo la cuna de Fernando le dio un vuelco al corazón cuando las campanas empezaron a tocar «¡Tolón, tolón, no nos dejes caer en la tentación! ¡Tolón, tolón, no nos dejes caer en la tentación!». Enseguida se oyeron grititos en la huerta.

—¡Aleluya! ¡Aleluya!

Al poco se presentó la madre abadesa.

—¡Alegraos, majestad —anunció alborozada—, que el maestro Ricardo está otra vez entre nosotros! Ha llegado con un grupo de peregrinos con intención de quedarse. Es un regalo que Dios nos envía para que continúen las obras de nuestro monasterio.

«Es una prueba que Dios me envía para ver cuánto tiempo resiste el muro que protege mi honra y mi fidelidad. Y me la manda precisamente ahora, que me había hecho a la idea de que la tentación se había alejado de mí para siempre», pensó doña Leonor aturdida.

—Decidle que es bienvenido, que me alegro mucho de su llegada, y le recibiré en cuanto me sea posible.

Con la tentación volvieron las ilusiones y los miedos. Los suspiros y los latidos del corazón y detrás de ellos los sueños turbadores. Y todo llegó de repente llenando de humo la ordenada cabeza de Leonor que sostenía con energía las riendas de los vehementes caballos de los Plantagenet para que no se desbocaran.

No le recibió hasta el día siguiente por la tarde y no lo hizo en sus aposentos, sino en el locutorio monástico, acompañada de la madre abadesa y de toda la comunidad de religiosas cistercienses. Parecía que la historia de la primera llegada de Ricardo se repetía, pero esta vez sin equívocos y sin huerta ni pajaritos cantando de por medio.

Mientras el arquitecto esperaba que se descorriera la cortina que había detrás de la reja, durante una corta espera que se le hizo larguísima en aquel locutorio que conocía de memoria porque había estado allí muchas veces, su vista resbalaba de la sencilla mesa de madera de castaño a la reja que cerraba el espacio de la clausura, y de la reja al sitial vacío que hacía pareja con el que ocupaba, pero le sorprendió que junto a la imagen de la Virgen con el Niño que presidía la sala, habían colocado otra de Santiago peregrino que no paraba de sonreírle.

Aunque estaba muy nervioso, se tranquilizó cuando escuchó cuchicheos y risitas al otro lado de la reja. Y mucho más cuando, al descorrerse la cortina que separaba los dos mundos, observó que tanto la madre abadesa como el resto de las religiosas le sonreían con tanta complacencia que solo les faltaba aplaudirle. A no ser por una seriedad imperturbable y una sencilla corona, que había colocado sobre su toca, tan blanca como su capa y su hábito talar recogido en la cintura por un cíngulo morado, habría sido difícil distinguir a primera vista a doña Leonor del resto de las monjas.

—Bienvenido, maestro Ricardo. Esta comunidad y yo misma nos congratulamos de que, después de una espera que a todos se nos ha hecho interminable, hayáis regresado de nuevo a esta casa sano y salvo. Esperamos que vuestro peregrinaje haya sido fecundo y que todas las maravillas que habéis visitado por las tierras de Francia e Inglaterra sean superadas por las invenciones que habéis planeado durante este tiempo de asueto para nuestro monasterio. Los obreros y las piedras también se alegrarán de vuestro retorno cuando os vean y de nuevo cantarán de alegría los cinceles y los punteros y se levantarán las cimbras del suelo. Sabed que esperamos de vos la rápida coronación de los muros de la iglesia con los arcos y las bóvedas más airosas y elegantes que nunca se hayan visto por estos reinos. Y ahora decidnos, si os place, ¿por cuánto tiempo pensáis permanecer esta vez entre nosotros?

Ricardo se dio cuenta de que su deserción había herido profundamente el orgullo de la reina, su seriedad no era fingida, y de que se habían acabado los juegos de palabras, las frases de doble sentido y la dulce complicidad quizás para siempre. Como era hombre de mundo y de muchos recursos, respondió a la bienvenida de la reina con los brazos caídos, ademán humilde y una voz tan baja que obligaba a sus interlocutoras a prestar mucha atención y aguzar el oído si no querían perderse lo que decía:

—¡Majestad, madre abadesa, hermanas! Cuando, para celebrar mi regreso, he escuchado el tañido de vuestras campanas y después he visto las sonrisas de alegría que había en vuestros semblantes, he podido comprobar que hay más alegría en el reino de los cielos por un pecador que se arrepiente que por noventa y nueve justos que hacen penitencia. Hace poco más de un año dejé vuestro monasterio, añorante de mi tierra y de mi familia, sin saber si era por un tiempo o para siempre. La quietud y el silencio de vuestros espacios eleva a los santos y abruma a los necios. Yo era uno de estos porque volví a mi tierra buscando fuertes emociones y grandes novedades. Pero pronto me desengañé y me sentí como un extranjero en mi propia casa, y añorando el calor de vuestros afectos, llamado por vuestras oraciones y confiando en vuestra compasión, al igual que hizo el hijo pródigo de los Santos Evangelios vuelvo a la casa del padre como el más humilde de los canteros con la intención de quedarme para siempre.

Las monjas estaban conmovidas, pero Leonor, que veía que las canas plateaban sus sienes y algunas arrugas surcaban su frente, se dio cuenta de que aquel alambicado discurso de Ricardo, más propio de un fraile que de un arquitecto, ocultaba los motivos, quizás inconfesables, que le habían empujado a volver al monasterio de Las Huelgas sin previo aviso.

—Estáis aquí, maestro Ricardo, porque esta es la voluntad de Dios que ha decidido traeros de nuevo —intervino la madre abadesa—. Pero no os envía como un humilde cantero porque, como bien sabéis, no se puede ocultar una ciudad en lo alto de un monte ni se enciende una candela para esconderla debajo de un celemín. Os ha enviado para que todo el talento que os ha dado os ayude a terminar este monasterio, que es empeño personal y la mayor ilusión de la vida de nuestra reina y en vuestra mano está no volver a defraudarla —concluyó.

Media hora más tarde, Leonor recibió a Ricardo en sus aposentos.

—Os diré, para seros sincera, que ya no os esperaba y me había resignado a contratar otro arquitecto, a sabiendas de que no encontraría ninguno con el talento que Dios os ha dado. No voy a preguntar a vuestro corazón la causa de vuestra partida, pero quiero escuchar de vuestra boca el motivo de vuestro regreso y para que nuestra relación sea franca, espero que vuestra respuesta sea más sincera que vuestro discurso del locutorio.

Ricardo no lo dudó y su respuesta dejó estupefacta a la reina.

—He venido a acogerme a sagrado porque he matado al marido de mi amante en Salisbury.

A Leonor, que había matado a la amante de su marido, no le gustó oír que Ricardo había vuelto disfrazado de peregrino a su monasterio huyendo de la justicia y no para encontrarse de nuevo con ella, como supuso en un principio. Entonces, ¿para quién era la trova que dejó en su carpeta al marchar y que tantas veces había leído y releído?: «Osasteis enamorarme y gustarme más que cosa alguna y vuestros hermosos ojos y el dulce semblante que mostráis me hacen desearos y quereros tanto...».

—¿Puedo saber por qué lo hicisteis?

—Porque no podía soportar que se acostara con ella y porque la maltrataba... Pero no es eso lo peor, majestad.

—¿Es que hay algo peor?

—Habíamos bebido mucho y nos peleamos, pero él era mi hermano y me albergaba en su casa.

Doña Leonor, que no podía dar crédito a lo que estaba escuchando, se quedó en silencio porque no sabía qué decir. Finalmente, tras unos instantes, consiguió dominar el torbellino de su corazón.

—Cuando escuchaba vuestra plática en el locutorio, pensaba que estaba escuchando al Ricardo juglar tratando de embaucar a las hermanas y de engañar a la reina —reflexionó en voz alta—. Confieso que estaba equivocada porque ahora veo que venís a nosotros entre los peregrinos como un hijo pródigo. Pues bien, Ricardo, ya que estáis en el Camino de Santiago, seguid hasta Compostela, que os hará mucho bien postraros a los pies del apóstol, para que os conceda el perdón de vuestro crimen y os otorgue la paz del espíritu que necesitáis para continuar las obras de nuestro monasterio. Que si sus muros os han estado esperando durante un año, bien podrán aguardaros unas semanas.

—Así lo haré, si esa es vuestra voluntad.

—No es mi voluntad, es mi consejo, porque así me daréis tiempo para reflexionar. Comprenderéis que, después de vuestro viaje de ida y vuelta, tengo que meditar con calma las cláusulas de vuestro nuevo contrato para que las obras no sufran de ahora en adelante y porque tengo que estar segura de que vuestra conducta concuerda con vuestra misión, que no es otra que construir en la tierra la casa del Señor.

—¡Majestad! Bien sabéis vos que Dios escribe derecho con renglones torcidos. Yo soy un renglón torcido que quiere enderezar su escritura, pero para ello necesito de vuestra ayuda. Dadme el trabajo que necesito y yo os haré el monasterio de vuestros sueños.

«No me habléis de sueños que agitan mi conciencia, excitan mi deseo y resucitan mis escrúpulos», pensó la reina.

—Si queréis enderezar la escritura —dijo—, no perdáis más tiempo y caminad derecho a Compostela.

* * *

En el verano de 1190, la familia de Alfonso VIII se había refugiado bajo un enramado levantado en la huerta del monasterio de Las Huelgas de Burgos para protegerse de una ola de calor. El agua corría por las acequias y los reyes estaban embobados con el desparpajo con que el pequeño Fernando alborotaba a los gorriones en la huerta conventual.

Hacía un rato que el rey, en presencia de la reina y de los obispos y nobles de la corte, había hecho donación de cien almudes anuales de la sal de su pozo al monasterio de San Andrés de Arroyo y al finalizar el acto invitaron a merendar con ellos a la condesa doña Mencía, viuda de don Álvaro Pérez de Lara y abadesa fundadora del monasterio de San Andrés de Arroyo, que estaba contentísima, y a doña María Gutiérrez, que había sido nombrada nueva abadesa en sustitución de doña Misol. La reina estaba de nuevo embarazada. El rey, que estaba de muy buen humor, se dirigió a doña Mencía.

—¿A qué se debe tanta felicidad, condesa, a los cien almudes de sal de nuestro pozo del Rosío que acabo de concederos a perpetuidad para vuestro monasterio o al buen discurrir de las obras de este?

—A ambas cosas, majestad, pero sobre todo a vuestra generosidad y la de vuestra esposa, porque si una bendición es disponer de toda la sal que pueda necesitar nuestra comunidad y aún queda suficiente para los operarios, mayor regalo es todavía contar con un maestro de tanto talento y habilidad como este Ricardo que habéis tenido a bien compartir con nuestra humilde comunidad.

—Pero las obras ¿avanzan o retroceden? Porque muchas veces los arquitectos ordenan deshacer lo que con esfuerzo han levantado sus operarios y las obras se eternizan en un continuo tejer y destejer.

—Este no es nuestro caso, gracias a Dios y a que Fructuoso regresó de Compostela y realizó la bóveda que dejó dibujada el maestro inglés. Tenían que haber visto sus majestades el milagro que se produjo en nuestra sala capitular en el momento en que se quitaron los puntales que sujetaban las cimbras. Es tan grande y espaciosa que no hay conocimiento de que haya ninguna semejante en toda Castilla y puede que no la haya en mucho tiempo. Y no tiene columnas que estorben de por medio. Todo es claridad y transparencia. Si admirable es el garbo y el adorno de los ventanales que dan a la huerta, más placer da ver la ligereza y la elegancia de los arcos que sujetan las bóvedas en una clave que ni pesa ni se fatiga. Las hermanas todavía no se atrevían a transitar por debajo y levantan sus plegarias a Dios Todopoderoso, que permite tales hazañas a los hombres. ¡Y qué decir de los capiteles de los arcos de la entrada, vegetales y enterizos que no desmerecen de los del claustro! Tan airosos y espirituales son que parecen salidos de manos de un ángel.

—Condesa, a fe mía que os merecéis eso y más. Nunca olvidaré que vuestro esposo y sus hermanos Manrique y Nuño me prestaron grandes servicios durante los años difíciles de mi minoridad.

—Dejémonos de historias pasadas y contadnos qué noticias hay de la cruzada, porque suponemos que sus majestades estarán bien informados —pidió doña Mencía, ruborizada por el afecto y las atenciones del rey—. Nosotras rezamos a diario y hacemos penitencia y ayunos frecuentes para que el Señor nos conceda la victoria y se recuperen los Santos Lugares para la cristiandad.

—En lo que depende del rey de Inglaterra, no va tan rápido como quisiera —se apresuró a responder Leonor—. Con los festejos de la coronación, la recaudación de tributos, el reclutamiento del ejército y la preparación de la flota, más los desmanes de esta en Lisboa, parece que todavía no han salido de Marsella. Espero que mi hermano Ricardo embarque un día de estos. Lo mismo estará haciendo Felipe Augusto de Francia, una vez que ha enterrado a su esposa la reina Isabel. Ya llevan mucho retraso con respecto al emperador Federico Barbarroja, que ha ido por tierra con un gran ejército. Sabemos que ha ganado importantes batallas y suponemos que ya debe de estar a las puertas de Jerusalén. No creo que espere la llegada de Ricardo y querrá reservar para él solo las mieles de la victoria.

Mientras la reina desgranaba estos detalles, un grupo de nobles y obispos invadía la huerta sin previo aviso llevando en volandas a un monje de los del Císter.

El rey se quedó pasmado por aquella intromisión tan alejada del protocolo regio, y la reina, que tenía a su lado a Berenguela, palideció.

—¡Ay, Jesús, que han matado a mi hermano Ricardo! —murmuró sin poderlo evitar. Esa era una de sus peores pesadillas.

—¿Ha ocurrido algo grave? ¿A qué se debe este alboroto? —preguntó el rey enojado mientras Berenguela se echaba a llorar desconsoladamente porque desde el momento en que su tío le regaló la espada y le cantó la trova en Tudela, le amaba casi tanto como a sus padres. Dado el protagonismo que tenía Ricardo en aquella empresa de la cristiandad, nada de lo que ocurría en la cruzada le era indiferente y almacenaba en su memoria todos los sucesos con el mismo celo y cuidado con que guardaba la espada de su tío en un arcón de su alcoba.

—Traigo una noticia terrible, majestades —anunció el monje jadeando. Después hizo una pausa que mantuvo a todo el mundo en vilo y exclamó mesándose los cabellos—:

El emperador ha muerto. Quería atravesar el río Saleph a caballo. Estaba excitado y sudoroso y muy nervioso. El caballo también estaba nervioso y relinchaba. Estaban muy lejos de Jerusalén. Era muy viejo y estaba demasiado gordo. El agua estaba muy fría. Había comido demasiado. De repente se hundió el caballo y desapareció el emperador. Le enterraron en Antioquía. Su ejército quedó diezmado por la peste. Muchos huyeron. Otros han muerto. Un verdadero desastre.

La corte quedó consternada por aquella funesta nueva. Berenguela se fue a la cama pensando en los peligros que correría el tío Ricardo cuando fuera a la cruzada. No le dolió ni mucho ni poco la muerte del emperador, porque en ella el sentido común era tan fuerte como el orgullo.

«Si estaba tan gordo y era tan viejo como dicen, ¿cómo se le ocurre al padre de Conrado meterse en las aguas frías de un río turbulento después de comer, aunque fuera montado a caballo? Seguro que tenía prisa por llegar a Jerusalén antes que mi tío».

Aquella misma noche Leonor tampoco podía conciliar el sueño porque, al igual que su hija, estaba muy preocupada por el ardor guerrero de su hermano Ricardo e inquieta y desasosegada por el regreso del maestro Ricardo. Una parte de su ser se alegraba porque la continuidad de las obras de su monasterio estaba garantizada; y otra parte estaba confusa porque la tentación había renacido y no estaba segura de ser capaz de vencerla. Ambas cosas le producían una agitación desacostumbrada.

Para distraerse se levantó en la cama, cubrió su cuerpo con una sencilla bata y fue hasta el aposento donde su marido trataba de conciliar el sueño.

—¿Qué haces que no estás dormida a estas horas? —preguntó Alfonso extrañado.

—Lo mismo que tú, darle vueltas a esta cabeza a la dichosa cruzada. Ya viste en Tarazona que mi hermano siempre quiere destacar y ser el primero en todo, es tan impetuoso que su vida estará permanentemente en peligro.

—A mí me da la impresión de que para tu hermano la vida es un juego y juega a jugarse la vida.

—Déjate de trabalenguas y dime si crees que los cruzados de Francia e Inglaterra tendrán todo el apoyo que el Altísimo ha negado al emperador de Alemania.

—La partida se pone muy difícil. El rey ahogado, el caballo hundido, los peones muertos por la peste y un gran ejército descabezado y en desbandada por la ausencia de Barbarroja y diezmado por la maldita peste que se ceba en los cruzados. La situación no puede ser peor para cuando lleguen allí los reyes de Inglaterra y de Francia, porque habiendo litigios entre ellos, y no es uno menor las componendas que se traen tu madre y él con mis primas, Adela y Berenguela, me temo mucho que esta cruzada puede ser un fracaso tan grande como el de la anterior en que anduvo metida tu madre.

—No me lo pongas tan negro que me dejas muy preocupada —protestó Leonor frunciendo el ceño, aunque en su fuero interno sabía que las razones de su esposo eran muy atinadas.

—Sabes que es muy difícil poner a los reyes de acuerdo, porque cada reino tiene sus razones y sus intereses y trasladan sus egoísmos a Tierra Santa.

—Pero las noticias que nos llegan indican que a Ricardo le siguen las multitudes con fervor.

—Las multitudes empezaron matando judíos el día de su coronación. Esto es otro mal comienzo. Demasiados se mataron en las anteriores cruzadas. —A la cabeza del rey vinieron todas las conversaciones que había mantenido con Ben Amusco—. Según los Padres de la Iglesia, la Biblia de San Jerónimo es un libro inspirado por el Dios de Israel. Según los Santos Evangelios, Dios se hizo hombre en el vientre de María, una mujer judía. El apóstol Santiago era judío. Jesús era judío y los judíos son hijos de Dios y los judíos son del rey porque Dios nos los ha entregado para que los protejamos. Esta es nuestra obligación. La suya es mantenerse recogidos en las juderías, prestarnos el dinero y pagar religiosamente los impuestos.

El rey se había ido acalorando de tal modo en la defensa de los judíos que no se dio cuenta de que su esposa, que estaba muy nerviosa, pesaba una por una sus palabras mientras se le removían los agravios y recuerdos de un pasado que trataba de olvidar.

—¿A qué viene esa encendida defensa de los judíos ahora que ya tenemos un heredero? —barbotó Leonor al fin—. Yo pensaba que aquella triste historia de la judía estaba acabada para siempre.

—Creo que me estás malinterpretando, mujer. Me refiero a los judíos en general y a ninguno en particular.

—Pues yo me refiero a una en particular y a ninguno en general —escupió Leonor rabiosa.

—Si quieres darme a entender que te refieres a Raquel, la hija de Nicodemo, estás muy equivocada. Hace años que murió envenenada —estalló el rey, con tal fiereza como si de aquel suceso no hubiera pasado ni un día, así le rebosaba el dolor que seguía manando de su corazón—. De mano de mi tío Raimundo que, después de muerto, se dio maña para hacerlo mediante otra persona y dejó escrito un aviso de Dios sacado de la Biblia precisamente. Y sospecho quién fue la otra persona —dijo el rey fuera de sí porque la mención de Leonor a sus amoríos con Raquel era como un remolino que había revuelto el cieno de sus entrañas, había nublado su mente y le había sacado de quicio.

El primer amor siempre deja un rescoldo que dura toda la vida. El asunto de la desaparición de Raquel era un volcán dormido, y por mucho que ambos hubieran sufrido y callado, escondía las cenizas de la amante del rey bajo la apariencia de normalidad. Explotó en el momento de tregua y felicidad por el nacimiento del heredero que tanto ansiaban, y llenó de lava y de mortíferos vapores la cama que compartían aquella noche.

Alfonso había sido siempre un hombre tranquilo y comedido pero, al mentarle su esposa a Raquel, perdió el aplomo y la serenidad que le habían caracterizado desde niño. Leonor estaba aturdida y atemorizada porque nunca le había visto tan tormentoso ni tan atormentado.

—¿Quieres saber quién mató a Raquel? —le gritó Alfonso—. Pues te lo voy a decir porque yo sí lo sé, y tú también lo sabes, porque me lo dijo antes de morir en mis brazos: «¡Ha sido ella, ella, ella...». Lo decía señalándome el pecho en el lado del corazón. Aunque sé quién es ella no quiero decir su nombre para no mancharlo con el rencor de mi boca porque es la madre mis hijos. De los que viven y de los que murieron.

Al recordarle los hijos muertos, Leonor estalló sin poder contenerse.

—¡Te tenía tan embrujado que no te dabas cuenta de que su nido envenenaba tu simiente! Murió Sancho y después Sancha. Yo sabía que era un castigo divino por tu pecado. El mismo castigo que ha golpeado a mi familia, sin tregua por culpa de mi padre: Dios estaba matando a nuestros hijos, como se los mataba al rey David por su adulterio con Betsabé. La maté porque tú no eras capaz de renunciar a ella. La maté por los que murieron por su culpa. La maté para que Urraca y Blanca nacieran limpias de pecado y protegidas de toda perturbación. La maté para que tuvieras un heredero al trono de Castilla. Y ahora que ya lo tienes porque yo la envenené, ¿llegas y me lo reprochas? —protestó Leonor con una furia idéntica a la que arrastraba a Alfonso—. Aunque bien pensado, no fui yo quien la envenenó, porque solo era un muñeco asustado manejado desde ultratumba por la gélida mano de tu tío Raimundo, que con la otra me entregó el pergamino mortífero y me llevó en volandas hasta la casa de Raquel para que se lo entregara.

—No tenías necesidad de matarla. Tenías que haberme contado tus sufrimientos y tus preocupaciones y yo habría sabido encontrar el modo de dejarla tarde o temprano. Aunque imaginaba que lo sabías... aquello... yo pensaba que no te afectaba tanto. —El rey había pasado de la ira a la desolación—. Tu madre acogía en la corte a todos los bastardos que traía tu padre, que no eran pocos. Todos los reyes tienen amantes y bastardos... —dijo disculpándose.

—Así terminaron mis padres, odiándose con todas sus fuerzas. Ese no es el ejemplo que yo quiero para mis hijos. Para que a ellos no les suceda lo mismo quiero educarlos en la virtud... pero para eso necesitan primero nacer y después sobrevivir, y mientras duró tu relación con la judía todos murieron —respondió con voz ronca y descargando su rabia.

Por fin se habían dicho lo que ambos ocultaban. Un terrible secreto mutuo silenciado bajo tierra porque ambos conocían y callaban. Leonor sabía que su culpa había sido limpiada por la clemencia infinita del apóstol, pero faltaba rellenar la zanja de silencio que los separaba y aquella imprevista y furiosa disputa con su marido había sido como un gran vómito después de una penosa indigestión. Al sincerarse y decirse lo que pensaban, se habían quitado un enorme peso de encima, lo que supuso un gran alivio para ambos.

Leonor recordaba con espanto las tremendas discusiones en las que chocaban violentamente dos caracteres tan extremos como los de sus padres. Lo único que conseguían con ellas era enconar aún más una relación ya difícil de por sí. Lo que siempre le había gustado de Alfonso era el equilibrio y la suavidad de su carácter, aunque a veces le molestaba que le diera la razón para no discutir. Sabía que lo que se calla se encona como las heridas que se cierran en falso, y lo que se dice se ventila y se seca como la ropa que se tiende al sol. También sabía que haciendo el amor y con humor los conflictos y malentendidos se deshacen como las olas de una tempestad cuando se esparcen en las arenas de una playa interminable. Como ella misma era una playa profunda, respiró hondo y procuró que amainara el ímpetu de su oleaje.

—Excúsame, esposo mío. No quería agraviarte ni hacerte sufrir. Aquello ya no tiene remedio. El pasado está muerto, pero nosotros no lo estamos y no debemos permitir que las tragedias del pasado se entrometan de nuevo en nuestras vidas, que bastantes preocupaciones tenemos con la cruzada y con criar al heredero que Dios nos ha dado y casar bien a nuestras hijas. Por el desgraciado ejemplo de mis padres, he aprendido que los conflictos entre los esposos solo sirven para el quebranto del reino, el sufrimiento de los súbditos y las querellas entre los hijos.

»Fíjate hasta qué punto es cierto lo que te digo que, desde que empezamos a disputar, se ha alborotado este hijo nuestro que llevo en mis entrañas y no para de revolverse y darme patadas. ¡Toca, toca, y comprobarás como se revuelve inquieto! —dijo Leonor tomando suavemente la mano de su marido y depositándola en su abultado vientre—. Deja tu mano quieta y percibe los latidos de su corazón. Ya verás cómo después de sentir un ratito la cercanía de su padre se apacigua y se tranquiliza.

Alfonso dejó de inmediato de pensar en Raquel y centró toda su atención en el bulto que hacía la rodilla o el codo del nonato que se desplazaba en todas las direcciones y unas veces estaba más arriba del ombligo y otras se hallaba más abajo. Sin apenas darse cuenta se encontró acariciando el vientre de la madre que complacida le dejaba hacer, aproximarse y llegar hasta las plumas del nido que era donde ella quería que llegara, para que un vez allí traspasara el umbral de la puerta y se acercara todo lo posible hasta el niño y deshiciera entre dulzuras aquella inoportuna tormenta que amenazaba con estrellarles contra las rocas.

Capítulo 15

Burgos. Plasencia. Roma. 1191

Cuando el maestro Ricardo regresó de Compostela, purificado por la penitencia, era evidente el embarazo de Leonor porque ya le faltaba poco para alumbrar una nueva vida; su situación era también embarazosa, porque no sabía dónde colocar al arquitecto en su vida.

Perdonado su crimen por el apóstol, las arrugas que la culpa había colocado en la frente del arquitecto salieron volando por los aires como el botafumeiro. Las canas de sus sufrimientos se habían escondido entre los rizos de su recortada cabellera, y el sol de los Campos Góticos había esmaltado de bronce su cara con la gracia de Dios. Era tal su hermosura cuando se presentó de nuevo, que la reina Leonor creyó que el mismísimo profeta Daniel había venido desde el pórtico de la Gloria hasta su aposento de Las Huelgas de Burgos para iluminarla con su sonrisa.

Leonor intentaba guardar las distancias y mantenerse seria, pero sus menguadas fuerzas no se lo permitieron y su franca sonrisa cómplice, el fulgor de sus hermosos ojos, la frescura de su color y el dulce semblante placentero que mostraba la delataron.

En un instante se desmoronó la tapia de la huerta que cayó con estrépito sin que nadie lo advirtiera. El contrato que había preparado minuciosamente se convirtió en papel mojado y las cláusulas que enumeraban una por una las obligaciones del arquitecto se borraron de su vista, quedando solo la última, que decía textualmente: «El arquitecto se compromete, por encima de cualquier otra consideración, a estar siempre al servicio de la reina y atender sus deseos».

Ricardo ni siquiera le echó una ojeada y firmó el documento en un instante.

—Compruebo con satisfacción que esta vez habéis venido con la intención de quedaros para siempre —dijo la reina, mirándole directamente a los ojos y dejando el documento olvidado en una silla.

—Al igual que la vez anterior, he venido solo para atender los deseos de doña Leonor.

—Espero que en esta ocasión atendáis mis deseos de mejor modo que la otra vez, que os fuisteis dejándome muy contrariada.

—Si vuestros deseos son saberme siempre a vuestro servicio, estaré para siempre a vuestro lado. Y si vuestros deseos son que deje vuestro servicio para siempre, me ausentaré para siempre de mi soberana.

—Paréceme que me he perdido. ¿Podríais repetirme varias veces el trabalenguas para que nunca se os olvide lo que habéis firmado con la pluma y afirmado con la boca?

Ricardo lo repitió todas las veces que ella se lo pidió en castigo por su deserción.

En la cabeza de Leonor resonaba como una campana la palabra siempre, siempre, siempre. Y no necesitaron decirse más aquella mañana. Por la noche volvieron los sueños turbadores y concupiscentes, que no eran pecaminosos porque cuando se está dormido queda en suspenso la voluntad.

En ellos estaba cuando las campanas de los maitines le despertaron alertándole del peligro: «¡Tolón, tolón! ¡No nos dejes caer en la tentación! ¡Talán, talán, mas líbranos de todo mal!». Así una y otra vez hasta que terminaron volteando muy rápido: «¡Amén, amén!». «Amén, amén». «Amén, amén».

«Si no reconstruyo la tapia de inmediato, estoy perdida para siempre, para siempre, para siempre...», se dijo Leonor, que hizo el firme propósito de mostrarse contenida con Ricardo para entregarse en cuerpo y alma a su marido. Por ello saltó de la cama, se lavó con agua fría, guardó su cabeza con la toca, se colocó el hábito blanco, se apretó con fuerza el cíngulo morado, calzó las sandalias y salió hacia la iglesia a cantar los maitines como una más de las hermanas.

No había despuntado el sol todavía, pero al alba, con viento fresco del levante, el maestro Ricardo ya estaba de vuelta en su taller para repasar los planos y fue el primero en entrar en la obra. A la vista de la actitud de Leonor se las prometía muy felices, porque todavía no era consciente de que estaba atado y bien atado a los deseos de la reina en cuerpo y alma.

* * *

Cuando pasados unos meses la futura nodriza de Mafalda avisó de que la reina se había puesto de parto, Berenguela, que ya tenía once años, quiso acompañar a su madre para conocer cómo era aquel trance lleno de peligros. La acompañaba Ben Amusco y, aunque estuvo a punto de sufrir un desmayo, apretó los dientes, se secó el sudor y no se perdió ninguno de los pormenores a pesar de que las lágrimas corrían por las mejillas.

Viendo sufrir a su madre, mientras contemplaba aquella mezcla de sangre, sudor, lágrimas y gritos de alegría y de dolor, pensó en lo mucho que cuesta nacer y lo fácil que resulta morir, porque le parecía imposible que aquella niña que gemía como un gatito sobreviviera.

Ben Amusco sostenía que para un buen parto era imprescindible dejar que obrara la naturaleza, que la parturienta debía tratar de olvidarse de sus dolores y confiar en el médico o en la comadrona, permaneciendo tranquila siempre que fuera posible.

—El parto es el vértice de la vida. Sufre la madre y sufre la criatura. Acaso más de lo que imaginamos. Mi experiencia me dice que de un parto prolongado y azaroso nace un niño apocado y temeroso. Pero una vez que sigue vivo, hay que cuidar mucho la lactancia porque muchos nacidos se malogran durante esa etapa —pontificó el médico.

A Berenguela le interesaba saber cómo sacar adelante a aquellas criaturas tan frágiles e indefensas.

—He visto muchas veces salir a los polluelos del cascarón y echar a correr enseguida. ¿Por qué los recién nacidos son tan inútiles y tan poca cosa?

—Les pasa como a los gatos, aunque estos espabilan enseguida, pero cuando nacemos estamos todavía muy crudos y tenemos que esperar bastante tiempo para madurar. Para eso es imprescindible que la criatura se ponga a mamar enseguida.

—Debe de ser muy placentero amamantar a un recién nacido para una madre y a mí me gustaría hacerlo cuando lo sea —dijo Berenguela.

—Para atender vuestras obligaciones de reina, tendréis que absteneros mal que os pese. El alimento debe ser el que proporciona la naturaleza. El pecho no atiende a razones de estado y como la reina por sus obligaciones no puede amamantar de continuo a su hijo, se le retira la leche, sufre la madre y lo lamenta la criatura, que, acostumbrada a unas maneras y a unos sabores determinados, no se hace con el pezón de la sustituta y aborrece a esta, con gran quebranto para su salud y mucho peligro para su vida.

—Entonces el ama de cría es más importante que la madre verdadera.

—No os quepa ninguna duda de que sí lo es en los primeros meses de la vida, por eso es imprescindible una buena elección. Sobre todo hay que cuidar de que el ama de cría no sea seca y sañuda, antes al contrario debe ser joven, alegre y de buena salud. Y tan importante es que tenga buena leche y buenos humores como que no le asuste con sus gritos o regañinas. Que valen más canciones que coscorrones. No consintáis en ningún modo que pegue o maltrate a vuestro hijo. Por donde se les lleva en la niñez caminarán toda la vida. Que si aprenden en la crueldad, serán crueles para siempre.

—Me placen vuestras enseñanzas porque explicáis de modo sencillo las razones de nuestras costumbres. —Berenguela estaba tan fascinada por aquel tema como por la forma de exponerlo del médico—. Supongo que para tener mucha leche el ama ha de comer en abundancia.

—Cuidad que la mujer que amamante a vuestro hijo sea comedida en el comer, haga ejercicio y se abstenga de tener relaciones.

—Ella dirá que me entrometo en lo que es propio de la naturaleza.

—Debéis hacerlo manteniendo a los varones apartados del ama de cría, mal que le pese a ella, porque el coito excita la sangre menstrual, agita los pechos y se altera el color de la leche.

—¿Podríais decirme cuánto deben mamar los niños y cada cuánto tiempo?

—Hasta que el niño se sacie y necesite eructar. Con una razonable regularidad para que siga ordenadamente el discurrir del día y de la noche. Y sostenerle mamando hasta que eche a andar. Pero cuidad siempre de que, en ninguna ocasión, lo bañen con el estómago lleno, y jamás, jamás con agua fría. El baño se les debe dar después de que hayan dormido largo rato, siempre con agua tibia y en un ambiente templado para que no sientan escalofríos.

—¿De dónde habéis sacado tanta sabiduría, señor Ben Amusco?

—De la experiencia de muchos años, de observar el principio de las cosas y las consecuencias de los hechos y de las enseñanzas de mi maestro Averroes, que es el mayor de los sabios que pueblan los reinos de Hispania.

Aunque el rey Alfonso estaba ausente, como en la mayoría de los partos de su esposa, por encontrarse recorriendo el reino, estaba tranquilo porque tenía plena confianza en la destreza de Ben Amusco. Cuando llegó a Plasencia, donde se había producido el alumbramiento, después de comprobar el estado de la niña y la madre, preguntó a esta si había nuevas noticias de la cruzada.

—Los padres cistercienses las van trayendo poco a poco y a veces son contradictorias. Y eso es para volverse locos, Alfonso. ¿Te puedes creer que Ricardo se ha embarcado en Marsella sin esperar a tu prima Berenguela ni despedirse de mi madre y se ha hecho a la mar hacia Sicilia?

—De Ricardo me puedo creer cualquier cosa, pero tu madre todavía es capaz de sorprenderme. ¿Y qué piensa hacer ahora con mi prima Berenguela, devolvérsela compuesta y sin novio a mi tío Sancho?

—No conoces a mi madre. Atravesará los Alpes en invierno y peregrinará hasta Roma y después se llegará a Sicilia para encontrarse con ellos.

—No creas que eres tú sola a quien le preocupa la cruzada porque tienes a Ricardo en ella, que a mí también me tiene en ascuas —reflexionó el rey—. Sea cual sea el resultado de la cruzada, en lo que a nosotros nos concierne, la próxima batalla se ha preparado en Marrakech y se desarrollará al sur de Toledo, justo en el momento en que finalicen las treguas, porque la guerra de los infieles contra los cristianos es perpetua. Mucho me temo que cuando venga contra nosotros el Miramamolín nos encontremos solos porque mi primo de León, que, por cierto, se ha casado con su prima Teresa de Portugal, ha formado una impía alianza de Portugal, León y Aragón contra nuestro reino. ¿Sabes quién ha urdido esta conjura? Pues Pedro de Castro.

—¡Sálvanos, Señor, que perecemos! —La reina, santiguándose, dijo esta jaculatoria y guardó silencio para dejar hablar a su marido.

—... y como mi primo Alfonso de León le ha nombrado mayordomo de su reino.

—¿El que marchó enfadado de Carrión, que no se dignó despedirse? No sabía que era tan malo —exclamó Berenguela, que, sentada a los pies de sus padres, no se perdía palabra y trataba de entender los enredos de su familia.

—Así es, hija mía. Solo ha necesitado tres años para deshacer el juramento de fidelidad y morder la mano que besó en Carrión —comentó el rey de Castilla—. Quiera Dios que no se junte con los almohades porque el resentimiento y el odio ciegan a los caballeros. Escribiré ahora mismo al papa y le pondré al corriente de esa unión incestuosa y de esa alianza contra Castilla que solo beneficiará a los enemigos de la fe cristiana. Enviaré otra carta al cardenal Jacinto Bobone, que es nuestro amigo en Roma, con un gran donativo para el papa Clemente. Él sabrá hacérselo llegar del modo más conveniente y será el valedor de nuestra causa.

—Si el papa nos ayuda y está Dios con nosotros, venceremos, ¿verdad, padre? —intervino Berenguela, vehemente.

—Es cierto, hija mía, pero a veces ocurre lo contrario y la derrota está asegurada porque contra su voluntad no hay ejército que pueda combatir.

—Eso solo ocurre cuando Dios nos castiga por nuestros pecados y no ocurre cuando practicamos la virtud —dijo doña Leonor—. Y hablando de virtud. ¿Qué hace maquinando contra ti el santurrón de tu tío Alfonso el Casto, que tantas zalemas nos hizo y tantos abrazos nos dio cuando le fuimos a visitar a Tarazona? ¿A qué espera tu tía Sancha para envenenarle?

—Mujer, aunque sea en broma, no digas esas barbaridades delante de la niña, que se las puede tomar en serio y decírselo a ella cuando la veamos —puntualizó don Alfonso.

—¿Te has creído que Berenguela es tonta? Su dueña le ha enseñado lo que se puede decir y lo que se debe callar. ¿Verdad, hija mía?

—Claro —replicó la muchachita, encantada de ser el centro de atención—: Solo se pueden decir elogios, aunque sea mentira, y no se pueden decir inconveniencias, aunque sea cierto lo que se dice. En este caso, lo mejor es que nos callemos.

—¿Qué más te ha enseñado Elvira? —preguntó Alfonso.

—Que la derrota es huérfana y la victoria tiene muchos padres.

—¿Y tú qué le has contestado?

—Que padre no hay más que uno y se llama Alfonso y para que supiera quién es el mío le recité una trova que dice:

Rey, ¡por Cristo!, no nos faltéis,
pues los almohades
son muchos más que nosotros.

Alfonso y Leonor aplaudieron aquel arranque, que celebraron con muchas risas. El rey se levantó, dispuesto a no demorar más su decisión.

—Ahora mismo escribo una carta al papa y otra al cardenal Bobone, para que conozcan la alianza de otros reyes de Hispania contra nosotros. En estos momentos tan cruciales para la cristiandad. Ya verás cómo los excomulga a todos.

* * *

El papa Clemente III no llegó a leer la carta que le había escrito el rey don Alfonso, ni tampoco a ver el final de la cruzada que él mismo había convocado, porque murió el día 27 de marzo de 1191. Enfermó de tristeza el día que conoció la muerte de Federico el emperador, pues intuía que ese hecho presagiaba que la cruzada sería un gran fracaso, pero, sobre todo, porque Enrique VI, el heredero del imperio, era peor todavía que su padre, y vendría a Roma a recibir la corona imperial y a incorporar el reino de Sicilia a sus vastos dominios.

—Todos los Barbarroja son una raza de víboras. ¡Cuánto daño han hecho a la Iglesia de Dios! —fueron sus últimas palabras.

Afortunadamente para el rey Alfonso de Castilla, entre los asistentes al cónclave para elegir un nuevo papa se encontraba el otro destinatario de la carta del rey Alfonso de Castilla. Se trataba del anciano cardenal Jacinto Bobone, que conocía perfectamente las vicisitudes de los reinos de Hispania y las relaciones de parentesco entre los reyes, porque había sido peregrino en Santiago y enviado papal en dos ocasiones, tratando en ambas de unir a los reyes contra los infieles.

Jacinto, que contaba ochenta y cinco años, había participado en el nombramiento de los nueve anteriores ocupantes de la silla de Pedro; su mente se había extraviado en las añoranzas y recuerdos del pasado y no era capaz de centrarse en una ceremonia que conocía de memoria. Mirando uno por uno a los cardenales, solo veía cangrejos. No eran cangrejos pardos y crudos recién sacados del arroyo del monasterio de Aguilar de Campoo; eran cangrejos rojos, cocidos y brillantes como las grosellas de su huerta conventual. Cangrejos lustrosos. Cangrejos con tocino. Cangrejos con capelo cardenalicio como los que le servía el abad premostratense Miguel.

Hizo memoria de los cónclaves en los que había participado y repasó la lista de papas para intentar olvidarse de los cangrejos.

«Anastasio duró un año y Adriano, cuatro nada más. Quien ha durado más tiempo ha sido el papa Alejandro, que ocupó la silla durante veintiún años. Una eternidad. El resto ha sido visto y no visto. Hoy te elijo, mañana te entierro».

«¡Qué ocurrencia la del papa Clemente, morirse cuando el hijo de Federico Barbarroja está a las puertas de Roma para apoderarse de Sicilia y de paso ser coronado emperador, al mando de un gran ejército. Vaya embrollo que heredará quien le suceda. Seguro que será Lotario. Yo le he votado sin dudarlo porque nos hace falta un papa joven, enérgico y bien preparado que asegure la primacía del poder de la Iglesia sobre los reyes de la tierra».

En estas estaba el Orsini hablando solo y en voz alta, cuando en medio de un gran silencio dio comienzo el escrutinio.

—¡Cardenal Jacinto Bobone! —dijo una voz con claridad y al instante todas las miradas se volvieron hacia su persona.

—Disculpe su eminencia. Ya me callo —se sobresaltó Jacinto, creyendo que le reprendían.

—Cardenal Jacinto Bobone.

—Cardenal Jacinto Bobone.

Al ser nombrado por tercera vez, se percató de que había empezado el recuento.

Entonces, al ver las risas mal contenidas de los cardenales, cayó en la cuenta de que se habían confabulado para elegirle por sorpresa. Le entraron sudores fríos pensando que el resultado de la cruzada podía ser catastrófico y a punto estuvo de sufrir un desmayo, porque suceder a Clemente III a la cabeza de la Iglesia no entraba ni remotamente en sus cálculos.

—¡No! Por Dios, esto no puede ser. No soy piedra para sostener a la Iglesia, solo soy arena mojada que se deshace con el viento cuando el sol la ataca. No pueden elegirme a mí. Sabéis que soy viejo y estoy achacoso.

—Sí podemos —afirmaron los purpurados, moviendo la cabeza de arriba abajo.

—Pero si solo soy diácono, ni siquiera he recibido las sagradas órdenes.

—Eso tiene fácil arreglo. En cuatro días te ordenamos sacerdote y te consagramos como obispo.

Jacinto, que estaba entre la espada y la pared, no quería de ningún modo asumir semejante responsabilidad y se resistió hasta que aguantaron sus fuerzas, aunque no le sirvió de nada.

Tras ser ordenado sacerdote y consagrado obispo con celeridad, fue proclamado papa con el nombre de Celestino III, el Sábado Santo día 13 de abril de 1191 a la edad de ochenta y cinco años.

El 15 de abril, lunes de Pascua, durante la solemne ceremonia de coronación imperial, mientras el viejo y decrépito papa, sentado en la silla apostólica, veía acercarse, acompañado de su esposa Constanza, al futuro emperador Enrique de Alemania, orgulloso y triunfante, volvieron a la carga los cangrejos. Pero esta vez no estaban cocidos, sino vivos, y eran pardos, grandes y muy feroces.

El anciano pontífice los sentía crujir dentro de la tiara y le pellizcaban con sus tenazas en el interior de la cabeza cuando pensaba en la inminente masacre de los tusculanos. En el momento más solemne de la ceremonia sentía tanto cansancio y laxitud —por el sueño y la enorme tensión de los días precedentes— que creyó oír a lo lejos las campanas de Santiago de Compostela.

Como se había dormido plácidamente, no pudo darse cuenta de que Enrique estaba arrodillado a sus pies haciendo señales a los cardenales para que despertaran al papa y procediera a su coronación.

Jacinto no podía hacerlo porque se encontraba en la basílica de Santa María de Valladolid presidiendo otro concilio en el que el emperador Alfonso dividía el reino entre sus hijos. Cuando iba a dirigirse a los asistentes para predicar la cruzada contra los infieles, notó que alguien lo agarraba por el brazo y lo levantaba contra su voluntad, arrancándole bruscamente de la basílica vallisoletana y trayéndole a la de Roma.

Puesto en pie por la fuerza, tambaleante y tembloroso como una marioneta, el pontífice coronó al emperador sin ser muy consciente de lo que hacía, pero inmediatamente —espoleado de nuevo por la hostilidad de los cangrejos— retiró la corona imperial de la cabeza de Enrique con tanta furia que se le cayó de las manos y, al dar un traspiés, le propinó un puntapié que la hizo rodar por los escalones del podio del trono papal. Varios cardenales se apresuraron a rescatarla del pavimento y rápidamente se la ciñeron de nuevo al emperador.

Cumplido el engorroso e inevitable trámite de su coronación, Enrique VI, acompañado de su esposa Constanza, y seguido por su hermano Conrado y otros nobles teutones, se retiró ufano y victorioso porque, dada la vejez del papa y la debilidad del papado, suponía que el incidente de la corona había sido antes una rareza de viejo que la expresión de la sumisión del emperador al poder de Dios, representado por el Santo Padre.

Entre las personas que fueron al día siguiente a cumplimentar al nuevo pontífice se encontraba la anciana reina Leonor, que había acudido después de dejar a Berenguela en Sicilia, al cuidado de Ricardo. Para entonces, Felipe Augusto, rey de Francia y hermano de Adela, ya había partido para Chipre, para no encontrarse con Berenguela.

—¡Señora! ¡Cómo me recordáis a doña Leonor, la reina de Castilla! Es vuestro vivo retrato. Podríais haceros pasar por hermana suya con toda naturalidad. Vuestra presencia me levanta el ánimo y me reconforta porque compruebo con gran satisfacción que vuestra belleza crece con el paso de los años y resplandecéis más que nunca.

—Sois muy generoso conmigo, santidad. Yo soy una anciana y, cuando la conocisteis, mi hija era una niña que acababa de llegar a Castilla para casarse con el rey.

—Ese Alfonso es un gran rey y también un gran marido. Además es el baluarte de la cristiandad en Occidente. Fuisteis muy sagaces entonces y casasteis muy bien a vuestra hija. Precisamente tengo sobre mi mesa una carta de vuestro yerno que no he podido leer por el ajetreo de los últimos días. Si escribís a vuestra hija, decidle que este humilde y anciano pontífice tiene puestas todas sus complacencias en los reyes de Castilla y que estoy presto a acudir en su ayuda siempre que lo necesiten.

CAPÍTULO 16

Burgos. Roma. Arroyo. 1191

En pocas semanas, llegaron a la corte de Castilla las noticias de la elevación de Jacinto al papado y una carta de Su Santidad. Don Alfonso se puso muy contento cuando conoció el gran aprecio que le tenía el papa y su compromiso de ayudarle cuando lo necesitara.

—¿Has visto, Leonor? ¡Me llama baluarte de la cristiandad en Occidente, ni más ni menos! ¿Puede haber mayor elogio?

—Me cuenta mi madre en su carta que también dijo que eres un gran marido. Cómo se ve que no te conoce, porque si yo le contara... —ironizó Leonor.

—No empecemos con lo de siempre. Que como mencione yo tu afición por la arquitectura... —contestó Alfonso con socarronería.

Leonor enrojeció porque estaba segura de que su marido no sabía nada de lo suyo con Ricardo. Si bien era cierto que durante los últimos días ambos habían pasado largas horas resolviendo a solas numerosos asuntos urgentes relativos a Las Huelgas, cuya solución habían pospuesto el parto y el postparto.

—¿Qué tienes tú que decir de eso? —respondió Leonor.

—No me extraña nada que, debido al ajetreo que se trae Ricardo, no haya consumado todavía —fue la sorprendente respuesta de Alfonso, mientras repasaba la carta de su suegra.

—No sé por qué dices ahora esas tonterías que no vienen a cuento —replicó Leonor asustada.

—En Marsella no fue posible porque no esperó a Berenguela. En Sicilia porque encarcelaron a tu hermana Juana y tuvo que rescatarla. En el mar porque había tormenta e iban en barcos distintos y en Chipre porque el tirano le robó el tesoro y tuvo que apoderarse de la isla para recuperarlo y de paso rescatar a Juana y Berenguela. Intrépido sí que es, pero donde quiera que vaya se organiza una revuelta. Y ahora toca ir a la guerra contra Saladino. ¿De dónde va a sacar tiempo y fuerzas este hombre para consumar un matrimonio que nunca ha querido? Mucho me temo que devuelva a Berenguela a mis tíos más virgen todavía que cuando salió. ¿No pensaba casarse en Jerusalén?

—No te lo tomes a broma, Alfonso —dijo Leonor con un respiro de alivio al comprobar que Alfonso no se refería al arquitecto, sino a su hermano Ricardo—, que en estos viajes hay más peligros que certezas y nunca sabes con lo que te puedes encontrar. ¿Quién le iba a decir a Ricardo que hallaría a mi hermana Juana viuda y encarcelada en Sicilia, que se iba a morir el papa Clemente... y que mi madre encontraría en su lugar al cardenal Jacinto elevado a la dignidad de papa a sus ochenta y cinco años?

—Esa sí que es una buena noticia para nosotros. Tomará cartas en el asunto de la boda de mi primo y ya verás qué pronto le excomulga como hizo con mi tío Fernando, cuando vino a Hispania como legado de Dios. Estoy seguro de que lo hará en cuanto reciba la carta que mandé hace pocos días.

* * *

Al papa Celestino III le dejó muy preocupado la carta que le envió Alfonso de Castilla. Tanto que mandó buscar a su sobrino Gregorio de Santángelo, que acudió presuroso a su llamada.

—Querido sobrino, bien sabía por mis muchos años al servicio de los papas más diversos que el pontífice carga sobre sus espaldas el peso de la cristiandad. Pero puede hacer mucho bien a las naciones e incluso a sus familiares. Sabéis bien que los infieles se aprovechan de las rencillas entre los reyes cristianos. Lo estamos viendo en Oriente con la cruzada y lo vemos en Occidente con las disputas de los reyes cristianos de Hispania como atestigua esta carta de mi dilectísimo hijo y amigo Alfonso, rey de Castilla. Debemos actuar con presteza, porque el demonio ya ha encendido la chispa de la discordia, y si tardamos mucho en apagar la hoguera, se quemará el bosque entero. Sabed que Hispania es un secarral y se incendia todos los veranos. —Jacinto Bobone hizo una larga pausa para avivar la curiosidad de Gregorio y añadió—: Ya lo dijo Nuestro Señor a sus discípulos: «Debéis estar preparados porque no sabéis el día ni la hora».

El sobrino estaba perplejo porque no sabía adónde quería llegar su tío con tan largo preámbulo, pero le había gustado escuchar de su boca que podía hacer mucho bien a sus familiares.

—¿Qué puede hacer este humilde sobrino vuestro para sofocar el incendio de Hispania y evitar la catástrofe?

—De momento, id en busca de mi secretario y traed con él la cesta de las cerezas; después, Dios dirá.

Cuando Gregorio salió del salón y pidió el cesto de cerezas, el diácono que ocupaba el cargo de secretario soltó una estruendosa carcajada:

—¡Alabado sea Dios, el Santo Padre se encuentra hoy de buen humor! —exclamó—. Empujad este artilugio conmigo y podréis admirar el brillo de las cerezas, pero no comáis ninguna, no vaya a ser que os indigeste —advirtió, mientras entraba en la estancia con lo que le había pedido.

—Abrid la cesta para que mi sobrino pueda contemplar a su gusto las cerezas —pidió el papa en voz baja— y después dejadnos solos, procurando que nadie nos moleste para que yo pueda explicarle la misión que le voy a encomendar. Esto que tenéis delante, querido sobrino —dijo, en cuanto estuvieron solos—, es el trabajo que vuestro tío ha realizado durante más de cincuenta años, al servicio de la Iglesia. El título lo dice todo.

ORBE TERRARUM
OMNES REGES
CAPUT MUNDI

Viendo aquella extraña sombrilla de la que colgaban cestas entrelazadas unas con otras formando un árbol extraño que parecía un laberinto impenetrable, Gregorio pensó que la elección como papa había vuelto completamente loco a su tío. «También será la edad», se dijo.

—Si Jesús les dio a los apóstoles las llaves del reino de los cielos, se entiende que les entregó por añadidura las de los reinos de la tierra y las cuerdas para atar y desatar. Nosotros atamos a los reyes con el santo e indisoluble matrimonio y los desatamos al declararlos nulos tal como se estipula el derecho canónico. Todo está atado y nivelado por la Iglesia porque ella es el único poder que ata y desata, castiga y perdona según conviene, pero no olvida nunca y esta cesta es la prueba fehaciente de ella. Aquí tenéis a todos los reyes y reinas con sus ataduras terrenales, con sus antecedentes y consecuentes, amores y desvaríos, hazañas y locuras, bendiciones y excomuniones, incestos, sodomías y otras desviaciones del recto camino. Sabed que la historia de cada uno de ellos se encuentra en el archivo CAPUT MUNDI. Todos son una gran familia. Las ataduras que veis son las relaciones de parentesco, más cortas o más largas según el grado de consanguinidad. Una buena red de relaciones familiares es la garantía de la diplomacia.

El anciano hizo una pausa para dejar que su sobrino pensara en lo que acababa de decir.

—Veréis que la cesta tiene un equilibrio precario y si se carga mucho de un lado, corre el peligro de derrumbarse —añadió el papa mientras balanceaba el artilugio con suavidad—. Eso ocurre cuando el peso de los imperios desnivela la cesta y todo amenaza con andar a pique si no se pone remedio. *Verbi gratia*, si el emperador Enrique se apodera de los reinos de Sicilia, tanto insulares como peninsulares, los estados del pontífice quedan cercados por sus dominios y nos hace prisioneros suyos, obligándonos a hacer su voluntad y no la voluntad de Dios. —Gregorio sabía que su tío Jacinto era un afamado diplomático, pero ignoraba que era un formidable estratega—. Pesada es la carga que pende sobre los hombros del papa, porque sostiene el equilibrio *et ordine orbe terrarum*. Sin este equilibrio, la Iglesia no tiene sitio. Y el mundo acaba en tiranía o en la más completa confusión como la Torre de Babel. Dios no puede permitir este estado de las cosas. ¿A quién le ha otorgado el Creador la potestad de poner orden en el mundo y mediar en las querellas entre los reyes y príncipes que gobiernan el mundo?

—A la Iglesia, sin ningún tipo de duda.

—Los papas tenemos derecho a aprobar o rechazar los matrimonios entre príncipes, bien porque sean incestuosos o porque sean inconvenientes, y también a conocer los testamentos que otorgan a la hora de la muerte. La locura que padecen muchos de los reyes es un castigo de Dios por los matrimonios incestuosos. La sangre no se renueva y lo mismo que se hereda la fortuna se hereda la locura. He visitado muchas cortes y conozco generaciones de monarcas y puedo afirmar que si has visto al abuelo, ya has conocido a sus nietos. «Por sus vicios los conoceréis». Este lema nunca falla. Si no hay más reyes locos es a causa de los bastardos. La misión de la Iglesia es evitar la consanguinidad y para ello debe procurar que los matrimonios se concierten entre reinos distantes.

Para hacer una demostración de lo que decía, Jacinto pidió al secretario que desplegara la cesta de las cerezas del rey Sancho el Mayor de Navarra con todas las ramas que reinaban en Hispania y le hizo un minucioso relato de la descendencia del citado rey, hasta los tres Alfonsos reinantes, sin olvidarse de citar reinas, amantes, bastardos y concubinas ni de recordar los tratados violados y los asesinatos perpetrados entre hermanos, primos y sobrinos.

—Perdonadme, querido tío. Pero entre tanta cereza, tanto Alfonso y tanto Sancho y Fernando de una parte y tanta Sancha, Urraca y Teresa, me he perdido y ya no sé en qué reino o de qué siglo estamos hablando.

—No tenéis que preocuparos, Gregorio, porque eso me pasaba a mí al principio. En Hispania, el rey que no es Alfonso o Fernando es Sancho porque todos provienen del susodicho Sancho de Navarra.

—Si vuestra preocupación es la cruzada, y los reyes de Hispania no participan en ella, ¿por qué escogéis estos confines tan alejados de Occidente para mostrarme el enredo de las cerezas?

—Porque allí se juega también el destino de la cristiandad. Todo lo que ocurre en Oriente repercute en Occidente. Y las querellas familiares en Hispania pueden provocar el derrumbe del edificio de la cristiandad. Me ha escrito el rey Alfonso de Castilla, cuñado de Ricardo de Inglaterra, denunciando una impía alianza de sus parientes los reyes de Portugal, León y Aragón para combatirle en vez de unirse a él para luchar contra los infieles. En mi segundo viaje por España, como enviado del papa Alejandro III, tuve que entender sobre el incestuoso matrimonio entre el rey don Fernando de León y su prima Urraca de Portugal como acabo de decirte. A pesar de los donativos que hicieron a la Iglesia para comprar nuestra voluntad y dejar en suspenso el entredicho, tuvimos que separarlos bajo amenaza de excomunión. ¿Podéis creer que su hijo Alfonso acaba de contraer matrimonio con su prima Teresa de Portugal?

—¿Siempre se repite la misma historia?

—Casi siempre, porque los abuelos dividen los reinos entre sus hijos. Los hijos se matan para quedarse con toda la herencia, y cuando no lo consiguen, los nietos se casan entre sí para unir lo que separó el abuelo. Siempre nos encontramos con el mismo dilema: o hacen la guerra o cometen incesto. Y a veces hacen las dos cosas a la vez. En todos los casos tiene que intervenir la Iglesia para poner coto a semejantes desafueros. Por eso creo que en vez de cesto de las cerezas tendríamos que llamarlo el incesto de las cerezas, porque me da a mí que hay más incestos que cerezas en el cesto.

—¿No hay modo de remediar esa situación tan penosa para la Iglesia?

—Tendría remedio si pidieran permiso antes de casarse, que es lo que está prescrito, pero actúan al revés, y presentan los hechos y los matrimonios consumados. Primero se casan, después piden permiso e incluso perdón y tratan de engendrar un heredero a toda prisa. Yo siempre he preferido actuar en varios tiempos. Esperar prudentemente, amenazar pacientemente y actuar contundentemente con la excomunión y el entredicho. Primero rogando, después esperando y finalmente con el mazo dando sin contemplaciones. En el caso del reino de León estamos en la etapa de la prudencia. Me temo que el último de los Alfonsos, dada su juventud, actuará vehementemente y no nos quedará más remedio que aplicarle la misma medicina que a su padre. Esto llevará su tiempo. Pero, al final, esa prima carnal suya llamada Teresa de Portugal que ha tomado por esposa tendrá que entrar en un convento al igual que lo hizo su tía y suegra Urraca, la primera esposa del difunto rey don Fernando.

»¡Querido Gregorio! Al igual que me ocurrió a mí, hace veinte años, os tocará ir a Hispania para evitar una nueva guerra de familia y poner fin al osado y escandaloso incesto entre primos carnales. Si salís con bien de la empresa, habréis sido merecedor del capelo cardenalicio que os aguarda en la sastrería de nuestro palacio.

* * *

Si grande era la preocupación del papa Celestino III por aquella cruzada que no podía haber empezado de un modo más desgraciado, mayor era la angustia de la reina de Castilla por la suerte de Ricardo, Berenguela y Juana. En aquel julio de 1191, bajo la ola de un calor sofocante, echaba en falta una carta de su hermana y también noticias de su marido, que llevaba un tiempo en Toledo preparando las defensas de la ciudad para prevenir un posible ataque del Miramamolín Abú Yusuf al Mansur.

Hacía mucho bochorno en la capital del Arlanzón. En la huerta del monasterio de Las Huelgas no se movía ni una hoja. Escondidos en los frutales, habían enmudecido los gorriones, y solo las chicharras protestaban por el calor.

El médico Ben Amusco había recomendado cambiar de aires a la familia real durante la temporada de verano porque tanto Fernando como Mafalda estaban visiblemente sofocados por las altas temperaturas.

—El calor excesivo congestiona la sangre de los infantes y dificulta su respiración. Los niños deben permanecer en la sombra en lugares ventilados procurando que no les hiera el sol en la cabeza. Los lugares han de ser secos y fríos, de aires limpios y aguas transparentes. Hay muchos de ellos en las montañas de Castilla, no muy alejados de esta capital, y son los más adecuados para evitar las congestiones y facilitar una respiración tranquila.

Aceptando la invitación de la abadesa doña Mencía, la reina dispuso el traslado de su corte hasta el monasterio de San Andrés de Arroyo para disfrutar de la amenidad y la frescura de los sotos y los bosques de las vecinas montañas de Palencia.

La reina no se atrevía a confesarse que también organizaba el viaje para estar una temporada en el cielo junto al maestro Ricardo, al que apenas había visto a su vuelta de Inglaterra, unas veces porque ella acompañaba al rey en sus recorridos por villas y ciudades del reino y otras a causa de los viajes del arquitecto para atender las obras del monasterio cisterciense de la abadesa doña Mencía.

En la primera jornada del viaje hicieron noche en Castrogeriz. En el camino hacia Carrión había gran contento entre los peregrinos que se dirigían a Santiago. No se hablaba de otra cosa que no fuera la cruzada. Todos los peregrinos daban vivas a la reina y a su hermano Ricardo, porque ya estaban al corriente de la conquista de Chipre y daban por segura la recuperación de Jerusalén.

La reina estaba impaciente por llegar a Arroyo para refrescarse y descansar de la cabalgada, y el maestro Ricardo expectante por ver la impresión que las obras realizadas le producían la reina.

A medida que se acercaban a sus dominios, era manifiesta la alegría de la condesa doña Mencía, abadesa y señora de vastos dominios en el valle de la Ojeda, en los que se sentía como una reina en lo material y en lo espiritual.

Cuando todavía no se divisaba el convento por ninguna parte, se escucharon las campanas tocando a gloria. El repique de estas despertó a la caravana de su modorra y las bestias de carga aligeraron el paso monótono y cansino que traían desde que salieron de Herrera. Los robledales quedaban a la derecha del camino y los campos de la Ojeda repletos de trigo a la izquierda, pero el monasterio al que se dirigían todavía no se divisaba.

—¿Dónde escondéis vuestro monasterio, condesa, que yo no lo veo por ninguna parte? ¿Acaso lo ocultáis en la maleza del bosque? —preguntó la reina.

—Allí está, majestad, detrás de la tapia dorada asoman los ábsides de la iglesia y la bóveda del capítulo. Allí nos esperan las hermanas con gran curiosidad.

—Espero que también nos esperen con agua. Toda la que necesitamos para saciar la sed. Y la necesitamos antes de desfallecer.

Ya dentro del claustro, las hermanas habían preparado unas jarras de agua y unos paños húmedos y otros secos para enjugar el sudor de los niños y posteriormente refrescarles la cara y el cuello.

—Bebed en pequeños sorbos y retened el agua en la boca, que no es bueno que pase frío a la garganta que congestiona la cabeza —advirtió Ben Amusco a los viajeros—, y tened paciencia, que el manantial no se agota.

La condesa contemplaba expectante a doña Leonor, que bebía agua de una jarra mientras miraba de reojo al maestro Ricardo, que a su vez admiraba el vuelo de las hojas de piedra del fabuloso capitel del claustro, que flotaban como mariposas meciéndose al ritmo del murmullo del agua que manaba bajo la celosía de la fuente vecina.

—Este claustro es único. Aunque lo veo a menudo, siempre descubro algo nuevo. Solo por pasear a su sombra vale la pena acercarse desde Burgos hasta Arroyo. No se puede negar que ha salido de la misma mano que el de Las Huelgas, pero la piedra de este es más fina y delicada —exclamó sonriente doña Leonor.

Doña Mencía había ponderado tanto la sala capitular de su monasterio que la reina, a pesar de la fatiga del viaje, se dirigió directamente hacia allí, para comprobar con sus propios ojos la maestría de Ricardo en el abovedamiento de los espacios conventuales.

Doña Mencía estallaba de satisfacción viendo que Leonor no disimulaba su asombro y no sabía dónde mirar. Su vista resbalaba de los haces de capiteles finísimamente labrados que sostenían los cinco arcos, de la portada de la sala, hasta las columnillas que arrancaban de las alcachofas huecas de los muros. Allí se transformaban en airosos arcos convergentes en un entrelazo vegetal sobre sus cabezas. La clave hueca de primorosa factura que estaba en el centro de las bóvedas trasladaba hasta el suelo, sin el menor esfuerzo, el peso de la cubrición a través de los arcos diagonales que descansaban en las columnas enanas de las esquinas.

—Vos no sois un maestro arquitecto, fabricáis ensueños con piedra y el maestro cantero las borda y después las echa a volar —exclamó la reina, dirigiéndose a Ricardo con una sonriente mirada—. Esas pirámides de aire que festonean los ventanales son jaulas de sombra donde anidan los sueños de las vidrieras cuando amanece. El diente de sierra que circunda la portada de la sala es el espejo de las horas del día desde sus comienzos hasta el declinar del sol. Los capiteles de la portada que se besan tenuemente son las plegarias de las hermanas cuando cantan los oficios al Señor.

Ricardo bajó la cabeza esbozando un humilde agradecimiento a los encendidos elogios de Leonor, pero le tenía desconcertado el comportamiento de la reina, pues no entendía el motivo que la había movido a pedirle que le acompañara hasta Arroyo, cuando había reducido al mínimo sus despachos con él desde que regresó a su servicio después de su deserción y siempre que lo hacía se mostraba reservada y distante.

—Tenéis toda la razón del mundo, majestad —afirmó doña Mencía exultante de gozo—. Aquí nada es materia, todo es espíritu y elevación, como quería nuestro padre San Bernardo. Todo invita a la oración de las hermanas. Nada las distrae de sus rezos y meditaciones, todo conduce a la salvación. Ese convento es la antesala del cielo que nos espera, una vez vencidas las asechanzas del maligno, el embeleco del mundo y la tentación de la carne. Ya lo dijo Nuestro Señor:

«Mi yugo es suave y mi carga ligera». Y añadió también, «aunque la carne es flaca, el espíritu vivifica».

«La carne es muy flaca, pero el espíritu resiste todo lo que puede... salvo si el marido está lejos», pensó Leonor mirando al maestro Ricardo de reojo.

Después de pasar los rigores del verano en Arroyo y en el vecino convento de monjas de la orden de Santiago en Cozuelos de la Ojeda, los cortesanos emprendieron el camino de retorno haciendo paradas en Herrera y en San Zoilo de Carrión. Por la tarde se acercaron al soto del río para refrescarse.

La reina Leonor y el maestro Ricardo departían al borde del agua mientras el resto de la comitiva se desplegaba cerca de ellos en el prado del soto. La tarde caía lentamente y el murmullo del arroyo apagaba las voces en la chopera.

—Me ha contado doña Mencía que en este lugar se produjo un hecho prodigioso —dijo Leonor—. El primero de los condes de Carrión sospechó el adulterio de su esposa cuando esta tuvo gemelos y la recluyó en una torre. Temerosa de que su marido la matara, se escapó de su encierro, ayudada por una fiel sirvienta. Como no podía cruzar el río porque aquel día bajaba crecido, imploró la ayuda de la Virgen, desplegó su manto, y subida en él, se dejó llevar por la corriente hasta que llegó sana y salva hasta la otra orilla. El conde, arrepentido, solicitó el perdón de su esposa y mandó levantar una capilla a la Virgen en el lugar que ahora ocupa el monasterio de San Zoilo.

—Ya que estaba en el río subida en el manto milagroso, la condesa podía haber navegado hasta el mar y desembarcar en Inglaterra, donde la habríamos recibido como se merecía —exclamó incrédulo el arquitecto, que creía más en los hechos demostrables que en los milagros.

—¡Está tan lejos el mar! En Normandía y en Burdeos lo teníamos mucho más cerca. En Santander hay playas infinitas para gozar del agua y refrescarse.

—En Santander además de las playas hay sirenas. Cerca de ellas estuvimos a punto de zozobrar. Solo el saber que su majestad nos estaba esperando nos dio fuerzas para proseguir la travesía y llegar a Burgos sanos y salvos.

—Vuestra entrada en la huerta no pudo ser más divertida la primera vez y más inoportuna la segunda. ¿Quién iba a pensar que aquel joven tan desenfadado que llevaba cascabeles en las muñecas para espantar a los pajarillos era el arquitecto perdido en el mar y que se perdería en el mismo mar al cabo de seis años?

—¿Quién iba a pensar que aquella hermosa doncella con los ojos llameantes para espantar a los intrusos era la reina perdida en un bordado?

—¿Cómo podía sospechar que el intruso que navegaba a zancadas iba a peregrinar a Compostela confundido entre todos los peregrinos? —rio la reina—. ¿Podríamos saber en qué se entretenía durante las jornadas del camino?

—En componer trovas para distraerme y deleitar a los peregrinos.

—Recitadme alguna que me deleite, así se hacen más llevaderas las largas horas de la tarde.

Como si hubiera estado esperando esa invitación, Ricardo se incorporó y, mirando directamente a los ojos a su soberana, comenzó con los versos:

La amo tanto que no sé qué decirle
y no tengo otro pensamiento que serle buen servidor.
Si ya sé cantar y reír otra vez,
es que todo, todo me ha sido otorgado por ella.

—Tengo por seguro que los trovadores componen y cantan por mor de su oficio y por encargo de un amo que les paga y los sostiene, y que los amores que proclaman a su señora no los sufren en sus carnes, que solo son un artificio para entretener a las damas —acertó a decir Leonor—. Me pregunto si los vuestros pertenecen a esta especie o los dicta vuestro corazón.

—Un arquitecto solo debe responder con sus obras al igual que un trovador lo hace solo con sus trovas, por eso os contesto con una de las más sabrosas que conozco.

Nunca reparé en la estación ni el mes,
ni cuando la flor aparece, ni cuando se esconde.
Cuando llega el momento del goce del amor,
habría tenido por necio a quien me dijera
que el amor me tendría tan ansioso que pudiera morir por él.
Pero ahora conozco que cualquier otro mal
nace del deseo que no se satisface.

Mientras las campanas de San Zolio tocaban a completas, «¡Tolón, tolón, no nos dejes caer en la tentación!». «¡Tolón, tolón no nos dejes caer en la tentación!», Leonor advertía que los ojos de Ricardo brillaban con caprichosos destellos de deseos insatisfechos.

El monótono rumor de la corriente envolvía las palabras en un susurro adormecedor que obligó a los interlocutores a aproximarse para no tener que hablar a gritos. Aprovechando esta cercanía de los cuerpos, la reina, temerosa de que Ricardo volviera a escaparse, buscó una mayor intimidad.

—Decidme, maestro Ricardo, ¿no echáis de menos otra vez los verdes y amenos paisajes de vuestra Inglaterra natal?

—A todo se acostumbra uno. Bien lo sabe su majestad por experiencia propia, que de vez en cuando nos afligen algunas punzadas de añoranza. Pero nuestra vida es un sacerdocio y nuestra patria es el proyecto y la obra; nuestros hermanos son los artífices y nuestros hijos, los aprendices que trabajan con nosotros.

—Eso solo es una disculpa. No creo que ese sea el motivo que os impide formar una familia. El disfrute de los hijos es la sal de nuestras vidas. Perdonad mi indiscreción, ¿es que acaso no os place ninguna de las damas de mi corte? ¿Es posible que no haya ninguna doncella hermosa y discreta de vuestro gusto entre las hijas de los caballeros que la frecuentan a menudo?

—Alguna me place, y mucho, pero no puedo acercarme a ella debido a su altura.

—¿Tal alta es la señora de vuestro corazón?

—Sobrepasa mi estatura en varios palmos cuando está cerca. Pero no debéis preocuparos por ella, porque únicamente he vuelto a este reino para satisfacer los deseos de su majestad. Y como he visto que mis obras son del agrado de la reina, me siento muy bien pagado con servirle en todo lo que haya menester.

La corriente del río se detuvo unos instantes y el fulgor del poniente quedó en suspenso esperando la respuesta de la reina, pero, en aquel preciso momento, llegó Berenguela y con su sola presencia cortó el sutil hilo del que pendía la conversación.

—Me dijisteis un día que vuestro padre y vuestro abuelo habían construido la catedral de Durham. —Leonor hizo como que no reparaba en la niña, pero cambió inmediatamente de conversación—. ¿Os veis a vos mismo con oficio suficiente para hacer una catedral semejante en nuestro reino?

—Todos los arquitectos soñamos con catedrales.

—Las reinas también soñamos con catedrales.

—Los arquitectos sueñan con levantar catedrales, pero para ello tienen que derribar mezquitas para conquistar sus sueños.

—Las reinas soñamos con encontrar los dineros para sufragarlas.

Berenguela, que miraba alternativamente a su madre y al maestro, y no entendía el juego de castillos y catedrales que se traían en la conversación, dirigió la vista al camino que conducía a León. Entonces se acordó de su primo Alfonso, el fogoso e impulsivo rey que escapó de Carrión para no encontrarse con Conrado, el pretendiente que le habían buscado sus padres.

—Las princesas no sueñan con monasterios, castillos y catedrales. Sueñan con conquistar a un príncipe y construir una familia muy numerosa —exclamó y se echó en brazos de su madre, zanjando la conversación.

Aquella noche, en la mejor estancia de la casa del abad de San Zoilo de Carrión, la reina no podía conciliar el sueño porque una pasión irrefrenable la desazonaba. La pasión del deseo. El deseo de yacer con el maestro Ricardo que ella combatía a brazo partido cumpliendo con su deber de reina, madre y esposa.

Estaba dividida porque la razón le decía que tenía que comportarse como una reina y que un encuentro con el maestro Ricardo semejante al que solía tener en sueños era una locura y ponía en peligro su relación con el rey, la estabilidad de la familia e incluso la salud del reino de Castilla. Pero sobre todo ponía en peligro la vida del maestro Ricardo y por ello la construcción del monasterio de Las Huelgas, que era la obra de su vida.

Desgraciadamente para ella, se habían despertado los demonios familiares que llevaba dentro, el de su bisabuelo Guillermo el Trovador, el de Guillermo el Conquistador y el demonio de Enrique, que persiguió a su padre durante toda la vida, destrozó su matrimonio y provocó la ira de Dios causando la perdición y la muerte de sus hermanos. Aunque el cielo estaba cuajado de estrellas, la noche era oscura y solo se sentía el rumor de las hojas que agitaba el viento en la chopera del río. La balconada de su aposento estaba abierta de par en par para refrescar la habitación, porque también en Carrión hacía calor aquel verano.

Doña Leonor estaba despierta y sudorosa. Encima de la cama, desnuda completamente, dividida en dos mitades. La que deseaba a Ricardo con deseo concupiscente de mujer joven y fecunda y la que amaba al rey Alfonso con amor de esposa y de reina responsable. Como su hermano Ricardo, era ella también Leonor sí y Leonor no.

En el maestro arquitecto encontraba un aire familiar de la tierra de su infancia. El tiempo lento, la mirada inquieta de los trovadores, la música de las formas arquitectónicas y sobre todo el aire refinado y elegante de su familia encarnado por su difunto hermano Enrique el Joven y ahora por la estampa alargada y sutil de Ricardo, su trovador y arquitecto. Estar a su lado era como volver a la infancia. Porque sentía que se encontraba en una ensenada solitaria y apacible a punto de ser invadida por el oleaje devorador de una tempestad incontenible.

Hasta aquel momento solo había sido un amor galante y secreto que se consumía y consumaba en sueños, un amor de fantasmas a medianoche, pero había llegado la hora de que el verbo se hiciera carne.

«Yo no haré nada, no diré nada y no saldré de mi lecho, pero si Ricardo viene a mí, no tendré fuerzas para negarme. Entonces se acordó de la condesa que tuvo mellizos, y se imaginó huyendo del rey, recostada junto a su amado en su blanco manto de armiño, olvidada de obligaciones y deberes, flotando sobre las aguas del río, hasta perderse en el mar de la pasión desenfrenada».

Y así, soñadora y desnuda, se quedó encima de la cama, hasta que sintió frío y envolvió su cuerpo con una manta, esperando inútilmente a que llegara hasta ella. Pero Ricardo no podía hacerlo porque era la única mujer que le cohibía. Por ello había hecho una distinción tan tajante entre la obligación y la devoción que, cuando se alejaba de Las Huelgas y de Leonor, se le calentaba la sangre y se convertía en un trovador. El Camino de Santiago era el lugar favorito para sus aventuras. Como dominaba diversos instrumentos, y cantaba trovas de su propia invención, a su alrededor se formaba enseguida una compañía en la que podía haber comediantes, saltimbanquis, bailarinas y tanto juglares como jugadores de naipes. Con ellos era campechano, efusivo y parlanchín y atrevido hasta la temeridad, pero sobre todo un pícaro redomado.

Desde que llegó a Hispania quedó subyugado por la bondad del clima, fascinado por la abundancia y calidad de la comida y prendado de la alegría de aquellas mujeres, que llevaban polainas, sayas y delantales de colores, extraños tocados, borceguíes con sonajas y cascabeles y tocaban con mucho salero castañuelas y panderetas. Despertaba una gran atracción en todas ellas, ya fueran cristianas o moriscas, solteras, casadas o viudas, de alta o baja posición social. Solo esquivaba a las judías porque solían ser muy melindrosas.

Lo único que le frenaba y cohibía desde que llegara a Las Huelgas eran las tapias de los conventos, a pesar de que tenía muchas partidarias entre las hermanas que le veían a menudo por mor de su oficio. Por todo ello, estaba convencido de que no había ninguna que se le resistiera, salvo Leonor, y eso solo porque era su reina y señora, a pesar de que la amaba locamente.

Capítulo 17

Burgos. Roma. León. 1192

El rey Alfonso de Castilla estaba más tranquilo porque Abú Yusuf había dirigido todos sus ataques contra Portugal. Para prolongar las treguas todo lo posible, envió embajadores a Marrakech, pero el califa no les hizo ningún caso porque estaba enfermo y le pusieron de mal humor las desmedidas exigencias de los enviados del monarca castellano.

Leonor estaba impaciente porque su marido había tardado más de lo habitual en regresar de Toledo y, cuando le avisaron de su llegada, salió corriendo a su encuentro acompañada por Berenguela, que ya tenía doce años y que todavía estaba por casar. Nada más verle llegar sonriendo se tranquilizó.

—¿Todo bien? —le preguntó.

—Todo muy bien en Toledo y en Valladolid, y no tanto en la cruzada. Y buenas noticias de Roma. El papa nuestro amigo piensa enviar a su sobrino Gregorio para contrarrestar la coalición de los reinos vecinos contra nosotros.

—¿Se sabe algo de Ricardo?

—Te refieres a si ha consumado o no ha consumado.

—Ya empiezas con las mismas sandeces que el otro día —replicó Leonor irritada—. No te lo tomes a broma, que la cruzada es un asunto muy serio.

—Y el de mi prima Berenguela y tu hermana Juana también es serio, porque las ha dejado solas en Acre casi todo el tiempo. Suponía que te importa mucho que los ingleses tengan pronto un heredero que les ahorre obedecer a un rey como tu hermano Juan y, por esa razón, no te dije que tanto Ricardo como Felipe Augusto de Francia han estado muy enfermos, pero ya han curado sus pústulas y les ha vuelto a crecer el pelo.

—¿Se había quedado calvo mi tío? —preguntó Berenguela asustada.

—Completamente calvo.

—¡Con lo bonita que era su melena!

—Parece que el rey de Francia abandonó la cruzada para que no le tomara el pelo tu tío —bromeó Alfonso, pero Leonor no se dio por aludida.

—¿Y eso es malo o bueno? —insistió Berenguela.

—Depende de cómo se mire porque no puede haber dos gallos en el mismo corral —puntualizó su padre.

Como doña Leonor viera que Berenguela ponía cara de extrañeza, trató de explicarle las cosas de otra manera.

—Por lo que cuenta tu padre, la cruzada no va demasiado bien, pero esperamos que mejore ahora que mi hermano ha recuperado la salud. ¿Verdad, Alfonso? Porque supongo que al rey francés le excomulgará el papa.

—De momento no es el caso, porque parece que el papa le ha levantado el juramento de cruzado.

—Ahora tendrá que seguir solo mi hermano. ¡Con el dinero que cuesta una cruzada!

—Si para algo se da maña Ricardo es para sacar dineros hasta de las piedras. Ahora quiere vender la mitad de la isla de Chipre a los caballeros del Templo de Jerusalén para disponer de una flota de genoveses y pisanos que, por cierto, se odian a muerte entre ellos. Y hablando de matar, parece que tu hermano ha matado a los tres mil prisioneros que hizo en Acre. Eso es lo más grave de todo —dijo Alfonso, repentinamente serio. Leonor se quedó muda de espanto.

—No creo que haya hecho eso mi hermano —musitó al fin—. Podría haber sacado un montón de dinero a Saladino por el rescate.

—Estás equivocada. Tu hermano quería intercambiarlos por los prisioneros cristianos que tenía en su poder Saladino, pero este alargaba las conversaciones para ganar tiempo y mantener a Ricardo sufriendo los rigores del verano lejos de Jerusalén. Por lo visto Ricardo no podía dejarlos en Acre porque tenía que vigilarlos, alimentarlos y tampoco podía llevárselos consigo al asedio de Jerusalén. En realidad, se sentía cautivo de sus propios prisioneros, y como el tiempo pasaba y Saladino no tenía ninguna prisa por alcanzar un acuerdo, tomó la decisión de matarlos a todos. Cuentan que las arenas de las playas y las aguas del mar se tiñeron de rojo. No sabían dónde enterrar a todos los cautivos que mataron. Como te puedes imaginar, Saladino hizo lo propio con los cristianos que tenía en su poder. Así que entre los dos han hecho una verdadera carnicería.

La reina, que estaba muy compungida, se santiguó y rezó un padrenuestro por los cautivos cristianos. El rey y Berenguela rezaron con ella.

—Padre, ¿cómo sabéis tantas cosas de la cruzada estando tan lejos de los Santos Lugares? —preguntó Berenguela intrigada.

—El papa envía misivas a los reyes cristianos. Ricardo escribe a menudo a su madre. El abad del Císter está al tanto de todo y sus monjes recorren Europa llevando sus mensajes de un lado para otro. Como las noticias vuelan como las palomas, me informo de muchas maneras. Ya solo queda al frente de la cruzada tu tío Ricardo, que, según el papa y según tu abuela, es el más valiente y el más generoso y a todos los sitios llega el primero. Arriesga su vida por sus hombres, estos le adoran y los sarracenos le temen. Pero con esto solo no se gana una cruzada, porque los infieles son mucho más numerosos, están en su tierra y se dedican a hostigar a los cruzados, a fatigarlos, desanimarlos, cansarlos, dividirlos y los obligan a perder un tiempo precioso reconstruyendo las fortalezas que destruye Saladino en su retirada, para que vaya pasando el tiempo hasta que llegue el invierno y se atasquen en los caminos. Mientras tanto los mantiene alejados de Jerusalén y también de Jaffa.

Con estas explicaciones tan minuciosas, don Alfonso, además de iniciar a su hija en las complejidades de las batallas, quería prepararla para que el probable fracaso de su tío Ricardo no le pillara de improviso, porque sabía que ella le idolatraba desde que le conociera en Tudela.

—¡Padre! Si pudierais dibujarlo en un papel, podría enterarme mejor de lo que me decís.

—Tú dibuja a tu tío Ricardo blandiendo la espada rodeado de infieles, que yo pediré a Ben Amusco que dibuje un mapa para ti, que yo a lo mejor no acierto.

—¡Alfonso! ¿Sabes que nos ha rogado el papa que juntemos dineros para enviárselos a Ricardo? ¿Qué podemos decirle? —dijo doña Leonor, haciendo la pregunta que no se había atrevido a plantear cuando inició la conversación.

—Que no se puede vestir a un santo para desnudar a otro —replicó el rey rotundo.

—A mí me parece que esas cosas no se le pueden decir al Santo Padre —intervino Berenguela.

—Entonces le diremos que pediremos prestado a los judíos todo lo que necesitamos para tener un ejército que defienda nuestro reino de los ataques de mis queridos tíos y primos... y, si te parece mejor, le decimos al Miramamolín que no venga contra nosotros... a no ser que detengamos las obras del monasterio y enviemos los dineros que tenemos en reserva para ayudar a tu hermano en la conquista de Jerusalén —apuntó Alfonso, mirando de reojo a Leonor para ver qué cara ponía.

—Eso sería lo deseable, pero si nos desprendemos del maestro Ricardo ahora, ¿dónde y cuándo encontraremos un artífice como él para continuar lo que solo está comenzado? —contestó Leonor sin poder contenerse—. ¿Es que quieres que se dispersen todos los artesanos y dejemos en la miseria a sus allegados y a la intemperie la obra ante el invierno que se avecina?

—Eso es lo que yo quería decir con lo de desvestir a un santo para vestir a otro. ¿A cuál de tus queridos Ricardos desnudamos? ¡Escoge, Leonor! Si desnudamos a tu arquitecto para vestir a tu hermano, no resolvemos el problema, porque a tu hermano la vestimenta que lleva tu arquitecto no le vale ni para hacerse una camisa. Yo creo que tu hermano debe buscar el dinero en otra parte.

El argumento del rey era inapelable e innecesario para la reina, que solo quería sondear la disposición de su esposo de socorrer a su hermano, porque, después de haber visto el monasterio que doña Mencía levantaba en Arroyo, no quería en ningún modo detener las obras del suyo y mucho menos alejar de su vida al maestro Ricardo y mandarlo de vuelta a Inglaterra.

—Yo tengo la obligación de guardar mi dinero para mi propia cruzada, porque, además, creo que la otra está encaminada al fracaso. Saladino es mucho Saladino y Ricardo no puede estarse mucho más batallando por Jerusalén cuando entre tu hermano Juan y Felipe Augusto se están repartiendo sus reinos, como los soldados romanos se repartían la túnica de Jesús antes de crucificarle —continuó el rey—, por eso no pienso pedir hoy a mis súbditos el dinero que necesitaré mañana para defender nuestros reinos. Pero no te preocupes, mujer, no hace falta que desnudes a tu arquitecto, porque, como te he dicho, si para algo se da maña tu hermano Ricardo es para sacar dineros cuando los necesita.

* * *

El papa no podía conciliar el sueño aquella noche de finales de agosto de 1192. No era porque tuviera dudas sobre el éxito de la misión que había encomendado a su sobrino Gregorio, sino porque la cruzada estaba a punto de fracasar.

En estas cavilaciones estaba Jacinto, cuando su sobrino se precipitó en su habitación sin llamar a la puerta.

—¿Qué pasa ahora Gregorio? ¿Pero tú no habías salido para Hispania?

—Estaba pronto para ello, pero he sabido que el rey de Francia ha repudiado a Ingeburga al día siguiente de casarse con ella. No quiere verla, ni viva ni muerta, y la mantiene encerrada en un castillo hasta se la lleve su padre de vuelta a Dinamarca.

—Repudios ha habido en la historia, pero es el primer caso que conozco de un comportamiento semejante en el mismo tálamo nupcial. ¿Consumaron el matrimonio?

—Ingeburga dice que sí. Felipe Augusto dice que no, y yo le creo, porque en el cesto de las cerezas está escrito que tiene por amante a Inés de Merán, una bellísima jovencita. Y si el paladar del francés está acostumbrado a las exquisiteces de su corazón, por mucho que lo intente, le darán arcadas los alimentos extraños a su gusto.

—Qué sabia es la Divina Providencia. Poco podíamos hacer contra el rey de Francia por los asuntos de la cruzada, pero ahora que ha repudiado a Ingeburga, sí podemos. Claro que podemos. ¡Ya te tengo Felipe Augusto! Ya te tengo cogido por el cuello, rey de pacotilla, melindroso hipócrita, cobarde melifluo, fornicador y perjuro —gritó el papa, que había saltado de la cama y corría por el aposento descalzo y en camisón persiguiendo a un fantasma.

»Excomunión y entredicho a Felipe Augusto. Mira que le tenía yo ganas a ese reyezuelo del tres al cuarto que escapó de Acre con el rabo entre las piernas y ahora huye del tálamo dejando deshonrada y calumniada a la pobre Ingeburga. A la cruzada y al matrimonio se va a cumplir con el deber. El resto es lujuria y molicie, ¡amigo mío! —Al ver que tanto su sobrino como sus servidoras se echaban las manos a la cabeza por el impropio comportamiento del vicario de Dios, se contuvo de inmediato y dijo—: Perdonen estos arrebatos fuera de lugar, mañana se sabrá que el papa de Roma manda sobre los reyes del mundo en todo lo que respecta al santo matrimonio, por muy franceses o emperadores que sean. Y tú, Gregorio, deja de remolonear y sal de inmediato hacia Hispania, que para el caso de Ingeburga me sobran cardenales que han estudiado el derecho en Bolonia y en París.

* * *

Aquel otoño de 1192, Córdoba era una fiesta. Y Sevilla y Almería. Y también Granada, Jaén, Úbeda y Baeza, porque por toda Andalucía se había difundido la noticia de que Alá había confundido a los cristianos y solo a la magnanimidad de Saladino se debía que Ricardo hubiera escapado desde Acre en sus galeras, después de haber perdido la cruzada y sin haber llegado siquiera a las puertas de Jerusalén. Había gran exaltación entre las gentes y los gobernadores almohades pensaron que había que aprovechar esta circunstancia para infligir a los cristianos, sobre todo al rey de Castilla, la derrota definitiva.

En la Hispania cristiana pasaba todo lo contrario porque las campanas de Compostela tocaban a difunto y el botafumeiro oscilaba a trompicones. Los ríos de Castilla discurrían silenciosos y las choperas que los acompañaban en su recorrido estaban mustias. En Burgos Berenguela lloraba de desconsuelo y de rabia, aunque Leonor trataba de consolar a las infantas y al heredero.

Por aquel entonces llegó a Burgos el sobrino y enviado del papa Celestino III, el cardenal Gregorio de Santángelo. Ya había estado con los reyes de Navarra y de Aragón por separado, y había visitado a varios obispos e importantes abades para recabar opiniones a propósito de los conflictos que les concernían. Se alojó en el palacio de Marino Maté, obispo de Burgos, y allí fueron los reyes a reunirse con él. Ambos tenían gran curiosidad por conocerle y por saber la posición del papa en asuntos que le atañían.

—Nos han dicho que el papa no autorizó, tal como quería Ricardo, que mi hermana Juana se casara con Al-Alid, el hermano de Saladino, y que fueran reyes de Jerusalén —preguntó Leonor, pasados los saludos de cortesía, en presencia del obispo Maté.

—No me consta —respondió escuetamente Gregorio.

—¿Pero Ricardo escribió al papa solicitando el permiso o...?

—No me consta. —Alfonso quería escuchar de sus labios que el papa estaba de su parte en el conflicto con el resto de los reyes de Hispania—. No me consta que el papa esté del lado de aquellos que, de un modo u otro, favorecen a los infieles. Sería impensable —remachó el enviado papal.

El resto de la conversación, en la que apenas tomó parte, giró en torno al comercio de la lana, porque el prelado burgalés, que tenía los mejores rebaños de la diócesis, sabía que la familia del papa tenía grandes extensiones de terreno y se dedicaba a la cría del ganado vacuno.

Al contrario que Jacinto, que era ingenioso, efusivo y extrovertido, Gregorio era cauto y silencioso y un tanto sibilino. Observaba y callaba. Asentía o disentía con ligeros movimientos de cabeza pero sin mover un solo músculo de su cara de lagartija y, al igual que estas, sacaba la lengua para relamerse o humedecerse los labios cuando hacía anotaciones con letra diminuta e ininteligible en un librillo que extraía de su faltriquera.

Cuando los reyes retornaron a palacio, era inevitable la comparación del enviado papal con su tío y protector Jacinto Bobone.

—No se parece en nada al Jacinto que yo conocí, y digo más: este Gregorio Nomeconsta me recuerda un poco a Conrado —dijo la reina.

—Será solo por lo que come y lo que bebe —replicó Alfonso—. Este es mucho más astuto y sutil, toda la tranquilidad que aparenta por fuera se convierte en agitación por dentro. Si le ha enviado el papa a Hispania, por algo será. No creo que sea solo por dar un buen empleo a su sobrino. Por lo menos a mí no me consta —remató, riendo con ganas.

—Me tiene intrigada la libretita que trae. ¿Te has fijado que mira al techo antes de hacer sus apuntes? Parece que invoca la ayuda del Espíritu Santo.

—Será humano, como todos. Cuando nos devuelva la visita, tenemos que buscarle el punto flaco.

—Ya verás como se hace el distraído mientras observa todo con el rabillo del ojo, como ha estado haciendo durante toda la tarde.

Se equivocaron totalmente. El Gregorio que recibieron los reyes de Castilla con mucha pompa en el palacio real de Las Huelgas, pocos días más tarde, era otro hombre y superaba a su tío Jacinto en muchos aspectos. Efusivo, cordial, campechano y parlanchín y con un extraordinario sentido del humor.

—Las cartas de vuestro esposo alegran la vida a mi tío —afirmó con amabilidad—, que no solo me hace repetir su lectura, sino que aprovecha la ocasión para contarme todas las vicisitudes de vuestra minoría de edad hasta que os hicisteis con el trono de Castilla. Lo que más valora su santidad, aparte del fecundo matrimonio de sus majestades, espejo en que se deberían mirar los reyes y los nobles, es la incondicional disposición del reino de Castilla de ser la avanzadilla de la Iglesia de Dios en la lucha contra los infieles de modo que se gane por Occidente lo que en Oriente se ha perdido para la cristiandad.

—¿Por qué firmó mi hermano la paz con Saladino?

—Lamento deciros que estaba muy enfermo cuando acordó con él unas condiciones de paz que permitían a los cruzados mantener buena parte de la costa y a los peregrinos visitar Jerusalén sin ser hostigados por los infieles. Él lloraba cuando firmó el acuerdo y no quiso visitar Jerusalén como peregrino porque consideraba un deshonor abandonar la cruzada de esta manera. Aunque ha tenido que ceder Ascalón a Saladino, afortunadamente lleva con él uno de los brazos de la cruz de Cristo que le curará de su enfermedad en cuanto se haga a la mar y cambie de aire —explicó Gregorio, intentando tranquilizar a Leonor—. Como estaréis inquieta por vuestra hermana, os confirmo que Juana y Berenguela regresarán en una galera distinta de la de Ricardo.

Leonor habría querido enseñarle su monasterio, pero con la conversación se hizo de noche y, afortunadamente, el prelado no se lo pidió, porque el maestro Ricardo no aparecía por ninguna parte.

—¿Dónde está tu arquitecto, que nunca lo veo cuando yo vengo? —comentó el rey con ironía cuando se preparaban para acostarse.

—No creas que su trabajo está solo en los dibujos y en la obra —le defendió Leonor—, también tiene que salir de vez en cuando para saber dónde se encuentran los mejores yacimientos y los mejores materiales.

—De todas formas, yo creo que es demasiado serio, tendrías que buscarle algún esparcimiento para que se solace

—dijo entre bostezos Alfonso, quedándose dormido al instante y dejando en vela a su atribulada esposa.

* * *

Al cabo de dos meses de recorrido por los monasterios de Castilla, resolviendo conflictos y después de apuntar muchas cosas en la libreta de notas con letra menuda que solo él sabía descifrar, el cardenal Gregorio, legado de Dios y del papa, frunció el ceño, puso cara de lagartija y salió para León, donde había de vérselas con el joven rey Alfonso, hijo del rey don Fernando, que, con la complicidad de muchos obispos, se había casado con su prima carnal Teresa de Portugal sin tomarse la molestia de enviar una carta al papa, para darle la oportunidad de denegar u otorgar el preceptivo permiso.

Para sorpresa de Gregorio, no pudo verse a solas con el rey, porque este le esperaba con su familia al completo. No solo estaba su esposa Teresa, en avanzado estado de gestación, sino también se había hecho acompañar de los infantes Sancha y Fernando. También se encontraba con ellos, vestida de monja, su madre la reina doña Urraca, que se había acercado a San Isidoro para rendir pleitesía al cardenal.

Al enviado de Dios le contrarió la dureza del gesto del joven rey, que no disimulaba en absoluto que había ido de mala gana al encuentro y que la presencia del enviado del papa le incomodaba sobremanera. Se presentó ante él con boca apretada, cejas fruncidas, ojos rasgados y fieros, y barba prominente aunque no muy poblada. Sentado de medio lado, giraba la cabeza repentinamente mirando a todas partes como buscando una ayuda que no llegaba.

El enviado papal sabía que, al igual que a su padre don Fernando, los sarracenos también apodaban el Baboso al rey de León.

«Otra vez nos toca hacer de aguafiestas. Ni se chupa el dedo ni se le cae la baba. Este muchacho va a ser un hueso duro de roer, parece terco como una mula y poco dado a exquisiteces diplomáticas», se dijo, poniendo cara de lagartija y ademán ausente.

Apenas pasado el tiempo de los saludos protocolarios y sin dar al enviado papal ocasión para el intercambio de regalos, el rey espetó de improviso una pregunta tan precisa y directa que Gregorio en ningún modo se esperaba:

—¿Es cierto que mi primo el rey Alfonso de Castilla ha enviado una carta al papa Celestino tachando mi matrimonio de repugnante incesto?

«A otro perro con ese hueso, mozalbete», pensó Gregorio.

—No me consta —respondió sin inmutarse.

—¿Es cierto que tenéis la intención de anular nuestro matrimonio al igual que el cardenal Jacinto hizo con el de mis padres?

—La Iglesia tiene unas leyes que todos los cristianos deben cumplir y especialmente los reyes, que tienen que dar ejemplo a sus súbditos.

—¿Para qué habéis venido a Hispania entonces?

—Porque la cristiandad ha perdido la cruzada por la división entre los reyes y los príncipes y el papa no quiere en ningún modo que algo parecido ocurra en Hispania por los conflictos entre parientes, que solo benefician al enemigo común.

«Este muchacho es capaz de hacer mucho daño a su primo Alfonso y causar grandes quebrantos a la Iglesia de Dios. Dejemos de momento la anulación de su matrimonio y centrémonos en lo que verdaderamente importa. Mucho me temo que tendré que trabajar con cada uno de los reyes por separado y dejar aislado a este mozalbete. En cuanto se encuentre solo y sin apoyos, tendrá que avenirse a firmar con su primo una paz razonable».

—Creedme, majestad, ¡al papa Celestino solo le importa la paz entre los reyes cristianos de Hispania! —insistió—. No me consta que tenga otra preocupación.

La reina Urraca, viendo que los modos de su hijo no eran los más apropiados para lograr la clemencia del cardenal, pidió hablar a solas con él, con la esperanza de conmover su corazón con argumentos de madre.

—Supongo que sabéis que el papa Alejandro no reconoció nuestro matrimonio con el rey don Fernando y me encerró en un convento separándome de mi marido y de mi hijo

Alfonso, cuando este solo tenía cuatro años y estaba muy enfermo —le explicó—. Tenéis que comprender que esa decisión del pontífice amargó su infancia y trajo graves problemas al reino.

Gregorio se quedó callado. «Mi tío está viejo, si firman las paces habrá otro papa, si es el que yo pienso, me consta que enviará otro legado y arreglara lo del incesto. Así que ya lo sabes: primero la paz y luego Dios dirá...», pensó.

—Conozco el caso perfectamente, hermana —dijo al fin—, porque me ha referido todos sus pormenores su santidad, y me ha hablado conmovido hasta las lágrimas de vuestra abnegación aceptando con mansedumbre la penitencia que se os impuso. Sabemos que habéis sido una hermana ejemplar y que habéis rezado y hecho penitencia para que vuestro hijo fuera coronado rey. Vuestras oraciones fueron gratas al Señor y habéis conseguido vuestros propósitos. Me consta que el papa desea que el asunto se resuelva del modo más justo y favorable para todos, sin menoscabo de la autoridad de la Iglesia. Por eso me atrevo a pedir a su reverencia que influya cuanto pueda sobre su hijo, para que este se avenga a firmar la paz con su primo de Castilla en las condiciones que para ambos dicte el sumo pontífice.

A la reina Urraca le complació la respuesta del prelado y se apresuró a asentir.

—Espero, por el bien de ambos reinos, que todo se resuelva favorablemente —replicó—. Yo haré cuanto esté en mi mano para que así sea.

Después de visitar al rey de León, Gregorio volvió cabizbajo a Castilla por el Camino de Santiago. Su tío, el papa Celestino, le había encomendado un asunto nada fácil. Las cerezas del cesto de Hispania estaban muy enredadas por los agravios pasados y recientes y además estaban verdes; y la de León era muy ácida. Todavía tenía parajes que recorrer y otros reyes que visitar, pero se temía que serían testarudos como los cerros que le acompañaban por el camino.

Capítulo 18

Caleruega. Burgos. 1193

Desde que Ricardo salió de Burgos, había hecho un largo periplo visitando los yacimientos que suministraban a la obra de Las Huelgas materiales de construcción, empezando por la cantera de Hontoria que les abastecía a diario de piedra blanca para la labra, entrando en los cuidados bosques de Pineda que proveían de madera para los andamios y las cimbras y, después de encargar una partida de la piedra blanda de Silos para escudos y sepulcros, se acercó a Caleruega para comprobar cuántos caleros había y si la cal que fabricaban quemando la caliza de sus cerros era tan buena como la ponderaban sus ayudantes.

Se equivocaba el rey cuando decía a Leonor que tendría que buscarle a Ricardo distracción y entretenimientos, porque, mientras el cardenal Gregorio de Santángelo se entrevistaba con Alfonso de León, el maestro Ricardo se había quedado en Caleruega para su deleite y esparcimiento. Llegó a la villa de los caleros un viernes cuando ya se ponía el sol y estaba bastante cansado del largo periplo, por ello se dirigió a la mejor posada y después de dejar la mula a buen recaudo en la cuadra, dio asueto a su ayudante y pidió una habitación de las mejores.

—Venís en buena hora y en mala hora, peregrino —le dijo para su decepción el posadero—. En buena hora porque un santo varón, pariente mío, llamado Domingo de Guzmán, hijo de Félix Núñez de Guzmán y Juana de Aza, señores de la población, ha llegado de Palencia para predicar el sábado y el domingo, y es tan grande su elocuencia y sabiduría, y tan sabrosos sus sermones, que han llegado para escucharle gentes de muchos lugares y para mañana se espera que vengan muchos más de los sitios más cercanos. Y venís en mala hora porque habéis llegado demasiado tarde. Ya no queda ninguna cama disponible, ni en las posadas ni en las casas; incluso habrá muchos paisanos nuestros que tengan que dormir al raso unas cuantas noches.

—Deseo fervientemente escuchar los sermones de este San Bernardo vuestro, para comprobar si es tan buen predicador como afirmáis. Os ruego, por el amor de Dios, que me deis cobijo. Estoy dispuesto a pagar lo que sea menester y quedarme en Caleruega unos cuantos días para ver si vuestro ilustre vecino me convence y me incita a arrepentirme de mis pecados, que buena falta me hace.

—Dudo que seáis pecador a juzgar por vuestros modales y dado que sois extranjero. Como Nuestro Señor nos manda dar posada al peregrino, podría daros cobijo en el pajar si me pagáis la mitad. Os dejaría unas buenas mantas porque por la noche refresca y para que no durmáis directamente sobre paja —le respondió el posadero, mostrándose más amable.

Cuando Ricardo llegaba a un lugar, escogía la moza que más le gustaba o en su defecto la que tenía más a su mano y se las arreglaba para enredarla y conseguir que quedara prendada de sus encantos, tal como había ocurrido en Santander con la Resalada de los borceguíes. Pero lo mejor de todo era que nunca se olvidaba de una mujer con la que hubiera yacido y tampoco se le despistaba la casa en la que hubieran dormido.

Como Ricardo entreviera, a espaldas del posadero, que una morisca iba a atravesar el zaguán y al verle se detenía a mitad de camino haciendo que hacía y después de dedicarle una sonrisa de complicidad se quedaba durante unos instantes fisgando con disimulo, no lo dudó ni un instante e hizo al posadero una oferta tentadora.

—Reservad todo el pajar para mí solo, y os pagaré por adelantado. Pero antes quiero que me sirvan una buena cena, con los mejores vinos de estas tierras.

—Es temprano para la cena. Acercaos a la iglesia de San Sebastián y comprobaréis la animación que hay en el pueblo estos días. Para cuando estéis de vuelta tendréis una cena preparada a vuestro gusto.

No se entretuvo mucho Ricardo caminando entre el gentío, porque, al cabo de una media hora, era el primer comensal y estaba sentado a la mesa preguntando su nombre a la morisca que le servía la cena.

Durante los ires y venires de la moza para servirle, pudo constatar que tenía buen cuerpo y poca ropa y aunque iba un poco desaliñada, cimbreaba el culo con gracia con un andar incitante y garboso y era de buena estatura. Ni era gorda ni era flaca y sin ser una gran belleza, de lejos lo parecía. Aunque era muy vivaracha con los ojos, era de muy poco hablar. A pesar de que olía a sudor desde lejos, a Ricardo le apetecía.

—Mi nombre es Soraida, pero aquí me llaman la Benita. Pero si vos me *desís* vuestro nombre, os dejaré llamarme cuando *querráis*.

—*Querriés* decir cómo queráis.

—Eso. Como *querréis* que os llame

—Podéis llamarme Jacinto o Narciso.

—Os llamaré *Narsiso*, que es más *sensillo*.

Ricardo, que tenía prisa por aposentarse en el pajar, le cantó con su cálida voz de seductor una trova muy apropiada.

Y si me hicieseis un lugar a vuestro lado, señora,
cantaría solamente para vos.
Pero solamente si no os importuno,
mi compañía os agrada y regocija,
y no os causa quebrantos ni perjuicios.

—No he entendido lo que *desís*, pero ha estado muy bonito que me llamaras señora. Es la primera *ves* que me lo *disen*. Si voy contigo al pajar, ¿me cantarás *cansiones* de amor o de deseo?

—Habría de todo un poco.

—Sea mucho o sea poco, si hay un beso es *sufisiente*.

—Deja ya de aburrir a este caballero, Benita, y prepárale un lugar para dormir, y espabila que se está llenando el comedor —interrumpió el posadero.

La moza fue en busca de unas mantas y después acompañó a Ricardo hasta un pajar que estaba sobre la cochiquera. Había ratones y el aroma de paja y del heno mitigaban el de los cerdos.

Nada más llegar Ricardo empezó a estornudar.

—Bien *empesamos, Narsiso*, yo con prisa y tú con eso. Sujeta bien ese sebo, para que no se nos *ensienda* el heno de este desván y se nos asen los *serdos* —dijo Soraida, que en un instante suavizó el heno con las manos y colocó las mantas y dejó preparado el lecho del huésped—. Lo tienes todo *serca, Narsiso*, si tienes *nesesidades*, está la cuadra de los *serdos*. Y ahora me das ese beso que tengo prisa por salir porque me espera mi esposo que es *seloso* para que sirva la *sena*. Y no desesperes, que mañana *hasemos* eso.

Soraida se marchó y le dejó solo y a oscuras, estornudando entre los ratones y los cerdos. Pero todavía faltaba lo peor porque las pulgas saltaban de júbilo en las mantas celebrando por anticipado el festín que se iban a dar por la noche.

Mala la tuvo Ricardo y peor el despertar porque, cuando apenas había conciliado el sueño, empezaron a tocar las campanas con insistencia para recordar a los vecinos su obligación de escuchar el sermón de Domingo de Guzmán.

El maestro se despertó rascándose, estornudando y lleno de ronchas. Cuando bajó al corral medio dormido, se topó con Soraida, que le esperaba sonriente, portando como una sacerdotisa oferente una jofaina de agua tibia y una toalla muy limpia. La morisca olía a agua de rosas y no a sudor como el día anterior. Calzaba unos zuecos puntiagudos de madera que le hacían más alta, aunque la obligaban a andar como un pato. Cubría la cabeza con delicado velo de seda recogido por una cinta roja que rodeaba la frente sujetando unos aros de cuero alrededor de las orejas. Debajo de un chalequillo negro, que llevaba hombreras con cascabeles, resplandecía de puro blanca una blusa plisada recogida con una cinta que al cruzarse por delante, como una cruz de San Andrés, hacía resaltar unos senos muy generosos. Y no podía faltar en aquel atuendo festivo ni el delantal, ni los arillos de la muñeca cuajados de cascabeles.

Estaba tan sonrosada y tan saludable que su hermosura sorprendió a Ricardo, que había adivinado el pensamiento de Soraida: «No sufras, *Narsiso*, que si hay suerte y *hasemos* eso, se cumplirán mis deseos y te habrá valido la pena sufrir el olor de los *serdos* y el *suplisio* de las pulgas».

Después de obsequiar a Ricardo con un suculento desayuno, Soraida, que se veía obligada, como todo el mundo, a acudir al sermón de Domingo, salió a toda prisa para coger un sitio discreto en la zona reservada a las mujeres y Ricardo la siguió a distancia para no perderla de vista desde la zona de los varones.

Después de que tocaran a gloria las campanas, salió el predicador de la iglesia de San Sebastián, levantando al cielo los brazos, que parecían alas. Ricardo pensó por un momento que el fraile se iba a echar a volar. Cuando callaron por fin las campanas, las palomas dejaron de arrullarse y los desvergonzados gorriones escondieron el pico bajo las alas, entre los feligreses se hizo un silencio redondo, como de claustro de convento de monjas cistercienses. No se escuchaba ni el sonido del agua de la fuente de la plaza. Entonces tomó la palabra Domingo, que era un hombre de fe inquebrantable, certezas inamovibles y corazón ardiente. Su figura era como una llama alargada que subía hasta el cielo.

Manaba de su boca un incesante verbo tumultuoso como un torrente saltarín desciende impaciente golpeando las piedras de la montaña. Como quería llegar directamente al reino de los cielos, sus ayunos y penitencias para mantenerle alejado de la tentación habían alargado su blanca figura y su pálida tez hasta extremos tales que muchos de sus compañeros le apelaban «el látigo de Jesucristo en el Templo de Jerusalén», aunque él prefería que le llamaran «la voz que clama en el desierto», porque sostenía que los corazones de los castellanos eran de piedra y los de los leoneses eran de adobe.

Puede parecer extraño que su protector, el soriano don Diego de Acebes, que iba para obispo y le flanqueaba en aquel acto, hubiera elegido semejante pupilo porque era todo lo contrario que aquel. Donde Domingo ponía condenas, don Diego extendía perdones. Lo que en el de Caleruega era agitación, en el soriano era todo bondad. La soberbia del primero se mitigaba con la humildad del segundo. Lo que en el joven era santa impaciencia, en el viejo era pura pachorra, porque como todo lo que comía le sentaba bien, y lo que bebía le caía mejor y dado que ni gustaba de los ayunos ni de las penitencias, debido a su baja estatura, siempre llevaba el vientre por delante y la papada por debajo. En los Estudios Generales de Palencia eran eminentes profesores de filosofía y teología, y cuando se juntaban ambos, que eran las más de las veces, viéndoles tan diferentes fueron apodados el Bolo y la Bola. Algunos estudiantes hacían chistes acerca de ellos para regocijo de todos los habitantes de la ciudad del Carrión. No ocurría lo mismo en Caleruega, donde se les tenía veneración y respeto, ni en la corte de don Alfonso y doña Leonor, que pensaban poner en manos de los dos clérigos la educación del heredero de la Corona, el príncipe don Fernando.

A poco de iniciado el sermón, como viera Ricardo que el verbo iluminado y ardiente del predicador tenía prendidos en sus llamas a todos los calegoranos y al resto de sus enfervorizados seguidores, buscó a Soraida con la vista y una vez que comprobó que ella también le estaba mirando, le hizo una señal ladeando la cabeza hacia la derecha que ella entendió sagazmente. Y con la discreción y la prudencia de una serpiente, se fue deslizando con sigilo y disimulo entre las mujeres hasta que se dio cuenta de que estaba prendida en los brazos de Ricardo, que le había precedido en la ascensión del pajar de los ratones y las pulgas para hacer eso que ambos estaban deseando.

Hasta el lecho de paja llegaban entrecortadas las admoniciones de Domingo de Guzmán culpando a los pecadores de la pérdida de Jerusalén y del desastre de la cruzada. Hablaba de la necesidad de arrancar la cizaña, amenazaba con la hoguera a los herejes y con las penas del infierno a los pecadores, con la excomunión a los desertores de la cruzada, a las prostitutas, a los adúlteros y a los fornicadores, y exhortaba a las ovejas descarriadas a volver al redil y a hacer penitencia.

Su sermón era circular y podía ser interminable, porque a cada vuelta que le daba a sus soflamas incorporaba nuevos argumentos llenos de angustias y temores y trayendo de nuevo a colación cruzados, cizaña, hogueras, herejes, infieles y pecadores, y se daba tan buena maña urdiendo y tramando razones, sin perderse en el laberinto de ellas, y ponía en ello tanta pasión que no solo tenía a todo el mundo en vilo, sino que muchos derramaban abundantes lágrimas de arrepentimiento y estaban dispuestos a hacer penitencia para escapar a las penas del infierno.

Mientras Domingo predicaba a los pecadores, Ricardo tentaba a Soraida y susurraba una trova a su oído:

¡Creía saber de amor y sé tan poco,
que no dejaré de amar
a la señora que me ha robado el corazón!

—No entiendo nada de lo que cantas, *Narsiso*, pero lo susurras muy bien al oído.

Haciendo oídos sordos a las proféticas admoniciones del iluminado religioso calerogano, Soraida y Ricardo fundieron ansiosos sus cuerpos para aplacar ansias y ardores. Entre sofocos y jadeos, sonrisas y ayes, susurros y suspiros, y sonidos de sonajas, besos sensuales y caricias de cascabeles, requiebros y promesas de amor eterno, consumaron hasta la dicha para delicia del compañero, ignorando las advertencias que les hacían los cerdos con sus gruñidos y con sus chillidos los ratones. Las pulgas ni se enteraron de la promesa de los amantes de volver a encontrarse por la noche y en los días sucesivos tantas veces como les fuera posible. Así lo hicieron en la misma noche, mientras el posadero asistía al convite que ofrecía a Domingo la familia de los Guzmanes.

Al día siguiente, aprovechando el sermón de Domingo de Guzmán, Ricardo y Soraida volvieron a las andadas en lecho de paja. Pero el ojo vigilante del predicador, que todo lo veía, extrañado de que alguien osara desoír su palabra, al ver a aquel hombre de elevada estatura, cuyo rostro le era vagamente familiar, abandonar la plaza siguiendo el recorrido que anteriormente había hecho la mujer del posadero, que era pariente y vecino y que por consejo suyo la había tomado por esposa para no vivir en pecado a causa del concubinato, decidió tomar cartas en el asunto y cortar por lo sano aquel alevoso adulterio que casi era un sacrilegio a causa del sermón.

Cuando al cabo de una media hora los vio retornar por separado con cara de satisfacción para esconderse entre la multitud, una oleada de santa indignación le subió por el pecho y le hizo perder el hilo de su discurso contra la fornicación y el adulterio.

—Arrancaremos la cizaña de nuestros trigos y erradicaremos el adulterio de los pueblos —clamaba en el desierto Domingo delante de la portada de la iglesia de San Sebastián sin que el pecador Ricardo y la pecadora Soraida se dieran por aludidos, porque su cabeza seguía en el dichoso pajar.

Pagaron cara su sordera porque cuando volvieron por la noche al lugar de sus pecados, estando ambos desnudos como los pajaritos recién nacidos o Adán y Eva en el paraíso, llegó Domingo con el látigo de Jesucristo en el templo, encabezando un cortejo de Guzmanes y de Azas, todos ellos familiares del afrentado posadero, que, provistos de las varas con las que arreaban a los animales, entraron sigilosamente y, sin mediar palabra, comenzaron a azotar, como si fueran vedijas de lana, las provocadoras carnes de Ricardo y de Soraida, que en vano trataban de protegerse con las mantas.

—Esto me pasa por hacerte caso, Domingo —se lamentaba el afrentado posadero—, que te empeñaste en bautizarla y me obligaste a casarme con ella, que mejor estaba yo teniéndola por concubina, y no como ahora por adúltera y ramera.

—De haber desoído mis sabios consejos y seguido en concubinato con esta mora de los demonios, a estas horas estarías en el infierno, ¡so desdichado!

En mala hora mentó Domingo al infierno, porque un familiar del posadero, cegado por la furia vengadora y armado de santa indignación, quiso atizar a los adúlteros el golpe definitivo y lo hizo con tanta saña y tan poco tino que el palo en su recorrido alcanzó a golpear un candil, derramando su aceite y provocando una llamarada que prendió el heno que junto con la paja ardió de inmediato.

Al ver que el fuego se propagaba rápidamente, el posadero, los vengadores de su honra y el predicador, en vez de apagar el incipiente incendio sirviéndose de las mantas con que los adúlteros protegían sus vergüenzas de los golpes, salieron a trompicones por el bocarón y corrieron despavoridos para ponerse a salvo de las llamas del infierno en que se convirtió en pocos momentos el pajar, sin acordarse de sacar a los cerdos de la cochiquera, que se asaron sin remisión al igual que las pulgas y los ratones. Ardió la paja y se consumieron el pajar y la posada. Menos mal que el viento soplaba en dirección contraria al pueblo, porque, de no haber mediado esta afortunada circunstancia, habría ardido el pueblo entero con más facilidad que la piedra en las caleras que daban el nombre a Caleruega.

Los adúlteros se protegieron con las mantas pecadoras y de este modo pudieron salvarse de las llamas. Poco después se acercaron descalzos y desnudos hasta la iglesia de San Sebastián para acogerse a sagrado, pero lo hicieron en vano, porque los ladridos de los perros que los perseguían los delataron.

A la adúltera la querían lapidar, pero como Domingo se dio cuenta de que el peregrino inglés era el arquitecto de Las Huelgas, encarcelaron a ambos, y como quería resarcir a su tío de los daños económicos y morales sin incomodar a sus majestades, se puso en camino de Burgos junto con Diego de Acebes para resolver el asunto directamente con el rey.

* * *

Tuvieron mucha suerte porque el rey acababa de llegar de Toledo, pero hubieron de esperar mucho rato, porque don Alfonso estaba despachando con Gregorio de Santángelo, que había venido a informarle de lo difícil que era lograr un acuerdo de paz entre los reyes de Hispania.

El enviado del papa y el rey de Castilla coincidían en que el fracaso de la cruzada en Oriente repercutiría en Occidente y que pasada la hora de las lamentaciones, no había tiempo que perder.

—Mis espías me han alertado de la desaparición de Pedro de Castro, el mayordomo del rey de León, y suponen que estará viajando a Sevilla y Marrakech para establecer acuerdos con el Miramamolín.

—Hacéis muy bien en recelar del rey de León. Es un hueso duro de roer porque está lleno de envidia y resentimiento hacia vuestra majestad. Como sabéis bien, es posible que algún motivo no le falte...

—Todos cometemos errores alguna vez en la vida, pero mi primo, con tal de vengarse y dañarme, puede menoscabarme, además de causar grandes perjuicios a la Iglesia de Dios.

—Eso es lo que teme el papa, pero, a juzgar por lo que he visto y oído en León, si está pactando con los infieles, tratará por todos los medios de entorpecer el acuerdo que buscamos con los reyes de Aragón y de Navarra.

—A la vista de los daños que el ataque del Miramamolín ha causado al reino de Portugal, soy muy consciente de que si mis tíos Alfonso y Sancho no acuden en mi ayuda, lo pasaremos muy mal, porque la próxima embestida almohade dejará a salvo al reino de León y vendrá directamente contra Toledo.

—Hemos de dividirnos el trabajo; trataré de que entren en razón los reyes de Aragón y Navarra y vos preparad vuestra defensa del modo que consideréis más oportuno.

—Ya lo hemos decidido. La mejor defensa es un ataque en toda regla y en eso estamos, porque para prepararlo con tiempo he convocado a los nobles y los obispos, a la vez que a los representantes de todas las ciudades de Castilla, para informarles del peligro que nos acecha y pedirles su apoyo para conjurarlo.

—Habéis hecho lo justo y eso me tranquiliza. Pero antes de marcharme me gustaría que adivinarais qué es lo último que le ha ocurrido a Ricardo.

—No tengo la menor idea, pero mi cuñado, con tal de meterse en aventuras, es capaz de cualquier cosa. ¿Ha capturado Austria y se la ha quitado al emperador?

—Todo lo contrario, el emperador ha capturado a Ricardo cuando atravesaba Austria después de naufragar cerca de Venecia.

—Estáis hablando en sentido metafórico, ¿no es cierto?

—Os lo estoy diciendo en sentido tan literal como esta carta que ha escrito el propio emperador Enrique al rey de Francia, que desde que volvió de la cruzada es el mayor enemigo de Ricardo y que podéis leer si lo deseáis.

Alfonso tomó la carta en sus manos y leyó ávidamente su contenido sin poder evitar hacer comentarios en voz alta.

—¡Válgame Dios...! Increíble... increíble... ¡Qué valiente...! ¡Increíble...! ¡Como para fiarse de los reyes cristianos! En todas partes hay envidiosos y traidores... ¡No me lo puedo creer...! Mira que es mala suerte... o buena, porque podían haberle matado.

—Si no lo han hecho es porque pedirán un rescate fabuloso.

—La verdad es que es una aventura digna de Ricardo, pero a ver cómo sale ahora de esta, porque ni Jerusalén, ni heredero, ni reino, ni libertad tiene ahora mi cuñado. Solo le quedan la vida, el honor y la fama, que no es poco, y su suerte está en manos de la Divina Providencia y del papa. ¿No le parece a su eminencia? —preguntó.

—Seamos realistas, majestad. En manos de Dios estuvo durante la cruzada y Dios le sacó con vida de innumerables peligros. Del papa no puede esperar mucho porque el emperador tiene rodeados los estados del pontífice. Ahora todo depende de lo que pueda hacer su familia. Su esposa Berenguela no creo que sea de mucha utilidad, porque está indefensa y no sabemos dónde se halla. De la pobre Juana... nada se puede esperar, porque no tiene marido ni reino, y tampoco sabemos dónde para. A Juan le podemos contar entre sus peores enemigos y hará todo lo que esté en su mano para que Ricardo no regrese. Solo le quedan su madre y vuestra esposa.

—No sé de qué modo podría yo darles semejante noticia a mi esposa y a mi hija Berenguela, que le profesan adoración.

—Su majestad tiene tantas preocupaciones en la cabeza que no me atrevo a pedirle semejante esfuerzo, por ello os permito copiar los fragmentos de la carta si os place, pero sin entrar en muchos detalles.

—Así lo haré con vuestro permiso —exclamó Alfonso mientras copiaba a toda prisa los principales sucesos, incluidos los pormenores que era lo que más podía gustarle a Berenguela.

—¿Se puede saber cómo ha llegado a vuestras manos semejante documento?

Gregorio de Santángelo se acordó del cesto de las cerezas que le mostró el papa cuando le hizo cardenal donde constaba todo lo que les acontecía a los reyes y respondió al rey con una parábola.

—El Señor escribió en la arena los pecados de la adúltera para perdonarla y lo que escribió en la arena se lo llevó el viento. Los reyes dictan documentos que escriben los servidores de la Iglesia y guardan lo que escriben en la memoria... para que no se lo lleve el viento. Y el que tenga oídos para entender que entienda, majestad.

Capítulo 19

Burgos. 1193

Acababa don Alfonso de despedir al enviado del papa cuando el canciller le anunció que Diego de Acebes y Domingo de Guzmán llevaban mucho rato esperando a ser recibidos en audiencia secreta por el rey.

—Decidles que me disculpen, que mañana será lo primero que haga.

—Aseguran que es muy urgente y que se trata de un asunto de suma gravedad que afecta a la reina.

—Háganles pasar de inmediato —exclamó el rey con cara de preocupación y extrañeza—. Muy graves tienen que ser las urgencias que os traen a Burgos para asaltar al rey de esta manera —sentenció Alfonso, que los recibió enojado junto a la puerta.

—Se trata de Ricardo.

—Me acabo de enterar.

—¿Cómo lo sabéis?

—El Señor escribió en la arena los pecados de la adúltera y después dijo: «El que esté libre de pecado que tire la primera piedra». Y el que tenga oídos para entender que entienda.

—No podemos dejar libre a la adúltera hasta que el arquitecto de su majestad no pague los daños si quiere salir con ella de la prisión de Caleruega, porque si grave ha sido el escándalo, mayores han sido los daños que están detallados en esta carta, así como la descripción pormenorizada de los hechos que los causaron.

—Ahora entiendo el enredo. Dadme la carta, que quiero conocer todo lo sucedido para contárselo a la reina y luego me contáis los detalles con pelos y señales... Estando el que suscribe iniciando el sermón... ¡Válgame Dios...! Increíble... increíble... ¡Qué atrevimiento...! ¡Increíble...! ¡Como para fiarse de los arquitectos! ¡No me lo puedo creer...! Mira que es mala suerte... o buena, porque podían haberse abrasado con los cerdos.

El rey no paraba de reír mientras leía la carta y sus carcajadas desconcertaron a los clérigos, que no le veían la gracia al asunto. Al ver el monarca la cara de palo de Domingo y la sonrisa de conejo de Diego de Acebes, se disculpó.

—Entiendo vuestro disgusto, pero no habiendo desgracias personales, visto desde fuera, el asunto tiene mucha gracia, aunque estando de por medio el arquitecto de la reina no conviene que el asunto trascienda. Por ello soltad cuanto antes a los adúlteros, que nos ocuparemos, lo antes posible, de resarcir al posadero de los daños causados a su hacienda y su honor.

* * *

El rey don Alfonso no sabía cómo dar la noticia a Leonor del apresamiento de su hermano Ricardo cuando se acercó desde el palacio que tenía junto a la catedral hasta el monasterio de Las Huelgas.

—¿Pasa algo malo, esposo mío? Tienes cara de preocupación.

—El asunto es peliagudo para nosotros porque concierne a Ricardo.

—¿A cuál de ellos te refieres? —preguntó Leonor, que estaba inquieta porque hacía días que no tenía noticias de su hermano y suponía que el arquitecto estaba ocupado en tareas de aprovisionamiento de materiales para el monasterio.

—A los dos, porque ambos están presos en una torre; el uno en Caleruega por haber consumado con una morisca. Y el otro me temo que no haya consumado con mi prima Berenguela porque está cerca de Viena, en manos de Leopoldo de Austria, primo del emperador Enrique, el hermano de Conrado.

Doña Leonor supuso que lo de la consumación de Ricardo en Caleruega era solo una burla más de las que gustaba hacer su marido y la captura de su hermano, otra broma pesada suya.

—Deja de decir tonterías y habla en serio, Alfonso, que ya vamos siendo mayorcitos. Lo que dices es imposible, porque tengo entendido que el maestro Ricardo debe de andar alrededor de Silos y a mi hermano Ricardo le protege la bula del papa.

—Eso era en otoño, pero ha llovido mucho desde entonces. Ricardo embarcó en Acre, los vientos dispersaron sus barcos, empujaron el suyo a la deriva, naufragó cerca de Venecia, en tierras del emperador consiguió escapar, primero hasta cerca de Salzburgo, después con solo tres hombres hasta Viena y ahora lo tiene su enemigo Leopoldo de Austria en el castillo de Dürnstein a disposición del emperador Enrique. Me imagino que no quería llegar hasta tierras de Sajonia y de Baviera para ponerse bajo la protección de Enrique el León, el marido de tu difunta hermana Matilde.

—¿Es este el honor de los caballeros y de los reyes? —se desesperó Leonor—. ¿Poner hierros al más valiente de los cruzados, al único capaz de derrotar a Saladino? Supongo que el emperador tendrá que vérselas con el papa y que por lo menos le excomulgará.

—¿Te imaginas al anciano Jacinto al frente de un ejército para combatir al emperador o recorriendo Europa mendigando dinero de los obispos y a los abades para juntar un rescate fabuloso?

—¿Se sabe algo de Juana y Berenguela?

—No parece que naufragaran como Ricardo, porque, como de costumbre, ni irían en el mismo barco, ni salieron al mismo tiempo. Ya nos lo dijo Gregorio.

—¿Lo sabrá mi madre a estas horas?

—Estoy seguro, porque estas noticias van más rápidas que el viento.

—Espero que esté bien de salud, porque, de ser así, removerá Roma con Santiago para liberar a mi hermano.

—Menos mal que deshicimos a tiempo el compromiso de nuestra hija Berenguela con Conrado, porque habría sido una desgracia para ella y una maldición para nuestra estirpe tener herederos de semejante raza de víboras —exclamó el rey, mesándose la barba.

—No estaría nada mal que, aprovechando tu amistad con el papa Celestino, le escribas una carta rogándole que excomulgue al emperador. A mi madre le gustaría mucho que lo hicieras y a mí también. ¿Qué te parece?

—Qué me va a parecer, que una madre es una madre y un cuñado es un cuñado.

—¿Qué quieres decir con ese juego de palabras?

—Que una anciana madre, que además es reina y ve peligrar la vida de su hijo y la integridad de su reino, se puede permitir pedir al papa lo que quiera. Pero yo me lo tengo que pensar y consultar con mis consejeros, para ver lo que procede hacer en este caso.

—¿Entonces va para largo? —Leonor sentía crecer la irritación provocada por la cautela de su marido.

—Lo que se tarde en juntar el rescate, que puede ser muy cuantioso. —Al ver el rey Alfonso que su esposa hacía un gesto de contrariedad, añadió—: ¿O es que acaso prefieres que el papa llame a su sobrino Gregorio de urgencia y, sacándole de Hispania, le envíe a la corte de Alemania con la bula de excomunión del emperador? Para eso podría enviar al arzobispo de Canterbury o al de Colonia, ¿no te parece?

—Me parece que estamos sacando las cosas de quicio. Nadie pide el regreso de Gregorio a Roma. Es cierto que al papa le sobran cardenales y obispos para misiones semejantes. Solo te pedía una intercesión tuya ante el pontífice, para que vea que nos preocupa el asunto. Entiendo que tienes que ser prudente y agradecido con el papa y que está haciendo todo lo que está en su mano para librarnos de nuestros enemigos...

—Es que las peticiones a tan altas instancias hay que hacerlas de una en una, porque en caso contrario se mezclan los asuntos y se confunden las voluntades. Además, este papa es muy viejo y ya no puede durar mucho y no sabemos de parte de quién estará el que le suceda. Y es muy difícil que encontremos otro que nos sea más favorable. Que la tregua con los almohades vence en dos años y tendremos que estar prevenidos y preparar un gran ejército. Pero antes que nada necesitamos convertir a los enemigos en aliados. De eso se ocupa Gregorio y espero que tenga suerte.

Viendo Alfonso la desolación pintada en el rostro de su mujer, cedió a sus ruegos y le prometió escribir una carta al pontífice agradeciéndole la presencia en Hispania de su sobrino Gregorio y encomiando la valía de este y el entusiasmo con que se afanaba en lograr la paz entre los reinos. De paso le daría las gracias también en nombre de toda la familia por sus desvelos por lograr la pronta liberación del rey de Inglaterra y en todo caso le suplicaría que le tuviera informado de todo lo concerniente a su estado de salud y a las condiciones de su cautividad. Esta promesa de Alfonso dejó más tranquila a Leonor.

—¿Lo del otro Ricardo era una broma?

—¿Una broma? Ya quisiéramos nosotros que lo fuera —dijo el rey, contando el chusco suceso con todos los detalles, sin olvidar al predicador, la morisca, el pajar, los cerdos y hasta las pulgas y los ratones.

—Eso que dices está tan fuera de toda razón que no me cabe en la cabeza. ¿Te parece posible tantos disparates juntos? —exclamó Leonor entre la furia y la incredulidad.

—No me extraña que te cueste creerlo porque a mí me pasó lo mismo, sobre todo que salieran corriendo y a nadie se le ocurriera soltar a los cerdos.

Leonor palideció. Un momento antes estaba desolada ante el imprevisible desenlace del cautiverio de su hermano Ricardo con los enormes problemas económicos y dinásticos que caerían sobre los cansados hombros de su madre. Pero lo de Ricardo en Caleruega era inaudito. Al principio sintió un gran alivio porque no había perecido en el incendio como los cerdos, pero, pasado el primer susto, se dio cuenta de la magnitud del riesgo que había corrido y de la insensatez que suponía que un hombre de su posición y valía arriesgara su vida y su honor por andar corriendo tras las moriscas en los pajares y, quizás también, tras las pastoras por los montes y los prados. «¿Qué dirán las hermanas cuando se enteren? ¿Qué le digo a la madre abadesa? Nada puedo decirles, solo rogarles encarecidamente que recen mucho por él para que se arrepienta y mejore su conducta».

Al ver Alfonso que Leonor no osaba decir palabra, se empezó a reír a mandíbula batiente.

—Es increíble. Tu Ricardo, siempre tan serio y circunspecto, y siempre tan digno, educado y elegante, yaciendo entre pajas con una morisca, con los cerdos al lado contemplando el espectáculo. ¿Te lo imaginas, Leonor? ¿Te lo imaginas? Si no fuera porque nos toca a nosotros pagar la consumación, sería para morirse de la risa. ¿No me digas que no es divertido? Gregorio se desternillaría si le contáramos el suceso con pelos y señales. ¡¡Si es que le estoy viendo escapar con la morisca tapándose el culo con la manta...!! ¡Pero di algo, Leonor, no te quedes pasmada!

—¿Qué quieres decir con los gastos de la consumación?

—Que no sueltan a tu Ricardo hasta que pague la paja y el pajar; los cerdos, las cerdas, las crías nonatas y la posada. También tendrá que pagar el susto y el honor del posadero además de otros perjuicios que no han cuantificado.

—¿Eso es todo?

—Hay más. Ricardo se ha negado a salir si no dejan fuera de prisión a la morisca por temor a que la lapiden en cuanto él se vaya. Yo ya he hecho todo lo que está en mi mano. De momento, he enviado a Ben Amusco para que los cure. Y también he convencido a Domingo de Guzmán de que no le conviene a la comunidad de Las Huelgas que el escándalo se propague. Tú me dirás de dónde sacas el dinero para el rescate de tu otro Ricardo.

—Ahora no lo tengo, pero pediré el dinero prestado a los judíos de Burgos para resolver el asunto de inmediato.

—¿No me digas que lo vas a pedir a los judíos...?

Leonor encajó el golpe de su marido y calló a su pesar, porque aquel no era el momento de abrir una discusión al respecto, puesto que el asunto de Raquel estaba zanjado, aunque ella se dio cuenta de que había dejado en Alfonso una herida tan profunda que nunca se cerraría del todo. Ahora lo que importaba era sacar al arquitecto del atolladero y liberar a su hermano de las garras del emperador.

—Hemos de rescatarle cuanto antes, porque si no lo hacemos, tendremos que detener las obras y despedir a los operarios. Además, el cardenal Gregorio de Santángelo arde en deseos de conocer nuestro monasterio de la mano de Ricardo.

—Si arde en deseos, manda que hagan limpieza y retiren las maderas de la obra, no vaya a ser que, cuando pasen cerca de ella, el uno porque arde en deseos y el otro que arde por los palos que le dieron, se incendien los andamios y las cerchas como le ha ocurrido al pajar de Caleruega —bromeó Alfonso—. No sé si podré acompañarte por si hay que apagar el incendio, pero estos días irán llegando los obispos y los nobles para ayudarme a preparar la defensa de Toledo. —Cuando estaba a punto de salir, se volvió para hacerle a Leonor una última advertencia—: Te aconsejo buscarle al inglés una buena amante entre las damas de la corte, para que goce de ella cuando le plazca, y así no tendría necesidad de retozar entre cerdos con las moriscas en los pajares y a nosotros nos saldrían más baratas sus consumaciones.

* * *

Gregorio y Ricardo llegaron casi al mismo tiempo a las obras de Las Huelgas. El primero, lustroso, sonriente y vestido de cardenal, y el segundo macilento, compungido y cubierto de cardenales; además, tenía el brazo vendado, un ojo amoratado y el cuerpo lleno de magulladuras.

—¿Acaso os habéis caído del andamio, señor arquitecto? —preguntó el nuncio nada más verle. Como el aludido callaba, continuó—: ¡Tened más cuidado la próxima vez, si es que la hay, porque no es nada fácil reponerse de las caídas cuando uno se desploma desde tan alto!

Gregorio realizó el recorrido por la obra cogido del brazo del maestro y no se privó de hacer comentarios acerca de la profesión de su acompañante.

—Vosotros los arquitectos sí que sois afortunados porque, a pesar de vuestros vicios y defectos, tenéis el mejor destino de los hombres: continuar la obra de Dios y hacer su morada en la tierra. En este final de siglo, tenéis el privilegio de ser creadores de espacios modernos, cada vez más grandes, cada vez más altos y cada vez más luminosos y lo hacéis las más de las veces desafiando las leyes de la naturaleza y del sentido común. No sabemos adónde irán a parar los templos con vuestras invenciones.

Ricardo se había animado un poco porque se daba por aludido, e hizo una mueca de satisfacción.

—Pensáis que toda hazaña es posible y que tenéis un nuevo prodigio o una nueva emoción al alcance de la mano. Pero os acecha una gran tentación: que os ciegue la soberbia y con ello vengan a vosotros el resto de los pecados capitales, que os ocurra como a Adán, y queráis gozar del fruto prohibido y ser como dioses; entonces, todo lo que hayáis levantado se desmoronará como un castillo de naipes, al igual que les ocurre a los reyes cuando quieren extender sus reinos más allá de donde aconseja la prudencia.

Prudencia era lo que tenía la reina en aquel momento, y también confusión, porque una vez que se marchara el cardenal tenía que recibir a solas a Ricardo y no sabía cómo hacerlo. Iba a su lado, callada y con la vista baja, sin atreverse a intervenir en la conversación.

—Por lo que a mí respecta, solo quiero hacer bien el trabajo que me han encargado sus majestades y pedirles que perdonen mis errores y confiar en que sigan otorgándome una confianza que en absoluto merezco —empezó el arquitecto, francamente compungido y mirando de soslayo a la reina, como un chiquillo pillado en falta.

—Os felicito y me congratulo, majestad —exclamó Gregorio al finalizar el recorrido por la obra—. Excelente muchacho y un gran profesional. No le dejéis escapar, pase lo que pase y pese a quien pese, porque cuando el arquitecto se atraviesa, se distrae de la obra o esta le supera y se enreda a sí mismo con pamplinas o a sus deudos con pejigueras o se mete por vericuetos impracticables, todo es ruina, rompederos de cabeza y sufrimiento para sus mentores y para los dueños del edificio.

Al finalizar la visita, Gregorio regresó al palacio del obispo en el que le habían albergado, y doña Leonor y Ricardo volvieron a sus quehaceres por separado.

Después de hacer esperar un buen rato a su arquitecto, Leonor le llamó a capítulo a través de su mayordomo y Ricardo acudió de inmediato al locutorio del monasterio.

—¿Y bien? —preguntó Leonor, que estaba al otro lado de la reja, acompañada por doña María y doña Mencía, quien acababa de llegar de San Andrés de Arroyo.

—Majestad, agradezco la comprensión y el perdón que me habéis mostrado cuando os acompañaba a vos y al cardenal a ver la obra, y la deferencia que habéis tenido en recibirme de inmediato para escuchar mis razones, dejando vos a un lado importantes obligaciones, y las madres abadesas sus rezos y devociones, antes de que yo lo solicitara. Me alegro de que esté aquí, doña Mencía, porque recuerdo muy bien sus palabras cuando salió a despedirnos en Arroyo: «Aquí nada es materia, todo es espíritu y elevación, como quería nuestro padre San Bernardo. Todo invita a la oración de las hermanas. Ya lo dijo Nuestro Señor, "Mi yugo es suave y mi carga ligera"». Después añadió: «aunque la carne es flaca, el espíritu vivifica». Estoy aquí para pedir perdón a causa de las flaquezas de mi carne, pero espero que vuestro ejemplo vivifique mi espíritu.

Doña Mencía, que, siendo muy joven, se quedó viuda del conde Álvaro Pérez de Lara y sabía lo duro que era vivir sin un hombre al lado, adoraba al maestro Ricardo por encima de cualquier aspecto o consideración, y quedó conmovida. Ahora, el maestro se presentaba ante ellas como Jesús escarnecido y atado de manos ante Pilatos, y después de escucharle repetir palabra por palabra las suyas, estaba dispuesta a otorgarle su perdón por muy flaca que hubiera sido su carne y por muy grandes que hubieran sido sus pecados.

Doña María Gutiérrez tenía mucha curiosidad por saber cuáles habían sido los pecados, y cómo, dónde y con quién y en qué circunstancias los había cometido, y por qué había acudido al locutorio en un estado tan lamentable un hombre tan apuesto y atractivo como él.

Doña Leonor, que estaba en medio, miraba a su derecha y a su izquierda y veía a las dos abadesas en estado de contemplación, pensó que de haberles concedido el papa el poder de perdonar los pecados, no solo le habrían perdonado a Ricardo los pasados y los recientes, sino que le perdonarían los pecados futuros por grandes que estos fueran. Ambas necesitaban un arquitecto tan competente y servicial como él para sus conventos respectivos y además se solazarían con su recuerdo y, de este modo, podrían alegrar las horas mustias en los tiempos de desolación.

Como sabía que ella había acudido para hacer reproches y pedir cuentas y las damas para otorgar perdones y parabienes, se puso en pie:

—¡Hermanas! —dijo solemnemente—. Veo en vuestras lágrimas la bendición del perdón y en la actitud del maestro el reflejo del arrepentimiento. ¡Dejadnos solos si no os incomoda, que Ricardo y yo tenemos que hablar en la soledad de nuestras conciencias! —En cuanto doña Mencía y doña María, muy a su pesar, se retiraron, la reina miró a su arquitecto hecha una furia, pero él exclamó con mansedumbre:

—Majestad, decidme cuando gustéis cómo puedo pagaros el inmenso favor que me habéis hecho, sacándome a mí de prisión y librando a esa pobre mujer de la lapidación.

—¡Ricardo! No podéis imaginaros el daño que, en las difíciles circunstancias de mi familia, me habéis procurado ni el perjuicio que para este monasterio podéis causar todavía por vuestra insensatez e incontinencia. Yo no podría pagaros las consecuencias de vuestra conducta, aunque quisiera, ni lo haría aunque pudiera, porque no es justo que por los pecadores paguen los justos. Y los reyes tenemos que ser justos, prudentes y ejemplares. —El aludido asentía con la cabeza, a pesar que eso le producía dolor en el cuello. La reina continuó—: Como veo que asentís, os propongo que echéis cuentas para devolvernos lo que ha costado sacaros de la prisión a vos y a la mujer que os acompañaba, de modo que podáis seguir viviendo sin pobreza para que no se menoscabe vuestra dignidad, y con austeridad, para que no se perjudique la nuestra.

—Como vuestro yugo es suave y mi carga ligera, sea cual sea el salario que me corresponda siempre será mayor que mi derecho a percibirlo. En cuanto a la mujer, solo he seguido el ejemplo de Jesús, que no permitió que la lapidaran.

—Jesús pidió que la dejaran en paz y que se fuera, pero no se la llevó con él.

—Es que Jesús no había yacido con ella.

—Jesús no andaba por los pajares, andaba por encima de las aguas.

—Podía hacerlo porque era el hijo de Dios, y Dios le sostenía para que no cayera, pero yo no tengo quien me sostenga.

—Si vos no sois capaz de sosteneros solo, ¿cómo podremos confiar en que se puedan sostener por sí solas las bóvedas y muros que levantéis? ¿Habéis entendido lo que quiero decir, maestro Ricardo? Pues entonces podéis retiraros.

Mientras Ricardo se marchaba abatido por la derrota pero esperanzado por la confianza que habían depositado en él las mujeres, Leonor se quedó sacando sus conclusiones: «¡Qué flojos son los hombres y cuánta guerra dan! ¡Mi arquitecto no tiene quien le sostenga y a mi hermano le tiene que sostener nuestra madre! ¡Válgame Dios!».

Capítulo 20

Burgos. 1193-1194

Cuánta razón tenía Leonor cuando decía que a Ricardo Corazón de León le tenía que sostener la madre de ambos, porque ella había sido la cimbra que había sujetado aquel enorme peso, a la vez que era también el andamio que sostenía todo el complejo dinástico de los Plantagenet. Y lo había hecho después de sostenerse a sí misma durante los quince años de privación de libertad a que le tuvo sometida su propio marido, el rey Enrique de Inglaterra.

La popularidad de Ricardo durante la cruzada le había convertido en un personaje de leyenda, y esta se había acrecentado a causa de su inaudita detención; del mismo modo se había incrementado el interés del emperador por retenerle, porque Juan sin Tierra y Felipe Augusto le habían tratado de sobornar para que le retuviera todo el tiempo que fuera posible. Ellos no tenían ningún interés en vérselas de nuevo con un Ricardo libre y dispuesto a recuperar todo lo que le habían quitado durante su ausencia del trono de Inglaterra y el emperador necesitaba mucho dinero para arrebatar el reino de Sicilia a Tancredo.

A pesar de que había excomulgado a Leopoldo de Austria, el papa se resistía a hacer lo propio con el emperador Enrique y para lograrlo le escribía unas cartas que solo una mujer como la anciana reina se podía atrever a enviar al sumo pontífice: «... durante todo este tiempo la espada de San Pedro permanece en su vaina. Tres veces habéis prometido enviar legados y no lo habéis hecho... Si mi hijo conociese la prosperidad, los habríamos visto correr a su llamada, pues sabéis con cuánta generosidad les habría recompensado. ¡Ay, ahora sé que las promesas de los cardenales no son más que palabras!».

El papa, que había amenazado de entredicho a Felipe Augusto y excomulgado a Leopoldo de Austria, no se atrevía a hacer lo mismo con el emperador, porque solo serviría para empeorar la precariedad del pontificado después de un siglo de disputas entre el imperio y la Santa Sede y prefería que actuara la diplomacia. Así se lo hizo ver a don Alfonso cuando respondió con celeridad a su carta, en la que también le decía: «Supongo que Ricardo habrá conocido en su cautiverio la muerte del sultán Saladino. ¡Si hubiera podido resistir un poco más de tiempo en Tierra Santa, ahora estaría dominando Jerusalén, pero el Señor no quiso que esto ocurriera por causa de nuestros pecados! Para vuestro consuelo he de deciros que mi sobrino, el cardenal Gregorio, hará todo lo posible para unir a todos los reyes de Hispania contra los infieles bajo vuestra dirección».

—Ten paciencia, Leonor, ya ha pasado lo peor, pero ahora empieza la feria —intentó aplacarla Alfonso cuando vio que su mujer estaba a punto de hacer trizas aquella carta en la que había depositado sus esperanzas y que no satisfacía sus expectativas—. Ahora es el momento de la prudencia y la diplomacia. Y, en estos asuntos, este papa, que es perro viejo, es un maestro y sabe bien lo que hace. Dejémosle que teja sus hilos y que se entrecrucen con los de tu madre.

—¿Cuánto crees que pedirán por el rescate?

—El coste de su rescate superará con creces la oferta que haga tu hermano Juan o el rey de Francia para que le retengan. Me gustaría que no fuera mucho, pero creo que el emperador Enrique pedirá una barbaridad. Pero estate tranquila, Ricardo está vivo, todo el mundo lo sabe, tiene muchos partidarios porque luchó con coraje en la cruzada y resistió hasta el final.

Al contrario que a su madre, a Berenguela, que adoraba a su tío y había seguido con gran interés y emoción las vicisitudes de este en la cruzada, le alegró sobremanera la carta del papa porque daba noticia de la muerte de Saladino. Lo mismo deseaba que les ocurriera cuanto antes a Leopoldo de Austria y al emperador Enrique cuando les maldecía.

Cantaba a menudo la trova que había compuesto Ricardo con su fiel amigo el trovador Blondel y que los juglares difundían por todo el orbe cristiano. Aunque había escuchado sin intervenir la conversación de sus padres, cuando terminaron de hablar se puso a cantar dirigiéndose a su padre.

Jamás dirá un cautivo su razón precisa, si no sufre desazón;
y para su consuelo escribe una canción.
Amigos tengo muchos, pero no soy libre,
si no dan para que tenga redención,
Vergüenza hayan si estoy dos inviernos en prisión.

—No creas que me voy a dar por aludido, ¡hija mía! Tu tío se refiere a los amigos que ha enriquecido con sus cargos y donaciones y no a los familiares, que sabe lo mucho que tu abuela hace para juntar el dinero del rescate. Ya te he dicho mil veces que estamos al borde de una guerra contra los infieles y que, al igual que le ocurrió a tío Ricardo en la cruzada, podemos quedarnos solos a la hora del combate.

* * *

Mientras la diplomacia avanzaba y Leonor de Aquitania se afanaba en juntar el fabuloso rescate, el emperador llevaba al prisionero de castillo en castillo por miedo a que sus amigos le rescataran. Ricardo, que conocía el empuje de su madre y sabía que su liberación del cautiverio no podía tardar mucho tiempo, mantenía el sentido del humor y se entretenía cantando, componiendo y comiendo y bebiendo lo que se le antojaba gracias a su amistad con numerosos príncipes alemanes que se desvivían por obsequiarle.

Su madre embarcó en diciembre de 1193 en un navío protegido por la armada inglesa, que había sido especialmente preparado para cruzar el mar en invierno llevando en su bodega el tesoro para pagar el rescate. El reino de Inglaterra quedaba al cuidado del obispo de Canterbury y, aunque le acompañaban algunos obispos y caballeros fieles a Ricardo, la anciana reina sentía una soledad espantosa.

Nunca le había parecido tan tenebroso el Canal de la Mancha ni tan difícil atravesarlo. Temblaba de frío y de emoción cuando el barco del tesoro y la flota que le escoltaba se vieron envueltos por la niebla. La alerta era máxima. Habían previsto un ataque de los barcos del rey de Francia para apoderarse del rescate o hundir el navío y evitar de este modo la libertad de Ricardo. Las olas encrespadas barrían la cubierta del buque y el viento aullaba en las velas. Entonces tuvo miedo por primera vez desde que capturaron a Ricardo. Un miedo aterrador de que se cumpliera en ella la maldición de Dios a los Plantagenet. «Tienen todos el demonio en el cuerpo y no saben refrenar las pasiones», le había dicho el obispo de Durham.

Cuando comprobó que las olas aumentaban de tamaño y la travesía se hacía cada vez más difícil, tuvo la certeza de que su fin estaba cerca y los barcos se perderían en el mar o arribarían a las costas francesas para caer en las manos del peor enemigo de Ricardo.

Supo que no había llegado su hora cuando desembarcaron en los dominios del emperador Enrique. Para la Epifanía ya estaban en Colonia, donde les hicieron esperar un mes que se les hizo interminable. Primero alegaron que los tesoreros del emperador tenían que pesar los sacos de oro y plata, valorar las joyas, los cálices y los objetos que componían el tesoro que traía, para comprobar que equivalía a los cien mil marcos fijados para el rescate. Después de verificarlo, el emperador Enrique añadió una condición de última hora, vejatoria para Ricardo. Este debía jurar vasallaje por el reino de Inglaterra, humillarse públicamente ante el emperador y pagar anualmente cinco mil libras como tributo.

«Eso no es nada comparado con la libertad de mi hijo», exclamó doña Leonor cuando le expusieron las vergonzosas condiciones.

Finalmente, el día 2 de febrero de 1194, en Maguncia, Ricardo encontró la libertad en los brazos de su madre, que por fin acogía entre ellos a un niño gigantesco que tenía treinta y seis años, una larga barba con tirabuzones y una cabellera rojiza leonada en la que descubrió los primeros mechones canosos. Le parecía imposible que su hijo estuviera vivo. Había soñado tantas veces que se lo devolvían muerto de la cruzada que no sabía si reír o llorar. Trataba de reír pero solo le salía una mueca, deseaba llorar y las lágrimas no acudían en su socorro, pero no había perdido la lucidez porque recordaba que la vez anterior que le vio fue en Sicilia, cuando le entregó a Berenguela de Navarra para que la hiciera su esposa. «Si tuviera un heredero todo sería diferente y habría esperanzas para mis reinos. Eso no importa ahora porque mi hijo está conmigo, está libre y está vivo. Todo se arreglará con la ayuda de Dios». Un pensamiento perturbador quiso posarse en su cabeza y ella lo espantó como se espantan las moscas.

—Tienes que olvidar sus traiciones y perdonar a tu hermano Juan. ¿Me lo prometes? —acertó a decir con voz entrecortada—. ¡Qué pena que no estén ahora con nosotros Juana y Berenguela, que tanto me han ayudado en este año funesto!

* * *

La noticia de la liberación voló por Europa impulsada por las velas de los barcos que bañaban sus costas y por los cascos de los caballos que hollaban sus caminos. Desde Santander llegó a Burgos, donde fue festejada como un gran acontecimiento. Los juglares cantaban en su honor las trovas que recorrían Europa porque consideraban que Ricardo era uno de los suyos.

A su segunda coronación como rey de Inglaterra ni acudió la reina de Castilla ni lo intentó. Ahora el reino de Toledo exigía toda la atención del rey don Alfonso. El acuerdo de paz entre los reyes de Hispania era de suma importancia para su marido, porque la tregua con los almohades estaba a punto de expirar.

Las gestiones que realizaba el cardenal Gregorio de Santángelo no terminaban de dar fruto. Los reyes de Navarra, Aragón y Portugal estaban dispuestos a hacer las paces con Alfonso de Castilla, pero el de León, que aducía múltiples agravios, no daba su brazo a torcer.

—El tiempo apremia. Ya no podemos esperar más, eminencia —se impacientaba Alfonso—. Mis informadores me dicen que el Miramamolín cruzará en breve el estrecho con un ejército nunca visto. Ya habéis comprobado los desastrosos efectos que ha tenido para la cruzada el enfrentamiento de los cristianos a las puertas de Jerusalén.

—Me lo recuerda el papa en todas sus cartas y me urge a lograr un acuerdo con toda vehemencia, para eso he venido a estos lejanos confines.

—¿A qué esperamos entonces?

—La separación de los reyes de León lo enreda todo. Vuestro primo piensa que el papa está de vuestra parte y recela de todo lo que le propongo.

—La separación matrimonial no corre prisa. Lo que urge es la paz o al menos la garantía de que el rey de León no haga como Felipe Augusto, que invadía los dominios de Ricardo en Francia mientras este combatía a Saladino en Tierra Santa. Si esto ocurre entre nosotros, más pronto que tarde, toda Hispania se perderá para la cristiandad.

—La separación era un gran inconveniente, pero ahora es un hecho irreversible, porque Roma ya ha dictado sentencia. La paz es inexcusable y ha estado varias veces a nuestro alcance, pero los enredos familiares la desbaratan siempre.

—No será por mi causa, porque estoy dispuesto a aceptar humildemente la solución que propongáis. Estaría dispuesto a devolverle algunos de los castillos en litigio en los Campos Góticos. Unos inmediatamente y otros a mi muerte. Siempre será más justo vuestro laudo que la solución que proponga mi primo.

—Él se siente despojado por ambos lados, porque ahora que hemos declarado nulo su matrimonio con Teresa de Portugal, reclama a su tío, el rey portugués, los castillos leoneses que entregó como arras.

El cardenal recordaba en estos momentos la llamada de su tío Jacinto, al poco de ser nombrado papa, y su lección magistral con el árbol de las cerezas cuyo tronco era el rey Sancho el Mayor de Navarra.

—Esto pasa a causa de las bodas entre primos carnales, que la Iglesia desaconseja y condena y que los reyes ignoran sistemáticamente. Primero enredan sus dominios dando castillos como arras, generación tras generación. Y se enmarañan de tal manera las fronteras de los reinos que hace falta que el apóstol nos ayude y una paciencia infinita para desatar en una mesa de negociación lo que ellos han atado en el tálamo con múltiples matrimonios incestuosos. Yo voy a necesitar la ayuda de Dios porque ya ni tengo tiempo, porque el de mi misión finiquita, ni tengo una paciencia infinita porque estoy harto de tanto enredo y de tanta hipocresía.

El rey Alfonso callaba y su silencio terminó de alterar al legado pontificio, que sin poder contenerse exclamó, levantando la voz en demasía, como hacía cuando le sacaban de quicio:

—Ahora calláis de palabra y obra, pero hace tres años el papa me enseñó vuestra carta de felicitación y vuestra denuncia del incestuoso casamiento entre vuestros primos. Y el de León nos ha dicho que hace seis años le ofrecisteis una de vuestras hijas en matrimonio, a sabiendas de que también eran primos. ¿O sea que lo que era bueno para vos entonces ha sido malo para él ahora?

—Miente mi primo cuando tal cosa afirma, porque fue él quien me pidió a una de mis hijas por esposa. Y yo accedí en aras de la paz. Él pensaba que se trataba de Berenguela, pero estaba prometida a Conrado.

—Y vos pensabais en Urraca, que solo tenía dos años. Y se la entregasteis mediante tratado. ¿Acaso pensabais que, después de besaros la mano en señal de vasallaje y sintiéndose burlado por un rey que le daba una criatura por esposa, iba a esperar diez años para consumar el matrimonio, y que la Iglesia durante todo ese tiempo se iba a quedar cruzada de brazos? Sabéis perfectamente que de aquel enredo viene este conflicto. Y mucho me temo que después de este enredo habrá otro que tendrá que deshacer el enviado del próximo papa, porque sois incorregibles y porque mi tío estas cosas se las toma muy a pecho y le matarán a disgustos.

* * *

Un mes más tarde, el cardenal Gregorio de Santángelo se encerró con los dos primos carnales en Tordehumos, una disputada fortaleza fronteriza entre ambos reinos. Al cabo de una semana de encierro, obligó a ambos reyes, bajo pena de entredicho, a firmar un tratado de diez años de duración: «En nombre de Nuestro Señor Jesucristo. Amén. Nos Gregorio, cardenal de Santángelo por la gracia de Dios, legado de la sede apostólica, mediamos entre el ilustre Alfonso, rey de Castilla, y el ilustre Alfonso, rey de León. Establecemos que este rey de Castilla, en aras de la paz, restituya al rey de León los castillos de Alba, Luna y Portillo...».

Después enumeraba otros muchos castillos que el de Castilla debía devolver al de León tras su muerte, lo mismo que algunos territorios conquistados a los moros en Extremadura.

Alfonso de León estaba eufórico, porque iba a recuperar de inmediato importantes castillos a cambio de un compromiso de paz. «El cardenal es más ingenuo de lo que supone y mi primo es más tonto de lo que parece. Aviados están si piensan que hacer las paces a la fuerza significa que cuentan conmigo en la guerra contra el Miramamolín», pensaba cuando firmó el acuerdo.

El cardenal de Santángelo volvió de Tordehumos preocupado. Todavía tenía que acercarse a Portugal para dar cuenta al rey Sancho de la firma de otra tregua de diez años y conminarle a devolver al rey de León los castillos de las arras de su hija Teresa y de paso para asegurarse de la disposición de esta a tomar los hábitos. También pretendía conseguir el compromiso de Sancho de mantenerse al lado de Alfonso de Castilla en la inminente guerra contra los almohades.

Alfonso regresaba satisfecho porque, a pesar de que no había logrado concretar los apoyos que recibiría de cada uno de los reyes, al menos esquivaría sus ataques bajo pena de excomunión. Pero, sobre todo, no sufriría la afrenta de tener que entregar en vida la mayoría de los castillos en litigio a su primo de León.

A su llegada a Burgos, le esperaba la familia al completo. Berenguela ya tenía catorce años y, después del fiasco con Conrado, estaba todavía por casar. Urraca ya tenía ocho, Blanca seis, Fernando el heredero tenía cuatro y medio, Mafalda tres y Leonor uno.

«¡Sean dadas gracias al Altísimo, que nos ha concedido seis hijos, hermosos y sanos, a pesar de nuestros pecados! Más vendrán, gracias a su misericordia, porque Leonor aún es joven y fecunda», pensó nada más verlos.

La reina no solo había heredado el nombre de su madre, sino sobre todo su naturaleza vigorosa y saludable y también una hermosura que no se marchitaba a pesar de sus ocho partos, porque el paso de los años y la superación de las tragedias familiares le habían dado una fortaleza y una serenidad envidiables.

La liberación de Ricardo, gracias al empuje y a la tenacidad de su madre, le había quitado un enorme peso de encima. Pero era la sumisión de su hermano Juan sin Tierra, después de conseguir el perdón de Ricardo, lo que le había devuelto la tranquilidad, aunque no las tenía todas consigo, porque sabía lo voluble, envidioso y traicionero que era su hermano menor.

Aunque las obras de su monasterio marchaban a buen ritmo, envidiaba a doña Mencía porque el suyo de Arroyo estaba terminado, a falta del coro de las hermanas. El maestro Ricardo había imprimido un ritmo inusitado a las obras del monasterio de Las Huelgas y, escarmentado por lo ocurrido en Caleruega, evitaba el fuego en los pajares ajenos y sofocaba sus urgencias en la tranquila ensenada que guardaba para él la morisca Soraida cuando le susurraba al oído a su vuelta del monasterio:

No sufras, Narsiso, *que si hay deseo, hay un beso,*
y me doy prisa por servir la sena.
y cuando senes hasemos *eso.*
Tú sin prisa, yo con seso y a descansar,
que estando en casa no se nos asan los serdos.

Sosegado por el sensual siseo de la morisca, su eficiente administradora y ama de llaves, además de excelente cocinera e inmejorable compañera de cama, amortizaba religiosamente el préstamo de los judíos a los reyes para su rescate de la prisión de Caleruega.

Leonor no estaba tranquila del todo: la pasión de Ricardo parecía controlada y la suya era como un león dormido al que no se podían quitar las cadenas. Así se lo había dicho Tomás Becket a su madre poco antes de que le asesinaran: «Todos los Plantagenet tienen el demonio en el cuerpo y ninguno de ellos sabe refrenar las pasiones».

Aquella noche, Alfonso estaba especialmente cansado, cosa rara en él, que era un hombre de mucha vitalidad. Durante la cena le contó, exagerando sus logros, que Gregorio había conseguido que los reyes de Navarra, Aragón, Portugal y León juraran apoyarle en la inminente guerra contra los infieles. Después, hizo ademán de retirarse a sus aposentos, pero Leonor tenía necesidad de departir acerca del matrimonio de las hijas.

—No te vayas a dormir tan pronto, esposo, que tus hijas juegan a casamientos con príncipes y princesas, sobre todo Berenguela, que me dice que ya se está haciendo mayor, y me gustaría hablar de ello contigo.

Alfonso, que recordaba la obligada separación de su primo de León por causa de consanguinidad, se tomó a broma el asunto.

—Tal como están las cosas por estos reinos, no nos va a quedar más remedio que casarla con el hermano del Miramamolín.

—¡Qué disparates dices!

—¿No quería Ricardo casar a Juana con el hermano de Saladino? ¿Es que acaso soy yo menos que Ricardo?

—Estoy hablando en serio, Alfonso. Hazme caso, aunque sea solo por esta vez.

—Estás mentando la soga en casa del primo del ahorcado. Tenías que haber visto en Tordehumos al rey de León, furioso como un león enjaulado, porque Gregorio le ha separado de nuestra prima Teresa, y su padre, Sancho de Portugal, no le quería devolver los castillos de la dote.

—Es que tu primo es bastante animal.

—Si quieres que hablemos en serio, buscamos candidatos en otras cortes. ¿Te parece bien que empecemos por Germania? ¿Te has olvidado de Conrado, el hermano del emperador? ¿Adónde iba Berenguela con semejante mastuerzo? —Leonor no dijo nada y Alfonso prosiguió—: En Inglaterra no hay nada que hacer, a pesar de los esfuerzos que ha hecho... tu madre. —Al ver que Leonor ponía mala cara, añadió—: De momento, mujer, de momento. No te enfades. Y si hubiera heredero, cosa harto difícil, sería hijo de un hermano tuyo y una prima mía. Unión incestuosa por partida doble. Eso al papa no se le escapa ni dormido. ¿O es que piensas casarla con tu hermano Juan? Mejor será que miremos a Escocia a ver lo que encontramos. Si optamos por Francia para casar a Berenguela tendremos que esperar a que Felipe Augusto arregle lo de Ingeburga.

—¿Qué sabes de Polonia, porque de allí era la madre de tu tía Sancha? —preguntó Leonor, tratando de provocarle.

—Que hace mucho frío. Y más aún en Dinamarca o en Suecia. Y están lejísimos. Despídete de volver a ver a tus hijas en toda tu vida. A no ser que las repudien, que los polacos son muy suyos. Y en Hispania, ¿por dónde quieres que empiece?

—Por tu tía Sancha de Aragón, que parece que nos tiene mucho afecto —sugirió la reina, volviendo a la carga.

—Tiene motivos y de sobra para quererme. Ella misma te lo dijo en Tarazona. Los dos éramos huérfanos, nos criamos como hermanos y jugábamos juntos en el alcázar de Toledo. Yo, pobre de mí, le hacía compañía cuando enfermaba y la consolaba como podía cuando se moría de miedo en su lóbrega estancia donde la hacían dormir en soledad para fortalecerla —respondió Alfonso sin darse por aludido— . Su primogénito y heredero del reino es Pedro, que en Tarazona casi mata a Berenguela de un empujón. ¿No querrás que lo intente otra vez?

—Como además de eso hay consanguinidad, no podemos seguir por ahí. ¿Qué tenemos en Navarra?

—Ya conoces lo raro que es Sancho el Fuerte, primo mío por partida doble. Es de tu edad. Muy bruto y muy hosco con las mujeres. Le pegaría a menudo y tú sufrirías al saberlo. —Alfonso hizo una pausa y continuó—: El rey de Portugal, se llama Sancho, también es pariente mío. También está enfadado con el cardenal Gregorio, porque acaba de anular la unión incestuosa de su hija Teresa con mi primo de León y sobre todo porque le tiene que devolver los castillos que garantizaban el acuerdo matrimonial.

Leonor ponía cara de resignación porque lo de casar a las hijas estaba muy complicado por la parte de Hispania y por la parte de Europa estaba sin trabajar. A pesar de ello, la reina, que se acordaba de su madre corriendo con Berenguela de Navarra al encuentro con el esquivo Ricardo, pensaba que había llegado el momento de preparar el terreno para encontrar a la futura reina de Castilla.

—¿Con quién casaremos a Fernando? Todavía es muy pequeño. Pero no estaría mal que enviáramos en su día a don Diego de Acebes cuando le hagas obispo y a Domingo de Guzmán por los reinos de Europa.

—Mejor será que se lo preguntemos al papa y Dios proveerá cuando llegue su hora —contestó el rey Alfonso recordando a una muchacha pelirroja que venía de Inglaterra, cantando el romance de su abuelo don Gaiferos en un corcel blanco, rodeada de peregrinos y de doncellas. «Visto lo que hay por este mundo, yo sí que he tenido suerte. Esa elección de don Nuño sí que fue afortunada», se dijo. «Y he estado mucho tiempo sin darme cuenta, porque a mis catorce años, no conocía lo difícil que es conseguir un casamiento adecuado y mucho menos dar con alguien que sepa asumir las servidumbres y las obligaciones que tenemos los reyes».

—¿Decías algo, esposo mío?

—¡Que ha sido una bendición que te casaras conmigo y que no merezco una reina y una mujer como tú! —respondió, en parte porque lo sentía y en parte porque se quería dormir.

Pero la reina se había desvelado completamente y dio en pensar sobre el incesto y sobre el poder que se arrogaba el papa de inmiscuirse en el tálamo de los reyes. Si el conflicto entre los reinos vecinos se resolvía con el matrimonio de las hijas, y el papa lo disolvía por incestuoso, la guerra sería inevitable.

De repente se le encendió la sangre y le salió el carácter indomable de su madre. Tan acalorada estaba que empezó a hablar en voz alta:

—¿Qué es peor, el incesto o la guerra? Evidentemente, la guerra, que es lo que elige el papa, que, por otra parte, busca la paz. Esto es de locos. Lo dirá el papa, y lo impondrá un cardenal bajo amenaza de excomunión, pero es un disparate. Digo yo que podría transigir un poco, en función de las circunstancias de cada caso.

—Duérmete y no le des más vueltas al asunto, Leonor —musitó entre dientes el rey—. Es una cuestión de poder. El incesto es un asunto de moral y es competencia del papa, que además tiene el poder de dictar excomunión y entredicho cuando considera que lo hay. Y como sabes, el entredicho significa la desobediencia de los súbditos y de los nobles. Y la última palabra la tiene el papa, porque, según dicen los Evangelios, a San Pedro le dio Cristo el poder de atar y desatar, así en la tierra como en el cielo.

—Eso le proporciona al papa un enorme poder... —dijo la reina.

—Así es, aunque no tenga ejércitos numerosos, porque los reinos se hacen y deshacen en el tálamo de los reyes, que es donde se engendran los herederos. Allí está el poder, y también está el papa, vigilando con el derecho canónico en la mano, examinando la legalidad del coito y la consanguinidad de la pareja —respondió el rey, que se había despertado por culpa del parloteo de la reina.

—Eso es horrible. Me moriría de vergüenza si en esas circunstancias pensara que el papa está aquí, en medio de nosotros, y lo ve todo, lo mide todo, lo comprueba todo y lo juzga todo.

—Imagínate yo. No podría... ni... intentarlo —murmuró y empezó a roncar de inmediato.

«Pues, si te duermes, yo tampoco».

El rey de Castilla se pasaba el día cavilando sobre el modo de plantear la batalla a los almohades, porque el final de las treguas era inminente y ninguno de los firmantes del acuerdo de Tordehumos había concretado su participación en la batalla o la clase de apoyo que le daría. Esta situación de desamparo lo llenó de pesadumbre y le privó del apetito, no solo del carnal, sino también de las ganas de comer y beber en abundancia como solía y, por primera vez en su vida, cayó en un estado de ensimismamiento del que no le sacaban ni las atenciones de la reina, ni los consejos de Ben Amusco, ni los trovadores de la corte.

Rey, ¡por Cristo!, no nos faltéis,
pues los almohades
son muchos más que nosotros.
No hay conde que ciña la espada al cinto
mejor que vos lo hacéis.

Pero nada le distraía de su gran preocupación, que era, contando solamente con sus fuerzas, detener a un ejército tan numeroso y preparado como el del Miramamolín antes de que llegara a Toledo, que fue lo que hizo Saladino con Ricardo para impedirle que llegara a las puertas de Jerusalén y le atrapara dentro de la ciudad.

En aquellos momentos difíciles, Berenguela, que ya tenía quince años, acudió a buscar consejo en la persona de Ben Amusco para ver el mejor modo de apoyar a su padre.

—Vuestro padre tiene una indigestión en su cabeza porque está en un atolladero. Y anda dándole vueltas y más vueltas al laberinto para encontrar una salida. Si sale al encuentro del Miramamolín para darle la batalla en campo abierto, mal, porque el Miramamolín tiene un ejército mucho más numeroso que el nuestro, sus arqueros turcos andan muy ligeros a caballo y jugando al tornafuye pueden disparar sus flechas cabalgando de espaldas o vagando por el campo para descansar o hacer como que huyen para confundir y volver sobre sus pasos cuando les conviene o les place. —Como viera el médico que Berenguela se mostraba contrariada, añadió—: Si espera en Toledo, peor, porque los almohades arruinarán pueblos, castillos, villas y ciudades y todo lo que encuentren al sur del Tajo, y harán un desierto allí donde había campos y montes, vides y olivos. Después incendiarán la ciudad y tratarán de sublevar contra su rey a los moriscos que la habitan y que son multitud.

—Es muy interesante todo lo que referís, Ben Amusco; poco puedo hacer yo en esos menesteres, pero me encorajina no encontrar el modo de ayudarle, cuando le veo ir y venir como león enjaulado, dando vueltas y más vueltas alrededor de una fuente y me malicio que más se fatiga con el trabajo de su cabeza que con el ejercicio de las piernas.

—Vuestro padre necesita todo lo que le regatean sus primos y le puede dar vuestra familia: comprensión, afecto, compañía y seguridad. Con vuestra madre ya cuenta, pero le preocupa mucho Fernando porque todavía es muy pequeño. Vuestras hermanas no pueden ser gran consuelo.

—¿Y bien? —le preguntó Berenguela.

—Estad cerca de vuestro padre, acompañadle cuanto podáis. Hacedle hablar para que se desahogue. Preguntadle por su infancia y su juventud, que airear los recuerdos de antaño distrae de las preocupaciones y devuelve la alegría.

Doña Leonor observaba desde su ventana las artimañas que utilizaba Berenguela para acercarse a su padre con disimulo o directamente, tratando de sacarle de la jaula que le oprimía. Pronto los vio en amigable compañía dando paseos más largos y sosegados por los jardines del alcázar o sentados a la sombra de los naranjos, escuchando el tranquilo discurrir de las acequias o el susurro de las fuentes hasta que por fin comprobó con alivio que charlaban animadamente o discutían con ardor.

«Esta Berenguela ¡qué lista es! ¡Cómo ha sabido llevarle la corriente a su padre para sacarle del pozo en que se encontraba!», pensó sonriendo satisfecha.

Cuando la muchacha despidió a su padre a la salida de Toledo, sabía que era muy probable que le estuviera viendo por última vez.

—¡Padre mío! —exclamó, arrojándose en sus brazos—. Ya no hay sitio para la vacilación ni para la duda. Aunque los almohades sean muchos más que los nuestros, vos estaréis defendiendo nuestros sembrados y nuestros viñedos, nuestros olivos y nuestras alamedas, nuestros castillos, villas y ciudades, a nuestros vasallos y a nuestros antepasados. Sabéis bien que de todos los monasterios saldrán plegarias al señor Santiago para que os acompañe en la batalla. Y en todas las iglesias se dirán misas para que Nuestro Señor perdone nuestros pecados y os dé la victoria sobre los enemigos de la Iglesia y de la fe verdadera.

Capítulo 21

Alarcos. 1195

El rey Alfonso de Castilla, después de muchas cavilaciones, había decidido presentar batalla al ejército almohade en el lugar más apropiado de la zona despoblada que se encontraba entre los ríos Tajo y Guadiana, situada a la salida del paso obligado desde Córdoba por el Muradal. Para ello salió de la ciudad de Toledo, donde instaló su cuartel general, y organizó, con su alférez don Diego López de Haro, con el arzobispo de Toledo, Martín López de Pisuerga, señor de una diócesis que llegaba hasta el Guadiana, y con los principales nobles del reino, un periplo por las fortalezas situadas al sur del Tajo y en las orillas del río Guadiana. También se hizo acompañar por sus cartógrafos para levantar los planos de los castillos y proceder a su refuerzo o reconstrucción, y actualizar los mapas de sus territorios y los de la tierra de nadie situada entre los dos ríos, señalando con la máxima exactitud las distancias entre el Muradal, Calatrava y todas las defensas situadas al sur de Toledo.

Con todos ellos convino que la mejor ubicación del campo de batalla era un lugar protegido por los castillos que guardaban la entrada de los ejércitos que venían de Córdoba.

Para dedicar todo su tiempo a lo que verdaderamente importaba, durante todo el resto del verano y el otoño estableció su corte en Calatrava. En aquella tierra despoblada, inmisericordemente reducida a su condición de desierto por los avances y retrocesos de cristianos y musulmanes, se alzaban austeros castillos defendidos por frailes calatravos, y brotaban de la tierra yerma las potentes siluetas de las fortalezas. A su sombra decidió el rey Alfonso jugar su suerte a los dados. Porque en una batalla campal como la que se avecinaba, la vida y el reino dependían de muchos imponderables.

Para eso había comenzado en 1186 la construcción del castillo de Alarcos. Allí mismo dispuso reforzar esta fortaleza y ampliar o reforzar otros que estaban maltrechos o eran insuficientes para la tarea que se les encomendaba unos kilómetros aguas abajo de Calatrava, antes de llegar al fuerte castillo de Caracuel. Detrás quedaban los de Benavente, Malagón y Guadalerzas, defendiendo el paso de Los Yébenes, y el castillo de Consuegra antes de llegar a Toledo. Todos ellos estaban ubicados en los puntos claves para la defensa del reino de Toledo, ya que controlaban los caminos que convergían en la capital.

Cuando regresó de su gira, informó a la reina y a su hija Berenguela de los preparativos para la gran batalla. Leonor estaba muy preocupada porque, a pesar del pacto de Tordehumos, no tenía ninguna confianza en el rey de León y además temía que los reyes de Portugal, Navarra y Aragón no enviaran tropas para ayudar en la defensa de la ciudad de Toledo del ataque de las tropas almohades. Por eso sopesaba escribir a su hermano Ricardo para conseguir su colaboración en la defensa del reino de Castilla y así se lo hizo ver al rey don Alfonso.

—Tenía razón yo. Deberíamos haber contribuido generosamente al rescate de Ricardo. Él sabría corresponder ahora.

—Bastante tarea tiene por delante tu hermano en Normandía y en Bretaña para recuperar los castillos y territorios que durante su cautiverio le quitó alevosamente Felipe Augusto como para venir hasta Toledo a combatir conmigo contra los infieles. No le seguirían los señores y se aprovecharía de ello el rey francés. Tienes que entender que esta es mi guerra y este es mi reino, aquí tengo a mis nobles y mis caballeros y las mesnadas de mis ciudades. Ricardo nunca se sometería a mandar una de las alas del ejército. Antes volvería a Tierra Santa para recuperar Jerusalén ahora que ya no vive Saladino.

* * *

A mediados de junio de 1195, el rey Alfonso de Castilla se había trasladado con toda su corte y familia a la ciudad de Toledo. Allí supo que el Miramamolín Abú Yusuf al Mansur había cruzado el estrecho con un gran ejército, en el que se encontraban los temibles arqueros turcos. El 25 de junio hacía mucho calor en Toledo. Esperaba en la ciudad del Tajo a que, de acuerdo con el Tratado de Tordehumos, los restantes reyes de Hispania acudieran en su ayuda. Pero no tenía noticias de que el rey Alfonso de Aragón y el rey Sancho de Navarra o el rey de Portugal se estuvieran desplazando hacia Toledo con sus fuerzas. Solo el rey Alfonso de León había iniciado un movimiento con las suyas en dirección a Talavera. Desde allí le envió un mensaje por el que le exigía la entrega de los castillos en litigio, si quería contar con su apoyo.

—Es una felonía de última hora. Era lo que nos faltaba. Entre los unos y los otros nos están haciendo perder unos días preciosos en Toledo. El verano avanza, el calor aprieta y el Miramamolín se aproxima. No podemos esperar más. Tenemos que salir a su encuentro de inmediato. ¡Que Dios nos asista y permita que lleguemos a Alarcos antes que nuestros enemigos!

Salió el rey a toda prisa de Toledo para llegar a marchas forzadas a Alarcos, que era el lugar que había escogido para dar la batalla al ejército del Miramamolín. En el momento de la partida escribió una carta al papa Celestino quejándose de su soledad.

La espera que había realizado el rey Alfonso de Castilla para dar tiempo a su primo Alfonso de León a avanzar desde Talavera y a los hermanos Lara, que venían desde el norte de Castilla, jugaba en su contra.

—Soy del parecer de que nuestros enemigos estaban de antemano al corriente del lugar y la fecha donde pensábamos darles batalla —dijo don Diego López de Haro al rey de Castilla cuando supieron que el ejército de Miramamolín acampaba a una jornada de distancia de Alarcos—. Eso significa que sus espías viajan delante de nosotros.

—¿No pensáis, don Diego, que no tiene sentido esperar un día más a unos aliados que no tenemos, y a los señores de Lara que se han retrasado en demasía y que tendríamos que dar batalla a los infieles tan pronto como se hallen ante nuestra vista?

—No nos queda otro remedio, porque el calor aprieta más de la cuenta y son tantos que van a hostigar de continuo a nuestros forrajeadores y los que acarrean agua para nuestros hombres y sus bestias. Y un ataque por sorpresa puede pillarlos desprevenidos cuando aún no se han repuesto de tantas jornadas de marcha.

En aquel momento sonó un clarinazo de los centinelas del castillo avisando de una gran polvareda en dirección a Congosto, señal de que el ejército enemigo se aproximaba.

—Les daremos batalla cuando lleguen y los atacaremos por sorpresa.

El ejército cristiano se desplegó el día 17 de julio en orden de batalla bajo un sol de justicia, pero el Miramamolín prefirió dar descanso al suyo, a una considerable distancia de sus enemigos, esperando que el sol achicharrara a los caballeros cristianos en sus armaduras y matara de sed a sus caballos.

El ejército de Alfonso volvió a su base junto al castillo de Alarcos, dispuesto a repetir la operación al día siguiente. No contaban con la estratagema del califa porque, durante la noche, los almohades se movieron con sigilo, desplegaron ordenadamente sus fuerzas y plantaron sus tiendas en el cerro que ocuparon los cristianos el día anterior.

Al mando de la vanguardia del ejército almohade con la enseña del califa, estaba el gran visir Abú Yahya; el Miramamolín estaba al mando de las tropas de reserva, ocultado de la vista de los cristianos por el cerro que ocupaban sus tropas de élite. Andaluces a la derecha, magrebíes a la izquierda y los Aghaz o Guzz en una primera línea del centro. En segunda línea estaban los arqueros turcos con el visir Abú Yahya y los Hinata en el centro del cerro que dominaba el campo de batalla.

Los caballeros de Calatrava ocupaban la primera línea del ejército cristiano, a la izquierda tenían a los caballeros de Santiago y a los de la orden de Pereiro, a la derecha se situaron las mesnadas de los concejos. Al mando de la vanguardia estaba el caballero don Diego López de Haro.

El rey Alfonso no lo dudó, y aunque su posición no era la más favorable, al poco de haber amanecido, dio la orden de ataque esperando encontrar cansado al ejército enemigo.

Al poco de comenzar la contienda, observó con alegría que la batalla no podía empezar mejor para los cristianos porque, prietos los escuadrones de los calatravos, avanzaron rápido por el centro bajo una nube de flechas que lanzaban los arqueros. Aunque causaron algunas bajas en los caballeros, estos penetraron profundamente en las filas de los almohades, arrollando a los guerreros Hinata de la tribu del visir, llegando hasta donde se encontraba este junto al portador de la enseña del califa. La fortuna les acompañó porque en la refriega dieron muerte a Abú Yahya al precio de perder también la vida el maestre de la orden de Santiago y también el de la orden de Évora, importantes caballeros cristianos. Parecía que tenía éxito la intención del rey Alfonso de quebrar el espinazo al ejército en un primer ataque decisivo, al igual que hiciera Ricardo en la batalla de Arsuf en Tierra Santa, aunque allí se replegó el ejército de Saladino para rehacerse y seguir unos días más tarde hostigando al rey inglés en su avance hacia Jerusalén.

Aquel esperanzador primer ataque no decidió de inmediato la batalla, porque el ejército almohade tenía muchas tropas que aún no habían entrado en combate, y pasado el primer éxito del ejército castellano, contraatacaron en oleadas sucesivas, apoyados por los arqueros turcos que diezmaban a los cristianos lanzando una incesante lluvia de flechas sobre ellos.

En aquel campo pedregoso y sin cultivar desde hacía muchos años, en el que florecían las jaras y se desplegaban a su libre albedrío tomillos y romeros, retamas y cantuesos, se retorcían moribundos los caballos y se despedían de la vida los guerreros de uno y otro bando.

Al filo del mediodía el sol estaba en lo alto, el calor era sofocante, los caballos estaban sedientos y los caballeros cristianos exhaustos, y aunque la batalla estaba nivelada, los refuerzos no terminaban de llegar y el resultado era incierto. Pero el rey Alfonso de Castilla tenía plena confianza en la ayuda de Dios en la hora decisiva de su vida, tal como le había dicho su hija Berenguela.

Al igual que en tierra entrechocaban desordenadamente los combatientes en la lucha cuerpo a cuerpo, mientras los jefes del ejército almohade impartían órdenes a sus guerreros, con rítmicos toques de tambor que cambiaban cada cierto tiempo de tono, mezclándose con los relinchos de los caballos, los alaridos de los combatientes, los lamentos de los heridos y los estertores de los moribundos. En el fragor de la lucha era inaudible el sordo clamor de las chicharras plañideras que rascaban sus rabeles ajenas por completo a aquella batalla entre dos feroces contendientes.

El sol abrasador de julio, en el cénit de su recorrido, contemplaba indiferente aquella orgía de sangre, de hombres y caballos contra caballos y hombres, en que andaban enredados dos ejércitos y no entendía cuál podía ser su disputa en aquellos cerros yermos y pedregosos sobre los que se asentaba un castillo recientemente construido y nunca del todo terminado.

Los almohades eran muy numerosos y los arqueros turcos no cejaban y la lluvia de flechas seguía cayendo constantemente sobre los cristianos, derribando caballos y produciendo estragos entre las milicias concejiles, mucho menos protegidas que las de los caballeros. Los jinetes africanos atacaban y recorrían el campo dando caza a los peones castellanos, que escapaban como podían de las flechas que les martirizaban. Como los almohades empezaban a envolver a las fuerzas cristianas, el rey Alfonso sopesó lanzar sus tropas de retaguardia al combate para cambiar el curso de la batalla. Habían muerto entre otros Ordoño García de Roda y sus hermanos, Pedro Rodríguez de Guzmán y su yerno Rodrigo Sánchez.

Pero algo de lo que estaba ocurriendo llamó la atención del soberano porque le recordó lo sucedido durante el asedio de Huete, cuando, siendo todavía un niño, le llevaron por primera vez a presenciar un combate. Primero, fue un redoble de tambor muy sostenido. Después, vio desplegarse de nuevo la enseña del califa que había desaparecido durante un buen rato. Detrás del portador de esta galopaba decididamente un caballero con un nutrido grupo de combatientes. Entonces resonó en su cabeza con gran nitidez la voz de don Nuño Pérez de Lara, que había dicho hacía treinta años: «Por el modo en que agacha la cabeza parece el propio don Fernán de Castro».

Llevaba tal ímpetu su cabalgadura y las de los que le acompañaban que de una sola embestida desbarató las maltrechas filas de los caballeros de Calatrava, que ya estaban muy cansados por la refriega y abrasados por el sol de julio después de varios días de marcha y de largas horas de combate.

Entonces el rey se sintió cansado y le entraron ganas de dormir primero y desaparecer después.

«¿Quién casará a mis hijas con príncipes herederos? ¿Qué será de Toledo y de mi reino de Castilla? ¿Qué será de mi hijo Fernando si yo muero? ¿Llegará a ocupar el centro de Hispania?».

Volvió en sí rápidamente y contempló el tablero en que las piezas blancas desaparecían y las piezas negras ocupaban la totalidad del campo de batalla. Faltaban torres y alfiles blancos, caían los caballos y los peones eran derribados por las incesantes flechas.

«Es la hora del rey blanco. Tengo que salir en busca del rey negro y derrotarle en un combate frente a frente o morir en el empeño, pero en ningún caso pueden apresarme, sería la vergüenza y la ruina del reino. ¿Dónde hallaría la reina dinero para pagar un rescate como el de su hermano Ricardo? ¿Quién podrá defender a Castilla y a Toledo de los ataques de sus enemigos?».

Un nuevo redoble le sacó de su ensimismamiento y entonces el rey, volviendo en sí, y dispuesto a morir o a triunfar, gritó a los nobles y obispos que, dado el cariz que tomaba la batalla con menguadas tropas rodeadas de innumerables combatientes enemigos y el centro desbaratado por el ataque de Pedro Fernández de Castro, estaban temerosos de entrar en combate.

—¡Adelante, caballeros y monseñores, que Dios se apiade de nosotros, ya solo nos queda vencer o morir!

Sin mirar si le seguían o le abandonaban en la que pensaba iba a ser su hora postrera, don Alfonso hizo acopio de todo su ánimo, el que tuvo cuando escapó de Atienza con don Nuño a la edad de seis años perseguido por Fernán de Castro, el que desplegó cuando retuvieron a su regente en Zorita y con solo catorce años mantuvo el asedio hasta que le liberaron. Y el que mostró en Huete obligando al Miramamolín a retirarse cuando asediaba el castillo y los vientos y las aguas desbarataron su campamento. Pero ahora el cielo estaba radiante y el sol combatía con el enemigo.

Alfonso, ahora que la derrota parecía inevitable, desafiaba de nuevo la adversidad y, buscando una muerte honrosa, se lanzó decidido a la batalla al frente de las escasas tropas que le quedaban.

Se abrió paso entre la multitud de atacantes blandiendo la espada con furia a diestro y siniestro, pero uno tras otro iban cayendo sus acompañantes, los obispos Juan de Ávila y Gutierre Rodríguez de Girón, de Segovia, entre los primeros. Poco después, en el fragor de la batalla, una nube de flechas voló sobre él y resultó herido en las piernas y en el hombro. Viendo que podía perecer en cualquier momento, don Diego López de Haro, que le acompañaba, sujetó las bridas del caballo.

—Majestad, os necesitamos vivo —dijo—. Otra batalla habrá en el futuro si conseguimos salir de esta en el presente. Seguidme y os pondré a salvo. No todo está perdido. Todavía podéis defender la ciudad de Toledo con lo que queda de vuestro ejército y Ávila con una buena parte de sus fuerzas concejiles. Y también Segovia. Yo me ocuparé de la defensa del castillo con todos los supervivientes. Parece que están ya cerca los señores de Lara con tropas de refresco, que serán de gran ayuda para contener el avance de nuestros enemigos.

Se hizo la noche y cesaron los combates. Al día siguiente de la batalla los almohades pensaban que el rey se había refugiado en el castillo. El Miramamolín Al Mansur concedió a Pedro Fernández de Castro el honor de capturar al rey de

Castilla y hacerle su rehén. Para ello subió con sus tropas al cerro donde se asentaba el castillo dispuesto a tomarlo por la fuerza, pero cuál no sería su sorpresa cuando vio que sus ocupantes no lo defendían y que don Diego López de Haro se ofrecía a parlamentar la rendición y la entrega del castillo. Para entonces ya estaban los hermanos Lara dentro de la fortaleza, mientras el rey, malherido, cabalgaba con un grupo de caballeros hacia Toledo.

Mientras los vencedores remataban a los heridos, capturaban muchos prisioneros y se repartían el botín de la batalla y enterraban a sus muertos, se celebraron arduas negociaciones para la entrega de la fortaleza. Después de realizar una minuciosa inspección por todo el recinto del castillo, don Pedro Fernández de Castro tuvo la evidencia de que el rey había logrado escapar, accedió a liberar a don Diego López de Haro con solo dos caballeros de compañía. El resto de los allí refugiados se entregarían sin combatir y quedarían a merced de la clemencia del Miramamolín Abú Yusuf. El noble vizcaíno había cambiado las enseñas de los Lara, que eran yernos suyos, por las de otros caballeros y los salvó de la muerte o del cautiverio en África.

CAPÍTULO 22

Talavera. Toledo. Roma. 1195

Aunque el Miramamolín habría querido avanzar hasta Toledo para aprovechar la derrota del rey de Castilla, desistió de la operación y licenció a buena parte de sus tropas por los graves problemas que suponía mantener y abastecer su inmenso ejército, y se limitó a conquistar la mayor parte de las fortalezas que se encontraban al sur del río Tajo. Desde allí pensaba lanzar nuevos ataques sobre Toledo en campañas sucesivas, en las que esperaba contar con la ayuda de los enemigos del rey de Castilla.

El rey de León esperaba ansioso en Talavera las noticias del resultado de la batalla. Allí recibió con gran alegría la noticia de la derrota de los castellanos cuando llegó Pedro Fernández de Castro para informarle.

—Todo ha salido como planeamos. Llegaron tarde y cansados a Alarcos y conocíamos sus planes de ataque. Si las cosas transcurren como es debido, pronto te veremos sentado en el trono de Castilla —le dijo el De Castro mientras se fundían en un abrazo.

—¿Ha muerto el rey en la batalla?

—A punto estuvo, pero aunque ha resultado malherido, consiguió escapar por la noche. No creo que logre llegar vivo a Toledo y, de hacerlo, es difícil que sobreviva porque ha perdido mucha sangre y las heridas se enconan con el viaje y los calores.

—¡Dios te oiga! Porque si muere, habrá dejado de humillarme y de hacerme daño.

—A mí me lo vas a decir, que le entregué el señorío de Trujillo que conquistara mi padre y ni siquiera se dignó hacerme conde; en cambio, a caballeros con menos méritos y servicios les ha llenado de riquezas y honores. Sin embargo, el Miramamolín ha sabido recompensar mis servicios y me ha dado más de lo que necesito para mantener un ejército de mercenarios tanto moros como cristianos.

—Riquezas no necesitas y honores no han de faltarte, conmigo los tendrás de sobra. Ahora mismo vuelves a ser mi mayordomo.

* * *

Los nubarrones que se cernían sobre la ciudad de Toledo prolongaban su silueta alborotada hasta los confines del cielo. Una feroz tormenta veraniega amenazaba con furiosos truenos que resonaban en los roquedales que circundaban la ciudad y ennegrecían las aguas del Tajo.

Había transcurrido casi un mes desde que el rey Alfonso de Castilla saliera de la ciudad de Toledo con su ejército y la reina albergaba toda clase de temores. Las infantas estaban desoladas porque no había noticias en ningún sentido del desenlace de la batalla y hasta el momento no había llegado ningún emisario. Se temían lo peor porque sabían que Alfonso de León no se había movido de Talavera y tampoco los reyes de Aragón y Navarra habían acudido a la batalla. De pronto empezaron a voltear las campanas de la catedral. Eran toques extraños, pero no tocaban a muerto, ni tampoco a gloria.

Desde el alcázar se divisaba una polvareda por el camino de Córdoba.

—¡Ay, Señor, que no parece que traigan alegre galopar ni suenan los clarines de la alegría! —se lamentaba Berenguela.

—¡Ay, de los vencidos! ¡Ay, de los vencidos! —clamaba la reina con el corazón en un puño.

A pesar de tener mucha fiebre a causa de sus heridas, del dolor punzante que estas le producían y del cansancio de tantos días cabalgando sin apenas descanso, don Alfonso, que venía en un lamentable estado, tan pronto como divisó a su mujer y a sus hijos a la puerta del alcázar, esperándole bajo la lluvia, dejó a un lado el desánimo y el abatimiento. Y cuando tomó a Fernando en sus brazos, notó que la sangre caliente fluía de nuevo en su cuerpo, como la savia retorna a los árboles cuando regresa la luz en la primavera. Apretó los dientes decidido a resistir y a devolver golpe por golpe a todos los que le habían traicionado. Para ello tenía que luchar con todas sus fuerzas por su hijo, por su honor y por su reino. Resistiría en Toledo, reharía sus ejércitos y, cuando llegara el momento oportuno, presentaría combate de nuevo e infligiría una derrota decisiva al Miramamolín de turno.

Ben Amusco curaba a diario sus heridas y no se separaba de su lado y Berenguela y doña Leonor por su parte se turnaban para no dejarle solo y darle calor y ánimos con su compañía.

Pero, poco a poco, se encontró con un agradable e imprevisto acompañante, porque Fernando, el heredero que ya tenía cinco años, a la menor ocasión, escapaba de sus cuidadores y se colaba en la alcoba donde yacía su padre malherido. Cuando había mucha gente en ella, se escondía entre las cortinas o debajo de la cama para pasar desapercibido, al igual que hiciera Alfonso, cuando su padre don Sancho el Deseado estaba moribundo.

Cuando la habitación se despejaba, Fernando salía de su escondite y se colocaba a los pies de la cama montando guardia como un centinela. Allí se quedaba ojo avizor para comprobar si su padre se dormía o se moría. En cuanto cerraba los ojos se colocaba a su lado vigilando su respiración o cogiéndole de la mano para ver si la tenía caliente o fría, en cuyo caso avisaba a su madre, a Berenguela o a Ben Amusco para que pusieran remedio a tan peligrosa situación, porque estaba seguro de que si se enfriaba se moría, que era lo que le habían dicho repetidamente sus cuidadores para que se guardara de las corrientes de aire o que se arropara en invierno.

Si encontraba una ocasión propicia, a pesar de que Ben Amusco se lo había prohibido terminantemente o quizás por ello, se escondía dentro de la cama y, procurando no hacerle daño en sus heridas, se quedaba hecho un ovillo en los rincones del cuerpo de su padre buscando un respiradero por los bordes del lecho para aguantar lo más posible sin sacar la cabeza.

Berenguela, en cambio, se colocaba discretamente al pie de la cama bordando o rezando en silencio y de vez en cuando le leía alguna historia a gusto de su padre. Al hacerse evidente la mejoría, como ella sabía que era bromista y socarrón, siempre tenía a mano algún sucedido gracioso para distraerle, porque a su padre le gustaba mucho conocer la vida subterránea de palacio en la que se entretejían los hilos de la vida cortesana como la tela de Penélope que se tejía por el día y se destejía por la noche aunque a veces también en estas había sucesos sabrosos y picantes para comidilla y escándalo de los que se enteraban del enredo, que eran casi todos, porque los asuntos de cama y amores son los que más interesan a los ociosos.

Como su padre, por mor de las heridas, era uno de ellos, Berenguela, que de todo se enteraba, dejaba de lado los rezos y las lecturas piadosas y traía a colación los dimes y diretes, las habladurías y las envidias, las zancadillas y los enredos, los quitatetuqueyomepongo, las burlas y las disputas que había entre el mayordomo y el alférez, entre el escribano y el notario regio o entre los condes y los obispos, y también entre estos para ver quién de entre ellos se postulaba para ganar la cátedra del arzobispado de Toledo cuando falleciera don Martín López de Pisuerga.

Doña Leonor gozaba viendo la afición que Fernando le había tomado a su padre, a la vez que sentía celillos de él y Berenguela, porque también ella andaba necesitada de mimos, cariños y entretenimientos. Los que no le daba ahora Alfonso, enfrascado casi siempre en los asuntos del gobierno y de la guerra, y tampoco Ricardo después de lo de Caleruega.

«Se han creído que las mujeres solo estamos para dar, ya sea el cuerpo, el vientre, la leche o la vida. Las más de las veces solo tenemos lo que damos, como mi madre, que ha estado así toda la vida, que yo creo que todavía sigue amamantando a Ricardo».

* * *

Como algunos de sus espías aseguraban que don Alfonso de Castilla había perecido como consecuencia de las heridas recibidas en la batalla de Alarcos y que la reina doña Leonor tenía su cuerpo escondido en las bodegas del alcázar, su primo de León, comido por la impaciencia, quiso comprobar personalmente la veracidad de la noticia. Mandó que ensillaran su caballo y, sin enviar embajadores previamente, se acercó a Toledo desde Talavera acompañado de un pequeño séquito de caballeros de su confianza.

Todavía no se había repuesto totalmente don Alfonso de sus heridas cuando anunciaron la llegada por sorpresa del rey de León. Ante semejante osadía y desfachatez, el castellano no pudo evitar mostrar su enojo.

—¡Qué desvergüenza! ¡Hace falta ser un cínico y un desalmado canalla para atreverse a venir a visitarme después de haber cometido semejante traición y cobardía!

—¡Sosiégate y muéstrate tranquilo! —le serenó su esposa—. Quizás convenga que le recibamos en familia para de este modo poder comprobar las intenciones que le han traído desde Talavera. Nada se pierde concediéndole esta entrevista. Dejo a Berenguela contigo y permíteme que yo le reciba, averigüe qué propósitos le han empujado a venir y sopese si conviene que lo haga pasar hasta el lecho que te retiene. No dudes que inventaré excusas para indicarle el camino de vuelta con mansedumbre y dulzura, si juzgo la visita inconveniente.

La reina recibió al rey de León con una serena compostura, vestida de riguroso luto por la muerte de los obispos y nobles en la batalla, que fueron muy numerosos.

—Si he de seros sincera, vuestra visita es la única que no esperábamos en estos momentos de tribulación —dijo la reina al monarca leonés—, pero ya que vemos la aflicción pintada en vuestro rostro, no podemos por menos de invitaros a acompañarnos al aposento donde el rey yace rodeado de su familia.

De sus palabras dedujo el visitante que el rey había muerto, y como no sabía qué responder, inclinó la cabeza y siguió en silencio a la reina por los vericuetos del alcázar. Estaba confuso porque no se cruzó con nadie durante el trayecto, ni oyó los lamentos de las plañideras. Tampoco había encontrado aglomeración alguna y todo le indicaba normalidad. Solo había visto que la ciudad estaba llena de hombres en armas porque esperaban un gran ataque de los almohades. Por el camino recordó que su primo Pedro Fernández le había ofrecido el reino de Castilla si el rey moría en la batalla. Ese era el pacto con el Miramamolín. Y mucho dinero si establecían una alianza contra los castellanos.

Cuando la reina le introdujo en el aposento, encontró a su primo tendido en su lecho con un aspecto lamentable. Alfonso de Castilla estaba pálido, ojeroso y muy desmejorado. Tenía la cabeza vendada y el rostro amoratado.

Le acompañaban junto al lecho solo Leonor, Berenguela y el pequeño Fernando, cogido de la mano de su padre, como él hacía con Sancho el Deseado moribundo. Junto a ellos estaba solamente el obispo de Toledo para dar a entender que solo se trataba de un encuentro entre familiares.

—No sabes cuánto me alegra tu presencia —le recibió el castellano con sorna al percatarse de la sorpresa y la decepción pintadas en el rostro de su enemigo—, porque tengo que darte una buena noticia... Buena para mí, aunque mala para ti, querido primo, ni estoy muerto, como te habrán hecho creer, ni voy a morirme por el momento. Me lo ha asegurado mi buen médico, Ben Amusco. Pero, a pesar de ello, llegas en hora buena para ti, y muy aciaga para mí.

—Compruebo, en efecto, que estás mucho mejor de lo que decían mis informadores, a pesar de que la suerte te ha sido adversa en la batalla con los infieles.

—Que son vuestros amigos y aliados contra los mandamientos de Dios, los designios de la Iglesia, las obligaciones de los tratados y la llamada de la sangre de nuestro abuelo el Emperador. Él se avergonzaría de tu conducta si levantara la cabeza.

—Tu ambición y tu egoísmo te han cegado, porque has preferido retener los castillos que me correspondían por designio del abuelo, que se los cedió a mi padre, a costa de poner tu vida y tu reino en peligro. ¿Cuántos castillos has perdido por el camino por no devolverme los que corresponden?

—Has contribuido a nuestra derrota ante los infieles, haciéndome esperar más de lo necesario con tus dilaciones y estratagemas.

—Te ha perdido tu soberbia e imprudencia por salir a combatir en campo abierto, sin esperar a que llegáramos.

—Estabas haciéndome esperar para que el Miramamolín llegara hasta las puertas de Toledo, para atacarme desde el flanco de Talavera. Tu primo y mayordomo había concertado de antemano una perversa alianza con el enemigo de Dios y de la Iglesia. ¿Qué hacía tu mano derecha mandando el centro del ejército enemigo cuando pereció el visir y negociando después la rendición del castillo de Alarcos? ¿Estabas al tanto de su felonía o actuaba por instigación tuya?

—No he venido a hablar de nuestro primo, he venido a recuperar mis castillos, los que robaste a mi padre moribundo y a mí mismo cuando luchaba por hacerme con el reino mientras tú apoyabas a mi madrastra, que quería matarme.

—¿Has venido a confortarme o a traerme tus agravios? ¿Te refiero yo el envenenamiento de mi padre a la vuelta de Sahagún después de firmar un tratado de paz con el tuyo? ¿Pero para qué nos vamos a remontar cuarenta años? Quedémonos en el presente. ¿Dónde está lo acordado en Tordehumos en presencia del enviado del papa? ¿O es que ya tenías en tu mano otro tratado firmado con el Miramamolín, preparado en secreto por tu mayordomo Pedro de Castro cuando viajó a Marrakech siguiendo tu mandato el año pasado?

—Nada tiene que ver Marrakech con tu ambición desmedida. Esta se paga con la soledad absoluta a la hora de la verdad. ¿Te has preguntado dónde estaban nuestro tío, el rey Alfonso de Aragón... y nuestro primo Sancho, el rey de Navarra? Los despojas de parte de sus reinos y pretendes que arriesguen sus vidas para hacerte más poderoso todavía.

—Una vez que has comprobado que sigo vivo y que Toledo está preparado para soportar un largo asedio, ¿cuál es tu propuesta? Porque supongo que querrás aprovechar este viaje para obtener alguna ventaja de mi desgracia.

—De sobra lo sabes. Quiero todos los castillos en litigio ahora mismo.

—¿Y cómo sé que no los utilizarás para atacar mi reino?

—Tal y como te encuentras ahora, no te queda más remedio que confiar en mi palabra de caballero.

—Si es por eso, recuerda que yo te armé caballero en Carrión y me debes respeto y sumisión.

—Aquello fue una encerrona y un infame engaño. También me prometiste en matrimonio a tu hija Berenguela y me diste a la pequeñaja. Solemnemente y delante de los obispos y nobles de mi reino para mi vergüenza y escarnio. No había más que ver las risas de tus nobles y acompañantes ante semejante broma para darse cuenta. Y no contento con ello incitaste al papa a que deshiciera mi matrimonio con Teresa.

—¿Tu palabra de caballero como garantía? Si no cumples los tratados más solemnes ante el enviado de Dios, cómo vas a cumplir la palabra dada. Dame un tiempo para que reflexione.

—No tienes tiempo, querido primo. El tiempo se ha acabado para ti en Alarcos. Y estás vivo de puro milagro. Tu astro está apagado para siempre. Ahora ha llegado mi hora.

Estas palabras del de León sacaron de quicio al rey de Castilla, que, encendido por la desfachatez de su rival, que le hablaba sin ningún respeto ni consideración delante de su propia familia, y no pudiendo contenerse un instante más, le espetó a la cara:

—Eres un traidor. Me has traicionado a mí, has traicionado al papa y también a Dios, porque te has aliado con Satanás por medio de tu mayordomo don Pedro.

—Esta visita me ha aclarado muchas cosas. Estás solo, y además enfermo y malherido. Y la ciudad de Toledo no está presta para defenderse de un asedio prolongado como dices. Con insultos y amenazas no mejoras tu posición ni recuperarás todo lo que has perdido en un soplo. Y te digo más. Te arrepentirás de lo que acabas de decir. Y además muy pronto. Te lo juro por el abuelo Alfonso.

Y sin despedirse de la reina ni de Berenguela, salió como alma que lleva el diablo.

A doña Leonor no le sorprendió en absoluto el comportamiento del rey de León, porque sabía que era ambicioso, voluble y maleducado. No ignoraba que tenía mucha envidia de su primo y no soportaba que este tuviera supremacía sobre todos los reyes cristianos de Hispania. Se le notaban sus urgencias por apoderarse de la Corona de Castilla.

Berenguela no podía dar crédito a lo que había presenciado. Nunca se habría podido imaginar un comportamiento tan ruin y tan zafio en un primo hermano de su padre. Lo que había dicho y hecho aquel canalla enfurecido le deshonraba absolutamente, porque estaba muy alejado de las reglas de la caballería y sobre todo de cortesía entre monarcas, máxime si eran familiares cercanos. ¿No había perdonado su tío Ricardo a su hermano Juan sin Tierra, que tanto daño le había hecho durante la cruzada y después de ella, cuando se arrodilló ante él, a la vuelta de su cautiverio en Alemania? ¿Por qué venir a exigir castillos en vez de hacerlo para pedir perdón por su felonía? De haber tenido un cuchillo a mano, allí mismo le habría muerto a cuchilladas. Era lo menos que se merecía.

* * *

Todavía no había tenido tiempo el rey de León de salir de Toledo cuando el de Castilla dictó una carta a Diego García, notario regio, dando cuenta al pontífice de su soledad en la batalla, de la ausencia de sus familiares y de la traición del mayordomo del rey de León, que combatió en las filas de los enemigos de la religión.

El papa, furioso al enterarse de la derrota de Alarcos, mandó llamar a su sobrino, el cardenal Gregorio de Santángelo, y le ordenó que trajera el cesto de las cerezas.

—Aquí tenéis, santidad, los reinos de España. Sabed que la mayoría de las cerezas están enfermas de podredumbre y envidia.

—No os hice cardenal para que rezarais un funeral por Hispania. Os envié en mi nombre para que sus reyes apoyaran al de Castilla. ¿Qué noticias me llegan desde el reino de Toledo? Que el rey de León y el maldito Pedro de Castro campan a sus anchas por los Campos Góticos con un ejército de mercenarios moros haciendo escarnio de las reliquias, azotando a los peregrinos y profanando imágenes e iglesias. Y el rey de Navarra, con ayuda de los infieles, ataca los territorios de su pariente aprovechándose de la derrota de Alarcos. —El sobrino del papa puso cara de circunstancias mientras el papa continuaba con sus lamentos—: Pero ¿es posible que esos insensatos e impíos soberanos no caigan en la cuenta de que tan pronto como el Miramamolín acabe con el rey de Castilla se volverá contra ellos uno a uno y les hará mil pedazos? ¿Es que no han aprendido nada de la cruzada?

—La culpa la tienen los malditos incestos y los malditos castillos que intercambian los reyes cuando conciertan matrimonios, que todo lo enredan —observó su sobrino.

—Esto hay que remediarlo antes de que sea demasiado tarde. Mano dura. Nada de conciliación para los traidores y los sacrílegos. Caiga sobre ellos la cólera de Dios. Ahora procede la excomunión y el entredicho.

—¿Encargaréis este espinoso asunto a los obispos? —El cardenal, viendo que su tío agachaba la cabeza y no respondía, porque se había quedado adormilado, insistió—: De ser así, ¿estáis seguro de que no dilatarán sine díe su aplicación a sus soberanos o tendré que volver a Hispania armado con la bula de su santidad?

Como no esperaba respuesta, se sorprendió cuando el papa, reponiéndose de su abatimiento, levantó la cabeza y volvió hacia él el rostro surcado por las lágrimas.

—Me temo que, más pronto que tarde, tendréis que volver a Hispania —dijo—, para evitar que el rey de Portugal y el de Aragón se sumen a esas sacrílegas alianzas con los infieles contra nuestra religión y los designios de la Iglesia. No quiero que Toledo, el centro y símbolo de la permanencia de la fe cristiana y sede del primado de la Iglesia, caiga como Jerusalén en manos de los infieles. Si esto ocurriera, pronto estarían en León y después en Palencia y en Burgos y después en Zaragoza y en Barcelona, y cuando llegaran a Compostela, donde entré de rodillas como un humilde peregrino, no solo se perderían las reliquias del apóstol y el Pórtico de la Gloria, sino que todo el orbe cristiano estaría rodeado de infieles por el sur, por el este y por el oeste. Entonces el anticristo llegaría hasta Roma y vendría a sentarse en la silla de Pedro. ¿Cuántos Ricardos y Alfonsos necesitaremos para reconquistarlo?

Al ver Gregorio que su anciano tío hacía pucheros y se frotaba los ojos intentando que las lágrimas corroboraran el sufrimiento y la angustia que le producía la catástrofe que vaticinaba, trató de infundirle ánimos:

—Para que el asunto fuera tan negro como lo pintáis harían falta muchos Saladinos y muchos Miramamolines, y estos no cuajan de la noche a la mañana, que también andan bien provistos de achaques y enemigos por muchas cabezas que corten. Y digo más. Tendrían que haber pasado por el trono de Pedro muchísimos papas y, por lo que veo, el último que el Espíritu Santo ha escogido para estos menesteres no tiene aspecto de dejar para el siguiente el cumplimiento de sus obligaciones.

Capítulo 23

Toledo. Burgos. 1195-1196

El papa no era el único que estaba preocupado por la suerte del rey de Castilla; también lo estaba, y mucho, doña Sancha, la reina de Aragón, que tan pronto como llegaron a sus oídos las noticias de la derrota de su sobrino Alfonso en Alarcos, aprovechando un viaje de su marido Alfonso a los confines de su reino en Provenza, al otro lado de los Pirineos, dispuso que una pequeña comitiva le acompañara hasta la ciudad de Toledo. Allí fue recibida con gran alborozo por Alfonso y con un poco menos de entusiasmo por la reina doña Leonor, que en absoluto esperaban semejante visita.

Nada más llegar, Sancha se abrazó a su sobrino y como si de una madre se tratara le cubrió de besos, ante la sorpresa de la reina de Castilla, que no se podía imaginar que la soberana de Aragón tuviera esas efusiones de cariño con Alfonso. Habían pasado diez años desde que la visitaron en Tarazona y si bien su vitalidad y alegría no habían sufrido menoscabo, como había ensanchado un poco, presentaba un aspecto más imponente si cabe que entonces.

—¡Válgame el cielo, Alfonso de mi corazón! Esto es un engaño mayúsculo. Venía triste y desconsolada, dispuesta a acompañarte en tu última hora, y me encuentro a un buen mozo haciendo preparativos para ir de cacería. ¿Dónde has dejado las heridas y los achaques, dónde las fiebres y los dolores? A saber lo que buscas por esos montes y cañadas. —Y después dirigiéndose a la reina, guiñando un ojo y esbozando una pícara sonrisa, continuó—: Ándate con cuidado,

Leonor, que a los hombres no hay manera de sujetarlos cuando se aburren en casa y salen en busca de aventuras porque les hierve la sangre.

Se notaba a la legua que doña Sancha volvía a su propia casa y era la mujer más feliz del mundo viendo que su sobrino se había recuperado milagrosamente. Este parlamento y otras lindezas que dijo, saltándose todos los protocolos, sin dejar de besarle y abrazarle, y que no son para ser dadas a la imprenta, dejaron boquiabierta y un tanto preocupada a la reina de Castilla, que ya conoció de primera mano el afectuoso carácter de doña Sancha cuando estuvo en Tarazona celebrando el aniversario de sus esponsales.

—Nunca le perdonaré a mi marido el daño que te ha hecho los últimos años por no hacer caso de mis consejos, ni de las exhortaciones del cardenal Gregorio, abandonándote a tu suerte cuando más lo necesitabas —se lamentó—. No te imaginas el trabajo que me ha costado convencerle de que en ningún caso debe aprovecharse de tu desgracia para unirse a los infieles como han hecho los reyes de Navarra y de León. Pero no te preocupes, porque me tienes a tu lado y trataré de poner de tu parte a mi hijo Pedro, que tiene mucho que aprender de ti para cuando herede la Corona de Aragón.

—Buena falta nos haría vuestra ayuda, para que todo lo que se ha perdido estos días lo fuéramos recuperando poco a poco. El califa no puede sostener en campaña un ejército tan numeroso durante mucho tiempo. Tarde o temprano tendrá que licenciar a los que le quedan y él mismo tendrá que regresar a África para sofocar rebeliones como hicieron siempre sus antepasados.

—Si mi marido atacara al rey de Navarra, tú podrías ajustarle las cuentas al de León. ¿Cómo se le pudo ocurrir a mi padre dividir el reino, siendo tu padre el primogénito y dejarle el reino de León a mi hermano Fernando, que era tan inconstante como impulsivo? Podría haberse imaginado que semejante disparate les daría una enorme ventaja a los almohades.

—Alfonso —intervino Leonor al ver que tía y sobrino se enfrascaban en temas políticos—, ¡dejad los asuntos de estado para más tarde!, que tu tía a lo mejor prefiere tomarse un baño reparador, que siempre es de agradecer después de un largo viaje.

—Has adivinado mis pensamientos, porque tengo un aspecto lamentable. Además, los baños y los jardines son lo que más me gusta de este alcázar. ¡Cuántas horas pasamos jugando en ellos cuando éramos niños! ¿Te acuerdas, Alfonso? —exclamó doña Sancha, suspirando embelesada—. Tiempo tendremos tu marido y yo de despachar los asuntos de estado en estos días, cuando vuelva de caza. ¿Verdad, Alfonso?

—No pensarás marcharte ahora que ha venido tu tía a vernos. La caza puede esperar, ¿no es así, Alfonso? —dijo Leonor, aterrada ante la perspectiva de tener que entretener ella sola a semejante fuerza de la naturaleza.

Berenguela, que contemplaba el desparpajo con que se desenvolvía su tía Sancha entre la sorpresa y la admiración, solo recordaba de aquel viaje a Tarazona el empujón de Pedro que la tuvo entre la vida y la muerte y la espada que le regaló el tío Ricardo y que guardaba como recuerdo, pero de la tía solo sabía lo que contaban sus padres. Aunque nunca hubiera imaginado que fuera tan imponente como desenfadada, y mucho menos tan cariñosa con su sobrino. Como le resultó muy simpática, se brindó a hacer de anfitriona y la acompañó hasta sus aposentos y hasta los baños, porque tenía mucho interés de saber muchas cosas de su vida y de sus familiares de Aragón, sobre todo qué había sido del primo Pedro durante los últimos años.

Mientras esperaban pacientemente a que la ilustre invitada se bañara y acicalara, los reyes de Castilla hablaron de los asuntos de familia. Leonor estaba celosa de tanto beso y tanto mimo, y como no quería que se notara, actuó con disimulo, haciendo como que se tomaba a broma la visita de doña Sancha.

—Sabía que tu tía era cariñosa, pero no me imaginaba que lo fuera tanto —empezó la reina con sorna, aunque el rey no se dio por aludido y respondió como si no hubiera entendido la ironía de su mujer.

—Tampoco yo me lo podía imaginar, pero se ve que con el paso de los años le ha acometido la nostalgia de la juventud.

—¡Así que matabas el aburrimiento jugando a reyes y princesas en los baños moros con una niña rubia de aspecto lánguido y ojos azules!

—¿No me digas que te vas a burlar de mi tía, en vez de agradecer la molestia y el riesgo que se ha tomado en venir a verme desde tan lejos para acompañarme en esta hora aciaga de mi reinado?

—Por lo que se ve, molestia no ha habido ninguna, porque ha venido a verte de muy buen grado, pero riesgo mucho, porque a su marido el Casto, que seguro que es muy celoso, no le va a hacer ninguna gracia este viaje. Era lo único que le faltaba para aborrecerte.

—Puede que tengas razón, un poco imprudente sí que me parece. Pero, en estos momentos, el cariño de la familia es muy de agradecer.

—Siempre que se mantenga dentro de unos límites del decoro y no tenga funestas consecuencias para nosotros.

—No veo el motivo.

—Con lo celoso que es su marido, si se enterara de estos cariños, la encerraría en un convento y se uniría a los otros reyes para combatirte. ¿Era ya así de fogosa la polaca de pequeñita?

—Sabes de sobra que la polaca era Riquilda, su madre.

—Pues que se ande con cuidado tu tío Alfonso, que a lo mejor le envenena tu tía, que esa maña la heredan las hijas de sus madres.

—Mi tía no es de esas, porque es una mujer muy religiosa. Seguro que cuando enviude se mete en un convento.

—Espero que lo haga muy pronto.

—No hace falta que la maldigas, porque su marido anda enfermo desde hace tiempo, y me imagino que ha emprendido este viaje para dejar en orden las cosas de su reino.

—Espero que lo haga pronto —repitió ella, como sin querer, pero lo dijo de todo corazón, porque del rey de León se esperaba siempre lo peor, lo mismo que del rey de Navarra; pero no entendía a qué se debían los vaivenes del rey de Aragón, que sin motivo alguno que lo justificara pasaba de aliado a enemigo de su marido, como hizo cuando lideró la alianza de Huesca contra él. De este modo, la reina doña Sancha ingresaría en el monasterio que estaba construyendo en el desierto de Huesca y dejaría de hacer zalemas a su sobrino.

Cuando doña Sancha se reunió nuevamente con ellos, una vez que se bañó, descansó y se vistió con sencillez, aunque con arreglo a su rango, tenía un aspecto verdaderamente regio. Acababa de cumplir los cuarenta y, a pesar de que había tenido nueve hijos, llevaba su otoño particular con una elegancia y una soltura envidiables. La ayudaba a ello su porte erguido y su considerable estatura y sobre todo la serena belleza de una pálida tez iluminada por ojos claros y transparentes, que eran más propios de las mujeres nacidas en los brumosos reinos allende el Sacro Imperio Romano Germánico que de las recias Sanchas y Urracas que poblaban las cortes de los reinos de Hispania.

—Qué desconsiderada soy —dijo nada más llegar, dirigiéndose a doña Leonor—. No os he preguntado por vuestro monasterio burgalés y ardo de curiosidad por conocer novedades de este, porque la madre abadesa de mi monasterio cuenta maravillas de sus fábricas y también del arquitecto inglés que proyecta y dirige sus obras. Creo que se llama Ricardo o algo semejante.

Leonor se ruborizó cuando escuchó el nombre del maestro Ricardo, los elogios de su monasterio y su deseo de visitarlo. Lo había dicho con tanto entusiasmo que mejoró mucho la consideración que le tenía a la reina de Aragón.

—Estás en lo cierto. Se llama Ricardo, como mi hermano, y todo lo que se diga de él es poco. No solo se ocupa de nuestro monasterio, sino que está acabando el de doña Mencía en Arroyo y ya está levantando las trazas de la futura catedral de Cuenca, que pensamos comenzar cuanto antes. ¿Verdad, Alfonso? Porque construyéndola agradeceremos a Dios que hayas salido con vida de Alarcos.

—Sabes bien que ahora no estamos en situación de hacerlo por culpa de la guerra y de la hambruna, pero te prometí levantar la catedral, cuando conquistamos la ciudad, hace ya veinte años, y espero cumplir esta promesa más pronto que tarde. Pero lo que ahora importa es reforzar sus murallas, porque el califa irá contra ella tan pronto como encuentre una ocasión favorable.

—Para defenderla con garantías deberíamos aumentar su población cuanto antes y para ello nada mejor que iniciar una obra de esa envergadura —argumentó Leonor—. Tenemos el lugar que ocupa la mezquita y tenemos el arquitecto que está preparado para levantarla. Solo nos faltan los dineros para contratar a los operarios y empezar las obras.

—Dios proveerá de los dineros y si tarda demasiado se lo pedís prestado a los judíos o subís sus impuestos a causa de la guerra —sugirió doña Sancha.

Oír hablar de los judíos y acordarse de Raquel fue todo uno para Leonor y, pensando en ella y en las infidelidades de Alfonso en aquella época, y en la humillación y sentimientos de culpa que le produjo envenenarla, se distrajo de la conversación. También se acordó de sus sueños con el maestro Ricardo. «Tú también eres infiel en sueños, aunque soñar no sea pecado, pero es su antesala porque se sueña lo que se desea. ¡Ten cuidado con la maldición de los Plantagenet, que siempre está al acecho en nuestra familia!».

No estuvo mucho tiempo en Toledo la reina de Aragón, pero no lo desaprovechó, porque encontró ocasiones para tratar con el rey de Castilla de los asuntos de estado y también dispuso de fugaces momentos de intimidad, que eran los que le habían traído hasta Toledo, con gran disgusto para la reina Leonor, que al ver a doña Sancha cada día más contenta empezó a dudar de la fidelidad de su marido.

De nuevo volvieron a acosarla los celos. Trataba de tranquilizarse recordando que su marido había dicho: «Mi tía no es de esas porque es una mujer muy religiosa. Seguro que cuando enviude se mete en un convento». También recordó que ella le respondió sin pensarlo: «Espero que lo haga muy pronto».

Su maldición se cumplió, porque medio año después de la visita de doña Sancha a Toledo murió en Perpiñán el rey Alfonso de Aragón, dejando viuda pero no desconsolada a su esposa, que había heredado el gobierno del reino de Aragón y ejercería la tutela del joven rey Pedro hasta que este cumpliera los veinte años.

Tan pronto como tuvo noticia del fallecimiento, el rey de Castilla, que andaba por tierras de Soria, se acercó hasta el vecino castillo de Ariza, que era propiedad de la reina y estaba en el límite del reino de Castilla, para llevarle sus condolencias y concretar el apoyo que le había prometido para defenderse de sus enemigos.

Alfonso no permaneció mucho tiempo en Ariza, pero dispuso de bastantes momentos de intimidad para despachar asuntos del corazón con su tía Sancha antes de que ella regresara a Tarazona. En aquellas jornadas se ganó definitivamente el corazón de la reina.

—No sé si es pecado o no es pecado lo que hemos estado haciendo estos días, querido Alfonso, porque he soñado contigo durante toda mi vida. Que me perdone Leonor por haber yacido contigo, pero ella te ha tenido a su lado y te ha gozado siempre que ha querido. Dios ha permitido que finalmente haya podido recoger el sabor de tus besos y las migajas de tu cariño y que se realizaran mis sueños antes de que me llegue la hora de encerrarme en el convento de Sigena para obtener la remisión de nuestros pecados. Pero me temo que tendré que esperar unos años, porque no puedo dejar de la mano a mi hijo Pedro, que su prodigalidad le inclina a hacer grandes mercedes a costa de las rentas reales, y a poco que me descuide, malbarata la hacienda si sigue menoscabando nuestro exiguo patrimonio.

A Alfonso no le preocupaban los pecados con su tía, sino que los daba por bienvenidos si le servían para defenderse de los ataques que recibía por todas partes de sus enemigos tras la derrota de Alarcos. Pero le gustaba escuchar que la había hecho feliz, porque ella, fiel a la palabra dada en Toledo, había arrancado el compromiso firme de su hijo Pedro de combatir junto a él.

Si resistía uno o dos años, podría contraatacar después, porque el Miramamolín tendría que salir de Hispania para ocuparse de sus asuntos en el norte de África. Y aunque Alfonso de León, con la ayuda de los mercenarios moros que comandaba Pedro de Castro, le había arrebatado unos cuantos castillos, el rey castellano no los daba por perdidos ni mucho menos. Gracias a su tía Sancha, pronto correría en su auxilio Pedro de Aragón con sus tropas, para ayudarle a repeler los ataques de leoneses y almohades por el oeste y por el sur. Por desgracia, las arcas del reino de Aragón no estaban en condiciones de sufragar un ejército en aquellos momentos.

—La prodigalidad debe de ser un defecto de la familia, porque mi hermano Fernando dejó en la ruina el reino de León, y su hijo Alfonso, para restablecer la hacienda que dilapidó su padre, ha tenido que ponerse al servicio de los almohades —dijo doña Sancha.

—Yo creo que esa impía alianza que ha hecho tan gustoso con los almohades ha sido tanto por la envidia como por los dineros y la ambición, siguiendo el consejo de su mayordomo, el hijo de tu desdichada hermana Estefanía —respondió don Alfonso.

—Estoy dispuesta a ir contigo hasta Burgos para traer conmigo los dineros que necesito para levantar un ejército que vaya de inmediato en tu ayuda y así podré ver el avance de las obras de vuestro monasterio.

—Leonor no se va a creer que me has acompañado hasta Burgos solo para conocer el monasterio de Las Huelgas.

—¿Te parece poco motivo?

—A mí me parece suficiente, pero ella se pondrá celosa. Tenemos que encontrar una razón que justifique el viaje.

—Le diremos que traeré de vuelta conmigo el dinero para Pedro.

—Ten en cuenta que juntarlo lleva su tiempo.

—Ya verás las prisas que se da tu mujer en ayudarte a conseguirlo para perderme de vista.

* * *

Leonor, que no se esperaba ni remotamente que la reina de Aragón se presentara en Burgos de improviso, se sintió suplantada cuando la vio llegar con porte majestuoso formando una pareja regia al lado del rey de Castilla, pero aguantó como pudo la furia de los Plantagenet y salió al encuentro de ambos en el compás del monasterio de Las Huelgas.

«Qué bien le sienta el luto a esta mujer», fue lo primero que le vino a la cabeza cuando la vio llegar.

—¡Qué alegría volver a verte, querida Leonor! He aprovechado este viaje de tu marido para unirme a su comitiva. Verás que he cumplido la promesa que hice en Toledo de venir a Burgos a conocer tu monasterio. A primera vista, me parece impresionante. Estoy segura de que el mío de Sigena enterito cabe en la sala capitular de este, pero el que yo he levantado tiene una hermosa y sencilla portada con tantas arquivoltas que parece el túnel de la puerta del paraíso —dijo la reina de Aragón nada más descender del caballo.

«¡Qué buen aspecto tiene Sancha! No sé si darle la enhorabuena o presentarle mis condolencias. Nadie diría que, viendo su alegría y buen humor, acaba de enterrar a su marido», pensó la reina doña Leonor mientras se fundía con ella en un prolongado abrazo.

—Tienes que estar destrozada, querida Sancha, pero consuélate pensando que tu marido ya no sufre y ante Dios pesan más sus virtudes y buenas obras que sus posibles pecados.

—Nuestras vidas están en sus manos y no nos queda más remedio que aceptar lo que él dispone. Cada batalla y cada viaje es un riesgo para los reyes. Y cada parto una pesadilla para nosotras. ¿Quién me iba a decir a mí que sería la última vez que le vería vivo, cuando le despedí en Barcelona? Cuando me vinieron con la noticia, me dieron ganas de encerrarme de por vida en mi monasterio de Sigena, para rezar por él y sacarle del purgatorio, pero he tenido que sobreponerme porque todavía me queda por casar a Pedro y educar al resto de mis hijos.

Al ver Leonor que su marido no decía ni media palabra, se volvió hacia él.

—¿No dices nada, Alfonso?, parece que traes mala cara. ¡Cómo se nota que te ha afectado mucho la muerte de tu tío y que las cosas no han salido como pensabas!

—Todo lo contrario. Los obispos y los nobles han aceptado de buen grado que Sancha lleve las riendas del reino hasta que Pedro cumpla veinte años y le han reconocido de inmediato como rey y eso es una buena noticia, pero no quieren sacar de sus arcas los dineros para la guerra. Dicen que eso es cosa nuestra. Me entristece decirte que debemos aplazar un poco el inicio de la catedral de Cuenca, porque necesitamos esos dineros para sufragar el ejército que levante Pedro. Como precisamos su ayuda de inmediato, Sancha se ha ofrecido a llevarlo con ella cuando regrese.

—¿No podrías pedir también ese dinero a los judíos en vez de retirarlo de las obras? ¿No decías que había que repoblar de nuevo Cuenca?

—A los judíos no les hemos devuelto todavía los dineros que nos prestaron para Alarcos, y con esta hambruna no podemos hacer que pechen las villas y ciudades y mucho menos los abades y los obispos, que bastante tienen con atender a los menesterosos. Pero no te preocupes, nuestro monasterio no se detiene, pase lo que pase. Aunque sus obras tendrán que ir más despacio.

—¿Más despacio todavía? —protestó con hipocresía, porque de este modo se prolongaba la continuidad de Ricardo—. Si no queda otro remedio, habrá que resignarse. Ya lo dijo Jesús: «Dad a Dios lo que es de Dios y al césar lo que es del césar», pero no podemos despedir a los operarios hasta que acabe esta maldita hambruna.

—Entonces habrá que bajarles el sueldo.

—En cuanto pueda hablaré con el maestro Ricardo para que haga las cosas como dispones, pero se llevará un gran disgusto, porque ya tiene preparadas las trazas de la catedral de Cuenca —dijo Leonor, que añadió dirigiéndose a la visitante—: Perdona nuestra descortesía, Sancha. Supongo que estarás deseando descansar después de este viaje tan agitado.

—Lo haré de buen grado, tan pronto disfrute de un baño reparador, que el luto no está reñido con la higiene y los baños moros de vuestro monasterio tienen casi tanta fama como los de la Aljafería de Zaragoza.

A la cena familiar en honor de la «tía Sancha», además de los reyes de Castilla, asistieron Berenguela, Urraca, Blanca, Mafalda y Fernando, el heredero, que solo tenía siete años de edad.

—¡Válgame Dios, Leonor! ¡Cuánta belleza escondida hay en esta casa! ¡Nunca había visto tantas infantas casaderas en una misma familia! No sé de dónde sacas tiempo para levantar tu monasterio teniendo que recibir todos los días a los embajadores que vienen de lejanos reinos a pedir la mano de vuestras hijas y al arquitecto que lleva tantas obras a la vez.

A los infantes les producía mucha extrañeza que su padre tuviera una tía de su misma edad, y viendo la naturalidad de la invitada no se privaron de intervenir en la conversación.

—Los debe de recibir por la noche, porque nuestra madre no nos los enseña —intervino la pequeña Mafalda—. A mi hermana Urraca la iban a casar con el rey de León hace muchos años, pero no la dejó el papa porque era muy pequeña y Alfonso era tío suyo. Y a Berenguela no le gustaba Conrado porque bebía mucha cerveza.

Rieron los reyes con ganas.

—Gracias a Dios que se marchó —replicó Berenguela—, porque era un grosero, y Alfonso es un animal que amenazó e insultó a nuestro padre cuando estaba herido y enfermo en Toledo.

—Me alegro de que no se las llevaran entonces, porque así me las puedo llevar conmigo para casarlas con alguno de mis hijos, con el permiso de sus padres.

—Por mí te las puedes llevar a todas, pero si no quieres vértelas con el papa, mejor las casamos con los condes provenzales —exclamó el rey bromeando.

—¿Tenéis muchos hijos, tía Sancha? —preguntó el infante don Fernando.

—Dejadme que haga memoria, porque ahora ya no me acuerdo. Me parece que tengo nueve y espero que no se me olvide el nombre de ninguno —bromeó Sancha. Se quedó pensativa e hizo como que contaba con los dedos mientras las infantas y el heredero la seguían con gran atención—. ¡A ver, a ver...! Pedro, que ahora es el rey, Constanza, Alfonso,

Leonor, Sancha, Sancho, Ramón Berenguer, Fernando y Dulce. El mayor tiene diecisiete años y la pequeña cuatro. Espero que no se me haya olvidado ninguno. Se parecen bastante a vosotros. ¡Qué casualidad, vuestro Fernando y el mío son de la misma edad! Mi Sancha es como Urraca y Berenguela y mi hijo Alfonso debieron de nacer el mismo año.

—No sé cómo te las vas a arreglar para casarlos a todos. A nosotros nos está costando mucho trabajo —intervino el rey.

—Alguna ingresará en un convento y espero que Fernando termine de abad.

El heredero de Castilla, que con tanto Sancho, Alfonso y Fernando había perdido el hilo de la conversación y no entendió que doña Sancha estaba hablando de sus propios hijos y no se refería a él, al escuchar su nombre, se revolvió enojado.

—De ninguna manera. Yo no voy a ser fraile porque soy el heredero y voy a ser rey de Castilla. ¿Verdad, padre?

—Así está escrito y así será. Pero no te enfades con la tía Sancha, que se refería al menor de sus hijos.

—La verdad, es una pena que los reyes de León, Castilla, Navarra y Aragón seáis primos hermanos —dijo doña Leonor, dirigiéndose a su marido—. ¿Por qué tiene una que buscar fuera de Hispania maridos para nuestras hijas?

—Lo peor no eso, lo peor es que no paran de guerrear entre ellos —terció doña Sancha.

—Peor es todavía que se maten entre hermanos o entre padres e hijos como ha pasado y pasa en mi familia —sentenció doña Leonor.

—¿Se parecen en algo entre ellos los reyes, tía Sancha? —preguntó Blanca, que hasta entonces había permanecido silenciosa.

—Salvo en la tozudez que, según cuentan, tenía mi padre, no se parecen en nada. Mi hijo Pedro es un poco irreflexivo y muy pródigo, pero es valiente y osado y tiene buen corazón. De vuestro padre no voy a hablar, porque, dejando aparte a mi hijo, es mi favorito entre todos. Sancho el de Navarra, hijo de mi hermana Sancha, es un gigante. Quizás por eso sea tan bruto y piense que todo se arregla por la fuerza. Es uña y carne con Alfonso de León. Los dos son tan simples que no se les ha ocurrido otra cosa que juntarse con los moros para combatir a vuestro padre. Alfonso es el más bajito de los reyes y al lado de Sancho parece un enano.

—A mí no me pareció tan bajo como decís. Es más bien normal —intervino Berenguela.

—Porque desde que los conociste en Tarazona, no los has visto juntos como yo. Pero Sancho el Fuerte es un hombre descomunal. Mide siete pies y medio por lo menos. Tiene las piernas como troncos de árboles y los brazos como los de los osos. Es peludo como ellos y tiene una fuerza como Sansón. Los caballos no pueden llevarle a cuestas y tiene que ir montado en una mula. No sé a quién ha podido salir porque no conozco a nadie semejante en la familia.

—Menos mal que la tía Sancha ha puesto a su hijo Pedro de nuestra parte, que buena falta nos hacía —señaló el rey Alfonso.

—Al menos he equilibrado la balanza, y ahora son dos primos contra dos primos, que antes eran cuatro contra uno.

—¿Quién es el otro primo?

—El rey de Portugal, pero ese es primo segundo y como está más lejos y no tiene lindes con mis reinos, casi siempre estamos en paz.

Y entre preguntas de los infantes y bromas de los adultos la cena transcurrió amena y plácida.

Capítulo 24

Burgos. 1196

Advertido de que la reina de Aragón había venido a Burgos para visitar el monasterio de Las Huelgas, el maestro Ricardo, después de dedicar la víspera de la visita a ordenar y limpiar las obras para que todas las estancias tuvieran el decoro exigible al edificio que era el empeño particular de la reina y la obra preferida del rey don Alfonso, había llegado muy de mañana para comprobar que todo estaba en orden para el recorrido de los monarcas.

No todo eran obras en Las Huelgas, porque el palacio y los baños reales, más un convento provisional de tamaño considerable que se desplegaba alrededor de las Claustrillas, disponían de todas las estancias necesarias para llevar a cabo una vida de oración y recogimiento tal y como prescribía la regla cisterciense para las monjas de clausura. Fuera de este recinto se levantaba el monasterio definitivo, que englobaría el anterior a medida que avanzaran las obras y que, visto en el modelo que había realizado el maestro, acabado en todas sus partes junto al hospital de peregrinos que sufragaba el rey, ofrecía un aspecto imponente.

La reina había dado al maestro Ricardo órdenes terminantes de que todas las labores que se realizaran durante la construcción del cenobio no debían alterar en ningún caso el *ora et labora* de la comunidad, ni interferir el tranquilo discurrir de la vida conventual bajo la regla benedictina reformada por San Bernardo.

—¡Madre del Amor Hermoso, Leonor! ¡Qué espléndida construcción, tan elegante y refinada! Y qué moderna es. ¡Pero si en este claustro cabe entero el convento mío de Sigena! —exclamó doña Sancha, que pensaba para sus adentros: «Aquí el lujo es el espacio. ¡Si San Bernardo levantara la cabeza!...».

Ella sabía que el fundador de la orden del Císter había escrito en contra de la inmensa altura, la desmedida longitud, la anchura excesiva y las suntuosas labores de cantería de los oratorios. Y de todo ello había en abundancia en el monasterio que visitaba. También había estudiado las normas arquitectónicas del Císter y por ello sabía que: «No es correcto que fuera de la puerta monasterial se construya una casa para ser habitada, excepto por animales, pues así podría nacer el peligro para las almas. Por consiguiente, si alguien ya hubiere construido en contra de estos estatutos, tales edificios caerán sin ninguna dispensa y los gastos y esfuerzos serán en vano».

Nada de esto se había tenido en cuenta en Las Huelgas, por eso doña Sancha comentó, para halagar a la anfitriona, pero no sin cierta ironía:

—Y contando con todas las casas que le rodean, tu monasterio es más grande que muchas villas y ciudades. Es aquí donde se respira de verdad el poderío del reino de Castilla. No me extraña que os tengan envidia vuestros primos de Navarra y de León y que tu aprecio y consideración por el arquitecto no tenga límites.

—Todo lo que dices nos lo ha dado el maestro por añadidura —respondió Leonor—, porque nosotros solo hemos pretendido que las hermanas dispongan de todo lo necesario para una vida de oración y recogimiento cantando las alabanzas al Señor y haciendo penitencia por la remisión de nuestros pecados, siguiendo al pie de la letra la voluntad de San Bernardo para los conventos de su regla.

—No me cabe la menor duda de que esa es vuestra intención, pero a lo mejor a San Bernardo le habría parecido un poco grande, ¿no crees?

—Ten en cuenta también que esta capilla va a ser el panteón de nuestra dinastía y que Alfonso y yo esperaremos en este lugar la llegada del Señor que nos ha de juzgar al final de los tiempos. En cuanto a lo de las alturas de las naves, mejor será que nos explique el maestro la razón de todo ello.

—Arriba la mirada y arriba los corazones —dijo Ricardo, principiando un discurso en que utilizaba la elocuente retórica con que los arquitectos suelen justificar sus excesos—. Este es un lugar de oración y meditación. La luz clara que viene de lo alto proporciona la iluminación a las almas y la piedra desnuda libre de todo adorno invita al desprendimiento, por eso evitamos todo lo que pueda distraer la atención que las hermanas deben poner en la contemplación de Dios. Tal como dice San Bernardo: «Si tenéis prisa por alcanzar la santidad, dejad fuera vuestros cuerpos. Aquí solo entran las almas». Por ello no se deben escatimar gastos en lo que se refiere a los templos del Señor. Ya lo dijo Jesús cuando la pecadora le ungió con el perfume del frasco de alabastro: «Dejadla en paz, que ella me ha ungido para el sepulcro». El alabastro es el templo de piedra clara y el perfume son las alabanzas que cantan las hermanas a todas horas.

La reina doña Leonor, que escuchaba boquiabierta la disertación de su admirado Ricardo, miró a doña Sancha como diciendo: «Mira qué joya tengo a mi servicio, aunque no quiero hablarte de la que armó en Caleruega con el pajar y los cerdos».

—Ni se puede decir mejor, ni se puede hacer más hermoso que lo que ha hecho tu arquitecto —alabó doña Sancha—. Ya me gustaría a mí disponer de un talento semejante para mi monasterio. Además, tiene muy buena planta y está de muy buen ver, ¿verdad, Leonor? ¿Y no tiene celos tu marido?, porque el mío ya le habría despedido —bromeó en un aparte con una mirada llena de picardía.

—Cuéntanos cómo es tu monasterio de Sigena —respondió Leonor para desviar la conversación.

—Mi monasterio está construido al modo antiguo, y es recoleto y modesto, acorde con la pobreza de mi reino. Se están recogiendo en él las mujeres de las familias más nobles de Aragón. Ya te he dicho que su iglesia cabe enterita en tu claustro y, aunque solo tiene una nave, dispone de un hermoso crucero rematado por tres ábsides. Ahora se está levantando a toda prisa el panteón de la familia para acoger el sepulcro de mi marido y el mío, cuando el Señor me llame a su lado.

—No creo que Sigena sea tan pequeño como dices.

—Sí que lo es, y cuando quieras puedes venir a comprobarlo. Comprenderás, Leonor, que si no tengo dinero para hacer un monasterio más grande, tampoco lo tenemos para levantar un ejército que ayude a tu marido en la guerra que le hacen sus primos y el Miramamolín.

* * *

Aunque tuvieron que recurrir de nuevo a los judíos, los reyes de Castilla se dieron prisa en juntar los dineros que necesitaba la reina de Aragón para el ejército de su hijo Pedro. Después el rey abandonó la ciudad de Burgos con su tía con el pretexto de asegurarse de que los dineros que le hacían falta a su sobrino Pedro llegaban hasta el castillo de Ariza en Aragón. Pero el olfato le decía a Leonor que su marido le era infiel desde que su tía Sancha llegó a Toledo o quizás desde el viaje a Tarazona. Estaba casi segura de que, con la disculpa de arreglar los asuntos del reino, su marido aprovechaba sus numerosos viajes a las tierras de Soria lindantes con el reino de Aragón para yacer con tu tía Sancha, a la que tanto quería. De no ser así, ¿cómo se permitía ella besarle y abrazarle sin ningún disimulo delante de sus propias narices?

«¿Así me pagas haberte sido fiel durante tantos años, Alfonso, después de lo mucho que me hiciste sufrir con la judía? ¡No te imaginas lo que me ha costado encerrar bajo llave mis deseos y mis amores para que no consumaran con la carne lo que me reclamaba a gritos mi corazón!», pensaba Leonor corroída por los celos y despechada por la humillación.

Un rayo de lucidez y de ira había iluminado de improviso una realidad que barruntaba, pero que se negaba a reconocer. De repente, se le nubló la mente, en su afligido corazón se desató una tormenta repentina. «Ojo por ojo, diente por diente, y coito por coito», decidió enfurecida, y sin encomendarse a Dios y sí a los diablos que la llevaban en volandas, mandó llamar al maestro Ricardo y le recibió en el salón donde trabajaba, con el gesto serio y cara de tristeza.

—La reina de Aragón ha quedado maravillada por vuestra maestría y por vuestra elocuencia. Quiero felicitaros por ello, pero no me queda más remedio que daros una desagradable noticia. Están en peligro nuestras obras y proyectos, porque a causa del mal tiempo, se necesita mucho dinero para atender a los menesterosos, a los huérfanos y a los enfermos y el rey precisa mucho más para la defensa del reino. Las noticias que nos llegan son desalentadoras. Por una parte, la hambruna y, por otra parte, la guerra que no cesa.

El maestro, que sabía hacía tiempo que esas circunstancias afectarían negativamente a las obras, contestó lacónicamente:

—Entiendo...

—Os aseguro que no se van a detener las obras de este monasterio, pero tampoco comenzaréis por el momento las de la catedral de Cuenca...

—Entiendo, majestad.

—Lamento deciros que tendréis que rebajar el salario a los operarios y también el vuestro.

—Entiendo, majestad —repitió el maestro—. Ellos tendrán que aguantarse y yo me conformaré con lo que me asignéis.

La reina estaba desconcertada porque Ricardo parecía no dar importancia a todo lo que ella le decía.

—¡Entiendo, entiendo, entiendo! Ya sé que habéis entendido, pero ¿no tenéis que decir alguna otra cosa aprovechando esta entrevista conmigo?

—¡Sí, majestad! Por lo que acabáis de referir, este es el momento más adecuado para que yo pueda contraer matrimonio, si su majestad no tiene ningún impedimento —respondió, dejando boquiabierta a la reina que no se esperaba ni remotamente que semejante catástrofe pudiera ocurrir. Desde que le sacaron del atolladero de Caleruega, se había hecho a la idea de que el maestro Ricardo le pertenecía en cuerpo y alma. En cuerpo para los sueños y en alma para sus edificios.

Aquel ingrato golpe de Ricardo la había pillado desprevenida en el peor momento, porque después de la terrible derrota de Alarcos, había dedicado todas sus energías a infundir ánimos a su marido y a evitar la desmoralización de sus hijos.

Siempre le imaginó soltero, porque no había olvidado una conversación que tuvieron junto al río Carrión, cuando él le dijo: «Nuestra vida es un sacerdocio y nuestra patria es el proyecto y la obra; nuestros hermanos son los artífices y nuestros hijos los aprendices que trabajan con nosotros».

De pronto le entraron unos celos espantosos, que se sumaron a los que tenía por culpa de su marido. Se daba cuenta de que el matrimonio de Ricardo suponía un enorme fracaso para ella. Otra cosa eran sus aventuras con amantes esporádicas, o sus escarceos con pastoras y moriscas que no tenían mayores consecuencias, salvo lo de Caleruega, porque eran simples desahogos que le pedía su cuerpo. Pero un matrimonio para toda la vida, bendecido por la Iglesia, era una cosa muy seria. Pronto vendrían los hijos, los celos de la esposa por su dedicación a la obra y muchos otros inconvenientes. El contrato que firmó a su vuelta de Compostela decía bien claro que él estaba al servicio exclusivo de la reina para atender sus deseos, siempre, siempre, siempre, y su primer deseo era que no estuviera atado definitivamente a ninguna otra mujer, pasara lo que pasara.

—¿Quién es la afortunada, si se puede saber? ¿Supongo que será Soraida? —preguntó con una hipócrita sonrisa.

—No es Soraida. Mi prometida se llama Aldesinda, pero prefiere que la llame Alde.

—¿Y qué va a ser de la morisca que trajisteis de Caleruega para vuestro servicio?

—Cuando decidí casarme con Aldesinda, le ofrecí a Soraida quedarse con nosotros como ama de llaves, pero ella me dijo con aquel acento tan simpático que tenía: «*Grasias, Narsiso*, pero soy *selosa*. Yo me voy de tu casa y me caso con un posadero, por eso pienso salir de Burgos para asar *serditos* en un mesón de Segovia». Me pareció una buena idea, porque es muy dispuesta y tiene muy buena mano para la cocina y para todo. Por eso, en pago de sus servicios, le regalé unas cerdas para que pudiera criar cerditos, y regentar un mesón y una posada para servir el mejor cochinillo asado de Castilla.

—Me parece muy gracioso todo lo que contáis de vuestra morisca, pero poco me habéis dicho de vuestra futura esposa.

—Conocí a Aldesinda, que es huérfana, cerca de Carrión, transitando por el Camino de Santiago. Entonces era acróbata y contorsionista. Baila como una mariposa, canta como los ángeles y, a pesar de su juventud, tañe los más diversos instrumentos musicales. Hace meses que disfruto de su compañía y desde entonces alegra mis soledades cuando trabajo en mi casa.

—No os extrañéis de que me sorprenda, porque nadie me había informado de ello, y vos no os habéis dignado avisarme con antelación de vuestras intenciones. Debe de ser una mujer extraordinaria para estar a vuestra altura y muy osada por haberse atrevido a robarme al más valioso de mis servidores, que, por cierto, tiene que seguir amortizando el préstamo de Caleruega, así que espero que este matrimonio no sea obstáculo para ello.

—No sabéis cuánto agradezco vuestras generosas palabras para conmigo y para con mi futura esposa. Pero sabed que ella no os roba nada, porque soy todo vuestro en cuerpo y alma. Siempre estaré junto a vuestra majestad como el más humilde de vuestros servidores para todo lo que gustéis. Lo otro se pagará religiosamente cuando levantemos la catedral en Cuenca.

«¿Qué necesidad tienes de hacerme esta afrenta, Ricardo? Vive con Aldesinda si quieres, pero no te cases con ella, ¡por Dios! Si es que todavía me amas», pensó Leonor suponiendo que su amor era inferior al que sentía por aquella pobre contorsionista, que con toda probabilidad habría sido una prostituta. Él no podía haber caído más bajo y la humillación que le había infligido a ella no podía ser más dolorosa.

—Ardo en deseos de conocer a esa ninfa y de comprobar las artes que practica y que tanto os obnubilan, porque espero que las nieblas con que el amor oculta las imperfecciones del ser amado no habrán borrado la sutileza de vuestra mirada y que los apremios que la pasión excita no habrán nublado el juicio atinado con que observáis todo lo que iluminan vuestras manos inteligentes. —Ricardo recibió los halagos y los deseos de Leonor con una sonrisa de agradecimiento—. Por encima de todo os rogaría que permanecierais bien amarrado a las columnas de nuestro monasterio para que los cantos de las sirenas no os estrellen contra las rocas. Por ello os pido que vengáis a medianoche a los baños para comprobar que seguís siendo fieles a vuestra reina —dijo Leonor, empujada como una autómata por una fuerza interior que como un resorte la lanzaba hacia el precipicio al que quería arrastrar a Ricardo para que desistiera de la boda con Aldesinda.

Ricardo, que había estado infinidad de veces en el gabinete de trabajo de Leonor, despachando a solas con ella, esperando el momento de hacerla suya con la paciencia de los que pescan con anzuelo sentados a la orilla del río, sin atreverse a agarrar la trucha entre sus manos como hacen los furtivos que se meten con el agua hasta las rodillas en un torrente sin importarles resbalar en las piedras o que se los lleve la corriente, de ningún modo podía imaginarse que la pasión de Leonor era como la zarza ardiente de la Biblia, que se quemaba sin consumirse, y que le había invitado a los baños esperándole con la avidez con que la tierra reseca y cuarteada anhela la lluvia. Engañado por sus apariencias de frialdad, creyó, sin embargo, que Leonor los invitaba porque quería conocer a su prometida y se alegró por ello, pero también se sintió contrariado porque durante muchos años mantuvo la ilusión de que Leonor se sentía atraída por él, pero se sintió decepcionado al ver que su matrimonio con Aldesinda no le afectaba lo más mínimo.

—Agradezco vuestra comprensión y la confianza que depositáis en nuestra humilde persona invitándonos a gozar de la compañía de vuestra majestad. Estad segura, señora, de que acudiremos puntualmente y de que no os sentiréis defraudada de nuestras habilidades.

Para Leonor, el sol no terminaba de ponerse aquella tarde por mucho que ella lo deseara. Para entretenerse, quiso emular a Ricardo y componer una trova para él, aunque sabía que, por pudor, nunca se la recitaría, porque pensaba permanecer en silencio en el agua y dejar que sus caricias y sus besos dijeran lo que ella callaba.

Amable y bello amado, ¿cuándo os tendré en mi poder?
Bien que deseo tenerte esta noche en mis brazos desnudos.
Ojalá estuviese ya con vos y os diese besos amorosos.
Sabed que gran gozo me vendría si os tuviese en lugar del marido,
solo cuando me hayáis permitido cumplir mi deseo,
por tanto tiempo ansiado y no cumplido.

El corazón era un cabritillo que le saltaba en el pecho cuando, a medianoche, después de pasar unas horas de apasionada espera aseándose y acicalando su cuerpo, se dirigió temblando a los baños con la melena suelta y el cuerpo apenas cubierto con una sencilla bata de seda morisca.

«¡Es increíble! ¿Quién lo diría? Oigo el canto de las sirenas a lo lejos», pensó mientras caminaba silenciosamente por el largo corredor que comunicaba su aposento con los baños del palacio, dispuesta a entregarse al maestro. Cuanto más se acercaba, más nítida escuchaba la música y más clara la voz de Ricardo.

Contempla la nave de aspecto fascinante
que rivaliza con el viento avanzando felizmente,
parece un pájaro que ha extendido sus alas.
Viene del aire y cae en el mar.
Deja que el tiempo haga lo que quiera
y alégrate con las obras del destino.

Se detuvo conteniendo la respiración para mejor escuchar, pero se hizo el silencio. «Deben de ser alucinaciones mías». Siguió caminando de puntillas. La lamparilla que llevaba en su mano se agitaba como su corazón. A la puerta de los baños se detuvo durante unos instantes. Hasta ella solo llegaba el rumor de la fuente. Un tenue resplandor se colaba por las rendijas de la puerta.

Abrió despacio con la mano temblorosa y de repente se encontró en el lado opuesto de los baños con un espacio de fantasía. Se consumía el sándalo en los pebeteros y el humo difuminaba la atmósfera velando tenuemente la figura de una joven bailarina de piel morena, larguísima cabellera suelta y senos al aire, que cubierta apenas de sutiles sedas multicolores agitaba unas castañuelas batiendo graciosamente las muñecas. Estas, al igual que sus piernas, que mantenía juntas saliendo de un cesto, estaban provistas de unos bizarros borceguíes que, al igual que las muñecas, andaban repletos de sonajas y cascabeles que la muchacha hacía sonar al compás del contoneo de su cintura y de su vientre desnudo, ora lentamente, ora con gran agitación, hacia un lado y hacia el contrario y hacia atrás y hacia delante, o moviéndolos en redondo, pero siempre con una flexibilidad inimaginable y una descarada lascivia.

Leonor estaba estupefacta viendo que aquella maldita odalisca se movía al ritmo que le marcaba la música sensual, que emanaba de la flauta dulce de Ricardo y la obligaba a imitar el movimiento de las serpientes y no de las mariposas. Él estaba vestido de visir, sentado en un cojín a los pies de la bailarina, y movía los hombros y la cabeza acompañando los libidinosos movimientos de la mujer.

Al principio creyó que el espectáculo era una broma cruel de Ricardo para vengarse de sus desdenes y sintió ganas de matarle allí mismo... y a la bailarina de paso. Pero dedujo que podía tratarse de un malentendido porque era impensable semejante burla a su reina en un servidor tan inteligente.

Sintiéndose ridiculizada, hizo memoria de la conversación de aquella tarde. «Ardo en deseos de conocer a esa ninfa...», «Por ello os pido que vengáis a medianoche a los baños para comprobar que seguís siendo fieles a vuestra reina». Eso había dicho, usando un lenguaje mayestático.

Ricardo, por su parte, ignoraba que ella podía estar hirviendo por dentro y ser un témpano de hielo por fuera como había ocurrido el día anterior, y había supuesto que su invitación a los baños junto con su prometida tenía por objeto conocerla personalmente y disfrutar junto al agua de sus habilidades de cantante, acróbata y contorsionista.

«Dios le bendiga, ¡es un ingenuo y yo pensaba que era un embaucador! Ha traído consigo a la bailarina para divertirme y no se ha dado cuenta de que yo quería otro tipo de entretenimiento. La próxima ocasión, si es que la hay, Ricardo estará lejos de su mujer, yo lo estaré también de mi marido y no habrá escapatoria para ninguno de los dos».

Cuando se acercó a la pareja, tuvo la sensación de que ya había visto a aquella mujer en alguna parte. El pelo negro, los ojos garzos, los labios sensuales y la nariz estrecha y proporcionada le eran familiares. Sin ser de una belleza deslumbrante, resultaba una joven sumamente atractiva.

Una vez que acabaron la representación, la reina, corrida de vergüenza, como tenía mucho oficio, disimuló su fiasco y les dio las gracias efusivamente:

—¡Maestro Ricardo! ¡Cómo se nota que sois un gran artista, porque si grande es vuestro talento para levantar bóvedas nunca vistas, mayor es vuestra imaginación para organizar acontecimientos festivos! ¡Y si mayúscula ha sido la sorpresa que me ha producido la presentación de vuestra prometida, mayor ha sido mi admiración por su belleza y sus artes! Contáis con mi beneplácito para que celebréis unas nupcias que recordaréis durante toda la vida. Como premio a todo ello, os tomo a ambos bajo mi protección y también a vuestros hijos, que espero que sean muy numerosos —dijo Leonor con ironía y para disimular su enorme malestar, porque no encontraba el modo de salir del atolladero en que ella misma se había metido—. Para corresponder al placer que me habéis proporcionado con vuestras músicas y vuestros bailes —continuó mintiendo—, os invito a disfrutar a vuestro gusto de estos baños que he mandado preparar para vosotros. Que la limpieza y la suavidad de las aguas atraen la cercanía de los cuerpos y aseguran la salud de estos. Dejad al lado el miedo y la vergüenza y hacedlo cuanto antes, no vayan a enfriarse las aguas y el baño deje de ser placentero.

Al ver Aldesinda que Ricardo no se atrevía a desnudarse delante de la reina, para animarle con su ejemplo, se desprendió de las gasas a toda prisa, dejando en el suelo sus borceguíes, que era lo único que llevaba puesto, y exhibiendo, sin ningún pudor, un hermoso cuerpo de odalisca, se introdujo lentamente en la piscina de los baños tal como la parió su madre.

Leonor se quedó absorta al comprobar la perfección y la sensualidad del cuerpo de aquella muchacha a la que casi triplicaba en edad. Durante unos instantes contempló con envidia la turgencia de sus senos, la redondez de sus nalgas, la firmeza de sus muslos, la finura de su cintura, la tersura de su piel, la planicie de su vientre y el florido y delicado jardín de las delicias que cultivaba Ricardo. Todo lo que a ella le habían robado el alumbramiento de los hijos y el paso de los años.

Como viera Leonor que Ricardo estaba avergonzado y no se atrevía a moverse, se acercó a él para ayudarle a desprenderse de su disfraz de visir, y lo hizo lentamente para acariciar con disimulo, por vez primera, el cuerpo desnudo de su amado, aunque él se hacía el distraído mirando por encima del hombro hacia la piscina. Estaba tan excitada que de buena gana le habría cogido de la mano para introducirse en el agua con él, pero cambió de parecer cuando giró la cabeza y vio las obscenidades que hacía la sirena mientras admiraba con una sonrisa de serpiente la virilidad de Ricardo, para el que hacía la danza del vientre, moviendo rápidamente la pelvis hacia dentro y hacia fuera del agua con una lascivia impropia de su juventud mientras hacía vibrar la lengua de un lado a otro con la avidez nerviosa de las serpientes.

«¡Cuántas mañas se da, cuánto oficio tiene, la muy puta! Sabe perfectamente que anda sobrada de lo que buscan los hombres de la edad de Ricardo: alegría, juventud, malicia, picardía y lascivia y sobre todo un cuerpo lozano y voluptuoso para encandilarlos y satisfacer su lujuria, y yo, ¡tonta de mí!, los he confundido invitándolos a venir a estas horas a mi monasterio, les he dejado invadir mi palacio y acabo de ofrecerles la ocasión de refocilarse en mis baños delante de mis propias narices. ¡Y he venido cubierta solamente con una bata de seda! ¿Pero qué locura es esta, Leonor? ¿Qué haces aquí pasmada? ¡Vuelve en ti! ¡Deja ya de hacer el bobo, porque esta no es tu fiesta, es el festín de Ricardo y tú se lo has puesto en bandeja!».

No lo dudó más, cogió la lamparilla con la mano izquierda, les hizo un hipócrita saludo con la mano derecha y sin mirar hacia atrás apretó los dientes, salió de los baños y cerró la puerta a sus espaldas convencida de que acababa de hacer el ridículo más espantoso de su vida, aunque solamente ella se hubiera dado cuenta de ello.

Recobró plenamente la lucidez cuando le dio el aire, regresando de puntillas a sus aposentos.

«¡Pero cómo has cometido la torpeza de invitar a Ricardo a tus baños para satisfacer tus deseos de yacer con él, con los enormes riesgos que acarrea semejante disparate! Tú siempre tan sensata y tan prudente. ¿Has perdido la cabeza? ¡Recupera el juicio, Leonor, que eres la reina de Castilla, la hija de Leonor de Aquitania y hermana de Ricardo Corazón de León y no una cualquiera!».

Tenía razón en lo que le decía su conciencia, pero ignoraba que, al igual que su hermano, ella también era Leonor sí y Leonor no, aunque ningún trovador se hubiera dado cuenta de ello y tampoco ella lo había evidenciado, por eso, nada más meterse en la cama, se echó a llorar: «¡No puede ser que, habiendo tantas mujeres en la tierra, haya tenido la desgracia de que mi marido y mi arquitecto hayan perdido la cabeza por dos mujeres tan parecidas! Esta me la debe Ricardo. La próxima vez que nos veamos a solas me las pagará todas juntas y me las pagará al contado y de paso me las pagará también mi marido, que me debe muchas más».

Capítulo 25

Burgos. Córdoba. 1196

Aunque pasaban los días, Leonor, consciente de haber cometido una gran imprudencia y de haber hecho un ridículo espantoso invitando a Ricardo a los baños de Las Huelgas, seguía sintiéndose avergonzada. Además, la inesperada boda del arquitecto con la contorsionista le había decepcionado de tal manera que, a partir de entonces, las relaciones entre ambos se movían entre la diplomacia y la simulación. Ella era cortésmente distante y aparentemente amable en lo relativo a la construcción del monasterio y él, melifluamente obediente y servicial en lo relacionado con su trabajo, en el que se mostraba más eficiente y entregado que nunca.

También le tenían especialmente azorada las escapadas de Alfonso para despachar con su tía Sancha, y los continuos desplazamientos que efectuaba desde la Paramera de Ávila, donde habían establecido su base de operaciones, con su ejército y el de su primo Pedro para repeler las embestidas de Alfonso el Baboso y Pedro de Castro con sus mesnadas leonesas y moriscas por los Campos Góticos y también para acercarse a las tierras de Talavera y Toledo para evitar las operaciones de castigo y saqueo que emprendía el Miramamolín por el sur de su reino.

Asomada Leonor a una ventana de su estancia que daba a la huerta conventual, veía deslizarse la tarde otoñal, abrazada a la languidez de sus pasadas añoranzas y encorajinada por la imagen insultante y todavía no difuminada de la piel tersa y brillante del cuerpo de Aldesinda, con sus pechos erguidos y firmes y sus carnes broncíneas y prietas, retozando impúdicamente en los baños, que le habían hecho ver de un modo despiadado los pocos años que le faltaban para cumplir los cuarenta. Ayer, como quien dice, todavía estaba en la primavera de la vida, mientras que ahora los frutales de la huerta de su monasterio, que tenían mustias y apesadumbradas sus hojas, le decían de una manera inapelable que pronto llegaría el invierno.

A pesar de que tenía muchos hijos a su alrededor, la melancolía y la laxitud otoñal se habían apoderado de su alma en un momento en que se sentía vieja, sola y desamparada mientras esperaba que le trajeran a su hijo Fernando, que estaba recibiendo las primeras lecciones de los doctores de la Iglesia llegados desde Palencia.

La reina había estado en la ciudad del Carrión hacía no mucho tiempo para comprobar el funcionamiento de la Escuela Catedralicia, que, bajo la mirada atenta del obispo Alderico, regía el clérigo Tello Téllez de Meneses, hijo del ilustre caballero y servidor del rey don Tello Pérez de Meneses, que, a temporadas, hacía de tutor del infante Fernando.

En ausencia de su marido, entre ella y los de Meneses habían escogido finalmente a don Diego de Acebes para que se encargara de la formación religiosa y humanística del heredero, que ya tenía siete años. Este eclesiástico soriano, sabio y prudente, eligió como acompañante del príncipe a su virtuoso pupilo, llamado Domingo de Guzmán. Este doctor era el mismo que descubrió el enredo que se traía Ricardo con Soraida en el pajar del posadero. El mismo que preparó el asalto al pajar donde consumaban los fornicadores y se libró de las llamas del infierno en el que se asaron los cerdos de Soraida y el mismo que puso en hierros a los pecadores y después los liberó cuando los reyes aseguraron que Ricardo pagaría hasta el último maravedí los daños y perjuicios de su aventura.

Domingo era un religioso lleno de fervor y de santa indignación contra el pecado. Cuando predicaba hacía salir de su boca un verbo tumultuoso que restallaba en los oídos de las multitudes como un flagelo que fustigaba sus vicios y herejías. Ese verbo podía estar teñido de suavidad cuando manaba de sus labios una voz meliflua y compasiva que conmovía a los pecadores más recalcitrantes hasta las lágrimas. Fuera de un modo o de otro, el clérigo se las ingeniaba para encaminarlos hacia el arrepentimiento y hacia la penitencia.

Aunque don Diego en sus pensamientos era un acérrimo defensor de la doctrina de la Iglesia de Dios contra sus mayores enemigos, que eran herejes e infieles, por este orden, y así lo recalcaba en sus escritos, dejaba el trabajo de conmover a las multitudes al verbo encendido de su discípulo predilecto, pues la agitación de los sermones le fatigaba y además le dificultaba las digestiones.

A manos de estos virtuosos personajes fue a parar don Fernando cuando era todavía un niño mimado en exceso por su madre, pero ella quería que, llegado el tiempo, viviera a temporadas alejado de la familia para ser educado de manera que no se apoderaran de él los vicios de los Plantagenet. Los dos santos serían los encargados de sofocar su concupiscencia y de domar sus pasiones, de encauzar sus inquietudes y corregir sus defectos, de conducirle por el camino de la virtud alejándole del vicio, de inyectar en su pecho la fe y de garantizar a su debido tiempo el reinado de un monarca virtuoso, ejemplo de sus súbditos y digno heredero de su padre.

La fórmula era bien sencilla: orden, disciplina, mucho estudio y si el alumno no sentaba la cabeza, acudían a la amenaza con las penas del infierno y en su defecto las del purgatorio.

Estos hombres fueron los elegidos por la reina, con el consejo y la aquiescencia del obispo Alderico y los Meneses gracias a la delegación de funciones que hizo don Alfonso, más preocupado en aquellos momentos por mitigar los efectos de la derrota de Alarcos, que por vigilar la educación del príncipe, aunque se temía que si solo le instruían de aquella manera podía salir con maneras de fraile y vocación de obispo. Para compensar las enseñanzas de los doctores de la Iglesia y esclarecer la mente del futuro rey con la sabiduría de los maestros antiguos, encomendó a Ben Amusco la tarea de buscar los escritos de aquellos sabios que pudieran ser de provecho para la educación de los infantes y de las infantas. No obstante, el rey no estaba seguro de que las enseñanzas de los doctores de la Iglesia y las de los sabios antiguos fueran compatibles:

—Mucho me temo que donde se siembran remolachas y nabos no se pueda sembrar trigo a la vez. Pero vamos a ver en qué para todo esto.

—Para cumplir vuestro encargo, aprovecharé mi viaje a Córdoba, donde me hospedaré en casa de mi maestro Averroes y podré copiar los libros que obran en su poder.

—Partid en buena hora, que el tiempo apremia y la hora de la mocedad avanza en mi hijo sin remisión.

Partió el médico Ben Amusco y se quedaron en Burgos los doctores de la Iglesia Diego de Acebes y Domingo de Guzmán explicando al niño los pormenores del memorable suceso del Niño perdido y hallado en el templo discutiendo con los doctores.

Dejándose mecer por la triste tarde otoñal, pensando en Ricardo y en su marido y en los santos varones que a esas horas estarían enseñando a su hijo la doctrina verdadera y los modales convenientes, se le fue el santo al cielo a doña Leonor y se le echó encima la puesta del sol. En su ensimismamiento se había olvidado de los maestros y del heredero. Y los maestros del niño, tras las lecciones, creyeron que el niño había ido a recogerse junto a su madre.

Cuando la reina fue en busca de su hijo, se dieron cuenta de que el niño no estaba con nadie y nadie daba cuenta de él porque no se le había visto por ninguna parte. A Leonor, pensando que la ira de Dios había descargado su puño justiciero sobre la cabeza de su hijo para castigar sus pecaminosos deseos de holgar con Ricardo en los baños, se le detuvo el pulso, se nubló su vista, el aire no entraba en su pecho y las piernas dejaron de sostenerla.

Al ver a la reina tendida en el suelo y el niño perdido, los doctores no sabían qué hacer, si correr en busca del infante o socorrer a la madre, e hicieron lo uno y lo otro porque actuaron según los dictados de sus naturalezas.

Lo que en el de Caleruega era agitación, en el soriano todo era tranquilidad. Lo que en el joven era santa impaciencia, en el viejo era pura pachorra. Mientras salía corriendo Domingo, dando fuertes voces y haciendo grandes aspavientos con los brazos y con la cara, como el que quiere apagar un fuego a fuerza de gritos y sermones, alborotando con ello a toda la servidumbre del palacio y perturbando el silencio de las hermanas, don Diego, sin alterarse, se puso a pensar que el niño no podía estar muy lejos porque acababa de desaparecer y no podía correr mucho peligro porque todo el recinto monástico estaba cerrado por una gran tapia y había guardias en todas sus puertas. Después de este lógico razonamiento, lo primero que hizo fue colocar un cojín bajo la cabeza de doña Leonor para que estuviera más cómoda. Luego se sentó en un escabel junto a ella para tomarle el pulso y ver en qué paraba el desmayo. Como viera que el color regresaba a su rostro, pasó del escabel a un sillón mucho más cómodo y se quedó rezando al lado de la reina esperando que despertara por sus propios medios, porque pensaba que Fernando aparecería antes de que la reina abriera los ojos, pero ella se anticipó y, al ver que no estaba el niño, dando gritos salió a todo correr sin indicar a don Diego la dirección a la que se encaminaban.

—¡Es mejor pensar que correr, majestad! —exclamaba la Bola corriendo tras ella como podía.

—¡A los baños! ¡Vamos corriendo a los baños antes de que se nos ahogue!

En el palacio todo era confusión y desconcierto, corriendo todo el mundo tras Domingo de un lado para otro. En el convento todo eran rezos y plegarias porque en clausura no podía entrar el niño y de clausura no podían salir las hermanas a buscarlo.

Cuando llegaron a los baños y comprobaron que la puerta estaba cerrada, doña Leonor, con el corazón apretado, la boca reseca y hecha un manojo de nervios, buscó en el manojo de las llaves y no acertaba a dar con la indicada. De pronto se acordó de que Ricardo no se la había devuelto todavía y se transfiguró en un instante. Ante el asombro de don Diego, que no entendía nada de lo que pasaba, una amplia sonrisa iluminó su rostro y el temor y la pesadumbre se trocaron en alegría y esperanza.

—Seguidme, don Diego, que ya sé dónde se encuentra mi hijo. ¿Con quién estaba el Niño Jesús cuando le perdieron sus padres?

—¡Con los doctores!

—¿Y dónde estaban los doctores?

—En el Templo de Salomón.

—Pues, entonces, ¡vayamos a buscarle al Templo de Salomón, que allí podremos hallarle!

Don Diego, viendo la cara de felicidad y los disparates que decía la reina, dedujo que al caer se habría dado un golpe en la cabeza y habría perdido el juicio por completo, pero no se atrevía a llevarle la contraria.

—Majestad, ya se ha hecho de noche. Todo el mundo anda buscándolo. El niño aparecerá de un momento a otro. Jerusalén está muy lejos. Ya tendremos tiempo mañana de preparar el viaje, si para entonces no le hemos hallado —dijo el doctor con la lengua fuera y sudando la gota gorda.

Doña Leonor pensó a su vez que don Diego chocheaba y siguió caminando todo lo deprisa que le permitían sus piernas y su agitado corazón.

Cuando ellos llegaron al templo a medio construir, caminando entre los andamios, cantaban los serafines en los ábsides y hacia allí encaminaron sus pasos en silencio, guiados por una luz que de ellos provenía.

Doña Leonor estuvo a punto de gritar de alegría para llamar a su hijo cuando le vio, pero una mujer que estaba junto a él interrumpió su canto, puso un dedo en la boca y mediante gestos les pidió silencio al entrar. Después siguió cantando la trova como si tal cosa.

Cuando la veo se me nota en los ojos,
en el semblante y en el color,
que tiemblo de miedo,
como una hoja que agita el viento.

No tengo ni el juicio de un niño,
tan sobrecogida me tiene el amor;
que de un hombre conquistado de tal suerte,
una señora bien puede tener gran misericordia.

Ni el maestro Ricardo, que, iluminado por un candil, estaba enfrascado en la construcción de una elegante maqueta de una nueva bóveda, ni Fernando, que estaba haciendo cerca de la torre un castillo con unos tacos de madera sobrante iluminado por una candela, abandonaron sus quehaceres porque no se habían enterado de que había visita.

A pesar de que tenía el pelo recogido con un pañuelo y llevaba un sencillo vestido de lino que le llegaba hasta los pies, por la voz y porque no podía ser otra, la reina dedujo que aquella mujer era Aldesinda.

—No los distraigan, que el maestro quiere terminar esa maqueta para dar una sorpresa a su majestad. Al niño, que no es la primera vez que viene, le tengo entretenido mientras hace un castillo con unos tacos de madera para que no moleste. —Y siguió aquel cántico, que, imitado y repetido por el eco de los muros, resonaba en el templo al modo de lo que cantan al unísono todos los coros celestiales. Entre canción y canción, les explicó Aldesinda en voz baja—: Vengo a cantar a Ricardo cuando se queda trabajando hasta muy tarde, porque la música es buena para el proyecto y todavía mejor para las piedras. Que me ha dicho que la arquitectura no solo gusta de la armonía, sino que también gusta de la música.

Tan concentrados estaban los maquetistas y la cantante con lo que hacían, y tan embelesados la reina y el doctor oyendo a la muchacha y observando a los artífices, que no se atrevieron a interrumpirles, pero, al cabo de un rato, entró Domingo corriendo entre los andamios con una antorcha en la mano, seguido por una multitud de servidores y servidoras.

—¡Tenía razón yo, el niño estaba perdido en el templo, no podía estar en otra parte, porque era lo único que nos faltaba por registrar! —El aludido se asustó y corrió a refugiarse en los brazos de su madre, y Ricardo, despertado de su ensueño, reconoció de inmediato al predicador de Caleruega seguido por un bosque de antorchas. Por ello dio por seguro que llegaban para prenderle y para evitarlo fue a esconderse detrás de la reina.

Al ver don Diego que detrás de los ábsides no había escapatoria y que una marea de antorchas avanzaba imparable hacia ellos amenazando con incendiar el bosque de andamios de la iglesia y la caseta de las maquetas de Ricardo, decidió, imitando a Jesús cuando se colocó en la proa de la barca de Pedro para salvar a los apóstoles de la tempestad, levantar los brazos para detener la ola que se precipitaba sobre ellos.

Domingo reconoció de inmediato a su protector y detrás de él a la madre con el niño. Los servidores de la reina, viendo al príncipe sano y salvo, se abrazaban unos a otro y reían alborozados, aunque no todos, porque algunos, al ver llorar a la reina de alegría, se contagiaron de sus lágrimas. Domingo, que había reconocido al culpable del incendio que asó los cerdos, el pajar y la posada de su pariente de Caleruega, y se llevó a la morisca después de deshonrar y arruinar a su marido, ardía por dentro, pero dejó su desahogo para mejor ocasión, porque, a pesar de que los reyes habían pagado los daños y perjuicios, había otras cuentas que saldar.

Cuando todo se calmó y salieron del templo, Fernando se volvió hacia su madre.

—¡Mira, madre, qué castillo tan bonito acabo de hacer!

—¿Cómo se te ha ocurrido escapar? ¿No sabías que los doctores y yo te estaríamos buscando?

—La señora que cantaba me ha dicho que, si soy bueno y no molesto a Ricardo, me dejarán venir muchos días con ellos para jugar a levantar castillos en el aire.

Como quería darle una lección magistral, Domingo le recibió al día siguiente con hábito blanco y manteo negro. Bajo el brazo tenía un libro y en la mano llevaba unos lirios.

Fernando se llenó de miedo cuando vio que su maestro ponía los ojos en blanco mirando hacia un cielo oscuro que señalaba con el dedo índice, mientras que con la otra mano agarraba un largo bastón rematado con la cruz de Santiago que clavaba en unos perros rodeados por un fuego que brotaba desde el suelo o eso fue lo que siempre recordó de él durante toda su vida.

—¡No sabéis cuánto nos habéis hecho sufrir, a vuestra madre y a nosotros! ¡Alteza! Os advierto de que como volváis a escaparos, Dios os va a castigar y el demonio os llevará a los infiernos... o como poco al purgatorio con vuestro tío Ricardo.

* * *

Cuando llegó Ben Amusco a Córdoba, para visitar a su maestro y recopilar libros de los sabios antiguos, entre los habitantes de la ciudad se había corrido la noticia de que el califa iba a juzgar a Averroes por conspiración y herejía, y era muy probable una sentencia de muerte.

Nada más arribar se dirigió directamente a la casa del anciano sabio. Tenía tantas ganas de verle que no tuvo tiempo de reposar en el patio, ni de disfrutar a la sombra del sicomoro ni de escuchar el saludo de la fuente.

Enseguida le acompañaron a la biblioteca, donde Averroes le saludó efusivamente.

—Excusad mi descortesía, mi querido Ben Amusco, estaba con Sócrates y Cicerón para consolarme en esta hora aciaga. Ellos supieron por experiencia lo que es un juicio ignominioso y recibieron estoicamente una muerte que no merecían. Me juzgarán en cuanto el califa regrese y pase lo que pase durante la vista, ya nada será igual en esta casa porque mi tiempo termina.

—¿Quién habla de muerte en casa de un maestro que ha salvado tantas vidas?

—Sabéis bien que el reconocimiento de un príncipe provoca la envidia y el odio de los ignorantes. Los ofendidos por mis enseñanzas y los agraviados por el prestigio y el poder de mi familia, crecidos por la victoria en Alarcos, han formulado tan graves acusaciones contra mi persona, presentando fragmentos de mis escritos tan arteramente enlazados, que el califa ha consentido que se me juzgue públicamente.

—¿A pesar de haber sido el médico de su padre y gozado siempre de la confianza de su familia?

—Eso mismo me decía yo al principio, porque, antes de partir hacia Alarcos, me mandó llamar a palacio y departió conmigo durante buena parte de la mañana. Después me despidió con grandes muestras de afecto. Incluso me acompañó hasta la puerta de su palacio. Aun así han podido más las intrigas y las calumnias que el aprecio y la amistad.

—En Córdoba todos os deben favores y curaciones.

—No se puede reprochar a la veleta que gire hacia donde sople el viento. Pero eso no es lo que más me intranquiliza, porque mi vida ya está cumplida. Aun así, decidme, Ben Amusco, qué os ha traído hasta Córdoba.

—He venido para llevar vuestra sabiduría y la de los sabios antiguos a las tierras de Castilla para que no caiga sobre ellas el polvo del olvido.

—Guardaos de los obispos y los clérigos, amigo mío, y administrad con prudencia vuestros conocimientos —le aconsejó Averroes—, no vayáis a caer con mis libros y vuestros huesos en la hoguera. Ahora mismo me preocupa que se disperse mi escuela, se pierdan mis escritos, se olviden mis enseñanzas y se deshaga mi biblioteca. Ella contiene muchas de las joyas perdidas de la Antigüedad que merecen divulgarse: la filosofía de Platón y Aristóteles y las enseñanzas de Galeno, porque bien sabéis que la salud del alma empieza por la del cuerpo. Hice los comentarios al *Almagesto* de Ptolomeo para entender lo que nos dicen los astros cuando levantamos la cabeza por encima de las menudencias terrenales. Me aterra que las llamas consuman este tesoro de sabiduría heredado de mis antepasados, que he ido ampliando durante toda mi vida y que hemos podido copiar últimamente, porque el conocimiento es la luz que ilumina los pueblos, y sería muy de lamentar que en un instante se consumiera en una hoguera. Bien sabemos que la ignorancia y el fanatismo sumen a los pueblos en la oscuridad.

—¿No habría modo de salvar los escritos y los libros que almacena esta biblioteca? —Ben Amusco estaba admirado de la serenidad con la que el anciano afrontaba su destino, más preocupado por la suerte de sus obras que por su probable ejecución.

—Salvar toda la biblioteca y todos mis escritos es imposible. Harían falta varias carretas, toda Córdoba sería testigo... Imposible, imposible —se lamentaba el viejo filósofo meneando la cabeza.

—Yo estoy dispuesto a llevarlos a la Escuela de Traductores de Toledo. Los discípulos de Juan Hispalense y Domingo Gundisalvo recibirían los escritos como un gran tesoro.

Los ojos del maestro brillaron como centellas por unos instantes.

—Si se salvan mis libros y mis escritos, yo también estaré salvado aunque me condenen. Pero con este cargamento ya no se puede llegar sin riesgo a Toledo. Deberíais dar un rodeo buscando un trayecto más seguro, porque los libros tienen prisa por salir, pero vos no tenéis tanta por llegar.

—Es cierto, pero se transita mejor por los que llevan al reino de León. Hasta allí se puede llegar fácilmente desde Sevilla pasando por Extremadura. El recorrido es más fácil y más seguro y no levantaremos sospechas.

—¿Cómo salir de Córdoba sin despertarlas?

—Haciéndolo con toda naturalidad a la luz del día, con los libros metidos en las alforjas como relleno. A nadie se le ocurrirá pensar que van encima de un burro. Los libros de medicina los dejaría a la vista y los de los sabios antiguos envueltos entre las ropas. Yo mismo podría llevar algunos a cuestas mezclados con los de medicina y astronomía.

Los días previos a la celebración del juicio y a su salida de Córdoba, Ben Amusco adquirió unos poderosos jumentos a los que llamaron Sócrates, Platón y Aristóteles y una noble mula leonesa a la que apodaron Galeno.

Con la aquiescencia de Averroes fue apartando lo que merecía salvarse por encima de todo, unos pocos libros en griego y bastantes escritos suyos, la mayoría de ellos traducciones en hebraico. El resto, que eran de astronomía, medicina y matemáticas, estaban en arábigo y eran los más numerosos.

Días después de la salida de Ben Amusco con su cargamento de libros, Averroes, aunque había esquivado la muerte, fue condenado al destierro en Lucena por hereje. Se prohibieron sus enseñanzas y se quemaron sus escritos. También ardieron los libros de los antiguos filósofos griegos, solo se salvaron algunos de medicina, matemáticas y astronomía aplicada al culto religioso.

Mientras sus convecinos le escupían y dirigían los mayores insultos a la salida de la mezquita, Averroes se consolaba recitando el poema de un sabio:

Quien se libra de la muerte un día, no se librará de ella al día siguiente.
Todos nosotros llegaremos al estanque de la destrucción,
tanto el grande de este mundo como el que siempre ha sido despreciado.
No perdona a ningún hombre por respeto a su dignidad.

Siempre que le era posible, Ben Amusco esquivaba las ciudades por prudencia.

El galeno había recorrido la mayor parte de su camino cuando, a la entrada de Trujillo, un grupo de soldados andalusíes, entre los que había algunos cristianos, le detuvo con ánimo de requisar los animales y la mercancía.

—Soy médico judío y vengo de Sevilla.

—Podéis continuar a pie, pero tenemos orden de confiscar todas las caballerías para nuestro señor, no sea que los ladrones os las roben para devorarlas, que se pasa mucha hambre en los reinos de León y de Castilla —dijo con sorna el caballero leonés que mandaba aquella tropa—. Si se devoran los perros y los gatos y se roban niños para comerlos, ¿cómo van a respetar a estos animales que tienen un aspecto excelente? —El caballero se quedó pensando y después exclamó—: ¿Habéis dicho que sois médico judío? Porque los de vuestra religión tienen fama de excelentes.

—Podéis comprobarlo si examináis los libros que traigo conmigo. Mejor sería que, en vez de hacerme perder el tiempo, me dejarais sanar a vuestros heridos antes de que prosiga mi camino.

Inmediatamente fue conducido a una casa donde yacía quejumbroso un caballero castellano que no tenía cuello porque era como un tronco de la cabeza a los pies. Labios gruesos y sensuales escondidos bajo una nariz achatada. Recio cuerpo y brazos poderosos y las orejas pegadas al cogote.

Ben Amusco le reconoció de inmediato porque se trataba de don Pedro Fernández de Castro, el mayor enemigo del rey de Castilla que en Alarcos combatió al servicio del Miramamolín. Ya le había curado otra vez cuando, por encargo de Averroes, tuvo que viajar hasta Sevilla, donde yacía don Pedro, víctima de la misma dolencia que le tenía postrado.

En esta ocasión llevaba varios días sin probar bocado. El dolor que sufría en el vientre y en la espalda era tan intenso que le producía náuseas y como consecuencia de estas le daban arcadas sin vómitos precedidas de sudores fríos, que le dejaban sin fuerzas y destrozado por completo.

Ben Amusco comprobó que tenía el vientre hinchado, se quejaba de dolor de cabeza y solo acertaba a decir: «¡Confesión! ¡Sacramentos, San Isidoro! ¡Ayudadme por Dios, que yo de esta me muero de dolor!».

—Lo primero que haremos será oscurecer la habitación, cerrando los postigos para mitigar el dolor de cabeza, porque la luz os hace mucho daño, y a continuación haré que os preparen unas infusiones con adormideras que, junto con un buen baño de agua tibia, os ayudarán a bajar la fiebre y ablandarán vuestro vientre, así podremos palparos las vísceras y examinaros con mayor facilidad.

Cuando el paciente se tranquilizó, Ben Amusco inició la exploración del vientre y la espalda, de donde procedían sus dolores. Al final colocó su mano abierta sobre la zona dolorida situada entre el vientre y la espalda y dio un golpe seco con el puño derecho sobre la zona de los riñones.

El alarido de Pedro de Castro se escuchó en todo Trujillo, pero al cabo de un rato expulsó la piedra y se sintió mucho mejor.

—Ahora necesitáis beber agua de continuo, para lavar vuestras vísceras, que están emponzoñadas. Todavía tendréis que aguantar unos días el dolor, pero después llegará la cura.

—Os conozco muy bien. Sois Ben Amusco, el médico judío del rey de Castilla. Supongo que venís huyendo de Córdoba, desterrado como el resto de los discípulos del sabio Averroes, caído en desgracia.

—Veo que me reconocéis —respondió con humildad el aludido.

—Estáis de suerte habiendo topado conmigo porque soy un caballero de honor. Nunca he olvidado que os debo la vida desde que acudisteis a socorrerme viniendo a toda prisa desde Córdoba. Entre San Isidoro y vos hicisteis el milagro de devolverme la salud.

—Fue un milagro de San Isidoro, cuyas aguas os curaron.

—Yo creo que mucho más hicisteis vos que San Isidoro, porque él solo ponía las aguas mientras que vos echabais las hierbas que fueron las que ayudaron a evacuar las piedras que me torturaban. Por lo mucho que os debo, os perdono el daño que me causáis cuando me golpeáis con el puño en el costado. Sois mi huésped mientras estéis en esta ciudad y mi protegido dondequiera que os encaminéis.

—Me dirijo a Toledo para dejar allí mi cargamento.

—Os aseguro que nadie tocará un pelo de vuestra cabeza. Os devolverán las cabalgaduras y os proporcionaré toda la protección y los alimentos que necesitéis para el camino. Mejor será que paséis de largo y os lleguéis hasta el reino de Aragón, que está más alejado de los peligros de esta guerra. En cualquier reino sería codiciado por los nobles un médico de vuestra experiencia y sabiduría. Mis hombres os escoltarán hasta Talavera y, si es posible, hasta las puertas de Toledo. No os recomiendo que os demoréis en esa ciudad porque el califa la atacará en cuanto llegue el buen tiempo.

Capítulo 26

Burgos. 1197

De nada sirvieron las advertencias de los obispos a los reyes de León y de Navarra, porque habiendo recibido muchos dineros y soldados del Miramamolín, un año después de la derrota de Alarcos, atacaron el reino de Castilla por ambos costados mientras el califa, reforzado por semejantes apoyos, no había querido ni oír hablar de las treguas que le ofrecía el rey de Castilla e inició una nueva campaña entrando por Extremadura.

Mientras tanto, al igual que hiciera su padre Fernán de Castro, don Pedro, con el ejército que le había proporcionado el Miramamolín, se había apoderado del señorío de Trujillo, que él mismo había entregado hacía unos pocos años al rey Alfonso de Castilla, y llegando hasta Talavera, se unió a las fuerzas del rey de León; juntos iniciaron una expedición de castigo para intentar ocupar todos los castillos que disputaban al rey de Castilla.

Los peregrinos estaban estupefactos viendo que los moros estaban en el Camino de Santiago cometiendo tropelías y se dirigían hacia Burgos con el ánimo de conquistar la capital del reino de Castilla.

Humillado por la derrota de los cruzados en Tierra Santa y dolido por la derrota del rey Alfonso en Alarcos, el viejo papa Celestino III, sabiendo que los reyes cristianos de Hispania se habían aliado con los almohades contra el rey de Castilla y que los obispos no habían conseguido disuadirlos de este comportamiento, a pesar de la amenaza de excomunión que pesaba sobre ellos, envió de nuevo a su sobrino Gregorio de Santángelo a recorrer los reinos de los desobedientes. Pero esta vez el enviado de Dios no venía revestido de santa paciencia, sino que lo hacía henchido de furia apostólica Para conseguir el apoyo incondicional de la reina viuda doña Sancha y de su hijo Pedro recientemente coronado como rey, Gregorio de Santángelo se dirigió directamente a Aragón. En Castilla la reina Leonor estaba sumamente preocupada por las consecuencias del feroz enfrentamiento de los dos primos, que cada día que pasaba era más enconado. Y cada afrenta del uno tenía su represalia en el otro, porque aplicaban a rajatabla el «ojo por ojo y diente por diente». Por eso, un día, con el ánimo de buscar una solución a la guerra de destrucción mutua, conversó con su marido.

—Como has podido comprobar durante la visita al hospital, ya no podemos acoger a más enfermos y menesterosos en sus crujías. Cada día que pasa son más los desdichados enfermos y famélicos que se agolpan en sus puertas pidiendo un cobijo y un sustento que no hay modo de proporcionarles, porque a los daños que causa esta maldita guerra con el rey de León y las incursiones de los infieles que destruyen nuestras cosechas hay que añadir la inclemencia de los tiempos que agostan los campos y dejan yermos los prados a causa de las heladas y de la pertinaz sequía.

—Bien que lo lamento. Ya hemos mandado a abades y obispos que hagan rogativas y procesiones para que traigan la lluvia a nuestros yermos campos y que atiendan según sus posibilidades a cuantos necesitados acudan a sus pobreros. Estamos en manos de la Divina Providencia. ¿Qué otra cosa podemos hacer?

—¿No habría un modo de hacer las paces con tu primo el rey de León o al menos de conseguir una tregua durante algunos años hasta que los cielos nos envíen la lluvia que necesitan los campos?

—Estabas en el alcázar de Toledo cuando vino a verme para comprobar si estaba muerto. Tú misma saliste a recibirle. ¿Piensas que cabe un acuerdo fiable con semejante animal?

—Podrías devolverle algunos castillos para que compruebe que tienes voluntad de cumplir el acuerdo de Tordehumos —sugirió Leonor.

—Se los pensaba devolver por las buenas. Pero no voy a hacerlo después de tantas traiciones y afrentas porque sería un deshonor para mí —sentenció el rey.

—No podemos seguir así, Alfonso. Acabas de ver con tus propios ojos la pobreza y el sufrimiento de nuestros súbditos y el estupor de los peregrinos ante las vejaciones de los infieles, y si eso no te conmueve, piensa que si el Miramamolín prepara otro ejército y ataca el reino de Toledo y tu primo lo hace por el Camino de Santiago, ¿cómo podrás combatir en ambos frentes? Del rey de León se puede esperar una vileza semejante, porque está ciego de envidia y de rencor, pero tú siempre has sido un hombre sensato. Tienes que encontrar una solución para ganar tiempo y aliados...

—Este asunto no tiene solución. Pase lo que pase, no le voy a dar mis castillos.

—Todos no, pero alguno de los que está más lejos sí que puedes, los de Asturias por ejemplo, el de Siero...

—Ni el de Siero ni ningún otro le daré.

Leonor guardó silencio y se quedó pensativa. Llevaba mucho tiempo rumiando el asunto, pero no había encontrado el momento propicio para decírselo a su marido. «No vas a encontrar una ocasión mejor en tu vida, puede que cuando quieras proponérselo sea ya demasiado tarde».

—Entonces tendremos que darle en matrimonio a nuestra hija Berenguela —dijo, armándose de valor, para ver el efecto que le hacía a su marido. Este dio un respingo como si le hubiera picado un enjambre de tábanos.

—¿Cómo has dicho?

—He dicho que tendremos que casar a Berenguela con tu primo Alfonso.

El rey de Castilla pensó que se trataba de una broma para forzarle a entregar los dichosos castillos.

—Vosotros los Plantagenet todo lo arregláis con bodas con los infieles. También Ricardo quería casar a Juana con el hermano de Saladino y hacerles a ambos reyes de Jerusalén cuando tenía perdida la cruzada.

—Tu primo Alfonso no es infiel. Está bautizado que yo sepa —replicó Leonor, decidida a mantener la calma.

—Pues le mojaron poco la cabeza, porque de cristiano tiene muy poco. Es cierto que le gusta peregrinar a Compostela, pero creo que lo hace para que le vean sus súbditos, aunque como siga aliándose con el califa le veo peregrinando a La Meca dentro de poco.

—Lo de Ricardo era una broma para ganar tiempo y confundir a Saladino, pero yo te lo estoy diciendo en serio. ¿No te fijaste cómo miraba a Berenguela cuando vino a velar tu cadáver?

—No se hizo la miel para boca del asno —gruñó el rey, que no sabía cómo salir de su desconcierto.

—Peor era Conrado. Pero a tu primo no le dimos a Berenguela, sino a la pobre Urraca, que solo tenía dos años, que buenas lágrimas me costó su partida. Entonces no había esta urgencia, pero ahora no nos queda más remedio que calmar al monstruo de tu primo. O castillos o Berenguela. Piénsatelo.

—Ya está pensado. Ni lo uno, ni lo otro. Entregarle los castillos atenta contra mi honor y entregarle a Berenguela es contrario a la doctrina de la Iglesia. No quisiera ver a nuestra hija de abadesa de nuestro monasterio. ¿Es que has olvidado que acaban de separar a Alfonso de Teresa? El papa es implacable en lo que se refiere a la consanguinidad y tratándose de reyes tiene que dar su consentimiento previamente —exclamó Alfonso.

—El papa es amigo tuyo y atenderá a tus razones.

—Este papa ya es muy viejo y se puede morir en cualquier momento y yo no nombro a su sucesor, que lo hacen los cardenales.

—Supongo que el próximo papa será Gregorio de Santángelo, que para eso es sobrino de Jacinto.

—Eso es mucho suponer.

—¡Mira tus primos! A Teresa y Alfonso los terminaron separando, pero entretanto tuvieron tres hijos y ya tienen heredero.

—¿Le has dicho algo a Berenguela?

—Ni media palabra. Nadie sabe nada de este asunto, porque, de seguir adelante con él, habría que medir muy bien los pasos que damos y tener la absoluta seguridad de que el rey de León está de acuerdo.

—Ese estaría encantado de que le ofreciéramos a Berenguela, pero yo no haré tal, ni permitiré que nadie lo haga en mi nombre. Entre otras cosas porque creo que mi primo, cegado como está por el odio, sería capaz de rechazar tan generoso ofrecimiento para que hiciéramos el ridículo.

—No se hará nada en tu nombre ni sin tu conocimiento, pero los caminos del Señor son inescrutables.

Al poco de esta conversación entre los reyes de Castilla, se presentó en Burgos el enviado papal con su cuaderno de apuntes. Fue recibido por la reina porque el rey estaba en la Paramera de Ávila con su ejército, acompañado por el rey Pedro de Aragón. Ambos estaban preparados para acudir en defensa de Toledo si atacaban los almohades y de Castilla si lo hacía el rey de León.

—Llegáis llovido del cielo, monseñor —le saludó doña Leonor, que sintió lástima nada más verle.

Al igual que le ocurrió a su tío el cardenal Jacinto en 1172, ni las circunstancias políticas ni las climatológicas le fueron favorables. Sobre todo por las hambrunas y las epidemias de las que ni él ni su séquito se pudieron librar. Jacinto por las lluvias y las inundaciones y Gregorio por las heladas y la pertinaz sequía. Llegó enfermo de diarreas a Burgos y por primera vez en su vida había pasado hambre, sobre todo en tierras de Soria.

La propia reina doña Leonor, que estaba muy interesada en lograr las paces entre los dos reyes, se ocupó de su cuidado. Viéndole tan consumido y demacrado, en un principio llegó a temer por su vida. Había envejecido diez años.

—En el reino de León todos me miran con mala cara. Me echan la culpa de todas sus desgracias. Los obispos no encontraban comida para nosotros y tampoco los abades —se lamentó Gregorio con un hilillo de voz, hundido en una almohada bien mullida que le cambiaban frecuentemente—. Lo peor de todo fue encontrarnos con los moros en el Camino de Santiago. Estábamos temerosos de caminar sin escolta, porque teníamos noticias de que los enemigos de la cruz de Cristo habían cometido muchas atrocidades en contumelia y deshonra de la religión, en las iglesias y en el ajuar eclesiástico. Cuando los infieles se encontraron con nuestra comitiva en las afueras de Carrión, pensamos que iban a convertirnos en mártires. Para empezar nos robaron caballerías y pertenencias. Aprovechando que disputaban el modo de repartirse lo que llevábamos puesto, unos soldados cristianos que los acompañaban avisaron a tiempo al señor De Castro, el excomulgado, que obligó a los infieles a devolvernos nuestras vestiduras.

—Lo nunca visto; los moros del muy cristiano rey de León atacando al enviado de Dios y del papa en el mismísimo Camino de Santiago. ¿Dónde estaba la escolta que había puesto don Alfonso de León a vuestro servicio? —Leonor hervía de indignación.

—El rey se desentendió de nosotros. Tan pronto supo que nos acercábamos a León para visitarle, se puso en camino hacia Compostela para no tener que recibirnos. Todavía está rabioso porque declaráramos nulo su matrimonio con su prima Teresa y sabía que llevábamos la bula de la excomunión. Menos mal que el obispo Manrique nos cobijó en su palacio y nos asistió lo mejor que pudo, pero tampoco quiso hacerse cargo de la bula de excomunión. Dijo que un asunto de tanta gravedad habría de resolverse directamente con el rey.

—Si eso hacen con el legado de Dios, ¿qué fechorías no harán con los pobres caminantes y peregrinos? Pero sabéis por experiencia que lamentarse no resuelve los problemas. ¿Qué podemos hacer nosotros, aparte de rezar, para evitar semejantes sacrilegios y dar fin a tantos desafueros y calamidades? —se lamentó la reina.

—Eso vengo pensando desde hace días y solo encuentro una solución... Acercadme un vaso de limonada, majestad, que tengo la boca seca —pidió el cardenal, poniendo cara de cordero degollado y mirando para otro lado—. Ya que lo habéis preguntado directamente, voy a deciros lo que pienso. Lo mismo que vos y que el obispo Manrique, con el que también he hablado largo y tendido del asunto. Pienso que tenemos que casar cuanto antes a vuestra hija Berenguela... con ese maldito rey de León.

La reina no se podía creer lo que estaba oyendo y, pensando que el enviado papal deliraba, le puso la mano en la frente.

—Su eminencia tiene fiebre y todavía se encuentra muy debilitado —dijo.

—No cambiéis de conversación, majestad, que ya me había dado cuenta de vuestras intenciones. Habéis llevado la conversación al punto que os interesaba y yo os he dado la respuesta que andabais buscando.

—Sabéis que la Iglesia reprueba los matrimonios consanguíneos en el derecho canónico, y os recordamos que vos mismo declarasteis nulo el de los reyes de León bajo pena de excomunión.

—Es cierto, pero el papa tiene el poder de atar y desatar.

—¿Eso quiere decir que siendo vos el enviado del papa aprobaréis ese matrimonio?

—El papa no sabe ni quiere saber nada de este asunto, y el que os habla solo es un enfermo con fiebre llamado Gregorio que necesita de vuestros cuidados para recuperar la salud, del mismo modo que vos necesitáis de sus prudentes consejos para recuperar la tranquilidad. Vaya lo uno por lo otro con la condición de que nada de lo que aquí se ha hablado salga de esta alcoba. Que yo estoy muy cansado y necesito reposo. Cuando despierte de esta pesadilla, volveré a ser el enviado del papa y el primer defensor del derecho canónico. Pero vos sabéis de sobra que lo que aten los reyes atado queda, mientras que el papa no lo desmienta. Mi tío no lo desmentirá mientras viva, pero ya le queda muy poca y los cardenales ya andan urdiendo alianzas para elegir al sucesor. —Gregorio se dio media vuelta y dijo antes de dormirse—:

Resumiendo: *carpe diem*. Ahora que sabéis lo que piensa Gregorio, hablad con vuestra hija Berenguela para que no ponga impedimento, porque el rey obedecerá vuestras disposiciones por muchos aspavientos que haga.

—Yo me ocuparé de que consienta, pero vos, en vuestro sueño, procurad que el rey de León nos la pida por esposa.

—Eso le incumbe al obispo Manrique, que ya está sobre aviso y sabrá hacer bien su trabajo ante el rey de León. Pero tiene que ayudarle don Marino, el obispo de Burgos, logrando que todos los obispos de Castilla y de León escriban al papa solicitándole la dispensa del impedimento por el bien de la paz.

—Pero el rey de León exigirá los castillos en litigio.

—Se los entregáis como arras y se pondrá tan contento como yo, si finalmente me permitís echar esa cabezadita que tanta falta me hace. Que como dice el buen médico Ben Amusco, una comida sana y ligera y un sueño placentero calman el espíritu y devuelven la salud al enfermo.

La reina no sabía cómo abordar a su hija Berenguela para comunicarle su decisión de casarla con el enemigo de su padre. Máxime cuando su hija atravesaba por una situación de desánimo y melancolía que se prolongaba demasiado. Pero un acontecimiento inesperado le dio pie para plantear la cuestión de una manera indirecta.

Berenguela era una mujer fuerte en todos los sentidos de la palabra. A la mayor parte de los hombres les superaba en altura, pero su recato, modales y su prudencia amén de su similitud con su abuela Leonor de Aquitania le hacían parecer una mujer extremadamente atractiva.

—¡Qué cosas tiene la vida, hija mía! Nos ha llegado la noticia de que ha muerto Conrado... —empezó la reina un día que las dos se hallaban bordando en la huerta.

—¿Mi prometido?

—Dicen que murió el día de Nuestra Señora. Había violado a una mujer y el marido de la víctima se tomó la justicia por su mano y le mató. Que Dios le perdone al pobre Conrado. Era hijo de un emperador, pero era una calamidad de hombre. —Berenguela se quedó pasmada y no supo articular palabra—. Nunca te lo dijimos, pero cuando estaba en Carrión no hacíamos vida de él y se escapaba por las noches para andar con prostitutas. Dicen que era un soldado temerario. Por culpa de la bebida se volvió violento y pendenciero. La muerte de su padre, el emperador Barbarroja, le debió de volver loco.

—Pobre Conrado. Murió en pecado mortal y ahora estará en los infiernos por mi culpa —exclamó y se puso a llorar desconsoladamente.

La reina estaba desconcertada. Siempre se habían tomado a risa a ese príncipe y habían hecho muchas bromas acerca de aquel personaje desmañado que se presentó hacía ya ocho años en Carrión, cocido como un cangrejo, para desposarse con Berenguela.

—¡Pero si le rechazaste nada más verle, hija mía! ¡Te habría hecho desgraciada!

—Es posible, madre, pero es el único pretendiente que he tenido y ahora me siento como una viuda. Y me entran ganas de meterme en un convento porque nadie querrá casarse conmigo.

El golpe que produjo en el ánimo a Berenguela la noticia de la muerte de Conrado y su posible condena eterna rompió el dique que contenía las lágrimas que no había derramado cuando llegó su padre al borde de la muerte después de la derrota de Alarcos.

—De haberme casado con él, habría cambiado su conducta y seguramente ahora no habría muerto.

—Solo venía para quedarse con el reino de Castilla. En cuanto nació tu hermano Fernando, desapareció de nuestra vista sin apenas despedirse. Recuerda que antes de que llegara a Carrión ya le tenías manía.

—Me dijisteis que él nunca sería emperador, porque ya tenía cuatro hermanos por delante, y yo no me conformaba con ser duquesa. Yo quería ser reina y pensaba que ibais a casarme con el primo Alfonso. Pero le engañasteis casándole con Urraca.

—Aquello fue un malentendido, porque tú ya estabas prometida a Conrado.

—Alfonso quería casarse conmigo. Lo notaba en su mirada antes de enterarse del compromiso con Conrado. Todavía le recuerdo cabalgando furioso a la salida del monasterio de San Zoilo, azotando su caballo para huir lo más deprisa posible porque dejaba atrás una humillación y una pesadilla. Por eso ha enviado los moros a Carrión, para vengarse de aquella afrenta. Todas las desgracias que han sobrevenido desde entonces son hijas de aquel engaño.

La reina Leonor estaba sobrecogida por aquella sincera confesión de su hija, y aunque veía que aquel desahogo había roto el nudo que la agitaba en el pecho, no sabía cómo decirle que pensaban casarla con el rey de León.

—¿Así que habrías preferido que te casáramos en Carrión con el primo Alfonso en vez de con el pobre Conrado?

—¡Entonces sí! Porque ni me gustaba el prometido, ni entendía su idioma y sobre todo porque me repugnaban sus acompañantes, que se pasaban todo el tiempo bebiendo cerveza. Con lo que a mí me asquea esa maldita bebida. Y ahora que ya tengo casi diecisiete años, no tengo ni al uno ni al otro. El uno porque está muerto y el otro porque es un canalla.

—No digas eso, porque te ha pedido formalmente por esposa.

Berenguela abrió desmesuradamente los ojos y se echó las manos a la cabeza.

—¿En serio? ¿Y qué ha dicho mi padre? —exclamó.

—Que consiente si es en aras de la paz. Y que te dará como dote todos los castillos en litigio, pero que no aceptará bajo ningún concepto que te mate o te maltrate.

—No ocurrirá tal cosa porque no me pienso casar con el monstruo que traicionó a mi padre y se atrevió a llegar hasta Toledo para comprobar si estaba vivo o muerto. Antes me recojo en un convento.

Don Alfonso, que había regresado de la Paramera de Ávila y estaba a punto de partir hacia Astorga en una operación de represalia por las incursiones de Pedro de Castro contra

Villasirga y Carrión, no se esperaba que la propia Berenguela interviniera en el asunto porque suponía que se limitaría a dar su consentimiento, y se sorprendió cuando una noche se presentó de improviso en su dormitorio.

—Perdonadme, padre mío, si os importuno a estas horas, porque mañana tenéis que partir con vuestro ejército, pero la desazón que tengo desde hace días, cuando habló mi madre conmigo, me tiene desquiciada y no me deja dormir. Solo vos podéis poner fin a mi tormento.

El rey contuvo su justificado enfado porque tenía prohibido a todo el mundo entrar en sus aposentos sin su permiso y estuvo a punto de reprenderla, pero Berenguela era la niña de sus ojos y no tuvo corazón para reñirla. A su juicio, tenía todo lo que se necesitaba para ser una gran reina. Ella era inteligente, valiente y decidida. «Lástima que no haya sido varón, habría sido perfecta como rey de Castilla».

—Hija mía, ten por seguro que haré lo que esté en mi mano para que recuperes la paz y el sosiego de tu espíritu. Que no me gusta verte sufrir de esta manera. Pero no me pidas que deshaga lo acordado por nuestra diplomacia con el reino de León porque los tratados entre reyes deben cumplirse, en caso contrario no sé a dónde iríamos a parar. Sabes de sobra, porque lo dice todo el mundo, que mal acaban los matrimonios si al amor solo se deben.

Berenguela estaba tan alterada que no se pudo contener:

—También acaban mal los que mal se conciertan. Sabéis mejor que yo que vuestro primo Alfonso es un ser odioso, que os ha traicionado más de una vez y os traicionará más de mil veces. Nunca olvidaré su visita a Toledo después de Alarcos, cuando planeaba como un buitre sobre vuestra cama, deseando abalanzarse sobre el reino de Castilla por encima de mis derechos. A ese canalla no le quiero ver ni de lejos ni de cerca. Antes me daba un poco de pena, con sus ínfulas y sus simplezas, pero ahora no le soporto, padre, yo no le soporto. Además, hay consanguinidad entre nosotros y la Iglesia no dará nunca el consentimiento, porque declarará nulo el matrimonio y al final tendré que retirarme a un convento. Me imagino que sabéis que anda siempre con prostitutas y además bebe mucho y a menudo. ¿Os lo imagináis borracho yaciendo encima de mí para humillarme y engendrar un hijo? ¿Quién me defenderá de esa bestia cuando me azote o me maltrate? Acordaos de cómo acabó vuestra tía la desdichada Estefanía, cuando Fernán de Castro se casó con ella para disfrutar del señorío de los Campos Góticos.

Don Alfonso estaba estupefacto, no tanto porque era muy probable que, si finalmente la casaba con aquel sujeto, ocurriría lo que ella vaticinaba, sino porque era insólito que una infanta se atreviera a hablar de aquella manera al rey, su padre y señor. Aunque su primer impulso fue expulsarla de inmediato de su aposento, se lo pensó mejor para ver en qué paraba la protesta de su hija, que acababa de arrodillarse ante él.

—¡Padre mío! —suplicó la muchacha—. Yo sé que todo lo hacéis por mi bien y que os preocupa mi felicidad y no ignoro que este compromiso obedece a una razón muy poderosa. Pero si no lo suspendéis por amor a vuestra hija, hacedlo al menos por vuestro honor, porque el rey de Castilla no podrá nunca permitir que maten o maltraten a una hija suya por muchas que sean las razones que aconsejen semejante matrimonio.

Sus sensatos e inapelables argumentos dejaron pensativo al rey.

—¡Anda, levántate, hija mía! Puede que tengas razón y que nos hayamos equivocado en la elección de tu prometido, pero ya hay acuerdo firme a falta de tu consentimiento. Dicen que el que mal anda mal acaba, pero tú tienes la sabiduría y la fuerza suficiente para enderezar su conducta y sujetar sus pasiones. Me consta que te mira con buenos ojos y que todo su rencor viene desde Carrión. Burlarle fue culpa mía, porque aquello fue un engaño que nunca nos ha perdonado y nos ha traído incontables males. Por todo lo que hemos visto, Conrado era mucho peor que Alfonso. Tú le rechazaste, te hicimos caso y pudimos corregir la equivocación. Ya me guardaré yo bien de que en el contrato matrimonial quede bien claro que en ningún caso te mate o te maltrate y haré garantes de ello a todos los obispos de su reino.

Precisamente fueron los prelados de León, especialmente el obispo Manrique, primo del rey de Castilla, y los de Castilla los que habían preparado el terreno para el acuerdo urdido por doña Leonor y el enviado papal.

El rey de León, que al principio se sorprendió por la propuesta, aceptó entusiasmado porque Pedro de Castro le había comunicado que el Miramamolín estaba enfermo y regresaría pronto a Marrakech y sin su apoyo no podría evitar la venganza de su primo, pero sobre todo porque Berenguela, amén de ser el mejor escudo protector, aparte de su juventud y hermosura, era la esposa y reina que necesitaba para poner orden en su vida, tal y como le aconsejaba de continuo el obispo Manrique.

Antes de dar su consentimiento, Berenguela se lo estuvo pensando detenidamente, pero al final aceptó. Sabía que solo le quedaban dos posibilidades, o monja o reina. Después del fracaso de lo de Conrado, pensaba que ya se le estaba pasando el tiempo de casarse con un rey. Además, no quería alejarse mucho del reino de Castilla. Al igual que su madre, estaba entusiasmada con la construcción del monasterio de Las Huelgas y, si las cosas se torcían, siempre estaría a tiempo de profesar en este cenobio.

La única condición que puso Berenguela para casarse con Alfonso de León fue que se le asegurara que no cometían incesto, y como la boda se celebró en Santa María la Mayor, que tenía un vínculo privilegiado con la Santa Sede, y el sacramento del matrimonio fue oficiado por el abad de esta, sobreentendió que el papa no se oponía y que por tanto la unión no era pecaminosa. Y también le dijo que no consentiría ver a su lado a Pedro de Castro ni como mayordomo ni como nada, porque había sido el culpable de la derrota de Alarcos que tantas desgracias había llevado a los reinos.

Capítulo 27

Valladolid. Roma. Burgos. 1197-1199

Las bodas se celebraron en Santa María la Mayor el 17 de noviembre de 1197. Como Valladolid, que era propiedad de Berenguela, pertenecía a la diócesis de Palencia, y por lo tanto no tenía obispo propio, les casó el abad de la colegiata. Era el mismo lugar en que, en presencia de Jacinto Bobone, entonces cardenal legado de Dios, el emperador Alfonso hizo el reparto del reino entre sus hijos Sancho y Fernando en 1155.

El padre de la novia no las tenía todas consigo a pesar de que había firmado un tratado con su primo en el que le daba los castillos en litigio como arras con la condición de que en ningún caso maltratase o matase a Berenguela. También estaba temeroso de Roma porque su amigo el papa Celestino III, a punto de cumplir noventa y dos años, estaba lleno de achaques.

Poco antes de la boda llegó a la corte de Castilla la noticia de la muerte en Sicilia del emperador Enrique VI, el hermano de Conrado, que había cobrado cien mil marcos por el rescate de Ricardo. En la cruzada había caído también su hermano Federico, y el propio Conrado acababa de morir hacía poco.

El que llegara al ansiado matrimonio con la prenda de la virginidad no significaba que estuviera cubierta con el manto de la ignorancia, porque era costumbre en la corte de Aquitania instruir a las infantas en las más refinadas artes amatorias, no solo para incitar al marido a traer al mundo una prole numerosa, a la vez que se le proporcionaban insospechadas satisfacciones, sino para que fuera tan placentero lo que les esperaba en casa que no tuvieran necesidad de buscar pecaminosos placeres en lupanares con el consiguiente peligro para la salud del cuerpo y para la salvación del alma.

De la instrucción teórica de Berenguela se ocuparon las damas de la reina con quien más confianza tenía y Ben Amusco. Y algunas de las lecciones que dio el médico judío fueron dignas de recordarse.

—En el amor, como en la guerra, se trata de ir bien preparado al combate y tener bien dispuesto el deseo, del mismo modo que a la comida tienen que ir con apetito todos los que se sientan a la mesa. Puesto que todos son comensales, no debe haber servidores y servidos, dado que es un juego placentero que se juega al tornafuye. Del mismo modo que los almohades cabalgan ligero y se acercan todo lo que pueden para disparar sus flechas, y luego huyen para después retornar, en el amor todo es tornafuye. Todo es acercarse y alejarse, entrar y salir, subir y bajar. Y unas veces el varón es el amante y la mujer es la amada y otras veces es al contrario.

—Me sé de memoria lo que contaba Abelardo de sus lecciones de amor a Eloísa —replicó risueña Berenguela—: «Los libros permanecían abiertos, pero el amor más que la lectura era el tema de nuestros diálogos, intercambiábamos más besos que ideas sabias. Mis manos se dirigían con más frecuencia a sus senos que a los libros. Con pretexto de la ciencia nos entregábamos totalmente al amor. Y el estudio de la lección nos ofrecía los encuentros secretos que el amor deseaba. Si algo nuevo podía inventarse en el amor, lo añadíamos».

—Eso es más o menos lo que pretendía explicaros, pero veo con satisfacción que habéis tenido buenos maestros en estos menesteres —respondió Ben Amusco.

El rey Alfonso de León, que se esperaba una esposa resignada y sumisa en la noche de bodas, se encontró con una sorpresa mayúscula, porque Berenguela se tomó al pie de la letra el juego del tornafuye. Después de haber untado todo su cuerpo con aceite, cuando Alfonso entró en el lecho con la habitación a oscuras pensando hallarla cubierta con una pudorosa camisa, nada más sentir las callosas manos del esposo sobre su cuerpo desnudo se escabulló de la cama como si fuera una anguila.

—¿Vamos por las buenas o por las malas, amado esposo? —escuchó el rey desde el otro lado de la habitación.

—Por las buenas.

—Yo prefiero por las malas. A ver si me encuentras. Siento que estás cerca, pero no me cogerás fácilmente —dijo ella, percibiendo su ansiedad y su torpeza.

Alfonso se sintió aprisionado, abrazado, besado y mordido y cuando ella le soltó jadeando de cansancio y se quedó quieta a su merced, él, que era presa de la fogosidad y de la urgencia masculina, pensó que ya había acabado el juego y había llegado la hora de la verdad y podría acometerla violentamente en el suelo como solía hacer con las sumisas mujeres con las que copulaba, pero se llevó una gran sorpresa, porque ella empezó a moverse encima de él como una serpiente impidiéndole hacer lo que pretendía.

—Estate quieta un poco, mujer... que así no se puede.

—¡Pero si acabamos de empezar! No tengas prisa, esposo mío, que tenemos toda la noche para nosotros y toda la vida por delante.

Mientras esto le susurraba al oído, le sujetó con brazos y piernas y empezó a hacerle cosquillas.

—Si tienes tantas cosquillas, estás perdido conmigo. Déjame que te las haga poco a poco, para averiguar dónde las tienes. Hazte el muerto y déjame que te acaricie como quiera y donde quiera y después nos cambiamos y me acaricias donde quieras y como quieras pero nada más, que hay que saber contenerse.

Al cabo de un rato de sabrosas exploraciones y caricias impensables al borde el éxtasis, después de exhalar innumerables suspiros y jadeos, ella se colocó al fin debajo.

—Ahora podéis empezar el tornafuye poco a poco, poco a poco, poco a poco. No me hagáis daño. Poco a poco y suave, suave. Y ahora un poco más deprisa, más deprisa. Ahora vuelta a empezar poco a poco, más deprisa pero suave, suave, suave, otro poco, poco a poco y suave, suave, suave. Y ahora media vuelta y al caballito para que no te canses y hago yo el tornafuye. Poco a poco, poco a poco, suave, suave, y ahora más aprisa, más aprisa. Y ahora un poco de descanso y otro poco a poco, descanso y poco a poco a poco. Y ahora yo empiezo un trotecillo suave, suave. Y ahora voy al trooote, al trooote, al troote... Y ahora otra media vuelta y te toca a ti. Así que haz lo que quieras... lo que quieras... hasta que me muera contigo... contigo. Contigo. Mi rey. Abrázame, fuerte, fuerte, fuerte. Estrújame dentro, muy dentro, me rindo, me rindo mi rey y me muero, me muero, me muero.

Alfonso estaba en el cielo y ya no pensaba en venganzas ni en castillos ni maldecía a Gregorio mientras escuchaba a su joven esposa susurrarle al oído:

—Esto tan divertido y sabroso no puede ser incesto, ¿verdad, esposo mío?

—De ninguna de las maneras, dueña mía, aunque lo predique la Iglesia y lo proclame el papa.

Además de incesto, habían cometido sacrilegio porque habían yacido en sagrado, concretamente en la habitación del abad de Santa María la Mayor de Valladolid, la misma noche de celebrar la boda.

* * *

El papa Celestino III, que era más viejo que Matusalén, no estaba para predicar, ni para remover el cesto de las cerezas, porque se encontraba en las últimas. Recibió la última alegría de su vida con la noticia de la muerte del emperador Enrique VI, porque los Hohenstaufen eran para la Iglesia «una raza de víboras» y su ocupación del reino de las Dos Sicilias había dejado a los estados del pontífice rodeados. Apenas si pudo enterarse de los sucesos de Castilla porque murió a los noventa y cuatro años el 8 de enero de 1198, dos meses después de que se celebrara la boda entre Berenguela y Alfonso de León.

El cardenal Gregorio de Santángelo estaba desolado, porque a pesar de los esfuerzos de su tío, que le había propuesto como sucesor, en su lugar fue elegido con el nombre de Inocencio III el joven y vigoroso cardenal Lotario di Segni, que antes de su nombramiento ya tenía el asunto del incesto de Alfonso y Berenguela sobre la mesa, lo mismo que el repudio de Ingeburga por Felipe Augusto y el complejo asunto de Adela, la hermana del rey de Francia.

Enseguida nombró al cardenal Rainiero legado en España con el mandato de que alcanzara la paz y disolviera las coaliciones inicuas, refiriéndose especialmente a Sancho, rey de Navarra, que había sido excomulgado y su reino puesto en entredicho por auxiliar a los sarracenos contra los cristianos, lo mismo que Pedro Fernández de Castro y el rey Alfonso de León.

* * *

Acababa el siglo y parecía que la boda había resuelto todos los problemas del reino de Castilla porque enseguida llegaron las lluvias y florecieron los campos y volvieron a parir los animales.

Para alegría de Alfonso y de Leonor, el hueco que dejaba en Burgos Berenguela se llenó con el nacimiento de una nueva infanta, a la que pusieron por nombre Constanza.

Como las paces con el rey de León eran efectivas, el rey de Castilla quedó con las manos libres para ajustar cuentas con el rey de Navarra y recuperó los territorios que habían correspondido al rey Alfonso VI, llegando hasta el río Bidasoa, con lo que tenía abierto por tierra el camino de Francia.

Como estaban de suerte, al poco murió el califa Abú Yusuf al Mansur. Sintiéndose enfermo, había levantado el destierro y otorgado el perdón a Averroes, haciéndole viajar desde Lucena hasta Marrakech con la esperanza de que el eminente médico le curara de su enfermedad, pero lo único que hizo fue precipitar la muerte del sabio, que falleció poco antes de lo que lo hiciera el Miramamolín.

La muerte del califa abrió una época de incertidumbre en el reino almohade. Todo ello permitió al rey Alfonso de Castilla rehacer su hacienda y sus ejércitos e iniciar la recuperación de lo que había perdido en Alarcos.

Pero en la vida nunca existe la felicidad completa, porque a la corte de Burgos llegó la noticia terrible de la muerte de

Ricardo Corazón de León y, poco después, la de su hermana Juana. La maldición de los Plantagenet cobraba nuevas víctimas y la suerte volvía la espalda a la familia de la reina.

Al igual que para Leonor de Aquitania Ricardo era mucho más que un hijo, para la reina de Castilla era mucho más que un hermano y para Berenguela mucho más que un tío. Por ello vivieron su muerte como una enorme tragedia personal, familiar y dinástica. Como un terremoto, anticipo de una catástrofe que agitaba los cimientos, los muros y las bóvedas del mundo al que pertenecían y que estaban continuando.

Para ellas, Ricardo era mucho más que un rey. Después de sobrevivir a los mil peligros de las cruzadas y a los avatares de su secuestro, su estúpida muerte a la edad de cuarenta y un años era algo que no podía ocurrir porque Ricardo era un héroe inmortal.

En Ricardo Sí estaban contenidas todas las glorias y miserias de sus antepasados, el poder de la dinastía de los Plantagenet y la grandeza y el refinamiento de los duques de Aquitania, que tenían su expresión más acabada en el esplendor de la corte de los trovadores y en el monasterio de Fontevraud, donde le enterraron junto a su padre y adonde se retiró su madre.

Y con su muerte, Ricardo No, como había entrevisto su madre cuando le obligó a casarse con Berenguela, significaba ni más ni menos que se acababa una dinastía. Aquello suponía el final del sueño de la unión de los dos lados del Canal de la Mancha, desde Escocia hasta la Gascuña, que, si se le añadía Castilla, llegaba casi hasta el río Guadiana.

Por si estas desgracias fueran cosa baladí, empezaron otra vez las trifulcas familiares. Alfonso de León atacó los castillos de su madrastra doña Urraca, y como don Diego López de Haro entendiera que el rey de Castilla apoyaba a su primo, dejó el servicio del castellano y se unió al rey de Navarra para combatirle. Y, tan pronto como alcanzó la mayoría de edad, don Pedro de Aragón se enfrentó con su madre, cuando comprobó que ella, temerosa de que su hijo dilapidara el tesoro del reino, no se retiraba al monasterio de Sigena como se esperaba, sino que retenía el castillo de Ariza y otros colindantes que le había asignado su marido cerca de Soria, para entrar y salir a su voluntad de su reino y atender sus asuntos amorosos en Castilla.

Para colmo de males, el papa Inocencio no descansaba, porque estaba obsesionado con el matrimonio de Berenguela y con el fin de deshacerlo cuanto antes escribió al cardenal Rainiero:

> *Por buena vía ha llegado a nuestra audiencia el caso de nuestro carísimo hijo Alfonso, rey de Castilla, que se ha atrevido a unir, por no decir a copular, incestuosamente a su hija, sobrina del contrayente, con Alfonso de León, habiendo entre ambos reyes segundo grado de consanguinidad. Por ello a uno y a otro, dimos el mandato de que tan torpe contrato, abominable ante Dios y detestable a juicio de los fieles, con toda prisa y sin excusas, lo revoquen y disuelvan cualquier lazo de impiedad que han comenzado con esa especie de incesto, y si sobre ese asunto fuesen contumaces, cosa que no creemos, no difieras promulgar sentencia de excomunión contra las personas y de entredicho contra su tierra y mantenerla inviolablemente hasta que presenten una justa satisfacción.*

La reina Leonor, que todavía no se había repuesto de la muerte de sus hermanos, se asustó y rompió a llorar desconsoladamente cuando el rey Alfonso le leyó la carta que le había dirigido el papa dándole cuenta de su decreto. El rey Alfonso estaba desolado. La misiva en la que se dirigía a él en términos durísimos le conminaba a ejercer de inmediato su autoridad para reclamar al rey de León la devolución de su hija Berenguela y quitaba al monasterio de Las Huelgas sus preciados privilegios.

—Te das cuenta de que yo tenía razón cuando me oponía a la boda de Berenguela con mi primo. Recuerda que te dije: «El papa Celestino ya es muy viejo y se puede morir en cualquier momento y yo no nombro a su sucesor, que lo hacen los cardenales».

—Este papa es muy joven y muy soberbio y sabe muy poco de la vida —respondió la reina doña Leonor.

—No creas, que según mis informes, tuvo algunas amantes en su juventud y además ha realizado importantes misiones diplomáticas con el emperador y el rey de Francia. A este le quiere obligar a reconocer a Ingeburga como reina y a recogerla en la corte francesa.

—¿Qué más le dará que la abadesa de nuestro monasterio confiese a las monjas, lleve el báculo y el anillo episcopal? —se quejó Leonor, despechada. Uno de sus mayores orgullos eran los privilegios concedidos a su monasterio.

—Seguro que ha atendido a las protestas del obispo de Burgos.

—¿También le preocupa al obispo que predique el Evangelio o imparta la bendición apostólica?

—Pensará que de bendecir a consagrar monjas para que digan misa solo hay un paso, y ahí la Iglesia es absolutamente inflexible. Y este papa, más inflexible todavía.

—¿Piensa que doña María y doña Mencía son obispas y le quitan poder?

—Así es. Porque no quiere sentar un precedente. Este papa quiere ser el señor del mundo y sin aprobación no permitirá ningún matrimonio regio. Luchará a muerte contra la herejía y contra los infieles porque su lema es «desarraiga y planta» y como hombre de derecho canónico dice lo mismo que su predecesor.

—El mundo no se hundirá y la ley no hace falta cumplirla de inmediato. Nuestro monasterio puede sobrevivir sin que la abadesa predique y las monjas pueden esperar a que venga el obispo a perdonar sus pecados y les dé la bendición apostólica, pero tu primo no consentirá en devolver a Berenguela ahora que le ha cogido capricho y que empiezan a tener hijos.

—A Berenguela estaría dispuesto a mandarla de vuelta, pero no querrá devolver los castillos de la dote. Y ya tenemos otra vez la guerra asegurada.

—Abú Yusuf acaba de morir y el nuevo califa necesitará algunos años para pacificar el reino y volver a la península. No creo que tu primo se atreva a hacerte la guerra sin su ayuda ahora que has vuelto a rehacer el ejército y cuentas con la ayuda del rey de Aragón. Y el papa tendrá otros asuntos de los que ocuparse y el cardenal Rainiero tendrá algún punto flaco. Recuerda el ímpetu con el que llegó Gregorio y que al final fue él mismo el que nos propuso la boda de Berenguela con Alfonso.

—Eso lo sabemos solo nosotros y en ningún caso podemos hacer uso de esa información. Estamos obligados a ello por juramento. ¿Te imaginas a Gregorio excomulgado por ese motivo?

* * *

Los reyes de Castilla tenían razón para estar preocupados porque Inocencio III desplegaba una actividad frenética. A través de sus legados apostólicos jugaba muchas partidas simultáneas en todos los tableros del orbe cristiano y hacía gala de una osadía inesperada para un pontífice recién nombrado. Además, tenía la suerte de su parte porque la muerte de Ricardo había dejado a su merced a Juan sin Tierra, un rey débil, en Inglaterra. El rey de Navarra estaba excomulgado por su impía alianza con los sarracenos, y ahora su legado, Rainiero, tenía en jaque al rey de Francia porque tenía que admitir a Ingeburga en la corte, mientras que en Hispania amenazaba de excomunión y ponía en entredicho al rey de León, y venía a Burgos con la encomienda de poner en jaque al rey de Castilla.

La reina doña Leonor, nada más ver llegar con andares de cigüeña a aquel cardenal, canoso y con cara de lechuga, macilento y envarado como un abedul, que la escrutaba desde unos ojos azules que parecían tallados en un témpano de hielo, pensó: «Este enviado de Dios no tiene nada que ver con aquel Jacinto que daba saltos de alegría en Toledo ni con el Gregorio que se moría en Burgos por culpa del hambre y de las diarreas. Como dependa de su voluntad, el matrimonio de Berenguela no será válido, a no ser que se produzca algún acontecimiento sobrenatural».

Aunque los reyes de Castilla le recibieron con gestos de cortesía y esbozando una forzada sonrisa cuando le dieron la bienvenida, la incomodidad era manifiesta por ambas partes. Como el cardenal parecía ensimismado y no despegaba los labios ni para hablar, el rey trató de romper el hielo.

—¿Y bien? —preguntó el monarca.

—Ya conocéis por el decreto de su santidad que entre vuestra hija Berenguela y su tío Alfonso no existe matrimonio alguno, solo hay una incestuosa y maldita cópula que es preciso deshacer cuanto antes.

Esas palabras escritas en latín en un decreto papal podían leerse de corrido y pasar desapercibidas, pero dichas lentamente en castellano enojaron de tal modo a la reina que respondió sin pensarlo dos veces:

—Nuestro Señor dijo: «Por sus frutos los conoceréis», y el matrimonio de nuestra hija ha sido una bendición para nuestros reinos porque donde antes había odio, ahora hay amor, donde solo había ruina y desolación, ahora hay prosperidad y alegría, donde todo era guerra sin cuartel, ahora hay paz y entendimiento.

—También dijo Nuestro Señor: «Ay de aquel por quien viniera el escándalo, más le valiera no haber nacido, o que le ataran al cuello una rueda de molino y lo lanzaran a lo profundo del mar». Por ello hay que deshacer cuanto antes ese repugnante incesto.

—Casaron en Santa María la Mayor.

—El escándalo es mayor todavía si al incesto le añadimos el sacrilegio si la maldita cópula la efectuaron en lugar sagrado.

El rey hacía señas a la reina para que no le llevara la contraria al cardenal, pero la reina, dolida en lo más íntimo de su ser, no le hizo caso y, recordando lo que su marido le había dicho a propósito de los amoríos del papa durante su juventud, respondió al cardenal:

—Cuando llevaron a la pecadora ante Jesús los que pretendían lapidarla por haber cometido adulterio, Nuestro Señor les respondió: «El que esté libre de pecado que tire la primera piedra».

—Vos misma habéis reconocido que vuestra hija es una pecadora. Aquella era una pobre mujer, pero vuestra hija es la reina. Y una reina es el espejo en el que se miran sus súbditos y el ejemplo que debe de seguir el pueblo. Si la reina vive en pecado y la Iglesia lo permite, ¿con qué autoridad pueden sus servidores pedir a las gentes que practiquen la virtud?

Alfonso, que había guardado silencio todo el rato y que no quería que su esposa disputara con un cardenal acerca de la interpretación de las Sagradas Escrituras, intervino en la conversación.

—Tal como os ha dicho mi esposa, no había otro modo de lograr la paz con el reino de León que concertar el matrimonio de nuestra hija con el que era entonces nuestro enemigo. Es lo que se hace habitualmente entre los reyes en todo el orbe cristiano.

—Había otro modo más sencillo y menos pecaminoso.

—Decidme vos cuál, porque yo no alcanzo a adivinarlo.

—Entregando los castillos que os reclamaba vuestro primo. Vos lo sabíais de sobra y os negasteis desde un principio.

El rey Alfonso tuvo que morderse la lengua, aunque pensó en replicar: «¿Por qué no entrega el papa los territorios que le disputa el emperador?», pero se quedó cavilando que con esa discusión no iban a ninguna parte. Tarde o temprano necesitaría la ayuda del pontífice para no estar solo cuando volvieran al ataque los almohades.

—El papa tiene el poder de atar y desatar y sus antecesores han otorgado la dispensa de consanguinidad cuando la ocasión lo requería —se limitó a decir, prudente, el monarca—, o cuando los males que se derivaban de la separación aconsejaban la magnanimidad del pontífice. Como señalaba mi esposa, la unión de los reyes de León se celebró en aras de la paz. No obstante, entendemos las razones de su eminencia y la preocupación de su santidad por no establecer semejante precedente a comienzos de su reinado; pero dadnos tiempo, solo el que necesitamos para convencer a nuestra hija... y a los nobles de nuestro reino y del reino de León de que ese es el camino que hemos de recorrer... para obtener el perdón de su santidad... o dar tiempo al papa para acordar la dispensa canónica.

—Si vuestra petición es una argucia para posponer la ejecución del decreto papal, caerá sobre vuestra cabeza el peso de la excomunión y del entredicho, pero si es muestra de arrepentimiento, os concedemos un tiempo prudencial para deshacer el incesto... mientras tanto es imprescindible que queden sin efecto las prerrogativas que se había arrogado vuestra abadesa, que solo son potestad de los obispos y del papa. ¿Mujeres confesando? ¡Hasta ahí podíamos llegar!

—En lo que respecta a la abadesa, estad seguro de que acatará con humildad todas vuestras proposiciones —concedió el rey sin hacer caso de las miradas furibundas de Leonor—, y en lo que respecta a nuestra hija Berenguela, tened por seguro que la recibiremos con toda su prole... si finalmente el papa no le concede la dispensa del matrimonio. Pero creemos humildemente que sería conveniente que convencierais a su esposo con las sabias razones que habéis expuesto ante nos.

—No tengáis la menor duda de que así lo haremos, incluso utilizando argumentos de mucho mayor peso —respondió el legado papal.

—Como prueba de que acataremos los sabios dictados del papa —intervino la reina—, debéis hacerle saber que el rey y yo hemos decidido comenzar la construcción de una gran catedral en la ciudad de Cuenca y pensamos sufragarla en su mayor parte a nuestras propias expensas, sin dejar por ello de continuar con las obras del monasterio y el hospital de Las Huelgas ni escatimar las donaciones que necesiten los obispos y los abades para remisión de nuestros pecados y extensión de la fe cristiana.

Cuando el cardenal se retiró dando las mismas zancadas de cigüeña que a su llegada, el rey don Alfonso se encaró con su esposa.

—No recuerdo que nosotros hayamos decidido construir a nuestras expensas una catedral en Cuenca. ¿Es que acaso no tienen suficiente con la mezquita que dejaron los moros? Es ordenada y espaciosa.

—En Cuenca murió tu regente don Nuño y gracias a tu determinación obtuviste la primera victoria de tu reinado. Nunca he olvidado nuestra entrada triunfal en aquella ciudad tan fortificada. Hemos hablado muchas veces de ello.

Para levantar una catedral hacen falta muchos trabajadores, con ellos vendrán sus familiares, estos tendrán que levantar casas, llegarán más comerciantes... la ciudad crecerá mucho y tendrá más defensores, y dado su formidable emplazamiento, será inexpugnable, incluso más que Toledo. Todo lo que gastemos en piedras lo ahorrarás en tropas. Trataré de sufragar la mayor parte de los gastos con las rentas de mi dote. ¿Te das cuenta de lo necesaria que es esa catedral?

Todo lo que dijo la reina era razonable, pero calló lo que sentía y no se atrevía a confesarse, que esa catedral era el sueño de Ricardo y el pretexto para entretenerle en España, viajar juntos separándole por un tiempo de su esposa... y gozar a solas de su compañía y, si Dios no lo remediaba, también de sus favores.

—Es muy cierto lo que dices, pero hablar de ello entre nosotros no significa comprometerse ante el enviado de Dios. No es lo mismo pensar en levantar una catedral, que comprometerse a iniciarla así de la noche a la mañana. ¿De dónde vamos a sacar los dineros y el arquitecto capaz de acometer semejante edificio?

—Demos gracias a Dios porque ha muerto nuestro enemigo Abú Yusuf, estamos en paz con León y, aparte de mis rentas, tenemos abundantes cosechas y las ovejas alumbran con facilidad. Las ciudades prosperan y los judíos pagan sus tributos y además estarán dispuestos a prestarnos lo necesario. Ya está casi acabado el monasterio de doña Mencía en San Andrés de Arroyo y las obras del nuestro avanzan con rapidez. Arquitecto ya tenemos y es excelente, que está con nosotros el maestro Ricardo cargado de gran experiencia. Aprovechemos todas estas circunstancias y construyamos en Cuenca la gran catedral de nuestro reino.

—Supongo que desde que se casó habrá refrenado de una vez sus pasiones, no sea que cuando vaya a Cuenca empiecen a arder los pajares y a chamuscarse los cerdos —murmuró el rey, sabiendo que no le quedaba otro remedio que dar su brazo a torcer.

* * *

El cardenal Rainiero salió de Burgos y se dirigió a Sahagún, donde había citado para una entrevista al rey Alfonso de León, pero este, en vez de acudir al encuentro con el enviado de Dios, escapó a Santiago de Compostela para postrarse a los pies del apóstol, como solía hacer cuando se encontraba con dificultades insalvables.

Como respuesta a semejante desplante, el cardenal decretó la excomunión y el entredicho para Berenguela por incesto y para el díscolo rey de León por incesto y contumacia.

A pesar de todo, el monarca leonés no se dio por vencido y envió a Roma una delegación de nobles y obispos que terminaron enfureciendo a Inocencio III, porque sabía que antes de la llegada de los notables a Roma, el rey de León había ofrecido, mediante intermediarios, a Rainiero veinte mil marcos de plata y doscientos cruzados durante un año a disposición del papa a cambio de la codiciada dispensa canónica. El pontífice, como consecuencia de su enojo, mantuvo la excomunión y decretó el entredicho itinerante, de modo que en ninguna ciudad, pueblo o villa donde estuvieran los reyes de León se podrían celebrar oficios divinos ni otorgar sacramentos, ni siquiera enterrar a los muertos, estando ellos presentes. Además, dispuso con autoridad apostólica que si de tan incestuosa y maldita cópula viniese prole, tuviérase absolutamente por espuria e ilegítima, que, de acuerdo con las leyes canónicas, jamás podría recibir porción alguna de los bienes paternos.

Para entonces Berenguela y Alfonso ya tenían una hija a la que pusieron por nombre Leonor, como su abuela Leonor de Aquitania.

Capítulo 28

Burgos. 1200

El siglo XII estaba dando sus últimos coletazos cuando ocurrió en la corte de Burgos un acontecimiento extraordinario. ¿Quién le iba a decir a la reina de Castilla, embarazada de nuevo, que su madre Leonor de Aquitania, que pronto cumpliría ochenta años, iba a dejar su retiro en el monasterio de Fontevraud, donde acababa de enterrar a Ricardo y a Juana, para recorrer Francia, atravesar los Pirineos en invierno y acercarse hasta la ciudad de Burgos para conocer a su prole?

En la corte de Burgos se produjo un gran alboroto cuando se tuvieron noticias de su llegada. Para el heredero y las infantas aquella visita era un acontecimiento fabuloso. No habían conocido a sus abuelos por parte de padre. El rey don Alfonso de Castilla era hijo único, sus padres murieron al poco de nacer. Su tío Fernando siempre había sido su enemigo. Y hasta que se casó con Berenguela, el tío Alfonso de León también lo fue. Sabían que al otro lado de los Pirineos reinaba la familia de su madre y que sus tíos y el abuelo se habían peleado entre ellos, pero eran disputas lejanas de las solo llegaban truenos distantes envueltos en las cartas que enviaba de vez en cuando la abuela y que su madre les leía u ocultaba.

Como correspondía a una reina, la acompañaba un nutrido séquito encabezado por Elías de Malemort, arzobispo de Burdeos, y el veterano caballero Mercadier, que había sido la mano derecha y un leal servidor del rey Ricardo.

Junto a su hija la reina de Castilla, le esperaban Urraca, que ya tenía trece años, Blanca, que pronto cumpliría doce, Fernando, que ya tenía diez, y las pequeñas Mafalda y Constanza.

Estaban todos en fila en el patio de Las Huelgas. Viéndolos alineados, la reina recordó una escena semejante con sus hermanos en formación en el puerto durante su despedida cuando embarcaba para casarse con Alfonso de Castilla.

«¡Dios mío! ¡Cómo pasa el tiempo, treinta años desde que salí de Inglaterra y cuántas desgracias desde entonces!».

Su alegría fue inmensa cuando por fin se fundieron en un abrazo. Ambas lloraban a lágrima viva por el reencuentro y por las ausencias recientes y antiguas.

—Es viejísima —susurró Fernando a Blanca al oído—. Seguro que ha venido a morirse con nosotros.

—Qué tonterías dices. Ha venido porque quiere conocernos, y como ha muerto el tío Ricardo, solo nos tiene a nosotros.

Dio la sensación de que la abuela había leído el pensamiento de su nieta, porque en cuanto terminó el abrazo, sacó un pañuelo y se enjugó una lágrima.

—¡Qué desgracia, hija mía! Todos mis esfuerzos han sido vanos. Como temíamos todos, Ricardo murió sin heredero, pero no lo hizo delante de los muros de Jerusalén, sino en los del miserable castillo de Châlus. ¡Ya solo me quedas tú!

—No digas eso, madre. También te queda Juan.

—Con él no se puede contar para nada que valga la pena. Tu hermano sigue siendo un niño que no tiene palabra ni energía, solo caprichos y antojos —protestó la reina con su habitual energía—. Pobrecillo, es una veleta que el viento agita. Él es mi desgracia, mi preocupación y mi sufrimiento. Él es mi culpa y mi dolor. ¿Quién nos iba a decir...? —musitó, quebrándosele la voz, y su vista se posó en Fernando el heredero—: Quiera Dios que lo que esperas sea otro niño, aunque a tus años estas cosas conllevan muchos peligros, no te preocupes. Fíjate en tu pobre hermana Juana... Y ahí tenemos a Juan. Te acordarás de que le gustaba subir a los árboles...

—Claro que me acuerdo —la interrumpió la reina de Castilla, extasiándose en los recuerdos de su infancia—, y buena envidia que me daba.

—No hables de envidia, que eso es de lo que él andaba sobrado. Y motivos tenía para tenerla, porque sus hermanos le aventajaban en todo. Él siempre estaba con la cabeza en las nubes, maquinando fechorías.

La reina de Castilla guardó silencio mientras su madre se desahogaba, pero, para su sorpresa, una vez que aquella se secó las lágrimas, miró uno a uno a los nietos que la contemplaban con gran curiosidad.

—No me hagas caso, hija mía —se disculpó—. Todo lo que acabo de decirte son tonterías de vieja. Los ríos corren hacia abajo. La vida sigue su curso. Donde una dinastía se acaba, otra comienza en otro lugar. No hay más que ver esos hijos tan hermosos que tenéis. No os quedéis parados, so pánfilos —exclamó cogida del brazo de su hija y acercándose a ellos—. ¿Es que acaso me veis muy vieja y os doy miedo?

Todos la miraron avergonzados, porque la abuela había adivinado sus pensamientos. Todavía se mantenía erguida y tenía un aspecto imponente porque era de gran estatura y vestía con elegancia. Había sabido envejecer graciosamente, ya que, a pesar de las desgracias que se habían abatido sobre ella a lo largo de toda su vida, sus ojos aún eran chispeantes y avivaban un rostro expresivo, evidencia de que disponía de una energía desbordante, porque tenía una vitalidad y un carácter impropios de sus muchos años.

Blanca fue la primera que se acercó a ella para abrazarla, saliendo decididamente del ordenado grupo.

—Todo lo contrario, abuela querida —dijo—. No sabéis cuánto placer nos daba la lectura de vuestras cartas. Nos han hablado tanto de vos que nos moríamos de ganas de conoceros, pero nunca pensamos que se cumpliría nuestro sueño. Habéis estado en tantos lugares y realizado viajes tan dificultosos que ya estábamos extrañados de que no hubieseis venido a visitar el reino de Castilla.

Siguiendo el ejemplo de Blanca, hicieron lo propio el resto de sus hermanos y abrazaron a la abuela con mucho respeto.

Una vez que terminaron los efusivos abrazos, la reina madre preguntó:

—¿Aquí no falta alguien?

—Falta nuestra hermana Berenguela, que es la reina de León —exclamó Mafalda—, pero seguro que mis padres mandan enseguida un mensajero para decirle que venga corriendo a visitaros.

Mientras la reina y las infantas tenían puesta toda su atención en la abuela Leonor, Fernando el heredero no le quitaba el ojo al sujeto que mandaba a los soldados que le acompañaban. Aquel hombre de cara de mastín, que no sacaba la mano de la empuñadura de la espada, le daba mucho miedo. Tenía un aspecto terrorífico y tantas arrugas y cicatrices como años. Se movía constantemente y miraba de soslayo a todas partes como si se esperara un ataque desde el lugar más imprevisto. Hacía visajes con los ojos y un gesto con la boca como de morder. En cambio, el arzobispo de Burdeos era un remanso de quietud que ni hablaba ni gesticulaba, solo observaba. Al contrario que el cardenal Gregorio de Santángelo, no tomaba notas en una libreta, sino que todo lo que veía y oía lo apuntaba en una memoria prodigiosa.

Como la presencia del hombre de los visajes y las cicatrices le quitaba el sueño, al cabo de unos días, cuando tuvo confianza con la abuela, Fernando decidió preguntarle.

—Ese hombre cojo que os acompaña tiene cara de malo, muy malo...

—Era el perro fiel de Ricardo. Desde que le conoció acompañó a vuestro tío a todas partes. Lástima que no estuviera con él cuando le hicieron prisionero, aunque estaban juntos cuando le dispararon aquella maldita flecha.

—¿Pero cómo pudo morir tío Ricardo por una flecha que le disparó un niño? —Muchas veces se había contado esa historia en la corte de Burgos, pero al pequeño Fernando le seguía asombrando.

—Eso es lo que sucedió por una de esas casualidades de la vida cuando yo me encontraba rezando en Fontevraud, no muy lejos de donde ocurrió el accidente. Me engañaron cuando vinieron a darme la noticia. «No es grave (me aseguraron), pero el rey insiste en que quiere veros». Yo sabía que era muy grave, porque mi hijo no me llamaba nunca por una nadería. Subí en una barca por el río hasta Châlus con la única esperanza de hallarle con vida, aunque fuera por última vez. Gracias a que remaban con todas sus fuerzas llegué a tiempo de acogerle en mis brazos mientras expiraba. Me creeréis si os digo que se me vino el mundo encima, porque sentí que con mi hijo se morían mi padre, mi abuelo y mi bisabuelo. Todo lo que ellos y vuestro abuelo Enrique y Guillermo el Conquistador habían levantado se derrumbaba y yo también me derrumbé encima de él tratando de devolverle la vida. Yo me quería morir allí mismo y que me enterraran con él en Fontevraud. Aquello era una locura, porque la muerte de un hijo enloquece. Entonces me acordé de vosotros, mis nietos y nietas de Castilla a los que no conocía y del hijo de Juana que acababa de nacer. Y me dije que no tenía derecho a morirme sin conoceros y ese pensamiento, que devolvió el calor a mi cuerpo y el ánimo a mi alma, es el que me ha traído hasta vosotros. —La reina doña Leonor de Aquitania se dio un golpecito con la mano en la frente—. ¡Pero qué tonta soy! —exclamó—. Si no os hemos contado lo que le sucedió a vuestro tío para llegar a este estado. Ahora mismo hago que venga el capitán Mercadier, que le acompañaba cuando ocurrió la desgracia.

Entre los infantes se corrió la voz de que el cojo iba a contar cómo había muerto el tío Ricardo y en un instante lo más granado de la corte, con las infantas a la cabeza, se colocó alrededor del mercenario.

—La mayor desgracia de toda la historia, que es la muerte del rey Ricardo, ocurrió por culpa de un tesoro descubierto por casualidad por un campesino en las afueras de Châlus. Según nos dijeron entonces, se trataba de un altarcillo todo de oro, con un emperador sentado con su mujer y el resto de su familia. El hombre fue corriendo a dar cuenta del fabuloso hallazgo al conde Aimar de Limoges, que es su señor natural. El muy zorro, en vez de entregar a su rey la parte correspondiente, no daba señales de vida y no había modo de que respondiera a los requerimientos de vuestro tío. Con ello invitaba a sus súbditos a la desobediencia. ¿Qué habríais hecho vosotros si hubierais estado en el lugar del rey Ricardo?

—Quitárselo por la fuerza —respondió el infante Fernando inmediatamente.

—Eso es lo que trató de hacer vuestro tío, que sin dudarlo me dijo: «Vamos allá, Mercadier. Se va a enterar este conde de lo poco que resiste en pie el castillo de Châlus». Dicho y hecho. A pesar de que estábamos bajo la tregua de Cuaresma, nos presentamos de repente bajo sus muros y pusimos a trabajar de inmediato a nuestros zapadores. Esperábamos que con este gesto el conde se aviniera, pero no hubo respuesta por su parte. Se conoce que había huido o pensaba que el rey no se atrevería a atajar su desobediencia.

»Después de cenar, el rey se acercó al castillo para ver cómo marchaba la cosa. Cuando nos volvíamos porque se hacía de noche, oímos el zumbido de una flecha. Vi que el rey se encogía como para coger algo del suelo y me dijo poniendo cara de dolor: «¡Ay, Mercadier! Que me han herido en la espalda». Al principio no pensamos que fuera nada grave, porque le habían herido muchas veces los infieles en Tierra Santa. Pero como no había resistencia en el castillo, esta vez no iba protegido. «¡Duele, Mercadier, esta vez duele, y parece que está muy dentro!», se quejó. Le sacaron la punta de la flecha y al parecer le curaron. Él siguió haciendo vida normal como si nada hubiera ocurrido, hasta que tuvo que guardar cama por la fiebre. La herida se había enconado y el rey tenía toda la espalda tumefacta.

»Como el asunto era muy grave y cada vez iba a peor, mandamos recado a su madre la reina doña Leonor y a su esposa la reina Berenguela, que casi sucumbe de la impresión porque se había imaginado que vuestro tío no moriría nunca. Y a todos nos llega la hora.

Entonces tomó la palabra el arzobispo de Burdeos.

—No os dejéis llevar por el odio ni por el deseo de venganza, hijos míos, porque el rey Ricardo fue todavía más grande durante su muerte que durante su vida. Confesó todos sus pecados, que fueron muchos para su desgracia, y pidió a su capellán Pedro Malón, abad de Le Pin, que le impusiera como penitencia permanecer en el purgatorio hasta el día del Juicio Final y después comulgó fervorosamente. Dijo que solo sentía morirse porque ya no podría volver a Tierra Santa para liberarla de los infieles, en cuanto el papa convocara la nueva cruzada. Perdonó todos los males que le había hecho el rey de Francia, especialmente que propalara el infundio de que había mandado matar a Conrado de Monferrato. Pidió perdón por haber atacado el castillo de Châlus infringiendo la tregua de Cuaresma. Y poco antes de morir mandó llamar al muchacho que disparó la flecha para perdonarle y pidió a todos los presentes que respetaran su vida.

—Monseñor, ¿no sería más conveniente para la salvación de sus almas que los reyes, en vez de tener que arrepentirse a última hora y pedir perdón por sus muchos pecados, llevaran una vida honesta y virtuosa de amor a sus súbditos y temor de Dios a lo largo de toda su vida, lo que les evitaría tener que estar sufriendo las penas del purgatorio hasta el día del Juicio Final? —preguntó la infanta doña Blanca al arzobispo de Burdeos.

Esta observación no le pasó desapercibida a la reina doña Leonor y llenó de satisfacción al prelado.

—Estáis en lo cierto, hija mía —respondió sonriendo—. Y vuestra pregunta da cuenta de la buena educación que habéis recibido. Ya lo dijo Nuestro Señor: «Buscad primero el reino de Dios y su justicia y todo lo demás se os dará por añadidura». El rey tiene que ser modelo de virtudes para sus súbditos, y las reinas dadivosas con los necesitados, recatadas con sus maridos y piadosas para ejemplo de sus hijos. A los que deben educar con el ejemplo en el respeto al prójimo y en el temor de Dios.

»Y digo más. Los vivos también podemos ayudar a los muertos y sacarlos cuanto antes del purgatorio con misas y donaciones a la Iglesia, que tan gratas son al Señor, como hizo vuestra abuela, después de enterrar a vuestro tío.

—¿Respetaron lo que dijo mi tío de perdonar al muchacho? —preguntó el príncipe Fernando, que deseaba saber qué fue del desgraciado arquero.

—Eso que lo cuente el capitán Mercadier, que lo sabe mejor que nadie —respondió el arzobispo de Burdeos.

—Debéis saber que, desde el momento en que me puse al servicio de vuestro tío, él lo fue todo para mí. Hasta entonces había vivido en la oscuridad, pero ese día cambió mi vida, porque servirle como un perro era para mí servir a un dios. ¿Qué habríais hecho vosotros si hubieseis apresado a aquel que mató por la espalda con una flecha traicionera a vuestro rey, a vuestro padre, a vuestro hermano y vuestro señor? —El capitán Mercadier sabía que estaba siendo juzgado y clavó su mirada de canalla en cada una de las infantas y la detuvo especialmente en los ojos de Fernando, que no pudo sostenerla. Después de unos instantes de un gélido silencio, añadió—: No me contestéis porque ni sois el capitán Mercadier ni sabéis nada de la guerra. En Châlus me cegó el odio. Pensé que el que había quitado la vida al más grande de los reyes y de los hombres no merecía sobrevivirle. Y cuando se llevaron el cuerpo de Ricardo a Fontevraud y todos se fueron con él, le mandé despellejar vivo y yo mismo le colgué.

Todos los oyentes aguantaban la respiración, porque el capitán no había terminado su perorata.

—Hice bien... porque maté al causante de la muerte de mi señor, pero hice mal... porque no cumplí las órdenes de mi señor. Yo siempre obedecí como un perro a mi señor, pero ver morir a mi rey y señor por una nadería me convirtió en un perro rabioso.

Las palabras del capitán Mercadier llenaron de zozobra al heredero y a las infantas. Cuando se quedaron solos, discutieron entre ellos y no fueron capaces de acuerdo. A Fernando le parecía bien que hubiera despellejado y matado al muchacho que hirió a su tío y a las infantas les parecía mal que el mercenario no hubiera respetado su última voluntad.

Aquella misma noche buscaron a la abuela para recabar su opinión sobre el asunto. Pero a ella se le movieron los recuerdos y le vino a la memoria el intento de Ricardo de obtener el perdón de su padre cuando este se moría y el rey Enrique, en vez de darle el beso de la paz, le susurró al oído: «Quiera Dios que viva lo suficiente para vengarme de todo el mal que me has hecho», pero no quiso sacarlo a colación como ejemplo negativo, porque no quería entristecer a sus nietos ni dejarles un mal recuerdo de su abuelo. A pesar de ello, se las ingenió para decirles claramente lo que pensaba.

—Hizo mal el capitán, queridos míos, porque la última voluntad de vuestro tío fue perdonar y pedir perdón. La hora de la muerte es la hora de la verdad. No se puede viajar a la otra vida con el corazón lleno de odio porque nos está esperando el que nos ha de juzgar. Sabéis que Nuestro Señor nos dijo: «Bienaventurados los limpios de corazón, porque ellos verán a Dios». El tío Ricardo fue un gran pecador y así lo reconoció públicamente en Sicilia, cuando se confesó y se dejó azotar por sus pecados, y en su última confesión. Pero Dios misericordioso le dio tiempo para que limpiara su corazón y, como habéis oído, entre otros muchos perdones, también absolvió al muchacho que le había herido. La magnanimidad es un atributo de los reyes, pero la obediencia es la obligación de los soldados. Mercadier era el más fiel servidor de vuestro tío y este sabía perfectamente que el capitán no tenía escrúpulos y que sería capaz de cualquier cosa. Quizás tenía que haberle prohibido bajo juramento que tocara un pelo al muchacho... pero en la hora de la muerte, ¿quién piensa en estos detalles, habiendo tantas cosas que poner en orden?

—Abuela, si habéis dicho que el capitán es capaz de cualquier cosa, ¿por qué lo habéis traído en vuestra compañía? A nosotras nos da miedo —intervino la infanta doña Blanca.

—Por eso precisamente. Porque a la mayoría de la gente también le inspira temor. El viaje ha sido muy largo y muy difícil. En los castillos hay señores rebeldes y traidores y los caminos están llenos de salteadores. En mi vida he sufrido muchos asaltos y no pocas veces he tenido que huir de mala manera. Y una reina vieja como yo necesita protección. Sabéis de sobra que los pastores necesitan mastines para proteger a las ovejas de los lobos. Entenderéis que le haya traído conmigo para que me defienda y me proteja. Pero una reina también necesita que la respeten, por eso me acompaña el arzobispo de Burdeos.

—Abuela, ya que estamos con vos, ¿la tía Juana murió de tristeza cuando se enteró de la muerte de su hermano?

—Puede que en parte fuera como decís. Pero mi hija Juana tuvo mala suerte. La primera vez la casamos bien con Guillermo, el rey de Sicilia, pero su marido murió pronto. Después de que la liberara de Tancredo, Ricardo no sabía si Felipe Augusto la quería por esposa o deseaba deshonrarla para vengarse de las afrentas que le habían hecho a su hermana Adela. Hizo mal Ricardo en casarla de segundas con Raimundo de Tolosa. Este era tan canalla y tan vicioso como su padre y encima la maltrataba. Era el hombre menos indicado para ser el marido de una mujer tan sensible y delicada como vuestra tía. Raimundo había enviudado pronto, a la segunda mujer la recluyó en un convento y repudió a la tercera para casarse con Juana. Lo hizo solo para quedarse con la generosa dote que le había asignado el tío Ricardo, quien deseaba resolver, de una vez por todas, los eternos conflictos con los de Tolosa.

»Estaba encinta cuando tuvo que huir del acoso de sus súbditos en busca de la ayuda de Ricardo para sofocar una revuelta. La pobre no sabía que su hermano acababa de morir. Se encontró conmigo en el Poitou. Estaba irreconocible. Pensé que estaba enferma y necesitaba reposo. No pude quedarme en su compañía porque la muerte de Ricardo nos descompuso la vida a todos nosotros. Yo tenía que ocuparme de la sucesión y de los asuntos del reino y le mandé que fuera a recogerse a Fontevraud. Al poco de llegar, hizo testamento y pidió entrar en religión porque temía que la reclamara su esposo. La pobre no sabía que moriría. Contra la ley canónica pronunció los votos y tomó los hábitos. Llegué a tiempo para verla morir en mis brazos. Después de muerta, pudimos sacar al niño vivo con el tiempo justo para bautizarlo. Toda la vida nos ha perseguido la maldición de Dios por nuestros pecados.

Escuchando a su madre, doña Leonor se acordó de aquella terrible frase que pronunció estando junto a Tomás Becket el día de su despedida. «Maldito Enrique y maldita Rosamunda», y que la había golpeado en la cabeza durante toda su vida.

«Si lo que tengo en mis entrañas es niño, le pondré Enrique como mi padre y si es niña a lo mejor la llamamos Leonor como mi madre, que para eso ha venido a estar con nosotros».

Capítulo 29

Burgos. 1200

Tan pronto como el rey de Castilla y su hija la reina de León tuvieron noticia de la llegada de Leonor de Aquitania, se presentaron en Burgos, cada uno por su lado, llegando casi a la vez, aunque se anticipó Berenguela.

Al ver aproximarse a su nieta con una niña en los brazos y en estado de buena esperanza, con un aspecto envidiable, a la reina madre no se le ocurrió otra cosa que decir:

—¡Hija mía! Pero si estás preciosa. Eres la verdadera imagen de la fecundidad. No hay nada más que verte para saber lo bien que te trata tu marido. ¡Anda, dame a la niña, que quiero tener en mis brazos a mi biznieta, que estas criaturas me devuelven la vida! Ya veo que el mundo no se acaba en Aquitania y que el árbol de Guillermo el Trovador florece a la vera del Camino de Santiago. ¿Os han dicho que mi padre murió en los brazos de un obispo peregrinando a Compostela?

—Nos lo han dicho mil veces, abuela. Y una de mis mayores alegrías, ahora que soy reina de León, es peregrinar hasta el apóstol cantando su romance con mis acompañantes. Se lo cantabais a mi madre vos cuando era niña y ella nos lo ha cantado a nosotros y yo se lo canto a mi niña, que se llama Leonor como vos, para que se duerma.

—Yo también lo canto cuando me acuerdo de mi padre —dijo la anciana.

I onde vai aquil romeiro,
meu romeiro adónde irá,

camiño de Compostela,
non sei se alí chegará.

»¿Os queréis creer que es la primera vez que canto desde que murió Ricardo? Pobre padre mío. Tenía yo tu edad cuando murió, y nada más morir, me casaron con el heredero del rey de Francia, pero eso ya pertenece al pasado...

Cuando llegó el rey de Castilla y después que este se bañara y descansara como solía cuando regresaba de recorrer el reino, la reina madre expresó a su hija el deseo de hablar a solas con ellos y con Berenguela para tratar asuntos de la mayor importancia. Era la primea vez que se encontraban suegra y yerno. Enseguida se dio cuenta de que Alfonso era tal como su hija le había contado en sus cartas desde que llegó a España. Sobrio, sencillo y cabal. Se veía que no buscaba el protagonismo por encima de todo y que tenía los pies bien asentados en la tierra. ¡Tan distinto de Ricardo, siempre tan soberbio e histriónico que hacía notar su presencia, estuviera donde estuviera!

El rey de Castilla era Alfonso sí y Alfonso puede ser. Pero nunca Alfonso no. Prudente, noble y comedido. Encontrarse con Leonor de Aquitania era para él un acontecimiento único y no le defraudó en absoluto su arrolladora personalidad. A pesar de su edad, sus años en prisión y sus incontables desgracias, todavía mantenía erguido un cuerpo menos envejecido que lo que para su edad se podía suponer. Era como un monumental laurel de hoja brillante y perenne. La vivacidad de sus ojos y la luminosidad de su sonrisa era fruto de la fortaleza de su carácter y lo animado de su temperamento.

—Os imaginaréis que la muerte de Ricardo ha dado al traste con todos mis planes, porque con Juan se derrumba todo el imperio que levanté separándome del rey de Francia y casándome con el rey de Inglaterra —empezó sin más preámbulos—. ¿Quién me iba a decir a mí cuando era reina de Francia que, en el final de mi vida, tendría que besar la mano de Felipe Augusto, el hijo del rey Luis, que abandoné para irme con vuestro padre?

—¿Te tenías que humillar hasta ese punto, madre?

—Así es. No me quedaba más remedio que renovar el juramento de vasallaje que le hizo Ricardo para que cumpla sus obligaciones de rey y me proteja de los ataques de mis vasallos.

—¿Y qué hace Juan?

—¿Qué podemos esperar de Juan? Una calamidad de rey, una vergüenza de hijo y una tragedia de hermano. No le educamos para rey, porque era el más pequeño. Tenía delante de él a Enrique, a Ricardo y a Godofredo. ¿Quién nos iba a decir...? —musitó, quebrándosele la voz—. En fin, que nunca pensamos que terminara la corona de nuestros reinos en la cabeza de un pajarito. Y lo peor es que no hace caso a los que sabemos cómo es el mundo, sino a los imbéciles y a los aprovechados que pululan por las cortes y embriagan a los príncipes con sus lisonjas. Los mismos que le apodaron Juan sin Tierra, porque nunca supo cómo era la que tenía bajo sus pies.

»¡Cuántas veces traicionó a Ricardo y otras tantas su hermano le perdonó y fue generoso con él! Con él se perderá la dinastía y lo que nos queda del reino. Todo lo que hemos sido y que tanto ha costado levantar se deshará como el humo. Solo quedará nuestro recuerdo convertido en ceniza si no hacemos algo para remediarlo.

—¿Qué podemos hacer nosotros, tan lejos de vuestros dominios? —preguntó el rey, temeroso de que le pidiera ayuda monetaria como hizo para poder pagar el rescate de Ricardo.

—Casar a Blanca con Luis, el heredero de la Corona de Francia —contestó su suegra de inmediato.

El rey de Castilla miró a su mujer, doña Leonor miró a su hija Berenguela y esta, que contemplaba deslumbrada a su abuela, exclamó alborozada:

—¡Es una idea extraordinaria! ¡Una biznieta de Guillermo de Aquitania casada con un biznieto de Luis de Francia!

—¡Qué lista eres, madre! Pretendes recuperar todo lo que se pierda con Juan haciendo que pase a los descendientes de Blanca. Todo menos Inglaterra —admitió su hija Leonor.

El rey de Castilla miró a Berenguela y se quedó pensando en el modo de recuperar el reino de León para Castilla. Tenía la partida de ajedrez en la cabeza. Y a sus hijas Berenguela, Urraca, Blanca, Mafalda y Constanza en el tablero de Hispania, que era el que de verdad le interesaba. Deshecha la alianza con el emperador por la boda fallida con Conrado y declinando la estrella de Inglaterra por la muerte de Ricardo, la maniobra de su suegra le pareció una jugada maestra para el tablero de Francia. Era llegar con un peón a la octava casilla y convertirlo en reina para continuar con ventaja la partida cuando esta estaba prácticamente perdida.

—Tú eres el padre. ¿A ti qué te parece? —preguntó su esposa sacándole de sus pensamientos.

—¿A mí? ¿A mí qué me va a parecer? Que tiene que ser Urraca.

Su esposa le miró como diciendo: «A ver si lo vamos a estropear. Como se ponga terco Alfonso, no hay quien le mueva de sus posiciones. Mira que me costó convencerle de lo de Berenguela». Esta no osaba intervenir y la abuela miraba a su hija.

—¿Por qué Urraca? —le preguntó la anciana reina a su yerno.

—Porque ahora le toca a ella. Porque ya tiene catorce años y es mayor que Blanca y porque la prometimos a mi primo Alfonso... y se lo va a tomar a mal cuando vea que su hermana se adelanta en el matrimonio y además con el futuro rey de Francia. Para ella sería una afrenta.

La reina de Castilla tuvo una idea repentina.

—A Urraca podríamos casarla con el rey de Portugal.

—¿Y a Mafalda?

—A Mafalda la casaríamos con Fernando el Portugués, el hijo de mi marido con su anterior mujer, con Teresa de Portugal —intervino Berenguela.

—Estáis todos locos. Vengo a proponer una boda sin graves problemas de consanguinidad y voy a tener dos nietas excomulgadas. ¿Es que no os habéis dado cuenta de que este papa es joven, inflexible y rencoroso y no consiente el incesto?

—Tiene razón mi madre —intervino doña Leonor—. Casemos primero a Blanca y luego ya veremos.

—Tiene que ser Urraca —insistió el rey de Castilla.

—¿Qué más te dará?

—¿Qué más le dará al delfín de Francia Urraca que Blanca, si no ha visto a ninguna y nunca verá a la otra? ¿Por qué Blanca? —protestó el rey.

—Esa es una buena pregunta que requiere una larga respuesta. También podría ser Urraca, pero a mí me parece que nos conviene que sea Blanca. Si preferís que sea Urraca, pues me llevo a Urraca —concedió la anciana—. Se hará lo que vosotros digáis, que para eso sois sus padres. Estad seguros de que yo me llevaré conmigo a una de las dos, porque no voy a llevar a ambas para que escojan. Pero no tengo ninguna prisa. Esta corte es un remanso de paz y estoy muy a gusto con vosotros. He comprobado con alegría que he casado muy bien a mi hija. A lo mejor es lo único que he hecho bien en mi vida.

«Qué lista es mi abuela Leonor. Al final se llevará a Blanca», pensó Berenguela.

—Hijos míos, han cambiado los tiempos —continuó—. Bien lo sabe la Iglesia, que ha elegido un papa joven y atrevido que quiere ser rey de reyes. Las ciudades tienen fueros y sus habitantes pagan impuestos, tienen derechos y levantan grandes catedrales, más elevadas y más luminosas, donde reunir a los fieles para la oración o para el comercio. Yo pedí un préstamo en Roma para pagarlo en Burdeos. Las industrias y los caminos mejoran, las noticias corren cada vez más rápido y se hacen canales para el transporte de las mercaderías. Barcos cada vez más grandes surcan los mares. Los reinos son cada vez más extensos y hasta el papa quiere tener su reino en este mundo. En este tiempo nuevo, los monarcas tienen que estar bien preparados y ser nobles y valerosos y para ello tienen que concertar matrimonios convenientes, no solo por la paz o por la dote, sino también por la prole. Y si no que se lo pregunten a Felipe Augusto, que todavía anda excomulgado por lo de Ingeburga.

«¿Adónde querrá ir a parar mi suegra con este discurso?», se preguntó don Alfonso.

—Ya dijo el otro día vuestra hija Blanca que en vez de esperar a arrepentirse a última hora y pedir perdón por sus muchos pecados —continuó Leonor de Aquitania—, convendría que los reyes llevaran una vida honesta y virtuosa de amor a sus súbditos y temor de Dios, a lo largo de toda su vida. Pero yo añado a lo que ella dijo que, para que esto sea posible, los príncipes necesitan madres que los eduquen y esposas sensatas que les aconsejen y les satisfagan para que no busquen fuera de palacio lo que tienen en el tálamo al alcance de la mano. Por eso he venido a Castilla y por eso había elegido a Blanca. Esta familia es una bendición de Dios, porque los padres sois virtuosos. La mía fue un desastre porque los dos éramos pecadores.

—Entendemos tus razones, pero deberías conocer mejor a Urraca. Ella es más retraída y un poco menos agraciada, pero también está muy preparada para ser reina de Francia —puntualizó el rey.

—La verdad es que también me gusta mucho Urraca, pero mi corazón me dice que tiene que ser Blanca y también me lo dice mi cabeza, porque Urraca ya ha estado comprometida con el rey de León y fue devuelta a sus padres, y aunque solo era una niña, para Felipe Augusto, orgulloso donde los haya, es una repudiada y la rechazará de inmediato diciendo que no quiere un segundo plato para el delfín de Francia. Pese a que era muy pequeña cuando ocurrió, esas cosas siempre dejan huella, se la ve un poco acobardada y es un poco áspera, como su nombre. En cambio Blanca tiene una sonrisa de ángel, la dulzura de una ciruela y la fragancia de una azucena. Y a los delfines esas cosas les gustan por el día y les excitan por la noche.

Leonor y Alfonso estaban tan cautivados por la sagacidad y la perspicacia de doña Leonor y tan convencidos por sus poderosos argumentos que no osaban contradecirla y guardaron un significativo silencio. Pero el rey no quería dar su brazo a torcer e hizo un último intento por salvar su punto de vista.

—Todo eso me parece muy bien —admitió—, pero ¿quién le dice a Urraca que casamos primero a Blanca?

—A Urraca la prometéis con Alfonso, el heredero de Portugal, y yo me llevo a Blanca conmigo, a ver qué pasa.

—¿Y conmigo qué va a pasar, abuela? —preguntó Berenguela.

—Tú vas por buen camino con el segundo hijo a punto de llegar.

—Pero estamos en pecado y el papa nos amenaza con el infierno si somos contumaces en el incesto.

—Pues ya que sois contumaces en el incesto, poneos a tener todos los hijos que Dios quiera daros, con excomunión o sin excomunión.

—A su marido no le hacen mella las excomuniones, ya lleva dos o tres —apostilló la reina de Castilla.

—Pero yo no llevo ninguna, ni puedo llevarla sobre mis espaldas, bastante doloridas con la derrota de Alarcos —dijo el rey—. Necesito la ayuda del papa, no la excomunión, y que predique la cruzada para que corran en mi ayuda los reyes cristianos cuando venga contra nosotros el nuevo Miramamolín.

—Vosotros tened paciencia, que la Iglesia amenaza pronto, pero resuelve tarde y además el papa sufre del estómago.

—Peor me lo ponéis si se le avinagra el carácter.

La vieja reina sabía que para llevarse a Blanca tendría que convencer a su yerno por las buenas, y aunque en un principio pensaba estar en Burgos unas pocas semanas, encontró en la resistencia del rey un pretexto para quedarse unos meses, a pesar de la impaciencia del arzobispo de Burdeos por regresar a sus dominios. El prelado solo dejó de protestar cuando el capitán Mercadier se lo llevó de caza por los montes y los sotos que rodeaban a la capital.

Las infantas y el heredero estaban felices con la abuela y siempre tenía a alguno haciéndole compañía.

—Abuela, nos ha dicho nuestra madre que estuvisteis en la cruzada...

—No me lo recordéis, que ya casi ni me acuerdo y de los recuerdos que me quedan prefiero no hablar. Pero Bizancio era maravillosa, ¡qué lujo y cuánta riqueza y qué protocolo tan brillante había en aquella corte! A la iglesia de Santa Sofía no hay palabras que la describan. Toda forrada de mosaicos de oro, con una bóveda colgada del cielo y la luz entrando a su alrededor por un millar de ventanas. Teníais que haberme visto entrar del brazo del emperador.

—¿No estabas casada con el rey Luis de Francia, abuela? —preguntó Blanca.

—Claro que lo estaba, y él iba detrás de nosotros del brazo de la emperatriz. A Luis no le hacía ninguna gracia y estaba muy celoso porque el emperador era muy guapo y muy alto y hacíamos una gran pareja...

Siempre tenía historias que contar, tiempo para conversar, momentos para aconsejar y estaba dispuesta a escuchar.

La abuela Leonor se sorprendió y se quedó pensativa cuando, un día, estando reunidos en familia, sin venir a cuento, su nieta Urraca le pidió que contara cómo se casó con el rey de Francia.

—Hija mía, yo no me casé con el rey de Francia. ¡Me casaron con un fraile cuando murió de repente mi padre! Por casualidad y de golpe, como ocurren tantas cosas en la vida. Me creerás si te digo que casi no me di cuenta y que de la noche a la mañana, como quien dice, me vi sentada en el trono de Francia.

La reina Leonor prestaba gran atención porque nunca había oído contar a su madre esta versión del acontecimiento.

—Yo tenía entendido que os casasteis con el príncipe heredero.

—El heredero era Felipe y le preparaban para ser rey, y a Luis le educaban como a un fraile en el monasterio de San Denis bajo la supervisión directa del abad Suger. Se ve que mi suegro no quería disputas entre sus hijos por el trono. Pero Felipe tuvo mala suerte, se cruzó un cerdo en su camino, se encabritó el caballo y el niño se mató. Solo tenía diez años. A Luis le declararon heredero y se volvió de nuevo al convento. Por eso dije que me casaron con un fraile. —La reina Leonor miró a su hijo y le dio un vuelco al corazón. La abuela continuó su relato—: Tenía yo más o menos la edad de Urraca y estaba tan contenta en Burdeos, cuando llegaron a palacio unos servidores nuestros que acompañaban a mi padre en la peregrinación con una noticia que todos conocéis y que a mí me dejó helada: «El duque Guillermo de Aquitania ha muerto al entrar en la basílica de Compostela. Tenemos que ir a París inmediatamente para darle la noticia al rey de Francia y ofrecer a Leonor en matrimonio con su hijo por indicación suya». Pensaréis que era una osadía por parte de un padre moribundo hacer semejante proposición a su rey, pero tenéis que saber que nuestros dominios eran mucho más extensos que los de la Corona francesa. Después de la muerte de mi hermano Guillermo, me convertí en heredera de unos señoríos mucho mayores que los de la Corona francesa, porque comprendían el ducado de Aquitania, el condado de Poitiers y el ducado de Gascuña. Además, había sido educada con esmero y estaba de muy buen ver. Como veréis, era un buen partido —dijo, riendo con ganas mientras a su hija Leonor le daba otro vuelco el corazón, porque en la historia de su madre morían todos los primogénitos como si de una maldición bíblica se tratara—. A Luis el Gordo, que yacía enfermo en su lecho, pensando que a lo mejor se moría y dejaba a su hijo sin casar, le vino Dios a ver, y al heredero, que estaba en un convento, se le apareció la Virgen María para decirle por la boca del abad Suger que tenía que encaminarse a Burdeos para casarse conmigo.

—Abuela, ¿por qué se le apareció la Virgen al fraile que estaba en el convento? —preguntó ingenuamente Mafalda.

—Porque yo era igual de hermosa que tu hermana Urraca, hija mía. —Rieron todos la ocurrencia de la nieta y la respuesta de la abuela, y esta continuó—: No había más que ver la cara de bobo que se le puso cuando nos presentaron en Burdeos el día antes de la boda. ¡Se le caía la baba! ¡Y así fue como conocí a mi primer marido!

—Pero todavía no erais reina, ¿verdad, abuela? —quiso saber Mafalda.

—Todavía no. Pero a los pocos días me coronaron como duquesa de Aquitania en Poitiers y, cuando íbamos camino de París, llegó un mensajero y se arrodilló ante nosotros. Luis el Gordo acababa de morir y Luis el fraile era mi marido y yo, la reina consorte de Francia.

—¿Tuvisteis muchos hijos, abuela?

—Ninguno. Solo dos hijas. Por eso nos pudimos separar alegando consanguinidad en quinto grado.

—¿Por qué os separasteis, abuela?

—Porque él quería tener hijos varones a toda costa, además era muy celoso y yo ya estaba harta de tanta desconfianza. Ya tenía treinta años y se cruzó en mi camino un joven de diecinueve que se llamaba Enrique y era apuesto, valiente, desenfadado... y sin escrúpulos. En fin, todo lo contrario que Luis el fraile. Era dueño de Anjou, Maine y Normandía, y al poco de casarnos murió su madre, la emperatriz Matilde, y heredó los reinos de Gales e Inglaterra. Así que juntando lo suyo con lo mío, nuestros dominios llegaban desde Escocia hasta los Pirineos. Pero ya para entonces estábamos en guerra con mi anterior marido, Luis el fraile, rey de Francia. Y colorín colorado, este cuento se ha acabado.

Pero el cuento no se había acabado, porque la infanta Constanza preguntó de inmediato:

—¿Y tuvisteis muchos hijos con Enrique, abuela?

Las risas de la abuela y de toda la concurrencia abrumaron a la pequeña, que estuvo a punto de echarse a llorar.

—Me tuvieron a mí y a otros muchos hijos —respondió la reina—. De lo contrario, no estaríamos aquí ninguno de nosotros escuchando estas historias que cuenta la abuela.

—Estas veladas con mis nietos y contigo me devuelven la vida. De buena gana me quedaba con vosotros hasta el resto de mis días.

—¡Hazlo, madre! Ya ves lo felices que estamos todos teniéndote con nosotros.

—Hija mía, mi sitio está en Fontevraud, esta edad mía no es un tiempo de diversión, sino de recogimiento, de oración y de sacrificio. Además, me están esperando tu padre y tu hermano Ricardo.

Leonor pensó por un momento que a su madre se le había ido la cabeza.

—Madre. Ricardo está muerto —dijo.

—Por eso. Pero tengo que sacarle del purgatorio, buena soy yo para consentir que esté sufriendo tormentos en ese lugar hasta el día del Juicio Final.

—¿Y mi padre?

—Tu padre estará en el infierno, pero la fe mueve montañas y, aunque de momento no pueda sacarle, cuando muera le haré alguna visita de vez en cuando para consolarle. Que todavía me acuerdo de lo felices que fuimos cuando nos amábamos con toda el alma y... con todo el cuerpo.

La felicidad nunca es completa, la vida sigue su curso y los momentos de plenitud pasan. Solo se ven como tales cuando el tiempo difumina las penas y suaviza los contornos de las desgracias. La reina Leonor de Aquitania estaba tan a gusto con su familia castellana que estiró todo lo que pudo el tiempo de su estancia en Burgos, pero tenía una misión muy importante que cumplir antes de volver a recogerse en el convento de Fontevraud para poner su vida en orden y prepararse para el tránsito al más allá.

Todos estaban apenados en Burgos, especialmente la reina de Castilla. Las despedidas siempre son tristes, porque se llevan consigo fragmentos de vida que perecen. Con el fin del siglo, la muerte de Ricardo y de Juana y la partida de su madre, se acababa para la reina de Castilla un tiempo lleno de recuerdos de una infancia feliz y dorada seguido de otro escrito con cartas de ida y vuelta de su madre, repletas de noticias esperanzadoras o terribles. Ahora llegaba el tiempo de las bodas de las hijas, la hora de los nietos.

—¡Qué bendición de familia! Da gusto vivir con vosotros. Estás de suerte, hija, tienes un marido noble y cariñoso en un gran reino, unas hijas hermosas, un heredero digno de su padre, todavía eres fecunda y además estás construyendo un monasterio que no desmerece al de Fontevraud. ¿A qué vienen esas tristezas?

—Alfonso ya no es el mismo tras la derrota de Alarcos. Apenas si duerme por las noches. Anda rumiando revancha. Dice que no puede dejar a Fernando ese problema sin resolver, y ahora que había hecho las paces con el rey de León gracias a la boda de Berenguela, el papa anula el matrimonio y excomulga a nuestra hija... Y encima siento que ya no volvemos a vernos en esta vida y que tampoco volveré a ver nunca más a Blanca. ¡París está tan lejos!

—¡Qué tonterías dices! Si yo he venido a mis ochenta años... Y han mejorado mucho los caminos en Francia y puedes ir en barco desde Santander hasta Burdeos o La Rochelle y encontraros a medio camino. Blanca también puede venir con su marido con la disculpa de peregrinar hasta Compostela. Ya me habría gustado a mí haber podido completar el camino desde Burgos y postrarme a los pies del apóstol, para dar una alegría a mi padre.

* * *

Los chopos habían desplegado sus nuevas hojas en las riberas del Arlanzón cuando los campanarios de las torres de la vieja catedral burgalesa echaron a volar para despedir en una mañana radiante de la primavera burgalesa a doña Leonor de Aquitania y a su nieta Blanca de Castilla. Esta iba segura y esperanzada bajo la protección de su abuela y del capitán Mercadier y en compañía del arzobispo de Burdeos.

Los reyes de Castilla estaban tristes por la partida de su hija y por la despedida de la abuela —«¡En el cielo nos veremos!», les gritó la anciana al partir—, pero satisfechos porque la infanta Urraca estaba encantada de que su padre hubiese concertado su matrimonio con el infante Alfonso, heredero del reino de Portugal, y Mafalda más contenta todavía porque su hermana Berenguela le había asegurado que el rey de León pediría muy pronto su mano para su hijo Fernando.

La carta de Blanca que toda la familia esperaba con ansiedad se retrasó un poco, porque tardaron casi dos meses en recibirla. La reina se la leyó en voz alta a sus hijos, que guardaban un silencio absoluto.

> *Nada más llegar al monasterio de Fontevraud, que es como una ciudad, y más grande todavía que el nuestro de Las Huelgas, fuimos directamente a la iglesia a rezar delante de las tumbas del abuelo Enrique y de los tíos. El sepulcro del tío Ricardo es maravilloso. ¡Está tan bien hecho que parece que está dormido! Guardé silencio por miedo a despertarle. La abuela lloraba de pena. Pasamos un rato rezando por él y por el abuelo, que también era muy*

guapo. ¡Qué pena no haberlos conocido! Fontevraud es enorme y Francia es mucho más verde y más llana que Castilla y los caminos son más cómodos y suben los barcos por los ríos. Todo está ordenado, las ciudades son más limpias y la gente no va tan mal vestida. Después de cruzar los Pirineos apenas si he vuelto a ver montañas y está todo lleno de viñas. En Burdeos el río es tan grande que no tienen puente y hay que cruzar al otro lado en barcazas. Nos quedamos en el palacio de l'Ombrière, donde creció la abuela. Allí nos llevamos un buen susto cuando nos trajeron la noticia de que el capitán Mercadier había matado a unos cuantos en una pendencia callejera. Él también resultó muerto. Había bebido más de la cuenta, como de costumbre. La abuela dijo que pasó lo que tenía que pasar y que lo sentía, porque, aunque era un canalla, era nuestro canalla. A mí me dio pena porque me contaba muchas cosas del tío Ricardo y con él íbamos bien protegidas. Le voy a echar de menos porque la abuela se queda aquí, aunque el arzobispo me acompaña y me protege. Estoy esperando a los enviados del rey de Francia para que me acompañen hasta Normandía, porque la boda no puede celebrarse en París ya que mi futuro suegro sigue excomulgado y su reino está en entredicho hasta que no vuelva a la corte su esposa Ingeburga. Así que, de momento, no podré recibir los sacramentos en el reino de mi futuro esposo.

—¡Vaya con Inocencio III! ¡Qué mano tan alargada tiene! ¡Dos hijas tenemos casadas y las dos en entredicho y sin sacramentos! —exclamó el rey, al leer la misiva de su hija—. Ya verás como los siguientes somos nosotros. Me pongo enfermo solo de pensar que puedo recibir una carta del papa.

Y se quedó ensimismado, cavilando cómo solventar todos los problemas que comenzaban a atribular su corazón.

Capítulo 30

Toro. Peleas de Arriba (Zamora). Burgos. Palencia. León. 1201-1203

Al rey de León no le hacían mella las excomuniones de Inocencio III, y su esposa Berenguela de Castilla seguía al pie de la letra el consejo de su abuela: «Pues ya que según el papa sois contumaces en el incesto, poneos a tener todos los hijos que Dios quiera daros, con excomunión o sin excomunión».

«¡Qué pena que se fuera hace un año la abuela y qué joven estaba con lo vieja que era, ya quisiera estar yo como ella a sus años, si es que llego!», pensaba Berenguela desde lo alto del castillo de Toro, adonde había llegado con Alfonso un día luminoso de principios del verano del año del Señor de 1201.

Al contrario que su madre, que tardó diez años en tenerla a ella (bien es cierto que doña Leonor solo tenía otros diez cuando se casó), Berenguela tenía mucha prisa por tener un heredero, por ello no se separaba de su marido y le acompañaba en todos sus recorridos por el reino. Para darse a conocer y también para conocer el reino de León tan bien como el de Castilla, por el que había viajado de punta a punta con sus padres. Veía con alegría que en todas partes los recibían con grandes muestras de afecto. Saltaba a la vista que a los leoneses, tan orgullosos o más que los castellanos, les gustaba tener una reina tan joven y hermosa, con una cabellera rubia y ondulada más larga que la cola de su caballo.

—¡Qué grande es esta reina nuestra de ahora, madre mía, con lo pequeña que era la portuguesa! ¡Y bendito sea Dios, que con ella ha traído la paz a nuestras tierras y se han ido los moros, que falta nos hacía! —escuchaba decir muchas veces a su paso. Y ciertamente que no era por la alzada de su caballo, que la del rey era mayor, para compensar la diferencia de estatura, que si difícil era emparejar a los reyes por causa del parentesco, más difícil era todavía por mor de edad y la estatura. Ellos solo estaban a la par cuando estaban sentados o a caballo, pero nadie se podía llamar a engaño cuando se encontraban de pie, de modo que, para no destacar, Berenguela llevaba una diadema por corona y su marido una bien grande y afilada para aparentar.

Caía mansa la tarde primaveral y en lo alto de la torre corría un agradable vientecillo fresco que subía desde el caudaloso Duero. «¡Ay, Señor, a ver si voy a romper aguas en Toro, antes de llegar a Salamanca, que ya falta poco!», pensaba reposando del ajetreo del viaje. «¡Qué bien está aquí una tranquilamente, que no se cansa la vista de contemplar ese paisaje tan lindo de campos y viñas de este reino, con este río caudaloso que se pierde en el horizonte de mi Castilla!».

En aquel momento de tranquilidad y de esperanzada espera florida, recordaba con nostalgia aquel viaje que hizo en su primera infancia a Tarazona y a Tudela, donde su tío Ricardo le regaló una espada, y lo ameno que fue el recorrido del Camino de Santiago como peregrinos con Ben Amusco enseñándoles las estrellas del cielo. Aquella fue la primera vez que estuvo en el reino que ahora era el suyo.

Berenguela dejó de mirar al río y, como estaba acostumbrada a vivir entre andamios en las obras de Las Huelgas, desvió su mirada a la iglesia que estaba justo al lado del castillo para admirar su construcción y distraerse con el ajetreo de los operarios, que colocaban las escamas de piedra que cubrían el espinazo y las extremidades de aquel templo más oriental que francés. Se notaba a la legua que la obra renqueaba y no terminaba de acabarse porque los dineros, como ocurría con los de Las Huelgas, se evaporaban manteniendo ejércitos y reforzando fortalezas. Dejó resbalar la vista por los tejados de Toro y contó hasta una docena de iglesias, muchas en obras, diseminadas por la población. Un pensamiento turbador le vino entonces a la cabeza: ¿sabía el papa que los amenazaba de excomunión que, tanto en Castilla como en León, su padre y su marido respectivamente construían monasterios, levantaban catedrales o pequeñas iglesias por doquier, que eran del agrado de Dios y que lo hacían gracias a que ella se había sacrificado casándose con el enemigo de su padre en aras de lograr una paz que permitía construir o terminar aquellos templos? ¿Pensaba que eran de adorno los fosos y las almenas con que el rey de León reforzaba las murallas y el castillo por temor a una nueva guerra contra Castilla si la separación bajo pena de excomunión que ordenaba desde Roma se hacía efectiva?

Como aquel pensamiento la desasosegaba, dejó de contar iglesias y conventos y volvió su vista hacia aquel río que había nacido en Soria, como su padre. ¡El puente! ¡El puente de los romanos que estaba medio derruido y era tan urgente reparar y recrecer y que tampoco se terminaba de arreglar porque el dinero se gastaba en las murallas y en las iglesias! La misma Iglesia del papa Inocencio, que quería derribar el puente y separar otra vez las orillas y las aguas.

De pronto se dio cuenta de que el puente era ella, que juntaba las dos orillas del río y bajo ella se mezclaban sus aguas. ¡Aguas! ¿Estaba rompiendo aguas o eran suposiciones suyas? Las aguas de los afluentes de León y de Castilla. Ella misma era el puente que unía las orillas de los dos reinos... y en el vientre había germinado una semilla cuyo fruto a punto de nacer podía ser el puente definitivo... si las cosas se torcían... y para ello tenían que ocurrir muchas desgracias... Y se moría de solo pensarlo. Su marido había marchado a Benavente y le había dicho que seguramente había echado mal las cuentas, que mejor sería que le esperara en Salamanca y que no se le ocurriera alumbrar hasta que él regresara para estar presente.

Berenguela pensó que lo de romper aguas en la azotea del castillo había sido una falsa alarma y al día siguiente se puso en marcha con su comitiva para llegar en dos jornadas a su destino. Acamparían junto a un albergue de peregrinos fundado por Martín Cid en el término de Peleas de Arriba, en la mitad del camino.

Antes de alcanzar este punto empezó a dudar si podría llegar a Salamanca, porque comenzaba a tener contracciones más recias que las que había sentido en días anteriores. En una bifurcación del camino dejaron a un lado las tierras de cultivo y se internaron en un monte bastante tupido, para resguardarse del sol que aquel día de San Juan apretaba de lo lindo, como si quisiera sumarse a la fiesta de las hogueras.

En cuanto llegaron a un prado muy ameno que atravesaba un arroyo de agua cristalina, que llamaban Valparaíso, Berenguela, quien llevaba un rato aguantando unos dolores que se sucedían cada vez con más frecuencia, ordenó detener la comitiva y dispuso hacer un descanso para que todos saciaran su sed y pudieran reponer fuerzas. Cuando estaban entretenidos y bien servidos, se acercó discretamente a la comadrona y le pidió que la acompañara hasta un rincón del prado resguardado de la curiosidad de sus acompañantes y allí le pidió que comprobara si el parto era inminente.

—¡Jesús, Jesús! ¡Si ya habéis roto aguas, majestad! ¡La criatura ya corona! En media hora le tenemos fuera. Teneos aquí unos instantes, que voy a por unos cojines, a por una manta limpia y a por agua de la fuente. Y me traigo conmigo a vuestras camareras.

«Ay, Dios mío, a ver si se va a malograr la criatura. Quién me mandaría a mí ponerme en camino con estos calores. Tenía que haberme quedado en Toro gozando de la frescura del castillo».

—A tragar deprisa y callarse todo el mundo, que no me distraigáis, que la reina está de parir, y vosotros tendréis que rezar padrenuestros para que la criatura no se malogre —exclamó la comadrona a voz en grito al llegar donde estaban los de la merienda—. Y que no vea yo a nadie fisgando, que a la reina le da mucha desazón que se la vea despatarrada.

«¡Ay, Señor, qué vergüenza! ¡Mi marido en Benavente, Ben Amusco en Burgos y yo pariendo en medio del monte como las ovejas, y toda la comitiva mirando desde lo lejos!».

Se ve que andaba de por medio San Juan, discípulo amado de Jesús y hermano de Santiago apóstol, porque el parto fue muy corto y no fue difícil. Tal como había previsto la comadrona, Berenguela no tardó ni media hora en alumbrar un varón. En unos pucheros calentaron agua de la fuente y después la templaron para darle al niño su primer baño. Enseguida le dijeron a la parturienta que el recién nacido tenía el pelo largo, rizado y rubio como los Plantagenet.

Cuando se lo entregaron a su madre lavado y peinado, comprobó que no era ni muy grande ni muy chico, ni muy gordo ni muy flaco, y como era el heredero que esperaba para justificar su matrimonio, no se molestó porque sabía que en el bosque de Sancho el Mayor había árboles de todas las cinturas y tamaños, desde el tronco fuerte y la inmensa altura de Sancho el de Navarra, pasando por el tallo esbelto de Pedro el de Aragón, que crecía derecho con algunas ramas torcidas pero llevaderas, hasta el Alfonso que le había tocado a ella en suerte, que era menudillo, de corteza dura y madera más dura todavía, y aunque tenía muchos nudos, codos y recodos, ella sabía bien por dónde cogerle.

Al poco rato, Berenguela sacó el pecho y se lo acercó a la criatura, que empezó a mamar de inmediato pero con mucha suavidad. Pronto se sació y se quedó dormido como un bendito.

—¡Pero si no ha llorado ni una vez! ¡Este niño es un santo! Le ponemos por nombre Fernando, como su abuelo paterno.

—Como hay otros Fernandos, en la corte este será el Montesino —exclamó su nodriza Teresa Martín, que estaba encantada por haber sido seleccionada para amamantar a un santo.

* * *

Los reyes de León, haciendo caso omiso de las amenazas del papa Inocencio, al poco de tener un hijo encargaban otro a toda prisa, para llevarle la contraria al pontífice, y a pesar de que había muerto Leonor, la primogénita, en 1202, en el verano de 1203 ya tenían tres hijos más: Constanza, Fernando el Montesino y Alfonso, y por aquel entonces ya estaba la reina Berenguela otra vez en estado. Por si eso no fuera suficiente para colmar la paciencia de Inocencio III, la infanta Mafalda, hermana de Berenguela y por tanto cuñada y sobrina de Alfonso, rey de León, había sido recibida por los reyes de León para casarla en su día con Fernando el Portugués, hijo de Teresa la portuguesa, la primera mujer de Alfonso de León.

Todos estos sucesos llegaron a oídos del papa, que remedando a Cicerón exclamó: «¿Hasta cuándo vas a abusar de mi paciencia, Alfonso, rey de Castilla?». Y así se lo hizo saber mediante un documento que le escribió a principios del verano del año 1203 que el rey no se atrevía a abrir.

Nada más desplegarlo en sus manos, se sobresaltó y dijo para sí: «Esta escritura es idéntica a la de mi difunto tío Raimundo, el obispo de Palencia».

> *Hace algún tiempo, mandamos a España al hermano Rainiero, varón religioso, probo y fiel, para disolver la cópula de la incestuosa unión entre el rey Alfonso de León y tu hija, que, en ofensa de la divina majestad, escándalo de la Iglesia, y desprecio de la sanción canónica, habían contraído.*
>
> *Tú honraste a Dios con los labios, pero tu corazón estaba lejos de nuestro mandato. Con palabras halagüeñas eludiste las penas y, trasladando a otro la culpa, escapaste al juicio de la Iglesia...*

—Bien empezamos. Te acaba de llamar hipócrita y fariseo. Como siga por ese camino, no sé adónde vamos a parar —exclamó doña Leonor.

—Ahora mismo lo veremos.

> *... No obstante, como hemos sabido por frecuentes noticias y la fama pública lo pregona, de tal manera has envuelto al mismo rey Alfonso de León, y te has aprovechado de su simplicidad, que no puede, aunque lo quiera, separarse de tu hija, ya que a nombre de ella has recibido las más y mejores fortalezas del reino leonés y las haces guardar por tus hombres y serán de ella incluso si el rey la abandonara.*

—¿Quién puede ser el informador del papa?

—Me temo que el mismo que le fue con el cuento de los privilegios de la abadesa de Las Huelgas. Mi primo Fernando, el obispo de Burgos.

—Encima en la carta dice que le has engañado y le llama tonto por ello. Se ve que este papa es muy listo, ha entendido perfectamente el meollo de la cuestión.

—¿Me vas a interrumpir en cada párrafo o prefieres leerme el documento tú misma?

> *Además, como denunciamos como espuria la prole nacida de tan incestuosa cópula y advirtiéramos que, según las constituciones legítimas, nunca sucedería en la herencia paterna, tú, con gran asombro de nuestra parte, procuraste con astucia que la reconociese todo el reino de León.*

»¿Se pensaba el papa que iba a dejar a los hijos de Berenguela desasistidos? ¿Por quién me toma?

—Ahora eres tú el que interrumpe la lectura, justo cuando todavía estamos en los considerandos.

> *... Como además has puesto al dicho rey consejeros de tu tierra y, como las principales fortalezas son mantenidas por los tuyos, has puesto freno en su boca y lo zarandeas al arbitrio de tu voluntad y parece que dispones de su reino como si fuera tuyo. Y como no queremos ni debemos seguir disimulando este oprobio de la Sede Apostólica, más aún de la Iglesia en general...*

—Como ahora asegura que tratas a tu primo como un títere, te tacha de usurpador, y dice que ya no puede mirar para otra parte, supongo que las conclusiones no nos van a gustar nada.

—No anticipes acontecimientos, que a lo mejor solo se queda en amenazas.

> *... Te mandamos que desenredes todos los lazos de iniquidad con sus complicaciones anejas que empujan a las almas hasta el infierno inferior, y que recibas, es más, reclames a tu hija para que, abandonando los lazos incestuosos, puedas unirla con pacto matrimonial legítimo en el Señor. De lo contrario, no solo requeriré con mis manos tu alma, sino también la de tu hija y la de su rey, y procederé como me pareciere contra ti y contra tu reino y a esa admonición seguirá una venganza mucho más acre de lo que te puedas imaginar.*
>
> *Ferentini, 5 de junio de 1203*

Al acabar la lectura de las terribles amenazas del papa, que parecían salidas de la pluma del obispo Raimundo, recordó la carta póstuma de aquel que envenenó en Toledo a Raquel la judía y vio las palabras de la maldición divina, *Mané, Tequel, Parsin* escritas con sangre en el documento.

—¡Vaya! Chocamos contra la pared —exclamó la reina—, y os amenaza con las penas del infierno.

—Mucho más. Dice que mi alma no pesa, que se acaban mis días y que dará mi reino a los infieles. ¿Te das cuenta de que lo que tenía que pasar pasó? Por algo me oponía yo, pero se le debilitó el juicio al cardenal Gregorio por culpa de la enfermedad, nos creímos que iba a ser papa y ahora a ver cómo deshacemos el enredo en el que estamos metidos todos, porque yo no pienso soltar los castillos que son el sustento futuro de Berenguela y de su prole.

—La cosa no ha ido tan mal como lo pinta el papa. Míralo desde el lado positivo y observa los resultados del *carpe diem*. Llevamos siete años de una paz que te ha permitido recuperar lo que te quitó Navarra, has fortalecido tu reino. Abú Yusuf al Mansur se murió. Hemos casado a Blanca con el heredero de Francia. Tienes en tus manos los principales castillos del reino de León y además nos devuelven a Berenguela con tres hijos y otro en camino. Durante todo este tiempo has entretenido a la Sede Apostólica, librándote de la excomunión y el entredicho, mientras el papa hacía la vista gorda, como acaba de decirte. ¿Qué más podemos pedir?

—Que cuando las cosas van bien, no viene a cuento torcerlas y que nos dejara que todo siguiese como está ahora, pero a partir de esa carta, eso es imposible. La separación es inevitable. Tenemos que traer con nosotros a Berenguela.

* * *

Al poco de recibir la carta, el rey Alfonso de Castilla envió mensajeros a su hija Berenguela rogándole que se acercara a Palencia cuanto antes para despachar con ella importantes asuntos.

—Hija mía, disculpa que no haya venido tu madre a recibirte, se ha quedado en Burgos reposando, porque se encuentra aquejada de esas malditas fiebres y está guardando reposo.

—Habéis hecho bien, padre. Yo he venido a veros, aunque espero una criatura, pero no albergo ningún temor porque los cuatro anteriores nacieron sin dificultad, incluso tuve a Fernando en medio de un monte y sobrevivió, como bien sabéis.

—Pronto cumpliré cincuenta años... y no me he olvidado de Alarcos. No le puedo dejar un problema tan grande a tu hermano Fernando. Cuando se acaben las treguas, el nuevo Miramamolín volverá contra nosotros. Me queda poco tiempo para darle la vuelta a la situación y necesito la ayuda del papa para que predique una nueva cruzada y me proporcione aliados fiables, porque, si esta vez no los derrotamos, perderemos al final Toledo, y después... no quiero ni pensarlo. No quiero pasar a la historia como el Guido que perdió Jerusalén, o como Felipe Augusto, que en Tierra Santa fue el perro del hortelano, que ni comió ni dejó comer a su amo.

—Padre. Os vi llegar malherido y enfermo a Toledo después de la batalla y no quiero contemplar en la vida una escena semejante.

—Te he pedido que vengas porque tenemos noticias recientes de la Sede Apostólica que me afectan a mí tanto como a vosotros. Lee esta carta que me ha llegado hace poco del papa y comprenderás la gravedad del asunto.

La reina de León leyó rápidamente la misiva con el semblante muy serio y la dejó displicentemente en una mesa.

—¿Qué se puede esperar de un papa soberbio, vengativo y ambicioso? Una carta insultante para mi marido, porque le tiene por necio, y despectiva para vos, porque os acusa de astuto y aprovechado, y humillante para mí porque me trata como a una ramera. Todo para forzaros a acabar con mi matrimonio con Alfonso, a pesar de que llevo un hijo suyo en mis entrañas. Cómo se nota que el papa no las tiene, ni tampoco corazón.

—El papa es la máxima autoridad de la Iglesia y el vicario de Cristo en la tierra...

—Por eso debiera cuidar mejor los modales, que lo escrito, escrito queda. Mi marido puede ser simple, pero es valiente y testarudo. Como no se asustó con la excomunión y el entredicho, os amenaza a vos con las penas del infierno.

—Sabíamos a lo que nos exponíamos cuando concertamos vuestro matrimonio —dijo el rey de Castilla.

—Entonces era entonces y el papa era Celestino III, amigo de la familia, y esperábamos que Gregorio fuera papa. Habíamos sufrido la derrota de Alarcos y la guerra entre nuestros reinos. Yo no tenía tres hijos y no era la reina de León. Tampoco conocía a mi marido.

—¡Es verdad! Entonces tampoco sabíamos que el Miramamolín iba a salir enseguida de Hispania, ni que iba a morir al poco tiempo. Por eso no quedaba otro remedio para evitar mayores males.

—¿Es que puede haber un mal mayor que este papa agarre con sus manos nuestras almas para meterlas en el infierno inferior? ¿O puede haber una amenaza superior que la de proceder a su antojo contra vos y el reino de Castilla? ¿Y cómo de grande puede ser una venganza que vos no podáis imaginar? ¿Es que acaso piensa daros muerte? —Al ver Berenguela que su padre se quedaba mudo de espanto y con la color demudada, porque ella le acababa de mostrar la clase de enemigo con el que se tendría que enfrentar de no hacer cumplir de inmediato sus imperiosas exigencias, se apiadó de él y añadió—: Nada de eso ocurrirá, padre mío, porque vuestra hija primogénita no permitirá que tales desgracias sucedan y hará todo lo que le pidáis para que semejantes amenazas no lleguen a cumplirse, pero permitidme que hable con mi madre y mi marido antes de tomar la decisión definitiva, porque tengo que defender el derecho de mi hijo Fernando a la Corona de León.

El viaje de Palencia a Burgos lo hizo Berenguela con la mayor discreción.

—¿Qué habéis decidido tu padre y tú al respecto?

—Nada sin antes hablar con vos y mi esposo.

—¿Qué es lo que tienes que decirme que yo no sepa o imagine?

—Que esta separación es un desgarro que yo podré sobrellevar porque volveré a mi familia, pero insoportable para mi esposo porque perderá la que tiene. Todo. Mujer e hijos. Vos solo conocéis al rey feroz y voluble que amenaza y gesticula, pero no sabéis que Alfonso es un marido cariñoso que tiene a su mujer en un altar, a la vez que es un niño frágil y necesitado al que otro papa sin corazón separó de su madre cuando acababa de recuperar la vista a causa de un milagro. Y también es un amante incansable que procura la satisfacción de su mujer antes de aliviar sus necesidades más urgentes.

—La verdad es que después de verle hecho una furia en Toledo, con tu padre al borde de la muerte, me cuesta mucho imaginarle ejercitando semejantes dulzuras. ¡Pero si tú me lo dices! —exclamó doña Leonor—. ¿No será que tú también estás enamorada?

—Más que eso. Me habéis educado para cumplir con los deberes de reina. Y soy la reina de León. Y también para él la esposa, la consejera y la madre que necesita. La esposa amante, fiel y sosegada que apaga el incendio de su cólera y calma la furia de sus vendavales. La consejera sensata y prudente que endereza su rumbo cuando se pierde en la tempestad y la madre amorosa que le ofrece el refugio de sus brazos y sus senos cuando se extravía en la maraña de las relaciones cortesanas. Cuando me marche de su lado, porque así lo manda el papa, quedará partido, desorientado y huérfano para toda la vida, se echará al monte y dará palos de ciego a diestro y siniestro.

* * *

Berenguela regresó a León cruzándose con los peregrinos que iban y venían a Compostela, bajo la inmensidad del cielo teñido de rojo de los Campos Góticos. Perdidos en el horizonte, los pueblecillos de ladrillo y barro sujetaban las fortalezas que le pertenecían por dote y disputaban los reinos colindantes. Los trigales mecían sus espigas doradas, que bailaban al viento, ajenas por completo a la inminente llegada de los segadores.

—Mucho has tardado esta vez. No sabía que Palencia estuviera tan lejos de León.

—No te lo vas a creer, pero me acerqué hasta Burgos para ver a mi madre, que está enferma de cuartanas. Y tengo que decirte que estoy otra vez en estado.

—Esto tenemos que celebrarlo tú y yo como se merece.

—Espera un poco, que he de hablarte de otra cosa...

Tras ponerle al corriente de la situación creada por la terrible carta del papa a su padre, el rey de León se quedó mirándola con cara de incredulidad y después arrugó el entrecejo y el morro. Se frotó los ojos repetidamente y luego se echó las manos a la cabeza. Los cimientos del palacio construido junto a la iglesia de San Isidoro se estremecieron y crujieron las vigas del salón del trono. Berenguela sabía que su marido hervía como un volcán, pero, para su sorpresa, se contuvo, reprimió el ataque de cólera y metió las lágrimas que pugnaban por salir de sus ojos en el pozo de sus rencores.

—Sabíamos que terminaría sucediendo. Lo habíamos comentado muchas veces —exclamó Berenguela llorando.

—Yo no me lo llegaba a creer. Tu padre es tan poderoso y tan querido por los papas y sus enviados que suponía que tendría influencia suficiente como para parar este golpe, pero se ve que solo es un títere de su santidad. Yo lo intenté con dinero, pero se lo tomó a mal el muy ladrón. Pero como no tenía respuesta suya y tú tardabas en regresar de Palencia, me temía que algo grave estaba ocurriendo. —Alfonso de León colocó la mano en la espada, tragó saliva y dijo con voz suave—: Ahora mismo estamos todavía juntos y no quiero oír una sola palabra de lo que me tienes que decir. Haz lo que tengas que hacer, pero no me lo digas con palabras, no quiero que esas palabras salgan de esos labios que he besado con ardor, porque esas palabras se quedan en la cabeza para siempre y repican a todas horas como las campanadas de la catedral.

—Ya lo ha decidido todo el papa. Solo me queda preguntarme si se queda en tu corte Mafalda y mantenemos el compromiso de casarla con tu hijo Fernando el de Teresa.

Berenguela se sorprendió de que Alfonso, que solía ser muy impulsivo, guardara silencio durante un rato.

—No tienes prisa en decírmelo, todavía me quedaré una temporada hasta que resuelvan todas las complicaciones... —dijo en voz baja Berenguela.

—Entonces, de momento, que se quede. Ya veremos luego si la dejo que se vaya contigo... o no la dejo y la caso con mi hijo, como habíamos acordado, pero mientras te vas o no te vas, lo nuestro sigue como de costumbre, ¿verdad, Berenguela? No tengas miedo, porque el papa no se va a enterar. Ahora mismo ya no hay peligro de que te deje preñada.

Lo dijo en un tono que Berenguela no conocía. Y se quedó preocupada, sobre todo por Mafalda.

Capítulo 31

Burgos. Almazán. Medinaceli. 1203

Eran tan frecuentes las idas y venidas del rey don Alfonso por las poblaciones limítrofes de Castilla con Aragón, que Leonor, carcomida por los celos y temerosa de que las frecuentes entrevistas entre el sobrino y la tía enturbiaran definitivamente las relaciones entre ambos reinos, decidió hablar con su marido, cuando este llegó a Burgos para la fiesta de San Pedro, a la vuelta de un recorrido por tierras de Soria.

—¿Cómo van las relaciones de tu tía con su hijo Pedro? ¿Se arreglan o se matan entre ellos? —le preguntó en cuanto estuvieron a solas—. No puedo entender cómo pueden estar en guerra una madre y un hijo.

—Mi primo no respeta el testamento de su padre, que si bien le dejó Aragón y Cataluña, ambos quedaron bajo custodia de mi tía, hasta que él cumpliera veinte años y tuviese edad de reinar. Pero también estipuló que ella se mantuviese viuda, por el amor que siempre se habían profesado, debiendo ser honrada en tal estado por encima de todos.

—Se ve que el difunto rey de Aragón la quería mucho, y además de casto era celoso. ¿Verdad, Alfonso? —interrumpió Leonor, sonriendo maliciosamente.

—Puede ser así, pero como mi tío Alfonso no estaba seguro de que Pedro atendiera a su madre como es debido, dispuso que aun después de llegar mi primo a los veinte años, conservaría ella todos los bienes de esponsales, y que estos, a su muerte, retornarían a la Corona de Aragón. Pero ni Pedro respetó el testamento cuando tuvo edad para regir por sí mismo el reino, ni mi tía fue tan servida ni acatada de sus privados y ministros como correspondía a su rango. Por ello se había recogido en lugares fuertes que eran suyos y los caballeros que la servían se alzaron con ella, apartándose de la obediencia y señorío del rey.

—Si mal no recuerdo, después de surgir el conflicto, mediaste entre ellos —puntualizó la reina en tono irónico—, porque Pedro quería apoderarse de los castillos y villas de Ariza, Embite y Epila, que estaban en la frontera con Castilla, pero que ella no quería darle para no perder la libertad de entrar y salir de su reino para las cosas de Castilla.

—Logré ponerles de acuerdo, pero Pedro no respetó la concordia. Parece que esta vez se arreglan definitivamente, porque los ricos hombres que ha enviado mi primo hicieron pleito homenaje a la reina. Con esto ha quedado de manifiesto que el rey, su hijo, la trataría de allí en adelante con el acatamiento y reverencia que se le debía y ella sería amparada en la protección de castillos y villas que le había dejado su marido en Cataluña.

—¡Vaya lío que se traen con los castillos madre e hijo! ¿Tú crees que tu tía piensa abandonar el castillo de Ariza, que está tan cerca de Almazán, para alejarse del reino de Castilla y enclaustrarse en sus posesiones en Cataluña?

—Esta vez la he visto muy convencida.

—Se ve que las otras veces no lo estaba tanto. ¿No es así, Alfonso?

—Es que mi tía a sus años es un poco terca y a veces no atiende a razones.

—Pero a ti te hace mucho caso, no en vano eres el preferido de entre todos sus sobrinos.

—Estás en lo cierto, ella quiere controlar esa parte de su reino para evitar que los moros puedan acudir en ayuda del rey de Navarra para combatirnos.

—¿Y no crees que lo más fácil sería que se encerrara de una vez en el monasterio de Sigena? Estoy segura de que las hermanas rezan todos los días para que su fundadora enderece su conducta y haga penitencia por sus pecados, para de este modo alcanzar la salvación de su alma, ahora que todavía está a tiempo de ello.

Alfonso, que desde hacía tiempo estaba temeroso de que su esposa se hartara de tanto viaje de ida y vuelta y tanta mediación suya entre tía y sobrino, puso cara de inocente.

—No sé a qué pecados te refieres —contestó.

—¿Todavía no te has enterado? El de adulterio e incesto, que tu tía comete a menudo contigo. No te hagas el tonto, Alfonso, lo sabe tu primo y lo sabe todo el reino de Aragón. ¿Por qué te crees que no fue tan servida ni acatada de sus privados y ministros como por su rango le correspondía y querían permutar los castillos fronterizos con Castilla por los lejanos de Cataluña?

Alfonso no se esperaba de Leonor, que llevaba la conversación con mansedumbre, estuviera al corriente de su adulterio y que de golpe y con toda la naturalidad del mundo fuera todo lo explícita que no había sido cuando lo de Raquel, y siguió con la conversación como si no hubiera pasado nada.

—Porque ella no estaba de acuerdo con la prodigalidad de su hijo para con ellos, que aprovechándose de la inexperiencia de Pedro empezaron a esquilmar el reino, tan pronto como ella le cedió todos los poderes cuando hubo llegado a la edad de reinar.

—Eso también puede ser y también lo del adulterio.

—¿Has dicho adulterio? ¿Cómo te atreves a desconfiar de tu marido? —exclamó Alfonso, fingiendo sentirse agraviado.

—No sería la primera vez. ¿O es que no te acuerdas de la judía? —le reprochó Leonor, que se arrepintió de inmediato de lo dicho, porque no quería en ningún modo mezclar el pasado con el presente y enzarzarse en una disputa como la que habían tenido cuando trajeron la noticia de la muerte del emperador Federico Barbarroja—. ¿No es cierto que llevas ya mucho tiempo enredado en la maraña de los castillos de tu tía? —preguntó, para intentar reconducir la conversación.

—Tengo la obligación de devolverle el favor que me hizo enviándome a su hijo Pedro para ayudarme a repeler los ataques de mis enemigos después de Alarcos.

—Buen negocio hizo tu tía. Nosotros pagamos su ejército, su hijo aprendió a comportarse como un rey en la batalla y tú le alegras el cuerpo. ¡Caramba con la viuda! ¡La santurrona que decía en Toledo que solo esperaba a casar a sus hijas y ver reinar a su hijo para ingresar en Sigena! A rey muerto, rey puesto... en la cama.

—¡Déjalo ya, Leonor!

—¡Déjalo ya tú, Alfonso, que tu tía y tú ya no tenéis edad para esas tonterías! Los encuentros entre amantes terminan por saberse, y más entre reyes vecinos. Los primeros que se enteran son los obispos y le van con el cuento al papa. Parece mentira que un hombre sabio y prudente como tú no se dé cuenta del peligro que corre. Cualquier día pueden matarte en una emboscada los caballeros de Aragón o los obispos, por encargo de tu primo o sin este saberlo, y decir que te caíste del caballo.

Como Pablo de Tarso, cayó Alfonso del caballo, cegado por la luz de una verdad inapelable. Tenía razón su mujer. Estaba jugando con fuego, poniendo en peligro su vida y su reino.

—Tienes toda la razón, pero tengo que volver otra vez a Aragón, porque me has dado argumentos para convencerla.

—Haz lo que te dicte tu voluntad, que es lo que haces siempre, pero antes de marchar a Ariza tienes que dejar resueltos dos asuntos que tenemos pendientes. Hemos de pagar al maestro Ricardo los atrasos que le debemos por sus trabajos en Las Huelgas, que ya ha compensado con creces lo de la posada y los cerdos de Caleruega, y además hay que garantizarle al obispo Julián recursos para las obras de la catedral de Cuenca, que está parada otra vez.

—Ten por seguro que mañana mismo resuelvo el pago de los atrasos. Manda aviso al maestro Ricardo para que esté junto con nosotros delante del notario, que su probidad y su pericia no merecen semejante descuido por nuestra parte.

—Eso está muy bien, pero no te olvides de proveer como es debido al obispo de Cuenca para dar un buen impulso a las obras de su catedral.

—No te preocupes, que haré lo que me pides cuando me encuentre con él durante el próximo viaje.

Al ver en la amplia sonrisa de su esposa una señal de perdón, decidió acompañarla hasta sus aposentos para yacer con ella, como solían hacer para sellar las paces cuando discutían.

Para su sorpresa, Leonor le recibió mansamente porque hacía mucho tiempo que se le había retirado la regla y ya no corría peligro de que quedara de nuevo encinta.

Ella solo opuso un poco de resistencia para encelarle, porque recordaba palabra por palabra lo que le había dicho el obispo Raimundo cuando estaba desesperada por culpa de Raquel la judía: «Alejad de vuestro corazón el resentimiento y no permitáis que teja una tela venenosa la araña de los celos. Si sois sumisa y paciente y recibís al rey en vuestro lecho con humildad y mansedumbre, veréis qué pronto obtendréis la recompensa que merece vuestro sacrificio. Pero mientras tanto, debéis disipar la tristeza y el temor que os invaden dedicando vuestras energías a darle un nuevo impulso a las obras de vuestro monasterio».

El rey hizo uso del débito y no olvidó cumplir lo que le había exigido la reina, porque el día 9 de julio de 1203 firmó en Burgos ante Domingo, notario regio, un documento escrito por Diego García que rezaba del siguiente modo:

> *Yo Alfonso, rey de Castilla y de Toledo, por la gracia de Dios, junto con mi esposa Leonor y con mi hijo Fernando, por el trabajo que habéis puesto en el monasterio de Las Huelgas de Burgos, hacemos carta de donación a ti, maestro Ricardo, y a tu esposa Aldesinda, a tus hijos e hijas y a tus sucesores perennemente, de la heredad que tenemos en la villa que llaman Salazar de Amaya, con todas sus tierras, prados, montes y fuentes y con todos los frutos que se obtengan de ellos, lo hacemos a perpetuidad para vuestro disfrute y para que podáis hacer con ella lo que os plazca.*

Esa misma tarde, la reina Leonor tomó a la pequeña Constanza en brazos y, acompañada de una dueña, se retiró a la huerta conventual y mandó llamar al maestro Ricardo. Hacía ya quince años que había llegado desde Inglaterra y se había encontrado con él por sorpresa en ese mismo lugar. Entonces estaba a punto de entregar a la pequeña Urraca al rey Alfonso de León y aún no había nacido el heredero. Ahora tenía en sus brazos a Constanza y el papa estaba intentando separar a Berenguela de su primo.

—Señora, esta niña no para de crecer. Como lo siga haciendo a este paso, va a ser todavía más grande que Berenguela. No va a encontrar ningún príncipe que se atreva con ella.

—No te preocupes, Dorotea. Bastante trabajo nos va a costar casar a sus hermanas. Constanza terminará de abadesa de este monasterio, porque nos la mandó Dios cuando ya no la esperábamos. Cuando nació ya era una niña enorme, yo tenía más de cuarenta años y creí que me moría en aquel trance.

Hasta allí llegaba el repicar de los cinceles de los canteros. La reina se quedó suspirando mientras contemplaba la inocencia de la pequeña jugando con la dueña. Mientras esperaba la llegada de Ricardo, se puso a la tarea de bordar una casulla para el templo del nuevo monasterio. En los frutales cantaban los pajaritos y las chicharras protestaban por el calor. Para distraerse de las preocupaciones que la embargaban, procuró concentrarse en la labor que se traía entre manos. Por un instante se hizo el silencio y dejó de escuchar las vocecitas de la niña y los gritos de la dueña. Cuando levantó la cabeza para localizarlas, se sobresaltó al ver que desde el fondo de la huerta se dirigía en línea recta hacia ella el maestro Ricardo acercándose a toda prisa con largas zancadas. Mirándole de soslayo, se dio cuenta de lo mucho que había cambiado desde entonces. Tenía ya el cabello blanco y las arrugas surcaban su frente, y aunque empezaba a estar encorvado, continuaba teniendo un porte elegante y majestuoso y su forma de caminar seguía siendo enérgica y airosa.

«También esta vez viene directo hacia mí», pensó.

—Caballero —le dijo cuando llegó a su altura, sin levantar la cabeza ni la voz y sin abandonar el bordado—, aunque habéis dado muchos pasos hacia delante desde que llegasteis a este punto hace ya quince años, ahora no os toca darlos hacia atrás, a no ser que hayáis encontrado un tesoro.

Ricardo obsequió con una gran sonrisa a Leonor, que iba vestida como cualquiera de sus dueñas.

—El mayor tesoro es vuestra confianza y vuestra generosidad y la del rey con este humilde servidor vuestro, al regalarme una heredad cuyo valor está muy por encima de mis merecimientos.

—Méritos habéis hecho muchos en el pasado y más haréis en el futuro, y además nos complace sobremanera todo lo que habéis enseñado a nuestro hijo acerca del noble oficio de la arquitectura y de las artes que acompañan a esta.

—Sois muy generosa conmigo, majestad. También pensaba que nunca me perdonaríais el desgraciado suceso de Caleruega, cuando con vuestra comprensión y vuestra magnificencia me sacasteis de las tinieblas.

—Creedme si os digo que han pasado tantos años y tantas cosas desde que se produjo aquel suceso tan desagradable para vos que no me habría acordado si no lo hubieseis sacado a colación. Dijeron que os habíais albergado en un pajar; que Soraida os hacía cariñosa compañía, que acudió Domingo de Guzmán en persona con el posadero y sus parientes y después de daros de palos, quemaron el pajar y los cerdos y que a punto estuvisteis de perecer en las llamas por escaparos del sermón del predicador.

Ricardo, sorprendido de que Leonor recordara con tanta precisión aquel desgraciado suceso, sabía que cuando una mujer teje una tela de araña tan tupida de preguntas y comprobaciones lo mejor es confesar todo desde un principio con pelos y señales, pero él solo acertó a disculparse.

—¿Yo?... señora... era muy joven y muy impulsivo, y entonces me excitaban aquellas aventuras... más propias de leñadores y picapedreros que de un servidor de su majestad.

Por un instante Leonor se imaginó que ella también podría vivir con Ricardo una aventura semejante, pero sin Domingo de Guzmán y sin cerdos. Y el solo pensamiento de llevar a cabo tal insensatez le produjo una excitación como nunca antes había conocido. «Esto debe de ser porque hace tiempo se me ha retirado la regla».

El espíritu rebelde e inconformista de Leonor de Aquitania y el insensato apasionamiento de los Plantagenet se habían apoderado de ella. Al contrario que otras veces, en las que el deseo se apagaba al cabo de un tiempo, en esta ocasión se agarró a su pensamiento como la hiedra a la pared de un convento. Y cuanto más la podaba, más profundas eran las raíces en las junturas de su voluntad, tanto que amenazaban con derribarla por los suelos.

—Espero que ahora que vivimos tiempos de paz no han de faltarnos los recursos para dar un buen impulso a las obras de este monasterio nuestro.

—Es lo que más deseo en este mundo y sería deseable que su majestad también consiguiera medios para darle un buen empujón a las obras de la catedral de Cuenca.

—De eso quería hablaros, Ricardo, porque mañana salimos hacia Almazán con el rey y toda la corte en un viaje por tierras de Soria y Atienza. El rey quiere revisar las fortalezas de esa parte de nuestro reino porque son propicias para soportar los calores veraniegos. Vendrán también con nosotros el príncipe Fernando y el obispo don Julián. Con este último viajaremos nosotros a Cuenca. Quiero comprobar con mis propios ojos lo que está hecho y lo que falta por hacer en la catedral y el modo de proveer los medios para levantar el crucero y el cimborrio cuanto antes. Que el tiempo pasa y la vida se nos escapa como el agua entre los dedos sin que nos demos cuenta de lo mucho que dejamos sin hacer. Puede que haya llegado el momento de ir en busca del tiempo perdido.

* * *

Después de descansar unos días en Almazán, el príncipe, alegando que estaba ayudando a Ricardo a hacer la maqueta de la catedral, dijo que quería ir a Cuenca con su madre, pero ni consintió el padre, porque creía que necesitaba ejercitarse en la caza, ni lo aceptó su madre, que pidió a Ben Amusco que no se separara de ellos en ningún momento. Los obispos, los nobles y el resto de la corte volvieron a sus posesiones. Doña Leonor, junto con unos pocos servidores entre los que se encontraban Ricardo y Dorotea, se encaminaron hacia Cuenca acompañados por el prelado de la diócesis.

El 21 de julio de 1203, día de la partida, por indicación de la reina, don Alfonso concedió, según documento redactado por el escribano Domingo y ante el notario Diego García, a su queridísimo Julián, obispo de Cuenca, y a su catedral las peñas de Peralveche, situadas cerca del Tajo, y facultad de sacar sesenta cahíces de sal al año de Medinaceli y de su término. Entre los obispos que confirmaron el documento estaba Rodrigo, obispo de Sigüenza, quien torció el morro porque era también beneficiario de las salinas, que eran de las mejores de su diócesis.

En cambio, el anciano obispo de Cuenca no cabía en sí de gozo con aquella generosa asignación de su majestad, porque no solo le permitiría dar un gran impulso a las obras de su catedral, sino también socorrer a huérfanos, viudas y menesterosos, sobre todo cuando los caminos y las puertas de las iglesias se llenaban de ellos por culpa de las guerras y las hambrunas.

Dado que era el que mejor conocía aquellos pueblos y caminos, con la venia de la reina, tomó el mando de la expedición. Como los días de julio eran largos y calurosos y estaba impaciente por hacer valer sus derechos recién adquiridos sobre las salinas de Medinaceli, y quería llegar a Cuenca con tiempo suficiente para estudiar a fondo el proyecto de catedral que traía el maestro, propuso a la reina salir siempre de madrugada, descansar en las horas de canícula, y cuando fuera posible, continuar el camino hasta la puesta de sol. A su lado era imposible aburrirse, perderse o llegar con retraso. Gracias a él y Ricardo, que hacía de aposentador, la reina podría tener un viaje rápido, seguro y muy placentero.

Los días de descanso en Almazán les permitieron salir al alba con la fresca. No había anochecido todavía cuando ya estaban en Medinaceli, don Julián visitando las salinas y Ricardo supervisando los alojamientos. Los dos estaban muy contentos. El primero porque había encontrado el modo de llevarse los sesenta cahíces de sal al año de aquellas albercas de evaporación y el segundo porque había encontrado junto al río Jalón la posada que albergó al Cid Campeador, a la que llamaban La Ansarera.

—¿Estáis seguro, Ricardo? ¿Podríamos albergarnos en ella? —inquirió Leonor.

—Tendríais que verla primero, majestad, para comprobar si es de vuestro gusto.

—Si lo ha sido del vuestro, también lo será del mío, porque de gusto no andáis escaso.

Después de hincarse de rodillas y besar la mano de su majestad, el posadero, que era hombre rudo, aunque redicho y castizo en extremo porque era madrileño, recitó los versos del *Cantar de Mío Cid* que se referían al albergue de Medinaceli:

A la mañana siguiente ellos se ponen a andar,
en la llamada Medina ya se iban a albergar,
y de Medina a Molina en el otro día van.

—Parece que le veo llegar, al Cid con cuatro leales, cabalgando sobre Babieca, por aquellos matorrales —dijo, gesticulando como un juglar y señalando un vallejo.

Rieron con ganas la reina y sus acompañantes, sobre todo el obispo.

—¿Y cómo sabíais que era el Campeador? —preguntó socarrón.

—Porque era un gran señor.

—A tal señor, tal honor —exclamó Ricardo—. ¿Podría ocupar su majestad la habitación de don Rodrigo, aunque solo fuera por una noche?

—Y si le place a su majestad, que la ocupe hasta Navidad.

La fiesta estaba servida y la posada reservada, porque con semejante posadero la diversión estaba asegurada.

Capítulo 32

Medinaceli. 1203

La posada era espaciosa y estaba formada por dos cuerpos perpendiculares entre sí, que abrazaban una corralada separada por una tapia con portaleja. El pabellón de la derecha tenía caballeriza, cuadra, pajar y corral y el de la izquierda, cocina, bodega, mesón y zaguán. Este era muy amplio y desde él se podía acceder al mesón, a las caballerizas, o a la escalera que daba a un pasillo que servía las habitaciones, todas exteriores y con alcoba. Al fondo había unas letrinas que vertían sobre un arroyo que iba a dar al Jalón.

A Ricardo le plugo la posada desde un principio. Era mejor que la de Caleruega y tenía su propia puerta de entrada, independiente de la de los animales, que accedían por un lateral del corral. El agua del pozo era fresca y sabrosa. Todo parecía limpio y bien organizado gracias a las criadas y familiares del posadero, todas frescachonas y arreboladas.

La dueña Dorotea se ocupó de equipar las estancias de Leonor con el menaje de su majestad. La habitación y la alcoba estaban junto a las letrinas situadas cerca de su habitación y reservadas en exclusiva para el uso de la reina y de sus damas de confianza. Como es de suponer, la posada entera quedó clausurada para ellas. Solo el obispo Julián, por mor de su estado y edad, pudo permanecer en la zona de clausura y ocupar la habitación del fondo del pasillo, en el lado opuesto del de la reina. Al arquitecto no le quedó otra opción que aposentarse en casa del posadero o aceptar por una noche dormir en el pajar.

—No creo que el maestro Ricardo tenga ningún inconveniente en dormir en el pajar, siempre y cuando no predique en Medinaceli Domingo de Guzmán —exclamó la reina, pensando que el prelado no se enteraba.

—Tan ricamente como la mula y el buey en el portal de Belén, con la estrella reluciente sobre su cabeza —respondió el obispo, riendo a mandíbula batiente porque conocía por el obispo Diego de Acebes lo acontecido años antes en Caleruega.

Después de bañarse en una cubeta de madera de cedro que siempre la acompañaba en sus viajes y de cenar frugalmente, Leonor se retiró a su aposento. Hacía calor en Medinaceli y abrió de par en par la ventana.

Prendida en las redes de la luna, se apoyó en el alféizar de la ventana y se quedó mirando al cielo, hechizada por el fragante aroma de la noche radiante. En el cielo se recortaba el perfil quebrado de la muralla de Medinaceli, erguido en lo alto de la colina. La brisa suave que agitaba los álamos del Jalón llevaba en una bandeja el frescor del agua a su rostro y a su cuello.

«La blanca luna viene a visitarnos para enseñarnos a ver la fugacidad de vida y de las cosas que alumbra con su resplandor», pensó Leonor. Aquella paz propiciaba que recordara con intensidad los momentos vividos con Ricardo.

«¡Todo pasa, Leonor! Aquello pasó y este momento de luz y de magia también pasará. Aunque después te arrepientas, coge este instante, que lo llevarás contigo para siempre y siempre lo tendrás a tu lado. Si no lo coges, te arrepentirás y siempre que me veas te acordarás de que no lo agarraste fuerte con la mano y lo llevaste contigo para siempre», le susurró al oído la luna. Una nube pasajera la silenció un instante hasta que volvió al cabo de un rato con una estrella a su lado. «¡La fugacidad de la vida, Leonor. La fugacidad de la vida…!», musitaba la luna para ella.

Parecía que la nube se estaba quieta y la luna y la estrella se marchaban, mientras que la voluntad de resistir de Leonor era como una barquichuela que arrastraba el oleaje contra las rocas con una fuerza irresistible. Y ella no podía remar contra la luna. Las fuerzas la abandonaron y la voluntad de resistir se quebró como una roca que rueda por una colina y no se detiene hasta que llega al fondo del valle.

Sabía que Ricardo no daría el primer paso aunque quisiera, porque el cerrojo de la puerta del pajar solo se abría desde el pasillo, pero también se cerraba desde el pasillo y el prelado todavía no estaba dormido, porque había un resplandor en la habitación en el otro extremo de la posada.

Para Leonor reinaba en la noche un rumoroso silencio hecho de suspiros, de los latidos de su corazón y de los ladridos lejanos de los perros. No podía ir todavía hasta el pajar, donde estaba segura de que el arquitecto le esperaba anhelante, hasta que apagara la luz el obispo. Pero Ricardo era como un imán que la arrastraba hacia él, tirando con la fuerza irresistible de una pareja de bueyes, o como el pescador que tensa el sedal cuando sabe que el pez ha quedado enganchado en el anzuelo.

El espíritu rebelde e inconformista de Leonor de Aquitania y el insensato apasionamiento de los Plantagenet se habían apoderado de ella completamente. Solo un pensamiento turbador la desasosegaba. ¿Cómo podría su cuerpo, gastado por tantos alumbramientos, competir con el de Alde, veinte años más joven que ella, para encender la pasión del maestro?

Cuando por fin don Julián apagó la luz, Leonor, que solo llevaba puesta la camisilla de dormir, recogió su cabellera en una especie de turbante para que no se le llenara de heno. Después se calzó las zapatillas y echó a andar como una sonámbula. Abrió lentamente la puerta y dejó que la luna iluminase tenuemente el pasillo para que la acompañara. Después de cerrar despacio para que no chirriaran los goznes de la puerta, entró en la letrina, a la que para su contento llegaba también la claridad. Finalmente descorrió el cerrojo extremando la cautela para que no la delatara.

La luna la acompañó hasta el pajar y la llevó en volandas hasta Ricardo.

—He venido a verte porque sabía que llevabas muchos años esperando que lo hiciera. Y he dejado abierta la puerta de mi habitación para que entres hasta el fondo de mi corazón.

Al noble amor
me daré completamente.
Pierda o gane,
todo es suyo en cualquier caso.
¿Qué ha sucedido que ya no estoy en mí?
Sorbió la sustancia de mi mente.
Mas la naturaleza me asegura
que las penas del amor son un tesoro.

—Yo siempre te he esperado sin saber qué hacer, porque sabía que no debías y no podías. Y que también esto sería tan fugaz como el aire que respiramos y como la luna que nos alumbra, pero solo a nosotros nos pertenece.

La luna esculpía el cuerpo nacarado de Leonor que, desnudo sobre las mantas, Ricardo acariciaba con ansia y temor. Ella le respondió recorriendo no solo los lugares que acarició en los baños de Las Huelgas, sino que, a la luz de la luna, se atrevió a explorar los rincones ocultos de la geografía de su amado. Mientras él hacía lo propio, ella guardó silencio para mejor saborear sus caricias y besos en una ensenada tranquila rodeada de playas de dulce arena, en la que las olas iban y venían subiendo poco a poco al compás de la marea que las empujaba hacia arriba, hasta que la espuma de las olas la cubrió por entero de dicha y de dulzura.

—¡Ay, Ricardo, ay! ¡Ay, Ricardo, ay! ¡Ay, Ricardo, ay! —era lo único que acertaba a decir, incapaz de soltarse de su abrazo.

Todo había pasado como la estela rutilante que deja una estrella fugaz en el cielo al caer. Pero ella descendía poco a poco de los cielos, abriendo mucho los ojos. Lo hacía como una hoja en otoño que el árbol suelta contra su voluntad y va dando tumbos por el aire de un lado para otro porque no se resigna a bajar hasta el suelo.

Todavía no había terminado de caer cuando relinchó su yegua, después relinchó el caballo de Ricardo pidiendo silencio. Leonor, que veía a Ricardo tapándose con una manta, rompió a reír, primero con una risa nerviosa y después prorrumpiendo en carcajadas. Era una risa bárbara y primigenia de cierva herida por un macho en un pajar sobre las caballerizas. Reía locamente porque se había imaginado a sí misma corriendo por el pasillo tapándose el culo con el cobertor mientras la perseguía el obispo Julián. Entonces escuchó la voz de Alfonso.

«Es increíble. Tu Ricardo, siempre tan serio y circunspecto, y siempre tan digno, educado y elegante, yaciendo entre pajas con una morisca, con los cerdos al lado contemplando el espectáculo. ¿Te lo imaginas, Leonor? ¿Te lo imaginas? Si no fuera porque nos toca a nosotros pagar la consumación, sería para morirse de la risa. ¿No me digas que no es divertido? Gregorio se desternillaría si le contáramos el suceso con pelos y señales. ¡Si es que le estoy viendo escapar con la morisca tapándose el culo con una manta…!».

Habían esperado tanto, y sabían que quizás nunca más tendrían una ocasión semejante para encontrarse, que no querían que fuera la última vez.

—A ver cómo nos las ingeniamos para hacerlo en Cuenca sin que se entere don Julián —susurró Leonor, mientras Ricardo hacía acopio de fuerzas.

—Algo se nos ocurrirá, majestad, si somos capaces de encontrar la ocasión oportuna.

—¡Ay, Ricardo, ay! Que no creo que encontremos en el camino otra luna tan complaciente como esta —contestó suspirando.

Fundieron de nuevo sus cuerpos por si acaso, y Ricardo se superó de tal manera que llegó un momento en que Leonor tuvo que frenarle:

—¡Para, Ricardo, amor mío! ¡Para ya, que a mí me matas y a ti te van a cortar la cabeza por matar a la reina…! ¡¡¡De placer… y de risa!!! —Porque cada vez que consumaban le daba una risa tonta, que no llegaba al obispo de Cuenca porque la apagaban los caballos con sus relinchos.

Leonor estuvo entrelazada con Ricardo un buen rato hasta que, por prudencia, decidió, como el Cid, regresar de su incursión por tierras de moros. Se despidió y se dirigió a la puerta que comunicaba el pajar con las letrinas y el pasillo de su habitación. Entonces ocurrió algo que no había previsto en ningún modo. Alguien había corrido el cerrojo desde el otro lado y la puerta estaba clausurada para ella. Por el corral tampoco podría regresar sin llamar la atención y todo el mundo se enteraría de que Ricardo y ella se habían dado cita en el pajar.

—Quienquiera que sea quien haya cerrado, ¿lo habrá hecho aposta? —preguntó Ricardo.

—Alguna camarera que habrá ido a la letrina y se extrañó de encontrar abierto el cerrojo.

—Hay que pensar. Hay que pensar con calma, para después actuar con determinación —señaló él.

—¡Vestíos, Ricardo, por el amor de Dios, mientras se nos ocurre cómo puedo regresar a mi habitación sin armar un alboroto! —exclamó Leonor, hecha un manojo de nervios y sumamente angustiada al sentirse atrapada en una ratonera entre la cuadra, las caballerizas y el pajar.

Guardaron unos instantes de silencio porque los relinchos y las coces que daba la yegua de Leonor no les permitían entenderse.

Al poco rato resonaron en todos los rincones de la posada los gritos de la reina:

—¡Ay, Ricardo, ay! ¡Socorredme, que se ha desatado mi yegua y no hay modo de sujetarla! —Al poco cesaron las coces y los relinchos y se escuchó de nuevo la voz de Leonor—: ¡Id en busca del palafrenero para que se haga cargo de mi montura!

Mientras Ricardo corría hacia el campamento, Leonor salía al corral montando la yegua a pelo y agarrándose a las crines con todas sus fuerzas.

Una lucecita parpadeaba en la habitación del obispo en el lado opuesto del edificio, pero ¡oh, casualidad!, justo en aquel momento, don Julián llegaba corriendo a socorrerla antes que ninguna de las dueñas y doncellas pudiera hacer lo mismo, porque ellas estaban cubriendo sus desnudeces para descender hasta el corral.

—¡No os acerquéis, monseñor, no vaya a ser que vuestra presencia encabrite más todavía al animal y os atropelle o me haga volar por los aires! —gritó la reina, tratando de hacerse con su montura mientras daba unos golpecillos rítmicos con los talones para ponerlo al trote al animal y alejarse del obispo cuanto antes.

Montada semidesnuda sobre una yegua elegante y blanca a la luz de la luna llena, Leonor cabalgaba airosa con la melena flotando al viento y camisa blanca como sus carnes, haciendo que jinete y montura se aparecieran fundidos como un fantástico ser mitológico y sobrenatural. El hechizo que producía en sus servidores contemplar el espectáculo nunca visto de su reina dando vueltas en el corral, tratando de domar a la yegua que se encabritaba, los tenía completamente hipnotizados.

Las dueñas y el obispo asistían atónitos a una ceremonia pagana de purificación de una reina a la luz de la luna llena cabalgando sonámbula, semidesnuda y sin riendas donde quisiera llevarla el animal. Por la gracia con que lo hacía, parecería que era la mismísima Leonor de Aquitania desfilando en Constantinopla durante la cruzada.

Habían cesado los murmullos y se hizo un silencio lleno de temor.

Poco después, consiguió Leonor aplacar a su montura y, quizás para cansarla, siguió cabalgando con los ojos cerrados dejándose llevar, como flotando en el aire. Solo se escuchaba el jadeo del animal y su rítmico galopar.

El obispo don Julián no daba crédito a lo que veía. Su reina, como una Lady Godiva rediviva, cabalgaba impúdicamente ante sus servidoras en una ceremonia nunca vista. Aunque al principio no acertaba a discernir si estaba dormida o despierta y si lo que hacía era inocente o pecaminoso, angelical o demoníaco, celestial o afrodisíaco, pacífico u orgiástico, viendo la cara de dicha que ponía su majestad galopando a pelo delante de ellos, dio en pensar que si hubiera en el resto del cuerpo tanto gozo y tanto placer como parecía expresar en su rostro, aquello que veían sus ojos era mucho más pecaminoso de lo que podía imaginarse a simple vista. «No parece que haya sido el animal, sino más bien la jinete quien se ha desbocado», pensó maliciosamente.

Leonor daba gracias a Dios por que aquella cabalgada la hubiera emprendido de noche, y a la vista solo de sus gentes de confianza, en su mayoría mujeres, porque de haberlo hecho a la vista de todos en la corte, el escándalo habría sido mayúsculo y habría tenido que intervenir hasta el papa.

Todavía siguió Leonor galopando un buen rato, incluso después de que llegara el palafrenero, que consiguió ponerse a su paso.

—Averiguad qué le ocurre a mi montura, porque se ha pasado la noche llamándome con sus relinchos —le dijo la reina después de envolver su cuerpo con el cobertor que le entregó Dorotea cuando la yegua finalmente se amansó y se detuvo por sí misma a la puerta de la posada.

—Será por causa de la luna o por miedo a los ratones. O quizás por el cansancio de la dura jornada de ayer. A los animales, como a las personas, también les pica la mosca de vez en cuando. Tienen sus días y ni ellos mismos saben lo que hacen —respondió confuso el sirviente antes de que la reina desapareciera de la vista de todos con el mismo misterio con el que apareciera ante ellos.

En cuanto llegó a su estancia, Leonor llamó a la dueña.

—Decidle al prelado, tan pronto como se levante, si es que se acuesta, que puede volver a las salinas y estarse en ellas, contando cahíces, todo el tiempo que haya menester, que tanto la yegua como yo necesitamos descanso —le ordenó.

Eran tantas y tan arriesgadas las situaciones que había vivido a la luz de la luna y tan nuevas y extrañas las sensaciones que había tenido en el cuerpo y en el alma que, aunque hubiera querido recapacitar sobre ellas, estaba tan cansada del trajín de la noche que prefirió dejar las reflexiones para otro día y dejarse envolver por las dulzuras de la madrugada. Se dejó caer en el lecho para degustarlas y, sin ninguna agitación o pensamiento turbador que la distrajese, se quedó dormida placenteramente.

Solo cuando despertó al día siguiente, enferma y con fiebre, se dio cuenta de lo insensato de su comportamiento como mujer y de la enormidad del riesgo que había corrido como reina. Aquello no podía volver a ocurrir. Tenía que reconstruir a toda prisa la muralla que la defendía y sujetar las bridas de la yegua que se desbocaba cuando estaba en presencia de Ricardo. ¿Quién podía ayudarla en aquella tarea? Además, tenía la impresión de que don Julián, que probablemente había echado el cerrojo del pajar maliciosamente, los vigilaba y en esas condiciones no tenía sentido para ella seguir hasta Cuenca, pues había llegado a la conclusión de que no podía correr semejantes riesgos viajando con Ricardo y con el prelado.

Estaba sumida en estos pensamientos cuando, sin que nadie le hubiera llamado, apareció el obispo don Julián, que acababa de llegar de las salinas, pidiendo la venia para entrar en el aposento de la reina.

El prelado era enjuto, renegrido y austero. Esto y lo poco que necesitaba comer para sostener aquel cuerpecillo menudo le permitía gastarse en limosnear lo que ahorraba en sotanas, oropeles y casullas. Su negra cabellera de lacio pelo desprovista de canas se juntaba en la frente con una única y espesa ceja bajo la que se guarnecían unos ojillos astutos y vivarachos, más nariz chata, barba espesa y boca prieta y tan llena de dientes cuando reía a mandíbula batiente, que era a menudo, que parecían sobrarle la mitad de ellos. A causa de su vivacidad y sus ágiles andares, no aparentaba en absoluto los setenta y cinco años que ya tenía cumplidos. Solo merced a su eclesiástica indumentaria no era tenido por un asaltante de caminos. Dormía poco y con un ojo abierto, y aunque estaba sordo o se lo hacía cuando le convenía, era oliscón y, donde no le llegaba el oído, lo hacía con creces un olfato de sabueso.

Leonor, que no le esperaba tan pronto, se asustó en un principio y se temió que don Julián había anticipado su llegada para sorprenderla yaciendo con Ricardo.

—¿Qué os ha traído tan pronto a esta habitación donde yace esta pobre mujer aquejada de calenturas? ¿No vendrá su eminencia a administrarme los últimos sacramentos?

—¡Majestad! Está tan alto vuestro lecho que nunca llegaré a hacerlo, aunque me pusiera de puntillas —exclamó el prelado, pasando la vista por la almohada, las sábanas, las mantas y el cobertor, después de haber comprobado disimuladamente la calidad, las medidas y la posición de los tapices y las alfombras con las que había alhajado la dueña la habitación de su señora. También examinó la jofaina, el espejo, la palangana y el orinal para comprobar si Leonor había ido o no a las letrinas; además, escudriñó la limpieza de las toallas y si había restos de heno en el albornoz o en los peines de la reina y se preguntó el porqué de tantos afeites y perfumes en la mesilla de noche...

Aquella mirada inquisidora y vertiginosa delató las intenciones del visitante y tranquilizó a Leonor, que estaba muy acostumbrada a tratar con abades, monseñores y enviados papales. «Viene a meter las narices donde no le llaman. Ha entrado en mi cámara para olisquear y tirarme de la lengua porque es probable que esté desconcertado y no sepa de la misa la media. Vamos a comprobar qué es lo que realmente conoce y hasta dónde llegan sus sospechas», pensó.

—Supongo que todo lo que habéis inspeccionado con vuestros propios ojos ayer y esta mañana os ha confirmado que las artesas de las salinas de Medinaceli pueden producir muchos más de los sesenta cahíces de sal que os otorgamos anteayer para dar un empujón a las obras de vuestra catedral.

—Quedé admirado de la maña que os disteis anoche para domeñar las pasiones de la yegua que cabalgabais a la luz de la luna. No me extraña que todavía os dure la calentura, porque, a pelo y sin bridas, hay que esforzarse mucho por sujetar los instintos de semejante animal.

Leonor sabía que la sordera del prelado era proverbial, pero le desconcertaba que unas veces respondiera atinadamente y las más de ellas se fuera por los cerros de Úbeda, pero siempre con doble intención y metiendo el dedo en la llaga.

—Monseñor, no quisiera, si las calenturas se prolongan, retrasar vuestro viaje de regreso a vuestra diócesis.

—Hicisteis bien en enviar a Ricardo en busca del palafrenero, que cuando un animal se desboca no se sabe a dónde puede ir a parar.

—¿No cree vuestra eminencia que, en cuanto me baje la calentura, mejor sería para todos que yo regresara a Almazán que exponerme a un viaje tan accidentado como es el de ida y vuelta hasta Cuenca?

—No seré yo quien os contradiga, porque si el resto del viaje es como el principio... y a la yegua le da por desbocarse a menudo, vamos a estar todo el camino en un sinvivir y llegaremos agotados y sin fuerzas para ocuparnos de la catedral, que es lo que nos ha traído a este viaje... me imagino.

La reina pensaba que eran sus muchos años y no la malicia lo que hablaba por boca del obispo, que además todo lo decía con una sonrisa llena de afecto.

—Dios escribe derecho con renglones torcidos, y no hay bien que por mal no venga, eminencia. Si regreso a Almazán, vuestro viaje con Ricardo será mucho más rápido y productivo y tendréis mucho más tiempo de despachar a solas con él. Lo que decidáis vos y él cuenta con mi aprobación de antemano, porque no ignoráis que el maestro Ricardo goza de toda mi confianza.

—Diréis que mi gozo en un pozo, porque el que evita la ocasión evita el peligro...

Esta frase dicha como de pasada por el prelado colmó la paciencia de Leonor, que se daba perfecta cuenta del modo artero con que don Julián llevaba la conversación adonde le convenía. Pero como el prelado viera que la reina fruncía el entrecejo y hacía un mohín de desaprobación, optó por aclarar lo que había querido decir.

—No me malinterpretéis, majestad, porque sé perfectamente que vuestro gozo está en levantar la catedral que imploro de continuo al Señor y el peligro es que vuestra enfermedad se agrave. Que no otra cosa quise decir con mis palabras.

—Ya lo dijo Nuestro Señor, que no hay peor sordo que el que no quiere oír y el que tenga oídos para entender que entienda —respondió la reina con ironía—. Y también dijo: «Bienaventurados los limpios de corazón, porque ellos verán a Dios».

—En eso también estamos de acuerdo, pero no ignoro que ya me queda poco tiempo para limpiar mi corazón de malicia antes de presentarme al Señor lleno de pecados. Ya sé lo mucho que os cuesta desprenderos de Ricardo…, que es en todos los órdenes el arquitecto más competente que conocemos. A pesar de ello, rogamos a vuestra majestad que nos lo prestéis por una larga temporada, porque me gustaría decirle a Dios, cuando me llame, que continúan avanzando las obras de su catedral.

—Eso es lo que os estaba proponiendo precisamente a lo largo de toda la conversación.

—Perdonad esta sordera mía, majestad, que me impide enterarme de lo que pasa por delante de mis narices.

—Pues tengo entendido que tenéis vista de lince, porque como decía Nuestro Señor veis la paja en el ojo ajeno, pero solo cuando confiesa sus pecados.

—Ojos que no ven, corazón que no siente... y a burro muerto, la cebada al rabo, que no es lo que quiero que a mí me pase cuando otro obispo acabe mi catedral.

Después de que se fuera el prelado, no sin antes completar la inspección ocular de la habitación, mandó Leonor llamar a Ricardo, que, pálido y ojeroso, llegó enseguida.

—Muchos pasos hemos dado adelante hasta llegar al borde del abismo, donde estuvimos a punto de caer, y muchos pasos daremos para atrás, yo regresando a Almazán con mi esposo y vos acompañando al obispo Julián hasta Cuenca durante todo el tiempo que requiera su catedral —le anunció Leonor en cuanto le tuvo delante—. El día de ayer ya no existe, Ricardo, ¡borradlo de vuestra cabeza! Ayer me refugié con vos en el paraíso y como los ángeles rebeldes estuve a punto de caer en el infierno. Excusadme los sinsabores que os pueda producir mi decisión, pero es lo que la sensatez me dicta y la prudencia me aconseja, que sabéis tan bien como yo los riesgos que se corren cuando la yegua se desboca delante de las narices de un obispo que ni es sordo ni ciego. Y aunque es cierto que los yerros del amor dignos son de perdonar, hay que dar a Dios lo que es de Dios y al césar lo que es del césar, y la mujer de este no solo tiene que ser honesta, sino también parecerlo. ¿No os parece que cabalgar medio desnuda montada sobre una yegua a la luz de la luna, después de yacer en un pajar con un servidor del rey, no es la mejor forma de serlo ni de parecerlo, si además la reina de Castilla pone en riesgo el honor del rey y la vida de su amante?

Como Ricardo no podía articular palabra, Leonor, que comprendió lo sensato de su silencio, se giró en la cama dándole la espalda para que no viera las lágrimas que inundaban sus ojos y susurró con el corazón encogido y la voz entrecortada:

—Sabéis que el que calla otorga, y vuestro silencio habla por vos y me dice que estáis de acuerdo conmigo. Por ello, ya no hay más que hablar de este asunto entre nosotros. Podéis retiraros y salir hacia Cuenca cuando gustéis. Pero si no estáis de acuerdo, os ordeno que acompañéis a don Julián a Cuenca y dejéis encaminada su catedral, después tendréis que regresar a Inglaterra por vuestro bien y por el de mi reino. Os ruego que cuando salgáis, lo hagáis con cuidado y que no haga ruido la puerta para que me crea durante un rato que todavía seguís a mi lado.

* * *

El obispo y el arquitecto marcharon para Cuenca antes de que amaneciera y, poco rato después, montó Leonor en su yegua blanca para dirigirse con su cortejo hasta Almazán. Aunque imaginaba que su marido estaría en Ariza consolando a su tía Sancha, ella se conformaba con abrazar a su hijo Fernando y ponerse al cuidado de Ben Amusco, porque las calenturas le parecían sospechosas.

Como ella imaginaba, Alfonso, que había abandonado la montería dejando a Fernando al cuidado de Ben Amusco, estaba en el castillo de Ariza, donde, ansiosa por tenerle de nuevo en sus brazos, aunque fuera por última vez, le esperaba desde hacía varios días su tía doña Sancha, la reina viuda de Aragón.

Durante tres largos días y tres cortas noches, él utilizó sus mejores argumentos para convencerla de que tenía que hacer las paces con su hijo Pedro por el bien del reino de Aragón, insistiendo además en que no encontraría un momento mejor para retirarse a su monasterio de Sigena.

—¡Ay, Alfonso, ay! ¡Ay, Alfonso, ay! ¡Ay, Alfonso, ay! ¡Que te alejas de mí para siempre! —se lamentaba doña Sancha en las almenas del castillo mientras veía desvanecerse la silueta de su compañero de infancia castellana en el polvoriento camino que serpeaba entre los cenicientos cerros de Soria—. Ahora que te vas de mi vida, tus recuerdos serán mi consuelo y me acompañarán a diario en las horas mustias de mi encierro en el convento de Sigena mientras Dios me conceda un aliento de vida.

Entonces vinieron a su mente las palabras que la condesa doña Teresa ponía en boca de Eloísa cuando les contaba a ella y a Alfonso en Toledo las cartas que le escribía a Abelardo desde el convento donde era abadesa: «Me acuerdo del instante y del sitio en que por primera vez me declaraste tu ternura. Tus palabras, tus promesas y juramentos, todo está grabado en mi corazón. ¿Acaso se les olvida algo a los amantes?».

Capítulo 33

Carrión. Valladolid. Burgos. Salamanca. Burgos. 1204

Como a la vuelta del verano la reina doña Leonor seguía indispuesta, decidió no moverse de Carrión. Tenía mareos y vómitos, y esporádicas pérdidas de sangre, síntomas preocupantes para una mujer de su edad.

—¡Ay, señor! ¿Qué será de mí si estuviera encinta de nuevo? —dijo a Ben Amusco, que había sido llamado para atenderla.

El médico disimuló el gesto de preocupación, porque sabía que doña Teresa Fernández de Traba, la que fuera mujer del regente don Nuño y del rey don Fernando, murió a su misma edad, como consecuencia de un parto tardío, siendo reina de León.

—Decidme con toda sinceridad, majestad —preguntó, después de palparle el vientre, de examinarle los párpados y tomarle el pulso—. ¿Hay causa o no hay causa? Porque si hay causa, hay preñez, y si no hay causa hay enfermedad.

—A pesar de vuestros consejos, ha habido más causas de las que mi circunstancia aconsejaba. Me ha engañado mi cuerpo porque ya no me mandaba señales de que hubiera peligro. Ha sido una gran imprudencia por mi parte y espero no tener que arrepentirme por ello —exclamó, lamentándose porque estaba casi segura de que la causa era la consumación y el causante era Ricardo.

* * *

A principios de la primavera del año 1204, los reyes estaban en Valladolid. La reina Leonor se encontraba muy débil y decaída y se temía por su vida. Todas las preocupaciones derivadas de la separación de Berenguela se le amontonaron en el vientre y, para mayor disgusto, a pesar de que el rey había exigido mantener el secreto, supo que en el monasterio de Fontevraud acababa de morir su madre Leonor de Aquitania.

Ella había sido todo en la familia. Aunque solo había vivido diez años junto a ella, un torrente de cartas las había unido estrechamente durante treinta años. Hacía solo cuatro que vino a Burgos para llevarse a Blanca. Ella había sido el norte que había marcado su vida y ahora, con su partida, no por esperada menos dolorosa, le hablaba como la luna: «La fugacidad de la vida, hija mía, la fugacidad de la vida. A mí me han enterrado en Fontevraud junto a mi marido y lo mismo han de hacer con vosotros en Las Huelgas, quiera Dios que sea dentro de muchos años. Por duros que sean los reveses de tu vida, no desperdicies tus últimos años con lamentos y quejas. Eres de Aquitania y Plantagenet. Sigue mi ejemplo, ensancha tu sonrisa y levanta tu frente hasta el final».

Llegada la hora del parto, la atendió Ben Amusco, al que acompañaban dos comadronas moriscas muy experimentadas.

—¡Todo saldrá bien, majestad! Pero a condición de que sigáis nuestras indicaciones y mantengáis la cabeza distraída y el cuerpo abandonado. Para ayudaros en estos menesteres, os daremos a beber unas aguas que os hemos preparado a propósito para mitigar el dolor y para proporcionaros tranquilidad.

Los días previos, Ben Amusco había escogido para el parto una habitación soleada en las dependencias de la colegiata de Santa María la Mayor, que fue encalada a conciencia para purificarla. Tras equiparla con un sencillo lecho accesible desde los dos lados, ordenó clausurarla. Cuando llegaron las contracciones, pidió que le pusieran a la reina una camisa muy amplia. Después de encender la chimenea, mandó hervir agua en un recipiente y después mantenerla templada durante todo el tiempo que fuera necesario. Mudaron las ropas de calle por otras nuevas traídas al efecto y, a continuación, se lavaron concienzudamente las manos tanto él como sus acompañantes y, una vez secadas al sol, las humedecieron con un licor que habían traído a propósito. Inmediatamente sacaron unos utensilios que rociaron con el mismo licor y que pasaron durante un instante por las llamas de la chimenea.

Los servidores que atendían sus peticiones, al observar aquellos rituales tan novedosos como mudarse de hábitos y todos los ires y venires al borde del fuego con utensilios nunca vistos, pensaron que el médico había traído consigo dos hechiceras, por lo que acudieron al obispo de Burgos para darle cuenta de sus sospechas.

—Majestad, según me han referido vuestros servidores, nunca se han visto en los partos de estas tierras tantos melindres y aspavientos como los que, ayudados de conjuros, practican vuestro médico y sus ayudantes —le dijo el obispo, alarmado, al rey—. ¿No sería conveniente detener estas prácticas antes de que sea demasiado tarde? No vaya a ser que salven a la criatura y pierda su alma la madre de tanto ir y venir el médico de la cama al fuego y del fuego a la cama.

Se sobresaltó el rey, que estaba pensando: «Dios quiera que todo salga bien y que sea otro varón, que ya hemos tenido bastantes infantas en esta corte», y fue corriendo a pedir explicaciones a Ben Amusco. Este le rogó que no entrara en el habitáculo donde la reina estaba acabando de dilatar.

—¿Todo va bien?

—Hasta ahora, todo va a pedir de boca. La reina está tranquila, aunque algo dolorida, pero no se queja.

—Y todos los ritos que habéis realizado, ¿son de moros, de judíos o de cristianos?, porque el obispo está alborotado.

—Estad tranquilo, majestad. La reina está en manos de Dios y ocurrirá lo que él decida o permita. Hemos comprobado en la práctica que, atendiendo partos con este esmero, hay muchas menos desgracias que haciendo las cosas como siempre. ¡Y cuesta tan poco encalar las habitaciones, hervir el agua y lavarse las manos!

—Haced lo que consideréis oportuno, pero no olvidéis lo que os digo. Aunque sea un varón, en caso de peligro, salvad a la madre, que ya tenemos un heredero hecho y derecho.

Dada la edad de la reina, el parto no estuvo exento de dificultades, y Ben Amusco no necesitó utilizar el permiso del rey, porque el niño era menudito y tenía la cabeza pequeña como su abuelo Sancho el Deseado.

Terminado el alumbramiento, utilizaron con la madre y el niño los mismos cuidados que antes del parto. Después de dejar reposar un buen rato a la reina, Ben Amusco permitió la entrada del rey con su prole.

—Le llamaremos Enrique, como mi padre, porque, a pesar de todo, el niño lleva la sangre de los Plantagenet —dijo la reina, que tenía dudas razonables de que también tuviera la sangre de Alfonso el Emperador porque había luna llena cuando nació el niño el 14 de abril de 1204. ¿Cómo iba a olvidar que también estaba en su plenitud la luna que le había hablado en la ventana de la posada del Cid en Medinaceli? «¡La fugacidad de la vida, Leonor. La fugacidad de la vida! ¡Coge este instante, que lo llevarás contigo para siempre!».

«Vaya si lo cogí —se dijo la reina con amargura—, porque lo tomé de lleno, y a la vista está el resultado. Han pasado nueve lunas exactamente desde el día 21 de julio de 1203 en que anduve retozando con Ricardo en el pajar».

* * *

Berenguela, mientras tanto, había seguido haciendo vida normal con Alfonso de León, y desoyendo la nueva amenaza de excomunión del papa a ellos y a su padre, había aprovechado aquellos meses para recorrer como su soberana el reino de León. Pero como llevaba muy avanzada su gestación, no queriendo irritar aún más al pontífice, se despidió de su marido, que fue con ella hasta Sahagún, y se encaminó hacia Burgos con los hijos, la servidumbre y los nobles que la habían acompañado durante los años de su estancia en León. Una vez instalada con sus padres, el obispo de Burgos y el arzobispo de Toledo escribieron al papa para darle cuenta de la noticia de su llegada y del alumbramiento de una niña robusta y hermosa, que se sumaba a la prole que había engendrado con el rey de León.

Inocencio III esperó unos meses para comprobar, a través de los prelados de su confianza, tanto en Castilla como en León, que la susodicha no se había movido de Burgos, donde el prelado burgalés la visitó para leerle la carta del pontífice y absolverla del pecado de incesto, en presencia del rey y de la reina.

> *Aunque la noble mujer Berenguela, hija de nuestro queridísimo hijo Alfonso, ilustre rey de Castilla, gravemente ofendiese a su criador, habiéndose atrevido a unirse incestuosamente al rey de León, por lo cual fue atada por el lazo de la excomunión, sabemos por las cartas de los obispos que se ha alejado del todo de él y ha prometido hacer penitencia por los errores cometidos, humildemente implora que se le conceda el beneficio de la absolución. Por ello, misericordiosamente, nos hemos inclinado a su petición, siempre que jure que, de ninguna manera, regresará a dicho rey.*

—Ya habéis escuchado las instrucciones del Santo Padre, que merced a nuestras reiteradas súplicas, ha accedido a ejercitar generosamente con vos la misericordia y nos ha mandado cumplir el último trámite para que todo transcurra como mandan los cánones. ¿Estáis de acuerdo?

—Estoy de acuerdo.

—¿Sois Berenguela, hija de Alfonso y Leonor?

—Soy Berenguela.

—Entonces, arrodillaos.

Berenguela obedeció y agachó la cabeza. Después cerró los ojos, y como no podía cerrar los oídos, lo que afirmaba con la boca lo desmentía con el ceño y con el corazón, aunque no pudo evitar que lágrimas de pena y rabia corrieran por sus mejillas.

—¿Habéis estado unida incestuosamente al rey de León?

—Lo estuve por voluntad de mis padres.

—¿Confesáis que habéis sido culpable del pecado de incesto?

—Lo confieso.

—¿Confirmáis que os habéis alejado en todo del rey de León?

—Lo confirmo.

—¿Imploráis humildemente que se os conceda el beneficio de la absolución?

—Lo imploro humildemente.

—¿Haréis penitencia por vuestro pecado?

Berenguela se aguantó las ganas de responder: «¿Os parece poca penitencia abandonar a mi marido, separar a mis hijos de su padre, perder el derecho de mi hijo a sucederle en el reino de León, renunciar al trono y esperar a que empiece de nuevo la guerra entre mi padre y mi esposo?».

—La que tenga a bien imponerme la Iglesia.

—¿Imploráis humildemente que se os conceda el perdón?

—Lo imploro humildemente.

—¿Juráis solemnemente por vuestra alma, ante Dios y ante la Iglesia, que en ningún momento, en ninguna circunstancia y de ninguna manera volveréis a cohabitar con vuestro tío don Alfonso, de pensamiento, palabra y obra?

A Berenguela, a quien el drama de la separación le había quitado el sueño, que había perdido el apetito y que, además, estaba muy debilitada por el parto, le parecía que el obispo tardaba una eternidad en terminar aquella dolorosa ceremonia y solo deseaba que acabara cuanto antes para salir huyendo. Cuando escuchó la palabra cohabitar, se le fue el santo al cielo y recordó la primera noche que pasó con Alfonso: «Hazte el muerto y déjame que te acaricie como quiera y donde quiera y después nos cambiamos y me acaricias donde quieras y como quieras, pero nada más, que hay que saber contenerse. Y después haz lo que quieras… lo que quieras… hasta que me muera contigo… contigo. Contigo. Mi rey. Abrázame, fuerte, fuerte, fuerte… Estrújame dentro, muy dentro, me rindo y me muero, y me muero, me muero y me muero…». Solo la oyeron decir en voz alta: «Me muero, me muero, me muero», antes de que cayera desmayada.

Una vez que recuperó el conocimiento Berenguela, el rey, que no podía disimular su enfado, amonestó al obispo Fernando González.

—Abreviad, monseñor, que el asunto está claro, mi hija está muy débil y no hacen falta arabescos para concluir los trámites.

—La ceremonia hay que realizarla según prescriben los cánones. Si no se encuentra bien la señora, lo dejamos para otro día.

—De ninguna manera —dijo el rey enfadado—, supongo que ya no falta mucho, y ya que estamos en ello, acabemos de una vez, no sea que mi hija se nos muera de verdad y lo haga sin recibir la absolución.

—Quitaos el velo, señora, que voy a imponer la ceniza sobre la cabeza a la vez que desato los lazos de la excomunión. Y ahora, por encargo de su santidad: *Ego te absolvo a peccatis tuis, in nomine Patris, et Filii, et Spiritus Sancti*, amén —terminó el legado. Y después, con un tono algo más amable, se dirigió a la penitente—: Estáis de enhorabuena, señora, porque el papa, atendiendo nuestras súplicas, se ha dignado acogeros de nuevo en los brazos de nuestra madre Iglesia y nos ha anunciado que pronto hará lo mismo con el rey de León. Pero sobre todo porque lo que nazca podrá recibir el sacramento del bautismo. ¿Qué nombre pensáis imponerle cuando esto ocurra?

—Le pondremos el nombre de la emperatriz Berenguela, que es el que llevó con mucha gloria mi abuela —contestó el rey Alfonso.

* * *

En cuanto se vio privado de la compañía y el buen consejo de Berenguela, al rey de León le faltó tiempo para llamar a su lado a su primo Pedro Fernández de Castro, al que hizo otra vez su mayordomo. Por consejo de él, emprendió viajes a todos los rincones del reino, para encontrar alivio a la soledad y la tristeza que le tenían abatido y a la rabia que le devoraba. En ellos se hacía acompañar por sus hijas Sancha y Dulce y por Fernando el Portugués, habidos de su anterior matrimonio con su prima Teresa, que se encontraba recluida en un convento desde que el papa Celestino III los separara. Con las infantas también viajaba Mafalda, la hermana de Berenguela y prometida de su hijo Fernando, que el rey de León mantenía como prenda para forzar a su primo de Castilla a resolver a su favor el asunto de las fortalezas de la dote, o *propter nuptias* de Berenguela.

Mafalda era un tormento para Alfonso porque era fruto prohibido y todo en ella, sobre todo la risa y el olor, le recordaba a su añorada Berenguela, a la que cada día que pasaba la veía como el cómplice necesario del engaño en que le había tenido su primo el rey de Castilla. De allí nació un turbio sentimiento mezcla de rencor y de deseo y, para satisfacer ambos, decidió probar el fruto prohibido. Con el fin de seducir a Mafalda, actuó astutamente utilizando la táctica del tornafuye distante, unas veces mostrándose indiferente o agresivo y otras obsequioso y amable. Lo mismo que hiciera el rey Enrique de Inglaterra con Adela, la hermana del rey de Francia y prometida de Ricardo. Cuando se dio cuenta de que la tenía a su merced, envió a su hijo Fernando el Portugués a Galicia con sus educadores propició numerosas ocasiones de estar a solas con ella.

Entonces jugaba al tornafuye cercano con Mafalda, tal y como lo había practicado con Berenguela cuando se casaron.

Pasado algún tiempo y estando una noche en el lecho con Mafalda en la ciudad de Salamanca, viendo que ella no participaba en el juego, le preguntó:

—¿Desde cuándo haces ascos a tu amado? ¿Es que te has vuelto indiferente de la noche a la mañana, que ya no vienes corriendo a los brazos de tu soberano? —Y como ella callara, avergonzada, continuó—: ¿Acaso te parecen insignificantes mis desvelos por atenderte y las mercedes que te hago?

—Claro que me gustan y os los agradezco de todo corazón.

—Pues entonces vamos a divertirnos como siempre.

—Es que hoy no estoy muy animada.

—Pues déjame hacer a mí y verás qué pronto te animas.

Como Alfonso empezara a sobarla los pechos y pasarla su mano por el vientre para llegar a donde solía, la muchacha le interrumpió:

—¿No os dais cuenta, mi señor?

—Tú déjame hacer a mí y no me distraigas, que si lo sigues haciendo, se me irá el santo al cielo, y ya sabes cómo me pongo cuando me enfado. Prefiero que te resistas un poco al principio para encelarme como hacía tu hermana.

—Hoy ya no puedo hacerlo.

—Otras veces podías y bien que te gustaba, y hoy ya no puedes. ¿Qué mosca te ha picado, ya no te gusta lo que te hago?

—Es que hoy me entran ganas de llorar. De llorar a mares.

—Pues has escogido un momento muy oportuno. ¿Se puede saber a qué obedece el motivo?

—Porque ya no me puedo casar con vuestro hijo Fernando —musitó Mafalda, echándose a llorar desconsoladamente.

—¿Acaso ahora vuestro padre quiere deshacer el acuerdo? —preguntó Alfonso, mirándola con desprecio.

—¿Acaso no os habéis dado cuenta de que he perdido cintura y me han crecido los pechos?

—Eso te ocurre porque ya eres una mujer.

—Eso ocurre porque voy a ser madre. Madre de un hijo vuestro.

Alfonso sintió que se quedaba suspendido en el aire y no terminaba de caer al suelo. Tenía razón el papa al acusarle de simple, porque no tuvo en cuenta los peligros a los que se exponía. Y tenía razón su madre cuando le pedía llorando que sujetara sus instintos, pero él no le hizo caso porque desde que le aclamaron como rey de León siempre pensó que todo le estaba permitido, ya fueran traiciones, violaciones o asesinatos. Le costó bastante poner los pies en el suelo.

—Madre no puedes ser ahora porque no te conviene a ti ni me interesa a mí. No se te ocurra por nada del mundo escribir a tus padres. No le digas a nadie lo que te ocurre. A nadie, ¿me entiendes? A nadie absolutamente, y menos que a nadie a tu prometido, porque entonces lo tuyo no tendrá remedio y no te podrás casar ni con Fernando ni con ningún otro y te encerrarán de por vida en un convento. Guárdame el secreto, que sabré encontrar una solución, y no te preocupes, que todo seguirá como antes. Si eres obediente y haces lo que yo te digo, te juro por mi honor que a no mucho tardar estarás casada con mi hijo Fernando y que le nombraré mi heredero para que tú llegues a ser la reina de León.

Después comenzó de nuevo a hacerle caricias tratando de engatusarla para que consintiera.

—Ya que estamos aquí, aprovechemos este momento, porque puede que pase algún tiempo hasta que volvamos a vernos —dijo Alfonso con voz zalamera, pero como ella no se movía, insistió irritado—: Tú no hace falta que hagas nada esta vez, que yo ya soy mayor y sé cómo se hacen las cosas entre un hombre y una mujer, aunque ella no ponga nada de su parte.

Como se había metido en un aprieto del que no sabía cómo salir, el rey pidió consejo a su primo Pedro de Castro.

—Es lo más grave que podía ocurrir. Tenía que habérsela llevado Berenguela cuando el papa os separó. A estas alturas y en estas circunstancias, no puedes devolverle la muchacha a su padre. Tampoco puedes casarte con ella porque ni querría su padre ni lo consentiría el papa, y no puedes entregarle a tu hijo a su prometida preñada por ti.

—¿Entonces qué hago?

—Es preciso actuar de inmediato. ¿Lo sabe alguien más?

—Ella me ha dicho que nadie. Que se moriría de vergüenza si alguien se enterara.

—Confiad en mí y dejadlo de mi mano, que este asunto es mucho más fácil de resolver que recuperar las fortalezas. De los castillos de la dote, que se ocupe el papa, que de Mafalda ya me encargaré yo.

—Hacedlo de modo que se salve la madre y que sufra lo menos posible —le pidió el rey con tanto apremio como alivio.

—Encontraré alguna mujer experimentada en esos menesteres.

Al día siguiente Pedro de Castro acudió a visitar a Mafalda para comunicarle que el rey se había ausentado repentinamente de Salamanca y que estuviera preparada porque aquella noche acudiría a visitarla con una mujer que tenía el remedio para los males que la afligían.

—¿No me acompañará su majestad en ese trance? —exclamó Mafalda atemorizada porque aquel hombre le daba pavor.

—Asuntos muy graves del reino le reclaman en Benavente.

—Otras veces viene a visitarme cuando se marcha.

—Os pide que le disculpéis. Me ha encargado encarecidamente que me ocupe de resolver vuestro problema y que no me separe de vuestro lado hasta su regreso, que a buen seguro será lo antes posible.

Mafalda no contestó porque se daba cuenta de que el rey la había abandonado cuando de verdad le necesitaba a su lado, y ya no le salían las palabras. Entonces sintió miedo de verdad. Un miedo que nunca había experimentado en la vida porque siempre había sido una muchacha animosa.

Tal como había anunciado, a medianoche se presentó Pedro de Castro con una comadre alumbrada apenas por una vela, que le dio a beber un amargo brebaje. La habitación estaba casi a oscuras. Al poco se durmió Mafalda. Al cabo de un rato empezó a retorcerse.

—El remedio ha obrado, pero la cosa va peor de lo que esperaba —le dijo la mujer a Pedro de Castro tras examinar a la infanta—. Hay que tapar la hemorragia que no cesa.

Como viera Pedro de Castro que Mafalda despertaba, le puso la mano en la boca para que no gritara y, como si ella fuera un pajarillo que tuviera apretado en el puño, utilizó todas sus fuerzas para evitar que se revolviera. De este modo, la prometedora llama de Mafalda se apagó para siempre.

* * *

Mientras Pedro Fernández de Castro zanjaba por las bravas el problema de su primo Alfonso, los obispos de Zamora, Palencia y Compostela intercedieron ante el papa para que levantase la excomunión al rey de León. Transcurrido un tiempo prudencial, llegó la esperada carta del papa, escrita en términos mucho más benévolos que la referida a Berenguela.

> *Puesto que, como hemos sabido, el rey de León ha vuelto al buen camino, y se ha apartado del todo de Berenguela y de los errores cometidos, ha prometido ofrecer una debida satisfacción, y humildemente ha postulado que se le conceda el beneficio de la absolución,*

hemos accedido misericordiosamente a su petición, y aparte de otros mandatos nuestros que nos reservamos imponerle, mandamos que de ninguna manera vuelva a la predicha noble, ni la reciba si ella quisiera volver a él.

Los obispos, que deseaban entregar al rey la misiva del papa, tardaron tres meses en poder hacerlo porque nadie daba razón del paradero del destinatario. Alfonso, aterrado por lo que le había ocurrido a Mafalda, salió huyendo de sí mismo y se perdió por los prostíbulos del reino.

El cadáver de la comadre apareció flotando en el Tormes cuando Mafalda llevaba ya dos meses en la catedral de Salamanca cubierta por una fría losa que decía:

Aquí yace doña Mafalda, hija de Alfonso VIII y de la reina doña Leonor y hermana de doña Berenguela, que finó en Salamanca por casar en 1204.

* * *

En la corte de Castilla reinaba la consternación. Berenguela, temerosa de que alguien hubiera acabado con la vida de su hermana, se culpabilizaba de no haberla sacado de la corte de León, aunque hubiera sido por una temporada. «No te entretuviste a pensarlo. Y podían pasar muchas cosas. Su prometido era muy joven todavía para celebrar el matrimonio. Y en la corte había muchos obispos y nobles con los cuchillos afilados, esperando que llegara una oportunidad favorable para vengarse de mi padre. De Alfonso no quisiera dudar, espero que no tenga nada que ver». Un pensamiento maligno se le posó en la cabeza como un pájaro de mal agüero. «A no ser que... sea una manera de vengarse de que no le haya dado mi padre los castillos de inmediato». Entonces recordó con toda claridad los largos silencios y las indefiniciones que mantuvo su marido cuando ella le comunicó la decisión de separarse:

«¿Se queda en tu corte Mafalda o mantenemos el compromiso de casarla con tu hijo Fernando, el de Teresa? No tengas prisa en decírmelo, todavía me quedaré una temporada hasta que se resuelvan todas las complicaciones...». «De momento, que se quede. Ya veremos luego si la dejo que se vaya contigo... o no la dejo y la caso... o no la caso con mi hijo, tal como habíamos acordado».

«No creo que haya sido capaz de matarla, pero si lo ha hecho, algún día terminaré por saberlo y juro que no descansaré hasta que me haya vengado como se merece».

Cuando le comunicaron a Leonor la terrible noticia, pensó que la maldición de los Plantagenet había caído de nuevo sobre su familia y que la próxima víctima sería su hijo Fernando, que moriría joven como le había ocurrido a su hermano Enrique, el heredero del trono de Inglaterra.

Para confirmarle sus peores augurios, se presentó en la corte el obispo de Palencia que, en vez de confortarlos en la tragedia, venía con un mandato del papa en el que se ordenaba a la sobredicha hija del rey de Castilla, bajo juramento, devolver al rey de León las fortalezas recibidas de cualquier forma o título, ya fuera *propter nuptias* o como donación, y en caso contrario la obligarían a ello con sentencia de excomunión, que alcanzaría a su padre y a su madre, el rey y la reina de Castilla, y a todos los que impidieran el cumplimiento del mandato papal.

—Lo peor de todo —añadió el obispo con gesto compungido ante los atónitos monarcas— es que si no devolvéis los castillos, prohibirá celebrar los oficios divinos donde quiera que sus majestades se hallen presentes.

—Quiero pensar que el papa ha redactado este documento desconociendo la realidad de los hechos, porque según el acuerdo que firmamos en Palencia hace cinco años, hasta que no se case de nuevo mi primo Alfonso, mi hija ostentará el título de reina de León y estarán bajo su pleno dominio las susodichas fortalezas y villas.

El obispo Fernando González, convertido en portador de anatemas del papa, temeroso de que la irritación del rey tuviera graves consecuencias para la economía de su diócesis, respondió en tono complaciente.

—No se tome a pecho su mal rato, su majestad. Este papa amaga muchas veces, pero solo da unas pocas. Supongo que habrá recibido un escrito quejumbroso de los obispos del reino de León. Conociendo las dolencias estomacales del pontífice, el momento no habrá podido ser más inoportuno. El achaque y el enfado se le pasarán y el entredicho se le olvidará, porque otros asuntos más graves y urgentes lloverán sobre su mesa, acapararán su atención y tendrá que dedicar todas sus energías a resolverlos. ¡Que en buen lío está metido con la disputa entre Otón y Felipe por hacerse con el título de emperador!

Capítulo 34

Fuentidueña del Duratón. 1204

Desoyendo el consejo del obispo de Burgos, Alfonso sí que se tomó muy a pecho la última amenaza de excomunión de Inocencio III. Llovía sobre mojado, porque aquel año se le amontonaron las preocupaciones y los disgustos: la obligada separación de Berenguela, las terribles maldiciones y amenazas del papa; la tensión con que vivió el final del embarazo y el nacimiento de Enrique; el decaimiento de Leonor por este motivo; el fallecimiento de su suegra en Fontevraud a los ochenta y dos años y sobre todo la inesperada muerte de su hija Mafalda habían debilitado el ánimo y quebrantado las fuerzas del rey don Alfonso de tal modo que regresando a Burgos después de un recorrido por tierras de Castilla, las heladas y los gélidos vientos de un prematuro invierno que sorprendió a la comitiva regia en las ya de por sí frías tierras entre Soria y Segovia se le agarraron al vientre y al pecho en el transcurso de una copiosa nevada. La ventisca borraba los caminos y el hielo cegaba las fuentes. Varias veces se perdió la comitiva e incluso sufrió el acoso de los lobos; pero la voluntad decidida de salvar la vida del rey les permitió llegarse hasta Fuentidueña del Duratón y refugiarse en su castillo.

Durante el trayecto, que se le hizo interminable, Ben Amusco, que era consciente de la extrema gravedad del rey, a sabiendas de que el remedio podía ser inútil, decidió darle a beber del elixir de la inmortalidad, ignorando la recomendación de Averroes, que le había dicho hacía ya más de veinte años: «Vos, que sois un hombre sensato, sabéis de sobra que el elixir de la inmortalidad no existe, como tampoco existe el elixir del amor, aunque muchos los busquen con denuedo. Os enseñé que solo se puede retrasar la muerte con una vida saludable y una alimentación sana. Pero la muerte llega siempre... siempre». «Es cierto lo que decíais, maestro, pero donde hay un enfermo en peligro debe haber un médico para salvarlo», pensó Ben Amusco.

Nada más llegar al castillo, le metieron en la cama aquejado de toses perrunas y escalofríos, además de fiebre muy alta y fríos sudores. Todo el cortejo sabía que el rey don Alfonso de Castilla se debatía entre la vida y la muerte. Leonor pensaba que solo un milagro de Dios podía curar a su marido, porque la fiebre del enfermo era muy alta, apenas si tenía pulso, respiraba con dificultad y para mayor complicación tenía el vientre duro e hinchado. En aquel lugar y con semejantes circunstancias, dudaba de que Ben Amusco fuera capaz de salvarle.

El médico pensaba que el rey, que aún no había cumplido cincuenta años, era todavía joven para morir. Todo dependía de que él acertara con los remedios. Respiró hondo, se puso a la tarea de recuperar a su señor para la vida, para su familia y para su reino.

Con el fin de darse ánimos, recordó la altísima estima que le tenía el filósofo y médico Averroes y la frase inolvidable con que le obsequió la última vez que le visitó en Córdoba, poco antes de que el sabio fuera condenado al destierro, quemados sus libros y dispersados sus discípulos: «Nadie ha habido como vos capaz de arrancar a los moribundos de las garras de la muerte». Nunca se lo había creído del todo, pero siempre que viajaba con el rey o su familia llevaba consigo suficientes medicinas y ungüentos.

La reina, desolada y hecha un manojo de nervios, no se separaba de su marido. Viendo que tenía la cara amoratada por la congestión y que tiritaba como un polluelo recién nacido perdido en la nieve, no tenía dudas de que su marido se estaba muriendo irremisiblemente y la dejaría tan viuda e indefensa como a su reino, porque su hijo Fernando todavía no estaba preparado para enfrentarse al Miramamolín y Enrique era un bebé.

El rey, que, a pesar de la laxitud y el cansancio que sentía, estaba lúcido y clarividente, comprendió que la vida se le iba con las toses. Le ahogaban las flemas, y aquella congestión que le agarrotaba el pecho y le asfixiaba era el anuncio de su muerte.

Tratando de encontrar el aire que le faltaba y liberarse del mal que le oprimía, se imaginó volando libre en los cielos sobre los cerros, campos y montes de Castilla y se acordó de lo que la dulce Teresa Fernández de Traba, su tutora de niño, le dijo al despedirse: «Remontaos a lo más alto».

«¿Esto es la muerte? ¿Subir y subir y dar vueltas y más vueltas para remontarse a lo más alto y desaparecer de la vista de los demás y dar vueltas y vueltas sobre ellos sin poder hacer nada por la impotencia de haber desaparecido?». «¿Qué será de mis halcones y mis azores? —se preguntó—. ¿Qué será de mi familia y de mi reino si muero? ¿Qué será de los pobres de mi reino? ¿Qué será de mis perros y mis caballos, y del monasterio de mi mujer y del hospital de peregrinos que acabamos de empezar?».

Se acordó vagamente de cuando murió su padre en una habitación de un castillo semejante al que le albergaba. Veía a un rey moribundo agarrado a la mano de un niño al que dejaba huérfano pero lleno de responsabilidades. Todo lo que recordaba de su vida eran sus deberes de monarca, nunca se había visto de otra manera. La fiebre le producía delirios y escuchaba una vez y otra las fatídicas palabras del mortífero pergamino que acabó con la vida de Raquel: «Los días de vuestro reinado se están terminando». «Vuestra alma no pesa lo suficiente». «El reino será dividido y se dará a los infieles».

—¿Se salvará? —preguntó doña Leonor.

—Eso solo Dios lo sabe, pero nosotros lo intentaremos —contestó Ben Amusco, palpándole el vientre—. Todo él está congestionado, por arriba y por abajo. Es preciso liberarle de las inmundicias que le envenenan. Mandad que hiervan un poco de agua, que le vamos a poner una lavativa con remedios que alivian mucho y después que preparen un baño de agua tibia para bajarle las calenturas.

El rey se despertó de su sueño y reconoció a su médico de confianza.

—¿Sois vos, mi buen Ben Amusco? Estoy seguro de que haréis un milagro para salvarme la vida. ¡Gracias sean dadas a Dios por que, a pesar de vuestra edad, habéis venido con nosotros en estas circunstancias!

—Gracias a Dios y a las mulas leonesas que tuvisteis a bien regalarme cuando nació vuestro hijo Enrique, y a los mastines que ahuyentaron a los lobos. Pero mejor haréis guardando silencio ahora. Perdonad las molestias que hemos de infligiros, pero son imprescindibles para procurar la salud de vuestro cuerpo, que de vuestra alma ya se preocupan los obispos que os asisten en esta hora.

—Mi cuerpo ya no me pertenece, haced como gustéis con mis pobres despojos, que ya no puedo ni con mi alma.

—Poneos de costado para que os apliquen un preparado que desatascará vuestras tripas.

A duras penas se puso de lado, Ben Amusco le colocó en posición fetal para facilitar la introducción de la cánula y a través de ella hizo pasar a su congestionado intestino la infusión de plantas medicinales que había echado a la cazuela cuando el agua estaba recién hervida.

El rey recibió con agrado aquella irrigación con agua templada, que removía las piedras de su vientre y aliviaba las entrañas de sus males. Sintió un gran alivio cuando el remedio le hizo efecto y expulsó toda la basura retenida por la congestión en una bacinilla que previamente le habían colocado a tal efecto.

—Tomad al rey en vuestros brazos y depositadle en el baño de agua tibia con cuidado —ordenó inmediatamente Ben Amusco a los servidores de Alfonso.

El rey estaba extrañado y no sabía si, a causa de las calenturas, andaba soñando o estaba despierto. Que su médico le vaciara las tripas purgándole de aquella manera, que le tuvieran desnudo en un baño y que una mujer de manos de seda le estuviera acariciando la cabeza y le pasara un paño de agua de azahar por la frente le parecía cosa de encantamiento.

Al cabo de un rato, Ben Amusco hizo que le sacaran del baño y después de secarle le dio unas friegas con alcohol por todo el cuerpo y masajes en el corazón y le dio a beber otro trago del licor de la inmortalidad para que recuperara el pulso y mejorara la respiración.

—Le daremos otro baño de agua fría para ver si reacciona. Después le damos unas friegas de alcohol en el pecho y en la espalda y masajes en el cuerpo y en el vientre para terminar de disipar los malos humores.

Cuando acabaron los baños y las friegas, depositaron al rey en la cama para que descansara y se durmiera. Los hachones de cera que iluminaban tenuemente aquella estancia de altos muros en que habían recogido al rey y las llamas de la chimenea distorsionando las figuras que resbalaban y se agitaban sobre las paredes y el techo convertían las idas y venidas de Ben Amusco y sus acompañantes en un auténtico aquelarre.

El rey todavía deliraba y llamaba de vez en cuando a la reina pidiendo socorro.

El fragante aroma del enebro inundaba la estancia. Y aunque las llamas habían consumido los troncos, todavía caldeaban la habitación las brasas, envueltas en ceniza.

Para tranquilidad de Ben Amusco, el rey había dejado de toser durante un rato, y aunque respiraba con un pitido, lo hacía con regularidad. Para comprobar si el baño de agua tibia le había bajado la fiebre, le puso la mano en la frente y, para su sorpresa, él colocó la suya encima, sin decir una sola palabra.

—¿Os encontráis mejor, majestad? No hace falta que digáis nada. Si es así, apretad vuestra mano contra la mía.

El rey apretó la mano de Ben Amusco y la acarició suavemente con la suya, que estaba sudorosa.

Cuando le bajó un poco la fiebre y dejó de delirar, no sabía exactamente dónde se encontraba. «Debe ser que ya me he muerto. Y como no sufro ningún tormento, esto no puede ser el infierno. En el cielo tampoco estoy, porque guardan silencio los ángeles trompeteros y no se escucha la música de los veinticuatro ancianos del Apocalipsis. En el purgatorio tampoco, porque no veo a mi cuñado Ricardo por ninguna parte. Debo de estar en el limbo de los justos o en el seno de Abraham esperando el Santo Advenimiento».

Ben Amusco le tomó de nuevo el pulso y le colocó la mano en la frente para ver si había reaccionado al tratamiento a que le habían sometido.

—¡El enfermo parece que reacciona! Se nota que va recuperando el pulso y tiene algo menos de fiebre. Ahora conviene que descanse un poco y nosotros también, que falta nos hace reponernos de la fatiga del viaje. Hagamos turnos hasta que amanezca.

El rey durmió hasta media mañana y al despertar tomó conciencia de la situación en que se encontraba y, aprovechando aquel momento de lucidez, hizo un repaso a la situación en que quedaba su reino si moría: «No te puedes morir sin hacer testamento y pedir perdón a Leonor por lo mucho que la has hecho sufrir con tus infidelidades», fue lo primero que pensó.

Aunque el heredero ya había alcanzado la mayoría de edad y podía ejercer como rey, Alfonso estaba muy preocupado, porque consideraba que el muchacho estaba muy influenciado por los eclesiásticos y mostraba más interés por las devociones y los rezos que por la caza, las armas y las mujeres. Por ello no le veía con capacidad para derrotar al Miramamolín, ni para enfrentarse al rey de León. «¡Qué lástima que Berenguela no haya sido varón, ella sí que tiene personalidad y energía».

«¡Ay, Alfonso, de esta te puedes morir, por eso tienes que dejarlo todo atado y ordenado. Primero, asegurar la sucesión y favorecer a la Iglesia para que el papa no proceda contra Leonor y nuestro hijo y para que los obispos y abades intercedan por tu alma, para no hacer compañía a tu cuñado Ricardo en el purgatorio hasta que llegue la hora del Juicio Final. Después debes consolidar la defensa de tu reino reforzando sus fortalezas y procurando la subsistencia de sus defensores. En tercer lugar, has de dejar al frente de este, junto a la reina y al heredero, al hombre más leal y capaz que conozcas. Y, finalmente, debes de reconciliarte con tus primos y enemigos, para que no se aprovechen de la debilidad de tu hijo. Para ello no tienes tiempo que perder, porque mañana puede ser demasiado tarde».

—Me muero, Leonor, creo que me muero sin remisión —le dijo a su esposa entre toses.

—No hables ahora, Alfonso. Que estás muy cogido del pecho y hablar de eso no te beneficia en estos momentos. Procura descansar y recobrar fuerzas, que es lo que necesitas.

—Lo que necesito es dejar en orden los asuntos del reino y ocuparme después del negocio de la salvación de mi alma.

—Notario y escribano tienes para lo primero y no te han de faltar obispos a tu lado para lo segundo, pero lo más importante es que Ben Amusco acierte con los remedios que precisas para atender a la salvación de tu vida.

—Sin la ayuda de Dios de esta no salgo, y tú lo sabes, Leonor. He tenido un aviso del cielo, he visto escritas en la pared las palabras *Mané, Tequel, Parsin* que anuncian el final de mi vida y de mi reino. Haz que acuda mi escribano para que tome nota de mi última voluntad y que venga el notario, que tengo que hacer testamento antes de que sea demasiado tarde —musitó el rey con voz cavernosa.

Los dos servidores del rey se pusieron a la tarea.

—Majestad, no hace falta que os fatiguéis ni que con vuestras palabras provoquéis más toses de las necesarias. Responded más bien por señas a nuestras indicaciones y a las que la reina haga, señalando con la mano si estáis conforme o disconforme: «Yo, Alfonso, rey de Castilla y de Toledo, estando sano de mente pero enfermo de cuerpo, proclamo a mi hijo Fernando como heredero...» —recitó el notario—. ¿Os parece bien? Pues seguimos con las reparaciones por abusos y nombramos a los albaceas. Evidentemente, a la reina y al heredero, al arzobispo de Toledo y al obispo de Segovia que nos acompaña.

El rey movió la cabeza afirmativamente, tosió repetidas veces señaló con el dedo a Gutiérrez, prior del hospital, y a Fernando Diéguez.

—Lo primero —dijo—, que se le devuelvan al rey de Navarra las plazas y castillos que le he quitado y que se le den a mi nieto Fernando los castillos... —Y tuvo que interrumpirse para respirar.

—Son las fortalezas en litigio, ¿verdad? Corregidme solo si falta alguna: «Mando que se entreguen a mi nieto don Fernando, hijo de Alfonso, rey de León, y la reina doña Berenguela, mi hija, las villas y castillos de Valderas, Bolaños, Villafrechós, Melgar, Castroponce, Siero de Riaño, Siero de Asturias, Almanza, Castrotierra, Carpio y Monreal...».

—O que se entreguen al rey de León, si así lo determinan los monseñores... —Y señaló a los obispos allí presentes, aceptando con ello el dictamen de la Iglesia como exigía el papa, porque se acordó de las amenazas de excomunión del pontífice en su último escrito y no quería poner en peligro su alma en aquella hora postrera.

—Se fatiga mucho —intervino la reina—. Demos a su majestad un pequeño descanso. —Abandonaron la estancia todos menos Leonor, que se acercó a su marido—: Con esta disposición has actuado con la sabiduría de Salomón y con la astucia de Alejandro, desatando el nudo gordiano del conflicto que suscitó tu abuelo el emperador Alfonso. Ahora le has dicho a tu primo, los Campos Góticos no van a ser para ti ni para mí. Serán para lo que ha unido la carne y mal que le pese al papa se llama Fernando, que es hijo suyo y de Berenguela. Es la solución más justa y equitativa, que será sin duda del agrado del papa, satisfactoria para el rey de León y excelente para nuestro hijo, que no heredará un conflicto que lleva medio siglo enconando las relaciones de vuestra familia.

El rey asintió con la cabeza y sonrió satisfecho.

—Ahora los cautivos —musitó.

Entró de nuevo el notario con el escribano y aquel dictó en nombre del rey: «Quiero y mando que todos los hombres cristianos que por mi mandato yaciesen en cárceles o en cualquier otro lugar o manera estuviesen cautivos, si aconteciese que yo muera, sean puestos en libertad y librados del cautiverio después de mi muerte».

Como el moribundo quería, ante todo, quedar en paz con la Iglesia, añadió haciendo acopio de fuerzas:

—Quiero que se sepa que tomé ciertas propiedades de la iglesia de Santa María del Puerto para repoblar Laredo. Mando a la reina, mi esposa, y a mi hijo Fernando que den a dicha iglesia tantas propiedades cuanto valían las que le quité. También mando a mis albaceas que investiguen si arrebaté con violencia las propiedades de algunos, cuando llevaba a cabo la repoblación de Laredo y Castro Urdiales, y en su caso mando que se les indemnice. Y que se paguen todas las deudas que llevo apuntadas en el cuadernillo que tiene la reina.

Había hecho este último parlamento sin toses y de carrerilla, de modo que hizo concebir a Leonor alguna esperanza, y aunque pensó que las calenturas habían alterado su sano juicio cuando mandó hacer cuantiosos donativos para los pobres de los monasterios cistercienses y repartir la plata del reino entre todas las iglesias y monasterios de Castilla, recapacitó cuando comprobó que el rey dedicaba la mayor parte del tesoro a las obras del monasterio de Las Huelgas y el hospital colindante.

«Seguro que quiere asegurar la salvación de su alma y, de paso, el máximo apoyo de la Iglesia para el tiempo de regencia», pensó la reina para disculpar a su marido.

El rey se quedó cavilando durante un rato.

—Mando que todas mis armaduras y caballos se entreguen a los caballeros de las órdenes militares —añadió ante la sorpresa de todos—. Y que se cuiden mis azores y mis halcones como si yo viviera.

«Armaduras, arneses y caballos no son gran cosa, y hace bien en disponer de ellos como le plazca», pensó la reina.

—Mando que, de las rentas de Toledo, se entreguen a los hospitalarios catorce mil maravedíes anuales, durante diez años, para que hagan suyos los castillos de Uclés y Salvatierra y los refuercen o reconstruyan, y dos mil más para el de Consuegra. Y que de las mismas rentas se asignen a los hermanos del Gran Monte cuatro mil maravedíes anuales durante diez años. Pasados estos, solo percibirán las que quiera asignarles mi hijo Fernando.

Aunque era una suma muy considerable, la reina estaba conforme con aquellas mandas porque comprobó que el rey quería fortalecer a las órdenes militares y reforzar las defensas de la frontera sur en previsión de un no lejano ataque del ejército almohade.

El rey seguía cavilando: «Leonor y mi hijo necesitarán disponer de un hombre forjado en muchas batallas y buen conocedor de los vericuetos de las cortes de los reinos de León y de Castilla, pero no puedo contar con el más idóneo para ello. Eso puede tener arreglo si mando que a don Diego López de Haro —decidió—, se le devuelvan absolutamente todas las propiedades en Vizcaya y se le regalen mis halcones y mis azores.

«Ya lo único que me queda por hacer es librarles de mi mayor enemigo. Me repugna hacerlo, porque fue el causante de nuestra derrota en Alarcos al vender sus servicios al Miramamolín. No sé si servirá para algo, pero vale la pena intentarlo».

—Mando que se devuelvan a don Pedro Fernández de Castro todas las heredades que le pertenecen de abolengo, y las que le di como don o a cambio... pero que le quité justamente por todas sus traiciones y deslealtades. —Y antes de que doña Leonor y todos los allí presentes se repusieran de la sorpresa de tanta magnanimidad, continuó—: Y también dono a Pedro Rodríguez... —Y no pudo seguir porque le dio un acceso de tos. Pidió que le dejaran reposar.

Mientras el rey jadeaba como un perro a causa del esfuerzo que le había supuesto redactar semejante testamento, todos los presentes guardaron un piadoso silencio, no exento de bastantes lágrimas y suspiros. Inmediatamente cerró los ojos para dejarse morir y cesaron las toses. Pero, a pesar de que respiraba con mucha dificultad, se quedó dormido mientras Leonor permanecía a su lado pensando: «¡Qué peso se ha quitado el pobre de encima! Tratar de dejarlo todo bien dispuesto es lo que le mantenía con vida. Me temo que ahora se afloje y se muera. Ha padecido mucho dictándolo. Pero el testamento había que hacerlo de todas todas».

Mientras los obispos allí presentes alababan a Dios por la generosidad del rey por sus espléndidas dádivas a los pobres y a la Iglesia, haciéndose lenguas de su magnanimidad para con sus enemigos, la reina agradecía el carácter previsor de su marido mientras miraba la cara que ponía el mayordomo. Este daba gracias a Dios porque había concedido un sueño muy oportuno al rey, ya que de haber seguido la senda de la prodigalidad habría dejado al reino y a la familia en la indigencia, mientras que a sus enemigos y a la Iglesia les situaba en la opulencia.

La reina, temerosa de que el rey despertara y siguiera con los perdones y las dádivas, se volvió a sus acompañantes:

—Sus eminencias y sus señorías también necesitan reposo —dijo—. Dejemos todos descansar a su majestad, que falta le hace. Ahora lo importante es que no sufra. Daremos por terminado el testamento, que si queda alguna menudencia por resolver, tiempo tendremos en días venideros de enmendarlo los albaceas —decidió y todos salieron excepto Ben Amusco.

Era de noche cerrada cuando por fin pudo Leonor repasar en su memoria los claroscuros del testamento que acababa de otorgar su marido. A pesar de que lo había dejado todo previsto con generosidad, prudencia y sabiduría, negros pensamientos y temores sobre su futuro se apoderaron de ella en la tensa espera del milagro salvador. Con el marido moribundo, la hacienda muy menguada, un heredero demasiado joven para la guerra y la maldición de los Plantagenet pendiente como una espada sobre su cabeza y sobre la vida de sus hijos, su futuro estaba lleno de incertidumbres. Se sentía como Jesús en el monte de los Olivos. Sudando sangre mientras todos los demás dormían y el rey agonizaba.

Crepitaban las llamas en la chimenea esforzándose en caldear la estancia y contrarrestar los efectos de un viento furibundo, que daba puñetazos en la ventana, convertido en heraldo de la muerte. Esta exhibía todo su poderío desplegando un gigantesco sudario blanco sobre la tierra segoviana, porque no todos los días se tala la vida de un rey tan poderoso.

La redacción del testamento con un marido enfebrecido y las noches en vela esperando el fatal desenlace habían debilitado de tal manera el entendimiento de la reina que empezó a escuchar voces familiares y a confundir el pasado con el presente. Se notaba que la muerte estaba asediando el castillo, solo el fuego le ofrecía resistencia, porque el rey ya había entregado todo lo que tenía salvo el último aliento de vida. Finalmente la reina se quedó dormida de cansancio y de dolor.

Una vez que realizó el testamento, Ben Amusco le dio a beber al moribundo una infusión con tranquilizantes para que durmiera todo lo posible. Poco a poco fue remitiendo la fiebre, se espaciaron las toses y recuperó su color. El médico sonrió satisfecho porque aquellos síntomas le indicaban que el rey había esquivado el primer golpe de la guadaña.

Cuando a la mañana siguiente llegaron los obispos y los nobles a celebrar la mejoría, en la estancia todo estaba en orden y el rey tenía buen aspecto, y como pensaba que no haría falta ejecutar el testamento, sonreía satisfecho en la cama.

—Gracias a Dios y a Ben Amusco, creo que ya no hay que enviar el testamento al papa para que lo conozca y lo convalide —fueron las primeras palabras que dijo—, pero no cantemos victoria todavía, que mi carne es flaca y la tos es recia. Si Ben Amusco sigue atinando con los remedios, unas mandas del testamento las cumpliré por necesarias y otras las dejaré para mejor ocasión, porque creo recordar que durante los pasados días he tenido algunos delirios.

La reina lloraba y reía al mismo tiempo y pensaba ya en organizar su peregrinación a Compostela. Inmediatamente se celebró una misa de acción de gracias y se cantó un solemne tedeum. Días después se preparó un banquete para celebrarlo. El rey no pudo asistir por razones obvias, pero no le faltó compañía porque Ben Amusco no se separó un instante de él, Leonor estuvo yendo y viniendo, los nobles se regocijaron y los obispos dieron gracias a Dios, porque la enfermedad del rey había acrecentado su generosidad con la Iglesia y, a pesar de su milagroso restablecimiento, no se había arrepentido de ello.

Capítulo 35

Valladolid. 1204

El testamento del rey don Alfonso quedó convertido en papel mojado y no fue remitido al papa Inocencio, como habría debido hacerse si se hubiese producido el fatal desenlace. Al recuperar una vida que daba por perdida, y viéndose lleno de salud y de vigor, fue presa de un voraz apetito, incluso carnal, y sobre todo de un gran fervor religioso. Leonor, en cambio, andaba inquieta, porque le preocupaba su excesiva vitalidad y sobre todo que siguiera trabajando en el testamento.

—Ayer, como quien dice, hemos tenido a los moros profanando las iglesias y maltratando a los peregrinos del Camino de Santiago, poniendo sitio a la villa de Madrid y talando los árboles a las puertas de Toledo. ¿No convendría que enviaras emisarios al Miramamolín para ver de prolongar estas treguas y arreglar de una vez el litigio de los castillos con tu primo Alfonso para que el papa no vuelva a excomulgar a Berenguela? Disculpa, esposo, esta absurda manera mía de meterme en asuntos de estado que son de tu incumbencia. Sabes bien que han sido unos meses terribles estos últimos y una semana angustiosa la pasada. Solo quiero saber que estamos vivos los dos, que hay asuntos que tenemos que olvidar para siempre y que nos vamos a querer como nunca. Pero, sobre todo, que vamos a hacer juntos muchas cosas de ahora en adelante, empezando por recomponer lo que ha desbaratado el papa con su intransigencia.

—No podemos devolver a Berenguela a mi primo Alfonso.

—Pero puedes devolverle los castillos si así lo deciden los obispos.

—Eso habría sido en caso de muerte, pero mi voluntad sigue siendo que los castillos pasen a nuestro nieto Fernando. De este modo será suya la práctica totalidad de los Campos Góticos, y los gobernará Berenguela como en tiempos hizo mi tía doña Sancha, la hermana de mi abuelo el emperador Alfonso, porque esos territorios siempre han sido otorgados a las infantas solteras de mayor edad o rango de la familia, y ese es el caso de Berenguela después de su forzosa separación.

* * *

Tan pronto como se derritieron las nieves y quedaron practicables los caminos, salieron de Fuentidueña y se dirigieron a Valladolid para celebrar en familia su milagrosa curación en compañía de sus hijos y de la prole de Berenguela.

Allí se juntaron los reyes con sus hijos Urraca, Fernando, Constanza y Enrique más Berenguela con su prole: Constanza, Fernando, Alfonso y Berenguela.

Al principio echaron mucho de menos a Mafalda, recientemente fallecida, y también a Blanca, que, a pesar de que estaba en Francia casada con el delfín, escribía con bastante frecuencia.

—Hiciste bien, hija mía, en traer contigo a Fernandito —dijo el rey—. Es posible que la humedad de Galicia no le dejara respirar. Se nota que los aires de Castilla han esponjado sus pulmones.

—¿No puso reparos su padre? —preguntó doña Leonor.

—Dijo que lo mejor para el niño era que estuviera con su madre. Que él sufrió mucho cuando tenía su edad y le separaron de la suya por culpa del papa.

—Pero pusiste mucho empeño para traerle contigo.

—Apartándole del reino de León, educaremos a Fernandito en el temor de Dios y en el respeto a sus santos mandamientos, para que no siga el tortuoso camino de su padre.

Además, los catarros me hacían temer por su salud y los venenos por su vida, porque no tengo nada claro lo de Mafalda.

—¿Insinúas que han podido envenenar a Mafalda, a pesar de que estaba prometida con Fernando el Portugués? —inquirió Leonor.

—Eso nunca lo sabremos —intervino Alfonso, que seguía con gran atención la conversación entre madre e hija—, pero es un temor que también a mí me ronda. En esa corte siempre han pasado cosas muy raras. Estamos seguros de que a mi padre le envenenaron en Sahagún porque murió poco después de que firmara el tratado con mi tío. Fernando, el hijo de Teresa, mi segunda madre, murió al poco de ocupar el lecho de mi tío Urraca López de Haro, la madrastra de mi primo. Creo, Berenguela, que hiciste muy bien en traer con nosotros al niño con la excusa de la enfermedad.

—Al principio tenía mis dudas. Es cierto que Alfonso y yo habíamos acordado que nuestro Fernando fuera el heredero de su reino, pero anda por medio Fernando el Portugués, el hijo de Alfonso y Teresa, y como siempre hay intrigantes en la corte... Me imagino que sabéis que nada más marcharme de León ha vuelto Pedro de Castro a hacer de mayordomo de mi esposo y de él no podemos esperar nada bueno. Además, el papa les ha dado alas con otra bula dirigida a los obispos de Coimbra y de Zamora y a los arzobispos de Toledo y Compostela, para que me amonesten y me ordenen bajo juramento devolver al rey de León las fortalezas recibidas de cualquier forma o título, como dote o donación *propter nuptias*, bajo sentencia de excomunión contra mí y contra vos. Pero esto no es lo peor, porque antes ya había declarado que mis hijos no pueden heredar los bienes ni el reino de su padre. O sea que, según él, Fernandito no puede ser el sucesor de Alfonso en el reino de León. A ver a quién se le ocurre algo para deshacer el enredo… —dijo Berenguela.

—Antes había escrito al obispo de Burgos para el mismo asunto y, como no hemos hecho nada al respecto, vuelve el papa a las amenazas. Está claro que ha tomado partido por el rey de León, en perjuicio nuestro —aseguró Alfonso apesadumbrado—. Me da la impresión de que el papa me ha escogido como chivo expiatorio para señalar su autoridad superior sobre todos los reyes de la tierra —se lamentó Alfonso.

—No creas que eres tan importante. Que por menos que eso ha excomulgado a mi hermano Juan. No olvides que Felipe Augusto ha tenido que recoger en la corte a la pobre Ingeburga y reconocerla como reina de Francia. Y mira que se resistía. Supongo que no le habrá obligado a yacer con ella —intervino Leonor.

—Espero que no haya llegado a tanto. No se pueden pedir imposibles —ironizó Alfonso.

—Dejaos de bromas y volvamos a los castillos —interrumpió Berenguela.

—¡Hija mía! Lo dejé bien claro en el testamento de Fuentidueña. Los castillos serán para tu hijo Fernando. Pero hay que convencer a mi primo de que haga lo mismo por su parte.

—Yo le diría al rey de León: «Los castillos en litigio no serán ni para mí ni para ti, tienen que ser para nuestro hijo Fernando y también los que quiere legarle mi padre en el testamento».

—¿Crees que lo hará a cambio de nada? —preguntó el rey.

—A cambio de todo. De todo lo que verdaderamente le importa.

—¡Concreta, hija mía! ¡No nos tengas en ascuas! ¿No estarás pensando en volver con él como concubina?

—Eso no pasa por mi cabeza, pero como conozco bien a Alfonso, estoy segura de que, a cambio de recuperar los castillos para nuestro hijo, reconocerá en el tratado que Fernando es el heredero legítimo del reino de León. Es posible que se arrepienta con el tiempo porque es muy inconstante y se olvida de lo que promete o que se quiera lavar las manos como Pilatos. Pero este dijo: «Lo escrito, escrito está». Y a un acuerdo entre dos reinos no creo que se pueda oponer el papa.

—¿Cómo crees que puedes conseguirlo?

—Yo sé lo que le gusta a mi marido.

—¿Serías capaz de hacerlo?

—Yo, por mi hijo, soy capaz de todo. Por eso lo he traído de Galicia. Ahora que está con nosotros, tenemos que asegurarnos de que el reino de León sea para él y para ello lo mejor es que todos esos castillos pasen a manos de mi hijo. Yo seré quien los administre con ayuda de los caballeros castellanos a mi servicio, hasta que él sea rey de León —concluyó Berenguela.

Aquella noche los reyes de Castilla siguieron conversando a solas y Alfonso se las arregló para sorprender completamente a Leonor.

—Recuerda que ya hace treinta y cinco años que nos casamos y todavía no he tomado posesión de la dote de Gascuña —le dijo—. Ahora que linda con mis tierras de Guipúzcoa, bueno sería que lo hiciera.

—¿Cómo te entran esas prisas precisamente cuando tenemos que arreglar el pleito de los castillos con el rey de León?

—Como he devuelto a don Diego López de Haro el señorío de Vizcaya, tengo que buscarle una ocupación provechosa, y nada mejor que incorporar a nuestro reino aquellos estados de tu madre.

—¡En buen lío te metes! Sabes muy bien que los gascones son ariscos y montaraces y que a mi madre y a Ricardo les dieron muchos dolores de cabeza. Nunca sabrás si están contigo o contra ti. Además, tendrás que ser vasallo del rey de Francia y te buscarás un gran enemigo en mi hermano Juan, que son pocas las tierras de Francia que le quedan y tiene por suya la Gascuña. Tendrás por vecinos a los condes de Tolosa, donde el papa combate a los herejes, y tu primo Sancho de Navarra se sentirá atacado por la espalda. No olvides que le necesitarás a tu lado cuando se acaben las treguas y vuelva el Miramamolín. —Al ver que su marido no respondía, continuó—: Por el amor de Dios, hazme caso, Alfonso, que sé muy bien lo que me digo. Olvídate de la Gascuña, que puedes salir escaldado como los gatos.

—Te prometo que lo pensaré, Leonor, lo pensaré —respondió con laconismo el rey de Castilla, más para que se callara que por otra cosa, porque ya tenía previsto salir de Burgos a mediados de otoño con sus huestes y su corte para cruzar el Bidasoa y tomar posesión de Gascuña por las buenas o por las malas. Aquella noche se durmió soñando que dejaría a su hijo Fernando un reino cuajado de viñedos que llegaría desde Córdoba hasta Burdeos.

* * *

Fernando, el heredero del trono de Castilla, ya había alcanzado la mayoría de edad. Sin ser tan alto como su tío Ricardo, de vivir este y poder verlos juntos, podrían tomarlos por padre e hijo. También era rubio y fuerte y tenía la melena leonada, aunque no tan exagerada como su tío. Como único varón criado entre tantas hermanas y además heredero tardío al trono de Castilla, había estado tan mimado como estrechamente vigilado por una madre que, al igual que Berenguela, temía sobremanera que sus hijos heredaran los demonios de los Plantagenet o los que dominaban al rey Alfonso de León, y los incapacitaban para sujetar las bridas de sus pasiones y provocaban que, libres de toda atadura moral, cometieran horrendos pecados o cayeran en abominables depravaciones.

Por su parte, Alfonso, que, a la edad de su hijo, se había iniciado en estas lides jugando con Raquel la judía, andaba temeroso de que se pareciera al tío Ricardo, porque el infante, criado entre mujeres y educado por don Diego de Acebes y Domingo de Guzmán en la aversión al pecado de la carne y en el miedo al infierno, era muy retraído en el trato con las mujeres, por lo demás era apuesto, muy afable y tenía muy buen continente para su edad.

—Muchos doctores tiene la Iglesia para enseñar la doctrina verdadera y encaminar las almas a la salvación —le dijo Alfonso a su esposa—, pero ya es mayor de edad y todavía no conoce mujer.

—Ya tendrá tiempo de aplicarse a esos menesteres, que ahora lo que importa es que aprenda a refrenar los impulsos libidinosos, que tiene otras muchas cosas más urgentes y más importantes que hacer y aprender.

—¿Te parece poco importante que un heredero esté preparado para tener descendencia?

—Como creo que llevamos mucho tiempo dándole vueltas al asunto y como estoy harta de incestos y excomuniones, dado que el obispo Acebes sabe muchos idiomas y Domingo de Guzmán conoce bien a nuestro hijo, y has decidido partir hacia Gascuña, llévalos contigo hasta Francia para ver si encuentran en las cortes de Europa una candidata adecuada para nuestro hijo.

Desde el día que se perdió y fue hallado en el templo, Fernando había cogido mucha afición al maestro Ricardo y a Aldesinda, y lo que es más importante, a la música y la arquitectura, que eran las artes que practicaban y que le enseñaban sin que se apercibiera de ello, porque su esparcimiento después de las plúmbeas clases de gramática y de retórica consistía en acercarse al taller del arquitecto para colaborar con este o con sus ayudantes en la gran maqueta que estaban haciendo de la totalidad del conjunto que promovían sus padres.

Pero el tiempo de ir tanteando en los negocios del amor pasaba y Fernando tenía mucha curiosidad por conocer lo que se necesitaba saber si por fin sus padres atinaban con la elección de la candidata a reina y madre de sus hijos. En el taller de Ricardo se había acostumbrado a que Aldesinda cantara y tañera instrumentos para ellos cuando estaban embebidos silenciosamente en construir aquellos artificios arquitectónicos en miniatura, que eran útiles tanto para concebir un detalle o resolver el encaje de una bóveda, como para que los operarios supieran claramente lo que quería el maestro.

Aldesinda se daba cuenta de la ingenuidad y la confusión del heredero, que tenía que sofocar el empuje de su juventud, porque para los doctores, que además eran sus confesores, toda relación con una mujer fuera del santo matrimonio era pecado, y le habían advertido repetidamente de que si moría en tal estado le esperaban los tormentos del infierno. Aunque la joven era cuatro años mayor que él o quizás por eso, cuando cantaba trovas y romances con aquella voz tan dulce y melodiosa, se le ponía la carne de gallina, lo mismo que le ocurría cuando le miraba fijamente a los ojos o le tomaba suavemente de la mano para enseñarle a tocar un instrumento. Nunca le ocurría nada parecido con las hijas de los nobles y de los caballeros, que eran zalameras y melindrosas con él solo porque era el heredero. También le repugnaba que otras damas muy notables se insinuaran sin recato o se ofrecieran a él arteramente para la lascivia y la concupiscencia con un desenfado que no se esforzaban en disimular.

—Aldesinda, podríais decirme, si no os importuna, ¿cómo concertaron vuestros padres el matrimonio con Ricardo? —preguntó con ingenuidad el príncipe.

—Ni tengo padres ni sé quién me trajo a este mundo, ni falta que me hace a estas alturas. Ricardo me encontró en el Camino de Santiago cuando yo hacía de contorsionista y me llevó con él.

—Entonces, ¿vivíais en pecado?

—¡Qué va! Vivíamos en su casa tan ricamente, que yo estaba harta de vivir a salto de mata. Era la primera vez que tenía de todo y un hombre para mí sola. Vos no sabéis lo que es estar sin techo y tener que andar mendigando todo el día, para llevar un mendrugo al estómago.

—¿Tan pobre erais?

—Unas veces más y otras veces menos.

—Os agradecería que os explicaseis mejor, porque los doctores no me han enseñado a diferenciar las pobrezas.

—Primero, era muy pobre, muy pobre, pero no me daba cuenta, porque pobreza era todo lo que tenía a mi alrededor. Cuando era niña, hacía las cosas que me gustaban. Cantar y bailar y dar vueltas al aire y que la gente me aplaudiera más que a la cabra y al oso que llevaban los titiriteros. Pero no era tan pobre porque ellos me hicieron contorsionista y me dieron un poco de cariño. ¿Supongo que os habrán dicho que la mayor pobreza es que no le importemos a nadie o que nadie nos quiera?

—A mí me han enseñado que son bienaventurados los pobres de espíritu, porque de ellos es el reino de los cielos.

—Perdonad mi ignorancia, alteza. Yo sé que ahora estamos en el reino de Castilla. He andado por los caminos del reino de Aragón y dormido debajo del puente de la Reina en el Camino de Santiago. He bailado y cantado en muchos pueblos del reino de León, pero nunca he estado en el reino de los cielos. ¿Habéis estado vos, por ventura?

—Deja eso, Alde, si no quieres que tengamos un disgusto. Mejor sería que cantaras y no me distrajeras y si no, háblale de lo otro, que es lo que le interesa. Que no creo yo que fray Domingo sepa cómo ilustrarle acerca del asunto —intervino Ricardo, a quien no le gustaban nada los derroteros que tomaba la conversación.

—Cuando fui un poco mayor, los hombres querían hacer cosas conmigo que a mí no me gustaba hacer con ellos, aunque estuviesen dispuestos a pagarme para que les complaciera. Entonces mi dueño me pegaba porque no lo hacía ni con él ni con los otros.

—¿Qué hicisteis entonces?

—¡Déjate de cuentos, Alde, y no te metas en esos vericuetos! Que te diga por derecho lo que quiere saber y se lo dices sin tapujos, y no revuelvas en nuestra vida pasada.

Aldesinda no hizo caso a Ricardo y siguió con la conversación.

—¿Me preguntáis lo que hice? Pues nada, ni hice ni me dejé hacer, porque entonces llegó Ricardo, vio cómo cantaba y bailaba y dijo que yo era un diamante en bruto y me compró a mi dueño por mucho dinero.

—¿Entonces sois su esclava y no su mujer?

—Nada de eso. Dijo que pagaba mi dote. Primero, fui su hija; después, fui su amante y, ahora, soy su esposa, y solo canto y bailo para él... y para vos cuando nos honráis con vuestra presencia. ¿Os ha gustado este cuento?

—Ha tenido un final feliz.

—Eso nunca se sabe. De las historias de amor se conocen los comienzos, pero no se sabe nunca cómo terminan. Conozco otras historias como la mía, de muchachas que terminaron ejerciendo el oficio de rameras. Y yo no terminé de igual modo porque se cruzó Ricardo en mi camino, me alargó su mano y me sacó del arroyo cuando estaba a punto de arrastrarme la corriente. Imaginaréis que es imposible tener limpieza cuando se habita en medio de un lodazal y es muy fácil ser virtuosa y pura cuando bebes del manantial. Os dije que en la vida nunca se sabe, porque siempre puede haber una mano tenebrosa que revuelva la tierra del manantial y enturbie sus aguas...

* * *

El rey de Castilla acababa de llegar a Burgos para ultimar la salida con su corte y el ejército hacia Gascuña cuando se topó con Domingo de Guzmán, que había venido a su encuentro.

—Siento deciros que como Dios no quiere que el hombre esté siempre en el mismo estado, ha dispuesto que vuestro nieto don Fernando haya sido aquejado de una enfermedad tan grave que la madre del niño se ha vuelto loca.

Don Alfonso fue a ver al pequeño a toda prisa y le encontró postrado en el lecho en un estado lamentable. Berenguela se abrazó a él y le pidió que le hablase al niño para ver si con el abuelo se espabilaba, porque estaba tan decaído que tenía a su madre en un sinvivir.

—¿Qué te pasa, Fernandito, hijo mío? ¿Es que no te alegras de ver al abuelo?

—Me pica el culo a todas horas, abuelo, y las lombrices no me dejan dormir.

—No come de nada, y si lo hace, las más de las veces lo devuelve. Tiene tantos picores que se pasa el día y las noches rascándose y tiene todo el culito en una pura llaga. ¡Tendríais que haber visto las lombrices tan grandes que le salen de vez en cuando! Y como de seguir a este paso el niño se nos muere, ya lo tengo todo dispuesto para salir hacia el monasterio de Oña, que me han dicho que allí se obran grandes prodigios. Ojalá Dios me ayude, porque creo firmemente que la Virgen le dará la vida y recobrará la salud —intervino acongojada Berenguela.

—Adelantaré el viaje. Mañana mismo salgo con mi corte hacia Gascuña y, como vamos de camino hacia el norte, nos acercaremos hasta Oña para postrarnos ante la Virgen y suplicarle que cure a Fernandito. Viaja conmigo Ben Amusco, no estaría de más que viniera a echar un vistazo a la criatura, para que al menos le alivie los picores.

Al cabo de un rato trajeron al médico, al que comunicaron su sospecha de que se hubiera contagiado de las lombrices porque los niños habían estado echando de comer a los cerdos en las porquerizas.

—Es muy posible que haya ocurrido como decís, si el niño no se lavó muy bien antes de las comidas. Por otra parte, considero muy necesario el viaje, porque alejamos al resto de los infantes del contagio de esta enfermedad, que es bastante común en los niños de su edad, aunque es raro que los ataque con una saña semejante.

—¿Qué podríamos darle, mientras llegamos a Oña, para acabar cuanto antes con esos malditos gusanos? —preguntó el rey.

—De momento dos sorbos de aceite de ricino y leche tibia durante una semana, y cuando tenga sed, dadle a beber una escudilla de jugo de menta con sal y limón. Mañana a primera hora, zanahoria rallada. Y alternaremos pepitas de limón bien molidas con agua bien cargada de limón. Y que coma y que beba lo que guste a su capricho, pero sobre todo leche cuajada para favorecer las digestiones. Córtenle bien las uñas, que tenga las sábanas y las manos bien limpias, al igual que sus tíos y sus hermanos. Y, ¡por Dios!, que no se le acerquen ni toquen sus cosas, no vaya a ser que se contagien todos los niños y las lombrices se enseñoreen de este monasterio.

Al amanecer del día siguiente, la comitiva regia se puso en camino a Oña acompañando a Berenguela, que iba cargada con el niño y llevaba consigo a toda la servidumbre. ¡Cómo verían al Montesino que algunos iban llorando como si el pequeño ya se hubiera muerto!

En cuanto al tratamiento se refiere, hicieron caso a Ben Amusco, que por encargo de don Alfonso no se separó en todo el viaje de la criatura. En Oña durmió toda la noche de un tirón y nada más despertar pidió el desayuno, la comida, la merienda y la cena, porque tenía mucha hambre. Antes de quince días estaba tan robusto y curado como si nunca hubiese estado enfermo.

Viendo don Alfonso que la sola cercanía de la Santa María de Oña había acabado con las lombrices que habían martirizado a su nieto, al llegar a Frías el día 15 de octubre, hizo donación de tres yugadas de heredad en el Cubo al monasterio de Oña y, dejando al niño y a Berenguela al cuidado de la Virgen, partió hacia San Sebastián, a donde llegó el día 21, y después cruzó el Bidasoa para añadir la Gascuña a su Corona. Pero tal como le había advertido Leonor, llevaba tantos años sin hacer efectivos sus derechos que los señores se desentendieron de sus deberes como vasallos del rey y opusieron toda clase de obstáculos a sus pretensiones. Además se vio tan enredado en un laberinto de intrigas, deslealtades, traiciones e intereses contrapuestos que no le quedó más remedio que desistir de aquella empresa por imposible.

Capítulo 36

Valladolid 1205. Roma 1206

Mientras su padre se enredaba en el laberinto de la Gascuña, Berenguela pensaba en el modo de desenredar el embrollo de los castillos, que era lo que verdaderamente importaba. Para ello envió emisarios a Alfonso de León a finales de noviembre para invitarle a reunirse con sus hijos en Valladolid y celebrar en familia la Navidad y la milagrosa recuperación de Fernandito.

—¡Ya llegan los caballeros! ¡Preparados que ya llegan! —alertaron los centinelas cuando vieron que cruzaba el río la reducida comitiva que acompañaba a Alfonso de León. Este no se esperaba el recibimiento que le hicieron en el recinto palaciego que tenía la señora de Valladolid al borde de la muralla, en la confluencia del Esgueva con el Pisuerga.

Berenguela, que temía que hubiera suspendido el viaje porque comenzaba a nevar, sostenía en sus brazos a su hija pequeña. Del alero del tejado colgaba una estrella cuajada de antorchas encendidas y delante de la puerta tenía con ella al resto de sus hijos vestidos de Reyes Magos. Antes de que su padre bajara del caballo, Fernando el Montesino, que hacía de Baltasar, dio un paso al frente y exclamó con mucho aplomo:

¡Dios vos salve, señor!;
¿sedes vos estrellero?
Decidme la verdad,
de vos saberlo quiero.

Constanza, que interpretaba a Gaspar, dijo con timidez señalando al tejado:

¿Vedes tal maravilla?
Nacida es una estrella.

Alfonso, que hacía de rey Melchor, repitió lo que le decía su madre al oído:

Nacido es el Criador
Que de las gentes es el señor.

Dicho lo cual, corrieron todos a abrazar a su padre.

—¡Vaya, vaya, vaya! ¡Qué sorpresa! ¡La Virgen María con el Niño Jesús en los brazos y los Reyes Magos esperándome! ¡Ya estamos todos juntos! ¡Yo debo de ser San José! —exclamó Alfonso jubiloso mirando de reojo a Berenguela, que se iba acercando lentamente sin saber si abrazarle, entregarle a la pequeña o las dos cosas a la vez, porque el espíritu de Mafalda se acababa de cruzar en su camino. «Ahora no es el momento de pensar en eso», se dijo acelerando el paso para sumarse a la fiesta abrazando a Alfonso y poniendo a la pequeña en sus brazos.

—¡Que no, padre, no es el Niño Jesús, que es una niña que se llama Berenguela! —contestó Fernando.

Al darse cuenta de que su familia le había preparado un recibimiento glorioso, sintió que aquel lugar que pisaba por primera vez era el hogar del que había sido expulsado por la fuerza de la espada flamígera del papa Inocencio III.

Asistida por el maestro Ricardo, Berenguela, sirviéndose de alarifes mudéjares, había erigido con ladrillos un sobrio y luminoso edificio al modo de los palacios cordobeses pero adaptado al severo clima castellano, resguardado de las vistas exteriores y protegido por una esquina de la muralla. Tenía un recoleto patio interior donde se desarrollaba la vida familiar cuando el tiempo lo permitía. Además, todas las estancias divideras disponían de calefactorio porque Berenguela recelaba siempre del tufo de las chimeneas y pensaba que el humo perjudicaba la salud de los niños, especialmente la de Fernando, que siempre había sido muy delicado del pecho, sobre todo durante la primavera. Estas particularidades unidas al esmero que había puesto en escoger el mobiliario y los enseres, así como los tapices y las alfombras persas y moriscas, junto con los regatos de agua, las fuentes, los estanques, los jardines... habían convertido una tierra de labor en un pequeño paraíso. En todos los detalles se veía la mano sensible y refinada de Berenguela. Alfonso se dio cuenta de que todo había sido preparado minuciosamente y con mucho esmero para que tuviera una feliz estancia. Por si esto fuera poco, ella, que estaba en la plenitud de la vida, le había recibido con grandes muestras de afecto.

Como Berenguela le viera arrugar el entrecejo y torcer la boca, se acercó con un gesto de preocupación.

—¿Hay algo que te incomode o no es de tu gusto, Alfonso?

—¡Maldito sea! ¡Con lo bien que estábamos y lo felices que éramos! ¡Pero quién le manda al papa… quién le manda a ese… hombre… deshacer de esta manera nuestras vidas!

—No le des más vueltas, que aquello no tiene remedio y te vas a amargar la Navidad. Ahora estamos otra vez juntos, que es lo que de verdad importa, disfrutemos de nuestros hijos y olvidémonos del papa, que está en Roma y bastante preocupación tiene con los herejes...

Fernandito se había cogido de su mano desde que llegó y no se separaba de él ni un instante, y tanto Constanza como el pequeño Alfonso pugnaban por hacerse un sitio al lado de su padre.

Para regocijo de los niños y gran contento de Berenguela, que daba gracias a Dios porque aquello retendría a Alfonso durante varios días, nevaba copiosamente. Como si nada hubiese pasado, se encontraron haciendo vida familiar con la mayor naturalidad del mundo.

Después de que intercambiaran regalos, Berenguela aposentó a Alfonso, que dedicó un buen rato a jugar con los pequeños. Mientras estos se acostaban, le prepararon un baño y le sirvieron la cena. Después Berenguela y él se quedaron charlando de sus cosas.

—Hazme caso, Alfonso, y deja de maldecir al papa, que eso no tiene arreglo. Piensa que todo sigue igual. A los niños les hablo mucho de ti y, al igual que yo, estaban deseando verte como podrás comprobar —le susurró Berenguela estrechándole entre sus brazos—. Diga lo que diga el papa, aquí tienes a tu mujer, al lado tienes a tus hijos, esta es tu casa y este es tu reino. Y lo seguirá siendo siempre que tú quieras. Donde quiera que estemos y cuando quieras que estemos.

—¡Volved conmigo a León!

—Sabes que eso es imposible, pero podemos estar junto a ti cuando nos necesites.

—¿También esta noche?

—No me digas que solo has venido por eso.

—Solo por eso no, pero también por eso.

—A un marido que está tan necesitado no se lo puedo negar, pero tenemos un serio problema. De ninguna de las maneras me puedo quedar encinta. Eso sería pregonar a los cuatro vientos nuestra relación. Tendría que recluirme en un convento y para mí sería la muerte.

¡Berenguela y Mafalda se parecían tanto! «Encinta, muerte, encinta, muerte...»: estas terribles palabras golpeaban como pedruscos la conciencia de Alfonso, secaron su boca y pintaron de blanco su cara.

Berenguela se dio cuenta de lo que pasaba en la cabeza de Alfonso y no necesitó saber más, pero sus sentimientos de amor, odio, compasión y rencor se entremezclaron de tal modo que no sabía cómo desenredarlos. Era hija de Leonor y como ella podía estar hirviendo por dentro, sin que nadie notara la tempestad que se había desatado en su alma.

—No te preocupes, porque nosotros ya somos mayores y haremos las cosas de modo que nada de eso ocurra —aseguró para tranquilizarla cogiendo su mano helada como los copos que caían mansamente, cubriendo con un manto de blanca nieve los tejados y los campos, como el sudario que cubriera en su día a Mafalda, que Berenguela no quería levantar pero que tampoco podía olvidar.

Se quedaron hablando de los niños, de las lombrices de Fernando el Montesino y de los asuntos que les interesaban.

—Nunca te he perdonado que me abandonaras en Toro y te escaparas a Benavente cuando ya había salido de cuentas —bromeó Berenguela—. ¿Cuándo se ha visto a una reina parir en medio de un monte como las ovejas? Solo por haber sobrevivido en aquellas circunstancias, nuestro hijo se merece ser el rey de León, ¿no te parece? —Berenguela lo dijo así, como de pasada, mientras Alfonso reía con ganas.

—Tienes toda la razón. Si el Montesino ha sobrevivido a la comadrona que llevabas contigo, a las toses y a las lombrices, se merece heredar la corona que llevo. Te juro que nombraré mi heredero a nuestro hijo y será rey de León cuando yo muera, pero solo te pido una cosa a cambio.

—¿Una solo? Fácil me lo pones. Si está en mi mano, dalo por hecho.

—¡Júrame por Dios y por tus hijos que no te volverás a casar! Me moriría de celos si lo hicieras y podría cometer una locura.

Berenguela sabía que era cierto lo que decía Alfonso y tenía pruebas sobradas de que podría cometer muchas más locuras de las que había hecho desde que le conocía porque no se sabía controlar. Por eso la necesitaba siempre a su lado y así se lo dijo él, desarmándola por completo.

—No te quiero solo por tu hermosura, por tu compostura y modales, por tu bondad e inteligencia, porque seas tan superior a mí en todo y porque a tu lado me sienta tan seguro como un navío anclado en un puerto cuando llega la tempestad. Te quiero sobre todo porque eres la única persona que sacas lo mejor de mí mismo, si es que tengo algo bueno.

Berenguela no necesitaba escuchar más para perdonarle cuando él se arrojó a sus brazos llorando a lágrima viva.

—¡Te he echado tanto de menos! —le decía entre suspiros—. Y también a los niños, que habría dado la mitad de mi reino... al pa... pa... pa... papa, si hubiera po... po... po... podido seguir con vo... vo... vo... vosotros —tartamudeó entre balbuceos y haciendo pucheros.

«Pobrecillo, es un niño grande al que separaron de su madre cuando más la necesitaba», pensó Berenguela acordándose de su abuela Leonor cuando llevaba a otra Berenguela de la mano para que sujetara a Ricardo y le diera el heredero que necesitaba Inglaterra. Ella también llevaba de la mano a Fernando, que era el heredero que necesitaba el reino de León y lo que de verdad le había incitado a traer a Alfonso a Valladolid para que hiciera el juramento que acababa de pronunciar.

—Si eso haces, te juro por Dios y por nuestros hijos que yo me volveré a casar... a no ser que sea contigo... siempre y cuando el próximo papa lo permita, porque este no lo hará ni aunque le maten. Y hablando de matar... veo que estás muerto de sueño. Ya va siendo hora de que nos vayamos a la cama.

—¿A la tuya o a la mía?

—Las juntamos porque están en el mismo aposento. Total, para cuatro días que vamos a estar juntos esta vez...

—Con esta nevada a lo mejor me quedo más días si no te importa.

—Los niños y yo estaremos encantados.

Como les había separado el papa y el débito no era obligatorio, hicieron el amor, pero con cuidado. Alfonso tenía mucha necesidad y Berenguela, muchas mañas. Pero a él le costó mucho dormir, tuvo el sueño muy inquieto y no paró de revolverse durante toda la noche.

Berenguela, que estaba ojo avizor y con el oído despierto por si soñaba en voz alta, no dejó de pensar en su pobre hermana Mafalda.

«Es curioso, hemos hablado de casi todo menos de ella... y no creo que la mencione ni ahora ni nunca, porque no puede hacerlo. Todo lo que me tendría que decir me lo cuenta con su clamoroso silencio. Menos mal que con este hombre todo va muy rápido. Se encontró con mi padre y le pidió una hija en matrimonio; acaba de llegar y ya me ha jurado nombrar a Fernando su heredero. Ya solo me queda resolver lo de los castillos, pero seguro que antes de que se derrita la nieve le habré convencido de que lo haga», pensó y, contando castillos como si fueran blancas ovejas de nieve, se quedó dormida con Alfonso acurrucado junto a ella como un ovillo de lana.

* * *

En mal momento se puso el papa a escudriñar el tratado de paz que los reyes de Castilla y de León habían firmado en Cabreros el 26 de marzo de 1206, porque no le gustaban nada los bocetos del retrato que le estaba haciendo un artífice que había enviado el abad de Montecasino para representarlo en uno de los frescos de la abadía.

Aprovechando un descanso del pontífice, el diácono secretario le recordó que el obispo castellano Diego de Acebes, acompañado de un canónigo llamado Domingo de Guzmán, llegado de Provenza con una carta de presentación de don Arnaldo Aymeric, legado pontificio, gran inquisidor y abad superior del Císter, llevaba toda la mañana esperando a ser recibido.

—Hacedlos pasar de inmediato porque la visita del obispo de Osma no puede ser más oportuna. A ver si con un poco de suerte me ayuda a entender este maldito tratado.

El papa estaba estudiando el documento cuando entraron a la estancia Diego Acebes y Domingo de Guzmán.

—A juzgar por vuestro aspecto de mendigos, impropio de vuestras dignidades, paréceme, hermanos, que venís de un largo viaje.

—Venimos de cumplir una delicada misión que nos encomendó hace muchos meses el ilustre rey de Castilla acerca del rey de Dinamarca, que consistía en proveer de una princesa cristiana y virgen a don Fernando, el muy noble heredero de la Corona de don Alfonso.

—Algo muy grave tiene que haber ocurrido para que os hayáis alejado tanto del camino de Compostela.

—¡Grave no, gravísimo, santidad! Parece una maldición de Dios porque el rey Canuto murió sin descendencia, su hermana Ingeburga fue repudiada por el rey de Francia, la criatura elegida, sobrina del rey Valdemar, ha fallecido y el resto de las infantas sobrepasaban con mucho la edad del heredero de Castilla.

—Matilde, la abuela de la difunta, era hermana de doña Leonor y por lo tanto había consanguinidad en cuarto grado entre los contrayentes. El rey don Alfonso es tan ingenioso y astuto como simple es el rey de León, pero no escarmienta.

Sabéis que sobre su hija Berenguela y sobre él mismo pende la amenaza de excomunión si no devuelven los castillos de la dote de Berenguela al rey de León. ¡Qué mañas habrá empleado la tal Berenguela para confundir al rey de León, que además de entregar los susodichos castillos al fruto del incesto de ambos, le ha reconocido como heredero y, por si esto fuera poco, ha asignado a la madre de la criatura una renta de ocho mil maravedíes. ¡Asombraos! ¡Ocho mil maravedíes al año! Que es una cantidad mucho mayor que la que acordamos con el rey don Pedro de Aragón el año pasado por otorgar nuestra protección a su persona y a su reino. Que si mal no recuerdo, no se ha dignado hacernos la primera entrega —exclamó indignado el pontífice, a la vez que recriminaba al pintor porque no estaba muy conforme con la larguísima nariz que había dibujado en su cuaderno de apuntes.

—Es que la pintura se mirará desde abajo y tengo que estirar los rasgos de la cara para que no se vean aplastadas las figuras —se justificó el pintor.

—Yo sí que estoy aplastado por el peso de mis obligaciones —protestó el papa, dirigiéndose al obispo de Osma agitando con furia el Tratado de Cabreros—. Nada podemos hacer ahora para favorecer al necio rey de León después de que ha firmado con su primo este documento; porque, una vez que se cortó de raíz el asunto de la incestuosa cópula, donde hay un tratado entre reyes poco puede hacer el papa —razonó mientras merodeaba en torno al boceto del artista que desfiguraba su rostro.

»¿Dónde está el poder del papa comparado con el de Berenguela? —preguntó airado a los visitantes.

—Las reinas tienen mucho más poder del que imaginan sus súbditos —intervino el obispo de Osma—. Sin ir más lejos, doña Sancha, la madre del rey de Aragón, antes de profesar en Sigena, a condición de que permaneciera viuda, había heredado de su difunto marido unas villas y castillos limítrofes con nuestra diócesis, que le eran de mucho provecho para entrar y salir a su voluntad del reino de Aragón y atender sus asuntos en el reino de Castilla o facilitar la entrada del rey castellano en las fortalezas que ella regía a voluntad y capricho.

—Muy graves tenían que ser los asuntos que trataban entre ellos.

—Unos eran graves y otros más placenteros, porque tras la derrota de Alarcos, acudió la reina a socorrer a su sobrino en su soledad, y después, en justa correspondencia, acudió el rey a consolar a su tía en su viudedad.

—Si eso acontecía en vida del rey Casto de Aragón, estaban cometiendo adulterio e incesto.

—Adulterio no nos consta. Al parecer, se criaron juntos siendo huérfanos y desde entonces la citada reina amaba al rey de Castilla sobre todos los hombres, incluso durante la vida de su marido, de modo que por esta razón le resultaba bastante odioso. Aprovechando el fuego del cariño, que había estado un poco oculto en el pecho de la reina en vida de su esposo por miedo a que se enterara, estalló en una llama manifiesta al fallecer este y confederó firmísimamente a su hijo con el rey de Castilla, para ayudarle fuerte y poderosamente después de su derrota en Alarcos.

—¿No habréis conocido estos escabrosos detalles en el sacramento de la confesión?

—Sabe bien su santidad que un buen pastor tiene obligación de saber dónde pastan sus ovejas cuando pasan de un lado al otro lado de las montañas.

—Hablando del otro lado de las montañas, ¿cómo fue que tomasteis el camino de Roma en vez de acudir a Burgos para dar cuenta al rey de Castilla del fracaso de vuestra misión *mortis causa*?

—Porque vimos con harto dolor de nuestro corazón que las ovejas descarriadas de la Provenza y de Tolosa niegan que Dios sea uno y trino y que Jesús sea el Hijo de Dios encarnado —respondió compungido el prelado soriano—. No creen en el Espíritu Santo, afirman que hay un Dios bueno y otro malo y que nos salva el conocimiento en vez de la redención de Cristo y la fe en Dios. Además, rechazan los sacramentos y el magisterio de la Iglesia, nombran obispos a los que llaman perfectos que dicen tener el poder de absolver los pecados y nos tememos que esas herejías puedan infectar el reino de Aragón y después el de Castilla.

—Las palabras de los predicadores del Císter suenan huecas si las desmienten los hechos —intervino con vehemencia Domingo de Guzmán—. ¿Podemos transitar por las tierras de los albigenses en vistosas comitivas montando en espléndidos caballos engalanados, luciendo magníficos ropajes como hacen abades y obispos... o más bien, tenemos que acercarnos, caminando humildemente, y llegando sencilla o pobremente vestidos a las plazas de las villas y ciudades?

«¡Que no te ciegue la ira, Lotario! Tiempo tendremos de mandar a este hombre a la hoguera si le guía la soberbia o se aparta una pulgada de la fe de la Iglesia», pensó Inocencio III.

Don Diego de Acebes, temeroso de que el papa malinterpretara a su canónigo, tomó la palabra:

—Con aprobación del inquisidor don Arnaldo, mi acompañante predicó en tierras de los herejes. Allí le escucharon multitudes y realizó algunos milagros y numerosas conversiones entre los más contumaces, visto lo cual nos pidió que viniéramos a Roma para que su santidad nos encomiende predicar a los herejes e intentar su conversión por las buenas. También nos advirtió de que si la predicación no daba el fruto esperado, tiempo tendría la Iglesia de extirpar la herejía por las malas como hicieron los cruzados a sangre y fuego en Constantinopla.

—Si os entretenéis en predicaciones, ¿cómo conocerá el heredero de Castilla que ha fracasado la misión que os llevó a Dinamarca?

—Arnaldo nos prometió enviar al rey don Alfonso dos monjes para comunicarle la prematura muerte de la candidata.

—¿Dejaríais las rentas de vuestro obispado, vuestras canonjías y el lujo de vuestros palacios para predicar a los herejes?

—Lo haremos de muy buen grado, tan pronto como su santidad nos releve de nuestras obligaciones pastorales.

Cuando se fueron, después de lograr la aprobación del papa, este despachó al pintor y volvió muy contrariado al estudio del Tratado de Cabreros.

«El rey de León es simple, pero no puede ser tan tonto como para regalarle al hijo de Berenguela los castillos y además ocho mil maravedíes al año para ella. Aquí tiene que haber algo más. Tengo que leer detenidamente el tratado», reflexionó mientras le daba vueltas y más vueltas al papel.

—¡Veamos! Aquí dice... el rey Alfonso de Castilla otorga a su nieto Fernando los castillos de bla, bla, bla y Villafrechós en tierra de Campos, a continuación Berenguela le da el de Cabreros y todos los de las arras, y el rey de León le da también, bla, bla, bla, todos los de las arras y además el de Alba de Aliste. «Y todos estos castillos debe recibir el sobredicho nieto del rey de Castilla, hijo del rey de León, con alfoces y directuras, y todas sus pertenencias por juro de heredad para siempre. Y además, otórgale el rey de León, su padre, después de su muerte, todo su reino, y han de hacerle homenaje. Y el rey de León no podrá servirse de los castillos salvo comer allí una vez al año» —deletreó Inocencio recordando que, según el obispo de la diócesis soriana, doña Sancha recibía al rey castellano en las fortalezas aragonesas fronterizas con Castilla, que ella regía a voluntad y capricho. Entonces volvió a leer despacio y en voz alta—: «El rey de León no podrá servirse de los castillos salvo comer allí una vez al año».

Al llegar a este punto el pontífice se quedó pensando y sonrió maliciosamente.

—¡Tate, tate, tate! ¡Ya lo tengo! —exclamó alborozado, como un buscador de tesoros que hunde el pico en la tierra y descubre el cofre de sus afanes—. Bien sabía yo que los tratados hay que leerlos entre líneas. No por lo que dicen, que dicen mucho, sino por lo que callan. Si donde don Diego decía Sancha yo pongo Berenguela y donde él decía Alfonso de Castilla colocamos a Alfonso de León, ya tenemos a la incestuosa Berenguela llevando a su hijo de castillo en castillo mientras que con esta ingeniosa disculpa sus padres comen, meriendan, cenan y copulan haciendo la ronda de los castillos y yendo de incesto en incesto. Un día y otro y otro y los que les plazcan. Con este tratado que han firmado en Cabreros han creado en los Campos Góticos un pequeño reino para su hijo, entre León, Valladolid y Palencia, que gobierna Berenguela a su capricho. Y en este territorio los castillos son la tapadera para sus encuentros furtivos burlando la excomunión. Además, se aprovechan de que la separación acrecienta el deseo y la prohibición alimenta el apetito carnal. Ocho mil maravedíes al año son el precio de la lujuria del tonto rey de León. Esa mujer es igual que su abuela Leonor de Aquitania, pero no se conforma con tres o cuatro castillos como doña Sancha, sino que dispone de una legión de ellos para copular con el rey de León a su antojo.

»Dada la condición de los maridos y la veleidad de los reyes, tendría que haber obligado a Alfonso a yacer con Berenguela todos los días para que la repudiara y haber prohibido a Felipe Augusto yacer con Ingeburga y entonces la perseguiría día y noche por las estancias de su palacio.

Estuvo cavilando un rato viendo el modo de vengarse de sus burladores, pero lo dejó para mejores tiempos. El papa sabía que tenía asuntos más importantes que atender porque la carta que le había hecho llegar el inquisidor Arnaldo por medio del obispo Acebes dejaba claro que la herejía se extendía en Provenza y en Tolosa, gracias al apoyo de los condes y señores de aquella región. Lo que más le preocupaba era que su dilectísimo vasallo Pedro el Católico, rey de Aragón e hijo del rey Casto y de la susodicha doña Sancha, era remiso a apoyar a la delegación papal y, para más inri, acababa de casarse con María de Montpellier y también se negaba a yacer con ella.

—Válgame Dios. El ejemplo de Felipe Augusto repudiando a Ingeburga se extiende como la peste. Como el resto de los reyes sigan el mismo camino, se van a llenar las cortes de bastardos. Dejemos tranquilos a Berenguela y Alfonso holgando en sus castillos, siempre que no sean piedra de escándalo, y centremos nuestros esfuerzos en preparar una cruzada que, por mucho que prediquen Diego y Domingo, los herejes seguirán siendo contumaces en el error y no tendremos más remedio que perseguirlos con la fuerza de las armas y con el fuego de las hogueras.

Capítulo 37

Burgos. Salazar de Amaya. 1208

El heredero de Castilla, liberado de su compromiso matrimonial y de la vigilancia de sus maestros, que no habían vuelto a Castilla porque estaban empeñados en la conversión de herejes albigenses y en la fundación de una nueva orden monástica, aprovechó estas circunstancias para pasar sus buenos ratos en compañía de Aldesinda, que le enseñaba música y canto, y de Ricardo, que estaba empezando a montar la bóveda de la capilla de Santa María siguiendo con exactitud el modelo de la gran maqueta que entre ambos habían ejecutado en madera.

A su regreso de León con la prole, Berenguela, que desde niña había crecido con las obras del monasterio, asumió la continuidad de estas con el mismo empuje que su madre, liberándola de despachar a menudo con Ricardo. Este echaba de menos la presencia de Leonor cuando en otros tiempos venía acompañando a Fernando, pero desde que naciera Enrique, la reina ya no acudía a su taller, y apenas despachaba con él, a pesar de que, una vez que murió su madre y se enterró junto a su marido y su hijo Ricardo en Fontevraud, ella fue plenamente consciente de que el monasterio de las Huelgas era la gran obra de su vida, haciendo que la fugacidad de esta, convertida en piedra, se trasmutara en perennidad, para dar testimonio de ella y de su dinastía durante muchas generaciones. Ella sabía que se lo debería en gran medida a la entrega y maestría de Ricardo.

Habían transcurrido cinco años desde que yaciera con él en Medinaceli, y durante este tiempo se había demostrado a sí misma que tenía suficiente carácter como para mantener bien erguida la muralla que había reconstruido para protegerse de sí misma. Pero finalmente se dio cuenta de que, habiendo cumplido cuarenta y ocho años, ya no tenía sentido mantener tanta distancia entre ellos. Una buena disculpa fue invitarle a recorrer el monasterio para ver el estado en que se encontraban las obras.

—¿Damos ya por acabada la iglesia, Ricardo?

—Si le place a su majestad tal como queda, démosla por acabada.

—Me place porque habéis cumplido todo lo que prometisteis a vuestra llegada. Es muy espaciosa y también severa y sencilla de ornamento. Tiene la nobleza y la majestad que derivan de la sencillez de las formas, la corrección de las proporciones y de la perfección de su construcción. Todo en ella servirá de inspiración a las hermanas para seguir una vida de recogimiento.

—Como observará su majestad, por entero está construida con piedra clara de Hontoria. La piedra es más duradera, resistente y severa que cualquier otro material, y se ha empleado tanto en el suelo como en los muros y las bóvedas. La solidez de las pilastras y los contrafuertes aseguran una larga vida a nuestro templo, que como muy bien ha observado vuestra majestad, aunque es muy amplio, también es armónico y proporcionado en todas sus dimensiones.

De la iglesia pasaron a la sala capitular.

—Es verdaderamente espaciosa, pero es una lástima que hayáis tenido que colocar esas cuatro columnas para sujetar el peso de las bóvedas. Teníais razón cuando decíais que la sala capitular de doña Mencía era un alarde arquitectónico, porque es la única que conozco cuyas bóvedas no tienen columnillas que las sustenten.

—Estáis en lo cierto majestad, soy el primero en lamentarlo. Sabéis que es un cuadrado perfecto, pero es tal la longitud de sus diagonales que habríamos tenido que colocar grandes contrafuertes en los muros rompiendo la limpieza y la continuidad de los muros del claustro. Además, las bóvedas habrían tenido tanta elevación que habrían menoscabado la importancia del templo.

—El claustro es muy espacioso, acorde con el tamaño de la iglesia —comentó Leonor cuando salieron de la sala capitular—, pero para mi gusto las Claustrillas tienen más encanto porque son más recoletas. El antiguo es un claustro ligero, elegante y refinado, esbelto y muy diáfano, sus capiteles acampanados son muy airosos y su labra, primorosa. El tiempo se detiene en todo su recinto. Cuando lo recorro, no puedo evitar la añoranza de los principios de este monasterio. Aunque los sentimientos no cambien con el paso de los años, sus arquerías son como un calendario y me recuerdan la fugacidad de esta vida terrenal.

Iban visitando dependencias, mientras charlaban tan animadamente que salieron de las Claustrillas por el corredor de la zona del monasterio, donde se encontraba el palacio de los reyes, y sin darse cuenta fueron a toparse con la puerta de los baños. Llegados a este punto, ambos se quedaron parados sabiendo cada uno lo que estaba pensando el otro. Leonor enrojeció y Ricardo no dijo nada. Se dieron media vuelta y volvieron a las Claustrillas envueltos en sus recuerdos.

—¡Hacía tanto tiempo que no realizaba una visita tan pormenorizada a nuestra obra! —susurró Leonor para romper el embarazoso silencio—. Debo deciros que estoy muy satisfecha del trabajo que habéis realizado durante estos veinticinco años. En todo este tiempo habéis superado sin desmayo todos los obstáculos y avatares de la obra. Y lo habéis hecho finalizando completamente el monasterio de doña Mencía en San Andrés de Arroyo y dando el primer impulso a las obras de la catedral de Cuenca. Estaréis muy orgulloso de vuestro trabajo, ¿verdad, Ricardo?

—Pocos arquitectos, por no decir ninguno, tienen la fortuna que yo he tenido de recibir semejantes encargos. Y además vuestra majestad lo ha hecho perdonando nuestros errores y premiando nuestra dedicación con tales muestras de afecto y generosidad que han ido infinitamente más lejos de lo que cabía esperar de una mujer de vuestra posición. Sabéis bien que todo lo hemos hecho sin ningún esfuerzo, por el amor que a nuestra profesión y a vos os profesamos —respondió Ricardo, sorprendido de que Leonor hubiese roto la rigidez y la distancia con que le trataba desde lo de Medinaceli.

—Soy plenamente consciente de que es cierto todo lo que decís. Si los espacios que habéis construido cantan alabanzas a Nuestro Señor, cada una de las infinitas pirámides huecas que festonean los ventanales y las esquinas están llenas de poesía y de sentimiento, son versos de piedra que loan a vuestra señora. Y creedme si os digo que es mucho más difícil hacer poesía con piedras que con palabras, y no ignoro que las piedras labradas con amor son imperecederas.

* * *

Pocos meses después de la visita de la reina el maestro Ricardo dio por terminada la capilla de Santa María.

En el monasterio todo estaba preparado para el gran día. La capilla de Santa María era un cuadrado perfecto a semejanza del capítulo de San Andrés de Arroyo, aunque mucho más espaciosa en todas sus dimensiones.

El arquitecto había planteado una solución absolutamente innovadora que asombraba por la sencillez de su planteamiento. Había logrado la cuadratura del círculo con una ligereza y una luminosidad nunca vistas, realizando una bóveda en forma de paraguas octogonal de alabastro de gran belleza y mayor altura.

La maqueta que había construido con la ayuda de don Fernando era todo un espectáculo y permitía hacerse una idea fehaciente de la maravilla arquitectónica que había concebido y realizado el maestro y que pronto sería imitada por todos los arquitectos que levantaban monasterios y catedrales a lo largo y a lo ancho de todo el orbe cristiano.

Por Burgos había corrido la especie de que la Santa Sede había enviado en secreto un clérigo para que copiara para el papa el proyecto de Ricardo. Este había convertido la planta cuadrada de la bóveda en un octógono, y dentro del octógono puso una estrella de ocho puntas y dentro de la estrella, un círculo y dentro del círculo, otro octógono, y en él puso otra estrella y dentro de la estrella otro círculo, y así hasta el infinito.

Aquel alarde de exaltación de la luz que viene de lo alto era blanco como el hábito de las hermanas y como los pétalos de las margaritas. Como la mirada en éxtasis de San Bernardo y como la luz del mundo derrotando a las tinieblas.

Una sucesión infinita de octógonos, pétalos, círculos y estrellas pretendía crear un espacio luminoso y penumbroso, recogido y elevado, material y espiritual, que produjera en las hermanas tal exaltación de su espíritu y mansedumbre en el carácter, para ayudar a que en la comunidad de religiosas se produjera a diario la comunión de los Santos y la venida del Espíritu Santo.

Ricardo había estudiado a fondo los escritos y sermones de San Bernardo en todo lo relativo a la construcción de los nuevos monasterios de la orden. Si bien es cierto que, para su alarde arquitectónico, Ricardo utilizaba la piedra desnuda y el alabastro y que vistos uno a uno los elementos constructivos eran de una sobriedad ejemplar, contemplada en su conjunto, aquella cúpula cristalina más parecía un diamante del tamaño de un palacio o la corona de un monarca gigantesco que una sobria estructura pétrea que únicamente pretendiera resolver la cubrición del espacio de la sala con sencillez y economía.

—A este arquitecto le permite todo la madre abadesa. ¿A cuento de qué viene ahora tanto alarde y tanto ringorrango sobre nuestras cabezas si la luz ya nos entra a raudales por los ventanales? —decía la hermana ecónoma a todo aquel que quería escucharla—. Desde que ha empezado la catedral de Cuenca, a este hombre se le ha llenado la cabeza de cúpulas y de pechinas, y lo peor de todo es que la madre abadesa y la reina le consienten todos los caprichos… y yo sé bien lo que me digo. ¡Que como sigamos a este paso con estos lujos, no terminamos este monasterio hasta el día del Juicio Final y a lo mejor hasta llegamos tarde al valle de Josafat! Que los arquitectos se han creído que lo de «seréis como dioses» lo dijo Dios refiriéndose a ellos.

Pero el alarde arquitectónico no era lo único. Porque insólito era también el modo como había sido construido. Todo el peso de aquel tinglado majestuoso de la estrella nunca vista descansaba sobre ocho claves mayores y otras ocho menores conectadas entre ellas por las nervaduras que convergían en la nada, porque en el vértice de todo el ingenio sobraba la clave, que había sido sustituida por un óculo luminoso de ocho pétalos blancos.

Para su construcción, Ricardo había ideado unos apeos que, a modo de sombrilla, sujetaban las claves y las nervaduras, dejando libre la planta de la capilla.

El artilugio era de diseño tan sencillo que retirando unas cuñas en la base de apoyo, quedaba la bóveda en suspenso apoyada únicamente en el óculo del centro de las estrellas.

Como los alarifes recelaban del artilugio, porque nunca habían visto nada semejante, llegado el momento de quitar las cuñas, pidieron permiso a Ricardo para retirarse a un lugar seguro mientras él mismo las retiraba.

Ya había llegado la reina con el príncipe y muchos caballeros principales de la corte y algunos obispos, como don Julián de Cuenca, Rodrigo de Sigüenza, Alderico de Palencia, García de Burgos y Andrés, abad premostratense de Aguilar de Campoo.

En un rincón del patio se encontraba Aldesinda con el corazón en un puño y no lejos de ella Soraida con el mesonero de Segovia.

Cuando Ricardo se dirigió finalmente al centro de la sala para plegar el artilugio, Aldesinda, creyendo que su marido corría mucho peligro, musitaba entre dientes: «Deja eso, Ricardo, déjalo para otro día... ¿Qué prisa tienes si también queda muy bonito con los apeos?».

En los rostros de los asistentes había una mezcla de expectación y miedo, porque crujían las articulaciones al resbalar por la guía asignada a cada nervadura, y un suspiro de asombro salió de todas las bocas cuando vieron que el apeo bajaba lo suficiente como para que el óculo de la clave central quedara flotando en el aire al igual que el resto de la bóveda y el diamante que tenía sobre su cabeza brillara en todo su esplendor.

Un aplauso unánime salió de los asistentes a aquel espectáculo a la vista del milagro arquitectónico de Ricardo. Pero enseguida los aplausos se cortaron en seco.

Doña Leonor fue la primera en darse cuenta del peligro porque, en contra de lo previsto por Ricardo, el mástil de aquel tinglado, empujado por el dedo de Dios, perdió la verticalidad y comenzó a inclinarse suavemente, al igual que hacen los estandartes en las procesiones cuando sopla el viento. Entonces Ricardo hizo un intento desesperado de devolverle a la posición vertical, pero, a falta de cuerdas que equilibraran el mástil, habría necesitado la fuerza de doce Sansones para inclinarlo lentamente y sacarlo hasta el patio a través del pórtico.

Empujado por su propio peso, sin que Ricardo pudiera enderezarlo, el mástil golpeó lateralmente en su caída uno de los ochos arcos que sujetaba la bóveda partiendo una dovela por la mitad. Cedió el resto del arco y crujió la bóveda, amenazando desplomarse sobre el propio Ricardo.

El horror de doña Leonor era el mismo que el de Aldesinda, porque eran conscientes de que la catástrofe era inevitable. Debajo de todo aquello estaba Ricardo agarrado al mástil como Sansón a las columnas del templo de los filisteos antes de derribarlo en su ceguera. Un horrísono crujido y un trueno seco, como si la furia del puño de Dios hubiera descargado el golpe justiciero sobre la cabeza del arquitecto para castigar sus pecados de soberbia y adulterio, hizo temblar el edificio desde los cimientos hasta la coronación de los muros y en un instante todo se llenó de escombros y de un polvo blanco y espeso que no solo inundó el espacio de la capilla, sino que subió hasta el cielo burgalés como si de un gran incendio se tratara.

Ricardo estaba sepultado bajo los escombros y en el patio todo eran gritos, lamentaciones y carreras porque los testigos del siniestro andaban temerosos de que todo el conjunto se viniera abajo. Nadie quedó cerca de allí ni en treinta pasos a la redonda, solo Leonor y Aldesinda, doña Mencía y la madre abadesa, que yacían en el suelo perdido el sentido.

Cuando las reanimaron, doña Leonor solo sabía decir: «¡Ay, Ricardo, ay! ¡Ay, Ricardo, ay!», y Aldesinda, en un puro lamento, repetía: «Déjalo ya, Ricardo, déjalo ya!». Y la abadesa lloraba musitando: «¡Pobre Ricardo! ¡El Señor sabrá lo que hace, pero qué buen mozo y qué gran arquitecto nos ha quitado sin preguntarnos nuestro parecer!».

El obispo Julián, que había visto horrorizado caer la bóveda sobre Ricardo, solo encontró una explicación a lo sucedido: «El muchacho volvió loco del viaje a Cuenca. ¡Que Dios le perdone porque siempre picó en lo más alto! No era para nosotros, porque era un arquitecto para los tiempos venideros. ¡Qué va a ser ahora de nuestra catedral!». Pero le tenía tanto aprecio que, a su regresó a Cuenca, viendo el desamparo de la catedral, se sintió viejo de repente, se puso mustio, hizo una manda de todos sus bienes a los pobres de Cuenca, cerró sus ojos vivarachos y se dejó morir en cuatro días, plegando el libro de su vida con la tristeza del que no le gusta cómo acaba la comedia.

Doña Leonor estaba aterrada y temerosa de Dios. Le parecía que sin Ricardo y sin el obispo Julián ninguna obra tenía sentido. Por un tiempo Las Huelgas dejó de interesarle y toda su preocupación se centraba en cuidar al infante Enrique, que salió de salud quebradiza y era el centro de sus desvelos y atenciones.

* * *

Aldesinda se retiró a la heredad de Salazar de Amaya para rumiar su soledad durante algunos meses. Siguiendo el camino del emperador Augusto cuando salió de Sasamón para sojuzgar a los cántabros, el príncipe don Fernando se llegó hasta allí con su halcón favorito para ver de consolarla. Grande fue su decepción cuando le dijeron que Aldesinda había salido al monte con un rebaño de ovejas y no llegaría hasta bien entrada la tarde. La casa formaba parte de la heredad que les regalaron los reyes y el propio Fernando a perpetuidad hacía ya cinco años como obsequio por la construcción del monasterio burgalés de Santa María de Las Huelgas. Se trataba de una casona de labor con sus pajares, cuadras y corrales y servidores. Estaba rodeada de una gran extensión de tierras de cultivo, prados y montes, con sus correspondientes arroyos y fuentes. La donación incluía los ganados y rebaños, todos los aperos de labranza y por supuesto los muebles y enseres de la casa.

Antes de la donación, don Alfonso solía retirarse a menudo a aquella heredad con su hijo Fernando para iniciarle en la cetrería, porque en las oquedades de los riscos de aquellos lugares anidaban los halcones y los azores, especialmente en Las Tuerces y en la Horadada, donde antaño el rey capturó su primer halcón ayudado por el regente don Nuño.

Ante la insistencia del príncipe por visitar a la señora, los servidores de esta le indicaron cómo llegar a los montes donde Aldesinda solía llevar a pastar a sus ovejas.

No había andado media legua desde que salió de la casa cuando don Fernando se dio de bruces con el rebaño y la pastora. Esta tuvo que llamar a sus perros para evitar que acosaran al caballo. Aldesinda, que le había conocido de inmediato, salió corriendo a su encuentro para fundirse con él en un abrazo en cuanto el príncipe se tiró de su montura.

Había pasado medio año desde el desgraciado accidente de Ricardo y, como no guardaba luto y tenía la cara arrebolada, el príncipe la encontró más hermosa que nunca.

—¡Vaya, vaya, vaya! Si es el mismísimo don Fernando en persona. Esta sorpresa tan agradable sí que no me la esperaba yo. ¿Qué os ha movido a dejar la capital y venir hasta la Peña Amaya, que está en el fin del mundo, alejada de todos los obispos, nobles, embajadores y dignidades que pueblan la corte? Seguro que habéis venido en persona para invitarme a vuestra boda.

Aldesinda, que en vida de Ricardo se mostraba más contenida, no paraba de hablar. Se notaba que la visita del príncipe la había llenado de alegría.

—He venido a la caza con halcón hasta estos solitarios parajes y no podía pasar de largo sin haceros una visita de cumplido.

—¿Qué os habría costado urdir un engaño diciéndome que habíais venido desde Burgos solamente para verme? Me habría puesto mucho más contenta todavía. ¿No os han enseñado esas lumbreras de la Iglesia que cuidaban de vuestra educación que hay que asistir a los pobres y atender a las viudas para entrar en el reino de los cielos? ¿Dónde se dice que hay que salir de caza por los montes para salvar el alma? Además, las mentiras piadosas no son nunca pecado.

—En realidad, he venido para deciros que echo mucho de menos a Ricardo y un poco también a vos.

—Eso está mucho mejor, porque ya sabía yo que el aprecio era mutuo y que Ricardo se merecía el vuestro porque era un hombre bueno. Nunca pude soñar, cuando yo era pobre que alguien como Ricardo se hiciera cargo de mí, me diera su amor y me elevara hasta su altura. Le debo todo lo que soy, y todo lo que tengo. Le debo entre otras cosas vuestra visita, porque me trae la alegría. Cuando me acosa la tristeza, y lo hace menudo, le digo que se deje de tonterías y la traigo conmigo a cuidar las ovejas al monte.

Como Aldesinda no paraba de hablar, se sentaron en una manta mientras ella continuaba con su monólogo.

—Las ovejas son como Ricardo, porque lo dan todo: la leche, la lana y los corderillos. Y sobre todo escuchan. No os lo vais a creer, pero me paso el día hablando con ellas de Ricardo. Cuando veo que una se aburre y se duerme, le doy de lado y busco a otra más atenta. Y hablando y hablando con ella de Ricardo se me va la tristeza. Las que más rato se quedan escuchando son las mejores amigas de Ricardo. Aunque parezca mentira, también les he hablado de vuestra alteza y de su majestad la reina y del monasterio de Las Huelgas. De todo lo que amaba Ricardo.

El príncipe, al ver que Aldesinda se llevaba la tristeza al monte y hablaba con las ovejas, sintió lástima de ella pensando que la muerte de Ricardo la había trastornado por completo.

—Me he dado cuenta de que hay unas cuantas que si me ven triste se acercan a mí para que les hable de Ricardo y da la casualidad de que son las que más medran y más leche me dan. Recordaréis que os dije el día antes del accidente: «De las historias de amor se conocen los comienzos, pero no se sabe nunca cómo terminan». ¿Quién me iba a decir a mí que, en nuestra historia de amor, Ricardo iba a terminar dando leche a través de las ovejas? ¿Sabéis que ordeño aparte a las amigas de Ricardo y que con la leche que dan por añadidura hago mantequilla? Tenéis que probar la mantequilla de Ricardo, porque es la más suave del mundo. Y no digamos el queso.

—Mantequilla no, porque se me derrite, pero me gustaría que me diérais unos cuantos quesos para llevarlos conmigo.

Seguro que a mi madre le gustarán, porque también apreciaba mucho a Ricardo. Le encantará comer el queso de Ricardo. No sabéis cuánto le está echando en falta. No levanta cabeza desde el accidente —dijo el príncipe para seguirle la corriente.

—Llevaos cuantos queráis. Los que sobran en casa se los damos a los pobres y bien contentos que se ponen. Y no os digo nada de la lana. Las amigas de Ricardo dan mucha más lana que las otras. Y con la lana de las ovejas de Ricardo, que es la más suave de Burgos, he tejido esa manta en la que estamos sentados.

El príncipe no se había dado cuenta, pero mientras Aldesinda hablaba de Ricardo se habían ido congregando a su alrededor una docena de ovejas que no solo estaban limpias y lustrosas, sino que parecían escuchar con atención lo que contaba la pastora mientras las acariciaba.

—Diréis que estoy loca porque hablo con las ovejas y las acaricio, pero no lo estoy porque ellas necesitan que las acaricien y yo necesito que me escuchen y que conozcan a Ricardo. ¿Sabéis, alteza, que, cuando un ser querido muere, muere también de silencios porque nadie se atreve a hablar de él a los familiares para no despertar su dolor, y sus allegados no se atreven a hablar del difunto porque a nadie agrada la conversación? Ellos tienen dolores dormidos y no quieren que se les despierten. Pero el dolor hay que ventilarlo para que no se pudra dentro de uno. Yo lo ventilo hablando con mis ovejas porque mis servidores ya me tienen por loca y más me tendrían si supieran que converso con el ganado. Y no puedo volver a Burgos, porque a estas alturas ya no se acuerda casi nadie de Ricardo y creo que no habrá nadie que quiera que se lo mencione porque se le cayó la bóveda encima. Por eso os agradezco tanto que hayáis venido para decirme que le echabais mucho de menos y que a mí también me echabais un poco en falta.

Y así, hablando de Ricardo, de las ovejas, del queso, de la mantequilla y de la lana, se les fue la tarde y se les echó encima una tormenta sin que se dieran cuenta de ello hasta que empezaron a ladrar los mastines.

—¡Dese prisa todo el mundo, que tenemos que llegar a casa antes de que estalle la tormenta! —apremió Aldesinda a los perros y a las ovejas.

Inmediatamente se pusieron en marcha. Subió Aldesinda a horcajadas y se abrazó a la cintura de Fernando, apretando su cuerpo contra su espalda. Al cabo de unos instantes de tranquilo cabalgar al paso que marca un rebaño de ovejas, el príncipe se sorprendió al comprobar que el roce de aquel subir y bajar de los firmes pechos de su acompañante le producía unos temblorcillos muy placenteros y que los cabellos y todo el vello de su cuerpo se erizaba de puro contento, mientras la agitación de una tormenta desconocida para él se desataba en su interior.

—Hemos de evitar el peligro de que nos sorprenda a campo abierto —le susurró Aldesinda al oído izquierdo cuando se escucharon los primeros truenos.

«El que evita la ocasión evita el peligro, hijo mío, y esa mujer tiene mucho peligro —le decía a la oreja derecha Domingo de Guzmán—. Por la mujer vino el pecado a este mundo. ¡Acuérdate de Eva y la serpiente! ¡No te olvides de la mujer de Putifar tentando al casto José! ¡Por culpa de Salomé degollaron al Bautista y Sansón se perdió por culpa de Dalila! ¿Es que no te has dado cuenta de lo bien que huele esta mujer?».

—Tenéis razón, padre Domingo, lo que más me gusta de ella es lo bien que huele —exclamó Fernando en voz alta.

—¿Qué es lo que más os gusta, alteza?

—El olor del monte cuando empieza a llover y humedece las hojas y la tierra y también las ovejas cuando se aprietan las unas contra las otras y forman una piña de nubes de lana.

Los rugidos de la tormenta atronaban con sus ecos los riscos de Peña Amaya y trazaban serpientes de fuego en el cielo. Para el infante don Fernando aquella parada en Salazar de Amaya para visitar a Aldesinda se estaba convirtiendo en una peligrosa aventura. Los rayos le daban miedo y mojarse le atemorizaba, porque cuando se enfriaba se le agarraban las toses al pecho lo mismo que los pechos de Aldesinda a su espalda. Y dormir en casa de la mujer era exponerse al pecado, pero no le quedaba otro remedio, porque los cielos se habían oscurecido y la tormenta los perseguía con saña.

Parecía que Aldesinda le había leído el pensamiento porque, al ver que descargaba con fuerza la nube, levantó sus brazos e hizo un tejadillo con una manta para proteger la cabeza y los hombros de Fernando.

—Esta manta de Ricardo es tan tupida que bajo ella la lluvia no moja.

—Dios lo quiera, Aldesinda, porque es lo peor que podía pasarme.

«Lo peor no es mojarse, es mucho peor condenarse», insistía al oído el predicador de Caleruega.

Nada más llegar a la heredad, la dueña ordenó a las criadas que prepararan agua para que el príncipe se diera un baño caliente para librarse del frío y de la humedad. Después de bañarse y cenar, Fernando, se fue directamente a su lecho a decir sus oraciones, porque la tentación arreciaba y la tormenta estaba en todo su apogeo.

—Si necesitáis algo esta noche, agitad la campanilla, alteza, que estoy presta en la alcoba de al lado para acudir a socorreros —le dijo Aldesinda, cuando pasó por la habitación del invitado antes de retirarse a la suya.

—Pasad, Aldesinda, pasad y no os quedéis a la puerta. Necesito teneros a mi lado porque me aterran los rayos y los truenos. En mi vida había visto una tormenta semejante —explicó el príncipe, tiritando y haciéndole sitio en el lado izquierdo del lecho, escuchando lo que le dictaba el corazón a pesar de su aversión al pecado.

Aunque no se atrevía a tocar a la mujer ni a recibir el calor de su cuerpo, su respiración acompasada y la fragancia de su olor delataban a Aldesinda. Y aunque él ni se movía ni respiraba, los rayos y los truenos de la tormenta que no dormía le recordaban que Domingo de Guzmán estaba montando guardia para advertirle de que, si cometía pecado mortal, un rayo justiciero podía caerle sobre la cabeza y llevar directamente su alma a los fuegos del infierno para toda la eternidad.

Tenía al alance de su mano el fruto prohibido y este no podía ser más apetecible. Los firmes pechos de la mujer todavía los tenía clavados en la espalda, pero no podía alargar la mano por miedo a que le mordiera la serpiente del pecado. Los truenos que se sucedían eran un aviso de que la ira de Dios podía descargar sobre su cabeza, al igual que lo habían hecho sobre la bóveda de Ricardo, según la versión de su madre.

—¿Tenéis miedo, alteza? Me parece que tenéis miedo porque respiráis agitadamente, y a pesar de que os sobresaltan los rayos y los truenos, lleváis mucho rato durmiendo boca arriba porque no osáis moveros para no tocarme. No alberguéis ningún temor a causa de mi cercanía, que, por un lado, os tranquiliza, porque no estáis solo ante la tormenta, y por otro os perturba, porque soy una mujer. Ahora mismo ni conmigo ni sin mí tienen vuestras penas remedio. ¡Sosegaos, os lo suplico! Que si vos no queréis venir a mí, yo no osaré perturbaros. Cerrad los ojos y respirad conmigo y, si eso os tranquiliza, podéis darme la mano, porque eso no es pecado mortal. —Fernando alargó su húmeda y temblorosa mano, que ella tomó con la suya suave y cálida—. Esto no me gusta nada. La agitación de vuestra alma que presumo y los sofocos de vuestro corazón que escucho alejan el sueño de los párpados de vuestros ojos.

—A Ricardo le cantabais para que trabajara, ¿podríais cantarme a mí para que me duerma? —dijo Fernando en un susurro.

A cada cual le conviene conseguir lo que anhela.
Pero mi corazón no duerme ni ríe y a seguir no se atreve
hasta que sepa que puede conseguir lo que pretende.

—¿Esa trova que cantáis se refiere a vos o se refiere a mí?

—La letra de las trovas y sus razones valen para lo uno y para lo otro. En eso reside la gracia de su ingenio. Quien las escucha que se las aplique como mejor le convenga. Decidme qué os parece esta otra:

A vuestro amor le acontece lo que a la rama del espino blanco,
que por la noche tiembla en el árbol por la lluvia y por el frío,
y goza cuando el sol se desparrama el siguiente día

por las verdes hojas de su ramaje florido.
Pues vemos florecer de nuevo los prados,
y aclararse los ríos, los vientos y las fuentes.
Bien debe uno gozarse del gozo del que está gozoso.

El príncipe se dio por aludido con el trabalenguas de los gozos y respondió:

—Yo no soy de esos que buscan el gozo en una mujer gozosa antes de tiempo.

—El que no aprovecha la ocasión que se presenta que no se queje cuando la ocasión desaparece. Además a vuestra edad ya va siendo hora de que os espabiléis, alteza, porque alguien tendrá que hacer vuestro trabajo si vos no queréis hacerlo. Que la primera obligación de los reyes es traer al mundo un heredero que sostenga la corona cuando el rey viejo se muera.

—Haré lo que se espera de mí cuando llegue el momento, que espero sea a mucho tardar, porque deseo larga vida a mi padre.

—¿Quién os asegura que ese momento llegará y que sabréis o podréis hacerlo? ¿Cómo sabréis que tendréis un mañana para gozar de lo que hoy no habéis gozado? Yo ya no puedo gozar de Ricardo y mi pobre Ricardo ya no podrá nunca gozar ni gozarse de mi gozo.

Había amainado la tormenta y la nube estaba fatigada de tanto enviar rayos y truenos, y entre la trova y la conversación las defensas de Fernando flaqueaban, pero el príncipe recordó lo que le había dicho Domingo de Guzmán: «Ni gozar ni gozo, alteza. Al tálamo iréis a cumplir vuestra obligación con quien proceda y cuando proceda, que como se haga vuestro paladar a gozar de las hembras placenteras, os ocurrirá como a Felipe Augusto de Francia, que huyó como un cobarde ante el foso del castillo porque ni podía ni quería gozar con Ingeburga porque ya se gozaba con Inés de Merán por aquel entonces».

El predicador de Caleruega salió victorioso de aquel combate desigual porque había preservado la virginidad de su pupilo a pesar de que Aldesinda había sido una tentación muy fuerte, pero cesó la tormenta y al día siguiente el príncipe, ya sin miedo a la condenación eterna, se desayunó con sopas de leche y pan untado con mantequilla de las ovejas amigas de Ricardo.

Viéndole cabalgar airoso llevando las ovejas al monte, con Aldesinda a horcajadas abrazándole contra sus pechos, el espino blanco se gozó cuando el sol se desparramó por las verdes hojas de su ramaje florido, se calmaron los vientos, florecieron de nuevo los prados y se aclararon los ríos y las fuentes. Poco después de llegar al monte ambos se entretuvieron retozando sobre la manta de la lana de Ricardo. Primero con un beso gozoso de sus labios, que fueron para la boca ansiosa e inexperta del príncipe un soplo trémulo y suave como la seda de las frágiles alas temblorosas de un enjambre de mariposas vagabundas. Aquel beso dulce y delicado como la miel untada en la mantequilla de las amigas de Ricardo y cálido como las ubres de las ovejas cuando las acariciaban las manos de Aldesinda para que dieran la leche sin esfuerzos ni apreturas se le quedó posado en los labios para siempre con la misma silenciosa suavidad con que se depositan los copos de nieve sobre los prados durante la primera nevada del invierno.

Como los torrentes de agua que bajan de Peña Amaya brincando de gozo de peña en peña, entre remanso y remanso, todo discurrió sin esfuerzo. Gozó Fernando acariciando los lunarcillos que tenía Aldesinda a cada lado del ombligo y se gozó conociendo mujer por primera vez. Gozó Aldesinda, que quedó gozosa del gozo de Fernando, y gozaron las ovejas mientras ahogaban con sus balidos los quejidos de los amantes en su dulce trajinar, porque no todos los días se puede ver a una pastora retozando con un príncipe, en una manta de la lana de Ricardo, desnudos ambos como las ranas.

Domingo de Guzmán debía de estar predicando a los albigenses, porque había dejado totalmente desatendido a Fernando, que, ausentado de los halcones y los azores, se había quedado junto a las ovejas de Ricardo pastando a su libre albedrío en las suaves praderas de Aldesinda, dejando su cuidado entre las azucenas olvidado.

Capítulo 38

Burgos. Toledo. Madrid. Toledo. 1211

Después del fracaso de Domingo de Guzmán y Diego de Acebes en el objetivo que los llevó a Dinamarca, los reyes hicieron una larga pausa en la búsqueda de la candidata y Fernando, heredero de la Corona de Castilla, con la disculpa de que iba a cazar, se estaba ejercitando con las armas del amor, pastoreando con Aldesinda las ovejas de Ricardo con mucho aprovechamiento.

Alfonso y Leonor estaban contentos, porque ocho años después de que Leonor de Aquitania se llevara a Blanca, que había dado un heredero al delfín de Francia, por fin casaron a Urraca con Alfonso, heredero de Portugal; Berenguela se daba buena maña para apaciguar al rey de León, y don Alfonso había firmado en Guadalajara un tratado de paz con los reyes de Aragón y Navarra, por mediación de don Rodrigo Jiménez de Rada, que había sustituido a don Diego de Acebes en el obispado de Osma. En el mismo año murió doña Sancha en el monasterio de Sigena, abrazada a los recuerdos de su sobrino y amante, que sintió profundamente la muerte de su tía y vivió el acontecimiento como una premonición de futuras desgracias.

* * *

A partir del acuerdo firmado en Guadalajara, don Alfonso abrigaba la esperanza de que sus primos Pedro y Sancho combatieran a su lado contra el enorme ejército del Miramamolín que, en la primavera de 1211, acababa de cruzar el estrecho, dispuesto a terminar de una vez por todas con el poderío de Castilla. Para desgracia del rey, se declaró una inesperada guerra entre los reinos de León y Portugal en el momento más inoportuno.

—Era lo que nos faltaba. Estamos otra vez como antes de la batalla de Alarcos. Esta contienda puede dar al traste con nuestros esfuerzos por agrupar a nuestro alrededor a todas las huestes de los reinos cristianos. Ya tienen el primo de León y el yerno portugués una buena disculpa para escabullirse de nuestra cruzada. Además, no tienen acordados los territorios que corresponderán a cada reino en las futuras conquistas de tierras de moros —se lamentó el rey de Castilla ante su esposa—. Tampoco creo que podamos contar con el de Navarra, porque Sancho todavía está resentido conmigo porque le quitamos Guipúzcoa y Álava, y no se le ha perdido nada en esta cruzada contra los almohades porque no tiene territorios que conquistar. Ya sabes que estuvo casado con una hermana del Miramamolín. En realidad, solo contamos con Pedro de Aragón, pero ahora le interesa más recuperar Mallorca y hacerse con la costa levantina que acudir en nuestra ayuda.

—Creo que, desde la boda de Urraca, tu primo de León ha recelado de una alianza entre Portugal y Castilla contra su reino.

—Supongo que al igual que hizo su padre, hace dieciséis años, el Miramamolín vendrá directamente contra Toledo. A ver cómo paramos el primer golpe de los almohades en la soledad en que nos encontramos.

—¿Por qué no miramos hacia Francia para buscar ayuda? Blanca acaba de dar al reino un heredero y tiene que estar contento nuestro consuegro. ¿No crees que Felipe Augusto querrá resarcirse de su fracaso de la cruzada de Ricardo?

—Bastante tiene con la cruzada contra los albigenses como para atravesar los Pirineos y combatir a los almohades, y encima no tiene territorios que ganar en una guerra que no le incumbe. Aunque bien mirado, no perdemos nada con enviarle unos mensajeros.

El heredero del reino de Castilla, que había cumplido veintiún años, era un ardoroso guerrero que había escrito al papa suplicándole que predicara la cruzada contra los infieles para participar activamente en ella tan pronto como acabaran las treguas. El pontífice, a su vez, le incitaba a convencer a su padre de que en ningún modo debía prorrogar dichas treguas. Así lo hizo el rey Alfonso, que junto con su hijo realizó en la primavera de 1211 una incursión por tierras de moros que le llevó hasta la costa levantina, mientras que los caballeros calatravos hacían lo propio por tierras de Baeza y Úbeda, asolando los territorios por los que pasaban.

La reina Leonor, que recordaba el desastre de Alarcos y estaba muy inquieta por la suerte de Fernando, esperaba con ansiedad el retorno de este a la ciudad de Toledo, porque no habían llegado en la fecha prevista, y así se lo hizo ver a su marido.

—Me tiene muy preocupada nuestro hijo Fernando.

—¿Porque no hemos encontrado una mujer de su gusto?

—No tanto por eso como por su ardor guerrero. Desea vengarse de Alarcos y eso puede cegarle en la batalla. Es demasiado impulsivo y temerario, y si se encela en el combate, no se da cuenta del peligro de las flechas. Mira lo que le pasó a Ricardo en Châlus.

—Recuerdo lo que contó el capitán Mercadier cuando estuvo con nosotros acompañando a tu madre. Tu hermano no pensó en el riesgo que corría y se fue dando un paseo hasta el castillo. Se tomó su conquista como un juego para conseguir un tesoro sin importancia y se dejó la vida en la aventura. Lo hizo además rompiendo la tregua de la Cuaresma. Tampoco se tomó en serio la herida. Ya sabes lo fanfarrón que era. Pero nuestro hijo es obediente y yo me ocuparé de que esté bien protegido y de que no se deje llevar por sus instintos.

—Tú no puedes estar en todas partes día y noche para protegerle y las flechas vienen por el aire y son traicioneras.

—Estate tranquila, porque este año no vamos a entrar en combate. Tenemos que ser sagaces y prudentes. Ahora lo que importa es no caer en trampas ni en provocaciones, porque el Miramamolín puede amagar por un sitio y atacar por otro.

Solo cuando contemos con un ejército tan poderoso como el suyo le haremos frente en campo abierto con garantías de victoria. Hasta que esto no suceda no podemos hacer otra cosa que hostigarlos y entretenerlos en tanto no se pasen los ardores del verano. Entonces tendrá que retroceder a sus bases de partida, porque es imposible aprovisionar a un ejército semejante en temporada de lluvias. Recuerda que tu hermano no pudo llegar a Jerusalén cuando se echó encima lo más duro del invierno y lo mucho que sufrieron sus caballeros dentro de las armaduras cuando avanzaban en verano por la playa con Saladino rehuyendo el combate hasta encontrar una ocasión favorable.

* * *

Aleccionado por la derrota de Alarcos, don Alfonso, que llevaba años esperando una nueva acometida almohade, sabedor de que el nuevo castillo de Calatrava tenía menos capacidad para resistir un largo asedio, dejó una pequeña guarnición en él, pero para compensarlo había convertido el castillo de Salvatierra, que era una cuña en territorio almohade, en la avanzadilla de las fuerzas cristianas. Después de elevar y reforzar sus muros, multiplicar el número de los caballeros que lo defendían y aprovisionar a estos para muchos meses de asedio, hizo lo mismo con la ciudad de Toledo y las villas y castillos que la circundaban. Y para disponer de facilidad de movimientos, el rey, acompañado de su hijo Fernando, se había instalado con su ejército en la sierra de San Vicente para poder acudir en ayuda de las poblaciones si los almohades atacaban por sorpresa. Salvatierra, en cambio, requería muchas jornadas de marcha para llegar hasta sus muros.

El Miramamolín, que tomó con facilidad el castillo de Calatrava y trató de hacer lo mismo con el de Salvatierra, para asegurarse las espaldas en su avance hacia Toledo, o provocar la llegada del rey castellano en ayuda de sus defensores, no se esperaba encontrar una resistencia tan obstinada y eficaz; y aunque envió algunas avanzadillas a saquear los campos toledanos, perdió los dos meses del verano en el asedio de Salvatierra.

Conscientes de que no podían recibir ayuda, los escasos defensores que sobrevivieron optaron por rendirse, una vez que recibieron el permiso de su rey y garantía de que se respetarían sus vidas y podrían llevarse con ellos sus bienes y enseres. Por su parte, el Miramamolín, después de convertir la iglesia en mezquita y de reforzar y guarnecer el castillo, se retiró con su ejército a Sevilla para preparar la ofensiva del año siguiente.

* * *

El infante don Fernando no se estuvo quieto junto a su padre, sino que aprovechó la inmovilidad del ejército almohade en Salvatierra para realizar una incursión hacia el oeste y saquear las tierras de Trujillo y Montánchez, que los almohades habían ganado a los cristianos después de Alarcos.

La valentía y las dotes de mando del heredero tenían tan contento a su padre como atribulada a su madre, que solo veía los riesgos a los que se enfrentaba su hijo.

—¿Te has dado cuenta de cómo ha cambiado Fernando de un tiempo a esta parte? —le dijo un día Alfonso, henchido de orgullo—. ¡Es asombroso! En el momento en que desaparecieron don Diego de Acebes y Domingo de Guzmán de su vida, como si se hubieran llevado con ellos sus hábitos de fraile, ha renacido nuestro hijo. Todos me dicen que es otro. Ya nada le asusta ni acobarda. Es valiente sin ser temerario. Prudente sin ser apocado y firme sin ser testarudo, y por eso, después de escuchar a los que están autorizados para opinar, decide rápido en todos los asuntos que le competen. —Ya lanzado, Alfonso quiso hacer una broma y añadió riendo—: Me parece que, al contrario de lo que me temía, no sigue los pasos de su tío Ricardo en aquello que tú sabes.

—No sé adónde quieres ir a parar otra vez con lo de Ricardo. Mi hermano era mi hermano y Fernando es nuestro hijo. Si no te importa, deja ya de una vez en paz a mi pobre hermano y dime qué le ocurre al muchacho.

—No te lo vas a creer, pero Fernando tiene una amante desde hace algún tiempo.

—¡Válgame Dios! ¿Y eso te pone tan contento? A mí me pone muy triste, porque de nada han servido mis oraciones ni los consejos de sus preceptores.

—¡No te pongas así, mujer! Fernando no ha hecho voto de castidad y ya tiene veintiún años. Ya era hora de que conociera mujer. A mí ya me tenía muy preocupado.

—¿No le habrás buscado tú a la pecadora?

—Tentado estaba de hacerlo viendo que pasaban los años y el muchacho no despuntaba, pero, mira por dónde, al final se la buscó él solito.

—¿Se puede saber quién ha sido la tentadora? ¿No me digas que es la mujer de Putifar?

—No es ninguna mujer de Putifar. Adivina de quién se trata.

—¿En un asunto tan serio me quieres hacer jugar a las adivinaciones?

—No te lo vas a creer, pero se trata de Aldesinda, la viuda de Ricardo.

Leonor palideció y se quedó pasmada, como si de repente la hubieran convertido en una estatua de sal mirando hacia atrás en el tiempo y viendo en los baños de Las Huelgas a una joven bailarina de piel morena, larguísima cabellera suelta y senos al aire, que, cubierta apenas de sutiles sedas multicolores, movía sus brazos agitando cascabeles y sonajas, y al compás del contoneo de su cintura y de su vientre desnudo, se movía hacia atrás y hacia delante con una descarada lascivia.

—¿Dónde se ve con esa mujer, porque, que yo sepa, se fue de Burgos tras la muerte del pobre Ricardo?

—¿No te acuerdas de que me pediste que les diéramos la heredad de Salazar de Amaya a Ricardo antes de que te fueras a Cuenca con él y con don Julián?

«¡Tonta de mí, que he consentido que viniera a menudo a cantarles a Ricardo y a Fernando a Las Huelgas, para que aprendiera música y arquitectura!», se lamentó Leonor para sus adentros.

—No me digas que tiene mal gusto —continuó Alfonso—. Hermosa sí que es. ¿A ti qué te parece?

—Que es un digno heredero de su padre y por lo que me acabas de contar sigue los errados pasos que dio su padre en su juventud. Esperemos a que regrese de Extremadura para conocer de su propia boca si los amoríos van en serio o en broma, para actuar en consecuencia.

Alfonso no le dio más importancia al asunto porque los preparativos de la inminente batalla contra el Miramamolín reclamaban toda su atención. Por entonces Ben Amusco murió de puro viejo en su pueblo natal de Palencia. Hacía tiempo que le costaba mucho distinguir las estrellas y, como veía que perdía la vista rápidamente, pidió que le llevaran a Amusco para recobrar los paisajes y sensaciones de su infancia antes de que su estrella se apagara para siempre. Poco antes de que esto ocurriera, escribió una carta de despedida a los reyes de Castilla.

—Tenemos noticias de Fernando y de Aldesinda, y no te van a gustar nada —anunció Leonor, saliendo al encuentro de su marido, después de leer la misiva del difunto.

—¿Han dado un paso en falso? —preguntó alarmado Alfonso, pensando que la mujer se había quedado encinta.

—Un paso que nos lleva a él y a nosotros al precipicio —replicó Leonor rabiosa—. Y tiene que ver contigo, ¿verdad, Alfonso? Pero tú no sabes por qué y ni siquiera te lo puedes imaginar. Pues para que te enteres bien de que de aquellos polvos vienen estos lodos, ¡toma y lee esta carta que escribió tu médico para nosotros poco antes de morir! —dijo Leonor, poniéndole delante de los ojos la misiva del difunto, que Alfonso leyó con las manos temblorosas.

Excusad que os enviemos esta carta cuando nuestro cuerpo desgastado por los muchos años y por el servicio a sus majestades yace bajo la tierra. Pero no podemos dejar que se pudra con nosotros un secreto que puede haceros todavía mucho más daño que el que os ha hecho a lo largo de buena parte de vuestra vida.

Para evitar mayores problemas a sus majestades y para seguridad de Raquel la judía, que estaba encinta, la llevamos a Córdoba dejándola al cuidado de Averroes para que la atendiera a la hora del parto. En aquellos días se desató una persecución de los judíos. Murió la madre durante el parto y se perdió la niña, que estaba al cuidado de una nodriza judía llamada Betsabé, siendo inútiles los esfuerzos que hicimos los hijos de Averroes y yo mismo durante mis viajes a Córdoba para encontrarla.

La niña tenía un lunar a cada lado del vientre debajo del ombligo, formando un triángulo casi perfecto. Exactamente igual al que tiene Aldesinda, la viuda del maestro Ricardo, como pudimos comprobar cuando le examinamos el vientre a causa de unos dolores inquietantes, poco antes de que muriera su marido.

Nos habríamos llevado a la tumba el secreto, pero hemos sabido que Aldesinda es amante de vuestro hijo don Fernando, y que, por su edad y a causa de su parecido con Raquel, tenemos la certeza de que es hija de aquella y por ello deducimos que Fernando y ella son hermanos.

¡Que el Dios de Israel y el de los cristianos nos perdonen los errores a todos!

Josef Alfakhar Ben Amusco

—¡Dios, Dios, Dios! ¿Por qué tantas desgracias se abaten sobre nosotros en esta hora funesta cuando los mayores enemigos de su Iglesia y de nuestra fe se lanzan contra nosotros? —clamó don Alfonso aterrado, echándose las manos a la cabeza—. ¡Cuánto dolor y cuánto sufrimiento nos ha causado Ben Amusco al ocultarnos la verdad de lo ocurrido durante casi treinta años! ¡Cuánta culpa innecesaria, cuántos silencios y cuánto engaño nos ha infligido dejando pudrir unas verdades que podrían haber sido bálsamo para nuestras culpas, paz para nuestras conciencias y armonía para nuestro matrimonio!

Leonor estaba anonadada, porque, a pesar de que no conocía la historia del cesto de las cerezas de Celestino, ni el incesto de Alfonso de León que acabó con la muerte de Mafalda, se daba cuenta, al comprobar el horrendo incesto de su hijo Fernando, de que todas sus vidas estaban enredadas en una diabólica madeja de guerras, paces, incestos, arras, dotes, castillos, entredichos, excomuniones, crímenes y muertes absurdas como la de Ricardo. Y también peregrinaciones, perdones del apóstol y maldiciones divinas y vuelta a empezar, como hizo su madre cuando se llevó a Blanca a Francia o como hizo ella cuando vino a Castilla para plantar la semilla de una nueva dinastía.

Y vuelta a empezar, Fernando ahora con una amante que era su propia hermana. ¿Era el destino un caballo desbocado que los llevaba inexorablemente a cometer los mismos pecados, los mismos errores y las mismas traiciones? ¿O quizás había una mano negra y juguetona que movía su voluntad y sus actos como el titiritero mueve sus muñecos en las ferias de las ciudades? ¿Quién llevaba las riendas de aquel caballo enloquecido que les conducía una y otra vez a repetir fatalmente el comportamiento de los antepasados como les había ocurrido a sus padres y a todas las familias reales que conocía, desde el rey David hasta ellos mismos?

No acertaba a desenredar la madeja por mucho que se remontara hasta el vencedor de Goliat, porque en cualquier hilo que cogiera siempre se repetía la misma historia. Pensando en sí misma con Ricardo en el pajar, y en su galopar a la luz de la luna en el corral de la posada de Medinaceli, solo acertaba a musitar entre dientes: «El que esté libre de pecado que tire la primera piedra», pero luego le dijo a su marido:

—Echarse las manos a la cabeza y proferir lamentos no basta para resolver este problema infernal —aseguró Leonor intentando calmarse—. Tenemos que informar a Fernando del pecado de incesto que comete. Y tiene que conocer la verdad de lo ocurrido. Espero que Dios nos ayude a encontrar pronto una solución justa y equitativa, si es que todavía estamos a tiempo.

—Enviaré mensajeros en su busca y le daremos a leer la carta. Después responderemos a sus preguntas del modo que creamos más oportuno.

—¿No te parece un poco brusco decírselo así, de sopetón? Además, bastante tienes tú con los preparativos de la cruzada. Déjame a mí resolver este asunto con suavidad, que las madres nos damos más maña que vosotros para estas cosas. Los hombres os acaloráis enseguida y a veces complicáis las cosas más de lo que están de por sí. Tiempo tendrás de darle las aclaraciones que consideres pertinentes, si es que se atreve a pedírtelas.

Leonor estuvo bastantes días preparando la entrevista con su hijo acuciada por los tormentos de la ansiedad y de la culpa. Estaba postrada en el lecho a causa de las fiebres cuartanas cuando regresó su hijo y, como viera que se paseaba por la estancia pensativo y silencioso, preguntó:

—¿No me cuentas nada? ¿No han ido bien las cosas en la Paramera?

—Todo lo contrario, porque hemos conseguido nuestros objetivos, pero me preocupa la salud de mi padre. Lleva un año que no para y ya tiene cincuenta y seis. Una cruzada como la que se prepara supone una carga enorme para él. Tenía que haberme dejado el peso de la organización.

—Hijo mío, cuando está el rey tiene que ejercer como rey. Ya llegará tu hora y me temo que a no mucho tardar.

—Esta cruzada también es mi cruzada...

—Esta cruzada es la cruzada de todos.

Al ver que Fernando guardaba silencio de nuevo, prosiguió.

—¿No tienes nada más que contarme, algo que yo no sepa?

—¿Qué es lo que queréis saber?

—Cosas tuyas. Ya sabes que a las madres nos interesa todo lo que les afecta a sus hijos y que prefieren enterarse por su propia boca de lo que les ocurre antes de que lo cuenten los demás.

—¡Ay, madre mía! Me parece que estáis dando un rodeo. Decidme a las claras qué es lo que queréis saber de mí.

—Más bien tengo que decirte lo que tú deberías saber de tus padres. Anda ven y siéntate a mi lado, que a lo mejor no tenemos ninguna ocasión mejor que esta para hablar de madre a hijo y de hijo a madre con toda franqueza.

—¿Tiene que ser ahora mismo?

—Si no tienes nada mejor que hacer... quédate un ratito conmigo y me haces compañía y así te cuento. ¿A que no sabías que cuando yo me casé con tu padre, él ya tenía una amante?

Era lo que se temía Fernando. Por fin se había enterado su madre de lo de Aldesinda...

—¿En serio? Pues sí que se dio prisa.

—Ella y su familia le ayudaron a recuperar la ciudad y el reino de Toledo... Y como además estaba muy necesitado de cariño, ella se lo dio a manos llenas. Se llamaba Raquel y como habrás podido adivinar además era judía.

—No me imaginaba yo estas cosas en mi padre. Siempre tan formal y tan cumplidor de su deber. ¿Quién me lo iba a decir a mí...?

—Es que era muy precoz. Él ya era rey desde los tres años y además huérfano. Yo no diría que fue su primer amor —susurró acordándose de la tía Sancha—, pero fue el gran amor de su vida... y el gran dolor de la mía.

—¿Por qué me cuentas ahora estas cosas?

—Porque tienes derecho a saberlo. Y porque era muy hermosa, más hermosa todavía que Aldesinda.

—¿Qué tiene que ver Aldesinda en todo esto?

—Nada porque ella no sabe nada de esta historia, y todo, porque Raquel era la madre de Aldesinda.

Fernando, que pensaba que su madre le estaba sonsacando, tardó en darse cuenta de que le estaba informando de la cruda realidad de la situación en que se encontraban todos ellos.

—¿Quién puede afirmar semejante disparate?

—Ben Amusco.

—Ben Amusco está muerto.

—Pero esta carta suya está viva. Debes leerla porque te interesa todo lo que dice y por las referencias que da de Aldesinda. Tú mismo nos dirás si está en lo cierto.

Cuando comenzó su lectura, Fernando se quedó lívido. Aquella carta era tóxica. Al igual que le ocurrió a Raquel cuando leía la misiva del obispo Raimundo, las lágrimas le dificultaban su lectura, que proseguía entre sollozos.

> *Nos habríamos llevado a la tumba el secreto, pero hemos sabido que Aldesinda es amante de vuestro hijo don Fernando, y que, por su edad y a causa de su parecido con Raque la judía, tenemos la certeza de que es hija de aquella y por ello deducimos que Fernando y ella son hermanos.*

—No puede ser. No puede ser cierto... pero es verdad lo que dice de los lunares del vientre —se lamentó Fernando con un nudo en el estómago.

—Pues si lo de los lunares es verdad, y tú lo sabes mejor que nadie, es cierto todo lo demás y todos tenemos que obrar en consecuencia. Tú pierdes una amante, pero ganas una hermana y te alejas del pecado. Y nosotros ganamos una hija.

—Es muy generoso por tu parte.

—Me acostumbraron desde muy pequeña. En mi casa había tantos bastardos como hermanos y a todos los tratábamos por igual. Godofredo llegó a obispo de Canterbury y buenos rompederos de cabeza le dio a Ricardo.

—Pero yo me voy a condenar y la arrastro conmigo a los infiernos, porque he cometido un incesto monstruoso.

—Estás equivocado, hijo mío. Eso sería si hubieras sabido quién era ella. Lo cometerías ahora si siguieras con la relación, pero como eso no va a ocurrir... puedes estar tranquilo, pero para mayor seguridad conviene que peregrines a Compostela cuanto antes para que el apóstol borre todos los rastros de vuestro pecado.

—Iré a Compostela en cuanto me lo permitan las circunstancias, pero prometedme que no diréis nada ni haréis nada hasta que yo no hable con ella.

—Puedes estar seguro de ello. Solo lo sabemos tu padre, tú y yo y nadie sabrá nada, ni siquiera Berenguela, hasta que hables con Aldesinda y veamos qué es lo más conveniente para ella y para todos nosotros.

—Debería acercarme de inmediato a Salazar de Amaya...

—Ni se te ocurra. Esas cosas no se pueden hacer en caliente. Ahora el reino tiene otras urgencias. ¿No decías hace un momento que te preocupaba la salud de tu padre, que ya tiene cincuenta y seis años, y que tenía que haberte dejado el peso de la organización de la cruzada que se prepara? Pues esta es tu oportunidad, que de lo otro ya habrá tiempo. A ella no le corre ninguna prisa saberlo. Tenemos que pensarnos muy mucho qué le decimos y cuándo se lo decimos.

Capítulo 39

Salazar. Madrid. Burgos. Toledo. 1211

El infante don Fernando hizo caso a su madre y, acompañado por don Álvaro Núñez de Lara, se puso en marcha para comprobar el estado de las defensas de las ciudades y reclutar tropas para la cruzada. Como ya había estado en Ávila, se encaminó hacia Soria y Burgos. En todas ellas había gran agitación y tanto las mesnadas de los obispos y de los nobles como las respectivas milicias concejiles estaban prestas para acudir a Toledo en la fecha señalada por el rey.

A lo largo de todo el periplo sus pensamientos daban vueltas y más vueltas al problema de Aldesinda, tratando de encontrar una salida al laberinto en que se encontraba.

Ningún hombre padece el martirio que yo sufro,
pues me he entregado a vos de corazón
de modo que ninguna otra me proporciona gozo
porque es a vos a quien anhelo,
más que a todas las mujeres de este mundo,
y aunque parezca que os rechazo,
lo hago solamente por temor.
Detesto la causa que os hace prohibida para mí,
y me ha llenado de pesares y robado la sonrisa.

Cuando después de salir de Burgos camino de Carrión, pasaban por Sasamón, el caballo de Fernando, que ya estaba acostumbrado a los dulces pastos de los montes y prados cercanos a Peña Amaya, empezó a relinchar; el heredero que no podía aguantar el peso del secreto que le torturaba despachó al alférez a Carrión y con una pequeña escolta se dirigió a Salazar de Amaya, donde Aldesinda tenía su heredad y siempre le esperaba con los brazos abiertos en aquel pequeño paraíso que era un remanso para la paz y el descanso.

Llevaba en la mano la carta de Ben Amusco que le había expulsado del Jardín de las Delicias y veía con toda claridad que el ángel que prohibía el incesto guardaba la puerta con la espada del fuego eterno. Amaba y deseaba a Aldesinda, pero ahora ella era el fruto prohibido de aquel paraíso. Él no ignoraba que estaba metido en un verdadero aprieto y que el problema era de difícil solución. No podrían obligarla a recluirse en un convento, ni podrían llevarla a la corte, porque tendrían que verse a menudo y para él sería el suplicio de Tántalo. No sabía cómo darle la noticia y le daba mucha vergüenza enseñarle la carta de Ben Amusco. ¿Cómo reaccionaría? ¿Se le pondría también a ella un nudo en el estómago?

Nada más verle llegar, Aldesinda salió corriendo a su encuentro, pero se detuvo al verle triste y cariacontecido.

—Esto no me gusta nada, pero que nada, nada —exclamó—. Aquí pasa algo, este no es mi Fernando, que me le han cambiado. Este hombre viene a despedirse porque por fin le han encontrado una esposa de su gusto. ¡Tenéis las manos heladas y el miedo pintado en vuestros ojos!

Aparte del que tenía en el estómago, se le hizo un nudo en la garganta y como no podía pronunciar palabra le entregó la carta de Ben Amusco.

—Preferiría que me dijera su alteza de viva voz de qué se trata y no me lo dijera por escrito —murmuró Aldesinda, pero al comprobar que no era la letra de Fernando procedió a leer la carta con detenimiento—. ¡Vaya, vaya, vaya! Esta sí que es buena. Siempre había pensado que a lo mejor era una princesa y ahora resulta que además soy judía y el mensajero es el príncipe heredero que va camino de la cruzada. Esto no me lo podía esperar yo. No me extraña que estéis asustado. No habréis venido a buscarme para llevarme a la corte, ¿verdad, alteza?

—Podéis llamarme hermano.

—Voy a repetir la pregunta. No habréis venido para llevarme a la corte, ¿verdad, alteza hermano?

—Ahora no, porque estoy recorriendo las ciudades para reclutar tropas, pero eso sería lo normal cuando acabe la cruzada.

—¿Para meterme en un convento, casarme con un caballero de vuestro gusto, o tenerme prisionera? ¿Y solo por lo que lo dice ese papel? Acompañadme a mi casa, hermano alteza, que estas cosas son muy serias y las tenemos que hablar vos y yo con tranquilidad.

Como viera Fernando que Aldesinda no se tomaba la carta muy en serio, temeroso de caer de nuevo en la tentación, se resistía a entrar en la casa, pero ella le tomó de la mano y le condujo hasta su aposento.

—Sentaos en la cama, que ahora mismo vengo.

Al cabo de unos instantes de revolver en un arcón, volvió con un documento en la mano que entregó a Fernando diciendo:

—Leed en voz alta para que nos entendamos, alteza hermano.

> *Yo Alfonso, rey de Castilla y de Toledo, por la gracia de Dios, junto con mi esposa Leonor y con mi hijo Fernando, por el trabajo que habéis puesto en el monasterio de Las Huelgas de Burgos, hacemos carta de donación a ti, maestro Ricardo, y a tu esposa Aldesinda, a tus hijos e hijas y a tus sucesores perennemente, de la heredad con que tenemos en la villa que llaman Salazar de Amaya, con todas sus tierras, prados, montes y fuentes y con todos los frutos que se obtengan de ellos, lo hacemos a perpetuidad para vuestro disfrute y para que podáis hacer con ella lo que os plazca.*

—Habéis visto que en la carta de Ben Amusco se dice que Raquel la judía murió de parto y que su hija desapareció y que tenía dos lunares como los míos. Pero no dice que él estuviera durante el parto. Si es así ¿cómo puede saber con exactitud al cabo de los años el tamaño, la forma, el color o la posición de los lunares? ¿A qué se mete en esto Ben Amusco? ¡Mira que son ganas de fastidiar después de muerto! Presentarle al rey una hija judía a estas alturas con lo que esto significa. ¡Menudo problema para el rey, para la reina, para vos y para mí en mitad de la cruzada! A vuestros padres no les habrá hecho ninguna gracia la carta, ¿verdad, alteza? A mí tampoco, la verdad sea dicha. ¿Creéis que me recibirían de buen grado en la corte vuestros familiares, los nobles y los obispos?

Como Aldesinda viera que Fernando callaba, continuó con sus reflexiones.

—¡Con lo bien que estaba yo ahora que, con vuestra ayuda y la de las ovejas, me había repuesto de la muerte de Ricardo! De no haber sido por esta necedad de Ben Amusco, ahora mismo en vez de estar hablando de estas bobadas, estaríamos holgando tan ricamente entre las sábanas de esta cama en la que estáis sentado con cara de pánfilo. ¡Pero quién le manda a ese hombre meterse donde no le llaman sabiendo lo que nos iba a fastidiar! ¿Y pensáis vos que yo no tengo nada que decir en este asunto cuando soy la protagonista del enredo? Entonces… Bueno… Vayamos por partes. Lo único que se sabe a ciencia cierta del documento que me habéis dado a leer es que Ben Amusco está muerto y que vos y yo somos amantes. Seguramente mucho más de lo que a sus majestades les gustaría que fuéramos. Lo otro son conjeturas de viejo. Pero el documento que acabáis de leer, y que tiene vuestra firma, la de vuestros padres y la de los nobles obispos, dice bien claro que nos donabais a Ricardo y a mí a perpetuidad este lugar donde estamos con todo lo que le rodea para nuestro disfrute y que podíamos hacer con la heredad lo que quisiéramos por el trabajo que puso Ricardo en el monasterio de las Huelgas de Burgos… en el que por desgracia se dejó la vida. ¿Os dais cuenta de la diferencia entre este documento y el del difunto? ¿A cuál de los dos hacemos caso?, porque en el uno soy la reina de mi heredad y en el otro una supuesta hija de una mujer judía amante de vuestro padre a la que nadie esperaba porque nadie conocía su existencia.

Fernando no osaba decir palabra porque no sabía adónde quería llegar Aldesinda, pero ella insistió.

—¿Aparte de vos y de vuestros padres, conoce alguien más la existencia de esta maldita carta?

—Solo nosotros cuatro, ni siquiera mi hermana Berenguela.

—Eso está mejor, porque siendo así la cosa todavía puede tener arreglo. Venid conmigo a la cocina porque veo que aquí estáis muy incómodo y tal y como ha dejado las cosas Ben Amusco ya no podemos hacer nada de provecho para ambos. Me contó Ricardo una vez la historia de Alejandro Magno y el Nudo Gordiano que nadie sabía cómo desatar. ¿Me imagino que vuestros maestros, aparte de lo del pecado, os habrán contado la historia? Pues aquí tenemos otro nudo gordiano —exclamó Aldesinda extendiendo la mano y mostrando la carta de Ben Amusco—, y como veo que vos no os atrevéis a cortarlo, tendré que ser yo quien lo haga.

Y ante el asombro de Fernando, rasgó la carta de Ben Amusco, hizo añicos las dos mitades y en unos instantes fueron pasto de las llamas.

—¿Veis qué fácil ha sido resolver el problema dejando las cosas como estaban? Ya pueden respirar a gusto vuestros padres. Ya no hay carta de Ben Amusco, ni hay judía, ni hermana del heredero, hi hija del rey. He vuelto a ser Aldesinda, la viuda de Ricardo, que se apiadó de una contorsionista huérfana, de la que fue padre verdadero, amante apasionado y marido cariñoso. Podéis decir a vuestros padres que pueden dormir tranquilos, porque soy una mujer joven llena de salud que vive feliz en la heredad de Salazar de Amaya señora de mi misma, sin nadie que la mande ni la gobierne, haciendo lo que le place desde que amanece hasta que anochece, sin otras obligaciones que cultivar sus campos, apacentar sus ovejas y el resto de sus ganados y atender al cuidado de sus posesiones con prudencia y diligencia. Decidles lo mucho que agradezco y disfruto de esta heredad volando libre como los pájaros, contadle que mi corazón late como el de las flores y que al igual que ellas también respira y a veces llora con el rocío de la mañana y con el recuerdo de Ricardo, y que nada me falta porque en este rincón apacible a la vera de Peña Amaya yo también reino en mis posesiones, porque lo pequeño si es de uno es grande y lo grande si es de otros es pequeño. Que no se preocupen por mí, dado que gozo de la protección de la abadesa doña Mencía, que tenía en tanta estima a Ricardo que de vez en cuando me recibe en su monasterio para consolarme con su compañía y su palabra como vos hacéis con vuestro amor y vuestras obras. Tal como espero que lo sigáis haciendo a partir de ahora, como si nada hubiera ocurrido si os place. O al menos me visitéis como a una hermana, si eso es lo que pensáis que soy y os lo dicta vuestra conciencia.

Fernando estaba atónito y se quedó mudo, porque no se esperaba una reacción tan sensata como la que había encontrado Aldesinda.

—Como veo que tenéis mucho que pensar y parece que aquí tenéis poco que hacer y que decir, ordenaré que os preparen algo de comida, que el deber os aguarda y la cruzada no puede esperar. Cuando volváis victorioso de ella, comprobaréis que las cosas se ven de otra manera y lo que ahora os acongoja mañana os dará risa. Esa es la sal de la vida y lo que nos permite sobrellevarla. Y os lo digo yo, que he tenido muchos padecimientos y muchas satisfacciones y una de las más grandes ha sido recibir vuestro amor cuando más lo necesitaba.

Cuando Fernando desapareció de su vista camino de Carrión para continuar con su gira por el reino, se dijo Aldesinda: «Voy a tener que armarme de paciencia. Con lo tontas y distraídas que son las ovejas, a ver cómo le cuento yo este enredo a las mías para que lo entiendan, cuando me vean llorar a lágrima viva».

El heredero salió de Palencia justo cuando empezaba a sentir pinchazos en el costado. Los dolores fueron en aumento en Valladolid. La fiebre empezó a ser preocupante en Segovia y a su llegada a Madrid, como los dolores eran cada vez mayores y su fiebre era altísima y no remitía, viendo que no era prudente trasladarle hasta Toledo, dieron aviso a sus padres para ponerles al corriente de la gravedad de su hijo. Aquel viaje interminable fue un angutioso tormento para ellos. Cuando llegaron a Madrid, le encontraron moribundo. Berenguela salió a su encuentro hecha un mar de lágrimas. «¡Qué falta nos haría que estuviera aquí Ben Amusco en esta hora fatídica —decía—, porque Fernando se nos muere sin remisión. Ya le han administrado los santos sacramentos!».

Después de recibir aquel mazazo, la reina, viendo que se evaporaban sus esperanzas, se desvanecían sus sueños y se desmoronaba el mundo entero porque su hijo querido se estaba muriendo sin que nada ni nadie pudiera salvarle, se abalanzó sobre su cuerpo febril y enflaquecido cuando daba los últimos estertores, y al igual que hiciera su madre doña Leonor de Aquitania cuando Ricardo perdía la vida en el castillo de Châlus, puso su cuerpo encima del moribundo para infundirle calor y trató de insuflarle el aliento de la vida colocando su boca sobre la de su hijo, al tiempo que entrelazaba sus manos con las manos yertas del príncipe, apretándolas para devolverles el calor.

Mientras tanto en Salazar de Amaya, Aldesinda estaba muy preocupada porque las ovejas estaban mustias, pastaban con mucha desgana, apenas si daban leche y tenían la lana lacia, y ella no sabía explicarse la causa de semejante anomalía.

Aunque a Fernando la vida se le escapó a la vista de todos, no había manera de separar a la madre de su hijo.

Leonor sintió que, al igual que al maestro Ricardo se le cayó la bóveda más hermosa y elegante de Las Huelgas sobre la cabeza, el mundo entero se le venía encima y su cuerpo avejentado y enfermo era incapaz de sujetar tanto peso. Pero esta vez no lo hizo con estrépito levantando una gran polvareda, porque el puño airado y justiciero que Dios había descargado sobre la cabeza de Fernando aplastó la clave de la monarquía, sin hacer el menor ruido. Aquel horrible puñetazo silencioso le decía a gritos que la vida seguía para todos, menos para ella y su familia; que pronto regresarían las nieves para cubrir con un sudario blanco los páramos de Castilla; que, como si nada hubiera pasado, las golondrinas volverían a anidar en los aleros de los templos y las flores alegrarían de nuevo la sonrisa de los espinos la próxima primavera y que Fernando ya no vería nunca jamás ondular los trigales dorados de Castilla a la vera del Camino de Santiago porque ya se habían acabado todos los amaneceres para él. Sabía que, después de tañer a difunto, las campanas tocarían a gloria algún día... pero esta vez lo harían para todos menos para ella. Porque todo su amor y toda la razón de su vida se lo llevarían en un féretro hasta Burgos para darle sepultura en el monasterio que había consumido sus mejores energías y también la vida de Ricardo. Aunque siempre estuvo temerosa de ello, nunca había podido imaginar que su hijo Fernando la precedería.

Ante aquella desgracia inesperada que todos los presentes entendían como un castigo del cielo, todas las miradas convergieron en el pequeño Enrique, que solo tenía siete años. «Válgame Dios. Ya solo nos queda el pobre Enrique y lleva el nombre de su abuelo. Es posible que también caiga sobre él la maldición de los Plantagenet», pensaba Leonor, que estaba encorvada y parecía una anciana y no paraba de toser.

Tanto ella como Alfonso, apesadumbrado y dolorido en extremo, revolvían entre sus recuerdos para averiguar cuál de sus pecados sería merecedor de semejante castigo y ambos se preguntaban por qué la ira de Dios no había descargado su puño de hierro sobre ellos en vez de sobre su hijo. El rey no podía desplazarse hasta Burgos porque le quedaba muy poco tiempo para levantar un ejército para oponerlo al del Miramamolín, pero la reina doña Leonor, aunque tenía la salud quebrantada y agotadas sus fuerzas, insistía en acompañar a su hijo hasta Las Huelgas para presidir el funeral. Se lo impidieron su marido y Berenguela, ayudados por el arzobispo de Toledo, que la convenció argumentando que era un gran pecado poner en peligro su vida y abandonar al rey cuando este más la necesitaba.

A doña Leonor se le vinieron a la cabeza todas las tragedias de la familia mientras escuchaba el planto que había compuesto para su hijo el trovador Giraut de Calanson.

Fernando debería haber sido
cabeza y guía del reino de Castilla,
si a Dios le hubiese agradado
dar tal prueba de amor a este mundo.

El bello, el bueno y el bien dispuesto,
el valiente y el agradecido era tan excelso
que en él se veían reunidas y mejoradas
las prendas del joven rey Enrique,
el preciado Ricardo, y del conde Godofredo,
los tres valientes hermanos
a quienes él se asemejaba de cuerpo y aspecto,
y en lo noble y espléndido a su padre dolorido…
Él habría sido el elegido sobre todos,
si hubiese vivido solo unos años más.
¡Ay! ¡Cuán grande es el duelo por su dolorosa pérdida!

Había sentido un gran dolor cuando murieron Sancho, a los tres meses de nacer, y Sancha, al poco de cumplir dos años, pero se sobrepuso pensando que pronto otros infantes llenarían el hueco que ellos dejaban. También había tenido que sobreponerse a la muerte de sus hermanos y sobre todo a la de Ricardo. Los hijos que trajo Berenguela a su vuelta de León mitigaron sus sufrimientos cuando sucedió la muerte de Mafalda. Pero con la inesperada y temida muerte del heredero en la flor de la vida, además de una enorme desgracia para el reino, todo dejó de tener sentido para ella, sintiéndose incapaz hasta de salir de la cama.

El rey, por su parte, temía que con la desaparición de su hijo iba a perderse su reino, porque él se encontraba en el final de su reinado y Enrique era muy pequeño todavía. Pero, por esa razón, tenía que resolver, de una vez por todas, el problema de los almohades, aunque tenía tan mermadas las fuerzas y tan atormentado el espíritu que no sabía de dónde sacaría energía para encabezar la cruzada y combatir a los infieles.

Don Rodrigo Jiménez de Rada ofició el funeral en el monasterio de Las Huelgas de Burgos.

—Roguemos a Dios por el alma de don Fernando, que murió en el castillo de Madrid, en la diócesis de Toledo, el 14 de octubre de 1211, con breve vida y amplia gracia y virtud —declamó con la voz entrecortada por la emoción—. Su muerte es el llanto de la patria y el dolor inconsolable de su padre, que se miraba en él como un espejo de su vida, pues era la esperanza de las gentes; porque el Señor le había honrado de tal modo que era amado de todos, y lo que la edad aún no concede a los adolescentes, ya lo manifestaba la gracia en él.

«Pocos años de obra llevamos y esto se llena de tumbas, pronto vendrán a descansar aquí mis padres, si están tan acabados como parecen. Eso si no venimos alguna de nosotras o le toca la desgracia al pobre Enrique», pensaba Berenguela mientras don Rodrigo seguía desgranando la oración fúnebre de su hermano.

Capítulo 40

Toledo. Salvatierra. 1212

Después de la muerte del heredero, al rey Alfonso ya solo le quedaba una razón para seguir viviendo: desquitarse de Alarcos y derrotar definitivamente a los almohades. Aprovechando que había recibido la condolencia del rey Felipe Augusto de manos del embajador de Francia, redactó una sentida carta a su consuegro, que comenzaba con saludos corteses: «Serenísimo señor Felipe, rey de los francos por la gracia de Dios. Alfonso, rey de los castellanos, te saluda en nombre del que da la salud a los reyes»; después, se quejaba de la impiedad y de los ataques de los infieles en los confines de su reino y terminaba pidiéndole que desde sus territorios, «vengan a prestarnos ayuda a nuestros soldados bien armados y entrenados y, sin dudar de que, si en este conflicto por Cristo, derramamos nuestra sangre, podremos verdaderamente contarnos entre los mártires».

Después de conseguir bajo juramento el apoyo de su primo Pedro de Aragón, su primera decisión fue convocar a los combatientes cristianos a reunirse en Toledo el 20 de mayo de 1212 y enviar embajadores a los reinos colindantes. Entre ellos a Arnaldo, su nuevo médico personal, para sumar a la cruzada a caballeros y nobles de Gascuña y de Poitou. También cruzó los Pirineos el arzobispo de Toledo, que encontró en Provenza el apoyo que no pudo lograr del rey de Francia el de Castilla con su carta. Y hasta Roma se desplazó el obispo de Segovia, que consiguió numerosas cartas del papa instando a los obispos de Francia y de Provenza a predicar la cruzada en Hispania, y una especialmente dirigida a Alfonso VIII en la que le expresaba sus más sentidas condolencias por la muerte de su hijo Fernando. El prelado segoviano conocía el pésimo estado de ánimo del rey y las dudas de este de contar con el apoyo de los reyes de Portugal, León y Navarra y del silencio del rey de Francia. Luego terminaba la carta de una forma que sorprendió e incomodó al rey de Castilla.

—Parece mentira que, a estas alturas de su pontificado, su santidad no me conozca lo suficiente —le dijo a Leonor—. Después de tanto intercambio de correspondencia, idas y venidas de obispos y legados pontificios, mira lo que me dice el papa en su carta:

> *Puesto que en el tiempo presente está casi todo el orbe perturbado y maldispuesto, te aconsejamos que, si logras treguas convenientes, las admitas hasta que lleguen mejores tiempos en que puedas combatir a los infieles con más posibilidades de victoria.*

—El papa siempre tan oportuno. No sabe que, después de la muerte de nuestro hijo, ya nunca habrá tiempos mejores para nosotros —musitó la reina.

—No imagina Lotario que a mis años, después de tantas desgracias, solo vivo para este combate y que prefiero morir con la espada en la mano que con la mano en el corazón. No quiero pasar a la historia como el rey que perdió la batalla de Alarcos y no aprovechó su segunda oportunidad. ¡Que él mande bulas y predicadores, organice rogativas y procesiones, que yo me pondré al frente del ejército para vencer o morir con honor!

A Toledo fueron llegando de muchos sitios de Francia gentes de lo más diverso, y al igual que los cruzados de Ricardo cuando llegaron a Lisboa camino de Jerusalén, alborotaron la ciudad y mataron muchos judíos como si quisieran aniquilarlos a todos. No pudieron hacerlo porque se lo impidieron los caballeros toledanos, que salieron en defensa de sus convecinos.

Tantos llegaron que no cabían dentro de sus muros. Como además eran un gran peligro para la convivencia y para la salud, el rey les cedió su huerta. Allí talaron todos los frutales e hicieron grandes hogueras en las que asaban todos los animales que pillaban. Hicieron tanto mal en Toledo que a su partida parecía que había pasado una plaga de langosta por los alrededores de la capital.

Al igual que hicieron los obispos de Nantes y Burdeos, también se incorporó a la cruzada con una hueste bien armada y preparada Arnaldo Almeric, el que fuera monje de Poblet, abad de Císter e inquisidor del papa contra los albigenses. El mismo que dijo en Béziers refiriéndose a sus cautivos habitantes: «Matadlos a todos, Dios sabrá reconocer a los suyos» había sido recientemente nombrado obispo de Narbona. Después de parlamentar en Pamplona con Sancho el Fuerte para intentar que se uniera a la cruzada, llegó a primeros de junio a Toledo al frente de una tropa bien preparada y armada.

El rey de Castilla estaba desolado porque el tiempo pasaba y ninguno de los reyes había acudido a la cita en Toledo. Sintió un gran alivio cuando el día previsto anunciaron la llegada de su primo el rey Pedro de Aragón. Su entrada en la capital del Tajo fue todo un espectáculo y una sorpresa para todos, porque le estaban esperando el monarca con toda la corte y el arzobispo con el cabildo en pleno y una gran multitud de gentes. Se dio tanta prisa en llegar en el día y a la hora señalada que, para asombro de todos y susto de don Alfonso, entró en Toledo al galope acompañado por un solo caballero. No pudieron seguir su ritmo de marcha los nobles, caballeros y vasallos de su reino que le acompañaban. Todos ellos acamparon en la huerta del rey, convenientemente separados de los ultramontanos.

Para evitar más contratiempos, el monarca castellano dispuso que los llegados del otro lado de los Pirineos salieran de inmediato de Toledo. Hacía un calor al que no estaban acostumbrados. Estaba al mando de todos ellos don Diego López de Haro y le asistían los obispos de Narbona, Nantes y Burdeos.

El rey de Castilla conocía perfectamente aquellos territorios porque formaban parte del paisaje de la gran derrota de su vida acaecida hacía ya diecisiete años en Alarcos. Exactamente los que llevaba preparando la revancha soñando con un regreso victorioso. La llegada de su primo Sancho el Fuerte, que mitigaba en parte la temida ausencia de Alfonso de León, le hizo concebir la esperanza de que esta vez conseguiría la victoria definitiva.

El domingo siguiente de San Juan los cruzados llegaron al castillo de Malagón. Cuando un día después arribó el rey don Alfonso a las inmediaciones del castillo, observó que todas las casas que lo rodeaban estaban derruidas, lo mismo que las torres de la fortaleza. Salió a recibirle el obispo Arnaldo Almeric que, rebosante de satisfacción, le informó de lo sucedido.

—Nada más llegar, sin esperar a armar las tiendas, en menos de una hora nos apoderamos de todas las fortificaciones que estaban alrededor del castillo. Pretendían los moros que se les perdonase la vida, aunque con pérdida de la libertad, pero no quisieron los nuestros concedérselo, y se entregó el castillo con la condición de que se respetase la vida al alcaide y a dos hijos suyos. Así lo hicimos, dejando a todos los demás al arbitrio de los peregrinos, que decidieron pasar a cuchillo a casi todos.

El rey mandó llamar a don Diego López de Haro y le recriminó por la matanza.

—¿Cómo habéis consentido semejante necedad cuando sabíais de sobra que la mayor parte de ellos han venido a matar judíos y musulmanes? Tenemos que impedir a toda costa que estos hechos se repitan. Porque si esto hacemos en todos los castillos, lucharán hasta la muerte y nos retrasarán el cruce del puerto del Muradal.

—Llevan días de marcha sufriendo los calores de un verano al que no están acostumbrados y esperando los víveres que no llegan. Sufren de hambre, sed, calor y mosquitos. Muchos de ellos amagan con dejar la cruzada y volver sobre sus pasos porque no ven por ninguna parte el ejército almohade. Vinieron a Castilla pensando que los infieles estaban a las puertas de Toledo. Cuando por fin han encontrado un castillo defendido por sarracenos, ha sido imposible contener esta riada humana ansiosa por conseguir el botín y matar a los infieles.

Al día siguiente, 27 de junio, tuvieron a la vista la imponente fortaleza de Calatrava. Era difícil de tomar porque tenía altos muros, elevadas torres, profundos fosos y un escarpe junto al río. Estaba muy bien provista y pertrechada, pero la defendía únicamente una reducida guarnición que no llegaba al centenar de caballeros almohades, al mando de Ibn Qadis.

Para no perder tiempo con un largo asedio, Alfonso VIII aceptó su rendición el 1 de julio, a cambio les permitió que salvaran las ropas que llevaban puestas y treinta caballos. El botín se lo repartieron las tropas de Pedro de Aragón y los ultramontanos. Los defensores, una vez libres, marcharon en busca del ejército almohade para informar de todos los pormenores del ejército cristiano: situación, número de caballeros, pertrechos... y una vez que lo hicieron, el Miramamolín ordenó degollarlos por haber entregado la fortaleza y no haber retenido durante más tiempo al ejército cristiano.

Este andaba dividido porque los ultramontanos consideraron inaceptable que el monarca castellano, a cambio de la rendición, respetara la vida de los defensores de Calatrava y los dejara marchar libremente en sus cabalgaduras.

El obispo de Burdeos, que era uno de los cabecillas de la rebelión, se acercó con actitud desafiante a la tienda del rey don Alfonso y entró sin pedir permiso. El monarca, que ya estaba sobre aviso de la decisión del prelado y de sus caballeros y vasallos, viendo que el intruso estaba muy alterado, y que llegaba sudoroso y con la cara enrojecida y despellejada por las quemaduras del sol de La Mancha, le recibió sin inmutarse.

—Tomad asiento y bebed un poco de agua, monseñor —dijo, pero viendo que el arzobispo permanecía erguido en la puerta de la tienda, se puso también en pie y le habló con suavidad—: Supongo que son muy graves los asuntos que os reclaman en vuestra diócesis y por ello tenéis muchos deseos de volver a vuestra patria, monseñor, y por las prisas habéis venido a despediros del rey entrando en su tienda sin recibir la venia para ello.

—Estáis en lo cierto. Hemos venido hasta Hispania para luchar contra el rey marroquí y su ejército. Hemos atravesado durante casi dos semanas la tierra de nadie y no le vemos por ninguna parte. Además, nos impedís el matar a los musulmanes. Para eso no tenemos que acompañaros.

—Sabéis como yo mismo que el rey marroquí hace días que salió de Sevilla con la intención de apoderarse de la ciudad de Toledo, y que de conseguirlo sería una gran derrota para toda la cristiandad. Si lograra lo que se propone, pronto estaría en Pamplona y sus herederos podrían llegar a los arrabales de Burdeos. Defendiendo la diócesis de Toledo, estáis anticipando la defensa de la vuestra. Para esto habéis venido en mi ayuda por medio del papa. No para saquear ciudades y castillos y degollar a los que los habitan o defienden.

—El papa convocó esta cruzada cuando nos escribió: «La fe ha desaparecido, la paz ha muerto y la cólera guerrera ha cobrado nuevo aliento. Os prometo la remisión de vuestros pecados a fin de que pongáis coto a tan graves peligros. Poned todo vuestro empeño en destruir la herejía, que Dios os inspirará». Lo que vale para combatir la herejía también sirve para combatir a los infieles.

—El papa habla de poner coto a los peligros de la pérdida de la fe y dice que es necesario destruir la herejía, pero no dice nada de matar a las personas indiscriminadamente.

—Preguntadle a monseñor Arnaldo, obispo de Narbona y gran inquisidor, cuáles fueron las órdenes que dio al conde Raimundo de Montfort en un caso semejante con los prisioneros de Béziers.

—No dejéis que la ofuscación nuble vuestra razón, porque sabéis de sobra que contra nuestra voluntad habéis sufrido muchas privaciones, pero hemos hecho todo lo posible para proveeros de todo lo necesario. Si tenéis la bondad de sentaros a la mesa, podremos continuar esta conversación.

—No es ofuscación, es la cólera de Dios y la santa indignación por el engaño que hemos sufrido por habernos hecho venir desde tan lejos solo para ganar nuevos territorios por nuestro medio e incorporarlos a vuestro reino. Con el pretexto de la cruzada, pretendéis ganar en tierras de moros lo que no conseguisteis en la Gascuña, cuando quisisteis apoderaros de Burdeos —respondió el prelado sin acceder a sentarse.

—Si habéis decidido partir, hacedlo en paz cuanto antes, señor obispo de Burdeos. A la guerra no se viene sin quebranto del cuerpo ni riesgo para la vida. Que más honor se pierde en la retirada que en la derrota. Os lo dice con tristeza quien tuvo que huir en Alarcos y está dispuesto a morir en esta aventura por recuperar la honra perdida en aquella batalla. Que nada vale la vida si no se vive con honor.

Con el obispo de Burdeos se volvió también el de Nantes, y con ellos los nobles, caballeros, peones y demás peregrinos llegados del otro lado de los Pirineos, solo quedaron Arnaldo Almeric y Teobaldo de Blazón. En total, unos cien caballeros con sus escuderos, que eran súbditos del rey de Aragón.

Don Rodrigo Jiménez de Rada, que como arzobispo de Toledo era uno de los responsables del ejército que se movía dentro de los territorios de su diócesis, al ver la preocupación del rey de Castilla por la deserción de aquellos obispos y caballeros y de la turba que los acompañaba, intentó tranquilizar a su soberano.

—Es una bendición de Dios que se hayan ido porque el descontento y el mal humor son contagiosos y desmoralizan al resto de los cruzados y, como nos vamos a ahorrar lo que ellos y sus ganados comen y beben, a partir de ahora, desaparecerán los problemas de abastecimiento de nuestro ejército.

* * *

Dejaron en Calatrava al rey don Pedro esperando a un grupo de caballeros aragoneses y catalanes que se incorporaban a la cruzada y también a Sancho el Fuerte de Navarra, que finalmente había atendido a las razones del obispo de Narbona y que, a pesar de sus buenas relaciones con los almohades, llegaba con unos pocos caballeros navarros.

En pocos días recuperaron los castillos de Alarcos, Piedrabuena, Caracuel y Benavente y por fin llegaron al de Salvatierra, cuya defensa por los caballeros calatravos, el año anterior, había hecho perder al Miramamolín el tiempo que necesitaba el rey de Castilla para poner en pie el ejército que comandaba. Renunciaron al asalto del castillo porque habían sido advertidos de que un destacamento almohade se estaba acercando desde Baeza hasta el puerto del Muradal.

El ejército almohade había salido de Sevilla el 22 de junio camino de Jaén y se dirigía a Baeza para llegar a tiempo hasta las montañas de Sierra Morena, donde pensaba aniquilar al ejército de Alfonso esperando que llegara cansado y falto de víveres a los desfiladeros del puerto del Muradal. Pero la deserción de los cruzados franceses fue tan ostensible que el Miramamolín supo de ella a los pocos días. Además, sus espías le informaron de los problemas de abastecimiento y de divisiones entre los reyes, por lo que dio por segura la derrota del ejército cristiano.

Para quitar importancia a la deserción de los ultramontanos, dar una muestra de unidad y elevar la moral del ejército, el rey don Alfonso organizó una parada con desfile, en la que los tres reyes pasaron revista a sus tropas. El domingo 8 de julio los tres monarcas hicieron recuento de todas las unidades del gran ejército que habían reunido en la llanada de Salvatierra.

Era la primera vez que los tres reyes estaban del mismo lado en una batalla como la que se avecinaba. Habían pasado veintiocho años desde que los tres primos se encontraron por primera vez en Tudela durante las justas en que participó Ricardo Corazón de León. Sancho, que había engordado mucho desde entonces, tenía el aspecto de un descomunal roble centenario y de su inabarcable tronco pendían unas gigantescas ramas. Si Pedro, que solo tenía diez años cuando empujó a Berenguela en Tarazona, no estuviese a su lado, también parecería un gigante porque medía casi dos metros. En medio de ambos, Alfonso, a pesar de que era de buena estatura, parecía un mozalbete. Pero con un primo gigantesco a cada lado se sintió invencible por primera vez en su vida.

La misma sensación de fortaleza la tuvieron todos los efectivos el ejército cruzado, viéndolos juntos en la tribuna construida para la parada militar. Del desorden anterior había surgido una muchedumbre, tan engalanada con armas, estandartes y caballos de modo tan ilustre que a los enemigos que estaban en el castillo, temerosos de que pasaran al ataque, les pareció tremenda y a los cristianos, formidable. La satisfacción de los reyes, los nobles y los obispos era evidente y el contento de los peones y caballeros cuando recibieron doble ración de vino y alimentos, fue indescriptible.

Para entonces los ultramontanos habían intentado tomar Toledo a traición para saquear la ciudad y matar moros y judíos; pero los toledanos, que ya habían sufrido las fechorías y el pillaje a su venida, cerraron las puertas de la capital y los insultaron llamándolos desleales, traidores y «descomulgados».

Su desbandada tuvo un primer efecto desmoralizador en Toledo, porque muchos los tuvieron por avanzadilla y heraldos de la derrota. Pero Leonor, cuando supo que no había hispanos entre ellos, concibió un atisbo de esperanza en la victoria de su marido.

Capítulo 41

El Muradal. Paso de la Losa. 1212

Mientras los cristianos descansaban en Salvatierra, el lunes día 8 de julio, conocieron que una parte del ejército enemigo había salido de Baeza para cerrarles el paso en las montañas del puerto del Muradal.

Cuando acamparon al pie de la sierra el día 12 en Magaña, junto al río del mismo nombre, el rey de Navarra se dirigió a sus primos.

—Si el ejército enemigo ocupa las cumbres antes que nosotros, esto puede ser peor que lo de Roncesvalles —dijo Sancho, que conocía aquellos lugares que había frecuentado en los tiempos en que era aliado de Al Nasir, cuando iba y venía con frecuencia a Marrakech—. Atravesar con este ejército a la vista de nuestros enemigos es meterse en la boca del lobo para perecer entre sus dientes.

No le contestó su primo de Castilla porque sabía perfectamente la enormidad del problema, que tenía que solventar si los sarracenos se le adelantaban, porque transitar por las fauces de aquel monstruo de encrespados roquedales que daba paso a las vegas de Úbeda y Baeza le pareció áspero y difícil, ya que podrían defenderlo mil soldados contra todos los hombres que pueblan la tierra. Pero tenía la esperanza de anticiparse. Sabía que el ejército del Miramamolín era muy numeroso y avanzaba lentamente. Había otro paso más seguro al oeste, pero no podían perder más tiempo en llegar a él porque temía que los infieles se pudieran adelantar y ocupar las cumbres antes que ellos.

—Tenemos que hacer como Aníbal cuando cruzó los Alpes. Estoy seguro de que piensa que no nos atreveremos a meternos en los desfiladeros, pero si llegamos antes, podremos ocupar los puertos y sorprenderlos con nuestra anticipación.

Como si hubiesen sido convocados por los buitres venidos de todas partes que los acompañaban trazando pacientemente circunferencias en el cielo para tomar parte en el festín que se avecinaba, el jueves 12 de julio, los más grandes ejércitos que hasta entonces se habían reunido en Hispania acamparon a ambos lados de las montañas del puerto del Muradal.

Don Alfonso quería atravesar las montañas lo antes posible, por eso, el mismo día 12, mientras el ejército se establecía junto al río Magaña, don Diego López de Haro envió un numeroso contingente, dirigido por su hijo don Lope Díaz y su sobrino Sancho Fernández —que, como hijo del difunto rey don Fernando de León y la reina Urraca, era hermanastro del rey de León y primo del de Castilla—, para explorar el camino que conducía hasta la cumbre. Después de repeler diversos ataques de los sarracenos y ponerlos en fuga, llegaron arriba y acamparon en el monte.

Al día siguiente subieron los tres reyes acompañados del resto del ejército y plantaron sus tiendas en una planicie. Inmediatamente se dispusieron a atacar el castillo del Ferral, que cerraba la continuación del camino, pero antes de que lo tomaran, lo abandonaron sus defensores.

Viendo la facilidad con que los infieles se iban retirando sin apenas presentar batalla en fortalezas y cumbres, don Alfonso tenía la impresión de que los estaban conduciendo hasta un callejón sin salida, cada vez más lejos de los castillos y con más dificultades para avanzar y avituallarse. Habían cubierto la primera etapa, pero faltaba lo más difícil porque, debajo de aquel castillo, el camino descendía hacia el abismo y se retorcía entre las plegaduras de las rocas bajo una gran losa de piedra, desde la que se precipitaba una imponente cascada. Allí las estrechuras eran tales que las personas y las cabalgaduras transitaban con dificultad. Por si esto fuera poco, las escaramuzas con los sarracenos con muertos por ambas partes hicieron suponer a los reyes que el desfiladero de la Losa era el lugar más apropiado para una mortífera emboscada si una buena parte del ejército enemigo se hallaba escondido en el monte.

Al comprobar que aquel paso era impracticable, retrocedieron a la llanada del monte desde el que se divisaba la tienda roja del Miramamolín. Se reunieron los nobles, los obispos y los reyes y discutieron sobre la conveniencia de retirarse o proseguir la marcha. Ante el debate que se suscitó entre sus aliados, el rey de Castilla hizo uso de la palabra para pedir a todos que propusieran soluciones e incluso quejas, porque había caballeros que murmuraban a sus espaldas: «Han llegado antes que nosotros y pueden haber envenenado las fuentes y los arroyos. Si nos atacan, nos harán pedazos y no podremos regresar, y si se retiran y nos esperan entre Úbeda y Baeza... estaremos peor que en Alarcos. ¿Cómo llegará la intendencia? ¿De dónde vendrán los refuerzos? ¿Cómo abrevaremos al ganado?».

Alfonso se acordaba de las palabras del papa en aquella carta en que parecía haber adivinado la deserción de los ultramontanos:

> *Puesto que en el tiempo presente está casi todo el orbe perturbado y maldispuesto, te aconsejamos que, si logras treguas convenientes, las admitas hasta que lleguen mejores tiempos en que puedas combatir a los infieles con más posibilidades de victoria.*

—No puedes retroceder, Alfonso —señaló Pedro de Aragón—. La retirada es una derrota aplazada y desmoralizará completamente al ejército. Ellos llegarían a la llanura y nos hostigarían durante todo el recorrido y en el momento más inesperado caerán sobre nosotros y nos harán pedazos.

—Recordad lo que le dijisteis al obispo de Burdeos. Que más honor se pierde en la retirada que en la derrota —intervino don Rodrigo Jiménez de Rada—. Vais a cumplir cincuenta y siete años. Es vuestra última oportunidad. Ya no está Fernando a vuestro lado y como Enrique solo es un niño, tenemos que dejarle este problema resuelto. ¡Mantened la esperanza! Si

Dios nos ha traído hasta aquí, será por algo. Tengamos fe en la Divina Providencia, que la fe mueve montañas…

—Tenéis toda la razón, monseñor. La suerte está echada. Después de la muerte de Fernando, para mí no puede haber tiempos mejores. ¿Dónde están los pájaros y las ilusiones de antaño? Hogaño todo es llanto y desolación en mi familia, pero a pesar de ello deberíamos encontrar un camino y perseguir la victoria. Ya solo nos queda el honor de derrotar a los enemigos de nuestra fe. ¿Adónde podría retirarme para llorar mi tristeza y mi deshonor si no siguiéramos adelante?

—Hemos dejado el castillo de Salvatierra en sus manos a nuestras espaldas —exclamó el noble aragonés García Romero—. Su ejército es mucho más numeroso. Hacia el norte, de donde venimos, su caballería podrá operar a sus anchas y puede vagar por el campo y hostigarnos por todos los lados como en Alarcos. No tenemos abrevaderos cercanos para las caballerías. Al otro lado de este puerto hay arroyos, fuentes y ganados. Llegados hasta aquí sería de locos o de cobardes emprender la retirada sin plantar cara al enemigo, teniendo a nuestros reyes con nosotros y después de que el papa nos haya concedido el beneficio de la cruzada.

No adoptaron ninguna decisión porque el rey de Castilla deseaba ganar tiempo, aunque no quería imponer su decisión que era cruzar los barrancos de cualquier modo para entablar el combate con el ejército almohade que tenían a la vista.

Cuando empezaba a atardecer, excepto el noble aragonés García Romero, salieron todos de la tienda del rey don Alfonso.

—Os he pedido que os quedéis en mi compañía porque habéis hablado con sensatez y comedimiento, para no contrariar a los partidarios de la retirada. Vuestro juicio me merece mucho respeto. ¿Qué haríais vos si estuvierais en mi lugar?

—Comprendo, majestad, que pesa sobre vuestros hombros una enorme responsabilidad, que una cruzada no se convoca todos los años, que es muy difícil conseguir el concurso de los reyes y que lleváis muchos años esperando esta oportunidad.

—Estáis en lo cierto. En Fresneda, cerca de aquí, murió mi abuelo Alfonso el Emperador, que frisaba los años que tengo yo ahora, y desde entonces hemos perdido estos territorios. Aunque nadie puede asegurarme la victoria en estas circunstancias, nunca podré reunir un ejército semejante.

—Al otro lado hay buenos puertos con agua y pastos en abundancia. Aseguran que no hay llanadas suficientemente espaciosas para que la caballería de nuestros enemigos se pueda desplegar a sus anchas. El problema es cómo llegar hasta ellos si nos han cerrado el paso de la Losa.

—Mi cuñado Ricardo se volvió de la cruzada teniendo Jerusalén a la vista y al poco murió Saladino. ¿Cuántas cruzadas harán falta para encontrar una oportunidad semejante? A él le abandonaron los reyes y yo los tengo ahora conmigo.

—Necesitamos una estratagema para confundir a nuestros enemigos. Quizás fingir una retirada con una parte de nuestras fuerzas y que los que cierran el paso acudan a combatirlos para que dejen expedito el camino al grueso de nuestro ejército.

—El Miramamolín Al Nasir es un buen discípulo de Saladino. Lo suyo es fatigar y desanimar al enemigo. ¿Os habéis fijado en que sus castillos no estaban suficientemente defendidos? Recordad lo que resistió Salvatierra el año pasado. Dos meses tardó con su ejército en conquistarlo. ¿No creéis que fue una estratagema para obligarnos a acudir en su socorro como hicimos en Huete al principio de mi reinado? Prefiero morir en la aspereza del paso, antes que retroceder lo más mínimo para buscar un paso más fácil, porque todo el tiempo que perdamos será dar ventaja al ejército del Miramamolín, que nos estará esperando cuando lleguemos cansados por una nueva ascensión a estos puertos.

El rey aparentaba una tranquilidad que no sentía, porque no quería que la ansiedad y la preocupación ofuscaran su recto juicio. Era consciente de la enorme responsabilidad que caía sobre sus hombros, porque de lo acertado de sus decisiones dependía no solo su vida y la de la mayor parte de sus familiares, sino que también, mirando muy a lo lejos, estaba en juego la existencia de sus reinos e incluso el futuro de la cristiandad.

La reunión que acababa de terminar no le había aportado ninguna solución y la decisión de retirarse de la empresa no entraba dentro de sus planes. Las provisiones se estaban agotando y era imprescindible dar la batalla lo antes posible.

El monarca se acercó a la mesa donde estaban desplegados los planos de aquellos territorios. Mientras García observaba un respetuoso silencio, estuvo durante un buen rato revolviendo los esquemas que habían hecho los calatravos durante la discusión precedente para ver si se le ocurría alguna estratagema para engañar a los enemigos que los hostigaban en el paso del Muradal.

—Tenemos que atravesar esta montaña y abandonar esta encrucijada. Nos hemos metido en un embudo y debemos salir de esta encerrona cuanto antes, porque no podemos darles más ventajas a nuestros enemigos. Pero sobre todo no podemos perder la esperanza, porque si Nuestro Señor nos ha traído hasta aquí, nos ayudará a encontrar la salida del mejor modo.

De pronto se presentó en la tienda don Diego López de Haro llevando consigo un hombre de aquellas tierras, bastante despreciable en los hábitos y montaraz y desaliñado de aspecto, vestido con pieles de animales salvajes.

—Este hombre nos ha pedido que lo trajéramos ante su majestad porque dice que pastoreó por estos lugares durante muchos años y conoce estos parajes como la palma de la mano.

El rey, admirado de la vivacidad de la mirada y de la agilidad de movimientos de aquel cazador de conejos y alimañas, se dirigió afablemente al inesperado visitante.

—¡Buen hombre! Si andáis buscando al rey de Castilla, lo tenéis delante de vos. Decidme en qué puedo serviros, y si es de justicia y está en mi mano reparar algún daño que se os haya hecho, no dudéis un momento que obtendréis la debida reparación.

El hombre se quitó las pieles que le cubrían el torso, mostró unas horrorosas cicatrices en el pecho y dijo con una mueca de rencor:

—Me llamo Martín Halaja. Hace años que ellos mataron a mi mujer, se llevaron a mis hijas, quemaron mi cabaña y me dieron por muerto. Hoy ha llegado el día de mi venganza. Conozco un atajo seguro para que podáis pasar con todo el ejército al otro lado la sierra, que os dejará en la planicie de una colina enfrente del campamento de nuestros enemigos.

—¿Habrá sitio para nuestras tiendas y pastos y agua suficiente para nuestras caballerías?

—El día es largo y la noche corta. Venid ahora mismo a comprobarlo.

—No hay tiempo que perder, acompañad a este hombre, que Dios le ha enviado para mostrarnos el camino. Grande será su recompensa y nuestra alegría porque estoy seguro de que dice la verdad.

Salió el pastor de cabras acompañado de don Álvaro Núñez de Lara, don Lope y García Romero y un grupo de soldados y, al cabo de dos horas de transitar por el monte y por los puertos, llegaron a la pequeña meseta que había referido su guía. El sol se estaba poniendo. Al fondo, como una estrella, brillaba la tienda del Miramamolín a pocas leguas de distancia. Mientras observaban alborozados que había manantiales y pastos y que el sitio no podía ser más favorable para la acampada del ejército cristiano, el hombre vestido con pieles de alimañas se esfumó sin que se dieran cuenta de ello. Y todos los que habían estado con él pensaron que era un ángel enviado por Dios para mostrarles el camino de la victoria.

El rey esperaba impaciente la llegada de don Diego López de Haro. Si era verdad lo que decía el pastor, había posibilidades de éxito, de lo contrario tendrían que desandar el puerto del Muradal y emprender una larguísima retirada hasta Toledo perseguidos por los almohades o recorrer una larga ruta para intentar de nuevo la subida por el camino del rey, para llegar exhaustos a la cima del puerto donde los estaría esperando el Miramamolín con su ejército no precisamente para darles la bienvenida.

Cuando ya había anochecido, llegaron los exploradores y confirmaron que era cierto lo que había afirmado el pastor y que en el cerro había una llanada suficiente para la acampada de todo el ejército. El rey se abrazó a don Diego.

—Gracias sean dadas al Altísimo, que nos envió a Martín, porque esta es una señal inequívoca de que Dios está con nosotros. Tenemos la victoria a nuestro alcance. Disponedlo todo para salir al amanecer.

El atajo era estrecho y propio a las emboscadas porque las más de las veces obligaba al ejército a caminar en fila, con frecuentes retenciones y una gran distancia entre la vanguardia y la retaguardia. Tuvo que salvar diversos obstáculos al pasar por sitios abruptos en las subidas y las bajadas. Pero no se encontraron con el enemigo en ningún punto de su recorrido y, aunque la totalidad del ejército cristiano tardó un día en llegar, dieron una gran sorpresa al Miramamolín. Este había creído que el día anterior el ejército de Alfonso no se atrevería a bajar a su encuentro por las angosturas del paso de la Losa, desandaría el camino y emprendería una vergonzosa retirada hacia Castilla. Pero tan pronto como vio emerger como por ensalmo la vanguardia del ejército cristiano por un lugar imprevisto y empezaba a plantar sus tiendas en la explanada del cerro, ocupando enfrente del suyo una posición mucho más elevada y favorable, ordenó desplazar de inmediato a otro lugar la posición de su tienda color bermellón.

Como sabía que los cristianos estarían muy cansados, envió un numeroso destacamento de almohades para hostigarlos, aunque dejándoles una vía de escape para forzar su retirada. Pero todos los intentos de desplazarlos de su ventajosa posición fueron rechazados con muchas bajas por ambas partes y, antes de que se pusiera el sol, todos los cruzados que comandaba el rey de Castilla, junto con los reyes de Aragón y de Navarra, habían llegado a la explanada y habían levantado sus tiendas frente por frente del campamento almohade.

El monarca castellano, después de escapar de la encerrona del desfiladero de la Losa gracias a la providencial ayuda de aquel antiguo pastor de cabras, estaba seguro de que Dios estaba de su parte.

A la mañana siguiente, el califa hizo formar a sus unidades, salió al campo y colocó una muchedumbre de peones dispuestos al martirio. Detrás de ellos situó en la vanguardia a sus tropas de élite y a las restantes unidades en los flancos derecho e izquierdo. En medio de todos ellos, en una colina de difícil subida, protegiendo el palenque, colocó a su guardia. Visto desde la explanada que ocupaban los cruzados, el aspecto que ofrecía aquella muchedumbre de guerreros almohades que rodeaban el castillete de la tienda bermeja del Miramamolín era impresionante.

El primer cuerpo del ejército almohade lo componían los temibles guerreros de las tribus Harga, Kumia, Gadmiwa, Hintata, además de las tribus Jamudies y Sanhaja. En las alas estaban los árabes beduinos Bau Hilal, formidables jinetes con lanza y espada y muy duchos en la práctica del tornafuye. También estaban los arqueros turcos, hábiles jinetes que lanzaban sus flechas cabalgando de espaldas. El tercer cuerpo estaba formado por los andalusíes, que montaban caballos a la jineta y formaban la primera línea de combate. Delante de todos había una turba de voluntarios, combatientes a pie, cuya misión era entorpecer las cargas de la caballería cristiana. En la cumbre de la colina resplandecía la tienda bermellón del califa situada en el centro del palenque, empalizada defendida por la guardia de guerreros negros fuertemente armados con las lanzas clavadas en el suelo apuntando hacia el enemigo y encadenados unos a otros para que en ningún caso pudieran darse a la fuga y abandonar a su suerte al príncipe de los creyentes.

Los reyes cristianos, sabedores de que sus tropas necesitaban reponer fuerzas de las fatigas de los días anteriores y también dar descanso y alimento a sus cabalgaduras, rehusaron entrar en combate y decidieron aplazarlo hasta el lunes día 16.

Al igual que hiciera el día anterior, el califa ordenó sus tropas en disposición de combate y para protegerse del calor se colocaron toldos alrededor de su tienda a la espera de que los cristianos se decidieran a combatir.

Los jinetes musulmanes se acercaban a ellos cuanto podían intentando trabar combate. Mientras tanto, el arzobispo de Toledo y el resto de los obispos, repartidos por los campamentos de sus respectivas diócesis, arengaban a sus huestes y perdonaban sus pecados a los cruzados prometiéndoles el reino de los cielos si morían en la batalla.

Expuestos a los rigores del sol de mediados de julio, cansados de esperar y viendo que los cristianos rehusaban combatir ese día, los soldados del Miramamolín regresaron a su campamento. Visto lo cual los cristianos se recogieron en sus tiendas para descansar. Todos menos el rey don Alfonso, que había estado observando minuciosamente la disposición de las fuerzas del ejército enemigo y había fijado especialmente su atención en el palenque del Miramamolín. Suponiendo que el campo de batalla era un tablero de ajedrez, veía al rey negro no solamente enrocado por completo con sus fieles peones, sino que había clavado a estos a su alrededor con una función meramente defensiva, impidiéndoles cualquier tipo de movimiento atacante y convirtiendo a dicho rey y todos sus defensores en una pieza inhábil para el combate.

—¡Vaya! Ya tenemos un punto débil en el enemigo. Es de suma importancia que la batalla se desarrolle en el centro del tablero y deje libres las alas para atacar al rey negro por donde menos se lo espera —expuso don Alfonso—. Y en cuanto al tablero, el campo de batalla es tan estrecho y tiene tantos peones dispuestos al martirio en las primeras filas que no hay espacio material para que sus jinetes puedan vagar a sus anchas y atacar y escapar con el tornafuye. Nosotros colocaremos nuestros peones detrás de los caballeros para mantener bien compactas las filas de estos. ¿Os habéis dado cuenta de que el Miramamolín tiene miedo? —conjeturó, señalando la tienda a sus primos—. ¿No veis que tiene junto él su caballo blanco por si necesita escapar? Por miedo tiene sujetos en el palenque e inutilizados para el combate a los mejores guerreros de su ejército.

—Esa es una ventaja que no podemos desaprovechar en ningún modo, sobre todo al final de la batalla —respondió el rey Pedro de Aragón.

Capítulo 42

Llanos de la Losa. Toledo. 1212

Como estaba previsto, al filo de la medianoche el arzobispo de Toledo hizo una llamada a la penitencia que resonó con fuerza en el campamento cristiano, ordenando armarse a todos los combatientes para la batalla del Señor. Luego se celebró una misa de campaña y después de armarse, confesarse y recibir los sacramentos, salieron ordenadamente dispuestos a la batalla.

El rey don Alfonso tuvo una breve reunión con sus primos navarro y aragonés.

—¡Que no os distraiga el combate! —les dijo—. Vuestro principal objetivo es el palenque del Miramamolín. He visto que está más protegido por el centro que por las alas. Pase lo que pase, permaneced alineados conmigo en la retaguardia. Trataremos de desarrollar el combate en el centro del tablero y procuraremos que gaste sus mejores fuerzas en defender esta posición y, si nuestras fuerzas ceden, ordenará atacarnos por el centro. A su debido tiempo daré la señal convenida y, yo mismo entraré en combate con las fuerzas de la retaguardia y para atraer la atención de nuestros enemigos, atacaremos en cuña dispuestos a vencer o morir. Entonces habrá llegado vuestra hora.

El lunes 16 de julio del año 1212, al amanecer, al igual que Julio César cuando cruzó el Rubicón, el rey Alfonso sabía que la suerte estaba echada. Lo que se avecinaba era una batalla decisiva para una generación entera unida por lazos de sangre, de amistad o de vasallaje a la que solo le quedaba vencer o morir en la lid que se avecinaba, porque en aquel campo de batalla entre montañas, al que hubo que llegar por una senda fatigosa, en caso de derrota, no había escapatoria posible para nadie.

Los tres reyes cristianos, que eran primos hermanos y que tantas veces habían guerreado entre ellos por unos castillos o por la herencia de sus abuelos, sabían que arriesgaban la vida y el reino y que también Hispania y acaso la cristiandad se jugaban el todo por el todo en aquellos puertos del Muradal.

Don Alfonso, que reinaba desde que era niño, no perdía la calma porque estaba acostumbrado desde su más tierna infancia a superar situaciones muy difíciles. No quería ni pensar en lo que podía suponer la derrota. Allí podían morir o ser apresados él mismo y los reyes de Navarra y Aragón, el hermano del rey de León, los arzobispos de Toledo y Narbona, los obispos de Burgos, de Osma, de Sigüenza, de Cuenca y de Palencia, que ocupaban la retaguardia. También los maestres y freires del Temple, del Hospital, de Uclés y de Calatrava situados en el centro.

Lo mismo podía ocurrirles a los principales nobles de Hispania, don Diego López de Haro, al que acompañaban los suyos, don Rodrigo Díaz de Cameros y su hermano Álvaro, que combatirían en la vanguardia.

Y también a sus compañeros de infancia Gonzalo Núñez de Lara y sus hermanos Álvaro, que era el portaestandarte del rey Alfonso, y Fernando, todos ellos hijos de Teresa Fernández de Traba y del regente don Nuño, que le criaron de niño.

No menos expuestos estaban el rey don Pedro de Aragón con sus nobles aragoneses y catalanes y las milicias de los concejos castellanos, que ocupaba el ala izquierda de la retaguardia, y don Sancho el Fuerte con sus nobles y caballeros acompañados de las milicias de Segovia, Ávila y Medina del Campo, que se hizo cargo del ala derecha de la retaguardia.

Viendo desde su puesto de mando aquel entramado de reyes, nobles, obispos, alcaldes, merinos, representantes y habitantes de todos los concejos de los reinos citados, el rey Alfonso era consciente de que la derrota supondría la decapitación de toda la estructura de poder de Hispania, salvo la de León y Portugal, en cuyo caso toda la península caería enseguida en manos de los almohades y las iglesias y monasterios donde descansaban los antepasados serían profanados como en tiempos de Almanzor. Pensó en su hijo Fernando, que acababa de morir, y en el pequeño Enrique, que solo tenía ocho años.

Todas las miradas del ejército cristiano estaban pendientes de don Álvaro Núñez de Lara, el portaestandarte del rey, que estaba erguido sobre su caballo. A una señal de don Alfonso, inclinó hacia delante la enseña real con el castillo y gritó: «¡Adelante los cruzados de Dios! ¡Adelante!». Los tambores de los musulmanes guardaron silencio al tiempo que sonaban las trompas ordenando el avance del ejército cristiano.

Mientras que al mando de don Diego López de Haro avanzaban al paso los haces de caballeros de la vanguardia, los soldados del ejército almohade esperaron impasibles en la pendiente de la loma que habían escogido para el combate. Detrás de todos ellos, sentado sobre su escudo en un estrado elevado, estaba el califa, que había colocado sobre sus hombros la capa negra de su antepasado Abd-al-Muminin.

El griterío de los musulmanes y el estruendo de los tambores era ensordecedor cuando la primera línea de caballeros cristianos, marchando al trote, arrolló a la masa de voluntarios que se inmolaban para frenar a la caballería de los cruzados.

La rítmica tamborrada de los almohades apagaba los gritos y los ayes de los heridos y los moribundos. Los buitres que llevaban sobrevolando los puertos del Muradal desde hacía varios días planeaban cada vez a menor altura.

Como se temían los tres reyes, una vez superada la barrera humana que se interponía en su ascenso por la colina, una nube de flechas de los arqueros turcos cayó sobre la vanguardia cristiana derribando monturas y caballeros. Como estos iban al galope, chocaron por su propia inercia contra los haces de la masa del ejército musulmán, que a pesar de ser arrollada causó muchas bajas a los atacantes.

—Ahora viene lo más difícil, porque los caballeros de don Diego tienen que galopar cuesta arriba —dijo el arzobispo de

Toledo, que no se separaba del rey don Alfonso. Este ni siquiera le oyó porque veía que los fatigados caballos que mandaban cuesta arriba perdían velocidad y no pudiendo arrollar a los fieros jinetes almohades llegados de África fueron rechazados por estos.

Entonces, el rey de Castilla dio la orden de entrar en combate a los cuerpos centrales de su ejército, que acudieron de inmediato en ayuda de sus vanguardias, las cuales, obligadas por las vaguadas del terreno, habían roto sus líneas y aguantaban como podían para no retroceder. Tal como había previsto don Alfonso, los combatientes se entremezclaron y tanto los cristianos como los musulmanes combatían encarnizadamente por la zona central del tablero, justo delante del palenque donde estaba enrocado el rey negro.

—Los nuestros están en apuros, tenemos que disponernos a socorrerlos con la retaguardia antes de que sea demasiado tarde —aseguró el arzobispo de Toledo.

—Todavía pueden aguantar un buen rato. Sus jinetes no pueden emplear la táctica del tornafuye porque en el campo de batalla reina la confusión.

El Miramamolín, viendo que el número de sus fuerzas era muy superior al de los cristianos y que la retaguardia del ejército enemigo no acudía en auxilio de sus tropas, a pesar de la desventaja de estas, supuso que el rey don Alfonso, al igual que sus dos primos Sancho y Pedro estarían pensando en la huida. Impaciente por precipitar esta y conseguir una victoria aplastante, ordenó la entrada en combate de las dos alas de la retaguardia de su ejército. Estas tropas de refresco iniciaron una maniobra envolvente sobre las castigadas posiciones de los cristianos, que luchaban cuesta arriba, y consiguieron empujar hacia abajo a algunas milicias concejiles que no estaban preparadas para una lucha semejante y, que llevando en alto sus estandartes, daban la sensación de una retirada desordenada. A pesar de ello, y a costa de ceder terreno a las fuerzas almohades, los caballeros cristianos lograron rehacer momentáneamente el frente de combate, sosteniendo a duras penas la avalancha de combatientes enemigos que se les venía encima por ambos flancos.

—¿A qué esperamos, majestad? —imploró el arzobispo de Toledo—. Dad la orden de atacar, acudamos a socorrerlos...

—¡Esperad! Esperad a que rompan la formación y se dispersen los jinetes con sus caballos... y vengan contra nosotros, seguros de su victoria, lejos del Miramamolín. Esperad... un poco todavía... Tenemos que aguantar como Ricardo aguantaba en Arsuf la lluvia de flechas de los jinetes turcos hasta el momento del ataque. Que nadie se lance hasta que yo no lo ordene.

Tras unos ratos de angustia para todos los que le rodeaban, don Alfonso, viendo que el obispo de Toledo le miraba lleno de preocupación por el desfavorable discurrir de la contienda, y como observara que el Miramamolín había empleado todas sus fuerzas en la liza desguarneciendo los flancos del palenque, y que con la presión en tenaza que ejercían las alas de la retaguardia almohade se podría producir una desbandada en las filas cristianas, supuso que los reyes de Navarra y de Aragón estarían impacientes para avanzar por los flancos que habían dejado libres las alas de la retaguardia enemiga al meterse de lleno en el centro de la batalla, así que exclamó:

—Entremos en combate, arzobispo, ha llegado para nosotros la hora de vencer o morir. Porque en estas circunstancias la muerte no es deshonrosa.

—Dios mediante, no la muerte sino la corona de la victoria nos espera, pero si Dios quisiere otra cosa, todos nosotros estamos dispuestos a morir con vos —dijo el arzobispo, asombrado porque, en aquellos críticos momentos, el rey estaba en calma y no se le demudó el gesto, ni se le alteró el semblante y tampoco el tono de su voz, sino que permaneció como león impertérrito.

A una señal del rey, el portaestandarte y alférez regio don Álvaro Núñez de Lara inclinó la enseña real, e inmediatamente la retaguardia con el rey a la cabeza partió al galope en auxilio de los combatientes cristianos.

Era la señal que estaban esperando el rey don Sancho por la derecha y el rey don Pedro por la izquierda del campo de batalla para lanzarse al galope hacia el palenque del Miramamolín, que había desguarnecido los flancos de su retaguardia cuando iniciaron la maniobra envolvente por el centro.

En una batalla campal se producen muchas batallas parciales, solo el alto mando conoce el discurrir de estas y puede ordenar sus movimientos o la entrada en liza de nuevos combatientes. Al Nasir observó desde su privilegiada atalaya que las tropas de refresco comandadas por el rey de Castilla, con los pendones flameando al viento, doblegaban a sus huestes aproximándose por el centro en el momento álgido de la batalla, y que los reyes de Aragón y Navarra avanzando por los flancos lo hacían hacia el palenque sin apenas encontrar resistencia. Entonces se dio cuenta del enorme error cometido cuando lanzó al combate las alas del ejército desprotegiendo sus flancos. Ya nadie podía acudir a socorrerle porque los suyos trataban de detener el ataque de la retaguardia cristiana, pero no veían el rápido avance de los reyes de Aragón y Navarra hacia el palenque. Para colmo de sus males, huyeron los caídes andaluces con sus tropas, viendo que los cristianos recuperaban la iniciativa, por el odio que había en sus corazones contra Al Nasir, a causa de la muerte de Ibn Qadis y por haber degollado con él a los defensores del castillo de Calatrava.

Viendo impotente todo lo que ocurría a su alrededor, y que los buitres se abalanzaban sobre los caídos en el campo de batalla para darse un festín, Al Nasir, que seguía sentado en su escudo delante de su tienda, exclamó:

—Dios dijo la verdad y el demonio mintió. —Y permaneció impávido sin moverse de su sitio.

Cuando los caballeros navarros ascendieron la colina y llegaron hasta el palenque, los robustos guerreros negros encadenados unos a otros se defendieron con bravura, conteniendo momentáneamente sus intentos de acercarse hasta el Miramamolín, pero al poco aparecieron los aragoneses, tras vencer los grandes desniveles que había en el lado derecho, y poco después llegó hasta el palenque la vanguardia de don Alfonso avanzando en cuña.

Don Álvaro Núñez de Lara, que iba en cabeza portando el estandarte del rey de Castilla, picó espuelas e hizo saltar a su caballo por encima de los guerreros de la guardia real. Los caballeros navarros y aragoneses hicieron lo propio por los laterales después de matar a gran número de defensores. Al ver que todo estaba perdido, un servidor del califa montado en una yegua se acercó hasta Al Nasir, que se había mantenido en su puesto con firmeza a sabiendas de que estaba a punto de perecer.

—¿Hasta cuándo vas a permanecer sentado? ¡Oh, príncipe de los creyentes! —exclamó—. Se ha realizado el juicio de Dios, se ha cumplido su voluntad y han perecido los musulmanes. —Solo entonces se levantó para montar el corcel que tenía al lado; pero el servidor, descabalgando de su yegua, le dijo—: Monta en esta que traigo, que es también de pura sangre y no sufres ignominia, quizás Dios te salve si vas cabalgando con ella, porque de este modo los cristianos no te reconocerán y en tu salvación está nuestro bien.

Montó Al Nasir en la yegua, y el árabe en el caballo le precedió, rodeados ambos por un fuerte destacamento de negros, a cuyo alcance iban los cristianos.

* * *

En aquel mismo instante, en la otra punta de la península, el humeante artilugio de Compostela empezó a dar brincos y a hacer cabriolas sin que nadie tirase de la soga, los ángeles trompeteros del pórtico hacían sonar sus clarines, por ello los innumerables peregrinos que contemplaban atónitos las piruetas del botafumeiro en lo alto de la nave central supusieron que se trataba de uno de los muchos milagros que realizaba el apóstol.

Sin darles tiempo a reponerse de su asombro, las campanas, al igual que hicieron las de todas las iglesias y monasterios a lo largo del Camino de Santiago, las de Palencia y las de Segovia, las de Soria y las de Santander, las de Ávila y las de Sigüenza, las de San Andrés de Arroyo y las de Las Huelgas, las de Tarazona y las de Tudela, las de Barcelona y las de

Lérida y las de Cuenca y las de Toledo, empezaron a tocar a gloria, volteando y repicando sin que nadie las empujase.

A doña Leonor, que llevaba varios días en Toledo sin moverse de la cama por culpa de las fiebres cuartanas que la martirizaban, y que estaba convencida de que el castigo de Dios, que pendía sobre sus cabezas desde lo de Medinaceli con Ricardo, sería terrible y la derrota de Alfonso sería la definitiva porque dejaría la vida en su último intento, al oír que las campanas tocaban gloria, se le quitaron todos los males de golpe, se levantó de su lecho y fue corriendo a reunirse con sus hijos, que andaban por los jardines del alcázar.

Los recuerdos retrocedían en el tiempo a medida que bajaba los peldaños de la escalera de caracol que tenía más a mano. Durante el descenso salieron a su encuentro todos los fantasmas de su vida: la dolorosísima muerte su hijo Fernando, que no heredaría el trono; el hundimiento de la bóveda de Las Huelgas, que sepultó bajo escombros al maestro Ricardo; la enfermedad de Alfonso, que le tuvo al borde de la muerte; el nacimiento de Enrique fuera del tiempo; la noche que estuvo yaciendo con Ricardo en Medinaceli; los celos por culpa de doña Sancha; la muerte de su madre después de su venida a Castilla para llevarse a Blanca; la absurda muerte de Ricardo y la tan triste de Juana; la forzada separación de Berenguela por un papa inflexible; la misteriosa muerte de Mafalda; la necesaria boda de Berenguela con Alfonso de León; la terrible derrota de Alarcos... la cruzada fallida y la injusta prisión de Ricardo...

Con cada peldaño que bajaba, se descargaba del peso de una desgracia, por ello, a medida que descendía, lo hacía más rápida y ligera, porque, además, en cada descansillo había una ventana luminosa que se correspondía con el nacimiento de un hijo... Enrique, Leonor, Constanza, Mafalda, Fernando, Blanca, Urraca, Sancha, Sancho, Berenguela, que solían coincidir con el comienzo de una fase de las obras de Las Huelgas. «La vida es una escalera de caracol que da igual que subas o bajes, porque siempre piensas que estás en el mismo sitio. Solo el nacimiento de los hijos te sirve para orientarte».

Después de tomarse un respiro, regresaba a la oscuridad y tenía que bajar a tientas durante la muerte de su padre y de sus hermanos Enrique el Joven y Godofredo y también la de Raquel la judía o el asesinato de Tomás Becket a manos de los esbirros de su padre, que tanto le afectó.

Ya se vislumbraba la luz al final del túnel en el último tramo de la escalera cuando salió a su encuentro el apóstol Santiago, que con su abrazo le perdonó lo de Raquel la judía, y ya libre de toda culpa empezó a cantar: « *I onde vai aquil romeiro, meu romeiro a dónde irá, camiño de Compostela, non sei i se alí chegará*». La canción se quedó flotando en el aire, como ella cuando cruzó los Pirineos para cumplir su destino de reina porque le esperaba con los brazos abiertos el jovencísimo Alfonso de Castilla.

Nada más poner el pie en la arena de los jardines se sintió totalmente renacida. Desde el borde de un estanque luminoso rodeado de árboles que brillaban a contraluz, vio a sus hermanos y a su madre que corrían a recibirla. Delante de todos iba Juan. Solo cuando se abrazó a su cuello se dio cuenta de que no era el pequeño de sus hermanos, sino Enrique, el heredero, y que había confundido a Berenguela con su madre y a sus hijos con sus hermanos. «Ha sido por culpa de la fiebre».

Enrique le decía cosas al oído que ella no comprendía porque no era su voz de niño la que llegaba hasta su alma, sino la voz lejana del maestro Ricardo a su regreso de Inglaterra: «¡Majestad! Bien sabéis vos que Dios escribe derecho con renglones torcidos. Yo soy un renglón torcido que quiere enderezar su escritura, pero para ello necesito de vuestra ayuda. Dadme el trabajo que necesito y yo os haré el monasterio de vuestros sueños». «¿No seremos nosotros quienes escribimos con renglones torcidos y Dios quien los endereza? ¿Quién le iba decir al pobre Ricardo que el monasterio le iba a quitar la vida, ni a mí que, gracias a nuestro pecado en Medinaceli, tengo ahora en mis brazos al heredero del reino de Castilla, liberado de la amenaza de los infieles?», pensó. «No hay maldición de Dios que valga, porque nos salva el amor, y vosotros los hijos que sois su fruto sois una bendición y la razón de nuestra vida».

Leonor abrazó con más fuerza a su Enrique y le dijo al oído para que su voz llegara hasta el espíritu de Ricardo:

Al noble amor me he entregado por entero,
sin saber por qué lo hacía.
Pierda o gane… todo le pertenece,
y todo es suyo en cualquier modo.
¿Qué me ha sucedido que ya no estoy en mí?
Él sorbió la sustancia a mi mente,
mas la naturaleza me asegura
que las penas de amor son un tesoro,
y el tesoro y la esperanza
eres tú, ¡hijo mío!

FIN

Nota del autor

(A modo de disculpa)

Quizás porque a finales de los años veinte del siglo pasado mi padre fue vendedor de novelas por entregas por los pueblos mineros de la montaña palentina, durante los largos y fríos días de los inviernos de la posguerra, sentados alrededor de la trébede de la cocina de leña, nos contaba con mucha gracia cómo salían las mujeres corriendo en busca de la última entrega de *La hija del presidio*. Añadía que aquellos libros las volvían locas del mismo modo que los de caballería trastornaron a Don Quijote. Terminaba siempre el relato advirtiéndonos: «¿Novelas? ¡No verlas!» ¡Con lo que me gustaba a mí la lectura!

¿Qué diría si levantara la cabeza y me viera, a mis años, escribiendo esta novela que, aunque histórica, en cierto modo es también una novela por entregas y un libro de caballería?

Aparte de los textos escolares, en casa solo había dos libros: una monumental, enciclopédica y exhaustiva *Geografía Universal* de más de ochocientas páginas editada en 1917, que contenía el mundo entero, en lo pequeño y en lo grande, en lo físico y en lo político. Estaba llena de gráficos, estadísticas y fotografías, de lugares, de tipos, razas, monumentos, paisajes y ciudades de todo el mundo y mapas en color o en relieve. Era un libro de clausura que sólo se podía ojear en presencia de mi padre porque se lo habían prestado y lo tenía que devolver, pero lo he llevado conmigo a todas partes y lo tengo a mi lado todavía.

En cambio nos dejaba ojear libremente *El libro de Europa* que era un manual editado por Dalmau Carlés en 1911 en el que unos amables viajeros se consolaban de la muerte de la madre contando caligráficamente un viaje por Europa. El pobre libro de tanto sobarle estaba deshilachado y tenía las páginas desgastadas por el uso de dos generaciones de lectores que no habían salido del pueblo, pero que estaban ávidos de conocer las particularidades y grandezas de las naciones europeas de entonces con expresivos grabados de monumentos y personajes célebres. De entre ellos me impresionaba el de Napoleón impávido en la cubierta del barco que le llevaba al destierro de la isla de Elba y me daba miedo otro que se titulaba «Supremo instante en el que el célebre filósofo Sócrates bebe la cicuta rodeado de sus discípulos». A mis años no me cabía en la cabeza que los desolados personajes que le rodeaban no le impidieran realizar semejante disparate.

Así me aficioné a la Geografía y gracias a ambos libros pude llenar muchas horas de soledad viajando por la historia y por el mundo cuando no podía moverme de la cama durante aquellas temporadas en que la enfermedad me retenía en el lecho.

No había novelas en casa pero leíamos tebeos y comprábamos periódicos. En el *Marca* aparecían fantásticas caricaturas de Cronos de trazo sinuoso que yo calcaba o imitaba tratando de reflejar la fisonomía interior de las personas en unos trazos rápidos y con gran economía de medios. Al hacer una caricatura y dotar de carácter a unos sencillos garabatos, trataba de descubrir al personaje que había dentro de la persona caricaturizada.

Recuerdo que *La caravana de esclavos* de Karl May fue la primera novela de mi propiedad. Mis padres no pudieron oponerse a que la tuviera y la leyera cuatro o cinco veces seguidas, porque fue un premio que me dieron los frailes menesianos del Colegio de San Gregorio de Aguilar de Campoó, y «viniendo de aquellos hermanos no podía contener nada malo». En aquella novela, que era la continuación de otra anterior que nunca leí, viajé al desierto de África y temblé de miedo cuando los leones se acercaban por la noche a la tienda donde yo me escondía con el protagonista. Por aquel entonces, revolviendo en un baúl-cajón de sastre descubrí a Salgari en una novela que leí con avidez a pesar de que nunca supe el título porque carecía de cubierta y le faltaban las cincuenta páginas del principio. Si Karl May me llevó al desierto africano, Salgari me acompañó a la jungla de la India.

Por entonces nos leían en el colegio, fuera de las horas lectivas, *Corazón*, de Edmundo de Amicis del que recuerdo especialmente la historia de «El pequeño vigía lombardo» y «De los Apeninos a los Andes». Poco más tarde descubrí el mundo fantástico de Julio Verne y con sus personajes viajé a la Luna o al centro de la Tierra.

Pero, acabado el Bachillerato, emigré a Madrid porque, como tantos otros, tenía que ganarme la vida. Conseguí trabajo de «chupatintas» en una editorial que estaba situada en la esquina de la calle de Quevedo con la calle de Cervantes y se daba la circunstancia de que la casa de Lope de Vega estaba justo enfrente de mi ventana. Es de suponer que trabajando entre libros y con semejante vecindario tenía que haberme dado por la escritura, pero como me gustaba mucho dibujar hice la carrera de Arquitectura, que estudié compatibilizándola con diversos trabajos. Al final, la arquitectura y el dibujo de humor han sido los carriles por los que ha transitado mi vida profesional. Como no podía hacer muchas más cosas a la vez, dejé la escritura para tiempos mejores.

* * *

Durante muchos años pensé que acaso podría, cuando ya no ejerciera mi profesión de arquitecto, dar un nuevo impulso a mi vida ejerciendo el oficio de escribidor. Sólo se vive una vez, se suele decir. Yo pienso que podemos vivir tantas vidas como miradas distintas se tengan. La hondura de la mirada y la anchura del sentimiento y de la pasión dan la medida de la dimensión de nuestras vidas. Aunque a estas alturas de la mía, uno ya no distinga bien si el sol de poniente se esconde entre las nubes o entre las montañas del horizonte, escribo ahora para que en los nidos de antaño siga habiendo pájaros hogaño. Lo hago porque me place contar y porque me gusta aprender. Y, como decía Cervantes, «Lo que se sabe sentir se sabe decir».

Pasar del «quisiera escribir» al «voy a escribir», y del «voy a escribir» al «estoy escribiendo» requiere determinación, valentía y voluntad; y, sobre todo, mucha humildad, porque es necesario aprender el oficio de escribidor y nada que valga la pena se consigue sin esfuerzo. Como a mí me gusta el Románico y la Edad Media, de ello escribo y sobre ello versó mi novela *Esperando al Rey,* que fue la primera. También se ambienta en esa época *La maldición de la reina Leonor,* que ha sido la segunda y que se puede leer independientemente de la anterior.

Acabada esta segunda novela, recorría las callejuelas del casco viejo de Tudela, por las que discurren sus primeros capítulos, con el humorista y amigo Julio Rey que me dijo al atardecer, delante de la gran portada del Juicio Final de la catedral de Santa María: «¡Qué suerte tenéis los arquitectos cuando visitáis una ciudad, porque veis y sentís cosas que los demás no percibimos!». Poco después, llamó nuestra atención en el ayuntamiento un cuadro de historia que representaba al obispo y sus canónigos recibiendo, delante de la misma portada que acabábamos de visitar, a un rey que llegaba montado en su caballo rodeado de los guerreros de su séquito. De inmediato me di cuenta de que era Sancho el Fuerte que volvía triunfante de batalla de las Navas de Tolosa, trayendo la tienda del Miramamolín y las cadenas de los guerreros que le protegían en el palenque. En un instante había pasado de la ciudad al arte, del arte a la historia y del arte y de la historia a esta novela. Un viaje, también, por el espacio y por el tiempo, como aquellos en los que me embarcaba leyendo a Julio Verne. Y que no era, ni mucho menos, el primero.

A finales de 1999, a un grupo de amigos se nos ocurrió recibir el tercer milenio disfrutando de un baño de historia antigua en el Nilo y en sus riberas. Yo estaba deseando visitar el templo funerario de Deir el Bahari que para Hatshepsut, que fue reina-faraón entre los años 1480 y 1458 a. C., construyó su preceptor Senenmut, principal consejero y más que probable amante de aquella mujer que reinó sobre el Alto y Bajo Egipto durante veintidós años de paz, prosperidad y grandes realizaciones. Aquellos territorios tuvieron un problema sucesorio porque siendo dioses, los faraones solo podían casarse entre hermanos y el heredero era el hijo varón de la esposa-hermana del faraón. Durante el reinado de los primeros Tutmosis, sólo nacieron mujeres de estas uniones incestuosas.

Había estudiado el templo de la hija de Tutmosis I en el primer año de la carrera de Arquitectura y ya entonces su descubrimiento fue una revelación para mí. Ni las perfectas pirámides con sus inmensas moles ni los robustos templos o las sugestivas tumbas llenas de jeroglíficos y de leyendas llamaron mi atención tanto como aquella interminable rampa que conducía a las terrazas flanqueadas por la inmensa fila de pilastras que civilizaban con una escala sobrehumana las desérticas montañas que le servían de fondo. El ritmo y monotonía de aquel frontispicio de pilastras repetidas hasta el infinito expresaba a la perfección la esencia inmutable del régimen de los faraones. Nada como aquello daba una sensación de poder, de eternidad... y de soledad.

A los viajeros nos sorprendió la saña con que acometieron sus sucesores la destrucción sistemática de sus representaciones, de modo que hasta de la lista de faraones fuera borrado el nombre de Hatshepsut. Una mujer en la cúspide del poder era un mal precedente sobre todo si había sido proclamada hija directa del dios Amón. También nos llamó la atención que el arquitecto Senenmut, que lo fue todo para ella, a pesar de construir su propia tumba en el Valle de los Nobles, tuviera otra en Deir el Bahari, próxima a la de la reina, con la intención de seguir encontrándose con ella en el otro mundo.

Aquel dato conmovedor me hizo pensar que la relación de la reina con el arquitecto daba para una buena novela y que algún día yo mismo podría escribirla. Ni lo hice entonces, porque nada se me había perdido en Egipto, ni lo haré nunca porque aquel pensamiento sólo era una idea germinal. Yo no era escritor y mi pasión y mis afanes estaban en conocer la Edad Media y recuperar el Románico. Panteones de reyes incestuosos y excomulgados había visitado muchos en nuestras catedrales y monasterios. Aunque nuestros monarcas medievales no se casaban con sus hermanas como hacían los faraones en Egipto, lo hacían muy a menudo con sus primas hermanas o con sus tías o sobrinas, como se puede comprobar en los árboles genealógicos de los reinos de Hispania que adornan las guardas de esta novela. Para arquitectos de renombre no teníamos necesidad de ir a Egipto, porque en Compostela tenemos al mundialmente célebre Maestro Mateo, que a diario recibe el homenaje de cientos o miles de peregrinos venidos de todo el mundo. Tanto él como el rey Fernando de León merecían una novela. Yo puse mi granito de arena en mi novela anterior cuya trama se desarrollaba durante la minoría de edad del rey Alfonso VIII de Castilla. Gracias a la victoria de este monarca, al que llamaron «El Noble», en la batalla de las Navas de Tolosa, que abre paso a la reconquista del sur de Hispania, lo que ahora se llama Europa y entonces era la Cristiandad, un espacio de tolerancia y de libertad. Su esposa Leonor de Plantagenet y el Maestro Ricardo, son prácticamente desconocidos, a pesar de que a finales del siglo XII y comienzos del siglo XIII levantaron en Burgos el gran monasterio de las Huelgas Reales que también es un monumento funerario. Está perfectamente conservado y en uso. Mantenido y poblado por hermanas cistercienses que todavía rezan a diario los oficios divinos por sus fundadores, cuyos sepulcros fueron profanados por las tropas de Napoleón en su retirada.

Si pienso en *Yo Claudio* o *En el nombre de la rosa*, los grandes referentes de la novela histórica contemporánea, no puedo estar de acuerdo con Proust cuando escribe «un libro es un gran cementerio con una mayoría de tumbas en las que no se pueden leer ya los nombres borrados», porque estos libros van más allá de una mera excavación arqueológica o un sueño restaurador. Con ellos se resucita a los personajes que nos precedieron. Se ponen piedras de futura mirada donde solo hay vacío y oscuridad. Se llena de pasión, vida, drama y sentimientos la monumental escombrera de fragmentos, nombres, fechas, batallas, personajes y acontecimientos del pasado, iluminando la escena con la luz de la palabra y la música del relato, para devolver a la vida un tiempo pasado poblado por hombres y mujeres que nos precedieron. Se sueña lo que soñaron, se goza lo que gozaron y se sufre lo que sufrieron porque sus obras todavía nos acogen y sus actos siguen gravitando sobre nosotros.

* * *

He tenido la fortuna de que, a causa de mis múltiples actividades profesionales y filantrópicas, he podido contemplar la vida y actuar en ella desde muy diversos ángulos. Como activista y como narrador, como arquitecto y como humorista. Cuando escribo, al igual que cuando hago un documental, lo hago para aprender y para enseñar, para entretenerme y entretener, para contar una historia con amenidad con el fin de «deleitar aprovechando» y conseguir que el espectador o el lector me acompañen a lo largo de todo el relato.

Para mí, hacer una novela es como construir una casa para que en ella se sienta a gusto el lector, porque el que la construye se ha esmerado en organizarla adecuadamente, a partir de una idea o haciendo un proyecto y después de realizar unos sólidos cimientos y levantar la estructura y rematar las escaleras, las habitaciones, los acabados y las instalaciones, se ha ocupado de sacar los escombros y de retirar los andamios y, finalmente, de amueblarla y decorarla de modo que sea acogedora y confortable y se pueda transitar por sus páginas sin dificultades ni obstáculos.

Escribir un relato es fabricar una trama apasionante que cuenta las vicisitudes de unos personajes que entretejen sus vidas componiendo con ellas un tapiz multicolor. Unas desaparecen y otras continúan enredadas por las pasiones y los afectos que les arrastran y empujadas por las circunstancias que les condicionan, pero todas ellas componen una brillante historia en la que todo esté relacionado para que no decaiga el interés el lector y este se vea enganchado en la lectura desde el principio al final y, cuando este llega, lamente que el cuento haya terminado.

No quiero que ningún lector se llame a engaño con este libro. Yo no soy un historiador, solo soy un divulgador del patrimonio, sobre todo del arte Románico, y un cuentista que se sirve de la novela para contar una historia, no la Historia. Y una novela es una obra de ficción con todos los artificios y licencias consustanciales a este género de escritura. En esta trato de contar las últimas décadas del siglo XII y la primera del XIII a través de unos personajes. Lo he hecho con el máximo rigor histórico, consultando todos los documentos de la época que he podido conseguir y acudiendo a las fuentes originales elaboradas por prelados que probablemente escribieron por encargo y eran por ello amigos y deudores de los monarcas y que por ello no podían ser «independientes».

Aunque la mayor parte de los protagonistas de esta novela fueron reales y figuran en el árbol genealógico de las guardas del libro, como es de suponer hay otros de mi invención porque eran necesarios para el relato. Es evidente que no puedo saber lo que pensaban, sentían, mentían, imaginaban o se decían esos personajes pero me he metido en su pellejo para vivir con ellos sus vicisitudes y poder contarlo a los lectores, porque este recurso es consustancial a la novela.

El cuento puede terminar, pero la historia no termina nunca porque, gracias a los investigadores, siempre aparecen datos nuevos, en la arqueología o en los archivos. Cuando hacemos una novela histórica caminamos a lomos de gigantes*.

---

* Referencia completa de las obras citadas: Bango Torviso, Isidro (coord.): *Monjes y Monasterios. El Cister en el medievo de Castilla y León*. Junta de Castilla y León (Valladolid, 1998). Braunfels, Wolfgang: *La Arquitectura Monacal en Occidente*. Barral (Barcelona, 1975). Bruyel, Augusto: *Alfonso VIII. Historia de una voluntad*. Manuscritos (Madrid, 2012). De Riquer, Martín: *Los Trovadores*. Ariel (Barcelona, 2011). Flori, Jean: *Ricardo Corazón de León. El rey cruzado*. Edhasa (Barcelona, 2002). Gillingham, John: *Ricardo Corazón de León*. Sílex (Madrid, 2012). González, Julio: *El reino de Castilla en la época de Alfonso VIII*. Consejo Superior de Investigaciones Científicas, Escuela de Estudios Medievales, 3 vol. (Madrid, 1960). Le Goff, Jacques: *La civilización del occidente medieval*. Paidós (Barcelona, 1999). Martínez, H. Salvador: *Berenguela la Grande y su época (1180-1246)*. Polifemo (Madrid, 2012). Martínez Díez, Gonzalo: *Alfonso VIII rey de Castilla y Toledo (1158-1214)*. Trea (Gijón, 2007). Martínez Lorca, Andrés: *Averroes, el sabio cordobés que iluminó Europa*. El Páramo (Córdoba, 2012). Pernoud, Régine: *Leonor de Arquitania*. El Acantilado (Barcelona, 2009). Revilla, Juan Agapito: *El Real*

Sobre los trabajos de los tres grandes cronistas que vivieron durante la primera mitad del siglo XIII que fueron los prelados Rodrigo de Toledo, Lucas Tuy y Juan de Osma se cimenta la mayor parte del relato, aunque me ha facilitado sobremanera la tarea la investigación que, desde los años cuarenta del siglo pasado, realizó ese gigante que fue el gran medievalista Julio González, cuya ingente obra que recoge todos los documentos originales de los reinados de Fernando II, Alfonso VIII y Alfonso IX ha abierto un ancho camino por el que han transitado brillantes discípulos como Gonzalo Martínez (cuya obra *Alfonso VIII rey de Castilla y Toledo,* por su gran sencillez y claridad me ha sido de mucha utilidad), y Augusto Bruyel (que destaca también por la amenidad y pasión con las que escribió *Alfonso VIII. Historia de una voluntad).* En relación a Ricardo Corazón de León, mis fuentes han sido los excelentes trabajos de John Gillingham y Jean Flori; y, para conocer mejor a Leonor de Aquitania, el libro, ya un clásico, de Régine Pernoud.

También me han sido de gran ayuda el importante y completísimo trabajo recientemente publicado *Berenguela la Grande y su época*, del profesor Salvador Martínez y el exhaustivo e imprescindible estudio que realizó Martin de Riquer, referencia obligada para conocer el mundo de los trovadores.

Respecto al arte, tengo siempre conmigo el libro también clásico de Wolfgang Braunfels, *La Arquitectura Monacal en Occidente*. Asimismo, me han sido de gran utilidad el gran catálogo de Isidro Bango Torviso titulado *Monjes y Monasterios. El Císter en el medievo de Castilla y León*, así como el librito, ya centenario, *El Real Monasterio de las Huelgas de Burgos* del arquitecto Juan Agapito Revilla.

Monasterio de las Huelgas de Burgos. Edición facsímil. Maxtor (Valladolid, 2009). Sánchez de Mora, Antonio: *Los Lara. Un linaje castellano de la plena Edad Media*. Diputación Provincial (Burgos, 2007). Simón y Nieto, Francisco: *Los antiguos Campos Góticos*. Caja de Ahorros y Monte de Piedad de Palencia (Palencia, 1971). Torbado, Jesús: *La tierra mal bautizada*. Ámbito (Valladolid, 2001). Vara Thorbeck, Carlos: *El lunes de las Navas*. Universidad de Jaén (Jaén, 1999). VV.AA.: *Enciclopedia del Románico de la Península Ibérica*. Fundación Santa María la Real, 45 vol. (Aguilar de Campoó).

Una muestra de la importancia que tienen las investigaciones en profundidad sobre los hechos históricos la tenemos en el gran trabajo que realizó sobre la batalla decisiva de la Reconquista el doctor Carlos Vara Thorbeck con su tesis doctoral *El lunes de las Navas*, excelentemente editada y preciosamente encuadernada. También me han sido de mucha ayuda los trabajos de Andrés Martínez Lorca para conocer mejor la figura y la obra de Averroes. Asimismo, la tesis doctoral de Antonio Sánchez de Mora, *Los Lara. Un linaje castellano de la plena Edad Media*, me ha servido para explicarme el protagonismo de esa importante familia nobiliaria a lo largo de buena parte del Medievo. Y para quien quiera conocer cómo son los Campos Góticos que se disputaron los reyes de León y Castilla en los siglos XII y XIII recomiendo la lectura *Los antiguos Campos Góticos*, de Francisco Simón y Nieto, y de *La tierra mal bautizada* que escribió Jesús Torbado en su juventud.

Llovía sobre mojado, porque las esclarecedoras reflexiones de Jacques Le Goff sobre la Edad Media, las enseñanzas y la compañía de mi maestro, amigo y profesor, Miguel Ángel García Guinea, y los cursos y publicaciones que editamos desde hace más de treinta años en la fundación Santa María la Real del Patrimonio, entre ellos la monumental *Enciclopedia del Románico de la Península Ibérica*, me han permitido, entender, situar, asimilar y servirme de las valiosas aportaciones de los autores arriba citados y de otros muchos que no mencionó en esta nota. Entre ellos Jesús Herrán, amigo, escritor y editor cántabro, y el historiador y documentalista Artemio Martínez.

No puedo terminar sin agradecer a Ana Rosa Semprún el empujón que me ha dado Espasa al meterme en una aventura literaria de la que trato de salir adelante con la ayuda de la sabia y comprensiva editora Miryam Galaz y, sobre todo, merced a la paciencia benedictina con que mis hijos y mi mujer sobrellevan esta nueva manía o locura o enfermedad que me ha sorbido los sesos a estas alturas de la vida.

booket

www.booket.com

www.planetadelibros.com

Impreso en Liberdúplex, S. L.
Ctra. BV 2249, km 7,4 (Polígono Torrentfondo)
08791 Sant Llorenç d'Hortons (Barcelona)

Novela

Rosario Raro

La huella de una carta

Planeta

El papel utilizado para la impresión de este libro es cien por cien libre de cloro y está calificado como **papel ecológico**.

Avinguda Diagonal, 662, 6.ª planta. 08034 Barcelona (España)
www.planetadelibros.com

Adaptación de la cubierta: Booket / Área Editorial Grupo Planeta
Fotografía de la cubierta: © Lambada / Getty Images
Fotografía de la autora: © Víctor Aranda García
Primera edición en Colección Booket: mayo de 2018

Depósito legal: B. 7.016-2018
ISBN: 978-84-08-18674-8
Impresión y encuadernación: Liberdúplex, S. L.
Printed in Spain - Impreso en España

Biografía

Rosario Raro (Segorbe, Castellón, 1971) es profesora de Escritura Creativa en la Universitat Jaume I, doctora en Filología Hispánica con una tesis sobre las estrategias de escritura en internet y posgraduada en Comunicación Empresarial y Pedagogía. Desde hace más de veinte años imparte cursos y talleres literarios para numerosas instituciones. Su obra ha sido traducida al catalán, al japonés y al francés y reconocida con numerosos premios literarios, tanto nacionales como internacionales. Vivió durante una década en Lima, Perú. De su novela *Volver a Canfranc* (Planeta, 2015) en su versión francesa, *Dernier train pour Canfranc* (Editions Kero, 2017), se han publicado hasta el momento ocho ediciones, ha sido finalista de los premios de la crítica valenciana y una importante productora audiovisual ha adquirido los derechos para llevarla a la pantalla.

www.rosarioraro.net
twitter.com/rosarioraro
www.facebook.com/RosarioRaro
https://www.instagram.com/rarorosario/

Para Ramona Pérez Serra, porque sé que desde allí,
junto a Silvia Valdemar, Rosa Alcázar, Fernando Robles,
Enrique Moriel, Taylor Nummy, Silver Kane
y Francisco González Ledesma,
también me leerás.

La primera víctima de una guerra siempre es la verdad.

ESQUILO

No siento el menor deseo de jugar en un mundo
en el que todos hacen trampas.

FRANÇOIS MAURIAC

Un hombre sin ética es una bestia salvaje
suelta sobre este mundo.

ALBERT CAMUS

GODOFREDO, BARÓN DE IBELÍN:
No muestres temor cuando estés ante el enemigo.
Sé valiente y recto para que Dios te ame.
Di la verdad siempre aunque te conduzca a la muerte.
Protege a los indefensos y sé justo.
Este es tu juramento.
¡Álzate como caballero!

El reino de los cielos, RIDLEY SCOTT (2005),
guion de WILLIAM MONAHAN

Düsseldorf, Renania del Norte-Westfalia, 17 de agosto de 1962

Boro Navascués no pudo ver nada de la magnífica residencia que le había anunciado el doctor Varick Kessler porque la rodeaba un muro de unos tres metros de alto. La puerta metálica pesaba tanto que tuvieron que empujarla entre los dos. Recorrieron el jardín por el camino de roca caliza. Cuando pasaron junto a la piscina vacía vieron dentro un bote de pintura oxidado, volcado entre dos charcos cubiertos de musgo y, al lado de unas ramas caídas, una bota larga de charol blanco. Boro se asomó al borde y comprobó que al calzado lo seguía una pierna y el resto del cuerpo de Mirja. Estaba boca abajo en el suelo del fondo azul, seco en aquella zona, con la melena sucia, pegada a los lados de su cráneo. La única luz llegaba desde la caseta de los vestuarios y las duchas, un haz que apenas le alumbraba con nitidez la espalda. Varick se giró hacia Boro y lo tomó del brazo.

—Llama a la Policía, corre, sal a la calle, busca a quien sea —le dijo en cuanto pudo reaccionar a la vez que saltaba dentro—. Mirja, Mirja, respóndeme. —Escuchó cómo Boro intentaba cerrar sin éxito la puerta de hierro. Se echó las manos a la cara, primero lloró y después gritó. No se atrevía a tocarla porque sentía que, tal como estaba, ya había dejado de ser ella. Se arrodilló, observó que llevaba el mismo jersey rosa que le había regalado en Madrid. La había advertido, pero la dejó sola. No se lo perdonaría nunca.

Una lágrima del doctor Varick Kessler resbaló sobre el esmalte plástico de la piscina y se deslizó unos centímetros por el fondo azul hasta tocar la punta del dedo corazón de la mano derecha de Mirja.

PRIMERA PARTE

1

Barcelona, 17 de mayo de 1962

Nuria Somport, dentro del caparazón de su hogar, era una perla a salvo del lodo, pero sumergida en un mar de aburrimiento. Tenía un marido en sombras, así se refería ella al hecho de estar casada con Máximo Zafara, un comercial al que solo veía los fines de semana y algunos festivos. Por él bebía los vientos, pero también se había tragado bastantes tempestades.

Cada mañana, en cuanto escuchaba la persiana del quiosco, salía muy sigilosa del número 55 del paseo de la Bonanova, porque no quería despertar a sus pequeños.

El edificio era conocido como la mansión Muley Afid, el nombre del sultán marroquí que la hizo construir. Nuria consideraba un privilegio vivir dentro de aquella joya modernista con varias terrazas, un jardín y una torre culminada por un pináculo recubierto de tejas de vidrio verde.

Le gustaba mirar desde la calle el contorno del palacete. Era magnífico, pero a la vez espectral. Parecía un recortable con los perfiles surgidos del amanecer. La fuerza de la costumbre no había conseguido que dejara de impresionarla. Durante esos cinco minutos escasos que dejaba solos a sus hijos, Marc, de un año, y Mireia, de cuatro, siempre se reservaba unos instantes para disfrutar de aquella vista de postal, pero enseguida aceleraba el paso porque imaginaba que, mientras estaba allí embelesada, podían suceder toda clase de calamidades, desde un incendio a un rapto.

En cuanto subía y comprobaba que seguían dormidos, tan serenos que la sonrisa se les mecía hasta en las pestañas, se calmaba.

Los días sin Máximo, como los llamaba ella, leía el periódico hasta que Marc y Mireia se lo permitían. Mientras, sostenía una taza de café con leche tan caliente que tardaba un buen rato en tomársela.

Aquella mañana, cuando llevaba apenas un par de minutos ojeando el diario, en la columna del centro de la última página, destacado entre los mensajes publicitarios habituales, vio un recuadro con doble marco negro y unas letras grandes que parecían interpelarla solo a ella: «¿Te gusta escribir?».

Se acercó más para leer la letra minúscula que enumeraba las características requeridas a quienes quisieran optar a aquel puesto: responsabilidad, dotes en el ámbito de la psicología, buen nivel de redacción, ser una persona creativa, de mucha intuición y capacidad resolutiva.

Nuria, como cuando alguien escucha los síntomas de una enfermedad y cree de inmediato que los tiene todos, pensó que encajaba por completo con aquella descripción, que no había nadie más que pudiera ser así, como era ella y como aquellas líneas la describían de forma tan exacta.

Terminaba aquel aviso con una exigencia de carácter más general: «Y lo más importante: la persona que buscamos deberá ser alguien con un sinfín de características de cariz humanístico». Después se especificaba que era necesario contar con una máquina de escribir. Nuria miró con mucha nostalgia su Olympia azul cielo encajada en el mueble que tenía enfrente. A pesar de que las filas de teclas parecían los dientes de varias bocas en escalera, estaba muda. Desde que se trasladó allí con Máximo no había vuelto a transmitirle sus pulsaciones. La vio por primera vez como lo que era: un mecanismo inútil en desuso, un artilugio quieto, muerto. Tan muerto como su plan de no deberle nada a nadie, de ser independiente, una exploradora solitaria dedicada en cuerpo y alma a alguna profesión relacionada con la literatura. Sonrió al recordarse. Las dos últimas líneas decían: «Sensibilidad hacia las problemáticas sociales y una especial habilidad de aproximación al prójimo». Era el anuncio más enigmático que había encontrado nunca, y por esa razón, el que más le interesó. Al final solo había un apartado de correos.

Nuria se apartó con dos dedos un mechón de pelo que le caía sobre la cara, se lo colocó detrás de la oreja derecha y escribió la respuesta de forma inmediata: «Soy quien buscan».

Añadió su dirección y unas líneas más en las que enumeraba sus estudios de Secretariado Internacional, idiomas y mecanografía, además de sus cualidades, que casualmente coincidían, punto por punto, con las demandadas.

* * *

Antes de una semana le llegó la respuesta:

Estimada señora Zafara:

Preséntese este viernes a las 17.00 horas en la calle Pelayo 56, entresuelo, de esta ciudad.

Comprenderá que necesitamos conocer a los aspirantes antes de tomar una decisión.

Atentamente,

Leonor Arana y Aleix Frument.

Nuria imaginó a un matrimonio adinerado y de cierta edad que buscaba a alguien que le llevara la correspondencia o redactara unas memorias para legarles a sus nietos.

Por primera vez desde que estaba casada tenía que acudir a una cita ella sola y para eso necesitaba a alguien con quien dejar a sus hijos. Vivían en aquel caserón porque la empresa de Máximo, Minas Generales, había firmado un acuerdo, les dijeron que gubernativo, con Dora Blúmer, su casera y única vecina. Desde el primer momento, a Nuria le pareció una mujer agradable, pero muy reservada, como si todo comenzara y acabara en ella. Su trato había sido más bien escaso, con la excepción de sus siempre cordiales encuentros, en el jardín o en el patio, y las visitas a su casa cuando Máximo la llamaba allí por teléfono, el único que había en la mansión Muley Afid.

Para subir al ático de su casera, Nuria aprovechó que Marc y Mireia se quedaron dormidos a la vez. Escuchó desde el rellano la melodía hipnótica que acompañaba al consultorio sentimental de Elena Francis que tantas mujeres escuchaban con devoción, sin perderse ninguno, como si se tratara de un compendio de mandatos divinos. Máximo le había dicho que aquella canción se llamaba *Indian summer.* Cuando la locutora comenzó a hablar, Nuria llamó al timbre.

—Señora Zafara, ¿cómo está? —la saludó Dora Blúmer.

Solo llevaba una bata muy ligera rosa pálido, con el escote rematado por una cinta de raso ancha. Tenía un color de piel curioso, más bien pálido, pero bronceado sobre la frente, los pómulos y la barbilla. Y no era por efecto del maquillaje porque solo lo usaba cuando salía, como había comprobado Nuria. Las cejas las llevaba muy bien arregladas, como si fueran dos trazos rápidos de plumilla, y los labios y los ojos parecían siempre húmedos. Brillaban igual que su cabello natural, que en ese momento llevaba recogido en una trenza bastante larga y dorada como su nombre.

Nuria pensaba que le gustaría saberse sacar tanto partido como su vecina, con su belleza tan trabajada que convertía a ojos de los demás sus treinta y cinco años en muchos menos.

—Bien, muy bien… Verá, quería pedirle algo —le dijo muy seria y un tanto arrepentida de su idea.

—Pero pase, no se quede ahí.

Desde el umbral, Nuria percibió el olor a café mezclado con el de un perfume muy exótico.

—No, mejor no. He dejado solos a mis pequeños. De ellos se trata precisamente. Usted conoce a más personas que yo aquí, en Barcelona, y por ese motivo quería preguntarle si sabe de alguien de su total confianza que cuide niños. Solo sería un rato. Estoy muy apurada, no la molestaría con esto, ni con nada, si no fuera así.

—Mujer, me había asustado. Ojalá que todos los problemas fueran como este, que ni siquiera lo es —le dijo su vecina mientras se pasaba las manos con las palmas abiertas por ambos lados de la cabeza para asegurarse de que todos sus cabellos estaban en su sitio—. Y dígame, ¿cuándo sería ese rato?

—Este viernes por la tarde. Tengo que hacer una gestión en la calle Pelayo. Confío en estar de regreso en un par de horas o tres como mucho. Esa persona solo tendría que darles la merienda, para la cena ya estaría de regreso. No sé, señora Blúmer, y si no es mucho pedir, también me gustaría que viniera a casa para que ellos no tuvieran que salir.

—Querida, no tiene de qué preocuparse. —En aquel momento, Nuria creyó que su casera trivializaba su apuro—. Aquí me tiene. Yo me quedaré con ellos.

No esperaba aquella propuesta. Su desconcierto la hizo fijarse en su escote, ajustado por la banda de raso sobre sus senos puntiagudos.

—No, no, lo que yo le pedía…

—Ya lo sé —la interrumpió—. Eso sí, prefiero que estemos aquí en mi casa.

Nuria no quería desairarla, pero aquella posibilidad no se

le había ocurrido y no sabía qué hacer. Aceptar su ofrecimiento le parecía lo más correcto, pero para eso tendría que apartar sus temores de madre demasiado protectora, como ella misma se consideraba, si de verdad deseaba que al menos sus días sin Máximo comenzaran a cambiar.

2

Ese viernes, a Nuria le faltaba su ánimo habitual para salir de casa. A pesar de que iba sin sus pequeños, sentía que arrastraba con ella un lastre mayor que si la acompañaran como siempre.

Era la primera vez que hacía aquello. Antes de poner el pie en la calle observó el vestíbulo y tuvo que recordarse todas las mañanas en las que había abierto el periódico con ilusión y lo mucho que había deseado leer un anuncio como aquel, que no se refiriera a una tarea como montar piezas de juguetes o labores similares a las que se solían realizar en casa, y para las que consideraba que no tenía ninguna habilidad.

Imaginó lo que supondría tener su propio dinero, por poco que fuera, y atesorarlo. Los ingresos de su marido eran más que suficientes, pero ella quería, además de conjurar la abulia de las horas iguales, disfrutar de la satisfacción de haberlo ganado por sus medios. Incluso había decidido que ingresaría sus ahorros, ya vería cómo, en la cartilla de su madre. Se percató de que su anticipación tenía mucho que ver con el cuento de *La lechera,* pero aun así le sirvió de estímulo.

Se colgó el bolso del antebrazo y, después de cerciorarse de que llevaba abrochados todos los botones de la chaqueta entallada de su traje verde esmeralda, se dirigió hacia la parada del autobús que desde el paseo de la Bonanova la llevó a la plaza de Cataluña. Miró la placa con el rótulo «Plaza del Ejército Español», la denominación oficial que casi nadie utilizaba.

Nuria llevaba zapatos de salón con tacones de media altura; la melena caoba muy moldeada por las ondas le caía hasta los hombros. Tenía los ojos jaspeados y con forma de almendra, a vetas de color miel salpicadas de azul, las pestañas curvadas y muy largas, las cejas bien trazadas, pero no demasiado finas, naturales, la nariz recta, de escultura griega, los labios carnosos, prominentes, y los pómulos altos y bastante marcados. Una cara serena en la que destacaba la vehemencia de su mirada, la de una observadora certera que siempre quiere saber algo más.

Nuria apenas tuvo que caminar un minuto hasta la puerta del número 56 de la calle Pelayo. El edificio donde la habían citado tenía unos balcones abombados que formaban surcos paralelos de flores metálicas sobre la piedra labrada del exterior. Solo un mirador que enmarcaba unas vidrieras muy llamativas en el segundo piso interrumpía esas hileras. De la cornisa sobresalían varias tallas de cabezas femeninas.

El portal le pareció bastante desangelado, como si el eco del invierno se hubiera quedado en él. Antes de decidirse a entrar, Nuria miró hacia Las Ramblas. Todavía notó más el contraste entre el bullicio exterior y el tiempo detenido dentro, como si otros siglos flotaran sobre aquella entrada con tanto mármol que parecía un mausoleo. Los espejos de las paredes laterales caían sobre ella, la disminuían, y lo llenaban todo de sombras de objetos que no estaban allí.

Quería echar a correr, abrazar a sus hijos, regresar a la bóveda protectora que acababa de abandonar para volver a mirar la máquina de escribir sin tocarla. En la nota que llevaba en la mano aparecía el número del portal, pero no el piso. Comenzó a subir despacio y sintió un movimiento a su espalda. Cuando se giró asustada, comprobó que se trataba de su reflejo en el hueco metálico que albergaba un jarrón enorme con dibujos en azul cobalto. Fue hacia él y lo sujetó por sus dos asas para que no se cayera de su peana de madera. No sabía por qué hacía aquello, pero en cuanto escuchó un tintineo dentro quiso volcarlo para ver qué contenía. Entonces el sonido de un reloj que llegaba de uno de los pisos de arriba detuvo su impulso y siguió subiendo para llegar puntual a su cita. Con la última campanada de las cinco recorrió el pasillo del entresuelo. Allí olía a especias, destacaba el aroma a canela, mezclado con el del jazmín y el eucalipto. La barandilla hacía juego con la forja del exterior. Sobre la pared, junto a la primera puerta, había un cartel plateado muy brillante: «Laboratorio cosmético», y debajo una firma imitaba la grafía manuscrita.

Hasta allí llegaba el sonido amortiguado y rítmico de unas máquinas. Sobre esta cadencia de fondo, escuchó también unos pasos a la vez que la puerta se abría con un mecanismo automático. Nuria entró y se fijó en la cristalera de la parte izquierda del pasillo, que daba a un patio interior cuadrado y muy grande. Miró hacia abajo: sus muros estaban recubiertos de hiedra. Era un reducto húmedo, campestre, en el centro de Barcelona. En él se apilaban estuches y envases con el mismo dibujo: un sol dentado que enmarcaba el perfil de una mujer con un moño alto, adornado por dos cintas, y una gargantilla que rodeaba su cuello estilizado.

A aquella hora de la tarde aún había bastante luz, potenciada por el predominio del color blanco de los azulejos y los muebles. Al vestíbulo tan tétrico se oponía aquella estancia diáfana como si no fueran espacios adyacentes, uno abajo y la otra arriba, sino que pertenecieran a ciudades, estaciones y épocas distintas.

Nuria se acercó a la mujer sentada tras una mesa que dos biombos en ángulo recto separaban de la sala central. Cuando le dijo su nombre y le enseñó el papel con los nombres del señor Aleix y la señora Leonor mientras le sonreía, la secretaria la miró con interés, abrió con lentitud su agenda, recorrió con el dedo índice la columna de la izquierda y le dijo que la estaban esperando, en la primera puerta a la derecha. A Nuria le gustó su vestido de cuadros de Vichy, muy ajustado a la cintura, como los que usaba Doris Day en sus películas para ir de pícnic.

En el lado opuesto de aquella única habitación que ocupaba casi toda la planta, había un hombre que agitaba un frasco estrecho de color ámbar. Se giró enseguida y la saludó con una sonrisa. Llevaba unas gafas que parecían acabadas de estrenar, era bastante alto, tenía la piel tostada, la mandíbula marcada, el pelo castaño, los ojos claros y una sonrisa deslumbrante. Nuria pensó que nunca había visto a nadie a quien una bata blanca le quedara mejor.

* * *

Cuando Nuria Somport llamó a la puerta del despacho, le respondió una voz autoritaria, bastante engolada y nasal.

—Adelante.

—Soy la señora Zafara.

—Pase, pase y siéntese —le dijo una mujer muy elegante, con el pelo blanco—. Señora Zafara, mi esposo, Aleix Frument, y el padre Vilesermes.

Nuria les dio la mano a los tres mientras observaba los muebles pesados de maderas exóticas, todo parecía inmune al tiempo, los objetos de escritorio brillaban de tal modo que se convertían en algo solemne, casi sagrado.

—¿Desde cuándo escribe, señora Zafara? —le preguntó Leonor Arana.

—Mejor llámeme Nuria, por favor. Pues escribo desde siempre. A mis hijos les leo cuentos que tratan de conversaciones que he tenido con la mayor, con Mireia. Los guardo para cuando el pequeño los pueda entender. Además, como les decía en mi carta, estudié Secretariado Internacional, por lo que se me da bien redactar todo tipo de documentos comerciales.

—Muy bien, señora Nuria. Verá... —tomó la palabra Aleix Frument—, usted conocerá el exitoso consultorio radiofónico que aconseja, me atrevo a decir que con mucho tino, a las mujeres de este país.

Nuria estableció la asociación entre los productos almacenados en el patio interior y el programa al que se refería, el que todos los días a la misma hora convertía las tiendas, los talleres de modistas, los patios de vecinos en cajas de resonancia con la misma voz multiplicada. Recordó la publicidad de cremas que se intercalaba entre las cartas radiadas. Pero enseguida le vinieron a la cabeza sus hijos y el corazón se le aceleró. ¿Cómo estarían?, ¿habrían merendado ya? La voz firme de don Aleix la devolvió a la realidad.

—Nosotros, nuestro laboratorio, somos los patrocinadores de este programa, y porque es política de esta empresa —su tono parecía el de un ministro o el del patrón dirigiéndose a sus trabajadores—, no queremos dejar sin responder a ninguna de las numerosas peticiones que llegan de las oyentes. Esa es nuestra intención; sin embargo, estamos desbordados por el aluvión de correspondencia que recibimos cada semana. —Le señaló un par de montones de cartas que había sobre una mesa redonda—. Antes de continuar, quiero que tome notas de lo que le voy a decir a continuación porque necesito comprobar que no comete usted faltas de ortografía. Entenderá que tenemos que velar por la imagen de nuestro negocio.

Como si fuera una escena ensayada, en ese momento entró la secretaria y dejó una bandeja que contenía, además de un servicio de café y un plato de pastas, un cuaderno y un lápiz.

—Muchas gracias, Liliana. Sírvase, padre —dijo doña Leonor, y los demás esperaron a que lo hiciera.

—Nuestras consultantes son en muchas ocasiones personas desorientadas que se encuentran en momentos cruciales de su vida —continuó el señor Frument—. Ahí entraría usted, si así lo decidimos. Tendrá que demostrarnos que es una persona sensata que sabe dirigir con sutileza a esas mujeres y evitar que cometan barbaridades contrarias a la moral. ¿Me entiende, señorita Nuria?

Ella no quiso corregirle sobre la fórmula de tratamiento. Solo asintió sin dejar de escribir los detalles que él le había ido desgranando sobre el funcionamiento de aquella correspondencia.

—Pero, antes de eso, tendremos que saber de su buen hacer, que ahora solo presupongo por sus notas. —El señor Frument, después de mirar de reojo su letra en el cuaderno que le habían entregado, se incorporó, sacó al azar, o así lo quiso creer ella, un sobre entre todos los que estaban abiertos y se lo tendió—. La esperaremos aquí.

Liliana le hizo un gesto para que la siguiera. Nuria apreció aún más de cerca su talle ajustado, el cabello rubio cortado a mitad de su nuca y la gracia con que andaba.

La secretaria la acompañó hasta un cuarto bastante más pequeño donde había un escritorio en el centro. Las paredes estaban atiborradas de recipientes, ordenados en las estanterías, de los mismos artículos de belleza que había visto en el patio. Nuria se sentó.

—Esto le va a llevar un rato, si quiere puedo avisar a su marido —le dijo Liliana mientras fijaba su vista en la alianza de Nuria.

—No será necesario —dijo bastante triste—. He venido sola.

—Discúlpeme —se apresuró a decir Liliana—. No quería ser indiscreta.

—No lo ha sido. Máximo viaja mucho, es comercial —añadió al notar cierta incredulidad en Liliana—. Por eso no ha podido acompañarme.

—¿También se dedica a los cosméticos?

—No, no, no tiene nada que ver con esto. Trabaja en Minas Generales.

—Es una gran empresa —dijo Liliana sorprendida—. Seguro que conocen a un montón de gente importante.

—Bueno, Máximo siempre dice que los buenos contactos son cruciales en los negocios.

—Eso es cierto —dijo Liliana mirándola con intensidad—. Bueno, no le quito más tiempo, que me pongo a charlar y se me va el santo al cielo.

—No se preocupe, se lo agradezco. Me ha ayudado a relajarme. Además, no tengo a demasiadas personas con quienes hablar —añadió Nuria con bastante timidez.

—Ahora apresúrese, los señores Frument están esperando. —Liliana le sonrió de una forma muy cercana y añadió antes de salir y cerrar la puerta—: Le deseo suerte.

Después de pasear la vista sobre los recipientes de las estanterías, maravillada ante su variedad, Nuria se centró en la carta; le preocupaba no entender la caligrafía, pero enseguida se dio cuenta de que era bastante fácil de leer a pesar de su trazo alargado.

> Apreciada señora:
>
> Verá lo que me sucedió la semana pasada. (Pero antes de narrárselo, permítame que me presente, soy una mujer de mediana edad, bien parecida a decir de todos, vivo en una ciudad muy importante de la que entenderá que no le diga el nombre). El otro día me hallaba con mi marido en un restaurante. Nosotros estamos a punto de cumplir los treinta años de casados, él me trata como a una reina a pesar de que Dios no ha querido mandarnos hijos. La cuestión es que en el establecimiento que le di-

go, mientras comíamos, mi esposo no dejaba de desviar la vista hacia otra mesa que ocupaban una madre y su hijo, un niño de unos siete años. Cada vez mi marido los miraba con más insistencia, como si no le importara hacerse notar, y esto me incomodaba. No quise preguntarle si los conocía por que no se alterase. El caso es que cuando la mujer se levantó, al contrario de lo que yo esperaba, no la siguió con la mirada sino que se concentró en el pequeño. Mientras yo me hacía la despistada con la copa de helado, vi cómo le sonreía y le hacía gestos con la mano. Cuando la madre volvió del aseo, se fue entonces el pequeño y mi esposo detrás, como si lo hubieran impulsado con un resorte. No entendía la situación. Como pasados unos diez minutos no regresaban, decidí acercarme hacia la zona de los baños y desde lejos, porque el local es muy grande, vi que le daba algo al niño en la puerta del lavabo de caballeros. Estoy casi segura de que se trataba de dinero.

No sé qué creer. Como le he dicho, no me atrevo a preguntarle, hasta he llegado a pensar que tiene una doble vida, que aquellos dos son su otra mujer, o lo que sea, y su hijo, pero el hijo de él, que se los encontró allí por casualidad y que aunque ella se hizo la distraída, pues el niño lo reconoció y para que mantuviera la boca cerrada le dio dinero. No sé, yo que pensaba que lo sabía todo de él, tan metódico que es, y ahora descubro que tiene otras relaciones con personas que a mí me son desconocidas. ¿Qué le parece a usted? Me aliviaría mucho recibir una pronta respuesta de su parte. Quedo pues a la espera.

Atentamente,

Una mujer que duda

Nuria la leyó de principio a fin sin detenerse. Decidió que ante la falta de otros datos lo más práctico era tranquilizarla y evitar que viera fantasmas. Con esa idea redactó la respuesta con el estilo habitual del programa.

Estimada amiga:

Creo que usted ha exagerado lo que ni siquiera llega a ser un suceso. Tal vez por lo que me cuenta de que no han sido padres, no es de extrañar que su marido sienta cierta frustración y le atraiga disfrutar, aunque sea de esta manera tan breve, de la presencia de los más pequeños. Ese es el motivo por el que se muestra tan amable. No hay nada malo en el hecho de que un hombre sonría a un niño y le haga alguna carantoña. Eso sí, lo que me cuenta del dinero, si de verdad es así, ya me parece excesivo. Por el bien de la economía de ustedes, espero que su esposo no se dedique con frecuencia a distribuir su capital con esa alegría.

Bien, amiga, lo que yo le recomendaría es que, si tienen sobrinos, vecinos... de una edad similar a la del niño del restaurante, observe cómo se comporta su marido en compañía de ellos. Ahí hallará la clave. Mientras tanto, quédese tranquila, no hay nada malo en quien, como usted misma dice, a todas luces es un sol.

Gracias por escuchar atentamente cada tarde mi consultorio.

Nuria releyó su carta dispuesta a pasarla a limpio en otra de las hojas que le habían proporcionado, pero consideró que no era necesario, añadió alguna coma y no incluyó ninguna modificación más. La inquietó sentir que la había redactado como si fuera otra persona; aquella no era su voz ni su manera de expresarse.

Salió del cuarto y golpeó con los nudillos la puerta del despacho del señor Frument.

—Pase, pase —dijo este.

—Veamos cómo escribe usted. Si es tan amable, lea primero la carta recibida y después la suya —le dijo el padre Vilesermes mientras se enderezaba en su silla.

Cuando comenzó con la historia del niño del restaurante, doña Leonor y el sacerdote no cesaron de intercambiar miradas. Nuria no se detuvo hasta el último párrafo, en el que, en nombre de la popular locutora, conminaba a la radioyente a no incomodar a su marido con preguntas insidiosas. Los tres sonrieron con satisfacción.

—Señora Zafara —volvió a llamarla así doña Leonor—, vamos a pensar que tenía razón en lo que nos decía en su carta, que era usted a quien buscábamos. Es una respuesta excelente, veo que ha captado la esencia de nuestro programa. Otras cuestiones se las podemos explicar, pero no todas, o se intuye lo que se debe hacer o no. ¿Verdad, padre?

Nuria se volvió. Tanto el sacerdote como don Aleix la miraban atentamente. Parecía que los dos hombres habían enmudecido. Tanto la misiva recibida como la redactada por Nuria les habían planteado muchos interrogantes. No se trataba de un tema fácil, sino, por lo que eran capaces de adivinar, bastante escabroso, y Nuria había salido airosa de la prueba: se había mostrado maternal, serena, había desplegado cierta capacidad de análisis y sobre todo le había restado importancia a cualquier sospecha que pudiera poner en peligro el matrimonio de la oyente. No se podía pedir más.

—No tengo nada que objetar —respondió finalmente Vilesermes—. Yo me encargaré de supervisar las respuestas que escriba antes de que se envíen. Por lo que veo, es usted espabilada. Confío en que sabrá asumir con exactitud su cometido.

—Creo que mi esposo también estará conforme. ¿No es así, Aleix?

—Por mi parte no hay ningún inconveniente respecto al contenido y sí mucha satisfacción. De modo que respondida queda la carta —dijo el señor Frument guardándola dentro de una carpeta de piel con cremallera.

Nuria sonrió complacida.

—Pues bien, querida, por ahora, considere que está a prueba. Andando y viendo. Con calma —le dijo doña Leonor con una amplia sonrisa.

—Muchas gracias —respondió con la vista baja y sin creérselo aún.

—Le ruego, eso sí, que me acepte que la invite a almorzar un día de estos, me gusta conocer bien a la gente con la que trabajamos —continuó doña Leonor, y dijo «almorzar» en vez de «comer», como si se hallaran en otro lugar de Europa o si tuviera por costumbre adelantar sus horarios.

—Será un placer —le dijo Nuria mientras se preguntaba si aquel encuentro formaría parte del proceso, si sería un tanteo más.

—Cada viernes usted se llevará a su casa una caja de estas con los sobres abiertos y nos las devolverá contestadas. Piense en la labor social que va a hacer al servicio de todas esas pobres gentes desnortadas. Como adivinará, no habrá contrato, la confidencialidad nos obliga a que así sea, pero tiene nuestra palabra: le pagaremos puntualmente y creo que una cantidad que le va a parecer muy bien. ¿Está de acuerdo? —Y antes de dejarla contestar, continuó—: ¿No es así, Aleix? Dile a la señorita cuánto será —doña Leonor la trataba alternativamente de una forma u otra.

—Le daremos cada semana un cheque por valor de 175 pesetas, es decir, 700 al mes —dijo el señor Frument—, además de un pequeño aporte para su desplazamiento. En la caja encontrará hojas de papel membretado y otras de papel de calco para las copias; si nos informa de la marca y modelo de su máquina de escribir le entregaremos varias cintas de tinta. Entenderá que prefiramos que las respuestas suyas sean mecanografiadas. Confío en que le interesen nuestras condiciones.

Los tres se miraron con una complicidad que la excluía a ella, como estableciendo un polígono que marcaba los límites que Nuria no podía atravesar. Advirtió que ellos parecían necesitarla a ella más que al contrario, aunque se esforzaran en fingir que no era así, pero le parecía captar cierta premura en todos sus gestos y disposiciones.

Se limitó a asentir sin decir que necesitaba pensarlo, pero era lo que se disponía a hacer nada más saliera de allí. No sabía a ciencia cierta dónde se estaba metiendo. Tenía la sensación de que le ocultaban bastante más de lo que le explicaban. El señor Frument, desde detrás de su escritorio, le tendió la mano.

—Nuria, hasta dentro de una semana. Si necesita cualquier cosa llame a este teléfono. —Le entregó una tarjeta de visita—. La atenderemos mi esposa o yo de forma inmediata. Y no se olvide de la discreción que exige una labor tan delicada. Muchas gracias.

—Querida, estoy segura de que va a ser una gran colaboradora nuestra —se despidió la señora Frument.

—Encantado, señora Zafara. Si necesita mis auxilios espirituales, me encontrará en la parroquia del Buen Pastor. Confieso los viernes a las siete y media, así que, si me disculpan, me marcho ya que tengo un buen trecho hasta allí. —El sacerdote salió antes que ella.

El señor Frument y su esposa avisaron a la secretaria, que se dispuso enseguida a embalar, con papel de estraza y cordel de bramante, el paquete que iban a entregarle a Nuria.

—Para no ocasionarle más molestias, la próxima semana la tendremos ya preparada, entienda que hoy no sabíamos si se la iba a llevar —le dijo doña Leonor.

—Enhorabuena —le susurró Liliana cuando le entregó la caja después de envolverla.

Nuria le dedicó una sonrisa, comprobó que la caja no pesaba demasiado y cruzó con ella la sala. Comenzaba a atardecer. Ya no quedaba nadie más en el laboratorio y el ruido de las máquinas del piso inferior también se había apagado.

En cuanto alcanzó el recibidor se sintió muy inquieta. Eran casi las siete y aún tardaría media hora en llegar a casa. Necesitaba encontrar una cabina para llamar a Dora.

En la cola para el teléfono Nuria aún tenía por delante a dos personas, y el que estaba dentro parecía no tener ninguna prisa, apoyaba la espalda contra el cristal y se reía con la cabeza levantada. La mujer que esperaba en primer lugar miró la hora.

—Menudo fresco, con la prisa que tengo. Voy a ver si encuentro otra libre —dijo.

Entonces el hombre que quedaba la miró. Nuria se frotaba los brazos, rebuscaba en su bolso, tenía la caja en el suelo junto a ella.

—Usted también necesita hablar cuanto antes, ¿no? Cuando salga este, pase. Lo mío no es urgente.

—Pues sí que se lo agradezco, mis hijos están con una vecina y yo me he retrasado. Gracias, gracias.

Enseguida salió el ocupante de la cabina, que sin dejar de sonreír la miró de arriba abajo y se marchó.

—Será solo un minuto —le dijo a aquel hombre con un traje que tendría varias décadas, igual que su sombrero.

Metió unas monedas y comenzó a girar el dedo de tal manera que parecía que quería marcar todos los números a la vez. Dora comunicaba. Comenzó a moverse sobre un pie, después sobre el otro, apoyó la mano en una de las paredes transparentes. Accionó la palanca y recuperó las monedas. Marcó de nuevo con el mismo resultado. Primero se le ocurrió que sería Máximo quien estaba hablando con Dora, ya que siempre que necesitaba comunicarle el día de su llegada o un cambio de planes le daba el recado a su casera. A ella no le gustaba ocasionarle estas molestias, pero no tenía más remedio porque no había conseguido vencer su empecinamiento respecto a su negativa de contar con una línea propia. Se asustó al pensar que él no entendería que hubiera salido sin sus hijos. Sudaba. Después pensó en que podría haberles sucedido algo a Marc o a Mireia y que por eso daba el tono de ocupado de manera continua.

—No ha habido suerte —le dijo el hombre que esperaba afuera.

—No, pero gracias igualmente —le contestó con una expresión ausente, y corrió hacia la parada del autobús, que estaba desbordada de pasajeros.

3

—Bien, ya está aquí, menos mal —dijo alguien en la cola, y la sacó de su ensimismamiento.

Aquellos minutos de espera se le habían hecho eternos. Cuando vio aparecer el autobús renqueante, del que salía demasiado humo, interpretó que todo eran señales que apuntaban a que abandonara aquella aventura que pretendía emprender.

Nunca el mismo trayecto se le había hecho tan lento. Avanzaban muy despacio, la fila de vehículos en el mismo carril estaba casi detenida. Con un pañuelo se frotó la cara sin recordar que llevaba maquillaje, vio las manchas arcillosas sobre la tela y sacó la borla del estuche de Maderas de Oriente para retocarse ante la ventana. Superpuestas a su cara de preocupación vio las de sus hijos que lloraban. Pensó en seguir a pie, se asfixiaba allí dentro, pero en vez de bajar desató el cordel de la caja, rompió el cartón por la parte de arriba, levantó la tapa y pasó la mano sobre los sobres alineados y abiertos. Calculó que habría unos cincuenta. Para intentar distraerse leyó de dónde procedían y la fecha de los matasellos que no estaban borrosos. Cogió la carta que más sobresalía y en cuanto comenzó a leerla no pudo parar.

Estimada amiga:

Soy una madre desesperada. Presencié algo que supuso lo peor que he vivido nunca. Verá, tengo llaves de la casa de mi hija y el otro día me disponía a dejarle allí un jersey de angorina. He de decirle que es una prenda preciosa, le gustó desde que lo vio en el escaparate, pero hasta aquella mañana de la que le hablo no trajeron su talla. Quise darle esa sorpresa, que lo encontrara allí cuando volviera de trabajar del hospital, pero la sorpresa me la llevé yo.

Resulta que nada más entrar vi pasar una sombra por delante de la entrada del dormitorio principal. La música estaba bastante alta y supuse que no dejó oír que yo había abierto la puerta del piso. Tuve miedo y pensé en marcharme, pero consideré que si había un ladrón, o varios, al menos tenía que dar la voz de alarma. Servir de algo, esa es siempre la labor de una madre, señora, ya lo sabe. Avancé de puntillas. Crucé el salón y, al asomarme a la habitación de matrimonio, vi a una mujer de espaldas que se miraba en la luna del armario. Usted me perdonará la expresión, pero tengo que decirle que iba vestida como una fulana, con una falda negra de tubo muy pegada, medias con costura, zapatos con mucho tacón y la melena suelta hasta la cintura. En la parte de arriba llevaba una blusita de guipur muy transparente, demasiado. Un semanario de pulseras en la muñeca, dos anillos por lo menos en cada mano... y hasta ahí vi.

Mi hija es rubia natural, le lavé el cabello durante años con camomila, y además tiene mucho estilo y una manera de vestir muy discreta. Todo lo contrario que aquella mujer.

Me escondí en el cuarto de al lado, con la puerta entornada podía ver por la ranura entre el marco y las bisagras. No entendía qué hacía aquella señora, por decir algo, allí y a aquellas horas. Cuando pasó por delante de mí y la pude ver mejor a través de la rendija quise morirme. Llevaba pestañas postizas, los labios muy pintados y... ¡y era mi yerno!

Me empezaron unas palpitaciones tan intensas que pensé que se me iba a salir el corazón por la garganta. Al pasar por el mueble del comedor se agachó para quitar la radio, se colgó el bolso en el hombro y salió. Yo dudé entre asomarme al balcón para ver dónde iba o poner el ojo en la mirilla, y acerté con lo segundo. El itinerario fue breve. Cruzó el descansillo, sacó una llave, abrió y entró en el piso de enfrente.

No sé qué hacer, mi hija trabaja mucho, a turnos además. Los enfermos son su vida. Él estudia las oposiciones a juez. Les dijimos que no se casaran antes de que las aprobara, que eran muy jóvenes y no había prisa. Pero se empeñaron. Y ahora esto. ¿Debo decírselo? El susto que yo me he llevado ha sido de campeonato, pero no quiero ni pensar qué le sucedería a mi querida niña si se lo encontrara de esa guisa. Le suplico su consejo y se despide de usted,

Una madre que desearía que su adorada hija fuera soltera

Como si estuviera en trance, Nuria comenzó a responderle de forma inmediata en la libreta que siempre llevaba en el bolso. Había dejado de mirar hacia la calle, los segundos pasaban, pero al menos ella había dejado de contarlos. Se puso a escribir como si estuviera sonámbula.

Estimada señora:

Me habla de sorpresa, la que quiso darle a su hija con el jersey de angorina, y es posible que el yerno de usted ande en algo parecido. No se desespere. Si tiene llave del piso del mismo rellano tal vez se deba a que lo ha comprado con el dinero de sus padres, para unirlo con el suyo y aún no han querido decirles nada. Todo es posible. No quiere decir que fuera allí para encontrarse con alguien. Como suegra, también posee usted la llave de su vivienda, y en esto no hay más que una muestra de confianza. Cada matrimonio es un mundo, el casado casa quiere, y yo le recomiendo que no se inmiscuya en sus vidas, que ellos sabrán.

Por la exigencia de su trabajo, su hija no debe de andar muy sobrada de amigas, y quién nos dice que no sea su yerno quien se preste así vestido a desempeñar ese papel de paño de lágrimas cuando muere alguno de los ingresados en el hospital.

Mire, no le dé más importancia a algo que a todas luces parece un juego entre ellos. Pronto llegarán los nietos y con ellos verá colmada su dicha. Piense que lo que vio no le incumbe, que no tenía que estar entonces en su casa y ya está.

Gracias, amiga, por su afectuosa carta. Vuelva a escribirme cuando quiera.

Sin nada más que decirle me despido de usted.

Y Nuria no se atrevió a firmar, pero a punto estuvo de hacerlo. Aquellas líneas las había redactado alienada. Estaba convencida de que, después de más de la década y media que llevaba el consultorio en la radio, se le habían pegado sus maneras, esas actitudes, la recta forma de actuar que propugnaba y a la que aquel programa servía de altavoz.

A pesar de lo que le impactó esa historia, no le había hecho olvidar las dos páginas escasas con las que la pusieron a prueba, lo que desprendían, tan opuesto a la normalidad que ella había destilado en su contestación. Como si no sucediera nada.

Le parecía un comportamiento muy cínico y muy poco ético por su parte haber ocultado la aversión que en realidad sentía, con el solo propósito de agradarles. Pero cuando tuvo enfrente al padre Vilesermes supo de forma inmediata cuál tendría que ser el cariz de lo que respondiera.

Aun así no se podía quitar de la cabeza la imagen del niño en los urinarios del restaurante, al marido de la consultante detrás de él, el modo en el que lo habría llamado para que acudiera, su forma de congraciarse con él, el asco, la preeminencia, la soltura con la que actúan quienes abusan de los que, por su edad, por su posición social o por otros motivos, consideran inferiores a ellos. Se dijo, para mitigar tanto desasosiego, que también cabía la posibilidad de que solo fueran presunciones suyas, meras sospechas.

Por fin, el autobús se acercó al paseo de la Bonanova. Nuria se animó pensando que enseguida sabría de sus hijos, pero de nuevo su mente volvió a la escena de la entrevista: estaba convencida de que le habían mentido para obligarla a hacer lo mismo: mentir a sus interlocutoras. Si no se emitían en la radio estas consultas, no era por falta de tiempo, como le habían dicho, ni porque se vieran sobrepasados por la cantidad de cartas recibidas. No podía evitar que se le disparara la imaginación ante aquellos dos casos recién conocidos; así había sido ella siempre: para lo bueno y para lo malo, fabular no solo le servía para escribir, sino también para mantenerse a flote y, en aquellos momentos en concreto, para olvidarse de lo culpable que se sentía por abandonar a sus hijos durante varias horas.

Por eso, a pesar del desasosiego que le producía su conciencia, no podía negar que a la vez se sentía ilusionada por que se le brindara una oportunidad de trabajar con las palabras.

Cuando levantó la vista de la caja de cartas, guardó enseguida su cuaderno porque advirtió que el autobús enfilaba ya su calle. Observó a los demás pasajeros como si entre ellos pudiera encontrar a los protagonistas de las historias que acababa de leer. Un par de personas le devolvieron la mirada con la misma intensidad. Respiró con alivio y se recompuso para bajar en la siguiente parada.

* * *

Hasta la planta baja de la casa Muley Afid llegaban las risas de sus hijos. No podía tener mejor regalo de bienvenida como colofón a aquella tarde tan agitada. Subió hasta el ático y en cuanto se saludaron, la señora Dora le dio un aviso de Máximo.

Por la hora de la llamada supo que su marido y ella habían telefoneado a su casera en el mismo y preciso instante. Máximo le dijo a la señora Blúmer que su última visita lo había entretenido demasiado, aún permanecía en Zaragoza y no se sentía con fuerzas para coger el coche, así que llegaría a la mañana siguiente.

—¿Le fue bien en su gestión? —le preguntó su vecina con mucha curiosidad.

—Bueno, en realidad era una entrevista para un trabajo. Me han dicho que tengo que ocuparme de responder a las cartas comerciales de una empresa de cosméticos —le dijo cumpliendo el compromiso hecho a los señores Frument y al padre Vilesermes de no hablar de la naturaleza de aquella comunicación—. Venden cremas al aceite de visón, al aceite de aguacate y todo eso. De las que anuncian por la radio.

—Entonces ha conseguido el trabajo, la felicito. ¿Y le regalarán todas esas cremas? —le preguntó muy interesada.

—Más adelante imagino que sí. Muestras por lo menos. Pero ya veremos, no quiero construir castillos en el aire.

—¿Es una firma francesa? —continuó Dora.

—No, de aquí.

En aquel momento apareció Mireia en mitad del pasillo.

—Mami, ¿dónde estabas? —A la niña le había resultado extraño también no pasar aquella tarde con su madre, pero Nuria la notó contenta.

—Cerca, cielo. Nos vamos ya. ¿A que has estado muy bien con la señora Dora? —Se dirigió entonces a ella—: Gracias, me ha hecho un favor enorme, de no ser por usted no habría podido ir. No sé cómo agradecérselo.

—Descuide. No ha sido ningún esfuerzo. Son muy ricos. Se nota que los tienen bien educados. —Alzó a Marc del suelo—. A veces echo de menos no tener hijos, pero solo a veces, muy pocas —le dijo sin dejar de sonreír.

—Dora —dijo Mireia—, hay que ver qué elefante eres. —Las dos se rieron.

—Mireia, ya está bien, y a las personas mayores se las trata de usted —la reprendió su madre, como si la niña supiera a qué se refería con aquello.

—Pero ¿tan tan gorda me ves? —continuó Dora la broma.

Era muy delgada, demasiado, según Máximo, flaca como un silbido, le había dicho, y Nuria esperaba que su hija no lo repitiera en aquel momento. A ella, en cambio, le parecía esbelta pero contundente, como si hubiera sido tallada en un material irrompible. Admiraba su elegancia, su pose delicada pero a la vez fuerte, su carácter decidido.

—Dora, si esto va adelante, le tendré que pedir que me ayude a buscar a alguien. Esto ha sido una vez, pero ya está. Cada viernes tendría que ausentarme un par de horas... —dejó la frase en suspenso. Evocó la sintonía *Indian summer* de Victor Herbert. Desde hacía unas horas tenía otro significado para ella—. Ya hablaremos. Y gracias de nuevo.

Antes de que Dora cerrase la puerta miró alrededor. Aquel apartamento tenía bastante de casita de muñecas, así lo percibió ya la primera vez que entró. Todo estaba bien colocado, en orden, resplandeciente. A cada cuadro, a cada mueble, se le podría aplicar el adjetivo de «femenino», como si esa fuera la característica primordial del universo de su casera.

Nuria no sabía de ella más que lo que mostraban las paredes, su biografía a través de los retratos enmarcados: fiestas, desfiles de moda, viajes, todas aquellas escenas tenían en común el lujo. Máximo le había contado que Dora no necesitaba trabajar porque con la renta del alquiler que ellos le pagaban y la herencia que le había dejado su madre vivía de forma muy desahogada.

Desde el pasillo, Nuria divisaba el borde de la bañera y una banqueta con tres soportes de corcho cubiertos por pelucas.

—Ah, eso —le dijo Dora siguiendo su mirada—. Según cómo me levanto soy rubia platino, morena o pelirroja. Así no me aburro de mí misma.

Mireia salió disparada y cogió uno de aquellos cascos de pelo postizo, se lo colocó sobre la cabeza y echó a correr por el pasillo. Su madre salió detrás de ella para quitarle aquella melena rizada de color caoba y devolvérsela a su dueña.

—Tenga, y perdone. Ya la dejamos tranquila.

En cuanto se quedó sola con los niños, pensó que el cariz de aquellas cartas no sería del agrado de su marido. Consideraría sus historias demasiado subidas de tono. Por este motivo, y no porque hubiera prometido confidencialidad a los señores Frument, se dispuso a buscarle un sitio a la caja fuera de la vista de Máximo. Después de dar un par de vueltas por la casa con ella, la metió a presión en la parte baja de la alacena, en un hueco dividido en dos espacios. El fondo de aquel armario de la cocina no estaba cerrado sino que daba al patio, tenía una tela metálica al fondo para dejar allí bien aireadas las patatas y las cebollas y evitar que les crecieran tallos.

De pie, con la vista fija en la caja allí depositada, fue consciente de que sería la primera vez que no lo compartiría con su marido. Pero estaba convencida de que, si él conocía el contenido de aquellas misivas, no le haría ninguna gracia que las contestara, ni que leyera sus historias tremendas. No le parecerían adecuadas para alguien como ella, es decir, para su mujer.

4

Cuando Nuria se despertó a la mañana siguiente, Máximo Zafara estaba sentado en su cama contemplándola.

—Buenos días, no pensaba que llegarías tan temprano —le dijo mientras se desperezaba.

—Al amanecer cogí el coche. Estaba impaciente por veros. —Eran casi las nueve de la mañana—. No hay como la paz del hogar para reponerse.

—Ayer salí un momento, Máximo —le dijo de pronto. Sintió que tenía que disculparse por no estar en su hogar cuando él telefoneó a Dora—. Fue para ver una cosa de un trabajo.

—¿De escribiente como tú querías?

—Más o menos. Sé que no necesitamos el dinero, pero me entretendrá, me hará sentirme más útil. Sabes lo mucho que me gusta escribir.

—Pero ¿y los niños?

—Eso es lo mejor, Máximo, no tendré que salir de casa. Se trata de… —Nuria dudó, sopesaba sus palabras—, de responder a la correspondencia del departamento comercial de una empresa de cosméticos y eso lo puedo hacer desde aquí. Eso sí, siempre que no tengas inconveniente.

Máximo Zafara no encontró nada malo en aquella actividad, equiparable a coser para una firma de moda o a hilar cuentas de bisutería.

—Si te hace feliz, no tengo nada que decir. Si te cansas, lo dejas y ya está. Asunto terminado. —Entonces le tendió un paquete rectangular de apenas un centímetro de alto—. Ábrelo.

Nuria desplegó con cuidado el papel y abrió un estuche de cartón. Era un pañuelo de seda brillante de color salmón. Cada semana Máximo le traía un regalo. Nunca se olvidaba. Mientras acariciaba aquella tela pensó que, aunque se viera obligada a ser discreta con la correspondencia del programa, eso atañía a los demás, a Dora, por ejemplo, pero su obligación era compartir hasta el último detalle de su vida con su marido para que esta fuera plena, sin opacidades. Entonces se decidió a contárselo:

—Máximo, no te…

—¿No te gusta? Es para que te abrigues el cuello.

Entonces entró Mireia.

—Papi, ¿y para mí?

Le dio a la niña un sobre de papel con el dibujo de un muñeco que subía por unos peldaños.

—Mira, es el saltimbanqui Dunkin, los chicles me los comeré yo. Cada vez te traeré una escalera para que pueda bajar y subir más trozo.

La niña se quedó parada hasta que él le hizo la demostración y entonces comenzó a saltar y a aplaudir.

En momentos como aquellos Nuria sentía que necesitaba que las estancias de él en casa fueran más largas.

* * *

Los Zafara no dejaron de salir y entrar durante los dos días siguientes. Máximo tenía tanta energía que, en lugar de descansar, parecía que había decidido concentrar en un mismo fin de semana lo que otra familia habría hecho en un mes. El sábado por la mañana se acercaron a la Barceloneta para comprar pescado. Las paradas frente al puerto eran mesas cubiertas con una lona azul donde se alineaban las distintas variedades de productos del mar. Máximo se empeñaba en oler el marisco que le llamaba la atención y ella, cada vez que hacía eso, sacaba el monedero y lo pagaba. No le parecía correcto dejarlo después de que su marido lo había tenido en las manos y aspirado con aquella intensidad. Era voraz en todos los aspectos. Cuando ya llevaban un par de kilos, lo arrastró del brazo para no tener que comprar más.

Por la tarde, después de comer en casa, fueron al zoológico, y cuando anocheció pasearon por Las Ramblas. Como siempre que estaba con Máximo, Nuria no dejó de hablar. Era como si guardara para él todas las palabras. Le transmitía hasta el más mínimo detalle de sus quehaceres cotidianos, de sus inquietudes, de lo que había pensado durante la semana. Había sido así desde el primer momento. Le refirió las travesuras de sus hijos y la emoción que sintió cuando Marc se soltó del mueble del comedor en el que estaba apoyado de pie, para caminar hacia ella con los brazos abiertos y sus tres primeros pasos vacilantes. Le hubiera gustado que él también estuviera presente. Pero a diferencia de sus conversaciones anteriores, en esta ocasión hubo algunas cosas que no le contó.

En cuanto llegaron de nuevo a su hogar, Máximo se metió en la ducha y después se sentó en su butaca a leer el periódico que ese día había bajado él a comprar. Mientras tanto, Nuria bañó a los niños, les dio la cena y apenas veinte minutos después los acostó. Cuando ella entró en la habitación de matrimonio la cogió por detrás. Comenzó a besarle la nuca, primero entre sus cabellos y después le levantó la melena. Le desabrochó el sujetador y la tendió de espaldas en la cama. El placer que era capaz de proporcionarle, Nuria no imaginaba que pudiera existir fuera de él. No le permitía que su cuerpo guardara ningún secreto, la manejaba como un instrumento al que afinara. Y la sensación le duraba días, como si hacer el amor con él no consistiera solo en aquellos minutos sino que fuera el comienzo de su permanencia en ella. La forma de decirle que se iba, pero que se quedaba.

* * *

El lunes, en cuanto Máximo se marchó, Nuria colocó sobre la mesa de la salita de estar, el centro exacto del caparazón que para ella era su casa, la máquina de escribir Olympia azul cielo. Había anticipado ese momento desde que volvió el viernes de la calle Pelayo. Estaba decidida a que, durante al menos un par de días, solo la ligaran con el mundo exterior aquellas cartas.

Fuera de los sobres, con una caligrafía apresurada, resumían de qué trataban con un par de palabras —«Lío amical», «Sent» o «Senti» querían decir «sentimental»—, y a veces con frases más extensas como «Ha perdido el reloj» o «Señorito de 23 años desea barba cerrada». La primera que se dispuso a leer solo tenía dibujada una cruz negra como descripción de su contenido.

> Estimada señora:
>
> Verá lo que sucedió en mi familia. Le advierto que es terrible.
>
> A unos pocos kilómetros de nuestra casa había un hotel precioso, con vistas a la marisma.

Nuria miró el remite y comprobó que se había enviado desde Huelva. Los señores Frument le habían explicado que eran muy pocas las cartas que llegaban de fuera de Cataluña y nunca eran radiadas porque a través de las ondas no era posible que las interesadas escucharan la respuesta.

> Cuando yo tenía unos nueve años y mi hermano once, el recepcionista de aquel establecimiento avisó a mi padre por teléfono,

le dijo que mi madre se hallaba en una de las habitaciones con un militar. Tengo que aclararle que soy hija de un comandante, así que imagínese la gravedad del caso.

Aquella tarde tan funesta, la peor de mi vida, un ordenanza nos recogió en el colegio una hora antes de la salida. Vi entrar a un uniformado en el aula, le dijo algo al oído a nuestra profesora y ella me ordenó que recogiera mis cosas y lo acompañara. Lo mismo hicimos con mi hermano. Me temí que hubiera sucedido una tragedia; lo que aún no suponía entonces era que el drama aún estaba por llegar y que, en la malévola mente de mi padre, el plan armado era que nosotros lo presenciáramos.

El chófer nos dejó en la puerta del hotel que le digo. Mi padre esperaba en una de las butacas de la cafetería, subimos los tres la escalera, recorrimos el pasillo y frente a una de las puertas, la más alejada del rellano, nos detuvimos. Ni mi hermano ni yo sabíamos lo que íbamos a hacer allí. Entonces mi padre sacó la llave maestra que le había entregado el empleado de aquel establecimiento, abrió la puerta y allí estaba mi madre en la cama, despeinada y con el maquillaje alterado, junto a un joven. Mi padre nos cogió a ambos de la mano y nos situó delante del balcón. El militar quiso huir, pero en cuanto puso un pie en el suelo mi padre le disparó en la cabeza. Entonces mi madre comenzó a farfullar, a temblar, a llorar, a suplicarle que la dejara estar, por el bien de toda la familia, le suplicaba. Él parecía que no la escuchaba, le apuntó entre las cejas y le abrió un boquete en el centro de la frente. Se golpeó contra el cabecero al írsele el cuello para atrás. Mi hermano y yo nos abrazamos, no podíamos caminar, pero mi padre nos empujó hacia la salida. Subió un mozo del hotel y mi padre le dijo: «Avise a las autoridades, ustedes ya tienen trabajo para limpiar todo esto, mi honor ya lo he limpiado yo».

Esto sucedió en mi más tierna infancia, señora. ¿Qué piensa? ¿Por qué obró así mi padre? ¿Fue esto un escarmiento? Hizo que presenciáramos la degradación de mi madre, pero al fin y al cabo ella iba a morir; según los principios morales de quien la mató, no había vuelta atrás, pero ¿y nosotros? ¿Por qué nos obligó a vivir con esto?

Como imaginará, tanto mi querido hermano como yo hemos permanecido solteros. Nos avenimos bien, seguimos en la que fue nuestra casa, yo cocino para él, me gusta hacerlo porque conozco sus gustos, además compartimos aficiones, vamos al cine, leemos los mismos libros y no voy a negarle que me complace que muchas veces nos traten como a un matrimonio, y eso que no saben que en noches de tormenta dormimos abrazados en el mismo lecho que fue de nuestros progenitores. Menos mal que este no fue mancillado.

Tal vez le parezca un tanto original nuestra relación, pero a nosotros nos mitiga el dolor. Solo hubo algo positivo en todo aquello y es que nos unió para siempre. De mi padre no supimos nada hasta que murió en un destino lejano.

Gracias por leer mi historia, le agradecería unas letras al respecto, le aseguro que las recibiré con mucho agrado.

Un fuerte abrazo desde la provincia que tiene más luz de toda España,

Marita

Nuria se arrebujó en la bata de estar por casa después de cerrar el sobre. Pensó en sus padres, estaba segura de que a ninguno de ellos se le habría pasado por la mente la idea de la infidelidad, además en un pueblo, aunque en el caso de aquella mujer el entorno que describía también tenía que ser bastante cerrado: el cuartel, la ciudad, la esposa de un militar de alto rango.

Decidió que en cuanto tuviera oportunidad llamaría desde casa de Dora a su familia, solían comunicarse todas las semanas, pero en ese momento sintió el deseo de tenerlos cerca, como si fueran su asidero, su referencia más nítida, el ejemplo a seguir.

Le propondría a Máximo pasar con ellos el próximo verano, que él fuera y volviera, igual le daba llegar a Barcelona que ir hasta La Bisbal. Había buena carretera. Llamaría la atención con su Ford Thunderbird turquesa, pero más valía despertar envidia que caridad, como siempre le decía su madre.

Leyó la siguiente carta.

Estimada señora:

Lo que voy a contarle a usted no es asunto mío, pero créame si le digo que por tratarse de mi querida hermana es para mí mucho más que eso. No exagero si le digo que me duele más que si me sucediera en carne propia. Verá: yo hacia mi cuñado no siento la menor simpatía, al principio esto era sin causa alguna, pero ha sido siempre como si me barruntara algo. Igual se debe a lo que algunos llaman «intuición femenina».

El caso es que con el transcurrir de los años a mi hermana cada vez le ha ido peor con él. Ella estaba arrebatada cuando se casaron, cualquiera le decía nada entonces, nos hubiera dejado de dirigir la palabra a toda la familia. Así que la dejamos hacer porque ni mis padres ni mis otros hermanos, los tres varones, ni yo veíamos nada de lo que pudiéramos acusarlo, pero no sé, señora, era como un presagio, como que había algo en él que no nos cuadraba. Si le hablo de que tenía una sonrisa falsa, de que me miraba demasiado, tal vez piense que se trataba de impresiones mías, el caso es que si era posible lo evitábamos, y claro, esto supuso que cada vez mi hermana estaba más sola. Yo me propuse que no pasaría ni una semana sin que fuera a visitarla, sin que él estuviera, eso sí, y lo he cumplido.

Con los años se ha vuelto muy tacaño. O lo que puede pasar es que antes lo disimulaba y ahora no ve la necesidad. Mi hermana anda hecha una pena y no porque ella sea descuidada ni mucho menos, sino porque él no le da dinero para nada: no puede ir a la peluquería, lleva las canas sin tintar y esto la envejece. Solo tiene treinta y cinco años y parece que pase de cincuenta. Y la ropa, señora, siempre es la misma, zurcida y recosida. La intento ayudar, en la medida de lo posible, pero me cuenta que prefiere seguir así porque cada vez que le pide dinero para algo es una lucha, que él se enfada y acaba marchándose después de dar un portazo que escuchan todos los vecinos. Y no se crea, como le digo, mi hermana no le pide para caprichos, sino para mis sobrinos, pobres niños, parece que vivan en un poblado de África. Pasan con lo que le entrega en un sobre cada semana, le dice que para que no se lo gaste de golpe, y es una miseria.

Si ahora le escribo es porque yo le insistía, como para quitarle hierro, que tal vez ahorraría el resto de su salario para darles un porvenir a sus hijos. Ella no sabe nada de los bancos, apenas sale de casa. Yo creo que porque le da vergüenza que la vean en ese estado. Estoy desconsolada. Verá: la primera vez que me lo contaron —entienda que no le diga quién— no quise creerlo, pero ayer por la tarde lo comprobé con mis propios ojos. Mi cuñado, señora, va cada día unas dos horas al Barrio Chino cuando sale de trabajar mientras su mujer y mis sobrinos pasan tantas necesidades, que les raciona hasta la comida. Es allí donde se gasta lo que ellos precisan.

Dígame qué hacer. ¿Se lo cuento? ¿Será todavía peor? Si usted la viera… Es la mejor persona que se pueda imaginar. Nunca ha pensado en ella, solo en los que la rodean. No sé qué hacer. Estoy por llevármela a mi casa. Yo soy soltera, a Dios gracias, porque entenderá que para tener un hombre así prefiero no tener a nadie. Me diga lo que me diga, esto no tiene disculpa. Es una bajeza. ¿Y si a mi pobre hermana le pega una enfermedad?

Dígame, ¿qué haría usted?

Me despido deseándole que conserve la salud muchos años.

5

Las siguientes semanas continuaron igual, Nuria disfrutaba de aquella relación a distancia, pero nada distante, con las personas que dejaban de ser anónimas cuando ella leía sus problemas e intentaba aportarles algún remedio. Además había conseguido que su vida familiar marchara de manera que este quehacer nuevo no le restara tiempo con sus hijos ni con Máximo los fines de semana. A pesar de esto, su marido cada vez con más frecuencia le preguntaba si aún no se cansaba de aquel trabajo. Esto, lejos de desanimar a Nuria, la incentivaba todavía más, porque nunca había sido una persona inconstante, y quería demostrarle a él, que parecía no saberlo, que aquella ocupación no era una veleidad.

Cogió una carta que comenzaba con el saludo habitual, «Estimada señora», debajo del lugar y la fecha en la que había sido escrita. Una mujer con una caligrafía nerviosa, como si fuera el resultado de su apresuramiento, decía dirigirse a ella por un «asunto de extrema gravedad».

> Le escribo porque no tengo a nadie más a quien dirigirme. El motivo de mi carta es el siguiente: de la forma más accidental que usted pueda imaginarse he sabido de un asunto tremendo a través de las palabras de un amigo. Con este señor tengo el mayor grado de intimidad que puede haber entre un hombre y una mujer, usted ya me entiende. Es alguien muy poderoso. No pue-

do ser más específica. Pues bien, solemos vernos una vez a la semana. En esta ocasión, yo llegué antes que él a nuestro nidito. Un piso muy céntrico al que se accede desde su despacho.

Después de dejar mi bolso en el velador, descalzarme y desnudarme a la espera de que entrara, me metí en la cama y me quedé dormida. Fueron solo unos minutos. Hasta que entre sueños escuché unas frases sobre bebés desmembrados. Fueron tan terribles los detalles que de forma inmediata me despejé.

Entre el dormitorio de nuestro particular *meublé* y su escritorio solo median unos pocos metros, por eso su voz me llegaba muy clara a través del tabique.

Como olvidado de nuestra cita, él continuó con la conversación telefónica. Atiné a escuchar que decía que no había derecho a que las pobres madres ilusionadas tuvieran ante sí trozos de niños, que era comprensible que después los abandonaran en un orfanato, o que incluso los asesinaran, incapaces de enfrentarse cada día a aquel horror. Después añadió que había que hacer algo y pronto, antes de que el infierno los alcanzara también a ellos, que la cabeza le iba a estallar porque no podía soportar el peso de tanta culpa, que ahora que se sabía quería salirse cuanto antes de algo así. Todo esto dijo.

Desde entonces tengo insomnio. En cuanto me quedo sola, me asaltan las imágenes de esos pequeños, los veo sonrientes y ajenos a su tragedia. No me los puedo quitar de la cabeza. No sé quiénes son y ni siquiera si viven en este país. Pero de lo que no me cabe duda es de lo de esas amputaciones. Es lo que más repetía.

En todo caso, señora, le ruego disculpe mi atrevimiento y mi egoísmo al trasladarle lo que tanto me angustia con la intención de recibir su consejo: ¿qué debo hacer? ¿No le parece una bajeza que espíe a quien tanto ha hecho por mí? ¿Es esto una traición al cariño de quien siempre ha sido tan bueno conmigo? Es un hombre que no escatima en nada, que siempre me pregunta qué necesito, cuando gracias a él no preciso nada.

Sé la idea que le rondará por la cabeza al leer estas líneas, ¿que por qué nos vemos a escondidas? Todo tiene una explicación. Nosotros no podemos tener otro tipo de relación por circunstancias de la vida: este señor está casado y además, para más inri, su esposa está paralítica. Sería una bajeza que en estas condiciones la abandonara. Es fácil de comprender.

Ya no la molesto más. En espera de su respuesta se despide de usted, a quien Dios guarde muchos años.

Aquellas líneas le produjeron a Nuria un estupor aún mayor que las otras cartas. Esta estaba llena de tachones, como si a quien la escribió la forma le diera igual, apremiada por transmitir su angustia. A Nuria le había trasladado con nitidez la imagen de esos pequeños. Como decía la consultante, los imaginaba sonrientes, ajenos a la tragedia que suponía su deformidad.

Se incorporó y comenzó a observar a sus hijos durante un buen rato, como si fuera la primera vez que reparaba en que tenían dos ojos, cuatro extremidades… Se sintió afortunada, pero era incapaz de arrancarse el dolor que le había desencadenado aquella historia. Después volvió de nuevo a la salita.

Así se quedó hasta que Mireia se acercó con su hermano en brazos. Lo manejaba como si fuera un muñeco. Nuria no quería asustar a la niña y que se le cayera, pero tampoco quería impedirle que lo cogiera. Se le había ido el santo al cielo con aquella carta terrible.

—Ten —le dijo la niña como si le pasara un fardo—, lloraba.

—Pero si no lo he oído…

—Lloraba sin sonido. Ya sabes cómo es —dijo Mireia con una expresión en la que conjugaba la complicidad con cierta condescendencia.

La niña era una miniatura de su abuela materna: fuerte, decidida, con respuesta para todo. A veces a ella la sobrepasaba. A su padre lo tenía encandilado, Nuria creía que con una capacidad de seducción muy superior a la suya.

Mientras los miraba se le ocurrió algo:

—Mireia, cariño, ¿puedes dejarlo con mucho cuidado sobre la alfombra?

—Sí, mami.

Nuria sabía que a su hija le gustaba mucho que le encomendara tareas que tenían que ver con su hermano porque le transmitía una confianza superior a la que sus escasos años merecían.

—Escribo una cosa y voy enseguida.

Nuria quería quedarse el original, pero como tenía que entregar el mismo número de cartas que había recibido, comenzó a ensayar la letra de la remitente, copió varias líneas hasta que el borrador le pareció aceptable. Sabía que era un ejercicio gratuito porque si ella se la quedaba no había posibilidad de compararlas, pero, aun así, quiso hacerlo de esa manera por si se fijaban en la letra del sobre, que sí devolvería. Entonces la reescribió sin nombrar nada de los niños como si toda la consulta se limitara a su adulterio. Solo con suprimir los dos párrafos que condensaban lo que se refería a los bebés desmembrados logró lo que quería. Al coger el sobre para meter la carta, dudó: no sabía si aquella consulta sería un hecho aislado o tendría continuidad. Necesitaba saber si las cartas de las mismas remitentes se las entregarían siempre a ella o no volvería a saber más de aquel asunto. No quería arriesgarse a que el padre Vilesermes, al leer sus respuestas, se diera cuenta de que faltaba una. Desde el primer momento le había parecido que era un hombre muy avispado, pero dudó que su lectura de las cartas fuera tan exhaustiva si aquella había logrado pasar su filtro y estaba en sus manos.

Después escribió a máquina su respuesta, en la que la instó a que se cuidara mucho de romper aquel matrimonio, que se apiadara de la señora paralítica y dejara de entretener a su esposo para no restarle tiempo a sus cuidados. Tanto la nueva carta manuscrita como la mecanografiada las metió en la caja, y guardó la original en un cajón del mismo mueble que había albergado durante tanto tiempo a su Olympia.

Apenas llevaba unas semanas en su trabajo y ya estaba dispuesta a hacer trampa. Se dijo que solo hasta que supiera algo más de aquel asunto. Tenía la esperanza de que en el laboratorio hubieran leído solo por encima aquellas líneas antes de entregárselas y que no advirtieran el cambio, porque si no perdería su puesto de redactora de cartas casi antes de comenzar.

Después del hedor con el que la había impregnado aquella consulta necesitaba oxigenarse. Así que vistió a sus hijos como si fuera domingo y se fue con ellos al parque.

* * *

Había cogido bastante pan seco para darles de comer a las palomas. A su hija le gustaba mucho alimentarlas. En cuanto se pararon ante un banco del paseo, Mireia se colocó las migas sobre los hombros para que se le pusieran encima. Extendía los brazos. Era lo contrario de un espantapájaros: un imán para las aves.

—¿Me saldrán plumas?

Nuria pensó que Mireia, como su madre y Máximo, pertenecía a la raza de personas que no tienen miedo a nada. A ella, en cambio, la asaltaban y la dominaban pensamientos horribles y tenía claro que se debía a que casi siempre se ponía en lo peor.

La niña, después de que los pájaros le quitaran todo el pan de encima, se sentó junto a su madre y comenzó a vaciar una punta de la barra. Cuando tuvo toda la miga sin corteza la separó en trocitos muy pequeños que dejaba sobre sus piernas.

Después los cogió con las dos manos. Nuria estaba muy abstraída, miraba al frente, hacia el surtidor de piedra rodeado de flores. Entonces Mireia dejó caer todas aquellas migas dentro del cochecito de su hermano y las palomas comenzaron a bajar hacia él, y las que había en el suelo se elevaron. El niño se asustó y comenzó a llorar. En menos de cinco segundos había más de diez sobre el carrito. Nuria lo sacó de allí como pudo, apartándolas de malos modos. Marc temblaba y varios lagrimones le corrían por las mejillas abultadas. Mireia sonreía mientras se miraba los zapatos. Su madre tuvo ganas de zarandearla, pero no lo hizo. Mientras empujaba el cochecito, la tomó de la mano y se dirigieron a casa.

Les preparó el baño a sus pequeños con un jabón de la marca Legrain que hacía mucha espuma. A Marc lo sujetaba por la nuca y lo mecía en el agua como si fuera una barca y ella, con su movimiento, creara las olas. El niño reía a carcajadas y aleteaba con sus bracitos. En el otro extremo de la bañera, Mireia dejaba que le cayera el agua por todo el cuerpo cada vez que se apretaba una esponja sobre la cabeza. Cerraba muy fuerte los ojos para que no le escocieran por el gel.

—Mamá, ¿ya estoy brillante? Si me froto más, ¿me haré transparente?

Nuria se rio. Se sentía afortunada de ser madre. Entonces apreciaba más que nunca que sus hijos estuvieran tan sanos.

La salida le había servido para que le diera el aire, como quería, pero aun así no podía quitarse de la cabeza aquellas palabras. La mujer que había escrito era la amante de alguien con mucho poder, pero no lograba imaginársela. En el mejor de los casos podría tratarse de una pesadilla, pues se había quedado dormida esperándolo y era posible que en la duermevela hubiera mezclado su sueño con las palabras que procedían de la otra habitación. Nuria decidió que se lo había tomado demasiado a pecho sin ni siquiera saber si era cierto. Se prometió aplicar esta premisa al resto de la correspondencia; a veces las personas ociosas se dedican a marcar números al azar y a entablar conversación con el desconocido a quien le dicen que se han equivocado, o a escribir a un consultorio para probar si son capaces de provocar sensaciones en los otros: asustarlos, preocuparlos, como había hecho con ella. Sabía que la soledad y la necesidad de comunicación podían hacer estragos en el carácter y en las decisiones de quien las padecía.

Tenía a buen recaudo la carta, dejaría pasar unos días antes de girar la llave del cajón y volver a ella con ojos nuevos, la mente más despejada y la razón dispuesta a sopesar su credibilidad. Nuria nunca había dudado de la verdad de cuanto la rodeaba y hasta entonces no había caído en que a aquella actitud suya se la podría llamar también «ingenuidad». Antes de seguir adelante necesitaba filtros y distancia.

* * *

A pesar del freno que le supuso la carta sobre los supuestos bebés desmembrados, aquel primer viernes de junio, muy temprano, ya tuvo preparadas todas las contestaciones de esa semana. Su casera, muy sonriente, volvió a hacerle el favor de quedarse con Marc y Mireia, y Nuria pensó que para aquella mujer dedicada a otras ocupaciones, a todas luces más interesantes, pasar un rato con dos pequeños supondría una excentricidad. Lo más importante era que su hija parecía fascinada con Dora Blúmer.

—Qué mundo tiene, mami.

Y ella no supo si se refería a su casa o a sus vivencias.

Repitió el trayecto hasta la calle Pelayo y le abrió la puerta del instituto de belleza el hombre de la bata blanca que vio la primera vez que fue al laboratorio. Él, en cuanto advirtió que cargaba con la caja, sin preguntarle nada, se la cogió.

—Es para entregársela a los señores Frument —le dijo Nuria con timidez, mientras le miraba aquellos ojos tan claros tras las gafas ligeras que los enmarcaban.

—Están de viaje. Se han marchado a París, van al menos una vez cada dos meses, pero si se fía yo se la puedo custodiar —dijo mientras la dejaba sobre el banco.

—¿Y la secretaria? —preguntó Nuria señalando con la cabeza.

—Liliana ha salido antes. Ya sabe aquello de que, cuando el gato no está, los ratones bailan.

—Pues no sabía lo del gato y los ratones, la verdad —dijo bastante cohibida.

—Tampoco queda nadie en la fábrica. Está en el sótano.

—Esos son los ruidos que escucho cada vez que subo por las escaleras.

—Sí, hay más de dos docenas de trabajadores. Y en cambio aquí, en el control de calidad, estoy yo solo.

El hombre de la bata blanca se dirigió hacia el fondo de la sala para limpiar bajo el grifo de una pila bastante grande algunos instrumentos metálicos, como si no quisiera demorar más aquella tarea.

Enseguida se secó las manos y se ajustó las lentes a la parte alta de la nariz. Nuria creyó que se trataba de un gesto automático, era bastante difícil creer que se le resbalaran porque no era nada chato.

—Una cosa más —le dijo Nuria—. Verá, me han asaltado bastantes dudas que esperaba que la señora Leonor o el señor Aleix me resolvieran.

—No sabría decirle qué día regresan.

—Quizá usted pueda ayudarme…

—Boro —completó él mientras le tendía la mano.

Ella se sonrojó cuando se la estrechó.

—Encantada. En el fondo es una tontería, pero quería preguntarle si hay más chicas como yo.

El químico sonrió.

—No, le aseguro que por lo que sé de genética, que es bastante, estoy en condiciones de afirmar que usted es única, a no ser que tenga una hermana gemela, entonces sería casi única. —Nuria no pudo evitar la sonrisa ante su seriedad fingida—. Y la felicito porque es usted esplendorosa.

A ella le pareció un cumplido de mera cortesía.

La silueta tan carnal de Nuria, con forma de reloj de arena, y su melena caoba, frondosa, bien ordenada, se superponía a aquel fondo aséptico, con tanto aluminio.

—Mire, me refiero a que si aquí vienen otras. Ya sabe.

—Muchas, y algunas guapísimas, no se crea, mejorando lo presente. En su mayoría son modelos a las que retratan con turbantes exóticos para los carteles. Después los distribuyen por las perfumerías y mercerías, y así quienes las ven creen que con estas cremas, por otra parte muy efectivas, en pocos días serán como ellas.

—Me refiero —insistió Nuria sin dejar de sonreír al sospechar que él sabía desde el primer momento lo que le estaba preguntando— a que se dediquen a lo mismo que yo ahora: a responder las cartas que no se radian en el consultorio.

—En ese caso lamento muchísimo comunicarle, señora…

—Zafara —añadió Nuria.

—Que eso no me corresponde a mí decírselo, yo soy ingeniero químico y, como habrá podido apreciar por mi vestimenta y mis bártulos, me encargo de este laboratorio —dijo con una sonrisa amplia—. Todo lo relacionado con el consultorio lo llevan los señores Frument, Liliana y el padre Vilesermes.

—¿También conoce al padre? —dijo Nuria, aunque enseguida cayó en la cuenta de que se verían allí con frecuencia.

—Sí, desde pequeño. Del seminario.

—¿Fue sacerdote? —le preguntó bastante sorprendida.

—No —la corrigió Boro, como si la pregunta le hiciera gracia—. Fui seminarista. Pero eso fue mucho antes de sumergirme en la búsqueda de la fuente de la eterna juventud. —Y se rio mientras alzaba las manos—. ¿Cree que la encontraremos?

—Ojalá, nos ahorraría muchos desvelos y preocupaciones. Enfermedades... Nos aportaría además inconsciencia.

—Créame si le digo que usted no tiene de qué preocuparse. Se la ve muy sana.

Nuria se ruborizó y miró a su alrededor para disimular.

—¿Y está seguro de que no hay nadie más por aquí que pueda responder a mis dudas?

Boro negó con la cabeza mientras avanzaba unos pasos.

—Lo lamento.

—En ese caso, será mejor que me marche. No quiero entretenerle más.

—No lo hace. De hecho, me ofrecí a esperarla cuando me dijo Liliana que hoy tenía que salir antes. Así que le ruego que no olvide llevarse esto. —Levantó de la mesa de la secretaria una nueva caja de cartas—. Aquí tiene. Para que pueda continuar con su labor.

—Sí, claro, muchas gracias —le dijo Nuria, que se había olvidado por completo de las cartas.

Al coger la caja le rozó la mano y ella la apartó enseguida muy azorada.

—Bueno, me marcho, y gracias de nuevo.

—A usted, ha sido un placer enorme —le dijo el ingeniero químico.

Nuria estaba confusa. Consideraba una imprudencia haberle planteado aquella pregunta. Él había hecho gala de una corrección absoluta al negarse a responder y, aunque no le pareció molesto sino más bien divertido, se prometió buscar la manera de disculparse en cuanto volvieran a coincidir.

Durante el trayecto en el autobús, Nuria pensó de nuevo en aquellos otros niños incompletos a los que aludía la carta, en los padres de ellos y en los suyos. Y se dijo que aún no sabía qué credibilidad podía otorgarles a aquellas líneas tan alarmantes.

Se acordaba muy a menudo de su familia, de la total comprensión que mostraron hacia sus planes. Recibió todo el apoyo económico que fueron capaces de darle, y además la frase que la acompañaba siempre: que tenían todas sus esperanzas depositadas en su conducta. Y decían «todas» porque era hija única. Lo expresaban así, como si no tener hermanos fuera una decisión y una responsabilidad de Nuria.

El primer año que pasó en Barcelona marchó según sus expectativas: se aplicaba mucho en sus clases, en sus exámenes obtuvo muy buenos resultados. Aun así, le quedaba tiempo para asistir a alguna velada literaria que, cuando se conjugaba con una exposición pictórica, con vino y canapés, se anunciaba con el fascinante nombre de *vernissage*. Conoció a algunos chicos con los que hablaba de las últimas novelas que había leído de Ignacio Aldecoa y de Ana María Matute o de poesía simbolista francesa, entre otros muchos temas. A Nuria le atraía de ellos su conversación, pero la timidez de la mayoría combinada con cierta pose distante, como de eruditos sin otra dedicación que la cultura, los convertía a sus ojos en meros conocidos con los que no tenía el menor interés en profundizar. A causa de esa frialdad en el trato, se había planteado que tal vez no le gustaban los hombres, ni ella a ellos. Pero cuando apareció Máximo se disiparon todas sus dudas.

Lo vio por primera vez en la puerta de la sala de baile Ardena. Tina Ríos, la compañera de estudios con la que Nuria había acudido, se había quedado dentro con su novio, y ella, cansada de espantarse moscones, había decidido marcharse antes. Máximo estaba apoyado en un coche, un Ford Thunderbird turquesa, enfrente de la puerta del local. Vestía un polo blanco de tenis Fred Perry y unos pantalones de pinzas color beis. Aquella imagen le pareció a Nuria de cartel de cine.

—Te he estado observando toda la noche. —Las primeras palabras de Máximo las sintió como una amenaza hasta que él las remató con un cumplido—: Eres encantadora. Me gusta cómo te comportas con los demás.

—¿Porque no les hago caso? —le dijo ella sin mirarlo.

—No solo por eso —le dijo sin moverse del coche hasta que Nuria comenzó a andar.

—No necesito que nadie me invite a cambio de hacerme perder el tiempo porque no creo que haya que darle cancha a quien no te gusta. —Ella no se había detenido; mientras caminaba, arreglaba el contenido de su bolso.

Máximo se colocó a su lado. Abandonó el coche allí como si fuera solo parte de la escenografía.

—¿Y a mí me harías caso?

Nuria no respondió.

—Vamos a Miramar, aún es pronto. Deja que te invite. Te aseguro que no voy a hacerte perder el tiempo ni te importunaré.

A Nuria le pareció una insensatez marcharse con un desconocido. Máximo adivinó lo que le cruzaba la mente. Le cortó el paso colocándose frente a ella. No dijo nada, solo la miró con toda la intensidad de la que era capaz.

—Me voy a casa, bueno, a la pensión en la que vivo —le dijo ella sin pensar en qué repercusiones podría tener revelarle que no vivía con sus padres.

Se sentía aturdida. Si otra persona le contara un comportamiento idéntico al que ella estaba teniendo, le daría un nombre judicial y muy certero: «imprudencia temeraria».

—Te llevo, no está bien que vayas sola por ahí a estas horas. —La tomó de un brazo, dieron media vuelta y la condujo hasta el coche.

Mientras él le abría la puerta y la invitaba a entrar, Nuria le repitió que no podía irse con alguien a quien no conocía de nada. En cuanto estuvieron sentados, Máximo le dijo:

—Mira qué luna.

Y comenzaron a sonar desde el equipo de música las primeras notas de piano de *Guarda che luna,* de Fred Buscaglione, como si lo tuviera preparado.

Nuria nunca había visto un radiocasete incrustado en el salpicadero de un automóvil. Tuvo ganas de bailar, pero procuró que no se le notara.

—No te preocupes, a las doce te dejaré sana y salva en tu morada —le dijo él mientras giraba en el primer desvío.

Enseguida Nuria se dio cuenta de que enfilaba hacia Montjuic y se asustó.

—Para el coche.

—¿Qué ocurre? —le dijo él a la vez que frenaba.

—No me gustan las mentiras. Además, no te conozco de nada. Déjame bajar.

—Disculpa. Pensaba que estaría muy bien que buscáramos un sitio tranquilo para charlar y tomar algo. Solo eso. Me tienes fascinado.

—No lo vuelvas a hacer.

—¿El qué? ¿Piropearte?

—Mentirme. No lo soporto.

—Palabra. Ni una mentira más —le dijo mientras la miraba con mucha intensidad—. ¿Podemos ir a Montjuic entonces?

—Solo si a las doce me dejas en casa.

—Prometido. ¿Dónde vives?

—En una pensión. Se llama Casa Laforet. —Decidió creer que la dejaría a esa hora.

Desde que había llegado a la capital, fue la primera vez que tuvo la sensación de que corría una aventura, de que se salía de lo establecido, de lo conveniente, y sintió la necesidad de saber cómo acabaría aquello, como si se tratara del pasaje de una novela.

Aparcaron en la explanada de la plaza de la Armada. Mientras Nuria se estiraba la falda y se abrochaba la rebeca, Máximo abrió el maletero. Enseguida se oyó una detonación.

—Habías salido a cazar esta noche y yo soy tu pieza. —Nuria lo miró mientras movía la cabeza de un lado a otro.

—Mujer, que ha sido solo el tapón del champán —le dijo mientras alzaba la bebida.

—Lo tienes todo previsto.

—Qué va. No sé ni el tiempo que lleva aquí. —Y se encogió de hombros.

—Fresco, claro. ¿Con nevera y todo?

—El hielo me lo han vendido en la barra del Ardena hace menos de media hora. Lo he pedido cuando te he descubierto a un lado de la pista. Me he dicho que, si no te venías conmigo, bebería yo solo para celebrar que te había visto.

—Eres un caradura. A saber las veces que habrás hecho lo mismo —dijo Nuria mientras él contaba con los dedos y torcía el gesto como si tuviera que hacer un enorme esfuerzo mental.

—Creo que eres la tercera, las dos anteriores fueron mis tías, las invité a merendar aquí junto a la estatua de la Serenidad.

—¿La Serenidad? Y yo soy la tercera, pero te aseguro que no voy a ser la vencida.

—Chinchín…

—Nuria —completó ella el brindis porque aún no le había dicho su nombre—. Y tus tías ¿cómo se llaman?

—¿Ya quieres conocer a mi familia?

6

Después de aquella noche, Nuria pensó que Máximo disfrutaba con la demora de los siguientes pasos de su relación. Aunque no se lo quería reconocer a sí misma, a medida que transcurrían los días sin saber de él su congoja aumentaba. Tardó casi una semana en llamarla a la pensión para proponerle que podrían ir al cine el sábado por la tarde, siempre que él no tuviera que salir de viaje.

Cuando ella ya se estaba arreglando para la cita, la telefoneó para decirle que, como se había temido, se veía obligado a aplazar lo que más deseaba y que sentía comunicárselo en el último momento.

Por fin, cuando ya habían pasado dos semanas desde la noche que se conocieron, entraron en la sala oscura del cine Diana. Nuria estaba convencida de que se trataba de una encerrona para besarla y acariciarla. Salió de casa mentalizada para refrenarlo, pero durante todo el tiempo que duró la proyección de *Los cañones de Navarone* Máximo estuvo tan abstraído que no le dirigió la palabra ni la miró. A la salida, mientras atravesaban el vestíbulo, pareció reparar en ella por primera vez:

—¿Quieres que te invite a un refresco?

—No sé, me da la impresión de que me lo propones por obligación.

—Un poco sí, la verdad, mañana madrugo mucho.

—Pero si hoy es sábado.

—He de cruzar España entera en un día. El lunes a primera hora tenemos una convención en Verín. Está en Orense. Tal vez me asciendan.

—¿Y de qué es tu empresa?

—De derivados de minería.

Nuria pensó que bajo aquella categoría se podían incluir muchos productos, pero no quiso insistir. En cuanto llegaron al Ford Thunderbird turquesa, se dirigieron a la pensión Laforet sin pasar esta vez por Montjuic. Frente al portal, Máximo se bajó, rodeó el coche para abrirle y se despidió de ella con un par de palmadas en el hombro.

* * *

En el siguiente encuentro, nada más regresar de Galicia, Máximo estaba exultante porque sus mejores pronósticos respecto a su trabajo se habían cumplido. Mientras bailaban *Let's twist again* de Chubby Checker, en una de las idas y venidas se acercó a ella, la tomó de ambos lados de la cara y la besó. Enseguida se retiraron del centro de la pista de baile para arrellanarse en los dos asientos más apartados que encontró libres. En cuanto se acercó el camarero, Máximo le pidió una botella de champán.

—Como en Montjuic.

—Sí, y como en la merienda con tus tías.

—Ahora ya me puedo casar. —Nuria tuvo ganas de preguntarle con quién, pero se contuvo. He trabajado muy duro para conseguir lo que tengo. ¿Dónde quieres vivir?

A ella le pareció una locura, pero no quiso detenerlo. En menos de dos meses estaban solos, desnudos y sobre una cama por primera vez. Fue en el hotel Formentor del puerto de Pollença, en Mallorca, al día siguiente de su boda en La Bisbal.

Nuria se quedó fascinada cuando el avión de hélices que los posó después en la isla alzó el vuelo en el aeropuerto de El Prat.

La belleza intuida no fue nada comparado con lo que sintió en realidad. Le pidió a Máximo que anulara algunas excursiones porque lo único que quería era hacer el amor con él.

De aquellos instantes Nuria atesoraba el tacto del cabello ondulado de Máximo, que se le enredaba en los dedos al acariciarlo, la tersura de su espalda sobre ella, la forma en que la miraba en silencio, como si quisiera atravesarla. Y lo mejor de esas sensaciones fue que desde entonces se repetían invariablemente, aunque solo cada siete días.

El único inconveniente de su viaje de novios fue el mareo que sufrió a causa del vuelo. Las náuseas y los vómitos le restaron bastante romanticismo al breve trayecto de ida y vuelta sobre el Mediterráneo. Cuando se había olvidado de las bolsas de plástico que tuvo que utilizar, apenas unas cinco semanas después, las mismas molestias regresaron. Cuando se lo contó a su marido este le dijo: «En tierra firme ya sabes qué significa». Y en ese momento Nuria se llevó la palma de la mano abierta a la frente y notó que aterrizaba en la realidad.

Mireia nació a los nueve meses exactos del banquete de su boda, en la que todos los invitados fueron de parte de la novia. Marc, tres años y medio después. Máximo les había imprimido mucha velocidad a los acontecimientos, y a Nuria tanta aceleración le daba vértigo.

Pero después de conocer algunas historias de las que enviaban al consultorio, por primera vez era consciente de que disfrutaba de una existencia casi perfecta, en la que su marido la protegía como a un tesoro valioso y frágil.

* * *

Algunas de las siguientes cartas que Nuria tuvo entre las manos le parecieron pintorescas, aunque tampoco estaban exentas de su dosis habitual de dramatismo y sordidez. En una de aquellas cuartillas una viuda contaba que se había visto abocada a pagar a alguien para que metiera en el bolsillo del cadáver de un ahogado los documentos de su difunto esposo, del que nunca encontraron el cuerpo tras un día de pesca. Mediante aquella artimaña, que llevó a cabo en una playa cercana a su casa con ayuda del cómplice del que no desvelaba su identidad, consiguió cobrar por fin su pensión y se felicitaba por ello.

En otra, una chica muy joven le contaba que se iba a Alemania a trabajar en un balneario, porque una íntima amiga suya que ya estaba allí la había informado de que al administrador de aquel establecimiento no le interesaban nada las mujeres y eso era lo que ella andaba buscando: que la dejaran en paz, porque estaba harta de que cada vez que se subía en una escalera para quitar el polvo le pusieran las manos en sus posaderas, así lo decía, o de sentir miradas ávidas cuando tenía que limpiar el suelo arrodillada y con la espalda inclinada hacia delante porque sus sucesivas patronas consideraban que era un lujo proveerla de fregona y cubo con escurridor cuando podía desempeñarse el mismo trabajo a mano e incluso con mejores resultados. Escribía que si no se marchaba iba a acabar matando a alguien, que se veía lanzándole a la cabeza los otros útiles de limpieza, de los que sí disfrutaba, a cuanto abusador se le cruzara, y que como ya estaba harta, había decidido quitarse de en medio, al menos de en medio de España, concluía.

Las que siguieron eran bastante más ligeras: una joven le preguntaba cómo se podía hacer artista de cine, y Nuria, según el directorio que le habían hecho llegar sus jefes para estos casos y que incluía direcciones de academias, médicos, consulados para quienes querían trabajar en el extranjero y varias listas más de negocios de Barcelona, le dio las señas de una escuela de teatro en la calle Elisabets, 12, y de dos estudios de cine: los IFI, en la avenida Marqués del Duero, 106, y los Orzea, detrás del Pueblo Español.

Estas consultas tan concretas eran las que menos trabajo le daban, aunque algunas mezclaban varios temas, de forma que después de hablarle de lo que ciertas oyentes calificaban como un lío muy serio, a continuación preguntaban cómo podían tratarse las espinillas. Para estos casos sobre tratamientos de belleza consultaba el catálogo de cremas del instituto y recomendaba la nutritiva a la fresa, el tónico cutáneo, otra para pieles grasas, los polvos tropicales, o la que según su escaso criterio resultara más apropiada.

Aunque el trato era que tenía que contestarlas todas, le sugirieron, en una hoja de instrucciones que incluyeron en la segunda caja junto con el directorio, que para algunas podía utilizar modelos tipo, sobre todo para las que solicitaban informaciones concretas como cuál era la capital de determinado país, el día que se celebraba un santo, cuándo se plantaban los árboles de magnolias y demás asuntos de ese estilo.

Las respuestas a las consultas de este cariz más frecuentes constaban también en varias páginas que le habían facilitado. Y si no era así, remitía a su comunicante a la biblioteca Balmesiana del número 9 de la calle Durán y Bas para los temas religiosos y a la del hospital de la Santa Cruz para todos los demás.

Pero en las de índole más personal, Nuria se aplicaba, quería que cada una fuera diferente, porque más que como fragmentos de vidas contadas, las sentía como pedazos de alma que algunas personas se habían arrancado para meterlas en un sobre y encomendarle su curación.

Después de leer y responder a todas esas, se llevó la caja a su habitación, la dejó sobre la cama y repasó con detenimiento las que aún le quedaban por contestar hasta que dio con una de la que reconoció su letra.

Estimada señora:

En primer lugar, quiero agradecerle su respuesta, pero no quiero ocultarle que me desconcertó. No es mi intención romper ese matrimonio. Pero lo que más me llama la atención es que no me ha dicho nada de los niños que nacen incompletos, sin alguno de sus miembros o sin varios de ellos, y creo que es imposible olvidarse de algo así. Al menos, yo no puedo y él está cada vez peor. Ya casi no tenemos contacto íntimo. Nos vemos igual, pero se tumba en la cama, con la vista puesta en el techo mientras yo le acaricio. Está distante. No habla, no me cuenta nada. El motivo no puede ser otro. Yo no le quiero atosigar. Sé que tengo que ser muy hábil. Su mirada perdida es más que una evidencia. Conmigo no se muestra enojado porque siempre ha tenido muy buen carácter, pero es como si se hubiera vaciado por dentro. Lo encuentro además más delgado, no solo le queda la ropa más holgada, incluso el sombrero, fíjese lo que le digo, le cubre más parte de la cara. Dígame, por favor, si va a ayudarme. Respóndame solo para saber que no me he equivocado con usted. De lo contrario, no me diga nada, lo entenderé.

Atentamente,

Una mujer desesperada que necesita su ayuda

Nuria miró la carta una y otra vez sin saber qué hacer. Se recostó aún con ella en las manos para intentar dormir un poco. Marc no se despertó durante las siguientes horas, en las que ella no pudo pegar ojo hasta que a través de la persiana de tablas de madera vio que empezaba a amanecer.

7

Tres días después, Nuria seguía sin poder continuar con las respuestas a consecuencia del impacto que le había causado la segunda carta de la misma persona, como si su insistencia convirtiera en más real lo que narraba y la convenciera de su verosimilitud. Cada vez que sacaba algo de la alacena, miraba hacia abajo con miedo, como si aquella caja contuviera los vientos y las tempestades y ella tuviera que añadir la esperanza.

Leyó la de una madre que para poder trabajar había tenido que dejar a su hijo en un asilo. Le contaba que lo visitaba a menudo, y que estaba bien porque les daban mucho caldo de gallina y además lo habían operado de las anginas, pero que lo que más deseaba era que le tocara la lotería para sacarlo de allí. Nuria pensó en sus pequeños. Hasta entonces nunca se había planteado que pudiera haber alguna circunstancia que la obligara a vivir separada de ellos.

Se encontraba muy perdida en aquel bosque de hojas con letras tan vivas. Se trataba en algunos casos de llamadas desesperadas de gentes que habían reprimido su problema durante años. Pero volvió enseguida a la carta que la ocupaba, porque traslucía la urgencia de aquella mujer. A Nuria los ruegos de sus líneas la acuciaban. No quería resultar distante, sino enviarle cierta ternura, pero sin caer en la compasión. La lástima hacia los demás le parecía un sentimiento deplorable porque quien la siente se sitúa en un plano superior al otro. Se planteó que lo más importante era el respeto hacia esas personas, ponerse en su lugar y no juzgar a aquellas que al menos habían tenido la valentía de escribir.

Ese jueves por la tarde, mientras escuchaba el consultorio de Elena Francis con la intención de contagiarse aún más de su estilo, respondió a todas las que le quedaban, menos a una. En la mayoría de ellas, más que preguntar algo, la impresión que le daban las remitentes era que necesitaban contarle a alguien lo que les sucedía. Es decir, trataban de problemas domésticos de bastante menor alcance que aquel del que no conseguía apartar su mente.

En cambio, no sabía qué hacer con esa segunda carta de la misma comunicante. Si de nuevo falsificaba la letra de la consulta e incidía solo en el adulterio de la oyente, no le cabía duda de que se percataría de que hacía oídos sordos a sus ruegos y se buscaría otras vías para esclarecer el origen de aquel drama. Se abanicaba con aquella hoja, volvía a extenderla sobre la mesa, hasta que la dobló en cuatro, la metió en el sobre y lo guardó en su bolso. Si advertían que faltaba una, sabría que llevaban la cuenta y siempre podría alegar que la había olvidado en su casa, o que se le había traspapelado con tanto intercambio de preguntas y respuestas. Fue en ese momento cuando tomó la decisión de comunicarse con aquella mujer de una forma alternativa, sin que sus cartas tuvieran que pasar por el instituto de belleza.

* * *

Nuria se apresuró a preparar a los niños para dejarlos con Dora y a vestirse para llegar cuanto antes a la parada del autobús. De momento, su casera aceptaba de buen grado pasar aquel par de horas con ellos y ella no sabía cómo podría agradecérselo, sin la ayuda de su vecina no habría sabido a quién recurrir. Durante el trayecto volvió a pensar en la carta no respondida. Recordó el momento en el que tanto el matrimonio Frument como el padre Vilesermes le dijeron que las que le entregaban eran las cartas que no daba tiempo a contestar, pero sus contenidos eran una evidencia clamorosa de que aquel no era el verdadero criterio. Intercaladas entre las que consultaban cómo hacer para que el pollo al horno quedara más crujiente o cómo quitar de una camisa las manchas de tinta, estaban aquellos casos tremendos. Las seleccionaban. Lo tenía claro: junto con las que planteaban un tema trivial le adjuntaban las que tenían en común su carácter escabroso. No había término medio. Y además se dijo que no las abrirían si no quisieran leerlas.

El ingeniero químico no se lo había querido confirmar, pero estaba convencida de que en Barcelona había otras muchas Nurias que respondían a más comunicantes del consultorio, decenas, y que a cada una le adjudicaban las de una materia concreta. Se preguntaba si a las distintas mujeres que escribían para el instituto de belleza las citarían en diferentes días para que no se encontraran.

Para enfrentar la cuestión de los niños desmembrados necesitaba saber si había un inventario de las cartas a pesar del trabajo enorme que ello supondría. Si relacionaban en alguna tabla un listado numérico, si hacían constar cuántas le entregaban, de dónde procedían e incluso el nombre de sus remitentes. Dudaba de que también adjuntaran un resumen, porque, si así fuera, ya se habrían dado cuenta de la carta que había cambiado.

Nuria planeó que, después de la infructuosa conversación al respecto con Boro, podía sondear a Liliana. Si supiera la cantidad de cartas que se recibían al mes, podría calcular cuántas personas se necesitaban para responderlas, indagar, investigar, en suma, para prevenirse frente a lo que su intuición le anticipaba.

Ella respondía unas diez al día para tener libres los fines de semana en los que estaba Máximo, pero podría duplicar aquella cifra porque algunas, las más breves, solo le llevaban unos minutos; en cambio, con otras se pasaba horas antes de encontrar una respuesta. Y en el caso de las dos sobre los niños deformes, su peso la acompañaba siempre.

* * *

Aquel viernes la entrega se la hizo precisamente a la secretaria. En el laboratorio no parecía haber nadie más. Se escuchaba de fondo la radio con la voz amable de la consejera ficticia. Nuria pensó que le gustaría visitar las instalaciones de la emisora, sobre todo para ver cómo era aquella locutora: la famosa e inexistente Elena Francis.

—Me gustan mucho tus vestidos, Liliana. ¿Dónde los compras? —le preguntó Nuria con curiosidad.

—Me los hago yo. Saco los modelos de revistas norteamericanas que nos envía una vecina que se fue a vivir a Nueva Orleans.

—¿Nunca has pensado en confeccionarlos por encargo? Te los pagarían muy bien. ¿Sabes qué me gustaría? Que nos cosieras el mismo a Mireia y a mí, para ir a juego.

—¿Quién es Mireia? ¿Tu hermana? —preguntó Liliana con curiosidad.

—No, mi hija. Tiene cuatro años, y es muy despierta. A veces pienso que demasiado. Le encanta vestirse como yo.

—No te imaginaba con una hija.

—Pues tengo dos hijos. El otro se llama Marc y tiene un año. Son muy animados. Como su padre.

Las dos se rieron a la vez.

—Sí que tienes que estar entretenida.

—A Máximo le hacen mucha gracia. Dos días a la semana

es más fácil aguantar tanta intensidad. Yo no descanso ni un momento, no me dan tregua.

—Debe de ser duro para ti estar tanto tiempo separada de tu marido.

—Al principio lo era más. Me casé muy enamorada de Máximo y cada día sin él tenía la sensación de que estaba perdiendo tiempo de vida. Incluso le propuse acompañarlo en sus viajes y alguna vez lo hice. Hasta que nació Mireia me resultaba posible. Además, no tengo a nadie más aquí en Barcelona. Ellos tres lo son todo para mí. ¿Tú tienes hijos?

—No. Supongo que porque no he encontrado a la persona adecuada. Me gustan mucho los niños, no te creas, pero aún no ha sido posible…

Nuria le notó cierta tristeza.

—Estoy segura de que no tardará en aparecer algún pretendiente. Tienes mucho estilo y además eres muy agradable.

—No sé. Trabajo hasta tan tarde y los días libres estoy tan cansada que tampoco pongo demasiado interés en que suceda. Con todo esto de las cartas, mi trabajo ha aumentado mucho.

—¿Tantas llegan?

—Montañas. Aquí unas quinientas al día, otras las envían directamente a la radio, de esas no sabemos nada. Las mira el censor y, si no le gustan, las aparta. Otras las incluyen en el guion del programa.

—No sabía que fueran tantas. Yo solo respondo unas cincuenta a la semana —dijo Nuria calculando que su trabajo era ínfimo comparado con el total.

—Porque estás a prueba. Pero los señores Frument hablaban el otro día de aumentarte ya el número. Y tu asignación también —añadió Liliana en tono confidencial.

—¿Estás segura? —le preguntó Nuria sorprendida.

—Completamente. Si te conviene, claro. Aunque yo creo que sí, que te va a convenir y mucho —le dijo la secretaria guiñándole un ojo con complicidad—. Eso sí, como serán varias cajas, te las llevarán a tu casa. De momento, aquí están las de esta semana. Nos veremos entonces el próximo viernes. Si estamos solas, te puedo tomar medidas. Tráeme un vestido de tu hija para que vea la talla y después ya se lo ajusto en la primera prueba.

—¡Qué bien! ¡Cuando nos vea Máximo igualitas…! ¡Menuda sorpresa le vamos a dar! Gracias.

—La idea ha sido tuya.

—Así quedamos. ¡Hasta el próximo viernes!

Mientras bajaba las escaleras, pensó en lo diferente que era la vida de Liliana de la suya. Ella podría haber sido así: independiente, con un trabajo como aquel para el que al fin y al cabo había estudiado. Aunque no se arrepentía de estar casada, echaba de menos la época anterior a Máximo. Aquellas charlas con Liliana habían sido de nuevo una excepción en su vida tan solitaria. Abrazó la caja con fuerza y sintió que, pegadas a su pecho, aquellas páginas también latían, como si transportara corazones y su cometido fuera insuflarles oxígeno para que siguieran adelante y no desfallecieran.

En cuanto se sentó en el autobús, Nuria cortó el cordel con unas tijeritas plegables que había cogido para no tener que esperar a llegar a casa ni entretenerse en deshacer los nudos, y comenzó a buscar un sobre que le interesaba bastante más incluso que el que contenía su cheque. No encontró ninguno con aquella grafía que ella había falsificado; en cambio, en el fondo de la caja había un estuche de productos del instituto con una nota.

> Los señores Frument me han instado a prepararle este lote de cremas, pero déjeme decirle que considero que no necesita ma-

quillaje ni pomada alguna. Así que regálelos a alguna amiga menos agraciada que usted y así además de sus arrugas prevendrá su envidia.

Aprovecho para disculparme por mis evasivas del otro día. Entienda que hay determinadas preguntas que no me corresponde responder, señora Zafara, pero tal vez debí hacérselo saber con una mayor delicadeza. Ya encontraré la forma de compensarla.

Atentamente,

Boro Navascués

A Nuria aquella nota la emocionó. La releyó varias veces. Después, con las manos un poco temblorosas, la dobló por la mitad y en vez de devolverla a la caja, se la guardó en el bolso junto a la carta que había sustraído.

Volvieron a su mente, de nuevo, las palabras de su angustiada comunicante: «Respóndame solo para saber que no me he equivocado con usted. De lo contrario, no me diga nada, lo entenderé». Abrió la tapa del lote de cremas y se le ocurrió una idea a partir del consejo de Boro.

Enseguida se incorporó para bajarse en la siguiente parada. Caminó un par de manzanas hasta llegar a la oficina de correos y, sobre la mesa central, antes de acercarse a la ventanilla de los envíos, escribió en su cuaderno:

Estimada amiga:

Seguro que es una mujer bellísima, pero, no obstante, le pido que acepte este obsequio que esperamos disfrute. Más adelante volveremos a comunicarnos con usted para saber si nuestras cremas al aceite de aguacate han resultado de su agrado. No se equivocó al dirigir su carta, haremos todo lo posible para ayudarla en lo que necesite. Sin nada más que añadir, permita que le reitere mi agradecimiento por estar siempre ahí.

Después arrancó lo mejor que pudo esa hoja de su libreta y le pidió a la empleada que envolviera el estuche junto con aquel mensaje. Sacó la carta del consultorio para copiar el apartado postal y cuando fue a escribir la dirección de su casa en el paseo de la Bonanova, para que le respondiera allí, pensó que no podía hacerlo de esa manera, y entonces se le ocurrió que ella también podría tener un apartado propio para recibir aquella correspondencia. Se lo preguntó a la funcionaria:

—Bien, como guste. ¿Por cuánto tiempo desea contratarlo?

—¿Puede ser solo por un mes?

—Sí, claro. ¿Está de vacaciones? —le preguntó.

—Algo así. Vivo bastante lejos —le mintió Nuria.

—Tiene que darme sus datos y firmar aquí. Le proporcionaré un número en cuanto lo pague.

—Le doy el dinero enseguida —le dijo Nuria a la vez que abría el monedero.

—Veo que tiene prisa —le dijo la empleada mientras se desplazaba hacia otra ventanilla.

—Un poco. —Nuria no quería darle más conversación.

—Venga aquí para finalizar el trámite. Le sobran cinco pesetas.

—Démelas en sellos. Así podré echar la próxima carta directamente en el buzón.

Después de rellenar un impreso con su apellido de soltera y la dirección de sus padres, lo entregó.

—Sígame, que tengo que explicarle el funcionamiento. —La mujer se detuvo ante una pared con casilleros hasta media altura—. Por la otra parte le depositarán los envíos. El número es el que figura aquí —le dijo mientras le tendía un trozo de papel que había cortado del documento que acababa de completar—. Y también está en la llave. Su remite será su nombre junto con esta cifra. Después añade Barcelona y ya está.

Para comprobar si ha recibido algo, abre su casilla —mientras le dijo esto le dejó la llave sobre la palma de la mano—. Para cualquier otra cosa, aquí me tiene. Así nadie sabrá dónde vive ni recibirá visitas indeseadas en su casa —añadió.

—Gracias, muy amable —le dijo Nuria dándole vueltas a la llave y a su última frase, que apuntaba hacia un determinado uso: al contacto epistolar con desconocidos. Enseguida decidió que poco le importaba la opinión de aquella empleada de correos si la comparaba con el alcance de lo que quería averiguar.

8

Cuando llegó, Máximo ya había recogido a los niños de casa de Dora y la esperaba en el recibidor. En cuanto entró, la retuvo agarrándola por la cintura y miró de reojo la caja.

—¿Dónde diablos te habías metido? ¿Sabes qué hora es?

—He perdido el autobús anterior. Ya sé que se me ha hecho tarde. Disculpa —dijo Nuria mientras dejaba la caja sobre la mesa de la salita.

—Te disculpas y ya está. ¿Con eso crees que lo arreglas? Dime, si no llego a venir a estas horas, ¿qué habría pasado con los niños?

—Dora se…

—¡Dora no es su madre! —la interrumpió—. Su madre eres tú. Y estás descuidando tus obligaciones. No te permití trabajar para esto. Me dijiste que el trabajo era desde casa. Que no te ibas a mover de aquí y que solo irías un momento a entregar la correspondencia. Esto de hoy no ha sido un momento.

—No volverá a ocurrir, te lo prometo. Créeme.

—Si el día de entrega siempre va a ser viernes, ¿por qué no les dices a… esa pareja si puedes ir antes?

—Los señores Frument, se llaman. Sí, así lo haré. Además, a las horas a las que voy ya casi no queda nadie en el laboratorio. —Y continuó con el mismo tono de súplica dirigiéndose a él: no tenía nada que temer, se trataba de un lugar muy seguro en una calle céntrica, era una finca de gente respetable, tal como él la conocía sabía que a ella no le gustaba meterse por andurriales.

Con esos detalles estaba convencida de que había conseguido que se le pasara el malhumor. También la ayudaba que Máximo siempre tenía unas ganas inmensas de encamarse con ella, como si, en vez de haber estado ausente cinco días, volviera de una travesía en barco alrededor del mundo o lo acabaran de liberar de la cárcel después de varios años. Pero no era así. Él seguía instándola a que tenía que pasar más tiempo en casa.

—Pero si solo estoy fuera un par de horas los viernes.

—Espero que esto no vuelva a ocurrir porque si es así tomaré medidas. Te lo aseguro.

—No volverá a pasar. De verdad.

—Está bien, me he preocupado. —Su marido por fin le sonrió—. Estaba impaciente porque me han ascendido otra vez y te lo quería contar cuanto antes. Sabes que no me gusta nada hablar por teléfono y menos de cosas así, además quiero brindar. Por eso me ha molestado no encontrarte en casa. Imagínate lo que he sentido al ver la casa vacía. Ponte en mi lugar. —Fue a la nevera a por una botella de champán—. Me ducho y nos la tomamos, ¿te parece?

—¿Y la cena? —le dijo ella mientras colgaba la chaqueta de Máximo en el perchero de la entrada y llevaba su maleta a la habitación para deshacerla.

—El champán de aperitivo, como lo toman los aristócratas. Me van a nombrar jefe de ventas de casi un tercio del país, ¿qué te parece? ¿Estás orgullosa? Eso sí, aún tendré que viajar más. Seguiré yendo a Verín, y mi zona será Cataluña, Aragón, Valencia, Murcia, Albacete y el centro, pero además tendré que estar más por el norte. No podré venir todos los fines de semana. Pero nos iremos arreglando. De todas formas, aún queda lejos, la empresa lo ha decidido ya porque avanzan mucho la planificación, pero aún falta más de medio año. Como ves, confían en mí.

A Nuria le sorprendió su propia reacción. Se sintió un tanto ajena a aquellos sucesos, como si en vez de ser su marido quien le contaba todo aquello lo estuviera haciendo alguien que solo fuera un conocido, un pariente incluso, pero como si no afectara de lleno a su vida. Lo achacó a lo acostumbrada que estaba ya a sus ausencias. Y a que, desde que le llegó la primera carta de aquella mujer, tenía además aquel tema ocupándole gran parte de sus cavilaciones.

Mientras Máximo estuvo en el baño, Nuria buscó un escondite para la llave del apartado postal. No quería llevarla en el bolso junto a las otras que dejaba puestas en la puerta o sobre cualquier mueble. Después de aquella discusión, Nuria se reafirmó en que había sido mejor no contarle nada de las cartas. Dio varias vueltas con la llave en la mano hasta que reparó en el san Nicolás de Bari, patrón de la ciudad en la que había nacido su marido. Miró al santo como si le rogara, cogió una cinta de las que utilizaba para hacerle lazos a Mireia y después de atar la llave se la colgó a la figura del cuello dejando que le cayera sobre la espalda. Después comprobó que el espejo de la cómoda sobre la que estaba no la reflejaba. Aun así, desplazó la talla sagrada hacia una de las esquinas del fondo.

* * *

Cuando Máximo se fue, Nuria sintió que la soledad caía sobre ella como una manta. No había sido consciente de su aislamiento hasta que conoció aquellas vidas tan diferentes a la suya. Pero además del contenido de las cartas, su cercanía a Dora y a Liliana también aumentaba esa sensación. Tenía la certeza de que necesitaba relacionarse con más personas, salir del caparazón, saber quién era realmente su vecina. A pesar de que se había hecho cargo de Marc y Mireia, le seguía resultando casi una desconocida.

En cuanto oyó que se abría el portón de la casa Muley Afid se asomó a la barandilla de la segunda planta y subió para esperar a Dora frente a su puerta.

—Quería hacerle este regalo. Es solo un detalle, usted merece muchísimo más —le dijo mientras le entregaba un lote de cosméticos del instituto, similar al que Boro le había colocado a ella en la caja.

—No tenía por qué, Nuria —le dijo Dora mientras miraba la marca con la cabeza de mujer dentro de un sol dentado.

—¿Quiere cenar con nosotras? Me gustaría mucho. Marc ya está dormido. Le estoy tan agradecida por todo lo que ha hecho…

—Se lo agradezco, pero estoy muy cansada, además ya he picado algo. Otra vez será. Por cierto, querida, este viernes no estaré. Me marcho fuera de la ciudad y no volveré hasta el martes o el miércoles. Lo siento. Se lo digo con antelación para que encuentre alternativa.

—Sí, sí, así lo haré. Descuide. No se preocupe —le dijo bastante desconcertada.

Cuando Dora cerró su puerta, de nuevo el mismo sentimiento de soledad volvió a apoderarse de Nuria. Su vecina era su única opción. No sabía a quién recurrir. Se sintió perdida, pero también con ánimo suficiente como para resolver aquella contrariedad.

* * *

Con la excusa de comprar sellos, Nuria aprovechó el paseo con sus hijos para dirigirse a la oficina postal. A Mireia le encantó la idea porque le gustaba mucho montar en el tranvía. Una vez allí, dejó a su hija en el mostrador central para que dibujara sobre una postal del puerto que les enviarían a sus abuelos.

—Dibujaré una paloma mensajera para que les lleve esta fotografía tan bonita.

Mientras tanto, Nuria se acercó con Marc hasta los casilleros para revisar su apartado postal. El corazón le dio un vuelco cuando tras girar la llave vio un sobre en su interior.

> Antes que nada, debo darle las gracias por responderme. No sabía si lo iba a hacer. Me hago cargo de que se trata de un asunto muy delicado. Además, que me haya facilitado este apartado salva muchos obstáculos. Créame. El lote de cremas me ha parecido fantástico. De la mejor marca que conozco. No tenía que haberse molestado. Sé que no tiene demasiado tiempo, así que iré al grano: este señor del que le hablé tiene todas sus reuniones anotadas en la agenda. Es muy meticuloso y exhaustivo.
>
> Una mañana fui a su despacho después de comprobar la semana anterior que no estaría. Rebusqué en sus papeles. Sé que no está bien, pero creo que en esta ocasión se justifica. Pasé mucho miedo porque, aunque había echado la llave, temí que alguien intentara abrir la puerta de su despacho por el otro lado y se diera cuenta. Pues bien, le mando copia de lo que encontré.
>
> Usted que puede busque a alguien que lo entienda, que esclarezca algo este asunto tan oscuro. Aquí tiene.

Había a continuación unas líneas repletas de palabras muy largas antepuestas a unos símbolos enlazados. Nuria advirtió enseguida que estos segundos eran fórmulas. Las observó durante un rato como si fuera capaz de comprenderlas.

Se sobresaltó al oír el ruido de un banco de madera que había golpeado contra el suelo de aquella oficina circular. Mireia estaba al lado llorando.

—Se ha volcado. Yo no lo puedo levantar. Pesa mucho.

—¿Y si te hubiera caído encima? Ven aquí, anda. Ni un minuto puedo parar para leer —le dijo mientras se dirigía con los dos a la salida.

—La carta de colores, la carta —repetía la niña.

—Vamos, cariño. Te prometo que la mandaremos mañana. Tengo sellos para ponerle.

—¿Qué son sellos, mami?

—Son como las postales, las cartas de colores que tú dices, pero más pequeños. Como si fueran billetes, es el dinero que se paga para enviar las cosas. —Mientras le respondía, Nuria pensó en las ganas que tenía de llegar a casa y sentarse.

—¿Vamos ya al parque?

—No, hoy no, mi vida.

—¿Por qué? Me lo habías dicho. No vale.

—Ya lo sé, pero estoy cansada.

—Siempre estás cansada.

A Nuria no le quedó más remedio que aceptar que su hija tenía toda la razón.

* * *

En cuanto entraron en la salita de estar, Nuria fue hasta el aparador y cogió el diccionario. Miró varias páginas una vez y otra, pero no encontró ninguna entrada con las palabras «estereoisomería», «teratogénesis» y «focomelia». Dejó aquel tomo en su sitio y sacó del bolso el cuaderno que siempre llevaba encima. Después guardó la carta a buen recaudo junto a las dos anteriores.

Cuando después de acostar a Mireia y a Marc se dejó caer en la cama, fue consciente de que aquella noche también vería amanecer.

* * *

Esa semana cambió su horario a la mañana, tal y como le había prometido a Máximo, y se acercó a la calle Pelayo en taxi, acompañada de sus hijos. Había tenido que colocar la caja con las cartas respondidas dentro de una malla grande de plástico con asas redondas.

Se sintió aliviada al ver que sus jefes no estaban. En aquella planta del instituto cosmético solo quedaban la secretaria y Boro. Nuria estaba agradecida a Liliana por la manera en que recibió a sus pequeños. Le dio a Mireia tantos caramelos que la niña no era capaz de guardarlos en las manos, quitarles el celofán y llevárselos a la boca. Cada vez le pedía ayuda a la secretaria:

—Ahora este rojo, señorita. —Mireia le añadió a la secretaria este tratamiento por iniciativa propia.

—Qué bien que hayas venido con ella. Así el vestido le quedará mejor que mirando el otro. Cuando quieras te tomo medidas a ti —le dijo a Nuria entregándole la caja con las cartas de la semana.

—Mireia, ¿quieres que nos haga el mismo vestido a las dos?

—Sí, mami, así iremos iguales.

—No tardo nada. —Liliana sacó de su bolso un metro de costurera y le pidió a Mireia que pusiera los brazos en cruz.

—Un caracol con números —dijo la niña.

—Ahora te tienes que quedar quietecita.

—¿Puedo respirar? —le preguntó Mireia.

—Poco —le dijo Liliana mientras le enrollaba la cinta métrica al cuello y después se la colocaba en las muñecas para medir la distancia. Le rodeó con ella también la cintura y se la puso en vertical hasta la rodilla. Cada vez que Liliana cambiaba de posición el metro, anotaba en una hoja que tenía sobre su mesa unos cuantos números—. Ahora tú, Nuria.

Ella miró en dirección al ingeniero y le respondió:

—No, no, yo otro día. —Nuria no quería que le tomara medidas delante de Boro.

—Como quieras. Era por adelantar. Si quieres, te las tomas tú y me las pasas.

—Sí, así lo haré —le dijo a la vez que se dirigía a la puerta con Marc en brazos y sujetaba a duras penas la caja con las cartas.

Enseguida Boro se la cogió y se ofreció a acompañarlos. Nuria aceptó con cierta reticencia. Por un lado, quería conversar con él para intentar cambiarle la impresión inquisitiva, preguntona, que estaba segura que le había dado la vez anterior. Pero, por otro, no le parecía correcto. Desde que se había casado con Máximo jamás había caminado al lado de ningún otro hombre.

Bajaron a la calle, el ingeniero llevaba la caja y ella cargaba con Marc mientras Mireia se agarraba de su falda. La niña hablaba con Boro sin parar. Nuria no dejaba de mirar a un lado y a otro muy incómoda. Pensó que en aquella circunstancia era una suerte no conocer a casi nadie en aquella ciudad. Oyó cómo Mireia le preguntaba a Boro si tenía novia y se dio la vuelta para reconvenirla, pero el químico le dijo que no se preocupara.

—No me molesta, de verdad, es muy salada. —Y se dirigió a la pequeña—: No precisamente.

Nuria no quiso que siguieran con aquella conversación tan privada e intentó distraer a Mireia. Entonces Boro le propuso que antes de coger el taxi pasearan hasta Colón para ver el mar y disfrutar de aquella mañana espléndida. A Mireia le gustó mucho la idea. Sin dejar de hablar, recorrieron todo el trayecto hasta la Barceloneta como si fueran una familia, igual que habían hecho con Máximo hacía poco. Delante del puerto, Nuria se sintió revitalizada: el sol y el olor a sal la nutrieron. Boro lo advirtió. Le dijo que la notaba muy feliz.

—Sí, así es. Tengo de todo —añadió ella con una sonrisa.

—Mamá, mamá, ¿puedo ir a la playa para coger unas conchas? —le preguntó Mireia.

—No, es tarde. Otro día. Ahora tenemos que irnos.

—¡Solo un ratito! —gritó la niña.

—Vamos, solo tardaremos en llegar a la orilla unos minutos —dijo Boro.

—¿Y si te mojas la ropa?

—Me la seca el sol —le respondió Mireia a su madre.

En cuanto la pequeña fue hacia el paseo, Boro miró a Nuria con mucha intensidad.

—Es una niña encantadora, y el pequeño también.

—Muchas gracias. La verdad es que a mí me lo parecen, pero, claro, soy su madre —le dijo Nuria sin dejar de sonreírle—. ¿Cómo va la búsqueda de la eterna juventud?

—Se resiste. Y no solo a nosotros. ¿Cuántos siglos han pasado desde que el hombre ha tenido la misma intención? —Boro declamó como si fuera un actor y después, en el mismo tono, añadió—: Pero estoy dispuesto a poner todos mis conocimientos de química al servicio de la causa.

—Lo importante es la decisión, y creo que usted tiene mucha.

—Muchísima. Ni se imagina lo importante que es para mí que no se arruguen las mujeres y los hombres que usan las cremas de ellas a escondidas —continuó él con la broma.

—¿Por qué se lo toma así? ¿Preferiría dedicarse a otra cosa?

—Pues la verdad es que ya no. Al acabar la carrera probé en otras industrias completamente distintas, pero…

—¿No tuvo suerte? —se adelantó ella.

—No tuve ambición, y además creo que me sobró conciencia. Se puede decir que me hice una idea muy real de lo que la industria química podría ofrecerme y hui —dijo riendo, y se detuvo a mirar a Nuria a los ojos—, pero no me arrepiento. Ahora estoy mejor que nunca.

Entonces vieron a la niña, que los saludaba con la mano mientras saltaba hacia detrás para huir de una ola que llegaba a la orilla.

Nuria sopesó sus palabras y continuó como si no hubiera advertido la profundidad de ellas.

—Tal vez usted podría ayudarme... —comenzó, e hizo ademán de buscar algo en su bolso. Enseguida se arrepintió—. No, déjelo, da igual.

—¿De qué se trata?

—Nada, de verdad. No es nada.

Marc se revolvió en los brazos de su madre señalando hacia la arena. Nuria lo dejó con cuidado en el suelo.

—Ve con Mireia, pero despacito.

El niño se cayó y se levantó varias veces en unos pocos metros.

—¿Son sus primeros pasos? ¿No le parece emocionante?

—Sí, muchísimo. Lo que sentí la otra tarde cuando por primera vez se apoyó sobre sus dos piernas y avanzó hacia mí no lo puedo describir.

—Si puedo, me encantaría ayudarla. En lo que sea —dijo Boro mientras veía los avances del niño—. Dígame por favor de qué se trata.

Ella lo miró también a los ojos. Su ofrecimiento le pareció muy sincero.

—No sé. Creo que tiene que ver con su trabajo.

—Razón de más.

Nuria sacó el cuaderno en el que había hecho sus anotaciones y se lo acercó a Boro para señalarle una de las palabras que copió del sobre que había recogido en el apartado de correos: «estereoisomería».

—No sé qué quiere decir. No la he encontrado en el diccionario —le dijo Nuria sin darle más explicaciones.

—«Estereoisomería» es un término de la química orgánica. ¿Para qué quiere saberlo? —preguntó desconcertado.

—No es por mí. Es para... una amiga que me ha enviado una especie de informe médico. —Nuria había decidido no mentirle más de lo que consideraba necesario.

—Es un concepto muy especializado —le dijo Boro.

—¿No lo estará diciendo porque no sabe lo que es? —bromeó ella.

Mireia había alzado a su hermano y le acercaba los pies al agua hasta que llegaba una ola y se los levantaba.

—No, es solo que no sé cómo se lo puedo explicar —continuó el químico—. La isomería, es decir, la mitad de la palabra «estereoisomería», es una propiedad de los compuestos químicos que tienen la misma fórmula molecular, pero consiste en que esos átomos, aunque son iguales, ocupan distintas posiciones en el espacio.

Nuria intentaba asimilar de golpe aquella lección sobre combinaciones moleculares.

—Aquello del orden de los factores… —continuó él—, pues en este caso sí que altera el producto porque ese orden, además de espacial, es tridimensional. Pero no es tan sencillo —dijo como si lo que había dicho antes lo fuera.

Nuria se relajó porque consideró que tampoco era tan necesario que lo comprendiera todo.

—Digamos que la estructura interior de una molécula cambia, aunque los elementos estén enlazados de la misma forma, porque en el espacio tienen otra orientación. Eso es la estereoisomería. ¿Sabe qué significa «estéreo» en griego?

—¿Tiene algo que ver con el sonido? —dijo Nuria.

—No, se refiere a la materia en estado sólido. ¿Me sigue?

—No mucho, la verdad —le dijo para no reconocer que no había entendido nada.

—Hay una forma muy fácil de explicarlo. Piense en nuestras manos, son iguales pero simétricas, si superpone las palmas, una encima de otra, cada dedo pulgar se queda a un lado. —Para acompañar su explicación, Boro ejecutaba aquellos movimientos—. No sé si la he ayudado o la he liado aún más.

—Sí que me ha ayudado, gracias —dijo Nuria mientras hacía unas anotaciones rápidas en su cuaderno.

—¿Alguna otra cosa que no haya encontrado? Como se imaginará, estoy muy sorprendido. No me esperaba que este fuera nuestro tema de conversación.

—Perdone, pero es que es el único químico al que conozco —dijo Nuria señalando con el bolígrafo otra palabra que tenía escrita en el cuaderno.

—Vamos, que me ha elegido por eliminación —le dijo riendo, y se acercó para leer la palabra que Nuria le señalaba.

—El efecto teratogénico es terrible. Quiere decir que esos compuestos son capaces de engendrar monstruos, es decir, que provocan deformidades. La focomelia es su consecuencia: equivale a algo así como tener las extremidades como aletas de foca.

A Nuria le dio un vuelco el corazón. Lo miró horrorizada y después fijó la vista en sus hijos. Mireia había dado tantas vueltas con Marc en brazos que al final había caído mareada sobre la arena al lado de su hermano. Nuria pensó que los dos se mancharían la ropa, pero consideró que al fin y al cabo con algo se tenían que entretener.

—¿Está seguro? —acertó a articular.

—Completamente. De repente está muy pálida. ¿Qué le pasa? ¿Qué es todo esto? —le dijo Boro con preocupación.

Nuria se volvió aturdida hacia donde estaban sus hijos. Se apartó la melena del lado izquierdo y se la colocó sobre el hombro derecho. Sintió que le faltaba el aire. Su comunicante anónima no mentía. Asumió de golpe esa certeza: que la posibilidad científica de engendrar monstruos era real.

—Mireia, nos vamos.

—Mamá..., pero ¿por qué? Si estamos tan bien —comenzó a protestar la niña.

—Vámonos. —Nuria se acercó hasta ellos con urgencia, recogió a Marc del suelo y le sacudió la arena de los pantalones.

—Pero ¿qué pasa? —le preguntó de nuevo Boro.

—No se preocupe. Muchísimas gracias por todo.

Y sin añadir nada más, Nuria empezó a caminar hasta la avenida y detuvo el primer taxi que apareció. Cuando estuvieron dentro, Boro le entregó la caja con las cartas.

—Gracias de nuevo —le dijo Nuria.

Cuando el vehículo arrancó, Boro se quedó desconcertado y muy quieto hasta que perdió de vista al taxi. Mientras estaban parados en un semáforo, Mireia la interrogaba:

—Mamá, ¿ese señor tiene hijos?

—No lo sé, mi vida, no lo conozco demasiado —le respondió Nuria con el tono más indiferente que fue capaz de fingir.

—Pero si habláis mucho.

—Sí, pero de otras cosas. De nuestro trabajo.

—Tendrá madre y padre —le replicó la niña muy resuelta mientras se giraba hacia la ventanilla.

—Sí, eso sí, de algún sitio tiene que haber salido.

Mireia se dio por satisfecha. Y Nuria se relajó. El taxista la miró por el espejo retrovisor y ella lo sintió como una advertencia, como si se tratara de una señal de tráfico que le indicara peligro, riesgos indeterminados y por eso mismo, aún más inquietantes.

9

En cuanto Mireia se despertó, le habló a su padre de aquel señor tan simpático y enseguida añadió que además era *mico.*

Máximo le preguntó a Nuria a quién se refería y ella le dijo que lo más seguro fuera que la niña lo hubiera soñado.

Él esperó a que la niña saliera de la habitación y se dirigió muy airado a Nuria:

—¿De quién habla?

—No lo sé, Máximo. A saber. Sabes que tiene mucha imaginación. No es nada. Será de uno de los cuentos que lee.

—O de los que tú le cuentas. ¿Crees que no me he dado cuenta de que cada vez estás más callada? Ya no me prestas tanta atención. No sé, como si hubiera cosas nuestras, de tu familia, que te hubieran dejado de importar.

—Máximo, no es así.

—Sí que es así y además coincide que todo eso pasa desde que tienes ese maldito trabajo. Vas a tener que dejarlo. Lo primero es lo primero.

Nuria estuvo taciturna durante todo el fin de semana, contestaba a Máximo con frases cortas y monosílabos. Los dos seguían disgustados. Apenas le habló a su marido de los niños ni de lo que habían hecho esos días. Esto no hacía más que confirmarle a Máximo sus recelos.

En cuanto se metió en la cocina aquel domingo por la noche, Máximo comenzó a observar la salita y el dormitorio como si se tratara del popular juego de las siete diferencias: quería descubrir qué había cambiado desde su estancia anterior. Pasó la mano bajo las mantas apiladas en la parte de arriba del armario, hizo lo mismo con las toallas acumuladas en el baño, miró debajo de la cama y cuando iba a salir de la habitación, abrió con más fuerza de la que requería el primer cajón de la cómoda. El san Nicolás se tambaleó, pero Máximo lo cazó al vuelo y enseguida notó la llave sobre su capa de obispo. Él sabía que ese objeto no se correspondía con ninguno de los atributos con los que se le representaba y pensó que la vida de su esposa era muy distinta a la que ella aparentaba. Sintió que su confianza se agrietaba y estaba dispuesto a impedir que se rompiera del todo porque entonces sabía que ya no podría recomponerla.

* * *

Antes de salir de viaje, Máximo fue a un taller de cerrajería cercano, copió la llave y volvió a su casa para dejar la original en su sitio con la excusa de que se había olvidado unos documentos. No necesitó decir nada porque Nuria aún dormía. Cerró la puerta con el mayor sigilo.

En el bar de carretera en el que almorzó miró el periódico y se detuvo sobre un anuncio porque pensó que era exactamente lo que necesitaba:

> ¿Quiere pruebas de sus dudas? Informes prematrimoniales y matrimoniales, localización domicilio, insolvencias financieras, España y extranjero. Diplomado en Investigación Criminal. Agencia con una de las licencias gubernativas más antiguas de Cataluña. Diríjase a G. B. Teléf. 37 66 89.

No le quedó claro si G. B. era el nombre de la empresa o las iniciales del detective. Arrancó la página, salió a la calle y llamó desde una cabina.

—Guifré Baladre al aparato. ¿Con quién tengo el gusto?

—Prefiero no decirle mi nombre. ¿Cuándo podemos vernos? —Máximo utilizó una soltura impropia de quien hace una llamada de ese tipo por primera vez.

—Cuando quiera, amigo. Dígame lugar y hora, y si mis múltiples compromisos laborales y personales me lo permiten, allí me tendrá.

—Este jueves por la tarde. ¿Qué le parece en el bar del Pi? —le preguntó con mucha resolución.

—Déjeme ver, déjeme ver. —El detective parecía consultar su agenda—. ¿A las siete está bien?

—Hasta entonces —dijo Máximo Zafara. Y enseguida colgó sin añadir nada más.

Sabía que no hacía lo correcto, pero intentó convencerse de que era lo mejor. Él siempre anteponía los fines a los medios y la firmeza de su carácter al miedo.

* * *

Durante el encuentro, cuatro días después, Máximo catalogó a aquel hombre, al que reconoció enseguida entre los demás parroquianos, como «un habitante de los bajos fondos». Por un momento se arrepintió de haber recurrido a él, pero como siempre encontraba una frase para resumir cada situación y con eso se aclaraba la mente, se dijo que, si algo quería conseguir, algo tenía que costarle.

Por episodios anteriores, Zafara sabía que sus sospechas, a decir de otros, eran siempre desmesuradas, sin razón, pero él era así, muy desconfiado. Nadie es perfecto, pensaba para consolarse, aunque estaba convencido de que él se encontraba muy cerca de la excelencia, y en algunas facetas de su vida incluso la superaba.

En cuanto tuvo enfrente a Baladre advirtió su barba hirsuta, daba la impresión de que le crecía de forma continua, igual que el cabello salpicado de caspa. Fumaba un cigarrillo oscuro y bebía una copa de coñac. A Máximo le llamaron la atención sus gafas atadas a un cordón metálico. Para mirar la fotografía de Nuria se las ajustó sobre la nariz. A Zafara le dio asco que manoseara aquel retrato de su mujer. Después le entregó la copia de la llave que había encontrado en la espalda de la figura de san Nicolás.

—Necesito saber qué abre. Demuéstreme que es cierta esa efectividad que cacarea en su anuncio.

—Ni lo dude. Se nota que no me conoce.

El detective separó de sus ojos con un gesto rápido sus lentes, que volvieron a colgar sobre sus solapas, y se echó hacia atrás apoyándose contra el respaldo de la silla. Llevaba un traje negro dos tallas más grandes de la que le correspondía, pero unos buenos zapatos, como si en sus pies hubiera echado el resto con el fin de que le sirvieran para patear las calles sin descanso. Enseguida se despidieron.

Máximo decidió que aquella noche no iría a dormir a su casa.

* * *

El detective Guifré Baladre cogió el mismo autobús que Nuria de camino al instituto cosmético. Esa vez ella fue sin Marc y Mireia porque Dora, de nuevo, se ofreció a quedarse con ellos. Aunque le preguntó por su viaje —quería ser cortés y provocar además un cierto acercamiento—, su vecina le contestó con monosílabos. Nuria la imaginó en alguno de aquellos lugares que ella solo conocía a través de las revistas: estaciones de esquí de nieves perpetuas, salones en los que camareros vestidos de etiqueta servían cócteles muy sofisticados…

Cuando Nuria subió por la escalinata de la finca de la calle

Pelayo, quien la seguía se acercó al portal de al lado y habló con el hombre que barría la acera. Le dio, como si fuera una octavilla, un billete de cien pesetas.

—¿Sabe quién es?

—La veo por aquí cada viernes desde hace más o menos un mes.

—¿Y qué más?

—Va al entresuelo, donde está el laboratorio de las cremas.

Baladre sintió que había malgastado el dinero porque todo aquello ya se lo había contado el marido de Nuria, pero a pesar de eso insistió.

—¿Trabaja para ellos?

—Eso me parece, porque cada vez viene y se va con una caja. Llevará lociones de las que anuncian. Para mí que será *representanta* o de una perfumería.

—¿Y la ha visto acompañada?

—Sí, de sus hijos.

—Mire, ese billete tómelo como un adelanto, sabe que lo que me ha dicho no vale nada, está en deuda conmigo. Quiero que tenga los ojos como platos, en una semana exacta me presentaré aquí y me gustaría que tuviera algo que contarme, pero que yo no sepa ya.

El portero no dijo nada. Solo se cambió de lado de la boca el palillo que no le había impedido mascullar aquellas pocas frases.

Cuando ya se disponía a marcharse, vio a Nuria con un hombre alto. Se dirigían hacia Las Ramblas.

—Vaya, vaya —dijo mientras miraba al portero—, parece que esto se anima. Mejor, ya empezaba a aburrirme. Volveré a cobrarme las cien pesetas. Recuérdelo. Y no se quede solo en esta finca, dedíquese a las demás también —le dijo Baladre como si fuera de su incumbencia organizarle el trabajo.

Nuria y Boro caminaron un rato en silencio. El detective los siguió manteniendo la distancia.

—No hacía falta que me acompañara —le dijo Nuria bastante incómoda cuando llegaron a la parada del autobús.

—Necesito que hablemos y no podía hacerlo en el laboratorio.

—Usted dirá.

—El otro día me quedé muy preocupado.

—Le agradezco que se interese por mí —le dijo Nuria a la vez que esquivaba su mirada.

Boro le colocó la mano bajo la barbilla con ternura y le levantó la cabeza con suavidad para mirarla a los ojos. Baladre los observaba a través del cristal de un escaparate con dos cosas ya claras: que había tenido suerte y que a Zafara aún no le diría nada. No quería terminar tan pronto con aquel encargo. Presentía que les podía sacar mucho jugo a sus sospechas.

El detective seguía ojo avizor. No perdía detalle por si se cogían de la mano, él le volvía a rozar alguna parte del cuerpo, o asistía a cualquier otro gesto que delatara el carácter romántico de aquel encuentro. Aquella distancia tan cercana para otra persona hubiera resultado imprudente, pero no para él, que se consideraba un maestro en el secreto arte de indagar, como le había dicho a Máximo.

El autobús de Nuria llegó a la parada y el detective aprovechó para cruzar y aproximarse todo lo que pudo a ellos.

—El informe médico del que me habló, el que le envió su amiga, ¿me dejaría verlo?

—¿Para qué? No tiene importancia, de verdad.

—Pues no parece que no tenga importancia por su reacción del otro día.

—Mejor que eso, acláreme algo. ¿A qué se refería con lo de engendrar monstruos? —preguntó Nuria dejando ir su autobús.

—A todo tipo de deformidades, como la ciclopía. ¿Sabe qué es un cíclope?

—Sí, un gigante con un solo ojo, como el Polifemo de Góngora.

—Y como el del poeta Luis Carrillo y Sotomayor; hijos los dos del que describió Homero.

A Nuria la sorprendieron mucho estas referencias literarias aunque de forma inmediata pensó que no estaba prohibido que un químico supiera de más cosas por mucho que ella no entendiera nada de átomos y moléculas.

—Una persona que nace con ciclopía tiene una única órbita facial, algo así como un solo ojo y en el centro de la frente... ¿Está leyendo algo que trate de estos temas tan desagradables?

—No... Es por el mismo informe —insistió Nuria tratando de sonar convincente.

—¿Está embarazada?

—¿Yo? No, claro que no, y ella creo que tampoco.

—Bueno, ya me contará. En el nombre de la ciencia se pueden conseguir maravillas, emular a Dios, pero cometer muchas aberraciones también.

Nuria asintió. Llegó otro autobús y Boro le dio la caja con las cartas.

—Gracias por todo —le dijo antes de subir.

El autobús arrancó y Nuria miró nerviosa su reloj, arrepentida de haber perdido adrede el anterior. Otra vez se le había hecho muy tarde. No quiso ni imaginarse la escena que le esperaría en su casa. Y lamentó no haber ido al laboratorio por la mañana, como había hecho la semana anterior y como le prometió a Máximo que haría siempre.

10

—Otra vez. ¿De qué me sirven tus promesas? Así no fue como quedamos. Me dijiste que trabajarías en casa y solo sería una tarde a la semana —le dijo su marido furioso nada más cruzar la puerta.

—No es así, Máximo, trabajo todos los días; algunos, muchas horas. Más de las que te crees. Lo que pasa es que tú no me ves, pero los viernes es cuando tengo que entregar la correspondencia para que el sábado la pongan en el correo y comiencen a repartirla el lunes.

—Pero habíamos quedado en que irías por la mañana. Además, ¿aún no te cansas?

Nuria, a pesar de que le pareció una impertinencia aquella pregunta de nuevo, no quiso discutir.

—Toma, te había traído esto —Máximo tiró de malos modos una cajita rectangular sobre el sofá del tresillo. Era un perfume de Myrurgia.

Nuria no sabía lo que hacer. Lo olió y le acercó el frasco a Máximo.

—Ya lo conozco, por eso te lo he comprado, huele a mercado persa. Como ves, siempre estoy pensando en ti.

Nuria se sintió culpable, tal como era la intención de Máximo, y lo cogió de la mano para que entraran en el dormitorio. Lo llevó hasta la cama para que se sentara. Comenzó a besarlo después de echarse unas gotas en la nuca. Enseguida apareció Mireia.

—Huuum, qué olorcita.

Máximo la subió a sus rodillas y le dejó el frasco.

—Huele a amor —dijo la niña.

Nuria miró a su hija y después aquel envase de esencia con temor. Sintió que, como si fuera un perfume, su amor por Máximo también había comenzado a evaporarse.

En aquel momento solo deseaba que se marchara cuanto antes para retomar sus cartas.

> Estimada amiga:
>
> He consultado lo que usted me transmitió con un amigo…

Al escribir esa última palabra, Nuria se detuvo, consideró que tal vez tendría que llamarlo compañero de trabajo, pero se inclinó por dejarlo así porque era más corto y además no daba demasiadas pistas. La oyente del programa podía pensar que quien le había informado era alguien del mismo instituto de belleza si le daba ese otro dato. Así que continuó:

> … y me dice que uno de los efectos supone que esa molécula hace nacer monstruos. Sé que suena a cuento de terror, pero se lo transmito tal cual. Espero haberle sido de alguna ayuda. Sigo a su disposición en este apartado de correos. Dado el carácter de nuestra comunicación, entenderá que prefiera esta vía al consultorio. Gracias por su comprensión.
>
> Atentamente.

Después de escribir estas líneas se incorporó y comenzó a estirar los brazos, juntó las manos sobre su cabeza y flexionó su cuerpo por la cintura hasta que tocó con sus dedos la punta de los pies.

Detrás de las hojas de las ramas más bajas de un árbol, desde la acera de enfrente, Guifré Baladre observaba la ventana sin cortina. A aquel trabajo el detective solo le dedicaba una media hora cada día, a excepción de los viernes. Aquella semana la vio salir a comprar el martes, los dos días siguientes llevó a sus hijos al parque, por la tarde cogía el aparato de radio que tenía en el mueble del comedor y lo encendía siempre a la misma hora. Concluyó que era una mujer muy casera, pero que tal vez concentraba sus encuentros y con ello sus emociones, que era posible que solo necesitara ver una vez cada siete días al que ya consideraba su amante. Aventuró que, como además tenía a su marido, no necesitaría de una mayor asiduidad.

* * *

El sábado dejó a los niños con Máximo con la excusa de que iba a comprar los ingredientes que le faltaban para preparar una tarta. Fue en tranvía hasta la oficina postal. Se sintió intrépida, desenvuelta, capaz de hacer eso y mucho más.

Hizo girar la llave en el casillero. Pasó la mano por el interior para cerciorarse de que no había nada, se agachó y vio al otro lado a los empleados que clasificaban el correo.

Entró en su casa, al cabo de hora y media, con una bolsa de tela que pesaba bastante. Además, el calor de los primeros días de julio aún hacía más costosos sus movimientos. Máximo estaba en la bañera con sus dos hijos. Nuria pensó que en pocos sitios habría una concentración de tanta belleza como allí.

A la semana siguiente Nuria fue antes al laboratorio con la intención de que Liliana le tomara medidas para el vestido que le había encargado, pero la secretaria había vuelto a ausentarse y fue Boro quien, de nuevo, le entregó la remesa de cartas.

—Yo ya me iba, deje que la acompañe al autobús —le dijo.

Nuria no encontró ninguna razón válida para negarse, y ambos caminaron en silencio. Cuando llegaron a la parada, Boro se volvió para mirarla con atención.

—Parece preocupada. Aún es pronto. ¿Por qué no se queda un poco más?

Cruzaron de nuevo la plaza de Cataluña hasta Las Ramblas. A Nuria lo que más le importaba era saber si la remitente habría recibido ya su respuesta. Al llegar a la cafetería Savoy, Boro le propuso que se sentaran en la terraza. Los ojos de Guifré Baladre, de nuevo, enmarcaron la escena. El detective, fiel a su cita de los viernes, los siguió hasta allí y tampoco en esta ocasión perdió detalle.

—Voy a enseñarle algo —le dijo ella muy decidida.

Nuria le puso bajo los ojos las fórmulas que había copiado en su cuaderno del sobre que encontró en su apartado postal.

—¿Estaban en el informe médico del que me habló? —le preguntó extrañado mientras bebía un trago del Martini que le había llevado el camarero.

Nuria se sirvió un poco de agua de Vichy, sin perder de vista las manos del químico, con los tendones muy marcados. Luego recorrió con los ojos sus brazos y se detuvo en sus labios. Boro levantó la cabeza y ella se centró en aquellas líneas escritas.

—Si no es mucho pedir, me gustaría saber qué significa esta frase completa —dijo Nuria pasando una página para leérsela en voz alta—: «No se tuvo en cuenta la estereoisomería en moléculas S y R, correspondiéndose la S con un efecto sedante y la R con un efecto teratogénico».

La pronunció de un tirón. En su casa la había repasado muchas veces. A Boro Navascués le pareció una estudiante aplicada que se esfuerza por desentrañar un misterio para ella inescrutable mediante una lectura muy atenta y repetida.

—A ver, el efecto sedante ya sabe cuál es, el de los barbitúricos, los somníferos y todas las sustancias que ayudan a calmarse. El compuesto de esos medicamentos suele ser en muchos casos urea más ácido malónico, que se extrae de las manzanas.

Nuria apuntó un par de palabras.

—Y el teratogénico…, bueno, ya se lo expliqué.

Nuria asintió desolada.

—¿Qué es todo esto? Perdóneme si le parezco brusco, espero no incomodarla con mis preguntas, pero necesito saber qué está pasando. ¿Estas fórmulas son del compuesto que produce esos efectos? Se lo ruego, dígame algo más. Tiene que ser sincera conmigo. No me oculte nada, por favor. Quiero ayudarla, pero para eso necesito saber en qué está metida.

—No lo sé, Boro. No sé de esto más que los efectos que está produciendo en mí. Este asunto me está socavando. Tengo pesadillas, en ellas veo a un doctor que mutila a mis hijos. Es horrible.

Boro notó el temblor de Nuria y le apretó la mano que ella tenía sobre la mesa. Guifré Baladre se relamió porque ese caso estaba saliendo como quería.

—Tranquilícese, por favor, y explíqueme con calma a qué se refiere.

—La mujer de la que le hablé… —Nuria dudó.

—Confíe en mí —insistió Boro acercándose un poco más a ella—. Además, quedamos en que no conoce a ningún químico más. ¿No es así? —intentó bromear.

Nuria asintió.

—Esta amiga me escribió para hablarme de unos niños que están naciendo mutilados y me envió estas fórmulas.

Boro la miró alarmado.

—¿Y qué sabe de su… *amiga*?

—Poca cosa, la verdad. De momento, solo nos comunicamos por carta mediante un apartado postal.

Esta frase fue la que le confirmó a Boro que aquel contacto se había producido a través del consultorio radiofónico.

—Dígame algo más, se lo ruego.

—En la primera carta… —Nuria dudó de nuevo durante

unos instantes— escribió que era la amante de alguien muy poderoso.

—¿Incluyó su nombre?

—No —le dijo, y se detuvo. Miró el fondo azul de sus ojos como si pudiera distinguir sus pensamientos y continuó—: Al parecer, lo supo por una conversación que escuchó sin que él se diera cuenta. Dice que a algunos de esos bebés los han abandonado en distintos orfanatos. Encontrarlos me parece lo más importante ahora. De esa forma..., averiguaría la causa. Pero no sé. No entraba en mis planes toparme con algo así.

—¿Puedo quedarme estas fórmulas?

Nuria arrancó las hojas de su cuaderno y se las entregó.

—¿Me dirá de qué son? —le preguntó Nuria.

—Claro. Cuente con ello.

Con pocas pistas él había dado con el origen de aquellas cartas. Ninguno de los dos había nombrado el consultorio radiofónico, pero ambos sabían que aquella historia había partido de allí.

Se incorporaron y en cuanto el camarero se acercó para cobrarles, se despidieron. Nuria tomó un taxi allí mismo y entró en el vehículo muy pensativa. Boro observó con preocupación las hojas que Nuria le acababa de entregar. Guifré Baladre chasqueó la lengua: aquella forma de levantarse de la mesa y la frialdad de la despedida le hicieron pensar en una ruptura. Para el detective aquello supondría un fracaso porque aún no había puesto en conocimiento de Máximo Zafara la información y, lo que era peor para él, todavía no había cobrado ninguna parte de sus honorarios. Se dijo que, por lo que pudiera pasar, por si aquellos dos no llegaban a nada o ya habían llegado y terminado, la próxima vez que se vieran le pediría a su cliente un adelanto, pretextaría gastos de desplazamiento y gestión, lo que se conocía como una provisión de fondos.

Antes de meterse en un bar se acercó a hablar con el portero de la finca vecina a la de los señores Frument en la calle Pelayo para que le diera algo más a cambio de las cien pesetas.

Dentro del taxi, Nuria consideró que, frente a lo que le solía suceder en otras ocasiones, le parecía una bendición que el conductor estuviera tan abstraído en el programa de fútbol de la radio que no entablara conversación con ella.

Sentía un sabor amargo muy intenso. Recordó las palabras que le dijo Máximo en cuanto supo del trabajo —al menos, de la versión que ella le había contado—, cuando la conminó a que lo abandonara en cuanto se cansara. No quería darle la razón, rendirse tan pronto, pero por primera vez se planteó seguir su consejo. Para distraerse, desató el cordel de la caja de las cartas y vio un sobre color salmón con ribetes dorados sobre los demás. Lo sacó y tocó el papel tejido con hilo. Era de doña Leonor. Nuria lo abrió enseguida. Con una letra que parecía que dibujaba cisnes y olas decía:

> Querida señora Zafara:
>
> Me va a disculpar esta tardanza en concretar la invitación que le anuncié el día que nos conocimos. Como le dije entonces, le reitero mi intención de que almorcemos juntas para de esa forma conocernos mejor. Yo apenas he tenido tiempo de detenerme a leer alguna de sus respuestas. Ya le explicaré por qué. Pero tanto el padre Vilesermes como mi esposo me han hablado de algún aspecto concreto de su desempeño que me gustaría comentar con usted. Se trata de determinadas cuestiones que veo necesario que abordemos para evitar que por desconocimiento le induzcan a cometer algún error.
>
> Bien, querida, llámeme por teléfono y me confirma si es posible que este miércoles acuda a nuestra casa.
>
> Atentamente,
>
> Leonor Arana de Frument

Un escalofrío le recorrió la espalda. Estaba segura de que habían advertido que faltaba una carta, que además había sustituido otra y que por aquel motivo doña Leonor le proponía verse cuanto antes en aquella cita en la que ella presentía que la despediría, eso sí, de forma elegante, como parecía que aquella mujer lo hacía todo. Se sentía una imprudente a la que no le quedaba otra opción que pagar el precio de esas acciones suyas tan insensatas y arriesgadas. Lamentaba mucho perder aquella oportunidad casi antes de haber comenzado, pero sintió que no había vuelta atrás ni remedio.

11

El momento en el que Nuria supo que en aquella investigación no había vuelta atrás fue cuando encontró en el apartado postal unas fotografías de niños mutilados que le parecieron una baraja macabra.

No quiso esperar al viernes. Dos días después llamó de nuevo a Boro al laboratorio desde un teléfono público. Mientras hablaba, sujetaba el carrito de Marc y vigilaba a Mireia que estaba al lado sentada en un banco. Reconoció enseguida la voz de Liliana, pero la secretaria no pareció reparar en que se trataba de Nuria.

—Enseguida le paso —dijo.

—¿Ha averiguado algo más de las fórmulas que le di? —en cuanto escuchó la voz de Boro, Nuria le lanzó esta pregunta porque quería tener respuestas cuanto antes—. Además hay otra cosa. Aún no me he recuperado de la impresión. Necesito confiar en alguien. Creo que me voy a volver loca. Quiero que me ayude a llegar hasta esos niños. Por muy duro que resulte, tengo que ver qué les pasa, quiénes son sus padres, qué está ocurriendo. Sé más cosas, pero necesito que usted también me aporte algo antes de transmitírselas.

Liliana se incorporó de su asiento y cruzó el pasillo en dirección al baño. Siempre hacía gala de una enorme discreción.

—Nuria, la voy a ayudar todo lo que pueda, pero tiene que

tranquilizarse. En ese estado le puede pasar algo. ¿Está ahí? —Boro insistió—. ¿Nuria?

—Sí, aquí estoy. —Ella sintió cierto mareo y se apoyó en el manillar del cochecito.

—Continuaremos el viernes —le dijo él cuando vio que Liliana se acercaba a su mesa.

Nuria agradeció que cortara la conversación de improviso porque comenzó a sentir náuseas. A duras penas podía mantenerse en pie. Llegó a su casa como pudo: con el niño llorando dentro del carrito y Mireia malhumorada porque tenía hambre. En cuanto entró en la salita, buscó el frasco de las pastillas que el ginecólogo le había recetado para los mareos durante el embarazo. Pensó que la aliviarían y se tomó dos de golpe.

Guifré Baladre la vio en ese estado y se frotó las manos, que ya le olían al dinero que iba a percibir si era capaz de fraccionarle con sagacidad a su cliente toda aquella información.

* * *

Después de descansar toda aquella tarde y de dormir bastante bien, a la mañana siguiente se encontró un poco mejor, al menos para plantearse aceptar la invitación de la señora Frument.

Cuando la víspera de su cita con doña Leonor le prometió a Dora que buscaría una niñera, enseguida intervino Mireia.

—Mamá, ¿una niñera es una señora que hace niños?

—No, la que los cuida —le explicó delante de su casera. Y se rieron—. Esto es un imprevisto —le dijo a Dora como si acabara de saber del almuerzo en aquel momento.

—Tranquila. Está bien.

—De verdad, señora Blúmer no sabe lo agradecida que le estoy. Le juro que es la última vez. Siento que esto ya está pasando de castaño oscuro.

—Señal de que las cosas le van muy bien. Imagínese que llegara a ganar más dinero que su marido. —Dora iba a añadir que menuda se armaría, pero se contuvo. Entonces miró hacia dentro de su casa y llamó—: Úrsula.

—Dígame, señora.

—Te quiero presentar a Nuria Zafara. A sus pequeños ya los conociste el otro día. Es la esposa del representante italiano. ¿Te acuerdas de que te lo expliqué?

—Sí, señora.

—Pues eso, Nuria, Úrsula me crio y ahora ha enviudado. Le he propuesto que venga a ayudarme una temporada, al menos hasta que se resuelva lo de la pensión de su marido. No hace falta que busque a nadie más.

—Pero… —Nuria pensó muchas cosas: en llegar a un acuerdo económico con ella, en pedirle a aquella mujer de rostro tan afable que trabajara algunos días también en su casa. Quiso decir tanto que se quedó callada.

—No se hable más. Hoy por ti y mañana por mí.

—Gracias por su generosidad —le dijo Nuria muy emocionada, y pensó que Dora cada vez la intrigaba más, que era como si para ella los problemas no existieran más que durante unos pocos segundos.

Su forma de vida parecía tener un reflejo exacto en su mente, también muy acomodada, tanto como un mar siempre en calma.

12

> Hace dos meses que no me baja, no sé si voy a ser capaz de sacar a mi hijo adelante. El único hombre al que me he acercado es el amo de la farmacia en la que trabajo junto a su mujer e imagínese lo que supondría que se supiera el estado en el que temo encontrarme.

Nuria se imaginó la cara del padre Vilesermes al leer aquellas líneas.

> Usted que siempre da tan buenos consejos, dígame qué debo hacer. Y por favor, no radie la carta ni diga mi nombre. Le adjunto un sello para los niños pobres, los llevo en mi corazón, porque yo también lo fui.

Nuria decidió dejar la respuesta para después y se lanzó enseguida a por otra.

> Verá, señora, me dirijo a usted porque tengo una niña que es lo que más quiero en el mundo. Cuando nació nos pareció normal, éramos primerizos, pero, como dicen con acierto, las comparaciones son odiosas: fue al conocer a un sobrino bastante menor que ella cuando vimos que algo no andaba bien. La mayor parte del tiempo estaba como adormecida, le costó mucho hablar y ya no le digo andar. Fueron pasando los años y la hemos tenido

siempre en casa. Ahora ha cumplido dieciséis y no hay manera de detenerla. Le explico a lo que me refiero: busca a los hombres y tememos que suceda una desgracia. En cuanto me descuido en una tienda, en el cine, donde sea, se les acerca.

Mi esposo y yo le hemos regalado un muñeco porque estamos convencidos de que se le ha despertado el instinto maternal. Le reconozco que es muy difícil saber cómo tratarla. Bueno, la dejo ya, que tendrá numerosas ocupaciones que atender, pero entienda que me preocupe por mi hija como lo haría cualquier madre; en mi caso, por estas particularidades que le cuento, todavía más.

Le deseo mucha salud para usted y los suyos.

Atentamente,

Libra

Nuria la respondió de inmediato:

Estimada amiga Libra:

A nadie le hacen daño los regalos. Si su hija no se sorprendió cuando se lo entregaron, eso significa que lo acogió de buen grado. En cualquier caso, tiene que entender que la naturaleza siempre hace su camino, que es normal que sienta atracción por los hombres, máxime cuando no ha estado acostumbrada, por lo que me cuenta, a tenerlos en su entorno. Ocúpese de ella como hasta ahora, si ha llegado al presente sin que le haya sucedido nada grave, no tiene por qué pasarle en adelante.

Quería creer en aquellas palabras que ella misma escribía, en que los riesgos no aumentaban con la edad.

Y relájese, ya sabe que los vástagos forman con sus progenitores una línea emocional que no tiene que cortocircuitarse y sí protegerse mucho. Si usted está bien, ella lo estará. Les envío a ambas un caluroso saludo con mi deseo de que todo resulte como espera.

No se olvide de escuchar nuestro programa y vuelva a escribirme cuando quiera, estaré encantada de atenderla.

En cuanto escribió esta despedida, sacó del sobre la siguiente.

Estimada señora:

Ya sé que no es frecuente que los de mi sexo se dirijan a usted, y menos si se dedican a mi oficio. Verá, soy policía y se supone que tendría que estar curtido como resultado de las miles de batallas libradas contra el mal, si usted me permite esta expresión, pero no es así, a veces hay determinadas cosas que nos llevamos del trabajo y nos acompañan siempre.

Quiero hablarle de un tipo de mujeres, las que antes de suicidarse dejan su casa limpia como una patena, sin una mota de polvo ni una sola prenda sucia. Y no me refiero solo a lo que queda a la vista, a lo que ve la suegra, que dice mi mujer.

El otro día en comisaría, en un aviso dieron la dirección de mi patio de vecinos. Como comprenderá, me inquieté mucho pensando que el suceso podría haber pasado en mi hogar, pero no fue así, aunque casi: la que estaba boca abajo sobre el tejado del entresuelo era nuestra vecina, una mujer animosa y entusiasta. Mi señora pasaba muchas horas con ella, yo solo había entrado en su casa un par de veces, que, como se dice, la tenía como una tacita de plata. Por tanto, pasó a engrosar las listas de las mujeres que dejan su casa como una patena antes de suicidarse. Esta vecina nuestra cada tarde merendaba una taza de café con un Optalidón. Parece ser que en el desayuno se tomaba otro. Decía que para no sentir el dolor de tantas horas moviendo los brazos y las piernas en casa de don Teodosio, para quien trabajaba limpiando.

> De ella siempre recordaré sus carcajadas, le sacaba punta a todo. Nos tenía un cariño verdadero. Su ingenua venganza era referirnos las anécdotas de lo que vivía en las casas de los ricos, como ella las llamaba.

A Nuria le dio mucha pena aquella historia, pero apreció la necesidad que el vecino tenía de manifestar el cariño que no había podido transmitirle en vida a aquella mujer. Le envió unas palabras de consuelo, le dijo que sobre todo acompañara a su esposa, que echaría mucho de menos a su amiga. A continuación cogió otra carta que parecía más bien una nota. No tenía encabezamiento, sino que comenzaba así:

> No puede ni imaginarse lo que usted significa para mí. Sin su compañía de cada tarde le aseguro que ya habría cometido una tropelía contra mí mismo. Pero escucho su voz y me siento renacer. Usted es mi guía y lo único que me ata a esta vida. Nunca podré agradecerle lo suficiente su dulzura, su sensatez, su paciencia.

Nuria pensó en la labor social a la que habían aludido los señores Frument. Enseguida recogió todo lo que había esparcido sobre la mesa: su libreta para las notas, el lápiz, un bolígrafo, una goma, le puso la tapa a su máquina de escribir, metió esta última carta en su sobre y después en la caja que guardó en el hueco inferior de la alacena. Se sacudió una mano contra la otra como si se quisiera desprender de todas aquellas vidas ajenas. Después se sentó muy quieta en la silla, la luz del mediodía caía sobre ella igual que en los cuadros de la Anunciación. Se sentía muy satisfecha de la manera en que estaba llevando a cabo su trabajo, pero, a pesar de eso, sintió la necesidad de respirar aire fresco. Se dispuso a vestir a sus hijos.

* * *

En cuanto los vio en el parque, ante aquel fondo vegetal, pensó en los niños desmembrados e inmediatamente miró su reloj.

—Mireia, ¿quieres dar un paseo en tranvía?

—Sí, mami. ¿Dónde vamos?

—Cerca.

—No, cerca no, quiero ir lejos.

En apenas diez minutos llegaron a la oficina de correos. Sacó la llave con la cinta de su bolso y al abrir el apartado postal, sintió un escalofrío al ver dentro de él un sobre bastante grande.

—Mami, ¿qué es ese hueco?

—Son cosas del trabajo, cielo. Me las dejan aquí —le respondió mientras cerraba el casillero.

El camino de vuelta a casa se le hizo eterno. Quería ver el contenido cuanto antes, pero sin Mireia a su lado.

En cuanto entraron, los niños se quedaron en la alfombra donde tenían los cubos de un rompecabezas con motivos circenses. El niño le pasaba las piezas a su hermana y ella formaba una torre. En su dormitorio, Nuria tuvo por fin aquellas páginas ante los ojos y en cuanto las recorrió de arriba abajo deseó no haberlas visto nunca.

13

Tres plantas más arriba del laboratorio, tal como indicaba la nota, el miércoles por la mañana Nuria llamó al timbre de la casa de los señores Frument. Contuvo el aliento intentando controlar los nervios y, cuando no pudo más, comenzó a espirar despacio.

Le abrió la sirvienta y se quedó deslumbrada con aquella vivienda: se confundían las hojas, flores y demás adornos de piedra con los reales, los mosaicos con los objetos que adornaban los estantes ante ellos. Había varios santos en pequeños retablos, ramos en búcaros, las puertas eran de madera cincelada, muy historiadas y altas, a ambos lados de cada una los apliques de metal reproducían los mismos motivos y la cerámica reflejaba la luz que se filtraba a través de las vidrieras.

A Nuria le pareció que había retrocedido en el tiempo más de cincuenta años por lo menos. Imaginó que allí dentro se viviría de otra forma más lenta y sobre todo más tranquila.

Siguió a la empleada hasta la sala del mirador que se veía desde la calle. Temía el momento en que apareciera la señora Frument. Entre el zócalo y el comienzo de la cristalera había muchas plantas y, en la parte izquierda, entre los ventanales y una terraza que daba a la calle lateral, una pajarera desde el suelo hasta el techo. Como las aves eran de especies muy distintas, los gorjeos se entrecruzaban y mezclaban. Parecía una orquesta que afinaba sus instrumentos antes de un concierto.

Deseó que, si su intención era comunicarle que no querían que continuara con ellos, al menos fuera breve. Doña Leonor entró mientras Nuria admiraba los colores encendidos de las plumas de una pareja de guacamayos.

—Querida, gracias por venir. ¿Qué le parece todo esto? Es como vivir en un museo. Seguro que su hogar es mucho más moderno. ¿Cómo está?

Al escuchar su voz tan cerca, a apenas un palmo de su hombro derecho, se sobresaltó. Cuando vio las manoletinas que calzaba entendió por qué no había escuchado sus pasos.

—Bien..., gracias, y gracias también por invitarme —le dijo titubeante. Como su patrona se quedó callada, decidió continuar con algo que no tuviera demasiada importancia ni relación respecto a lo que la había llevado hasta allí—. Vivo también en una casa de esta época, pero dividida en pisos independientes para aprovechar los grandes salones que tenía. No es tan grande, pero no está mal.

—Siéntese. ¿Qué quiere? ¿Un Ricard? —le dijo doña Leonor con un tono muy neutro.

—Sí, está bien. —Nuria nunca había probado aquel licor, pero accedió por complacer a su anfitriona.

En ese instante entró la doncella y doña Leonor le pidió las bebidas de una forma muy educada.

—Como le dije en mi nota, tiene que disculparme por el retraso en convocarla. —Nuria no sabía muy bien cómo interpretar aquello—. Viajamos mucho. Es muy importante para nuestra firma que estemos al tanto de cómo se trabaja en otros países, sabe que la industria francesa es una potencia y, para nosotros, París es la meca, el lugar donde más aprendemos. ¿Ha estado alguna vez allí?

—No, solo he ido a Mallorca. —A Nuria no le cabía duda de que la estaba sondeando antes de entrar en materia.

—Es muy joven, ya tendrá tiempo. Pero, por las respuestas

que da a nuestras cartas, parece que ha conocido mucho mundo —recondujo la conversación hacia el lugar que quería.

Y esta última frase a Nuria le sonó a reproche.

—Pues no es así —suspiró—, señora Frument, lamento decepcionarla. Será porque he leído bastante. Esa es mi afición. Durante algunas temporadas he llegado a leer un libro al día —le contestó Nuria con cierto rubor.

—Está bien, está bien. Eso está muy bien. Las mujeres cultivadas siempre son más interesantes, por mucho que algunos no lo quieran reconocer. Le diré por qué hay hombres que hacen como que no les atraen: por miedo, porque sienten complejo de inferioridad ante ellas. En nuestro caso, el señor Frument y yo antes que nada somos socios. Que además estemos casados es otro cantar, pero conformamos una sociedad, yo diría que, ya a estas alturas y visto lo visto, indisoluble.

—La felicito por eso —añadió Nuria sin saber todavía en qué iba a desembocar la conversación.

—Tiene sus secretos, no se crea. En vez de construir castillos en el aire, cada día hay que fabricar ladrillos. De puertas adentro me da muy poca faena este marido mío.

Nuria no supo muy bien a qué se refería, pero no consideró correcto pedirle ninguna aclaración sobre un tema tan privado.

—Y a usted, ¿cómo le va su vida de casada? —continuó doña Leonor con lo que Nuria tenía claro que era un interrogatorio.

—Verá, mi marido, Máximo, es viajante. —Cuando pronunciaba su nombre en voz alta sentía un estremecimiento que le indicaba que lo que sentía por él ya no era igual de intenso que al principio, cuando compartieron por primera vez una cama en el hotel Formentor—. Por ese motivo solo nos vemos cuando regresa a Barcelona. Mientras, yo me encargo todo el tiempo de nuestros hijos. Por eso me vino tan bien que me contrataran. —Nada más pronunciar estas palabras, Nuria cayó en la cuenta de que aún estaba a prueba y que además, después de haberse quedado con una carta y haber falsificado otra, esto podía haber cambiado por completo—. Quiero decir, responder a las cartas. Espero estar haciéndolo bien —la tanteó.

—Sí, querida, verá, nuestra intención principal, y perdone que se lo diga de esta forma tan directa, es vender cremas. Las consultas sobre tratamientos de belleza son las genuinas, aquellas que responden a nuestro propósito con este formato radiofónico. En cuanto a las demás, bueno, en principio pensamos eliminarlas, pero cuando vimos el interés que despertaban esas cartas sentimentales en las radioyentes, nos decidimos a mantenerlas. Eso sí, bien administradas. Yo las repaso e incluso en las que se radian incluyo consejos para la piel que ni siquiera han solicitado.

»Lo mismo tendría que hacer usted. Liliana le ilustrará sobre nuestros productos con más detenimiento. Todo lo que se refiere al pago de las cremas enviadas mediante giros postales ya lo tramitará ella. Después también tiene que apartar aquellas que le soliciten que les haga la grafología como una petición intercalada entre otras. Tenemos a una experta que interpreta perfectamente el significado de sus trazos y cómo responden estos a la naturaleza y emociones de cada personalidad. En esos casos, y si no han cumplido con ello, tiene que recordarles que para que les analicen su letra tienen que mandar más de veinte líneas, escritas con plumilla de acero, en papel sin rayar y con firma y rúbrica al final.

Nuria tomaba notas en el cuaderno y doña Leonor no cesaba de gesticular a la vez que se arreglaba la falda y se estiraba el cabello como si por el tacto quisiera saber cuántos pelos tenía en cada mechón.

—¿Y qué más? A ver —continuó la señora Frument—, muchas le pedirán que les responda por carta, como usted hará; no obstante, si le dicen que se radie tal o cual día, diga que nos vemos sobrepasados por tantos comunicantes que nos escriben o algo por el estilo. Si insisten, ya tiene que incluir una frase como: «No me es posible radiar su atenta y sentida carta por la índole de la misma». Más claro, agua. Y si ve que el tema es demasiado... tremendo para usted, pues diríjase al padre Vilesermes, que él sabrá darle algunas directrices para que responda de la forma más adecuada posible. A veces incluso en la radio el censor de allí no pasa alguna y toca rellenar ese espacio con música.

»Se nos quejan de tanto fondo de Franz Lehár, pero qué le vamos a hacer. Todos los donativos que incluyen en los sobres los retiramos nosotros antes, los juntamos y Liliana se encarga de hacerlos llegar a las instituciones más necesitadas. Se lo digo por si ha leído que los nombran. No tema por el destino de esos billetes. Los sellos los desprendemos de los sobres y los donamos al Domund. Usted sabe la labor que llevan a cabo los misioneros en este mundo nuestro tan castigado. En cambio, usted, espero que ya comience a sentir la felicidad por tanto bien que le está haciendo al prójimo.

Su discurso le produjo una tranquilidad inmediata, pero efímera, porque saber que seguiría adelante le suponía también tener la certeza de que se embarcaba tal vez sin regreso hacia las tinieblas de aquel asunto tan espantoso de los bebés desmembrados. Sintió alivio porque para ella eso significaba que no habían contado las cartas y que por tanto no sabían que había robado una. Pero solo por eso.

—Tanto al padre Vilesermes como a nosotros, usted nos pareció encantadora y muy despierta. Creemos que tiene un gran futuro profesional —agregó.

A Nuria le halagaron estas palabras, dichas por alguien que consideraba que las mujeres podían hacer algo más que quedarse en sus casas, a la espera de que sus maridos volvieran cada día —en su caso ni siquiera era así—. Doña Leonor defendió que no había ningún inconveniente a la hora de trabajar codo con codo y de igual a igual con ellos, o tener incluso una vida independiente. A Nuria no le cupo duda de que aquella amplitud de miras se debía en parte a sus continuos viajes, pero también a su talante. Era una mujer religiosa, eso lo advirtió desde el primer momento por su manera de tratar al sacerdote, antes incluso de ver cómo estaba decorada su casa, pero esto no le impedía cierto desenfado.

Nuria se imaginó compartiendo ese licor allí con Boro Navascués y con don Aleix, y se dijo que tal vez aquella ocasión llegara. Deseó que sucediera, aunque no sabía muy bien por qué.

—Yo era muy pobre, ¿sabe? Muy pobre —le dijo la señora Frument mientras con el vaso levantado miraba a su alrededor, como queriendo constatar lo que el dinero había obrado en su vida. Nuria no la interrumpió—. La bonanza comenzó con la aparición de Aleix. Se enamoró de mí porque era guapa, solo por eso, no me importa confesarlo. Nos llevamos bastantes años, ¿sabe?

Nuria los hacía más o menos de la misma edad, pero por suerte no lo dijo: su jefa le aclaró que él estaba a punto de cumplir los setenta y cinco mientras que ella aún no tenía, ni siquiera, recalcó, sesenta y siete.

No pudo evitar que se le pasara por la mente que, a pesar de haber dedicado todas sus energías a ello, se notaba por su apariencia que no había hallado la fuente de la eterna juventud que preconizaba la publicidad insertada en el famoso consultorio Francis patrocinado por ellos. Doña Leonor era una mujer delgada, refinada, la calidad de su ropa y de su calzado saltaba a la vista, llevaba un reloj de oro y varias joyas, pero su rostro tenía arrugas de todo tipo: rectas, curvas, profundas, más leves, del mismo tono que su piel, otras encarnadas que más parecían cicatrices, y en algunos lugares como las sienes o bajo los ojos, se le transparentaban unas venas muy azules.

Nuria se terminó su bebida. Para ella fue un alivio que, en vez de pasar a una mesa, la criada les acercara un par de bandejas con canapés. De esa forma, calculó, la comida se prolongaría menos.

—Espero que le gusten, están recién hechos. Los de la blonda plateada son dulces y los del papel blanco salados, los acompañaremos con un jerez.

—Algunas de las cartas, como usted ha dicho antes, son terribles, señora Frument —le dijo Nuria de repente, como si quisiera tocar tierra—. Muchas mujeres sufren cosas atroces. Los peores casos son los que afectan a sus hijos, esos niños que no nacen bien… —la sondeó.

—Así es, quienes gozamos de una existencia tan dichosa no tenemos que olvidarnos de que no todo el monte es orégano. A mí me resulta fácil no ignorar esas realidades. Vivía con mis padres en un solo cuarto, que no tenía ni ventilación, y mire ahora qué balcones, una galería, la terraza que da la vuelta a toda la casa, el mirador… De allí a aquí sin término medio.

—¿Usted ha leído esas cartas que le digo? —continuó indagando Nuria.

—Mire, no me gusta hablar de mis méritos, pero sepa que colaboro con bastantes instituciones benéficas a título personal, no me refiero solo al dinero que llega gracias a la generosidad de los oyentes del consultorio. Visito orfanatos y sé de muchas tragedias. Y también soy consciente de lo importante que es la fe para continuar adelante. Sé de lo que hablo. No lo dude.

—Pero algunos casos son tan sobrecogedores… —Nuria pensó en mostrarle el sobre de fotografías que llevaba en el bolso—. Verá, el otro día leí… —justo cuando iba a añadir que fue en el informe de una empresa farmacéutica se detuvo— que una madre dio a luz a una niña a la que le faltaban un brazo y una pierna. La matrona se negó a cortar el cordón umbilical hasta que la mujer, a la que tuvieron que reanimar tras un desmayo, aceptó que había salido de su cuerpo y quiso quien la asistió en el parto que esto fuera ante tres testigos para que después no pudiera decir que se la habían cambiado en la Maternidad. Nunca se me había ocurrido pensar en el cordón umbilical como precinto. Señora..., no sé si estoy preparada para estas cosas. Yo no sabría cómo consolar a alguien que acaba de sufrir una tragedia semejante. No hay palabras que sirvan de bálsamo a eso. —De inmediato se dio cuenta de que había cometido un desliz, porque podía inducir a que doña Leonor pensara que no servía para aquel trabajo. Decidió callar.

Querida, para muchas personas nos hemos convertido en su guía, en su luz. Si Dios ha decidido que ese sea nuestro cometido, tenemos que seguir con esta misión. No flaquear. Piense que algo así como lo que me refiere no es habitual. Un caso entre un millón, es muy triste, pero qué se le va a hacer. Ármese de valor y continúe adelante. Por poco que les diga, siempre será mejor que nada.

Nuria valoró que si su jefa consideraba aquel nacimiento un hecho aislado era porque desconocía que existían bastantes más, tal como ella había leído en el documento del laboratorio farmacéutico que había llegado a su apartado postal. Aunque había un dato que le hacía dudar: había aludido a su continua labor en orfanatos. Para Nuria, o practicaba la caridad desde lejos o le estaba mintiendo.

—¿Sabe que nosotros comenzamos con un salón de belleza? —La señora Frument la sacó de sus cavilaciones con esta cuestión tan distinta—. Nada más ajeno a mi Aleix que ese negocio, pero, mire, poco a poco empezó a ver sus posibilidades, que esto de las cremas nunca se acaba porque la fea se quiere ver guapa y la guapa más guapa todavía. Así es, dicho con crudeza, porque igual que hay altos y bajos, gordos y flacos, hay guapos y feos, así ha sido siempre y así será.

Nuria sonrió y se alegró de pertenecer al grupo de las agraciadas.

—Mi vida, como le decía, ha sido como la de cualquier mujer de esas cartas. Mis padres y yo pasamos mucha hambre en la guerra. Él enfermó, eso lo salvó de ir al frente, pero murió igual. Mi madre cosía día y noche, se dejaba los ojos para poder comprar las medicinas que después comprobamos que más que sanarlo solo lo aliviaban, pero algo es algo. Murió de fiebres al cabo de un tiempo. Ya sabe, en el puerto era fácil cogerlas. No se pudo hacer nada. Nos quedamos las dos solas. Fíjese qué desdicha, pero, mire, nunca hay que tirar la toalla. Como le decía, tengo casi setenta años y mi madre nos ha acompañado hasta hace pocos meses. Tenía más de noventa. Ay, mi Aleix... —Y la señora Frument dejó en suspenso aquella frase como si entonces cayera en la cuenta de que su marido también era ya muy mayor, pero enseguida se recompuso—. He tenido mucha suerte en casi todo. Y dígame, ¿es usted católica?

—Sí, claro. —A Nuria la pregunta la pilló de improviso.

—¿Va a misa? —insistió doña Leonor.

—Cuando no está mi marido durante el fin de semana, sí.

—¿De dónde es él?

—Italiano.

—Qué interesante.

A Nuria le sorprendió que lo expresara así.

—Como lleva bastante tiempo aquí, no se le nota mucho. Casi nadie lo sabe. Además ha castellanizado su nombre.

Se escuchó un reloj de péndulo en la otra punta de la casa y la señora Frument se puso de pie.

—Bien, querida, me ha encantado pasar este rato con usted. Tengo que bajar ya a la oficina. Me gusta cómo es. Espero que se quede con nosotros muchos años. —Sonrió—. Porque eso significará que aún nos queda tiempo por delante también a nosotros dos.

—Seguro que será así. Ya verá. Están ustedes muy bien.

Doña Leonor la acompañó a la puerta del piso y esperó en el rellano hasta que Nuria cerró por dentro la reja del ascensor. Cuando pasó por el entresuelo aspiró el aroma a eucalipto. La puerta del instituto estaba abierta, pero no lo suficiente como para que le permitiera comprobar si Boro Navascués se hallaba dentro. De todas formas, salió al rellano. Una voz a su espalda la sobresaltó.

—¿Qué tal ha ido? —Boro subía del sótano con un soporte en la mano en el que se alineaban varios tubos de ensayo—. Me ha dicho Liliana que hoy almorzaba con doña Leonor.

—Sí. He estado muy a gusto en su compañía. —Nuria estaba siendo muy sincera porque así lo sentía.

—¿Y quiere eso decir que continuará con la correspondencia del consultorio? —Boro estaba muy interesado en que así fuera.

—Eso parece —le dijo ella muy feliz.

—Me alegro —Boro la miró con una intensidad que la hizo ruborizarse—. Aunque era de esperar. Tal como conozco a los señores Frument, sabía que les agradarías —añadió tuteándola, y a Nuria le gustó que se dirigiera así a ella por primera vez—. Pero quiero que sepas también que en estas cuestiones la última palabra siempre la tiene el padre Vilesermes.

—Pues me lo podrías haber dicho antes. Así habría sabido cómo actuar, me hubiese evitado bastantes nervios —le replicó ella.

Cada vez se sentía más segura con él. A pesar de eso, no podía evitar retirarse cada dos por tres el cabello de la frente hasta colocárselo detrás de una oreja. Era el gesto que repetía con más frecuencia. Los dos habían pasado al tuteo con mucha naturalidad.

—Tengo que ir a recoger a mis hijos, pero necesito hablar contigo otra vez —dijo bajando la voz—. Es urgente.

—¿Qué pasa? —preguntó Boro preocupado. Nuria ya no sonreía.

—El viernes —dijo ella— ¿podrías salir antes? No quiero llegar a mi casa demasiado tarde.

—¿Te parece bien si te espero en la cafetería Savoy?

Nuria asintió y salió precipitadamente justo cuando el ascensor se detuvo a espaldas de ellos con la señora Frument dentro. Mientras se abría la puerta tuvo tiempo de alcanzar las escaleras que daban al zaguán.

14

El viernes de aquella semana llegó enseguida y, con él, el rato de libertad de Nuria. Desde que, gracias de nuevo a Dora Blúmer, apareció Úrsula en la vida de ambas, se sentía bastante más relajada. La criada, más que una mujer, le parecía un portento, algo así como un cofre que albergara lo más valioso: la posibilidad de disponer de un respiro.

—Aquí los tiene. No sé qué les hace, pero se lo pasan de maravilla a su lado —le dijo Nuria.

Úrsula la despidió con una sonrisa y se apresuró a cerrar la puerta. A Nuria no le cupo ninguna duda de que aquel gesto se debía a la premura con la que quería volver junto al aparato de radio del que emanaba una voz impostada, que leía una de las cartas de las consultantes del programa con el que ella tanto tenía que ver.

* * *

Tras recoger la caja en el laboratorio, se reunió con Boro en la terraza de la primera manzana de Las Ramblas.

Se saludaron y el químico enseguida la apremió para que le contara sus novedades. El último sobre que le llegó al apartado postal era tan grande que Nuria lo llevaba doblado dentro del bolso.

—Necesito que leas esto —le dijo a la vez que se lo tendía.

Boro sacó las copias ciclostiladas que había en el interior y comenzó a leerlas con mucha atención.

—Lo peor de esta sustancia teratogénica, tal como dice aquí, es que no se elimina sino que se transmite a los descendientes. Eso quiere decir que con una sola administración, con una sola toma, el riesgo está latente y puede aparecer en la siguiente generación o en las sucesivas. No está del todo demostrado, pero así se cree.

Cuando pasó al siguiente documento, enseguida reconoció el sello de un laboratorio farmacéutico.

—Un amigo mío del seminario trabaja allí —dijo, y continuó con la vista fija en aquellas líneas.

Se trataba de una nota interna en la que se referían a varios niños nacidos con unas deformidades terribles. Y se comunicaba que desde aquel momento se procedería a la observación de estos casos clínicos. En cuanto llegó al final, levantó la vista hacia Nuria y vio su gesto de dolor.

—Aún hay más. Mira esto —Nuria le tendió unas fotografías—. Necesito encontrar a esos niños.

Aquellas imágenes lo sobrecogieron.

—Nuria, escucha, conozco a alguien que creo que nos puede ayudar mucho con esto. Aunque…

Nuria juntó los papeles. Él los repasó sin perder detalle.

—¿Vas a ayudarme? —insistió ella.

—Ya te lo he dicho. En lo que quieras. Además, después de ver estas fotografías…

—Gracias.

—No me las des. Yo también necesito saber qué está pasando. No podemos hacer como que no hemos visto nada. Ven, acompáñame. —Boro la cogió de la mano.

Y desde la acera de enfrente, el detective consideró que había llegado el momento de sacar su cámara del bolsillo de su chaqueta, también dos tallas grande.

—Pero ¿ahora? ¿Adónde? Espera, que se nos olvida la caja. —Nuria no estaba segura de estar haciendo lo correcto.

Boro no le soltó la mano hasta que cruzaron hacia el bulevar central del paseo de Las Ramblas.

Los transeúntes del otro lado de la calle se sobresaltaron al ver a un hombre solo que aplaudía. Guifré Baladre se sentía infalible mientras los veía alejarse.

Boro y Nuria cogieron un taxi, y como si fuera por efecto de aquel techo en movimiento, que los resguardaba y los acercaba a la vez, se relajaron.

—Tranquila, vamos a ver a alguien a quien conoces.

—No creo. Te sorprendería saber la poca gente que conozco aquí en Barcelona a pesar de los años que llevo. Qué distinto lo veía todo cuando llegué.

—¿De dónde eres?

—De La Bisbal. ¿Has estado en el Ampurdán?

—No, he llevado una vida bastante monacal, pero de unos años a esta parte, desde que trabajo, lo voy compensando —le dijo Boro con otra de sus sonrisas resplandecientes.

—Hasta a mí me cuesta reconocerme en la joven que era. —Nuria movió la mano de un lado a otro como si fuera un abanico y después se apretó los párpados con dos dedos—. Cuánto pueden cambiar las circunstancias. Quería hacer tantas cosas…, pero, mira, viré el rumbo. Tal vez cuando mis hijos crezcan…

—Vive ahora, Nuria. No hagas planes para plazos tan largos. Nunca se sabe —le dijo con bastante tristeza.

Después de casi un cuarto de hora dentro del taxi, pasaron por el hospital de Sant Pau y continuaron en dirección al barrio de La Sagrera.

Unos diez minutos después, Boro le dijo que habían llegado. Estaban casi en Santa Coloma. Mientras él pagaba la carrera, Nuria se agachó para ver mejor el exterior desde la ventanilla. El edificio ante el que se habían detenido era una iglesia.

Le llamó la atención la puerta de entrada, que parecía un túnel, y la cristalera circular sobre ella, con dos travesaños superpuestos en forma de cruz como una esfera de reloj de la que se hubiera tachado el tiempo.

—¿Vamos a confesarnos? —le dijo intentando que ambos se relajaran un poco.

—Si quieres... —continuó Boro.

Dentro del templo, Nuria sintió que el incienso se le agarraba a la nariz como si se lo colocara sobre ella una mano dispuesta a narcotizarla. Se quedó parada. Vio a Boro de espaldas, avanzaba por el pasillo con la caja de cartas como si fuera un fardo con víveres. Le pareció majestuoso. No pudo evitar, en aquel entorno, imaginarlo con sotana. Cuando llegó hasta el altar Nuria se giró para contemplar la nave central: había unas veinte filas de bancos y solo tres mujeres en ellos, y además bastante separadas; movían los labios de la misma manera acompasada, sin emitir ningún sonido, como si la letanía llegara a ellas desde fuera y la masticaran.

Boro abrió la puerta de la sacristía. El padre Vilesermes lo abrazó con mucho vigor. Eran dos hombres fuertes, muy masculinos. Sin el traje talar del sacerdote, cualquiera hubiera pensado que se trataba de un padre y su hijo. El cura se quedó parado cuando la vio, pero enseguida reaccionó aunque no dejaba de preguntarse por aquella visita y sobre todo por qué habían llegado juntos.

—¿Cómo está? —y añadió después—: ¿Nuria? —preguntó como si no estuviera seguro de recordar su nombre.

Ella no supo muy bien cómo saludarlo y al final se decidió a darle la mano. Pero fue Boro quien inició la conversación:

—Padre Sabino, si hemos venido hasta aquí es porque necesitamos contar... con su ayuda en un tema delicado.

—¿De qué se trata? Salvador. ¿Queréis tomar un refresco?

Boro continuó.

—Estamos bien aquí, cuanta más intimidad mejor.

—Me estás asustando.

—El caso es, padre, que... están naciendo bebés a los que les falta alguna de sus extremidades o varias.

El padre se mostró sorprendido.

—Salvador, tú mejor que nadie, porque las has visto en algunos de tus compañeros, sabes que esas desgracias han existido siempre.

—Esta vez es distinto, padre. Esto parece provocado.

—¡Pero qué estás diciendo! Es una locura solo pensarlo.

—Padre, tenemos unas fórmulas químicas y un informe tan esclarecedor como escalofriante. Y lo peor de todo es que parece que hay mucho interés en que no trascienda.

El sacerdote lo miró con mucha preocupación.

—Salvador, eso que dices es muy grave. ¿Estás seguro?

—Estamos casi seguros, por eso lo necesitamos. Hemos pensado en usted porque conoce a fondo las instituciones de caridad, el hospital de San Juan de Dios, por ejemplo. Al parecer, muchas familias abandonan a sus hijos porque no soportan verlos así. Podría preguntar; saber si les llegan niños como los que le describimos. Se lo dirán enseguida.

—Sí, así lo haré —le respondió muy pensativo—. Cuenta con ello. Aunque ya sabes todo lo que tengo aquí en la parroquia y en el seminario, pero encontraré la manera de hacer lo que me pides. Como comprenderéis, en estos lugares no dejan entrar a cualquiera, por la seguridad de esos pobres niños inclauseros. Pediré nombres, preguntaré de dónde proceden, cualquier cosa.

—Gracias, padre. Sabía que una vez más no me dejaría en la estacada —le dijo Boro abrazándolo, y Nuria percibió que aquel gesto remitía a un agradecimiento de años.

15

Admirada señora:

Mi hijo no es de mi marido.

Así comenzaba la primera carta que tomó Nuria, como si la mujer que la escribía necesitara soltar aquella frase a bocajarro entre el encabezamiento y la primera línea sin ninguna introducción.

El hombre con el que me casé trabaja embarcado. Nuestra cohabitación no es muy frecuente por este motivo, pero cuando nos dispusimos a tener familia no paramos durante todo el tiempo que él se hallaba en tierra firme, como dicen los marineros. A pesar de eso no hubo manera, después nos gastamos una fortuna en médicos, pero parecía que no había nada que hacer y eso que mi esposo me entregó una cantidad de dinero muy grande para que buscara al mejor especialista mientras él se marchaba de nuevo, deseaba tener descendencia tanto como yo y ya con nuestros más de treinta años pues veíamos cómo volaba el tiempo. Ninguno de los dos queríamos parecer los abuelos de la criatura en vez de los padres, pero la progenie no llegaba.

Nos obsesionamos tanto..., sobre todo yo. Fantaseaba con verme embarazada, me miraba en los espejos, hasta en los escaparates, y sacaba la tripa, eso sí, cuando no tenía a nadie cerca.

Contra todo pronóstico y cuando ya estábamos a punto de

resignarnos, lo conseguí, y advierta, señora, que no digo lo conseguimos. En cuanto su buque arenero atracó en el puerto, nada más verlo aparecer en la cubierta, le comuniqué con gestos la buena nueva. Con mis manos dibujaba una esfera sobre mi barriga. Él bajó del barco loco de contento, nos fuimos a celebrarlo a un bar. Apenas probé el alcohol, pero él bebió por los dos. Lo mejor es que las fechas cuadraban casi casi con su última estancia en Cádiz.

Nuria miró de forma refleja el remite escrito en el sobre.

Somos muy felices, señora, por fin somos tres. Aunque no me lo manifestaba con esa rotundidad, ahora advierto que puede ser que mi marido lo deseara incluso más que yo. A Dios gracias todos gozamos de muy buena salud. Mi bebé es muy guapo.

Tengo una cajita llena de caracoles de mar, debajo de ellos hay una bolsa de papel a rebosar de billetes. Son los que mi marido me dio para el tratamiento que resultó definitivo. Lo dejamos para el final, como último recurso, porque era el más caro de todos y, por cosas del destino, me salió gratis. He pensado comprarle un regalo a mi marinero, pero si es muy caro tendría que justificar de dónde he sacado tantos cuartos. Igual me invento que me ha tocado la lotería, porque en cierto modo es así. O mejor, en vez de solo un regalo le compro varios de menos precio.

Ay, señora, no diga que somos de Cádiz, ni que mi marido va en un barco, ni que el niño es precioso, ni que encontré a este doctor tan agradable. Mejor no diga nada, no sé por qué le he escrito. Bueno, sí que lo sé, porque necesito compartir con alguien lo dichosa que soy, guárdeme el secreto, no quiero salir por la radio. A veces tengo remordimientos y después, como si estuviera loca, me imagino que una amiga me pide los datos del médico para ir ella también. Ay, no sé, son cosas que pasan.

Creo que lo mejor es que disfrute de mi felicidad, ¿verdad?, ¿no cree usted?, y me olvide de estos melindres. Al fin y al cabo, no todo puede salir exactamente como a una le gustaría, pero a pesar de eso lo importante es el resultado. Y el resultado en este caso es muy bueno: mi marido quiere al niño con locura y yo disfruto mucho de verlos juntos. Y le diré otra cosa: yo creo que a mí ahora me quiere más.

Reciba un afectuosísimo saludo de Estrella de Mar.

Le adjunto un donativo de veinticinco pesetas para los niños pobres.

A Nuria aquellas líneas la hicieron sonreír. Al fin y al cabo, y a pesar del engaño, todos habían obtenido lo que querían. Se recostó empujando el respaldo de la silla hacia atrás, apoyándose solo en las patas traseras, y se balanceó unas cuantas veces. Tenía conciencia de lo que suponía aquel caso, pero, comparado con las grandes tragedias con las que se tropezaba cada día, le parecía un asunto menor.

Nuria decidió que le daría la enhorabuena por su bebé (un recién nacido sano siempre era motivo de alegría, se dijo, y no pudo evitar que de nuevo en su cabeza aparecieran las imágenes de los niños tullidos). Le diría que aquel ginecólogo le parecía un verdadero profesional, como si solo hubiera leído por encima aquellas líneas, que disfrutara de tanta salud y se centrara en la educación de su hijo, que hiciera de él un hombrecito que en el futuro tal vez fuera capitán de navío igual que lo era ya de su corazón. Consideró que esta última frase le había quedado un tanto cursi, pero no la cambió, un poco de dulzura nunca iba mal, se dijo.

Remató su respuesta deseándole suerte en la siguiente revisión, que la obligaría a acudir de nuevo a la consulta de aquel doctor que tan dispuesto a ayudarla se había mostrado. Encontró dentro del sobre una fotografía del niño. A Nuria le pareció de revista, aunque no tan guapo como Marc.

Entonces se acordó de la intercesión epistolar del padre Vilesermes. Pensó que tal vez después de aquella liviandad la citaría en su confesionario. Probaría. Aquel secreto respecto al bebé quedaría entre el sacerdote y ellas dos. Le gustó esa sensación de proximidad con quien era tan importante para Boro. Ella también deseaba su complicidad: si permitía que aquella carta se enviara, tal vez significaría que dejaba a su criterio esas cuestiones, y que su vigilancia con la correspondencia ya seleccionada no era tan férrea. Al fin y al cabo, la comunicación solo era para una persona y no para casi toda Cataluña, que parecía ser el público del consultorio a través de las ondas de Radio Barcelona. Si aquella mujer le había escrito desde Cádiz podía deberse a que había sabido del programa y sus respuestas por algún conocido, como había sucedido en otros casos. Nuria también quería pensar que el hecho de que Vilesermes bajara la guardia podría suponer que, al igual que ellos, se había metido de lleno en la cuestión de los niños desmembrados.

Aquellas historias, las malas y las menos malas, tenían en común que le hacían conocer la trastienda de una sociedad de vitrina, en la que primaban las apariencias; solo se exhibían los brillos, el orden. En la versión oficial que cada domingo contaba el documental del cine, todo parecía resplandecer: las calles, los políticos en las inauguraciones, las sonrisas de los niños. Como en una estrategia que pretendiera cegar el acceso a lo que Nuria tenía ante sus ojos, más abiertos que nunca: los desvanes y los sótanos de cada casa, de cada mente, donde se guardaba lo menos presentable, lo que era necesario esconder al prójimo. El programa de radio seleccionaba su contenido con el mismo criterio. Leían las cartas sobre el joven que quería tener la barba más cerrada, se instaba a una muchacha a que no desobedeciera a su novio que no dejaba que se maquillara, otra de las oyentes preguntaba por el lugar de nacimiento de un santo, pedían recetas para que el cabello les creciera más rápido y tónicos para suavizar la piel. Todo esto intercalado con poesías recitadas y fragmentos, a menudo demasiado extensos, de las tan repetidas obras musicales de Franz Lehár, el compositor austrohúngaro de operetas.

El estruendo de la aldaba del portón principal de la mansión Muley Afid resonó en todo el patio y en la escalinata y sacó a Nuria de sus pensamientos. Se asomó por si estaba el jardinero cerca de la verja de entrada, pero como no vio a nadie no tuvo más remedio que bajar ella misma a abrir.

—Mireia, subo enseguida. No pierdas de vista a tu hermano.

—Sí, mami, no tardes —le dijo la niña con cierta desconfianza por si se marchaba y los dejaba solos.

Nuria cruzó el manto verde tan bien cuidado que parecía una piel animal en vez de vegetal.

—Boro, ¿qué haces aquí? ¿Cómo sabías dónde vivo?

—Tuve que investigar un poco entre los papeles del señor Frument. Por cierto, te gustaría saber las anotaciones que hicieron sobre ti el día de la entrevista, pero, claro, no te lo puedo decir porque es confidencial.

—Sí, pero tú sí que las has leído. Tampoco me puedes decir si hay otras Nurias que escriben cartas.

—Todo a su debido tiempo. Tenemos que ir aquí. —Boro le señaló una nota.

—¿Ahora? ¿Y mis hijos?

—Que vengan.

—No sé.

Nuria le hizo esperar en el vestíbulo. Boro acariciaba la bola que remataba la barandilla brillante y lo observaba todo como si estuviera en un museo. Nuria bajó enseguida y se acomodó en el taxi que su compañero de trabajo tenía esperando.

—Hola, señor mico —le dijo Mireia.

—Esto sí que es de improviso —le dijo Nuria nada más sentarse con el niño encima de ella.

—El padre Vilesermes me ha dicho que vayamos antes de que se arrepientan de recibirnos.

—¿Es tu padre? —le preguntó la niña.

—Más o menos, pequeña. —Y volvió a dirigirse a Nuria—: Ha encontrado en un orfanato a un niño con las características de los que le dijimos.

16

Por el paseo del valle de Hebrón llegaron en poco más de cinco minutos.

—El patronato Ribas —le anunció Boro.

Nuria vio cinco pabellones alineados; en el del centro destacaba una escultura, sobre ella un reloj y sobre este una campana. La capilla era el eje central a partir del cual se repetían edificios idénticos a derecha e izquierda. Delante de la iglesia había un campo de fútbol con una barandilla de piedra en cada lateral.

—El padre Vilesermes no ha conseguido que le revelen la procedencia del bebé. No creo que nosotros tengamos más suerte.

—Ya se nos ocurrirá algo, pero no podemos irnos con las manos vacías.

Nada más llegar a la conserjería del vestíbulo, Boro se dirigió al hombre que leía allí una novela del Oeste escrita por Silver Kane.

—El padre Vilesermes ha llamado para comunicarles que vendríamos.

El bedel los miró primero a ellos, después a los niños, y a continuación consultó una especie de libro de registro.

—Aquí está. Pase usted con él, los niños no entran. —Y levantó un auricular para hacer una llamada interna.

Aparecieron dos monjas. Boro supo enseguida por el hábito que eran hermanas de la Caridad.

—Los pequeños se quedarán conmigo. No permitimos que accedan a nuestras instalaciones niños de la calle. —A Nuria le resultó curioso que se refiriera así a sus hijos—. Traen enfermedades. Aquí la higiene es muy importante, eso y las vacunas.

—Bien, no tardaremos —le dijo Nuria como si lo supiera a ciencia cierta.

La otra religiosa los condujo al despacho de la superiora. Era una estancia de pavimento hidráulico con dibujos de flores grandes, los muebles estaban tan pulimentados que lanzaban destellos como si en vez de madera fueran de metal. Había una radio de medio metro de largo y sobre ella una muñeca en compañía de una especie de duende. Boro se preguntó si aquella mujer también escucharía el consultorio que patrocinaban los señores Frument.

De la pared del fondo, tras su mesa, colgaba una bandera de España sobre la que había un crucifijo encima de la fotografía de Franco. Varias imágenes, búcaros con flores naturales y trofeos deportivos completaban la decoración. La directora, después de saludarlos, los llevó a recorrer las aulas. Todas presididas por la Purísima Concepción.

—En un asilo para huérfanos —dijo Nuria sin poder contenerse mientras miraba la lámina repetida en cada sala de clase.

—Así es, para que sepan que tienen otra madre eterna que no los abandonará y siempre velará por ellos desde el cielo.

Boro suspiró.

Vieron también las tablas con caballetes donde dibujaban los niños, salieron a un pasillo que tenía al menos cinco metros de ancho, con arcos en el lado que daba al jardín central, bancos, cenefas a media altura y techos acanalados.

—Enseguida llegamos adonde están los más pequeños —les dijo la monja, pero antes abrió otra puerta—. Miren, el salón de actos. —Se la veía muy satisfecha del estado y el funcionamiento de aquel edificio. Y además, a diferencia de Nuria, parecía no tener ninguna prisa.

Ellos se asomaron a una nave llena de bancos de iglesia que terminaba en un escenario. La capilla que habían visto desde la calle era mucho más ornamentada y fastuosa de lo que sería de esperar en un orfanato. Las figuras sagradas eran todas pequeñas, como si se persiguiera de esta manera que los niños las vieran más similares a ellos.

Atravesaron dos habitaciones llenas de armarios y arcones, después el dormitorio de camas blancas de metal pintado. Eran tantas que hacían el efecto de convertir la nave que las albergaba en un espacio inacabable. Lo mismo sucedía en el comedor con las mesas, cada una para siete personas. Había una barbería incluso. El nombre les pareció inapropiado y todavía más lo que añadió entonces aquella mujer.

—Aquí los operamos de anginas, así no lo saben hasta que llegan.

—Pero se lo contarán unos a otros —dijo Boro, que tenía mucha experiencia en aquel tipo de convivencia.

—Sí, pero cuando tienen las amígdalas inflamadas los traemos y ellos no saben si esa vez es para cortarles el pelo o para extraérselas. Después un poco de yodo, algún helado y en pocos días como nuevos.

Se les unió otra monja que los saludó con una leve inclinación de la cabeza.

Entraron a lavarse en la cocina. Aquel edificio no se acababa nunca: había dos alas más, con la lavandería, la sala de plancha, la de las calderas... Cuando la monja abrió la siguiente puerta vieron la enfermería. Había una báscula, el panel con las letras del test de Snellen para medir la agudeza visual, unas estanterías bien aprovisionadas de material quirúrgico y varios botiquines con las puertas de cristal.

Las ventanas de la habitación de servicios médicos daban al huerto enorme del que se aprovisionaban. Nuria se angustió al ver a Mireia correr junto a la acequia, justo donde comenzaban unos surcos con hortalizas. Enseguida la cogió de la mano la monja que se había quedado a su cargo. Se inquietó porque no estaba Marc con ellas. Boro le tiró de la manga cuando vio que se acercaba otra hermana con un niño de cara muy redonda envuelto en una toalla.

—Aquí lo tiene. Este es el pequeño que nos dijo el padre Vilesermes que vendrían a visitar. Díganle que la próxima semana nos traerán a otro al que le pasa más o menos lo mismo. Ahora está ingresado en la Maternidad porque pensaron que había nacido muerto de lo flojito que estaba. Miren cómo será que advirtieron que aún respiraba cuando alguien del personal de allí, sin querer, le dio una patada al balde en el que lo habían colocado bajo la cama de su madre y entonces vieron que reaccionaba.

—Y dígame, hermana. ¿En todos estos años había visto algo así? —le preguntó Boro mientras se encaminaban los cuatro hacia el despacho de la superiora.

—Estoy aquí desde después de la guerra y tengo que decirle que es la primera vez que nos traen un niño en este estado. No sé qué vamos a hacer con él y los que lleguen así, cuando crezcan, dónde los colocaremos. Casi todos los demás salen adelante. Estamos muy contentas de nuestros éxitos, pero ya me contará. —Abrió una puerta con un rótulo muy austero en el que se leía «Dirección».

—Sor Drusilda, desnúdalo para que estos señores puedan apreciar su desgracia.

Lo colocó sobre la toalla en el centro del escritorio de la superiora. Lo único que tenía bien formado era el tronco; en vez de brazos le nacían de los hombros una especie de flores de carne, en una de ellas se agitaban dos dedos y en otra no tenía ninguno; tenía un pie casi completo pegado a una cadera y el otro sin acabarse de formar y metido hacia dentro del cuerpo.

En un acto casi reflejo, Nuria giró la cabeza porque no soportaba verlo. Boro la estrechó contra su pecho mientras no podía dejar de mirarlo.

—Hermana —se dirigió él a la directora—, no sé si le ha informado el padre Vilesermes de que la nuestra es una misión científica. —Logró rehacerse un poco—. Por ese motivo me veo obligado a solicitarle que me permita tomar una fotografía.

—Adelante. Ningún daño puede hacerle.

Sacó una cámara negra y cromada con una plaquita en forma de rombo con la marca Agfa. Las partes que no eran de metal imitaban la piel de cocodrilo.

—Es para un informe que estamos elaborando. Espero que nuestras investigaciones les sirvan en el futuro.

—Todo lo que sea para ayudar a esta pobre criatura... No tener extremidades, nos dijo el doctor del hospital, les añade además otro problema muy grande, parece que a través de los brazos y las piernas regulamos la temperatura corporal, así que fíjese: este pequeño arde.

La monja le cogió la mano a Boro y se la puso sobre el tórax del niño. Quiso hacer lo mismo con la de Nuria, pero ella rehusó. No tenía fuerzas para tocarlo. Estaba segura de que rozarle la piel haría que se le saltaran las lágrimas.

Boro se apretó el párpado inferior con el pulgar y el índice.

—Esto es todo por el momento, hermanas. Les estamos muy agradecidos por acceder a recibirnos. Espero que entre todos encontremos reparación para este mal. —No les quiso decir más—. Solo me queda felicitarlas por su trabajo. Yo me crie en un lugar muy parecido a este. Se me han agolpado los recuerdos.

Nuria lo miró con ternura, pensó que nunca le había preguntado demasiados detalles sobre su vida.

—Solo una última pregunta, por favor, hermana —dijo Boro—, ¿qué saben de los padres de este niño?

—Aunque quisiera, no puedo facilitarle esa información. Entienda que en ocasiones hasta que los inscribimos nosotras en el registro civil ni siquiera se sabe que existen.

—Entiendo. Pero ¿les ha llegado de aquí, de la ciudad? —insistió.

—Como le digo, es algo que no puedo revelarles.

—Pero llevarán un control —intervino Nuria.

—Por supuesto, y muy detallado, pero les repito que es confidencial.

Nuria y Boro intercambiaron una mirada de frustración.

—Sor —le dijo Nuria a la directora—, sé que es de pésima educación, y me va a perdonar por eso, pero necesito que me indique dónde está el aseo. Me vendría bien refrescarme antes de marcharnos. Me siento un tanto indispuesta.

—Vaya, no es para menos —dijo mientras le hacía un gesto a una de sus dos subordinadas para que la acompañara.

Nuria siguió a otra de las monjas y fingió que se tropezaba al pasar junto a Boro. Él la sostuvo enseguida para que no cayera al suelo.

—Nuria, ¿estás bien?

—Consigue esa dirección como sea —le susurró Nuria al oído antes de separarse de él—. No ha sido nada. Un traspiés —dijo después en voz alta.

Boro la vio salir bastante desconcertado.

—No se preocupe, es normal que se haya indispuesto, en cuanto se refresque y tome un poco de aire se encontrará mejor —le dijo la directora.

—Necesitamos saber de dónde ha salido esta criatura.

La directora abrió la boca para replicarle, pero, en ese momento, escucharon un alarido al otro lado del pasillo. Las monjas salieron corriendo. Boro hizo ademán de correr también tras ellas, pero volvió sobre sus pasos.

Nuria no dejaba de gritar a la vez que golpeaba la puerta del baño con mucha fuerza.

—¡No puedo salir! ¡Y está aquí! ¡Sáquenme, tiren la puerta abajo, hagan algo! ¡Me va a picar! Aaaaaj. Es enorme. ¿Dónde están?

Boro miró alarmado hacia el pasillo. Dudó. Trató de recomponerse y registró los cajones de la mesa de la directora. En uno de ellos encontró un archivador de fuelle. Sacó varias carpetas de cartón hasta que dio con una con el rótulo «Admisiones».

—¡Me muero! ¡Se me ha enrollado en un tobillo! —los chillidos de Nuria eran cada vez más angustiosos.

Boro miró hacia fuera confuso. No sabía si acudir en su ayuda. Buscó rápidamente entre los papeles hasta que por la fecha dio con el que buscaba, cogió un lápiz y una hoja, copió la información y, tras dejar todo como estaba, se guardó la hoja en el bolsillo y salió corriendo hacia Nuria.

—Ay, que me corta la respiración —escuchó que decía ella en aquel momento.

La superiora apartó a la hermana más joven, que forcejeaba con el picaporte.

—Déjame a mí. —Después de alejarse un metro, se lanzó con toda la fuerza de su cuerpo contra la puerta. Sus casi cien kilos solo hicieron que se separara apenas un centímetro del marco para volver enseguida al quicio y continuar igual de cerrada—. ¿Está bien?

—No, hermana. Estoy callada porque la serpiente me mira. Ahora se mueve. Me está pasando entre las piernas. No puedo más. Mátenla.

—Permita que le ayude —dijo Boro uniéndose a la directora.

Los dos se lanzaron contra la puerta y escucharon la madera astillarse. El cerrojo y los clavos saltaron. Nuria estaba acurrucada en un rincón y se rodeaba las rodillas con los brazos.

—¿Dónde está?

—Mire la cola. Acaba de meterse en el váter. Qué asco. Casi me muero del susto.

Boro miró hacia el váter y hacia Nuria.

—Venga, querida. No ha sido nada. Cosas de estar en pleno campo. No ve que hay tantas acequias, pues habrá subido por el desagüe. Ya ha pasado —le decía la superiora mientras le acariciaba la cabeza que había colocado contra su cuello. Con este gesto denotaba su costumbre de tratar de forma continua con niños.

Las otras hermanas ya no estaban. Se habían llevado con ellas al bebé.

—Les acompañaré yo misma hasta la salida.

—Lo que se ha perdido —le dijo la directora al conserje cuando llegaron al vestíbulo—, un ofidio. Será mejor que compruebe los desagües de ese baño y de todos los demás de paso.

El conserje asintió bastante sorprendido y se fue hacia los baños mientras miraba con pena el bocadillo que había dejado a medias sobre su mesa.

—¿De verdad se encuentra bien? —le preguntó la directora preocupada.

—Sí, no ha sido nada —dijo Nuria algo avergonzada al ver la intranquilidad de aquella mujer—. Solo el susto.

En cuanto se despidieron de ella y salieron al exterior, los dos se quedaron mirando las piernas de Mireia, sus calcetines de ganchillo, los zapatos, la manera en que movía las manos. Mientras, Marc respondía a las carantoñas de la monja con medias palabras.

—Vamos, Mireia, nos marchamos. Gracias, hermana, por

entretenerlos. Ha sido muy amable —dijo Nuria mientras cogía al niño en brazos.

El mismo taxi esperaba en la puerta. En cuanto estuvieron los cuatro dentro, Nuria se volvió hacia Boro:

—¿Has podido averiguar desde dónde llegó el bebé?

—Sí —dijo Boro sacando de su bolsillo el papel donde había anotado la dirección—. Pero la próxima vez que vayas a hacer algo así avísame. Casi te creo y lo echo todo a perder.

—No podíamos irnos con las manos vacías. Pobre pequeño. Qué difícil lo tiene. Imagino lo que tuvo que sentir su madre al verlo. Si a mí me ha producido una impresión tan grande…

—¿Quién, mami? ¿Qué ha pasado?

17

A mediodía, Boro avisó a Liliana de que no regresaría al laboratorio cosmético después de comer. Desde las cinco en punto esperó a Nuria delante de la fábrica textil Can Batlló y ella no llegó hasta media hora después. Estaba muy agitada y tenía las mejillas encendidas.

—Perdona el retraso, tenía que hacer la entrega de las cartas. No sé cuánto vamos a tardar aquí y no podía arriesgarme a que Liliana se marchara pronto. ¿Cómo se lo habría explicado a los señores Frument?

—No te preocupes —le dijo Boro mientras admiraba aquel rubor, la tensión de su falda ajustada sobre las piernas, la melena flotante, sus labios. Para interrumpir el curso de aquellos pensamientos le preguntó enseguida por la caja de las cartas.

—La he dejado en casa antes de venir. ¿Vamos?

Boro asintió y se dirigieron a la estación de Magoria. Muy cerca de la Gran Vía se alineaban las barracas construidas con cajas de mercancía sobre el suelo de tierra y con el techo de uralita o de cartón cuero. Otras eran más resistentes porque estaban levantadas con materiales de derribo. Por delante de esas casas tan precarias pasaban muchas mujeres y niños cargados con cubos. Junto a una de las fuentes había unas veinte personas haciendo cola. Boro les enseñó el papel con el nombre y las señas que había copiado en el despacho de la superiora del Patronato Ribas.

—Sí, hombre, esa es La Civilera, la sobrina de María. En cuanto suene la sirena de la fábrica, volverá. Espérenla allí junto al poyo —les dijo una mujer mientras les señalaba un barril de gasoil cortado por la mitad y vuelto hacia abajo—. Es la última barraca de este camino.

Desde que se internaron en aquel mar de gente, Nuria no había dicho nada, como si se encontrara en otro mundo del que desconociera su idioma.

—Hay sitios peores —le dijo Boro, que había notado su inquietud—: debajo del vertedero de basura de la montaña del castillo; cuando llueve les cae todo encima. Y no sé si has oído hablar del Somorrostro, entre el hospital de Infecciosos y la fábrica de gas Lebón. En esa otra barriada, pegados a la costa, siempre están pendientes de los temporales. Mira, en cambio, los huertos de aquí…

Alrededor de ellos los niños corrían descalzos, con las caras sucias y la ropa andrajosa.

—Otros viven en cuevas llenas de chinches en la avenida que divide el Ensanche. —Boro escuchó los cascos de un caballo y cogió a Nuria del brazo para apartarla y que pasara el carro cargado de garrafas. Después ella no se soltó. Necesitaba aferrarse a él para sentir que provenía de otro lugar también real, pero muy diferente—. Cuando se agita el mar acuden a recoger los materiales que arrastra a la orilla para fabricar sus casas.

Pasaron junto a una riera entre la fuente y la casa que buscaban. Nuria sacó de su bolso un pañuelo y pulverizó el perfume de un frasco con borla muy pequeño. Se lo acercó a la nariz y después se lo pasó a Boro.

—No, no te preocupes. Estoy hecho a todo. El «agua del tifus», la llaman. —Miró el camino que habían dejado atrás y le pareció ver a un hombre con traje oscuro que se ocultaba detrás de la valla de uno de los huertos.

Pensó en ir hasta allí, pero no quería interrumpir a Nuria, que por fin había comenzado a hablar:

—No sabía que en la misma Barcelona había personas que vivían así. Cuántos sueños habrá enterrados aquí, ¿verdad? Cuántas personas que llegarían para progresar se estancaron y ahora solo sobreviven. —Nuria miró hacia el agua sucia.

—Mucha gente no lo sabe. No son sitios agradables de mirar. Algunos barrios de estos, como Can Clos, están escondidos, ese en una cantera, y aquí ya están empezando a derribar muchas de estas casetas para realojar a sus vecinos. Menos mal que no ha llovido, si no, esto sería un lodazal. Mira, ¿crees que será ella?

Nuria estaba distraída, pendiente del sonido de una guitarra. Miró a la mujer que caminaba hacia ellos. Se paró ante el vendedor de pescado que había aparecido por un camino a la derecha y después de que le pagara por un paquete de papel se fue por el mismo sitio.

—¿Sabes qué me contaba el padre Vilesermes? —continuó Boro cuando vio que tenían que seguir esperando—. Que aquí en Magoria hay uno al que le llaman el Catalán. Imagínate. Parece que es el único que no ha venido de fuera.

—¿Cómo sabes todo eso?

—¿Te sorprende?

Nuria detuvo la mirada en sus ojos azules, que no parecían tener fondo.

—No, pero me intriga —le respondió a la vez que se encogía de hombros.

—Ya te dije que fui seminarista. Sé bastante de obras sociales, de cómo viven los demás, de la pobreza, de las necesidades humanas, de limosnas, del sufrimiento del prójimo, que nunca nos tiene que resultar ajeno, de… Casi estudio Teología en vez de Química.

—Me desconcierta que hayas pasado tu infancia y tu juventud en una institución religiosa. No me imagino cómo tiene que ser. Apenas me has hablado de ti.

—Tampoco hay mucho que contar, no es nada fuera de lo normal. Hemos sido muchos los que hemos pasado por esas circunstancias —le dijo Boro con cierta nostalgia.

—Ya, pero no todos son como tú. Tú no lo aparentas... —dijo Nuria mirándolo de arriba abajo.

—¿Y qué aparento entonces? —dijo él acercándose a Nuria.

Ella, ruborizada, apartó la vista y Boro se sonrió.

—Quiero decir que no es por eso, el padre Vilesermes también es un hombre atractivo.

—¿También? ¿Has dicho entonces que yo te parezco un hombre atractivo?

—No he dicho eso exactamente.

—¿Sabes lo que me intriga a mí, en cambio? —le preguntó Boro.

Nuria negó con la cabeza.

—¿Por qué una mujer como tú aceptó el trabajo del consultorio?

Con esta pregunta a Nuria le dio la impresión de que, de nuevo, como cada vez que ella lo interrogaba sobre su pasado, Boro cambiaba de tema.

—Lo dices como si lo desaprobaras o como si te pareciera algo deleznable. A mí escribir me parece una ocupación muy digna.

—No me refiero a eso. Tiene más que ver con tu posición, con esa casa, la mansión...

—Supongo que no me lo pensé dos veces porque desde siempre he querido dedicarme a la literatura. Aferrarme a esas cartas, sentirlas tan dentro, darles salida, encauzar tantas emociones que me transmiten considero que es una forma de aproximarme a ese oficio.

—¿Eso querías? No me lo imaginaba —le preguntó Boro con mucho interés.

—Pues así es. Lo deseaba más que nada en el mundo, pero ni me atreví a planteárselo a mis padres. Les hubiera parecido una extravagancia propia de bohemios y diletantes, de ricos de cuna, de gente que se puede permitir no trabajar.

—Buenas tardes, me han dicho que me buscaban —les dijo una mujer a la que no habían visto llegar.

Los dos se volvieron a la vez y la miraron con mucha curiosidad. Llevaba el cabello recogido en un par de moños bajos y le cruzaba la cabeza una banda de tela con círculos color naranja y amarillo.

—Se trata de su hijo —le dijo Boro.

—¿Son del hospicio? —les preguntó alarmada.

—Queremos hablar con usted del pequeño, pero no trabajamos allí, sino en… un laboratorio. Creo que podemos ayudarla.

—No creo que nadie pueda. No sé si se puede ser más desgraciada. Pasen. —La mujer descorrió la cortina que hacía de puerta de su vivienda. La estancia era cuadrada, había flores de plástico en un par de botellas, dos camas, una mesa y poco más. Le acercó a Nuria la única silla—. Como ven, no nos puede preocupar que nos roben. Ventajas de no tener nada.

—No se moleste, estoy bien. ¿Tiene alguna idea de por qué ha nacido así su hijo? ¿Le sucedió algo durante el embarazo o en el parto? ¿Le hicieron algo? —le dijo Nuria de una forma demasiado directa.

La Civilera los miró durante unos segundos con cierta desconfianza.

—Puede contarnos lo que considere conveniente. No vamos a ir contra usted, no se preocupe —intentó tranquilizarla Boro.

—¿Ven esto? Pues somos cinco. Mis tíos, los dos chiquillos

de ellos y yo. Somos de Guadix. Aún no estaría aquí un año y ya me quedé *preñá* de uno que hacía la mili en Barcelona. Por eso me llaman La Civilera. Él venía por aquí, y como iba de uniforme, pero no era guardia civil, pues por eso lo del mote. Me invitaba a algo en el Sol y Sombra. En cuanto supo lo de mi bombo se largó. Me dijo que a saber de quién sería. ¡La que se me vino encima!, ¿saben ustedes lo que es eso? Ni dormía. Eso sí, seguí trabajando en la fábrica. Allí les da igual cómo estés con tal de que rindas. Tenemos que llevar el pelo *recogío* para no pillárnoslo con los telares. Es lo único que les importa. Que no haya accidentes, pero por ellos, no por nosotros. —Comenzó a quitarse las horquillas y a dejarlas sobre la mesa. La melena suelta le enmarcaba la cara y hacía que su belleza aumentara—. ¿Y qué quieren saber?

—Si en su familia hay… —a Boro la palabra «antecedentes» le pareció demasiado complicada— otros casos así.

—No, nadie, ninguno, todos estamos muy enteros. Además, yo no hice nada. —Se tapó la cara con las dos manos—. Bueno, seguí acostándome con el soldado hasta que se dio cuenta de la tripa. Total, embarazada ya no me podía quedar… Pero parece que eso fue lo que le hizo mal al bebé.

—Nosotros hemos visitado a su hijo y estamos aquí porque queremos ayudarle a nivel particular —le dijo Nuria—. Díganos qué necesita y se lo haremos llegar.

—Las pesadillas con el parto no se me van de lo horrible que fue. No había manera de terminar. No me lo podían sacar, le apretaron la cabeza con los fórceps, después la ventosa, pero *ná de ná*, y yo cada vez me desgarraba más. Cuando salió y me lo pusieron delante de los ojos… Después me contaron que me había *desmayao*. Como ya lo han visto, pues no hace falta que les explique nada. Solo tiene como los otros bebés la cabeza, hasta el cuerpo lo tiene contrahecho, y lo demás como si no le hubiera *dao* tiempo a acabar de crecer. Eso sí, tiene unos ojos preciosos, como los del soldado. Les dije a los del hospital que yo no me podía hacer cargo de aquella criatura, que cómo íbamos a salir adelante si no tenía ni las manos acabadas de formar, que cómo iba a ayudarme cuando fuera mayor, si es que llegaba a serlo. Y mis tíos estuvieron de acuerdo, yo sé que sintieron alivio cuando les dije que no me lo iba a traer a la barraca. He estado muy mal.

Boro y Nuria no querían interrumpirla. Consideraron que el hecho de que se desahogara ya era la primera ayuda que podían prestarle.

—Los del hospital me dijeron que le buscarían un asilo. Que así como era no lo iba a adoptar ninguna familia, con tantos otros *abandonaos* como había y a los que no les faltaba de nada. Y yo, miren cómo será la cosa, como si hubiera cometido un crimen, me marché enseguida toda recosida. No sé ni cómo pude subirme al autobús hasta la Zona Franca, por la SEAT, y llegar aquí.

—¿Y tiene alguna enfermedad? ¿Está vacunada del tifus, de la viruela...?

—Uy, qué va. Estoy *mu* sana. Eso es lo que me ha salvado. Tengo buena sangre. Solo quiero olvidar, olvidarme de él. Que Dios me perdone, pero no puedo volver a ver a ese niño.

—¿Cuando estaba embarazada bebía? ¿La vio algún médico?

—El del dispensario de aquí, que es gratis. Y menos mal, porque, como les decía, desde que me abandonó el soldado —no lo nombraba, como si de esa manera quisiera que se desdibujara— los mareos no me dejaban ni andar, que me caía y *tó*. Tenía que ir agarrándome de las paredes. Mire si el hombre me vería mal que hasta me dio unas pastillas.

—¿Y las tiene? ¿Le sobraron? —le preguntó Nuria muy alarmada.

—Se las he dado a otra que está como yo estaba. Por mis primos no puedo tener medicamentos aquí. Se lo comen todo, y aunque esconda algo, lo encuentran igual. —Había comenzado a lavarse los brazos, las axilas y el cuello con un trapo que sumergía en el agua de una palangana.

—¿Y nos diría dónde está su amiga? ¿Sabe si ya ha dado a luz? —le preguntó de nuevo Nuria.

—Es de mi fábrica. Qué va. Aún le falta. Está tan gorda que creo que parirá gemelos. Pobre. Lo que le espera. Cuánta faena. —Movía la cabeza de un lado a otro con los ojos cerrados.

—Sí…, va a tenerlo muy difícil —dijo Nuria con tristeza—. Háganos el favor, dígale que queremos verla.

—Pues se vienen cuando quieran a la salida de la fábrica y se la presento.

—Ha sido muy amable al recibirnos —continuó Nuria—. Gracias. ¿Podemos hacer algo por usted?

—Sí, sí que me gustaría pedirles… Igual les parece…, no sé, pero como ya no salgo, pues creo que una radio me haría mucha compañía. ¿Me la traerían? —Entonces bajó la voz—. Hay un hueco detrás del calendario. Allí podría guardarla.

—Descuide. Se la haremos llegar —le dijo Boro—. Y gracias por lo que nos ha contado.

Mientras se alejaban, Boro advirtió que Nuria respiraba con dificultad.

—Te he notado muy agitada cuando le preguntabas. Tal vez tendría que haber venido yo solo. No traerte aquí. Estás impresionada.

—Boro, vamos a pasar por la oficina de correos. Es eso que nos ha contado…, lo de las pastillas me ha recordado la nota que envió esa mujer al apartado de correos. Hablaba de sedantes, de un efecto sedante…

—Sí, pero si lo que tomó esta pobre chica eran unas pastillas para el embarazo, no pueden ser esas porque no traspasan la placenta. Eso lo saben todos los médicos. Si no, no se las hubieran dado.

—Aun así, necesito ir. Acompáñame, por favor. Tengo que ver si hay algo más en el buzón antes de que esté Máximo en casa.

Pararon un taxi y llegaron enseguida.

—Dame la llave y espérame aquí. ¿El 77? —dijo Boro a la vez que comprobaba el número que llevaba grabado.

—Sí, toma. —Y se reclinó contra la ventanilla.

Él regresó enseguida con un sobre en la mano.

—¿Lo abro?

—Sí, y léelo. Bueno, no. Después lo miramos —le dijo para evitar que el conductor lo escuchara—. Además vamos a bajar antes. Máximo está a punto de llegar.

En cuanto se detuvo el taxi dos manzanas antes de la casa Muley Afid, Nuria le dijo:

—Necesitamos saber por qué les ha pasado esto. ¿Qué les han hecho a esas criaturas dentro del vientre de sus madres para que nazcan así?

Se concentraron en la carta. Ni siquiera aparecía un remitente. Estaba mecanografiada. Querían devorar todas sus líneas de una vez como si no fuera un texto, sino una postal cuya fotografía se pudiera contemplar de golpe.

Estimada amiga:

Como verá, no le escribo a mano porque no quiero que nadie reconozca mi letra, podría meterme en un buen lío, estaba tan nerviosa que he caído en eso ahora, le ruego que rompa mis cartas anteriores, que las queme después incluso, no voy a decir que estamos jugando con fuego porque esto no es ningún juego, es algo de mucha gravedad lo que me dispongo a participarle a continuación y no quisiera que cayera en las manos equivocadas. Hágame ese favor, por lo que más quiera. Se lo ruego.

Verá: el señor con el que mantengo una relación íntima quería poner fin a nuestros encuentros, yo he logrado convencerle, pero no sé hasta cuándo podremos seguir viéndonos. Está muy afectado, yo le he dicho que lo noto triste, solo eso, que me deje ayudarlo, pero él me reitera que son imaginaciones mías. Yo no puedo decirle que de eso nada, que escuché su conversación telefónica, que he mirado su agenda, que copié el informe con aquellas fórmulas y que usé su mimeógrafo. No se imagina lo que me costó después eliminar todo rastro de tinta del rodillo.

Este tema me absorbe muchas horas. Esto no es vida. Casi todo el tiempo lo estoy dedicando a este asunto. A duras penas puedo continuar, pero es muy importante que siga hasta el final.

Lo que me sucede es que él insiste en que me está muy agradecido por todo el cariño que le he dado, pero que ahora tengo que apartarme de su camino, que me dará lo que quiera, que no me faltará de nada, pero que dejemos nuestros encuentros. Yo por una parte quiero seguir con él por el aprecio que le tengo, pero no le voy a negar que mi principal interés en estos momentos se debe a que quiero averiguar qué es todo esto de los niños mutilados, cueste lo que cueste, aunque me amputen a mí también los brazos y las piernas.

Créame si le digo que estoy convencida, por lo que lo conozco, de que este segundo motivo es también la causa por la que se quiere librar de mí. Prefiere privarse de mi compañía que ponerme en peligro. Aquí hay algo muy gordo, y aunque no me considero una persona curiosa, esto es otra cosa, y no voy a cejar hasta que sepa toda la verdad. Tal vez le parezca contradictoria mi propuesta, pero como está pasando a mayores, necesito que nos veamos cuanto antes. Pasar al tuteo de una vez, y dejar de tratarla de usted cuando le escribo, que sepa quién soy yo. Usted es la única persona en quien puedo confiar. Tal vez le parezca injusto que la ponga entre la espada y la pared, pero creo que es inevitable que comparta mi angustia. Me dan arcadas. Voy a tener que ir a que me receten un tranquilizante, barbitúricos, no sé. En estos momentos no sé a quién más recurrir. Ayúdeme, estoy desesperada. Y una cosa más: espero que no cambie de opinión cuando me vea. Solo eso.

A continuación, encontraron un listado de datos: lugares, fechas y muchos nombres. Los ojos les quemaban.

—Nuria, ¿me dejas que me la lleve y el informe también? Quiero analizarlo con calma.

—Bien, Boro, tengo que irme ya.

—¿Estás mejor? ¿Quieres que te acompañe?

—No, no, no. Estoy bien —le dijo con una sonrisa muy forzada.

Nuria se alegró de haberse despedido allí de Boro porque, cuando llegó al palacete, notó sobre sí la mirada inquisitiva de Dora Blúmer desde la ventana.

18

Durante el fin de semana, Máximo constató que Nuria más que estar ausente parecía desconectada de la realidad. Decidió pegarse a ella como una sombra, quería averiguar qué era aquello que la tenía enajenada. Con la llave encontrada en su mano, estaba seguro de que se abriría camino hacia la verdad.

Ella cada vez deseaba que llegara más rápido el lunes para que Máximo se fuera. Pero él no se marchó al amanecer como era su costumbre, sino que permaneció en casa hasta pasadas las cinco de la tarde.

—Es que tengo descanso —fue toda la explicación que le dio—. ¿No te alegras? Siempre me dices que paso muy poco tiempo aquí. Mira hoy, en cambio.

En aquellos momentos, que se prolongara la presencia de su marido supuso que la angustia de Nuria todavía se incrementara más. Al esconder el sobre del último envío en el cajón descubrió que dentro había algo más. No veía el momento de comunicarse con Boro para decírselo.

En cuanto se marchó Máximo, ella quiso salir de forma inmediata, miró el reloj y a sus hijos casi a la vez y comprendió que a aquella hora no podía abandonar su hogar. Pero dejó la puerta abierta del piso y subió al ático. Temió que un golpe de aire la cerrara de repente. Dora salió enseguida. Le preguntó si podía pedirle a Úrsula que pasara un momento para estar con Marc y con Mireia y si le permitía a ella usar su teléfono.

—Boro, soy Nuria.

—¿Qué pasa? —le dijo él inquieto, con un tono casi inaudible. Había contestado directamente porque Liliana ya no estaba en su puesto.

Nuria cayó en la cuenta de que las ausencias de Liliana eran demasiado frecuentes.

—Nada en especial, o sí, no lo sé. Necesito que me hagas un favor, otro —añadió sin que él dijera nada—. Mañana voy a ir todo lo más tarde posible, ¿me puedes esperar? Quiero llegar cuando no haya nadie en el instituto. ¿Te desbarato algún plan?

—Bien. —Boro no supo qué más añadir. La notaba ajetreada, con prisa—. Aquí estaré, ven cuando puedas.

Desde aquel momento, para Nuria el tiempo comenzó a pasar muy lento. Todavía más que durante el sábado, el domingo y ese lunes.

* * *

El martes por la tarde entró en la sala con columnas de la estafeta y fingió que hacía cola. No le resultó nada difícil averiguar el distrito y mucho menos la oficina a la que correspondía el apartado de correos de su remitente.

Quería eliminar la espera que suponía la entrega y recepción del correo. No sabía si lo podía hacer de esta manera o si las normas lo prohibían, pero prefirió no preguntar. Estaba convencida de que cuantas menos cosas la relacionaran con aquello mejor sería. En su mano llevaba la nota mediante la que aceptaba la cita de aquella mujer. Le decía además que iría acompañada de quien la había ayudado a interpretar las fórmulas y a analizar los informes. Omitió que Boro también había leído sus cartas.

Tenía que introducir aquel papel en el momento en que se cerciorara de que ninguno de los empleados ni los clientes le prestaba atención. Se le ocurrió fingir que abría la casilla como si fuera suya, pero había dejado su llave colgada en el cuello de san Nicolás y además no quería correr el riesgo de que advirtieran que ella no era quien habitualmente recogía la correspondencia de aquel apartado.

Al final, hizo como que acababa de descubrirse una carrera en la media. Apoyó una mano en la pared con los casilleros, exactamente sobre el que le interesaba, de forma que girando solo un poco la muñeca deslizó la nota por la rendija superior del que se correspondía con el número de su destinataria. Mientras, se pasaba la otra mano sobre el tejido de nylon con tanta aflicción como si en vez de tratarse de unos puntos sueltos fuera una cicatriz en su pierna. Tanto el público como los empleados apenas prestaron atención a ese gesto tan habitual. Como aturdida por ese inconveniente, Nuria abandonó la oficina de correos.

En la nota le proponía, tal como había acordado con Boro, que se vieran frente a Santa María del Mar ese sábado a las once de la mañana.

* * *

Hizo unas compras, y llegó al laboratorio cosmético al atardecer. Boro colocó el papel que había encontrado dentro del sobre al guardarlo en el cajón bajo el foco de un flexo sobre una de las mesas con las patas de acero inoxidable.

A Dora Blümer le había dicho que tardaría aquella noche, porque tenía una reunión con los dueños del instituto cosmético, que regresaban de viaje y al día siguiente partían de nuevo. Y que, si le hacía aquel inmenso favor, necesitaba que Úrsula durmiera en su casa, para no tener que estar pendiente de la hora.

«Bien, querida», fue la respuesta que obtuvo de su casera, en su habitual tono circunspecto.

Por la tarde había hablado por teléfono con Máximo. A pesar de eso, le advirtió a su vecina que, si a su marido se le ocurría llamar de nuevo, le dijera que se había equivocado de número y que si insistía no lo volvieran a coger. Sabía que en aquellos momentos no podía arriesgarse a que Máximo de nuevo supiera que estaba fuera. «Está bien —le dijo Dora de nuevo—. Pero recuerde que a mí quienes me pagan son los de Minas Generales».

«Sí, señora Blúmer, no se preocupe».

Se planteó que tal vez tuviera que contarle algo para no inducirla a error y que pensara cosas raras sobre ella por tantas entradas y salidas.

Su mente volvió al laboratorio, donde Boro aplanaba aquella hoja como si las marcas de haber estado doblada imposibilitaran su lectura.

—Habla de una sustancia, seguramente se tratará de un compuesto químico, a ver si es el mismo que aparecía en las fórmulas. Me pondré manos a la obra. ¿Le has hablado a alguien más de esto?

—No. Solo lo sabes tú. —Enseguida volvió a sus cavilaciones sobre su vecina.

—Bien, no lo comentemos con nadie de momento. Además, estoy cotejando ese listado con nombres, direcciones... que me diste, a ver si nos puede dar una pista. Y puede que en estos informes se limiten a detallar los casos conocidos y que estén investigando a qué se deben.

—Le hablé de esos casos a la señora Frument, el de la pequeña a la que no le cortaban el cordón umbilical hasta que su madre reconoció que había salido de ella..., y por su actitud me di cuenta de que no sabía nada.

Después de estar callado unos segundos mientras seguía mirando el papel, Boro le preguntó a Nuria:

—¿Te gustan los calamares? —Ella se desconcertó—. Vamos a tomarnos unos con una cerveza bien fría, pan y un poco de mayonesa. ¿Qué te parece? Total, cuando llegues, tus hijos ya estarán dormidos. Y esa mujer que te los cuida también…

Ella se encogió de hombros, le faltaba la voluntad suficiente para oponerse.

* * *

A la salida del instituto no los siguió Guifré Baladre porque estaba en el bar del Pi frente a Máximo Zafara. En su obsesión por saber qué le estaba pasando a Nuria, su marido decidió permanecer aquellos días en Barcelona. Había hecho coincidir varias citas comerciales para no dejar de trabajar. A ella le había hecho creer que ya se hallaba fuera porque quería pillarla de improviso. Desmontar sus mentiras.

El detective y él ni siquiera cambiaron de tema cuando el camarero le sirvió el segundo whisky al viajante de comercio.

—Así que dices que llegas un día, pero varias noches antes ya duermes en Barcelona, y como ahora, algunos días después también —dijo Baladre.

En cuanto se lo escuchó repetir, Máximo se arrepintió de habérselo contado.

—Trabajo mucho, hay semanas que me echo más de tres mil kilómetros al cuerpo. Ir a Verín al menos una vez al mes no me lo quita nadie.

—¿Y qué haces exactamente? —le preguntó para calibrarlo.

—Soy jefe de ventas.

—¿Y qué vendes? —insistió.

—Minerales. Pero no los llevo en la maleta —bromeó Zafara—. Yo solo hago los tratos. Visito las explotaciones y después coloco los carbonatos, el caolín, el talco, el óxido de titanio, la caliza, el litio, los ocres, el potasio, el yodo… —su enumeración no cesaba—. En realidad, me encargo de que se distribuyan, llevo el inventario de dónde se produce cada insumo, cuántos kilos o toneladas se extraen en determinado tiempo, e intento evitar el desabastecimiento. Son en la mayoría de los casos para la industria naval o la farmacéutica. Algunas sustancias minerales son para los excipientes, el acompañamiento que llevan las pastillas, las píldoras…

—Y entonces, ¿comemos piedras? —continuó Baladre.

—Dicho así… Esos excipientes no me refiero a que sean excedentes de esas extracciones, no sobran, sino que se añaden a lo que es el medicamento en sí —aclaró.

—Para hacer bulto. Así nos sacáis los cuartos cuando vamos a la farmacia y pagamos más a gusto por algo; porque es más grande.

—Más o menos. Cuando te tomas una pastilla, solo una parte muy reducida de ella es lo que hace efecto, el principio activo, lo otro es…

—Relleno —completó el detective—. ¿Y seguro que eso no hace nada?

—Seguros seguros no estamos, pero, bueno, alguno habrá al que le haga reacción, eso no se puede evitar, qué vamos a hacer, como todo.

—Lo que no mata, engorda —dijo Baladre mientras levantaba el vaso.

—Y todas estas preguntas sobre mi trabajo, ¿a qué vienen? ¿Tengo de qué preocuparme? —entonces fue Zafara quien cambió de tema.

—Dame tiempo. Tu esposa no solo se relaciona con vuestra vecina, que por cierto está de tan buen ver —le dijo Baladre satisfecho, ya que contaba con suficientes datos para calcular su minuta.

—Dora. Es nuestra casera.

—Sí, lo sé —mintió Baladre para no quedar en evidencia porque solo había averiguado lo que tenía que ver con el entorno del instituto de belleza—. Pero… —Se detuvo. Máximo se acercó a la mesa, y entonces decidió añadirle un poco de intriga—: Tenemos al tal Boro.

—¿Y quién es?

—Es el químico, Navascués. Hay que atar cabos, esa es la clave de todo. A veces, lo que parece que está más distante es lo más próximo porque se toca por el otro extremo, ¿me explico? —añadió en un tono doctrinal, como si quisiera adiestrarlo en sus «artes de indagación», como él las llamaba.

—¿Y qué pasa con él? —Máximo pareció ignorar su consejo sobre la forma de razonar.

—Pues que se ven. —Baladre se encogió de hombros y alzó las manos con las palmas hacia arriba como si le informara de algo inevitable.

—¿Cuando va los viernes? —Zafara hacía las preguntas precisas para dejar hablar al detective.

—Y luego. —Era tan poca la información de la que disponía que decidió dosificársela todo lo posible.

—Luego ¿dónde? —volvió a preguntarle Máximo muy airado.

—Pues por los alrededores. Tienen una terraza preferida, por lo que parece, la de la cafetería Savoy. Aunque el otro día bajaron hasta Colón. —Baladre decidió omitir el detalle de que iban con sus hijos—. Y lo mejor, los he visto en una barriada de barracas.

—¿Y?

—Pues eso, lo de siempre. —Sabía que, cuanto menos hablaba, más nervioso ponía a su cliente.

—Ya está bien de mantenerme en vilo. ¿Qué es lo de siempre? —le preguntó bastante nervioso.

—Primero un agua de Vichy, por algo se empieza, él se pide un Martini, no sé si seco; a mitad de la copa lanza una sonrisa; otro día, una mirada que dura más de lo normal. Hablan y hablan. Ya sabes lo que dicen los clásicos.

—Pues no, no lo sé —dijo Máximo harto de tanto diferimiento.

—Algo muy viejo: que para saber si una pareja son un matrimonio o por el contrario amantes o novios, solo hay que fijarse cuando están en un bar si no paran de hablar o si ya han dejado de hacerlo. No falla.

—¿Y me estás diciendo que Nuria y el tal Navas, has dicho que se llamaba así, son amantes?

—No, su apellido es Navascués. La retentiva hay que entrenarla, Zafara… —le recriminó como si fuera la segunda lección sobre la forma de llegar a conclusiones válidas—. Yo no digo nada. Pruebas, las pruebas son con lo que trabajo, soy un profesional. Si me aventurase solamente, perdería toda mi credibilidad, que es mucha, pero…

—Pero ¿qué?

—Que tengo olfato. Y aquí hay algo. Solo te digo eso. Hasta se han cogido de la mano para cruzar la calle, y él la tomó del brazo para esquivar un carro. Parece que solo la ayuda, pero tiempo al tiempo. —Baladre pretendía azuzarlo como si fuera un perro de presa para inmediatamente después retenerlo con estas inconcrecciones.

—Te equivocas, Baladre. Te equivocas de todas todas. Tú no conoces a mi mujer, pero sobre todo piensas así porque no me conoces a mí. Conmigo le sobra y le basta. Si lo sabré yo.

Guifré Baladre parecía dispuesto a seguir instruyéndolo sobre la forma de llevar a cabo una investigación y a la vez estaba decidido a averiguar todo lo posible de él para desactivarlo: de dónde salía aquella chulería, su pose desafiante, la manera en que se encaraba con el mundo como si conociera todos sus resortes. El detective no sentía una excesiva predilección por los listos, y menos en su labor indagadora, porque esto lo obligaba, como si se tratara de una competición, a esforzarse más, a no bajar la guardia en ningún momento porque entonces el observado sería él y su forma de desenvolverse.

—Ella y él, Nuria y Boro. —Decidió que surtiría un efecto más desesperante sobre Máximo escuchar sus nombres juntos, no quería abandonar su hipótesis sobre el engaño a pesar de lo que el otro le había dicho—. No me pueden dar todos los datos, tú también tienes que aportar algo. Me ha sido de mucha utilidad lo que me has contado.

—Que no hay nada, te lo digo yo. Deja estar ese tema y dime qué abre la llave. Sabes que no me puedo quedar en Barcelona comprobando todos los tipos de cerraduras que hay en la ciudad. Eso es lo que quiero que hagas. Déjate de cuernos. Ni se atrevería. Y sobre todo: no me hagas perder el tiempo, que el mío vale mucho y sabuesos, o aficionados a serlo como tú, sobran.

El mal humor de Máximo era previsible hasta para él mismo porque era quien había decidido comenzar a transformar en certezas sus dudas cuando leyó el anuncio del despacho G. B., que aludía al mismo G. B. que tenía delante, el único representante de lo que parecía una agencia unipersonal. Ni secretaria, ni ayudante, ni nadie más, siempre él al teléfono. Aunque casi prefería que fuera así: menos gente se enteraría de lo que fuera que Nuria se traía entre manos.

Máximo Zafara se incorporó, metió su mano debajo de la chaqueta y Guifré Baladre se echó hacia atrás. Temió que su cliente sacara una pistola para eliminarlo por su ineficacia. Pero, en vez de un arma, mostró entre sus dedos un billete, lo dejó sobre la mesa dando un palmetazo sobre él, a la vez que le dijo:

—Ya nos veremos, pero, si la próxima vez no me traes nada, *c'est fini.*

De nuevo al detective se le fueron los hombros hacia atrás por efecto del sobresalto. Miró su vaso, estaba a medias, lo vació de un solo trago y tintineó el hielo para que el camarero se acercara. Le pidió otro whisky mientras sacaba un cuaderno muy lúgubre, con las tapas negras y las páginas muy amarillentas. Comenzó a anotar todos los datos de aquel caso, tan parecido, de momento, a cualquier otro.

19

Máximo cruzó la plaza de San José Oriol, no podía presentarse en su casa a esas horas después de haber dicho que no estaría de vuelta en Barcelona hasta el viernes. Llegó a la plazoleta de San Agustín después de recordar la conversación de dos compañeros de trabajo sobre cierto piso. Dio con el portal y llamó a un timbre. La entrada se abrió enseguida. Del portalón tiraba un cable grueso, capaz de elevar pesos enormes. Como iba al primer piso, subió andando. El rellano apestaba a pachulí. A algunas personas aquel aroma les parecía exótico, afrodisíaco incluso, pero él consideraba que tenía el gusto muy desarrollado también para los olores; estaba acostumbrado a fragancias más caras, y aquel perfume le resultaba vulgar.

Una mujer de unos cuarenta años que fumaba en boquilla como si se hubiera quedado detenida en los años veinte lo esperaba apoyada en el marco de la puerta.

—¡Qué guapo! —Era la primera vez que lo veía.

Él la apartó sin mirarla y se sentó en una especie de sala de espera, con una barra bien provista de licores. La dueña decidió dejarlo un rato tranquilo mientras bebía algo.

Después envió a una de sus «internas», así las llamaba ella, y de otras formas aún más curiosas, como «doncellas», para que se colocara detrás de un biombo que separaba la habitación del pasillo. Máximo, sin ningún interés, la observaba contonearse detrás de la mampara tensa. Musitaba con mucho desafino una copla mientras dejaba sus prendas sobre el marco de madera. Después asomó un brazo, luego una pierna e hizo como que probaba un agua inexistente antes de tomar un baño. Máximo sonrió sin demasiadas ganas.

Entonces sonó el timbre y en el umbral apareció Guifré Baladre. No habría pasado ni media hora desde que se despidieron. Máximo se colocó la mano abierta sobre la frente, de forma que el pulgar y el meñique le sirvieron para apretarse las sienes mientras bajaba la cabeza de nuevo.

—Amigo Portamares, qué agradable sorpresa. —El detective se sentó junto a él mientras le palmeaba la pierna con bastante menos fuerza con la que Máximo había dejado el billete sobre la mesa del bar del Pi un rato antes.

—¿Qué pasa, ya no te acuerdas de mi nombre? ¿Qué haces aquí? ¿Me has seguido? —masculló el italiano.

—Claro que me acuerdo, amigo Portamares, pero... —Y bajó la voz de una forma tan repentina que Zafara se tuvo que esforzar mucho para oírlo—. Aquí es mejor que no sepan más de nosotros que lo que nosotros queramos. Al menos, los clientes. Ellas da igual. Llámame Godo, de Godofredo. Y no, no te he seguido, soy un viejo amigo de la casa.

La mujer que los recibió no prestó la menor atención a la escena de ellos dos hablando, ya que en la habitación contigua, y abierta a aquella que Zafara y Baladre ocupaban, compartía una cama turca y muchas carcajadas con dos señores de un parecido asombroso.

—¿Y bien? —le preguntó el detective.

—Y bien, ¿qué? —repitió Máximo cada vez más molesto con la situación, con la idea de contratarlo y en general con todo lo que le sucedía.

—¿Que si ya has hecho la digestión? —le dijo Guifré, allí Godofredo, con mucha ironía.

—No he cenado. —Zafara no quiso continuar con aquel tono.

—Ya lo sé, Portamares, ya lo sé. —Baladre parecía muy metido en su papel—. Me refiero a lo que hemos hablado en el Pi. Veo que no has errado el tiro al venir aquí, ahora te falta rematar. ¿Quieres que compartamos a Adelaida? Eso sí que sería camaradería e intimidad, un pacto entre caballeros.

La mujer que estaba tras el biombo se asomó por completo y saludó a Guifré. De toda su vestimenta solo le habían quedado tres estrellas muy bien colocadas sobre una diadema de plumas que llevaba en la cabeza.

—Adiós y suerte —le dijo Baladre mientras la cogía de la mano. Esa mujer parecía su pareja natural por lo mucho que se parecía a él en su complexión corporal y hasta en la edad. Antes de adentrarse por el pasillo se giró una vez más para comprobar que Máximo enfocaba sus ojos hacia donde él presentía, y añadió—: Que no se te agríe el carácter, hombre, una esposa sirve para lo que sirve y estas para lo otro, mírame a mí.

* * *

Cuando Máximo Zafara bajó a la calle se metió en la primera pensión que encontró.

—¿Viene solo? —le preguntó una mujer que parecía el reverso exacto de quien le abrió la puerta en el otro piso; al contrario del brillo que irradiaba la que fumaba con boquilla, esta era muy enjuta y vestía de luto.

—No tardaré mucho en marcharme, así que no me cobre toda la noche —le dijo Máximo Zafara.

—El precio es el que es, venga todo el día, una hora o con tres acompañantes. Así que ya lo sabe, para otra vez aproveche más el desembolso.

No tuvo ganas de discutir. Subió las escaleras y se echó en

la cama. Los ruidos de los somieres de los cuartos vecinos no le dejaron dormir, así que pudo pensar mucho.

* * *

Después de despedirse de Úrsula, quien, mientras salía, besaba el billete de veinticinco pesetas que le había dado, Nuria se acostó, pero no pegó ojo. Le dio varias vueltas a lo que había escrito. Tal vez había pecado de imprudente. Le había dado bastantes detalles a aquella mujer con la que pretendía reunirse, no datos exactos como dónde vivía, su edad o su nombre, pero sí en qué consistía su trabajo, por qué firmaba así, que era ella la que le había enviado las muestras de cosméticos a su apartado postal, y algunos otros detalles. Le incomodaba haber saltado por encima de su compromiso de confidencialidad, pero se dijo que la gravedad de la situación, más que requerirlo, se lo exigía.

Acababa de caer en la cuenta de que por el otro lado de la pared los apartados de correos estaban abiertos y que, por tanto, cualquier empleado de los que trajinaban con las sacas y las cajas de clasificación advertiría enseguida que en uno de ellos había un papel suelto en vez de un sobre o un paquete. Estaba segura de que cuando lo viera, al meter la correspondencia en cualquiera de los otros apartados, lo retiraría como si se tratara de una mariposa muerta.

En ese momento oyó la llave en la cerradura. Se levantó sobresaltada y fue hacia la puerta de entrada.

—Hola, preciosa mujercita —le dijo él aparentando normalidad—. ¿Qué te parece esta sorpresa?

—Máximo, ¿te han despedido? —le dijo Nuria sobresaltada porque no sabía a qué atendía su presencia allí a aquellas horas cuando le había anunciado que no regresaría hasta el viernes.

—Para nada. Solo me han cancelado un par de visitas fuera y he modificado la ruta para atender las de aquí primero. Me iré el sábado hacia el norte.

—Tendrás que desayunar Maicena —le dijo un tanto incómoda porque no la había avisado.

—Seguro que tienes algo más. —Máximo abrió con fuerza uno de los armarios de la cocina y un tarro de cristal cayó al suelo.

—Papi, papi, qué bien que has vuelto tan pronto —le dijo Mireia, que se había despertado con aquel ruido.

Nuria los miró, se miró y pensó que solo en apariencia eran la misma familia de antes.

Después de desayunar, Máximo le dijo que iba a dormir un poco y ella le preguntó si le molestaría que escribiera a máquina.

—Me he pasado casi toda la noche conduciendo. Y con lo cansado que estoy…, mejor déjalo para otro rato —le respondió.

Nuria tuvo que esperar a que Máximo saliera a una de sus visitas para poder continuar con las cartas. Tenía que entregar aquella caja que guardaba en la parte inferior de la alacena y recibiría las otras dos. Necesitaba adelantar todo lo posible. Tenía mucho trabajo atrasado porque mientras él dormía solo había podido leer algunas de ellas y tomar notas a mano.

La primera carta que sacó la había enviado un hombre. En la parte inferior del sobre estaba el sello de la empresa con la fecha de recepción y un espacio en blanco para anotar el día de la respuesta. Su remitente se describía como un joven de «veintipocos» años cuya única falta era haberse enamorado de una sirvienta de su casa. Ella era una chica de su edad a quien él veía como «un ser excelso, un dechado de virtudes, un alma sensible que era una lástima que se malograra en aquellos quehaceres que tan poca habilidad requieren». A Nuria no le cupo la menor duda de que calificaba así esas labores porque nunca las había desempeñado. Decía que la beldad «se había visto obligada a emigrar porque su familia lo había perdido todo, tenían confiscados sus bienes como resultado de un mal negocio del padre que los había dejado en la ruina y endeudados por el resto de sus días». Para redimirla de tanta desgracia —y tal vez para que no notara tanto el cambio de clase social, se dijo Nuria—, la acogió en su cuarto noche sí noche también y como resultado de tanta pernoctación ella quedó embarazada. Cuando estuvieron seguros, él decidió dirigirse al gabinete, como llamaba su madre a la biblioteca, para comunicarle a la mujer que más temía que iba a regalarle un nieto. Según contaba, su progenitora lo miró «como si los ojos fueran a caérsele de la cara y necesitara elevarla de vez en cuando para impedirlo. Miraba al frente y al techo de forma alternativa. Para que pueda usted hacerse una idea cabal le diré que, de ser hombre, mi señora madre habría sido militar, y de los invasores».

Solo le contestó que cogiera a la muchacha, bajara las escaleras y esperaran delante de la puerta de entrada, que enseguida se asomaría ella al balcón. Allí estuvieron los dos un buen rato hasta que la dueña de la casa, ayudada por otra de las criadas, ató dos maletas a sendas cuerdas y comenzaron a bajarlas por la fachada hasta que tocaron el suelo. Cada uno tomó la suya. La madre se sacudió las manos y le hizo un gesto a la sirvienta para que cerrara la puerta acristalada que daba a una alameda. Esa fue la última imagen que le quedó a su hijo de aquella a quien le había solicitado su auxilio. Según supo por uno de sus hermanos mayores, a la hora de comer les comunicó a los demás que desde ese momento aquella familia tenía un miembro menos y les prohibió que se le nombrara en su presencia, hasta el punto que amenazó con desheredar también a quien se atreviera a mantener cualquier tipo de relación con él. «Mi padre no dijo nada, según nos informó otra de las criadas, siguió sorbiendo la sopa como si todo aquello fuera un comunicado oficial al que nada cabía oponer», finalizaba aquel infeliz su relato.

Nuria consideró que lo ejemplar de aquel suceso era que el joven, al contrario de lo que solía ser más habitual, no se había desentendido una vez descubierto el estado de la doncella, sino que parecía que se había enamorado de ella y quería casarse. A pesar de que la chica no era de origen humilde, a la madre tampoco pareció importarle ese aspecto tan relevante para su concepción clasista de las relaciones humanas: no tuvo ningún tipo de contemplación con ellos.

Nuria les deseó mucha suerte, no le cabía duda de que iban a necesitar toneladas de ella, y le sugirió que no se le ocurriera intentar convencer a su madre por el momento. Que tal vez cuando naciera su hijo tuvieran en él el mejor argumento para persuadirla, pero que para eso aún faltaban unos meses.

A Nuria se le pasó por la cabeza la idea de que ya llegara a aquella casa embarazada y que todo fuera un ardid para salvar a su familia de la penosa situación en la que se encontraba, pero no quiso ahondar en esa circunstancia, y menos transmitirle a él ninguna duda sobre su paternidad, de la que tan orgulloso se mostraba, como si aquello lo hubiera convertido en adulto de golpe. Nuria barajó esa hipótesis porque algún dato apuntaba en esa dirección, como que antes de la ruina familiar ella tenía un novio con el que pasaba mucho tiempo y que la dejó sin ningún miramiento cuando supo del descalabro económico de su padre, a pesar de que era el peor momento de la vida de la chica y en el que más lo necesitaba. El consultante parecía que hacía de mensajero, de mero transmisor de unos sucesos que hablaban por sí mismos y que cualquier persona vería claros. Cualquier persona menos él.

En el sobre, habían resumido en pocas palabras, con una caligrafía apresurada que Nuria no sabía si correspondía al padre Vilesermes, su contenido: «Señorito deja embarazada a la criada, pero se queda con ella y su madre los echa de casa».

Pasó la mañana entera y, después de comer los cuatro juntos, mientras Máximo estaba en el sofá, volvió a leer y contestar a unas cuantas más. Encontró la de una octogenaria que comenzaba con la siguiente frase: «Supe que mi marido iba a morir aquel día porque mientras desayunábamos vi que tenía las uñas moradas». Nuria pensó que a partir de ese momento seguiría un largo lamento por su viudez, pero resultó que lo que narraba era su alivio. La anciana se recreaba en cómo había buscado, al interpretar aquel aviso de la muerte, la llave del nicho de su familia. Hasta explicaba en la carta que tendrían que desmontar el cristal de la lápida para añadir el nombre de su esposo. Después sacó de un cajón un papel de seda que contenía más de una docena de flores de ganchillo que había ido tejiendo durante los últimos meses para colocarlas en los búcaros de la sepultura. Lo dejó todo sobre la consola de la entrada y conminó a su marido a que se acostara ayudándolo a incorporarse de la silla de la cocina.

Decía en la carta que se dispuso a no separarse de su lecho hasta que partiera. Intercalaba expresiones muy poco apropiadas, como que de vez en cuando lo tocaba para comprobar si ya se había quedado «tieso como una mojama». Hacía hincapié en que tardó mucho, como si lo que esperara fuera el tranvía. Hasta las cuatro de la tarde, nada menos, escribía. Parecía referirse a una cita que se hubiera retrasado. Nuria se quedó estupefacta cuando leyó que salió a buscar al médico con el fin de que certificara la defunción y que aprovechó para comprarse un pasaje a Canarias para irse de viaje a la semana siguiente.

Terminaba diciéndole que por fin se había desprendido de aquel yugo, que le rogaba a Dios que le diera muchos años de vida para disfrutar un poco, que bastante juventud, energía e ilusión le había robado aquel cretino que cada día estaba más fuerte y al que tuvo que ayudar un poco para que se reuniera con el Padre eterno. Nuria leyó varias veces aquellas dos últimas líneas para asegurarse de que significaban lo que parecía: que la anciana confesaba haber asesinado a su marido. Un hecho tan grave chocaba con la aparente piedad que se desprendía de otros párrafos, pero la despedida no dejaba lugar a dudas:

> Mire, señora, no sé cuándo me iré al otro barrio o si me quedaré en este mundo bastante tiempo aún, pero lo que tengo muy claro es que ningún desgraciado más me va a amargar lo que me reste de vida. Tiraré el bote de miel con veneno para las hormigas porque en mi casa ya no queda ninguna y tampoco van a entrar otros insectos a partir de ahora. Se despide de usted una mujer ya liberada de pesadas servidumbres.

Consideró que el sufrimiento la habría trastornado, que después de tantos años con él, como decía que había pasado, su muerte era un impacto tan grande que no lo asumía, y fantaseaba con que había colaborado en su fallecimiento. Nuria recordó que, en el extremo opuesto, había personas que se mostraban airadas cuando enviudaban, como si su cónyuge las hubiera abandonado por decisión propia.

O en este caso, tal vez fuera cierto y la asesina se permitía compartirlo, además en aquel tono, a sabiendas de que a causa de su edad no iría a la cárcel si fuera descubierta. Se le hacía muy difícil escribirle, pero ese era su trabajo. Si no le daba el pésame, parecía que aprobaba aquella barbaridad. Decidió obviar la cuestión central. Le desearía buena salud, que encontrara amigas durante la travesía a la isla y, eso sí, para que no pensara que no la había leído con la suficiente atención, le recomendaría que no se volviera a casar aunque en el barco fuera el mismísimo Clark Gable y le hiciera ojitos. Lo eligió a él porque consideró que para aquella mujer ese actor sería el tipo de galán maduro que le resultaría atractivo, por la época en la que había vivido su juventud, y además recordaba que había muerto hacía un par de años.

Estaba tan abstraída con esa respuesta que no se dio cuenta de que Máximo se había situado detrás de ella y leía sus palabras por encima de su hombro.

—¿Quién se ha muerto?

—Un vecino de mis padres. Era ya muy mayor. Le estaba transmitiendo mi pésame a la viuda —reaccionó Nuria de inmediato.

—Pues vaya consejos que le das.

—¿Y qué le voy a decir? ¿Lo de siempre?

—Nada, nada, tú misma —le dijo Máximo como si ya le hubiera dejado de interesar—. ¿Hay hielo? —Fue hacia el mueble-bar, una puerta abatible del mismo aparador junto al estante donde ella guardaba su máquina Olympia, y se sirvió un whisky Dyc—. ¿Te alegras de que haya venido? ¿Sabes qué se me ha ocurrido? Que vamos a hacer como si fuera domingo.

—Pero… —Nuria quiso decirle que le quedaban muchas cartas por contestar, pero se contuvo. Aprovechó para girar el botón de la radio. Había decidido acompasar el ritmo con que tecleaba sus respuestas a lo que escuchaba en el programa, pero en aquel momento le pareció que era una interferencia.

—De momento, nos iremos a cenar por ahí.

—Con los niños.

—No, se los puedes dejar a nuestra casera como haces cuando yo no estoy —le dijo alzando las manos.

20

Las cartas estaban tan apretadas dentro de las cajas que a veces, al coger una, varias saltaban por los aires. De contestar cincuenta había pasado a multiplicar por dos aquel número. Las que les preguntaban por el día de determinado santo o las direcciones de alguna institución las respondía en pocos minutos. También tuvo que dar la referencia de un par de poemas que encontró enseguida en su biblioteca. Contaba con bastantes antologías de poesía española y universal.

Cuando el viernes se preparaba para salir sin sus hijos, porque pretendía que su marido se quedara con ellos, él se ofreció a llevarla al laboratorio.

—Dejaré el coche en un garaje cercano e iremos hasta la calle Pelayo paseando.

—No, Máximo, da igual. Voy en el autobús. Así Mireia y Marc no tienen que salir.

—Pero, mujer, si a ellos les va bien. Necesitan estímulos que capten su atención. Ya sabes lo que dicen los psicólogos modernos. Te llevo.

—Como quieras. —Nuria consideró que si se negaba le resultaría más sospechoso su comportamiento.

—Nos vamos, peques.

—¿Adónde, papi?

—A llevar a mamá a que entregue su correspondencia comercial —le dijo a Mireia como si ella entendiera esa expresión.

—¿Dónde está el señor mico?

En cuanto su hija hizo esta pregunta, a Máximo le cambió la cara, sintió que la furia le había redibujado los rasgos de tal manera que era imposible que Nuria no se diera cuenta. Pero ella no lo miró, sino que le respondió muy tranquila a la niña:

—No, mi vida, eso es en el zoo —quiso zanjar Nuria aquella conversación.

* * *

Liliana les abrió la puerta.

—Este es mi marido, Máximo Zafara —se apresuró a decir Nuria.

La secretaria nunca la había visto tan seria. Tenía la mirada baja e incluso estaba más encorvada.

—Hola, señorita —le dijo Mireia, que, al contrario de su madre, no había cambiado nada su actitud cariñosa.

Máximo miró a Liliana y le sonrió, pero con agresividad, como si quisiera seducirla a la fuerza, imponiéndose.

Boro estaba al fondo, junto a los dos lavabos de pileta cuadrada del laboratorio. Dejó un recipiente rectangular de plástico allí, en una de las balsas, y cruzó enseguida la sala. No quería que su forma de mirar a Nuria se interpretara de ningún modo. Así que decidió disimular. Además, ella bajó enseguida la cabeza. La escena flotaba sobre la música de Víctor Herbert como si se tratara de un espacio de teatro hablado o un episodio de los tan escuchados seriales.

—¿Y usted es el jefe de todo esto? —le preguntó Máximo mientras miraba alrededor.

—No, qué va, qué más quisiera yo. Solo soy un empleado de los señores Frument. Me encargo del control de calidad. —Se sentía incómodo, interrogado y analizado.

—Máximo, te presento a Boro Navascués —se vio obligada a intervenir Nuria.

Cuando su marido escuchó el nombre dio un respingo como si la mano del ingeniero químico le hubiera transmitido una descarga de electricidad.

—Bien, muy bien —dijo para disimular después de haberla apartado de inmediato.

—Bueno, solo he venido a traer las cartas. —Nuria quería salir de allí cuanto antes.

—Menos mal que has venido bien acompañada. A partir de ahora, como son dos, te las acercarán a casa —le dijo Liliana—. Ni siquiera tendrás que venir.

Nuria agradeció mucho aquella intervención tan natural que aportaba cierta normalidad a aquella situación.

—Mira qué bien, eso sí que me gusta —dijo Máximo muy ufano—, cuántos desplazamientos inútiles te vas a ahorrar. —Cargó toda la potencia de su mirada, como si fuera un arma, y después giró el rostro hacia Boro.

Al químico esta advertencia le quedó muy clara.

—Gracias, nos marchamos —dijo Nuria intentando resultar distante, y miró a Liliana y a Boro como si no los fuera a ver más.

Su compañero pensó lo mismo y por ese motivo añadió enseguida:

—Señora Zafara, doña Leonor me rogó que le entregara también este sobre. Me dijo que usted ya sabría lo que es.

—Gracias, gracias. Que vaya bien y hasta pronto…, espero —dijo de forma casi inaudible, como si formulara un deseo.

* * *

En apenas media hora estuvieron de regreso en casa. Entonces Nuria le dijo a Máximo que, con tanto trasiego, se le había olvidado que tenía hora en la peluquería al día siguiente. Que si necesitaba ayuda, podía avisar a Úrsula.

—No necesito ayuda de nadie para cuidar a mis hijos. A ti tendría que pasarte lo mismo. El caso es salir —dijo esto último entre dientes, pero Nuria lo entendió perfectamente.

Había concertado la cita con la mujer de las cartas a las once en Santa María del Mar.

El sábado, cuando aún estaba en la esquina de la vía Layetana con la calle Platería, escuchó las campanas de la catedral de la Ribera, el nombre popular del templo, en oposición a la catedral de Barcelona. Intentó ir más deprisa, pero los tacones no se lo permitían. En cuanto entró en la plaza, se acercó a Boro.

—Llego tarde, pero es que he podido venir por muy poco. Máximo no me quita ojo. No sé, Boro. Como si supiera algo.

—Venga, tranquila. Aún no ha llegado. Estás sudando.

—Sí, menuda caminata desde la parada del autobús.

Boro le tendió su pañuelo.

—No quiero ensuciártelo con el maquillaje. Ni siquiera he cogido el mío.

—Quédatelo. —No dejaba de mirar en todas direcciones—. Son las once y cuarto. Parece que no le caí muy bien a tu marido.

—No digas eso. Él es así con todo el mundo. —Y cambió de tema—: ¿Y si esta mujer se ha arrepentido? ¿Crees que vendrá?

—No sé. Una cosa es comunicarse por correo, pero otra muy distinta dar la cara en un asunto tan turbio. El padre Vilesermes me ha dicho que ya han entregado al otro bebé. Pero no está en el Patronato Ribas, sino en el orfanato de San José, cerca de la Sagrada Familia. Tenemos que ir cuanto antes.

—Mañana. A las doce. Máximo ya se habrá ido.

—¿De verdad?

—Máximo se marcha hoy. Estaré libre desde entonces —le dijo con la respiración ya más tranquila.

No dejaban de repasar con la vista a todas las mujeres que cruzaban por delante de las escaleras de la iglesia.

Boro y ella estaban muy cerca para poder escucharse entre tanto alboroto que había alrededor. Nuria sintió un escalofrío, como si la cogieran de los brazos y la sacudieran. Boro advirtió su movimiento.

—Se te está enfriando el sudor, ven. —La rodeó con el brazo y la atrajo hacia él.

Nuria se sintió reconfortada. No le importó estar así con él. Consideró que necesitaba aquel gesto, aquel refugio. Seguía sintiendo unos ojos en la nuca como si fueran dos dedos con los que alguien le empujaba la cabeza por detrás. Sin soltarse de Boro, giró el cuello con mucha incomodidad hacia la calle Tundidores. En la esquina había un hombre que enseguida dio un paso atrás y entró de espaldas en un portal. A Nuria le había dado tiempo a advertir, cuando se movió, que el traje le quedaba bastante grande. Además del tono plateado del cabello, solo se fijó en otro detalle: las gafas le colgaban sobre las solapas, sujetas por un cordón de metal brillante.

Mientras tanto, Boro miraba en diagonal a ella, en dirección a la calle Espadería.

—Nuria, tenemos que marcharnos, hay un hombre que nos vigila desde allí —le dijo mientras señalaba enfrente.

—Hay dos hombres que nos vigilan. Yo acabo de ver a otro.

Como apenas los separaban unos veinte metros de esa segunda persona, distinguieron su mandíbula cuadrada, los ojos achinados, la nariz recta, los labios carnosos, el pelo rubio que lo envolvía como una aureola apenas perceptible porque lo llevaba casi rapado, pero se notaba que le crecía con fuerza y de una forma muy tupida, tanto que le ampliaba la estructura del cráneo, a casi dos metros del suelo. Tenía además la barbilla partida, ojeras muy largas y los pómulos altos y prominentes. En él se pudieron recrear porque se habían quedado paralizados con su presencia. Les clavaba la mirada y después la dirigía hacia el zaguán en el que se había ocultado el otro, alternativamente.

—¿Nos van a disparar? —dijo Nuria temblando.

—Aquí imposible —dijo Boro con un hilo de voz, y le dio la mano—. Tenemos que pensar cómo irnos. De momento, lo que más nos conviene es estar rodeados de gente. Cuantos más testigos, mejor.

—¿Testigos, Boro? ¿De qué? ¿De nuestra muerte? ¿Dónde nos hemos metido? Son siniestros.

—Sí, son unos matones. Tienen toda la pinta —le dijo Boro con la boca muy cerrada, como si el que tenían a la vista fuera capaz de leerle los labios.

El que se había ocultado en el portal de la calle Tundidores se decidió a salir y en ese momento el otro comenzó a caminar con mucha lentitud en dirección a ellos. Cuando lo tenían enfrente los miró de una forma insolente, como si los retara, escupió en el suelo y continuó hacia la calle en la que estaba el otro hombre. Caminaban al mismo ritmo, pero separados unos veinte metros como si se tratara de dos figuras articuladas por el mismo engranaje.

Nuria se acercó a las escaleras y se sentó.

—Tengo mucho miedo. Era una trampa. No hay ninguna mujer. Nos quieren atraer para cazarnos por habernos enterado de todo esto. Ahora ya nos han visto, ya saben quiénes somos.

—Sí. Parece que no les conviene demasiado nuestra investigación. Pero ahora no estamos en condiciones de pensar. Espérame, llamaré a la compañía de taxis para que nos recojan aquí mismo.

—No me dejes sola. No sabemos si se han ido.

—Vuelvo enseguida. Es mejor así.

SEGUNDA PARTE

21

Nuria no podía apartar la vista del taxímetro. «Precio del viaje», leyó sobre los números que cambiaban. En la avenida del Marqués de Argentera, Boro le pidió al conductor que se detuviera. Cuando bajó, esperó a que se alejara el coche antes de continuar por el paseo de Colón hacia su barrio.

Llegó en menos de un cuarto de hora a la plaza de la Boquería. Cuando unos cuantos pasos después tuvo delante los arcos enrejados de la iglesia de San Agustín, se santiguó. Elevó la vista hasta los huecos como de colmena de adobe que encima de las columnas empobrecían aquella fachada. Después atravesó el umbral y buscó consuelo en el fresco pintado por Claudio Lorenzale. Mientras admiraba aquella pintura que conocía desde pequeño se frotó ambos brazos a la vez, como si quisiera borrarse de ellos la mirada de aquellos dos hombres. No había querido manifestar demasiado temor delante de Nuria.

Salió enseguida e intentó picar algo, pidió una fritura de pescado de la que apenas probó un par de piezas. Le pidió al camarero que se la envolviera y salió del bar con el paquete de papel de parafina lo suficientemente alejado de su cuerpo para evitar mancharse.

Una vez dentro de su finca, al pasar por el primer piso, se abrió la puerta de la derecha. Su vecina lo saludó a través del humo de una boquilla.

—Navascués, ¿cómo está? A ver cuándo se digna a hacernos una visita.

Detrás de ella vio a una chica que rondaría los quince años, tan solo llevaba puesto un corpiño de nylon, una faja y unas medias con blonda en la parte alta de los muslos. Le sonrió enseguida.

—Sí, quédese. Tómese una mistela con nosotras. Ya sabe que a estas horas no hay muchos clientes —dijo la más joven—. ¿Verdad? —le preguntó a su patrona como si enseguida hubiera caído en la cuenta de que se había excedido con aquella invitación a una casa que no era la suya.

—Lo pasaría muy bien. Más que nunca. Eso se lo aseguro, y además le haríamos un precio especial por ser vecino —lo animó doña Rita. Las dos se miraron y rieron.

—Menuda tentación, pero, no, ya me conoce —se dirigió Boro a la dueña de aquel piso—. Soy un romántico. Yo quiero enamorarme.

—Pues de nosotras se enamoraría enseguida —continuó la joven—. En cuanto nos catara, ¿verdad, doña Rita?

—¿Va todo bien? —les preguntó Boro para cambiar la conversación.

—Lo de siempre. Algún borracho que se desmanda, otro que se pone chulito, el que no quiere pagar porque aún no ha cobrado el sueldo, pero, eso sí, siempre lo dice después de… Menos mal que tenemos a Damián. —Ese hombre a Boro siempre le había parecido muy peculiar, como si fuera a la vez un niño grande y una fiera. Pensaba que tal vez por aquellas características no le temblaría la mano, ni tampoco se le dispersaría la mente si se veía obligado a poner orden en el libro de contabilidad de doña Rita de esa forma tan directa—. Quiere a las chicas con locura y además, como es célibe, pues no tenemos que pagarle en carne, ya me entiende.

—¿Célibe? —Ese adjetivo tan culto sorprendió mucho a Boro—. ¿Que no está casado? Y eso ¿qué tiene que ver?

—Eso digo yo siempre —dijo su vecina frunciendo los labios para aspirar con fuerza el tabaco—, que dice que no quiere conocer hembra. Él sabrá. A nosotras, como comprenderá, nos hace un favor. Dice que de mayor quiere ser santo, porque el pobre no sabe que ya lo es.

—Bueno, las dejo.

—Porque usted quiere. —Le volvieron a sonreír.

—No puede parar de trabajar, doña Rita —le dijo Boro.

La vivienda del químico estaba en el último piso. Consistía en dos habitaciones bastante espaciosas y bien arregladas, con una cocina económica que casi nunca usaba, una cama de un cuerpo bajo el techo abuhardillado, un bargueño de patas torneadas y cajones con pomos de nácar. Este mueble le servía como almacén de lo que más apreciaba. Había en una esquina una lámpara con el mismo estampado del biombo que veía cada vez que la puerta frente a la que se había detenido hacía un momento estaba abierta.

Sus mejores posesiones eran sus libros, sus plantas y Kepler, una gata blanca y naranja a la que le dejaba abierta la única ventana de la estancia para que recorriera los tejados que circundaban el patio interior. Siempre que regresaba se la encontraba en el mismo lugar de la alfombra, sobre una figura geométrica redonda y con triángulos alrededor, una especie de sol que, aunque estaba dibujado con lana, parecía darle calor. El ingeniero estaba convencido de que montaba guardia hasta que lo veía aparecer por la plaza.

Cuando le dejó abierto el papel de parafina con las sobras de fritura sobre el alféizar, la gata se mostró como el ser más agradecido de toda la tierra. Boro la acarició mientras ronroneaba. Le notó la barriga. Le gustó que aquella a la que él llamaba con un juego de palabras Ágata Kepler fuera a tener descendencia.

* * *

Nuria entró en su casa. Sobre la cabeza llevaba el pañuelo de seda brillante que Máximo le había regalado semanas atrás. Pretextó que tenía que llevarlo aún unas horas para que se le marcaran más las ondas. Él se lo levantó un poco por la nuca y después la pellizcó.

—Vaya, entonces tendré que irme sin ver el resultado —le dijo—. ¿Te has teñido de rubia platino?

—Pues no, solo ha sido lavar y marcar y me han puesto plis para darme un poco de volumen.

—Plis —repitió él.

Aquella tarde, en cuanto Máximo se marchó, Nuria se encerró en el baño y abrió el sobre que le había entregado Boro el día antes cuando fue al laboratorio con su familia. Hasta aquel momento, con todo el ajetreo que le había supuesto estar con Máximo e ir a la plaza de Santa María y lo sucedido allí, no había podido leerlo. Era otro informe, pero en esta ocasión no tenía el mismo cuño de la farmacéutica, sino el del Ministerio de la Gobernación, debajo de cuyo membrete se leía: «Dirección General de Sanidad e Inspección General de Farmacia»:

> La ventaja que presenta este principio activo sobre otros compuestos similares de la familia de los barbitúricos, como el pentobarbital, es que carece de efectos secundarios.
>
> Las firmas suizas Cibelina y Lincex descartaron su comercialización. Los motivos de esta negativa no fueron aclarados. Tal vez respondan a otros intereses.
>
> La licencia fue comprada finalmente por el laboratorio Orlanta. Su presidente fue director adjunto en el Instituto de la Viruela y de Investigación Viral de Cracovia, Polonia. Entre sus logros está el descubrimiento de la vacuna contra el tifus. Con posterioridad se dedicó al estudio de las propiedades y aplicación de la penicilina.

Hay constancia —copias de todo lo enviado, así como listados de direcciones— de que desde esta empresa se mandaron más de cuarenta mil cartas a médicos alemanes con el fin de que recomendaran la sustancia objeto de este informe.

No hay reportes sobre la toxicidad del fármaco.

En cuanto terminó de leerlo, Nuria comenzó a quitarse el sudor solidificado. Se echó un poco de perfume Myrurgia. Volvió a olerse los brazos. Después se pasó un paño por la cara como si quisiera borrarse las ojeras y cambiar el rictus de su boca.

Se metió en la cama, dio varias vueltas y cuando vio que no le sería posible conciliar el sueño, se levantó y fue a la salita de estar. Se sentó en la mecedora y abrió un libro de la escritora barcelonesa Carmen Kurtz que se titulaba *El desconocido.* Hasta las cinco de la mañana, leyó de un tirón sus casi doscientas cincuenta páginas sobre la vida de un hombre que regresaba a su hogar después de pasar diez años en una prisión soviética.

Un par de horas después, con el ruido de los cacharros en la cocina, sus hijos se despertaron. Les dio el desayuno, los dejó después sobre la alfombra del cuarto donde jugaban siempre, se preparó un café con leche y se dispuso a continuar con las cartas.

Nuria suspiró al llegar al final de la primera. Entonces de forma automática pensó en Boro y en Máximo. Los sintió más que distintos, opuestos, como si fueran el día y la noche en todo. El químico no imponía su personalidad como hacía su marido, que siempre se dedicaba a exhibirse, a que todos vieran cómo era y cómo actuaba. Boro más bien dejaba que sus actos comedidos, exactos, hablaran por él. Incluso en el físico eran muy diferentes: el ingeniero tenía los ojos claros, el cabello castaño, y Máximo, tanto el pelo como la piel varios tonos más oscuros, incluso esta característica se trasladaba a su voz. Además tenía unos músculos rotundos, que le tensaban los brazos y las piernas. Cuando lo conoció le dijo que jugaba al hockey sobre patines aunque ella nunca lo vio practicar ese deporte. Pensó que del cuerpo de su compañero en el laboratorio solo sabía lo que la ropa dejaba adivinar. Se imaginó con él, con Boro, en la playa de la Barceloneta en verano y decidió detener su pensamiento.

22

A las once de la mañana Nuria cruzó a casa de Dora para pedirle a Úrsula que se quedara con sus hijos unas horas.

—Hola, Úrsula, ¿todo bien? He preparado un estofado de ternera y he pensado que pueden comer los tres y si Dora quiere le acerca usted también un plato.

—Ay, carne, Dios la bendiga. Ya ni me acordaré de masticar.

—No diga eso, mujer, que me consta que aquí también come muy bien. Tanto usted como mis niños.

—Claro, si lo digo por mi casa, ahora empieza a entrar algo en mi despensa gracias a que la señorita Blúmer se acordó de mí. Pero hoy, como no está, pues no pensaba comer. Además, a ella no le va mucho la carne. Qué cosas, ¿verdad? Con el dinero que tiene. Voy enseguida.

Nuria se puso la ropa que había dejado preparada la noche anterior. En cuanto Úrsula entró, ella le dio unas últimas instrucciones respecto a sus hijos y salió a la calle. El autobús la dejó ante la oficina de correos con columnas y los mostradores en círculo. Después de abrir su apartado postal, pasó las manos varias veces por el interior, como si de esta manera pudiera hacer crecer dentro de él un sobre, un paquete o cualquier otra forma de comunicación que hubiera ideado la mujer que no acudió a la cita en la plaza de Santa María. Esperaba una disculpa, una explicación, un motivo que la tranquilizara y le hiciera creer que era real.

Guifré Baladre la vio de espaldas delante de la pared de los casilleros y para pasar desapercibido se mezcló entre quienes hacían cola. Cuando Nuria abandonó el edificio, ni siquiera miró hacia atrás.

—Quería saber si tengo correspondencia —le dijo el detective a una empleada mientras le mostraba la llave que le había copiado Máximo. De la anilla colgaba una etiqueta pequeña de cartón con el número 77.

—Vaya usted mismo —le dijo sin apenas mirarlo.

A las doce en punto, Nuria estaba frente a la entrada principal del asilo de huérfanos San José, en el número 388 de la calle Provenza. Era un edificio muy cuadriculado: las ventanas del bajo y del primer piso estaban seccionadas por una columna vertical y las de la tercera y cuarta planta eran rectangulares y muy sobrias. Boro no había llegado aún. Temió que le hubiera ocurrido algo la víspera en el camino hacia su casa. Y la inquietó también pensar que Máximo pudiera aparecer en cualquier momento. Antes, cuando se marchaba de Barcelona estaba segura de que lo hacía, pero desde que estaba tan pendiente de ella le asaltaban las dudas.

—Nuria, ven. —Ella se sobresaltó hasta que vio que se trataba de Boro, que salía del orfanato—. Estaba haciendo los trámites para que nos reciban. Así adelantamos. Me han hecho firmar un montón de papeles. También me han presentado a la madre del bebé, ha venido a amamantarlo.

—Boro. —Solo le sonrió, aunque nunca se había alegrado tanto de ver a alguien.

—Te noto cansada.

—¿Tú has podido dormir?

—Ya hablaremos luego. Sígueme. Me han dicho que hay un médico alemán que ha solicitado por escrito venir a examinarlo. Tenemos que hacer todo lo posible para saber de quién se trata.

Recorrieron tres pasillos llenos de luz. En cada uno de ellos, en torno a un jardín, se reproducían a escala las ventanas con arco y columna del exterior.

—Es ella. —Boro le señaló a una mujer muy menuda, con un vestido camisero gris, que estaba sentada en uno de los muchos bancos de más de cuatro metros que había en cada tramo de aquellos corredores.

La falda le llegaba por debajo de las rodillas y llevaba unos zapatos toscos, muy masculinos. Cuando los vio de lejos, se apartó a su niño del pecho y se cubrió enseguida abotonándose el vestido.

—Le presento a Nuria Somport, mi compañera en el laboratorio. Gracias por quedarse a hablar con nosotros.

—No hay de qué. Así estoy un rato más. Hoy no trabajo. Es mi único día libre. Los demás me paso el rato que puedo. Vivo cerca —les respondió de forma entrecortada, con estas frases breves que parecía que había memorizado de tanto repetirlas.

El niño sonreía muy satisfecho. Tenía la cara muy redonda, los labios prominentes y los ojos muy pequeños. Debajo de la toquilla no se podía apreciar cómo era su cuerpo.

—Ya ve, yo no puedo con uno y aquí tienen setenta. Aunque ninguno así, claro. —Suspiró—. Lo cuidan bien, pero sus mermas…

—Al menos no es huérfano, la tiene a usted. ¿Le puedo preguntar por su marido? —intervino Nuria.

—Él no quiere venir. No puede soportar ver al niño. Di a luz en casa de su hermana porque allí vive mi suegra, y para ir a un hospital, pues no tenemos medios. Ellas, mi cuñada y su madre, no se lo dejaban coger. Le decían que había que evitar el contacto, por los microbios. Y a mí no me permitían ni siquiera verlo. Tres días lo tuvieron escondido debajo de una toalla. Margarita madre e hija me dijeron que tenía que descansar y es verdad que estaba medio desvanecida. Había perdido mucha sangre. Una mañana vino el doctor y les preguntó cómo me lo había tomado. Entonces escuché que cuchicheaban. Él les dijo que no había más remedio que enfrentar la situación.

—¿Y se lo mostraron? —le preguntó Boro.

La mujer tenía cogido al niño con el brazo derecho. Se pasó la mano izquierda por el mismo lado de la cara y se arrugó el ojo y la mejilla.

—Eso fue lo peor. El médico les pidió a mi suegra y a mi cuñada que le llevaran correas, cuerdas, vetas, lo que tuvieran. Me dijo que pusiera los brazos en cruz y me los ató a la forja del cabecero. Después me amarró los pies con sogas a las patas de la cama. Yo no quería verme así y él solo me decía que me tranquilizara. Estaba tan débil que no tuve fuerzas para replicarle —hablaba de forma entrecortada y jadeaba como si hubiera vuelto a aquellos momentos. Allí, delante del ventanal, daba la impresión de que estaba sobre una roca después de que la arrastrara aquel torrente de amargura—. Me pasó una cuerda por debajo del pecho y otra sobre las piernas.

Nuria pensó que, además de a su hijo, tenía en común con la mujer que vivía en la barraca de Magoria la necesidad de expresar todo aquello que la anegaba.

—No sabía por qué me estaban haciendo aquello. Fue horrible. El niño lloraba y no lo atendían. Yo preguntaba, y tanto Margarita hija como Margarita madre como el doctor hacían como que no me oían. Y mi marido no estaba en casa. Eso sí, yo sabía que no tardaría en llegar y en eso confiaba. Mi cuñada le pasó el niño al médico como si fuera un fardo —dijo mientras bajaba la mirada al rostro plácido de su pequeño—. «Ahí tiene», escuché que le decía. No entendía qué era todo aquel teatro. El doctor lo depositó a los pies de la cama, comenzó a desenvolverlo y después lo levantó de su única pierna para que yo lo viera. Así lo elevó, como si fuera…, no sé. «Y no solo le pasa esto, tampoco tiene bracitos». —Nuria le acarició un hombro cuando la mujer rompió a llorar. Una lágrima se le había quedado en mitad del rostro. Parecía una gota de vidrio—. Mis familiares pensaron que me volvería loca, y así me manifesté: grité hasta desgañitarme y me hice unas heridas bastante profundas donde me rozaban las cuerdas, el mismo médico me las curó durante los días siguientes que vino a verme. —Boro se frotó la muñeca derecha, se puso en pie y miró a través de la cristalera—. Querían pararme —continuó la madre del bebé—, evitar que la sangre siguiera manando de los cortes, agité tanto la cabeza contra la almohada a un lado y a otro que me quedé exhausta. Entonces entró mi marido, pero yo ya no tenía fuerzas para hablarle, vio la escena y se marchó dando un portazo. Tardó dos días en volver. Estuvo bebiendo por los bares. Esto me lo contó él después. De que me desmayé al momento, tampoco me enteré.

Nuria comenzó a acariciarle la mejilla al niño con un dedo. Quería que se le ocurrieran palabras de aliento como las que enviaba en sus respuestas.

—¿Saben? Al principio tenía mucho rechazo por mi marido. Como si fuera él el culpable. Pobre. Si los dos vamos en el mismo barco... De otra manera, pero él también ha sufrido lo suyo. Con la ilusión que le hacía tener al niño. Ahora me dice: «Ve, ve a verlo y luego me cuentas». Sé que mientras estoy aquí se queda en casa llorando. Miren al niño, parece una momia de enrollado que está. ¿Saben qué pienso? Que cuando llego aquí una mañana de domingo alguien se me acerca nada más entrar y hay varias personas que gritan a la vez: «¡Milagro, milagro, el niño está entero, le han crecido los brazos y ya tiene dos piernas!». Hasta sueño con eso. Pero no, día tras día vengo y está igual. Y aún es bastante que esté igual y no peor.

Nuria se incorporó y se puso a mirar una lámina que había enfrente. Aprovechó para sacar su pañuelo perfumado del bolso y apretárselo contra la boca, que le temblaba. Como si fuera resultado de aquella presión, las lágrimas le cayeron a borbotones. Quería tranquilizarse. Agradeció que Boro permaneciera con la mujer.

—Y dígame —le preguntó esta a él—. ¿Usted tiene estudios? ¿A qué se dedica? Me han dicho que son de un laboratorio.

—Así es…

—Marina, me llamo Marina.

—Estudié Ingeniería Química —le respondió Boro.

—¿Y cree en Dios? —Boro creía en Dios, en el dios que lo había salvado a él—. Sé que esto es una blasfemia —la mujer bajó la voz—, pero en estos momentos creo más en el diablo. De él vemos sus actos, aunque estos sean espantosos.

Nuria quería girarse, decirle, como si fuera la consejera a la que suplantaba en las cartas, que no tenía que perder la fe, sino considerarla el mayor de los consuelos. Pero no podía. Seguía inmóvil ante aquel dibujo en el que aparecía Abraham a punto de sacrificar a su hijo Isaac.

—¿Saben qué me han dicho? Que si hubiera dado a luz en un hospital, la misma comadrona lo habría asfixiado. Así parece que han hecho con alguno. A otros los dejan a la intemperie toda la noche para que cojan una pulmonía o después de cortarles el cordón umbilical no se lo anudan, para que mueran desangrados. A la madre le dicen que ha nacido muerto y ya está. Pero yo ahora prefiero que no fuera así. Ya veremos qué hacemos, pero de momento… Está vivo.

Aquellas descripciones sobre lo que hacían con otros de aquellos niños fueron un mazazo para Nuria. Ella seguía elaborando la carta ficticia que le escribiría si en vez de tenerla allí se tratara de una de sus comunicantes, le diría que en trances como aquel se nos pone a prueba como seres humanos, que no tenía que desesperar, que esa deformidad solo era fisica, que tuviera paciencia, que… Pero supo que ante la crudeza de algo como aquello no servían los paños calientes.

Nuria se dio la vuelta, fue de nuevo hacia el banco, se sentó junto a ella y la abrazó con fuerza mientras la abarcaba a la vez a ella y al pequeño. Entonces dejó de reprimir el llanto.

—Boro, lo siento, Boro. Perdóname. No podía más. —Y se dirigió a Marina—: ¿Por qué no buscan a alguien que les ayude con el niño y se lo llevan de aquí?

—Es por mi marido. Yo lo haría de mil amores, pero él…, tengo miedo de que se dé a la bebida si lo llevo con nosotros.

—¿Y ha pensado a qué puede deberse que haya nacido así?

—Me han dicho muchas cosas; cada persona que lo sabe, una distinta. Que puede ser de los rayos X o de haber comido cordero infectado. Yo no tengo vicios. Y…

—Diga. ¿Algo más? —la apremió Boro.

—Me da vergüenza, pero dicen que también pudo ser de la postura cuando lo concebimos.

Entonces Nuria le hizo la pregunta que los había llevado hasta allí:

—Durante el embarazo, ¿la vio el médico alguna vez?

—Antes de yo saber que estaba en estado. Me encontraba mal, me fallaban las fuerzas y me dio unas pastillas para que se me pasara, para que durmiera mejor. Me dijo que eran nervios. Después, claro, supimos el motivo, que era por mi estado, pero ya no volví a decírselo.

Nuria y Boro intercambiaron una mirada de preocupación.

—Por casualidad, ¿no recordará el nombre de esas pastillas? —le preguntó Boro.

Ella negó con la cabeza. Como a la chica que conocieron en la barriada, Nuria quiso preguntarle si necesitaba algo, pero no pudo.

—Volveremos a verla otro domingo. —Solo fue capaz de hacerle aquella promesa.

—Gracias por interesarse —les respondió ella.

Boro llevó del brazo a Nuria hasta la salida y se dirigieron hacia la parada del autobús.

—También tomó unas pastillas, como La Civilera —dijo ella.

—Ya tenemos algo en común en ambos casos —le dijo Boro—. Pero no podemos precipitarnos.

—No me estoy precipitando. Lo dicen los informes: hablan de unos sedantes, de un medicamento parecido a los barbitúricos…

—Y también dicen que carecen de efectos secundarios, que no hay reportes sobre su toxicidad. Eso no podemos olvidarlo.

—Y esos reportes sobre sus efectos, ¿son definitivos?

—Eso es precisamente lo que tenemos que averiguar. Si fueran falsos…

Cuando ella estaba a punto de subirse al autobús, Boro le dijo:

—Nuria, gracias por hacer lo que yo he querido hacer desde que ha comenzado a hablar y no me he atrevido. Gracias por darle ese abrazo.

—Ha sido un abrazo de los dos —le respondió ella.

23

Boro fue al bar Sandor en la plaza Calvo Sotelo para encontrarse con Lorenzo Montauriol, su amigo del seminario que trabajaba para el laboratorio del que habían leído el informe. Lo reconoció enseguida al lado de una de las mesitas bajas y redondas cubiertas con un mantel blanco hasta casi el suelo. El camarero se acercaba a él con una botella de Martini en una bandeja.

—Que sean dos —dijo Boro.

—¡Salvador! —dijo Lorenzo mientras se levantaba a abrazarlo.

—Qué bien te veo, Lorenzo. ¡Cuánto tiempo!

—Demasiado. Me alegro de que me llamaras. Tenía ganas de verte. Ojalá coincidiéramos más... Pero, dime, ¿cómo va todo? ¿Tienes novia?

—Tú no cambias, por lo que veo —le dijo Boro sonriendo—. No, no tengo novia.

—¿Sabes qué pienso a veces? Que los curas nos pusieron tantas películas en las que nunca llegaban a nada que nos han calado. Pero no llegaban a nada por la censura, claro, no por falta de ganas.

—Pues se ve que los que nos censuramos ahora somos nosotros —le dijo Boro.

Los dos rieron con ganas.

—Bueno, y tú qué, ¿cómo te tratan los de Orlanta? He oído que les va muy bien.

—Por eso me has hecho venir. —Rio Lorenzo fingiendo indignación—. Para tirarme de la lengua. Ya veo el titular, de seminarista a recluso. ¿Te imaginas el escándalo? ¡Me acusarían de espionaje industrial!

—Para nada. Los cosméticos y los medicamentos son cosas distintas.

—No sé si tanto. Boro, sabes de mi admiración por la belleza, en especial por la belleza femenina... Pero ¿de verdad piensas enterrar tu carrera entre cremas?

—No empieces. Ya sé que crees que es un trabajo frívolo, pero yo lo prefiero a la ambición y la codicia, que es el pan de cada día en las empresas farmacéuticas.

—Hombre, tampoco es eso. Definitivamente a ti el seminario te dejó muy afectado. No hay nada malo en ganar dinero. No hemos hecho voto de pobreza.

—No, no hay nada malo en acumular riqueza siempre que esta no proceda de dañar a otros.

—No me irás a echar ahora un sermón sobre la ética de las empresas. Esa cantaleta ya me la repite Vilesermes cada vez que nos vemos.

—No, tranquilo, no he venido a predicar sobre nada, solo a rogarte tu ayuda.

Lorenzo se puso serio de repente.

—¿Qué ocurre?

—Es algo muy grave.

—¿Tienes problemas con tus jefes? Todo el mundo dice que les va viento en popa con el consultorio ese que tienen, que venden más potingues que nunca. Lástima que con las pastillas no podamos hacer lo mismo. Bueno, algunas sí que se anuncian en la radio, como la tableta Okal.

—No, con ellos no tengo ningún problema, me tratan muy bien. Es posible que algunos de los productos que fabricamos no reduzcan las arrugas ni ejerzan ningún efecto más que como placebo, o solo eleven la autoestima, pero no es para considerarlos así, como tú te refieres a ellos.

—No se hable más, pero como te oigan todas estas vetustas damas que nos rodean hablar así de sus resultados, te vas a complicar mucho la vida —le dijo Lorenzo de una forma bastante impostada.

—No creo. En el fondo ellas también lo saben —dijo Boro riendo—. Al menos, ninguno de los productos que fabricamos causa ningún perjuicio. Eso, comparado con otros, ya es mucho. Verás, no sé por dónde empezar. El caso es que he tenido acceso a este informe del Ministerio, emitido desde la Dirección General de Sanidad e Inspección General de Farmacia, exactamente —dijo mientras lo dejaba sobre la mesa.

Lorenzo lo cogió y comenzó a leerlo con atención.

—No quiero jaleos. A mí sí que me gusta mi trabajo. Toma —le dijo devolviéndoselo.

—Lo sé, y sabes que jamás haría nada que pudiera traerte problemas. Solo necesito que me digas el nombre del principio activo al que se refiere este documento. Solo eso.

Lorenzo lo miró con recelo.

—No diré de dónde he sacado esa información. Puedes confiar en mí.

—Bueno, no es ningún secreto. Es el telamón. Y quédate también con otro detalle: en ese informe dice que no es tóxico. Si eso era lo que te preocupaba, ya lo sabes. Te puedes tomar medio kilo de pastillas, que no pasa nada. No como con los barbitúricos, que a muchos se les va la mano y se acabó.

—Has acertado. Por ahí van los tiros.

—Han sido muchos años juntos. Te conozco.

—¿Y si te digo que sí tiene efectos secundarios y que estos son… abominables?

—Pues que no. Sabes que los rumores siempre son interesados y más cuando una compañía cotiza en bolsa. La más mínima sombra, y las acciones caen en picado. Te voy a decir algo: todo eso procede de la competencia. Hay previsiones de que en unos meses en Alemania el telamón se venderá más que la aspirina. Con eso te lo digo todo.

—Entonces, ¿por qué otros laboratorios, Cibelina y Lincex concretamente, lo rechazaron?

—Eso puede deberse a mil motivos: desde un cambio en la estrategia comercial a otro hallazgo similar, cuestiones del mercado. Ya sabes que Orlanta tiene su origen en la fábrica de unos perfumistas, jaboneros, dicen otros, que decidieron cambiar de sector empresarial. Siempre se busca el sol que más calienta y ese sol es el oro. No te olvides de eso.

—Que algo sea un rumor no quiere decir que sea falso, a veces acaba por confirmarse. Hemos recibido unas cartas...

—¿Así que a eso te referías? ¿Lo dices por Kessler? —le interrumpió Lorenzo—. ¡No me digas que vas a hacerle caso a los desvaríos del loco ese de Hamburgo! ¿También ha escrito a tu laboratorio? Ese hombre definitivamente ha perdido el norte. Aunque esté en él —bromeó.

—¿Eso crees? —De forma bastante casual, Boro se dio cuenta de que aquella frase a medias lo había llevado a obtener la información que deseaba.

—Te digo que no debe de estar bien de la cabeza. Si vieras las barbaridades que dice..., poco menos que el telamón es veneno puro. ¿Qué puede saber un radiólogo de una clínica en Eppendorf de formulaciones químicas? Otros dicen que los rayos X, lo suyo, son muy dañinos, si a eso vamos.

—No creo que ese hombre se aventure a hablar así sin pruebas. Para estar allí, será alguien de prestigio.

—Está resentido contra Orlanta. Probablemente le negarían algo, saldría mal algún acuerdo económico y querrá vengarse. Desengáñate. Todos se mueven por lo mismo. Cuanto antes lo entiendas, mejor. Te hacía menos candoroso.

Boro levantó su copa a la vez que Lorenzo, pero se paró en mitad del brindis. Sus ojos se quedaron fijos en el estanque del centro de la plaza. Allí, de pie, desafiante, estaba el mismo hombre que, después de atravesarlos con la mirada en la plaza de Santa María, escupió junto a Nuria y a él. Lorenzo siguió su mirada.

—¿Lo conoces?

—No. Pero lleva unos días siguiéndome.

—Menuda cara tiene ese individuo. Camarero, aquí. Vámonos.

Después de pagar se levantaron enseguida. Comenzaron a caminar con bastante rapidez, Lorenzo iba por el lado interior de la acera. Al girar la esquina, no vio el pie que quien los había estado observando dejó fuera de la tienda en la que se había ocultado. Lorenzo tropezó, sintió un golpe en el costado y cayó al suelo. Al oír el ruido, Boro se giró y se apresuró a ayudarle. Su amigo se sacudió la chaqueta y se palpó los bolsillos.

—Boro, la cartera, no la tengo.

—Con las prisas, te la habrás dejado en el bar.

—No, estoy seguro de que la cogí.

—Entonces tiene que estar por aquí, se te habrá caído con el tropezón. —Boro se dirigió al grupo de curiosos que los rodeaban—. ¿La han visto?

Nadie le respondió.

* * *

Aquella noche, de camino a su casa, Boro llamó desde una cabina a una operadora para preguntarle el teléfono de la clínica de Eppendorf.

—¿Se refiere al Hospital Universitario de Hamburgo?

—Sí —dijo Boro deseando que fuera el único del barrio o que al menos se tratara de aquel. Cruzó los dedos mientras esperaba a que la telefonista lo consultara en el listín internacional.

—Aquí está. Tome nota —le dijo pasados unos segundos.

Después de escucharla, Boro le pidió que volviera a repetirle todas las cifras más despacio, las memorizó y en cuanto entró en su casa, y antes de acariciar a Ágata Kepler, las escribió sobre un papel.

El lunes, cuando Liliana bajó a tomar café y los señores Frument se encerraron en su despacho, llamó a Nuria a casa de Dora Blúmer y le pidió a su casera que le dijera que volvería a telefonear en diez minutos.

—Nuria, tienes que venir cuanto antes. O voy yo, lo que prefieras. Tengo que contarte algo muy importante.

—Vamos a buscar un sitio cerca de aquí, pero en mi casa no.

—¿Sabes dónde están los jardines de La Tamarita? Te espero en la parte del paseo de San Gervasio, en la prolongación de tu calle.

—A las siete.

24

Cuando Nuria se dirigía hacia allí con Marc en el cochecito y Mireia de la mano, Guifré Baladre la siguió. En cuanto divisó el parque, el detective imaginó que aquel sería el lugar de la cita. Se quedó en la esquina anterior, al principio del pasaje de Maluquer. Había cerca unos árboles enormes de palo rosa.

—A estas horas, si no la aviso, ya no está Úrsula. Lo pensé después.

—Buenas tardes, señor mico —le dijo la niña.

—¿Cómo estás, pequeña?

—Soy mayor.

—Mayor que tu hermano —le replicó Boro.

—Puedes andar por la acera, pero no te alejes. O si quieres te dejo pasear a Marc. —Después se dirigió a su compañero—: Como imaginarás, no tengo mucho tiempo.

—Te lo cuento enseguida, pero no quería que fuera por teléfono. Nunca se sabe quién puede estar escuchando. —Boro estaba muy excitado, no paraba de gesticular mientras ponía a Nuria al tanto de la conversación con su amigo Lorenzo, y esta agitación no le pasó desapercibida a Baladre.

—Quizá no estés tan desencaminada en tus sospechas sobre las pastillas que tomaron Marina y la mujer de la barriada, La Civilera.

—Me estás asustando. ¿No me habías dicho que eso no podía ser?

—Sí, pero, verás, después de hacer esa comprobación, fui a una farmacia y me sacaron todos los medicamentos con telamón como principio activo. Ni te imaginas la cantidad de productos que lo llevan. Entre ellos, unas pastillas para paliar los vómitos durante el embarazo. He comprado una caja de cada para analizarlas.

—Dios mío, Boro. Entonces, ¿el informe miente cuando dice que no es tóxico?

—No lo sé. Lorenzo cree que lo que dice el informe es cierto, pero yo ya no sé qué pensar. Me habló de un radiólogo de Hamburgo que dice que el telamón es veneno. Si esto se confirma…

—Tenemos que hablar con él —dijo Nuria muy alterada.

—Ya lo he hecho. Por eso te he hecho venir con tanta prisa. Se llama Varick Kessler y es español. Menos mal, porque yo no hablo casi nada de alemán. Solo sé decir el nombre de algunas marcas, de utensilios de laboratorio, pero poco más.

El detective no perdía detalle de la escena.

—¿Es español y se llama Varick Kessler? —le preguntó Nuria sorprendida.

—Así es, sus abuelos paternos eran alemanes y cuando terminó de estudiar en Valladolid se marchó allí. Mientras lo buscaban por la clínica, aproveché para hacer el pedido de este trimestre con otro de los empleados de allí. Siempre encargamos instrumental y piezas de recambio a varios países. Los señores Frument confían mucho en mí y no me ponen ningún problema mientras me quede por debajo del presupuesto. Como necesitaba unas lentes y me daba igual que tuvieran un origen que otro, aproveché.

Nuria miró a sus hijos. Estaban a su espalda. Mireia acercaba el cochecito de Marc a un árbol y hacía como que chocaba contra el tronco. En el último momento cogía el manillar y retrocedía. El niño se reía mucho y ella también.

—Ve por el lado de la pared con plantas, Mireia. Ese juego es peligroso. Ven. Enseguida nos vamos. ¿Y qué te dijo del telamón? —le preguntó a Boro girándose hacia él de nuevo.

—Lo que ya me adelantó Lorenzo. Que es veneno. En cambio, en contra de la opinión de mi compañero, no me pareció ningún loco, sino una persona muy sensata. De hecho, fue muy amable y me atendió muy bien. No sé qué pensarán del precio de la conferencia los señores Frument, pero valió la pena, tanto que estoy dispuesto a que me lo descuenten del sueldo si no se creen que era solo para pedir material. Según Kessler, son las pastillas para los vómitos durante el embarazo las que causan las malformaciones.

Nuria lo miró horrorizada.

—¿Así te lo contó? ¿Con esas palabras?

—Me dijo que si quería pruebas podía reunirme con él en un congreso médico que se celebra en Montpellier en unos días.

—¿Y le has hablado de los casos de aquí? ¿De lo que sabemos?

—Sí, y dice que no tenía conocimiento de que se hubiera extendido con tanta rapidez, que el oscurantismo es total, que pensaba que se circunscribía de momento a Alemania, que sus colegas de allí no saben nada de lo que sucede en otros países y que él, para adelantarse a los efectos del medicamento, por si acaso enviaba esas cartas a todas las sedes de Orlanta.

—Dios mío. ¿Y hay muchos niños afectados allí?

—Al parecer sí. Me contó que, tras su recorrido por bastantes poblaciones alemanas durante fines de semana enteros, se dirigió a la casa matriz del laboratorio fabricante y sus representantes le respondieron que sus conclusiones eran erróneas, que esas malformaciones se deberían a factores medioambientales.

—¿Y eso es posible? —preguntó Nuria mientras volvía a mirar a sus hijos.

—Yo conozco estudios que hablan de una planta, «el repollo de la mofeta», se llama. Cuando una oveja preñada se alimenta de él, sus fetos presentan muchas alteraciones. Pero te aseguro que esto que hemos visto no tiene nada que ver. Son demasiados casos, según él, y además se dan en seres humanos. —Boro movía las manos de forma que parecía que con ellas quisiera detener aquella plaga—. A Kessler intentaron convencerlo de que muchas de esas malformaciones se deben al uso de detergentes, a las radiaciones, lo amenazaron con parar su trabajo incluso, y lo peor fue que le insinuaron que tal vez eran las propias madres las que les causaban esas taras a sus hijos al pretender abortar y no conseguirlo. Se desentendieron del tema por completo.

—Pero, si es cierto, eso es todavía más cruel. Que no quieran reconocerlo es muy grave. —Nuria recordó cómo había vivido ella sus embarazos, con sus incertidumbres y sus ruegos para que nacieran bien—. Yo también pude haber tomado entonces algún medicamento. Es puro azar.

—Y aún hay más. A otras mujeres cuando dieron a luz les dijeron que eran defectos congénitos, aunque ellas insistieron en que no había antecedentes en sus familias. Y los de la farmacéutica llegaron a alegar en su defensa que algunas madres eran las causantes de estas deformidades al tratarse de gestantes de más de cuarenta años. Todo menos asumir las consecuencias.

Guifré Baladre había comenzado a caminar hacia ellos. Primero recorrió el chaflán que daba al pasaje de Maluquer y después continuó por el paseo como un peatón más. La manzana frente al lugar en el que Boro y Nuria hablaban era muy grande, la ocupaba una misma finca con cinco portales. Cuando el detective llegó a la otra esquina, cruzó, y se acercó también a la verja de los jardines en el lado donde estaban ellos.

—Boro, siempre es difícil de entender que el mal se haga de forma consciente.

—Pues a mí no me cabe la menor duda de que a algunas personas las mueve únicamente la codicia. Sé de laboratorios que compran patentes de medicamentos porque estos no tienen ningún efecto secundario.

—Y entonces, ¿no sirven para nada? —le preguntó Nuria sorprendida.

—No ejercen ninguna acción sobre el organismo —continuó Boro de una forma más técnica—. Les inventan unas propiedades, deciden para qué puede estar indicado y ya está. Van más dirigidos a la mente que al cuerpo.

—¿Y eso es legal? ¿Puede hacerse?

—Claro, todo es muy legal. A veces excesivamente legal. La empresa, como cualquier otra, se inscribe en el registro mercantil y cumple todos los requisitos fiscales y administrativos. En el caso de Orlanta, la respaldan aquí además buenísimos avalistas, algunos me consta que son miembros bastante conocidos de algunos gabinetes ministeriales. Me he informado a fondo. Muchos datos aparecían en la hoja con nombres, fechas y lugares que recibiste la pasada semana.

En aquel momento, Nuria se giró hacia sus hijos y vio cómo el cochecito de Marc chocaba contra el árbol sin que Mireia pudiera detenerlo. El niño salió despedido. En un segundo, Nuria vio a un hombre que aparecía de la nada y escuchó su propio grito que, a la vez que surgía de su garganta, la ahogaba. Boro se apresuró también a lanzarse sobre la calzada, pero el otro fue más rápido. Marc tenía un llanto desgarrado. El hombre con el traje dos tallas más grandes, el cabello plateado y las gafas con el cordón metálico brillante lo sujetaba en los brazos y el niño lloraba como si estuviera sobre una cama de clavos.

—Qué poco ha faltado. O se hubiera matado del golpe, o

lo habrían atropellado, o las dos cosas —le dijo Guifré Baladre mientras le entregaba a su hijo.

Nuria con el bebé ya en brazos se desmoronó. Se sentó con él en el suelo, con la espalda contra la tapia de los jardines, y comenzó a abrazarlo muy fuerte. Mireia también lloraba. Boro cogió a la niña y la abrazó.

—Tranquila, no ha pasado nada. ¿Está bien Marc? ¿Tiene alguna herida? —le preguntó Boro a Nuria muy angustiado.

Ella solo consiguió asentir sin dejar de abrazar a su hijo. Las lágrimas le caían sin cesar mientras se llevaba la mano a la boca y movía la cabeza de un lado a otro.

—Está bien porque han tenido la buena fortuna de que yo reaccionara a tiempo. ¿Han visto qué reflejos? Quien tuvo retuvo.

Nuria y Boro repararon entonces en Baladré y se miraron asustados. Ella lo había reconocido.

—Tengan más cuidado —les dijo el detective, y rápidamente se giró y se marchó en la dirección contraria a la del domicilio de Nuria.

Boro se sentó junto a Nuria y la abrazó con fuerza, tratando de calmarla.

—Boro, podía haber perdido a mi hijo. Estábamos hablando de lo que les ocurre a los bebés a los que les faltan los brazos y las piernas y el mío podía haber acabado de la misma manera. Y ese hombre ahí. Jamás pensé que me alegraría de verlo, ¿no lo has reconocido? Es el que se escondió en el portal en cuanto me di cuenta de que estaba allí, en la plaza de Santa María del Mar. ¿Crees que lo habrán mandado los de Orlanta?

—No lo sé, pero será mejor que nos vayamos —dijo Boro mirando hacia donde se había marchado el otro.

Guifré Baladre se alejaba. Por una parte, se reprochaba su reacción, pero a la vez consideraba que cualquier persona hubiera actuado así. A él también le gustaba la sensación de ser un héroe, sobre todo porque en su vida había tenido muy pocas ocasiones para llevar a cabo acciones de ese tipo. Primero lo ganó el enfado por haber puesto en riesgo el «operativo general», como a él le gustaba llamar a sus pesquisas, cuando no se trataba más que de eso, de husmeos. Y después, se dijo que aproximarse a los otros vértices del triángulo tampoco estaba nada mal.

25

En cuanto terminó de calmar a Nuria, Boro decidió que viajaría al congreso médico de Montpellier. Kessler le había dicho que asistiría y no quería desaprovechar la oportunidad. A los señores Frument les contaría que aquel encuentro constituía una buena oportunidad para su formación; que estaría con algunas de las mayores eminencias del mundo, con médicos que aplicaban técnicas muy novedosas; que entre ellos había bastantes dermatólogos y que, si les llevaba muestras de los productos de su laboratorio, ellos podrían respaldarlos con argumentos científicos una vez los examinaran.

* * *

Llegó a Montpellier en tren la víspera del simposio por la noche. Se alojó en una pensión modesta, pero muy agradable, regentada por dos hermanas gemelas que lo miraban y sonreían a la vez, como si todos sus gestos estuvieran sincronizados.

A la mañana siguiente se puso su mejor ropa y fue a la primera conferencia. Trataba sobre un parásito desconocido, al menos hasta entonces, no solo para él sino para muchos de los asistentes, a juzgar por sus caras de asombro. Vio en las filas delanteras a los ponentes que intervendrían los dos siguientes días. Decidió saludar al médico en el descanso, mientras tomaban café y *brioches*. Era un hombre corpulento, le calculó unos cuarenta años, tenía las cejas muy pobladas y espesas, el pelo bien peinado hacia atrás, aunque elevado sobre la frente; cuando comenzó a acercarse a él le llamó la atención su pose meditativa, la actitud de alguien muy acostumbrado a sopesar lo que escucha y lo que dice. Lo recibió con una sonrisa muy afable y franca.

—Doctor Kessler, soy Boro Navascués, le llamé desde Barcelona y hablamos de los casos de malformaciones en recién nacidos.

—Qué bien que podamos encontrarnos tan pronto —le dijo de forma muy agradable.

—Me he desplazado hasta aquí exclusivamente por ese motivo. —Boro miró a su alrededor—. No podía esperar. Imagino que pasará todo el día con sus anfitriones, pero me gustaría mucho, si no está demasiado cansado, que habláramos un rato esta noche. Tengo que enseñarle unos documentos. Si le parece bien, le espero en el café de L'Esplanade, en el boulevard Sarrail. No tiene que avisarme. Yo llegaré a las diez. Si se encuentra con ánimos venga, y si no, pues ya haré por verle mañana.

—Estoy acostumbrado a batallas bastante más exigentes que estar aquí escuchando a mis colegas. Creo que mis pilas aguantarán unas doce horas más como mínimo. Allí me tendrá.

—Gracias, doctor Kessler. Para mí es muy importante lo que tengo que decirle. Ya le anticipé algo.

—Y para mí también lo es. No lo dude. Y ahora disfrute de las palabras de tantas lumbreras reunidas.

Varick Kessler le dio la mano y se alejó hacia un grupo que reía junto a la puerta de la sala.

* * *

Sobre las ocho de la tarde Boro Navascués ya estaba en una de las mesas pegadas a la cristalera exterior de la cafetería en la que se había citado con el alemán nacido en Madrid. Quería cenar antes de que llegara el doctor, si era cierto que dos horas después conseguía librarse de los numerosos compromisos que le imaginaba.

Se alegró al verlo entrar, y además, con casi media hora de antelación.

—¡Qué lugar tan agradable, señor Navascués!

—Sí, ya lo conocía. De pequeño vine a unas colonias y pasaba muchas veces por la puerta. Me ha sorprendido que aún exista esta cafetería.

—No somos tan mayores, señor Navascués.

—Llámeme Boro, por favor.

—De acuerdo. Muéstreme esos papeles. Como le dije por teléfono, no sabía que este asunto estuviera afectando ya a más países. Mis cartas han llegado tarde.

Boro sacó los documentos y se los entregó.

—Llegaron al laboratorio cosmético en el que trabajo. Esta empresa patrocina un consultorio radiofónico muy popular que recibe cientos de cartas por semana. Una compañera mía se encarga de responder a algunas que la censura no permite que se hagan públicas a través de las ondas. Y junto a las historias de adulterio, incestos y violencia de todo género, comenzó a recibir unas notas de una mujer que le aseguró haber escuchado una conversación en la que un alto cargo hablaba por teléfono sobre unos bebés que nacían incompletos.

Kessler levantó el informe del Ministerio de Sanidad.

—Orlanta… —El radiólogo pronunció aquel nombre con una entonación un tanto diferente, pero de una forma recriminatoria reconocible en cualquier idioma. Después suspiró—. Mis advertencias han caído en saco roto, son ahora papel mojado. Las he enviado a todas las sedes del laboratorio, con sus filiales, con las marcas que comercializan el medicamento después de comprárselo, y en todos los casos el resultado ha sido el mismo que en la casa matriz de Alemania: me ignoran. De los propios empleados me han llegado comentarios sobre malas prácticas, pero nadie se atreve a alzar la voz. Nosotros hemos probado científicamente que es ese medicamento indicado para las embarazadas, el telamón, el que produce las malformaciones. Después de tantas pesquisas ya no nos queda ninguna duda.

—Pero si está demostrado, ¿por qué no lo retiran del mercado?

—Amigo mío, eso no es tan sencillo. Orlanta nunca lo reconocerá.

—Pero habrán tenido que acreditar los ensayos médicos que demuestran que es un fármaco seguro para poder conseguir la licencia gubernativa y comercializarlo. Al menos, así funciona en España.

Kessler sonrió con amargura.

—En la sede central en Stolberg dicen que hicieron las pruebas, pero que esos documentos se perdieron en un traslado o se quemaron. Que no recuerdan muy bien qué fue de ellos.

—Pero no sirve de nada decir que esos ensayos clínicos se han llevado a cabo si no queda constancia de ellos. Sin esos estudios previos, se puede retirar el fármaco del mercado.

—No pasará. Los de Orlanta no se caracterizan precisamente por jugar limpio. Ya han hecho trampas similares antes. En una ocasión experimentaron con gatos a los que les sentó muy bien un nuevo medicamento por el sencillo motivo de que no les administraron nada. A pesar de eso, llenaron docenas de memorándum a manera de informes que remitieron a todas las sedes de la farmacéutica en el extranjero, las mismas a las que yo mando las cartas que desdeñan.

—Pero eso es muy grave —le dijo Boro muy indignado—. Cuando las sustancias son nuevas, no hay reactivos adecuados para analizarlas. Son como cajas ciegas. Sería como ponerlas a la venta y recoger los datos después. Experimentación con humanos.

—Lamento decirle que así es como funciona en muchas ocasiones aquí en Europa. Ya sabe la cantidad de puertas que un buen fajo de billetes puede abrir. Le aseguro que en Estados Unidos los mecanismos de vigilancia son mucho más estrictos. Allí no pueden actuar de la misma manera.

Boro estaba escandalizado.

—Fíjese si será así que hay cuatro fármacos que contienen este principio activo y solo en mi país.

—He traído también el listado con todos los nombres con los que se comercializa en España —dijo Boro mientras señalaba los papeles que Kessler sostenía en sus manos—. ¿Y cuántos casos de afectados tienen registrados?

—Unos 352, pero solo en nuestra zona, corresponden a la región donde hemos hecho las investigaciones. Por sus noticias, parece que aún estamos lejos de ver el alcance total de la tragedia.

—Pobres criaturas. —El abatimiento le pesaba sobre los hombros—. ¿Y se sabe cuándo nació el primer afectado?

—Sí, el 25 de diciembre de 1956 en Stolberg. Fue el hijo del médico de Orlanta encargado de añadir sabor a la presentación del telamón. No sabía si optar por el gusto a limón o a naranja y decidió que fuera su mujer quien probara una gragea de cada tipo. Ella estaba embarazada, el resto ya puede imaginarlo.

Boro cerró los ojos mientras digería esta información.

—Entiendo cómo se siente. Cuando llegaron los primeros bebés al departamento de Radiología, seguimos su desarrollo, algunos morían a las pocas horas de nacer o algunas semanas después del parto porque tenían otras complicaciones internas. También registramos bastantes abortos. El análisis de los fetos demostró que eran inviables por muchas causas. Iba con mi compañero Conrad Singer cada día que librábamos en el hospital y los fines de semana para intentar averiguar la causa de aquellas tragedias. Visitábamos a las mujeres que habían alumbrado a un niño así y pasábamos junto a esas familias el tiempo que nos permitían. Queríamos saberlo todo acerca de sus costumbres: qué tomaron durante el periodo de gestación cuando tenían dolor de cabeza, en cualquier momento. Las ayudábamos a recordar eventos extraordinarios: viajes con motivo de alguna celebración, un cambio de hábitos aunque fuera por un día.

—¿Y todas habían tomado telamón?

—Eso fue lo más difícil de establecer porque algunas ingirieron una sola pastilla y tantos meses después ya no se acordaban. Lo que nos puso sobre la pista fue que, en una fábrica de válvulas de motores donde trabajaban más de una docena de jóvenes madres afectadas, tenían contra una de las paredes una mesa llena de píldoras de todos los tamaños y colores en botes, cajas, frascos, otras sueltas para el dolor de cabeza... Cada una tomaba la que consideraba que le iba mejor y después lo comentaban entre ellas. No sabían ni el nombre de cada fármaco ni sus efectos. Solo querían que les quitara la cefalea para aguantar toda la jornada. Comprobamos que entre aquellos fármacos estaba el telamón.

—Y en Orlanta, ¿qué dijeron cuando les mostraron todas estas evidencias?

—En cuanto les enviamos los resultados de los análisis con copia de cada una de las páginas, nos dijeron que ellos también habían hecho sus comprobaciones, que algunas de las mujeres afectadas eran prostitutas a las que sus hijos les estorbaban para trabajar y que por este motivo habían intentado deshacerse de ellos antes de que nacieran, pero que no les había salido bien la jugada. En cuanto contactamos con ellos organizaron un comité para contrarrestar esta información.

—Pero siguen naciendo niños así tanto en Alemania como en España. ¿Qué más prueba quieren?

—A Hasenclever y Rubiner, los dueños de Orlanta, les da igual. Solo les importa amasar dinero a cualquier precio con el producto que sea.

—Codicia criminal, no se me ocurre otra forma de llamarlo.

—Así es. Tal cual. A mi compañero Conrad Singer lo visitaron nada menos que cinco juristas enviados por la farmacéutica. Sabían que aquella mañana estaría solo en el laboratorio. Pasaron a la habitación donde celebramos las reuniones y comenzaron a leerle los cargos a los que se enfrentaba si no abandonaba aquellas pesquisas que no conducían a parte alguna, según ellos.

—¿Y ha abandonado?

—Todo lo contrario. Estoy convencido de que se marcharon con la impresión de que mi colega padece algún tipo de trastorno de personalidad porque ni abrió la boca ni se inmutó. Se limitó a escucharlos y, cuando terminaron, se incorporó y les dio la mano uno a uno, de forma que entendieran que daba por finalizado aquel encuentro. Después se encerró en su despacho y en cuanto yo llegué, y antes de contarme nada, me pasó el borrador del artículo con todos los resultados de nuestra investigación que había decidido que teníamos que publicar cuanto antes en la revista *Tyndaller*. No se dejó amedrentar. Los trató con tanta distancia e indiferencia que estoy seguro de que los desconcertó. Cada uno llevaba un maletín. Irían cargados de razones, pero no les dio pie a que le expusieran ni ofrecieran ninguna de ellas.

—Me parece una actitud muy valiente —dijo Boro.

—Es único. Es verdad que no sabe nada sobre cosas corrientes y que apenas tiene vida social, pero es hijo de uno de los científicos más reputados de allí. Él financió nuestro trabajo y yo me ocupé de las cuestiones cotidianas, formamos una buena alianza. Además, su apellido para mí es una garantía. Nos protege, no se atreverán a eliminarnos así como así.

—¿Por qué dice eso?, ¿les han amenazado?

—Hemos telefoneado a más de la mitad de los médicos de Alemania para informarlos de los efectos del telamón, conminándolos a que no lo receten a sus pacientes embarazadas. Como el laboratorio les regalaba el fármaco a los médicos, esta profesión ha sido una de las más afectadas, muchos han tenido hijos con focomelia. Ha corrido el rumor como la pólvora y los de Orlanta se han puesto nerviosos. Yo tengo un detective apostado delante de mi casa. No debe de trabajar a turnos porque siempre es el mismo. Un tipo muy mal encarado.

—¿Y no tiene miedo? —le dijo Boro pensando en el incidente en Santa María del Mar y en la terraza del bar Sandor junto a su compañero Lorenzo Montauriol.

—Mentiría si le digo que no, pero me lo tomo como un estímulo, como la confirmación de que estamos en lo cierto. Nuestro objetivo son ahora los casos de las zonas rurales. Cuanto más incomunicados, más riesgo hay de que aparezcan niños así. Están derivando hacia estos lugares muchas dosis. Después de las noticias que me trae de España, tengo claro que es una carrera contrarreloj. Por eso quiero que se quede con esto. —Cuando Kessler sacó del bolsillo interior de su chaqueta un tubo de cartón de aproximadamente un palmo para que Boro se lo guardara, él se admiró ante su confianza y pensó que se debía a su necesidad de propagar lo que sucedía en Alemania por el medio que fuera—. No lo abra ahora. Es un rollo de unos dos metros de lado, una copia que contiene todos los casos registrados. Verá que hay unos dibujos con forma de rombo en lugares determinados de esa tabla: se corresponden con el momento de la gestación en el que cada madre tomó la dichosa pastilla. Contamos con una máquina de microfilmación para almacenar de este modo los historiales. Comprenderá que esos no se los puedo enseñar.

—No me serviría de nada porque no los entendería.

—Aun así. No podemos arriesgarnos en estos momentos a cometer ninguna falta, sea grave o leve, da igual, porque entonces los acusados seríamos nosotros. Cuanto más limpios permanezcamos Singer y yo, mejor. Necesitamos mantener nuestra credibilidad o todo estará perdido. Entenderá que me conviene también trasladarle todo esto. Nunca está de más cubrirse las espaldas. Si me sucediera algo… —Kessler le entregó un sobre con fotografías.

Boro revisó aquellas fotografías tan similares a las que habían visto Nuria y él en Barcelona.

—Eso están vendiendo: amputaciones. No me extrañaría que entre sus sociedades hubiera alguna dedicada a la ortopedia. Así todo queda en casa.

Boro permanecía en silencio con la mirada fija en aquellas imágenes. Él solo había visto dos casos en persona, además de las fotografías, pero allí había decenas, era una amplificación siniestra. Todos tenían en común que sonreían.

—¿Sabe qué es un telamón?

Boro negó sin poder apartar la vista de aquellos niños.

—Es un atlante, un joven titán mitológico, como Atlas, el que se supone que carga sobre sus hombros la bola del mundo. ¿Qué le parece? Le han puesto a ese veneno el nombre del canon griego de la perfección.

—Tenemos que conseguir que se haga público. Hay que detenerlos como sea.

—En esas estamos, amigo. Espero que, cuanto antes, se declare tóxico. Pero hasta que el Gobierno no se avenga a apoyarnos y haga que se retire del mercado, tenemos que ser cautos. En Alemania la histeria se ha desatado. Desde las principales capitales hay embarazadas que vuelan a Suecia e imploran que les practiquen un aborto cuanto antes, están alarmadas porque creen que van a parir un monstruo y en algunos casos no han tomado ni siquiera el telamón.

Boro advirtió que a Varick Kessler también le cruzaba una sombra por los ojos.

26

Boro recorrió apenas unos metros hasta L'Eglantine, la pensión que regentaban las gemelas sincronizadas. Al girar la esquina anterior a la de la calle donde tenía su alojamiento, estuvo a punto de chocarse contra una mujer que bajo una farola sostenía un cigarro apagado. Le sonrió con la boca muy abierta antes de saludarlo.

—Lo siento, no puedo darle fuego —le dijo él.

—*Êtes-vous sûr? Moi, je crois que vous pouvez.* ¿Está seguro? Creo que sí que podría —le dijo ella en un francés bastante desgarrado.

Boro recordaba la lengua de sus estudios en el seminario.

—Lo siento —repitió.

Apretó el paso hasta alcanzar la puerta pintada de azul turquesa del establecimiento y desde allí se giró para mirarla. Ella se envolvía en su gabardina. Aquella escena lo llevó a su infancia. Sintió cómo la lástima le golpeaba el corazón por dentro. En la habitación se desnudó lo más rápido que pudo después de echar el cerrojo de la ventana. No quería asomarse a su pasado.

Boro desenrolló el esquema que le había entregado Kessler. Si no fuera por el contenido, no habría dudado de que se trataba de una obra de arte: la letra pulcra de las anotaciones, el dibujo romboidal de las grageas, el trazo de delineante, la meticulosidad en la datación… Recordó las palabras del radiólogo cuando lo acompañó al taxi: «De usted depende ponerlo a salvo. Se lo debemos a esos niños. Tenemos que encargarnos de que cuando sean mayores sepan que algunos nos enfrentamos a su tragedia, que luchamos por ellos. Hágalo, amigo mío. Su trabajo y el de su compañera me ha venido como agua de mayo».

Boro volvió a guardar aquel rollo en su funda, pero fue incapaz de abrir de nuevo el sobre de las fotografías. Se echó en la cama y lloró por la condena de por vida de aquellos pequeños, pero sobre todo por el pavor que le producía constatar que el reino de la maldad no tenía fronteras ni contención.

* * *

Cuando Máximo llegó a su casa, lo primero que hizo fue obsequiar a su hija con un muñeco con chupete y pantalones a juego con un gorro acabado en una borla. Nuria deseó que no se quedara a solas en ningún momento con la niña, que no le preguntara nada, porque temía que esta le hablara de Boro y del accidente de Marc.

Aunque era por una causa de fuerza mayor, había convertido gran parte de su vida en una farsa. El tiempo en el que permanecía callada en su presencia era cada vez más prolongado. Prefería su propio silencio a la mentira, pero no podía dejar de sentirse muy culpable.

Los dos días que pasaron juntos se le hicieron de nuevo eternos. Ante la energía desbordante de Máximo, ella echaba de menos la compañía de Boro. Le embargaba la desazón al constatar que sus sentimientos eran cada vez más distintos.

Cuando Máximo se marchó, no pudo evitar solazarse. Se levantó enseguida. Apenas eran las cinco de la mañana, pero estaba decidida a comenzar con las cartas cuanto antes. Quería avanzar todo lo posible y tener así algunas horas libres para encontrarse con Boro en cuanto volviera de Montpellier. Enseguida se justificó a sí misma esta premura: solo era interés por saber cómo le había ido con Kessler.

Nuria sacó la caja de la parte inferior de la alacena y aún con la taza del desayuno en la mano comenzó con las cartas.

Quiero contarle algo que me hace runrún desde muy pequeña. Resulta que durante el tiempo escaso que pude ir al colegio había una maestra a la que yo admiraba muchísimo, la adoraba, era muy guapa, no había visto nunca una mujer igual. Mi madre y las vecinas estaban demasiado castigadas por el trabajo, algunas incluso ya encorvadas desde jóvenes. Ninguna de las del pueblo se parecía a ella ni de lejos.

Resulta que muchos días me quedaba en el aula después de que se iban los niños. Yo era la mayor de todos, por eso la ayudaba a ordenar las libretas y a barrer. Hablábamos mucho. Yo pensaba que ella a mí también me consideraba su amiga a pesar de mi corta edad.

Además de pasar estos ratos conmigo, la señorita Guillermina, que así se llamaba, daba paseos con el señor cura hasta un bosque cercano, pero solo hasta sus lindes, nunca se adentraban en él. Tal vez usted se pregunte cómo puedo estar yo tan segura de eso, de que no pasaban de ahí, pues se lo diré: porque los espiaba, mi principal ocupación muchas tardes, para desesperación de mi madre que no sabía dónde estaba, era perseguirlos sin que me vieran.

Una tarde la señorita Guillermina me dijo que tenía que llevarle un regalo al sacerdote, que me acercara a su casa a las seis, antes de que comenzara el rosario. Yo le dije que me entregara lo que tenía que darle y ella sonrió de una forma extraña. Ve y ya está. No te preocupes de nada más, me dijo.

El señor cura me recibió enseguida en su casa, que estaba toda en penumbra y olía a viejo. Me hizo pasar a una salita que tenía una mesa camilla y una alacena en una esquina. Me quedé allí de pie, en el centro. Él aproximó una silla y se sentó frente a mí. Comenzó a acariciarme mientras me decía, a pesar de que estábamos casi a oscuras, que era muy bonita, tal como le había dicho Guillermina.

Primero me recorrió los brazos, me frotó el pecho y después me metió una mano entre las piernas mientras me sujetaba de un brazo con la otra. Entonces comencé a llorar y me solté. Él no hizo nada por detenerme, solo me gritó que ya volvería otro día y que además lo haría por voluntad propia.

Pero no sucedió así. Aquella misma noche le dije a mi madre que me sacara de la escuela, que quería ponerme a trabajar para ayudar en casa. Si se extrañó, no me lo demostró.

A partir del día siguiente vi amanecer como sería norma durante toda mi vida.

Ha pasado mucho tiempo de todo aquello y créame si le digo que no me molestaron tanto los palpamientos del señor cura, hombre al fin, como lo que sospecho que hizo conmigo la que en aquellos momentos lo era todo para mí. ¿Por qué, señora? Me lo llevo preguntando todos estos años. ¿Me ofrendó porque estaba enamorada de él? Entonces no lo pude comprender, pero ahora tampoco. Sé que tendrá muchas consultas que atender, que esta es una historia tan antigua como yo, pero será por algo que no la he podido olvidar. La tengo tan prendida dentro que es en lo primero que pienso cada mañana y lo último que me viene a la mente antes de dormirme. ¿Por qué, señora, hizo eso conmigo quien yo tanto admiraba?

Nuria no tenía ánimos ni energía para dedicarse a idear evasivas. Aquella conducta maligna era, además, extravagante, pero tan retorcida que le sucedía como a la niña, no lograba acertar con la intención de la maestra. Tal vez el sacerdote la hubiera rechazado a ella en primer lugar y por eso decidió, de una forma vicaria, indirecta, sentir sus manos, su aliento, aunque fuera a través de aquella criatura.

Guardó aquella hoja dentro del sobre. Se sentía muy desazonada. Y le contestó a aquella mujer que ella era un ser inocente cuando sucedió aquello, que si la habían utilizado como un juguete que la una, la maestra, le había lanzado al otro, al cura, eso la convertía en un objeto, y que por muy terrible que pareciera, a la vez la eximía de toda culpa; que igual que le sucedió a ella, le podía haber pasado a cualquier otra niña, pero que había sido la elegida precisamente por ser la más guapa y la más lista, estas dos cualidades, esos dones de la naturaleza, habían sido a la vez su maldición.

Después Nuria la instó a que le hablara de su vida actual en una próxima carta, si había tenido hijos, si era feliz. Le decía que nada nos libra de cruzarnos con indeseables, pero que en gran medida depende de nosotros que las heridas infligidas se borren. Se dijo que si recibía otro sobre de la misma destinataria se daría por satisfecha, porque sería la señal de que solo con leerla la había ayudado. No le encontraba sentido a remover algo acaecido tantos años atrás y estaba segura de que aquella persona ya habría advertido a sus hijas, si es que las tenía, para que se protegieran de pervertidos como aquel a quien ella sufrió.

* * *

Boro regresó a Barcelona a la mañana siguiente. Tras cumplir con su único cometido en Montpellier, prefería volver cuanto antes para reunirse con Nuria en la terraza del Savoy.

En cuanto la vio aparecer se levantó para abrazarla. Nuria sintió su fuerza. Ambos no podían ni quisieron ocultar su emoción por el reencuentro. Allí, frente a dos Martinis, la puso enseguida al tanto de sus impresiones.

—Fue muy amable el doctor Kessler. He quedado con él en que, si cuando regrese de visitar a su familia en Madrid, pasa con suficiente tiempo por aquí rumbo a Hamburgo, nos veremos un par de horas.

—¿Te mostró las pruebas que te dijo por teléfono que tenía? ¿Las llevaba con él?

—Sí. Y ahora las tengo yo. Tenemos que salvaguardarlas.

—¿Dónde están? ¿Las tienes en tu casa o en el laboratorio?

—De momento llevo algunas conmigo y otras las tengo en casa, pero tenemos que decidir dónde depositarlas —le dijo Boro en voz baja mientras miraba a su alrededor para asegurarse de que aquel hombre que los había seguido en ocasiones anteriores no estuviera cerca—. En la caja de seguridad de un banco estarían bien.

Enseguida Boro la puso al día de todo lo hablado con Kessler. Ella tenía los ojos húmedos y como cristalizados. Se cambiaba la melena de lado y se acomodaba un mechón detrás de la oreja. Se sintió muy mal con la descripción de los niños fotografiados que le hizo Boro y que coincidía tal cual con la de los que ellos habían visto en persona y en las otras imágenes, y cuando le refirió que a Kessler y a su colega también los vigilaban muy de cerca, tuvo pánico porque recordó el incidente con Marc, y pensó que una vez que aquel hombre lo tuvo en brazos podría haber salido corriendo con él.

—Dios mío, Boro. Temo por mis hijos.

—No dejaremos que les pase nada malo. —Boro la atrajo hacia él y la abrazó—. Pero también te digo que esto no debe amedrentarnos. Es lo que quieren, paralizarnos de esa manera.

Nuria apoyó la cabeza contra su pecho.

—No puedo dejar de pensar que Marc y Mireia podían haber nacido así: sin brazos, sin piernas…

Boro la abrazó más estrechamente. Le dio igual que los vieran. En aquel momento le dio igual todo.

—¿Te parece bien que vea los documentos de Kessler este viernes en el laboratorio? —le preguntó ella.

—Creo que las cosas han cambiado. Espera a que yo te llame. No vengas. Cuanto más estés en casa, mejor. Vigila desde allí y, sobre todo, no dejes que entre nadie. Díselo a Dora y a…

—Úrsula. Pero ¿por qué? Es mejor que los dos estemos juntos en esto —le dijo Nuria muy extrañada.

Boro esquivó su mirada.

—Los señores Frument me han dado el día libre. No volveré al trabajo hasta el lunes.

—Si lo prefieres, puedo acercarme a tu casa —le dijo ella, y entonces cayó en la cuenta de que no sabía aún donde vivía el químico.

—No, hazme caso, de verdad, ya te llamaré yo el lunes. Antes no hagas nada. Dedícate a las cartas. Quienes las han escrito también te necesitan.

—Sí, también, pero no tanto como estos niños. No podemos permitir que nazcan más así. ¿Estás bien? ¿Te ha pasado algo más en Montpellier que no me has contado?

—No. Es por un asunto familiar —le dijo Boro mientras levantaba el brazo para llamar al camarero.

Nuria vio que llevaba una muñequera bastante ancha.

—¿Qué te ha pasado? —le dijo mientras le sujetaba la mano derecha que había cogido al vuelo—. ¿Qué es lo que no sé?

A Boro le sorprendió la fuerza con la que Nuria lo agarró. Se soltó enseguida y se acarició la correa de su reloj, igual de ancha que la muñequera.

—Esto no tiene nada que ver. Voy a nadar con frecuencia. Antes de irme fui a la piscina de la Barceloneta. Al salir me apoyé mal en el borde de cemento y se me torció la mano hacia atrás. —Hizo el gesto con la palma hacia arriba y los dedos separados.

Nuria se sintió muy incómoda porque advirtió que no estaba siendo sincero. Lo delataba su incomodidad, la manera en que se expresaba como si improvisara aquellas frases. Lo miró mientras le pagaba al camarero y sintió vértigo: temía haberse equivocado con él y que no fuera tan transparente como ella presentía, y sobre todo deseaba.

27

Boro Navascués subió toda la ladera sur de Montjuic. Dentro del cementerio pasó al lado de la tumba del poeta Joan Salvat-Papasseit y pensó en rosas y en unos labios en concreto, los de su madre. Estaba seguro de que él había recibido más besos que ningún niño en todo el mundo a pesar del poco tiempo que había pasado con ella. Recordaba su calor en la cama, pero también, junto al mismo mueble, el mordisco continuo de la soga que le colocaban a él por la noche alrededor de sus muñecas.

Cuando tuvo delante la fotografía ovalada, enmarcada por un filo dorado, que juntaba a sus padres, volvió a comprobar que la luz que ella irradiaba era la mejor señal de que no había existido ninguna mujer igual, tan magnética. Tal vez esa fue la principal cualidad que la llevó a la desgracia, se dijo. El ingeniero estaba convencido de que, si no hubiera llamado tanto la atención, si sus rasgos no hubieran sido tan perfectos y su cuerpo tan espigado, su vida, y la de él, habría sido otra. En cambio, desde aquella imagen, su padre lo miraba con gesto adusto. En su cara destacaban las cejas y el bigote como si el resto de rasgos estuvieran medio ocultos, a la sombra de tanto pelo.

Detrás de él tenía una de las esculturas más famosas del cementerio, representaba a una madre yacente sobre su lecho de muerte al que su recién nacido escalaba. Según el epitafio, aquella mujer había fallecido de fiebres puerperales o «sobreparto», como también se llama esa infección. El monumento funerario no era una imagen realista, un niño que acabara de ver la luz no podría realizar aquella proeza, pero esa roca tallada lo conmovía hasta tal extremo que le resultaba insoportable mirarla.

Boro volvió a repasar la sonrisa de su madre, el brillo de sus ojos emparejado al de sus pendientes.

—Mi pequeño —le decía cada vez antes de meterse en la cama y envolverse los dos con la misma manta.

Un día, en vez de su madre, llegó otro señor. Vestía sotana. Entonces Boro no sabía qué era esa prenda ni que se trataba del padre Vilesermes. También lo llamó «pequeño». Lo llevó consigo al seminario y lo cuidó.

Aquella mañana de tantos años después, allí en Montjuic, casi al mismo tiempo que se arrodillaba para rezar, Boro sintió que alguien le ponía una mano en el hombro.

—Vamos —le dijo el sacerdote.

Como cada aniversario, el padre Vilesermes sabía que aquel a quien aún consideraba su pupilo se tomaría el día libre y acudiría allí. Ya había superado su adolescencia, su juventud, era un hombre hecho y derecho, con un buen trabajo, pero él no quería dejarlo solo en momentos como aquel porque sabía que la edad no cura de la necesidad de una compañía con la que compartir lo que de otra forma a una sola persona la estragaría.

Boro puso la mano también sobre su hombro, encima de la del cura. Pensó que su padre había perseguido la suerte en partidas, a veces en lugares muy sórdidos, que a su madre solo le había quedado sobrevivir y que, al apiadarse de él el sacerdote, Boro había encontrado la posibilidad de salir adelante y un azar más favorable.

—Piensa, hijo, que está en otro lugar. Desde allí nos mira. Puedes estar seguro.

—Lo sé, padre. —Se incorporó. Tenía los ojos llenos de lágrimas.

Caminaron hacia la salida. Boro aminoró el paso, quería demorar el momento de atravesar la cancela. El padre Vilesermes le puso la mano en el hombro de nuevo y lo animó a continuar:

—Demos un paseo, te irá bien caminar.

Boro sonrió al recordar cómo el padre Vilesermes solía defender el ejercicio físico diciendo que sus beneficios no eran comparables con nada, ni siquiera con una buena alimentación. Sospechó desde muy pequeño que esto lo afirmaba para distraerles el hambre.

—No quiero entretenerle, padre, sé que tiene muchas obligaciones.

—Quiero estar contigo. Estoy muy orgulloso de ti. Ya lo sabes. Y sabes también que este día te lo dedico por completo a ti, en honor a tu madre.

—Usted me salvó, padre.

—Bueno, algo hiciste tú también. No solo se trata de querer salvar a alguien, sino también de que ese alguien tenga la voluntad de sobrevivir.

—No nos portábamos demasiado bien en el seminario. Éramos unos desagradecidos. ¿Se acuerda de cuando les escondimos todas las sotanas mientras dormían? —El ingeniero sonrió por primera vez desde que se había despertado.

—Niños, al fin y al cabo. Tengo experiencia con muchos de vosotros. Ya lo sabes. Pero Salvador, dejemos ahora eso. Por lo que te conozco, sospecho que hoy no solo estás triste porque sea el aniversario de la muerte de tu madre, ¿me equivoco?

Boro desvió la mirada.

El trayecto hasta la calle Cardenal Casañas, a la espalda del mercado de La Boquería, les llevó más de una hora. Cuando ya se encontraban al lado de la plaza de San José Oriol, el padre le preguntó si ya se encontraba mejor y Boro asintió.

—Te invito a almorzar en el bar del Pi. Por eso te he traído hasta aquí. Ya está bien de ejercicio.

Se sentaron en la mesa más próxima a la entrada del bar.

—Gracias.

—No hay de qué darlas, hijo. Hay oficios mejores y peores, y el mío es de los buenos.

—Pero invito yo —le dijo Boro.

—¿Intentas comprar mis favores para cuando me digas lo que no me estás contando? Ya sabes que soy insobornable. —El padre Vilesermes sonrió y le revolvió el pelo como cuando era pequeño. Como si los años no hubieran pasado.

Boro sentía que la aparición de aquel hombre había sido el mayor prodigio de su vida. Conforme avanzaba su edad, en su conciencia tomaba forma lo que su protección significaba: como si junto a un abismo, el de las tinieblas en las que quedó sumido cuando murió su madre, alguien le hubiera abierto las puertas de un palacio. Por ese motivo, toda la ambición del ingeniero se concentraba en alcanzar una situación que le permitiera hacer con tantos huérfanos lo que aquel hombre de una generosidad desmedida había hecho con él. Boro tenía la convicción de que el destino lo había buscado precisamente a él, a través de Nuria, para que se encargara de detener aquella aberración del telamón. Contaba con la certeza de que el padre Vilesermes le ayudaría de la misma manera que había hecho hasta aquella fecha, como una presencia que se oponía a cualquier contingencia, desgracia o fuerza de la naturaleza, como si nada pudiera contra su energía y su fe.

* * *

Lorenzo Montauriol llegó aquella tarde a su casa después de su trabajo en el laboratorio Orlanta, y nada más abrir la puerta de su apartamento de soltero notó un olor extraño, dulzón.

Lo primero que vio desde el recibidor fue su cartera encima de la mesa del salón. No se atrevía a cogerla. Esperaba sentirla fría o, por el contrario, demasiado caliente, como si la mano que la hubiera depositado allí aún estuviera cerca. Miró a través de la persiana entreabierta hacia la calle y enseguida se giró porque pensó que quien la había llevado hasta allí, sirviéndose de la dirección que aparecía en sus documentos, era muy fácil que aún permaneciera dentro de su piso, al acecho.

Buscó a su alrededor algo que le pudiera servir para defenderse. Cogió de una esquina del salón, entre el aparador y la ventana, el gancho de hierro para subir y bajar el toldo. Medía más de un metro. Primero fue hacia el armario empotrado del pasillo. En él cabían varias personas. Antes de comprobar si había alguien dentro, abrió la puerta de su vivienda de par en par. Después apoyó la oreja en el ropero y movió un poco la hoja de madera con el picaporte. Decidió dejarlo cerrado.

Fue a su dormitorio. El teléfono de su mesita estaba descolgado. Cogió el auricular. Esperó escuchar alguna voz, una orden, pero solo se repetía el sonido continuo y mecánico que indicaba que había línea. Miró la cama y se dio cuenta de que se notaba la marca de un cuerpo que había hundido la parte central del lecho.

Entró en la cocina. La intensidad del olor dulzón era allí mayor. Olfateó la despensa, miró en todos los estantes, abrió la nevera y repasó uno a uno los alimentos. Era un hedor que no se correspondía con nada que hubiera olido antes, ni con el queso, ni con el pescado, ni con el de la fruta podrida. Miró el cubo de la basura debajo del fregadero. No había restos orgánicos, solo unos cuantos papeles y poco más. La noche anterior había sacado la bolsa bien anudada.

Entonces se giró y la vio allí. Sobre la mesa de la cocina había un frutero de cristal tallado compuesto por varios platos ensartados en una varilla de acero inoxidable. El de arriba era el de menor tamaño. Desde él bajaba la sangre que goteaba sobre los otros como si fuera una fuente ornamental en miniatura. La masa sanguinolenta rebosaba y colgaba por los lados. En muchas zonas había adquirido un tono que iba desde el verde al pardo oscuro. En otras tenía unas formaciones parecidas a hongos y el cordón que nacía en su centro, de un blanco lechoso, aún contrastaba más con el color granate intenso del resto del tejido surcado de arterias muy azules. La miró desde arriba, no quiso tocarla y tampoco lo necesitó para advertir que era una placenta humana.

28

En el laboratorio cosmético, Boro encontró su mesa cubierta de notas manuscritas por Liliana con recados telefónicos. Boro las apartó a un lado y, tras cerciorarse de que no había nadie cerca, sacó el tubo de papel enrollado que le había entregado Kessler en Montpellier.

Junto a las llaves de casa, llevaba la del armario en el que guardaba los productos tóxicos del laboratorio. Allí tenía también todos los documentos que Nuria le había dado. Pensó que de momento, y antes de que fuera al banco, era el mejor lugar, junto con su casa, para ocultar las pruebas de las investigaciones de los dos científicos en Alemania.

Sacó los informes que había ido ordenando en una carpeta. Sobre la mesa revuelta estaban junto a las cartas de la comunicante desconocida. Quería copiar un par de nombres de los documentos del Ministerio. Cuando comenzó a recogerlo todo para devolverlo a su sitio, se alteró. Algo le hizo sobresaltarse. Cogió aquellas notas en sus manos y se las acercó a los ojos. Las colocó una al lado de la otra bajo la lente del microscopio para ver de forma ampliada sus trazos, y ya no le quedó ninguna duda.

Se guardó una de aquellas cuartillas y una carta, y después de comprobar que había cerrado con doble vuelta el armario, salió del instituto cosmético dando un portazo. Bajó a la calle Pelayo y comenzó a correr. Llegó a la calle Balmes, cruzó por la avenida que seccionaba en diagonal el distrito central del Ensanche, continuó hasta atravesar la ronda, leyó el rótulo de la calle de San Gervasio de Cassolas y alcanzó el paseo de la Bonanova. Con aquellos dos papeles en la mano y en menos de media hora llegó a casa de Nuria. Había luz en su ventana. Decidió probar su puntería con unos cuantos guijarros de los que salían por debajo de la verja.

Ella leía junto a la ventana la novela de Agatha Christie *Un gato en el palomar*. La dejó sobre la mesa camilla con las tapas abiertas como un ave de cartón y miró hacia abajo. Se incorporó de inmediato y recordó las palabras de Boro al ver la figura de alguien fuera de la casa. No tenía que abrirle a nadie. Aun así, con mucho sigilo llegó primero hasta el portal y después a la cancela del jardín. Tuvo una alegría inmensa al advertir que era él. Ninguno de los dos dijo nada, por ese motivo los intensos jadeos de Boro se escuchaban aún más. Antes de entrar en su casa, Nuria oyó cómo se cerraba la puerta de su vecina en el piso de arriba y decidió que tenía que hablar con Dora cuanto antes.

En cuanto estuvieron dentro, Boro se sentó.

—No he querido tocar el timbre.

—Te traeré agua.

—La letra. He venido por la letra de las cartas —le mostró los papeles.

Nuria lo miró sin entenderlo.

—Sé de quién es, Nuria. Sé quién escribe las cartas, quién es la amante de ese hombre del que solo dice que es muy poderoso. Mira —le dijo mientras le ponía delante la cuartilla con el recado telefónico.

—¿Qué es esta nota?

—Solo hay un número de teléfono, un nombre, y la hora a la que llamó esa persona cuando yo estaba en Montpellier, pero no he necesitado más. Es la misma.

—Sí, eso parece —le dijo muy sorprendida mientras las comparaba—. ¿Cómo has dado con este papel? ¿De dónde lo has sacado?

—Es Liliana, Nuria. Ella escribió aquella primera carta y mandó después el resto de pruebas. No sé por qué no lo he visto tan claro antes. Estoy todos los días con ella. Las cartas llegaban al consultorio aparentemente porque te las daban a ti, pero el padre Vilesermes no las veía. ¿Y por qué? Pues porque ella las metía en tu caja en el último momento. Porque quería que solo las leyeras tú. Además, los documentos que ciclostiló... Cualquier persona no sabe manejar un mimeógrafo. Instalar el esténcil en la rueda, girarla para hacer una copia. Es bastante complicado.

—Soy la Nuria elegida por ella entre todas las Nurias escribientes.

—Sí, al menos sois una docena. Un par de hombres incluso. Hay mucho trasiego con las cartas, las recogidas, las entregas... Por eso te citaron a ti a última hora del viernes. Parece que ya no les quedaban más huecos libres.

—Por eso me hizo todas aquellas preguntas sobre mí y sobre mi familia. Parece que le di buena impresión, pero quería conocerme más antes de depositar en mis manos este asunto. Tendría que estar muy desesperada para obrar de esta manera: encomendarse a una desconocida —dijo Nuria—. Pero ¿por qué no vino a la cita? Entiendo que no quisiera hablar en el laboratorio... ¿Crees que se arrepintió? ¿O fue hasta allí y huyó en cuanto vio a aquellos dos? ¿La tendrán amenazada?

—Lo mejor será preguntarle todo esto a ella.

Nuria entró en el baño, se mojó la nuca con agua fría y se miró en el espejo con ambas manos apoyadas a los lados del lavabo. A su mente llegó de nuevo el nombre de Liliana como si necesitara repetírselo para tomar conciencia de lo que significaba. Aquella palabra era un eco, una evocación y un aviso a la vez.

—Tenemos que ponerla contra las cuerdas —le dijo al químico cuando salió.

Boro la miró como si lo hiciera por primera vez. Él también estaba desconcertado.

—He venido corriendo porque quería contártelo cuanto antes.

—Aún no puedo creerlo —dijo Nuria—. En ningún momento se me había ocurrido que fuera ella. Sabíamos que era de aquí, pero nada más. Lo habrá pasado muy mal.

—Dios nos puede librar de cualquier cosa menos de las casualidades. Pensamos que lo más apasionante sucede en la otra parte del mundo cuando lo cierto es que puede estar a escasos metros, a veces al otro lado del tabique de nuestra casa y otras ni siquiera con esa mínima separación.

—Tenemos que averiguar con quién se ve. Quién es su... amante.

—Por eso no se acerca al padre Vilesermes —le dijo Boro con mucha seguridad.

—¿Qué tiene que ver?

—Ellos se conocen desde hace años. Ella es cortés con él, muy atenta y muy educada, pero, claro, la embargará la culpa. Creerá que él con mirarla es capaz de descubrir su adulterio. De momento, no le digamos nada a Vilesermes.

Nuria fue a la cocina y volvió con un vaso de agua para Boro. Él se lo bebió de un trago.

—¿Qué más sabes de ella?

—Conmigo siempre ha sido muy reservada. Solo me habla de una hermana que tiene en Madrid, de que le gusta mucho vestir a la moda, y poco más. Pensaba que su reserva era una cuestión de timidez, pero ahora entiendo que no quisiera intimar demasiado.

—En cambio, fue más abierta conmigo. Incluso me contó que no tenía hijos porque no había dado con la persona adecuada —recordó Nuria—. No puede tenerlos con un hombre casado. Qué pena que ella no haya encontrado a alguien como…

—¿Ibas a decir como Máximo?

—No, Boro. No iba a decir eso —dijo con sinceridad—. ¿Sabes dónde vive Liliana?

—No lo sé, pero cerca del laboratorio, porque va y viene andando. Y con tacones.

Boro dejó el vaso de vidrio tallado que había sujetado en la mano como si necesitara aferrarse a algo y se acercó a ella.

—Esto es mucho más importante que nosotros, que todos nosotros.

—Lo sé… —Nuria se calló varios segundos—. Por eso… —dudó—, por eso necesito estar segura de que puedo confiar en ti antes de seguir adelante.

—¿Qué quieres decir? —le preguntó extrañado—, por supuesto que puedes confiar en mí.

—No, Boro, no puedo hacerlo si me mientes. No soporto las mentiras. Les tengo aversión, por eso me siento tan mal con mi comportamiento con Máximo. Hay tantas cosas que no le he contado…

—Pero ¿por qué me acusas a mí, Nuria?

—Me dijiste que el viernes no irías a trabajar por un asunto familiar. Pero siempre que intentamos hablar de ti, de tu pasado…, cambias de tema. Tengo la sensación de que hay muchas cosas que no sé ni sabré.

—Nunca te he mentido en nada. No es mi costumbre. No lo hago solo contigo.

—¿Entonces?

—Era el aniversario de la muerte de mi madre y… fui al cementerio. Me gustaría visitarla en otro lugar, pero no es posible. —Se le quebró la voz—. Era la persona a la que más quería. No sé cómo he podido vivir sin ella.

—Lo siento, Boro, perdóname. Lamento que te hayas puesto así. Pero no quería quedarme con esto dentro. —Nuria se sentó a su lado.

—No te preocupes, pero no puedo evitarlo, porque es una historia muy triste. Yo era muy pequeño cuando murió.

Nuria lo abrazó con mucha fuerza.

—Lo siento —le dijo—. Y siento habértelo preguntado.

29

Nuria esperó hasta las diez de la mañana para subir a casa de Dora. Cuando su casera la vio arreglada, supo enseguida lo que quería:

—Pensaba que te traía las cajas de la empresa ese repartidor con el motocarro.

—Sí, así es, pero tengo que salir por otra cuestión.

—Nuria, piensa bien lo que haces. Un hombre como Máximo no se encuentra todos los días. Algunas no lo encuentran en su vida. Piensa en cómo vives y en lo que te puede costar un error, el precio sería muy alto por algo que es solo… Ya sabes que hay cosas que solo se aprecian cuando se pierden.

—No actúo así por capricho. No quiero que piense mal de mí —le dijo Nuria con un tono de súplica—. Sabe que le agradezco de corazón que se preocupe y sé, por todo lo que ha hecho por mí y por mis hijos, que le debo una explicación, y se la daré. Pero ayúdeme una vez más antes de eso. Se lo ruego.

—Me veo obligada a decírtelo, Nuria, esas entradas y salidas… son muy indiscretas, y además en tu casa.

—Que sé que es la suya y créame si le digo que no haría nada que pudiera perjudicarla. Boro es solo un compañero de trabajo.

—Por algo se empieza.

—No diga eso, por favor. Lo entenderá todo en cuanto se lo explique.

—Mami —la llamó Mireia desde abajo.

—Voy enseguida, cielo.

—En cuanto llegue Úrsula, le diré que baje —aceptó por fin Dora.

—Gracias. —Se había quedado muy dolida por las sospechas de su casera. No salía muy bien parada de su dictamen que, de momento, no podía desmentirle. Cada vez sentía aquella relación entre ellas más desigual.

* * *

Nuria bajó del autobús con la mirada sombría. Después de aquella conversación se sentía muy cansada. Aspiró el aroma a eucalipto desde el rellano antes de llamar al timbre del instituto de belleza. Cada día atravesaba con más celeridad el vestíbulo y las escaleras tan tétricas. El patio de luces amplificaba el sonido de varias radios con la emisión del consultorio. Le abrió Liliana. Nuria la miró de otra forma.

—Estamos solos Boro y yo —le dijo la secretaria—. Ya hemos hablado.

—Liliana. —Nuria le tocó la mano mientras el químico se acercaba hacia ellas—. ¿Por qué no me dijiste que eras tú?

—No me miréis así. No tenéis derecho a juzgarme porque sabéis muy poco de mí. Yo llegué a esta ciudad con nueve años, mi hermana tenía once. Nos vinimos con mi madre y sin nada, huérfanas de padre porque había muerto en la guerra, y mira, siempre de algo malo sale algo bueno: hubo personas que no conocíamos de nada y que nos ayudaron muchísimo. Mi familia le debe la supervivencia a esta forma de actuar, la de quienes no se escudaron en las circunstancias, terribles para todos en la posguerra, para meter la cabeza entre las plumas. Eso no lo olvidaré mientras viva. Así que ahora os pido que dejéis vuestros prejuicios de lado y os esforcéis por entenderme.

—De todas formas, con este trabajo, Liliana, no sé qué necesidad tenías de algo así —le dijo Boro.

—¿Así de indecente?

—No lo digo por eso.

—Es sencillo, soy la secretaria del laboratorio cosmético por recomendación de este señor. —Miró a Nuria—. Él me ha dado todo lo que tengo.

—Un señor —recalcó Nuria esa palabra— que engaña a su mujer y que mira para otro lado mientras esos pobres niños nacen incompletos. Liliana, te mereces a alguien mucho mejor. No solo se trata de estatus. Es una cuestión de bondad.

—No, Nuria, don Jerónimo… —Se calló después de decir su nombre como si no hubiera querido hacerlo.

—¿No estarás hablando del señor Ullrapós, el de la Delegación Regional de Comercio? —le preguntó Boro incrédulo.

Liliana asintió avergonzada.

—¿Quién es? —preguntó Nuria.

—El subdelegado del Ministerio de Comercio, Jerónimo Ullrapós —le aclaró él.

—Es muy buena persona. Me ha ayudado mucho.

—A cambio de nada. —Nuria no pudo evitar decirle aquello—. Liliana, te repito que podrías tener a cualquier hombre, a quien quisieras: joven, soltero, y en cambio, te ves de tapadillo con un anciano.

—No es un viejo. Tiene solo unos quince años más que nosotras. —El tono de la secretaria denotó que se había sentido muy molesta con ella.

—Liliana, perdóname. Estoy muy nerviosa. No es mi intención ofenderte.

—Nuria, sé que estás alterada, todos lo estamos. Quise decirte mil veces que era yo, pero no sabía cómo. Y cada vez se me hacía más difícil. La tarde en que viniste a la entrevista sentí que en ti encontraría una aliada y el tiempo me lo fue confirmando. —Se giró para hablar con Boro—. Si este asunto sale a la luz gracias a nosotros, no habrá lugar donde escondernos. Pero os pido, por favor, que dejemos al margen a don Jerónimo.

—Pero él es clave, Liliana —le dijo Boro—. Me hago cargo de lo mal que tienes que haberte sentido antes de contarlo, aunque fuera de forma anónima.

—Me he tropezado con todo esto. He hecho lo que he podido. Antes de que el señor Ullrapós apareciera yo no vivía tan bien. No quería escribirle a mi hermana para pedirle dinero. El orgullo me lo impedía. Y después, cuando ya tuve este empleo fijo, pues no me parecía justo dejarlo. Me sentía agradecida y no quería que él pensara quc lo había utilizado. De alguna manera, los dos somos náufragos. Me hubiera gustado ser otra, al menos ante vosotros. Os tengo aprecio a ambos, a ti, Nuria, a pesar del poco tiempo que te conozco. Has sido siempre muy cariñosa conmigo y tus hijos son preciosos. Te los envidio. Pero entendedme, no quiero causarle ningún daño a don Jerónimo.

—¿Por eso no viniste a la cita en Santa Maria? ¿Por él?

—Estuve muy cerca, llegué hasta el paseo del Borne, pero me asusté cuando vi a aquellos dos hombres tan siniestros, el uno caminando detrás del otro, como si no se conocieran a pesar de su estilo tan parecido. Senti pavor.

—Pues nos podrías haber avisado —le dijo Nuria.

—Podría haber hecho muchas cosas. Lo siento. Siento haberos metido en esto —le respondió Liliana.

—¿Y las cartas?

—No sabes el alivio que sentí cuando abriste el apartado postal para que tu respuesta no cayera en otras manos.

—Pero tus cartas estaban franqueadas. Con sello y matasellos. ¿Cómo es posible si no salían de aquí?

Liliana abrió el cajón de su escritorio y les mostró una goma de borrar.

—Lo hacía con esto. Tiene unas marcas talladas. Cogía un poco de tinta del tampón y después la estampaba contra la cara del sello. Por eso los números están tan borrosos. Necesito que me ayudéis a llegar al final de todo esto. Cada vez me cuesta más acercarme a don Jerónimo. Está muy distante.

—No nos queda más remedio que seguir, y cuanta más rapidez, mejor. El padre Vilesermes me ha hablado de otro caso —dijo el químico—. El niño ha nacido esta vez en el seno de una familia acomodada. Pero la tragedia es doble porque el padre se suicidó con unas pastillas pocas horas después de que su esposa diera a luz. No pudo soportarlo.

—Intentaré ver a don Jerónimo de nuevo cuanto antes. De nuestra última cita se marchó muy alterado. Mientras me vestía, y a pesar de que más que hablar bisbiseaba, escuché que se refería por teléfono a las presiones que están sufriendo algunos compañeros suyos. Creo que, por mucho que quieran, no van a poder ocultar este tema por más tiempo.

—Por lo que pude averiguar a través del Ministerio de la Gobernación —continuó Boro—, los que estarán viviéndolo más de cerca son los altos cargos de Sanidad. Gestionan todo lo que tiene que ver con consumos. Tal vez les incomode que él se haya enterado de algo que no le incumbe.

—¿Crees que corre peligro? —preguntó Liliana alterada.

—Es posible que sea también otra víctima de toda esta trama. En el Ministerio de Sanidad se hacen listas de lo que se vende en las farmacias y los dueños de estas les tienen que enviar el inventario con periodicidad. Es imposible que sus colegas no lo sepan. Creo que más bien lo saben y miran para otro lado, y no a cambio de nada.

—¿Quieres decir que los sobornan para poder hacer con

toda impunidad algo tan horrible? —dijo Nuria muy contrariada.

Boro asintió y fue hacia el armario donde guardaba todo lo que le había entregado Kessler. Decidió que era mejor no sacar las fotografías de los niños. Abrió el cilindro de cartón y, ante el rollo de papel que contenía todas las pruebas del radiólogo y su compañero, tuvieron consciencia de la enorme dimensión de aquella hecatombe. Miraron aquel esquema y no les quedó duda de que se trataba del mapa de una guerra.

30

Nuria se levantó muy temprano para trabajar un rato en las respuestas del consultorio, pero su hija apareció enseguida en la salita de estar. Para que se entretuviera, en cuanto terminó de desayunar un tazón de leche con cacao y galletas, le dio unos vestidos de sus muñecas que estaban tendidos. Después colocó sobre la mesa las cartas, para contestar todas las que le fuera posible. Pretendía implicarse menos, reservar sus energías.

Quería volver a ver a la mujer del orfanato San José, tal como le había prometido, pero solo podía ir en domingo.

No se podía concentrar. Aun así, no cesaba de intentar consolar a sus remitentes, pero de una forma automática, superficial. Como si escribiera solo las palabras predecibles, las que reproducían de forma más certera aquellas que escuchaba en la radio por las tardes.

A media mañana había respondido a unas treinta y leído unas cuantas más. En una de ellas, una mujer de Górliz, en Vizcaya, le hablaba de su marido, un pescador que estaba casi más tiempo faenando en el mar del Norte que en su casa; le decía que tenían un buen pasar, que él se dejaba la piel, que cada vez que volvía tenía el rostro más curtido y oscuro, «como si se lo estiraran sobre un tambor». También le contaba que era muy atento con todos, muy bueno con sus hijos, que lo apreciaban mucho en la cofradía, pero que ella a veces tenía sueños en los que él aparecía en otra casa, con una cocina luminosa, de madera, hasta le describía las cortinas bordadas. Él hablaba noruego y algún idioma más, «se defiende muy bien, señora», le decía. Nuria captaba la enorme admiración que sentía por su marido. «Mire, temo que en uno de esos viajes no vuelva, que se quede allí».

Nuria le recomendó que lo viera como siempre lo había visto porque ella le remarcaba que cada vez lo sentía más extranjero, que hasta el físico y el acento le había cambiado. Que temía que acabara siendo un extraño para ella y su familia.

Esta carta fue de las más exóticas que leyó, y además en ella tendría que incluir, como le había recomendado doña Leonor, varios consejos de belleza, aunque no se los hubiera demandado aquella mujer, porque al tratarse de una carta de fuera de Cataluña tenía que compensar que no pudiera escuchar los anuncios de cosméticos por la radio.

Junto a estas líneas leyó otras dos misivas, en una de ellas una chica muy joven le preguntaba cuál era la mejor manera de evitar un embarazo antes de casarse, a lo que ella respondió como en otros casos con una consigna invariable: esperando hasta el matrimonio.

En otra, le hablaban de una mujer que masturbaba a los hombres en el metro, que se cubría la mano con una chaqueta, pero el soniquete de las pulseras la delataba, no tuvo muy claro el objeto de esta carta, qué pretendía quien la denunciaba desde el anonimato. Y se planteó que tal vez se tratara de ella misma para darse cierta notoriedad, o tan solo con un afán de exhibirse. Decidió darle una respuesta muy breve. Estaba segura de que los señores Frument lo comprenderían.

En la siguiente carta una mujer le hablaba de su marido, ingresado en un psiquiátrico, al que ella iba a visitar día sí día también. Todos se admiraban de su caridad, de su abnegación, de que su vida girase en torno a él, de que fuera su principal ocupación, porque no sabían que, en cuanto se quedaban solos, comenzaba a recriminarle una por una las conductas, malas decisiones y desatinos que, según ella, lo habían llevado hasta allí. «Y así seguiré», le decía. «Y no se moleste en responderme, querida señora», terminaba.

Estas líneas a Nuria le dejaron muy mal sabor de boca. Tuvo ganas de intervenir, de avisar a aquel hospital, del que daba el nombre, de la actitud de la esposa de uno de los pacientes. Pero confió en que aquel hombre se pusiera en pie durante uno de sus encuentros y la alejara para siempre, eso sí, solo con palabras, como se dispuso a hacer ella. A pesar de que la comunicante no deseaba contestación, Nuria cogió dos folios entre los que intercaló el papel de calco y los enrolló en el carro de su Olympia.

Después leyó otra: «Señora, no me gustan nada las mujeres, pero nada nada, y temo ser invertido. En ese supuesto caso, ¿qué debería hacer?». Cuando ya se disponía a cerrar la caja, encontró la de una mujer que le contaba que su marido salía con otra, pero sin esconderse, a plena luz del día. Que cuando ella lo increpaba para que la abandonara, su esposo aducía que él no era dueño de su voluntad porque había ingerido alguna comida o bebida suministrada por aquella mujer que había hecho que no se la pudiera sacar de la cabeza, que estaba obsesionado, tanto que le había propuesto a su esposa que vivieran todos juntos: él con las dos y sus hijos. La había amenazado con arrebatarle a los pequeños y llevárselos a su nueva casa si no aceptaba ir también. «Bajo el mismo techo que ellos me moriría de celos. Estoy en un callejón sin salida», terminaba diciendo.

* * *

Nuria volcó el cajón con las medicinas sobre la misma mesa de la salita de estar que era su lugar de escritura. Desde que había visto el resumen que Kessler le había entregado a Boro, los nombres de los medicamentos que contenían telamón le rondaban la mente como una advertencia muy peligrosa. Cada día pensaba en hacerlo, pero enseguida desistía porque el temor de confirmarlo la paralizaba.

Boro llegó a casa de Nuria muy puntual: a las tres, tal como le había pedido por teléfono. Le dijo que solo sería un momento, que quería que viera algo. Si aparecía Máximo, tenía planeado decirle que había ido a llevarle la correspondencia, pero no quería de ninguna manera que aquello sucediera.

—¿Qué es eso, Nuria? —le señaló las cajas de medicamentos.

—Todos los que tengo en casa. Algunos sé para qué son, otros no. Por favor, quería pedirte que los clasifiques, hay muchas pastillas, a algunas no se les ve el nombre.

—¿Las han tomado los niños? ¿Qué pasa? —se alarmó el químico.

—Creo que he estado tomando telamón.

En cuanto le dijo aquello, su compañero se abalanzó sobre los fármacos.

—En un par de ocasiones he tenido mucha angustia. Recurrí a estas pastillas porque pensaba que me calmarían los nervios. —No quiso decirle que la otra vez el mareo le había dado después de hablar con él.

—Y así es, su efecto, como comentamos cuando lo del informe, se parece al de los barbitúricos. —Apartaba unas pastillas y sacaba otras de sus envases de cartón—. Pero sin sus contraindicaciones, estos no son buenos para personas débiles, alérgicas o con asma, de todas formas no creo que sea tu caso ninguno de esos. —Boro siguió rebuscando. Cogió primero los estuches de los productos que reconoció enseguida, después apartó un par de cuentagotas, tres frascos de jarabe y las grageas de las que no se leía el nombre porque su envase estaba cortado—. Esto no sé qué es. Lo voy a analizar, en cuanto lo sepa te digo algo. Intenta tranquilizarte. Además, parece que es cierto que el único efecto secundario es el que sabemos. A ti no te puede pasar nada aunque las hayas tomado como sedantes —le dijo el ingeniero. Le rozó primero el pelo con dos dedos y después se los acercó a su rostro para recorrer el surco que había dejado una lágrima debajo de su ojo derecho—. Tienes que descansar. Estás acusando físicamente todo esto. No me cabe ninguna duda.

—¿Y si vuelvo a quedarme embarazada?

Pensó en la primera vez que lo vio, en cómo le llamó la atención su bata blanca. Sabía muy poco de él todavía, no había manera de vencer su reserva sobre su pasado, pero la reconfortaba en medio de toda aquella congoja contar con la certeza de que, además de un trabajo, había encontrado a una persona noble, sin medias tintas, o al menos así deseaba con todas sus fuerzas creerlo.

Boro la sintió frágil. La cogió por la cintura y la atrajo hacia él para besarla. Nuria no cerró los ojos, sino que los abrió mucho para compensar que se había quedado sin palabras. Boro vio en su mirada la sorpresa y, antes de que se recuperara de ella, decidió marcharse.

—Mañana te llamaré para saber cómo estás. Descansa.

31

Aquella misma noche, cuando iba a entrar en su edificio, Boro se detuvo un momento y después se alejó hacia las sombras de la esquina de enfrente de la plaza de San Agustín, la del otro lado de la calle del Hospital. Desde allí vio al hombre que acababa de salir de su portal. Tendría más o menos su edad, pero el traje le hacía parecer mayor. Le brillaban el cabello y los gemelos de los puños de su camisa como si fueran los puntos de un tres en raya fulguroso. Al químico le resultó hasta demasiado elegante para aquel momento y aquel lugar; endomingado a destiempo, pero de una forma muy consciente, como si quisiera marcar la diferencia con quienes no podían permitirse vestir así. El mensaje inequívoco que Máximo Zafara trasladaba a cualquiera que se cruzara con él se resumía en una sola palabra: triunfo.

Boro pensó en su ropa, que compraba en la mercería Novedades, en sus jerséis de pico siempre granates o azul marino, en sus chaquetas de lana con botones y dos bolsillos, en las camisas tan parecidas todas, conjuntadas con pantalones de tergal. Era la misma tienda a la que iba de pequeño con su madre. En el gesto de la propietaria notaba la lástima tantos años después, pero no podía dejar de ir allí, como si se sintiera obligado a continuar una tradición. La diferencia con su madre era que él no tenía que comprar a plazos.

Ya en su casa, vio a Ágata Kepler sobre la alfombra; la gata comenzó a ronronear mientras se incorporaba. Utilizaba las piernas de su amo como un puente bajo el que pasaba una y otra vez. Por el tamaño de su barriga, él tenía que separar los pies cada vez más. Se quedaría con todas las crías, sabía que sería incapaz de deshacerse de ellas. En aquel patio vendría bien su labor porque las ratas se sentían demasiado a gusto entre el olor de las cañerías, la humedad sempiterna y los desperdicios que encontraban. Además había otro motivo: le daba igual que en ese caso se tratara de un animal, Boro era incapaz de separar a una madre de sus hijos.

* * *

Nuria le pidió a Úrsula con bastante antelación que pasara la noche del miércoles en su casa porque pensaba regresar tarde. Dora ya no disimulaba su distancia hacia ella, como si prefiriera mirar hacia otro lado y fingir que solo las unía, a través del alquiler, una relación mercantil. Volvió a prometerse, por este motivo, que debía mantener cuanto antes la conversación pendiente con su casera para sacarla de dudas.

Después de que Boro llamara varias veces en el portalón con la palma de la mano muy abierta, entraron en la parroquia del Buen Pastor. Se habían encontrado directamente allí y, a pesar de que habían pasado unos cuantos minutos, aún no se habían mirado a la cara.

—Padre, nos están siguiendo —le dijo Boro sin más preámbulo.

—¿Cómo que os están siguiendo? ¿Estás seguro? —le preguntó el sacerdote. La preocupación se notaba en su voz.

—Sí, se trata de dos hombres. El más joven parece extranjero. La primera vez que los vimos fue en la plaza de Santa María.

—El más viejo se quedó de piedra cuando nos vio —añadió Nuria— y se escondió entre las sombras de un portal. El otro escupió a nuestro lado.

—Pero ¿cómo van a saber de vosotros si no hemos dicho nada a nadie? —les preguntó el padre Vilesermes.

—No hemos dicho nada, pero sí que hemos hecho muchas cosas: hemos hablado con varias personas, monjas, madres..., tenemos documentos —dijo Nuria muy agitada.

—¿Qué clase de documentos?

—Son muy comprometedores porque demuestran la relación entre un fármaco, el telamón, y los bebés que nacen con malformaciones.

—Eso tenéis que explicármelo con pelos y señales —les dijo el sacerdote mirándolos con severidad.

El padre Vilesermes los escuchó sin perder detalle. Y al observar sus gestos, cómo se miraban y la manera en que uno terminaba las frases que había comenzado el otro, supo que, además de por ese terrible drama, Nuria y Boro estaban unidos por bastante más.

—Tal vez podríamos ir a un notario y hacer una declaración jurada, los tres. Da igual lo que cueste, no creo que sea mucho, pero así nos cubrimos las espaldas y, si en el peor de los casos nos hacen desaparecer, que no caiga en saco roto lo que ya hemos averiguado —les dijo Nuria cuando terminaron de ponerle al día—. Aunque con usted, padre, no se atreverán. Yo temo por mis pequeños. Ellos...

—Lo primero que tenéis que hacer es hablar con la Policía —les dijo el sacerdote.

—No podemos, padre, con personas como don Jerónimo Ullrapós de por medio no serviría de nada.

—¿Ullrapós has dicho? ¿El amigo de los señores Frument? ¿Qué tiene que ver él en todo esto? —dijo el sacerdote muy sorprendido.

—Tiene que ver mucho más de lo que usted imagina.

—Boro, sabes que soy el confesor de su esposa.

—Lo sé, pero me temo que sí, padre, que es cierto, que está metido en todo esto. Ella no creo que sepa nada. Pero de don Jerónimo depende en parte que se detenga el comercio de la sustancia que ocasiona todas estas terribles lesiones. Ayúdenos a que la prohíban, padre —le rogó Boro—. Ellos mismos lo saben y hacen la vista gorda.

—Necesito esas pruebas, los documentos de los que me habéis hablado.

—Están en mi armario del laboratorio. No quisimos traerlos por si…

—Boro —le interrumpió ella—, ¿te importaría acercárselos tú? Creo que es muy importante que los vea el padre cuanto antes. Además…, mientras espero puedo aprovechar para confesarme.

Boro tuvo la sensación de que lo que pretendía Nuria era librarse de él, que aquel no era el momento de ir a por ellos. La miró muy incómodo. Quería impedir que lo hiciera. De todas las personas que ella podía haber elegido para sincerarse, no le gustó nada que optara por su tutor.

Nuria desvió enseguida su mirada de él y Vilesermes los observó a ambos con preocupación.

—Pasa por aquí, hija —le dijo mientras se dirigía al confesionario.

Boro apretó los puños hasta clavarse las uñas en las palmas de la mano y dijo:

—Esperaré entonces al final de la iglesia. Volveremos juntos, si no tenéis inconveniente. —No sabía muy bien por qué, pero, a pesar de que no podía evitar que sucediera, prefería permanecer allí, como si esto influyera en Nuria.

Cuando ella tuvo al sacerdote detrás de la celosía, comenzó:

—Padre, verá, no veo mucho a mi marido —aquí titubeó antes de decirle—: ya sabe que es viajante de comercio. Es por su trabajo, no se crea. —No le gustó esta última frase, su desasosiego le impedía expresarse de forma más acertada.

—Dime, estate tranquila.

—Pues… bueno, aunque mis ocupaciones me distraen bastante, en cuanto me quedo sola tengo que poner la radio, hablar con la empleada de mi vecina, ir a comprar o salir con mis hijos al parque. No soporto escuchar a mi cabeza. Y temo llevar a cabo alguna barbaridad.

El padre Vilesermes miró hacia el último banco, en el que estaba Boro.

—Es natural, todas las personas experimentamos esas sensaciones alguna vez. La soledad puede llevarnos a buscar refugios inconvenientes. ¿Tienes más familia?

—Sí, pero lejos, en La Bisbal. Pero eso nunca había sido un problema, hablamos cada semana y con Máximo nunca había sentido que me faltara de nada.

Vilesermes volvió a mirar hacia donde estaba Boro.

—¿Y qué ha cambiado, hija?

—No lo sé, padre, no he conocido a más hombre que a mi marido. Es muy atento, cada semana nos trae regalos a mí y a los niños, no falla. Puede decirse que somos ricos. Gana muchísimo dinero, no me falta de nada…

—Pero…

Respiró hondo y esperó a que Nuria continuara. No quería anticiparse, prefería que ella hablara, sabía que eso era lo más válido para ordenar los pensamientos, pero sobre todo el alma.

—Pero estoy llena de dudas porque…

—¿Por qué, hija?

Nuria miró en la dirección en la que estaba entre penumbras su compañero. Vilesermes siguió el camino de sus ojos y asintió al comprender la profundidad a la que había llegado la relación entre ambos en tan poco tiempo.

—Se trata de Boro —dijo Nuria en un susurro—. Usted lo conoce de toda la vida.

—Lo conozco desde que era un niño, sí, para mí es como un hijo. —Se le notaba el orgullo en la voz.

Vilesermes había visto a muchos pequeños desvalidos con la certeza de que no saldrían adelante impresa en la mirada, pero, en cualquier caso, a la pena por aquellas situaciones había sumado la convicción de que se trataba de la voluntad de Dios. En cambio, cuando veía a Boro y a otros como él, no podía evitar dejarse llevar por cierta vanidad al contemplar a quienes consideraba en gran medida obras suyas.

—Pero creo, hija mía, que en tu interior ya has encontrado esa respuesta —dijo con el tono más neutro que fue capaz. Sintió cierto temor por lo que podría decirle a continuación Nuria.

Ella asintió apesadumbrada.

—No, padre, no sé qué debo hacer. Cada vez le encuentro más defectos a mi marido, habla de una forma demasiado afectada, es muy redicho, ¿sabe? Además, gasta más dinero en ropa que yo y que sus hijos juntos.

—Eso es por su profesión. Necesita dar buena impresión, no seas injusta, seguro que es un gran hombre.

—Ya lo sé, padre, pero esos detalles, no puedo con ellos. Antes me angustiaba que solo estuviera en casa dos días, ahora me parece una bendición.

—¡Hija!

—Perdón, padre, pero es la verdad. Si estuviera más tiempo me asfixiaría. Es tan… intenso.

—Nuria, recapacita, la paciencia es una de las principales virtudes cristianas. No es fácil el entendimiento con los demás. Te has casado con él.

—Pero los sentimientos cambian y él siempre quiere…, ya me… —dejó la frase en suspenso.

—Eres su esposa, es natural, está toda la semana fuera, además.

—No me malinterprete, padre, Máximo me ha dado lo mejor que tengo en la vida: a mis hijos. No podría vivir sin ellos, pero le aseguro que sin Máximo sí. Antes lo llevaba todo mejor, pero desde que he conocido a... —Nuria no quiso volver a nombrar a Boro.

—Los hombres no pueden separar lo que Dios ha unido. Ya lo sabes.

—Lo sé, padre, pero...

—No hay excepciones. Busca alicientes, seguro que los encuentras. Nadie es perfecto, piensa en las ventajas de tu situación. Al fin y al cabo, son dos días a la semana los que convives con él, tienes una buena posición, tus hijos necesitan un padre.

A ella le sorprendió el sentido práctico que tenía aquel hombre. A pesar de lo que ya sabía de él por Boro sobre su forma de pensar, que el químico había calificado de moderna, no se esperaba que la aconsejara de aquella forma.

—Padre, eso no es todo. Me he besado con Boro y volvería a hacerlo.

—¡Nuria! No puedes olvidarte de tu condición de mujer casada en ningún momento. No me refería a eso cuando te hablaba de alicientes —le dijo el sacerdote haciendo un esfuerzo enorme para no levantarse e ir a regañar a Boro como cuando era un chiquillo y hacía una trastada.

—Lo sé, padre. Y me siento muy mal. No sé, fue como un descuido, me dejé llevar, pero no me molestó en absoluto, eso es lo peor. Me resultó hasta normal, que era lo que tocaba en nuestra situación. Perdóneme, padre, sé que esto que le digo es una barbaridad, pero deme la absolución, por favor. Le quedaré muy agradecida.

—No se trata de agradecimiento. El de la confesión es uno de los siete sacramentos que tengo que administrar. El del matrimonio es otro, no te olvides de él.

—Sí, padre, disculpe. Además, soy una egoísta. Con esta tragedia de la que sabemos y le hablo de mí misma, y una cosa y la otra no tienen ni punto de comparación.

—No podemos elegir lo que nos preocupa. Me hago cargo. Y reza. Reza todos los días por esas criaturas a las que les espera una vida tan difícil.

—Padre, solo una cosa más: ¿hablará con el señor Ullrapós una vez que le mostremos esos papeles? De verdad que lo siento, pero no hay duda: está implicado en todo esto.

Vilesermes no respondió. Nuria vio su mano moviéndose primero de arriba abajo y después de izquierda a derecha. Seccionaba de esta forma en cuatro aquella ventana tan pequeña, pero que a ella le había abierto tanto la respiración como si en vez de ese recuadro se hubiera colocado frente al mar y hubiera aspirado varias veces el aire impregnado de sol y de sal.

El padre Vilesermes salió del confesionario y cruzó en cuatro pasos la iglesia. Caminó tan rápido que removió el aire detenido del templo. Cuando se detuvo ante el último banco, Boro ya no estaba allí. Nuria miró a su alrededor, no había ni rastro del químico.

—¿Le habrá pasado algo? —preguntó Nuria alarmada.

El padre Vilesermes sonrió y recordó con nostalgia cómo se escondía Boro de pequeño para evitar alguna reprimenda.

—Tranquila. No hay por qué preocuparse. Solo que parece que de pronto me ha cogido miedo.

32

Al día siguiente Nuria entró en la sala blanca del instituto de belleza porque quería hablar con Boro. La señora Frument la cogió de la mano en cuanto la vio.

—Ven, querida, tenemos una visita. Ha venido un amigo de mi esposo. Tómate un café con nosotros. No hay prisa, ¿no?

—Hola, doña Leonor, me alegro de verla. Quería escribirle para agradecerle su almuerzo.

—No hay de qué, Nuria. Lo repetiremos.

Liliana trabajaba pegada a la radio mientras clasificaba un montón de cartas. Al ver pasar a Nuria, la miró asustada. A Nuria le sorprendió su reacción. La interrogó con la mirada, pero la secretaria volvió a enfrascarse en su tarea cuando doña Leonor abrió la puerta del despacho. Además del señor Frument y el padre Vilesermes había alguien más.

—Nuria, querida —la saludó don Aleix, como si su conocimiento fuera más allá de una mera relación laboral y además bastante a distancia—. ¿Cómo está? —No esperaba ninguna respuesta y por eso le dijo enseguida—: Hablábamos de lo bien que va el programa, cada día se escucha más. Al principio, cuando comenzamos, llegaba a toda una generación de mujeres y ahora se han unido sus hijas, y eso se nota en las ventas, ¿verdad, Jerónimo?

A Nuria le dio un vuelco el corazón al oír ese nombre. Miró al padre Vilesermes, que asintió imperceptiblemente para corroborar sus sospechas. Y entonces entendió la actitud de Liliana.

—Con la colaboración del Ministerio ahora exportamos incluso a Francia, a la meca de los cosméticos —continuó don Aleix ajeno a la inquietud de Nuria.

—Nuria Somport —intervino la señora Frument—, el señor don Jerónimo Ullrapós, subdelegado del Ministerio de Comercio aquí en Barcelona.

—Encantada —acertó a articular ella.

—Parte de nuestro éxito se lo debemos a sus cartas, tan atinadas, tan comedidas, tan sabias —añadió doña Leonor—. Cada vez escribe más.

Sentía que era incapaz de decir nada. Hubiera querido que Boro estuviera allí.

—Siéntese un momento con nosotros, por favor —le dijo don Jerónimo Ullrapós.

Nuria dudó, no sabía qué hacer, si disculparse o quedarse. Entonces miró al padre Vilesermes, y cuando este asintió, ocupó la silla que había a su lado.

—Les decía que creo que ya ha llegado el momento de dejar mi cargo a otro —volvió a dirigirse a los señores Frument.

—Pero si acaba de incorporarse al Gobierno, como aquel que dice. De ninguna manera. Lo necesitamos —le dijo don Aleix con mucha energía.

Nuria volvió a mirar al padre Vilesermes.

—No lo creo, ustedes hacen muy buen trabajo. Esa es su principal representación. Seguirán igual de bien sin mí. Además, ya sabe de mi situación personal...

Nuria sonrió por cortesía, pero se sintió muy incómoda al pensar en su esposa paralítica, en sus continuos viajes a Lourdes. En cambio, le pareció atractivo, bastante más de lo que había imaginado. Tenía el pelo negro, repleto de gomina, olía a loción de afeitar y vestía con una elegancia un tanto antigua, como si aquella ropa no la hubiera adquirido, sino que formara parte de una herencia.

—Y a usted, dígame, ¿le parece interesante lo que hace?

Nuria tuvo la certeza de que se dirigía a ella solo por cortesía, como si cumpliera con aquella máxima que dice que cuando se está en un banquete o en una situación similar hay que dedicar el mismo tiempo al invitado situado a la derecha que al de la izquierda.

—Me gusta mucho este trabajo. Me permite escribir, que es lo que había querido desde siempre, y además en mi casa. Les estoy muy agradecida —dijo mientras miraba a don Aleix y doña Leonor.

—Tengo entendido que se reciben cientos y que solo se radian unas pocas. Lástima… ¿Qué le cuentan en esas cartas?

Liliana entró en ese momento con una bandeja de café. Se quedó parada al oír aquella pregunta.

—De todo —continuó Nuria. Tuvo muy claro que aquella era su oportunidad para enfrentarle—. Escriben personas muy distintas. Especialmente conmovedoras son las de las madres de los niños…

Liliana la miró y ella interpretó que le suplicaba que no siguiera. El padre Vilesermes se dio cuenta.

—De los más débiles, de los más desfavorecidos —intervino el sacerdote, y Liliana respiró aliviada—. Las palabras de la señora Somport han resultado un bálsamo para tantas madres que sufren. La mayoría de quienes remiten esas cartas son mujeres.

—Bien, muy bien, siga así. Tenemos que continuar levantando este país entre todos. Cada uno debe aportar lo que sabe para que podamos avanzar juntos hacia el mismo destino.

Con aquellas consignas, ella tuvo la sensación de que don Jerónimo daba por terminada la conversación, al menos con ella. No cogió ninguna taza de la bandeja que Liliana le acercaba sino que se puso en pie.

—Si me disculpan. Tengo que recoger a mis hijos —les dijo. Antes de salir miró al sacerdote. No le gustó que la hubiera interrumpido.

—Ha sido un placer, señorita... —le dijo el señor Ullrapós. No recordaba su apellido y esto le produjo cierto alivio.

—Yo también debo retirarme. Mis obligaciones me reclaman —se excusó el sacerdote—. Señor Ullrapós, si su esposa precisa que la atienda no dude en avisarme y, si no es mucha molestia, me gustaría hablar con usted antes de su partida —añadió.

—Será un placer. Gracias, padre. Cuando quiera.

Liliana aprovechó para salir tras el sacerdote y Nuria. Esta la miró sin poder evitar pensar que, durante aquellas visitas del padre a la mujer de don Jerónimo, los amantes se encontrarían.

—¿Sabes dónde está Boro? ¿Está enfermo? —le preguntó Nuria a la secretaria al no verle por ningún sitio.

Liliana se encogió de hombros.

—No te preocupes, hija. Intuyo que aparecerá en cuanto yo me vaya —le dijo Vilesermes cuando pasó junto a ellas—. Liliana, creo que tenemos una conversación pendiente —le dijo muy serio.

—Sí, padre —respondió ella avergonzada—. Y gracias —añadió señalando con un leve movimiento de cabeza hacia el despacho de los señores Frument.

—Te estaré esperando —insistió él.

Liliana asintió y el sacerdote salió a toda prisa. Asistir a aquella conversación le sirvió a Nuria para ratificarse en la opinión que tenía de aquel hombre desde el primer momento: era tal su inteligencia que, además de conocer a sus semejantes al primer golpe de vista, los adivinaba. Además, conjugaba una capacidad de anticipación que a ella, respecto a sus sentimientos hacia Boro, le hacía sentirse transparente y no solo por su confesión.

Nuria salió tras él y, cuando llegó al patio de entrada, vio al padre alejarse hacia la derecha, hacia Las Ramblas, y a Boro llegar desde el lado contrario, y se sobresaltó. Decidió llenarlo todo de palabras porque no quería que él le dijera nada sobre lo que había ocurrido en la salita de su casa, ni siquiera quería que lo mencionara. Lo mejor era que ambos lo olvidaran.

—Los señores Frument tenían una visita. Por mucho que pienses, no adivinarás nunca de quién se trataba.

—De don Jerónimo Ullrapós —dijo él de forma inmediata.

—Sí —respondió Nuria admirada.

—Es parte de su trabajo pasar de vez en cuando por las empresas, hablar con sus propietarios, recabar cualquier tipo de información. Hacen inventario de todo, la mayor parte del tiempo en la Delegación del Ministerio lo pasan redactando informes. En aquel despacho hay montañas de papeles, dentro de los armarios, sobre las sillas, hasta en el suelo —continuó él—. Ya ha venido otras veces, pero, claro, yo no tenía ni idea que el alto cargo era él y menos —y bajó la voz— que estaba liado con Liliana.

—No era como me esperaba.

—¿Y cómo creías que era? ¿Más feo, más viejo? —Boro no pudo evitar sonreír.

—Les dijo a don Aleix y a doña Leonor que quería dejar su cargo, que a pesar del poco tiempo que llevaba no era a aquello a lo que pretendía dedicar su vida, que tenía que ocuparse de su esposa enferma.

—Claro, claro, y los remordimientos que no le dejan vivir. Eso no lo dice. De su gabinete depende que se concedan las licencias de importación. Si no lo hubieran autorizado, ahora no estaría circulando aquí el telamón. De la misma manera que lo permitieron, lo pueden prohibir, pero, no, en vez de eso, inspeccionan que se lleven a cabo los acuerdos comerciales, sean estos de lo que sean, igual les da cuando venden que las granadas sean frutas o bombas.

—Boro, podemos impedirlo. Está ahí dentro, es nuestra oportunidad de enfrentarle, de obligarle a prohibir el telamón.

Nuria se dio la vuelta y comenzó a andar hacia el instituto, pero Boro la cogió por la cintura y la sujetó con fuerza. Un escalofrío recorrió el cuerpo de Nuria.

—No conseguiremos nada de esa forma —le dijo al oído—. Lo negará todo. Y nuestros jefes lo defenderán, lo que nos dejaría a nosotros en una postura muy delicada. Estoy seguro de que Liliana obtendrá mejores resultados.

Nuria se liberó de su abrazo y miró los labios de Boro. Lentamente se dirigió hacia la salida del zaguán. No sabía hasta cuándo iba a salir vencedora o derrotada de aquella lucha que entablaba contra su deseo.

* * *

Nuria alzó a su bebé, frotó su cara contra sus mejillas mientras Mireia le tiraba de la falda sin decirle nada para reclamar su dosis de cariño. Úrsula le ofreció prepararle algo antes de marcharse, pero ella no tenía apetito.

—Ya voy. Espera que lo deje —le dijo a su hija.

—No sabes la cantidad de cosas que hemos hecho —le dijo la niña—. Úrsula me está enseñando a coser.

—Pues me alegro mucho, cariño, yo no sé. Después me enseñas a mí. ¿Querrás?

—Le voy a coser sus propios vestidos a mis muñecas. Mira, este de la revista es de azafata, lo vamos a hacer entre las dos. Úrsula tiene botones, ojales, de todo lo que se le pone.

Nuria rio.

—Los ojales se hacen, no se ponen. Son agujeros alargados. Mira, como estos —le dijo enseñándole la chaqueta después de quitársela.

Su intención era que aquel viernes, cuando Máximo llamara al timbre, no le diera la impresión de que acababa de llegar de la calle.

33

A Boro lo llamaron por teléfono muy temprano. Le avisó una de las chicas de doña Rita. El químico le dijo que lo esperara abajo porque ella no se movía del umbral de su puerta y no quería hacerla pasar. En menos de dos minutos se vistió y cogió el auricular:

—¿Dígame, quién es?

—Kessler. Estoy en Madrid. De este país no me iría nunca. Ahora ya tengo que regresar, pero, eso sí, sin prisas. Me puedo desviar porque primero voy a Frankfurt y así la línea me sale más recta desde Barcelona.

—¿Vuelves en coche?

—Así es. Bueno, en dos días me invitas a la comida que me prometiste.

—Será un placer. ¿Fue todo bien?

—Ya te contaré. Nos encontramos entonces.

—Le espero, te espero —le resultaba difícil hablarle así— en la plaza de Cataluña el lunes a las dos. Si quieres, puedo buscarte un lugar donde alojarte.

—Gracias, pero ya lo tengo resuelto.

—Hasta entonces. Buen viaje.

Boro Navascués colgó el teléfono y entonces se dio cuenta de que lo rodeaban tres doncellas, como las llamaba doña Rita.

—¿Viene un amigo suyo? Tráigalo. Lo trataremos como a

un rey —le dijo la patrona, que había escuchado la conversación.

Navascués no les respondió. En la mente de aquellas mujeres no cabía el rechazo, tal vez solo habían sufrido el suyo y con asimilar uno ya tenían bastante. Por el cariz de los hombres que las frecuentaban, no entendían que no todos estuvieran dispuestos a pagar por sus favores.

—Gracias. No sé si me pondré teléfono algún día con lo bien que lo atiende usted. Así de paso las veo, mejor excusa imposible. —Boro se sintió obligado a obsequiarlas con aquellas palabras, aunque enseguida añadió—: Además, para el par de veces que me llaman al año…

—A nosotras también nos gusta verle. Ya lo sabe. Y su pobre madre, si viera en quién se ha convertido usted.

Doña Rita era una vecina más del barrio. Todos sabían a qué se dedicaba. No se metía con nadie que no se metiera con ella. Ese era su lema. La respetaban porque conocía, mejor que la Policía incluso, las tripas de muchas calles de Barcelona, accedía a profundidades del comportamiento humano que hubieran asombrado a muchos. Después de más de dos décadas de trato, tenía muy claro que casi nada era lo que parecía.

Allí, la desgracia de la familia de Boro se callaba. Había pasado más de un cuarto de siglo. Él se había mudado tan solo a un par de manzanas de donde malvivió de pequeño. Decidió regresar cuando terminó en el seminario. Cuando no quiso ordenarse. Incluso en esta opción lo apoyó sin remisión el padre Vilesermes. Aquel hombre consideraba que, si una vocación no anidaba dentro de alguien, era un mal negocio pretender inculcarla porque lo que resultaba era un falso sacerdote.

Boro se quedó en aquella finca, cerca, pero a la vez lo suficientemente lejos de la habitación donde había pasado tantas horas solo. Estaba seguro de que, entre las sombras, permanecería el niño que fue, atado con las sogas que él, dentro de su mente, no había podido cortar.

* * *

Sobre las ocho de la mañana, cuando Boro estaba a punto de meter su llave en la puerta del instituto de belleza, advirtió que estaba entreabierta. Sus jefes siempre bajaban después de desayunar. Sobre las diez.

Escuchó unos sollozos. Y enseguida vio a Liliana con la cabeza apoyada en las manos y los codos sobre su mesa.

—Estaba la puerta abierta —se disculpó por encontrarla así.

—Ha venido.

Él miró a su alrededor temiendo que se tratara de alguno de los dos hombres que los vigilaban.

—Don Jerónimo ha estado aquí hace un rato —dijo Liliana, y Boro se relajó.

—¿Tan temprano?

—Sí, habíamos quedado en encontrarnos a las siete. Solo quería decirme, tal como yo esperaba, que no quiere que volvamos a vernos. —Liliana volvió a gemir, pero de una forma más breve que cuando la escuchó al entrar—. Se marcha. Esto ya se lo dijo a los señores Frument en su despacho. Pero pensé que solo se refería a que dejaba su cargo. No pude escuchar más.

—Huye, querrás decir.

—Me ha dicho que de momento se traslada a vivir a una hospedería muy cerca del sanatorio de Lourdes. Sé que lo echaré de menos. Me ha ayudado mucho, eso no lo puedo negar.

—Menuda manera de expiar sus culpas, en vez de tomar armas en el asunto se esfuma. A saber lo que le habrán ofrecido.

—Lo habrán extorsionado, claro, nunca me lo diría, pero

es fácil de imaginar. Por eso me siento tan mal. Es un buen hombre, pero me quiere apartar como sea. Es como si de alguna forma me sintiera como un testigo de todo esto sin haber intercambiado palabra al respecto.

—Seguro que le reclamarán dinero por no hacer públicos sus manejos. Lo chantajearán. Así parece que funciona siempre.

—Pero las trampas no las hace él, es cosa de los otros. Él solo tenía que mirar hacia otro lado.

—Da igual, Liliana, es igual de culpable por omisión.

—Dice que lo han amenazado con airear lo nuestro, por eso lloro, sobre todo lloro por mí. Boro, me despedirían. No me ha dicho quién ha sido, pero estoy convencida de que se trata de esos tipos siniestros que vi desde el paseo del Borne cuando iba a reunirme con vosotros. Hace casi un mes que no nos veíamos, a pesar de lo insistente que he sido, pero el esbirro ese habrá reunido pruebas, no sé cómo las habrá conseguido, pero el caso es que le han dicho que iban a ponerlo todo en conocimiento de su mujer. Él dice que el corazón de su esposa no lo soportaría, que por eso se marchan.

—¿Y los niños que siguen muriendo? ¿Y los que nacen con malformaciones?

—De eso no le he dicho nada. No me he atrevido. Lo siento. Solo tenemos que rogar por que a quien pongan ahora en la Delegación haga algo.

—Liliana, si lo cambian es precisamente para que su sustituto no se oponga, para que no haga nada.

34

Nuria y Liliana aceptaron de muy buen grado la invitación de Boro para comer con Varick Kessler. Tenían muchas ganas de conocerlo. Cuando se acercaron al mosaico del centro de la plaza de Cataluña, Boro ya estaba allí. Como quería ejercer de anfitrión de una forma impecable, llegó con casi un cuarto de hora de antelación. En cuanto se saludaron los tres, vieron al doctor con una mujer rubia, muy alta y esbelta, que vestía ropas ceñidas y unas botas de charol blancas que le llegaban más arriba de las rodillas.

—Parece una modelo de la revista *Burda*—dijo Liliana.

Boro se adelantó unos pasos y Kessler lo saludó.

—Amigo Navascués, ¿cómo está? ¡Qué ciudad tan magnífica! Le presento a Mirja, mi novia. Es sueca. Ya sabe que a los escandinavos les gusta mucho nuestro país. Por eso me acompaña, solo por eso. —Y le guiñó un ojo para que advirtiera la broma.

—Encantado, señora —le dijo Boro.

—Igualmente —le respondió con una sonrisa inmensa. Mirja pronunció esta única palabra de forma muy lenta, como si cada sílaba le costara mucho esfuerzo. Llevaba una cámara de fotografiar de la marca japonesa Yashica colgada de la muñeca.

—Nuria Somport es mi compañera en el instituto cosmético, quien responde a las cartas del consultorio —le dijo Boro mientras lo llevaba hasta ella—. Y Liliana, la secretaria de los señores Frument. Sin ella no hubiéramos sabido nada sobre el caso de los recién nacidos mutilados.

Entre la multitud que había en la plaza destacaba Guifré Baladre. Lo advirtieron enseguida. Boro primero se quedó parado y después fue hacia él. Nuria lo cogió de un brazo, pero su compañero se sacudió con fuerza.

—Déjeme, ya estoy harto. ¿Qué quiere? Ya ni siquiera se esconde —le dijo al detective.

Mirja aprovechó aquel instante para fotografiar la plaza y después se centró en ellos.

—Tú sabrás lo que quiero, Navascués. Si te molesta mi presencia es porque tienes mucho que ocultar. Ándate con ojo. Algún día me agradecerás estas palabras.

Boro levantó el puño. Un barrendero se quedó mirándolos como si se tratara de un espectáculo.

—Tranquilo, tranquilo, que no pasa nada, no está prohibido mirar a las palomas ni a los viandantes. Y si son como esa, es un placer —le dijo mientras señalaba hacia Mirja.

—Lo voy a denunciar a la Policía.

—Sí, vaya, vaya a la comisaría. Allí ya me conocen de sobra.

—Se lo repito. Déjenos.

En cuanto Varick Kessler comenzó a caminar hacia ellos, Baladre se alejó.

—Menudo presupuesto que se están gastando estos de la farmacéutica en tenernos vigilados. Más les valdría que lo emplearan en hacer pruebas de lo que lanzan al mercado —le dijo el doctor.

—No lo soporto más. Creo que me persigue veinticuatro horas al día. Es insoportable. Me saca de quicio.

—No perdamos la calma, amigo Boro, eso es lo que menos nos conviene a nosotros y más les conviene a los de Orlanta, que nos metamos en algún lío que nos obligue a quitarnos del medio.

—Sí, tienes razón.

—Eso está mejor. ¿Dónde comemos?

—He reservado mesa en un restaurante de la Barceloneta. ¿Has estado alguna vez en el puerto?

Kessler negó.

—Te encantará el sitio. Pero tendremos que ir en dos taxis.

—Sí, pero antes nos haremos una foto de recuerdo para que vean en Alemania esta luz.

Se agruparon y la novia del doctor Kessler se adelantó para situarse enfrente de ellos. Después caminaron hasta el lado derecho de Las Ramblas y enseguida llegaron los dos vehículos que necesitaban.

Mirja miraba por la ventanilla del copiloto. Se había sentado junto al conductor para poder acomodar mejor sus piernas que en los asientos de atrás.

En cuanto llegaron al barrio marinero se dirigieron hacia el paseo. Nuria les dijo que un médico alemán se había ofrecido a operar a uno de los niños que visitaron en el asilo de huérfanos San José, según les había informado la madre superiora.

—A saber quién será —les dijo Kessler mientras entraban en el restaurante—. Si está en vuestra mano, impedidlo, y si me dais el nombre del lugar donde está interna esa criatura, puedo llamar yo también.

A la luz de la costa, al brillo de la vajilla y a la delicia de los sabores del marisco se oponía todo lo que a ellos los descorazonaba. Su invitado era jovial, muy animoso, o al menos aparentaba serlo.

—En Alemania comencé trabajando de traductor, de locutor de comerciales, de doblador de películas... nada menos. Quién me lo iba a decir. Parece que necesitaban a muchos para hacer estos trabajos porque Hitler había matado a casi todos los extranjeros. Muchos médicos habían muerto también en la guerra y por eso pude entrar en el hospital de Hamburgo relativamente pronto.

Nuria, Boro y Liliana disfrutaban escuchándolo.

—Con estos ingresos y mis ahorros compré el automóvil que después nos resultó tan necesario para nuestras investigaciones. Contar con un medio de transporte propio nos permitió a mi compañero Conrad Singer y a mí desplazarnos por toda la región.

—Después de tanto esfuerzo por vuestra parte, no tiene perdón que sigan naciendo niños con focomelia —dijo Boro desanimado.

—No debemos dejarnos vencer por el desánimo, y menos después de lo que hemos descubierto. —Kessler bajó mucho la voz—: Tiene que ver con la patente del telamón. Podría significar el hundimiento definitivo de Orlanta. Solo falta conseguir el documento que lo demuestra.

En un gesto reflejo, Kessler miró hacia fuera del establecimiento. En el escaparate había un acuario con langostas y bogavantes y sobre él la mirada helada del otro hombre que vieron en la plaza de Santa María.

—Está otra vez aquí.

—Este otro aún parece más peligroso —dijo Kessler—. No nos dejan ni a sol ni a sombra. Siempre tienen a alguno de sus matones revoloteando sobre nosotros. Da igual que estemos en Alemania, en Francia o aquí, como ahora.

Todos se giraron y vieron al hombre que los miraba desde fuera. Kessler les hizo un gesto para que se acercaran más.

—Los primeros años de la posguerra conocí en Hamburgo a Siegfried Bacharach, el chófer de Meliva, una mujer encantadora de la que me precio de conservar aún su amistad. Le mandaré una de las fotos de hoy para que vea lo bonita que es Barcelona. Yo entonces alternaba con un grupo de damas, algunas bastante mayores y la mayoría viudas. Meliva solía recibir a sus amistades en su mansión de varios salones, que habían permanecido insólitamente intactos, como si, igual que había sucedido con ella, las bombas y su metralla hubieran decidido evitarlos. Aquella casa contaba con una cocina inmensa y un obrador en el que su chófer, también hombre de mil oficios como yo, elaboraba pan. Gracias a los contactos de esta mujer, conseguía directamente del puerto la harina, la levadura... Durante algunas jornadas llegaba a amasar más de cincuenta kilos, los tenderos se lo quitaban de las manos. De esta forma, de día la trasladaba de un sitio a otro y por la noche se dedicaba a la que había sido su profesión cuando vivía en paz. Compartimos muchos ratos durante aquellos años. Me contó cosas terribles. Inimaginables, y que tienen mucho que ver con lo que sabemos de la patente del medicamento. Ahí está la clave y lo que puede hacer caer a Orlanta, como os decía.

—Conrad Singer y tú tenéis ya certezas. Y lo de la fecha, eso será... —dijo Mirja con su esforzado español en el que no encontraba la palabra que le faltaba.

—Será el golpe maestro. Así es. Y está lo del congreso que han convocado para ridiculizar nuestros argumentos. Saben que hemos dado con la causa de esas anomalías, y lo que es peor, con su origen, y que no van a poder parar el escándalo durante mucho más tiempo. Si en este momento no soy más concreto es por vuestra seguridad. Hasta que todo salga a la luz creo que es mejor para vosotros que no corráis más peligro aún. Ellos, los del laboratorio, lo saben, y saben también que eso supondrá su final.

—En estos momentos no tendría un hijo —dijo de repente Mirja, y a los demás no les quedó ninguna duda de que aquel cambio de tema se debía a que quería que no le preguntaran nada más a Varick.

—No es para menos. Así estamos muchos en Alemania. Después de lo que he visto, yo creo que los que se arriesgan es porque no conocen estos casos. Concebirlo sano y que durante el embarazo se llene de taras por un fármaco... Y no solo es lo que se ve, muchos nacen con problemas digestivos, el páncreas les funciona mal... Hay bastantes más cosas.

—¿Y Conrad Singer ya tiene acabado el artículo? —le preguntó Navascués.

—Lo escribió en una tarde y la revisión no nos llevó más de una semana. Solo tuvo que compilar toda la información, hacer un sumario, redactarlo. Lo ha contado todo, que el telamón comenzó a comercializarse hace cinco años, los efectos, los casos que tenemos registrados. Todo está respaldado con datos. El rigor es absoluto.

—¿Y qué han dicho? —insistió él.

—Pues los del comité de redacción de la revista *Tyndaller* respondieron que cuando hubiera espacio lo publicarían. Parece que no tienen la misma idea de lo que significa emergencia médica que nosotros —dijo Kessler.

—¿Crees que a ellos también los tendrán amenazados? —preguntó Nuria con mucha preocupación.

—Es una posibilidad. O comprados al menos —dijo Kessler, y se volvió para mirar muy serio a su novia—. Por eso no sé si es buena idea que hayas venido conmigo.

—¿Por qué? ¿Porque no vamos a tener hijos? —dijo también en castellano.

—No, Mirja, no es eso, sino que saben que estamos juntos, y temo que te pase algo. Ya has visto: en la plaza de Cataluña tenían apostado a un hombre y aquí a otro.

—¿Los justicieros no podéis tener amantes? —bromeó ella.

Varick consideró descortés con los demás responderle en alemán, así que continuó hablando en castellano a pesar del carácter privado de la conversación.

—Tú no eres mi amante aunque te empeñes, eres mi amiga, mi compañera, mi consejera, mucho más que una novia incluso. Por eso te planteo lo que me parece más sensato. Ahora no quiero tener ningún talón de Aquiles. No me lo puedo permitir.

Liliana, Nuria y Boro se miraron. Estaban intranquilos. Nuria no pudo evitar pensar en sus hijos.

—Varick, me sé cuidar. Además, no todo se puede elegir y no puedo elegir estar sin ti. —Sonrió—. ¿Dónde voy a encontrar a alguien que tenga lo mejor de España y lo mejor de Alemania? Para que te deje, primero tendrías que encontrarme a un sustituto. Y eso es imposible.

Kessler sonrió, aunque no se podía quitar de encima aquel desasosiego.

—Venga, vamos a tomarnos una última fotografía.

35

Guifré Baladre tenía carnaza, quería contarle a Máximo Zafara lo que había visto en la plaza de Cataluña. Estaba satisfecho porque ya habían acordado por teléfono que cobraría una buena cantidad. Quedaron en encontrarse en la puerta del bar del Pi.

—Pasan muchas cosas a tus espaldas, amigo, por no decir que todo pasa a tus espaldas —le dijo a modo de saludo el detective.

Le molestó que lo llamara amigo, pero en ese momento no estaba para preocuparse de los detalles.

—Vámonos al piso de doña Rita, Baladre, no tengo ganas de estar aquí.

Recorrieron en menos de cinco minutos aquellos cuatrocientos metros escasos. En cuanto les abrió la mujer que fumaba con boquilla, Máximo se adelantó.

—Déjenos una sala donde podamos hablar tranquilos. Queremos estar solos, al menos el primer rato.

A Baladre le pareció que su cliente se desenvolvía bastante mejor que la vez anterior que lo vio allí.

—Como queráis.

—Y dime, Portamares —después de llamarlo así le guiñó un ojo—, ¿me has traído lo acordado?

Paseaba con las manos a la espalda mirando los grabados eróticos que colgaban de las paredes.

—Mira esta, con tres.

—Eso depende de lo que tengas para mí —dijo Máximo harto de su comportamiento. A aquellas alturas solo quería que todo aquello terminara cuanto antes.

—Verás, tu señora esposa, como te digo, no se aburre cuando no estás. —El detective le enumeró a quienes se encontraron aquel lunes para ir a comer—. Tendrías que haber visto a la rubia, un monumento. Sus piernas me llegarían al cuello. —Rio con una carcajada medio quebrada—. La melena, la cintura, todo lo tenía largo y estrecho. Llamaba la atención con la ropa muy pegada y unas botas de charol blanco tan altas que le pasaban de las rodillas.

—Baladre, ¿tienes algo para mí? —quiso reconducir Máximo el tema.

—Sí, claro que tengo, y mucho. No te soliviantes. —El detective tenía claro que aquello era un pulso y que lo ganaría quien más resistiera.

—¿De dónde es la llave que te di? —le preguntó Máximo muy ansioso.

—De un sitio muy interesante: de un apartado postal donde tu mujercita recibe correspondencia. Te he anotado la dirección y el número —dijo acercándole con mucha lentitud un papel.

—¿Qué clase de correspondencia? —Máximo elevaba cada vez más su tono inquisitivo.

—No sé. Todas las veces que he ido estaba vacío.

—Esto no vale lo que pides —dijo Máximo con un tono todavía más amenazador—. ¡Devuélveme la llave! ¡No ha servido para nada que te la diera! ¡Qué pérdida de tiempo!

—Portamares, ¿dónde están tus modales? —le dijo mientras se la entregaba después de asegurarse que mantenía la copia que había hecho en su bolsillo—. Seguro que con tus clientes usas mejores maneras. Te advierto que no te vas a librar de mí de esta forma tan fácil. Dame lo que me debes.

—Mira, Baladre, no te debo nada.

—Te equivocas. Por andar detrás de Nuria he recibido amenazas del tipo ese que la sigue.

—¿Qué tipo? ¿El químico? —le dijo Máximo adelantándose hacia él.

—No, uno que los sigue a todas partes. Si vieras lo agresivo que es, entenderías por qué temo por mi integridad física. Tú me metiste en esto y ahora me vas a dar el dinero para que pueda escabullirme.

—No exageres.

—No lo hago. Si hubieras recibido las mismas amenazas que yo en Santa María del Mar, no dirías lo mismo. No sé a ciencia cierta en qué anda metido el tal Navascués, eso es verdad, ahí te doy la razón, pero tengo datos suficientes para afirmar que detrás de todo esto hay algo muy gordo, dcscomunal. Yo no soy hombre de abandonos, siempre llego hasta el final, pero mi olfato me dice que esta vez me haga a un lado.

Máximo lo miró con incredulidad.

—En vez de mirarme así, mejor ándate con ojo por si te salpica a ti también. Hay incluso conexiones internacionales —le advirtió Baladre.

—Sí, conmigo, por ejemplo, que soy italiano. —Soltó una carcajada.

—No, con los alemanes.

Máximo no notó el temor que sentía el detective porquc no lo conocía.

—*C'est fini,* hasta aquí, ya está. Basta —lo despidió.

—Ya sé que hablas idiomas, no hace falta que me lo restriegues por los morros. Si me sueltas la mosca, me evaporo. Y te doy un extra gratis, cuidadito con los alemanes, están dispuestos a todo.

—Eres patético, ya no se te ocurre qué más inventarte. Dudo hasta de que seas detective. Adiós, Baladre, no te voy a desear buena suerte porque está visto que la fortuna te rehúye y así seguirá siendo.

—No me voy a mover de aquí hasta que me des lo que es mío. —Baladre se incorporó.

—¿Lo tuyo? Lo tuyo sería darte una paliza. ¿Qué más quieres?

—Mis tres mil pesetas, y no me amenaces.

La carcajada de Máximo Zafara fue tan estruendosa que resonó en el pasillo de la casa de doña Rita.

—Conmigo no se juega —le advirtió el detective—. Eres un pobre diablo, crees que tienes mucho, pero te vas a ver en la calle pronto y muy solo. Te lo vaticino. He visto a otros como tú antes. De la raza de los que piensan que lo saben todo.

—Yo no huelo a fracaso como tú —le dijo Máximo mientras lo miraba de arriba abajo.

—Me refiero a tus andanzas. Si no me pagas lo que me debes, me lo pagará tu mujer y de muy buen gusto.

—Será si yo le doy el dinero. —Máximo no podía dejar de mostrar su superioridad en todo momento.

—Cuando le cuente lo que haces cuando no estás en casa, te aseguro que sacará el dinero de donde sea. Ella, a diferencia de ti, tiene amigos. Y de un tiempo a esta parte, hasta trabajo.

Al viajante de comercio se le cruzó una idea por la cabeza, pero no le pareció que fuera posible hasta que el detective continuó:

—Ese es el abecé. Primero tienes que saber con quién tratas. ¿Qué pensabas, que me iba a creer todo lo que tú me habías contado? Tú sí que eres un canalla —casi le escupió.

Máximo palideció, no se le había ocurrido pensar que también lo investigaría a él. Dejó caer sobre la mesa de centro, delante del tresillo en el que estaba sentado, unos billetes arrugados.

—¿Qué es esto? —le dijo Baladre con una mueca de asco.

—El dinero que tanto me reclamas.

—¿Esto? —Baladre los estrujó con fuerza y los tiró al suelo—. Esto es una miseria y tú un miserable.

—¿Qué esperabas? Lo justo es que te pague por tus resultados y los que me has ofrecido han sido más bien escasos. Es la limosna que mereces por viejo y por acabado. Me equivoqué contigo. —Chasqueó la lengua.

—No sabes cuánto. El precio acaba de subir a cuatro mil. Tú sabrás si lo que tienes que perder lo vale. Yo creo que sí e incluso que vale bastante más.

Máximo dudó al verle tan seguro.

—Dame dos días y te traigo el dinero —improvisó—. Ahora no llevo más encima.

—Te lo advierto, no intentes jugármela. Parece que ya me vas entendiendo —dijo sirviéndose una copa—. Mira que ponerle un sabueso a tu mujercita con el belén que tienes tú montado. Anda que… Pasado mañana te espero aquí a la misma hora. Si no vienes, me presentaré en tu casa.

Máximo hizo un esfuerzo por contenerse. Se disponía a salir cuando entraron dos chicas con una peluca igual. Ambas se la sujetaban con una diadema de flores. Solo llevaban, además de ese trozo de tela en la cabeza, unos picardías tan transparentes que en algunos trozos se confundía su piel con el estampado.

—¿A quién le amarga un dulce, Portamares? —cambió de tono Baladre al verlas—. Si la vida nos hace regalos, hay que cogerlos para que no se enfade la suerte con nosotros por despreciárselos y se vengue.

Máximo no le respondió. Cogió de la mano a la chica que tenía más cerca y se alejó con ella por el pasillo.

36

Boro le pidió que se acercara a la parroquia del Buen Pastor porque el padre Vilesermes le había avisado de que tenía noticias para ellos. Nuria fue con sus hijos. Cuando entraron en el templo, arropó a Marc, que dormía. Enseguida Mireia le apretó la mano muy fuerte.

—Tengo miedo. Todos me miran.

—No son personas, son santos, estatuas de piedra. No te preocupes. Vamos a ver a un señor muy simpático que tiene muchos colegios para niños.

Continuaron hacia la sacristía. Desde fuera Nuria pudo ver al sacerdote colocándose la casulla.

—¿Va a decir misa, padre? Disculpe, no lo entretendré nada.

—Pasad, pasad, ¿cómo estás, pequeña? ¿Quieres un caramelo?

—¿Son de piedra también? —le preguntó ella.

—No, son de comer —le dijo a la vez que le sonreía—. Toma.

Mireia los cogió y se refugió en el confesionario. Nuria iba a reprenderla, pero el sacerdote la retuvo.

—Tranquila, no hace ningún mal. Déjala. Pensaba llevarle esta lista a Boro, pero ya que te has molestado en venir te la entrego. Veo que está muy interesado en evitarme el paseo. Dile que tengo que hablar con él.

—Así lo haré. Padre, ¿cuántos niños ha encontrado? —le preguntó mientras cogía la lista.

—Además del que visteis en el Patronato Ribas y el del asilo San José, hay niños así en cuatro hospicios más de esta provincia, tres en Gerona, otro en Lérida y de momento ninguno en Tarragona. Eso sin contar los que estarán en sus casas por esos pueblos de Dios, ni los que en gloria estén, porque murieron al poco tiempo de nacer o porque no llegaron a fruto de bendición, y todo esto solo aquí en Cataluña. Si la cifra va en aumento, mala cosa. Ya había visto tullidos, siempre los ha habido, hasta en la Biblia, pero teníais razón, lo de ahora es distinto. Salvador sabe que llevo en esto más de medio siglo.

Nuria se fijó sobre todo en las fechas: al lado del nombre de algunos niños había dos separadas por un guion. El paréntesis encerraba la brevedad de sus existencias.

—Están los nombres de los padres, de la puericultora también en algunos casos. Algunos primero fueron a otros médicos.

—Antes de abandonarlos —dijo ella.

—Así es. Dios se apiadará de ellos, no podemos juzgar a sus padres. A saber qué hubiéramos hecho cualquiera de nosotros en esa misma situación. Es fácil hablar desde fuera.

Nuria sonrió por la actitud de aquel hombre. Estaba convencida de que Boro le debía mucho, muchísimo, a quien había sido el encargado de forjarle el carácter. Compartía muchos rasgos de su personalidad.

—¿Cree que esas familias también querrán hablar con nosotros?

—Por probar no se pierde nada, espero que tengáis suerte. Os he incluido un escrito de mi puño y letra dirigido a la persona encargada de cada sitio para que os atiendan lo mejor posible. Pero creo que tampoco es cuestión de insistir con las visitas, hija, me parece que la cosa está más que clara: visto uno, vistos todos.

—Eso me temo, padre. —Nuria se guardó la lista en el bolso—. Y gracias.

—Es mi trabajo velar por los más desprotegidos. No he hecho nada especial.

—Y... ¿ha podido hablar con don Jerónimo Ullrapós?

—Sí. Parece mentira, alguien tan bueno. Está obcecado con lo de quitarse de en medio.

—Tiene que obligarlo a hacer algo. A tomar una determinación. A que su posición sirva para algo.

El padre Vilesermes sonrió con tristeza.

—Ay, hija, si yo tuviera ese poder... Pero me temo que tendremos que dejárselo a su conciencia.

—¿Mamá, qué es conciencia? —preguntó Mireia, que se había acercado a ellos sin que Nuria lo advirtiera.

* * *

Desde la cabina de la misma plaza frente a la iglesia, Nuria llamó a casa de Dora para preguntar si podía llevar a sus hijos con Úrsula. La relación entre su empleada y ella era cada vez más estrecha. Respecto a la propietaria de su apartamento, Nuria todavía seguía elaborando en su mente lo que le diría. Fue desde la parroquia al paseo de la Bonanova y de ahí, con el mismo taxi, hasta el instituto de belleza.

Cuando subió las escaleras, el portero de la finca de al lado la miró sin ningún disimulo. Antes de entrar en el portal, Nuria se asomó con cautela, no sabía si los señores Frument estaban en su casa, pero de ninguna manera se los quería encontrar por la escalera. Las luces del laboratorio estaban apagadas. Aun así, llamó a la puerta con los nudillos. Cuando ya se marchaba, escuchó pasos y la llave que giraba. Boro le abrió la puerta. El laboratorio estaba en penumbra salvo por una luz amarilla que provenía del despacho de don Aleix y convertía aquella sala en un prisma que reducía la estancia y concentraba la escasa luminosidad.

—No sabía que ibas a venir.

—Ya me lo imagino —le dijo Nuria, y sus ojos se detuvieron en la copa de licor ámbar que había sobre la mesa. Las miradas de ambos se mezclaron en el alcohol.

—¿Quieres? —le dijo su compañero mientras alzaba la copa.

—No, cómo se te ocurre. He venido porque necesito saber si has podido analizar las pastillas que te di.

Boro asintió apesadumbrado.

—El principio activo de unas es el telamón.

Nuria sintió que se le retorcía el estómago y que le bajaba un peso como si se le hubiera desprendido una parte del corazón.

—¿Y ahora? ¿Qué pasará si me quedo embarazada? ¿Esto significa que ya no podré tener más hijos?

—Existen muchas maneras de evitarlo.

—Pero entonces me quedaré solo con dos hijos.

—¿Solo?

Nuria lo miró bastante desolada.

A Boro se le pasó por la cabeza la idea de que si quería tener más fuera con él. Pero esto le pareció imposible. No sabía cómo manejar la preocupación de Nuria. Decidió enseñarle lo que la secretaria le había entregado.

—Mira. Anoche Liliana se coló en el despacho de don Jerónimo cuando no había nadie. Esto que ha copiado es una bomba. —Boro cogió un papel del escritorio y se lo mostró a Nuria.

MINISTERIO DE COMERCIO
DELEGACIÓN REGIONAL DE CATALUÑA
Barcelona

ATENCIÓN. DOCUMENTO PRIORITARIO

Adjunto remito a V. S. oficio con acuse de recibo, dirigido al director técnico farmacéutico de la Inspección General de Farmacia, notificándole que me he puesto en contacto con la central en Stolberg de la filial española del laboratorio Orlanta, tras la notificación recibida en esta Delegación, según la cual no prevén informar a los médicos de nuestro país sobre los efectos secundarios de la especialidad farmacéutica número E. N. 34.857, de la que ellos tienen la patente así como los derechos de distribución.

Por tanto, pongo en conocimiento de Vuestra Señoría que dicho fármaco se sigue comercializando aquí, una vez es sabido el funesto efecto que ocasiona.

Dios guarde a V. S. muchos años.

JEFE REGIONAL DE COMERCIO
Don Jerónimo Ullrapós Valestrems

Intercalados entre el texto había varios sellos y el número del registro de entrada; encabezaba la carta el escudo del Ministerio.

—Está firmado por él, Nuria, y dirigido a Madrid. Si no hacen algo, quedarán en evidencia. Y los médicos seguirán recetando telamón.

—Espero que por fin hagan algo y la pesadilla termine.

Boro la abrazó, pero ella lo apartó enseguida. Él la miró desconcertado.

—No está bien que me abraces, ni que me beses.

Nuria miró sus labios y entonces fue ella la que lo besó. El pulso comenzó a acelerársele mientras él le acariciaba el pelo, la nuca, el cuello…; cuando le tocó un pecho por encima de la blusa se separó de Boro con bastante brusquedad.

—Lo siento —le dijo—. Tengo que marcharme. Es lo mejor para los dos.

No le dio tiempo a replicar. Tenía el bolso junto al coñac y la lámpara de mesa, se lo colgó del brazo y fue hacia la puerta. Boro se sentó y se terminó la copa de un trago.

La bombilla de la escalera se había fundido. Nuria pensó

en retroceder, pero no quería encontrarse con Boro porque sabía que si volvía a verlo no encontraría las fuerzas para marcharse de nuevo.

Bajó el primer tramo de escaleras. Prefirió seguir el desnivel con la mano sobre la cenefa de la pared de su derecha antes que apoyarse en la barandilla. Avanzaba muy despacio porque temía caerse. A apenas metro y medio del jarrón que había en la hornacina metálica vio cómo se movía el fondo. Nuria pensó que era su sombra y se quedó quieta. La parte trasera de aquel hueco hacía aguas y de nuevo comprobó que era como si las agitaran. Entonces tuvo claro que había alguien más allí, detrás de ella. Alcanzó el vestíbulo de un salto. El portalón estaba cerrado y no encontraba el picaporte. Arañó la madera hasta que por fin dio con él y abrió, pero no pudo alcanzar la calle. Una mano la cogió de cada tobillo y después se los chocó. Escuchó el mismo ruido que se hace con un cascanueces al partir el fruto.

Casi un cuarto de hora después, fue el químico quien comprobó que no funcionaba la luz de la escalera. Cuando ya estaba ante la puerta, su pie izquierdo golpeó contra un bulto que había en el suelo. Abrió para iluminarse con la farola de la calle y entonces la vio tendida allí. Tirados a su alrededor estaban todos los objetos que contenía su bolso: una polvera, la barra de carmín y otra de manteca de cacao, tiritas, un peine, las tijeras de bordar, un monedero, las llaves, una cajita de madera, un frasco de perfume pequeño con borla, un pañuelo, un lápiz y un cuaderno.

Tocó primero a Nuria y notó su cuerpo muy frío y Boro salió a buscar ayuda. Entraba y salía del portal, cruzaba al otro lado de la calle, llegaba hasta la plaza de Cataluña y volvía de nuevo. Durante los siguientes dos minutos no pasó ningún taxi. No sabía si correr hacia Las Ramblas o en dirección contraria. Pensó en subir al laboratorio y llamar por teléfono. Pero lo descartó para no dejarla sola. La cogió por debajo de la nuca y las rodillas. Salió con ella así. La calle Pelayo seguía desierta. Entonces volvió a entrar y la dejó con mucho cuidado, apoyada junto a una esquina al lado de la puerta, y corrió hasta la parada de taxis sin dejar de mirar atrás.

—Tiene que ayudarme, vamos aquí al lado, al número 56 de la calle Pelayo, donde está el instituto de belleza. Hay una mujer inconsciente —le dijo al primer conductor de la fila.

—No quiero líos, busque a otro.

—Ayúdeme, por favor, es mi compañera de trabajo. Mire, esta es la tarjeta de la empresa. No piense nada raro.

—Iré, echaré un vistazo y ya veremos.

Mientras el coche daba la vuelta a la plaza, Boro cruzó hasta el edificio, abrió de par en par las dos hojas de la puerta y recogió del suelo los objetos de Nuria.

El taxista, en cuanto la vio allí, bajó y la cogió por los pies. Nuria se quejó, pero continuó sin abrir los ojos. Al tomarla por los hombros, Boro notó que le manaba sangre de la cabeza.

—No me manchen el taxi.

Boro se quitó la camisa y se la colocó sobre sus piernas para apoyar a Nuria en ellas. Cuando llegaron al hospital de Sant Pau, Boro comprobó que ya era capaz de incorporarse aunque seguía muy aturdida. Apretó la camisa contra la herida y la ayudó a bajar. En cuanto los vieron así, a Nuria tan mareada y a él con sangre en la camiseta interior, se acercó una enfermera con una silla de ruedas.

—¿Qué me ha pasado? ¿Por qué me duele todo? ¿Me han atropellado?

—Te han asaltado.

—¿Para robarme? Si apenas llevaba dinero…

—No creo que fuera lo que querían.

—Y entonces, ¿qué buscaban?

—Esto —dijo él mostrándole el papel que habían estado leyendo en el despacho de don Aleix Frument.

—Usted espere aquí —le dijo la enfermera en cuanto giraron la primera esquina de aquel pasillo.

Boro se detuvo junto a un ventanal inmenso y opaco a aquellas horas.

En cuanto entró en la consulta, a Nuria la envolvió el olor como de cítricos dulces del cloroformo. El médico la saludó de forma breve antes de interrogarla sobre su estado. Después comenzó a examinarla. Quiso comprobar sus reflejos, le golpeó con un pequeño martillo en las rodillas, después le preguntó su edad, dónde vivía y cómo se llamaba.

—¿Ha estado mucho tiempo desmayada?

—No lo sé. Si quiere llamo a mi…

—No, déjelo, no llame a nadie. Vamos a curarla.

Entró otra enfermera. Después de que su asistente la lavara le dijo que tenían que darle varios puntos de sutura sobre el cráneo y hacerle una radiografía de los tobillos.

Esperó después de nuevo frente al escritorio del médico. Él salió de la sala de al lado.

—Tendrá que estarse quieta unos días para recuperarse.

—¿Y quedaré bien?

—De la cabeza sí, es muy superficial la herida. Aun así evite dormirse en unas horas, tenemos que asegurarnos de que no tiene ningún coágulo. En los tobillos no hay ningún hueso roto…, pero tenga cuidado al apoyar los pies. No haga esfuerzos, no cargue peso, téngalos en alto el mayor tiempo posible. Los tiene muy hinchados.

El médico le dio la mano, apretó el botón de un intercomunicador que tenía en su mesa y enseguida apareció la misma enfermera, que la llevó hasta la sala de espera junto a Boro.

—Me han dicho que puedo irme a casa.

—Pero si estás tan débil…

—Pero así es, el médico considera que es mejor que esté en su entorno que quedarse aquí. Sobre todo, vigile lo que come su señora, señor Zafara. —A Boro no le gustaba nada aquel apellido, pero no quiso corregirla—. Que ingiera la suficiente cantidad de proteínas, tiene que recuperar mucho hierro, se nota que está muy floja.

—Sí, la cuidaremos mucho, descuide —dijo Boro mientras le acariciaba a Nuria la mejilla.

—Y una cosa más, que no se disguste. Pronto estará bien, pero mientras tanto ayúdenla todo lo posible. No sabemos el alcance del traumatismo. No está fuera de peligro. A veces hay complicaciones durante las horas posteriores. Tenga. —La enfermera le entregó a Boro varios papeles con el sello del hospital.

Cuando se dirigían hacia la salida cruzaron el ala de Maternidad. Hasta ellos llegaban los llantos de los bebés y las palabras y risas de sus familiares. Se mezclaba el aroma de los ramos de flores dejados junto a las puertas con el del producto utilizado para limpiar. Nuria supo que nunca volvería a estar ingresada en una habitación como aquellas. Miró a Boro y le dijo:

—¿Crees que todos habrán nacido bien?

37

Después de lo que le había sucedido a Nuria, Boro Navascués y Varick Kessler decidieron meterse en la boca del lobo y asistir al congreso organizado por la farmacéutica Orlanta en Düsseldorf. Conrad Singer no quiso ir. En cuanto Kessler les informó, Orlanta puso a su disposición pasajes de avión y una reserva en un hotel para ambos, pero ellos no quisieron aceptar ni una cosa ni la otra. Decidieron que cada uno llegaría por sus propios medios y que allí se alojarían en la casa de Meliva.

En el caso del quimico, fue el instituto quien pagó sus gastos. Los señores Frument se mostraron de acuerdo en aquel viaje tan breve y solo le pusieron como condición que, como siempre, les llevara muestras de productos cosméticos alemanes y los informara de cómo estaba allí esta industria. Consideraron que, igual que ellos visitaban París y Buenos Aires con cierta asiduidad, aquella era una oportunidad magnífica para abrir más mercados.

Después de la primera jornada, los representantes de Orlanta los invitaron al bar del hotel donde se alojaban la mayoría de los participantes.

Se acomodaron en unas butacas demasiado grandes y enseguida vieron entrar a dos hombres con traje y a otro que vestía de manera más informal, con una cazadora y unos pantalones de pinzas. Los dos lo reconocieron enseguida.

—Señores, les agradecemos que aceptaran nuestra invitación —les dijo el menos alto y más calvo de los que llevaban traje.

—Mi colega, Boro Navascués —lo presentó enseguida.

El químico les tendió la mano a los dos primeros y cuando llegó al tercero le dio un escalofrío. Era el mismo hombre al que Nuria y él vieron en varios puntos de Barcelona. El que se asomó al restaurante de la Barceloneta donde comieron con Kessler y Mirja. Y no le quedaba duda de que Varick también lo había reconocido.

—Harald —escuchó que los otros decían su nombre mientras se aproximaba a él.

A Boro, desconocer el idioma le permitía quedarse en segundo plano. Continuó observando al que tenía enfrente; sentado parecía igual de alto que muchos otros de pie, era fácil de reconocer con aquella mandíbula tan cuadrada, los rasgos afilados, los ojos achinados como si siempre estuviera apuntando con un arma, la nariz recta y el pelo muy corto, rapado. Él tampoco hablaba, solo lo miraba.

—Sabemos que están vertiendo determinadas informaciones falsas sobre nosotros, ¿cuánto les paga la competencia por hacerlo? —Comenzó a hablar el otro trabajador de Orlanta que aún no había intervenido. Tenía un bigote espeso y rectangular que apenas se movía por lo poco que vocalizaba—. No es el primer intento de sabotaje que padecemos, son muchos los intereses.

Kessler se giró hacia Boro para traducírselo, pero optó por resumírselo en castellano.

—Dicen que todo es mentira, como era de esperar, que nos paga la competencia.

A Boro no le pasó inadvertido que el acompañante de los de Orlanta lo entendió también y se lo señaló con un gesto de la cabeza para advertírselo a Varick.

—Miren —dijo este de nuevo en alemán—, les aseguro

que los casos que yo he visto en Radiología son niños muy reales, así como las madres que los han alumbrado. Y en todas ellas coincide que tomaron telamón en un periodo muy concreto de sus embarazos. Creo que está muy claro de dónde procede este mal, otra cosa es que lo quieran reconocer.

—Le aseguro que quienes han vendido ese medicamento no contaban con la licencia de Orlanta. —El hombre más calvo dio un golpe en la mesa y añadió—: Nuestros fármacos están muy probados antes de lanzarse al mercado.

—Y si es así, ¿dónde tienen los documentos que lo acreditan? —les preguntó Kessler.

—Están en poder de las autoridades —dijo el hombre del bigote—. Así que lo mejor será que retiren ese artículo que enviaron a la revista *Tyndaller* antes de que se publique y abandonen su campaña de difamación. De lo contrario...

—De lo contrario, ¿qué? Siga. Sigan. Sabemos que en España lo comercializa Medicamentos Internacionales, y además, ¿sabe qué ha dicho el director general de Sanidad? Que en aquel país solo ha habido dos casos, eso ha dicho, qué bien adiestrado lo tienen. Al menos dos casos por semana, esos son los que está habiendo. Mi colega —dijo mientras señalaba a Boro— tiene un registro de todos y a estas alturas son muchos más.

Boro miró alrededor, nadie en aquel lugar les prestaba ninguna atención y consideró que a ojos de cualquier testigo serían vistos como hombres de negocios en una reunión.

—Si no desisten de su actitud, nos veremos obligados a tomar medidas —dijo en un tono muy amenazante el representante de Orlanta que Kessler tenía más cerca—. Ustedes lo han querido.

—Pues tómenlas, no vamos a cejar. No nos asustan. Retiren el medicamento y ya está, esa es la única medida que tienen que tomar; después háganse cargo de las víctimas. —Varick

Kessler lanzaba las palmas de las manos hacia fuera como si de esta forma quisiera espantar el problema.

—Le repito que no es nuestra responsabilidad —apuntó el otro hombre de traje a la vez que se estiraba del bigote con dos dedos.

Varick había dejado de traducirle la conversación. Boro lo prefería así para que no hubiera interrupciones. Además, todo se desarrollaba como ellos habían anticipado. Entonces el médico de Hamburgo se sacó unos papeles doblados en cuatro del bolsillo de su chaqueta.

—¿Sabe qué es esto? —Los agitó ante ellos.

Los otros tres se precipitaron sobre la mesa, uno de los representantes de la farmacéutica los cogió.

—Como creo que no entienden nuestro idioma —en ese momento Kessler había decidido ser solo español—, les contaré yo lo que dice. Son dos cartas: una es de ustedes instando a la filial de Orlanta en España a que no se diga nada sobre los terribles efectos que está produciendo esta panacea suya contra los vómitos y los nervios. Es decir, que con toda claridad los reconocen, aunque en público y en simposios como este lo nieguen. Y hay más: a continuación está la respuesta, que lo acatan, les dicen, que así se hará y que se continuará con la distribución. —Varick fue alzando la voz a medida que describía el contenido de aquellos dos mensajes y aún más cuando comenzó a colocar sobre la mesa las fotografías de los niños lisiados—. Miren, miren su obra, ¿quieren más?

—No sé adónde pretende llegar con todo esto. —A Harald la cabeza le brillaba por efecto del sudor—. Después de leer esas dos cartas debería entender que no va a conseguir nada. Las autoridades nos respaldan y eso es lo único que cuenta. Hay millones en juego. ¿De verdad cree que alguien va a renunciar a su parte de ingresos por unos casos aislados? Explíqueselo a nuestros accionistas.

Kessler continuaba repartiendo como si fueran naipes aquellas imágenes que Boro ya había visto en Montpellier, y otras similares antes con Nuria.

—No son casos aislados, mire. —Kessler estaba cada vez más agitado—. Los tengo de todo tipo. Muchos son hijos de médicos, de aquellos a quienes les enviaron las muestras para que se las dieran a probar a sus pacientes. Se las dieron a sus esposas embarazadas. Ellas fueron también sus pacientes —recitaba como si se tratara de un salmo—. Ahí tienen los resultados. E incluso hay un caso entre los trabajadores de su empresa, uno de ellos es el padre de una criatura deformada de estas. Seguro que lo conocen. Seguro que han oído hablar de él. Pobre hombre, pobre mujer, pobre familia y, sobre todo, pobre niño.

Varick estaba fuera de sí. Harald se llevó la mano bajo la axila. Boro sabía que no sería capaz de sacar una pistola allí, pero aquel gesto lo interpretó como una advertencia.

—Y sus hijos, ¿cómo están? ¿Tienen todas sus piezas en su sitio o son como el de su compañero? Les toca muy de cerca todo este asunto. —Entonces bajó la voz—. Y no me voy a callar: son unos asesinos, saben lo que está ocurriendo y no lo detienen.

Boro temió que al doctor Varick Kessler le diera un infarto. Respiraba mal, de una forma entrecortada y muy fuerte.

—Le aseguro que sus graves acusaciones no caerán en saco roto —intervino el representante de Orlanta, que no dejaba de manosearse el bigote.

—Así lo espero —le replicó Kessler—. Vámonos, Navascués, ya nos lo hemos dicho todo.

Salieron del hotel. El químico comenzó a caminar, pero su compañero lo cogió del brazo y lo llevó hasta el bar que había al lado.

—Ven, Boro, así veremos pasar a estos pájaros.

—Voy a llamar un momento. Tengo que decirles que este Harald que nos vigilaba en Barcelona es de ellos. Que ahora ya no es ninguna sospecha. Tengo que ponerlas sobre aviso. Nuria no se puede mover. Son capaces de cualquier cosa.

—A las pruebas me remito. —Varack Kessler se sacó del bolsillo un artilugio de la marca Phillips. Era un rectángulo con una rejilla de plástico y dos pletinas con la cinta magnetofónica enrollada. Pulsó una tecla blanca para comprobar que se había grabado—. Los tenemos. A su manera, pero lo han reconocido.

—No sé cómo has podido ocultar eso.

—Pues debajo del anorak.

El ingeniero admiró su valentía y Kessler, como si le leyera la mente, le dijo:

—No sé ser de otra forma, qué le vamos a hacer.

En ese momento, tal como habían previsto, los otros tres hombres salieron del hotel Eliseo. Se pusieron a discutir junto a un auto negro, reluciente. Uno de los que llevaba traje no dejaba de señalarle con el brazo en una dirección al que les presentaron como Harald. Ni Kessler ni Navascués dudaron de que el lugar al que lo enviaban de nuevo era Barcelona.

—Llamo por teléfono y nos marchamos. Ya está bien por hoy. Mañana tenemos el recorrido por las fábricas de cosméticos. ¿Podrás acompañarme?

—Así te lo prometí.

El químico llamó al instituto de belleza y le refirió a Liliana el encuentro con los representantes de Orlanta, le pidió que no le dijera nada a Nuria de momento, que no quería intranquilizarla todavía más y le agradeció que hubiera esperado allí su llamada.

—Así lo haré. De todos modos, esta tarde he pasado por su casa y está mejor. Tened cuidado. Que tengas buen viaje de regreso.

Kessler lo esperaba de pie frente a la cristalera que daba a la calle; el flamante Mercedes Benz W111 de la serie S, la más lujosa, había dejado su hueco en el aparcamiento.

—¿Todo bien?

—Sí, allí sí, dentro de lo que cabe —le respondió Boro.

—Vámonos entonces, no me gusta dejar tanto tiempo sola a Mirja. Y además no le puedo decir que me preocupo. Ya la escuchaste en el restaurante de la Barceloneta. En cuanto la advierto del peligro que corremos, dice que es una excusa para quitármela de encima. Como si yo quisiera eso.

Pararon el primer taxi que pasó y le dieron la dirección de la casa de Meliva.

—Te habrán traído el equipaje, verás. Son muy eficientes. —Kessler recordó entonces el otro vehículo que los condujo desde el aeropuerto hasta la sede de aquella pantomima a la que se negaba a llamar «congreso de investigación en salud pública», como decía de forma ampulosa y falsa el programa.

—¿Estaremos seguros aquí? ¿Podemos confiar en Meliva?

—Sin duda. Somos grandes amigos. La mía con Meliva es una bonita historia. Verás, cuando llegué aquí... —No le cupo duda de que el taxista hablaba español porque había elevado la vista al retrovisor de una forma muy atenta—. Entonces los hombres estábamos muy codiciados, éramos pocos y podíamos elegir. Algunas mujeres decidieron conjurar el horror con el desenfreno y muchas, que tenían a sus maridos en el frente, pues se tomaron aquello como una pausa hasta que el destino les comunicara si eran viudas o seguían estando casadas. Para doña Meliva, frau Meliva, trabajaba de chófer mi amigo. ¿Te acuerdas que os lo conté? Ella es muy alegre, tintineante te diría, tiene mucha chispa, a algunas personas no les cae bien porque la encuentran excesivamente frívola. ¿Yo sabes qué creo? Pues que es una forma de supervivencia. Cada uno remonta las tragedias como puede. El caso es que en las veladas que organizaba pasábamos bastante tiempo juntos. Me enamoré por completo. En fin. Vas a tener la suerte de pernoctar en su casa. Considéralo todo un privilegio porque es una obra de arte de la arquitectura. Me dijo que se la había regalado su hijastro cuando enviudó para consolarla, que a punto estuvieron de vivir juntos en ella ya que ambos se habían quedado solos de forma repentina, pero la guerra acabó con este plan, como con tantos proyectos. El hijo de su marido era mayor del Ejército.

—Parece una mujer muy interesante, estoy deseando conocerla.

—Pues lamento decirte que tendrá que ser en otra ocasión porque, un poco antes de que acabara la guerra, cuando la avisaron de que su marido estaba prisionero en Rusia, ella decidió escapar a Estados Unidos. Hizo bien porque, como te contaba, me consta que él ya no regresó. Imagínate si su hijo movería cielo y tierra, pero ni aun así. Ella y yo tuvimos una despedida muy dulce. No pude evitarlo. Pensé que le hacía bien. Con las caricias y los besos, me regaló las llaves de esta casa, las llaves solo, la casa no. Las había atado con el mismo lazo rosa que se repetía en su lencería. Así que tengo este enclave para cuando me reclaman algunos asuntos por aquí.

—Menudo éxito que tienes con las mujeres.

—Te diré que es así porque me lo trabajo, como suele suceder en cualquier otro terreno. Pero no es una ciencia exacta porque son imprevisibles, como cualquier otro ser humano —bromeó—. En esa misma alcoba donde me despedí de Meliva estará Mirja esperándome. Para mí, desde que la conocí, la única. Todo lo demás se acabó. He tenido mucha suerte con ella.

* * *

Boro Navascués no pudo ver nada de la magnífica residencia que le había anunciado el doctor Varick Kessler porque la rodeaba un muro de unos tres metros de alto. La puerta metálica pesaba tanto que tuvieron que empujarla entre los dos. Recorrieron el jardín por el camino de roca caliza. Cuando pasaron junto a la piscina vacía vieron dentro un bote de pintura oxidado, volcado entre dos charcos cubiertos de musgo y, al lado de unas ramas caídas, una bota larga de charol blanco. Boro se asomó al borde y comprobó que al calzado lo seguía una pierna y el resto del cuerpo de Mirja. Estaba boca abajo en el suelo del fondo azul, seco en aquella zona, con la melena sucia, pegada a los lados de su cráneo. La única luz llegaba desde la caseta de los vestuarios y las duchas, un haz que apenas le alumbraba con nitidez la espalda. Varick se giró hacia Boro y lo tomó del brazo.

—Llama a la Policía, corre, sal a la calle, busca a quien sea —le dijo en cuanto pudo reaccionar a la vez que saltaba dentro—. Mirja, Mirja, respóndeme. —Escuchó cómo Boro intentaba cerrar sin éxito la puerta de hierro. Se echó las manos a la cara, primero lloró y después gritó. No se atrevía a tocarla porque sentía que, tal como estaba, ya había dejado de ser ella. Se arrodilló, observó que llevaba el mismo jersey rosa que le había regalado en Madrid. La había advertido, pero la dejó sola. No se lo perdonaría nunca.

Una lágrima del doctor Varick Kessler resbaló sobre el esmalte plástico de la piscina y se deslizó unos centímetros por el fondo azul hasta tocar la punta del dedo corazón de la mano derecha de Mirja.

TERCERA PARTE

38

La palidez de su rostro le daba a Mirja una apariencia de máscara que destacaba como otro foco bajo aquella única luz del jardín. Varick no le encontró el pulso a su novia ni en la muñeca ni en el cuello. Tampoco pudo separarle los párpados. La abrazó y sintió su frialdad. Miró con angustia en dirección a la puerta. Boro no regresaba. Comenzó a practicarle enseguida las maniobras de reanimación.

—Mirja, Mirja, vuelve —le decía entre lágrimas mientras le colocaba una mano en la frente y otra en el mentón.

Le subió la barbilla para asegurarse de que la lengua no le obstruyera la garganta. Después le puso sobre el tórax las dos manos entrelazadas y dejó caer sobre ellas todo el peso de su cuerpo. Lo repitió varias veces, cada vez con más fuerza. Su pecho permanecía quieto, no se alteraba: ni se contraía ni se expandía. Entonces Varick le tapó la nariz y comenzó a insuflarle aire por la boca. Cuando pegó los labios a los suyos notó sobre sus comisuras el sabor químico de unas partículas blanquecinas envueltas en líquido. Las apartó hacia sus mejillas y se aseguró de que sus dos cavidades formaran una sola, que no se escapara nada de aquel aire que podía devolver la vida a sus pulmones. Después continuó con las compresiones cardíacas hasta que escuchó un frenazo frente a la casa de Meliva, y por fin la voz de Boro, que se superponía al chirrido metálico de unas ruedas. Deseó que se tratara de una camilla.

—Son de la Clínica Quirúrgica. Se la van a llevar.

—Ya no sé si servirá de algo.

—Tenemos que intentarlo. No te rindas, Varick.

El médico estaba desfallecido. Los enfermeros bajaron a la piscina e izaron a Mirja con ayuda de Boro. Enseguida le colocaron una cánula que le llegó hasta el fondo de la faringe y conectaron a ella el tubo de una botella de oxígeno.

La melena le caía a un lado de la camilla y se mecía al compás de los pasos de los sanitarios. Cuando estaban a punto de llegar a la cancela negra, el doctor Kessler miró hacia la fachada de la casa, en cada una de las dos alturas había un balcón que llegaba de lado a lado, los paneles de cada piso eran de distinto color: los de abajo azules y los de arriba verdes. La puerta del dormitorio principal estaba abierta y delante de ella, apoyada en la barandilla había una mujer con un camisón y una bata muy ligeros, el pelo largo y rubio, como Mirja. Varick le señaló a Boro en aquella dirección.

—¿Qué es esta locura? ¿Quién es? —le dijo al químico—. No vuelvas a entrar en la casa y llama a la Policía. Que entren ellos.

Kessler subió en la ambulancia al lado del conductor. El enfermero le colocó enseguida dos goteros a Mirja. Las bolsas de líquido oscilaban sobre el cuerpo inmóvil cubierto con una manta gris de tejido tosco.

—Varick, buscaré la forma de llegar cuanto antes al hospital.

—Ten cuidado. Quienes le han hecho esto pueden seguir dentro —le dijo el doctor desde la ventanilla a la vez que miraba hacia atrás.

—Lo tendré —le dijo Boro mientras el enfermero cerraba desde dentro el portón trasero y la ambulancia arrancaba.

* * *

Los dos esperaron varias horas en una sala desangelada de la Clínica Quirúrgica de Düsseldorf. En la estancia no había ningún cartel ni cualquier otro elemento decorativo.

—¿Crees que viene hacia aquí? —le preguntó Kessler muy nervioso cuando vio aparecer a un médico al fondo del pasillo.

—No hay nadie más que nosotros. —Boro le puso la mano sobre el hombro.

El hombre avanzaba. Ellos temían que en cualquier momento girara hacia otro de los corredores. Pero continuó hasta colocarse a un par de metros de ellos y entonces se levantaron.

—Después del lavado gástrico, le hemos administrado carbón activado. No conseguíamos la diuresis, le hemos dado más de cuatro litros de líquido, pero no reaccionaba. La hipotermia era muy severa. Ha necesitado hemodiálisis. Y respira artificialmente.

—¿Respira? Boro, respira. —Kessler se tapó los ojos con las manos y dio una vuelta como si no supiera dónde situarse.

—La paciente tenía en el estómago varias docenas de tabletas trituradas de fenobarbital —les dijo.

—Doctor, mi novia no toma tranquilizantes. Y no solo eso: es muy reacia al uso de cualquier tipo de medicamentos.

—Le cuento lo que hemos encontrado, pero puede que usted tenga razón porque los restos en su boca se corresponden con el vómito de parte de esa sustancia. Parece que no ingirió esa caja del sedante por voluntad propia.

—¿Se lo inyectaron? —Varick Kessler se horrorizó al imaginarse la escena.

—Por las marcas que tiene dentro de la boca parece que la obligaron a tragarlos machacados con una jeringuilla sin aguja. Por eso los restos están en su garganta, pero no en el paladar ni las encías. Y no puedo añadir más porque no soy forense, pero esa es mi impresión.

Kessler se sentó. Se tapó la cara con las manos.

—Han sido ellos, Boro —le dijo al ingeniero en español—. Siempre han defendido que, al contrario de lo que ocurre con los barbitúricos, el uso del telamón es completamente seguro, que no había riesgo de muerte por sobredosis. Este es el mensaje macabro —Kessler hablaba en voz alta, como si quisiera encontrar alivio en sacar todo eso de su mente.

—Bien, tendrán que hablar con la Policía —le interrumpió el doctor—. No parece un intento de suicidio.

—¿Puedo verla? —preguntó Kessler muy angustiado porque no sabía si iba a ser capaz de conformarse con una negativa.

Escucharon el sonido de una campana.

—Mañana, pero a través del vidrio. Ahora descansen. Si me disculpan…

—Ahora, por favor. No quiero irme así.

—Mañana. Usted también tiene que recuperarse por todo lo que ha sufrido. Ya está bien por hoy.

Kessler asintió resignado y le dio la mano a su colega como agradecimiento.

—Nunca olvidaré lo que han hecho por ella. —El médico se marchó y él se giró hacia Boro—: Está viva. De milagro, pero está viva.

Se abrazaron en aquel pasillo igual a cualquier pasillo de cualquier hospital.

—Ahora no sé si deberíamos volver a esa casa —le dijo Boro, que no podía quitarse del pensamiento aquella imagen espectral que habían visto en el balcón.

—Recojamos al menos nuestras cosas —le propuso Varick.

* * *

Nada más entrar en el salón, se dejaron caer sobre el sofá para recobrar el resuello. La cortina ondeaba sobre el sillón, que formaba un ángulo de noventa grados con su posición.

—Mira, ahí sigue. No puede ser —le dijo Boro al médico mientras le señalaba hacia el otro lado del pasillo—. No tengo ni idea de qué es esto. Es la misma mujer que vimos desde la calle en el balcón del dormitorio. ¿Qué hace aquí?

Se acercaron. El aire corría en la habitación con las dos puertas abiertas.

—¿Qué es esto? —El doctor dio dos zancadas hasta el balcón.

La intrusa seguía en la misma postura: con las manos sobre la barandilla. Kessler la cogió del hombro, por encima de la melena suelta sobre las dos prendas casi transparentes que vestía, y ella cayó al suelo—. Es la ropa de Mirja, sus zapatillas..., se lo han puesto todo a un maniquí.

—Déjalo tal como está. En el hospital han avisado a la Policía. Vendrán pronto. Aún no es demasiado tarde.

—No, no es tarde. Espero que no le queden secuelas. Menos mal que llegamos a tiempo, si llega a ser un poco después... Tengo que convencerla para que se marche con mi familia a Madrid. A Suecia no querrá ir. ¿Sabes qué?, cuando la he visto ahí tirada... —Kessler se estremeció—. Estaba convencido de que la había perdido y me he dado cuenta de que mi vida también se truncaba en ese momento. Ella no me toma muy en serio, tampoco se toma muy en serio lo nuestro, como si creyera que es una relación temporal, que tarde o temprano la sustituiré por otra. Como si no fuera más fácil que me cambiara ella a mí. Pero lo cierto es que no hay nadie más para mí, Boro. Eso es lo que no sabe. Si no puedo decírselo, se me quedará dentro para siempre y me irá minando hasta destruirme.

—Te entiendo. A mí me sucede algo parecido con Nuria. No sabes lo que me atrae.

—¿Nuria? ¿La misma Nuria que conocí en Barcelona?

Unos golpes en la puerta metálica interrumpieron su conversación. En cuanto subieron los agentes, les recriminaron que hubieran tocado el maniquí. Tomaron varias fotografías y le pidieron a Kessler una de Mirja que él se dispuso a sacar enseguida de la cartera. Registraron después la vivienda de arriba abajo.

El único que no llevaba uniforme se dirigió a ellos.

—Es muy posible que hayan entrado esta tarde. Tal vez estaban al tanto de que ustedes se iban a ausentar y ella iba a quedarse sola.

—Parece que controlan todos nuestros pasos, Boro —le dijo Kessler en español. Después se dirigió al policía—: ¿En qué podemos serles útiles?

—Lo mejor es que se marchen. Déjenos las llaves. Por su seguridad, es mejor que se alojen en otro lugar. Además, aquí vamos a ponerlo todo patas arriba.

Uno de los agentes les ofreció acercarlos al centro con el coche patrulla.

* * *

Se metieron en el primer hotel que vieron con el rótulo encendido.

A pesar del cansancio, Boro no quería dejar de cumplir al día siguiente con el encargo de los señores Frument. Era lo que justificaba su viaje y, si no lo hacía, tendría que darles explicaciones. Antes de meterse cada uno en su habitación, como si Varick Kessler hubiera seguido el hilo de sus pensamientos, le dijo:

—Me levantaré lo antes posible e iré al hospital, pero a las nueve estaré de regreso para acompañarte. Espérame en el comedor junto a un buen desayuno.

39

Nada más recopilar las muestras de cosméticos alemanes para los señores Frument, Boro volvió a Barcelona. Nuria tenía derecho a saber lo sucedido con Mirja. Estaba decidido a no ocultárselo, pero también a buscar el momento adecuado para ponerla sobre aviso. Aquel episodio en Düsseldorf le había hecho ver, como si se tratara de una radiografía puesta al trasluz, y todavía con más intensidad, cuáles eran sus sentimientos hacia su compañera. También le había quedado más claro que aquel complot iba en serio. Y le rondaba la idea de que aquel tipo al que les presentaron como Harald en la reunión en el hotel Eliseo había pasado antes que ellos por casa de Meliva.

En cuanto llegó al laboratorio telefoneó a casa de Dora. Tras saludar a Úrsula, pudo comunicarse con Nuria y preguntarle cómo estaba.

—Bien, muy bien. —Se emocionó al escuchar su voz—. No fue tan grave, hasta puedo apoyar los pies. No creo que me tengan que operar ni escayolarme. Solo tengo las heridas sobre los huesos. Pero, dime, ¿cómo ha ido por Alemania?

Boro respiró hondo para sopesar su respuesta.

—¿Ha pasado algo? —preguntó Nuria preocupada por su silencio.

—Mentiría si te dijera que ha ido todo bien, ha sido muy desagradable... Los de la farmacéutica no quieren asumir ninguna responsabilidad. Conminaron a Kessler a que él y su compañero retiraran el artículo que han enviado a la revista *Tyndaller.*

—Pero ¿les enseñasteis las notas, los informes...? ¿Todas las pruebas?

—Les da igual, Nuria. Son unos desalmados. Y ese Harald, visto de cerca, da escalofríos.

—Me lo imagino. Cuando Liliana me contó que le habíais conocido me asusté. Boro, ten cuidado.

—Descuida, lo tendré.

Boro se sentía responsable de la recuperación de Nuria, quería devolverle la paz.

—Y en cuanto estés mejor, nos distraeremos un rato, ¿te parece? Podríamos ir al cine —le propuso—. Se lo decimos a Liliana también.

—Uf, no —le respondió ella enseguida—, no necesito más historias, con las de las cartas y esta, que es la peor de todas, ya tengo bastante. Me gustaría no pensar durante un día al menos, pero, claro, eso no es posible. No nos podemos desenchufar el cerebro ni durante unos minutos.

—Da igual. Entonces haremos algo más tranquilo. Pero tenemos que vernos. Necesito hablar contigo. Hay algo que... ¿Por qué no vienes a mi barrio? Me gustaría que lo conocieras. Te llevaré a un bar en el que hacen una fritura de pescado muy buena.

A Nuria se le aceleró el corazón; mientras pensaba, tapó el auricular con la mano, como si él pudiera oírlo.

—Está bien —dijo al cabo de unos segundos—. Me conviene airearme un poco, pero pasado mañana. Necesito ir despacio para recuperarme.

Boro pensó en aquellos instantes que la felicidad sí podía ser posible.

* * *

Después de trabajar, Boro se acercó hasta el apartamento de su antiguo compañero del seminario y empleado de Orlanta, Lorenzo Montauriol. Hacía demasiados días que no sabía nada de él. Después de aquella cita no contestaba a sus llamadas. Sentía que tenía que agradecerle su información. Lorenzo vivía en un edificio moderno, sin portero, con un jardín interior al que daban las dos torres del complejo. Entró en el ascensor recubierto de espejos y llamó varias veces a la puerta de su piso. Como no le contestó, decidió hacer un poco de tiempo en algún bar cercano y regresar. Tampoco a la vuelta tuvo éxito.

A la mañana siguiente llegó al instituto de belleza temprano para llamar a la sede de Orlanta en Barcelona.

—Ya no trabaja aquí. Se despidió de un día para otro. Nos dijo que quería comenzar una nueva vida. No sabemos nada más de él.

Boro se quedó con el auricular en la mano en un gesto suspendido que no sabía hacia dónde dirigir.

—¿Está ahí?

—Sí, gracias.

* * *

El taxi en el que llegó Nuria al centro paró unos segundos delante de la puerta del Liceo para recoger a Boro. Cuando lo vio allí, esperándola, volvió a sentir lo mismo que en las primeras citas con Máximo: emoción, escalofríos, inquietud y bastantes nervios. En cuanto entró en el vehículo, él la abrazó, pero se detuvo antes de besarla.

Después de recorrer dos calles, pararon en la puerta de un bar luminoso en el que casi todo era blanco o de acero inoxidable con la única excepción de los armarios y las mesas de *railite.*

Nuria se sorprendió de lo natural que le resultaba estar allí con Boro. Se sentaron uno al lado del otro. Enseguida les trajeron el vermú y ella, al tomar el primer sorbo, le sonrió por encima del vaso sin saber muy bien por qué lo hacía. Él esquivó enseguida su mirada.

—Boro, ¿ha pasado algo en Düsseldorf? ¿Con Harald? ¿Os han amenazado?

—Trataron de intimidarnos en el bar del hotel Eliseo, pero... no sé si fue él quien entró en casa de Meliva.

—¿Dónde os alojasteis? ¿Asaltaron la casa?

Boro asintió y revivió la imagen de la novia de Kessler en la piscina vacía.

—Atacaron a Mirja, Nuria.

Ella se llevó las manos a la boca. Boro la abrazó con fuerza mientras le relataba cómo la encontraron y la manera en la que según el doctor de la Clínica Quirúrgica la obligaron a tragar el fenobarbital.

—Esta mañana he telefoneado a Kessler. Afortunadamente ella ya está fuera de peligro, pero ha estado a punto de morir. Os han atacado a las dos.

—¿Qué va a pasar con Marc y Mireia?, tengo mucho miedo por ellos. Lo que me hagan a mí me da igual. Ya casi he olvidado lo de la otra noche, pero ellos... —dijo Nuria temblando, y se refugió en sus brazos bastante rato como si fuera un nido. No quería apartarse ni comprobar quién los podía ver. Solo sentir su fuerza y la manera en que borraba todo lo demás. Contra su pecho se sentía capaz de todo.

—Nuria, voy a protegeros. No os va a suceder nada malo. Cuando te recuperes completamente y todo esto haya pasado, te contaré cosas mías, sé que te extraña mi silencio, pero de momento déjame decirte que nunca he estado con nadie tan a gusto como contigo. Quédate con eso.

—El día que bajamos hasta Colón pensé que este trabajo

me había traído muchas preocupaciones, las de otros, porque hasta el momento en que conocí a los señores Frument, solo tenía las mías.

—Eso es mejor de lo que parece, es curativo. Pensar en los demás nos saca de nosotros mismos, de nuestros extravíos.

—Así es, creo que hasta que no he conocido tantos dramas seguidos no me he dado cuenta de que lo tengo todo: unos hijos sanos, una casa preciosa, un…

—¿Un marido que te quiere? —le preguntó mientras recordaba el día que se encontró a Máximo allí al lado, en el portal de su casa.

—No, no iba a decir eso —le mintió. Boro levantó el vaso para que brindaran. Y ella continuó—: Vas a pensar que soy una mojigata, pero no sé, lo que hicimos… Si se supiera, yo quedaría marcada para siempre.

—¿Estar con un compañero de trabajo en un bar? —bromeó Boro—. ¿Acaso no has ido nunca con unos amigos a ningún sitio?

—No, aunque no te lo creas, desde que me casé no he ido con nadie más que con Máximo a ningún sitio. Bueno…, hasta que te conocí. Además, sabes que no me refiero a eso —dijo Nuria. Lo miró con timidez mientras le rozaba la mano que tenía sobre la mesa—. El otro día me acordaba de Tina Ríos, una compañera de estudios a la que no he vuelto a ver desde mi boda, con lo bien que nos llevábamos. Fíjate hasta qué punto he perdido mis relaciones.

—Eres una esposa ejemplar.

—Eso pensaba yo. —Nuria apartó la mano. Estaba azorada. Se dio cuenta enseguida de que había hablado en pasado.

—Está bien, no te quiero importunar.

—No lo haces. Estoy bien, todo está bien —repitió ella como para convencerse a sí misma.

—Eso espero, y si no es así, espero también que me lo cuentes.

—Así lo haré, descuida.

Nuria se levantó para ir al baño. Al pasar por su lado lo besó en la mejilla y enseguida se miró el dedo para cerciorarse de que junto al anillo de casada llevaba la sortija que se había puesto para disimularlo como si se tratara de la misma joya.

—Gracias por tantas cosas buenas que has traído a mi vida —le susurró al oído.

Boro la vio alejarse y deseó seguirla. El camarero secaba los vasos antes de colocarlos sobre una repisa metálica. En cuanto volvió, Nuria le preguntó:

—¿Y tú?

—Yo ¿qué?

—No sé, por eso te pregunto. Has reconocido que nunca me hablas de ti. Haz una excepción hoy.

—¿Qué quieres saber?, ¿si soy feliz? Pues te lo diré: sí, mucho, más que nunca —respondió consciente de que ella no podía conocer los motivos—. Para serte sincero, fui feliz mientras vivió mi madre, que no fue mucho tiempo, y desde que el padre Vilesermes se encargó de mí. Si hacemos la suma se puede decir, por tanto, que casi siempre lo he sido —le dijo él con un optimismo bastante fingido.

—¿Y no te importa vivir solo? No sé, no tener familia —se aventuró ella.

—¿Crees que vivo solo? ¿Qué te hace pensar eso? —le dijo mientras se miraba las mangas, los pantalones. Como si la pista estuviera en su ropa—. Pues lamento decirte que no has acertado.

—¿Estás casado? —le preguntó muy sorprendida—. Boro, ¡debiste decírmelo! Esto es muy grave entonces. Doblemente grave.

—No estoy casado, pero sí que tengo el cariño de quien vive conmigo —dijo él sonriendo.

Mientras Nuria cortaba con el tenedor la *palaia* que tenía

en el plato, recordó que a Mireia le había contestado también con evasivas cuando su hija le preguntó si tenía novia. Una chica muy joven entró sola y se les acercó. A Nuria le sorprendió su forma provocativa de vestir.

—Hola, Navascués —saludó.

—Hola. ¿Cómo va… la noche? —le preguntó Boro sin saber muy bien qué decirle.

—Bien, bastante animada, pero doña Rita tiene dolor de cabeza y así no puede trabajar. He bajado a por una aspirina. Ya no nos quedan.

Nuria se preguntó a qué se dedicaría la persona a la que se refería y si también tendría el mismo estilo.

—Bueno, pues a ver si se le pasa —no se le ocurrió nada más.

Ella le lanzó un beso con la mano.

—¿Es tu…?

—No, qué va, es una vecina. Yo vivo con Ágata Kepler desde hace cinco años.

Escuchar aquello fue como un aldabonazo. No se esperaba esa revelación. Ella vivía, poco, eso sí, con Máximo. No tenía por qué presuponer que era la única que compartía su vida con otra persona. Además, con él nunca había hablado al respecto. Todo le resultaría muy asumible si no se hubieran besado.

—¿Quieres conocerla?

—No, ahora no. No creo que sea correcto. No me sentiría bien ante ella. Boro, parece mentira que tenga que decirte todo esto.

—¿Por qué? Solo será un minuto. Si quieres puede bajar ella.

—No, no es eso. Es que me parece que a estas horas… —Nuria estaba bastante desconcertada—. ¿Quieres aparentar delante de ella? No te entiendo.

—Si, total, son las nueve… —le dijo Boro al ver su cara de asombro.

—¿Las nueve ya? Tengo que volver a casa. —Cambió el tono y se puso todavía más seria—. Pero tenemos que hablar, Boro. No está bien lo que estamos haciendo.

—Cuando hablemos, verás que no es tan grave.

Esta respuesta la dejó muy pensativa. No sabía cómo interpretarla. Para ella, la situación que habían creado no tenía vuelta de hoja.

—Vamos, te acompaño —le dijo Boro bastante divertido por su actitud.

Estaba desconcertada, como si no supiera quién era él. Le costaba reconocerlo.

40

Nuria giró el botón de la radio para escuchar el consultorio y enseguida abrió el primer sobre. Los problemas ajenos de las cartas le acallaban los propios. Necesitaba leer y escuchar otras historias que difuminaran la conversación de la víspera con Boro.

Estimada señora:

A pesar de mi precaria situación, conservo un abrigo de paño que fue de mi madre. Con él aún soy capaz de mantener cierto empaque, ya que oculto debajo mis prendas raídas.

Después de esta introducción sobre su indumentaria, la oyente del programa pasaba sin ninguna transición a exponerle el motivo de su carta.

Mire, tengo un hijo, soy madre soltera.

Durante todos estos años, para mantenerlo me he visto obligada a tener trato con bastantes hombres. Mire, para que se haga una idea, una víspera del día de Reyes fui al taller de un ebanista para recoger el mecano que quería regalarle a mi hijo, entonces él solo tenía cinco años. Las piezas eran muy sencillas, se trataba de unas cuantas maderitas de las que sobran de los cortes de la sierra que aquel artesano había pintado y barnizado. El carpintero me preguntó varias veces si necesitaba algo más e insistió en que podía volver otro día a pagarle, que no era necesario que lo hiciera entonces, o que fuera por allí a lo que quisiera.

Señora, parece que a las de nuestra condición nos detectan por muy formales que nos vistamos. Me dijo que si yo quería me hacía gratis todos los muebles de una casa, se me acercó y comenzó a acariciarme el cabello. Veinte minutos después, salí de allí sacudiéndome el serrín de la ropa. Crucé varias avenidas inmensas hasta llegar a casa. En cuanto mi pequeño escuchó el picaporte del portal se asomó al hueco de la escalera. Siempre me ha recibido como si lleváramos años sin vernos. Antes de recoger su juego de construcción me había detenido otra hora en el hotel París.

Al día siguiente sus Majestades de Oriente llegaron puntuales, fueron unos Reyes muy cumplidores porque pude añadirle alguna cosita más, pero ya sabe a costa de qué, señora.

Así ha pasado el tiempo. Mi hijo ahora ya es mayor. Temo que se entere de a qué me dedico, porque lo de que cuido a una anciana pues ya no sé si se lo cree. En ese caso, no sé cómo puede reaccionar. Sé que para cualquiera esto sería una vergüenza. Durante todos estos años me ha costado Dios y ayuda ocultárselo, y aún no sé cómo he sido capaz, pero a partir de ahora no sé si me será posible. Sabe que hay personas a las que les gusta demasiado meter el hocico en la vida de los demás, y aunque yo siempre me he relacionado fuera del barrio, pues nada puede librarnos de las casualidades.

Gracias por su programa y siga así, ayudándonos, que mucha falta nos hace. Le envío un donativo de veinticinco pesetas por el favor que me hace leyéndome.

Atentamente,

Flor de Luna

En otras de las que leyó, algunas mujeres contaban escenas en las que sus niños presenciaban las humillaciones a las que eran sometidas: en un caso, era un tendero quien le proponía a una clienta cancelarle su deuda a cambio de que accediera a sus peticiones; en otra, un padre alcohólico que hacía temblar a su familia. En estas historias se agitaba, como en un cóctel imbebible, la falta de auxilio con la miseria moral.

* * *

Guifré Baladre era un hombre de costumbres fijas. Cuando Máximo Zafara vio que el detective se dirigía hacia el fondo del bar del Pi, entró en el local de enfrente, el que hacía esquina frente a la fachada principal de la basílica. Pidió un café y se quedó con la taza de pie junto a la puerta mientras veía caer la tarde. En cuanto el detective salió, Máximo le dio unas monedas al camarero y comenzó a seguirlo.

El recorrido duró bastante más de lo que esperaba. Cruzó la avenida, después de pasar por delante de la Sagrada Familia, todavía más tenebrosa a esas horas. Baladre dejó a la izquierda la travesía de Gracia y la de Dalt. Se detuvo a encender un cigarrillo en esta última esquina. Miraba hacia la ronda del Guinardó. A Máximo se le ocurrió que tal vez iría a visitar a alguien al hospital y que él estaba perdiendo el tiempo. Pero no fue así, Baladre le dio un par de caladas al pitillo y comenzó a andar bastante más deprisa que antes, como si la nicotina lo alimentara. En cuanto entraron en el barrio de El Carmelo, decidió aumentar la distancia entre ellos para que nadie le pudiera alertar de que lo seguía.

Junto a un edificio en construcción había una huerta rodeada con tela de gallinero. El detective atravesó el sendero cubierto de hierba que separaba ambos solares, rodeó la obra y, a la sombra del esqueleto de cemento y los andamios, se detuvo ante una casa de tres plantas bastante estrecha. La fachada estaba descascarillada, le faltaban algunos azulejos de la cenefa que en otro tiempo la adornaba, también había desaparecido la hoja de una ventana en la parte alta y bastantes lamas de madera de las puertas de los dos balcones. Algunas tejas se asomaban a la calle más que otras. Delante había un roble seco. Por el estado de la casa, Máximo dedujo que se trataba de su vivienda y de su oficina, porque aquella degradación evidenciaba que no tenía presupuesto para alquilar o mantener otro local más. En cuanto vio que entraba, se marchó. Unos ladridos lo acompañaron durante varios metros.

Caminó hasta el garaje donde tenía su Ford Thunderbird turquesa y media hora después de perder de vista a Baladre entró en la sala de su piso.

Nuria estaba junto a la ventana. Máximo la cogió de la cintura y le dio un beso primero en la mejilla y después en la boca.

—Tengo muy buenas noticias: me han elegido a mí para una reunión en Madrid, en el Ministerio nada menos. Llevo un mes trabajando en ese asunto, combinándolo con las visitas comerciales y sin saber que ese era el motivo. Tenía que hacer un inventario, unas tablas, llamar a farmacias… —Máximo no cesaba de hablar.

—Me alegro. De verdad —le dijo ella a la vez que constataba que su cambio de humor tenía que ver con su trabajo y no con la relación entre ellos. Y de una forma bastante automática añadió—: Voy a preparar la cena.

—Sí, hazla mientras me ducho y después… Abrázame, Nuria, dime que estás muy orgullosa de tu marido.

Nuria lo hizo sin demasiadas ganas.

En cuanto Máximo salió del cuarto de baño frotándose el pelo con una toalla, ella se dispuso a seguir disimulando su estado de ánimo lo mejor que supo. Después de cenar, cuando se tumbó en la cama, él vio sus heridas en los tobillos.

—Fue el otro día en el parque. Tenía un pie a cada lado de

las piedras que marcaban un caminito y me caí. Estaban muy afiladas. Más vale que me haya pasado a mí y no a ellos.

—¿Y por qué no me dijiste nada? Ven. —Máximo comenzó a besarle aquella zona, después los pies y las piernas—. ¿Te duelen?

—¿Tus besos?

* * *

El plazo para entregarle las cuatro mil pesetas a Baladre se cumplía aquel domingo por la tarde. Así que por la mañana Zafara decidió acercarse a la casa casi en ruinas hasta donde lo había seguido. Nuria agradeció aquella ausencia imprevista y no le prestó demasiada atención a su explicación.

Máximo llegó a El Carmelo temprano, convencido de que entre los hábitos dominicales del detective no estaba madrugar. El propietario del garaje al que siempre acudía le prestó un coche muy modesto, le aceptó con un gesto huraño el par de billetes con los que le pagó por anticipado mientras le decía que no lo metiera en ningún lío.

Máximo hizo guardia dentro del vehículo durante más de una hora. En cuanto vio que el detective salía de su casa y se alejaba colina abajo, fue hacia la puerta, tan desvencijada que apenas le costó abrirla. Subió con mucha aprensión la escalera. Estaba muy oscuro a pesar de la hora. No quería apoyarse en las paredes. En el primer rellano vio varias habitaciones pequeñas. En una de ellas, le llamó la atención un futbolín. Los muñecos atravesados por las barras de acero parecían mirarlo. Los ceniceros metálicos atornillados en el borde del campo de juego estaban repletos de colillas. No pudo resistirse a hacer girar la barra del portero que tenía más cerca. Sintió lástima al imaginar a Baladre jugando solo.

Después miró hacia el fondo del pasillo, el cuarto que daba a la calle era su despacho. Máximo no buscaba el informe por el que Guifré quería cobrarle cuatro mil pesetas; si se lo robaba, además de revelarle de inmediato que había estado allí, lo volvería a redactar. Quería fotografías, documentos oficiales, lo que conforma una identidad y a veces hasta una vida. La suya en aquel caso. Si por esto lo descubría, consideraba que delatarse valdría la pena.

Comenzó a revolver en un archivador. Por el estado de los papeles pensó que su llamada fue la que debió despertar a aquel teléfono, adormecido desde hacía meses. Sobre la mesa había una novela de Taylor Nummy, *La casa del silencio.* Al abrir el primer cajón cayó al suelo el palillero que estaba cerca de una de las esquinas. Encontró lo que buscaba dentro del armario, en una de las dos carpetas de piel sintética cerradas con cremallera que guardaba allí. Escuchó unos pasos en el piso de arriba y se apresuró, volvió a mirarlas, se puso la que quería bajo el brazo y salió deprisa.

En la planta baja olía a orines de gato. Ya en la calle, vio a un hombre que no era Baladre asomarse desde la ventana de arriba. El alféizar le quedaba a la altura de la pelvis. Máximo solo apreció ese detalle porque se dio prisa en girar hacia la esquina del solar en obras.

Condujo con los guantes puestos y no se los quitó ni siquiera cuando ya estaba al volante de su coche.

* * *

Por la tarde el detective no se presentó en el bar del Pi a cobrar su supuesta deuda. Máximo creyó que se debía a que había perdido las pruebas con las que pretendía chantajearle. Pero también se le pasó por la cabeza que tuviera que ver con aquel visitante que había visto en la ventana de lo que él tomó por el desván. En cualquier caso, estaba convencido de que la maniobra de aquella mañana había sido un tajo certero a sus intentos de contarle a su mujer lo que había averiguado sobre él. Decidió volver a aquella casa destartalada de El Carmelo, esta vez con su Ford Thunderbird. Se quitó los gemelos y el alfiler de la corbata y metió las tres piezas en un bolsillo. Una de sus consignas era no dejar ningún asunto a medias, estaba convencido de que cuando un hombre se ahorca lo hace con los cabos sueltos que va dejando a lo largo de su vida.

Aquella vez subió hasta arriba de la colina con su coche. No quería correr el riesgo de aparcarlo lejos y que se lo robaran. Encontró la puerta desvencijada entreabierta. Debajo del dintel había un charco de sangre embalsada que se había deslizado por las escaleras como si sus peldaños fueran la orografía de una catarata. Máximo titubeó unos momentos porque era consciente de lo que podía suponerle entrar y que lo descubrieran allí, pero enseguida empujó con un codo, para que la tela de su chaqueta fuera lo único que rozara la hoja de madera, todavía más desajustada de las bisagras en ese momento.

Se puso solo el guante de la mano derecha, sacó del bolsillo la linterna de pila de petaca que había cogido de la guantera de su coche e iluminó las escaleras: las habitaciones del primer rellano tenían los balcones abiertos, sus hojas batían chocando contra la fachada. Calculó que los cristales tardarían poco tiempo en romperse. Al subir los peldaños, intentando esquivar la sangre seca advirtió que otro ruido más regular, como un *clac-clac-clac* mecánico y breve se unía al de los ventanales. En la entrada del despacho de Baladre había quedado un charco más denso, cuarteado. Al *clac-clac-clac* lo acompañaban unos fogonazos que cambiaban de color. El título, *La casa del silencio,* había sido recortado de la cubierta del libro que vio la vez anterior y clavado sobre el marco de la puerta del despacho de Baladre. Lo primero que vio al enfocar hacia el interior fue un proyector de diapositivas Sawyer Rotomatic 747 atado a la parte alta del perchero de pie que estaba en el rincón del fondo, como si fuera un árbol con un fruto extraño. El carro con las imágenes de celuloide enmarcadas en plástico no dejaba de moverse. Sobre la pared apareció el rostro sonriente, el cuello alargado, el pecho prominente y la cintura muy ceñida de la vedete Licia Calderón. Después de unos segundos, la filmina dio paso a otra de Gardenia Pulido, a la que siguieron más fotografías de vedetes que él asoció enseguida con el teatro Victoria. Al entrar en el despacho se golpeó la cadera contra un mueble que no estaba allí antes. Se trataba del futbolín. Había algo sobre él. Se aferró con las dos manos a la linterna. Cuando lo vio las piernas le temblaron y abrió tanto la boca que le dolieron las mandíbulas como si el grito que no había lanzado se las expandiera hacia afuera. Atado de las piernas y las manos sobre el futbolín yacía Baladre. A ambos lados de la portería sobre la que estaban sus muñecas había bastante sangre, pero Máximo pensó que aquello no explicaba su estado ni la hemorragia que había llegado hasta la calle. Por efecto del aire que entraba con los balcones abiertos, a Máximo le dio la impresión de que respiraba, pero consideró que se trataba solo de eso, de una impresión suya.

Cuando el carrusel del proyector llegó al final, el desfile de imágenes de mujeres despampanantes y con muy poca ropa volvió a comenzar. Las páginas de la novela de Taylor Nummy cubrían el suelo, el archivador, los estantes del armario abierto y la silla. Máximo se había quedado allí igual de quieto que aquellos papeles, con la mirada fija en el potro de tortura en el que habían convertido aquel juego. No podía moverse. Miró el suelo a su alrededor y después apuntó al techo. Sus piernas eran como dos postes a punto de vencerse durante un terremoto. A su lado colgaban las piernas inmóviles de Baladre. Apuntó al techo como si allí se encontrara la salida a su indeterminación de moverse y vio una moldura muy historiada de cuando aquella casa había conocido tiempos mejores. La roseta de escayola tenía un agujero en el centro que evidenciaba la ausencia de la lámpara a la que había sustituido el flexo de la mesa de Guifré Baladre. El *clac-clac-clac* del carro de las diapositivas seguía y con él las sonrisas y la luz de las vedetes. Apenas llevaba un minuto allí, pero pensó que salir cuanto antes era lo más recomendable. Al atravesar la puerta del despacho dejó a su izquierda el tramo de escaleras que subían a la otra planta. Enseguida comenzó a ascender por ellas a zancadas. Entró en un desván abuhardillado. Caminó hasta el lugar que coincidía en aquel nivel con el despacho del que había salido y encontró, sobre el mismo hueco donde había estado el aplique para iluminar la estancia, un artilugio que consistía en un soporte de madera que aguantaba un matraz boca abajo. La botella de laboratorio tenía un tapón de acero inoxidable, este rodeaba un tubo de cristal que sobresalía un par de centímetros y hacía de cuentagotas. En un trozo de tira de color crudo pegada sobre el vidrio apenas se leía: «H2SO4».

Máximo Zafara saltó los escalones de dos en dos, no se detuvo a comprobar sobre qué parte del cuerpo del investigador privado caía el líquido según la disposición del futbolín. Pero no le cupo duda de que aquello era lo que le había producido la salida de tanta sangre. Al pasar junto a la puerta del despacho ya no se detuvo.

Antes de salir a la calle, Máximo miró a través del espacio escaso que dejaba la puerta desajustada del quicio y después el reloj: habían transcurrido solo tres minutos, pero fueron los más largos de su vida.

El trozo de calle que se atisbaba desde allí era un páramo, no solo porque se tratara del tramo final, sino porque indicaba, sin necesidad de que hubiese ninguna señal, que allí terminaba además una época.

Mientras arrancaba el coche pensó en que todo aquello solo podía ser obra de un químico. Y solo sabía de uno: el que el mismo detective le había contado que trabajaba en la empresa de cosméticos para la que Nuria respondía cartas comerciales y que él conoció la tarde que la acompañó a la calle Pelayo.

A un lado y a otro de la calle que tomó a continuación, los edificios en construcción, con sus estructuras lineales, se intercalaban entre las farolas. Los esqueletos de hormigón se erigían como esquemas para completar un porvenir muy presente, un mañana que ya no acogería a muchos de los antiguos pobladores de aquel distrito bajo las estribaciones de la sierra de Collserola.

Máximo detuvo el coche a unos metros de la primera comisaría que vio. Escribió sin quitarse el guante de la mano derecha en una libreta de notas. Se aseguró de que quedara clara la dirección de Baladre y el nombre de Boro Navascués. Estaba convencido de que la Policía consideraría aquella denuncia anónima un regalo por el ahorro que les supondría de tiempo y esfuerzos.

Después cruzó la avenida y entró por la calle lateral del edificio. Deslizó el papel por la primera ventana que vio abierta y se dispuso a volver a su vehículo.

41

Nuria aprovechó que aquel viernes la señora Frument la había citado en el laboratorio para resolver, antes de ir allí, una gestión pendiente: clausurar el apartado postal que ya no necesitaba. Entró en la oficina de correos dispuesta a hacer los trámites. Después de rellenar los impresos y entregarlos, la empleada cruzó la sala, fue hacia donde estaban los casilleros para dejar la llave junto a aquellos papeles y la llamó antes de que se fuera.

—Espere, tiene correspondencia. Esto es lo último que ha llegado. Estaba dentro.

—¿Es para mí? —le preguntó Nuria con los ojos muy abiertos.

—Sí, claro. De todas formas, ahora tiene un mes por si recibe algún envío más. Puede pasarse por aquí a reclamarlo. Después de ese plazo, ya se devolverán a sus remitentes.

—Sí, así lo haré. Descuide. Avisaré para que nadie me escriba ya aquí —dijo Nuria como si fuera algo que realmente tuviera que hacer.

Cogió aquel sobre y se lo guardó dentro del bolso, decidida a abrirlo nada más saliera de allí. Al apoyar cada pie en el suelo sentía frío, como si tuviera los huesos de hielo, pero la sensación de fragilidad había disminuido bastante. Se concentró para caminar hasta la acera. Mientras esperaba un taxi sintió de nuevo el dolor en los tobillos. Una vez dentro del vehículo cerró los ojos y, cuando los volvió a abrir, vio el rostro de

Harald que la escrutaba sin ningún disimulo. Se llevó la mano al pecho porque notó que el corazón le golpeaba.

Cuando entró en el instituto de belleza vio a doña Leonor junto a Liliana. Boro estaba al fondo, ocupado con unas probetas que alineaba sobre un soporte. Nuria ya se había acostumbrado a las apariciones intermitentes de sus jefes. Aunque le parecían buenas personas, prefería que su relación con ellos fuera así, al menos de momento.

—Querida, cuánto tiempo. ¿Se encuentra bien? ¿Le ha pasado algo? La veo muy pálida —le dijo la señora Frument, que no sabía nada del incidente ocurrido en su patio.

Boro se acercó hasta ellas. Nuria lo saludó de forma breve y enseguida bajó la vista.

—Todo bien, muchas gracias —le dijo Nuria mientras se ajustaba en la nuca el sombrero ligero de fieltro que llevaba para ocultar los puntos de la sutura. Luego, añadió con una sonrisa—: Usted dirá para qué me necesita.

—Solo quería que nos despidiéramos.

Nuria se sobresaltó.

—Nos vamos a América —continuó la señora Frument, y ella respiró con mucho alivio—. Ahora es la mejor época. Ya sabe que de allí proceden muchos de los ingredientes que utilizamos: el aceite de aguacate y de visón para las cremas. Tal vez algún día se anime a acompañarnos.

—Ojalá. Me encantaría —le dijo Nuria muy complacida.

Su jefa entonces se dirigió al químico:

—Tenemos además una misión para usted, Boro, que esperamos que lleve a cabo cuanto antes. Ya hablaremos de las fechas concretas.

—Cuando quieran. Ya me informarán —contestó Boro sin dejar de mirar a Nuria porque percibió en su mirada que algo le había sucedido.

—Ya sabe que no podemos detenernos —continuó doña

Leonor dirigiéndose a Nuria—, porque en cuanto se deja de crecer se va para abajo. A las empresas aún les pasa más que a las personas.

—¿A qué parte de América viajan? —le preguntó Nuria tratando de aparentar normalidad.

—A Buenos Aires y a Nueva York. Y yo creo que esta vez nos traeremos la fórmula de la eterna juventud. ¿Verdad, Aleix? —lo llamó desde allí en voz alta.

—Ojalá, querida, nosotros seríamos los primeros en aplicárnosla —le dijo el señor Frument en cuanto salió de su despacho a la sala principal.

Todos sonrieron con aquella respuesta.

—Señora Zafara —dijo el señor Frument—, le estamos muy agradecidos por su trabajo. Sabe que se lo digo siempre que tengo ocasión. En tan poco tiempo se ha convertido en nuestra colaboradora principal gracias a su capacidad. En el padre Vilesermes tiene también un admirador incondicional, con lo que eso supone, y en mí, otro. Ya lo sabe.

—Son muy amables, gracias. A mí también me satisface ayudar a estas personas que escriben al consultorio. Dicen que en eso consiste encontrarle sentido a nuestras vidas. En ser útiles a los demás.

—Así es, veo que es bastante sabia para su edad. Usted hace que se recuperen por dentro nuestras remitentes y nosotros nos ocupamos de su aspecto exterior. De esa forma nos complementamos. Un servicio total.

Sonó el teléfono. Liliana se apresuró a contestar.

—Señora, son de la compañía, tienen el taxi abajo —les dijo en cuanto colgó.

—Bueno, bueno, ya nos marchamos.

Apenas unos segundos después volvieron a llamar.

—Lilianita, soy yo —escuchó la secretaria al descolgar, y se sobresaltó. No esperaba que le telefoneara don Jerónimo, como ella lo llamaba siempre porque era incapaz de apearse de esa forma de tratamiento que respondía a la manera jerárquica en que había vivido incluso su relación amorosa.

—Señor Ullrapós, los señores Frument acaban de salir por la puerta, se marchan a América. ¿Quiere hablar con ellos?

Nuria y Boro la miraron muy intrigados y se acercaron. Boro le hacía gestos juntando sus dos dedos índice para indicarle que le propusiera un encuentro.

—Quiero hablar contigo. Me marcho definitivamente, como te anuncié —le dijo él—. Pero antes quiero pedirte un favor.

Liliana se sorprendió porque pensaba que ya llevaría unos cuantos días en la región del Mediodía francés. Nuria le indicaba, moviendo la mano como si enrollara el carrete de una caña de pescar, que siguiera hablando con él.

Ella negó con la cabeza dirigiéndose a Nuria y a Boro.

—Quiero verte una vez más, que nos despidamos como el que ha sido nuestro amor merece —continuó escuchando por el auricular—. Sé que nunca más volveré a amar. He encargado una cena digna de príncipes. Permíteme que te haga este último regalo. Te llegarán un vestido y unos zapatos mañana por la tarde. Estarás guapísima. Verás qué velada. La recordarás para siempre. ¿Estás ahí?

—Sí, don Jerónimo, yo siempre he estado aquí. Ha sido usted el que se ha ido —dijo por fin.

—Lilianita, si tú supieras... Hay cosas demasiado largas de explicar —continuó él—. Dejémoslo en manos del destino: si nos quiere volver a unir, lo hará. Mientras, concédeme unas horas para volver a disfrutarnos. El chófer te recogerá a las nueve en tu casa.

Liliana elevó la barbilla, sin añadir nada más, y esperó hasta que él colgó.

—¿Y? —le preguntaron Boro y Nuria a la vez.

—Quiere verme.

—¿Hablarás con él? —la pregunta de Nuria era una súplica.

—Voy a intentarlo —les respondió bastante reticente—. Pero no os prometo nada.

—Liliana —le dijo Nuria—, tienes que hacerlo. Deja en un segundo plano lo que sientes por él y piensa en todos esos niños y en los que nacerán de la misma forma si no intervenimos.

* * *

Al día siguiente, cuando faltaban cinco minutos para la hora exacta, Liliana salió a la calle. Delante de su portal la esperaba un coche negro tan bruñido que parecía un insecto de metal. Saludó al conductor y entró.

—Dígame, ¿dónde recogemos al señor Ullrapós? —le preguntó asomándose entre los dos asientos delanteros.

—En su oficina de la calle Mallorca —le respondió el hombre.

—Perfecto. —No le sorprendió que él no estuviera dentro del vehículo porque anteponía siempre la discreción a todo lo demás.

En cuanto llegaron al edificio oficial, apareció el subdelegado. Al entrar en el coche se le acercó como si fuera a dejar unos papeles sobre la bandeja trasera y la besó de una forma tan rápida como imperceptible para el chófer.

—Pareces una actriz. Estás bellísima. Tendría que haberme traído un amuleto contra el mal de ojo. Ya verás cómo nos miran en el restaurante —le dijo al oído.

—Como se marcha, parece que ya no le importa el qué dirán —le dijo ella. Liliana se sentía aún más relegada que durante toda su relación.

El conductor encendió la radio.

—Un día es un día, y además vamos a un sitio en el que no dejan entrar a cualquiera, cuando reciben las reservas las comprueban para que no haya… incompatibilidades. Ya me entiendes.

Liliana no quiso replicarle. No le gustó ese encuentro en un lugar tan reservado, tan práctico; le resultó bastante descorazonador por lo que tenía de ocultamiento y porque resumía el tiempo compartido con él.

—Esto de tener coche es un lujo, don Jerónimo. ¿Podría aprovechar el trayecto para hacer un recado? —le dijo ya sin bajar la voz.

—¡Cómo podría negarte yo algo! Dale tú misma las indicaciones a Cayetano. —Don Jerónimo había posado su mano en la pierna derecha de Liliana. Sobre sus medias de cristal, por la uniformidad del tejido, aún destacaba más su anillo de casado.

—Gracias —le dijo ella con una sonrisa tan brillante como su alianza—. Llévenos a la calle Cisell.

Don Jerónimo la miró intrigado.

—Será solo un momento. Quiero que vea algo —le explicó. Y elevó la barbilla. Sentía que por primera vez organizaba, ordenaba el tiempo de ambos, tomaba las riendas y era la única que sabía lo que iba a suceder a continuación.

42

A los pocos minutos y después de las últimas indicaciones de Liliana, el chófer se detuvo frente a la entrada del asilo de Nuestra Señora del Port. Los dos bajaron y cerraron las puertas. Don Jerónimo continuó hablando en voz muy baja:

—¿Aquí? No me asustes, Lilianita. ¡¿No tendré descendencia?! —Ullrapós se pasaba la mano por la nuca como si quisiera regularse de esa manera el sudor y el nerviosismo.

—Tranquilo. De nuestro romance no quedará ninguna prueba, ni viva ni muerta —le respondió ella con mucho aplomo.

—Esto nuestro no ha sido un romance, para mí lo has sido todo, mi energía para vivir durante todos estos años. Mi única alegría. Créeme.

Liliana continuó caminando como si no lo escuchara. Para ella sus palabras procedían del pasado, de un momento que ya no era posible alterar.

Subieron en silencio la escalinata. En cuanto estuvieron delante de las puertas acristaladas de la entrada vieron al conserje, que se acercaba hacia ellos.

—Mire, tenemos una cita con la directora. Llamé ayer, soy la secretaria del señor subdelegado del Gobierno aquí presente —le dijo Liliana al empleado a modo de presentación.

—Pasen, pasen, no eran necesarias tantas explicaciones. Los estábamos esperando. Sean ustedes bienvenidos. Yo mismo los acompañaré. Dada la categoría de esta visita, ya tiene que estar en su despacho la hermana. —El hombre andaba bastante encorvado, se giraba cada pocos pasos y gesticulaba con ambas manos.

Mientras cruzaban el vestíbulo, Ullrapós le tiró de una manga a Liliana y le dijo en un murmullo:

—No quiero líos. ¿Qué es esto? Accedí a acompañarte a hacer un encargo, pero no me quiero exponer. No me gusta nada este sitio.

—No pasa nada. Como habrá observado, no he dicho su nombre en ningún momento —le dijo ella muy serena.

En cuanto oyó los pasos que se acercaban a su despacho, la máxima autoridad de aquella institución se asomó a la puerta. Y se mostró con ellos igual de servicial que el bedel.

—Pasen, pasen, qué honor. Gracias por preocuparse por nosotros. El Ayuntamiento hace una gran labor con sus relaciones con el Gobierno. Que usted preste su atención a estos niños es muy importante para todos nosotros. —La monja vestía el hábito oscuro con la toca cuadrada y el cuello blanco de las Esclavas del Corazón de María—. Hemos progresado mucho, a partir de ahora seremos un hogar de aprendizaje. Y esta obra…, por fin hemos podido separar a los niños de las niñas y a todos los pequeños de los ancianos y los enfermos.

Don Jerónimo permanecía callado.

—Hermana —intervino Liliana mientras miraba a una mujer que acababa de entrar en el despacho con un bebé en brazos—, ¿es esta la madre a la que veníamos a conocer?

—Es la hermana. Ella no ha podido venir. No se encuentra bien. Adelante, cuénteles lo de su sobrino. Es el caso que le referí al padre Vilesermes.

—¡El padre Vilesermes! —don Jerónimo le susurró al oído estas palabras y Liliana apreció el tono de reproche, tan insólito en él.

—Gracias por recibirnos —le dijo Liliana a la joven. Miró al bebé con mucha ternura—. ¿Cómo se encuentra ahora?

—Pues igual, señora. Esto es una desgracia muy grande. Nació hace apenas dos meses. Yo enseguida lo lavé. A mi hermana la tuvo que espabilar la partera después del disgusto que cogió cuando lo vio. Lo habíamos enrollado con pañales y muchas telas para que pareciera que tenía de todo, pero enseguida se dio cuenta de lo que le faltaba. Comprenderá cómo estamos. Nuestra madre no deja de llorar, dice que se va a beber una botella de salfumán o se la va a dar al niño. De momento, para quitarlo de su alcance, lo hemos traído aquí. Las monjas lo cuidan mucho. Se han encariñado con él. Sé que está mal decirlo, y que Dios me perdone —dijo mientras se santiguaba—, pero a mi hermana más le hubiera valido morirse de sobreparto. Está que no levanta cabeza.

Liliana sintió como si hubiera asistido a aquella escena, imaginaba una gran cama de hierro, la palangana, el espejo del armario enfrente, los gritos, el dolor, la debilidad y el ambiente enrarecido desde entonces.

—No quiero que coja frío, pero ¿lo podría desnudar un momento? Querríamos apreciar qué lesiones tiene exactamente.

Don Jerónimo Ullrapós, con un gesto muy serio, se giró hacia Liliana y le dijo al oído:

—Ya basta, ya hemos escuchado bastante. Vámonos.

Liliana se acercó a la mesa donde lo habían depositado y lo cogió en brazos. A don Jerónimo, aquella estampa de Liliana con el bebé al que las dos manos le nacían de los hombros y los pies de la cadera le pareció terrible.

—Mírelo, es una auténtica lástima —continuó la tía del pequeño—, tan tullido.

Don Jerónimo quería desviar la mirada, dejar de sentir aquel nudo en el esófago que era como un puño que lo oprimía. Tuvo ganas de llorar.

—Ya lo tienen difícil los otros, pues imagínese este —la superiora se dirigió solo a él.

—Sor... —comenzó a decir Ullrapós—, me hago cargo de la situación. Veré qué se puede hacer. Tápenlo, por favor, que no se enfríe.

El bebé ni siquiera se había despertado con todo aquel trajín. Solo cuando su tía volvió a tomarlo entre sus brazos, abrió los ojos y los clavó en él de una forma tan desafiante que don Jerónimo pensó que era imposible que aquella mirada se correspondiera con su escaso tiempo de vida.

—Bien, ya lo ha visto. Nos hemos cansado de escribir a la alcaldía, al Gobierno Civil, sin respuesta hasta el momento, con lo que nos ha ayudado el Ayuntamiento con todo lo demás. El padre Vilesermes ha sido el único que nos ha atendido y por propia iniciativa. Menos mal que ese hombre vale tanto. Tanto como otros muchos juntos.

—No le quepa duda de que pronto recibirán noticias del Ministerio. Ahora, si me disculpa.

—Sí, sí, claro. Y gracias por su tiempo. Le estamos muy agradecidas, señor...

Don Jerónimo no quiso completar aquella frase con su apellido. Mientras tanto, Liliana le tendió la mano a la monja.

43

En cuanto salieron a la calle, don Jerónimo se acercó al coche. El chófer se inclinó hacia la ventanilla del copiloto y accionó la manivela para bajar el cristal hasta la mitad.

—Cayetano, mándenos el primer taxi con el que se encuentre.

—Así lo haré, señor. —El conductor llevaba muchos años sin plantearse el porqué de las órdenes que recibía.

La intención de don Jerónimo era que los trasladara a partir de aquel momento un desconocido. No estaba seguro de que tanto él como Liliana pudieran controlarse durante el trayecto, y prefería que quien escuchara algo de lo mucho que tenían que decirse, si llegaba el caso de que estallaran, fuera una persona ajena sobre todo a la Delegación de Comercio.

Ullrapós se pasó un par de veces la mano por la barbilla. Tenía los ojos acerados, la expresión muy dura.

—Fuiste tú quien le habló del telamón al padre Vilesermes, ¿no? ¿Qué más le contaste? —le dijo bastante enojado. Nunca le había hablado así a su amante—. Sabes que es el confesor de mi esposa y que cada semana viene a nuestra casa.

—¿Y solo la confiesa a ella? —Liliana no pudo evitar el sarcasmo.

Sentía rabia por el papel que él le había otorgado. Pero sobre todo estaba indignada consigo misma por haber aceptado aquella situación de sumisión. Esa sensación solo le sobrevino cuando le comunicó que iba a dejarla. Como si en aquellos momentos despertara de un sueño.

—Liliana, había preparado este encuentro con mucha ilusión y ahora ya no tengo ganas de nada. Ha sido horrible. Me has estado espiando, ¿es eso?

Liliana lo miró desafiante sin decir palabra. Se sentía dueña de la situación, como si por fin pudiera expresarse sin ningún disimulo, como si hubiera dejado los convencionalismos atrás.

—Yo te he dado mi confianza, nunca te puse trabas, durante todo este tiempo has hecho lo que has querido. Ni siquiera te he preguntado si había otros hombres en tu vida.

Liliana se tragó la rabia y dejó resbalar aquel comentario sobre la superficie de su cuerpo, como si fuera entera de alabastro, porque si calaba dentro de ella estaba segura de que no podría controlar su furia.

—Sabe que ese niño está así porque a su madre, como a tantas otras, las medicaron con unas pastillas que, además de quitarles los vómitos, les quitaron a sus hijos los brazos, las piernas, poder jugar al fútbol, nadar y tantas otras cosas. Les cercenaron la posibilidad de valerse por sí mismos. Ese medicamento alemán, el telamón, se vende aquí solo porque el Ministerio lo permite, a pesar de que produce estos daños. Me siento muy estúpida contándole lo que ya sabe.

—Eso no es así. Nadie ha demostrado que sea así —mintió él.

—¿Qué más prueba quiere que lo que acaba de ver? ¿No le ha bastado? Hay muchos más. Podemos continuar con las visitas. ¿No le dan lástima? ¿Ni siquiera eso? —Gesticulaba, se cambiaba el bolso de mano, se ajustaba el gancho con una flor a juego con el color del vestido que lucía sobre el lado derecho de su peinado.

—Liliana, no me juzgues, la vida nos endurece, te darás cuenta más adelante. Sé que son unos casos terribles, pero siempre han existido personas lisiadas. Pero son solo eso, casos puntuales entre los muchos que nacen sanos, siempre hay un porcentaje así. Hay que asumirlo.

Al escucharlo, Liliana tuvo ganas de golpear la pared, de darle patadas a aquel muro ante el que estaban los dos. No soportaba aquella actitud comprensiva, pero impasible.

—Don Jerónimo, no sea hipócrita. El telamón es el motivo por el que usted se va, lo quiera reconocer o no, sabe que es así —le dijo con toda la firmeza que pudo reunir—. No se esfuerce en disimular. Me da igual. Pero le pido un último gesto: levante un teléfono, viaje a Madrid, entrevístese con quien corresponda, pero no los deje así. ¿Rezar por ellos desde Lourdes es todo lo que piensa hacer?

—No tienes derecho a decirme que no he hecho nada.

—Pues haga algo más. —Liliana no podía reconocer que había robado de su despacho una copia de la carta que él había escrito al Ministerio de la Gobernación.

Llegó el taxi y don Jerónimo le indicó al conductor que los llevara hasta el paseo de Ítaca, en el puerto. Permaneció en silencio durante todo el camino. Consideró que ya se habían desahogado con antelación.

Una vez en el club marítimo, solo comenzó a hablar cuando estuvieron acomodados en una mesa.

—Creo que este es el lugar menos apropiado que se me ha ocurrido. No es donde pensaba llevarte. Me quito de en medio, tienes razón —le dijo como si mientras permaneció callado durante el trayecto hubiera cavilado aquella rendición al menos verbal—. Pensarás que soy un cobarde, pero peor me parece lo contrario: hacer la vista gorda a cambio de una sustanciosa suma todos los meses. Esa es la alternativa. No voy a hablar de mis compañeros, no voy a señalar a nadie. Allá cada quien.

—No, esa no es la alternativa. La alternativa es denunciarlo, pero no solo al Gobierno. Detener el comercio de ese veneno como sea. —Liliana tenía chispas dentro de los ojos.

—Un gin-fizz, por favor —dijo Ullrapós para detenerla en cuanto vio que el camarero estaba a menos de un metro.

—¿Y la señorita?

—Tendrías que tomarte otro —le recomendó.

—No me gustan las bebidas ácidas ni amargas, para eso ya tengo la vida, prefiero un refresco de cola —dijo ella negándose a ocultar su disgusto. Y en cuanto se alejó el empleado, continuó en el mismo tono—: No puede cargar sobre su conciencia… Yo sé que usted es buena persona, que todo esto le ha caído encima. Si quiere demostrar que no es como los demás, este es el momento.

—No sé si tengo ya conciencia. He visto tantas cosas que cada vez me espanto menos.

—Don Jerónimo, no solo están los de los orfanatos en Barcelona, hay muchos otros, lo sabe, y sabe también que cada vez nacen más. Esto hay que detenerlo.

—Liliana, la gente habla en la calle sin saber. Trabajas de secretaria en el laboratorio cosmético, pero no eres farmacéutica.

—No le voy a contar más detalles, eso da igual. Usted me ve como alguien muy joven, pero sé bastantes cosas.

—¿Qué pretendes? Dime, ¿qué buscas? No te falta de nada.

—No me falta nada de lo que se ve. En todos estos años no le he pedido ninguna cosa. Ahora se lo ruego. Me lo debe. No le voy a amenazar con irle con la historia a su mujer, bastante tiene la pobre. Yo no soy así. Creo que por eso me eligió. Que mi carácter también le convino porque le venía muy bien a sus propósitos. Que no se hubiera metido en algo así con una mujer más temperamental. Mire, usted está en el Ministerio de Comercio, tiene mucho poder. Haga un escrito, exija que se retire de las farmacias y ya está. No tiene que ser tan difícil. Ni siquiera se investigará lo sucedido. Porque, como usted dice, mancos y cojos siempre ha habido, pero que no haya más, al menos por este motivo, depende de usted. De lo contrario, poco a poco, todo esto le quitará la vida, lo apagará. Hay cosas de las que no se puede salir impune.

—Te sorprendería saber que algo así ya está en marcha. Liliana, ojalá nunca llegues a saber nada de lo oscuro que puede ser el mundo de los negocios, y más cuando ha habido guerras de por medio. Yo no puedo hablar, de hecho es la primera vez que mantenemos una conversación de este cariz, pero no creerías cómo se llega a acuerdos y a cambio de qué. Te darían arcadas. Todo se compra y se vende. Nadie se salva. Cuando quieras encontrarle explicación a algo que parece no tenerla, piensa en la economía.

—Don Jerónimo, no siga. Por lo que lo conozco hasta ahora, parece que a quien quiera convencer sea a usted mismo. Se marcha. Deje que otros se encarguen de lo demás, pero termine su carrera política con una buena obra. Hágalo por ellos, pero también por usted. También se lo debe.

Ullrapós se quedó con la mirada perdida en la terraza. Las luces del puerto eran como los adornos de un telón de fondo.

—No depende de mí. No te prometo nada…

—Nunca lo ha hecho —le dijo Liliana antes de que terminara la frase y se levantó.

—Bien, supongo que este es nuestro adiós definitivo. Lo siento. Siento tantas cosas: siento estar casado, siento no haber podido ofrecerte nada más. Y siento que este tema haya borrado toda nuestra felicidad anterior.

—No ha sido así, don Jerónimo. Siempre lo recordaré con cariño, pero en su mano está convertirse en un gran hombre, en alguien digno de admiración. Nunca es tarde. Este es un drama de muchos, y su intervención puede detenerlo. Esa acción justificaría toda su vida. Ayúdelos. A esos niños que aún no han nacido también los acecha una guerra. Ese medicamento tiene el mismo efecto que las bombas: las amputaciones, las taras. Piénselo. No le queda otra. De lo contrario, esa carga sobre sus hombros lo hundirá, poco a poco, pero sin remedio. Salga del lodo… Y ahora sí: adiós.

Ullrapós la vio cómo se alejaba tras aquellas palabras que no se llevaba con ella. La manera en que antes de bajar la escalera se apoyó unos instantes en la barandilla para arreglarse la hebilla de uno de sus zapatos nuevos. De su vestido de lamé color salmón, una prenda que entonces solo podía comprar un nostálgico, quedó su sombra, detenida unos instantes en una esquina del balcón cuadrado sobre el mar.

Le pidió al camarero otro gin-fizz.

44

INVESTIGADOR PRIVADO INGRESADO DE URGENCIA EN SANT PAU

Este fue el titular que leyó Máximo en el bar de carretera donde solía desayunar siempre que salía de viaje. El mismo local en el que encontró el anuncio de G. B., uno de los diplomados en Investigación Criminal con la licencia más antigua de Cataluña.

Como la vez anterior, arrancó aquella página del periódico y se la metió en el bolsillo. Ya en su coche la leyó con más atención.

> Aún no pueden establecerse las causas del accidente ya que lo trasladaron inconsciente tras haber perdido mucha sangre. La Policía no va a facilitar de momento ningún dato sobre su identidad, pero se ruega que si alguna persona de su entorno sabe quién es el asistido y cuál es su domicilio se ponga en contacto con las autoridades o acuda a ese hospital. Su pronóstico es muy grave.

La nota en la prensa perseguía, más que informar sobre lo sucedido, la localización de sus parientes u otras personas cercanas que hubieran advertido su desaparición. A ellos iba dirigido el único dato facilitado, su profesión, el mismo que se ofrecía en el servicio de socorro de la radio.

Respiraba cuando estuvo allí. Aquel movimiento que percibió sobre Baladre atado al futbolín no era por efecto del aire. Primero pensó que suponía un delito denegar el auxilio a alguien en aquella situación, pero enseguida se dijo que, por una parte, él no sabía que aún estaba vivo, que había sido solo una impresión que fue incapaz de constatar, y por otra, que aun así no lo había hecho porque dejó el asunto en las mejores manos: en las de la Policía.

El olfato no le había fallado por una vez al detective cuando le dijo que temía por su integridad física. A Máximo le quedaba por determinar si también era verdad lo de las conexiones internacionales y la relación de aquel caso con Nuria. Bajó enseguida la ladera y, al entrar en el paseo de la Bonanova, pisó el acelerador a la vez que pensaba en enfrentar a Nuria, en ponerla contra las cuerdas para que le dijera de una vez por todas en qué estaba metida.

De entre los setos de una de las fincas de su calle salió un niño. Máximo lo vio cuando lo tenía a una distancia demasiado escasa para frenar, pero aun así lo hizo. El coche reaccionó como si hubiera chocado contra un muro. Él se golpeó con el parabrisas y la carpeta que le había sustraído a Baladre cayó del asiento. El pequeño apoyó su manita sobre el capó. La sirvienta que lo acompañaba unos pasos más atrás insultó a Máximo, y este, furioso, abandonó su Ford Thunderbird en el paseo de la Bonanova y se dirigió a su casa dispuesto a zarandear a su mujer hasta que hablara.

Subió en cuatro zancadas las escaleras y abrió la puerta. La casa estaba vacía. Blasfemaba mientras recorría las habitaciones. Después, con la misma prisa, subió al ático, pero tampoco respondió nadie. Bajó de nuevo a la calle y abrió con mucha violencia la puerta de su coche. Condujo hasta el parque donde Nuria solía llevar a los niños, pero no los vio. Cada vez más acelerado, dio un par de vueltas por el barrio hasta que escuchó la campana de la iglesia de la Bonanova. Eran las dos de la tarde y no tuvo más remedio que salir hacia Madrid. Pensó que lo que menos le convenía en aquellos momentos era poner en riesgo su ascenso por no cumplir con sus compromisos laborales.

Mientras tanto, en el instituto de belleza, Nuria se reía porque Liliana le hacía cosquillas al tomarle medidas para su vestido. Boro sostenía a Marc dormido en sus brazos y soñaba, igual que había hecho durante todos los años en el seminario, con que por fin también él tenía una familia, y que esa familia eran ellos.

* * *

Después de un par de visitas comerciales en Madrid, Máximo casi se olvidó del detective Baladre y tuvo ganas de celebrar que lo habían elegido a él para la reunión del día siguiente. Estaba más envanecido que nunca. Sabía dónde acudir, a la sala Saratoga, en los bajos del teatro Calderón, donde coincidía con la tripulación de algunos vuelos que llegaban desde Estados Unidos. Sus azafatas le parecían mucho más atractivas que las vedetes que actuaban allí. Pero se dijo que al menos la víspera de un día así tenía que ser prudente, que había mucho en juego y que por tanto necesitaba la mente más despejada que nunca.

Cuando abrió la puerta de aquel piso en Chamberí se alegró de que fuera tan tarde y la casa ya estuviera en completo silencio. No tenía ganas de conversaciones. En aquella ocasión, llegar tarde y salir muy pronto era lo que le garantizaría el mayor descanso.

* * *

A la mañana siguiente, en el edificio que acogía los departamentos de Industria y Comercio, un ordenanza lo acompañó hasta el pasillo donde tenía que esperar antes de entrar en el despacho. Para Máximo, estar allí ya era un reconocimiento. Su prestigio se había incrementado con aquella citación. Se había preparado muy bien la reunión, aunque estaba convencido de que la resolución del asunto sería más compleja.

Preguntó a sus superiores por quien estaba al frente de aquella cartera: solo sabía del ministro que era ingeniero naval. Le dijeron que no era tan enérgico e inflexible como desde el palacio de El Pardo se le exigía. Al igual que el ministro de Comercio, era también madrileño, y ambos tenían en común, además, su acendrada fe católica.

Máximo siempre acopiaba toda la información posible sobre sus interlocutores, fueran clientes, compañeros, proveedores o cualquiera que se cruzara en su vida. Era una de las estrategias más repetidas en los cursos de formación que había seguido primero en Italia y después en Alemania, y la aplicaba a pies juntillas. Por ese motivo no soportaba que Guifré Baladre quisiera darle lecciones.

Al pasillo del Ministerio donde esperaba llegó el asistente uniformado en compañía de otro hombre que se sentó justo enfrente de él. Solo le dijo «hola» de forma desagradable, tanto que hubiera preferido que no le dirigiera la palabra. Fue como si le escupiera. El saludo era muy informal, inapropiado para una sede oficial, y por su forma de articularlo, advirtió que era extranjero. A Máximo no le gustó su aspecto: era muy alto, tenía la mandíbula cuadrada, los ojos afilados y el pelo rasurado. Vestía una cazadora y unos pantalones de pinzas color beis y no le quitaba el ojo de encima.

Pero esa intensidad que el otro pretendía que resultara intimidatoria no le iba a hacer perder un ápice de su aplomo. Máximo accionó el cierre de su cartera de cuero marrón con sus dedos pulgar e índice y se puso a repasar uno de los documentos. Se trataba del inventario de las unidades del medicamento objeto de aquella reunión que habían sido suministradas a cada farmacia de España. Máximo tenía el número casi exacto; para que el margen de error fuera el mínimo había seguido llamando a todos los establecimientos hasta las nueve de la noche de la víspera. Recabar esos datos le había costado una fortuna a su empresa, pero al tratarse de un encargo del Ministerio no escatimaron gastos. Zafara esperaba que también asistiera alguien del laboratorio Orlanta. Pensó que era muy posible que se tratara del extranjero que tenía enfrente. Los consejos de administración de ambas empresas eran mixtos. Estaban tan imbricados que era difícil saber dónde terminaba una firma y comenzaba la otra, como sucedía con tantas compañías. Pertenecían al mismo conglomerado, al mismo consorcio y, por tanto, esto suponía que muchos procesos se aunaran.

Sonó un teléfono y enseguida apareció el mismo ordenanza. En esa ocasión los guio a ambos.

—Pasen, los están esperando.

Al ver a los dos ministros ya dentro, junto a quien consideró que sería otro alto cargo del Gobierno, Máximo calibró que primero habían mantenido ellos una reunión, sin duda la más importante, y que tanto él como el que tenía aspecto de mercenario iban a asistir a un encuentro en el que las decisiones ya se habían tomado de antemano. La misión de ambos sería asumir el papel de mensajeros: transmitirles a sus jefes las conclusiones. A pesar de eso, volvió a sentirse complacido de participar en un asunto tan relevante.

Solo por la disposición de los reunidos en la sala y por la espera, el comercial tenía claro que cualquier posibilidad de intervenir para modificar un acuerdo que atañera a su empresa sería imposible. Los tres anfitriones estaban sentados ante una mesa muy pulimentada. El ministro de Industria hizo las presentaciones: su homólogo de Comercio y el subdelegado de ese Ministerio en Cataluña, el señor don Jerónimo Ullrapós.

—Ambos vienen de la misma ciudad, señor Zafara. En cambio, Harald Silveiner se ha desplazado aquí desde Alemania. Atendámoslo como merece. Sabe que todos sus gastos en la capital serán sufragados por el Gobierno —le dijo dirigiéndose a él.

Así, Máximo confirmó que era él el enviado de la farmacéutica.

El alemán miró a los otros tres como si le diera igual lo que decían.

—Señor Silveiner y señor Zafara, ustedes están aquí como representantes de las empresas fabricantes del producto que nos ocupa —dijo el ministro de Comercio—. De las explotaciones de Minas Generales se extraen los elementos que después se combinan en el excipiente que acompaña al principio activo, el telamón, cuya patente tiene el laboratorio Orlanta. Hay una circunstancia que nos obliga a retirar del mercado este fármaco. No se venderá más en España. Esto implica que quedan canceladas las compras de minerales destinadas a ese efecto y que se paraliza tanto la producción como la importación de este medicamento a partir de que se apruebe esta orden que acabo de firmar. Esto es todo lo que tenemos que decirles.

Harald Silveiner se incorporó levemente para sacar del bolsillo de su cazadora un telegrama que dejó sobre la mesa del ministro de Industria. Los otros dos se acercaron para leerlo.

> En mayo del presente año, la filial española del laboratorio Orlanta notificó a la central de Alemania que no preveía informar a los médicos españoles sobre los efectos secundarios del fármaco comercializado con el nombre de «telamón».

—Señores, me han encargado que les informe de que tienen que respetar la moratoria impuesta a partir de entonces. El convenio se amplió por decisión de las dos partes para los próximos cinco años y se pagó por adelantado al Gobierno de este país la participación alemana —dijo Silveiner con una dicción impecable—. De modo que hasta que se cumpla ese plazo, no hay nada más que hablar. —Hizo ademán de levantarse.

—Espere —le ordenó el ministro de Industria cuando logró sobreponerse a la perplejidad que le había causado lo que consideraba la mayor muestra de mala educación a la que había asistido nunca—. Yo le indicaré cuándo puede dar por finalizada esta reunión. Y no va a salir de aquí sin escuchar algo. Señor Ullrapós, por favor.

—No podemos consentir una moratoria de cinco años porque en nuestro país ya han muerto muchos niños a causa de que sus madres tomaron este medicamento, y los que han sobrevivido están en condiciones lamentables —dijo don Jerónimo.

Harald repasaba con la mirada, uno a uno, los volúmenes de la biblioteca como si se hallara solo en aquel despacho.

—Nosotros no sabemos nada de eso —intervino Máximo Zafara horrorizado.

—Así nos consta, pero por el análisis del silicio, el magnesio y el titanio que acompañan a esta sustancia, hemos trazado y reconstruido la ruta, tanto de abastecimiento como de distribución —explicó el ministro de Industria—. Por eso les encargamos a ustedes que localizaran todas las unidades que quedan en nuestras farmacias aunque no es propiamente el trabajo de Minas Generales.

—Y así lo hemos hecho, señor ministro. —A Máximo le pareció más apropiado utilizar el plural que arrogarse todos los méritos. Le tendió un portafolios con el inventario completo—. Aquí tiene.

—Bien, muy bien. Mañana mismo partirán de aquí cuatro

vehículos. Hemos dividido el territorio en esas mismas zonas. —Las señaló sobre el mapa que colgaba de la pared de la izquierda—. Confío en que reunamos cuanto antes todas las cajas de este medicamento maldito para destruirlo.

—Señor ministro, cuando firmaron el contrato con mi compañía no la calificaron de ese modo, ni tampoco desdeñaron el porcentaje que obtuvieron a cambio de inclinarse por nuestro producto —dijo Harald.

—Sabe muy bien, señor Silveiner, que eso se debió exclusivamente a que esta operación fue una más de las que se produjeron en el marco de la tradicional amistad entre nuestros dos países.

—Como quiera. En cualquier caso, rompa esa orden, no va a tener ningún efecto —insistió Harald Silveiner.

—No queremos más telamón, no sé cómo quiere que se lo diga —intervino entonces el ministro de Comercio—. El señor Ullrapós nos ha traído informaciones que le aseguro que ponen los pelos de punta.

—Échele un vistazo a esto. —Harald dejó dos sobres de distinto tamaño sobre la mesa.

El ministro de Comercio miró a su subordinado para que procediera a abrirlos.

—¿Qué es esto? —preguntó Ullrapós—, ¿pretende sobornarnos?

—Ya han cobrado bastante, como demuestran estas fotografías, estas anotaciones y estos recibos firmados por los mismos que ahora quieren retirar este medicamento del mercado. La avaricia rompe el saco. Tuvieron que pensarlo antes. Ahora ya no es posible. Habrá que esperar.

—¿A qué? ¿A que mueran más niños nuestros? ¿Y los suyos, los alemanes? ¿Les dan igual? ¿No tuvieron bastante con la guerra? Mire, yo también quiero mostrarle algo. —Don Jerónimo Ullrapós le acercó unos papeles en inglés.

Era un informe sobre las actividades de Orlanta relacionadas con aquella patente y la forma en que habían conseguido el medicamento.

Harald palideció. Aquel era precisamente el secreto que sus jefes querían salvaguardar a toda costa.

—¿Qué le parece? ¿Sabía algo de esto? Tengo entendido que también lo han enviado a Estados Unidos, pero aún no está aprobado. ¿Cuántos millones de dosis son? Y en su país, ¿cuántas grageas se tuvieron que tragar? Yo se lo diré: ninguna porque inmediatamente las redistribuyeron. Hemos estado en la sede de aquí y en la de Barcelona, en ambas hace casualmente un mes que no las fabrican, y usted sabe por qué, porque ya les llegan listas para el reparto.

—En mi país se toma y no ha causado ningún problema —replicó Harald.

—¡Mentira! —gritó don Jerónimo—. No se lo habrá causado a ustedes, pero hay decenas de niños afectados. Y lo saben aunque finja lo contrario. ¿Por casualidad conoce al doctor Varick Kessler? La semana pasada mantuvimos una conversación por teléfono. En cuanto me facilitaron su número, me puse en contacto con él y tuve que rendirme a la evidencia. Él y su colega Singer tienen todas las pruebas y nosotros ahora, gracias a ellos, también. Incluso alguna más.

—Pero usted lo sabía, además lo que usted dice que son pruebas son solo copias —lo atacó Harald.

—Sí, yo lo sabía, y ¿sabe qué sabía también desde entonces? —continuó Ullrapós—: que ya no podía dormir, ni comer, ni pensar, que mi mala conciencia lo ocupaba todo, aun cuando se trataba de una sospecha, de un rumor, de muy pocos casos, y a pesar de eso sabía también que los remordimientos casi me destruyen, que me marcho del Ministerio, que me voy a… un lugar más tranquilo, más puro, mejor, más espiritual sobre todo.

—Y ustedes también lo sabían. —Harald se dirigió a los otros dos miembros del Gobierno—. Además, se han embolsado una fortuna por permitir su comercio. No sé qué pretenden haciéndose los sorprendidos ahora.

Máximo no abría la boca. Consideró que cuanto más desapercibido pasara bajo aquel fuego cruzado sería mejor.

—No se lo vamos a discutir, Silveiner —admitió el ministro—. Sabe que es habitual que de algunas transacciones recibamos una comisión, es lo justo, nuestros servicios, nuestros desvelos, nuestros riesgos, nuestras horas de trabajo extra también tienen que pagarse. Nada es gratis y ustedes se han beneficiado mucho con este trato. Y déjeme que le ponga un ejemplo. ¿Sabe que ese medicamento se vende al doble del precio que fijamos? Sus jefes argumentaron que el embarazo es una situación excepcional, que el hecho de que solo se prescriba para el primer trimestre hace que su consumo sea muy restringido y etcétera, etcétera. ¿Quiere que siga?

—En nombre de los tres le digo —intervino Ullrapós de nuevo—, para que se lo haga llegar a quien corresponda, que puede que algunos funcionarios hayan cobrado primas de su laboratorio por hacerles de comerciales, pero también que nadie sabía nada de esas pobres criaturas tullidas. No somos unos bestias, unos despiadados como…

—¿Como nosotros? Dígalo. Atrévase.

El ministro de Industria tuvo ganas de echar a Harald de su despacho porque aquella ya había sido la falta de respeto más inaudita de las muchas con las que había salpicado su asistencia.

—Señor Silveiner, usted…

—Señor ministro —le interrumpió Ullrapós—, se lo ruego, déjeme decir algo más.

—Adelante, pero que sea lo último. Tengo muchas ganas de perder de vista a este sujeto para siempre.

—Estamos aquí para hablar claro —continuó don Jerónimo—. En estos momentos se está construyendo más que nunca; mi ciudad, por ejemplo, crece muchos metros por día, a lo largo y a lo ancho. El Estado edifica barrios enteros, y hay muchos intermediarios, mucho dinero que se queda por el camino. Pero esto es distinto, esto es un crimen. Y para continuar con él, dígales a sus jefes de Orlanta que no cuenten con nosotros, que no somos asesinos, pero además quiero que les lleve este otro papelito, para que se lo enmarquen. —Como si se tratara de una partida de cartas, entonces fue Ullrapós quien dejó otro documento sobre la mesa—. A ver qué le parece esto.

Debajo de varios sellos y un encabezamiento muy largo, había una entrada en el primer folio de un dosier que decía: «Aunque se patentó en 1954, la primera vez que se sintetizó esta droga fue en 1944».

Debajo, en una enumeración de una media docena de términos a los que antecedía una raya, había un índice con los contenidos de aquella carpeta.

— Primeras reacciones.
— Tablas de evolución.
— Síntomas.
— Efectos secundarios y aplicaciones.
— Historia de un nuevo fármaco.

—¿Qué le parece, Silveiner?, ¿quiere más? Tenga, coja, mire las imágenes, los gráficos, está todo registrado. Estas son las pruebas clínicas que dicen que no encuentran, que se les traspapelaron, pero, claro, fechadas diez años antes. ¿Le suena? Lléveselos, esta copia es para ustedes, cortesía del doctor Kessler, para que se entretenga en el avión. ¿Cómo va el asunto por Londres? ¿Sabe algo de allí? ¿Les hacemos llegar otro ejemplar o se encargarán ustedes?

Harald estaba furioso. La mandíbula se le marcaba por la tensión. Sin despedirse, les dio la espalda, agarró el picaporte de la puerta como si quisiera arrancarlo y cerró de un golpe.

Los otros lo interpretaron como un triunfo. El ministro de Comercio se dirigió a Máximo:

—Señor Zafara, entienda la situación, les compensaremos por las pérdidas. No tenga la menor duda. Cuento además con su discreción respecto a lo que se ha hablado aquí.

Máximo asintió sin atreverse a articular palabra.

—Pronto me pasaré por Verín, anúncielo. Cuando llegue allí y le pregunten cómo ha ido por Madrid, les comunica mi visita. Haré todo lo posible porque salgamos en el NO-DO. Y ahora, si nos disculpa…

—Gracias, así lo haré, descuide. Sabe que en Minas Generales trabajamos precisamente para eso, para que al menos lo que depende de nosotros no le suponga nunca ninguna preocupación ni percance.

—Hasta pronto, Zafara —le dijo el ministro a la vez que le tendía la mano.

En cuanto Máximo abandonó el despacho, tanto quien estaba al frente de aquel gabinete como el ministro de Industria felicitaron de una forma muy efusiva a Ullrapós.

—Qué bien lo has llevado, Jerónimo. Permíteme que te diga, porque sé que no te molestará, que no me lo esperaba. Has estado magnífico. No te ha temblado la mano en ningún momento y eso que el individuo se las traía. ¡Menudo perdonavidas! Afortunadamente, creo que podemos dar este desagradable asunto por zanjado.

Ullrapós los miró a ambos, les mostró su agradecimiento por haber contado con él, por escucharlo y por no flaquear tampoco. Enseguida se marchó a la estación para coger el tren a Barcelona.

Desde el paseo de La Castellana hasta Atocha, a través de la ventanilla del taxi, deseó encontrar al girar cada esquina la misma sombra del vestido de lamé color salmón que le regaló a Liliana.

45

Máximo Zafara recibió muchos agasajos de los compañeros que estaban en Verín de convención. Le preguntaron por los pormenores de la reunión ministerial y él contó solo hasta donde era sensato hacerlo.

A sus superiores, en cambio, los informó con mucha prolijidad del encuentro y reconoció que su papel había sido el de un eslabón, ya que formaban parte de la cadena de fabricación de aquel medicamento, y que la decisión ya estaba tomada antes de que llegara él.

Todos estuvieron de acuerdo en que las materias primas que se suministraban a la industria farmacéutica pesaban bastante menos en sus balances contables que las que se utilizaban, por ejemplo, para las aleaciones que se destinaban a la construcción de buques o de cables y demás conductores eléctricos. Perder una partida de estas últimas hubiera resultado un descalabro. Les convenía mantener sus buenas relaciones con el Ministerio de Comercio. A cambio de haberles facilitado aquellos datos inventariales, se concretaría la visita del ministro a sus explotaciones y con ello el respaldo gubernamental a Minas Generales, es decir, su garantía de porvenir.

Al día siguiente saldría Máximo para recorrer por primera vez las cuencas propiedad de su empresa en la franja norte: desde Asturias hasta Aragón, de forma que no llegaría a Barcelona hasta el siguiente miércoles por la tarde. Durante todo este recorrido le acompañaría la imagen de Baladre sobre el futbolín con las muñecas desolladas.

* * *

El atardecer era resplandeciente, tan brillante que todo lo que alumbraba la luz naranja parecía cristalizado.

—Nuria, te noto muy bien —le dijo Boro en cuanto la vio aparecer en la terraza del Savoy—. Mejor incluso que la otra noche en el bar. ¿Es cierto que ya ha pasado todo?

—Lo que tiene que ver con mi salud, sí —le dijo Nuria con la vista baja.

—¿A qué te refieres?

—A que creo que no debería estar aquí. Me siento culpable, casi no estoy con mis hijos por estar…

Boro se acercó lentamente a ella y rozó su mejilla con los labios al susurrarle:

—Solo es una tarde a la semana más o menos, y alguna hora más el tiempo que no estás con ellos. También necesitas descansar, despejarte.

—Pero no es solo eso, sabes que hay más cosas… Mi familia, como te conté, vive en el Bajo Ampurdán, yo estoy muy sola aquí en Barcelona. Son muchas las cosas que últimamente me han sucedido. Mi relación con los señores Frument, ver la forma en que trabaja y cómo es doña Leonor, que pisa fuerte y nada la amedrenta, y cómo se desenvuelve Liliana; a veces pienso que yo podría trabajar como ella, al fin y al cabo he estudiado lo mismo. Tantas sensaciones que se me agolpan. Es como si me hubiera llenado de temor. A veces me siento en otro mundo en el que no sé cómo comportarme.

—Todos tenemos nuestros miedos. Es normal —le dijo Boro.

—Sí…, pero además de todo esto, te he conocido a ti. —Nuria alzó la mirada.

—Pensaba que te gustaba que así fuera. La otra noche cuando cenábamos me lo repetiste.

Boro acarició su mano y ella le correspondió. Él acercó los labios a los suyos y se besaron. Nuria se apartó un poco y lo miró. Se contuvo, aunque solo tenía ganas de besarlo, de buscar refugio en él porque se sentía a la intemperie en medio de una tormenta.

—Boro, no sigas, por favor... Entiéndeme, yo me casé muy enamorada de Máximo. Me fascinó. Me tenía deslumbrada con sus maneras, con su ropa, con su mundología, que dicen, a pesar de los pocos años que nos llevamos. A diferencia de mí, que dependía por completo de mis padres, él tenía una vida propia, ganaba mucho dinero, era italiano, ocurrente, divertido, siempre con un plan, una respuesta, con tanta energía... Y tal vez esto te parezca superficial, pero su físico me atrapó. El pelo tan negro y brillante, su manera de mirar, siempre con esa elegancia que parecía que había nacido así: con el alfiler de la corbata y los gemelos puestos.

A Boro le vino a la mente el día en que lo vio en su portal y tuvo muy claro de dónde salía.

—Lo dices como si te arrepintieras.

—No sé, no lo sé, estoy hecha un lío. Aunque no creo que deba contarte estas cosas precisamente a ti. Además, por lo que sé, te va muy bien con Ágata Kepler.

Boro estalló en una carcajada. Le sorprendió que Nuria hubiera retenido el nombre.

—¿Por qué te ríes? ¿No se llama así? —le dijo ella bastante desconcertada.

—Sí, así se llama exactamente. Si quieres, puedo presentártela ahora mismo.

—¡No! —dijo muy incómoda—. Perdona —añadió enseguida—, no quería ser brusca. Es que ahora no tengo la cabeza para nada. No hago más que darle vueltas a un anónimo que he recibido.

—¿Qué anónimo? —le preguntó Boro muy alterado.

—Un sobre bastante voluminoso que me entregaron cuando fui a cerrar mi apartado de correos la otra tarde, antes de despedirme de los señores Frument.

—¿Y por qué no me habías dicho nada?

—Porque cuando lo abrí en mi casa no le di importancia, pensé que se trataba de un error. Iba a devolverlo a la oficina postal, convencida de que no era para mí. Pero...

—¿Pero?

—Pues que esta mañana, después de volver a mirar bien todos los papeles, he confirmado que sí está dirigido a mí.

—¿Y qué dice?

—El nombre de Máximo está en un resguardo del Monte de Piedad junto al de una mujer: Mara Solano. Se trata del recibo de unas joyas desempeñadas: una gargantilla y unos pendientes. También hay una tarjeta de visita con una dirección, pero sin nombre, y un papel que dice: «Pida un certificado en este juzgado de Madrid a nombre de Máximo Zafara, ese sinvergüenza».

—¿Crees que tiene una amante?

—O que como lo acaban de ascender, algún envidioso quiere jugarle una mala pasada. No lo sé. Dentro del sobre había también varias fotografías de unas personas que no conozco. Junto con otra nota escrita a mano en un papel amarillento rayado. Dice: «Aquí, un regalo cortesía de un amigo mío de Madrid que me debe bastantes favores. Seguro que le interesa».

Al contrario de lo que ella esperaba, Boro permaneció en silencio, no replicó ni intentó convencerla de nada.

—No sé qué creer. Él pasa mucho por allí. Estos días tenía una reunión en un Ministerio, sin ir más lejos. Además, para coger la nacional hacia Verín pues a veces duerme en Madrid. Pero no sé. Desde que encontré todo esto tengo muy mal cuerpo. Como si fuera algo definitivo.

—Además de Liliana, ¿quién más sabía de ese buzón?

—Solo tú... —Nuria dudó porque se le había pasado por la cabeza que Boro podía ser el remitente—. Nadie más. Escondí la llave en un lugar bastante insólito.

—¿Y qué piensas hacer?

—He estado dándole muchas vueltas y, bueno, cuento con unos días para averiguar de qué se trata porque Máximo aún tardará en volver. Quiero ir a esa dirección, ver qué hay allí, qué saben de mi marido..., y quiero que me acompañes.

Boro la miró sorprendido.

—Iremos con Mireia y con Marc —añadió Nuria muy deprisa.

—No sé..., desplazarnos expresamente a Madrid para eso... Hay otros medios.

—Quienquiera que viva o trabaje allí no tiene teléfono. He ido a la compañía esta mañana. Menuda historia les he tenido que contar: que mi madre vivía allí, que vamos a vender la casa, que tenía que quitar la línea, que no recordaba el número. ¿Sabes qué han hecho?

Boro negó.

—Han mandado a uno de una oficina de la Telefónica cercana adrede a preguntar.

—Sí que has sido persuasiva. —Boro sonrió—. Pero ir allí... me parece excesivo.

—Me da igual, quiero ir. Y... quiero ir contigo, Boro. Si estoy a tu lado será mejor. No sé qué me voy a encontrar. Necesito que vengas, por favor. Hazlo por mí, por nosotros. Prometiste protegerme en medio de todo esto y no me cabe duda de que tiene algo que ver, que está relacionado.

—Iré.

Nuria lo abrazó para agradecérselo.

—No se me ocurre nada que prefiera más que estar a tu lado. Sea donde sea y sea por el motivo que sea —le susurró él.

Ella sintió la vibración de su voz como un cosquilleo sobre el pómulo. Después le rozó los labios con los suyos. Como si hubiera sido algo casual.

—Solo veo un problema —continuó Boro mientras luchaba contra las ganas de volver a besarla—. Con lo despierta que es Mireia, le contará todo a su padre: que fuisteis a Madrid con el mismo señor al que ya conoce, que dormimos en el mismo cuarto, que comíamos juntos.

—Ya he pensado en todo eso. Iremos en tren y haremos como que nos encontramos en Zaragoza. Como tú dices: «Dios puede librarnos de todo menos de las casualidades». Mireia se alegrará de verte. Y solo serán dos noches y en habitaciones contiguas —matizó.

—¿Estás segura? —le preguntó Boro con una mirada que Nuria no pudo resistir más que unos segundos—. ¿Será así toda la noche o solo hasta que ellos se duerman?

—No los voy a dejar solos ni un minuto ni a un par de metros. Ya las he reservado desde el teléfono de Dora. —No sabía hacia dónde mirar y se decidió por sus labios—. Además, no tenemos más remedio.

—Sabías que te acompañaría. Lo sabías desde el primer momento. Por eso has hecho todas las gestiones.

Ella asintió satisfecha.

—¿Y qué vas a contar sobre el motivo de tu viaje? ¿A contarle? —se corrigió Boro.

—Solo se lo tengo que decir a Dora y a Úrsula. Que es una petición de los señores Frument a la que no me puedo negar. Que quieren que les haga de interlocutora con unos señores que vienen de París. A Máximo no le diré nada. No tiene por qué enterarse de que hemos ido. Aleccionaré a Mireia. Ya veré cómo. Le diré que vamos a ver a mis padres y después me tendré que inventar algo más sobre por qué no los vimos.

—Pero te olvidas de un detalle. Del más importante —le dijo Boro impresionado por su diligencia.

Ella lo miró sin comprenderlo.

—Esa reunión inventada justifica que te desplaces hasta allí, pero ¿con quién dejarás a tus hijos mientras tanto? Se pueden quedar conmigo, pero entonces no podré acompañarte a la dirección que aparece en la tarjeta.

—Boro, yo nunca me olvidaría de algo así. Cuando he hablado con Liliana hace un rato para ver si sabía de dónde podía haber salido el anónimo, me ha visto tan decidida que ha llamado a su hermana, ya sabes que vive en Madrid. Me va a hacer el favor de quedarse unas horas con los niños.

—Sí que lo tienes atado y bien atado. —Boro le sonrió de nuevo.

—Eso espero. Bueno, todo está claro, ¿no? —Nuria lo cogió de la muñeca y la notó muy rasposa.

—¿Y cuándo salimos?

—El domingo a las siete de la mañana tienes que estar en la estación de Francia. Eso sí, si nos encontramos antes de subir al tren, solo te haré una seña y no nos veremos hasta Zaragoza.

—¿Pasado mañana? —le dijo él muy sorprendido.

—Así es, Máximo tiene que ir a unas minas y sé que no llegará hasta el miércoles. Dormimos en Madrid desde el domingo y el martes nos volvemos a primera hora.

—Pero no puedo desaparecer así como así del laboratorio. Cuando me lo has dicho pensaba pedir unos días de vacaciones. Sabes que los empleados del sótano, los de la fábrica, dependen de mí para el control de calidad. Tengo que organizarlos —dijo Boro tocándose el cabello—. Además están los señores Frument. Me parece muy grave con lo bien que se han portado siempre conmigo. Si nos pasara algo…

—Bueno, no te preocupes, si no te ves capaz, iré sola —le dijo bastante contrariada.

—No, no. Estoy dispuesto a hacer lo que sea para ayudarte. Solo que espero que no descubran que estamos en Madrid y juntos.

—Bueno, Liliana puede ayudarnos con eso. Si le pedimos que nos cubra, estoy segura de que no se negará. Puede decirles a todos, no sé…, ¡que estás enfermo! Todo el mundo se pone enfermo de vez en cuando, ¿no? Tú también tienes derecho a quedarte un par de días en casa.

Nuria no pudo evitar sonreír. Se sentía ufana por su capacidad para inventar. Como siempre le había sucedido desde que escribía, esa sensación conseguía mitigarle un poco tanta aflicción.

—Cada vez te noto más desenvuelta. Como si ya no temieras a nada a pesar de lo que me dices.

—Así me siento cuando te tengo a mi lado. No quiero prescindir de tus abrazos, me cobijan.

Boro la besó con ternura, pero enseguida se apartó.

—Yo también he recibido algo. Mira —Boro le mostró una postal con un texto muy escueto y firmado solo con dos letras: L. M.

Después de leerla, Nuria le dio la vuelta. Pensó que aquel atardecer de la fotografía podía ser de cualquier parte del mundo.

—¿De quién es? ¿Se trata de tu amigo?

—Sí, es de Lorenzo Montauriol. Ya ves lo poco que dice: que ha llegado y que está bien. Solo quería que supiera…

—Que está vivo.

—Así es.

Los dos se quedaron en silencio. Cada uno sopesaba la gravedad de su situación, la de ambos por separado y la de los dos juntos.

Boro le dio una palmada en la mano a Nuria y para que cambiara la cara taciturna le dijo:

—Nos hemos olvidado de Ágata.

—Es verdad —le dijo Nuria echándose las manos a la boca—. Olvídalo. Olvídalo todo.

—¿Por qué?

—Porque no creo que le parezca bien —respondió Nuria bastante agitada.

—Igual sí. ¿Por qué no se lo preguntas tú misma?

Nuria lo miró como si se hubiera vuelto loco.

—¿Por qué no? Ya que yo voy a hacer tantas cosas por ti, pues tú podrías hacer al menos una por mí. Bueno, dos —le dijo él mientras desplegaba los dedos ante los ojos de Nuria.

—Dime —dijo ella reacia.

—Acompáñame un momento a nuestra casa y así la conoces.

—Boro, no sé, así de repente, presentarme en tu casa y decirle ¿qué? Que nos vamos los dos a Madrid. Bueno, los cuatro. Y ella, si quiere. Puede venir con nosotros… Aunque… no me sentiría muy cómoda teniendo enfrente a la mujer de un hombre al que he besado. Varias veces.

—Que venga es una posibilidad —dijo Boro mientras le cogía la mano para que lo siguiera—, aunque me temo que preferirá quedarse a tomar el sol en la terraza. Ya nos conocemos de sobra.

En apenas diez minutos llegaron. Una vez en el portal, el ingeniero químico comenzó a subir los escalones muy despacio, como a cámara lenta.

—¿Es por si está dormida?

—No, solo que no me gusta hacer ruido a estas horas —dijo Boro mientras miraba de reojo hacia la puerta entreabierta de la derecha para asegurarse de que las pupilas de doña Rita no lo habían detectado. Por nada del mundo quería que se asomaran sonrientes a la puerta de su patrona.

—Está bien. —Nuria se quitó los zapatos de tacón y lo siguió.

En cuanto estuvieron en el rellano, él sacó la llave.

—¿No llamas a la puerta? No me parece bien entrar de esta manera, Boro, sin avisar. A mí no me gustaría nada que Máximo me hiciera algo así. ¿Y si no está presentable? No sé, porque no se ha vestido, está despeinada…

—Nada de eso, ella está elegante y con el pelo muy bien arreglado todo el día. Ágata —llamó Boro nada más cruzar el umbral.

En cuanto encendió la luz, la vio sobre el mismo dibujo geométrico de la alfombra donde acostumbraba a esperarlo.

—¿Estará en el baño? —le preguntó Nuria nerviosa.

—No, mira, está aquí —le dijo Boro mientras tomaba a su gata en brazos—. Señora Somport, la señora Kepler. Presentadas quedan. ¿Quieres venir con nosotros a Madrid este domingo, Ágata? ¿No dices nada? Parece que no le hace demasiada ilusión. Bien, pues te dejaré bastante comida, pero no te la zampes de golpe.

Nuria no podía dejar de reír, y a carcajadas, sin disimulos.

—¡Desde luego…! —Lo empujó hacia el sofá que había debajo de la ventana, pero él la cogió del brazo y cayeron los dos juntos.

Boro apoyó sus labios contra la mejilla de Nuria y después abrió los ojos.

—Necesito creer que esto está sucediendo. Que estás aquí, en mi casa.

—Pues tócame si necesitas comprobarlo aún más.

—Sí, eso voy a hacer.

Boro le quitó las medias con delicadeza. Comenzó a desvestirla muy despacio. Cada prenda la dejaba en la silla de al lado con mucho cuidado.

—Déjame que te vea, Nuria. Te he imaginado tanto… He hecho tantas veces el amor contigo… Cada noche. Durante horas.

A pesar de su desnudez, allí sentada en el centro del sofá tenía una sensación de protección como si por fin estuviera a salvo. Las miradas de Boro, sus manos, sus labios eran como una reverencia, se sentía ensalzada.

—Gracias por quedarte y hacer que hoy sea verdad —continuó él mientras le besaba el cuello, los senos, el ombligo, las ingles.

Boro se incorporó y se desabrochó el cinturón. Sus pantalones cayeron y Nuria pudo admirar sus piernas firmes. Lo abrazó por la cintura.

—Ven, vamos a mi cama.

Nuria prefería no decir nada, dejarse llevar de la mano. Se miró al pasar en el espejo del armario y se gustó. No podía pensar en nada más. Como si se hubieran quedado suspendidas todas sus cavilaciones, como si nada más importara fuera de allí.

—Tú eres mi mujer, Nuria. No puede haber otra —le dijo Boro mientras se colocaba encima de ella.

Sus cuerpos estaban en paralelo, sus ojos, sus bocas, sus pechos, las caderas, las rodillas, casi todo coincidía. Cuando aún se juntaron más y ya no hubo ninguna separación, Nuria sintió que aquel era el lugar al que siempre había deseado llegar.

46

Nuria y Boro recorrieron la calle Adela Balboa en el barrio de Bellas Vistas del distrito de Tetuán en Madrid.

—Mireia estaba encantada con la olla de chocolate que ha preparado la hermana de Liliana para el desayuno. No ha dejado de repetir lo bien que olía. Parece que hasta les ha gustado venir de viaje. Mira, aquí está la dirección. —Nuria le tendió la tarjeta de visita—. Se la indicamos a un taxista y, no sé, miramos el sitio por fuera primero. Tenemos que pensar algo, no podemos aparecer así como así. No sabemos qué hay allí.

—Creía que eso también lo tenías planeado.

—No, eso no, lo he intentado, pero me ha resultado imposible.

—Bien, déjame entonces a mí. Después ya vienes tú.

Dentro del coche permanecieron en silencio, cada uno miraba por su ventanilla como si fueran en vehículos distintos.

—Entraremos por la calle de Trafalgar —les dijo el taxista—, y antes de la plaza de Olavide giraremos a la derecha, creo que Raimundo Lulio es…, a ver… —Y contaba con los dedos—. Luchana no, después por don Juan de Austria y, sí, la que sigue creo que es.

Ninguno de los dos lo atendía. Nuria deseaba que los llevara hasta un solar en el que no hubiera nada. Conforme avanzaban se sentía peor.

—Boro, no sé si ha sido una buena idea —le dijo.

—Ahora ya estamos aquí.

—Sí, ya casi estamos —dijo el conductor como si hablaran de su carrera—, pero, si quieren, yo los llevo donde manden.

—No, no se preocupe, siga —le indicó ella.

Boro le cogió la mano y se la puso sobre la pierna. Iba a decirle que con aquella comprobación se iba a quedar más tranquila, aunque él sabía que, si era todo como anticipaba, sucedería justo al contrario, pero ya no tenían vuelta atrás. Pasó el brazo sobre sus hombros y la atrajo hacia sí, comenzó a besarla como si fueran a separarse para siempre. No quería reconocer que también él estaba muy nervioso.

—Llegamos —les anunció el chófer como si no hubiera visto cómo habían pasado los últimos metros.

Mientras Boro le pagaba, Nuria salió por la otra puerta. Enseguida él rodeó el coche y la cogió de los hombros. Temblaba.

—Mira, esta es la esquina de la calle, ve por esa que se llama Garcilaso y espérame en la plaza. Iré enseguida.

Nuria asintió y se dirigió hacia allí. El ingeniero la vio caminar abatida. Se quedó allí sin moverse porque estaba convencido de que ella se giraría antes de continuar. Y así fue. Se dio la vuelta, lo miró y le hizo un gesto de despedida con la mano. Solo entonces Boro cayó en la cuenta de su enorme parecido físico con Mireia.

Comprobó con la tarjeta en la mano el número sobre la placa de metal de color azulón en el centro del portal y entró. Era el tercer piso. Habían tardado bastantes horas en llegar: la comida, el paseo con los niños, como si ninguno de los dos tuviera ganas en realidad de afrontarlo.

La puerta ante la que se detuvo Boro tenía a modo de mirilla una celosía redonda de las que giran con una manivela. Aún no se le había ocurrido qué decir, pero llamó al timbre igual. Escuchó pasos y enseguida vio a una mujer con una media melena negra con las puntas hacia afuera y un flequillo muy marcado. Tenía los ojos muy redondos y la nariz chata.

—Dígame. ¿Quién llama?

A Boro le sorprendió aquella fórmula para dirigirse a alguien que ya tenía delante, pero lo interpretó como que le preguntaba qué quería.

—Soy compañero de trabajo de su esposo —improvisó.

—Pues no lo conozco. ¿Le ha pasado algo?

—Ya sabe que somos muchos. No, no, tranquila, no es nada malo. Vengo porque estoy haciendo esta ruta —continuó Boro despacio, quería comprobar si la mujer se creía su mentira y cuándo debía atreverse con el dato que les interesaba— y me han encargado que comunique a... Verín qué días de la próxima semana estará en Madrid. ¿Lo sabe usted? —Navascués advirtió que ella no se extrañó cuando nombró aquel lugar de la provincia de Orense. Aquello le sirvió para saber que podía seguir adelante, que las sospechas que no había compartido con Nuria lo guiaban por el camino correcto.

—Pase. —Le abrió la puerta y entonces vio que llevaba en las manos un paño de cocina a cuadros verdes y blancos.

Desde el fondo del pasillo lo miraba una niña muy parecida a la hija de Nuria.

—¿Quién es, mamá?

—Un señor del trabajo de papá, cariño.

—¿Y cómo te llamas? —le preguntó la pequeña acercándose.

—Jerónimo —dijo el primer nombre que se le ocurrió—. No querría molestarla. Me han llamado a la pensión en la que me quedo y me han dicho: tú que estás por allí, pásate un momento por su casa a ver cuándo regresa.

—Este marido mío y su manía de que no tengamos teléfono. En nuestro caso nos iría muy bien. Dice que no quiere aparecer en el listín. Siempre me tienen que llamar a casa de la vecina. Espere, que lo de los días lo tengo anotado.

Boro se quedó en el recibidor. La niña lo interrogaba con los ojos, sabía que en cualquier momento pasaría a hacerlo de palabra. Él aprovechó para acercarse a las fotografías que adornaban el pasillo. Avanzó unos cuatro pasos y vio, después de la imagen enmarcada de unas personas mayores, que imaginó que serían los abuelos de la niña, otra que era el retrato de la boda. El hombre elegante, con gemelos y alfiler a juego que aparecía en ellas, era el mismo que vio bajar del piso de doña Rita y que antes Nuria le había presentado en el laboratorio cosmético: Máximo Zafara.

—¿Y qué nombre es Jerónimo? —se atrevió a preguntarle por fin la pequeña.

—De indio, aunque también es de fraile —le respondió él.

—¿Qué es un fraile?

—Mirclla, deja tranquilo a este señor. Ve a cuidar de tu hermano —le gritó su madre desde el fondo de la casa.

—Espera, espera un momentito —le dijo Boro en voz baja a la pequeña cuando escuchó llorar a un niño—. ¿Cómo se llama?

—¿Quién, mi hermano?

—Sí.

—Marco, pero él no sabe decirlo aún, no sabe hacer casi nada. Es aburrido.

—Discúlpeme. Tenía el caramelo al fuego y le estaba dando unas vueltas antes de ponerlo en los moldes. Les encandilan los flanes —le dijo ella de nuevo.

—No, no, tranquila, no tengo ninguna prisa. —Boro imaginó a Nuria sola en la plaza.

—Esta hija mía es muy curiosa, está muy espabilada para su edad. Demasiado.

La niña salió corriendo y se metió en una de las habitaciones.

—Para nada, es muy salada. —Boro se dio cuenta de que había utilizado el mismo adjetivo que la primera vez que vio a Mireia.

No sabía cómo le contaría aquello a Nuria. Solo pensaba que para comportarse en algunos momentos de la vida haría falta un manual de instrucciones.

—Ya se lo he comprobado. No volverá hasta el próximo lunes, es decir, de hoy en ocho días. La última vez que hablamos fue cuando me llamó desde Galicia, siempre vamos así. Me dijo que iba a visitar las minas de Asturias, que llegaría hasta las de Aragón y que, después de hacer algunas gestiones en Barcelona los días siguientes, ya vendría para aquí haciendo noche el domingo a mitad de camino. Espero haberle servido de ayuda.

—Sí, así ha sido, muchas gracias.

—A usted por acercarse hasta aquí.

—No hay de qué. Bueno, despídame de su hija.

47

Boro bajó las escaleras muy despacio. Cuando llegó al portal, en vez de salir a la calle, se sentó en el último peldaño. Cuando llevaba unos veinte minutos con la cabeza entre las manos, estrujándose el cerebro para dar con la manera menos dolorosa de decírselo a Nuria, apareció en el umbral una anciana con varias bolsas de malla.

—¿Me deja pasar, joven? —le dijo mientras se situaba frente a él.

—Va usted muy cargada, la ayudaré —le contestó él enseguida.

—¿No serás un atracador, no?

Boro rio sin saber si aquello tranquilizaría a la mujer o la alteraría más.

—Mire, espere aquí, dígame en qué piso vive y se lo dejo en la puerta.

—Así sí, así me fío más. Pero no te comas nada por el camino. Que vivo en el quinto nada menos y de aquí a allá...

Mientras bajaba de nuevo, después de subirle la compra, vio que había oscurecido. Accionó el interruptor debajo de los contadores y entonces apareció Nuria.

—¿Por qué no venías?

—Sí, ya iba para allá.

Nuria le señaló a la mujer y él negó.

—Esta señora necesitaba que alguien la ayudara a cargar con lo que traía.

Entonces, a Boro se le ocurrió que, con una persona desconocida interpuesta entre ambos, la situación que de todas formas iba a ser muy amarga al menos sucedería por entregas. Dosificada.

—Soy compañero de Máximo, ¿sabe? —dijo a bocajarro para dar comienzo a la conversación.

—¿El italiano del tercero?

Boro asintió fingiendo mucha convicción.

—Para poco por aquí. No sé, esa chica casi siempre está sola con los pequeños. Eso sí, son la alegría de este edificio. Menos mal que tiene a su vecina que le echa una mano, que si no, lo que es por su madre…

Nuria estaba desconcertada. Miraba a Boro y a la anciana sin dar crédito a aquella conversación.

—Qué vida tan solitaria, con lo joven que es —intervino Boro.

—Y que lo diga. Su madre desde que enviudó no sale del casino y hasta se ha ennoviado. ¡Qué cosas! ¡A nuestra edad! Y con las deudas de juego hasta ha empeñado las joyas, no le digo más.

—Pobre…, entre el marido y la madre… —le dijo Boro con complicidad a la anciana—. Ya me hago una idea.

Se escuchaba el paso de los medidores de la luz, un *clac-clac-clac* ininterrumpido. Debajo de sus cajas de madera, Nuria cada vez se pegaba más al rincón. Boro temía que, espantada por lo que estaba escuchando, saliera corriendo.

—No me tire de la lengua, que a mí no me gusta hablar, pero él no me da muy buena espina —continuó la señora—. Verán, yo me meto en mi casa y, como dicen, Dios en la de todos. Cada mochuelo a su olivo, pero este verano vi algo que no me gustó un pelo. La madre y los chicos estaban en el pueblo de la sierra del que son; me había dicho ella, Mara, que se marchaban cuando subió a despedirse, y el golfo este, que eso es lo que es —enfatizó la anciana, y Boro asintió de nuevo—, llegó por la tarde con una señorita de esas uniformadas que van en los aviones, así parecía, como las de las películas. Yo ya no sé más, pero no me negarán que eso no está bien. No hay que ir a casa de un hombre casado cuando se sabe que no hay nadie más. Y esta bendita siempre arrastrando el carrito y con la niña de la otra mano.

—Tiene usted razón. Eso es una canallada —le dijo Boro indignado.

Las sombras del zaguán habían ocultado por completo a Nuria. La anciana parecía que se había olvidado de ella.

—Pues eso, que no me tiren de la lengua. Hasta más ver —les dijo para despedirse.

—Adiós, señora. Que le vaya bien —le respondió Boro.

Esperó a que subiera el primer tramo de escalera y entonces se acercó a Nuria. Colocó su frente contra la suya. Ella lloraba con el mínimo ruido que era capaz de hacer, pero no podía controlar su temblor. Boro le pasó la mano por la mejilla, después le acarició la nuca y apoyó la cabeza contra su hombro.

Nuria no tenía fuerzas para salir, se dejó caer y, cuando estuvo sentada en el suelo, se cogió las rodillas con ambas manos. Al cabo de un par de minutos le habló.

—¿Qué voy a hacer? Es un miserable, un cínico. ¿Has oído lo que contaba esa mujer? Parecía que hablaba de mí. ¿De verdad tiene otros dos hijos aquí?

Boro asintió apesadumbrado.

—He visto a la niña, se llama Mirella, con «elle». Y su hermano se llama Marco.

El sollozo de Nuria fue como un alarido. Respiraba de forma entrecortada, hipaba.

—Vámonos de aquí, te vas a poner enferma.

—Ya lo estoy, Boro, me quiero morir. ¿Qué voy a hacer con mis hijos?

—De momento, vamos a recogerlos, después cenaremos en el hostal, aunque creo que a ellos los habrán atiborrado en casa de la hermana de Liliana. —Boro quería llenarlo todo de elementos cotidianos, cubrir con ellos, pieza a pieza, el abismo al que se había asomado Nuria, pero sentía que también le faltaban las fuerzas—. No estás para ver a nadie. Lo haremos de otra forma: te dejaré con el taxi primero a ti en la habitación e iré yo a por ellos. Les agradeceré que se los hayan quedado y te disculparé. Cuando lleguemos, le compras un regalo a la hermana de Liliana y le dices a ella que se lo haga llegar. ¿Te parece bien?

Nuria asintió. Estaba ausente.

Boro sabía que en aquellos momentos para ella todo aquello eran nimiedades, pero no quería que dejara escapar el delgado hilo que la unía con la realidad.

—Gracias —le dijo sin ánimo para añadir nada más.

El viaje de Barcelona a Madrid, dormir en la habitación contigua a la de Boro, después de lo que había sucedido en su casa, las conversaciones que él había mantenido con aquellas mujeres... le conferían a todo un aire extraño, como de pesadilla ajena.

* * *

En el trayecto de vuelta se sentaron juntos en el tren. Ya no tenía sentido disimular cuando su vida iba a cambiar por completo. En cuanto Nuria advirtió que Mireia y Marc dormían, le dijo:

—¿Crees que tendría que haber sido más valiente y subir a hablar con ella? No he podido dormir apenas, imaginaba a las niñas que jugaban juntas, después me vencía el cansancio y comenzaban a atravesarme imágenes de gemelas, soñaba que Dora, u otra Dora, con otra Úrsula también estaban en ese edificio de Madrid. Siento como que he vivido un espejismo, esto es mucho más que un engaño.

—Nuria, sé que mi consejo en este caso es el de una persona sin ninguna experiencia, tal vez por eso te convendría hablar con el padre Vilesermes, pero por mi parte te digo que tienes que actuar con mucha calma, no te precipites, piensa que en lo que queda de mes solo lo verás unos pocos días. Finge, gana tiempo. Mientras, tienes que arreglar todos los papeles como más te convenga, no te dejes llevar por la furia.

—No voy a ser capaz de controlarme.

—Quizá te haga bien hablar con una amiga, desahogarte.

—¿Con qué amiga, Boro? No tengo ninguna —dijo Nuria con amargura.

—Puedes hablar con Liliana. Ella también se ha visto en una situación sentimental muy complicada.

Nuria asintió pensativa.

—¿Has pensado ya qué vas a hacer con tus hijos? ¿Lo que vas a decirles? Tienes que intentar que a ellos les perjudique lo menos posible esta situación.

—Lo sé, pero ahora no sé ni qué decirme a mí misma. Ni a ella, a Mara —dijo en voz muy baja como si estuviera en aquel vagón o alguien la conociera.

—No debemos trazarles la vida a los demás. Déjala, al menos de momento. El día de mañana Dios dirá. No hagas nada de lo que te puedas arrepentir.

—Ya lo he hecho: casarme con él. ¿Te parece poco?

—Seguro que hay alguna salida.

—¿Qué salida? —preguntó Nuria angustiada.

—No lo sé, pero si quieres..., podemos buscarla juntos. Si es bígamo es posible que los dos matrimonios sean nulos. No sé de leyes, pero todo es cuestión de informarnos.

Nuria lo abrazó y rompió a llorar. Él la apretó contra su pecho deseando retenerla así para siempre.

—Menos mal que te he conocido, Boro.

* * *

Estimada señora:

Le confieso que hasta hace poco tiempo pensaba que muchas de las historias que le escriben eran inventadas, que no podían suceder tantas desgracias juntas, pero ahora sé que es justo lo contrario, que los acontecimientos que se ciernen sobre alguien pueden ser bastante más crueles que los que transmiten las ondas cada tarde; que estos, al lado de la realidad, resultan incluso leves.

Tengo veinticinco años y mi ingenuidad me ha llevado a la amargura. Pensaba que con ser buena persona ya estaba todo hecho. Ese es el resumen.

Me cuesta mucho levantarme cada mañana, lo hago por mis hijos. Estas semanas he conocido a muchas mujeres desgarradas, que no sé de dónde sacan las fuerzas para continuar adelante. A mí, en cambio, me falta energía.

Hoy hace exactamente dos días desde que supe que mi vida tenía un reverso. Se quebró el cristal que sostenía las mentiras en las que vivía. Desde entonces no avanzo, no despierto de este mal sueño. Mi marido me ha traicionado, señora, le encomendé mi futuro, ese fue mi error: poner en sus manos mi ilusión, darle toda mi confianza. He pasado a su lado unos años lujosos, en los que no me faltaba de nada, pero parece que a él sí. Cuando lo tengo enfrente, se comporta tan normal, aún no sabe que estoy al cabo de la calle. ¿Por qué lo ha hecho? No encuentro ninguna explicación y esto es lo que más me descorazona.

Dígame que todo esto no tiene nada que ver conmigo. No sé si preferiría no haberme enterado. Estoy agotada. Lo odio por haberme destrozado la vida. No hay vuelta atrás. No se moleste en decirme que el matrimonio es sagrado, que lo perdone, que me reconcilie con él porque no lo voy a hacer. Sé que en este país no me puedo divorciar, pero tampoco me quiero condenar a aparentar, a fingir, a la falsedad, a que todo sea una farsa.

¿Cómo ha sido capaz de infligirle este dolor a la persona que más lo ha querido? Y seguro que hay muchas más cosas que no sé ni sabré nunca. El camino de la abnegada madre y esposa conduce a un solo lugar que se llama Ninguna Parte. Siento mucha rabia. ¿Así acaban las parejas? ¿En traición y desengaño? Si vivir es adaptarse, ¿qué es sobrevivir? ¿Hacia dónde debo continuar ahora?

Señora, yo solo buscaba a alguien que me quisiera, solo eso, y él se ha burlado de mí. Perdóneme este desahogo, pero necesitaba sacar de mí todo esto, verlo ante mis ojos. Pero no todo son malas noticias: creo que en mi nuevo camino me acompañará alguien sin duda mucho mejor porque no miente.

Le quedo muy agradecida por leerme ya que me siento muy cercana a usted.

Atentamente,

Nuria Somport

Fue como si la tinta para escribir aquella carta le hubiera manado de las venas después de retumbarle dentro del cerebro, de estragarla, de empujarle con fuerza las lágrimas hacia afuera. Escribió la dirección del instituto y en el revés del sobre sus datos completos. Deseó que aquel papel volara, que se alejara de ella, que se radiara incluso, que lo escuchara Máximo, su mujer madrileña, alguna azafata, que lo leyera el padre Vilesermes, Liliana, los señores Frument cuando volvieran, y sobre todo, que oyera ella desde su casa la voz de la locutora, mientras permanecía sentada en su salita de estar, acompañada de la máquina de escribir y de las demás cartas tan dramáticas o más que la suya, y con los fragmentos del rompecabezas de su vida ante sí. Se sentía humillada, patética, pisoteada, nadie especial, una más, una entre tantas otras: cualquier mujer.

48

Los señores Frument mostraron sus invitaciones en la puerta. El salón en el que se celebraba la feria de perfumería y cosmética en Buenos Aires era casi todo dorado. Había dos hileras de lámparas de cristal enormes y las paredes, separadas a cada cinco metros por una columna de estilo *art déco,* lucían frescos con ninfas y otras figuras femeninas mitológicas. Al ritmo de una orquesta servían cócteles y champán y parecía más una fiesta que un encuentro para hacer negocios. Las personas que pasaban por la calle se detenían a mirar a través de los ventanales. En el lado opuesto había un acceso a un jardín interior. Doña Leonor y don Aleix localizaron enseguida a sus anfitriones.

—Justo a tiempo —dijo la señora Frument.

Sobre el escenario, un hombre delgado con un traje que parecía un solo trozo de tela del que destacaba el rectángulo de su camisa blanca anunció los actos que tendrían lugar a continuación.

—Nos han asegurado que esa mujer es un prodigio de la naturaleza —añadió al escuchar el nombre que acababa de anunciar el presentador.

—Así es, querida —le dijo Nilda Rangel, directora de una de las casas de productos de belleza más importantes de Argentina—. Es extraordinaria, fenomenal. No se prodiga nada. Nosotros solo la vimos una vez en Villa La Angostura y porque nos quiso hacer el favor.

—Pues si ha venido hoy, será que necesita dinero —dijo el señor Frument.

—No lo creo, está forrada. Tiene una de las fortunas más grandes del país, aunque no se sabe muy bien de dónde ha salido tanta plata. Hay rumores..., pero... me inclino a pensar que si está hoy aquí es más por vanidad, por el placer de dejarse ver.

—Bueno, al fin y al cabo está en su derecho. Su trabajo le tiene que costar mantenerse tan bien, si después nadie la admira, pues tampoco le sirve de nada —dijo la señora Frument—. Ya sabes, querida Nilda, que conocerla es el motivo principal de nuestro viaje, y te diría también que de nuestra vida, al menos laboral, aunque en Barcelona no hemos querido decir nada. Andando y viendo.

—La sin par, la mujer más bella del planeta, su estilo no tiene parangón. Créanme si les digo que Frida Lorensen es un prodigio viviente —intervino el presentador.

—Este hombre nunca para de hablar —continuó Nilda—, es un periodista muy conocido acá. Se llama Lautaro Amalfi. Dicen que bebe los vientos por ella, pero que ella no le da bola, y eso que realmente le duplica la edad, y el muchacho no está nada mal.

Se abrió el telón y apareció una joven acompañada por dos bailarines vestidos de esmoquin. Lucía un vestido negro hasta los pies, muy ajustado en la cintura y con un hombro al descubierto, la melena lacia le caía hasta media espalda y le rodeaba el cuello una gargantilla rígida de diamantes que bajo los focos todavía lanzaban más lejos su fulgor. Tenía los pómulos muy altos, los labios carnosos, los ojos verdes y grandes, y las pestañas negras y muy tupidas. Se movía con un aire muy ligero, como si apenas rozara el suelo. Los mismos acompañantes acercaron dos butacas de terciopelo rojo hasta el proscenio y volvieron a recorrer el escenario con dos micrófonos y dos soportes para colocarlos. Por último, para completar la escenografía, colocaron una lámpara entre los dos sillones. El público se arremolinó lo más cerca posible de ellos.

—Buenas tardes, señorita Lorensen, gracias por obsequiarnos con su presencia. Como sabe, quienes hoy nos acompañan son profesionales de la industria de la estética y quieren conocer sus secretos de tocador. ¿Qué hace para ser y mantenerse así? ¿Cómo cuida su piel, sus uñas, su pelo? ¿Qué hace para guardar la línea? Para aparentar, en suma, más de treinta años menos de los que su cédula de identidad certifica.

—Te lo he dicho, querida —le dijo Nilda Rangel a doña Leonor—. Este hombre nunca deja de hablar, tiene logorrea. Qué horror. Es pesadísimo. A ver si se calla y nos podemos enterar de algo.

—Está bien que la introduzca, no todos saben quién es. Nosotros llevamos siguiendo su caso años, pero puede haber muchos otros que la vean por primera vez y crean que se trata de una quinceañera —le respondió la señora Frument.

—Que algunos de los que están aquí aún no la hayan visto al natural es posible, pero que no hayan escuchado hablar de ella, lo dudo. Es un mito, al menos para nosotros, algo así como si fuera una pieza, la mejor, del museo de Bellas Artes o del Nacional.

—A ver qué dice —le dijo doña Leonor para que cesara de hablar ella también.

—No, no, nada, qué va a decir, es una coqueta, siempre hace lo mismo, que si va a contar la fórmula de la eterna juventud, que si hablará de sus hábitos, de sus rutinas de belleza, y después nada. Viene a pavonearse ante los demás, a hacernos sentir perecederos, un desastre, y ella, mírala.

Desde el primer momento en que se conocieron, la señora Frument tuvo muy claro que Nilda Rangel era tan criticona como buena profesional, que tenía que soportar una cosa para no perder la otra. Pero en ocasiones como aquella su carácter la exasperaba.

—¿Se necesita mucha disciplina, señorita Lorensen? —volvió a interrogarla el entrevistador.

Ella aún no había hablado. Antes de comenzar, lo primero que hizo fue sonreír a los que ocupaban las primeras filas.

—Veremos quién ha sido el mejor postor —le dijo de nuevo su amiga argentina a la señora Frument—. Cada año nombra una marca de cremas para decir que son esas las que se aplica. Quienes más le pagan son los elegidos. No hay otra. Y eso que no necesita el dinero.

A la señora Leonor comenzaron a ponerla nerviosa sus interrupciones. Nunca había visto tan alterada a Nilda Rangel. Durante sus viajes anteriores siempre se había comportado de una forma más prudente dentro de su extravagancia. Pensó que se debía a que la meta de su existencia era llegar a ser como quien estaba en el escenario.

—¿Qué hace en un día cualquiera? —le preguntó el periodista—. Pero antes de nada, y por si alguien en la sala no la conoce, díganos en qué año nació. Y sabe que no es descortesía, sino en su caso todo lo contrario: un halago.

—En 1914. Un número precioso.

Se escuchó un murmullo general al que ella no hizo ningún caso.

—Verá, no sé si a alguien le servirá todo esto, pero de cualquier manera y después de agradecerles su invitación, que ha conseguido sacarme de mi retiro y hacerme venir a la capital, se lo contaré si ese es su gusto.

Los que tenía enfrente asintieron a la vez como si, igual que los que habían bailado al principio, formaran parte de una coreografía.

—Madrugo mucho y me acuesto bastante temprano, acompasarme a la luz del sol creo que les hace mucho bien a mis ritmos vitales. Antes de dormir y nada más despertarme me aplico una crema hidratante, cada vez que se me acaba el recipiente cambio, porque si la piel se acostumbra dejan de hacer efecto. Ahora uso la de Oflaine.

—Te lo decía, la primera en la frente —dijo Nilda.

Por suerte, aquel comentario fue breve.

—Sus horas de sueño, esas lociones, ¿y qué más?

—Vienen a casa a hacerme la manicura y la pedicura dos veces al mes. Me aplican aceite de oliva en las cutículas, me barnizan las uñas con queratina. ¿Sabe lo que es?

El presentador asintió sin dejar de mirarla embelesado.

—Mi cabello es natural. —Tenía un tono tostado, más cerca del rubio que del castaño—. Nada de pelucas, pero tampoco tintes, el amoníaco le hace mucho daño al cuero cabelludo y creo que hasta a las ideas. —Rio—. Dos veces al año, al principio del verano y a final de año, voy a un balneario de Puerto Montt, en el país vecino. Las aguas son muy beneficiosas, pero me protejo del sol con una pamela que más parece un parasol, además me cubro la cara con un pañuelo. No tomo nada de alcohol, o casi nada, ya me entienden, y sobre el tabaco les recomiendo no solo que no fumen, sino que se alejen de cualquier humo. En mi retiro del campo no hay fábricas, no hay contaminación, solo aire puro. Respecto al ejercicio, sigo las tablas que me pusieron en Polonia durante la guerra, además tengo un profesor de gimnasia que viene tres veces a la semana. Se llama Merkery. Tienen que conocerlo. Merkery —volvió a decir.

Y entonces salió también al escenario. Tendría unos treinta años y vestía un pantalón negro y una camiseta de tirantes. Las dos prendas eran tan ajustadas que le marcaban los músculos, sobre todo los pectorales y los de sus piernas.

—Después lo entrevista a él, verá qué maravilla. Además de un atleta, es culto y muy simpático. Creo que no se le puede pedir más a un hombre. —Rio su propia broma.

Lautaro Amalfi lo atravesó con la mirada. Giró su cabeza casi hasta la contorsión cuando lo tuvo detrás de él y después lo ignoró.

—¿Se podría decir que vive usted para su belleza? —preguntó Amalfi.

—Ya comienza con las preguntas filosóficas. Es insoportable. Y además, se ha puesto celoso. Es tan básico... Ese comportamiento es más propio de un simio —le dijo la señora Rangel a doña Leonor.

—Me da muchas satisfacciones cuidarme, creo que lo que más. Tal vez les parezca una ególatra, pero no soporto el desaliño, ver a alguien desaseado me produce repugnancia. Para mí la higiene es fundamental, el primer mandamiento de la belleza. A diario no me maquillo, así la piel respira.

—Sé que esto es muy privado, pero no me resisto a preguntárselo: ¿a qué huele la señorita Lorensen?

—A esencia de vainilla de Madagascar y a futuro.

El auditorio emitió un sonido de admiración que recogió Lautaro Amalfi.

—¿Ve? Por cosas así nos tiene maravillados a todos. ¿Y qué más?

—Nada más levantarme me bebo un vaso de agua caliente con limón, es muy depurativo, a lo largo del día tomo mucho té. Y mi dieta se compone sobre todo de frutas y verduras, un poco de pescado, y carne muy de cuando en cuando, solo cuando me invitan. La educación ante todo, antes incluso que la dietética. Ah, y también creo mucho en las propiedades del kéfir, el yogur de leche de cabra. Y después están las hormonas y los distintos ácidos antioxidantes. Todo eso y en orden lo tendrán ustedes en el libro que publicaré el próximo año.

—¡Qué exclusiva! Gracias, doña Frida, por comunicarlo en este foro. Desde este momento le digo, y sé que hablo en nombre de todos, que esperamos su libro con avidez. No quiero cansarla más, solo decirle a nuestro amable público que en todos y cada uno de nosotros tiene usted a un rendido admirador. Señorita Lorensen, hasta cuando quiera. Mi mayor deseo es dedicarle el entero ejercicio de mi profesión a usted, especializarme en su modo de vivir, transmitir de su mano la fórmula de la eterna juventud que la hace verse tan juvenil, o más aún: como si fuera una niña. —Amalfi se puso en pie—. Permítame que la abrace.

En aquel momento, doña Leonor tuvo que darle la razón a Nilda. Sus esposos ya hacía rato que se habían dirigido al jardín al que se asomaba la galería del primer piso del edificio.

—Nilda —le dijo muy decidida—, tienes que conseguirme esa cita que llevamos años persiguiendo. Como sea. Cueste lo que cueste. Dile que le obsequiaremos nuestros productos de por vida, que le pagaremos mucho dinero, un pasaje para que dé la vuelta al mundo, lo que quiera.

Frida Lorensen lanzó besos con las dos manos a aquel auditorio mientras las luces bajaron. Se retiró de frente hacia el fondo del escenario hasta que se confundió con aquel fondo de mar de terciopelo.

49

En cuanto entró en Cataluña, Máximo Zafara buscó en la prensa regional alguna noticia sobre Baladre. Quería asegurarse de que la información que el detective había reunido sobre él no caería en otras manos. Estaba convencido de que tenía bastantes más documentos, informes o datos, además de los que él había sustraído del armario de su despacho.

* * *

Entre el aluminio, las paredes alicatadas con azulejos blancos y la cristalera de diez metros de largo del instituto cosmético, el timbre del teléfono retumbaba como si sonara en el centro de una catedral. Liliana avisó a Boro a la vez que tapaba el auricular con la mano derecha.

—Es para ti. —Y luego habló al aparato—: Enseguida se pone, señor Kessler, ¿cómo está? Soy Liliana.

Charlaron un momento mientras el químico se secaba las manos con una toalla que dejó en la esquina de una mesa.

—Aquí estoy, Varick. ¿Todo bien? ¿Cómo está Mirja?

—Bien, bien, parece mentira, pero se está recuperando muy bien. Son cosas que pasan, dice. La Policía aún no nos ha dicho nada. Pero ha habido otra carga de profundidad y casi de impacto. Los del laboratorio están desquiciados. Nos han dado un buen susto. Estamos a salvo por poco.

—¿Qué ha ocurrido? —le preguntó Boro muy alarmado.

Liliana lo miró intrigada.

—Me empeñé en que saliéramos al campo, mi compañero Singer está blanco como una sepia, va de su casa al hospital y al revés. Ya os conté en Barcelona lo que lo aprecio y creo que a este paso se va a acartonar y lo necesito a pleno rendimiento. Fuimos cerca, a Winterhude. Estábamos nosotros tres y una amiga de Mirja delante del puente del canal. Hablábamos y reíamos sentados sobre la hierba. Hasta Singer estaba locuaz y bastante alegre para como es él, todo iba muy bien hasta que escuchamos disparos.

—¡Dios mío! Eso es muy grave —exclamó Boro.

Liliana se llevó las manos a la boca e interrogó a Boro con la mirada. Él le hizo un gesto para que esperara.

—Como lo oyes, y a plena luz del día. Una de las balas se incrustó en el tronco del árbol sobre el que yo me apoyaba. Me sentí como el hijo de Guillermo Tell, pero sin manzana en la cabeza. Más claro, agua.

—¿Y lo habéis denunciado?

—Sí, fuimos a la Policía. No creo que se tratara de un cazador ni que el disparo fuera accidental. Les referí también el incidente de Mirja en la piscina de la casa de Meliva en Düsseldorf.

—Los de Orlanta se han vuelto locos, no hay otra explicación. Ya no miden —dijo Boro.

—Están rabiosos por lo que ha pasado en Estados Unidos —dijo Kessler.

—¿Qué ha pasado? ¿Hay más casos allí?

—No, todo lo contrario. ¿No te has enterado? Cuando escucho que España está aislada, nunca pienso que sea tanto. ¡El nombre de Dafne Gretchen ha salido por todas partes! En toda la prensa internacional. Esta doctora, ella solita, ha conseguido que se detenga la comercialización del telamón allí.

—¿Lo ha parado? —dijo Boro emocionado.

—No, mejor aún. No se ha llegado a vender. Aunque a algunos médicos ya les habían repartido muestras gratuitas. Pero no solo eso, parece que a partir de ahora esas prácticas de regalar fármacos a los médicos ya no se van a permitir en su país. Los del laboratorio y sus filiales están que trinan. Las pérdidas son millonarias. Como no podía ser de otra forma, a ella también la visitó Harald. Pero no cedió ni por un momento.

—Entonces en el garaje del hotel Eliseo de Düsseldorf no le mandaron ir a Barcelona, como supusimos.

—Eso parece, pero de nada le ha servido cruzar el océano porque la doctora Gretchen se ha mostrado inflexible. Enseguida se comunicó con el Ministerio de Sanidad alemán, ahora veremos cómo respiran. En el *Washington Post* ha salido en portada y a toda página. Kennedy le ha otorgado una medalla que es el mayor reconocimiento que se le concede a un civil estadounidense. Ha tenido muchísima repercusión. Nada que ver con la vieja y renqueante Europa. Parece que la están llamando del mundo entero, e incluso así ha tenido la amabilidad de atenderme.

—¿Qué te dijo? ¿Crees que aquí se sabrá?

Kessler rio.

—No creo. Me habló de las amenazas continuas… Lo importante es que no ha sucumbido a las presiones. El presidente dijo en su discurso de la entrega del premio que es la persona que ha salvado de la muerte a más estadounidenses. Es una lección, Boro. Nosotros tenemos que resistir también, sea al precio que sea. Allí se ha dado un paso de gigante. A ella ni siquiera la apoyaron sus compañeros. Todos tenían pánico.

—Nosotros somos más. Esa es nuestra ventaja.

Boro reparó en Liliana, que lo miraba con los ojos muy abiertos como no queriendo perderse nada de la conversación y lamentó tenerla tanto rato en vilo.

—Escucha, Boro, esto es lo más importante: gracias a todo esto que ha sucedido en Estados Unidos, aquí en Alemania la retirada del telamón ya es definitiva, ha dejado de distribuirse. Como no nos fiábamos, lo hemos comprobado y no queda ni un solo envase en ningún sitio. Han borrado el rastro como si no hubiera existido jamás. En las clínicas hay carteles rojos por todas partes que advierten del peligro de administrar telamón a las embarazadas. Los de Orlanta están enfurecidos porque saben que todo ha partido de nosotros dos, de Singer y de mí. Esa es nuestra victoria, pero también lo que aumenta el peligro.

—Pero a la vez os salvaguarda. Sería demasiado escandaloso que os sucediera algo —le dijo Boro para tranquilizarlo.

—Pues ya ves que lo han intentado. Este país está demasiado acostumbrado a asistir a grandes tragedias. Tenéis que conseguir que en España se retire también. Haced lo que sea. Ya estáis más cerca.

—Así es. Pero creo que falta algo muy importante: vuestro trabajo tendría que orientarse ahora a controlar qué hacen con los envases retirados. Son capaces de exportarlos a otros países más desprotegidos. Tenemos evidencias de que su codicia no se detiene ante nada.

—No me extrañaría lo más mínimo. No tenemos ninguna constancia de que se hayan destruido las unidades de telamón. Solo sabemos que desde Orlanta se han reclamado las de Estados Unidos. Espero que la intención no sea la que dices.

—Pues tendremos que estar ojo avizor. No tienen escrúpulos. Son unos asesinos de niños —dijo Boro muy preocupado—. No me extrañaría que esas pastillas acabaran aquí. Sabes que tienen un consorcio de empresas, Sofindus, para eso precisamente, para el comercio bidireccional y directo con Alemania.

—Estaremos en contacto, entonces —le dijo Kessler—. Aún no sé cuánto tiempo voy a quedarme aquí. He estado pensando y creo que en cuanto acabe todo esto me volveré a Madrid, pero puedes estar seguro de que Conrad nos avisará si pasa cualquier cosa. Tengo que dejarte. Ya sabes lo que vale esto y tampoco quiero hacer un agujero en el presupuesto de la clínica. Solo quería que lo supieras. Pero estad alerta. Da recuerdos a todos. Diles que aquí tienen su casa, al menos por unos meses más.

—Muchas gracias, pero creo que esperaremos a que escampe la tormenta para visitarte —le dijo Boro—. Además, acaban de llamarme los señores Frument. Me han concretado un encargo que me hicieron hace tiempo: me mandan a Brasil. Hablaremos a la vuelta.

—¿A Brasil?

—Sí, acabo de enterarme.

—Buen viaje y hasta entonces. Espero que te vaya todo bien allí.

* * *

Había anochecido y Conrad Singer ya se había marchado. Kessler pensó que él también esperaría mientras repasaba su despacho porque estaba seguro de que los de la farmacéutica le habían colocado un micrófono, también esperaría el nuevo envite de quien era el esbirro de la empresa para cualquier trabajo sucio: Harald Silveiner. Y esperaría que la Agencia de Alimentos y Medicamentos de Estados Unidos (FDA) continuara presionando a otras naciones para asumir sus directrices y que en ellas nadie mirara para otro lado, como había sucedido en Alemania y en España. Le interesaba sobre todo el caso de Gran Bretaña.

Varick Kessler anhelaba por encima de todas las cosas no encontrarse con más víctimas inocentes en el servicio de Radiología. Y estaba seguro de que si la revista *Tyndaller* no cedía ante la farmacéutica y publicaba el artículo redactado por su compañero, el eco en Europa también sería general. A los de Orlanta les deseaba lo peor: que ellos mismos experimentaran en carne propia todo el dolor infligido a otros. Este pensamiento le trajo como un eco la voz de Siegfried Bacharach, quien fuera chófer de su amiga Meliva y que siempre le decía esas palabras a propósito de determinadas prácticas en los campos de exterminio.

* * *

El padre Vilesermes esperó a Boro en la salida de la piscina de la Barceloneta. Cuando Boro lo vio se quedó parado. Lo había estado esquivando desde la confesión de Nuria.

El químico se sintió muy mal. No sabía cómo enfrentar aquella situación. Después de un saludo frío entre los dos, Boro bajó la vista enseguida.

El sacerdote le propuso que se dirigieran a un bar cercano. Pero cuando se detuvieron enfrente, el químico le pidió que siguieran andando. Temía lo que podía decirle.

—Me vendrá bien un poco de aire —puso como excusa.

—¿Y no tienes miedo a resfriarte con el pelo mojado?

—A falta de otras cosas, sabe que tengo una salud de hierro —Boro le miró por primera vez a los ojos.

—Salvador, fui el domingo por la tarde a tu casa. Y volví el lunes porque en el laboratorio me dijeron que estabas enfermo.

Boro sabía que mentirle le dolería más que compartir con él lo sucedido.

—Padre, me fui a Madrid... con Nuria.

—¿A Madrid? ¿Los dos solos?

—Con sus hijos. Pero eso da igual ahora.

—No da igual, nada da igual. He venido precisamente porque quería que habláramos de ella. —Vilesermes no podía conculcar el secreto de confesión—. No te negaré que es encantadora, hábil, bellísima, atenta y muchas cosas más, como por ejemplo, casada. Y os veo… muy juntos. Demasiado.

—Escúcheme, usted me conoce mucho. —Boro se colocó enfrente del sacerdote y lo tomó por los dos brazos—. Le ha ocurrido algo muy grave. Me lo contó a mí y me ofrecí a ayudarle. Tratándose de lo que se trata, no podía hacer otra cosa. Su marido tiene otra esposa en Madrid y además otros dos niños. Confirmarlo fue el motivo del viaje.

—¿Estás seguro de eso? ¿Está casado con las dos?

—Estoy tan seguro como de que la quiero.

—¡Salvador, qué barbaridad estás diciendo! Es una mujer casada. Lo acabas de decir.

—Estoy enamorado de ella, a usted no le puedo mentir, pero me quedaré quieto hasta que esta situación no se resuelva. Tiene mi palabra de que no sucederá nada más entre nosotros.

—¿Más? ¿Ya ha sucedido algo entonces? —le dijo Vilesermes a la vez que lo escrutaba hasta el fondo de los ojos.

Boro los apartó.

—No pasará nada más hasta que se aclare la situación. Se lo prometo.

—Salvador, Salvador, no te eduqué para esto —le dijo el sacerdote colocándole la mano sobre el hombro derecho.

—Padre, usted sabe que la vida es muy complicada y que casi nunca salen las cosas como queremos.

—Este es un asunto muy serio. No te negaré que he conocido, e incluso he guardado en secreto, varios casos de bigamia: mujeres que se creían viudas de guerra, personas que, incapaces de soportar un matrimonio insatisfactorio, vivían en lugares diferentes, pero esto…, hoy en día es más fácil enterarse. Ese hombre podría ir a la cárcel.

—No sé lo que pasará. De momento, Nuria dice que delante de él disimulará. —Le costaba pronunciar su nombre, prefería no mencionarlo.

—Nuria ha escrito una carta al consultorio. Como es costumbre y de momento, solo la he leído yo. Cuenta que el marido le ha hecho una barrabasada, sin más detalles, pero de eso a iros a Madrid… De dónde era la otra no decía nada —añadió el sacerdote.

Boro sonrió al darse cuenta de que Vilesermes lo había puesto a prueba y se sintió satisfecho de haberle contado la verdad.

—Lo habrá hecho para desahogarse. No lo tendrá fácil a partir de ahora.

—Si no emitimos la carta por la radio, es posible que se tenga que responder a sí misma —dijo el padre Vilesermes sin la menor intención de bromear, y dejando claro que su trabajo de lectura era bastante riguroso, al contrario de lo que Nuria pensaba.

Boro sonrió porque se esperaba una reprimenda peor.

—¿Puedo pedirle un favor? —se aventuró.

—Sabes que sí, hijo.

—Resulta que me marcho a Brasil. Ayer llamaron los señores Frument para concretarme el encargo que estaba pendiente de recibir. Están empeñados en sacar al mercado nuevos productos y me mandan nada menos que a la selva a buscar los ingredientes. Me han adelantado bastante las fechas porque quieren que me encuentre con ellos en Buenos Aires, que tienen algo que enseñarme, me dijo doña Leonor. Después partiré a Porto Velho. El sitio donde voy a estar se llama Lábrea.

—Eso también lo sabía. Tal vez sea el mejor momento. Dios sabe siempre por qué hace las cosas. Nuestro Señor escribe recto sobre renglones torcidos —le dijo el sacerdote.

—El caso es que, ya que lo sabe todo, quiero pedirle que mientras estoy fuera me dé noticias de Nuria, y que se ocupe de que no le falte nada.

—Salvador… —le reprendió el sacerdote.

—Padre, se lo ruego, si pasara cualquier cosa, dígamelo enseguida. Usted encontrará la manera. La Iglesia tiene misiones en todas partes. A través de ellos… Yo en cuanto pueda le mandaré mis señas.

—¿Y cuánto tiempo estarás allí?

—Más o menos, entre los días en Argentina, el viaje de ida y de regreso y la estancia en Brasil, pues casi veinte días.

—Salvador, no quiero ser alarmista, pero ten mucho cuidado. Esto que habéis destapado…, me temo que os van a perseguir, no se van a quedar de brazos cruzados mientras ven cómo caen sus beneficios económicos como quien contempla el tramo final de una montaña rusa. Vuestras vidas están en juego.

—Lo sé, padre. No dude de que lo tengo muy en cuenta. Y gracias —añadió Boro acercándose para darle un abrazo. Aquel gesto que siempre le había mitigado su sensación de orfandad le sirvió también para reconfortarse porque sentía que casi todo volvía a estar en su lugar.

Se despidieron cerca del parque de Monterols y Boro se encaminó hacia el paseo de la Bonanova. Era consciente del impacto que iba a provocarle a Nuria el anuncio de su partida porque él también lo había recibido de la misma forma, con apenas tiempo para prepararse.

50

Boro decidió arriesgarse e ir a casa de Nuria. Llamó al timbre y ella bajó enseguida. En cuanto la vio, rompió la promesa hecha al padre Vilesermes y la besó.

—¿Qué haces? ¿Estás loco? Máximo puede llegar en cualquier momento —le susurró ella mientras miraba hacia las ventanas de la mansión.

—Nuria, no puedo más. Te deseo incluso más que antes. Quiero tenerte más tiempo. Perdona que no pueda dominarme.

—Bueno, sube, pero solo un momento. Como aparezca Máximo…

Cuando entraron en la salita, Boro se sorprendió al ver una muñeca vestida de azafata que ocupaba el centro del mueble del comedor como si se tratara de una santa. Nuria siguió la dirección de su mirada.

—Úrsula le hizo el vestido. Vieron el uniforme azul marino en una revista y mi hija se encaprichó, como él —rio Nuria.

Aunque bromeaba, Boro sabía que estaba destrozada, se lo notaba en la expresión, en el rostro abotargado por el llanto y sobre todo en la causticidad de ese comentario.

—Aquí la tenemos, por si a Máximo le recuerda algo —remató ella.

—¿Qué te dijo el traumatólogo en la revisión? —Cambió de tema.

—Que va bien, que se confirma que solo tenía fisuras en

los huesos. Sé que se me arreglarán antes que la cabeza, y no me refiero a los puntos.

—Nuria, escucha, ven aquí —dijo cogiéndola por la cintura—. Voy a ausentarme unos días. Tengo que ir a Brasil.

—¿A Brasil? Pero ¿por qué?

—Los señores Frument necesitan que les consiga algunos productos cuanto antes. Liliana me ha tramitado el pasaje hasta Buenos Aires, haré escala allí, estaré con ellos y después me internaré en la jungla —le dijo esas últimas palabras en tono de broma.

Ella negó con la cabeza. Estaba desolada.

—Tú también te marchas, todos os marcháis.

—Te aseguro que no voy a quedarme allí. Me gustan muchas cosas de esta ciudad.

Nuria lo llevó hacia la cocina. Entraron y ella cerró la puerta. Comenzó a acariciarle la cara, el pecho, y lo besó en los labios. No podía dejar de hacerlo. Lo necesitaba cerca, fundirse con él. Toda su mente la ocupaba el hecho de que estaba a punto de marcharse.

Boro le sujetó fuerte las piernas por debajo de la falda, le puso una mano en cada cadera. No podía controlarse, pero pensó en Máximo, en que podría aparecer en cualquier momento: un cambio de ruta, un imprevisto, otras órdenes, y los encontraría allí, en la que aún era su casa.

—No es justo, todos tenéis vuestra vida. Mientras yo espero. Eso es lo único que hago. Hasta espero que las remitentes de las cartas me vuelvan a escribir. Mira si estoy sola.

—No digas eso, a mí siempre me tendrás. Nos escribiremos estos días. —Fue a besarla de nuevo, pero ella apartó el rostro.

—Y las cartas tardarán muchísimo en cruzar el océano. Con un poco de suerte, tú habrás regresado antes.

—Nuria… —le dijo él a la vez que la abrazaba con fuerza.

—Una cosa —continuó ella, apartándose un poco—, es

mejor que me las mandes al laboratorio. Porque después de todo lo que he sufrido solo faltaría que quedara como la mala de la película. —Nuria se recompuso la falda y se pasó las manos por el pelo.

—Pensaba enviarlas dirigidas al consultorio —le dijo él mientras le guiñaba un ojo— para ver qué me recomiendas que haga. Si te quedaras viuda…

Nuria no sonrió, como él esperaba.

—Vamos, sabes que esto del viaje no va a acabar con todo lo anterior. No hay vuelta atrás —continuó Boro.

La besó de nuevo. Esta vez Nuria no lo esquivó. Un ruido en la planta de arriba los sobresaltó y se separaron.

—Piensa que serán poco más de dos semanas y media. Sabes que me quedaría toda la noche, todos los días… Siempre… Quiero darte algo. Es una copia de las llaves de mi casa. Si no es mucha molestia, quería pedirte que pasaras al menos una vez a la semana. Me siento mucho mejor si sé que no abandono a Ágata.

Nuria sintió el frío del metal en la palma de la mano. Miró sus ojos y comprendió que aquel juego de llaves no solo abría la puerta de su casa, sino mucho más.

—Descuida. Que tengas buen viaje y da recuerdos a los señores Frument cuando te encuentres con ellos en Buenos Aires. —Le costó mucho esfuerzo contener las lágrimas.

—Sí, así lo haré. Hasta pronto —le dijo con mucho apresuramiento, como si desde su casa tuviera que dirigirse ya al aeropuerto, pero enseguida se detuvo y se la quedó mirando unos segundos sin decir nada. Después se dio la vuelta y salió.

Ella fue hacia el balcón y tocó el cristal. Dentro del caparazón de su hogar, sus lágrimas eran simétricas a las gotas de la lluvia que habían comenzado a caer.

* * *

Después de que un operario comprobara que todo era correcto, una bola de demolición de casi cien kilos de acero colgada del cable de una grúa se estrelló contra la fachada del edificio de tres plantas en el que Guifré Baladre acumulaba información sobre las vidas ajenas y los fracasos propios. Los tractores equipados con buldóceres desfilaban de un lado a otro. Faltaba muy poco para que toda aquella parte del barrio tuviera un aspecto uniforme y renovado.

El afectado por aquel derribo ya no podría cobrar la suma que el plan quinquenal del Gobierno tenía prevista para casos como ese: las islas de otros tiempos, que quedaban entre las nuevas moles de viviendas. En el hospital de Sant Pau, quien había sido el propietario de aquella casa, heredada de sus padres, cerraba los ojos para siempre.

Así lo leyó Máximo en el periódico. El mismo artículo breve también informaba de que el investigador privado que había ingresado en estado grave semanas antes sería trasladado a la morgue para que sus familiares, si los hubiese, así decía, lo identificaran y se hicieran cargo de sus restos con el fin de darle cristiana sepultura.

El comercial de la empresa de minería pidió al camarero que tenía ante sí en el mismo bar de siempre que le pusiera el teléfono y llamó enseguida al hospital. Dijo que era un periodista y que quería saber dónde y cuándo eran enterrados los pacientes a los que nadie reclamaba.

—Señor, se les adjudica un nicho de beneficencia en el cementerio de Montjuic. Esos huecos, a partir del séptimo piso, no los quiere nadie. El sepelio, en estos casos, lo paga el Ayuntamiento. Si en cinco años nadie lo traslada a una tumba adquirida, se arrojan sus restos cadavéricos a una fosa común. Ese es el procedimiento —dijo su interlocutora como un autómata.

—Muy bien. Y si alguien hubiera fallecido ayer en esas condiciones, ¿a qué hora sería hoy el funeral?

—Siempre a última hora de la tarde, señor, para molestar lo menos posible.

A Máximo Zafara se le grabó la expresión «restos cadavéricos». Pensó que aquellas últimas diligencias de la Administración suponían la mayor forma de soledad posible porque, además de inmensa, era definitiva.

* * *

Además de los operarios del camposanto, del chófer del coche fúnebre y de su acompañante, en el entierro de Baladre solo había una mujer. En cuanto el comercial se acercó, reconoció a doña Rita vestida de viuda seductora. Un velo con lentejuelas negras le cubría el rostro, llevaba un sombrerito de terciopelo y un traje de chaqueta negro muy ajustado. Máximo no entendía cómo había sido capaz de llegar hasta allí con aquellos tacones.

—Portamares, con lo vivo que estaba su compañero de correrías…

—¿Qué hace aquí? —le preguntó Máximo.

—¿No hemos venido al mismo funeral?

—No, yo no. La madre de uno de mis jefes está aquí enterrada y, como hoy es su santo, tengo el encargo de dejarle estas flores. Ya me marcho.

Máximo no esperó ser reconocido en aquellas circunstancias. Pero ante la presencia de doña Rita pensó que había sido buena idea comprar el ramo. Cuando se dirigió a la florista, que ya vaciaba sus cubos en la entrada, solo se lo pidió con la intención de esconderse detrás de él.

—Pero esta coincidencia, Portamares…

—Dígame, doña Rita, ¿qué ha pasado?

—Mire, a ciencia cierta no lo sabemos. Dejó de venir por casa. Una de las chicas, mientras tomaba café abajo, en la plaza de San Agustín, leyó en el periódico que un detective privado se encontraba muy grave. Me lo comentó porque tampoco conocemos a tantos de esa profesión y atamos cabos. Él a veces se refería a su mujer, pero por lo que se ve no está por ningún sitio. Fui a visitarlo una tarde, no podía hablar, apenas abría los ojos, me miró, pero como si no me reconociera. Al salir me pidieron los datos, se ve que no sabían cómo quitarse el muerto de encima, y eso que aún no estaba muerto. Y yo, claro, les di un nombre de guerra. Amistad había, pero para pagarle las exequias, pues no.

—¿Y no sabe de qué ha muerto?

—Nosotras les hemos preguntado a otros clientes. Ya sabe que Barcelona es muy pequeña, sobre todo de noche, y alguno ha hablado. Dicen que andaba en asuntos muy turbios, cada vez más. Que en la sala, después de bastantes whiskies, les habló de un sujeto alto, bien parecido, que hubiera vuelto loco a mis chicas.

Máximo no dudó de que aquella descripción se correspondía a carta cabal con Boro Navascués. Pues no sabía que las pupilas de doña Rita conocían a este último.

—Al difunto parece que lo estaba desquiciando, que de un tiempo a esta parte lo veía en todas partes. Que ya no sabía dónde esconderse. Una noche en mi casa se levantó de repente, fue hacia el balcón y comenzó a gritar: «Ahí está, ahí está, ¿lo ven?». Pero nadie vio nada. Ha sido una gran pérdida para nuestro negocio. Nunca nos dio problemas, era muy buen pagador y de trato amable. No se puede pedir más. Por eso me he visto obligada a venir.

—Entiendo, doña Rita.

—¿Y usted? ¿Qué tenía con él?

—Sabe que solo coincidimos en un par de ocasiones en su casa.

—Pues lo trataba con mucha familiaridad.

—Bueno, lo propio en una casa como la suya, ya sabe que enseguida se establece cierta camaradería. Me he encontrado con todo esto por puro azar.

Doña Rita lo miró de arriba abajo. Había torcido la boca, elevado la mandíbula de un lado más que de otro, entrecerró un ojo y sintió lástima por aquel hombre que pretendía engañarla subestimando sus más de dos décadas de oficio.

—Cuídese usted también, Portamares. Lo veo muy confundido.

—Así lo haré, gracias, pero se equivoca. Estoy mejor que nunca. Todo son triunfos.

—Usted verá.

Mientras la paleta de uno de los albañiles golpeaba la lápida sin nombre para encajarla después de alisar el cemento fresco contra el que la incrustaron, Máximo se despidió. En cuanto se supo fuera de la vista de doña Rita dejó el ramo sobre la primera sepultura que se encontró al doblar una esquina. Ya fuera, vio un coche con el motor en marcha que solo podía esperarla a ella.

Cuando aquella mujer emprendió también el camino hacia allí, reconoció enseguida las flores que llevaba quien ella llamaba Portamares. Las había depositado sobre la piedra gris de una tumba con la fotografía de un anciano, con lentes y bigote, que había sido retratado con una chaqueta de *tweed* en la imagen que le sobrevivió. Nadie más lo acompañaba en su cama de piedra.

51

Boro llegó al aeropuerto internacional de Ezeiza, a treinta y cinco kilómetros al sudeste de Buenos Aires, a las siete y media de la tarde. En menos de una hora cruzaba el vestíbulo del hotel Selquet, en el barrio de Belgrano. Tanto en la fachada como en su decoración interior predominaba el metal; mirara donde mirara, el ingeniero se encontraba con columnas de acero, aluminio bruñido, paneles dorados y plateados. Fuera, como contraste, el remanso natural de los bosques de Palermo. El químico tuvo que rehuir los brillos que lo cegaban. El recepcionista le dijo que los señores Frument ya lo esperaban en el restaurante y que él se hacía cargo de su equipaje. No pensó que la cita con sus patronos sería nada más llegar. Los distinguió enseguida. Don Aleix como doña Leonor tenían cada uno un Martini delante. Después de los saludos, se disculpó y les pidió unos minutos para subir a su habitación, asearse y cambiarse de ropa.

—Bien, bien, Navascués. Total, nuestra otra invitada aún no ha llegado.

—¿A quién esperan? —les preguntó.

—A alguien que tiene mucho que ver con nuestro plan de desarrollo: la mujer más fascinante que conocerá nunca.

«Después de Nuria», pensó él.

—No se lo va a creer —dijo doña Leonor—. No se va a creer nada de lo que vea o escuche aquí esta noche. Como nos ha sucedido a nosotros desde que sabemos de ella, ¿verdad, Aleix? Lo hemos mantenido en secreto durante este tiempo porque nos conviene que así sea. Suba a la habitación y cámbiese. Estará a punto de llegar. ¡Chinchín! Bienvenido.

Al cabo de un cuarto de hora ya estaba listo. Se detuvo a la entrada del restaurante. De espaldas, quien estaba con sus jefes le pareció una niña. Boro se acercó y escuchó que ella insistía mucho en una negativa.

—Me temo que eso que me piden es imposible. Estoy a punto de mudarme, tengo que cerrar mi casa en Villa La Angostura. Viajar ahora a Barcelona..., con lo que supone. He aceptado verlos porque son amigos de mis patrocinadores, de Nilda Rangel y su esposo, pero, por favor, entiéndanme.

Don Aleix se dio cuenta de que Boro ya había llegado:

—Siéntese, por favor. —Y los presentó—: Estimada señorita Frida, nos acompañará esta noche el señor Boro Navascués, él es el ingeniero químico de nuestro laboratorio cosmético, se encarga del control de calidad. Su trabajo es excelente.

—Señorita —le dijo Boro, que, aún de pie, le tomó una mano para besársela. No se le ocurrió otra forma de saludarla.

—Muy amable —le dijo ella mientras lo examinaba con mucha atención, como si quisiera traerlo de vuelta a su mente desde algún lugar del pasado—. Boro, y también de Barcelona.

Él asintió.

—Queremos llevarnos a la señorita Lorensen con nosotros, Boro, a ver si nos ayuda a convencerla. Sería muy importante tenerla allí unos meses. Supondría un antes y un después en nuestro negocio.

Frida seguía mirando a Boro como si nada más le importara. A él no le incomodaba porque lo atribuyó a que se trataba de una adolescente que todavía no dominaba determinados códigos sociales. Le resultaba más difícil comprender el interés de sus jefes en ella.

—Ustedes quieren que yo les cuente en qué consiste mi fórmula para mantenerme siempre joven, ¿no es así? —dijo Frida de esta forma tan directa mediante la que enunció de un tirón el objetivo de los señores Frument.

—Sí, así podríamos resumirlo, señorita Lorensen. Boro, ya habrá visto los formidables efectos que se aprecian sobre nuestra invitada —dijo doña Leonor para que su empleado supiera de qué hablaban—. Si no fuera una vulgaridad, le diría su edad.

—Puede hacerlo, señora Frument, no tengo inconveniente y no me incomoda porque estamos aquí para hablar de negocios.

Tanto a don Aleix como a doña Leonor les sorprendió aquel giro, parecía que Frida comenzaba a mostrarse interesada en su propuesta. El matrimonio intercambió una mirada cómplice: sin duda, se debía a la presencia de Boro y a lo que fuera que él le había despertado.

—Señor Navascués. —A Boro le sorprendió que hubiera retenido su apellido—. Se lo diré: nací en 1914. ¿Qué le parece?

—Imposible —dijo Boro—, porque entonces ahora tendría... ¡cuarenta y ocho años!, en vez de los quince que aparenta. No puede ser.

Frida sacó de un bolso de terciopelo sin asas con forma de sobre un pasaporte danés y una cédula de identidad argentina y se los tendió:

—Compruébelo usted mismo, pero no me diga que he falsificado estos documentos —rio.

Boro leyó la misma fecha en el pasaporte y en el otro documento y la miró sorprendido. No daba crédito a la manera en la que sobre la geografía de dos continentes, que él veía extendida en un mapamundi, se había trazado aquella línea recta, certera, como la trayectoria de una flecha que uniera lo sucedido con el telamón a su reverso: la belleza resistente al tiempo de aquella mujer que parecía una adolescente.

Ante la cara de asombro del químico, fue don Aleix quien intervino dirigiéndose a Frida.

—Sabe que nuestra empresa va mejor que nunca, sobre todo por el exitoso consultorio radiofónico, que es nuestra mejor publicidad. Queremos ser la marca de cosméticos más importante de nuestro país y, si es posible y Dios nos da salud para lograrlo, de Europa. Fue mi esposa la que me metió en este mercado. Al principio, yo solo accedí a que montáramos un salón de belleza y mire hasta dónde hemos llegado, hasta América. —El señor Frument levantó su copa.

—Mire, ya lo he hablado con nuestra conocida común, no quiero su dinero, me alegro de que su empresa vaya tan bien, pero no hay necesidad de que me hagan el artículo. Yo solo tengo un deseo. Mantenerme así ha sido como un faro, como un desafío en el que he vencido, y ahora quiero cobrar ciertas deudas del pasado. Solo eso.

—Usted dirá. Tal vez podamos ayudarla mucho más de lo que cree —le dijo doña Leonor.

Frida Lorensen volvió a mirar a Boro con mucha intensidad mientras les hablaba a sus jefes.

—Pasaré con ustedes unos días, no sé si meses, pero al menos unas cuantas semanas, aunque eso me suponga marchitarme diez años de golpe.

Los tres se miraron sorprendidos.

—En cuanto resuelva mis asuntos pendientes, les entregaré el manuscrito de mi libro —continuó Frida—. A lo largo de las cien páginas que tengo redactadas, eso sí, por fragmentos, enumero, entre otras cosas, todo lo necesario para detener el proceso del envejecimiento según el secreto que dicen que se llevó a la tumba cierto médico del Reich. Como pueden ver, no fue exactamente así: la fórmula no desapareció con él. ¿Qué les parece? Ustedes se hacen de oro y yo consigo lo que ansío. Creo que es un buen trato.

—¿Está hablando en serio? —le preguntó doña Leonor muy emocionada porque antes de que llegara Boro su negativa era rotunda. Estaba segura de que allí se acababa de producir lo que muchos llamaban un «flechazo». Miró a su empleado y sonrió.

—Hablo muy en serio. Mi prioridad no es publicar ese libro. Compartir mis… secretos de belleza es un acto de generosidad, y tampoco es que yo sea muy dada a ello. Además, en lo material, no necesito ni un céntimo más, mi fortuna ya es suficiente para permitirme vivir rodeada de lujo siete vidas sucesivas. En cambio, por… lo otro, daría de golpe todos los años que me quedan. Espero que acepten mi propuesta.

52

Después del encuentro en el cementerio, a Máximo Zafara se le habían despertado las ganas de quitarle a doña Rita el traje de chaqueta negro ajustado y el velo de la cara, así como el resto de prendas que vestía cuando la vio ante la lápida anónima del detective. Decidió hacerle una visita justo cuando Nuria, que había acudido por primera vez a casa de Boro para llevarle comida a Ágata, bajaba por las escaleras de aquel inmueble.

—¿Qué haces tú aquí? —le preguntó Máximo muy sorprendido.

Nuria se quedó paralizada.

—¿Dónde están Marc y Mireia? —añadió furioso.

—Con Dora —dijo ella de una forma casi imperceptible, como si sintiera mucha vergüenza.

—Ahora mismo me vas a explicar qué diablos se te ha perdido aquí porque no me dirás también, como haces siempre, que tiene que ver con tu trabajo —le dijo Máximo agarrándola con fuerza del brazo.

—Suéltame, que me haces daño.

—Y más que te voy a hacer si no me dices en qué andas metida. Y te lo advierto, por una vez quiero la verdad. Sé muchas cosas. Así que no intentes mentirme. Guárdate las historias que te inventas para escribirlas.

—¿La verdad? La única verdad es que deberías marcharte, volver a Madrid con Mara y con tus otros hijos.

Máximo se quedó perplejo y aflojó la mano. Nuria aprovechó para soltarse y comenzó a subir las escaleras.

—¿Qué has dicho?

—Ya me has oído. Déjame. Es lo mejor que puedes hacer. Vete a Madrid con ella, no vuelvas más.

—Con… ella, ¿con quién? —comenzó a decir, pero no fue capaz de negarlo.

—Y con tus azafatas. Lárgate —le gritó ya desde arriba—. Quiero que ese sea mi regalo de esta semana. No quiero volver a verte. Ganaría mucho. —Sacó con mucha rapidez las llaves y se refugió en el apartamento de Boro.

Máximo subió muy deprisa los peldaños que le faltaban hasta allí y comenzó a golpear la puerta.

—Abre.

—Márchate —le dijo Nuria desde dentro.

—No sin que me expliques en qué andas metida. ¿Quién te ha hablado de Mara? —gritó furioso y embistió la puerta, que crujió y se combó—. ¡Contesta!

—¿Eso es todo lo que te preocupa? ¿Saber quién me lo ha dicho? ¿Para qué? ¿Para matarlo?

—Voy a tirar la puerta abajo.

Nuria retrocedió aterrada. Máximo se lanzó contra la puerta con más furia. La hoja de madera temblaba igual que Nuria. Sus bisagras, que más parecían de un armario, cedieron enseguida ante la fuerza de Máximo.

Una vez dentro, lo primero que hizo fue empujar hacia afuera la ventana del patio interior, entonces Ágata saltó desde el tejado de al lado.

—¿Qué es este bicho?

Nuria la cogió en sus brazos y comenzó a acariciarla. La gata tiritaba. Él continuó con su inspección. Cuando vio la brocha, la barra de jabón y las hojas de afeitar sobre un estante del baño, lo tiró todo al suelo.

—¿Quién vive aquí? ¿No me contestas?

Nuria apretaba a la gata contra su pecho. Él sacó el cajón de la mesita de noche y vació su contenido sobre la cama. Cogió una fotografía de una mujer muy guapa.

—No está mal.

Sobre una mesa baja, junto a la lámpara de flecos que hacía juego con la que decoraba el salón de doña Rita, había dos libros.

—*Formulación y nomenclatura de Química Orgánica. Conceptos teóricos de Química* —leyó los títulos—. Así que aquí es donde se esconde. Menos mal que lo he denunciado.

—Pero ¿qué dices? ¿A quién has denunciado?

Cuando levantó los libros de la mesita, de uno de ellos cayó la copia del documento del Ministerio de Comercio sobre la negativa del laboratorio Orlanta de informar a los médicos españoles.

—¿Qué hace esto aquí? Habla. ¿Me estás boicoteando? ¿De dónde lo habéis sacado? ¿Me has estado espiando?

—¿De qué estás hablando?

—No te hagas la tonta conmigo. Esta información del telamón es confidencial...

—¿Qué tienes que ver tú con el telamón? —lo interrumpió Nuria.

—Suministrábamos los excipientes a Orlanta. Solo eso.

—¿Y te parece poco? Has ayudado a fabricar ese veneno —dijo Nuria muy indignada.

—No digas estupideces, suministramos minerales para los excipientes de muchísimos medicamentos, no tienen nada que ver con los principios activos y mucho menos con sus efectos secundarios. Pero, al parecer, tú sí que lo sabías y no me contaste nada.

—Yo no sabía que fueran clientes tuyos.

—No sabía, no sabía... Nosotros sí que no sabíamos lo que

estaba ocurriendo hasta la reunión con los del Ministerio. ¡Qué! ¿Eso no te lo contó tu amiguito cuando te mandó a rebuscar entre mis cosas?

—¡Yo no he rebuscado entre tus cosas! —protestó Nuria muy indignada—. Toda la información sobre tu otra vida me la mandó alguien que parece que no te quiere demasiado bien. Uno cosecha lo que siembra —le dijo Nuria recuperando la calma.

—¿Es una amenaza? ¿Qué pretendes?, ¿hundirme?, ¿es eso? ¿Quieres vengarte por lo de Mara? Tú no sabes lo que estás diciendo. Ni tú ni ese asesino me vais a robar lo que me ha costado tanto esfuerzo conseguir: mi trabajo, mi ascenso, la buena consideración de mis jefes, todo lo que tengo. ¿Me oyes? Sois unos miserables. Pero qué boba eres. Cualquier delincuente de pacotilla te maneja como a una marioneta, ¿qué te ha prometido a cambio?

—Máximo, no sabes lo que estás diciendo. Además, no tienes derecho ni siquiera a hablarme. Después de… ¿Sabes lo peor de todo? Que no encuentro una explicación. ¿Para qué querías complicarte la vida de esta manera? ¿No tenías bastante con nosotros, conmigo? Y esa otra pobre, una desgraciada más por obra y gracia tuya. ¿También has traído a tus amiguitas azafatas a nuestra casa mientras yo estaba en el pueblo con mis padres? Me das asco, Máximo, y mucha pena. Morirás solo. No respetas nada ni a nadie.

—Cállate. Solo espero que a estas horas la Policía ya tenga a buen recaudo al malnacido ese que vivía aquí.

—Boro no ha hecho nada malo porque antes que nada es una buena persona. —No quiso decirle que estaba en Brasil.

—Pero qué ingenua eres. Te crees que el mundo funciona así. Ya me encargaré yo de no cejar para que no aflojen. Puedo ser muy persuasivo. Ya lo sabes. No pararé hasta que lo vea entre rejas. Cómo me voy a reír. No sabíais dónde os metíais ni con quién.

—Máximo, por lo que más quieras, por tus hijos, los de aquí y los de allí, te pido que no le suceda nada a Boro. Sería una injusticia terrible y ya ha habido bastantes víctimas de toda esta situación. —Él no supo muy bien a qué se refería, pero la dejó seguir—. Tiene principios, ¿sabes lo que es eso? Nunca haría daño a nadie, doy fe de ello.

—¿Sí? Sí que estás segura…

—Es alguien admirable, Máximo, íntegro, sensato, muy cabal. Él nunca engañaría a nadie. No es un traidor. Siempre va con la verdad por delante, eso es valentía, no mentir pase lo que pase, la verdad a bocajarro siempre. —Nuria advertía el gesto cada vez más crispado de Máximo, pero no quería parar—. Además, es muy creyente. Te has equivocado. Él es…

Máximo ya no la dejó continuar, le arrancó a la gata de encima y le pellizcó el lomo para lanzarla contra el sofá. A Nuria la aplastó contra la pared y la mordió en la boca. Ella notó la sangre, se la quitó con la mano y a la vez sorbió la que ya tenía dentro mientras escondía los labios. Después la sujetó de las dos muñecas y se las pegó a la pared para inmovilizarla.

—No hace falta que me digas nada más de lo maravilloso que es. Eres boba, te has enamorado de un sádico, de un lobo con piel de cordero. Nunca aprenderás. He visto el lugar en el que ha matado a ese viejo, un pobre diablo, tampoco se ha perdido mucho. Lo contraté porque me olía algo. Quiero que sepas que a mí no me engañas. Que no me has engañado en ningún momento, pero te he dejado hacer para ver hasta dónde eras capaz de llegar y no tienes límites. Me avergüenza haber tenido hijos contigo. Y pensar que me reí cuando el detective este o lo que fuera me habló de las conexiones internacionales. Me pareció tan ampuloso, tan desproporcionado… —Máximo no dejaba de aprisionarla contra la pared.

Nuria no podía moverse. Tampoco hablaba. Tenía tanto que recriminarle que prefirió clavarle los ojos y decirle solo:

—Dejémoslo aquí, Máximo.

—¿Aquí, en esta covacha? ¿Qué vamos a dejar aquí, a nuestros hijos? No, ellos se vendrán conmigo, para que no se vuelvan como tú, y a ti te voy a mandar a un manicomio, ya verás lo poco que tardo en tener los papeles para que te ingresen. Te voy a encerrar de por vida.

Le cogió la cabeza con ambas manos y la golpeó contra la pared como si fuera una aldaba. A la vez comenzó a arrancarle la chaqueta, se la sacó volviéndola de espaldas, como si la despellejara, después la puso frente a él de nuevo, le abrió la blusa y comenzó a frotarse contra ella, cada embestida sonaba más fuerte contra la pared. Le levantó una pierna y aún se encajó más dentro de ella. La cogía del pelo mientras le decía que le iba a hacer pagar todo lo que le había hecho, que no pararía hasta que estuviera internada.

Nuria gritó y él le tapó la boca con mucha fuerza. Estaba fuera de sí. No le parecía su marido. Le mordió dos dedos y sintió mucho dolor al notar el anillo de Máximo contra los dientes. Mientras él apartaba la mano, aprovechó para gritar otra vez. Entonces él le recorrió el cuello con la mano abierta como si quisiera abrírselo. De los arañazos que le produjo comenzó a brotarle más sangre. En ese momento, la gata saltó sobre él desde la estantería de enfrente y le clavó una garra en cada ojo. Nuria aprovechó para salir corriendo escaleras abajo. Vio la puerta de un piso abierta y entró, casi sin aliento.

—Ayúdenme, por favor, se lo suplico.

Todos se volvieron hacia ella. Se escuchó ruido fuera.

—Díganme dónde está el baño.

Un hombre muy mayor, que estaba junto a una de las chicas de doña Rita, la miraba estupefacto, como si fuera una aparición. Su acompañante se levantó y la llevó hasta una de las puertas del pasillo. Enseguida echó el pestillo y colocó delante de la puerta una banqueta, descolgó un armario pequeño de madera y lo apiló sobre ella. Fuera seguían los ruidos. Máximo gritaba.

—¿Dónde está?

—Voy, voy, voy. —Escuchó entonces una voz de mujer.

—Portamares, es usted. ¿Qué quiere?

—¿Dónde está mi mujer?

—¿Su mujer? ¿Aquí? ¿Ha perdido la razón? ¿Sabe dónde se encuentra? —Doña Rita no dejaba de hacer aspavientos llevándose las manos a la cintura y a las caderas.

Comenzaron a abrirse varias puertas a la vez, algunos clientes solo se asomaban y otros avanzaban a la vez que se abrochaban el cinturón o los botones de la camisa.

—Damián, acompaña al señor. No sé si decirle que vuelva cuando esté mejor. No, creo que no. Es mejor que no vuelva nunca.

—Mi mujer —musitaba Máximo.

Desde la sala que había junto a la entrada apareció el único hombre que trabajaba allí. Tomó del brazo a Máximo y bajó con él casi a rastras el tramo de escaleras que comunicaba con la plaza. Después lo arrojó contra el suelo como si fuera un despojo.

Nuria se había impresionado al mirarse en el espejo. No se imaginaba que el rostro de alguien pudiera cambiar tanto en tan poco tiempo. Sentía dolorido todo su cuerpo, pero todavía le dolía más pensar en sus hijos: necesitaba encontrar un teléfono para alertar a Dora, para suplicarle que, pasara lo que pasase y le ofreciera lo que le ofreciese, no permitiera que Máximo se llevara a sus pequeños.

En cuanto salió al pasillo vio a una mujer detrás de las puertas de vidrios biseladas de un biombo que le llegaba solo hasta el cuello y dejaba al descubierto su cabeza y la mano derecha con la boquilla.

—Alma de Dios, ¿qué te ha pasado?

—Es mi marido. Gracias por abrirme su puerta.

—Ya estaba abierta, querida. Nosotras siempre estamos abiertas —le dijo riéndose.

A Nuria no le gustó nada aquel lenguaje tan soez, pero se sentía agradecida, además de porque había encontrado protección allí, porque seguía con vida.

—Quería matarme.

Ágata maullaba desde el rellano de arriba como si la llamara.

—Ya veo cómo estás —le dijo doña Rita con cierta displicencia—. Estás hecha un desastre, menuda pinta, parece que te han arrastrado por rastrojos. Aséate, anda, que si sales así a la calle aún te pasará algo peor.

—Tengo que llamar, es muy urgente. Por favor…

—Ya me imagino. Ve. —Doña Rita le señaló hacia la parte delantera del piso.

El teléfono estaba junto a una columna donde el recibidor comunicaba con la habitación del balcón que daba a la plaza.

—Úrsula, menos mal. ¿Está Dora? No, no, mejor. Escúchame. No abras la puerta, sea quien sea y te diga lo que te diga. Yo llegaré enseguida. Y si es mi marido, menos aún. Ha pasado algo muy grave. Y no le digas nada a Dora si llega antes. Ayúdame, Úrsula. Es por el bien de Marc y de Mireia. —Nuria colgó y se dirigió a doña Rita, que no se había separado de ella mientras llamaba—. Gracias, ha sido una bendición encontrarla. No me olvidaré de esto. No sé qué me hubiera pasado si no me llegan a auxiliar. Tengo mi chaqueta arriba. Subiré a recomponerme. Gracias de nuevo.

Ya habían salido las dos hasta el descansillo. La dueña de aquel piso vio la luz encendida en el apartamento de Boro y entonces movió la cabeza de arriba abajo.

—Acabáramos. Así que jugando a dos bandas.

—No. Es mi compañero de trabajo, me ha dejado las llaves

para que cuide de su gata. —Nuria se sintió bastante estúpida dándole aquella explicación.

—Mira, quien traspasa esta puerta se deja su historia fuera, así que no me cuentes nada, no me interesa. Cuídate, que estás jugando con fuego, y así te ha ido.

—¿Y él? ¿Y ellos? —dijo señalando con la cabeza hacia dentro.

—Ellos son ellos, querida. Y ahora, si me disculpas..., tengo que seguir trabajando.

53

Nuria recogió su ropa. En menos de dos minutos estaba en el portal. Antes de salir a la calle miró a un lado y a otro por si Máximo estaba escondido esperándola. No lo vio y se fue corriendo hacia la calle del Hospital. Tomaba aire a bocanadas y a pesar de eso se ahogaba como si estuviera sumergida en un mar que se opusiera a que avanzara.

El taxi la dejó delante de la casa Muley Afid. Se apoyó en la verja porque no conseguía recuperar el ritmo de su respiración y se mareaba. Miró hacia arriba. No había luz en ninguna de las dos viviendas. Abrió enseguida y subió por las escaleras. A la vez que llamaba al timbre de casa de Dora, golpeaba la puerta.

—Abridme, por favor, abridme. ¿Marc, Mireia?

Salieron las dos mujeres a la vez.

—Están dormidos. Nuria, ¿qué ha pasado? —le preguntó su casera.

Ella recorrió toda la casa.

—Despertad, despertad, nos marchamos, tenemos que huir. —Nuria abrazó a su hija y después fue a la otra cama en la que dormía Marc, rodeado de almohadas, y lo levantó.

—Nuria, déjelo, venga al salón. Tenemos que hablar. Esto ya está pasando de castaño oscuro. Le presté mi ayuda, y ahora créame si le digo que estoy arrepentida. Mire cómo ha llegado: la cara, el pelo. Me temo que está en un lío y gordo, y que de todo esto se va a derivar que voy a perder la renta. ¿Me equivoco?

—¿Ha venido Máximo? ¿Ha llamado por teléfono? ¿Les ha dicho algo?

Úrsula miraba desde la puerta.

—Nuria, tiene que tranquilizarse. Prepárale una tila, Úrsula, y si le añades un buen chorro de anís mejor.

—Estoy atrapada. Mis hijos. Máximo me los quiere quitar, me quiere internar en un manicomio. Cree que lo quiero hundir en su trabajo. Me ha agredido, además ha denunciado a mi compañero de trabajo por asesinato.

—No sé si me conviene escuchar todo esto. No quiero problemas.

—Señora Blúmer, trabajo para el consultorio sentimental de la radio, respondo las cartas que llegan al laboratorio cosmético. No me encargo de la correspondencia comercial de ninguna empresa. A través de una de las oyentes supe de un tema muy grave. Supe nada menos que están naciendo aquí niños sin brazos, sin piernas, algunos ni siquiera sobreviven más de unas horas, o unos días, y otros... Esto se debe al telamón, un fármaco que tomaron sus madres durante el embarazo. Mi compañero de trabajo es químico. En mi desesperación me dirigí a él. —Nuria quería hablar tan deprisa que se ahogaba.

—¿Y Máximo? ¿Qué tiene que ver en todo esto?

—En esto apenas nada, aunque Minas Generales suministra los derivados de minería para que se fabriquen los excipientes del telamón. El caso es que, para avanzar en mis averiguaciones, me abrí un apartado de correos y hace poco me llegaron a él unas fotografías y varias cosas más sobre Máximo. De esa forma supe que tiene en Madrid otra mujer y otros dos hijos. Por eso me fui de viaje. Le juro que es verdad. Tiene que creerme.

—¿Y es su amante? Tal vez le hubiera convenido entonces hacer la vista gorda.

—No, Dora, también está casado con ella.

—Ten, criatura —le dijo Úrsula mientras le dejaba la taza aromática sobre la mesa—. Siéntate y tómatela, te recompondrá el cuerpo.

—No quería contarle nada, meterla en esto. Pero ahora ya no tengo más remedio. Tengo dinero para pagarle. Tuve la precaución de guardar mis ahorros en la cartilla de mi madre. Si se los pido, me los dará enseguida. Solo tengo que ir a La Bisbal. No se preocupe.

—¿Y para cuántos meses tendrá? ¿Para medio año? Espéreme aquí un momento, vuelvo enseguida. Tengo que comprobar algo —le dijo Dora mirándola de forma extraña.

En cuanto se quedaron solas, Úrsula cogió otra silla y se aproximó a ella.

—Qué lástima. Si erais una familia tan bonita, tan guapos los cuatro. Los hombres, hija, que no tienen medida.

—¿Dónde ha ido?

—Tranquila, Dora es seca, pero tiene muy buen corazón, no te va a dejar en la calle. Mira lo que ha hecho conmigo, en cuanto se enteró de que enviudé y al menos hasta que se aclare lo de la pensión de mi marido…, aquí estoy, y además me paga muy bien. Tiene motivos para ser reservada. Solo es eso. Yo no te puedo decir por qué. Así que déjalo estar.

Úrsula oyó que Dora volvía y se incorporó enseguida.

—Escuche, he comprobado el contrato de alquiler y los recibos, todo está bien atado con Minas Generales, por ese lado no hay problema —dijo Dora nada más entrar—. No creo que a Máximo le convenga que se sepa lo de la bigamia. Estoy casi segura de que este asunto no llegará a oídos de nadie de su empresa. Eso sí, Nuria, tiene que ser prudente. No empiece a desahogarse por ahí. Mientras a mí todos los meses me llegue el ingreso, seguiremos igual, usted en la que ahora es su casa y yo en la mía.

—¿Y si... Máximo les comunica que va a vivir solamente en Madrid? Así les ahorraría gastos.

—Querida, como le digo, él es el menos interesado en que todo esto trascienda. No soy tan insensata como para apostar todo lo que tengo, pero creo que no me equivoco al anticipar su absoluto mutismo.

* * *

Al día siguiente, mientras Úrsula le pasaba un algodón empapado en agua oxigenada por la cara, apareció Máximo en su casa. A la niña le habían dicho que Nuria se había caído por subir a oscuras desde la calle y que ella nunca lo hiciera.

—Recoge tus cosas porque te vas —le escupió Máximo.

—¿Adónde vas, mami?

—¿Puedes llevarte un momento a Mireia? —le pidió Nuria a Úrsula. En cuanto se quedaron los dos solos fue hacia donde estaba la muñeca vestida de azafata y la cogió de una pierna—. ¿Te dice algo esto?

—Sí, que tanta soledad ha acabado por volverte loca. Por eso tengo que internarte en un manicomio.

—Toma, para ti, la iba a tirar a la basura, tu hija le cortó la boca con unas tijeras, la ha atiborrado de comida y ahora apesta. La tuya ojalá que huela mejor y tenga al menos un novio en cada avión.

—Me da igual lo que digas o lo que hagas. Algún día me agradecerás que te haya quitado a semejante elemento de encima. Allí estarás mejor. A salvo. Y ahora sí —dijo cogiéndola con fuerza del brazo—, andando.

Máximo arrastró a Nuria hasta la salida y ella comenzó a gritar:

—¡Mis hijos! ¡No! ¡No puedes separarme de ellos! Yo no he hecho nada.

En cuanto Máximo abrió la puerta, se encontró a Dora de frente.

—Ella no se va a marchar de esta casa a ningún sitio en contra de su voluntad.

—Eso no lo decide usted.

Nuria aprovechó para soltarse.

—Pero lo puede decidir la Policía. O puedo hablarle a la mujer del gerente de Minas Generales sobre Mara, ya sabe que somos muy amigas y que gracias a eso viven aquí. Estoy segura de que le parecerá una historia muy interesante y usted a ella un ser despreciable. No tardará ni un minuto en convencer a su marido de que lo echen a la calle.

Máximo empujó las cuatro sillas que rodeaban la mesa de la salita una detrás de otra. Tiró del mantel que la cubría y, después de balancearse en el borde, un búcaro con tres flores blancas cayó también. El cristal se hizo añicos y los rodeó como si fueran estrellas dispersas.

—¿Qué quiere? —le gritó Máximo a Dora mientras se acercaba a ella.

Nuria temió que les pegara a las dos.

—Calma, simplemente. Eso es lo que quiero —dijo Dora mientras se alejaba de él unos pasos—. Y silencio. Pagaría por el silencio. Lo necesito más que el agua. Nada de entradas a horas intempestivas, portazos, carreras por las escaleras. Vamos a dejar las cosas como están y todo irá bien. No me gustan los cambios. Si su empresa sigue pagando el alquiler, yo no tendré nada que decir, y usted tampoco.

—¿Me está amenazando?

—¿Yo? ¿Amenazarle a usted? ¿Cómo se le ocurre? No lo necesito. Tan solo le pongo delante los hechos como son. Sus hechos.

Máximo volvió a coger a Nuria de un brazo, pero se lo soltó enseguida y se fue enfurecido hacia el dormitorio. Las dos mujeres oían cómo abría y cerraba los cajones, las puertas del armario, cómo rebuscaba.

—Entonces el que recogerá sus cosas seré yo —gritó desde la habitación—. Ya te apañarás. Tú lo has querido. Con lo bien que vivías y lo has echado todo por la borda. Eres una insensata, una soñadora, siempre has tenido la cabeza llena de pájaros. Te crees que la vida puede ser perfecta.

Entonces Nuria se rehízo y le dijo desde donde estaba:

—Tal vez sin ti la vida, aunque no sea perfecta, al menos será verdad. Con eso me basta.

No quiso preguntarle si pensaba irse con su otra familia, si no le importaban sus hijos en común. Quería quedarse con Marc y con Mireia. Eso era lo más importante.

—Hasta nunca —fueron las últimas palabras que pronunció mientras salía con la cabeza gacha, sin mirarla a ella ni a su casera.

Nuria volvió a sentarse en la misma silla donde un rato antes le ofrecía su rostro a Úrsula para que se lo desinfectara. No se sentía triste, sino más bien aliviada, como si acabara de abrir un cuaderno sin márgenes, sin líneas ni cuadros que lo pautaran, y con muchas páginas por estrenar. Le reconfortaba pensar que sobre él podría escribir su futuro sin que nadie le llevara la mano.

—Gracias, una vez más, Dora. Ahora le debo la vida porque estoy segura de que hubiera acabado por ingresarme en el psiquiátrico.

—No me debe nada. He obrado en conciencia. Tampoco se trata de tener dinero a costa de lo que sea. No me resulta difícil ponerme en su lugar, no se crea. Yo también viví en esta casa de niña gracias a otra persona. ¿Sabe quién era Muley Afid, el que le da nombre a la mansión?

—Un árabe. He leído que regaló un elefante al zoológico de Barcelona y que el pobre animal murió de hambre durante la guerra.

—Así fue. Muley Afid era hijo de un califa de Marrakech, sé que suena a *Las mil y una noches,* pero es tan real como el suelo que pisamos y que él mandó construir al arquitecto Josep Puig i Cadafalch. Hasta que este palacio estuvo terminado, vivió en el hotel Oriente, en la Rambla de los Capuchinos. Quería establecerse aquí porque se había enamorado de Barcelona y de mi madre. Además, también influyó bastante que su país estaba siendo atacado por la flota colonial francesa. En fin, que parece que su condición era la de ave de paso y que también se cansó pronto de su nueva situación. Le sobraba el dinero, podía permitirse todas las extravagancias que quisiera en cualquier lugar del mundo, así que, cuando alzó el vuelo en dirección a París, le dejó esta casa a mi madre —seguramente para no sentir el más mínimo remordimiento por su embarazo— y una buena renta de por vida, de la que ella ahorró casi todo. Nunca lo conocí, pero le estoy muy agradecida.

—Parece una de las historias que escribo y que no me he atrevido a enseñarle a nadie.

—Querida, pues piense que ahora tendrá más tiempo para esas historias. Tiene un trabajo, casa y, por lo que veo, hasta buenos amigos. No se amargue. Las cosas son como son, pero de nosotros depende cómo nos las tomamos.

—No sé cómo pagarle todo lo que ha hecho por mí —dijo Nuria. No pudo contener las lágrimas y se acercó a Dora cuando esta le abrió los brazos—. Perdóneme.

—Mire hacia adelante. Eso es lo que tiene que hacer.

54

El Ford Thunderbird turquesa era el lugar donde siempre reflexionaba Máximo, él no necesitaba tener enfrente el mar, ni más paisaje que la carretera. Sentía que las cosas no hubieran salido bien con Nuria, pero como quien lamenta que se malogre un negocio. Estaba en su naturaleza diseminarse, no le bastaba con una sola mujer, ni con dos. A ambas las conoció casi a la vez y no quiso evitar que el compromiso, tanto con Nuria como con Mara, se formalizara. Se sintió capaz de emprender esas dos vidas paralelas porque le sobraba energía. Además, consideraba que para ellas siempre sería mejor tenerlo a él a medias que estar casadas con otro hombre que valiera la mitad.

Imaginaba a su padre cuando surcaba los cielos dentro de su avión de combate, se preguntaba siempre qué razonaría en aquellos momentos. Se llamaba Vittorio y había participado y sobrevivido a la Segunda Guerra Ítalo-Etíope, a la Guerra Civil española y a la Segunda Guerra Mundial, nada menos. Máximo lo admiraba, sentía fascinación por él, pero a la vez lo temía. Era como tener muy cerca a un héroe, a alguien intrépido, aventurero, sagaz y valiente como un personaje de Emilio Salgari. A todas estas sensaciones las acompañaba la certeza de que nunca podría ser igual que él, como si no compartieran la misma dimensión humana y vital.

Vittorio les decía a sus hijos que cuando comenzaba el bombardeo disfrutaba dejando caer aquellos capullos de rosa que se abrían y estallaban en segundos, como si fuera una ofrenda a la gloria.

Máximo advirtió desde pequeño el interés que le suscitaban otras muchas mujeres, además de su madre. Cuando iban solos, esas otras lo besaban en la calle, escuchó en innumerables ocasiones cómo se citaban, los requiebros de Vittorio y su felicidad ante tanta solicitud. Y desde entonces pensó que ese era uno de los premios que recibía por ser uno de los aviadores más condecorados de los Chianti Raiders, a los que también llamaban los «pilotos del Blitz del Duce». A él solo lo aplaudía cuando jugaba al hockey sobre patines. Entonces lo llamaba «dragón».

* * *

Durante el par de días que estuvo en Verín, nadie le notó a Máximo el más mínimo atisbo de desasosiego, ni sus gestos ni sus palabras traslucieron nada de lo sucedido en Barcelona, sino todo lo contrario: sus compañeros coincidieron en que lo encontraban mejor que nunca. Cuando se reunió con su jefe a solas, este le dijo:

—Ese que mandaron los de la farmacéutica parece que es de aúpa. Con menudo pájaro estuviste en Madrid, Zafara. Nos hemos informado. Se necesitaron bastantes más documentos firmados y aún un par de reuniones con los alemanes. ¿Lo bueno? Que unos días en la capital nunca van mal. ¡Qué te voy a decir a ti!

—Estaba claro que su función allí era amedrentarnos. Hablaba muy bien español. Yo poco tuve que hacer, pero los dos ministros y el subdelegado le plantaron cara. No se amilanaron ni un momento.

—Bien, Zafara, bien. Vamos bien. A nosotros todo eso que se habló allí nos da igual. Que hagan lo que quieran. Lo importante es que ya no tenemos nada que ver. A otra cosa. A incrementar el negocio, que es lo que toca. Tenemos que hablar de tu sueldo. Dicen que de raza le viene al galgo. Qué orgulloso tienes que estar de tu padre. ¿Cómo está? Dale recuerdos de su viejo correligionario. Qué bien lo pasábamos. Como cada día podía ser el último… Él arriba en el aire y yo abajo en la oficina.

Máximo se recostó contra el respaldo de uno de los sillones que rodeaban la mesa, estiró la espalda, se pasó una mano por la nuca y balanceó uno de sus zapatos que dejó al descubierto un calcetín negro de hilo brillante.

* * *

Muy de vez en cuando, uno de los cuidadores del cementerio de La Recoleta de Buenos Aires veía allí a una joven que era tan puntual e imprevisible como la muerte. Se acercaba a ella en cuanto aparecía a través de las columnas de la entrada. Cruzaba bajo las imágenes que tanto entretenimiento daban a quienes se detenían a descifrar su relación con la vida: un hilo con unas tijeras muy cerca, una corona junto a una esfera y unas alas, abejas, serpientes enroscadas, una urna con un manto, una clepsidra y un búho. Ella, Frida Lorensen, conocía el significado de todos aquellos símbolos.

A veces hablaba con el enterrador. Le había contado cosas que en otro contexto se considerarían comprometidas, pero por su trabajo era como si lo considerara a él también una tumba. Para corresponder a sus confidencias, una tarde le dijo que a algunos de los «residentes» del cementerio los había matado él por encargo, pero que en todos los casos se trataba de escoria a la que había que retirar de la sociedad cuanto antes. Había sido el ejecutor de ese tránsito entre la vida y la muerte. Lo contaba sin el menor remordimiento, como si fuera una tarea en beneficio de la sociedad.

—Alimañas nada más, señorita Lorensen.

Él siempre la veía entre sombras, su silueta cimbreante se confundía con los otros perfiles quietos de aquel lugar. Llevaba un sombrero con una redecilla sobre el rostro, como si aquel complemento tan exagerado representara mejor su papel de amante afligida y no reconocida. Todo aquello también ayudaba al tono de su conversación.

Por la señorita Lorensen supo él muchas cosas de aquel cuya sepultura visitaba: que lo había conocido en una especie de balneario en Polonia durante la guerra, que allí era él quien la visitaba con la misma asiduidad con que ella le correspondía entonces. En aquellas instalaciones el placer los unió por encima de todo, sobre todo por encima de la guerra, le dijo.

Al sepulturero no le salían las cuentas porque la señorita Lorensen le refería hechos que habían sucedido casi veinte años atrás. Y entonces, en 1962, él no le calculaba más de quince años. Pero su discreción le impedía hacerle cualquier pregunta sobre un tema tan delicado como su edad.

Sobre la lápida había siempre un ramo de flores que no eran ni de plástico ni de tela, sino naturales; tenían en común con Frida Lorensen que no se marchitaban. Eran rosas liofilizadas a las que se les había extraído la savia y sustituido después por otro líquido, en un proceso muy parecido al de la momificación.

Le contó también que el oficial al que seguía venerando de aquella manera huyó de Alemania y llegó hasta Dinamarca, su país. Allí entró en un submarino que se sumergió en algún punto de la costa escandinava y emergió en el mar de la Zona Austral, después de repostar en las islas Canarias, como tantos otros batiscafos de la flota del Tercer Reich.

—¿Sabe? A estos sumergibles los llamaban «los lobos grises» y llegaban a Caleta de los Loros en 1945. Fíjese cuántos animales —le decía la señorita Lorensen con alegría, como si aquellos datos la divirtieran—. Ese lugar está frente a Río Negro. Una vez aquí, en Argentina, tras el desembarco clandestino, a los militares alemanes los conducían hasta una fortaleza a la que llamaron Sangrilá.

—Sangrilá —dijo Gedeón en tono evocador—. Me gusta mucho cómo suena esa palabra.

—Era un bastión que aparecía en el libro *Horizontes perdidos* de un escritor británico. Algo así como un paraíso perdido. De ahí tomaron el nombre; el original es Shangri-La. Esta fortificación era además una réplica del Kehlsteinhaus o Nido del Águila.

Gedeón la miró sin entender.

—Copiaron aquí el mismo palacete que los jerarcas nazis disfrutaban en los Alpes de Baviera. Como si la misma construcción hubiera volado hacia el sur. Yo he estado en los dos y te aseguro, Gedeón, que eran idénticos, hasta la decoración interior del elevador que salvaba los últimos metros: un cubo de hierro que se deslizaba a través del túnel excavado en vertical dentro de la montaña. Quienes entraban allí, antes de salir a la enorme terraza sobre la cordillera, se maravillaban de los espejos de estilo veneciano, los apliques de bronce y el cuero teñido de verde oscuro que recubría las paredes del ascensor. El lujo en grado extremo.

Le trasladaba al empleado del camposanto muchos detalles cada semana, como si el hecho de compartirlos supusiera que quien estaba enterrado allí, aquel a quien consideraba una leyenda, siguiera respirando, como si esos datos se filtraran a través de la piedra bajo la que estaban sus restos. La soledad era el otro motivo por el que mantenía con él esas extensas conversaciones.

Aquel hombre, Gedeón, se sabía la historia de memoria, la manera fogosa en la que continuaron su romance en Argentina en las lujosas habitaciones de este refugio y demás confesiones impropias para un interlocutor, en su propia consideración, tan desigual respecto a lo que ella representaba. Le refirió también que unos dos años después de su llegada, el militar bajó la guardia y abandonó el cobijo de Los Andes para establecerse en la capital. Quería tenerla más cerca aún, vivir alejados de todos los demás, que ella fuera su único sol. Esto se lo dijo sin ningún atisbo de culpa, como si su propiedad magnética fuera algo indiscutible.

Se veían siempre en el piso de ella. Su amante nunca quiso revelarle nada de la información que había atesorado durante la guerra ni su domicilio; le decía que era por su seguridad. Del nombre de su calle y del número de su portal solo se enteró Frida Lorensen cuando la Policía encontró a su amante desollado en la esquina de un salón tan inmenso como falto de mobiliario. Cuando ella lo supo llevaba varias semanas sin verlo y sin poder compartir con nadie la desazón que le producía su ausencia.

Tuvo acceso a todos los detalles de la investigación a través de un compañero del fallecido: supo que se había ido desangrando con mucha lentitud frente a un reproductor de diapositivas marca Sawyer Rotomatic 747 y lente Maginon que proyectaba ante él las mejores obras de la historia del arte. Cada vez que aparecía un cuadro o una escultura, un mecanismo parecido a una navaja de afeitar, conectada al motor de esta máquina, le arrancaba un trozo de piel o de carne.

Lo encontraron sobre un charco de sangre seca tras bastantes llamadas de un vecino que insistió durante semanas en que escuchaba día y noche un ruido monótono. La causa de su muerte fue la infección que le produjeron esas heridas. No pudo gritar para pedir auxilio porque estuvo todo el tiempo amordazado. Su vigor fue también su maldición porque le permitió resistir demasiado. Ella lo pudo haber salvado, pero él no quiso arriesgarse, y no darle su dirección le costó la vida.

Quien lo siguió hasta allí no buscaba vengar a su familia masacrada en un campo de exterminio. Frida supo que se trató de un crimen de encargo, a distancia, para terminar con la amenaza que él suponía para algunos científicos que habían rehecho su vida y se habían convertido además en millonarios gracias a determinadas patentes.

Las dos palabras del nombre del oficial asesinado, escritas con la habitual tipografía gótica usada por el Tercer Reich, estaban incrustadas allí con ganchos de hierro. De él solo quedaba su nombre: Adler Eigner.

* * *

—Me marcho, Gedeón, no volveré más —le dijo la señorita Lorensen al enterrador aquella tarde de septiembre.

Ella había vivido hasta entonces en El Messidor, en el pequeño castillo entre jardines a escasos metros del lago Nahuel Huapí en Villa La Angostura. Cuando se veían con más frecuencia era durante las temporadas que ella pasaba en la capital. Apenas salía más que para visitar el cementerio. En aquella ocasión aprovechó el encuentro con los señores Frument para ir una última vez.

—¿Vuelve a su país? —se atrevió a preguntarle él.

—Tal vez, pero a uno que yo misma me he creado. En el otro ya no sería bienvenida.

—Que sea feliz, señorita —le dijo el hombre sin entenderla.

—¿Sabe? La casa donde he vivido aquí se llama Mes de Oro. En ella siempre es verano. Ahora vendrá Meliva, una amiga mía alemana, a residir en ella. Yo me daré un paseo por Europa. Y le voy a decir algo que espero que le alegre: puede que necesite sus servicios. No se me ocurre nadie mejor que usted para lo que tengo previsto. Si es así, ya le avisaré. Sé de sus buenos oficios —le dijo mientras señalaba hacia el campo de tumbas.

El hombre ya no le respondió, se quedó embelesado en el centro exacto de la puerta mientras ella entraba en el mismo taxi de siempre. La admiraba como si en vez de una persona se tratara de un fenómeno que él hubiera tenido la suerte de contemplar de cerca siempre a última hora, cuando ya no quedaba nadie más en el camposanto ni se esperaban más visitas.

Después de encadenar la verja del cementerio, giró la llave dentro del candado y se la guardó en el bolsillo.

55

Nuria se había propuesto aquel lunes enfrentarse a todo el trabajo atrasado. Casi al atardecer, después de muchas horas entre las cartas, le llegaron desde el receptor de radio sus propias palabras como un eco:

> Hoy hace exactamente dos días que supe que mi vida tenía un reverso. Se quebró el cristal que sostenía las mentiras en las que vivía. Desde entonces cada día es el mismo día, no avanzo, no despierto de este mal sueño. Mi marido me ha traicionado, señora.

Dejó de escribir para escucharlas, para escucharse en la voz de otra, de quien las radiaba. Y le parecieron extrañas, no porque no fuera ella quien las decía, sino porque ya no se identificaba con aquellos pensamientos.

«¿Por qué lo ha hecho?», leía esa parte de su carta en aquellos momentos. Y Nuria reconocía para sí misma que le daba igual, que ya no lo odiaba como decía a continuación, y que lanzaría el aparato por la ventana si la supuesta consejera se atrevía a recomendarle que continuara al lado de semejante canalla. Se puso de pie y fue hasta el mueble que guarecía la radio. La locutora comenzó a dirigir su respuesta a ella y a los cientos de miles de simultáneos escuchantes de sus cuitas.

Querida amiga, entiendo su desesperación, créame, la vida a veces nos somete a estas pruebas para templarnos como el acero.

Nuria pensó que quien había escrito aquello podía ser un hombre por la comparación que utilizaba.

Mire hacia adelante, piense en el futuro de sus hijos y perdone, no hay persona que no tenga debilidades, si usted misma se mira hacia adentro, seguro que descubre las suyas propias. Somos imperfectos, todos. Los hombres, por su naturaleza, tienen estos comportamientos que a nosotras nos asombran y nos sumen en la incomprensión. Así que, amiga mía, sea sensata, juiciosa, como corresponde a una mujer en su situación de madre y esposa, no se deje llevar por la ira, mantenga el sosiego y verá que su esposo pronto olvida sus aventurillas y vuelve al seno del hogar, cabizbajo y arrepentido. Acuérdese de mí cuando los cuatro vuelvan a navegar en lo que no me cabe duda que será una balsa de aceite.

—De aceite hirviendo —dijo Nuria en voz alta, y en vez de arrancar de allí su radio para lanzarla por los aires, giró el botón hasta que enmudeció.

Pensaba de nuevo en quién sería la persona que habría redactado aquellas líneas que le resultaron insultantes. Después se miró en el espejo del armario de su dormitorio, su imagen aún le producía dolor. Se arregló el pelo con las dos manos y pensó en sus ahorros de toda la vida que le guardaba su madre y en lo mucho que le gustaría viajar a Brasil. Con la firma de su padre, ella se los entregaría enseguida, tal como le había dicho a Dora.

A pesar de su aspecto tan demacrado, se sintió pletórica, invencible. Como si la regeneración fuera de dentro a afuera. En pocos segundos había pasado de la rabia a un sosiego que le hizo creer que sería capaz de manejar lo que a partir de aquel momento le sucediera. Como si todo lo anterior que tenía que ver con Máximo fuera ya agua pasada.

* * *

El cometido de Boro en Brasil era supervisar que se recolectaran ciertas plantas, frutos y sustancias en general, más que medicinales, milagrosas: la corteza del tronco al que los ingleses llamaban *ironwood* o palo de hierro, la guanábana, y además el árbol del que nacía la graviola, del que tenían que tomar también las ramas, las raíces y sus flores, y también una baya, el acai, que tal como constaba en su ficha era un antioxidante muy potente.

Los campesinos a los que había contratado depositaban cada carga en una especie de obrador de boticario dentro de una choza donde todas aquellas materias primas veían muy reducido su peso y su tamaño. Cuando reunía la cantidad suficiente de cada ingrediente, tenía que asegurarse de que se empacara de forma correcta y pagar bastantes permisos para conseguir que se transportara hasta el puerto. En cuanto el buque zarpara con la carga, él podría tomar el avión de regreso a Barcelona. Calculaba que en menos de una semana y media estaría ya allí.

El domingo por la tarde eran las únicas horas en las que no trabajaba, y lo aprovechó para dar un largo paseo por los alrededores de Lábrea. Descubrió un lazareto o leprosería que ocupaba las instalaciones de un antiguo balneario abandonado. Uno de los brazos del río Purús separaba este edificio y el huerto enorme que lo rodeaba de las últimas casas de la ciudad. Nunca se había alejado tanto de donde vivía para dar un paseo. Aquel caserón lo intrigó. Estaba medio en ruinas, la vegetación ocultaba gran parte de él. Las personas que se asomaban a sus ventanas o estaban sentadas delante de la entrada principal también parecían hundidas, a punto de desaparecer en aquel paisaje. Cuando faltaba poco para que anocheciera, se decidió a dar la vuelta. Fuera del muro que los separaba del río y que también protegía aquella finca de sus crecidas, vio una montaña de desperdicios. Junto a algunas hojas para ensalada y peladuras de patatas, le llamaron la atención unas cajas de cartón en las que aparecía el contorno en negro de una niña tachada con una equis roja. Se llevó varias y un par de frascos de medicamentos vacíos.

Nada más entrar en su casa lo dejó todo sobre una jardinera del patio y después de lavarse se dispuso a escribirle a Nuria. Aunque era muy posible que él llegara antes que la carta, quiso dirigirse a ella de aquella manera. Era una forma de estar juntos en la distancia.

Estimada Nuria:

No veo el día de regresar a Barcelona. Menos mal que ahora ya falta menos. He necesitado alejarme tanto para darme cuenta de que tengo una gran familia allí: tú, el padre Vilesermes, los señores Frument, Liliana, incluso echo de menos a tus hijos. No hay como la distancia para reflexionar. La vida me ha compensado con creces por lo que perdí siendo muy niño.

Además, desde aquí me atrevo a decirte cosas que cuando te tengo enfrente no soy capaz. De momento las pienso en voz alta, pero ahora te las voy a escribir.

Me he dado cuenta de lo mucho que te quiero, Nuria. ¿A que nunca se te había declarado nadie desde tan lejos?

Hasta ahora no me había interesado por ninguna mujer, tampoco ha sido fácil, dada la escasez de ellas en el seminario y cuando estudié la carrera.

Tal vez te parezca egoísta que en estos trances tan ajetreados me solace en mis sentimientos, pero creo que he venido a esta punta del mundo principalmente para poder darme cuenta de lo que significas para mí. Así que, y esto es lo que quería proponerte, si tan solo quieres mi amistad, a pesar de lo que ha pasado entre nosotros, lo entenderé. Ignora lo que te he dicho, nuestros besos, el día que estuvimos en mi casa; con que me permitas estar a tu lado de vez en cuando ya me consideraré dichoso. Pero si soy tan afortunado como para que me correspondas, quiero que sepas que te entrego mi vida entera, que solo quiero vivir a tu lado… (y que no sé si voy a ser capaz de llevar esta carta a la oficina de correos, al *correio,* como se dice aquí).

Te quiere,

Boro Navascués

* * *

En Barcelona ya había anochecido hacía cuatro horas, y en la calma que envolvía la mansión Muley Afid, Nuria hacía lo mismo: escribirle.

Estimado Boro:

Me veo obligada a comunicarme contigo incluso antes de lo que pensaba para advertirte de algo muy desagradable: Máximo está fuera de sí, me agredió cuando fui a tu casa. Lo mejor es que no sé nada de él desde que se largó dando un portazo, pero lo peor de todo es que te ha denunciado a la Policía porque cree que has asesinado a un hombre que, según él, contrató para que me vigilara. Creo que los dos sabemos de quién se trata, pero entenderás que no lo diga aquí.

Cuando me descubrió en tu escalera, estuvo a punto de matarme. En estos momentos estoy sola, bueno, un poco más de lo que lo he estado siempre. No quiero ni pensar en volver con los niños a La Bisbal, junto a mis padres. Eso sería un fracaso. Veré cómo me las arreglo. Prefiero quedarme aquí en Barcelona aunque sea duro. No quiero decirte nada más sobre esto porque tu situación ahora, con la Policía detrás, es más complicada que la mía. Tenlo muy presente. Haz lo posible para que no te detengan.

Lo que más deseo es que esta carta te llegue cuanto antes, la voy a mandar por correo urgente. Sería más prudente que permanezcas ahí por el motivo que te cuento, al menos hasta que se aclare todo esto. Cuanto más tiempo estés en Brasil, mejor. Y no des tus señas a nadie más. Creo que solo las tenemos los señores Frument, Liliana, el padre Vilesermes y yo. Entenderás que se lo comunique también a ellos. Y sobre todo, cuídate.

Siento todo esto, me hubiera gustado hablarte de cosas más agradables. Necesito un teléfono para llamarte, el que sea y cueste lo que cueste, aunque te tengas que desplazar kilómetros para atenderlo. Hablemos.

Respecto al telamón, parece que hay avances aquí. Por fin. Liliana está siguiendo muy de cerca su retirada. Don Jerónimo ha aceptado colaborar y está en contacto continuamente con Varick Kessler. Ya te daré más detalles. Todo ha servido de algo. De mucho. Pero seguimos con el tema sin bajar la guardia. Sobre todo, no te confíes tú.

Creo que ha sido providencial que te enviaran allí. Me apena que aún tengas que quedarte, pero será lo mejor. En fin, espero no descubrirte yo con esta carta, que estas líneas solo las leas tú, si sucediera lo contrario…, pero no tengo otra manera de avisarte. Lo siento, Boro. Siento mucho todo lo que está pasando.

Cuídate mucho,

Nuria

A primera hora de la mañana, antes de ir a trabajar, fue Liliana a visitarla y Nuria le entregó la carta para que la echara ella al correo.

56

En la sede central de Orlanta en Stolberg, Harald Silveiner, con la impasividad propia de quien considera que en la administración de la muerte no se puede ser demasiado preciso, soportaba la tormenta ante quien lo contrató: uno de los abogados con los que estuvo en Düsseldorf.

—¿Y se puede saber por qué mataste a aquel desgraciado que vivía en un tugurio? Repítemelo otra vez, anda, que aún no te he entendido. ¿Qué tenía que ver con nosotros?

—Señor, tenía que liquidarlo. Era el que atesoraba toda la información que los otros habían ido reuniendo. No me pregunte cómo, pero tenía copia de todo. Estaba al tanto. Los seguía a todas partes. Escuchó sus conversaciones y consiguió todo esto porque parece que llevaba muchos años en la calle, sobre todo de noche.

—¿Sí? ¿Y dónde están esos papeles? Esos documentos, esos informes, esas fotografías. Precisamente son lo que necesitamos para hacerlos desaparecer y seguir vendiendo allí. ¿No lo entiendes? ¿Qué encontraste?

—Esta carpeta —le dijo mientras le dejaba sobre la mesa una funda de piel sintética muy parecida a la que Máximo había sustraído del mismo lugar.

—En vez de echar una mano, nos estás complicando las cosas. Menudo negocio he hecho contigo. ¿Qué es esto? ¿Un trozo de aquella basura?

—El trabajo del detective Baladre.

—No leo en español. No sé español. Ni ganas. Pero te aseguro que, como esto esté lleno de asuntos de cuernos, el que desaparecerá del mapa serás tú. Te lo garantizo.

* * *

Pensó en la furia con que Máximo recogió sus trajes, sus papeles. Desde entonces, su hija no dejaba de preguntar por él. «¿Por qué papaíto no ha venido en tantos días? ¿Dónde está?». «De viaje, cielo. Está de viaje. Vendrá pronto». Le decía que se había ido al extranjero unos meses, que después volvería cargado de regalos... Aún no había encontrado la fuerza suficiente para inventar siquiera una excusa. Comenzaba a dolerle la cabeza.

La sacó de sus cavilaciones Mireia, que entró en la sala de estar con una hoja de papel en la mano.

—Mira, mami, eres tú —dijo mientras le mostraba una mariposa.

—Muy bien, cariño, ahora dibuja a Dora y a Úrsula detrás de la hoja de este calendario y así les haces un regalo —le dijo Nuria, y su hija se marchó a la habitación de al lado.

Necesitaba quedarse quieta y pensar, pero enseguida llamaron al timbre.

—Le han telefoneado de su trabajo, una señorita, Liliana, me ha dejado un recado: si puede estar allí en una hora porque llegan sus jefes —le dijo Úrsula.

—¿Podrías quedarte aquí hasta que vuelva?

* * *

Los señores Frument habían avisado desde el aeropuerto antes de recoger el equipaje. Nuria se cambió a toda prisa y cogió el primer taxi que vio. En menos de un cuarto de hora llegó a la calle Pelayo. Cuando apenas llevaba allí unos diez minutos hablando con Liliana sobre la denuncia falsa contra Boro, entró doña Leonor.

—Queridas, gracias; Nuria, por haber venido a recibirnos, y Liliana, gracias a ti también por haberte quedado hasta la hora de comer. Veréis, tengo un encargo que haceros. Mañana hablaremos con más calma, pero quería anticipároslo. Hemos vuelto acompañados.

—¿De Boro? —les preguntó Nuria sin poder contenerse.

—No, él ya no tardará. —Entonces las tres oyeron un ruido en la escalera—. Eso es que nos están subiendo las maletas. ¿Ya estás bien, Nuria? Boro nos contó en Buenos Aires lo que te sucedió en el patio. ¡Cómo está el mundo! A partir de ahora habrá un portero en la finca y el sereno estará más atento. Lo siento.

—Ya estoy bien —respondió Nuria.

—Nuestro viaje ha sido fantástico. Tenéis que conocer a nuestra invitada, la señorita Frida Lorensen. Está arriba. Mi esposo se está encargando de darle las instrucciones para que se instale con total comodidad. Os fascinará. Solo os digo de momento que ha encontrado el secreto para no envejecer. En cuanto descanse del viaje, os la presentaré. No conoce a nadie en Barcelona y necesito que paséis algún rato con ella hasta que se familiarice un poco con la ciudad, con nuestras costumbres… Ya sabéis que yo no puedo estar todo el día de aquí para allá —les dijo, como si para ellas fuera posible.

Nuria pensó que, a pesar de su amabilidad exquisita, los señores Frument nunca daban una puntada sin hilo. Estaba segura de que en aquella forma de actuar diligente y decidida, pero sobre todo práctica, radicaba el éxito de su negocio.

—Le vendrá muy bien al instituto —continuó la señora Leonor—. En cuanto se sepa su edad, querrán entrevistarla hasta en la televisión. La publicidad que nos puede proporcionar no se comparará con nada. Ni siquiera con el consultorio. Ya veréis. Es lo que hemos estado buscando durante años. Liliana, te he traído las revistas de moda que me encargaste.

—Muchas gracias, doña Leonor —le dijo ella cogiéndolas.

—Y un par más para ti, Nuria. Mira, el *Life* en español y esta otra argentina. Aquí tenéis una entrevista con la señorita Lorensen. Ahora os dejo. Mañana os la presentaré y espero que la tratéis como a una reina, nos va a hacer de oro. Bueno, queridas, como dicen, mañana será otro día.

Nuria y Liliana intercambiaron una mirada tensa.

—Señora Frument, nosotras también tenemos que hablar con usted —le dijo Liliana.

—Mañana, queridas, de verdad. Ahora estoy muy cansada.

—Espere un momento, por favor. —Nuria la siguió hasta la puerta—. Han denunciado a Boro por asesinato.

Doña Leonor se volvió muy sorprendida.

—¿Qué estáis diciendo? Eso no es posible.

Las dos le contaron a grandes rasgos lo sucedido y vieron cómo el abatimiento de su jefa se duplicaba.

—Voy a hablar con Aleix.

Nuria y Liliana se quedaron junto a la mesa de la secretaria. Estaban muy quietas, como si contárselo a doña Leonor lo hubiera convertido en algo aún más demoledor.

Cuando su jefa se marchó, miraron con desgana una de aquellas publicaciones hasta que en el reportaje de aquel número 90 de la revista *Vistarama* vieron unas fotografías muy artísticas. Y con un poco más de interés, comenzaron a leer sobre quien iba a ser su compañera en breve. La descripción y el cuestionario lo firmaba Lautaro Amalfi.

—Señorita Lorensen, muchas gracias por recibirme. Tengo que comunicarle que ha tenido mucho éxito el reportaje sobre los experimentos con personas durante la Segunda Guerra Mundial para el que usted me prestó su imprescindible ayuda. Tal vez hoy se anime a revelarme la fórmula de la eterna juventud.

—Veo que no se olvida. Sí, siempre lo que más llama la atención es lo que se refiere al programa Juventud Eterna.

—La felicito por esta casa magnífica. Y le agradezco que me haya invitado. Aunque la vez anterior, en el café capitalino tampoco estuvimos mal.

—Sí, fíjese, mire aquí, desde esta ventana aún se ven las rampas de los hidroaviones con los que trajeron los materiales a través del lago para construirla. ¿Qué le parece?

—Quería preguntarle precisamente cómo llegó. La vez anterior no me dijo nada de esto.

—Hay tantas cosas que no le he dicho, señor Amalfi. Fue un trayecto largo y bastante accidentado. Verá, el Congreso Judío Mundial se encargó de mí, me buscaron unos parientes en Argentina para que me reclamaran.

—¿Tenía entonces usted familia aquí?

—Llamémoslo así. Mejor que eso incluso. Mientras me tramitaban la documentación, me llevaron a un establecimiento en Suecia que era un horror. No tenía nada que ver con Soletal, donde yo había trabajado, y lo peor de todo es que no estaba él.

—¿Quién?

—Mi gran amor. Mire, ya le voy teniendo confianza, hasta le hablo de mi vida, más que privada, íntima. Y eso que luego se publicará. Ya me da igual. Sabe que me marcho de Argentina.

—Sí, una verdadera lástima, pero no le perderé la pista, no le quepa duda. Señorita Lorensen, en nuestra conversación anterior usted me refirió todas las excelencias de aquel balneario en Polonia donde practicaba sus ejercicios al aire libre, las actividades culturales que organizaban, sobre todo el cine, y entre lo que me contó que hacía allí, lo que le ocupaba más tiempo era, si me permite decirlo así, su relación íntima con aquel oficial del Ejército alemán. Tengo entendido que fue alguien muy controvertido. ¿De quién se trataba?

—No le revelaré su nombre. Conocerlo, esa felicidad, también se la debo al Reich. A finales de 1946 llegamos ambos por separado a este país. Enseguida nos encontramos. Proyectamos y llevamos a cabo desde aquí tantas cosas..., íbamos a las horas menos concurridas a un establecimiento de la calle Juramento de Belgrano, allí comíamos sándwiches de salmón, pepinos y postres solo de frutos rojos. Ya sabe de mis ideas respecto a la alimentación. Recorríamos Palermo, La Recoleta, fíjese, sin saber que a su cementerio iría tantas veces después. Él me esperaba a la salida de mis clases de gimnasia. Si existe el amor perfecto, ese era el nuestro.

—¿Les contará a nuestros lectores algo más sobre su secreto para mantenerse así de bella?

En el último párrafo de la entrevista solo se aludía a la carcajada con que la danesa le había respondido a su interlocutor.

—¿Qué te parece, Nuria? —le preguntó Liliana.

—Peculiar, muy peculiar, y bastante extravagante —le respondió ella—. Aunque, eso sí, es bellísima —añadió de inmediato—. Y mira qué ropa, seguro que es alta costura. Pero no tan bonita como la que tú haces. Además, es muy joven. Casi una niña.

Aunque ya era muy tarde, Nuria decidió volver en autobús. Apenas se sentó en el asiento, vio que en la portada de la revista *Life,* en el lado opuesto de las letras blancas sobre fondo rojo de la cabecera y junto a la modelo que posaba con los ojos muy abiertos con un candelabro, había una nota que decía: «Telamón. La droga mutiladora que ha sembrado el dolor por todo el mundo». Enseguida localizó en el interior un extenso artículo sobre el medicamento mortífero. En primer lugar, se referían a Dafne Gretchen, la farmacóloga que impidió que se comercializara la droga en Estados Unidos. Después abordaban el problema que suponía que los laboratorios les ofrecieran a los médicos muestras que no habían pasado ningún control previo, ni para las que se había autorizado, por tanto, su comercialización. Nuria pensó en los fármacos que los médicos sacan de su cajón en una consulta o de un armarito cerrado con llave. Aquel artículo decía que estas llamadas «muestras de investigación» escapaban a cualquier medida gubernativa.

A Nuria le dio un escalofrío al pensar lo que suponía esa manera de actuar al margen de la ley: contrastaban los efectos directos sobre las personas, ensayaban con ellas como si se tratara de ratones de laboratorio. Aquel texto de *Life* también mencionaba a Singer y a Kessler. Dafne Gretchen los encontró cuando uno de los miembros del consejo de redacción de la revista *Tyndaller* la avisó de que tenían aquel artículo pendiente de revisión y publicación. En otro recuadro se leía: «La heroína que dejó fuera del mercado el medicamento más peligroso de la farmacopea moderna». Tenían ya preparados dos millones y medio de tabletas de telamón que hubieran matado, mutilado, o ambas cosas, a miles de niños. Terminaba el reportaje con las medidas que se iban a tomar en el futuro para que algo como lo sucedido con este tóxico no se repitiera: el Congreso obligaría a las farmacéuticas a demostrar que, además de que sus productos no tenían efectos secundarios, servían para algo, es decir, que eran efectivos para el tratamiento previsto. Concluía el artículo con la siguiente frase: «Dafne Gretchen permaneció inamovible en medio de la tempestad. Su ejemplo nos llena de esperanza. No todo se compra y se vende».

CUARTA PARTE

57

Durante las dos semanas siguientes, Nuria se dedicó sobre todo a poner sus pensamientos en orden y a acopiar fuerzas: quería volver a sonreír. Fue casi cada mañana al parque con Marc y Mireia, compró en el mercado de San Gervasio todo lo que necesitaba y respondió a las consultas de las oyentes, pero delegó en Liliana el encargo de enseñarle la ciudad a Frida. Desde la ausencia de Máximo, la única diferencia con los días que antes él pasaba fuera era que había dejado de esconder las cajas de cartas en la parte baja de la alacena.

Liliana fue a casa de Nuria una mañana, antes incluso de que amaneciera. Su forma de llamar a la puerta de la cancela la asustó. Nada más verla desde la ventana, bajó enseguida a abrirle mientras se ataba el cinturón del batín.

—¡Lo han detenido! No sirvió de nada la carta. No creo ni siquiera que la recibiera —dijo Liliana nada más entrar en el jardín.

¿En Brasil? Pero ¿cómo han dado con él? —preguntó Nuria muy angustiada—. Pensábamos que allí estaría a salvo.

—No, ha sido aquí, a pie de pista, antes de que aterrizara el avión ya estaba la Policía esperándolo. Se lo han llevado esposado. Parece que ha cumplido con el encargo de los señores Frument antes de lo previsto. Mira, lo dice aquí —le dijo mientras le tendía el periódico.

—No puede ser, no puede ser —repetía Nuria mientras lo cogía con las manos muy temblorosas.

Nuria sintió de nuevo el vértigo de estar dentro de una pesadilla, la irrealidad, el sabor amargo, un dolor de cabeza lejano que era como si tuviera un huésped incómodo dentro del cerebro.

Los guardias de servicio esperaron el vuelo de la compañía Varig procedente de Porto Alegre con el pasajero S. N. A. a bordo. Las diligencias de la Policía, adoptadas por la denuncia previa que obraba en su poder, consistieron en tomarle declaración al detenido, nacido en Barcelona, de 30 años, soltero, de profesión ingeniero químico, quien además de acusado de asesinato está implicado en el tráfico de tóxicos y sustancias venenosas de uso industrial.

Ha sido puesto inmediatamente a disposición del juez instructor del caso. Aun cuando nuestros redactores no han podido vulnerar el impenetrable secreto que rodea estas actuaciones del juzgado, advirtieron desde los pasillos que el encartado no era puesto en libertad, sino que se le devolvía a los calabozos de la Audiencia. Del interrogatorio solo ha trascendido la sorpresa del detenido, quien en todo momento afirmó desconocer por completo aquello que se le imputaba. También se ha sabido que se le mostraron los objetos hallados en el lugar del crimen y otros que él mismo portaba en su equipaje.

—Ni siquiera sé cómo lo he visto. No suelo leer los sucesos —dijo Liliana.

Nuria estaba desencajada. Balbuceaba.

—Es una trampa. Los de la farmacéutica... se estarán frotando las manos. Son unos desalmados. Esto les va a venir de perlas. Pobre Boro, dirán que es un delincuente. Liliana...

—Lo que dice de los tóxicos y las demás sustancias, ¿se referirá al telamón? ¿Y si lo acusan de traficar con él? ¿De venderlo en el mercado negro? Por desgracia, creo que podemos esperar cualquier cosa —dijo Liliana desolada.

—Hizo acopio de bastantes pastillas, pero era para analizarlas. —Nuria se quedó unos segundos pensativa—. Tenemos que ir a la comisaría o adonde lo tengan —dijo con mucha determinación—, ahí dice que estaba en la Audiencia, pero ahora ya no sabemos dónde.

Después de recorrer la escalera, entraron en casa de Nuria.

—¿Vamos allí y que nos detengan también como cómplices? No puedes dejar solos a tus hijos. Eso es lo más importante: que nada nos nuble el pensamiento. Ahora tenemos que razonar mejor que nunca —dijo Liliana.

—¿Lo saben ya los señores Frument? —le preguntó Nuria.

—No creo. Hablaré con ellos en cuanto llegue al laboratorio.

—Sí, hazlo, por favor. Ellos conocen a mucha gente. Podrían conseguirle un buen abogado.

—Tú quédate aquí. De eso no tengas ninguna duda. Recurriremos a quien haga falta.

—Hay que decírselo al padre Vilesermes. Cuando lo sepa..., para él es como un hijo. No quiero ni pensarlo —dijo Nuria muy compungida.

—Es probable que ya se haya enterado. Las malas noticias siempre llegan antes que las buenas.

Nuria se dejó caer sobre la butaca que tenía junto a la ventana, bajo la lámpara.

—Estoy muy cansada, Liliana, es como si, conforme avanzo, todo se fuera derrumbando a mi alrededor. Esa es la sensación que tengo, que camino entre las ruinas de lo que ha sido mi vida hasta ahora.

—No pienses eso. Ya verás como se implican los señores Frument. Ellos también lo aprecian mucho. Espero no haber despertado a tus peques —le dijo a la vez que abría la puerta para marcharse con cuidado de no hacer ruido.

—No te preocupes.

—Después te llamaré para decirte cómo ha ido todo. Y cambia la cerradura. Díselo a tu casera, seguro que estará de acuerdo. Tienes que evitar que Máximo te dé ninguna sorpresa desagradable más.

—Sí, será lo mejor. Tienes razón. No había caído.

—Ah, y otra cosa —le dijo Liliana mientras abría el bolso para sacar de él un ejemplar de la revista médica *Tyndaller*—. Ten.

Nuria la cogió sorprendida. En la portada había un frasco lleno de figuritas de bebés a los que les faltaba algún miembro. Y debajo de esta imagen una sola palabra tachada: «Telamón». En el encabezamiento del artículo aparecían fotografiados Varick Kessler y su compañero Conrad Singer.

—Pero ¿cómo la has conseguido?

—La he pedido por teléfono a un sitio muy especializado. Ya sabes que en el laboratorio tenemos muchos números de ese tipo. Viene de Gran Bretaña.

—Cuando solucionemos lo de Boro, tienes que acompañarme a ver a los niños de los que te hablé —le dijo Nuria con mucha pena mientras miraba las figuritas rotas de los bebés de la portada.

—Así lo haremos. Y no te quepa duda de que castigarán a los culpables de tantos crímenes y a él lo soltarán. —Liliana miró el reloj—. Y ahora sí: me voy, que no quiero que los señores Frument lleguen antes que yo. Verás como todo irá bien.

* * *

Cuando Liliana abrió la puerta del instituto de belleza, se encontró de frente a don Jerónimo Ullrapós y se quedó paralizada.

—Me ha abierto uno de los ayudantes del laboratorio. Siento haberte asustado. ¿Cómo estás?

—Como siempre. Tiene mala cara, ¿está bien? —le preguntó con una preocupación muy sincera.

—Ayer enterramos a mi mujer.

—¡Oh, Dios mío! Lo siento, don Jerónimo. —Liliana lo abrazó.

—Lo sé. Sé que lo sientes. Eres buena persona, Liliana.

—¿Qué pasó? —Ella se quedó muy cerca de él.

—Parece que no le sentó nada bien el desplazamiento al sur de Francia, no se adaptó al clima de allí, algunos días se apagaba, otros, rabiaba, ha sido terrible. Cómo padeció, la pobre.

Mientras le hablaba, ella ensayaba muchas frases, pero no se atrevía a decirle ninguna.

—Ahora ya no tengo obligaciones —dijo él de pronto.

Liliana lo miró sorprendida. No se esperaba aquello.

—Puedo llevar la vida que quiera, la que tú quieras, mejor dicho, vivir donde desees, viajar, podré comprarte todo lo que se te antoje.

—Don Jerónimo, estoy bien como estoy —le dijo Liliana sin dar crédito.

—Lilianita, ¿qué pasa? ¿Tienes ya a otro?

—No me ofenda, don Jerónimo. No tengo a nadie, ni ganas. Ya he escarmentado bastante, tanto en cabeza ajena como en la propia.

—Esta vez será diferente. Podremos casarnos —dijo él acercándose para cogerla de las dos manos.

—La vida de casada no me llama —contestó Liliana. Se soltó enseguida y fue a sentarse tras su escritorio para evitar sus caricias—. Tal vez sea porque me he acostumbrado a estar sola.

—Pero lo nuestro… —Don Jerónimo apoyó una mano sobre la mesa que los separaba—. Vernos a escondidas era temporal, siempre te lo dije, que no quería que ella —nunca había pronunciado el nombre de su mujer ante Liliana— tuviese que faltar para que nosotros estuviéramos juntos. Pero ha sucedido. No siento que estemos pasando por encima de su cadáver, sino obrando de una forma muy natural.

—Mire, don Jerónimo —le dijo ella echando la espalda hacia atrás—, me ha beneficiado su amparo, ha hecho mucho por mí, proporcionarme este trabajo que tanto me gusta, por ejemplo, y muchas más cosas, pagar mi casa... Pero entienda que yo también tengo derecho a comenzar de nuevo.

—¿Sin mí, Lilianita? —Él se acercó todavía más y la miró a los ojos.

—Usted ya se había marchado —le dijo ella muy tranquila.

—Pero he vuelto. Y he vuelto a por ti. —Ullrapós no dejaba de insistir.

A Liliana le faltaba energía para continuar aquella conversación. Una negación rotunda le hubiera exigido más firmeza, mucha más de la que disponía en aquel momento.

—Mire, vamos a hacer una cosa —le dijo enseguida—: déjeme pensarlo. Ahora estoy agotada, los señores Frument me requieren mucho desde que llegaron de viaje. Además, acabo de volver de visitar a una compañera que no se encuentra muy bien.

—Haremos como tú digas, lo que tú quieras, ya te lo he dicho.

Ella no quiso replicar. Lo miró convencida de que el dolor lo había trastornado.

—Eso sí, quiero agradecerle su actuación respecto al telamón —le dijo—. Espero que me dé la razón en que no hay nada que se compare a tener la conciencia tranquila. Esa es la mejor almohada para dormir bien.

—Liliana, tú siempre tan íntegra —dijo mientras sacaba de su bolsillo un papel doblado—. Mira, mira lo que te he traído. No he faltado a mi palabra.

Liliana bajó la vista y repasó las líneas mecanografiadas del documento que le mostraba. Tenía un sello de entrada en el registro con fecha del 29 de septiembre. Debajo del escudo del águila con la cruz dentro decía: «Ministerio de la Gobernación-Dirección General de Sanidad», la sección y el número. Y después comenzaba el texto.

Tengo el honor de comunicarle para su conocimiento y efectos que esta Dirección General de Sanidad, a la vista de las informaciones recibidas sobre el uso de carácter mundial de medicamentos o especialidades farmacéuticas a base de ftalimido-glutarimida, desde los organismos pertinentes de nuestro país ha resuelto anular con carácter definitivo la especialidad farmacéutica de su laboratorio registrada con el número E. N. 034.857, denominada «Telamón tabletas», y con fecha del día de hoy.

Por tanto, le exijo que extreme su celo y retiren del mercado nacional todos los productos que pudiera haber de la mencionada especialidad.

Madrid, 27 de septiembre de 1962
El director general

Acuse de recibo a:
Sr. director técnico-farmacéutico de MEDICAMENTOS INTERNACIONALES, S. A.

—Ya está, Liliana, ya es oficial. Que el telamón desaparezca de las farmacias, de las consultas y de los hospitales es cosa de días, o de horas incluso. Ahora sí.

Liliana lo miró agradecida. Tenía ganas de gritar, de saltar, pero se contuvo.

—Nos queda tanto por compartir… —continuó don Jerónimo—. No te quepa la menor duda. ¿Te volverás a poner aquel vestido de lamé? Te he soñado con él.

—Le ruego que me deje pensarlo…

58

Con la llegada de octubre, Nuria salió de su enclaustramiento para ir a casa de Boro a llevarle comida a Ágata. Las veces anteriores había ido Liliana, pero en aquella ocasión Úrsula le había insistido para quedarse un rato con los niños y que así a ella le diera el aire.

La fachada de la finca en la plaza de San Agustín le dio escalofríos. Sintió que guardaba dentro los gritos y los golpes de Máximo, la carrera por las escaleras y su dolor. La puerta seguía rota. En cuanto entró en la casa, atravesó la única sala en dirección a la ventana. Al verla allí, Ágata se acercó: caminaba por una cornisa, se frotaba contra la pared y la miraba fijamente. Nuria la cogió para colocarla sobre la estrecha encimera de la cocina. Abrió una fiambrera de hojalata y le ofreció su contenido. Mientras la gata comía, ella, de forma distraída, ojeó un cuaderno que había sobre el escritorio, el único mueble que sobresalía allí junto con el bargueño.

> Te he escrito tanto. Es tan difícil para un niño asumir una ausencia así. La tuya no me cabía en un cuerpo tan pequeño, por eso comencé a ensancharlo con el deporte, necesitaba que mi respiración también se ampliara.
>
> Aquella mañana, cuando ya no volviste, fue como si me sumergiera bajo el agua, me costaba respirar. El padre Vilesermes me llevó al seminario enseguida. Estuve varios días sin parar de

llorar. Sin comer. Sin vivir. Al principio, los demás se metían conmigo, me llamaban llorica y todo lo que se les ocurría. Después entendí que no había mala intención detrás de esto, que algunos de ellos habían atravesado peores circunstancias que yo y que allí estaban. A su manera me decían que no tenía derecho a quejarme, al menos no más derecho que ellos, que todos íbamos en la misma nave, que me aguantara y mirara adelante. A lo bruto, pero era eso lo que me transmitían.

Conforme comencé a entablar amistades, algunos me contaron que aquel colegio religioso no fue su primer destino, que venían de orfanatos, de inclusas... También había otros, los ricos, de los que éramos prácticamente sus sirvientes, pero la relación con ellos era distinta. Nuestros problemas les traían sin cuidado, tal vez porque consideraban que ser pobre iba emparejado a ser infeliz, que era cosa del destino y que, por tanto, no teníamos remedio.

Madre, no me dejaron que te viera. No sé si porque estabas desfigurada, pero la desazón que me produce que te marcharas sin que te pudiera dar un beso no la puedo curar con nada. Siempre me faltará ese beso. Nunca he vuelto a dormir con nadie. Era tan feliz cuando me abrazabas bajo nuestra única manta. A veces pienso que momentos así lo compensan todo, que muchas personas nunca conocerán instantes de esa dicha, pero nuestra vida juntos fue tan corta que...

Nuria no podía apartar los ojos de aquellas palabras, aunque sentía que leerlas era un ultraje, como si mirara al trasluz el alma de Boro, con el añadido de que, mientras escarbaba en sus emociones, él estaba detenido. A pesar de eso, quería continuar. Pasó al siguiente párrafo, pero entonces escuchó que había alguien en el rellano. Sintió pánico. Pensó que, antes de revivir lo sucedido allí con Máximo, saltaría por la ventana. De forma automática, se guardó en el bolso aquella libreta de tapas marrones. Se acercó muy sigilosa a la puerta y enseguida tuvo que apartarse porque entraron dos hombres.

—¿Quién es usted? —le preguntó el que pasó primero.

—Nuria, Nuria Somport —acertó a decirles casi tartamudeando.

—¿Y qué hace aquí?

—He venido a darle de comer a la gata.

—Conoce por tanto a Salvador Navascués Altarriba —dijo el otro.

Ella se enteró en aquel momento del segundo apellido del químico. Se correspondía con la tercera sigla que leyó junto a Liliana en el periódico.

—Sí, claro, por eso he venido.

—¿Y sabe dónde está él ahora?

—Los dueños del laboratorio cosmético en el que trabaja lo han enviado a Brasil a aprovisionarse de ingredientes para las cremas —decidió que era mejor que ellos completaran la información.

—Entonces, ¿no sabe que ha vuelto?

—No —contestó fingiendo sorpresa—. Pensaba que tenía previsto regresar en unos días.

—Pues se ve que es muy diligente para algunas cosas y terminó enseguida allí.

El hombre que hablaba menos la miró de arriba abajo como si la tasara.

—¿Es su novia?

—No, nos conocemos desde hace poco tiempo.

—Mejor para usted. Espere en el rellano mientras echamos un vistazo aquí.

La gata salió con ella y comenzó a frotársele entre los tobillos aún heridos. Nuria se agachó y la cogió en brazos. Le gustó su ronroneo, la suavidad con que se restregaba contra ella. Pensó en llevársela, en lo feliz que sería Mireia de tenerla, pero cuando Ágata levantó las dos orejas al oír un ruido en la calle, cayó en la cuenta de que aquel era su entorno y que arrancarla de allí le restaría salud. Como si ambas estuvieran de acuerdo, la gata saltó y con mucha agilidad a pesar de su tripa subió los cuatro escalones hasta el tejado, donde había una trampilla con un hueco suficiente para escapar.

Los dos hombres salieron enseguida. El más bajo llevaba varios libros en los que se repetía la palabra «química» en la tapa y otro más pequeño del que Nuria pudo leer el nombre del autor, Silver Kane, en letras enormes de color amarillo.

—Disculpen, ¿ya puedo irme? Me esperan en casa —les dijo.

—Pues me temo que no. Tendrán que esperarla bastante más porque ahora se viene con nosotros a comisaría.

A Nuria un escalofrío le recorrió el cuerpo. No podía ser, pensó. Aquello no podía ser. Se le cayó el cielo a la cabeza y comenzó a temblar.

—Marchando.

Al pasar por delante de la puerta del primer piso vieron a una chica que los miraba desde una ranura de apenas dos centímetros. Continuaron como si no hubieran reparado en ella y entraron los tres en la parte trasera de un vehículo. Otro policía arrancó el motor. La tranquilizó que no pusieran en marcha la sirena.

Llegaron enseguida a la comisaría de Conde del Asalto. Aquel edificio la espantó: era un palacete neoclásico con capiteles en sus balcones y con una escalinata. Una vez dentro advirtió el estado de abandono de las dependencias que atravesaron, que además tenían en común un desagradable olor a cañería.

La hicieron sentarse en una silla muy desgastada desde la que veía un pasillo con puertas a ambos lados. Enseguida volvieron los dos hombres que la habían llevado hasta allí. Los acompañaba Boro junto con el padre Vilesermes.

—Te hemos traído visita, y femenina. Para que luego digan por ahí que os tratamos muy mal. Eso sí, con ella tendrás que estar aquí, no puede entrar como el cura.

Nuria se relajó al ver a Boro y también porque por lo que parecía no se quedaría detenida.

En cuanto el químico la distinguió, fue hacia ella y se abrazaron.

—¡La que no es su novia! —dijo uno de los policías.

—Nuria, gracias, gracias por venir. No sabes cómo es esto. Una pesadilla. ¿Cómo estás?

Uno de los dos agentes comenzó a apuntar en un cuaderno.

—Padre, usted siéntese ahí —le dijo el comisario al sacerdote.

Vilesermes tenía la mirada baja. Parecía otro hombre, muy mayor, como si toda su energía se hubiera esfumado y solo le quedara la carcasa, el chasis. Al pasar junto a Nuria le acarició el hombro. Ella seguía abrazada a Boro.

—No sabía que habías vuelto —mintió ella para continuar con la versión que había dado.

—Esto no es volver —le dijo él separándose un poco para mirarla de frente—. Me acusan de asesinato. A mí. De un detective al que no conozco. Yo no conozco a ningún detective. Un abogado me ha dicho que fue una denuncia anónima.

—Pero ¿por qué? —preguntó, como si no supiera que era obra de Máximo.

—No lo sé. Me han enseñado una botella de laboratorio —Boro no quiso utilizar el término «matraz»— con restos de ácido sulfúrico, las fotografías de un futbolín en un despacho que daba grima y algunas diapositivas de vedetes.

Nuria lo miró sin comprender.

—¿Y qué tiene que ver todo eso contigo?

—No lo sé, pero en Lábrea encontré varios envases de telamón y me traje algunas cajas con los frascos casi vacíos, y ahora, según ellos, son también otra de las pruebas que me incriminan porque tienen que ver con no sé qué investigación. No me aclaran nada —dijo desesperado.

Nuria vio que uno de los policías no los perdía de vista mientras tomaba notas en un cuaderno y, aunque no conocía los procedimientos policiales y judiciales que se seguían en tales circunstancias, estaba segura de que con aquel careo improvisado perseguían avanzar en la investigación; buscarían contradicciones con lo que él hubiera declarado antes, observarían su actitud... Por eso se propuso cuidar todas sus palabras.

—Pero si tú no estabas aquí.

—Parece que fue antes de irme cuando se lo cargaron, pero da igual. No cambia nada que yo estuviera o no en Barcelona. No atienden a razones.

—Saldrás pronto, ya verás. Tú no tienes nada que ver.

—¿Cómo está tan segura? —le preguntó uno de los policías.

—Conforme averigüen más cosas, verán que es una buena persona, incapaz de hacer ningún mal.

—Déjalo estar. No me soltarán.

—Boro, esto es muy injusto.

—¡Qué bien sabéis hacer la comedia! Os pintáis solas, pero para salvarlo tendrás que hacer bastante más —le dijo el agente que los había conducido en el coche hasta allí.

—¿Como qué? —lo desafió ella.

—Nuria, vamos a tranquilizarnos —intervino Vilesermes. Temía que le tendieran una trampa: que a ambos les hicieran declarar algo de lo que después podrían arrepentirse.

—Para empezar, él nos tendrá que decir —dijo el policía que había cogido los libros, señalando con la cabeza a Boro— dónde estaba cuando asaltaron al señor Baladre en su casa y lo torturaron hasta dejarlo al borde de la muerte. ¿Estaba usted con él allí también?

Nuria y Boro se miraron angustiados.

—Ya veo —dijo el policía sonriendo con superioridad—. Mejor ahórranos tiempo a todos y di de una vez la verdad. Además del denunciante, tenemos otro testigo, un barrendero que te vio increpar al finado en la plaza de Cataluña. Le levantaste la mano. Eso no te atreverás a negarlo.

Nuria abrió la boca para protestar.

—Nuria —volvió a intervenir el padre para advertirla.

Ella miró al sacerdote conteniendo a duras penas las ganas de encararse con el policía.

—Para que podamos contestar a su pregunta, tendrá que decirnos primero la fecha a la que se refiere —le pidió ella controlando su furia.

—Muy bien.

El policía se lo señaló en el calendario que colgaba en la pared. Nuria sacó el cuaderno que se había llevado de casa de Boro. Él la miró sorprendido. Se sintió bastante más desnudo que el día que estuvieron en su casa.

—Miren, lean. Boro, lo siento —le dijo dirigiéndose a él, pero sin dejar de pasar las páginas con rapidez—. Estuvo allí un rato el padre. —Nuria deseaba que el sacerdote interviniera, pero él seguía cabizbajo, derrumbado sobre una de las sillas que estaban frente a la mesa del comisario. Y como no lo hacía, continuó ella.

Los agentes la miraron de arriba abajo y se rieron entre ellos. Nuria se ruborizó. Temió que le preguntaran si estaba casada, pero los policías se dispusieron a recorrer aquellas líneas con los ojos. El que parecía el superior intervino enseguida:

—¿Así que este cura es su coartada? Qué fácil, nos lo cuenta, nos trae además unas palabritas mágicas aquí en un cuaderno y lo ponemos en la calle. Mire, esto no funciona así. Pudo escribirlas después. Lo más seguro es que se pudra en la cárcel. No se haga ilusiones. Lo tiene muy crudo: todo apunta hacia él.

—Nuria, vámonos —le dijo Vilesermes.

Ella miró a Boro, a quien también notó más vacío, menos presente. Era como si la única que tuviera entidad completa allí fuera ella.

—¿Se han puesto en contacto con ustedes los señores Frument? —les preguntó Nuria. No quería rendirse.

—Los de los interrogatorios somos nosotros.

—Tienen que hablar con ellos, con don Aleix y doña Leonor.

—Mire, no nos dé órdenes, solo faltaría eso. Además, no creo que nos compense la molestia.

—Nuria, está bien por hoy. Marchémonos —le dijo el padre.

Entonces ella fue hacia Boro y volvió a abrazarlo.

—Te vamos a sacar de aquí. Te prometo que volveré pronto.

—Sé que estás conmigo, Nuria, y eso me basta.

Se juntó mucho más a él y lo besó en el cuello.

—Basta de escenitas. Esto ha sido una excepción. No se acostumbren a las visitas —les dijo el comisario.

Vilesermes cogió a Nuria del brazo.

—Vámonos. Hijo, cuídate y reza.

Se dirigieron hacia la puerta. Nuria no quería mirar atrás, no quería ver cómo se llevaban a Boro por aquel pasillo igual de pestilente que el resto del recinto.

59

—Te vendrá bien un poco de aire, vamos a caminar —le dijo el sacerdote a Nuria.

—Se lo agradezco, pero aún no puedo hacer demasiados esfuerzos…, es por los tobillos. No los acabo de tener bien.

—Pues buscaremos un banco y nos sentaremos un rato.

—Padre, no parece usted.

—¿Tan mal me ves? Todo esto me ha sobrepasado, estoy desmoronado. Con lo hecho que estoy a las adversidades…, pero se trata de Boro…

—Lo quiere mucho, ¿verdad, padre?

—Si mi vida hubiera sido de otra forma, no te quepa duda de que me hubiera gustado tener un hijo como él.

Nuria le sonrió muy conmovida.

—Ha sido tan desgraciado, además. Ya ha sufrido bastante, y ahora esto.

—Casi nunca me habla de su pasado. Dice que estuvo bien en el seminario, pero poco más.

Se sentaron en un banco delante de la verja circular que rodeaba una fuente.

—No me extraña. Era muy pequeño cuando asesinaron a su padre de madrugada tras salir con los bolsillos bien forrados de una timba clandestina.

—¿Lo asesinaron? —preguntó sorprendida.

El padre Vilesermes asintió apesadumbrado.

—Y a su madre la prostituyeron los mismos acreedores de juego con los que iba a saldar su deuda gracias a aquel dinero.

Nuria se llevó las manos a la boca horrorizada.

—Durante las horas que se la llevaban, a Salvador lo ataban con una soga a la pata de la cama. Aún tiene las marcas en las muñecas. Le dejaban cerca un cazo de porcelana con agua y un trozo de pan duro. Así lo encontré cuando a ella también la mataron. El vicio del juego, hija. Su padre pensaba que podía mantener a su familia de esa manera. Una noche le fue muy bien en una timba clandestina. Ganó más que nunca. Un dinero con el que podría liquidar varios préstamos y retirarse incluso, lejos de allí, pero su fortuna solo le duró unos metros. Dos calles más allá del local donde se habían reunido, la trastienda de una mercería, alguien lo empujó dentro de un portal y lo degolló de un solo tajo. La Policía al principio concluyó que era solo un robo más. Su mujer fue enseguida al depósito de cadáveres, pero solo le entregaron el traje manchado de sangre, la camisa, el cinturón, sus zapatos y poco más. También le habían quitado el reloj. Solo supimos todo esto muchos años después. Ella, Betania, no lo vivió solo como el final de su marido, sino como el principio de algo peor para el niño y para ella. Y no se equivocó. Salvador tenía entonces cinco años.

Nuria cerró los ojos y una lágrima se deslizó por su mejilla.

—Y ahora esto —dijo con un hilo de voz—. Estudió mucho para salir adelante, peleó por conseguir un buen trabajo, y de golpe un nuevo hachazo. Si lo meten en la cárcel, no creo que sobreviva.

—No diga eso, padre —Nuria no podía asimilar todo aquello. Sentía que en aquella ocasión era ella la que había llevado de nuevo el infortunio a su vida. El padre pegó su hombro al suyo y le cogió una mano.

—Siento no poder animarte. Esta vez no tengo palabras de consuelo. Ninguna.

* * *

A la mañana siguiente, a Nuria las palabras del sacerdote sobre la terrible infancia de Boro aún le retumbaban en la mente. Miró durante unos instantes la caja de cartas como si abrirla le supusiera el mismo esfuerzo que escalar una montaña, pero no tuvo más remedio que comenzar.

Estimada señora:

Lo que más deseo en esta vida es ser zoóloga. Verá, me siento muy bien cuando estoy con los animales, aunque aquí los únicos a los que puedo acercarme son los de corral. Me gustan esas películas que suceden en África en las que los protagonistas visten de color caqui o de marrón claro y conviven con monos, con elefantes, con jirafas.

Mi sueño es dedicarme a estudiar su comportamiento, su alimentación, cómo se relacionan. Todo eso me resulta apasionante. Pero tengo un problema, señora, mi familia no dispone de medios para que yo pueda cursar una carrera.

Muchas noches lloro pensando en que mi día a día nada tiene que ver con esto y que así seguirá siendo siempre, que moriré tras una existencia inútil. Eso me da mucha angustia. Tal vez le parezca una ocurrencia de juventud, pero créame si le digo que no es así. Cada vez estoy más triste pensando que este sueño mío es irrealizable. ¿Usted ha estudiado? Dígame, por favor, qué puedo hacer.

Atentamente,

Isabel

Nuria contestó aquella carta como una autómata, utilizando la información que conocía por sus años de estudiante.

Estimada amiga:

Me considero una persona de gran intuición. Por ese motivo te digo que estoy segura de que llegarás a conseguir el que me dices que es tu sueño. ¿Y por qué?, te preguntarás. Pues muy sencillo: porque en la misma determinación con la que lo planteas, en la irrevocabilidad de tu deseo, ya está la voluntad necesaria para su cumplimiento.

De momento, se me ocurre que puedes dirigirte a los responsables del Fondo Nacional de Igualdad de Oportunidades. Esa información la puedes encontrar en el *Boletín Oficial del Estado.* Ellos otorgan becas muy sustanciosas, pero, eso sí, solo a los buenos estudiantes. No me cabe duda de que, por tu redacción, tú lo serás. De las que yo tengo conocimiento son de unas 900 pesetas mensuales. Con ellas te bastarías y sobrarías. Echa la instancia. Te la concederán. No me cabe la menor duda. Pero tendrás que ahorrar también mucho, apartar siempre algo, por muy imposible que te parezca. Sabes que la austeridad es también una de las virtudes más útiles.

Pon manos a la obra, tu sueño no llegará a ti, sino que tienes que ser tú quien vaya hacia él.

Y mucha suerte, amiga Isabel. Vuelve a escribirme con las buenas nuevas que estoy convencida de que, en breve, si persigues con ahínco esta vía que te señalo, llegarán.

* * *

Varick Kessler viajó de Hamburgo hasta Düsseldorf en compañía de Mirja para contarle a Meliva el estado de las investigaciones policiales sobre el incidente en la piscina. Meliva los atendió muy bien, les dijo que no se preocuparan, que antes ya tenía pensado poner a la venta su mansión, que por este motivo estaba de paso allí desde Estados Unidos, porque por recomendación de una vieja amiga había decidido mudarse a Argentina.

—Frida y yo nos comprendemos muy bien. Puede decirse que hemos tenido vidas paralelas, pero aunque suene contradictorio, en cierta forma también asimétricas. ¡Ahora ella parece mi hija! —exclamó, y sus invitados no sabían a qué se refería—. Siempre lo hemos compartido todo y debe de haber algo de verdad en eso que dicen de que los favores vuelven: igual que os alojasteis vosotros en mi casa, ella me deja la suya porque se traslada a España por un tiempo. Voy a vivir en un paraíso en plena Patagonia, en el departamento de Los Lagos.

En ese momento sonó la campana de la entrada y Meliva sonrió muy enigmática.

—Te tengo preparada una sorpresa, Varick —ella le señaló en dirección a la puerta.

Kessler y Mirja la miraron intrigados.

—No podía irme sin despedirme de él —dijo a la vez que un hombre entraba en la sala—. ¡Siegfried! —Meliva lo besó en la mejilla—. ¡Qué bien te veo!

—¡Siegfried Bacharach! No puedo creerlo —dijo Kessler acercándose a abrazarlo.

—Mi viejo amigo Varick. ¿También has venido a despedir a Meliva?

—¿Puedes creer que nos abandona? —dijo Kessler mirando aún desconcertado a su amigo.

—Siegfried, esta es Mirja, su encantadora novia. Es sueca —le dijo Meliva.

Siegfried saludó a Mirja en ese idioma.

—¿Dónde lo has aprendido? —le preguntó Varick.

—En aquella jaula de prisioneros hablábamos mucho, y en varias lenguas, no había otra cosa mejor que hacer. Al menos me ha servido para vivir de las traducciones, no me falta trabajo.

—Pero no hablemos de los tiempos oscuros —les dijo Meliva con fastidio, llevándolos hasta el salón—. Mejor tomemos unas pastas. No creo que estén tan buenas como las que tú nos hacías aquí, pero al menos merendaremos.

—Me parece muy buena idea, y saca algo de licor para brindar porque vais a ser los primeros, después de mi compañero Conrad Singer, en saber algo —dijo Kessler mirando a Mirja con complicidad—. Nos vamos a Upsala a casarnos y después nos estableceremos en Madrid. Tengo muchas posibilidades de obtener una plaza allí, en el Hospital Universitario La Paz.

—Bueno, bueno, qué calladito te lo tenías. Me parece fantástico. ¡Enhorabuena! —dijo Meliva—. ¡Quién lo iba a decir! Tú casado. Mirja, te felicito, pensaba que era inconquistable.

Mirja sonrió divertida.

—Bien, Varick, bien. Eso hace que ni siquiera yo pierda la esperanza. —Siegfried les sonrió—. Espero que no se trate de una huida por todo lo que se ha liado con el telamón.

—En absoluto, me voy con la tranquilidad del deber cumplido. Aunque... —dijo Kessler mientras evocaba algo— llevo un tiempo dándole vueltas en mi cabeza a esto. ¿Recuerdas lo que me contaste que sucedió durante tu deportación?

—Tendrás que ser más preciso, Varick, mi memoria ya no es lo que era. Y además..., me pasaron tantas cosas.

—Siegfried, mira estas fotografías, por favor. —Le mostró unas copias de las que había tomado durante su investigación sobre el telamón—. ¿Eran así los niños que viste en el campo de concentración?

—Y aún peores —dijo asintiendo—. Pero nunca supe si los que yo veía no tenían brazos o piernas porque nacieron así o porque se los habían amputado aquellos bestias. ¿Y sabes dónde están algunos de estos salvajes ahora? —preguntó con amargura—. En los consejos de dirección de muchas empresas. Se salvaron de lo de Núremberg, otros escaparon a Estados Unidos... Después de la guerra, la industria petroquímica y farmacéutica fue de las primeras que se levantó. ¿Y a costa de qué? De tantas muertes. Despisté algunas cosas... Ya te lo conté.

—Pues esta vez no vamos a dejarlos escapar. ¿Podría ver esos papeles que guardaste cuando liberaron el campo?

—Por supuesto. Te los mandaré a la clínica de Hamburgo. No se me ocurre mejor fin.

60

Don Aleix y doña Leonor entraron en su casa y enseguida percibieron la fragancia a vainilla del perfume de Frida Lorensen. Recorrieron el pasillo y la encontraron en el salón. Iba muy arreglada y convertía aquel interior burgués, modernista, en un cuadro luminoso y, sobre todo, vivo.

—Señorita Lorensen, discúlpenos. No imaginábamos que volvería tan pronto de la calle.

—Sí, solo necesitaba comprar un par de cosas. No me ha costado nada encontrarlas. Gracias a los paseos con Liliana, conozco ya esta ciudad como la palma de mi mano. Es una joven muy eficiente. Tienen suerte ustedes con sus empleados. Y aquí, gracias a su hospitalidad me siento como en casa... o mejor. —Rio.

—Precisamente llegamos ahora porque ha sucedido algo muy grave con uno de nuestros trabajadores. Se trata de Boro, a quien usted conoció en Buenos Aires, está detenido, y por supuesto, por error. Es terrible. A ese chico lo conocemos desde hace muchos años, su tutor es nuestro confesor, además de tratarse del sacerdote que nos ayuda con el consultorio. Imagínese. No podía contar con mejores referencias. En fin. Una injusticia. Hemos ido a hablar con alguien que puede hacer mucho por él. Esperemos que todo se arregle y cuanto antes mejor.

—¿Y la detención es por motivos políticos?

—No, para nada. En esta ocasión los disturbios sociales no son en Barcelona —dijo don Aleix. No sabía si Frida estaba al tanto de las huelgas en el norte y de la declaración del estado de excepción en varias provincias.

—Es bastante peor. Lo acusan de asesinato —le dijo doña Leonor.

Frida la miró sorprendida.

—Pero ya le digo que no es cierto. No puede ser. Verá, aunque el sumario es secreto, mi Aleix ha conseguido acceder a él a través de un comisario amigo suyo. Los detalles son atroces. Mataron a un hombre atándolo a un futbolín.

—¿Futbolín? —preguntó Frida sin comprender.

—Metegol —dijo don Aleix, que recordaba la palabra argentina para ese juego.

—¡Ah! —dijo enseguida—. ¿Y murió así?

—No, parece que fue por una tortura espantosa. Del piso de arriba le caía gota a gota ácido sulfúrico no sabemos dónde. Terrorífico. Pasaron horas antes de que nadie lo advirtiera. Se desangraba por la nariz, parece que de aspirar esa solución química. Horrible.

—No es un asunto para tratar antes del almuerzo, querida —la reconvino el señor Frument.

—Lo sé, Aleix, no quiero incomodar a nuestra invitada, pero estoy impresionada desde que lo supe. No puedo pensar en otra cosa. Parece que lo de la sangre que bajaba por las escaleras no lo vio ningún vecino, pero la Policía recibió un aviso. Y lo de las filminas… —Al escuchar esto, Frida Lorensen se puso en pie y se acercó a ella. La señora Frument continuó—: Cuando llegó la Policía se encontraron con el moribundo. Lo llevaron a un hospital, donde solo consiguieron prolongar su agonía. Junto a él encontraron un aparato que proyectaba diapositivas con imágenes de vedetes de aquí, todas actúan en un teatro cercano, en el Victoria.

—¿Y su amigo el comisario no les dijo de qué marca era el proyector de diapositivas? —les preguntó Frida.

Don Aleix y doña Leonor la miraron desconcertados. Esta pregunta les pareció a ambos, además de sorprendente, muy desatinada y fuera de lugar.

—Todo esto es muy interesante para mí. No saben cuánto.

Las palabras de Frida traslucían curiosidad, pero ningún atisbo de piedad por la víctima ni por el químico.

* * *

Nuria y Liliana salieron muy temprano aquel domingo de la casa Muley Afid. El palacete se recortaba contra el fondo y parecía mirarlas con solemnidad.

—¿Crees que llamaremos mucho la atención así vestidas? —Nuria observó el conjunto celeste de bolso, zapatos de charol y vestido de cuadros de Vichy muy ajustado a la cintura de Liliana y el brillo de los botones dorados del traje chaqueta que ella llevaba; pensó en el contraste que suponían aquellas ropas con las que usaban las dos madres de los niños afectados que había conocido.

—Da igual, pensarán que somos de Acción Católica —le respondió Liliana.

Llegaron a la estación de Magoria antes de las ocho y se adentraron entre las barracas. Nuria se acordó de cuando estuvo allí con Boro y se le hizo un nudo en la garganta. Aceleró el paso como si quisiera dejar atrás muchas cosas. Se les cruzó el perro más flaco que ambas habían visto nunca y llegaron ante la cortina que hacía de puerta de la casa de La Civilera. Nuria no se atrevió a llamarla por este apodo que habían usado los vecinos que hacían cola ante la fuente. No hizo falta que pensara ninguna alternativa porque, en cuanto escuchó movimiento, salió ella.

—¿Qué se les ofrece? Ah, es *usté* —dijo cuando reconoció a Nuria.

Llevaba una saya y una toquilla por encima de los hombros y miraba a Liliana con desconfianza.

—Le he traído esto. —Nuria le entregó la radio.

—Se ha acordado —le dijo muy emocionada—. Muchas gracias.

—Claro que me he acordado. Muchas veces, además. Pero hasta ahora no he tenido la oportunidad de venir.

—Menudo detalle. ¿Qué puedo hacer por *usté*?

—Pues mire, le estaré eternamente agradecida si nos acompaña a ver a su amiga, la de la fábrica que tomó las mismas pastillas y que estaba embarazada de gemelos. ¿Se acuerda de que nos lo contó a mi compañero y a mí?

—La pobre ya no va a necesitarlas, no se preocupe. Los gemelos se ve que eran deformes, como el mío, y la naturaleza hizo su trabajo. Los abortó. ¿Y saben qué les digo? Que mejor así.

—Tiene razón —dijo Liliana con bastante tristeza—. Y ¿cómo sigue?

—Mejor, mucho mejor. Hasta he encontrado *marío*. Se llama Mateo. Tiene unos sesenta años y es cojo, pero tiene también lo más importante: es muy buena persona.

—Así es, como usted dice: eso es lo más importante. Seguro que la cuida muy bien y que la quiere —intervino Liliana.

—Enhorabuena entonces, sabe que me alegro de que así sea. Se le nota en la sonrisa que está mejor —le dijo Nuria para despedirse de ella.

Liliana miraba alrededor como lo había hecho Nuria la primera vez. En cuanto salieron a la avenida, tomaron un taxi para ir al orfanato San José. No hablaron durante todo el trayecto, como si el silencio pudiera borrarles de la mente aquel paisaje de construcciones ínfimas.

En cuanto bajaron en la puerta, Nuria le dijo a Liliana:

—Sobre las nueve es la hora a la que llega Marina para amamantar a su pequeño. Seguro que también le hará ilusión nuestra visita. La vez anterior…

A Nuria se le agolparon los recuerdos y las lágrimas.

—Ven, estate tranquila. —Liliana la abrazó—. Eres libre. ¿Sabes lo que significa eso? Solo tienes que esperar a que Boro salga, y eso, con la ayuda de los señores Frument, va a ser más pronto que tarde. Ya verás.

Cuando giraron hacia el mismo pasillo en el que estuvieron la otra vez frente a la lámina de Isaac y Abraham, Nuria soñó con encontrar allí a Boro. Solo estaba ella, Marina, vestida con el mismo estilo masculino, los zapatos toscos y la chaqueta grande sosteniendo en brazos a su hijo maltrecho.

—Gracias por volver.

—Así se lo prometí. Esta es mi amiga Liliana. Veo que ha crecido mucho —le dijo Nuria acariciando la mejilla gordezuela del bebé con mucha ternura.

—¿Sabe qué le digo? Que ahora no lo cambiaría por nada del mundo. Este niño es una bendición. A pesar de lo que tiene, también nos ha traído muchas cosas buenas: mi marido ya lo ha aceptado, no bebe. Hasta me ha propuesto que venga una sobrina suya del pueblo para que viva con nosotros y se haga cargo de él. Imagínense. Menudo paso. Es un ángel del cielo, mírenlo.

Nuria pensó en los muchos que estarían en sus casas con sus familiares, de ellos no sabían nada.

—Lo más importante es que está más animada. Eso es lo mejor también para el niño. Y como tiene la cabeza perfectamente, estoy segura de que les dará muchas alegrías en el futuro. Ya me lo contará.

—¿Me deja que lo coja? —le pidió Liliana.

En cuanto Marina se lo pasó, recordó la vez anterior, con

un niño similar en brazos en el orfanato Ribas ante la extraña mirada de don Jerónimo.

* * *

Después de la muerte de su esposa, Jerónimo Ullrapós había estrechado todavía más su relación con el padre Vilesermes. Como si se lo debiera a ella. Él no practicaba el sacramento de la confesión aunque al sacerdote le había dicho que acudía para ello a la parroquia de San Ramón de Peñafort.

Volvió por iniciativa propia al orfanato Ribas. Sentía que, tal como le había vaticinado Liliana, aquellos sucesos le pesaban sobre los hombros y necesitaba expiar sus pecados, aunque además, con estas acciones, lo que perseguía era redimirse sobre todo ante los ojos de ella. Decidió que si tenía forma de convencerla para que se casara con él no era con palabras y demás requerimientos, sino con hechos. Además, estaba decidido a participar en el alivio de tanto dolor aunque se dejara en ello hasta la última peseta. Se decía que de esa forma moriría pobre pero satisfecho, dando por bien empleado todo su tiempo, dinero y energía.

Después de dos horas en aquel edificio para huérfanos se dirigió hacia la cafetería de al lado del instituto cosmético de sus amigos los Frument para encontrarse con una joven argentina con la que Aleix le había rogado encarecidamente que se viera. La vida de don Jerónimo había quedado tan libre, tan desarbolada, que incluso una cita así le resultaba todo un aliciente en aquellas desérticas circunstancias suyas. Además, le motivaba la posibilidad de ver a Liliana cuando la secretaria saliera de su trabajo.

Ullrapós miraba en dirección a la calle Pelayo cuando vio aparecer a una joven elegantísima que llegaba desde la plaza de Cataluña. Le sorprendió que vistiera como si tuviera bastantes más años. Se detuvo unos segundos ante las mesas de la terraza y enseguida se acercó a la suya. Él continuaba deslumbrado.

—¿Es usted don Jerónimo? —le dijo Frida Lorensen con una sonrisa que irradiaba a la vez de sus labios y de sus ojos verdes.

—Sí, sí, soy yo —le dijo él incorporándose de inmediato—. ¿Cómo lo ha sabido con la gente que hay? —Le pareció una niña, y no sabía si tratarla de tú o de usted.

—Pues porque es justo como me lo ha descrito doña Leonor —dijo Frida tendiéndole la mano—. Verá, no le haré perder mucho tiempo.

—Podría decirse que ahora mismo tengo todo el tiempo del mundo. Nada ni nadie me espera. Así que estoy a su disposición.

—Soy consciente de que la información que le voy a pedir es un tanto delicada —le dijo ella sin ningún preámbulo más—, y que para ello me sirvo de la amistad que lo une con don Aleix y su esposa. Vaya esto por delante. No me gusta demasiado pedir favores. No va con mi carácter.

—No se preocupe. Dígame lo que desea —le dijo don Jerónimo hechizado.

—Verá, yo estoy en tratos con los señores Frument para un negocio que nos puede reportar enormes beneficios tanto a ellos como a mí. Eso es lo que me ha traído a Barcelona. Y tengo entendido que usted trabaja en el Ministerio de Comercio.

—No, no, ya no. Estoy… retirado, pero dígame de qué se trata y le diré enseguida si puedo hacer algo por usted. Algún contacto me queda —añadió en tono cómplice.

Ella le sonrió muy complacida.

—El caso es, don Jerónimo, que llevo años investigando sobre una cuestión desde Argentina y ahora necesito comprobar todo lo que he visto sobre el papel. Quiero preguntarle por cierta… reunión. Exactamente por un individuo con el que usted coincidió. Eso me ha traído hasta aquí.

—En tal caso, no sé si podré ayudarla. Durante mi extensa carrera ha habido días en los que he mantenido hasta tres o cuatro reuniones, juntas, consejos, encuentros más informales... Es imposible llevar la cuenta.

—Pero yo le hablo de una en concreto que estoy segura de que no ha podido olvidar.

Don Jerónimo la miró intrigado.

—Sé de buena tinta que para entrar en determinadas instalaciones, además de que la cita esté fijada con bastante antelación, se toman los datos personales de todos los que acceden allí. ¿Me equivoco?

—No, no se equivoca. ¿Y me está pidiendo...?

—Eso precisamente: unos datos personales, hasta es posible que consten en el acta, ¿no cree, Jerónimo?

Él no pudo resistir la mirada de Frida, la manera en que su fulgor se transparentaba detrás de sus pestañas espesas y oscuras, mientras ella añadía el resto de detalles. Para contar con una tregua, llamó al camarero.

—Usted ha sido y sigue siendo un hombre muy poderoso —le dijo ella para halagarlo—. No me cabe ninguna duda de que será cuestión de un par de minutos lo que le lleve hacer esta averiguación, y yo... créame que le estaré eternamente agradecida. —Aprovechó la pausa para acariciarse la melena, que le caía sobre el pecho izquierdo—. Para demostrárselo, y si usted me lo permite, lo invitaré a cenar en cuanto me consiga esa información.

—No, no, no, de ninguna manera. El placer de invitarla será mío. Descuide. La avisaré a través de los señores Frument para que ese encuentro se produzca cuanto antes.

—Por mi parte, podría ser esta misma noche. Llame desde aquí mismo, desde la barra de esta cafetería, si quiere.

—Necesito privacidad. Imagino que lo entiende —le respondió él bastante azorado—. Dígame la fecha de la reunión.

Frida se la susurró al oído.

—Sí, es la que yo me imaginaba que le interesaría. La más rara, pero a la vez la más fructífera que he tenido en mi vida. Pronto tendrá respuesta. No lo dude —le dijo entregado, como si por obra de la fascinación que le producía se hubiera convertido en su siervo.

A Frida Lorensen le había resultado muy fácil llegar hasta él. Durante sus paseos turísticos, Liliana le había hablado del señor subdelegado. No se lo llegó a confesar, pero a ella le quedó muy claro que su relación había sido muy estrecha.

En cuanto cogieron confianza, Frida le enseñó la fotografía que su amiga Meliva había recibido de Kessler. La que tomó Mirja la mañana en que se encontraron en la plaza de Cataluña para ir a comer al puerto. Era el instrumento perfecto que necesitaba para sonsacarle alguna información.

—¿Y esta fotografía? ¿Cómo es que la tiene usted? —le preguntó la secretaria.

—¿Qué le parece? Hasta tenemos amigos comunes. Me la envió una amiga a mi casa de Villa La Angostura. Meliva es mi confidente, como mi hermana. En Buenos Aires reconocí a Boro enseguida. —La danesa le señaló a un hombre que aparecía al fondo de la escena—. Dígame..., ¿ sabe quién es?

—No, nunca lo había visto. No estaba con nosotros. Espere, puede ser que... —Liliana quiso acordarse de quién los observaba desde la cristalera del restaurante.

—Necesito encontrarlo. Se llama Harald y es alemán. Lo último que supe después de que apareciera en esta fotografía es que asistió a una reunión en un Ministerio en Madrid. Fue exactamente en el Ministerio de Industria.

Liliana se sobresaltó. Sin nombrarle a los bebés desmembrados, le dijo que aquel amigo suyo del Gobierno le refirió el incidente con el alemán tan mal encarado con el que casi llegan a las manos.

—Bien, muy bien —se limitó a decir Frida sintiendo que todo se ajustaba.

Habían transcurrido diecisiete años desde la muerte de su amado Adler Eigner y hasta aquel momento en Barcelona, mientras bebía las palabras de Liliana como si fueran ambrosía, no se había hallado tan cerca del asesino de quien le había dado la única luz a sus días. Sintió que renacía, que se irrigaba de sangre nueva, que por fin estaba ante lo que tanto había ansiado y tantos desvelos le había provocado.

* * *

Liliana no dejaba de devanarse los sesos: era consciente de que, si requería la ayuda de don Jerónimo para que sacaran a Boro de aquel calabozo, se endeudaba con él y eso era lo que menos deseaba. Pero sabía también que su intercesión aumentaba mucho las posibilidades de que lo liberaran.

No soportaba ver a Nuria en aquel estado, como si estuviera de luto, recluida en su casa sin apenas arreglarse. Solo se encargaba de sus hijos, escribía y lloraba. Sus únicas salidas habían sido con ella a la barriada de Magoria y al orfanato San José.

Se dijo que, si su compañero en el laboratorio cosmético moría en la cárcel, siempre le pesaría sobre la conciencia, precisamente a ella, que tanto le había hablado a Ullrapós de remordimientos. No le cabía duda de que don Jerónimo movería cielo y tierra hasta conseguir liberarlo si le ofrecía casarse con él.

Una vez más tenía el auricular en la mano, pero no se decidía a llamarlo. Era la quinta vez en una hora. Después de consultar el teléfono de su casa en la agenda de don Aleix, se dispuso a marcar.

—Don Jerónimo, soy yo.

—Lilianita, qué sorpresa. Esto sí que no me lo esperaba. ¿Cómo estás?

La secretaria pensó que su alegría era excesiva para alguien que acababa de enviudar.

—Dime, ricura, ¿qué se te ofrece?

—Don Jerónimo. Verá..., han detenido a Boro, usted lo conoce de aquí, del laboratorio, no sé si los señores Frument le han dicho algo. El caso es que don Aleix ha hablado con un comisario amigo suyo y todo pinta muy mal. Quiero que lo defienda el mejor abogado de Barcelona. Ayúdeme, por favor.

En la línea se produjo un silencio. Liliana contuvo el aliento.

—¿De qué se le acusa? Porque, si es algo que tiene que ver con la empresa de mis amigos, sintiéndolo mucho no podré inmiscuirme.

—No, no, nada de eso. Pero le acusan de asesinato, por error, claro. Él no ha hecho nada. Se lo aseguro.

—Eso sí que es gordo. En fin..., si como tú dices es inocente... —Después de una pausa, Liliana volvió a escuchar su voz firme—. Te debo mucha felicidad, Liliana. Descuida, tendrás al mejor. Tú siempre te mereces tener lo mejor. Y en tu vida, incluso a alguien mejor que yo. Déjalo en mi mano. Le diré que te llame ahí, al laboratorio, y os ponéis de acuerdo. Por sus honorarios no hace falta que te diga que no tienes que preocuparte.

—Gracias, don Jerónimo, gracias de nuevo.

—No hay de qué, Liliana. Sabes el gran cariño que te tengo. Ahora, si me disculpas, te dejo porque tengo que salir. Pero no hace falta que te repita que me tienes para lo que necesites. Por lo mucho que me conoces sabes que, aunque nuestra situación haya cambiado, nunca te dejaría desasistida. Te deseo que tengas mucha suerte en la vida.

—Gracias, don Jerónimo. —A Liliana aquella última frase le sonó a despedida definitiva. Y se sintió aliviada.

61

Don Jerónimo pasó de pergeñar estrategias para atraer de nuevo a sus brazos a Liliana a buscar el modo de seducir a aquella misteriosa joven recién llegada de Argentina. Solo sabía de ella, por la conversación de la primera tarde en la cafetería, que aquel país de Sudamérica no era donde había nacido y que no tenía la edad que aparentaba. Ullrapós se quedó cautivado, como si ella lo hubiera llevado de la mano hasta un sitio del que ya no sabía ni quería volver.

Se dio mucha prisa en entregarle a Frida Lorensen bastante más información de la que le había solicitado. Y tal como pactaron, esa excusa sirvió para que volvieran a encontrarse. Fueron a una sala de espectáculos para disfrutar de una cena con baile: hablaron, rieron y siguieron el compás de la música muy juntos. Cuando se despidieron, Frida lo emplazó para una semana después en el mismo sitio. Consideraba que fijar ya su próxima cita la libraba de que la buscara antes, y que fuera en el plazo de siete días le permitía a ella llegar con su objetivo ya cumplido. Después de más de década y media urdiéndolo, estaba convencida de que su plan ajustaba hasta en el más mínimo detalle. Había sido un trabajo minucioso. Don Aleix y doña Leonor eran el penúltimo peldaño hasta la consumación de su venganza.

Frida aprovechó que los señores Frument viajaban a París para partir del aeropuerto de Barcelona en dirección a Buenos Aires, pero durante la primera escala en Madrid bajó del avión irreconocible y con un pasaporte alemán. De esta misma guisa se armó de paciencia para volver en autobús a Barcelona. En la capital argentina, como había dejado dicho y pagado, alguien se encargaría de que su pasaporte pasara por el control de Policía y recibiera el sello correspondiente; una vez enviado allí con antelación por correo aéreo, certificado y urgente, dentro de un sobre del que después no quedaría ningún rastro, el documento regresaría por el mismo medio hasta El Prat.

Para llevar a cabo su plan, Frida contó con Gedeón, el enterrador del cementerio de La Recoleta, al que llamó en cuanto tuvo claro que ya era el momento de pasar a la acción. Le ofreció unas vacaciones a gastos pagados en España, el país del que él decía que eran sus ancestros. Una vez cumpliera con su encargo, regresaría a su entorno de piedra gris, donde se mimetizaría con tanta facilidad que a cualquiera le costaría creer que alguna vez había ido más allá de la cancela negra de forja que cerraba aquel recinto.

Se encontraron en el rellano de la casa de los señores Frument. Ella lo citó allí porque de esta manera podía pasar por cualquier recadero. Le dijo que buscara en el Somorrostro, la barriada entre el hospital de Infecciosos y Pueblo Nuevo, la barraca más alejada de las demás, y que si no estaba vacía y abandonada, se encargara de que lo estuviera lo más pronto posible. Le dio algunas instrucciones más sobre la electricidad que necesitarían y lo emplazó a las doce de la noche en una calle del centro a la que debería llegar acompañado de quien ella le había descrito.

—He venido para servirla, señorita —le dijo Gedeón—. Haré todo lo que usted me diga. Y gracias por contar conmigo.

Con los señores Frument en París, le resultaba mucho más fácil salir de la finca sin tener que dar explicaciones. Liliana había sido una estupenda guía de la ciudad, gracias a ella supo de la existencia del Somorrostro.

En cuanto preparó todas sus cosas, salió a la calle y caminó unos quinientos metros. Llevaba unas gafas de sol ovaladas y un pañuelo gris con pequeños lunares blancos que le envolvía la melena. Se vistió toda de negro, con una falda estrecha y una blusa muy discretas. Pensó que casi nadie se fija en una persona de luto, como si esa vestimenta uniformara a todos los que se encontraban en aquella condición. Al pasar ante los escaparates, hasta a ella misma le costó muchísimo distinguirse entre los demás transeúntes reflejados.

Después de un cuarto de hora llegó a un hostal cerrado. Lo había localizado días antes al final de una calle sin salida en la que parecía que no entraba nadie desde hacía años. Abrió con un alambre la cerradura demasiado sencilla de un portalón que parecía tener al menos tres siglos y se deslizó dentro con la agilidad que le permitía su continuo ejercicio de varias modalidades gimnásticas. Del portal, con pavimento hidráulico, arrancaba una escalera con un pasamanos de madera bastante bien conservado. Frida calculó que el interior apenas tendría cincuenta años, a diferencia de la fachada.

De la casa de la calle Pelayo se había llevado, dentro de un bolso muy grande, varios productos de limpieza, trapos, una botella de vino, una barra de pan y todo lo necesario para preparar un guiso. Además de ropa para cambiarse y una camisa nueva de hombre.

Entró en la cocina y encontró un menaje muy variado y completo, bastante más refinado de lo que esperaba. Aunque la capa de polvo sobre él también era mucho más densa de lo que había calculado. Comprobó que salía agua del grifo y se dispuso a darle a aquel espacio una apariencia de vida, para que su invitado no dudara de que aquella fonda estaba en pleno funcionamiento. Para eso solo tendría que acondicionar la entrada, los escalones, la cocina, por si a él se le ocurría asomarse, y el pequeño comedor que había al lado, muy diferente de la otra sala más espaciosa, reservada para muchos comensales. También tendría que limpiar el baño y una habitación individual, por si acaso.

En cuatro horas terminó. Incluso consiguió que los muebles y los cristales brillaran. Se dispuso a preparar un guiso parecido al que doña Leonor le había dicho que se llamaba «escudella». Haría algo aproximado, al fin y al cabo no creía que su comensal detectara la heterodoxia de su receta catalana. Movió la botella de butano que había dentro de un armario detrás de una cortina fruncida y no supo si la encontró tan pesada por efecto del cansancio o porque estaba llena. Cada hallazgo le suponía evitarse una salida a la calle. Aunque estaba convencida de que su visitante no pasaría del primer plato, de la sopa con *galets,* decidió preparar el caldo con todos los ingredientes: la carne, el embutido, las verduras, los garbanzos ya tiernos y, lo más importante, el laurel que después sustituiría por venenosas hojas de adelfa tras poner a salvo su plato y añadir en el otro unas gotas de un somnífero muy potente.

Encender los fogones le sirvió además para aromatizar aquellas habitaciones. Las demás no le preocupaban porque en esas cuatro acababa su escenografía. Cuando terminó el guiso, se dispuso a arreglarse.

Gedeón había alquilado un coche a su nombre para ir a recoger al aeropuerto a quien la señorita Lorensen le indicó. A las doce en punto lo dejó en la calle de Armengol con las indicaciones precisas para que entrara él solo al callejón sin salida donde estaba aquella antigua hostería vacía. Frida le abrió enseguida, llevaba varios minutos detrás del portalón cuando oyó sus pasos. En cuanto entró, Harald dejó caer en el suelo del rellano una bolsa de cuero marrón, como de médico rural, y la siguió escaleras arriba mientras no dejaba de mirarlo todo. Se sentó con las piernas muy abiertas en una silla del comedor:

—Usted dirá.

—Sí, sí, tengo mucho que decirle, pero antes déjeme que traiga algo para que se refresque.

Frida Lorensen volvió de la cocina con una bandeja en la que había dos copas de vino y dos vasos de agua. Se sentó frente a él e hizo un amago de brindis, pero su invitado no se movió. Le dio igual este desaire porque la satisfacción que sentía era muy superior a su desdén. Llevaba años esperando aquel momento. Podía haber provocado que sucediera antes, pero no quiso arriesgarse a fallar. Y la espera le había sido muy propicia.

Él la miraba como si quisiera traspasarla o como si ella fuera de una sustancia transparente. Frida captó enseguida su dureza, pero no consiguió intimidarla. Se había preparado muy bien para aquella batalla.

—Siento que su vuelo haya llegado tan tarde. Por ese motivo le he pedido a la dueña de la fonda que me permita invitarlo a cenar aquí. A estas horas está todo cerrado. Imagino que tiene que estar muy hambriento. —Se inclinó hacia él y le dijo—: Quiero que mate a alguien. Ya lo sabe.

—Usted dirá —repitió.

—Los demás duermen, pero no me fío. Ya sabe la afición que hay a espiar. Las paredes siempre oyen. Verá. —Se acercó todavía más a él para asegurarse de que aspirara su perfume, de que viera el nacimiento de sus pechos, su boca entreabierta durante las pausas. No tenía ninguna intención de seducirlo, pero se comportaba así porque le incrementaba el enorme placer que sentía. Se sabía dueña de la situación—. Me mueve la venganza. Por su… —Frida titubeó, pero al final decidió que no había otra palabra— profesión, usted sabe que esta es una de las pasiones más humanas, más comprensibles por tanto. Quiero que muera el que mató a mi… marido, porque a la vez fue quien asesinó para siempre cualquier posibilidad mía de felicidad.

—Entiendo —dijo él mientras pensaba en la fantasía desbocada de aquella joven.

—Sé dónde estará esta noche. Aquí en Barcelona hay un barrio horrible que se llama Somorrostro, es muy pobre, pero tiene una parte aún peor: allí solo se encuentra a gente de mal vivir. Imagínese que construyen sus viviendas con cajas de pescado. Tiene que apestar. Estará en una barraca que le indicará el mismo hombre que le trajo hasta aquí. Lo que quiero es que ya no vea amanecer. Eso es todo. Voy a por la cena.

Tras vestir la mesa con un mantel granate, Frida se acercó con una bandeja. Sobre ella había colocado dos de los cuatro platos que había preparado. Pero se tropezó y la sopa le cayó a Harald encima de su hombro derecho. El líquido le cruzó la diagonal del pecho hasta los pantalones como una banda.

—Ay, lo siento. Qué torpe. Perdóneme, se lo ruego. Son los nervios. Entenderá que esté nerviosa, ¿no? ¿Quiere asearse un poco? Espere, voy a ver si encuentro algo. —Frida salió, hizo como que se dirigía hacia las habitaciones y sacó de una bolsa una camisa de lyocell, un tejido moderno que, aunque decían que no era muy recomendable, no se arrugaba. Se la mostró a Harald—. Espero que sea de su talla, es la única que he encontrado. Pero es usted tan musculoso… Tenga.

Él dejó la puerta del baño abierta como si no quisiera perderla de vista. Frida lo vio orinar y después, ante el armario con espejo, echarse agua en la cabeza y en el torso. Se secó con la toalla y se puso la camisa después de sacudirla en el aire. Cuando regresó, ella pensó que era una lástima que la belleza se emparejara con la depravación de aquella manera y se dispuso a servirle un nuevo plato de sopa.

—Ya está —dijo él muy serio.

—Comamos, pues. Espero que le guste. Creo que le he dejado claro que mi encargo lo tiene que llevar a cabo hoy mismo.

Cada vez que sorbía en silencio una cucharada de sopa para comerse después los *galets,* Frida sentía que estaba más cerca de la victoria. Tenía el tiempo muy medido. Si él comenzaba a sentirse débil o a tener la visión borrosa, sin duda lo achacaría al vuelo y al vino. Podría comenzarle allí el mareo, pero en cuanto ya se le alterara la presión y se le ralentizara el ritmo cardiaco tendría que hallarse dentro del coche de Gedeón y haber entrado a él por su propio pie. Ya en la barraca sentiría las náuseas, vomitaría y los retortijones del estómago le impedirían mantenerse en pie. Aquel sería el momento más próximo al desmayo y el que ambos aprovecharían para disponerlo todo.

Frida miró su reloj dorado con disimulo. Ya era la una y diez. Había pasado poco más de una hora a pesar del silencio y las miradas escrutadoras de Harald, que parecían congelar el tiempo.

—¿Qué le parece lo que le he propuesto? —Frida volvió a acercarse todo lo posible a él.

—Lo normal: la hora, el tipo de barrio... No tengo nada que decir. Así suele ser siempre.

—No tendrá miedo, ¿no? —Le rozó como por descuido el bíceps de su brazo izquierdo.

Él no reaccionó a su caricia, sino que se puso en pie y ella hizo lo mismo.

—Bien. Prefiero llegar con tiempo para inspeccionar la zona. Deme mi dinero.

Frida entró en la cocina y sacó, del mismo bolso en el que había llevado todo lo demás, un fajo de billetes atados con un cordel. Confiaba en que Gedeón ingeniaría la forma de que se trajeran de regreso el dinero. Bajaron a la calle.

62

—Ay, mire, ya está aquí —dijo Frida al ver a Gedeón apoyado en la pared de enfrente de la entrada.

Le había pedido que llegara media hora antes de lo previsto.

—No me fui a ningún sitio, señorita —dijo Gedeón—. He estado todo el tiempo aquí.

—Muy bien, eres muy amable. Ya podemos marcharnos. —Frida pensó que no podía haber elegido a nadie mejor, que importar a un matón que además la idolatraba fue una gran idea porque no podía arriesgarse a contratarlo en una ciudad desconocida.

Gedeón hizo como que la mirada torva de Harald lo intimidaba. Guardó su escaso equipaje en el maletero y entonces escuchó a Frida:

—He olvidado algo. Ahora bajo. —Cuando ella llegó hasta la puerta del hostal le hizo una seña a su ayudante y entraron los dos en el rellano—. La adelfa no parece que le haya hecho efecto de momento y el narcótico tampoco. Eran dosis de caballo, no esperaba que fuera tan fuerte. Hasta allí hay poco más de veinte minutos. Tendrás que dar una buena vuelta, no pares hasta que veas que se ha dormido; si no, es capaz de matarnos a los dos.

—Descuide, señorita, me he enfrentado a casos peores. No tiene nada que temer. Usted compórtese con naturalidad.

—Harald, disculpe la espera —dijo mientras se abrochaba

una pulsera y entraba en la parte de atrás del coche. Los dos hombres iban delante—. Ahora sí, vámonos.

—Un momento —le dijo él a Gedeón—. Usted me va a llevar hasta la barraca, pero… ¿y ella? No quiero a nadie cerca cuando trabajo. No me gustan los espectadores.

—Lo entiendo, pero este caso será la excepción, igual que es excepcional la cantidad que le pago. No se preocupe, que por la cuenta que me trae le aseguro que no le molestaré.

Harald quiso replicar, pero notó que le costaba vocalizar. Frida adelantó un poco la cabeza y comprobó también cómo entornaba los párpados. Deseó que las luces de la calle de la Condesa de Sobradiel terminaran de aturdirlo. Durante un par de kilómetros estuvo muy atenta a todas las señales, y cuando vio que inclinaba la cabeza sobre su hombro izquierdo, le puso la mano sobre la misma parte del cuerpo a Gedeón.

—Parece que todo va bien —dijo de la forma más neutra posible—. ¿Has memorizado el trayecto?

—No he hecho otra cosa esta tarde que recorrerlo de arriba abajo.

—Por si acaso, continúa un rato más por esta avenida del puerto —añadió Frida después del primer ronquido de Harald.

Dieron la vuelta casi en la entrada de San Adrián.

—Ahora sí —dijo Frida—. Vamos a darnos prisa, antes de que empiece a tener retortijones y se despierte.

Entraron al Somorrostro por la parte norte. Los faros enfocaron una barrera muy precaria que reposaba sobre un bloque de cemento. Gedeón se detuvo y, sin apagar el motor, le dio unos cuantos billetes a uno de los vigilantes del barrio.

—Adelante, y no tardes mucho en descargar el paquete.

Casi todo estaba a oscuras. Frente a las únicas bombillas que colgaban de los cables dentro de alguna vivienda, se recortaban las cañas con las que estaban construidas las vallas que ocultaban el mar. Llegaron hasta el otro extremo de aquella primera fila de barracas desparejadas y, más que encaladas, calcificadas. Junto a un solar en el que crecían las piteras sobre la arena, Gedeón dejó el coche de manera que los faros enfocaban hacia una construcción.

—Esta es la casa, por decir algo.

—¿Tiene electricidad?

—Ahora sí —le dijo Gedeón señalando un poste que emitía pequeños chispazos—. Vamos a darnos prisa. —Abrió la puerta del copiloto y sostuvo a Harald por las axilas.

Cuando los pies del alemán tocaron el suelo, comenzó a arrastrarlo hacia la barraca. Al meterlo, le dio un golpe contra el marco de la puerta y Harald se despertó y se apoyó en el suelo para incorporarse. En cuanto logró sostenerse de pie, le rodeó el cuello a Gedeón con las dos manos.

Frida los vio desde el coche: el enterrador y matón argentino apenas podía respirar. Harald apretaba cada vez más la garganta de su cómplice. Si lo mataba, sabía que después iría a por ella. Frida abrió el maletero y comenzó a rebuscar a oscuras. Cuando Harald creyó que Gedeón estaba casi exánime y acercó la oreja a su pecho para escuchar si respiraba, el otro le dio un rodillazo entre las piernas que le hizo retorcerse de dolor. Trastabilló, apoyó los pies en el suelo muy separados entre sí para no caerse y entonces Frida llegó por detrás: con una mano en la manivela y con la otra en la palanca del gato del coche, se acercó a él, puso la barra en horizontal y golpeó con mucha fuerza contra su nuca. Harald cayó contra la pared. La sangre comenzó a manarle, primero le flaquearon las rodillas, después quiso aferrarse al marco de la puerta, pero se desmoronó igual.

—Señorita Lorensen, rápido, traiga las cuerdas.

Gedeón le colocó la cabeza boca abajo y lo enrolló con las sogas. Después lo amordazó. Buscó en sus bolsillos, recuperó el dinero y se lo dio a Frida, le quitó la documentación al alemán y la lanzó lejos.

Luego desenterró de la arena la caja del proyector Sawyer Rotomatic 747 que aquella tarde había ocultado.

Cogió el cable que entraba por el ventanuco trasero de la barraca y tiró de él para asegurarse de que era el que había empalmado al poste. Después con unos alicates cortó el aislante y trenzó los alambres.

—Ya lo tiene. Toma de tierra nos sobra —le dijo mientras miraba a su alrededor.

Frida se agachó y colocó las diapositivas en el carro. Deseó con todas sus fuerzas que funcionara.

—Pruebe ahora —le dijo Gedeón después de hacer un par de ajustes más.

De la cabeza de Harald Silveiner manaba bastante sangre.

La primera imagen se formó en la pared que tenían enfrente de ellos como si fuera una aparición sobrenatural. Adler Eigner sonreía tras haber sido condecorado. La medalla sobre su pecho henchido era un sol con púas de erizo sobre una cinta blanca. En la siguiente se le veía en un salón de Soletal con los brazos alzados, como si dirigiera una orquesta.

Harald comenzó a retorcerse, quería gritar, pero la mordaza se lo impedía. En sus ojos vieron el mismo pánico que el esbirro de Orlanta había observado tantas veces estancar la mirada de sus víctimas. Mientras, en otra de las filminas, Adler Eigner aplaudía en el palco de un teatro.

—*Tannhäuser.*

—¿Cómo dice? —le preguntó Gedeón.

—La ópera. Asistimos a su representación también allí, en Soletal.

Mientras Harald se retorcía e intentaba reptar apenas unos centímetros, quien fue el amante de Frida se materializaba en aquella barraca del Somorrostro en el centro de un desfile multitudinario.

—Gedeón, hasta puedo escuchar la música militar. Gracias por este instante de felicidad suprema.

—Señorita, sé que es su momento, pero no podemos quedarnos aquí toda la noche. No me fío del guardián del barrio. Le he prometido que no nos entretendríamos demasiado.

—Lo sé, pero déjame disfrutar un poco más.

Harald había comenzado a golpear con sus zapatos de cuero contra la pared endeble que tenía al lado. En la nueva fotografía, aparecieron los dos, Frida y Adler, en un baile. Ella se estremeció a la vez que todas las lágrimas que había guardado durante aquellos años le salieron juntas. El claroscuro de la imagen, sus rostros tan juntos y el tamaño en que se reproducía le daban a la escena tanta vigencia y realismo como si la sala de música estuviera al otro lado de la construcción precaria, junto a la Barceloneta. Sintió deseos de traspasar la luz para volver a estar allí con él.

Gedeón entró con una lata de gasolina en las manos, y los dos apreciaron con la claridad de la siguiente diapositiva el sudor de Harald y su sufrimiento animal.

—Ahora sí, tenemos que marcharnos —dijo Gedeón y, sin preguntarle nada a Frida, roció a Silveiner con el contenido de aquel envase metálico.

Después se sacó del bolsillo una caja de cerillas.

—Hágame el honor —le dijo a Frida mientras le daba una.

—Será un placer, un placer inmenso, el mayor que jamás podré sentir.

Ella aguantó la llama entre los dedos durante un par de segundos y dijo:

—Malnacido. No sabes lo que hiciste. Lo que nos hiciste. No habrá otro amor igual.

Después lanzó el fósforo sobre el cuerpo de Harald y gritó:

—¡Bienvenido al infierno!

Gedeón la cogió del brazo.

—Rápido —le dijo mientras la llevaba hasta el coche.

Frida no podía apartar los ojos de aquella pira humana dentro de la barraca ni dejar de sonreír.

—¡Mejor que el veneno no le haya hecho el efecto que yo esperaba! —exclamó Frida—. Así sufrirá.

El tejido de la camisa, de rayón y lyocell a partes iguales, se convirtió en una coraza candente y le abrasó en pocos segundos el corazón.

—Espero que el proyector quede fuera del alcance del fuego. Que no se queme al menos antes de que llegue la Policía. Vamos a avisarlos, Gedeón.

—¿Usted cree que vendrán hasta aquí?

—Les diremos que el incidente se ha producido en el hospital de Infecciosos. Tampoco se lo vamos a poner tan fácil, pero, en cuanto vean las llamas, bajarán. De eso no me cabe duda. Vámonos.

Gedeón paró en la primera cabina que vieron y alertó a la Policía. En menos de un cuarto de hora, ellos dos estaban en otro mundo: nada tenían que ver las calles de los alrededores de la plaza Tetuán y el arco del Triunfo con aquella barriada.

—¿Cogerás el avión ahora? —le dijo ella de forma apresurada cuando pasaron por allí.

—Antes de que cante el gallo, ya habré alzado el vuelo —le respondió—. No ha estado tan mal, pero la próxima vez que tenga que calcular una dosis de veneno déjemelo a mí, que tengo más costumbre. Se le ha prolongado la agonía, pero ha sido peligroso.

—No habrá próxima vez, Gedeón.

Ante el edificio de la calle Pelayo 56, y aún dentro del coche, Frida separó una parte del dinero que le había sacado Gedeón a Harald del bolsillo y se lo dio.

—A mí ya me había pagado. Menudos días que llevo. De fábula. Ojalá no haya más noticias que las que espera.

—No las habrá —le dijo ella con mucha seguridad—. Hemos ayudado a resolver un crimen y a evitar que condenaran a un inocente. Todo está en su sitio.

—Una alimaña menos, señorita Lorensen.

—Eigner. A partir de este momento me llamaré Frida Eigner. Con esto ya me he convertido en merecedora de llevar ese apellido. Ahora sí.

Frida lo vio alejarse mientras sacaba de su bolsillo las llaves. Subió hasta el piso de los señores Frument, entró en el cuarto de aseo que había junto a la habitación de invitados y abrió el grifo de la bañera. Después fue a la cocina y se sirvió una copa de Pernod con un poco de agua y bastante hielo y se la llevó consigo. Cuando dejó caer sus ropas ante el espejo de cuerpo entero que había en aquel baño, se vio espléndida, como si fuera la primera vez que contemplara el efecto que aquel tratamiento continuo había obrado. Sus anfitriones tendrían sus numerosísimas notas manuscritas para que las convirtieran en el libro que tanto ansiaban publicar.

Se tomó el licor entre la espuma de la bañera. Tenía enfrente, proyectado esta vez por su pensamiento, el rostro de Adler Eigner. Alzó su bebida, y al contrario de lo que le había sucedido unas horas antes, entonces sí que se sintió correspondida en su brindis. Pensó que, aunque resulte paradójico, algunas veces responden mejor los muertos que los vivos.

63

En cuanto los señores Frument volvieron de París, recibieron una notificación. En las dependencias policiales de la calle Conde del Asalto el mismo comisario que presenció el encuentro de Boro y Nuria junto al padre Vilesermes les preguntó.

—Díganme, ¿la señora Lorensana se encuentra alojada en su domicilio?

—Lorensen —le corrigió don Aleix—. Y sí, está unos días con nosotros...

—¿Le ha pasado algo? —interrumpió a su marido doña Leonor muy preocupada.

—Aquí las preguntas las hago yo. ¿Qué saben de ella? Nosotros no conseguimos localizarla. ¿Dónde está?

El señor Frument le habló de los años que hacía desde que supieron de su existencia, de que la consideraban una prueba viva de la juventud eterna; le contó los fines comerciales de su acuerdo, cómo había vivido retirada junto a un lago...

—Todo eso no me interesa nada. Lo que quiero es hablar con ella. ¿Dónde está?

—No lo sé —respondió doña Leonor—. Cuando regresamos de París ya no estaba en nuestro piso. Dejó una nota diciendo que tenía que resolver algo relacionado con una herencia. Que había llegado la carta del notario cuando ella ya estaba aquí, y no tuvo más remedio que volver a Argentina de nuevo porque nadie la podía sustituir en la firma, cosa que por otro lado es muy lógica. Lo que sí le puedo decir es que de nuestro amigo don Jerónimo Ullrapós sí se despidió. Pregúntele a él. Este hombre no piensa en otra cosa desde entonces. Y después de pasar toda la vida con su pobre esposa paralítica, sin conocer a otra mujer, pues no me extraña. —Doña Leonor consideró que era muy necesaria aquella confidencia sobre la vida íntima de su amigo.

El comisario apuntó en un cuaderno el nombre del subdelegado.

—¿Y qué relación hay entre ella y Salvador Navascués?

—¿Relación? —Don Aleix se quedó muy extrañado—. Se conocieron en una cena en Buenos Aires. Solo eso.

—Nosotros los presentamos —corroboró doña Leonor—. Fue en el restaurante del hotel Selquet exactamente. Después Boro partió hacia Brasil y, que nosotros sepamos, no se han vuelto a ver.

Los señores Frument se miraron porque a los dos les constaba que no lo podían afirmar con aquella rotundidad aunque lo acabaran de hacer. Tanto doña Leonor como don Aleix recordaban el radical cambio en la actitud de Frida durante aquella cena en Buenos Aires respecto a su propuesta. Antes de que apareciera Boro, no había manera de convencerla para que viajara con ellos a Barcelona, y luego parecía que no deseaba otra cosa.

—Entonces, no sé si serán capaces de explicarme por qué la señorita Lorensen vino a declarar voluntariamente sobre el asesinato de su marido ocurrido en Argentina hace bastantes años. Nos desgranó unos detalles bastante truculentos sobre cómo lo encontraron junto a un artilugio con un brazo mecánico que parece que lo iba desollando ante un proyector de diapositivas. Nos pareció una pobre chica obsesionada.

Doña Leonor y don Aleix se miraron muy sorprendidos.

—No sabemos de qué nos está hablando. Le reitero que lo

único que nos une a ella son cuestiones empresariales, nos dedicamos al sector de la cosmética, seguro que hasta usted conoce nuestros productos —le dijo doña Leonor—. Nosotros de eso que nos cuenta no sabemos nada.

—Eso sí que no me lo puedo creer. Algo les habrá dicho, después de todo vive en su casa. No todos los días se pierde a un cónyuge de esa manera tan… pintoresca. ¿Saben además lo más curioso? Lo que nos contó coincide punto por punto con lo que encontramos en el despacho de Baladre, incluso en el modelo del proyector de diapositivas, que ya es decir. Esta mañana, además, hemos encontrado muerto en parecidas circunstancias a un tal Harald Silveiner. ¿Les suena de algo ese nombre?

Los señores Frument negaron a la vez.

—Pues nosotros tenemos muy claro que estamos ante el mismo asesino. El *modus operandi* es exactamente el mismo.

Aunque no lo manifestaron, para ambos comenzó a cobrar significado la conversación que mantuvieron en Argentina sobre ciertas deudas del pasado que Frida estaba dispuesta a cobrar.

—Tiene que creernos —le dijo don Aleix—. No hemos escuchado nunca ese nombre que nos ha dicho antes y que soy incapaz de repetir, ni sabemos de lo que nos habla. Pero le ruego encarecidamente, señor comisario, que nos permita ver a Salvador. Será solo un momento. Le doy mi palabra. Es como un hijo para nosotros, ¿sabe? A nuestra edad… —intentó enternecerlo.

El comisario los observó en silencio durante unos segundos. A continuación le hizo un gesto con la cabeza a un agente que estaba junto al pasillo de los calabozos y enseguida tuvieron ante sí a Boro. Estaba bastante más delgado y se rascaba la cabeza y las muñecas sin parar.

—Sabía que no me abandonarían en este agujero. ¿Me puedo marchar ya? —preguntó dirigiéndose al comisario.

—Ni hablar —le respondió el jefe de Policía.

—Boro —intervino la señora Frument—, ya falta menos. El señor Ullrapós te ha buscado un abogado. Estará al llegar. Ya verás qué rápido te saca de aquí.

—Señora, cállese —la recriminó el comisario—. Aunque a mí que le dé falsas esperanzas me da igual. Pero les aviso que lo más probable es que se queden a hacerle compañía a su «hijo» si no me dicen, con total sinceridad, qué otros negocios tienen con la señorita Lorensen. Sepan que todo lo que me han contado resulta bastante más que sospechoso. Si descubro que ustedes también están en el ajo, lamentarán no haber dicho la verdad antes. Tú —volvió a dirigirse al guardia—, enjáulalo otra vez. Se creen que ya va a volar. Ahora ya han visto que está vivo. Márchense antes de que me arrepienta de dejarlos ir.

A Boro no le dio tiempo a decir nada, solo a cerrar los ojos deslumbrado por las luces de aquel despacho.

En cuanto llegaron a la calle, el comisario se volvió hacia uno de sus agentes:

—Trae el proyector del caso de Baladre, y el otro, el medio quemado que encontramos en la barraca. Averígualo todo sobre esos dos trastos. Si son nuevos o de segunda mano, dónde los han comprado. Habla con los de todas las tiendas de electrodomésticos, de fotografía, de donde los vendan. Quiero el informe para esta tarde. Y otra cosa: ¿dónde está la carta que le ha dejado la argentina al abogado? No me hace ninguna gracia, pero tendré que entregársela, es mi obligación. Eso sí, antes la leeremos.

* * *

Nuria sabía por Liliana que aquella carta que Frida quería que le entregaran al abogado incluía la dirección de un notario que custodiaba todos los papeles de su investigación sobre Harald Silveiner.

Don Jerónimo había cumplido la promesa que le hizo a su examante de conseguir el mejor defensor. Pero a pesar de todas aquellas noticias, Nuria tenía el alma en vilo porque nada era definitivo. Sus hijos eran su único alivio. No había vuelto a saber nada de Máximo. Se alegró de que hubiera desaparecido de la misma forma intempestiva e imprevista en que llegó a su vida. Tenía pendiente hablar con sus padres, había aplazado muchas cosas porque sentía que no podía ponerse en marcha hasta que Boro saliera. Deseaba con todas sus fuerzas creer que sería así.

Dos días después Liliana volvió a su casa y para intentar animarla le llevó los vestidos que les había hecho a juego a ella y a Mireia. Nuria insistió en pagarle, pero su amiga le dijo que lo único que aceptaría a cambio sería que la invitara a merendar el viernes por la tarde en la cafetería Savoy. Nuria no tenía ningunas ganas de salir, pero no pudo negarse.

Cuando llegó ese día, desde el cruce de Las Ramblas con la plaza de Cataluña, a Nuria la deslumbró la claridad de un sol bastante insólito para ser octubre. Se colocó bajo el toldo y buscó a su amiga. Los ojos no se le acababan de acostumbrar a la luz, como si aún permaneciera dentro del taxi. Divisaba sombras, parpadeó un par de veces y recordó, allí de pie en aquella terraza, la primera vez que se sentó en una de aquellas mesas con Boro. Fue tan intenso ese pensamiento que incluso creyó verlo entre los clientes de la cafetería.

Se hizo a un lado para dejar pasar a quienes entraban al bar. Decidió quedarse de pie y se giró hacia la calle Pelayo. Abrió el bolso y sacó sus gafas de sol. Comenzó a limpiarlas con un pañito de color beis. Se las colocó y miró el reloj. Liliana no llegaba y Nuria se sentía muy incómoda, pensó en subir al instituto de belleza para no tener que esperar más.

Miró alrededor, primero a los transeúntes y después a quienes estaban allí sentados, y antes de distinguirlo a él, vio su sonrisa. Los últimos acontecimientos habían hecho que perdiera cierto sentido de la realidad. Sonrió, pero como si le sonriera a un recuerdo. Comenzó a mover la cabeza de un lado a otro y después se echó las manos a la cara. Avanzó hacia la última mesa, la que estaba junto a la cristalera exterior del Savoy. Boro se incorporó como si fuera necesario para que Nuria comprobara que se trataba de él. Se abrazaron y lloraron. Lloraron los dos como si constataran que habían sobrevivido a un naufragio. Ella lo cogió de la mano y entraron. No les atraía disfrutar de aquel otoño tan estival aún, porque lo que les aguardaba era aún mucho más radiante. Se acomodaron sobre el banco tapizado de granate que recorría toda la pared desde la entrada hasta los baños y Boro volvió a estrecharla en sus brazos.

—¿Te llegó mi carta a tiempo? —le preguntó Nuria, que no sabía muy bien cómo comenzar a hablar.

—Sí, pero ya viste que no pude evitar nada. Creo que aunque hubiera vuelto en barco el resultado habría sido el mismo. Pensé en no regresar, en escaparme, pero ahora me alegro de no haberlo hecho, de haberme enfrentado a lo que me esperaba y que se resolviera. Aunque haya sido un calvario. Nuria..., estamos aquí, en el mismo lugar, pero parece que seamos otros.

—Somos nosotros. El que tendría que estar encarcelado es Máximo. Lo siento, Boro —le dijo mientras le cogía las manos—, siento haberte metido en todo esto. Te denunció por mi culpa.

—Tú no tienes la culpa de nada —le dijo besándola.

—A mí también me llegó tu carta.

—¿Y la has roto o la guardas para que la emitan por la radio?

Nuria sonrió e inmediatamente lo besó.

—He pensado tanto estos días, tanto... que he sentido mucho dolor. —Boro comenzó a frotarse las muñecas con fuerza y ella lo tomó de las manos—. Durante todos estos años he vivido con el dolor que me producía el beso que no le pude dar a mi madre. Eso que dicen de que duelen más las cosas que no has hecho. Desde entonces me propuse que intentaría todo lo que dependiera de mí.

Nuria le pasó los dedos sobre las cicatrices y después se las besó.

—¿Cómo están tus hijos?

—Bien. Mireia aún no sabe nada. Le he dicho que su padre se ha ido esta vez a un viaje más largo, por el extranjero.

—¿Y qué dice?

—Me ha preguntado cuál es la capital del extranjero.

Los dos rieron. Nuria tenía muchas ganas de seguir besándolo, de estrecharse contra él. De estar solos durante horas.

—Boro, vamos a tu casa. Ágata tendrá hambre. Voy a llamar un momento por teléfono.

El camarero estaba tan enfrascado en el consultorio radiofónico que le costó bastante que la atendiera sin tener que gritar.

—Úrsula —dijo en cuanto contestaron—, ¿está Dora? —Después de escucharle decir que había salido, añadió—: ¿Te importaría ir con los niños a mi casa y quedarte allí hasta que vuelva?

64

Dafne Gretchen vivía en Washington con la satisfacción moral que esperaba alcanzar don Jerónimo. La consideraban una heroína por su trabajo en la FDA. Había cumplido una vez más con su obligación: controlar todos aquellos productos que consumían los estadounidenses.

Mientras aquel sábado por la mañana horneaba el pastel que quería llevar a casa de sus suegros, recordaba cómo intentaron sobornarla los de Orlanta en el caso del telamón, con una fortuna que les hubiera permitido vivir muy bien incluso a sus nietos. No sabían que esa no era una tentación para quien consideraba que ya lo tenía todo. Veía a su familia en el jardín y le asaltaban las fotografías que había visto de los niños sin brazos o piernas amarrados a los columpios, o las de los pequeños que se desplazaban sobre una tabla con ruedas; algunos escribían sujetando el lápiz con la boca y otros chapoteaban en el borde de una piscina con el cuerpo rodeado por un corcho. Era como si hasta allí le llegara el sonido del xilofón que uno de aquellos niños tocaba con los pies. Esas actividades, aquellos objetos eran estrategias para imprimir normalidad a unas vidas que siempre estarían limitadas. Le laceraba pensar que sonreían porque aún no sabían el futuro que les esperaba. Y aún la peor parte se la llevaban sus madres, porque la culpabilidad por haber tomado aquellas pastillas las mortificaba. Se creían débiles, consideraban que tomaron el fármaco porque no supieron aguantar las náuseas y que, por su pasajero y efímero bienestar, sus hijos estaban mutilados de por vida. Se descubrió que en otros casos fueron los hombres quienes lo utilizaron como somnífero y lo transmitieron a través del semen.

Kessler le había enviado los datos recabados por Boro Navascués y le informó también de que en una leprosería de Brasil encontró bastantes envases y prospectos de telamón. De este material, a la doctora Gretchen le sobrecogió la manera de comunicar a las personas analfabetas el peligro que suponía aquel medicamento para las embarazadas: en la caja de cartón habían dibujado el contorno de una niña con tripa, lo que daba idea de la temprana edad a la que las brasileñas eran madres, tachada con una equis roja.

Hasta donde la doctora había logrado saber a través de unos misioneros, este dibujo les hacía creer que se trataba de un abortivo y las que lo tomaban con esa intención no solo no conseguían tal efecto, sino que además parían a bebés sin extremidades completas. Y estaba sucediendo eso mismo en algunos puntos de la selva de Perú.

Según sus informaciones, gracias a los conocidos de Kessler en España se había retirado de la circulación en sus diversas presentaciones: grageas, píldoras, jarabe. Pero la pesadilla aún no había terminado en todo el mundo, solo en algunos países de Europa como Gran Bretaña, Holanda... La doctora Gretchen no quería proteger solo a sus compatriotas, y por ese motivo estaba dispuesta a pedir una excedencia como farmacóloga de la FDA para continuar la lucha en Sudamérica. Para eso tenía que convencer a los padres de su marido, los suyos estaban en Canadá y no quería mandar a sus hijos tan lejos del ambiente en el que se habían criado, para que sus nietos pasaran una buena temporada con ellos. Aquel pastel de manzana le parecía un buen argumento, entre otros muchos que estaba dispuesta a esgrimir.

Se anudó más fuerte el delantal como si quisiera aferrarse

aún más a sus convicciones. Dejó la tarta sobre la repisa de la ventana y subió a su cuarto a arreglarse. Contempló la belleza que la rodeaba: el jarrón con las flores, los demás adornos, su casa entera, y la contrastó con el dolor que anegaba el mundo como si fuera una marea incesante.

En la Agencia de Drogas y Medicamentos que dirigía, desde lo sucedido con el telamón las pruebas eran mucho más exhaustivas. Esa era la victoria más válida, con la que se quedaba, porque no era algo puntual sino perdurable, que había marcado un antes y un después en los ensayos clínicos.

* * *

A pesar de su situación, Nuria Somport y Boro Navascués decidieron quedarse en Barcelona y vivir en la mansión Muley Afid. Tanto ellos como Dora estaban seguros de que Máximo nunca volvería por allí. A Boro, verse rodeado de gente lo ayudaba a mitigar la tristeza que le causaba que el padre Vilesermes hubiera dejado de hablarle. A pesar de la buena opinión que había tenido de Nuria desde que la conoció, le dijo que jamás aprobaría que viviera en pecado en aquella relación de concubinato, amancebamiento o como quisiera llamarla. Él no perdía la esperanza de que algún día lo perdonara, aunque cuando lo hizo partícipe de su intención le dijera: «No me hagas elegir entre la ley de Dios y este disparate». Tenía muy grabada su mirada de furia en aquel momento.

Cuando Boro abandonó su estudio frente a la iglesia de San Agustín, al echar la llave, supo que cerraba para siempre bastante más que aquella casa: todo su pasado. Les encomendó a las pupilas de doña Rita el cuidado de Ágata Kepler. Estaba seguro de que lo mejor era que continuara habitando sobre aquellos tejados, que ellas le darían todo el amor del que carecían en sus vidas. Pero no tuvieron ocasión de prolongar su cuidado durante muchos días ya que, antes de una semana, la gata apareció una noche frente a la fachada de la casa del paseo de la Bonanova y les dejó muy claro, con sus maullidos, que ella también quería vivir allí.

Un sábado por la mañana, en la explanada ante el puerto de Barcelona, a escasos metros de donde comenzaba el mar rebalsado entre cemento, Boro y Nuria se detuvieron junto con Marc y Mireia frente a un teatrillo de marionetas. Los atrajo la música de acordeón y los gritos de quienes manejaban aquellas figuras.

El aire de octubre le arrancó a una mujer un pañuelo grande, de seda azul marino, que voló en dirección al agua. Boro lo alcanzó porque cayó sobre un charco un metro antes de que sus tonos se confundieran con la superficie calmada. Lo escurrió, y mientras interrogaba a los rostros de quienes asistían a aquel espectáculo infantil, vio a una mujer que le sonrió a la vez que le hacía una seña. Sujetaba los dos manillares de la silla de ruedas de su hijo, un niño que estaba absorto con los títeres; le brillaban mucho los ojos y abría la boca de tal forma que parecía que gritaba ante las acciones que representaban aquellos muñecos: irradiaba entusiasmo.

Boro se quedó junto a ellos con el pañuelo aún mojado en la mano.

—Gracias —le dijo la mujer—. Lo traigo siempre que puedo. Le gustan mucho las marionetas.

Él pensó que aquel pequeño era incapaz de distinguir los cordeles que hacían que aquellas figuras se desplazaran por el pequeño teatro, se le veía convencido de que gesticulaban y andaban por sí mismas. Las marionetas eran muy esbeltas, gráciles, ligeras, se mecían como si les fuera más natural el movimiento que la quietud.

Las manos del niño de la silla de ruedas se juntaban y separaban como si los hilos que lo permitían llegaran desde el cielo hasta allí con un mecanismo invisible, pero que funcionaba a la perfección. En cambio, no sucedía así con las cuerdas que tenían que elevarle las piernas y colocarle los pies en paralelo sobre el suelo para que caminara. Estas no tiraban de ellos.

Boro no pudo evitar preguntarle a la madre del niño a qué se debía su estado.

—Nació así, con las dos piernas sin acabar de desarrollarse. En una de ellas el pie le sale de la cadera. Con el pantalón no se le ven. Nos dicen que se lo amputemos, pero no sé.

El químico pensó que las cuerdas que hubieran permitido izarle las piernas, levantarlo de aquella silla de ruedas que crecería con él, también las había cortado el telamón.

* * *

Cuando los señores Frument supieron que, aunque de momento al margen de la ley, Boro y Nuria iban a formar una familia con los hijos de ella, los citaron un viernes por la noche en su casa de la calle Pelayo. En torno a la misma mesa baja del salón donde Nuria había estado la primera vez con doña Leonor, lo primero que les dijeron fue que les exigían discreción porque no querían ningún escándalo en sus vidas ni en las de sus colaboradores cercanos.

—¡Ay, Nuria! Bueno, lo tuyo no sé cómo estará, porque después de lo que te hizo y si está casado con aquella otra... En fin —le dijo la señora Frument.

Marc llevaba un buen rato dormido, pero Mireia no dejaba de meter el dedo índice entre los barrotes de la pajarera. A Nuria le preocupaba mucho lo que pudiera escuchar y por eso les pidió permiso a sus jefes para llevarla a la cocina con la criada.

—Pero ¿allí también hay pastelitos como estos? —le preguntó mirando las dos bandejas con blonda blanca y plateada.

—Muchos más, cielo —le dijo Nuria.

En cuanto volvió de la cocina, la señora Frument continuó:

—Tienes que estar tranquila para trabajar en el libro de Frida. Eso si lo encontramos. No sé qué le ha pasado a esta mujer. Confío en que puedas comenzar pronto. Gracias a él, nuestras ventas de cosméticos van a aumentar exponencialmente. ¿A que sí, Aleix? Sus cuidados está claro que a ella le funcionan. Solo nos falta ese pequeño detalle: hemos revuelto la casa entera buscando el manuscrito y no hay manera de encontrarlo. Ni siquiera sabemos si se lo ha llevado. En cualquier caso, tendremos que esperar a que vuelva o que nos diga algo. No nos ha llamado. Pero algo me dice que cumplirá con su palabra. Igual nos lo manda por correo o nos lo hace llegar a través de alguien.

Se despidieron en la puerta del piso y entraron con el carrito del niño en el ascensor. Cuando llegaron al portal, Mireia no pareció sentir ningún miedo en aquel entorno de mausoleo casi a oscuras. Enseguida fue hacia el jarrón que tenía la forma de una mujer aprisionada por un corsé. Tan solo rozó su esmalte, pero el búcaro se tambaleó sobre la peana y cayó al suelo. Los fragmentos de porcelana más ornamentados del cuerpo y los más labrados de las asas se mezclaron. Cuando Boro y Nuria subieron las cuatro escaleras para comprobar que la niña no se había cortado, vieron entre los trozos una llave atada con una cinta negra junto a la que había una etiqueta de cartón con un nombre: «Pompeu Gener».

Boro les dijo que lo esperaran, que se la entregaría a los señores Frument.

Cuando estuvo de nuevo ante su puerta le abrieron enseguida.

—Salvador, ¿os habéis olvidado algo?

—Doña Leonor, Mireia ha roto el jarrón de abajo. Sé que era muy valioso. Lo siento.

—Sí, lo era, pero tenemos otro aquí que usamos de paragüero, así que lo colocaremos en la hornacina y un trasto menos.

—Dentro estaba esta llave. Mire lo que dice en el llavero.

—¡Pompeu! Cuántos años sin escuchar ese nombre. Ni me acordaba de que vivió aquí. Hay un cuarto arriba, una especie de palomar abandonado que era su casa. Escribía todo el día, algunas veces desvaríos sobre las razas, contra las mujeres, los judíos, y por la noche se reunía con sus amigos en las tertulias de los cafés hasta las tantas. Murió hará unos cuarenta años, así que imagínate. ¿Quién la habrá puesto ahí? ¿La dejaría él mismo? ¿Es posible que llevara varias décadas dentro de ese búcaro?

Boro quería marcharse, pero a doña Leonor parecía que aquella llave le hubiera desmadejado el hilo de la memoria.

—Salvador, acompáñame un momento. —Se giró hacia el interior de su casa—. Aleix, ahora vuelvo. —Y de nuevo le habló a Boro—: Vamos a comprobar si alguien más sabía que esta llave estaba escondida ahí. No perdemos nada.

Entraron los dos en el ascensor. La señora Frument miraba hacia arriba como si quisiera llegar antes. Una vez en la última planta, se apresuró a salir.

Boro pensó que Nuria estaría preocupada. Además, no le hacía ninguna gracia dejarla sola con sus hijos en el mismo lugar donde la habían asaltado.

—Esa otra es la puerta de la terraza. Ven, abre tú esta, que ves mejor.

Cuando Boro empujó la puerta, se escuchó el zureo de las muchas palomas que se habían refugiado allí. Algunas alzaron el vuelo y otras solo aletearon, como si no quisieran alejarse demasiado. Las que salieron se posaron en el alféizar. Todo estaba en penumbra. Tenían que ir a tientas.

Doña Leonor encendió la luz del descansillo y enseguida vieron sobre la única mesa un cuaderno. Doña Leonor lo abrió con curiosidad.

—Será de Pompeu. No acabó muy bien… Parece que abandonó bastantes cosas aquí.

—Ábralo —le dijo Boro en cuanto notó que dilataba aquel momento.

A la vez que pasaba sus páginas, la sonrisa de doña Leonor aumentaba.

Boro observó cómo le temblaban las manos al sujetarlo.

—¡Es el manuscrito de Frida! ¡Fíjate dónde estaba! ¿Cómo ha llegado hasta aquí? ¿Y si no llegamos a subir?

La señora Frument se lo dio para que él también lo comprobara.

—Boro, creo que hemos dejado demasiado tiempo sola a esta mujer. No hemos sido los mejores anfitriones del mundo. Da pena no poder estar en todo. Mira hasta dónde tuvo que subir. ¿Qué haría aquí? ¿Escribir? Da igual, ahora da igual todo, el caso es que Frida a ti te ha salvado. Si no llega a aparecer… ¡Y nosotros tendremos el libro!

—Me temo que ahora no estaríamos aquí. Yo al menos estaría en un lugar bastante peor, que ya es decir —dijo él mirando a su alrededor con aprensión—. Fue desesperante que nadie me creyera, me sentí la voz que clamaba en el desierto. Gracias, una vez más, por todo lo que hicieron por mí. Son mis benefactores. Sin ustedes, sin el padre Vilesermes, sin Nuria, sin Liliana sería un desgraciado, eso si aún continuaba con vida.

—Boro, un momento más. Quiero decirte algo. Prométeme que arreglarás tu situación con Nuria. Se lo debes al padre Vilesermes.

Boro tragó saliva y suspiró.

65

Para atender a los niños que habían nacido cercenados por efecto del telamón se creó una sección especial en el orfanato Ribas. Don Jerónimo Ullrapós continuó muy implicado para que aquel proyecto fuera realidad cuanto antes. El pabellón se acondicionó también gracias a la generosa suma que donó una benefactora anónima para la institución.

La última tarde que se vieron, Frida Lorensen le entregó al antiguo subdelegado del Ministerio de Comercio un fajo de unos tres centímetros de billetes verdes atados con un cordel. Solo le puso dos condiciones: que lo destinara a alguna obra benéfica y que no hiciera pública su procedencia.

* * *

En su casa, mientras sonaba la melodía *Indian summer* de Victor Herbert después del saludo habitual de la locutora, Nuria escuchó dos anuncios de las cremas del instituto de belleza, una receta para hacer suflé y la vida bastante resumida de un santo antes de la primera carta.

Estimada señora:

Me he atrevido a escribirle porque quiero pedirle un favor, pero antes me permitirá que la ponga en antecedentes: yo he sido siempre un chico bastante reservado, me considero buena persona a pesar de lo que he visto a mi alrededor, sobre todo en el mundo de la industria, me refiero a algunos comportamientos muy poco éticos. Tenía hasta hace poco más de medio año una vida sencilla: ir del trabajo a casa, donde me esperaba mi gata, nadar en la piscina de la Barceloneta, ver de vez en cuando a algún compañero del seminario o de mi trabajo anterior, y poco más. Perdí a mis padres siendo muy pequeño y en circunstancias muy trágicas, tanto que le ahorraré conocerlas a usted y a sus miles de radioyentes.

Mireia dijo que aquel programa era un aburrimiento y que se iba a dibujar otra vez. Marc dormía.

Nuria estaba en el centro exacto de la cocina entre las dos filas de armarios. Sentía que aquellas palabras le llegaban del cielo, como si fueran la confirmación de que las nubes se apartaban de su vida. Cada frase la hacía estremecerse y a la vez le dibujaba una sonrisa que esperaba guardar para siempre.

Verá, quiero contarle a usted y a los cuatro vientos que estoy enamorado. Tal vez no sea habitual que un hombre lo exprese en tales términos, pero yo no puedo evitarlo. Es cierto que conocí a quien ahora comparte mis días y mis noches en las circunstancias más adversas que usted pueda imaginar, pero eso me ha hecho apreciarla todavía más, ya que considero que la admiración por alguien es la forma más genuina del amor. ¿Qué le parece? Hemos coincidido mientras ambos combatíamos por detener un asunto terrible, una verdadera plaga que segó la vida de muchos y amenazaba la de bastantes más.

Al escucharlo así, a Nuria no le cabía ninguna duda de que los demás oyentes pensarían que se refería a una epidemia. El telamón lo había sido sin duda: había causado cientos de víctimas en varios frentes.

Pero desde el centro de todo ese dolor surgió mi amor hacia ella.

Mire, creo en una especie de ley de la compensación, lo que por una parte no tenemos o perdemos provoca que se nos otorguen otros bienes, y además con creces. Tal vez le pareceré un ingenuo, pero ¿quién no es así cuando se enamora? Si es algo racional, ya es otra cosa. Ese es precisamente el poder de este sentimiento: sacarnos de nosotros mismos para convertirnos en otros, hacernos mejores, que nos creamos invencibles.

En estos momentos de dicha no quiero dejar de acordarme de quien durante todos estos años ha sido como un padre para mí, don Sabino Vilesermes.

Ya no la entretengo más. Solo quería decirle esto. Si la escucho, sabré que ha tenido a bien cumplir con mi petición, que no era otra que conseguir que las ondas transmitan cómo me siento.

Atentamente,

Salvador Navascués Altarriba

* * *

Cuando Boro entró en el piso de la mansión Muley Afid, adivinó por la cara de Nuria que había escuchado la carta.

—Como ves, el padre Vilesermes me ha puesto el primero de la lista para que la radiaran.

—¿Lo has hecho para eso? —le preguntó Nuria sin dejar de sonreírle—. Pensaba que era una declaración de amor. Sobre él, te diré que aunque no creo que contemos con su bendición, este es al menos un gesto conciliador.

—No sé. Se habrá sentido obligado porque no está nada conforme. Sigue muy disgustado. Nuria, tenemos que hacer algo porque yo no puedo vivir con esta pesadumbre, quiero reconciliarme con él. Ha sido la persona más importante en mi vida durante todos estos años.

—Soy consciente de ello —le dijo cogiendo a Boro de las manos—, y no quiero que mi presencia suponga que te alejes de Vilesermes. Se me ha ocurrido algo: podemos consultarle al abogado que te defendió. ¿Qué te parece? Tal vez mi matrimonio con Máximo sea ilegal.

—Me parece que nunca es posible tenerlo todo. En fin..., te voy a dar una buena noticia: el próximo fin de semana vendrán Kessler y Mirja a Barcelona. Él ha conseguido la plaza a la que se presentó en el departamento de Radiología y Medicina Física del hospital de La Paz de Madrid. Así que lo celebraremos.

—Me alegro mucho. Además, creo que un cambio de aires les vendrá muy bien.

* * *

Durante los días siguientes, Nuria se dedicó con ahínco a descifrar el cuaderno de Frida. Lo había escrito durante diecisiete años y en él mezclaba sus cuidados estéticos y alimenticios con algunas confesiones muy íntimas, muchas cuestiones mundanas y lo que iba averiguando sobre el hombre que mató a Adler Eigner. A Nuria no le cabía duda de que era una especie de testamento sentimental, la forma que había utilizado para que su testimonio permaneciera después de su muerte.

Comenzaba con las vivencias en Soletal, lo que supuso en su vida la derrota del ejército alemán, la nueva Europa que emergía sobre las cenizas y que tan poco tenía que ver con ellos. Nuria se detuvo en unas líneas que destacaron ante sus ojos como si estuvieran iluminadas:

> A mi amado lo hicieron desaparecer porque se trajo de Alemania información que incomodaba a muchos que habían conseguido estar bien aposentados en sus sillones como directivos de algunas

empresas. No quería contarme exactamente de qué se trataba, con eso también me quiso proteger. Solo me dijo que era algo muy repugnante. Si no cesaron hasta descubrir su paradero en la otra punta del mundo, no me cabe duda de la gravedad de lo que sabía. Por desgracia, se llevó ese secreto a la tumba.

En esa página, Frida Lorensen había intercalado una hoja.

El asesinato de Adler se lo encargaron a Harald Silveiner, un asesino a sueldo que lo ejecutó de manera minuciosa, deleitándose con su tortura, como si tuviera algo personal contra él. De su *modus operandi* formaba parte la puesta en escena que parece que él pretendía artística, por muy macabro que suene. Su repetición en otros casos fue lo que me puso sobre la pista. Parece que no podía resistirse a aquella amplificación de sus crímenes mediante el proyector, como si quisiera mostrar lo que en los últimos momentos les ocupaba la mente a sus víctimas.

Vine a Barcelona porque quería convertir esta ciudad en mi base de operaciones en Europa, acercarme poco a poco hasta que cazara a Silveiner, pero no tuve que continuar hacia el norte. La muerte del detective de la que culparon a Boro Navascués acortó bastante mi expedición desde tierras australes hasta mi venganza. Como a casi todas las personas sin escrúpulos, a Harald Silveiner su soberbia lo delató.

Aquella cuartilla la había escrito ya allí y tal vez fuera lo último que añadió a su cuaderno. Junto a ella había una fotografía. Casi se le cayó de la mano a Nuria cuando advirtió que había sido tomada en la plaza de Cataluña momentos antes de que Boro se encarara con Guifré Baladre. Lo más inquietante era que entre ellos aparecía Harald Silveiner. Se apreciaba con total nitidez. En el reverso, con una caligrafía distinta se leía:

> Querida Frida, creo que tu búsqueda ha llegado a su fin. Aquí lo tienes. Mi adorable amigo Varick Kessler me envió esta fotografía. Averigua quiénes lo acompañan y llegarás a él. Sabes que soy la persona que más te quiere. Tu amiga y confidente, Meliva.

El médico alemán había usado aquella instantánea como postal. Junto a esas líneas se leían los breves saludos y buenos deseos de Kessler. La había remitido desde Hamburgo hasta una dirección de Estados Unidos, y desde allí Meliva se la había mandado dentro de un sobre a Frida a su casa de Villa La Angostura.

66

El sábado a mediodía un taxi dejó a Varick Kessler y a Mirja frente a la casa Muley Afid.

—Después os acompañaremos al hotel. Ahora descansad un rato aquí —les dijo Boro—. Enhorabuena por vuestra boda.

A Nuria se le puso en los ojos un velo de melancolía porque pensó que a ellos nunca los felicitarían por aquel motivo.

—Tenéis que visitar Upsala —dijo Kessler.

Durante el rato que permanecieron en el jardín, Nuria les contó la historia de aquella construcción modernista. Mirja refulgía vestida de blanco y, a pesar de que llevaba un abrigo muy grueso, sintió frío enseguida y decidieron subir.

En cuanto se sentaron junto a una mesa sobre la que había una bandeja con una jarra de limonada, una cafetera, algunos vasos y tazas y un plato con pastas, Kessler les mostró el contenido de una carpeta azul.

—Son los papeles que mi amigo Siegfried Bacharach pudo sacar a tiempo del campo de concentración de Bergen-Belsen. Me los envió desde Düsseldorf a Hamburgo. Y además, algunos otros documentos que he conseguido yo durante estas semanas. Ahora ya no tienen escapatoria. Con todo esto he logrado recomponer la historia completa. A ver qué os parece. —Varick comenzó a traducirles del alemán:

Dentro de los experimentos llevados a cabo en el marco del programa de armas químicas, un médico afiliado al partido nazi desde sus años universitarios fue el descubridor de la molécula que ahora nos ocupa. El memorándum anexo recoge todos los datos según los cuales el telamón no se sintetizó por primera vez en 1953 por la empresa Orlanta, sino que fue el resultado de los experimentos llevados a cabo con prisioneros de los campos de concentración durante la Segunda Guerra Mundial.

Un equipo de químicos del conglomerado de empresas CH Dreyer buscaba aumentar la potencia de un insecticida cuando descubrieron de manera accidental los efectos de una sustancia.

—¿Habéis oído hablar del gas sarín? —interrumpió Kessler su lectura.

Boro asintió.

—Esta sustancia en su estado natural es líquida —continuó Kessler—. Lo más terrible es que durante la guerra esta compañía, la CH Dreyer, tenía su propio campo de internamiento con miles de personas a su completa disposición para sus experimentos.

Nuria sintió náuseas, pero no quiso levantarse, debía escuchar todo lo que tuviera que decirles Varick por aterrador que fuera.

—Lo que sucedió fue que, en uno de sus laboratorios, a un par de trabajadores les cayó de forma accidental este compuesto sobre la piel y como consecuencia de ese contacto unos veinte minutos después sufrieron convulsiones, parálisis, náuseas y visión borrosa, entre otros síntomas. Los científicos de las SS que estaban al cargo de aquellas instalaciones se felicitaron porque acababan de dar con un arma química. En las sucesivas pruebas con los prisioneros aumentaron la dosis de exposición hasta conseguir que la muerte por asfixia se produjera casi inmediatamente. Un solo miligramo es suficiente para acabar con la vida de una persona.

A Boro también le resultaba difícil asimilar toda aquella barbarie.

—¿Y tiene algo que ver este hallazgo con el telamón?

—Sí. Convirtieron este líquido en gas para que se propagara más fácilmente por el medio ambiente y crearon el telamón como antídoto del gas sarín. En cuanto Hitler tuvo conocimiento de que podía contar con esa sustancia, solicitó a la Waffenamt, la agencia de armamento alemana, su producción masiva, pero a la vez les pidió a los científicos de la CH Dreyer que desarrollaran cuanto antes un antídoto por si caía en manos enemigas y eran ellos los atacados. Este es el secreto mejor guardado por Orlanta. ¿Y sabéis además quiénes son los jefes históricos de esta farmacéutica que patentó el telamón?

—Los inventores del gas sarín —dijo Nuria.

—Dos de ellos. A uno, Schrader, le llaman el padre de las armas químicas, de los agentes nerviosos. Especialista en compuestos organofosforados.

—Insecticidas que atacan el sistema nervioso —dijo Boro, que recordaba perfectamente los que manejaban en la fábrica de productos para la fumigación de plagas en la que trabajó.

—Este tal Schrader aumentó la potencia de estos tóxicos para que se exterminara con ellos no solo insectos, sino seres humanos por millares. Este es el oscuro currículum de algunos de los altos cargos de Orlanta. Según lo que he podido saber a partir de los papeles de Siegfried, sus fundadores, Hansenclever & Rubiner, fueron destacados miembros del partido nazi. Y por supuesto, el régimen los recompensó. Además de la posibilidad de experimentar sin límites con los prisioneros, como se lee en estas tablas y gráficos, contaban con mano de obra esclava para sus fábricas, que habían sido incautadas a sus propietarios judíos. Imaginaos el aumento de sus beneficios durante estos años. Llegaron a ser una de las fortunas más grandes de Alemania.

—Es decir, el consejo de dirección de la farmacéutica Orlanta lo forman criminales de guerra —dijo Mirja, que había escuchado muy atenta cómo su marido transmitía en otra lengua lo que ella ya sabía.

—Aquí está todo documentado. Este es el final del camino. Frente a esto, a Orlanta solo le queda desaparecer. Disolverse —concluyó Varick—. Muerto el perro se acabó la rabia.

—Con todos esos antecedentes —dijo Nuria—, eliminarnos a nosotros no les hubiera supuesto nada. ¿Por qué no lo hicieron?

—Cuando saltó el escándalo en Alemania, supieron desde el primer momento que estaban perdidos. Solo han intentado alargar las ventas el máximo tiempo posible para seguir aumentando sus ingresos.

—A costa de… —dijo ella.

—Sí, a costa de la muerte y la mutilación de tantos inocentes. Pero esta es la caída de su imperio económico. Ya no hay vuelta atrás. Durante los días que estuvimos en Suecia pude saber que los derechos para comercializar este veneno se los habían vendido allí a la empresa Meridian. Nacieron noventa niños con malformaciones y esta farmacéutica advirtió inmediatamente de que el medicamento podría ser muy peligroso para el feto. Es decir, se paró, pero después de casi cien víctimas. Eso contando solo los que sobrevivieron. También he sabido que en Gran Bretaña obtuvo la licencia del telamón Still Co. Se ha extendido por todo el mundo. Si ha llegado a África… De ese continente no tengo ningún dato.

Sonaron unos golpes en la puerta a la vez que el timbre. Nuria se levantó enseguida.

—Ya me marcho —le dijo Úrsula mientras entraba Mireia y le pasaba a Marc, que estaba dormido sobre su hombro—. Como es sábado, quiero ir esta tarde al cine.

—Muchas gracias, Úrsula. Gracias por cuidarlos. Ten —Nuria le dio el billete de veinticinco pesetas que acababa de coger de encima de un mueble.

—Buenas tardes, señores —saludó Úrsula a la vez que sonreía y le hacía un gesto de agradecimiento a ella.

—¿Quiénes son, mami? —le preguntó su hija mientras miraba a Varick y a Mirja.

—Unos amigos muy simpáticos, cielo.

—Tenemos pendiente celebrar que a partir de ahora trabajaré en un hospital español —dijo Kessler—. Si os parece después de comer y de la preceptiva siesta nos encontramos cerca del puerto. Esta vez invito yo: por la boda, por mi nuevo destino y, sobre todo, porque les hemos cortado las alas a estos buitres.

—Mamá, ¿qué hacíais? —le preguntó Mireia muy extrañada.

—Nada, cariño, es una forma de hablar. Liliana ya está avisada de que cenaremos juntos —dijo Nuria girándose hacia ellos después de contestarle a su hija.

—Nos encantará verla a ella también.

67

Aquel lunes de noviembre, cuando Nuria se disponía de nuevo a abrir el manuscrito de Frida para clasificar y mecanografiar sus notas, la avisó Dora de que su jefa la llamaba por teléfono. Desde que aceptó encargarse del libro de la danesa, Nuria ya no respondía a las cartas del consultorio.

—Te veo muy bien —la saludó Dora en su ático—, y además tenemos mucha calma en la casa Muley. Eso es lo principal. El alboroto altera el espíritu.

—Le estoy tan agradecida… Mi vida hubiera sido otra sin usted.

La señora Blúmer le había enseñado que se puede ayudar incondicionalmente desde la distancia igual que se puede traicionar desde muy cerca.

—Querida, me hacen mucha compañía. Más de la que cree. —En cuanto atravesaron el pasillo de su buhardilla, le pasó el auricular—. Tenga, no la haga esperar.

—Señora Frument, buenos días.

—Nuria, ¿te acuerdas de Batís, el abogado que don Jerónimo le buscó a Boro?

—Sí, claro. No lo olvidaré nunca.

—El viernes hablamos con él, el padre Vilesermes estaba empeñado. Este chico, el abogado, igual vale para un roto que para un descosido. Es listísimo. El caso es que le hemos planteado vuestra situación.

—La nuestra. —Nuria aún no sabía exactamente a qué se refería.

—Te lo resumiré: tienes derecho a que…

—Máximo —dijo Nuria. Después de tanto tiempo hasta le extrañó pronunciar su nombre.

—A que Máximo te resarza. Tú obraste de buena fe y vuestro matrimonio sería inválido porque, como nos dijo Batís…, espera que mire este papel. Aquí está: por impedimento de ligamen. Pero no es así porque parece que contigo se casó primero y entonces no existía ningún obstáculo para ello. A quien ha engañado es a la mujer que tiene en Madrid, porque entonces ya no era soltero.

Nuria sintió que le dolía la cabeza. Era como meterse en una espiral, subir a una atracción de una feria que ya creía cerrada.

—Es decir, que a Salvador y a ti solo os queda una salida.

A ella le sorprendió que hubiera siquiera una.

—Que obtengas la nulidad canónica.

—Doña Leonor, le agradezco mucho…

—Os tengo cariño, pero sobre todo lo hago por el padre Vilesermes. Está bastante apenado, y además me lo tomo como otra obra de caridad, al fin y al cabo ese pago es un donativo a la Iglesia y la manera de que todo esté en su sitio. No te digo que sea la solución perfecta, pero al menos Salvador no vivirá con una mujer casada. Eso sí, disimulad todo lo posible, sobre todo aquí y con los de la fábrica…

—Señora Frument, no sé qué decirle.

—No me digas nada. Trabaja en el libro de Frida, que es lo que más nos urge. Te avisaré cuando Batís tenga los papeles del Obispado preparados para que os reunáis con él.

* * *

Frida Lorensen apretó con fuerza los arándanos rojos y azules que tenía en la mano derecha y después lamió su jugo. Estaba apoyada en una barandilla de troncos frente al edificio principal de Soletal.

Habían pasado casi veinte años desde que abandonó aquel lugar rumbo a Dinamarca y, sin embargo, era como si aquellas instalaciones de reposo guardaran intactas todas sus vivencias en un plano invisible, distinto del real, pero para Frida mucho más intenso. Su presencia hacía que las ruinas cobraran vida y el mapa de aquel balneario volviera a poblarse: escuchaba la música de acordeón, los valses cuando ensayaba la orquesta, sentía los brazos y los besos de Adler Eigner a cada momento. Recordaba las hamacas alineadas delante de las cabañas, la tela tensa e impoluta en los bastidores de madera. A veces Adler la invitaba a alzarse con la mano tendida. «Vamos a coger flores», le decía, y los dos se adentraban en el bosque para quitarse de la vista de los demás y amarse allí, sobre la hierba, dentro de alguno de los almacenes o junto a un muro. Después se bañaban en el río o en alguna de las piscinas, se vestían para la cena, bailaban. Era la vida en estado puro a apenas veinte kilómetros de Auschwitz.

Frida había ido hasta allí, hasta el sur de Polonia, para recobrar a Adler Eigner.

Subió por la colina hasta la terraza desde la que se veía el embalse de Miedzybrodzkie, al que los ingenieros que lo construyeron llamaban el Lago Escénico. Se giró hacia los cristales polvorientos de la ventana y comenzó a frotarlos con la mano como si quisiera poner en marcha un reloj inverso que le permitiera volver a las Navidades de 1943 y a todos los demás días fulgurantes que las envolvieron.

Rodeó la casa hasta encontrar la puerta de las cocinas. En un rincón, entre los visillos de dos ventanas, había un búcaro de cristal tallado. «Voy a coger flores», dijo Frida como si estuviera acompañada. Salió de nuevo al sendero, cruzó el puente de troncos y se adentró en el bosque. La cola de su vestido azul marino arrastraba sobre el manto vegetal. En cuanto sintió la humedad de aquella umbría, se arrebujó en su estola atada con un lazo de seda negra sobre su pecho. Había elegido aquella ropa lujosa para reunirse con Adler Eigner. No le cabía ninguna duda de que a partir del momento en el que él le diera la bienvenida ya no se separarían jamás.

Aquella era la forma más certera de que la niña eterna en la que se había convertido no llegara a envejecer.

* * *

Una semana después, mientras Gedeón arreglaba un parterre, escuchó una melodía lejana y levantó la vista hacia la cancela. Dejó la azada y se sacudió la tierra de los pantalones. Recorrió los más de quinientos metros que lo separaban de la verja del cementerio de La Recoleta de Buenos Aires. Fuera había un cortejo en torno a una calesa de madera negra con catafalco tirada por dos caballos. Al cochero vestido con sombrero de copa alta y capa lo acompañaba otro hombre de traje muy oscuro. Alrededor del carruaje solo estaban los músicos, que repetían un fragmento de la «Marcha fúnebre de Siegfried», de la ópera de Wagner *El ocaso de los dioses*. Dejaron sus instrumentos para cargar sobre sus hombros el ataúd de metal dorado y comenzaron a recorrer las calles de aquel camposanto monumental hasta que se detuvieron ante una sepultura.

El empleado de la funeraria que había hecho el recorrido en el pescante junto a quien conducía sacó de su traje una tarjeta de su empresa de pompas fúnebres y se la entregó.

—Es aquí —le dijo—. Los datos y el certificado para el archivo. Buscamos a Gedeón.

Él no necesitó coger aquellos papeles para saber que dentro de aquella caja yacía la señorita Lorensen, entonces Eigner. Se presentó y les pidió que lo esperaran.

—Siempre pesa más la muerte que la vida —les dijo. Y buscó por la parte trasera de la capilla a dos operarios para que lo ayudaran a mover la losa.

—Dejó escrito que esto fuera para la lápida y que tenía que encargarla usted —le dijo el mismo hombre mientras le tendía una cantidad de dinero suficiente para revestir de mármol toda una piscina olímpica—. Aquí hay un recibo. Tiene que firmarlo.

Mientras descendían con cuerdas el féretro, Gedeón suspiró muy hondo. La piedra tuvieron que colocarla de nuevo entre varios. En cuanto encajó, y como si los hubieran acelerado, todos se retiraron de allí en unos pocos segundos.

«Herr und Frau Eigner», decía la nota para el marmolista. Esto era lo que Frida deseaba que otros vieran cincelado en la parte alta de aquel rectángulo mineral. La escritura inalterable de su enlace eterno.

El enterrador, después de estar un rato sentado al lado de aquella tumba, desde entonces matrimonial, acarició su superficie, como siempre había querido hacer con la piel de Frida. Y se incorporó. A partir de entonces volvería a tener con quien hablar antes de marcharse cada tarde.

EPÍLOGO

El 1 de marzo de 2016 Mireia llegó a Barcelona desde Japón después de un día entero de viaje y de atravesar una intensa tormenta eléctrica en su trayecto entre el aeropuerto de El Prat y la casa Muley Afid. Ese día cumplía cincuenta y ocho años y quería celebrarlo junto a sus padres y su hermano Marc, que para compensar que ella no tenía hijos había tenido cuatro.

En la parte alta del palacete del paseo de la Bonanova, una ventana no dejaba de golpear. Mireia, después de reencontrarse con su familia, aprovechó aquel motivo para subir enseguida al ático y saludar a Dora. De su viaje anterior en Navidad la recordaba muy viejecita, pero igual de elegante que la había visto siempre. En el rellano escuchó una canción francesa de los años setenta, *Une belle histoire* de Michel Fugain. Tuvo que llamar varias veces al timbre hasta que le abrió.

Cuando la tuvo enfrente sintió mucha ternura. Vestía con el mismo esmero de siempre. Mientras la abrazaba vio por encima de su hombro, en el recibidor, una fotografía de ella y de Marc de pequeños. La presencia de Dora y Úrsula había sido una de las mejores cosas de su infancia y adolescencia. Aquellas paredes constituían para Mireia otro hogar añadido al que ellos reconstruyeron tras el abandono de su padre.

—Mi madre dice que baje a cenar a las ocho y media.

Mireia le hablaba bastante despacio y Dora se ajustó el audífono antes de contestarle.

—Bien, muy bien. Me alegro mucho de verte tan guapa y tan joven.

—Dora, que tengo casi sesenta años.

—Comparada conmigo, eres una niña. Siempre serás una niña para mí. Mi niña.

Mireia se emocionó.

Durante sus primeros años de convivencia, Dora había trabajado en una ocupación que no podía revelarle a nadie. Aquel fue el único motivo de su distancia en el trato, de su carácter reservado, de la ausencia de detalles sobre sus salidas a diario y durante algunos fines de semana. Desde que se jubiló se permitió la cercanía, las confidencias e incluso la dulzura. Una vez que consideró que sus actividades políticas y diplomáticas eran agua pasada, se desprendió de aquel uniforme de circunspección para mostrarse tal cual era.

* * *

Los señores Frument siempre dijeron que, en cuanto convencieran a Frida Lorensen de publicar su libro, serían los primeros en seguir sus consejos. Acertaron al anticipar que el libro sería un éxito enorme, sus elevadas ventas se correspondieron con la obsesión por descubrir cuál era la fórmula de la eterna juventud. Sus lectores querían conocer a la mujer que ejemplificaba la efectividad de aquellos consejos, pero nunca más supieron de ella, tuvieron que conformarse con sus líneas transcritas por Nuria, en las que quedaba muy claro que uno de los ingredientes más importantes para conseguir aquel aspecto saludable y magnético era la fuerza de voluntad.

De la lectura se deducía también que aquella mujer con aspecto de niña eterna vivía para sí misma y pasaba todo el día ocupada en mantener su lozanía: hacía ejercicio, huía del sol, se alimentaba sobre todo de fruta y verdura, comía muy poco pescado y casi nada de carne. Esta era la base de su dieta, que después combinaba con jalea real, kéfir, bayas de goji, semillas de lino y girasol y complementos vitamínicos. Recomendaba acompasarse al ritmo de la luz del día: acostarse temprano y madrugar mucho. Lo que faltaba en aquella enumeración fueron los experimentos que llevaron a cabo con ella en Soletal y que los señores Frument le conminaron a Nuria a eliminar del primer borrador que les presentó. Las prácticas a las que sometieron durante el Tercer Reich a Frida dentro del programa Juventud Eterna incluían inyecciones de hormonas extraídas de testículos de monos y de los prisioneros asesinados en los campos de exterminio.

Las clientas del laboratorio cosmético y las oyentes del consultorio nunca conocieron esos detalles. Compraron el libro junto con las cremas del instituto de belleza de los Frument, y el negocio de estos se convirtió en el más boyante dentro de su sector.

Liliana se casó con Batís, el abogado que consiguió devolverle la libertad a Boro. De su marido, entonces ya fallecido, le quedó una inmensa herencia: sus descendientes.

Boro y Nuria mantuvieron su amistad con Varick y Mirja. Él era conocido por su investigación sobre el telamón en todo el mundo y también por la brillante carrera que desarrolló después. Sus múltiples iniciativas y su inagotable energía no se circunscribieron al ámbito de la radiología, sino que siempre estuvieron centradas en conseguir el mayor bienestar de los pacientes de cualquier especialidad. Su esposa trabajó durante décadas para una editorial que traducía del sueco novelas de tintes bastante negros.

Mireia y Marc no habían conocido a don Jerónimo Ullrapós, pero sabían que con aquella obra suya en el Patronato Ribas cumplió con creces la promesa que le hizo a Liliana. Su otra gran obsesión, además de esta institución, fue encontrar a Frida Lorensen. Hasta le escribió poemas. Movió cielo y tierra para dar con ella, nunca se le pasó por la cabeza cejar en su búsqueda. Don Jerónimo falleció en el accidente aéreo del vuelo 610 de Iberia que se estrelló cerca de Bilbao el 19 de febrero de 1985. Los hijos de Nuria conocían estos datos con mucho detalle porque quien fue su padre, Máximo Zafara, también iba en ese avión. No hubo supervivientes.

Cuando cumplió veinte años, Mireia solicitó en el Registro Civil el cambio de su primer apellido y pasó a llamarse Mireia Navascués Somport. Marc adujo que él no lo haría porque sus sentimientos eran ya los que eran y no necesitaba un papel que los certificara.

Don Aleix y doña Leonor almacenaron las cartas recibidas en el laboratorio cosmético junto con sus respuestas en Can Tirel, su masía en Cornellà. Cuando el Ayuntamiento de esta localidad compró esa propiedad a la familia, los operarios que fueron a vaciarla encontraron allí el tesoro que componía la intrahistoria de más de tres décadas de este país contada con pelos y señales. Gracias al celo profesional de un técnico de patrimonio, las trasladaron a un archivo cercano para su catalogación y digitalización.

De esta forma, Nuria pudo rescatar algunas de ellas. Conservaba esas copias impresas en una caja junto a su máquina de escribir Olympia azul celeste. A veces se recriminaba lo que se había visto obligada a escribir, se decía que no tenía perdón, pero enseguida se le pasaban estos remilgos porque achacaba su papel a la cerrazón de la sociedad en la que les había tocado vivir.

Aquel día, en torno a la mesa engalanada y servida por Mireia para celebrar su cumpleaños, estaban las personas que más le importaban: Nuria con su marido, Marc y su mujer Laura, con sus sobrinos, y su vecina Dora. No perdía ocasión de observar a su madre y a Boro. Apreciaba sus continuas atenciones, cómo se miraban por encima de la copa, se sonreían a hurtadillas, se hacían guiños y eran, en suma, una pareja muy dichosa a pesar de los achaques y la erosión del tiempo, de sus setenta y nueve y ochenta y cuatro años llenos de buen humor. A pesar de que habían celebrado hacía casi un lustro sus cincuenta años juntos, aún no acababan de creerse su suerte. Habían encontrado lo más difícil: alguien a quien querer y que los quisiera incondicionalmente, sin sombras, un oasis en la batalla diaria, un lugar al que volver, unos brazos donde estar a salvo de todo, un paso a dos, una alianza que les otorgara la fuerza suficiente para no rendirse jamás.

Boro aún la miraba con los ojos brillantes. Nuria le parecía muy especial. Alguien irrepetible, más bella incluso que las actrices de las películas que veían en el seminario una vez que los rollos de celuloide habían sido repasados con la tijera que cortaba los fotogramas en los que la piel de los actores se rozaba.

A ellos dos les daba igual la naturaleza de su unión, la palabra «civil» o «eclesiástica» no significaba nada aplicada a lo que sentían, pero decidieron aceptar la oferta de los señores Frument y seguir adelante con aquellos trámites tan engorrosos. Se acordaban muy a menudo del padre Sabino Vilesermes. Boro, todos los días. Él mismo les entregó la carta del Obispado en la que les comunicaron que Nuria era libre. En aquel momento, a Boro las lágrimas le salieron a borbotones, como le sucedía cuando era niño y se sentía muy solo. Cuando se reconciliaron, el sacerdote le dio un abrazo tan fuerte que Boro temió que le rompiera los huesos.

Nuria se sentía plena: la vida le había dado bastante más de lo que ella creía que fuera posible, y aquellos encuentros con sus hijos le proporcionaban energía para aguantar meses igual de entera.

Los unió de una forma determinante y definitiva seguir la huella de la carta sobre el telamón que Liliana metió en la caja junto con las otras del consultorio. También recordaba Nuria las que se sucedieron después sobre el mismo tema, escritas por las madres que expresaban su agradecimiento por el apoyo que se les brindaba a sus hijos afectados por este medicamento en el Patronato Ribas. Esta institución no solo acogía como internos a niños víctimas de este veneno, sino que proporcionaba reconocimientos y consultas gratuitas a los que estaban con sus familias. Hasta allí se desplazaban desde toda España para que les ajustaran las piernas ortopédicas, les recetaran algunos de los medicamentos que precisaban y obtenían, en suma, toda la atención necesaria para sobrevivir día tras día. Recordaban lo mucho que sufrieron por aquellos niños que, en ese momento, ya sobrepasaban el medio siglo. Nuria siempre les repetía a Marc y a Mireia que pudieron ser ellos, que ninguna embarazada estuvo a salvo de aquel riesgo monstruoso, que una sola pastilla podía haberles segado las piernas o los brazos.

Mireia sentía que a ella esta catástrofe sanitaria también le trazó su destino antes incluso de que tuviera uso de razón. En cuanto pudo, se implicó en la lucha iniciada por las personas a las que más admiraba. Guiada al principio por Boro, Mireia dedicó su vida a analizar el proceso por el que el telamón había mutilado a miles de personas en todo el mundo. Los últimos años en el Tokyo Institute of Technology avanzó tanto en sus investigaciones que estaba a punto de publicar un artículo en *Tyndaller.* Trabajaba sobre lo que en química se llama una «molécula quiral»: un compuesto con una estructura similar a lo que sucede cuando se superponen las manos. Las dos son casi idénticas, la una respecto de la otra, pero lo que conforman ambas es una imagen especular: una vista en el espejo. El gran aporte de Mireia, junto a su equipo de científicos japoneses, fue descubrir que el telamón inhibía la actividad de una proteína encargada del desarrollo celular. Por este motivo, las extremidades de los embriones y otros órganos internos no se desarrollaban por completo. Ella anticipaba que sus desvelos y su tenacidad tendrían un justo reconocimiento. Había dedicado su vida entera a aquella causa. Lo mismo sucedió con Marc, aunque él lo hizo como abogado de la asociación que agrupaba en España a las víctimas de ese fármaco.

Mireia se observaba con mucha frecuencia las manos, las piernas, los pies. Nunca olvidaba, cuando escribía o tenía un libro entre las manos, que aquel compuesto químico podía haberle arrebatado varias partes de su cuerpo, que esa tragedia le pudo pasar a cualquiera.

A lo largo de los años escucharon que lo sucedido con el telamón se comparaba en otros países con algunas grandes catástrofes, como el hundimiento del Titanic, el desastre producido por el escape de una sustancia química en una fábrica de pesticidas en Bhopal, con la nube radiactiva que devastó Chernóbil..., con otros muchos sucesos que segaron la vida de miles de seres humanos. Pero el caso de ese compuesto químico seguía siendo distinto de esos accidentes, había en él algo demoledor: que, a pesar de que sus fabricantes conocían sus perniciosos efectos, se negaran a retirarlo del mercado. Orlanta alcanzó su máximo esplendor con el comercio de una sustancia que tenía sobre la población el mismo efecto que las bombas.

Este fue el último crimen de guerra nazi. Sus consecuencias, tantos años después de la contienda bélica, aún permanecen en quienes sobrevivieron a ese ataque químico dentro de sus madres, en el lugar donde se fragua la vida.

NOTA DE LA AUTORA

A diferencia de lo que sucede en este libro, en España no se prohibió el uso del medicamento que causaba esos terribles daños, no se creó ningún centro de atención especial para los afectados, ni estos recibieron ningún tipo de ayuda para enfrentar tanto dolor. Fue el país donde más personas nacieron así, el único donde no cobran indemnizaciones y al que parece que se exportaron para su comercialización las unidades de este tóxico cuando fue prohibido en otros lugares como Alemania y Estados Unidos. En este último país, no llegaron a salir a la venta el millón de dosis que estaban a la espera de la autorización, gracias a la rotunda negativa de la farmacóloga Frances Oldham Kelsey. Aquí faltó alguien así y sobraron sobornos y acuerdos bajo mano con algunas empresas. «¿Qué altos cargos franquistas del Ministerio de Gobernación, de la dirección General de Sanidad, de la Inspección General de Farmacia cobraron por permitir que se vendiera en España este veneno a sabiendas de lo que provocaba? ¿Cómo podían dormir estas personas?», preguntaba el año pasado uno de los afectados en una carta abierta a un conocido periodista. El laboratorio farmacéutico que tenía la patente engañó incluso al colectivo médico con falsas pruebas de seguridad. Esta evidencia tan documentada hiere. Nada los detuvo.

Parece que la justicia divina o poética solo se da en las novelas, mientras que fuera de ellas el sol de oro de la codicia rige el mundo, y los escrúpulos («piedrecillas» en latín) se lanzan lejos.

El documental de Morris & Morris (2014) *Attacking the devil (Atacando al diablo)* trata de la enorme campaña llevada a cabo por el periodista Harold Evans en la prensa británica sobre un caso muy similar al que se narra en esta novela. En el reportaje se dice que fue la mayor catástrofe sucedida en tiempos de paz. En él se recoge, entre otras muchas, la historia de Corinne, una niña belga, de Lieja, nacida con severas malformaciones en 1962, a la que sus padres dieron un biberón con leche envenenada. Un jurado popular los absolvió.

A algunos de estos niños los mataron nada más nacer, y muchos otros murieron durante su infancia. Entre quienes llegaron a adultos hubo muchos casos de suicidio. Los que eligieron vivir a pesar de todo cuentan que de pequeños, cuando se iban a dormir, su último pensamiento siempre era el mismo: deseaban con todas sus fuerzas que cuando se despertaran les hubiera crecido la pierna, las manos, los dedos o los brazos que les faltaban. La certeza de que nunca sería así los hizo madurar de golpe. Esto los descorazonó, pero de la manera que tuvo cada uno de asumirlo dependió el resto de sus vidas.

En el capítulo 32 de esta novela uno de los personajes dice: «Igual les da cuando venden que las granadas sean frutas que bombas». Y esa es lamentablemente la clave: la codicia criminal, hacer caja, aumentar los beneficios, responder ante los accionistas, sea a costa de lo que sea. La vida humana como una variable más del mercado.

El origen de este medicamento, que aquí se llama «telamón», hay que situarlo en el contexto histórico de la posguerra europea en 1946. En esa época los fármacos más demandados eran los somníferos y los sedantes; los supervivientes de la contienda mundial estaban socavados, con el ánimo destrozado y las ilusiones asoladas. Necesitaban recuperar las ganas de vivir, y sobre todo, la ilusión; las muertes por sobredosis de barbitúricos se sucedían hasta que apareció un fármaco que publicitaron como extraordinario porque conseguía sus mismos efectos sin tantos riesgos. Se les recetó sobre todo a las embarazadas porque se consideraba que sus náuseas matutinas eran psicosomáticas, es decir, que sus mareos se debían al grado de excitación que les producía su estado. Que nuestras madres no tomaran la pastilla, y las de quienes nacieron sin algunas partes de su cuerpo sí, fue solo una cuestión de azar o de ruleta rusa, del macabro juego que practicaron con todos nosotros.

Muy distinto fue el caso de Estados Unidos, gracias a la doctora canadiense antes citada, Dafne Gretchen en la novela. Del agradecimiento hacia ella aún queda constancia en la encuesta Gallup, un método de muestreo aleatorio que usan los medios de comunicación para medir la opinión pública. Uno de sus enunciados pregunta a los ciudadanos por las personas más admiradas. Cuando se les plantea a los estadounidenses esta cuestión, muchos de ellos aún contestan, más de medio siglo después, que de quien se sienten más orgullosos es de ella, quien al frente de la FDA, Food & Drug Administration, impidió su comercio.

Esta mujer murió el 7 de agosto de 2015 en Ontario, Canadá, con más de 101 años. Entonces se recordó su enorme capacidad de trabajo y su inquebrantable e insobornable sentido de la responsabilidad. Pero también se supo, y lo recogieron numerosos obituarios, algo tan curioso, definitorio e importante que estremece: en 1936 la admitieron en el departamento de Farmacología de la Universidad de Chicago porque se traspapeló el original de su solicitud y no pudieron comprobar sus credenciales. El comité encargado de evaluarla creyó en todo momento que quien la había recomendado, el doctor Geilling, toda una eminencia, les enviaba como siempre a uno de sus jóvenes estudiantes, es decir, a un hombre. Una vez que

Frances Oldham Kelsey estuvo ante ellos, a los doctores que componían el tribunal no les quedó más remedio que aceptarla para no contrariar la voluntad de su poderoso colega. Muchos reconocieron que, de haber sabido con antelación que era mujer, habrían detenido el proceso para aceptarla. Algo tan accidental como su nombre, Frances, usado igual en masculino y en femenino, decidió el destino de tantos. Cuando el presidente Kennedy la condecoró con el máximo galardón otorgado a un ciudadano civil, dijo que tal distinción se debía a que ella era quien había salvado de la muerte a más estadounidenses.

Si el lector quiere profundizar en algunos aspectos de la trama, le recomiendo que recorra el camino inverso al de mi trabajo de documentación, con que teclee el acrónimo Avite en un buscador digital comprobará que algunos de los datos y pasajes que aquí se enuncian son, por desgracia, demasiado reales. Incluso puede consultar en la página de esta asociación los originales en castellano y alemán de los documentos que se relacionan en esta novela. Lo más duro para mí fue ver las fotografías de los niños afectados, así como los numerosos reportajes en los que aparecen sonrientes porque habitan aún el paraíso de la inconsciencia.

La primera vez que se les otorgó la palabra a los afectados por un medicamento similar al telamón fue en el programa *Línea 900* de TVE en la 2. Ese reportaje lo vieron 1.400.000 espectadores. Después, gracias a las gestiones del periodista Julio Carmona, Julia Otero entrevistó a dos de los afectados en su programa *Las cerezas.* Esto supuso que compartieran su drama más de dos millones y medio de televidentes. Fue el 24 de mayo de 2005. Desde entonces, cada vez, las menciones al caso de estas personas en los medios son más numerosas. Solo falta que los responsables políticos y la empresa farmacéutica que les causó estos daños, cuando aún estaban dentro de sus madres, hagan algo por ellos.

Para la escritura de esta novela he leído casi todo lo publicado sobre este tema hasta la fecha, además de varias tesis doctorales, tanto de Biología como de Medicina, páginas web y los diarios publicados en 1962 sobre todo a través de la hemeroteca de *Abc* y *La Vanguardia.* Rescaté un artículo del diario *Pueblo* (año XXIII, n.º 7157, septiembre de 1962) y conjugué todo lo anterior con numerosas lecturas: *Un consultorio para la transición,* de Gerard Imbert, *Queridas amigas,* de Pietat Estany, *Querida Elena,* del recientemente fallecido Juan Soto Viñolo, *Mujeres náufragas. Los consultorios femeninos en la España de los 60 y los 70,* de Pura Sánchez, publicado este mismo año, y muchos otros de los que solo tomé aspectos muy puntuales.

También me he dedicado durante horas a la investigación odonímica, es decir, a rastrear los nombres e historia de las calles, plazas, carreteras y cualquier otro espacio público durante el franquismo para que aquí aparecieran denominados como en la época. Uno de los casos más curiosos —porque hubo muchísimos, como ya se sabe— sobre estos cambios en la nomenclatura de las vías por motivos ideológicos fue el del rótulo dedicado a Eduard Maristany, un ingeniero de ferrocarriles. Su calle se rebautizó como Marqués de Argentera, es decir, el personaje homenajeado seguía siendo él mismo, ya que este fue el título nobiliario con que Alfonso XIII lo premió por la construcción de un túnel llamado así.

Han resultado cruciales para mi escritura los libros del investigador argentino Carlos de Nápoli sobre la fuga desde Europa de submarinos con jerarcas nazis rumbo a Sudamérica, *Ultramar Sur,* y otros temas relacionados con las prácticas del

Tercer Reich, como *La fórmula de la eterna juventud. Los científicos nazis en la Argentina.* También me ha resultado imprescindible el libro *Oscuro remedio,* del escritor e historiador Rock Brynner y de Trent Stephens, profesor de Anatomía y Embriología en la Idaho State University. Sobre este último libro, publicado por Perseus, incluyo las palabras del periodista citado antes en esta nota, Harold Evans: «Una fascinante e importante disección de una tragedia, y los tardíos intentos por repararla. Los autores han hecho un gran servicio a la sociedad».

En el Arxiu del Baix Llobregat, de Sant Feliu, consulté los originales de la dolorosa vida cotidiana de este país transcrita en las cartas del consultorio sentimental que tanta fama alcanzó y que se mantuvo en antena desde 1947 hasta 1984 ininterrumpidamente.

Culmino aquí un proceso que comenzó en 2014, cuando envié a imprenta mi novela anterior. A partir de ahora, dejo esta en vuestras manos. Gracias a todos los que me habéis permitido contar esta historia que ahora es vuestra.

* * *

Gracias a mis editoras Raquel Gisbert y Purificación Plaza, por vuestra profesionalidad, cercanía, comprensión y amistad, por escucharme y darme libertad, siempre, y a quienes, junto a ellas, trabajáis para que nuestras palabras trasciendan ondas, páginas, formatos, idiomas y pantallas: Laura Franch, Laura Verdura, Isabel Santos, Vanesa Santaolalla, Silvia Axpe, Lidia Esteban, Silvia Ropero, Emili Albi, Gemma Sanjuán, Pilar Lafuente, Javier Sanz, Daniel Cladera, Germán Carrillo, Sabrina Rinaldi, Zoa Caravaca y Esther Aizpuru. También a mis compañeros escritores de la editorial Planeta, de quienes he recibido excelentes consejos y enseñanzas.

Y a quienes me proporcionasteis, a veces sin saberlo, datos

muy importantes. Algunas de las historias que aparecen en las cartas del consultorio me las habéis contado: Leopoldo Trillo-Figueroa Ygual, Ana Sáez Soro, Salvador Soriano, Pere Cervantes, Isabel Domínguez, Verónica Segoviano, Valentí Fainé, Merxe Ansuàtegui, Petra Dindinger, Lauro Anaya y muchas otras personas a quienes no nombro porque sus vivencias transcritas aquí lo fueron en primera persona.

A quien siempre es mi primer y entregado lector, Emilio Sáez Soro, lo describen muy bien estas palabras de Chateaubriand que definía el amor como «la locura de la amistad», y también las del título del libro de Mónica Carrillo *El Tiempo. Todo. Locura.*

Quiero expresar también mi agradecimiento y admiración a Raquel M. Barrio, por la mecánica y la orfebrería, pero sobre todo por compartir conmigo su talento. A Agnès Rouilleault, por abrirme las puertas de Francia con sus palabras siempre vestidas de gala. A Jorge Oliver de la Cruz, investigador español en el St. Ann's University Hospital Brno, de la República Checa, por sus aportaciones sobre las moléculas y las células. Suyas son las palabras de Boro, de Varick, de Singer y de la investigación de Mircia en Japón. A Carmina Casino, por orientarme sobre el funcionamiento del sistema postal en 1962 y por tener tinta en las venas.

Por prestarme su ejemplo y muchos pasajes de su vida, a Claus Knapp, jefe del servicio de Radiología del hospital La Paz de Madrid durante treinta años, después de trabajar en esta misma especialidad en el hospital de Hamburgo. Tiene mucho en común con el doctor Varick: destinos, hazañas, sus ochenta y ocho vitales años y Chamberí. Al navegante Alberto Aracil Kessler, por cederme para mi personaje su segundo apellido. A la filóloga y periodista incansable Pietat Estany, tan parecida a Nuria Somport. Espero que el destino le deparase la misma felicidad.

A mi familia, ángeles, amigos, lectores, alumnos, libreros, bibliotecarios, autores de blogs... Gracias a vosotros y a todos los que me proporcionáis a diario tanta compañía y recreo a través de mis perfiles de Facebook y Twitter y mi cuenta de correo electrónico.

Durante este tiempo de escritura he estado en contacto con algunas personas que padecen focomelia. Este es el gráfico nombre que reciben sus malformaciones por su similitud con las aletas de foca. Les he hecho muchas preguntas sobre sus evidentes y terribles limitaciones, sobre el futuro, pero lo que más me ha interesado saber es de dónde extraen la fuerza necesaria para no rendirse. No sé si por un efecto kármico o bumerán, quienes les causaron estas lesiones también resultaron mutilados porque, durante todo este proceso, muchas veces incluso judicializado, perdieron la parte más esencial y necesaria que hace que un ser humano lo sea: el alma.

Por este motivo, por su lucha, por su ejemplo, por su manera de mostrar que siempre hay que seguir adelante, quiero reconocer la enorme labor de Avite. Mi homenaje es para todos los afectados a quienes representan José Riquelme y Rafael Basterrechea, presidente y vicepresidente de esta asociación. Gracias por permitirme que os entrevistara a vosotros y a Ana Castillo y Mariano Garmendia en el Real Casino de Murcia el 8 de junio de 2016. Allí conocí también a Manuel Bioque, de la misma manera que en Alfamén, Zaragoza, pude compartir unas horas en su biblioteca con Jesús Marco. Sus casos son los de muchos, los de demasiados.

Con la perspectiva que otorgan los más de cincuenta años transcurridos desde el momento en que se concentraron la mayoría de estos nacimientos parece más exacto calificar este crimen masivo de delito de lesa humanidad. Respecto a la definición de estas execrables acciones, en el artículo 7 del Estatuto de la Corte Penal Internacional de La Haya se lee: «Ata-

que generalizado o sistemático contra una población civil y con conocimiento de dicho ataque». El laboratorio farmacéutico tenía constancia, pruebas científicas sobre lo que estaba sucediendo, y a pesar de eso no dejó de comercializar este medicamento. Además, los documentos encontrados durante estas décadas sobre las circunstancias del descubrimiento de esta molécula y su posterior patente permitirían otorgar a los afectados la condición de víctimas del nazismo. Pero no han obtenido ese reconocimiento ni ningún otro. Se los ha calificado siempre de casos aislados, pero muchos casos aislados forman archipiélagos. Nada se ve si no se quiere mirar. El abandono en el que se los ha sumido es otra nueva crueldad sumada a la anterior: una vergüenza nacional. Han pasado Gobiernos, tribunales, juicios, penalidades y solo han recibido promesas, palabras, e incluso, por muy inverosímil que resulte, sentencias en contra cuando han reclamado indemnizaciones. Se les ha dicho que «lo de ellos ya ha prescrito», sin tener en cuenta que hay algo mucho más importante y que nunca debería prescribir: la ética.

Todos podemos hacer algo por remediar las continuas injusticias a las que asistimos —con más razón cuando tenemos la suerte de ser solo testigos de ellas y no protagonistas—. En este caso, como autora de esta novela, donaré un porcentaje de los derechos obtenidos por su venta para colaborar con la Asociación de Víctimas de la Talidomida de España (Avite) en su lucha porque se haga justicia.

Quiero terminar recordando que en toda esta gran tragedia hubo además quienes fueron obligados a asumir un papel todavía peor que el de víctimas: el papel de padres de las víctimas. Sirva este relato mío, esta interpretación que no cuenta cómo sucedieron los hechos, sino cómo debieron suceder, para mitigar un poco todo este inmoral e intencionado olvido.